# समकालीन भारत : एक परिचय

संपादन

**मनोज सिन्हा**

एसोसिएट प्रोफेसर

राजनीतिशास्त्र विभाग

रामलाल आनंद कॉलेज (सांध्य)

दिल्ली विश्वविद्यालय

ओरियंट ब्लैकस्वॉन

समकालीन भारतः एक परिचय

**ओरियंट ब्लैकस्वॉन प्राइवेट लिमिटेड**

*मुख्य कार्यालय*

3-6-752 हिमायत नगर, हैदराबाद 500 029 (आंध्र प्रदेश), भारत

ई-मेलः centraloffice@orientblackswan.com

*शाखाएँ*

बंगलौर, भोपाल, भुवनेश्वर, चंडीगढ़, चेन्नई, एर्नाकुलम, गुवाहाटी, हैदराबाद, जयपुर, कोलकाता, लखनऊ, मुंबई, नई दिल्ली, नोएडा, पटना



पहला संस्करण 2012

ISBN : 978 81 250 4461 1

*लेज़रटाइपसेटर*

ए. एंड डी. कं., नई दिल्ली द्वारा वॉकमैन चाणक्य 12/14.5 में टंकणांकित

*मुद्रक*

बी.बी. प्रेस, नोएडा

*प्रकाशक*

ओरियंट ब्लैकस्वॉन प्राइवेट लिमिटेड

1/24 आसफ़ अली रोड

नई दिल्ली 110 002

ई-मेलः delhi@orientblackswan.com

# विषय-क्रम

# भूमिका

प्रस्तुत पुस्तक एक समेकित प्रयास का परिणाम है। यह पुस्तक दिल्ली विश्वविद्यालय के स्नातक स्तर के पाठ्यक्रम को दृष्टिगत रखते हुए लिखी गई है। चूंकि यह पुस्तक भारत की अर्थव्यवस्था, समाज एवं राजनीति की प्रकृति एवं उसकी गत्यात्यकता का एक परिचयात्मक दिग्दर्शन प्रस्तुत करती है। अत: इसका समकालीन संदर्भ एवं इसकी विषय-वस्तु का अध्ययन एवं विश्लेषण स्नातकोत्तर एवं प्रतियोगिता परीक्षार्थियों के लिए भी लाभदायक होगा। पुस्तक के अंतर्गत वर्तमान वैश्वीकरण की प्रक्रिया एवं प्रभाव के संदर्भ में समकालीन भारत की अर्थव्यवस्था राजनीति एवं समाज के समीक्षात्मक विश्लेषण पर विशेष रूप से ध्यान दिया गया है। विषय-वस्तु को समझने में कठिनाई न हो इसलिए भाषा की सरलता एवं बोधगम्यता का भी ध्यान रखा गया है।

यह पुस्तक कुल सत्रह अध्यायों में विभक्त है। पहले दो अध्याय समकालीन भारत की भूमिका तैयार करते हैं। अगले चार अध्याय भारतीय अर्थव्यवस्था के विभिन्न पहलुओं का परिचय कराते हुए उसके ऐतिहासिक विकास एवं बदलती हुई प्रकृति का सिंहावलोकन करते हैं। इसके बाद के पांच अध्यायों में समकालीन भारत का समाजशास्त्रीय अध्ययन किया गया है और अंतिम छ: अध्याय समकालीन भारत की राजनीतिक स्थिति का मूल्यांकन करते हैं।

प्रथम दो अध्याय क्रमश: हीरा सिंह बिष्ट और अभय प्रसाद सिंह के द्वारा लिखे गए हैं। भारत पर केवल अंग्रेजों का ही शासन नहीं रहा है बल्कि यहां मुगलों का भी शासन रहा, और दिल्ली सल्तनत की भी हुकूमत यहां रही, लेकिन उनमें से किसी ने भी भारतीय अर्थव्यवस्था के सामाजिक संबंधों में कोई खास परिवर्तन नहीं किए। परंतु अंग्रेजों ने अपने साम्राज्यवादी हितों के चलते भारतीय प्राचीन व्यवस्था को तोड़-मरोड़ दिया। प्राचीन कृषि और उद्योग को समाप्त कर दिया, जिसका उद्देश्य भारतीय संसाधनों को इंग्लैंड ले जाना था। इसे आर्थिक लूट या आर्थिक खसोट के रूप में जाना जाता है। इस पूरे काल में भारतीय अर्थव्यवस्था अल्पविकसित तो थी ही, गतिहीन भी रही। सन् 1911 से 1941 तक कुल कृषि उत्पादन की विकास दर 0.37 प्रतिशत थी। एक कृषि प्रधान देश में इसे दुर्भाग्यपूर्ण ही कहा जा सकता है। उद्योगों की भी स्थिति बहुत दयनीय रही।

1875-76 में 1913-14 के मध्य भारत से निर्यातित कच्चे जूट का वजन 195 प्रतिशत बढ़ा। इसके साथ ही विनिर्मित जूट वस्त्रों का निर्यात 272 गुना बढ़ गया। यह कई प्रकार से असंतुलित विकास था। समकालीन भारतीय आर्थिक-सामाजिक संरचना पर बाद के वर्षों में इसके गंभीर परिणाम पड़े। हीरा सिंह बिष्ट ने अपने लेख 'नव स्वतंत्र भारत: आर्थिक परिप्रेक्ष्य' में इस पर गंभीरता से विचार किया है।

उत्तर औपनिवेशिक अर्थव्यवस्था किन रूपों में औपनिवेशिक अर्थव्यवस्था से भिन्न हुआ करती है। इस भिन्नता के कारण क्या हैं या इसने स्वतंत्र भारत में विकास की प्रक्रिया को किस तरह प्रभावित किया है, अभय प्रसाद सिंह ने अपने आलेख में इस पर गंभीरता से विचार किया है।

आज जिस भारत को हम देख रहे है, जिन नीतियों से हमारा सामना हो रहा है, उनके विकास की प्रक्रिया को विश्लेषित करने की आवश्यकता है । इसका एक कारण यह है कि

इस प्रक्रिया में उनकी सार्थकता और सफलता छिपी हुई है । क्या इनकी सफलता-असफलता को महज औपनिवेशिक विरासत कहकर संतोष किया जा सकता है। कहना न होगा कि इन प्रश्नों का उत्तर देना इतना आसान नहीं है। यही कारण है कि इस पुस्तक में कई स्थानों पर इन तमाम पहलुओं पर गंभीरता से विचार किया गया है।

समकालीन भारत की अर्थव्यवस्था का विश्लेषण तीसरे अध्याय से आरंभ होता है। इसमें भारत के विकास की मूलभूत समस्याओं पर विचार किया गया है। भारत, स्वाधीनता के इतने दिनों बाद भी विकासशील देश से विकसित देश नहीं बन सका है। इसका एक बड़ा कारण यहां की कुछेक समस्याएं हैं जिनमें से खाद्य सुरक्षा, गरीबी, बेरोजगारी और क्षेत्रीय असंतुलन प्रमुख हैं। ये मुद्दे इसलिए भी महत्त्वपूर्ण हैं क्योंकि ये जनता के सामाजिक और वित्तीय अंतर्वेशन में केंद्रीय महत्त्व रखते हैं। इनके समाहार के बिना देश का समग्र विकास संभव नहीं है। इन्हीं समस्याओं का विश्लेषण तीसरे अध्याय में किया गया है। खाद्य सुरक्षा का वास्तविक अर्थ भौतिक तथा आर्थिक रूप से अनाज तक पहुंच बनाना है। आजादी के लगभग छह दशकों के बाद भी भारत की स्थिति 2009 में विश्व के 84 देशों में 65वीं थी। इसका आशय यह है कि हमारे समय के भारत का एक बड़ा वर्ग आज भी अनाज तक अपनी पहुंच नहीं बना सका है और कुपोषण आदि का शिकार हो रहा है। क्षेत्रीय असंतुलन एक ओर यदि भारत की विविधता को दर्शाता है तो दूसरी ओर यह समग्र विकास को चुनौती भी देता है। इसका कारण कहीं न कहीं अंग्रेजी राज की नीतियों में खोजा जा सकता है। यही कारण है कि पिछड़े राज्यों के अस्तित्व की शुरुआत ब्रिटिश काल से होती है। अंग्रेज केवल उन्हीं क्षेत्रों के विकास में मदद करते थे जिनके पास निर्माण और व्यापारिक कार्यकलापों के लिए पूर्ण सुविधाएं उपलब्ध हुआ करती थीं। कलकत्ता, मुंबई और मद्रास का विकास उनके उद्योगवादी रवैये को दर्शाता है।

बात यहीं नहीं रुकती। स्वतंत्र भारत को आर्थिक विरासत के रूप में एक ऐसी अर्थव्यवस्था मिली जिसमें सर्वत्र गरीबी, बेरोजगारी, क्षेत्रीय असंतुलन का वातावरण छाया हुआ था। बाद के वर्षों में भी इसकी निरंतरता बनी रही। साठ के दशक में कृषि के क्षेत्र में किए गए नए प्रयोगों ने क्षेत्रीय असमानता को कहीं दूर तक बढ़ाया। केंद्र-राज्य संबंध में भी इसके लिए कम उत्तरदायी नहीं रहे। गरीबी जैसी गंभीर समस्या के निदान के लिए इसे सापेक्ष रूप में देखने की आवश्यकता है।

1990 से पहले भारत की विकास प्रक्रिया में सार्वजनिक क्षेत्र का बोलबाला था। बढ़ते हुए राजकोषीय घाटे, विदेशी मुद्रा भंडार में गिरावट आदि को ध्यान में रखते हुए 1990 के दशक में देश में आर्थिक सुधार किए गए। सुप्रीति मिश्रा ने अपने अध्याय 'वर्तमान आर्थिक नीति व आर्थिक सुधार' में आर्थिक सुधार और उसके पूर्व की स्थिति का आकलन करते हुए वर्तमान आर्थिक नीति का विश्लेषण किया है। इस अध्याय में भूमंडलीकरण के प्रभावों की भी चर्चा की गई है। इसके सकारात्मक और नकारात्मक प्रभावों से छात्रों को परिचित कराने का प्रयास किया गया है। इन तमाम प्रश्नों पर विचार इस अध्याय में किया गया है।

शुभा सिन्हा ने सामाजिक क्षेत्र के विकास का विश्लेषण करते हुए कुछ मौलिक प्रश्नों को उठाया है। उन्होंने अपने अध्याय 'सामाजिक क्षेत्र की प्रकृति' में शिक्षा और स्वास्थ्य से संबंधित सरकारी नीतियों का विश्लेषण किया है। पिछले तीन दशकों में माध्यमिक और उच्च शिक्षा के

क्षेत्र में सुविधाएं तो बढ़ाई गई हैं परंतु अभी गुणवत्ता में बढ़ोत्तरी की जरूरत है। इस अध्याय में पंचवर्षीय योजनाओं का विश्लेषण करते हुए शिक्षा से जुड़े अहम प्रश्नों को उठाया गया है।

किसी भी देश के विकास में विज्ञान और तकनीक की अहम भूमिका होती है। भारत में भी इसकी भूमिका महत्त्वपूर्ण रही है। स्वतंत्रता के साथ ही प्रधानमंत्री नेहरू ने देश को इससे जोड़ने का प्रयास किया। निधि शुक्ला ने अपने लेख में भारत के विकास में विज्ञान और तकनीक की भूमिका का विश्लेषण किया है। सामाजिक संरचना में बदलाव समय के साथ होता जाता है और इसके चलते सामाजिक संबंध भी बदल जाया करते हैं। प्रदीप कुमार ने अपने दो अध्यायों में 'बदलती सामाजिक संरचना: ग्रामीण भारत में बदलते जाति-वर्ग संबंध' और 'बदलती सामाजिक संरचना : शहरी भारत में बदलते जाति-वर्ग संबंध' से इसी पर विचार किया है। यह विषय समाजशास्त्र से जुड़ा है और कई प्रकार से आज बहुचर्चित भी है। नव औद्योगिक वर्ग, मध्य वर्ग आदि के उदय के कारणों की व्याख्या इस अध्याय में की गई है। भारत की एक बड़ी विशेषता यह रही है कि यहां जीवन का स्तरीकरण केवल वर्ग के आधार पर ही नहीं दिखता, जाति के आधार पर भी दिखता है। औपनिवेशिक समाज में भी इसका महत्त्व था। जाति समकालीन भारत में भी अपना महत्त्व बनाए हुए है। इस अध्याय में मध्यवर्ग के चरित्र का भी विश्लेषण किया गया है। यह इसलिए भी आवश्यक है क्योंकि आज भूमंडलीकरण में यह वर्ग सर्वाधिक प्रभावित है।

इसी प्रसंग में अनुराधा शर्मा के आलेख की चर्चा महत्त्वपूर्ण हो जाती है। उन्होंने सामाजिक परिवर्तन के उत्प्रेरकों की चर्चा की है। उनका आलेख 'सामाजिक परिवर्तन के उत्प्रेरक: सार्वभौम शिक्षा, वयस्क मताधिकार, जनसंचार व सामाजिक आंदोलन', कई प्रकार से प्रदीप कुमार के आलेख को विस्तार देता है। इस आलेख को आगे आने वाले छह अध्यायों के आधार के रूप में भी देखा जा सकता है जो राजनीति विज्ञान से संबंधित हैं। इन्होंने यह स्पष्ट किया है कि सामाजिक परिवर्तन बहुत हद तक एक राजनीतिक मुद्दा है। परिवर्तन की राजनीति होती है और यह अवधारणात्मक रूप से भी सच है। इस आलेख में महिला आंदोलन पर भी चर्चा की गई है। कहना न होगा कि यह मुद्दा समकालीन महत्त्व रखता है। इसका एक वैश्विक दृष्टिकोण भी है और यह (महिला आंदोलन) वैश्विक बहस का मुद्दा भी है। यहां दलित और चिपको आंदोलन की चर्चा भी की गई है।

उपरोक्त आंदोलनों का संबंध कहीं न कहीं सामाजिक गतिशीलता से भी है। सामाजिक गतिशीलता का संबंध सामाजिक स्तरीकरण में परिवर्तन से है। सुमन कुमार ने 'सामाजिक गतिशीलता और व्यावसायिक संरचना' शीर्षक आलेख में सामाजिक गतिशीलता के विविध रूपों की चर्चा की है। इस आलेख में उन्होंने भारत की प्राचीन सामाजिक संरचना, उसके विशिष्ट वर्गीय चरित्र, जातिगत राजनीति, दलित राजनीति, आरक्षण की राजनीति एवं इसके सामाजिक प्रभाव, नए मध्यवर्ग के उदय एवं जाति के धर्मनिरपेक्षीकरण एवं विसांस्कृतिकरण तथा सामाजिक गतिशीलता पर वैश्वीकरण के गंभीर प्रभाव आदि का समीक्षात्मक विश्लेषण प्रस्तुत किया है।

इस प्रसंग में दलित, अन्य पिछड़ा वर्ग, आदिवासी एवं महिला आंदोलन पर चर्चा अहम हो जाती है। शंभूनाथ दूबे ने 'नई सामाजिक शक्तियों का उद्भव' शीर्षक आलेख में इस पर विस्तार से चर्चा की है। पिछले दो दशकों में प्रतिनिधित्व को लेकर भारतीय राजनीति में

सामाजिक न्याय का प्रश्न महत्त्वपूर्ण हो गया है। आरक्षण के भीतर आरक्षण की मांग मजबूत होने लगी है, इसे महिला आरक्षण के संदर्भ में भी देखा जा चुका है।

यह पुस्तक समकालीन भारत का अध्ययन सभी संभावित पहलुओं से करने का प्रयास है। पिछले कुछ अध्याय इसी संदर्भ में राजनीति विज्ञान और समाजशास्त्र की सीमाओं के भीतर उपस्थित थे। शुभ्रा पंत कोठारी के आलेख 'भारत में जनतंत्र: प्रकृति और कार्य' के माध्यम से राजनीतिक व्यवस्था को केंद्रीय महत्त्व में रखने का प्रयास किया गया है। यह आलेख भारत में प्रजातंत्र के उद्भव और विकास को सामने लाते हुए उसकी प्रकृति का विश्लेषण करता है। संघीय व्यवस्था के साथ-साथ इस आलेख में विकेंद्रीकरण पर भी चर्चा की गई है। इस आलेख में भारतीय संविधान के बहुत से महत्त्वपूर्ण बिंदुओं पर प्रकाश डाला गया है जिससे विद्यार्थियों को संविधान का बोध हो सके। यहां यह बता देना भी आवश्यक है कि इस आलेख में प्रजातंत्र के सैद्धांतिक पक्ष के साथ-साथ व्यावहारिक पक्ष पर भी विचार किया गया है। इस पक्ष को गहराई से समझने के लिए भारतीय राजनीति में दलीय व्यवस्था को समझना स्वत: ही महत्त्वपूर्ण हो जाता है।

सुशांत झा ने अपने आलेख के अंतर्गत दलीय व्यवस्था पर विचार किया है। प्रजातंत्रीय शासन प्रणाली दलीय व्यवस्था पर ही आधारित हुआ करती है। भारतीय दलीय व्यवस्था के ऐतिहासिक विकास एवं उभरती हुई नई प्रवृत्तियों की चर्चा इस अध्याय में की गई है तथा यह दर्शाने का प्रयास किया गया है कि किस प्रकार भारतीय दल व्यवस्था 'ध्रुवीकृत बहुलवादी बहुदलीय व्यवस्था' के रूप में उभर रही है।

राष्ट्रवाद के सैद्धांतिक एवं व्यावहारिक स्वरूप पर बहस इस प्रसंग में अनिवार्य हो जाती है। 'भारत में धर्मनिरपेक्षता, सांप्रदायिकता और अल्पसंख्यक अधिकार' शीर्षक लेख में श्रीकांत पाण्डे ने यही कार्य किया है। उन्होंने धर्मनिरपेक्षता को परिभाषित करते हुए इसकी संवैधानिक स्थिति का विश्लेषण किया है। इसी संदर्भ में यहां सांप्रदायिकता का विश्लेषण भी किया गया है। अंग्रेजी राज की नीतियों के सहारे इसके उद्भव और विकास को भी रेखांकित करने का प्रयास किया गया है। यह अध्याय धर्मनिरपेक्षता एवं संप्रदायवाद के जटिल सहसंबंधों को उजागर करने का भी प्रयास करता है।

भारत विविधताओं से भरा देश है। संघवाद के सहारे विविधताओं को एकसूत्र में बांधा जा सकता है। इसके माध्यम से साझा आर्थिक हितों को बढ़ावा देते हुए राष्ट्रीय एकता को स्थापित किया जा सकता है। डॉ. स्वेता मिश्रा ने अपने आलेख 'भारतीय संघवाद: संवैधानिक ढांचा, राजनीतिक एवं वित्तीय आयाम, लोकतांत्रिक विकेंद्रीकरण, पंचायती राज' में इन पर विचार किया है। इस आलेख में भारतीय संघ की कार्यप्रणाली शीर्षक से संघ के व्यावहारिक स्वरूप का आलोचनात्मक अध्ययन एवं विश्लेषण किया गया है। संघीय व्यवस्था में संघ-राज्य संबंधों पर विचार करना अत्यंत महत्त्वपूर्ण हुआ करता है। भारत के संविधान में भी संघ और राज्य के कार्यक्षेत्र का बंटवारा किया गया है। इसका उद्देश्य राष्ट्रीय और क्षेत्रीय हितों को टकराव से दूर करना है ताकि संविधान के मूल उद्देश्य को अर्जित किया जा सके। विकेंद्रीकरण पर विचार किया जाना यहां महत्त्वपूर्ण हो जाता है। प्रस्तुत अध्याय में पंचायती राज पर भी विचार किया गया है।

'बदलते वैश्विक सामरिक परिप्रेक्ष्य में भारत' शीर्षक आलेख में मधुमिता ने शीतयुद्ध की समाप्ति के बाद के समय का विश्लेषण करते हुए भारत की विदेश नीति की बदलती हुई

प्रकृति एवं प्रवृत्तियों की चर्चा की है। इसका आशय यह नहीं है कि इस अध्याय में शीतयुद्ध के पूर्व की स्थिति को छोड़ दिया गया है। छात्रों को पूरे विमर्श से परिचित कराने के लिए इस आलेख में विदेश नीति का ऐतिहासिक विवेचन किया गया है। इसी प्रसंग में कुछ महत्त्वपूर्ण देशों के साथ भारत के रिश्ते का विवेचन भी इसमें शामिल है।

इस पुस्तक के समापन पर मैं अपने सहयोगियों का आभार व्यक्त करता हूं जिनके सहयोग के बिना इस पुस्तक को मूर्त रूप नहीं दिया जा सकता था।

सर्वप्रथम मैं दक्षिण परिसर के निदेशक प्रो. उमेश राय का आभार प्रकट करता हूं जिन्होंने इस पुस्तक के लेखन-संपादन में मेरा उत्साहवर्धन करते हुए हर संभव सहयोग का आश्वासन दिया, साथ ही समय-समय पर बहुमूल्य सुझावों से मार्गदर्शन भी किया।

इस पुस्तक की गुणवत्ता को बनाए रखने के लिए मैं राजनीति विज्ञान विभाग, दिल्ली विश्वविद्यालय के सभी प्राध्यापकों, खासकर अध्यक्ष प्रोफेसर पी. के. दत्ता, प्रोफेसर उज्ज्वल सिंह और सह प्रोफेसर डॉ. रेखा सक्सेना का आभारी हूं जिन्होंने इस विषय पर विभिन्न कॉलेजों में आयोजित संगोष्ठियों से आए निष्कर्षों के अनुरूप लेखकों का मार्गदर्शन किया।

मैं अपने कॉलेज के प्राचार्य डॉ. अशोक सरीन का आभार व्यक्त करता हूं जिन्होंने मेरा उत्साहवर्धन किया। मैं अपने कॉलेज के सहयोगियों को विशेष रूप से धन्यवाद देता हूं जिनके समर्थन और सहयोग से इस पुस्तक का प्रकाशन संभव हो सका। संदर्भिका तैयार करने में सहयोग के लिए धरम कुमार का आभार व्यक्त करना मेरा कर्त्तव्य है। भाषा-दोष सुधार के लिए डॉ. एस. बी. एन. तिवारी के सहयोग के लिए मैं उनका आभार प्रकट करता हूं।

यह पुस्तक सामूहिक प्रयास का परिणाम है। इस प्रक्रिया में पुस्तक के अंशदाताओं के प्रति आभार व्यक्त करना मेरा नैतिक दायित्व है। मैं अपने सहयोगी मित्रों हीरा सिंह बिष्ट, अभय प्रसाद सिंह, प्रवीण झा, सुप्रीति मिश्रा, शुभ्रा पंत कोठारी, निधि शुक्ला, अनुराधा शर्मा, सुमन कुमार, शंभूनाथ दूबे, सुशांत झा, श्रीकांत पाण्डे, स्वेता मिश्रा, संगीता मिश्रा और मधुमिता का आभारी हूं जिन्होंने अपना बहुमूल्य समय इस पुस्तक के आलेख तैयार करने में दिया।

इस तरह का कोई भी पुनीत कार्य परिजनों के सहयोग के बिना असंभव होता है। सर्वप्रथम मैं अपने पिता स्वर्गीय डॉ. महेंद्र प्रताप सिन्हा, एवं माता डॉ. सुमनप्रभा सिन्हा को नमन करता हूं जो सदैव मेरे प्रेरणा स्रोत रहे और आजीवन रहेंगे। मैं अपनी पत्नी डॉ. रोजी सिन्हा, पुत्र पीयूष वत्स एवं पराग वत्स को धन्यवाद देता हूं कि उन्होंने घर के अंदर अनुकूल वातावरण बनाने का प्रयास किया जिसकी वजह से मेरे उत्साह में कमी नहीं आई। शब्दों में परिवार के इन सदस्यों के योगदान को व्यक्त नहीं किया जा सकता।

अंत में, मैं ओरियंट ब्लैकस्वॉन के संपादक मंडल एवं विशेषकर सुश्री निशा राय चौधरी के प्रति हार्दिक आभार प्रकट करता हूं जिन्होंने बड़ी तत्परता से बहुत अल्पावधि में इस पुस्तक का प्रकाशन कर अपनी योग्यता एवं दक्षता का प्रमाण दिया है। यह पुस्तक हिंदी माध्यम के छात्र-छात्राओं के लिए उपयोगी एवं लाभपरक साबित होगी, ऐसा मेरा विश्वास है। यदि इस पुस्तक से मेरे अध्येता न्यूनाधिक भी लाभान्वित हुए तो इसे मैं अपने प्रयासों का नतीजा नहीं ईश्वर का प्रसाद समझूंगा।

**डॉ. मनोज सिन्हा**

स्वतंत्रता दिवस, 2011

अध्याय एक

# नव स्वतंत्र भारत: आर्थिक परिप्रेक्ष्य

*हीरा सिंह बिष्ट*[*]

आधुनिक समय की अधिकांश अल्पविकसित अर्थव्यवस्थाएं एक लंबे समय तक उपनिवेशवाद और साम्राज्यवाद के अधीन रही हैं। औद्योगिक क्रांति के परिणामस्वरूप पश्चिमी यूरोपीय देशों ने विस्तारवादी नीति को अपनाया और अपनी सैन्य शक्ति की सहायता से एशिया, अफ्रीका और लैटिन अमेरिकी राष्ट्रों में अपना आधिपत्य स्थापित किया। इसी राजनीतिक आधिपत्य के कारण औपनिवेशिक शोषण की प्रक्रिया आरंभ हुई। जिसका परिणाम यह हुआ कि इन देशों से बड़ी मात्रा में धन और संपत्ति का निष्कासन होने लगा जिसे आर्थिक खसोट (Economic drain), आर्थिक निकासी सिद्धांत[1] का नाम दिया जाता है। औपनिवेशिक शासन के कारण ये राष्ट्र आर्थिक विकास की प्रक्रिया में पिछड़ गए। भारत भी एक ऐसा ही राष्ट्र है जिसमें शताब्दियों तक औपनिवेशिक एवं साम्राज्यवादी शोषण चलता रहा।

ब्रिटिश शासन की स्थापना से पूर्व भारत उस समय के यूरोप की तुलना में अधिक उन्नत और समृद्ध था। भारत के ग्रामीण क्षेत्र आत्मनिर्भरता की स्थिति में थे। उद्योग केवल शहरी क्षेत्रों में ही विकसित हुए थे। भारतीय वस्तुएं प्राय: विश्व के सभी देशों में निर्यात की जाती थीं। विस्तृत विदेशी व्यापार एवं भारतीय उद्योगों की प्रगति के कारण विदेशी व्यापारियों को ईर्ष्या होने लगी और वे एक–दूसरे से प्रतियोगिता में आगे निकलकर भारत पर अपना सिक्का जमाने का प्रयत्न करने लगे। इसमें ब्रिटिश, फ्रांसीसी, पुर्तगाली, और स्पेनिश व्यापारी प्रमुख थे। इस प्रतियोगिता में अंग्रेजों को विजय प्राप्त हुई और उन्होंने भारत में ब्रिटिश शासन की शुरुआत की।

ईस्ट इंडिया कंपनी का व्यावसायिक अभियान 31 दिसंबर 1600 को उस समय आरंभ हुआ जब उसे पूर्व क्षेत्रीय व्यापार का एकाधिकार प्रदान किया गया। धीरे–धीरे कंपनी ने भारतीय व्यापारिक क्षेत्र पर अपना आधिपत्य स्थापित कर लिया। 1757 में प्लासी युद्ध विजय के पश्चात् कंपनी ने राजनीतिक सत्ता भी प्राप्त कर ली। 1857 के प्रथम स्वतंत्रता संग्राम के पश्चात् कंपनी से राजनीतिक सत्ता ब्रिटिश सरकार के हाथों में चली गई जिससे भारत ब्रिटिश शासन का उपनिवेश मात्र रह गया। ब्रिटिश शासन के अंतर्गत भारतीय अर्थव्यवस्था का सुनियोजित ढंग से शोषण किया गया। शोषण का यह स्वरूप बहुत स्पष्ट था। इसी संदर्भ में अंग्रेज गवर्नर के नाम बंगाल के नवाब ने अपने मेमोरेंडम में लिखा था कि ''कंपनी के एजेंट, किसानों, व्यापारियों आदि को जबर्दस्ती

असिस्टेंट प्रोफेसर, राजनीतिशास्त्र विभाग, पी.जी.डी.ए.वी. कॉलेज, दिल्ली विश्वविद्यालय

एक-चौथाई कीमत देकर उनके माल और उनके उत्पादन को हड़प रहे हैं और किसानों आदि को मार-पीटकर वे अपनी 1 रुपये की वस्तु 5 रुपये में बेच रहे हैं।[2]

औपनिवेशिक शासन के लगभग 200 वर्षों में अंग्रेजों ने भारत का संपूर्ण आर्थिक शोषण किया जिससे भारतीय अर्थव्यवस्था नष्ट हो गई और देश आर्थिक दृष्टि से पिछड़ गया। रजनीपाम दत्त जैसे विचारकों का भी यह मानना था कि प्लासी युद्ध विजय के पश्चात् जब अंग्रेजों ने सत्ता हथियाई तो उस वक्त देश में पूंजीवादी अर्थव्यवस्था के विकास के लक्षण मौजूद थे लेकिन जब इंग्लैंड की व्यापारिक पूंजी ने देश की अर्थव्यवस्था पर चोट की तो उसके कारण पूंजीवादी व्यवस्था की संभावनाएं समाप्त हो गईं।

## 1.1 ब्रिटिश औपनिवेशिक शासन व्यवस्था का स्वरूप

भारत में उपनिवेशवाद की स्थापना 1757 से मानी जाती है जब प्लासी के युद्ध के पश्चात् इंग्लैंड की ईस्ट इंडिया कंपनी ने बंगाल पर आधिपत्य जमा लिया था। सत्रहवीं और अठारहवीं शताब्दी में जब यूरोपीय देशों के व्यापारी भारत के व्यापार पर एकाधिकार जमाने के लिए प्रतिस्पर्धा कर रहे थे तो उस वक्त भारत एक एकीकृत राष्ट्र न होकर केवल एक भौगोलिक इकाई था जिसमें विभिन्न जातियों और कबीलों के लोग थे जो धर्म, जाति, भाषा तथा सांस्कृतिक दृष्टि से आपस में बंटे हुए थे।

ईस्ट इंडिया कंपनी का मुख्य उद्देश्य ठीक वही था जो एक एकाधिकारिक पूँजीवादी कंपनी का होता है—समुद्रपार के किसी देश के व्यापार पर एकाधिकार प्राप्त करके लाभ कमाना। इसका उद्देश्य ब्रिटिश माल के लिए केवल मंडियों की तलाश ही नहीं था बल्कि भारत के ऐसे सामान की आपूर्ति पर कब्जा करना था जो इंग्लैंड और यूरोप के देशों में आसानी से बिक सकता हो।[3]

भारत के आर्थिक अधिशेष को हड़पने के विभिन्न तरीकों के आधार पर भारत में ब्रिटिश उपनिवेशवाद मुख्यत: तीन चरणों से गुजरा। संक्षेप में जिन्हें वाणिज्यिक (Commercial), औद्योगिक (Industrial) तथा वित्तीय पूंजीवाद (Capitalism Financial) के नाम से पुकारा जाता है। सत्रहवीं और अठारहवीं शताब्दी में ब्रिटिश उपनिवेशवाद का मुख्य उद्देश्य भारत के साथ व्यापार तथा भारत की लूट था। उन्नीसवीं शताब्दी में भारत का प्रयोग ब्रिटेन में बनी हुई औद्योगिक वस्तुओं के लिए मुख्य बाजार के रूप में किया गया। हालांकि लूट और व्यापार का पुराना तरीका भी बरकरार रहा। उन्नीसवीं शताब्दी के उत्तरार्ध में और बीसवीं शताब्दी में भारत में स्थित ब्रिटिश उद्योगपतियों द्वारा भारत में पूंजी-विनियोग की प्रक्रिया आरंभ हुई जिससे भारतीय श्रमिकों का बड़े पैमाने पर शोषण आरंभ हुआ।

अठारहवीं शताब्दी के आरंभ में जब मुगल साम्राज्य का पतन हो रहा था उस वक्त भी भारतीय स्थानीय राज्यों का विकास हो रहा था। सत्रहवीं शताब्दी में भारत संसार के सबसे धनी देशों में से एक था। इस कथन की पुष्टि एडम स्थिम जैसे लेखकों ने भी की है। रजनी पाम दत्त का भी मानना है कि अठारहवीं शताब्दी में भारत एक विशाल कृषिप्रधान और औद्योगिक देश था और भारत में बने हुए कपड़े एशिया और यूरोप के बाजारों को निर्यात किए जाते थे। अगर भारतीय समाज का आगे भी इसी तरह विकास होता तो शायद भारत सामंती राज्य के स्थान पर पूंजीवादी

राज्य की स्थापना करता लेकिन भारतीय पूंजीवाद के शक्तिशाली होने से पहले ही ब्रिटिश तथा अन्य यूरोपीय देशों के शक्तिशाली पूंजीपति गुट यहां आ पहुंचे और भारत पर राजनीतिक व आर्थिक अधिकार के लिए आपस में संघर्ष करने लगे। जिसमें ब्रिटिश पूंजीपतियों की विजय हुई। भारत में ब्रिटिश कंपनी की विजय और सर्वोच्चता के संदर्भ में कार्ल मार्क्स कहते हैं कि अरब, तुर्क, बाबर और मुगल जिन्होंने एक के बाद एक भारत पर विजय हासिल की, शीघ्र इतिहास के एक शाश्वत नियम की पुष्टि करते हुए, भारतीयों जैसे हो गए जिसमें बर्बर विजेता अपनी, प्रजा की श्रेष्ठ सभ्यता द्वारा परास्त कर लिए गए। अंग्रेज पहले ऐसे विजेता थे जिनकी सभ्यता श्रेष्ठतर थी और इसलिए हिंदुस्तानी सभ्यता उन्हें अपने अंदर न समेट सकी। उन्होंने स्थानीय समुदायों को तोड़कर भारतीय सभ्यता को नष्ट कर दिया। स्थानीय उद्योगों को जड़ से उखाड़ फेंका तथा स्थानीय समाज में जो कुछ उन्नत और श्रेष्ठ था उसे मटियामेट कर दिया। भारत में ब्रिटिश शासन के ऐतिहासिक पृष्ठ, विनाश की कहानी के सिवाय और कुछ नहीं कहते हैं।[4]

प्लासी के युद्ध के पश्चात् बंगाल, बिहार, उड़ीसा और दक्षिण भारत के कुछ हिस्से ईस्ट इंडिया कंपनी के स्वामित्व में आ गए। जिसके परिणामस्वरूप भारतीयों का आर्थिक शोषण आरंभ हो गया। इस संदर्भ में रजनी पाम दत्त का कहना है कि व्यापार और लूट के बीच विभाजक रेखा धुंधली पड़ने लगी थी। आर्थिक शोषण का एक अन्य उदाहरण यह है कि प्लासी के युद्ध से पूर्व इंग्लैंड भारत में वस्तुओं की खरीदारी के बदले सोने, चांदी जैसी कीमती धातु देता था लेकिन युद्ध के पश्चात् इंग्लैंड से किसी भी कीमती धातु का आयात नहीं किया गया। अतः प्रतिवर्ष भारत के साधनों के दोहन के परिणामस्वरूप भारत गरीब और इंग्लैड अमीर होता गया। अतः भारतीय आर्थिक संसाधनों की लूट इंग्लैड में पूंजी संचय का स्रोत बन गई जिसके परिणामस्वरूप इंग्लैंड में औद्योगिक क्रांति का प्रसार हुआ। जिसके कारण अठारहवीं शताब्दी के अंत तक कंपनी ने इंग्लैंड को एक शक्तिशाली साम्राज्य के रूप में परिवर्तित कर दिया। कंपनी के शासनकाल में बंगाल से प्राप्त किया जाने वाला लगान 1765–66 में 14,70,000 पौंड, 1772–73 में 23,41,000 पौंड और 1775–76 में 28,18,000 पौंड था। लॉर्ड कार्नवालिस ने स्थायी बंदोबस्त (Permanent Settlement) के माध्यम से लगान की यह राशि 34,00,000 पौंड निश्चित कर दी। जिसकी वजह से 1810 ई. तक बंगाल जैसा समृद्ध राज्य बीमारी, अकाल, महामारी, कुपोषण, आदि समस्याओं का घर बन गया। ब्रिटिश उपनिवेशवाद के प्रथम चरण की एक मुख्य विशेषता यह रही कि कंपनी ने प्रशासन, न्यायिक व्यवस्था, यातायात, संचार, कृषि तथा औद्योगिक व्यवस्था में किसी तरह का कोई मौलिक परिवर्तन नहीं किया। यदि कहीं कुछ छोटे–मोटे परिवर्तन किए भी तो उनका उद्देश्य केवल लगान को अधिक प्रभावशाली ढंग से इकट्ठा करना था। इस तरह ईस्ट इंडिया कंपनी भारत में एक प्रादेशिक शक्ति बन गई। भारतीय उपनिवेश में अपने स्वार्थों की पूर्ति के लिए ब्रिटेन के उभरते हुए नए औद्योगिक वर्ग ने 1813 में कंपनी के व्यापारिक एकाधिकार को समाप्त करके मुक्त व्यापार के द्वार खोल दिए जिसके परिणामस्वरूप भारत में ब्रिटिश उपनिवेशवाद का दूसरा चरण आरंभ हुआ।

ब्रिटेन में औद्योगिक क्रांति के कारण ब्रिटेन की आर्थिक प्रणाली में क्रांतिकारी परिवर्तन आए सबसे मुख्य परिवर्तन था ब्रिटेन की अर्थव्यवस्था का वाणिज्यिक पूंजीवाद से मुक्त व्यापार पूंजीवाद में परिवर्तन। औद्योगिक क्रांति के परिणामस्वरूप ब्रिटेन के नए उभरते औद्योगिक वर्ग के हितों

की रक्षा के लिए 1813 में ब्रिटिश संसद ने कंपनी को भारत में व्यापार करने के एकाधिकार से वंचित कर दिया। भारत के संदर्भ में ब्रिटिश औद्योगिक पूंजीपतियों की स्पष्ट नीति थी उन्हें अपने उद्योगों के लिए कच्चे माल की आवश्यकता थी तथा ब्रिटेन की मशीन निर्मित वस्तुओं के लिए बाजार की। 1813 के पश्चात् ब्रिटिश उपनिवेशवादी नीति इसी की पूर्ति में जुट गई। भारत में सूती कपड़ा तथा हथकरघा उद्योग आर्थिक समृद्धि का द्योतक था। यह न केवल अब तक अपनी जनता के वस्त्रों की जरूरतों की पूर्ति करता था बल्कि उनका निर्यात एशिया और यूरोप में भी करता था 1813 में मुक्त व्यापार के आधार पर भारतीय निर्माताओं के साथ सीमा शुल्क में भेदभाव आरंभ किया गया ताकि ब्रिटिश सूती कपड़ा उद्योग विकसित हो सके। भारत को आयात होने वाले ब्रिटिश सूती तथा रेशमी कपड़ों पर जहां उसे 3 से 5 प्रतिशत और ऊनी कपड़ों पर 2 प्रतिशत कर देना पड़ता था वहां ब्रिटेन को निर्यात किए जाने वाले भारतीय सूती कपड़े पर 1 प्रतिशत, रेशमी कपड़ों पर 20 प्रतिशत और ऊनी कपड़ों पर 30 प्रतिशत टैक्स देना पड़ता था। जिसका परिणाम यह हुआ कि 1814 और 1835 के बीच इंग्लैंड के बने सूती कपड़े की भारत में खपत लगभग 10 लाख गज से बढ़कर 5 करोड़ 10 लाख गज से भी अधिक हो गई। 1850 तक स्थिति यह हो गई कि भारत जो कई सौ वर्षों से विश्व को कपड़ा बेचता था वह अब ब्रिटिश निर्मित सूती कपड़े का एक–चौथाई हिस्सा अपने यहां मंगाने लगा।[5] इसका भारतीय सूती कपड़ा उद्योग पर दो तरफा प्रभाव देखने को मिला। एक तो यह कि इंग्लैंड की मशीन से बने कपड़े ने जहां भारत के बुनकरों को बरबाद कर दिया वहीं, दूसरी तरफ मशीन से बने सूत ने सूत कातने वालों को उजाड़ दिया। सूती कपड़े के अलावा रेशमी व ऊनी कपड़ों, लोहे, बर्तन, कांच तथा कागज आदि के मामलों में भी यही हालात हो गए।[6]

शुल्कों का यह भेदभाव 1840 में समाप्त किया गया लेकिन तब तक ब्रिटिश निर्मित विदेशी वस्तुएं भारतीय बाजार में अपना प्रभुत्व जमा चुकी थीं। भारत के औपनिवेशिक शोषण के परिणामस्वरूप ब्रिटिश निर्माताओं को यह लगने लगा कि यदि भारत अपने साधनों का विकास नहीं करता तो भारत के बाजार में उनका सामान नहीं बिक पाएगा। जिसका परिणाम यह हुआ कि जहां पहले चरण में भारत के राजनीतिक और आर्थिक ढांचे में किसी प्रकार के परिवर्तन नहीं किए गए वहीं दूसरे चरण में ये परिवर्तन अनिवार्य हो गए। इसमें से मुख्य परिवर्तन थे— भारत में सड़कों और रेलों का निर्माण, भारत को रुई के स्रोत के रूप में विकसित करना, कृषि विकास, सिंचाई के साधनों का विकास, कम लगान, व्यापारिक फसलों की किस्मों में सुधार, ब्रिटिश नागरिकों के लिए मुक्त व्यापार नीति, ब्रिटिश पूंजीपतियों और व्यापारियों को भारत में आने और बसने की छूट, प्रशासन को अधिक व्यापक बनाना, गांवों तक प्रशासन की पहुंच, व्यापार मार्गों को सुरक्षित रखना आदि।

नए प्रशासन को चलाने के लिए अब अधिक पढ़े–लिखे व्यक्तियों की आवश्यकता महसूस की जाने लगी। ऊंचे वेतन के कारण ब्रिटिश कर्मचारियों को भारत लाना संभव नहीं था जिसकी वजह से 1813 के पश्चात् भारत में आधुनिक पश्चिमी शिक्षा आरंभ की गई। संक्षेप में उपनिवेशवाद के इस दूसरे चरण में ब्रिटिश पूंजीपतियों ने भारतीय उद्योग–धंधों और व्यापार को नष्ट कर दिया। जो देश अपनी समृद्धि के लिए कभी 'सोने की चिड़िया' कहलाता था उसे गरीबी, भुखमरी, बीमारी, कुपोषण, और अकाल का घर बना दिया।

1860 के पश्चात् का समय ब्रिटिश उपनिवेशवाद का तृतीय चरण माना जा सकता है। इस चरण में ब्रिटिश उपनिवेशवाद के विनाशकारी परिणाम सामने आने शुरू हो गए थे। जिनके परिणामस्वरूप भारतीय अर्थव्यवस्था में सुधारों की आवश्यकता महसूस की गई जिनका ऊपर वर्णन किया गया है। सुधार कार्यक्रमों को शुरू करने से पूर्व ही भारतीय इतिहास में एक सनसनीखेज घटना घट गई। यह घटना थी 1857 का विद्रोह जिसे भारतीयों के द्वारा स्वतंत्रता का प्रथम संग्राम कहा गया है। स्वतंत्रता संग्राम के संदर्भ में पंडित जवाहर लाल नेहरू ने लिखा है कि यह पुराने सामंतवादी तरीके की स्वतंत्रता थी जिसमें तानाशाही राजा प्रधान होते थे। इस प्रकार की व्यवस्था में आम आदमी के लिए कोई स्वतंत्रता नहीं थी हालांकि इस विद्रोह में आम जनता ने बड़े पैमाने पर हिस्सा लिया।[7] विद्रोह के परिणाम भी व्यापक हुए, इसने मुगल बादशाहों के वंश को सदा के लिए समाप्त कर दिया। साथ ही साथ भारत में कंपनी के शासन को समाप्त करके ब्रिटिश सरकार ने भारतीय शासन की बागडोर अपने हाथ में ले ली। सामंत, राजाओं और राजप्रमुखों को कठपुतली शासकों के रूप में स्थापित कर दिया गया। भारतीय रियासतों को ब्रिटिश राज्य के अंतर्गत मिलाने की नीति भी समाप्त कर दी गई और स्थानीय जागीरदारों को जिन्हें अपनी भूमि से बेदखल कर दिया गया था, उनकी भूमि वापस कर दी गई। इन सबके अलावा भारतीय एकता को नष्ट करने के लिए 'फूट डालो और शासन करो' नीति के अंतर्गत ब्रिटिश शासकों ने भारत की प्रतिक्रियावादी और संकीर्णतावादी शक्तियों के साथ सांठ-गांठ की जिसका परिणाम पाकिस्तान का निर्माण था। इसी वक्त अर्थात् उन्नीसवीं शताब्दी के उत्तरार्ध में, यूरोप के अन्य देश जैसे, अमेरिका, जर्मनी, फ्रांस तथा जापान आदि भी औद्योगिकरण की प्रक्रिया पूरी कर चुके थे और इन्होंने भी एशिया और अफ्रीका के देशों में अपने उत्पादन के लिए बाजार की तलाश और कच्चे माल की खोज आरंभ कर दी। इस प्रकार पूरे विश्व में 1860 के पश्चात् कच्चे माल की तलाश और बाजार के लिए अंतर्राष्ट्रीय स्तर पर तीव्र संघर्ष छिड़ गया।

भारत के आर्थिक शोषण के परिणामस्वरूप इंग्लैंड में असीमित मात्रा में पूंजी जमा हो गई। इस पूंजी का संचय कुछ बैंकों, उद्योगपतियों और उत्पादक संघों तक ही सीमित हो गया लेकिन इंग्लैंड में मजदूरों और आम जनता की आर्थिक स्थिति अभी भी दयनीय थी। जिसका परिणाम यह हुआ कि इंग्लैंड का मजदूर वर्ग संगठित होने लगा। अब ब्रिटिश उद्योगपतियों को लगने लगा था कि यदि वे गृह उद्योगों में पूंजी का विनियोजन करेंगे तो उन्हें मजदूरों की सौदेबाजी का सामना करना पड़ेगा जिससे उनका मुनाफा कम हो जाएगा। इसके विपरीत यदि यही पूंजी विदेशों में कृषि, खनिज संपदा अथवा यातायात के साधनों के विकास में लगाई जाए तो इससे उनके हितों का संरक्षण होगा। अतिरिक्त पूंजी का सुरक्षित विनियोजन, उपनिवेशों में सस्ती मजदूरी के कारण अधिक लाभ और सस्ते कच्चे माल की निरंतर उपलब्धता आदि के उद्देश्यों के लिए 1860 के पश्चात् ब्रिटिश उपनिवेशवाद को वित्तीय पूंजीवाद के नाम से जाना जाता है। भारत में ब्रिटिश पूंजी के निवेश के आधार पर भारत की यातायात व्यवस्था, उद्योग प्रणाली, विदेशी व्यापार, चाय, कॉफी तथा रबड़ के बगान, तटीय तथा अंतर्राष्ट्रीय जहाजरानी, बैंकिंग तथा बीमा आदि ब्रिटेन के अधीन आ गए। इस प्रकार भारत अब असली अर्थों में ब्रिटेन का उपनिवेश बन गया था। औपनिवेशिक शासन के तृतीय चरण ने भारतीय पूंजीपति वर्ग को भी जन्म दिया जिसने आर्थिक और राजनीतिक दोनों क्षेत्रों में ब्रिटिश उपनिवेशवाद को चुनौती दी। भारत की सामाजिक,

आर्थिक, राजनीतिक प्रगति, भारतीय हित तथा ब्रिटिश उपनिवेशवाद के आर्थिक शोषण ने भारत में एक शक्तिशाली राष्ट्रीय आंदोलन को जन्म दिया। उन्नीसवीं शताब्दी के अंतिम चरण में एक विनम्र-निवेदन से यह आरंभ हुआ और प्रथम विश्व युद्ध तक एक प्रभावशाली शक्ति बन गया जिसके परिणामस्वरूप भारतीयों को स्वतंत्रता प्राप्त हुई।

अंग्रेजों के भारत आगमन से पूर्व जितने भी विजेता आए उन्होंने भारतीय आर्थिक व्यवस्था के सामाजिक संबंधों में कोई खास परिवर्तन नहीं किया बल्कि उन्हें पूर्णतया प्राचीन भारतीय व्यवस्था के अनुकूल ही रहने दिया। इन विजेताओं ने केवल राजनीतिक दृष्टि से वंश परिवर्तन ही किया। वे भारतीय समाज में समाहित हो गए क्योंकि भारतीय संस्कृति एक उच्चतर संस्कृति थी। लेकिन अंग्रेजों ने अपने साम्राज्यवादी भौतिकवादी हितों के लिए भारतीय समाज के मौलिक ढांचे को तोड़कर प्राचीन कृषि और उद्योग को समाप्त कर दिया। ब्रिटिश साम्राज्यवाद के आगमन से पहले भारत के उद्योग-धंधों और खेती में एक प्रकार का संतुलन था लेकिन अंग्रेजी नीति ने इस संतुलन को पूर्णतया नष्ट करके भारत को एक विशुद्ध कृषि प्रदेश बना दिया।

भारत एक कृषि प्रधान देश रहा है और कृषि भारत के आर्थिक जीवन का मुख्य आधार भी रही है। ब्रिटिश पूर्व भारतीय कृषि व्यवस्था उन्नत दशा में थी। उद्योग-धंधे भी विकसित हो रहे थे। ब्रिटिश भारतीय अर्थव्यवस्था के दो मुख्य आधार स्तंभ— (i) कृषि (ii) और कुटीर उद्योग अर्थात् हस्तकला उद्योग थे। प्राक् ब्रिटिश अर्थव्यवस्था अपने आप में एक आत्मनिर्भर इकाई के रूप में कार्य कर रही थी। कृषि प्रधान राज्य और पूंजीवादी व्यवस्था के अभाव में भारतीयों का जीवन बहुत सादा था। व्यक्ति की अधिकतर आवश्यकताओं की पूर्ति गांवों में ही हो जाती थी। किसान फसल उगाता था और दूसरे कारीगर अन्य वस्तुओं का निर्माण किया करते थे जैसे लुहार बर्तनों तथा अन्य लोहे के सामानों की पूर्ति करता था, सुनार सोने की, वैध चिकित्सा संबंधी सेवा का निर्माण करता था। अत: गांव एक पूर्ण आत्मनिर्भर इकाई के रूप में कार्य करता था। गांव वस्तुओं का उत्पादन तथा उपभोग स्वयं कर लेता था। इससे शहरों से अधिक संबंध नहीं हो पाता था अर्थात् गांवों और शहरों में लगभग अलगाव की सी स्थिति थी। जिसके परिणामस्वरूप किसी उच्चतर अर्थव्यवस्था का निर्माण नहीं हो सकता था

## 1.2 औपनिवेशिक अर्थव्यवस्था और उसका प्रभाव

भारत एक कृषि प्रधान देश रहा है और राज्य की आय का एक बड़ा भाग सदा कृषि से ही आता रहा है। मुसलमानों के आगमन से पूर्व कृषक राजा को अपनी उपज का छठा भाग दिया करते थे, जिसे 'बलि' कहा जाता था। भू-स्वामी भी कृषक ही हुआ करता था। मुसलमानों के आगमन के पश्चात् भी स्थिति में कुछ खास परिवर्तन नहीं किए गए। बलि का नाम बदलकर 'खिराज' कर दिया गया। अभी भी सामान्य रूप से भूमि का मालिकाना हक कृषक के पास ही रहा। लेकिन अपनी स्वार्थ सिद्धि के लिए अंग्रेजों ने भारतीय कृषि के परंपरागत स्वरूप को नष्ट कर दिया। भारतीय कृषि व्यवस्था को पूंजीवादी व्यवस्था में ढालने के लिए अंग्रेज भारतीय परंपरागत सामंतवादी व्यवस्था को समाप्त कर उसके स्थान पर ब्रिटिश सामंतवादी व्यवस्था ले आए। 1765 में बंगाल, उड़ीसा और बिहार से प्राप्त भू-राजस्व प्रशासन के भार के लिए अंग्रेज तैयार नहीं थे। अत: क्लाइव ने राजस्व-वसूली का कार्य बंगाल के डिप्टी दीवान के पास ही सुरक्षित रखा।

कंपनी की सत्ता स्थापित होने और विस्तारवादी नीति के लिए कृषि व्यवस्था में परिवर्तन किया गया। सर्वप्रथम बंगाल में लगान में वृद्धि की गई परंतु लगान में वृद्धि कर के अंग्रेजों को संतोष नहीं हुआ।

1771 में लॉर्ड वारेन हेस्टिंग्स ने लगान संबंधी दीवानी अधिकार अपने हाथ में ले लिए। लगान व्यवस्था में स्थापित अंसगतियों जैसे भू-स्वामित्व का अधिकार किसका हो, उपज में सरकार का कितना भाग हो, राजस्व कौन एकत्रित करे आदि अर्थात् भू-राजस्व की एक संतोषजनक पद्धति खोज निकालने के लिए लॉर्ड वारेन हेस्टिंग्स, फिलिप फ्रांसिस और वारवैल की एक कौंसिल स्थापित की गई। फिलिप फ्रांसिस चाहते थे कि कृषकों को भू-स्वामी का दर्जा देकर उन्हीं के साथ लगान का निर्धारण किया जाए। लेकिन कौंसिल के अन्य दो सदस्य हेस्टिंग्स और वारवैल इस पक्ष में नहीं थे उनका मानना था कि भूमि सम्राट (ब्रिटिश) की है अत: लगान एकत्रित करने वाले मात्र कंपनी के एजेंट होंगे। इसी आधार पर वारेन हेस्टिंग्स ने बोली लगाने वाली प्रथा की शुरुआत की। हेस्टिंग्स ने उच्चतम बोली लगाने वाले को लगान-वसूली का ठेका दिया। प्रारंभ में यह ठेका 5 वर्ष के लिए दिया जाने लगा। इस पंचवर्षीय प्रबंध में कमियों की वजह से 1777 में इसे 1 वर्षीय कर दिया गया। अधिक कर-निर्धारण और नए जमींदार वर्ग के लालच ने कृषकों का पूरी तरह दमन किया। हेस्टिंग्स द्वारा स्थापित भू-व्यवस्था भारतीय ग्रामीण समुदायों के सामाजिक और आर्थिक जीवन पर पहला आघात था।

वारेन हेस्टिंग्स के द्वारा स्थापित मालगुजारी व्यवस्था के परिणामस्वरूप बंगाल की पुरानी बर्दवान, पुरनिया, राजशाही और दिनाजपुर जैसी बड़ी-बड़ी जमींदारियां समाप्त हो गईं। वारेन हेस्टिंग्स को भू-राजस्व प्रणाली अधिक संतोषजनक नहीं रही जिसके कारण अंग्रेजों ने भारतीय भू-व्यवस्था में आमूल परिवर्तन करने का निश्चय किया। गवर्नर जनरल लॉर्ड कॉर्नवालिस के शासनकाल में एक नवीन पद्धति को स्थापित किया गया। भूमि का स्थायी बंदोबस्त जिसका मुख्य उद्देश्य लगान व्यवस्था को स्थायित्व प्रदान करना था।

## 1.3 स्थायी बंदोबस्त (Permanent Settlement)

भारत में राजस्व समस्या के निदान के लिए गवर्नर जनरल लॉर्ड कॉर्नवालिस के शासन काल में एक नई भूमि व्यवस्था अर्थात् भूमि का स्थायी प्रबंध का जन्म हुआ। वास्तव में लॉर्ड कॉर्नवालिस के आगमन से पूर्व ही 1770 के आसपास कंपनी के अनेक अधिकारी जैसे अलेक्जेंडर डो, हेनरी पैदुलो, फिलिप फ्रांसिस और टॉमस लॉ आदि यूरोपीय प्रेक्षक मालगुजारी के स्थायी निर्धारण की बात कर रहे थे।[8] यही विचार 1793 के स्थायी बंदोबस्त प्रबंध के आधार बन गए जिससे बंगाल में 'हमेशा के लिए आकलन' की नीति लागू की गई। लॉर्ड कॉर्नवालिस इस व्यवस्था को स्थायी बनाने के पक्षधर थे लेकिन प्रारंभ में 1790 में इसे 10 वर्षों के लिए लागू किया गया। 1793 में कॉर्नवालिस को कंपनी द्वारा स्वीकृति मिलने के पश्चात् 22 मार्च को इस बंदोबस्त को स्थायी कर दिया गया। बंगाल के अलावा मद्रास के कुछ हिस्सों में यह व्यवस्था लागू की गई।

स्थायी बंदोबस्त के द्वारा जमींदारों को भूमि का स्थायी स्वामी मान लिया गया। सरकार को चुकाया जाने वाला लगान निश्चित कर दिया गया। जब तक जमींदार स्थापित लगान सरकार

को दिया करते थे तब तक भूमि का निश्चित स्वामित्व उनका हुआ करता था। लेकिन यदि वे निश्चित लगान नहीं दे पाते थे तो उनसे भूमि छीन ली जाती थी। स्थायी बंदोबस्त के द्वारा कृषि की उपज के भागीदार सरकार, जमींदार और कृषक हो गए। सरकार और जमींदार दोनों वर्गों को इससे अप्रत्याशित लाभ प्राप्त हुआ। कृषक जमीन के मालिक नहीं रहे बल्कि लगान देकर दूसरों की जमीन पर खेती करने वाले काश्तकार बन गए। बंदोबस्त के द्वारा अत्यधिक लगान निर्धारित किया गया। भूमि के अनुमानित लगान लगभग 3,75,00000 वार्षिक में से सरकार का 89 प्रतिशत और राजस्व संग्रह कार्यों के लिए जमींदारों का 11 प्रतिशत भाग रखा गया। इस व्यवस्था का कृषकों पर बहुत बुरा प्रभाव पड़ा।

स्थायी बंदोबस्त स्थापित करने के पश्चात् अंग्रेजी सरकार को आशा थी कि इससे कंपनी की आय बहुत बढ़ जाएगी। सरकार ने कृषकों की बजाय जमींदारों को भूमि का स्वामित्व दिया लेकिन उन्हें यह मालूम नहीं था कि इससे उनका भी भूमि से स्वामित्व उठ जाएगा। जमींदार किसानों से जितना लगान वसूलते थे उसका थोड़ा ही भाग जो कि निश्चित था सरकार को देते थे। निश्चित लगान स्थापित करने की वजह से अतिरिक्त आय सरकार के कोष में पहुंचने के स्थान पर जमींदारों के पास पहुंचने लगी। जिसका परिणाम यह हुआ कि एक नई व्यवस्था की जरूरत महसूस होने लगी जो अंग्रेजों के हितों की पूर्ति करती हो।

## 1.4 रैयतवारी बंदोबस्त (Ryotwari Settlement)

रैयतवारी का प्रयोग बड़ा महल में 1792 में अलेक्जेंडर रीड ने आरंभ किया जिसे मुनरो (1801) ने जारी रखा। 1807 में मुनरो के लंदन चले जाने के पश्चात् रैयतवारी व्यवस्था को लगभग त्याग दिया गया। लेकिन 1820 में मुनरो मद्रास का गवर्नर बनकर वापस आया। रैयतवारी व्यवस्था के संदर्भ में उसका विचार था कि यह व्यवस्था भारतीय दशाओं के लिए सर्वाधिक उपयुक्त है क्योंकि रैयतवारी (लगान भुगतान की जिम्मेदारी काश्तकार पर) भारत की प्राचीन भू-व्यवस्था जैसी ही थी। इस व्यवस्था में लगान में भूस्वामी, किसान और मजदूर एक हो गए। साथ ही ब्रिटिश शासन शक्ति का आधार जमींदार के बजाय कृषक वर्ग हो गया। यह व्यवस्था खेती की उन्नति के लिए भी उपयुक्त होगी क्योंकि अधीनस्थ काश्तकार (स्थायी बंदोबस्त के आधार पर) के बजाय कृषक (रैयत) पुश्तैनी अधिकार पाकर भूमि की अधिक देखभाल कर सकेगा। संपत्ति का मोह व जादू उद्यम को बढ़ावा देने के साथ-साथ खेती की दशा को भी सुधारने में भागीदार होगा।[9]

## 1.5 महालवारी व्यवस्था (Mahalwari System)

महालवारी व्यवस्था अंग्रेजी शासन व्यवस्था की लगान प्राप्ति की एक नई व्यवस्था थी जिसके अंतर्गत दक्कन के कुछ जिलों, उत्तर भारत जैसे संयुक्त प्रांत, आगरा, अवध, मध्य प्रांत तथा पंजाब के कुछ हिस्सों को शामिल किया गया था। प्रारंभ में तालुकदार से ही लगान प्राप्ति की जाती थी लेकिन कंपनी की अधिक लगान प्राप्ति की नीति के तहत यह व्यवस्था बदल दी गई। अब अंग्रेजों का मुख्य ध्यान यह था कि राजस्व प्राप्ति स्थानीय जमींदार (जमीन के मालिक)

से ही प्राप्त की जाए। इसी बात को ध्यान में रखकर महालवारी बंदोबस्त को लागू किया गया। इस बंदोबस्त के द्वारा संपूर्ण गांव या महल को एक इकाई मानकर उन पर लगान निर्धारित कर दिया जाता था। जिसके आधार पर गांव के हर कृषक का यह उत्तरदायित्व बन जाता था कि वह लगान को चुकाए। इस प्रकार गांव की जमीन के मालिक पूरे गांव की तरफ से सरकार से समझौता करते थे न की व्यक्तिगत रूप से। कृषक अपने मुखिया के माध्यम से लगान का उत्तरदायित्व अपने ऊपर ले लेता था और फिर सारी देनदारी आपस में बांटकर सबके अंश निर्धारित कर दिए जाते थे। यह व्यवस्था देखने में चाहे कितनी भी सही क्यों न लगती हो लेकिन अधिकतर मामलों में जमीन की पट्टेदारियों, प्राचीन परंपराओं, अधिक लगान और वहां के निवासियों से मेल नहीं खाती थी। इस व्यवस्था को ब्रिटिश भारत के कुल 30 प्रतिशत भाग में ही स्थापित किया गया था।

ब्रिटिश उपनिवेशवाद ने भारत की सामंतवादी अर्थव्यवस्था को पूंजीवादी अर्थव्यवस्था में परिवर्तित कर दिया, हालांकि यह परिवर्तन अधूरा और विकृत था। ग्रामीण क्षेत्रों में नए वर्ग पैदा हुए जैसे जमीन के मालिक जमींदार जिनका एक हिस्सा शहरों में रहता था। इन जमींदारों से लगान पर जमीन लेकर काश्त करने वाले काश्तकार, जमीन के मालिक-धनी, मध्यम और गरीब किसान, खेतिहर मजदूर, आधुनिक व्यापारी और आधुनिक सूदखोर, शहरों में हस्तशिल्प वर्ग की समाप्ति और उनके स्थान पर औद्योगिक, व्यवसायिक और पूंजीपति वर्ग का उदय, कल-कारखानों, यातायात, खानों आदि में काम करने वाले आधुनिक मजदूर वर्ग, आधुनिक पूंजीवादी अर्थतंत्र से जुड़े छोटे-व्यापारी और दुकानदार तथा कारीगर और डॉक्टर, वकील, अध्यापक, पत्रकार, मैनेजर, क्लर्क आदि बुद्धिजीवी लोगों का मध्यवर्ग। इस प्रकार भारत में ब्रिटिश उपनिवेशवाद का प्रभाव केवल अर्थव्यवस्था पर ही नहीं बल्कि भारत के संपूर्ण ढांचे पर पड़ा।[10]

## 1.6 स्वतंत्रता पूर्व भारतीय अर्थव्यवस्था

भारत में ब्रिटिश शासन के स्थापित होने से पूर्व भारत की आर्थिक स्थिति अच्छी थी। वास्तव में उस समय अनेक यूरोपीय देशों की तुलना में भारत की आर्थिक स्थिति बेहतर थी। कृषि की अच्छी स्थिति के कारण देश अनाज के संबंध में आत्मनिर्भर था। यहां अनेक प्रकार के उद्योगों मुख्य रूप से दस्तकारी और छोटे पैमाने के उद्योगों की स्थिति काफी अच्छी थी। दूर-दूर तक विदेशों में इनके बाजारों का विस्तार हुआ था। उन्नत खेती और समृद्ध उद्योगों के फलस्वरूप व्यापार की स्थिति भी अच्छी थी। पोत परिवहन के क्षेत्र में भी देश बहुत आगे था। भारतीय जहाज अंतर्राष्ट्रीय व्यापार में महत्त्वपूर्ण भूमिका अदा करते थे। ब्रिटिश शासन से पूर्व भारतीय अर्थव्यवस्था का स्तर काफी ऊंचा था तथा इसके विभिन्न अंगों के बीच पर्याप्त संतुलन भी था।

भारतीय अर्थव्यवस्था का विकास अगर इसी तरह होता रहता और समय के साथ-साथ देश में बड़े पैमाने के उद्योग की स्थापना तथा आधुनिक तकनीक का विस्तार होता, तो धीरे-धीरे भारत आधुनिक औद्योगिक विकास की अवस्था में पहुंच जाता। लेकिन दुर्भाग्यवश ब्रिटिश शासन के स्थापित होने से यह सामान्य प्रक्रिया आगे नहीं बढ़ सकी। बल्कि विकास की प्रक्रिया विपरीत दिशा में चलने लगी। ब्रिटिश काल में भारतीय अर्थव्यवस्था को गहरा आघात पहुंचा। इसका

भीतरी संतुलन बिगड़ गया और विकास अवरुद्ध हो गया। फलस्वरूप देश में गरीबी और बेकारी बढ़ी और तुलनात्मक दृष्टि से देश आर्थिक क्षेत्र में पिछड़ गया।

नियमित ब्यौरेवार एवं तुलनीय आंकड़ों के अभाव में इस आर्थिक गतिहीनता की बहुत सही-सही माप तो संभव नहीं है, लेकिन इसके विषय में संदेह नहीं हो सकता। आर्थिक स्थिति का अनुमान लगाने का एक सुपरिचित मापदंड प्रति व्यक्ति आय है। स्थिर तथा गिर रही प्रतिव्यक्ति आय आर्थिक गतिहीनता का स्पष्ट सूचक है। इस दृष्टि से भारतीय अर्थव्यवस्था की गतिहीनता का साफ परिचय मिलता है। उन्नीसवीं शताब्दी के उत्तरकाल से संबंधित भारत में प्रतिव्यक्ति आय के अनेक अनुमान उपलब्ध हैं जो भिन्न-भिन्न वर्षों के लिए व्यक्तिगत तौर पर विभिन्न विशेषज्ञों द्वारा लगाए गए हैं। इन अनुमानों की अपनी अनेक कमियां हैं। ये अपर्याप्त सूचनाओं पर आधारित हैं। जिन आगणन-विधियों, परिभाषाओं और मान्यताओं के सहारे ये अनुमान तैयार किए गए हैं, उनमें भारी विभिन्नता पाई जाती है। अनुमानकर्ताओं के निजी विचार, दृष्टिकोण आदि का भी इन अनुमानों पर गहरा प्रभाव पड़ा है। ये अनुमान भिन्न-भिन्न क्षेत्रों और कीमत स्तरों से संबंधित हैं। फलस्वरूप वैज्ञानिक दृष्टि से ये तुलनीय नहीं हैं। फिर भी यदि इन अनुमानों को किसी कीमत-स्तर के आधार पर वास्तविक रूप में प्रस्तुत किया जाए और आस-पास के वर्षों के असमान अनुमानों को मिलाकर औसत निकाला जाए जिससे कि अनुमानकर्ताओं के निजी विचारों के प्रभाव बहुत कुछ दूर हो सकें तो मोटे तौर पर इनको तुलनीय बनाया जा सकता है।

भारत में औसत प्रति व्यक्ति आय का सांख्यिकीय ब्यौरा तैयार करने का श्रेय दादाभाई नौरोजी को दिया जाना चाहिए।

**तालिका 1.1 भारत में प्रति व्यक्ति आय के अनुमान**

| वर्ष | अनुमान कर्ता | प्रतिव्यक्ति आय (रुपये) | | प्रतिव्यक्ति आय (1873 की कीमतों पर) |
|---|---|---|---|---|
| 1867-68 | नौरोजी | 20.3 | 25.0 | 24.35 |
| 1875 | एटकिंसन | 30.5 | | |
| 1880 | डिग्बी | 22.5 | 25.0 | 24.05 |
| 1882 | बारिंग और बरबोर | 27.0 | | |
| 1885 | एटकिंसन | 39.5 | | |
| 1899 | डिग्बी | 18.0 | 29.0 | 23.13 |
| 1901 | कर्जन | 30.0 | | |

स्रोत: वी. वी. भट्ट, *आस्पेक्ट्स ऑफ इकॉनोमिक चेंज एंड पॉलिसी इन इंडिया*, पृ. 19

सन् 1873 में प्रकाशित दादाभाई नौरोजी के अनुमानों के अनुसार सन् 1867-68 में भारत की कुल राष्ट्रीय आय 340 करोड़ रु. थी जबकि भारत की कुल जनसंख्या 17 करोड़ थी। इस प्रकार औसत प्रति व्यक्ति आय 20.3 रु. थी। इसी प्रकार विलियम डिग्बी (William Digby) के

अनुमानों के आधार पर यह कहा जा सकता है कि सन् 1880 और सन् 1899 में भारत की प्रति व्यक्ति आय क्रमश: 22.5 और 18.0 रु. प्रतिवर्ष थी। बारिंग और बरबोर (Baring and Barbour) के द्वारा सरकारी तौर पर राष्ट्रीय आय के आंकड़े तैयार किए थे। इनके अनुमानों के अनुसार सन् 1882 में भारत में प्रति व्यक्ति आय 27 रु. थी जबकि लॉर्ड कर्जन के अनुमानों के अनुसार 1901 में भारत में प्रति व्यक्ति आय 30 रु. थी।

एटकिंसन के अनुमानों के अनुसार सन् 1875 और 1885 में भारत में प्रति व्यक्ति आय क्रमश: 30.5 और 39.5 रु. थी। यदि हम निजी सूत्रों से तैयार किए गए आंकड़ों पर ही अपना ध्यान केंद्रित करें तो हम देखते हैं कि औसतन भारतीय की दैनिक आय 10 पैसे से अधिक नहीं थी। 10 पैसे से कोई व्यक्ति अपना निर्वाह कैसे कर पाता होगा। नि:संदेह गरीबी बहुत विकट रूप में विद्यमान थी। (गरीबी की विकटता को एक-दूसरे रूप में भी सिद्ध किया जा सकता है। यदि हम भारतीय प्रति व्यक्ति आय की तुलना समकालीन दूसरे देशों की प्रति व्यक्ति आय से करते हैं) भारत की औसत वार्षिक प्रति व्यक्ति आय 2 पौंड थी जबकि इंग्लैंड में 41 पौंड, जर्मनी में 18.7 पौंड, अमेरिका में 27.2 पौंड और स्पेन में 13.8 पौंड। स्पष्ट है कि भारत की प्रति व्यक्ति आय अन्य देशों की प्रति व्यक्ति आय की तुलना में तुच्छ थी।

**तालिका 1.2 प्रति व्यक्ति आय में परिवर्तन**

| वर्ष | पटेल | मुकर्जी |
|---|---|---|
| 1905-06 से 1915-16 | 100 | 100 |
| 1916-17 से 1925-26 | 103.9 | 110 |
| 1926-27 से 1935-36 | 98.3 | 112 |
| 1936-37 से 1945-46 | 91.1 | 112 |

*स्रोत: वी. वी. भट्ट, आस्पेक्ट्स ऑफ इकॉनोमिक चेंज एंड पॉलिसी इन इंडिया, पृ. 20*

बीसवीं शताब्दी के आरंभ से स्वतंत्रता प्राप्ति के समय तक की अवधि में प्रति व्यक्ति आय में हुए परिवर्तनों को उपरोक्त तालिका के द्वारा स्पष्ट किया गया है। प्रतिव्यक्ति आय में परिवर्तनों को सुरेंद्र जे. पटेल और के. मुकर्जी के अनुमानों के द्वारा स्पष्ट किया गया है। सुरेंद्र जे. पटेल के अनुसार इन 40 वर्षों के दौरान प्रति व्यक्ति आय में कमी हुई । प्रति व्यक्ति आय का सूचकांक, जो इस अवधि के आरंभ में 100 था वह घटकर अवधि के अंत तक 91 के लगभग रह गया। मुकर्जी के अनुमानों के अनुसार इस अवधि में प्रति व्यक्ति आय में थोड़ी वृद्धि हुई। प्रति व्यक्ति आय में हुई यह वृद्धि 12 प्रतिशत है जो वार्षिक दर से 0.3 प्रतिशत के लगभग बैठती है। अत: इस प्रकार हम कह सकते हैं कि ब्रिटिश काल में प्रति व्यक्ति आय स्थिर रही या इसमें कुछ कमी या वृद्धि हुई लेकिन देश की बढ़ती जनसंख्या से प्रति व्यक्ति आय में कोई उल्लेखनीय परिवर्तन नहीं आया। इस अवधि में देश के व्यावसायिक ढांचे का अध्ययन करने के पश्चात् हम कह सकते है कि भारतीय अर्थव्यवस्था गतिहीन अथवा स्थिर बनी हुई थी। साधारणतया आर्थिक विकास के साथ-साथ कृषि क्षेत्र में लगे श्रमिकों के अनुपात में कमी तथा उद्योग और सेवा क्षेत्रों में लगे कार्यशील श्रमिकों के अनुपात में वृद्धि होती है। लेकिन उस वक्त भारत के व्यवसायिक ढांचे में कोई खास परिवर्तन नजर नहीं आया। इसके विपरीत कृषि क्षेत्र में कार्यशील श्रमशक्ति

के अनुपात में वृद्धि तथा उद्योग क्षेत्र के अनुपात में थोड़ी कमी देखने को मिलती है। जैसे 1881 में कृषि क्षेत्र में लगे श्रमिकों का अनुपात 74 प्रतिशत था जो 1931 में बढ़कर 76 प्रतिशत हो गया। इस बीच उद्योग क्षेत्र में लगे श्रमिकों का भाग 18 प्रतिशत से घटकर 1931 में 15 प्रतिशत रह गया। अत: स्पष्ट है कि इस अवधि में भारतीय अर्थव्यवस्था एक स्थैतिक या गतिहीन अर्थव्यवस्था थी।

## 1.7 कृषि

कृषि उत्पादन के संदर्भ में विशेषकर 1930 के दशक तक यह धारणा प्रचलित थी कि कुल फसल उत्पादन जनसंख्या की अपेक्षा तेजी से बढ़ रहा है। इसके बावजूद भी आम व्यक्ति गरीब होता जा रहा है। असमान वितरण प्रणाली और ब्रिटिश शासन को इसके लिए जिम्मेदार ठहराया गया। जिससे रजनी पाम दत्त और प्रोफेसर राधाकमल मुखर्जी भी सहमत थे। रजनी पाम दत्त का मानना था कि 1891 और 1921 के बीच जनसंख्या 9.3 प्रतिशत बढ़ी जबकि खाद्यान्न उत्पादन के अंतर्गत क्षेत्रफल में 19 प्रतिशत की वृद्धि हुई। प्रो. राधाकमल मुखर्जी का मानना था कि 1810-11 और 1932-33 के बीच जनसंख्या 17 प्रतिशत और फसलों की पैदावार 34 प्रतिशत बढ़ी। जनसंख्या और कृषि उत्पादन के इस संदर्भ के अनुसार कृषक की हालत सुधरनी चाहिए थी, परंतु ऐसा हुआ नहीं। रजनी पाम दत्त ने इसके लिए ब्रिटिश सरकार, भूस्वामियों और महाजनों द्वारा लाए गए तिहरे बोझ (कर, लगान और ब्याज) को दोषी ठहराया जिसके परिणामस्वरूप कृषकों के पास जीवन यापन के लिए बहुत कम रह पाता था।[11]

अन्य अनेक अध्ययनों में के. एफ. दत्त (भारत सरकार के एक अधिकारी) इस निष्कर्ष पर पहुंचे की 1894-1912 की अवधि के दौरान खाद्यान्नों का उत्पादन जनसंख्या वृद्धि की तुलना में धीमी गति से बढ़ रहा था। कृषि उत्पादन, उत्पादकता और खाद्य उपलब्धता के विषय में स्थापित उलझनों को जार्ज ब्लिन के द्वारा सुलझाया गया। उन्होंने 1951 में अपने अध्ययन ''दि एग्रीकल्चरल क्राप्स ऑफ इंडिया, 1893-1946: ए स्टेटिस्टिकल स्टडी ऑफ आउटपुट एंड ट्रेंडस'' (अप्रकाशित) तैयार किया। इसके अंतर्गत तकरीबन सारा अविभाजित भारत (ब्रिटिश भारत और वे देशी रियासतें जिनके आंकड़े उपलब्ध थे) शामिल था। जार्ज ब्लिन का निष्कर्ष यह था कि इस पूरी अवधि के दौरान कुल फसल उत्पादन धीरे-धीरे बढ़ा उसके बढ़ने की रफ्तार जनसंख्या वृद्धि की दर से विशेषकर 1921 के पश्चात् धीमी रही। वाणिज्यिक फसलों का उत्पादन तेजी से बढ़ा और इस अवधि के दौरान वह लगभग दोगुना हो गया। खाद्यान्नों का उत्पादन घटा जिससे प्रतिव्यक्ति उत्पादन में तेजी से कमी आई। कृषि उत्पादन और भारतीय कृषि की उत्पादकता की प्रवृतियों से संबंधित ब्लिन का अध्ययन अधिक प्रमाणिक और विश्वसनीय है। जैसाकि डेनियल और एलिस थोर्नर ने कहा है कि 1890 के दशक के आरंभ से सभी कृषि फसलों के कुल उत्पादन के आंकड़े अधूरे हैं। अत: नि:संदेह उपलब्ध कृषि विषयक आंकड़ों का इससे अधिक परिष्कृत सांख्यिकीय विवेचन संभव है, परंतु हमें तब आश्चर्य होगा जब इन परिष्कारों के फलस्वरूप प्राप्त नतीजे श्री ब्लिन के परिणामों से मुख्य तौर पर भिन्न हो।[12]

स्वतंत्रता पूर्व भारतीय कृषि की स्थिति को ब्लिन के अध्ययनों के आधार पर समझा जा सकता है।

**तालिका 1.3 उत्पादन, प्रति एकड़ पैदावार ( मूल्य ) और वार्षिक परिवर्तन की दर सभी 10 संदर्भ दशक औसत प्रतिवर्ष**

| क्षेत्र | सभी फसलें | | | गैर खाद्य फसलें | | | खाद्य फसलें | | | जनसंख्या |
|---|---|---|---|---|---|---|---|---|---|---|
| | कुल उत्पादन | क्षेत्रफल | प्रति एकड़ पैदावार | कुल उत्पादन | क्षेत्रफल | प्रति एकड़ पैदावार | कुल उत्पादन | क्षेत्रफल | प्रति एकड़ पैदावार | |
| ब्रिटिश भारत | 0.37 | 0.40 | 0.01 | 1.31 | 0.42 | 0.86 | 0.11 | 0.31 | −0.18 | 0.67 |
| ग्रेटर बंगाल | −0.45 | −0.06 | −0.34 | 0.23 | −0.41 | 0.59 | −0.73 | 0.00 | −0.55 | 0.67 |
| यू. पी. | 0.42 | 0.44 | 0.15 | 0.92 | 0.60 | 0.24 | 0.35 | 0.41 | −0.22 | 0.40 |
| मद्रास | 0.98 | 0.31 | 0.65 | 2.37 | 1.24 | 1.25 | 0.42 | 0.04 | 0.35 | 0.80 |
| ग्रेटर पंजाब | 1.57 | 0.96 | 0.62 | 2.40 | 1.20 | 1.13 | 1.10 | 0.87 | 0.31 | 0.84 |
| बंबई–सिंध | 0.66 | 0.40 | 0.28 | 1.44 | 0.87 | 0.92 | 0.27 | 0.31 | −0.11 | 0.71 |
| सेंट्रल प्राविंसेज | 0.48 | 0.30 | 0.08 | 0.97 | 0.11 | 0.57 | 0.29 | 0.32 | 0.05 | 0.58 |

*स्रोत:* जार्ज ब्लिन, *एग्रीकल्चरल ट्रेंडस इन इंडिया, 1891–1947 : आउटपुट, वेल्फेयर एंड प्रोडक्टिविटी*, पेंसिलवानिया पी. एच. डी. थीसिस, 1961, मीमियोग्राफ,

ब्लिन के संपूर्ण अध्ययन काल के दौरान कुल कृषि उत्पादन 0.37 प्रतिशत प्रतिवर्ष की धीमी गति से बढ़ा। आंकड़ों के आधार पर कुल फसल उत्पादन 0.37 प्रतिशत, एकड़वार क्षेत्रफल 0.40 प्रतिशत और प्रति एकड़ पैदावार 0.01 प्रतिशत बढ़ी। ग्रेटर बंगाल ही केवल एक ऐसा क्षेत्र था जहां तीनों में ही ऋणात्मक दरों से परिवर्तन हुए। गैर खाद्यान्न फसलों ने उत्पादन में 1.31 प्रतिशत प्रति वर्ष और उनकी प्रति एकड़ पैदावार में 0.86 प्रतिशत की वृद्धि दर्ज की। मद्रास और ग्रेटर पंजाब गैर खाद्यान्न फसलों के तीनों संकेतकों में सबसे अधिक वृद्धि दर्शाने वाले क्षेत्र थे। इन तीनों दृष्टियों से ग्रेटर बंगाल का स्थान सबसे आखिरी रहा। गैर खाद्यान्नों का एकड़वार क्षेत्रफल 0.42 प्रतिशत प्रतिवर्ष की दर से था। ब्रिटिश कालीन भारतीय वार्षिक खाद्यान्न उत्पादन सिर्फ 0.11 प्रतिशत औसत दर से बढ़ा जबकि जनसंख्या 0.67 प्रतिवर्ष की दर से बढ़ी, जिसका यह परिणाम हुआ कि खाद्यान्नों की औसत प्रति व्यक्ति उपलब्धता घट गई। प्रति व्यक्ति खाद्यान्न उत्पादन में गिरावट को निम्न तालिका 1.4 के द्वारा स्पष्ट किया गया है।

**तालिका 1.4 प्रति व्यक्ति खाद्यान्न उत्पादन में गिरावट (टन) का प्रतिशत**

| क्षेत्र | अवधि | कुल गिरावट | प्रति वर्ष |
|---|---|---|---|
| ब्रिटिश भारत | 1911–41 | 29 | 1.14 |
| ग्रेटर बंगाल | 1901–41 | 38 | 1.14 |
| यू. पी. | 1921–41 | 24 | 1.36 |
| मद्रास | 1916–41 | 30 | 1.40 |
| ग्रेटर पंजाब | 1921–41 | 18 | 1.00 |
| बंबई–सिंध | 1911–41 | 26 | 1.21 |
| सेंट्रल प्राविंसेज | 1921–41 | 19 | 1.05 |

*स्रोत: जार्ज ब्लिन, एग्रीकल्चर ट्रेंडस इन इंडिया, 1891–1947 आउटपुट, अबेलिबिलटी, एंड प्रोडक्टिविटी*, फिलाडेल्फिया, 1966, पृ. 131

तालिका 1.4 से स्पष्ट है कि प्रति व्यक्ति खाद्यान्न उत्पादन में गिरावट 1911–41 के दौरान 1.14 प्रतिशत प्रति वर्ष रही। प्रति व्यक्ति खाद्यान्न उत्पादन में गिरावट सबसे अधिक और कम क्रमश: मद्रास और ग्रेटर पंजाब में रही।

## 1.8 उद्योग

### 1.8.1 जूट उद्योग

बंगाल और बिहार में प्राचीन काल से ही कच्चे जूट का उत्पादन होता आ रहा था जिससे रस्सियों, बोरियों और मोटे वस्त्रों का निर्माण होता था। अठारहवीं शताब्दी के मध्य से ही भारत इन वस्तुओं का निर्यात करता रहा था। यदि आधुनिक जूट उद्योग के आविर्भाव को देखें तो यह ब्रिटिश पूंजीपतियों के प्रयासों का ही परिणाम था। हालांकि प्रारंभ में ईस्ट इंडिया कंपनी ने भारतीय कच्चे जूट के निर्यात को बहुत महत्त्व नहीं दिया क्योंकि उनके यहां स्थापित तकनीक के आधार पर इसका कोई उपभोग नहीं था। लेकिन 1838 में ब्रिटिश विनिर्माताओं ने तकनीकी कठिनाइयों पर

पार पा ली और उन्होंने लिनेन और हेंप के बदले कच्चे जूट का इस्तेमाल करना शुरू कर दिया जो कि उनसे काफी सस्ता था। 1850 के पश्चात् जूट उद्योग के लिए विश्व का दृष्टिकोण बदल गया। मुक्त व्यापार का सिद्धांत, विश्व में नए बाजारों का उदय आदि से विश्व व्यापार बढ़ने के साथ ही पैकिंग सामग्रियों की मांग में कई गुना वृद्धि हुई। भारत में जूट उद्योग के लाभप्रद विकास ने जॉर्ज आकलैंड को आकर्षित किया और उनके साहसिक प्रयासों ने बोर्निया कंपनी को प्रोत्साहित किया। उसने 1859 में प्रथम बड़े पैमाने की जूट कताई और बुनाई मिल लगाई। इस कार्य में उन्हें इतनी सफलता प्राप्त हुई कि उसने 5 वर्षों में ही अपनी संस्थापित क्षमता दोगुनी कर ली। प्रारंभ में विपणन कार्य भारत तक सीमित था लेकिन धीरे-धीरे इसका विस्तार ऑस्ट्रेलिया, अमेरिका, बिट्रेन और मिस्त्र में होने लगा। जूट उद्योग की सफलता का अंदाजा इसी बात से लगाया जा सकता है कि उस वक्त प्लेग और अकालों के बावजूद करघों की संख्या 5000 से बढ़कर 15000 हो गई। 1880 के दशक के अंत तक जूट उद्योग में लगे लोगों की संख्या लगभग 50,000 हो गई।

1875-76 और 1913-14 के मध्य भारत से निर्यातित कच्चे जूट का वजन 195 प्रतिशत बढ़ा परंतु विनिर्मित उत्पादों का निर्यात आश्चर्यजनक रूप से बढ़ा। जूट बोरियों का निर्यात 19 गुना और जूट वस्त्रों का निर्यात 272 गुना बढ़ा। सस्ते श्रम के कारण जूट मिलें विश्व की प्रधान निर्यातक बन गई। 1897 और 1913 में मध्य अमेरिका द्वारा ब्रिटेन से आयातित जूट की विनिर्मित वस्तुओं का मूल्य 7 प्रतिशत घटा जबकि भारत से आयातित जूट की विनिर्मित वस्तुओं का मूल्य 9 गुना बढ़ा। 1913 में अमेरिका को भारतीय मिलों ने 72 लाख पौंड के जूट उत्पाद निर्यात किए जबकि ब्रिटेन ने मात्र 15 लाख पौंड के।[13]

प्रथम विश्व युद्ध तक जूट उद्योग पर यूरोपीय पूंजी, मैनेजिंग ऐजेंटों और तकनीकी लोगों का वर्चस्व रहा। जूट उद्योग तब तक मुख्यत: निर्यातोन्मुखी रहा और उसमें निवेश करने वाले संतुष्ट रहे कि उनकी पूंजी स्वदेश में होने वाले निवेश की तुलना में अधिक प्रतिफल दे रही है। 1884 में इंडियन जूट मिल्स एसोसिएशन (आई. जे. एम.ए.) बनी जो 1902 तक इंडियन जूट मैन्युफैक्चरर्स के नाम से जानी जाती थी। इस संगठन का कार्य अति उत्पादन और अत्यधिक क्षमता की समस्या से निपटना था जिससे कीमतों के स्तर को बनाए रखा जाए।

प्रथम विश्व युद्ध छिड़ने के कारण भारत को निर्यात बाजार के एक बड़े भाग से हाथ धोना पड़ा किंतु इससे उद्योग की समृद्धि पर प्रतिकूल प्रभाव नहीं पड़ा। युद्ध संबंधी मांग 1918 तक समाप्त हो गई हालांकि युद्ध पीड़ित देशों में बड़े पैमाने पर खाद्यान्न ले जाने के लिए जूट उत्पादों की मांग में बढ़ोतरी हुई। जिससे कच्चे जूट और जूट निर्मित वस्तुओं के उत्पादन में वृद्धि हुई। ऑस्ट्रेलिया, न्यूजीलैंड, अमेरिका, अर्जेंटीना और क्यूबा में भारी मात्रा में जूट उत्पाद मंगाए गए। 1920 के दशक के दौरान भारतीयों ने कई नई मिलें लगाईं। इस प्रकार यह दशक जूट उत्पादन के लिए समृद्धि का रहा। 1921-22 में मिलों की कुल संख्या 81 थी जो 1929-30 में बढ़कर 98 हो गई। इसी दौरान जूट उत्पादों के निर्यात का मूल्य 30 करोड़ रु. से बढ़कर 52 करोड़ रु. हो गया। श्रमिकों की संख्या 1922 में 3,20,000 से बढ़कर 1928 में 3,50,000 हो गई। 1930 के पश्चात् आई विश्वव्यापी महामंदी के कारण कच्चे जूट की कीमतें गिरी जिससे मिल मालिकों को लाभ प्राप्त हुआ। सरकार के द्वारा किसानों को जूट की खेती में कटौती करने के लिए सहमत

कराने के प्रयास निष्फल रहे। किसानों को जूट की जो कीमतें मिलीं उसका एक बड़ा भाग बिचौलियों ने ले लिया।[14]

द्वितीय विश्व युद्ध के दौरान बोरों जैसे जूट उत्पादों की मांग में काफी इजाफा हुआ लेकिन महत्त्वपूर्ण बाजारों के हाथ से निकल जाने और समुद्री जहाज की सुविधाओं के अभाव के कारण अनेक कठिनाइयों का सामना भी करना पड़ा। शत्रु देशों के बाजार में प्रवेश बंदी के कारण जूट उत्पादित 31 वस्तुओं का निर्यात समाप्त हो गया। परंतु विभिन्न कठिनाइयों के पश्चात् भी लाभों का सूचकांक बढ़ गया। यदि 1939 को आधार वर्ष मानें तो 1945 में समस्त उद्योगों के लाभों का सूचकांक बढ़ कर 234 हो गया जबकि जूट के लिए यह 328 पर पहुंच गया। स्वतंत्रता के समय उसका विभाजन जूट उद्योग के लिए विध्वंसकारी सिद्ध हुआ क्योंकि अधिकांश जूट उत्पादक क्षेत्र पूर्वी पाकिस्तान (अब बांग्लादेश) में चले गए जबकि मिलें भारत में रह गई।

### 1.8.2 सूती कपड़ा उद्योग

1850 से पूर्व यूरोपीय उद्यमियों के द्वारा सूती कपड़ा मिलों की स्थापना का आरंभिक प्रयास किया गया, लेकिन उस वक्त सफलता के लिए अनुकूल परिस्थितियों के अभाव में ये सारे प्रयास असफल सिद्ध हुए। सूती कपड़ा उद्योग की असली शुरुआत 1850 के दशक में बंबई में भारतीय उद्यमियों ने पूर्णतया भारतीय पूंजी, भारतीय प्रबंधकों और भारतीय तकनीकी जानकारों की सहायता से की। 1870 के पश्चात् इसका तेजी से विस्तार हुआ। आगे आने वाले चार दशकों में ही यह दुनिया के सबसे बड़े उद्योगों में से एक हो गया। जूट उद्योग के विपरीत इसका विस्तार घरेलू बाजारों पर निर्भर रहा, हालांकि विदेश व्यापार के प्रचुर अवसर उपलब्ध थे और उनसे मदद भी मिली।[15]

ब्रिटिश विनिर्माताओं ने भारतीय सूती कपड़ा उद्योग के प्रति अनुकूल रवैया नहीं अपनाया। लेकिन मिलों की कम संख्या तथा कम उत्पादन की मात्रा के कारण 1870 के दशक तक कोई जबर्दस्त प्रतिरोध देखने को नहीं मिला। लेकिन 1870 के दशक के पश्चात् मिलों की संख्या और उत्पादन की मात्रा में वृद्धि से ब्रिटिश विनिर्माताओं को चिंता सताने लगी। जिसकी वजह से भारतीय उद्योगपतियों को अनेक दुष्परिणामों को सहना पड़ा। हालांकि फिर भी भारतीय सूती उद्योग आगे बढ़ता ही गया। 1895 तक सूती मिलों की संख्या 138 हो गई और धीरे-धीरे यह संख्या 1900-01 में 190 तक पहुंच गई।

1892-1901 तक का काल सूती कपड़ा उद्योग के लिए बड़ा कठिनाइयों भरा था, जिसके पीछे अनेक कारण विद्यमान थे—जैसे (i) 1895 और 1899 में बंबई और अहमदाबाद में प्लेग फैला जिसके कारण मजदूरों का पलायन हुआ (ii) 1886 में भारत निर्मित कपड़ों पर उत्पाद शुल्क लगाया गया जिससे उनकी कीमतों में वृद्धि हो गई (iii) अकाल पड़े (iv) बंबई में सांप्रदायिक दंगे भड़के आदि। इसके पश्चात् 1904-06 के दौरान उद्योग की परिस्थितियाँ अनुकूल रहीं। इसका कारण अमेरिका में कपास की फसल का अच्छा उत्पादन जिसके कारण उत्पादन लागतें घटी। भारत में स्वदेशी आंदोलन के फलस्वरूप विदेशी वस्त्रों का बहिष्कार किया गया। इसके साथ ही जापान और रूस की लड़ाई ने जापान को चीन के बाजार से बाहर कर दिया जिससे भारतीय निर्माताओं को चीनी बाजार में प्रतिस्पर्धा का सामना नहीं करना पड़ा। इन सब परिस्थितियों के कारण 1904-1910 के बीच 31 नई मिलें स्थापित की गईं।

प्रथम विश्व युद्ध के तुरंत बाद 1919–20 में मानसून की विफलता और इनफ्लुएंजा महामारी के कारण मौतों ने सूती मिल उद्योगों पर विपरीत प्रभाव डाला। 1921 के पश्चात् कपास की कीमत में तेजी से वृद्धि हुई। भारतीय सूती कपड़ा उद्योग के लिए जापानी प्रतिस्पर्धा में ठहर पाना मुश्किल हो गया क्योंकि वे अपनी उत्पादन–लागत को घटा नहीं पा रहे थे। सूती कपड़ा उद्योग की समस्याओं के अध्ययन के लिए भारतीय टैरिफ बोर्ड ने 1927 में जांच पड़ताल में पाया कि उद्योग की समस्याएं मुख्य रूप से जापानी प्रतिस्पर्धा से आ रही है क्योंकि भारतीय उद्योगों की तुलना में उनकी लागत कम थी। इस स्थिति से निपटने के लिए 1930 में टैक्स्टाइल प्रोटेक्शन एक्ट बना जिसे 1931 में बढ़ा दिया गया। जिसका परिणाम यह हुआ कि जापान में भारतीय कपास का बहिष्कार किया गया। लेकिन अंत में 1934 में दोनों देशों के बीच एक व्यापार समझौता हुआ। समझौते के तहत भारत में जापानी वस्त्रों के आयात पर परिमाणात्मक प्रतिबंध लगाया गया जिससे जापान भारत के कपास की एक न्यूनतम निश्चित मात्रा खरीदने को राजी हो गया।

द्वितीय विश्व युद्ध से भारतीय कपड़ा उद्योग ने भारतीय बाजार पर एकाधिकार स्थापित कर लिया। 1947 में सूती-कपड़ा उद्योग में स्थापित संरक्षण को समाप्त कर दिया गया क्योंकि वह अब अपने पैरों पर खड़ा हो सकता था। विभाजन के पश्चात् भारत में 378 मिलें रह गई। उस वक्त भारतीय सूती कपड़ा उद्योग का तीसरा स्थान था।

### 1.8.3 लोहा और इस्पात उद्योग

भारत में प्राचीन समय से ही लौह प्रगलन उद्योग प्रचलन में था। यह देश की सैनिक व गैर–सैनिक आवश्यकताओं को पूरा करने में सक्षम था। ब्रिटिश लोहा उद्योग के साथ प्रतिस्पर्धा ने भारत में जो भी लोहा उद्योग था उसे नष्ट कर दिया, अगर कहीं वह बचा भी रहा तो वह मरणासन्न अवस्था में रहा। वस्तुतः भारत में लोहा और इस्पात उद्योग के विकसित न होने के लिए ब्रिटिश सरकार की नीतियां जिम्मेदार थी जिन पर ब्रिटिश औद्योगिक और वाणिज्यिक हितों का असर था। यद्यपि भारत में रेल मार्गों और सिंचाई के साधनों का विकास हुआ फिर भी लोहा और इस्पात उद्योग विकसित नहीं हुआ। लोहा और इस्पात उद्योग के विकास में सबसे महत्त्वपूर्ण मोड़ था टाटा आयरन एंड स्टील कंपनी (TISCO) का 1907 में जन्म।

टिस्को पहली ऐसी भारतीय कंपनी थी जिसका देशी पूंजी के साथ 1907 में लोहा और इस्पात के विनिर्माण के लिए पंजीकरण हुआ। टाटा को अपेक्षित मात्रा में पूंजी मिल जाने के पश्चात् भी अनेक समस्याओं का सामना करना पड़ा। एक तो ब्रिटेन से कोई तकनीकी जानकार आने को तैयार नहीं हुआ दूसरा टाटा को मशीनरी, उपकरण और धमनभट्टियों के ब्रिटिश विनिर्माताओं के उदासीन रुख का सामना करना पड़ा जिससे छुटकारा पाने के लिए टाटा को जर्मनी और अमेरिका की सहायता मांगनी पड़ी। अमेरिकी तकनीकी जानकारी और जर्मन मशीनरी से टिस्को ने 1912 में कच्चे लोहे का उत्पादन आरंभ किया। आरंभ में टिस्को को सरकार की तरफ से कोई टैरिफ संरक्षण नहीं मिला। इसके बावजूद भी टाटा बंधु आत्मविश्वास के बल पर प्रांरभिक कठिनाइयों का मुकाबला करते हुए आगे बढ़ते रहे। प्रथम विश्व युद्ध के दौरान प्राप्त टैरिफ संरक्षण की मदद से 1923–24 के संकट से कंपनी ने अपने आपको उभारा। कंपनी जब अपने पैरों पर खड़ी हो गई तो उसने संरक्षण को त्याग दिया।[16]

टिस्को के अलावा भी अनेक कंपनियों का भारत में अस्तित्व रहा है जैसे इस्को, बंगाल आयरन कंपनी, मैसूर आयरन एंड स्टील कंपनी आदि। बीसवीं शताब्दी के पूर्वार्ध के दौरान भारत में अनेक अन्य उद्योगों का भी जन्म हुआ जिससे कागज और लुग्दी, सीमेंट, चीनी, ऊनी उत्पाद आदि शामिल है। चाय और काफी के बागान उन्नीसवीं सदी में ही विकसित किए जा चुके थे; जो देश के विदेशी मुद्रा भंडार के लिए जिम्मेदार थे।

## 1.9 निष्कर्ष

संक्षेप में हम यह कह सकते हैं कि ब्रिटिश काल में भारतीय अर्थव्यवस्था का विकास रुका रहा और वह एक गतिहीन अर्थव्यवस्था बन गई। ब्रिटिश नीतियों के फलस्वरूप स्वदेशी संसाधनों का भारी मात्रा में इंग्लैंड को अंतरण हुआ जिसे आर्थिक खसोट का नाम दिया जाता है। इन सब स्थितियों से गरीबी और बेकारी की समस्याएं बढ़ी। स्वतंत्रता के समय भारतीय अर्थव्यवस्था अल्पविकसित अवस्था में थी। देश में आधुनिक उद्योगों—मुख्य रूप से आधारभूत उद्योगों का अभाव था। जमींदारों के शोषण और आवश्यक संसाधनों की कमी के कारण कृषि बहुत पिछड़ी दशा में थी। इस प्रकार स्वतंत्रता प्राप्ति के पश्चात् राष्ट्रीय सरकार के लिए आर्थिक विकास का कार्य जटिल हो गया था।

## संदर्भ एवं टिप्पणी


1. विपिनचंद्र पाल, *भारत में आर्थिक राष्ट्रवाद का उद्भव और विकास*, मैकमिलन इंडिया, 1977, पृ. 572
2. रजनी पाम दत्त, *इण्डिया टुडे*, मनीषा ग्रंथालय प्राइवेट लिमिटेड 1979, कलकत्ता, पृ. 101
3. वही, पृ. 112–113
4. कार्ल मार्क्स, *ऑन कोलोनिएलिजम*, प्रोग्रेस पब्लिशर्स, मास्को, 1958, पृ. 28
5. रजनी पाम दत्त, *इण्डिया टुडे*, मनीषा ग्रंथालय प्राइवेट लिमिटेड 1979, कलकत्ता, पृ. 119
6. वही, पृ. 142
7. जवाहर लाल नेहरू, *इंडिया क्वेस्ट*, एशिया पब्लिशिंग हाउस, बंबई, 1953, पृ. 123
8. शेखर बंद्योपाध्याय, *प्लासी से विभाजन तक*, ओरियंट लांग्मैन, नई दिल्ली, 2007, पृ. 90–91
9. ताराचन्द, *भारतीय स्वतंत्रता का इतिहास*, पब्लिकेशन डिविजन, नई दिल्ली, 1955–69, पृ. 503
10. ए.आर. देसाई, *सोशल बैकग्राउंड ऑफ इंडियन नैशनेलिज्म*, पोपुलर बुक डिपो, बंबई, 1959, पृ. 34–35
11. रजनी पाम दत्त, *इण्डिया टुडे*, मनीषा ग्रंथालय प्राइवेट लिमिटेड 1979, कलकत्ता, पृ. 254–57
12. डेनियल और एलिस थार्नर, *लैंड एंड लेबर इन इंडिया*, एशिया पब्लिशिंग हाउस, बंबई, 1962, पृ. 103
13. धर्मा कुमार (सं), द *कैंब्रिज इकॉनोमिक हिस्ट्री, खंड 2,* ओरियंट लांगमैन, नई दिल्ली, 1984, पृ 567–68

14. अमिय कुमार बागची, *प्राइवेट इंवस्टमेंट इन इंडिया*, ओरियंट लांगमैन, नई दिल्ली, 1975, पृ. 279-87
13. धर्मा कुमार (सं), *द कैंब्रिज इकॉनोमिक हिस्ट्री, खंड 2*, ओरियंट लांगमैन, नई दिल्ली, 1984, पृ. 573
16. वही, पृ. 622-23

अध्याय दो

# स्वतंत्र भारत में विकास की रणनीति

*अभय प्रसाद सिंह*

उत्तर औपनिवेशिक अर्थव्यवस्थाए साम्राज्यवादी अर्थव्यवस्थाओं से कई मायनों में भिन्न होती हैं। साम्राज्यवादी अर्थव्यवस्थाएं राजनैतिक-अर्थशास्त्र के विभिन्न चरणों में अपने उपनिवेशों एवं नव-उपनिवेशों का शोषण एवं दोहन कर अपनी अर्थव्यवस्थाओं को मजबूती प्रदान करती रही हैं। समय के साथ शोषण के अभिकरण बदलते रहे हैं—कभी सैन्य शक्ति का प्रयोग, तो कभी तकनीकी एवं वित्तीय शक्ति का गठजोड़। 15 अगस्त 1947 को स्वतंत्र हुए भारत के समक्ष उपलब्ध विकास रणनीतियों तथा उससे संबंधित निर्णयों को भारत के औपनिवेशिक इतिहास के संदर्भ में समझने का प्रयास एक अपेक्षित गुणात्मक प्रयास कहा जा सकता है। साथ ही, बीसवीं शताब्दी के पूर्वार्ध में अंतर्राष्ट्रीय स्तर पर हो रही कुछ महत्त्वपूर्ण घटनाओं एवं बदलावों का प्रभाव भी स्वतंत्र भारत में विकास की रणनीति पर देखा जा सकता है। उत्तर-औपनिवेशिक भारत में भी हम विकास की रणनीति में समायोजन, सुधार एवं बदलाव के विभिन्न चरणों को देखते हैं, जो मूलतः घरेलू एवं अंतर्राष्ट्रीय परिदृश्य में बदलावों के प्रति संवेदनशीलता का द्योतक है।

यह अध्याय मूलतः पांच भागों में विभक्त है। प्रथम भाग, में स्वतंत्र भारत की औपनिवेशिक पृष्ठभूमि का विश्लेषण है जो हमें वह ऐतिहासिक परिप्रेक्ष्य प्रदान करता है जिसकी मदद से हम आकलन करने का प्रयास करेंगे उन विकास रणनीति विकल्पों का जो प्रथम चयनित भारत सरकार के समक्ष थे। दूसरा भाग, भारत में नियोजित विकास संबंधी विमर्श एवं संस्थागत पहल के उद्भव एवं विकास की रूपरेखा प्रस्तुत करेगा। इस भाग में मिश्रित अर्थव्यवस्था प्रतिमान के पीछे की मनसा एवं ध्येय का भी आकलन किया जाएगा। इस अध्याय का तीसरा भाग, नेहरू-महलानोबिस विकास रणनीति के विविध पहलुओं, उद्देश्यों, सफलताओं एवं असफताओं का आकलन करता है। चौथा भाग, उत्तर नेहरूवादी नियोजित विकास रणनीति के कारण एवं परिणामों को अभिव्यक्त करता हैं। इस अध्याय का पांचवां भाग भारतीय राज्य की प्रकृति, नवउदारवादी आर्थिक सुधार एवं नवीन आर्थिक नीति के फलकों, उपलब्धियों एवं संबंधित चुनौतियों का एक संक्षिप्त ब्यौरा प्रस्तुत करता है।

---

असिस्टेंट प्रोफेसर, राजनीतिशास्त्र विभाग, पी.जी.डी.ए.वी. कॉलेज, दिल्ली विश्वविद्यालय

## 2.1 स्वतंत्र भारत की औपनिवेशिक पृष्ठभूमि

कार्ल मार्क्स ने न्यूयार्क *ट्रिब्यून* में 1853 में भारत में ब्रिटिश हुकूमत के संदर्भ में लिखे तीन प्रमुखों लेखों में ब्रिटिश साम्राज्यवादी शासन की भूमिका को दो भागों में विश्लेषित किया। मार्क्स के अनुसार भारतीय उपनिवेश में ब्रिटिश साम्राज्यवाद की दो प्रमुख भूमिकाएं हैं। *प्रथम*, भारतीय अर्थव्यवस्था की उत्पादन व्यवस्था का विध्वंस ताकि वह मध्यकालीन सामंती उत्पादन व्यवस्था की जड़ता से स्वतंत्र हो सके। *दूसरा*, ब्रिटिश साम्राज्यवाद इस बदलाव के लिए पुनर्रचनात्मक दशाओं (regenerative conditions) का निर्माण करे। अर्थात् कार्ल मार्क्स के अनुसार ब्रिटिश साम्राज्यवाद की भूमिका विध्वंसक और पुनर्रचनात्मक होनी थी।[1]

यदि हम कार्ल मार्क्स के भारत के संदर्भ में ब्रिटिश साम्राज्यवाद की इस द्वैध भूमिका का आकलन दादा भाई नौरोजी, रमेशचंद्र दत्त, रजनी पाम दत्त, आर. के. मुकर्जी, तीर्थंकर रॉय आदि आर्थिक इतिहासकारों की रचनाओं में उद्धृत तथ्यों से करें तो हम पाते हैं कि ब्रिटिश हुकूमत ने स्वर्णिम भारतीय अर्थव्यवस्था के साथ सिर्फ विध्वंसक भूमिका निभाई।

## 2.2 उपनिवेशवाद एवं भारतीय अर्थव्यवस्था का अल्पविकास

भारत में ब्रिटिश साम्राज्यवाद का इतिहास (1773-1947) कमोबेश उपनिवेशवाद का इतिहास रहा है जिस दौरान सैन्य शक्ति के बल पर प्रत्यक्ष शासन की बागडोर ब्रिटिश ईस्ट इंडिया कंपनी से 1858 में ब्रिटेन की महारानी को हस्तांतरित हुई। भारत में पौने दो सौ (1773-1947) वर्षों के ब्रिटिश औपनिवेशिक शोषण की प्रकृति के विभिन्न स्वरूपों को समझने के लिए निम्नलिखित ब्रिटिश नीतियों एवं उसके दूरगामी प्रभावों को समझाना आवश्यक है:

### 2.2.1 भू-राजस्व एवं कृषि

कार्नवालिस ने 1793 में भू-राजस्व में वृद्धि के लिए स्थायी बंदोबस्त की व्यवस्था की जिसके तहत पूरे ब्रिटिश भारत को जमींदारी, रैयतवारी एवं महालवारी बंदोबस्त प्रणाली में बांटा गया। जमींदारी क्षेत्रों में जमींदारों को जमीन का मालिकाना हक दिया गया तथा उन्हें किसानों से राजस्व (लगान) वसूल करने का अधिकार भी। इन क्षेत्रों में जमींदारों ने मनमाने भूमि लगान वसूलने शुरू किए जिससे किसानों एवं काश्तकारों की माली हालत खराब होती चली गई। रैयतवारी क्षेत्रों में अस्थायी बंदोबस्त था लेकिन मालिकाना हक रैयतों के पास था जबकि लगान अंग्रेज वसूलते थे। इन क्षेत्रों में अंग्रेजों ने किसानों पर लगान का भारी बोझ रख दिया। परिणामत: इन क्षेत्रों में लगान अदा करने के लिए रैयतों को अपनी भूमि महाजनों एवं व्यापारियों के हाथ या तो गिरवी रखनी पड़ी या बेचनी पड़ी। महालवारी क्षेत्रों में किसानों एवं काश्तकारों का शोषण जमींदारी एवं रैयतवारी बंदोबस्तों वाले क्षेत्रों से कम हुआ। इस स्थायी बंदोबस्त से वसूले गए लगानों को अंग्रेजों ने कृषि विकास (सिंचाई- नहर एवं जलाशय निर्माण, विपणन- कृषि बाजार का विकास, प्राकृतिक आपदा की स्थिति में लगान माफी, आदि) पर व्यय नहीं किया बल्कि इन मालगुजारियों को अपनी आमदनी समझकर इंग्लैंड ले गए।

ब्रिटिश कृषि नीति का दूसरा पहलू था ब्रिटिश एवं यूरोपीय व्यापारियों द्वारा प्रत्यक्ष एवं अप्रत्यक्ष रूप से भारतीय कृषि का व्यापारीकरण। जिन भू-भागों पर खाद्य फसल उपजाए जाती थी, वहां

नील, गन्ना, चाय, रबर आदि की खेती के लिए इन व्यापारियों ने उदार ऋण देने शुरू किए। इस प्रकार खाद्यान्न के लिए आत्मनिर्भर अर्थव्यवस्था धीरे-धीरे खाद्यान्न की कमी का शिकार हो गई।[2] सीमांत किसान एवं खेतिहर मजदूर अपनी खाद्यान्न की जरूरतों के लिए बाजार की अनिश्चितताओं एवं प्राकृतिक आपदाओं एवं अंग्रेजी लगान व्यवस्था के हाथों की कठपुतली बन गए।

कृषि के पिछड़ेपन, अति लगान, फसलों के विवशतापूर्ण वाणिज्यिकरण के फलस्वरूप किसानों की जो दुर्दशा हुई उससे उनकी प्राकृतिक विपदाओं का सामना करने की क्षमता खत्म हो गई। यही कारण है कि उन्नीसवीं शताब्दी के उत्तरार्द्ध एवं बीसवीं शताब्दी के पूर्वार्द्ध में जब उड़ीसा, बिहार, बंगाल में अकाल पड़े तो लाखों लोग मर गए। इस संबंध में अमर्त्य सेन ने अपनी पुस्तक (*Poverty and Famines*) में लिखा है कि भारतीय किसान एवं मजदूर लाखों की संख्या में प्राकृतिक आपदा (अकाल) से नहीं मरते, यदि अंग्रेजों की कृषि नीति ने भारतीयों को विपन्नता की दहलीज पर लाकर खड़ा न किया होता।

कृषि उत्पाद वृद्धि के संदर्भ में यदि 1891-1946 के दौरान कृषि उत्पादकता का आकलन करें तो हम पाते हैं कि वृद्धि दर लगभग स्थिर रही। इस दौरान खाद्य फसल उत्पादन में वृद्धि दर 0.11 प्रतिशत प्रति वर्ष रही जबकि इन 55 वर्षों में गैर-खाद्य फसल उत्पादन दर 1.31 प्रतिशत प्रति वर्ष रही। इसके विपरीत, खाद्य फसल उत्पादन वृद्धि का आकलन यदि प्रति एकड़/प्रति वर्ष किया जाए तो यह नकारात्मक (-0.18 प्रतिशत) है, जबकि गैर-खाद्य फसल के संदर्भ में यह 0.67 प्रतिशत है। यदि हम खाद्य एवं गैर- खाद्य फसलों के प्रति एकड़/ प्रति वर्ष उत्पादन वृद्धि का मूल्यांकन करें तो यह वृद्धि नगण्य (यानि नहीं) के बराबर थी।[3] इस प्रकार उत्तर औपनिवेशिक भारत कृषि क्षेत्र में एक लचर एवं कमजोर विरासत की नींव पर खड़ा था।

### 2.2.2 औद्योगिक नीति एवं औद्योगिक संवृद्धि

ब्रिटिश शासन की औद्योगिक नीति का उद्देश्य भारत को इंग्लैंड की अधीनस्थ अर्थव्यवस्था (subordinate economy) में बदलना था। इंग्लैंड चाहता था कि भारत प्राथमिक वस्तुओं एवं कच्चे मालों की पूर्ति करे तथा इसके बदले में इंग्लैंड भारत के बाजार में अपने उद्योगों द्वारा तैयार माल बेचे। इस प्रक्रिया को त्वरित करने के लिए ब्रिटिश सरकार ने भेद मूलक औद्योगिक नीति अपनाई तथा भारतीय हस्तशिल्प को पूर्णतः नष्ट कर दिया। दूसरी ओर, कच्चे मालों की ढुलाई बाजार में ब्रिटिश वस्तुओं की पूर्ति एवं प्रशासनिक नियंत्रण (सैन्य नियंत्रण) की तीव्रता को बढ़ाने के लिए रेल व्यवस्था का विकास किया।

उन्नीसवीं शताब्दी के अंत तक भारत में मूलतः सूती वस्त्र उद्योग, जूट उद्योग, चाय एवं कहवा उद्योग तथा सीमेंट उद्योग का ही विकास हुआ। जूट उद्योग, चाय एवं कहवा उद्योग, सीमेंट उद्योग पर अंग्रेजों और यूरोपीय निवेशकों का नियंत्रण रहा जबकि सूती वस्त्र उद्योग पर भारतीयों का नियंत्रण बढ़ता गया। जब भारत में रेल यातायात का विकास हो रहा था तो अंग्रेजों ने भारत में लोहा और इस्पात उद्योग के विकास में बाधाएं डालीं। इसके बावजूद की भारत में अच्छी किस्म का लौह अयस्क का भंडार था फिर भी जे.एन. टाटा को 1880 के दशक में लोहा एवं इस्पात उद्योग की स्थापना की अनुमति नहीं थी।

बीसवीं शताब्दी का पूर्वार्ध भारत में औद्योगिक विकास एवं औद्योगिक विविधता का काल

है। इस दौरान भारत में जे.एन. टाटा, जी.डी. बिरला, कस्तूरभाई लालभाई सरीखे औद्योगिक घरानों का आविर्भाव हुआ। अब भारत में एक नए पूंजीपति वर्ग का उदय हो रहा था। दोनों विश्वयुद्धों के मध्य काल में भारतीय उद्योगपतियों को औद्योगिक विकास का अवसर मिला। साथ ही स्वदेशी आंदोलन ने स्वदेशी कारखानों (चिदंबरम पिल्लई नेविगेशन कंपनी, आदि) के अभ्युदय को भी प्रोत्साहित किया। अंततः स्वतंत्रता के समय भारत को एक विविध लेकिन कमजोर औद्योगिक संरचना विरासत में मिली।

### 2.2.3 व्यापार नीति

ब्रिटिश हुकूमत ने भारत को कच्चे पदार्थों का निर्यातक बना दिया जबकि तैयार मालों पर भारी कर लगाए गए ताकि वे अंतर्राष्ट्रीय बाजार की प्रतियोगिता के सामने टिक न पाए। 1813 से 1853 तक भारतीय माल पर 70 से 80 प्रतिशत तक प्रतिबंधात्मक कर लगाए गए। जब भारत में स्वदेशी आधुनिक सूती वस्त्र उद्योग विकसित हुआ तो उसे हतोत्साहित करने के लिए अंग्रेजों ने 5 प्रतिशत उत्पाद शुल्क लगा दिया। इसके विपरीत, ब्रिटिश औद्योगिक उत्पादों का विक्रय भारतीय बाजार में आयात कर मुक्त कर दिया गया। इस भेदमूलक तटकर नीति ने जहां एक ओर ब्रिटिश उत्पादों को सुगमता से भारतीय बाजार उपलब्ध कराया, वहीं भारतीय उत्पाद ब्रिटिश बाजारों में प्रवेश के उच्च तटकर के कारण अंतर्राष्ट्रीय प्रतियोगिता मे पिछड़ने लगा। इस प्रकार ब्रिटिश शासन ने दोहरी नीति अपनाई जिससे व्यापार संतुलन हमेशा ब्रिटिश व्यापारियों के हित में रहा। रजनी पाम दत्त अपनी पुस्तक *इंडिया टुडे* (1979) में लिखते हैं कि ईस्ट इंडिया कंपनी व्यापार के नाम पर औपनिवेशिक शोषण और लूटमार कर रही थी। वे किसानों एवं व्यापारियों को जबरन एक-चौथाई कीमत देकर उनका माल हड़प रहे थे और वे अपने मालों को पांच गुना महंगी कीमतों पर भारतीय बाजार में बेच रहे थे।[4]

### 2.2.3 संपत्ति का पलायन

दादाभाई नौरोजी, रमेशचंद्र दत्त एवं महादेव गोविंद रानाडे सरीखे राष्ट्रवादी इतिहासकारों ने अंग्रेजी शासन को भारतीय संपत्ति के पलायन के लिए जवाबदेह ठहराया। दादाभाई नौरोजी ने अपनी पुस्तक *पॉवर्टी एंड अन-ब्रिटिश रूल इन इंडिया* में संपत्ति पलायन सिद्धांत का प्रतिपादन करते हुए कहा कि अंग्रेजों ने भारत मे निवेशित पूंजी पर ब्याज तथा गृह खर्चों (home charges) के जरिए भारतीय अर्थव्यवस्था को लूटा। नौराजी के अनुमान के अनुसार 1835-1872 के दौरान भारतीय अर्थव्यवस्था से लगभग 50 करोड़ पौंड का पलायन हुआ।[5] रजनी पाम दत्त ने अपनी पुस्तक में के.टी. शाह के अनुमान को उद्धृत करते हुए कहा कि बीसवीं सदी के शुरू के दशकों में इंग्लैंड प्रतिवर्ष भारत के कुल राष्ट्रीय उत्पाद का 10 प्रतिशत हिस्सा लूटता रहा।[6]

### 2.2.4 ब्रिटिश भारत में राष्ट्रीय आय

राष्ट्रीय आय संबंधी आंकड़ों के आकलन का काल मूलतः 1857-1947 के बीच रहा है। इन आंकड़ों में प्रमाणिकता एवं मतैक्यता का अभाव है। 1868 से 1901 के बीच चालू वर्ष की कीमतों पर प्रति व्यक्ति आय (रुपये में) का उल्लेख एम. मुकर्जी के लेख में मिलता है। इसके अनुसार नौरोजी द्वारा 1867-68 के काल में जहां प्रति व्यक्ति आय 23.5 रु. थी, तो वहीं एटकिंसन द्वारा

1875 में यह आय 24.5 रु. हो गई थी। एरिंग एवं बार्बर के अनुसार प्रति व्यक्ति आय 1881 में 27.0 रु. थी जो 1891 मे होर्न के अनुसार 28.0 रु. हो गई थी। कर्जन के 1901 के आकलन के अनुसार प्रति व्यक्ति आय बढ़कर 30.0 रु. हो गई थी।[7]

तीर्थंकर रॉय ने 1900–1905 से 1942–1947 के दौरान राष्ट्रीय आय का 1948–49 मूल्यों पर आकलन करते हुए कहा कि इस दौरान राष्ट्रीय आय में संवृद्धि की दर 0.9 प्रतिशत थी जो प्रति व्यक्ति वार्षिक संवृद्धि दर के हिसाब से महज 0.1 प्रतिशत थी। इस प्रकार बीसवीं शताब्दी के पूर्वार्द्ध में प्रति व्यक्ति वार्षिक संवृद्धि स्थूल या शैथिल्य की स्थिति में थी।[8]

### 2.2.5 औपनिवेशिक भारत में गरीबी

कृषि क्षेत्र की बदहाली, अत्यधिक भूमि लगान, प्राकृतिक आपदा, लघु एवं कुटीर उद्योगों का खात्मा एवं अंग्रेजों की दोहरी उद्योग एवं व्यापार नीति ने भारतीय अर्थव्यवस्था में किसानों, कामगारों एवं व्यापारियों के आर्थिक आधारों को नष्ट कर दिया। परिणामत: देश में गरीबी, भूख एवं अकाल से मरने वालों की तादाद बढ़ती गई। इस संदर्भ में नौरोजी ने लिखा कि उन्नीसवीं शताब्दी में भारत लगातार पंगु और गरीब बनता जा रहा था। भारत में बढ़ती हुई गरीबी की प्रकृति के संबंध में एक अंग्रेज इतिहासकार चार्ल्स इलियट ने लिखा कि, भारत की आधी खेतिहर जनता पूरे के पूरे वर्ष में एक बार भी भरपेट भोजन नहीं कर पाती।[9] कुछ इसी प्रकार विलियम हंटर ने अपनी पुस्तक *इंग्लैंड्स वर्क इन इंडिया* में लिखा कि भारत की चालीस करोड़ जनसंख्या अपर्याप्त भोजन पर निर्वाह करती है।[10]

इस प्रकार औपनिवेशिक भारतीय अर्थव्यवस्था की विभिन्न आधारभूत संरचनाओं के विश्लेषण से यह स्पष्ट हो जाता है कि ब्रिटिश अर्थव्यवस्था का भारतीय अर्थव्यवस्था के साथ सर्वोपरि एवं अधीनस्थ (superior-subordinate) जैसा संबंध था। अंग्रेज न सिर्फ कच्चे माल, लगान, संपत्ति पलायन आदि के माध्यम से भारतीय अर्थव्यवस्था की मूल संरचना को बर्बाद कर रहे थे, बल्कि दोहरी व्यापार नीति एवं भेदभाव पूर्ण उद्योग नीति से भारत में औद्योगिक एवं वाणिज्यिक पूँजीवाद के विकास के रास्ते में रोड़ा अटका रहे थे। इस दौरान इंग्लैंड के विकास एवं भारत में अल्पविकास की प्रक्रिया साथ-साथ चलती रही।

इसके परिणामस्वरूप स्वतंत्रता के समय अंग्रेजों ने हमें एक ऐसी अर्थव्यवस्था विरासत के रूप में दी थी जिसमें गरीब किसान एवं व्यापारी वर्ग अर्थव्यवस्था को कोई सबल आधार प्रदान करने में अक्षम थे। उस समय भारतीय अर्थव्यवस्था एक नवोदित पर कमजोर औद्योगिक संरचना एवं पूंजीपति वर्ग के साथ संसाधनहीन एवं गरीब भारत को विकास एवं बदलाव के मार्ग पर ले जाने की जवाबदेही उठाने के लिए एक प्रभावी विकास रणनीति के विकल्प की तलाश में थी।

## 2.3 भारत में नियोजित विकास की रणनीति

स्वतंत्र भारत द्वारा अपनाए जाने वाली विकास रणनीति की दिशा एवं दशा को निर्धारित करने वाले प्रमुख कारकों में सबसे महत्त्वपूर्ण भूमिका भारतीय अर्थव्यवस्था की ब्रिटिश विरासत, बीसवीं शताब्दी में अंतर्राष्ट्रीय राजनैतिक अर्थशास्त्र का परिदृश्य एवं स्वतंत्रता संग्राम की विचारधारा एवं गांधी एवं नेहरू की वैचारिक दूर-दृष्टि रही।

भारत जब 15 अगस्त 1947 को आजाद हुआ उस समय प्रति व्यक्ति आय में वृद्धि की दर नगण्य थी। कृषि क्षेत्र एवं उद्योगों के लिए आधारभूत संरचना का विकास नहीं हुआ था। जन मानस गरीबी, बीमारी, अशिक्षा, एंव बेरोजगारी के दुष्चक्र में जकड़ा हुआ था। इस पृष्ठभूमि के साथ स्वतंत्र भारत के समक्ष यह चुनौती थी कि वह किस प्रकार की विकास रणनीति तय करे जो भारतीय अर्थव्यवस्था एवं भारतीय जनमानस को अंग्रेजी हुकूमत की नकारात्मकता एवं दुष्कार्यों (negativities and dysfunctionalities) से मुक्ति दिला पाए।

चुनौती यह थी कि नियोजित विकास तथा बाजार-उन्मुखी विकास में से किस रणनीति को प्राथमिकता दी जाए। ध्यातव्य है कि बाजार-उन्मुखी विकास हमेशा उच्च लाभ की गतिविधियों, मितव्ययता एवं कार्यकुशलता को प्राथमिकता देता है जबकि नियोजित विकास सीमित संसाधनों का व्यवस्थित उपयोग करता है ताकि इच्छित विकास संबंधी लक्ष्यों की उपलब्धि की जा सके। इसलिए, नियोजित विकास की रणनीति को एक ऐसे विकास अभिकरण के रूप में प्राथमिकता दी गई जिसके तहत भारतीय राज्य विकास की प्राथमिकताओं के अनुरूप विकास परियोजनाओं एवं सामाजिक व आर्थिक बदलाव को मूर्त रूप दे सकें। नियोजित विकास के चयन के प्रभावी कारकों में समकालीन अंतर्राष्ट्रीय आर्थिक परिदृश्य का भी प्रभाव रहा। 1917 की रूसी क्रांति के बाद सोवियत संघ ने एक नियोजित अर्थव्यवस्था प्रतिमान को चुना तथा 1929-33 की वैश्विक आर्थिक मंदी की चपेट से अपनी अर्थव्यवस्था को बचाने में सफल रहा। इसी दौरान जे.एम. कीन्ज ने अर्थव्यवस्था में संसाधनों के प्रबंधन में राज्य की अहम भूमिका की वकालत करते हुए कहा कि राज्य ही कराधान एवं व्यय नीतियों के द्वारा मांग एवं पूर्ति के साम्य को बनाए रख सकता है।

## 2.4 भारत में नियोजित विकास संबंधी पहल

भारत की स्वतंत्रता के पूर्व 1930 के दशक से ही नियोजित विकास संबंधी संस्थागत प्रयास किए जाने लगे थे। 1937 में सुभाष चंद्र बोस की अध्यक्षता में भारतीय राष्ट्रीय कांग्रेस ने नेहरू के नेतृत्व में एक समिति का गठन किया जिसका उद्देश्य था कि वह स्वतंत्र भारत के लिए एक विकास योजना का प्रारूप तैयार करे। 1942 में देश के प्रमुख उद्योगपतियों ने टाटा की अध्यक्षता में एक विकास योजना प्रारूपित की जिसे बाम्बे प्लान (Bombay Plan) के रूप में जाना जाता है। इस बाम्बे प्लान में प्रस्तावित किया गया कि स्वतंत्र भारत में राज्य की यह भूमिका होनी चाहिए की वह औद्योगिक विकास के लिए आवश्यक आधारभूत संरचना मुहैया कराए। कांग्रेस प्लान तथा बाम्बे प्लान में मौलिक अंतर इस बात का था कि कांग्रेस प्लान केंद्रीकृत योजनागत विकास पर बल दे रहा था जिसमें राज्य निजी व सार्वजनिक उत्पादन एवं उपभोग में विकास की प्राथमिकताओं के निमित इच्छित हस्तक्षेप कर सकता था, जबकि बाम्बे प्लान के अनुसार राज्य एवं बाजार दोनों विकास की प्रक्रिया में हिस्सेदार मात्र होंगे। इसके अलावा, विकास का गांधीवादी प्रारूप श्रीमन नारायण के द्वारा प्रस्तुत किया गया। साथ ही, मानवेंद्र नाथ रॉय ने पीपुल्स प्लान प्रस्तुत किया। ये सभी योजना प्रारूप ऐतिहासिक महत्त्व के थे क्योंकि विकास संबंधी रणनीति के चयन में इन प्रारूपों की अहम भूमिका रही।

विकास रणनीति संबंधी पहल में 1948 का औद्योगिक नीति प्रस्ताव (Industrial Policy Resolution) एक महत्त्वपूर्ण कदम था। इस औद्योगिक प्रस्ताव में एक 'मिश्रित अर्थव्यवस्था'

का प्रारूप प्रस्तुत किया गया था। इसके तहत उद्योग को चार भागों में बांटा गया था। पहली श्रेणी में राष्ट्रीय प्रतिरक्षा, नाभिकीय ऊर्जा आदि को रखा गया जिसमें राज्य का एकाधिकार होगा। दूसरी श्रेणी में आधारभूत संरचना (Infrastructure) को रखा गया था इसके विकास में राज्य की अहम भूमिका होगी। तीसरी श्रेणी में ऐसे आधारभूत उद्योग होंगे जो राज्य की नजर में राज्य नियोजित एवं विनियमित होंगे। जबकि, चौथी श्रेणी में जो भी उद्योग एवं उद्यम बचेंगे उसमें सिर्फ निजी क्षेत्रों की भूमिका होगी। अत: यदि हम 1948 की औद्योगिक नीति का विश्लेषण करें तो यह एक प्रथम मूर्त्त प्रयास था जिसके अनुसार भारतीय अर्थव्यवस्था को एक 'मिश्रित अर्थव्यवस्था' के रूप मे विकसित होना था। इसमें सार्वजानिक एवं निजी क्षेत्रों की पारस्परिक भागीदारी होनी थी। आज भारत में नियोजन का मुख्य ढांचा मिश्रित अर्थव्यवस्था पर आधारित है। इसके तहत निजी एवं सार्वजनिक क्षेत्रों का सह-अस्तित्व है एवं संवृद्धि एवं विकास के नियोजित कार्यक्रमों के संदर्भ में ये दोनों क्षेत्र एक-दूसरे के पूरक के रूप में कार्य करते हैं।

### 2.4.1 भारत में नियोजन की शुरुआत

नियोजन को सामाजिक न्याय के साथ संवृद्धि की उपलब्धि के अभिकरण के रूप में देखा गया। इस दिशा में 1950 में भारत के प्रथम प्रधानमंत्री की अध्यक्षता में योजना आयोग की स्थापना की गई। योजना आयोग की जवाबदेही है कि वह देश के संसाधनों एवं जरूरतों के अनुरूप नियोजित विकास का पंचवर्षीय प्रारूप तैयार करे। इस दिशा में योजना आयोग ने 1951 से 2012 तक कुल ग्यारह पंचवर्षीय योजनाएं तथा तीन एकवर्षीय योजनाएं (1 अप्रैल, 1966 से 31 मार्च 1969) को सूत्रबद्ध किया। चूंकि भारत एक संघीय राजनैतिक व्यवस्था है, इसलिए विकास की संघात्मकता (संतुलित विकास) को ध्यान में रखते हुए 1952 में राष्ट्रीय विकास परिषद (National Development Council) का गठन किया गया। इसमें सभी राज्य के मुख्यमंत्रियों की सदस्यता यह सुनिश्चित करती है कि नियोजित विकास की पंचवर्षीय रूपरेखा में सभी राज्यों के समुचित विकास की संभावनाओं को सुनिश्चित किया जाए। योजना आयोग द्वारा बनाया गया नियोजित विकास प्रारूप राष्ट्रीय विकास परिषद द्वारा स्वीकृत होने के पश्चात् संसदीय स्वीकृति के उपरांत क्रियान्वित किया जाता है। इस दिशा में प्रत्येक वर्ष का बजट नियोजित विकास के प्रारूप के वार्षिक घटक के रूप में कार्य करता है।

### 2.4.2 नियोजित विकास के उद्देश्य

नियोजित विकास के उद्देश्य का तात्पर्य नियोजन के परिभाषित, प्रस्तावित एवं घोषित लक्ष्य से है। ये उद्देश्य सामान्य व विस्तृत हो सकते हैं, तथा इसका लक्ष्य दीर्घकालिक हो सकता है। साथ ही, कुछ उद्देश्य विशिष्ट होते हैं जिनकी प्राप्ति योजना-विशिष्ट (Plan Specific) होती है। इसलिए भारत में नियोजित विकास के उद्देश्यों की अर्थपूर्ण समझ के लिए इन उद्देश्यों को दीर्घकालीन एवं अल्पकालीन (योजना-विशिष्ट) उद्देश्यों में वर्गीकृत किया जा सकता है। दीर्घकालीन नियोजित विकास के उद्देश्यों का संबंध मूलत: सामाजिक एवं आर्थिक सरोकारों से है। इनमें पिछले छह दशकों के अनुभवों के आधार पर इन सरोकारों को छह विभिन्न प्रमुख उद्देश्यों के संदर्भ में समझा जा सकता है। ये दीर्घकालिक प्रमुख उद्देश्य हैं—आर्थिक संवृद्धि, आत्म निर्भरता,

पूर्ण रोजगार, साम्य तथा सामाजिक न्याय (आर्थिक व सामाजिक असमानताओं में कमी), गरीबी उन्मूलन एवं आधुनिकीकरण।

**2.4.2 (i) आर्थिक संवृद्धि:** प्रत्येक पंचवर्षीय योजना संवृद्धि के लक्ष्य को सकल घरेलू उत्पाद (या प्रति व्यक्ति सकल घरेलू उत्पाद) में वृद्धि के रूप में व्यक्त करते हैं। इसलिए, सकल घरेलू उत्पाद में उच्चतर दर से वृद्धि ही आर्थिक संवृद्धि कहलाती है। इसके अलावा जब नियोजित विकास की योजना की सफलता अथवा असफलता पर विचार किया जाता है तब मुख्य रूप से इस तथ्य का आकलन किया जाता है कि आर्थिक संवृद्धि घोषित लक्ष्य एवं इसकी उपलब्धि की दर क्या रही है। यदि हम प्रथम पंचवर्षीय योजना और ग्यारहवीं पंचवर्षीय योजना के घोषित लक्ष्य की बात करें तो हम पाते हैं कि प्रथम पंचवर्षीय योजना में सकल घरेलू उत्पाद में घोषित वृद्धि का लक्ष्य 2.1 प्रतिशत था जो ग्यारहवीं (2007-12) में बढ़ाकर 9 प्रतिशत रखा गया है।

**2.4.2 (ii) आत्म निर्भरता:** आत्मनिर्भरता का तात्पर्य है कि देश की मूल जरूरतों जैसे— खाद्यान्नों, मशीनों तथा अन्य उपकरणों की दृष्टि से घरेलू उत्पादित वस्तुओं पर निर्भर होना। इसका तात्पर्य यह भी है कि भारत अंतर्राष्ट्रीय व्यापार में व्यापार की शर्तों को सुनिश्चित करने की स्वायत्तता बनाए रखे। आत्मनिर्भरता उद्देश्य को दो आधारों पर वैध ठहराया गया। इसका मूल उद्देश्य घरेलू उद्योगों को सुरक्षा प्रदान करना तथा आयात पर अंकुश लगाना था। आत्मनिर्भरता की वकालत न सिर्फ विदेशी व्यापार, बल्कि विदेशी तकनीक, प्रबंधन एवं पूंजी के संदर्भ में भी थी। आयात को उच्च तटकर एवं सीमित आयात (Quota restriction) के जरिए हतोत्साहित किया गया। यहां तक की कुछ विदेशी वस्तुओं पर पूर्णत: रोक लगा दी ताकि घरेलू उत्पादन बढ़े तथा उपभोक्तावाद पर अंकुश बना रहे।

आत्मनिर्भरता परिप्रेक्ष्य को परिभाषित करते हुए तीसरे योजना आयोग ने इसके उद्देश्यों को स्पष्ट करते हुए मुख्यत: तीन बातें कहीं[11]—

*प्रथम*, आत्मनिर्भरता का तात्पर्य विशेष प्रकार की विदेशी सहायता को स्वीकार न करना (यह जानना जरूरी है कि 1965 में अमेरिका ने भारत को धमकी दी थी कि यदि भारत 1965 में पाकिस्तान से चल रहे युद्ध को समाप्त नहीं करता तो वह भारत को PL-480 के तहत खाद्य निर्यात पर रोक लगा देगा)।

*दूसरी*, आत्मनिर्भरता उद्देश्य की उपलब्धि दीर्घकालीन परिप्रेक्ष्य में संभव है।

*तीसरी,* इस दौरान सिर्फ ऐसी विदेशी सहायता स्वीकार करनी चाहिए जिससे देश में उत्पादन एवं बचत में वृद्धि कर आर्थिक क्षमता का विकास किया जा सके।

**2.4.2 (iii) पूर्ण रोजगार:** पूर्ण रोजगार का तात्पर्य शून्य बेरोजगारी कदापि नहीं होता। किसी भी अर्थव्यवस्था में सदैव बेरोजगारी की स्वाभाविक दर पाई जाती है जिसका कारण संबंधित अर्थव्यवस्था में अनवरत संरचनात्मक परिवर्तनों का पाया जाना है। चूंकि श्रम की बढ़ती बेरोजगारी की स्थिति में संवृद्धि की प्रक्रिया एवं दर गैर-समावेशी हो जाती है तथा अर्थव्यवस्था में गरीबों और अमीरों के बीच की खाई बढ़ने लगती है इसलिए भारत में नियोजित विकास रणनीति में बेरोजगारी-उन्मूलन को केंद्रीयता दी जाती रही। पहली से चौथी पंचवर्षीय योजनाओं में पूर्ण रोजगार घोषित योजनागत लक्ष्य के रूप में नहीं रहे। पहली बार पांचवीं पंचवर्षीय योजना(1974-1979) रोजगार को आर्थिक नियोजन का उद्देश्य माना गया। सातवीं और आठवीं

पंचवर्षीय योजनाओं में रोजगार दर में वृद्धि की बात पर बल दिया गया। हालांकि, रोजगार सृजन की रणनीतियां कभी भी प्रभावशाली नहीं रहीं। यही कारण है कि नवीं पंचवर्षीय योजना से आज तक श्रम का त्वरित अनौपचारिकरण होता जा रहा है तथा देश आज अनियंत्रित बेरोजगारी की दहलीज पर खड़ा है।

**2.4.2 (iv) सामाजिक न्याय तथा आर्थिक असमानताओं में कमी :** आर्थिक संवृद्धि का न्यायोचित वितरण सामाजिक न्याय की दिशा में एक पूर्ण शर्त है। साथ ही, जब आर्थिक संवृद्धि सामाजिक न्याय को स्थापित करती है तब वह विकास का रूप धारण करती है। इसीलिए भारत में नियोजित विकास के मूल में सामाजिक न्याय की अवधारणा है जिसकी प्राप्ति लोगों के बीच की आर्थिक असमानताओं को कम कर ही की जा सकती है।

योजना आयोग असमानताओं को कम करने से संबंधित सुझाव समय-समय पर देता रहा है। इस दिशा में आयोग की राय में पूंजी लाभ और सट्टे के मुनाफों को सीमित कर सरकार को कराधान की प्रणाली को सख्त बनाना चाहिए। योजना आयोग शहरी एवं ग्रामीण क्षेत्रों के बीच बढ़ती असमानता को कम करने के लिए कृषि उत्पादकता में वृद्धि, ग्रामीण क्षेत्र में उद्योगों और सामाजिक सेवाओं का विकास तथा एक न्यायोचित कृषि मूल्य नीति बनाने की संस्तुति करता रहा है।

**2.4.2 (v) गरीबी उन्मूलन:** गरीबी उन्मूलन भारत में नियोजित विकास कार्यक्रम का मुख्य हिस्सा है। पांचवीं एवं छठी योजनाओं में गरीबी उन्मूलन को प्रमुखता दी गई। सातवीं से ग्यारहवीं पंचवर्षीय योजनाओं में गरीबी उन्मूलन एवं निर्धनता निवारण मुख्य मुद्दा रहा है। इस दिशा में दसवीं एवं ग्यारहवीं पंचवर्षीय योजना एक समावेशी संवृद्धि (Inclusive Growth) पर बल देती है। दसवीं पंचवर्षीय योजना में राष्ट्रीय ग्रामीण रोजगार कार्यक्रम (NREGA) अधिनियम, 2005 के तहत गांवों में रह रहे प्रत्येक वयस्क को एक वर्ष में 100 दिनों के रोजगार का कानूनी अधिकार भी प्रदान किया गया है। ग्रामीण निर्धनता से निपटने के लिए जनवितरण प्रणाली कार्यरत है।

**2.4.2 (vi) आधुनिकीकरण:** उत्पादन में वृद्धि हमेशा संसाधनों (भौतिक एवं मानवीय) एवं प्रौद्योगिकी की नवीन तकनीकों का प्रयोग करके की जा सकती है। इसीलिए भारत में नियोजित विकास के उद्देश्यों में आधुनिकीकरण को आर्थिक संवृद्धि के दूत के रूप में देखा जाता है। छठी पंचवर्षीय योजना में आधुनिकीकरण को एक व्यापक संदर्भ में प्रारूपित किया गया। इस संदर्भ में आधुनिकीकरण प्रक्रिया उत्पादन ढांचा में बदलाव, उत्पादकता में विविधता, तकनीक का नवीनीकरण एवं आधुनिक अर्थव्यवस्था की ओर बदलाव से संबंधित है।[12]

## 2.5 नेहरू-महलनोबिस संवृद्धि रणनीति

भारत में अपनाई गई नियोजित विकास रणनीति को मुख्यत: तीन चरणों में समझा जा सकता है। इसका पहला चरण नेहरू—महलनोबिस संवृद्धि नीति (1951-1966), दूसरा चरण उत्तर नेहरूवादी नियोजित विकास रणनीति (1967-90), तथा तीसरा चरण नवीन विकास रणनीति (1991-2011) है।

नेहरू-महलनोबिस संवृद्धि रणनीति की आधारभूत विशेषताओं में औद्योगीकरण, पूंजीगत तथा आधारभूत उद्योगों का विकास, आत्मनिर्भरता एवं आयात प्रतिस्थापन महत्त्वपूर्ण था। शुरू

की तीन पंचवर्षीय योजनाओं (1951-66) में इन उद्देश्यों एवं लक्ष्यों के प्राप्ति की दिशा में प्रभावी भूमिका रही। प्रथम पंचवर्षीय योजना में परिवहन एवं संचार के साधनों के विकास एवं सिंचाई की व्यवस्था पर विशेष बल दिया गया। नेहरू-महलनोबिस संवृद्धि रणनीति के तहत बड़े-बांधों, भारी-उद्योगों को विकास की प्रक्रिया में प्राथमिकता दी गई। इस दौरान लोहा, इस्पात, ऑयल रिफाइनरीज, भारी इंजीनियरिंग उद्योग, भारी रसायन उद्योग, मशीनी औजार उद्योग आदि के विकास को बढ़ावा दिया गया।

दूसरी एवं तीसरी पंचवर्षीय योजनाओं के आकलन से पता चलता है कि महलनोबिस-नेहरू रणनीति का आयात-प्रतिस्थापन पर ज्यादा बल था। मंशा यह थी कि इससे न सिर्फ घरेलू उद्योगों को अंतर्राष्ट्रीय प्रतिस्पर्धा से संरक्षण मिलेगा बल्कि धीरे-धीरे भारतीय अर्थव्यवस्था आत्मनिर्भरता की ओर बढ़ेगी। आयात प्रतिस्थापन का दूसरा प्रमुख पक्ष नए रोजगार के अवसरों को बढ़ावा देना तथा कृषि क्षेत्र में प्रच्छन्न बेरोजगारी को कम करना था।

संवृद्धि रणनीति के इस प्रथम चरण की एक प्रमुख विशेषता राज्य की प्रभावी भूमिका थी। राज्य योजना आयोग की मदद से तथा अपनी नीतियों के माध्यम से न सिर्फ सार्वजनिक क्षेत्र बल्कि निजी क्षेत्र में भी उत्पादन एवं उपभोग का लाइसेंसिंग, तटकर, आयात-निर्यात शुल्क, उत्पाद कर तथा साख नीतियों द्वारा नियंत्रित कर रहा था। हालांकि इस रणनीति में कृषि एवं सेवा क्षेत्रों में राज्य हस्तक्षेप न के बराबर रहा। 'लाइसेंस परमिट राज' भी सिर्फ बड़े एवं पूंजीगत उद्योगों तक ही सीमित था। सार्वजनिक निवेश मुख्यत: आधारभूत संरचना (Infrastructure) के क्षेत्र में था।

## 2.6 नेहरू-महलनोबिस संवृद्धि रणनीति का मूल्यांकन

इस रणनीति की सबसे बड़ी असफलता थी भारतीय अर्थव्यवस्था की धीमी संवृद्धि दर। पहली तीन पंचवर्षीय योजनाओं के दौरान राष्ट्रीय आय में औसत वृद्धि महज 3.5 प्रतिशत प्रति वर्ष तक रही। हालांकि, उद्योग में यह विकास दर 6.6 प्रतिशत रही।

इस दौरान कृषि उत्पाद में औसतन प्रतिवर्ष मात्र 2 प्रतिशत का इजाफा हुआ। सूखा, अकाल एवं दो युद्ध (1962 एवं 1965) भी आंशिक रूप से इसके लिए जिम्मेदार थे। इसी काल में भारत को अमेरिका से PL-480 सहायता के तहत खाद्यान्न आयातित करना पड़ा। सामुदायिक विकास कार्यक्रम एवं सिंचाई की सुविधाओं के बावजूद खाद्यान्न की समस्या का हल नहीं हो पाया घरेलू बचत एवं निवेश में थोड़ी वृद्धि हुई। घरेलू बचत एवं निवेश 1964-65 के दौरान सकल घरेलू उत्पाद का 13 एवं 16 प्रतिशत (घरेलू बचत एवं निवेश) तक पहुंच गया।

नेहरू-महलनोबिस संवृद्धि रणनीति ने भारत में औद्योगिक आधार विकसित किया जिसने भारत को विकासशील देशों में एक औद्योगिक शक्ति के रूप में उभरने में मदद की। भारत न सिर्फ औद्योगिक उत्पादन बल्कि तकनीकी क्षेत्र में भी एक सफल अर्थव्यवस्था के रूप में उभरा। इस दौरान प्रतिरक्षा तकनीक के विकास पर बल ने भारत को 1965 एवं 1971 के युद्ध में एक प्रभावशाली आधार प्रदान किया।

हालांकि इस संवृद्धि रणनीति में उच्च शिक्षा एवं शोध संस्थाओं जैसे आई.आई.टी, आई.आई.एम., आई.टी.आई. इसरो, बार्क (BARC) आदि की स्थापना की जिससे भारत आज विश्व में स्किल्ड मैनपावर में दूसरा सबसे बड़ा देश है, लेकिन प्राथमिक शिक्षा एवं स्वास्थ्य संबंधी पहल

में पिछड़ गया। यही कारण है कि आज भी भारत मानवीय विकास सूचकांक (Human Development Index) में 122 से 125 के पायदानों के बीच में झूल रहा है। इस विकास युक्ति से आय की असमानताएं भी कम नहीं हुई। भूमि सुधार अधिनियम के क्रियान्वयन के बावजूद न तो अतिरिक्त भूमियों का भूमिहीनों में सुचारु रूप से वितरण किया गया न ही बेनामी भूमि को सार्वजनिक घोषित किया गया। इस प्रकार इस रणनीति का नियोजित संवृद्धि की दिशा में मिला-जुला प्रभाव रहा। कृषि विकास, खाद्यान्न की समस्या, गरीबी, बेरोजगारी जैसे मसलों का समाधान नहीं हो पाया।[13]

नेहरू-महलनोबिस मॉडल का आकलन महज आर्थिक मापदंडों से करना यथोचित नहीं है। हमें यह भी स्वीकार करना चाहिए की यह रणनीति एक दीर्घकालीन दृष्टिकोण वाली थी। इसमें अर्थव्यवस्था, प्रजातंत्र एवं सामाजिक न्याय का एक समावेशी दृष्टिकोण था। आर्थिक क्षेत्र में गरीबी उन्मूलन एवं औद्योगीकरण पर बल दिया गया था जबकि प्रजातांत्रिक प्रक्रिया में साझेदारी से आर्थिक प्रजातंत्र की तरफ कदम बढ़ाया जाना था। भारतीय संविधान में संशोधन कर अनुसूचित जाति व जनजातियों के लिए आरक्षण की व्यवस्था तथा भूमि सुधार संबंधी पहल सामाजिक एवं आर्थिक असमानता को कम करने की दिशा में प्रभावी कदम थे।

## 2.7 उत्तर-नेहरूवादी नियोजित विकास रणनीति

योजनागत विकास की रूपरेखा 1950 से 1990 तक कमोबेश समान ही थी, हालांकि योजनागत प्राथमिकताओं में समय-समय पर बदलाव होता रहा। नेहरू-महलनोबिस काल में संसाधनों का बड़ा हिस्सा औद्योगीकरण एवं आधारभूत ढांचों के विकास में लगाया गया। तृतीय पंचवर्षीय योजना के काल में कृषि क्षेत्र की महत्ता पर बल दिया गया। कृषि क्षेत्र में सार्वजनिक निवेश को बढ़ा दिया गया। चौथी पंचवर्षीय योजना से लेकर सातवीं पंचवर्षीय योजना तक योजनागत निवेश कृषि क्षेत्र में बढ़ता गया साथ ही कृषि सब्सिडी, रियायती दर पर कृषि लोन, खाद्यान्नों का समर्थन मूल्य (support prices) आदि जैसे प्रयासों से कृषि क्षेत्र को बढ़ावा मिला। हरित क्रांति सार्वजनिक निवेश, सब्सिडी, समर्थन मूल्य के कारण ही संभव हुआ जिससे भारत खाद्यान्न के मामले में आत्मनिर्भर बना। उत्तर-नेहरूवादी नियोजित विकास रणनीति की प्रमुख विशेषताओं में कृषि क्षेत्र के विकास पर बल, विदेशी पूंजी पर प्रतिबंध, निजी क्षेत्र का नियमित विस्तार, छोटे उद्योगों को संरक्षण, गरीबी उन्मूलन पर विशेष बल, तथ वित्त पर नियंत्रण महत्त्वपूर्ण था।

### 2.7.1 विदेशी पूंजी पर प्रतिबंध

इस काल में विदेशी प्रत्यक्ष निवेश (FDI) पर प्रतिबंध लगाए गए खासकर, उपभोक्ता क्षेत्र में। इंदिरा गांधी के प्रधानमंत्रित्व में कुल योजनागत निवेश में विदेशी पूंजी महज 7 प्रतिशत थी जबकि नेहरू काल (प्रथम तीन पंचवर्षीय योजनाओं) में यह 20 प्रतिशत थी। सकल घरेलू उत्पाद के अनुपात में कुल पूँजी आगत (विदेशी पूँजी) केवल 1 प्रतिशत रह गई थी (1966-77)। विदेशी पूंजी को नियंत्रित करने के लिए विदेशी विनिमय नियंत्रण अधिनियम (Foreign Exchange Regulation Act) बनाया गया।

### 2.7.2 निजी क्षेत्र का नियमित विस्तार

1969 में एकाधिकार एवं प्रतिबंधात्मक व्यापार व्यवहार कानून (MRTP) के द्वारा निजी क्षेत्र के उद्यमों एवं उद्योगों की संवृद्धि को नियोजन की रणनीति के अनुरूप नियंत्रित एवं निर्देशित किया गया। निजी क्षेत्र को निवेश के लिए सीमित खुला सामान्य लाइसेंस (OGL) दिया गया। मुख्य क्षेत्रों (core sectors) जैसे प्रतिरक्षा, संचार, आधारभूत संरचना औषधि, प्राकृतिक संसाधन, बैंकिंग आदि क्षेत्रों को सार्वजनिक उद्यमों के लिए आरक्षित कर दिया गया। इस दौड़ में बैंकों, खदानों आदि का भी राष्ट्रीयकरण किया गया।

### 2.7.3 छोटे ( लघु ) उद्योगों को संरक्षण

इस काल में लद्यु उद्योगों के लिए उत्पादन क्षेत्रों को न सिर्फ आरक्षित किया गया बल्कि इनकी संसाधनात्मक जरूरतों की पूर्ति के लिए विशिष्ट वित्तीय संस्थाएं भी स्थापित की गईं। लद्यु उद्योगों द्वारा उत्पादित वस्तुओं के निर्यात को प्रोत्साहित करने के लिए हथकरघा बोर्ड, रेशम बोर्ड, क्वायर बोर्ड आदि का भी गठन किया गया।

### 2.7.4 गरीबी उन्मूलन पर विशेष बल

1960 के दशक के मध्य तक भारत में भीषण गरीबी का दौर था। जब 1971 में इंदिरा गांधी 'गरीबी हटाओ' के नारे के साथ चुनाव जीतकर आई तब से पांचवीं से सातवीं पंचवर्षीय योजना काल में गरीबी उन्मूलन पर विशेष बल दिया गया। इस दिशा में कार्य के लिए भोजन (food for work), अखंड ग्रामीण विकास योजना (Integral Rural Development Programme), कमांड एरिया विकास प्रोग्राम (CADP), ट्राइसम (TRYSM), आंगनवाड़ी, जनवितरण प्रणाली का प्रसार (PDS), गरीबों को स्वरोजगार के लिए ब्याजहीन कर्ज, आदि क्रांतिकारी प्रयास किए गए।[14] इस दौर (1966–77) में गरीबी में काफी तेजी से कमी आई। इस क्रम में हरित क्रांति, स्वरोजगार योजना, लद्यु उद्योगों को बढ़ाया गया। गरीबी उन्मूलन से संबंधित अन्य उपरोक्त योजनाओं की अहम भूमिका रही।

### 2.7.5 वित्त पर नियंत्रण एवं सार्वजनिक क्षेत्र का विस्तार

1969 में सरकार ने 14 प्रमुख वाणिज्यिक बैंकों का राष्ट्रीयकरण किया तथा 1980 में 6 और बैंकों का राष्ट्रीयकरण किया गया। इस दौरान सामान्य बीमा कंपनियों का भी राष्ट्रीयकरण हुआ। इस प्रकार समस्त वित्तीय व्यापार सरकार के प्रत्यक्ष नियंत्रण में आ गया।

शुरुआती दौर में इन वित्तीय संस्थाओं के राष्ट्रीयकरण ने सकारात्मक परिणाम दिए। इससे घरेलू बचत को बढ़ावा मिला, ग्रामीण क्षेत्रों में बैंकों का विस्तार हुआ, ग्रामीण लघु एवं कुटीर उद्योगों के लिए न्यूनतम ब्याज पर ऋण की उपलब्धता बढ़ी, तथा इससे घरेलू बचत को सार्वजनिक निवेश के लिए प्रयुक्त किया गया। बाद में चलकर इन संस्थाओं पर बढ़ते सरकारी हस्तक्षेप के नकारात्मक परिणाम आने शुरू हुए। इन वित्तीय संस्थाओं का उपयोग सरकार वित्तीय घाटों को कम करने के लिए प्रयुक्त करने लगी। इन संस्थाओं के वित्त संसाधन का प्रयोग सरकार राजनैतिक हथकंडों के लिए भी इस्तेमाल करने लगी। उदाहरणस्वरूप, लोन मेला, किसानों की कर्ज माफी, आदि।

कालांतर में सरकार इन संस्थाओं के वित्तीय संसाधनों का उपयोग सार्वजनिक क्षेत्र के निवेश को पर्यटन, होटल आदि उद्योगों में बढ़ावा देने के लिए भी करने लगी। इस प्रकार इन वित्तीय संसाधनों के सरकारी नियंत्रण एवं सार्वजनिक क्षेत्र के निवेश के दायरे में अनअपेक्षित विस्तार के कारण सार्वजनिक उपक्रम घाटे का बोझ राजकोषीय घाटे पर बढ़कर 1990 के वर्ष तक सकल घरेलू उत्पाद का 15 प्रतिशत तक पहुंच गया।

### 2.7.6 उपभोक्ता वस्तुओं की ओर झुकाव

जब इंदिरा गांधी 1980 में सत्ता में दोबारा आईं तो उन्होंने उपभोक्ता वस्तुओं के उत्पादन पर रोक में छूट दी। उन्होंने लाइसेंसिंग को सरल कर दिया तथा उपभोक्ता वस्तुओं पर कर में छूट दी। जब राजीव गांधी प्रधानमंत्री बने तो उन्होंने कई आराम संबंधी उपभोक्ता वस्तुओं पर न सिर्फ आयात शुल्क कम किया बल्कि उत्पादन शुल्क भी घटा दिया। साथ ही निजी कर की दर को घटाकर उपभोक्ता वस्तुओं की मांग के लिए बचत को बढ़ावा दिया। यदि हम उत्तर नेहरू काल की तुलना नेहरू-महलनोबिस काल से करें तो हम पाते हैं कि जहां नेहरू काल में औद्योगिक विकास पूंजीगत क्षेत्र के कारण 9 प्रतिशत था वहीं इंदिरा-राजीव काल में वह संवृद्धि दर उपभोक्ता पदार्थों के कारण संभव हुई।

इस प्रकार हम पाते हैं कि इंदिरा-राजीव विकास रणनीति गरीबी उन्मूलन की दिशा में एक व्यवस्थित सुरक्षा जाल (Safety Net) तैयार करने में तो सफल रही लेकिन संवृद्धि दर विकास में परिणत नहीं हो पाई क्योंकि इसने जन मानस के लिए सामाजिक अवसरों (social opportunities) का निर्माण नहीं किया। आधारभूत शिक्षा, स्वास्थ्य सेवा एंव सामाजिक सुरक्षा के क्षेत्र में उत्तर-नेहरूवादी योजनागत विकास रणनीति विफल रही।

साथ ही 1990 आते-आते भुगतान संतुलन की स्थिति काफी खराब हो गई। 1991 में विदेशी विनिमय भंडार (Forex) घटकर मात्र 2 मिलियन रह गया था। विदेशी कर्ज जो 1950-81 में 20 मिलियन था वह 1990-91 में बढ़कर 84 मिलियन हो गया। कुल मिलाकर, भारतीय अर्थव्यवस्था घोर संकट की स्थिति में पहुंच चुकी थी। इस संकट की परिस्थिति में भारत सरकार को अंतर्राष्ट्रीय मुद्रा कोष (International Monetary Fund) की शर्तों के तहत संरचनात्मक समायोजन प्रोग्राम (Structural Adjustment Programme) को एक नवीन विकास रणनीति या आर्थिक सुधार नीति के रूप में कार्यान्वित करना पड़ा।

## 2.8 नवीन विकास रणनीति

1980 के दशक के दौरान निरंतर बढ़ रहे राजकोषीय घाटे, भुगतान शेष का संकट, विदेशी विनिमय भंडारों में गिरावट तथा सार्वजनिक क्षेत्र के उपक्रमों एवं उद्यमों का निराशाजनक निष्पादन कुछ ऐसे प्रमुख कारक रहे जिसके कारण भारत सरकार को 1991 की नई आर्थिक नीति को चुनना पड़ा। नियोजन रणनीति में इस रेडीकल बदलाव को आर्थिक सुधारों का नाम दिया गया। इसका तात्पर्य नियंत्रण 'लाइसेंस परमिट राज' से उदारीकरण, स्वदेशीकरण से भूमंडलीकरण, संरक्षण से प्रतियोगिता तथा सार्वजनिक क्षेत्र से निजीकरण की ओर मुड़ना था। अब 1951 से 1990 के भारत को लोक कल्याणकारी राज्य की बजाय एक पूंजीवादी राज्य की ओर अग्रसर होना था।

भारत सरकार औपचारिक रूप से अंतर्राष्ट्रीय मुद्रा कोष के संरचनात्मक समायोजन (SAP) के लिए 1993 में सहमत हो गई थी। भारत इस दिशा में 1995 में विश्व व्यापार संघ (WTO) का सदस्य बन गया। तब से आज तक केंद्र एवं राज्य सरकारों की सभी नीतियां आर्थिक सुधारों के आधारभूत सिद्धांतों (उदारीकरण, निजीकरण एवं वैश्वीकरण) के अनुरूप ही नीतियों के निर्माण एवं क्रियान्वन करने की होड़ में जुट गई हैं। आठवीं पंचवर्षीय योजना (1992-97) ने औपचारिक रूप से सार्वजनिक निवेश के क्षेत्र में निजी निवेशकों की वरीयता पर अपनी मुहर लगा दी। अब निजी निवेश को सार्वजनिक निवेश के प्रतिस्थापन्न, आयात प्रतिस्थापन्न को निर्यात प्रतिस्थापन्न से प्रतिस्थापित किया गया। नवीं पंचवर्षीय योजना (1997-2002) ने भौतिक एवं मानवीय आधारभूत संरचना के क्षेत्र में सार्वजनिक निवेश की वकालत की।

दसवीं योजना (2002-2007) में समावेशी संवृद्धि (Inclusive Growth) पर बल दिया गया जिसके तहत बढ़ती हुई असमानताओं को कम करने के लिए ग्रामीण रोजगार गारंटी अधिनियम (NREGA, 2005) तथा अनुसूचित जनजाति एवं अन्य पारंपरिक वन्य निवासी (वन्य अधिकार) अधिनियम, 2006 (FRA) को लागू किया गया। नरेगा के तहत ग्रामीण गरीबी एवं बेरोजगारी दूर करने के लिए प्रत्येक वयस्क को एक वर्ष में 100 दिनों के रोजगार का कानूनी अधिकार दिया गया जबकि वन अधिकार अधिनियम, 2006 (Forest Right Act, 2006) के तहत आदिवासियों के वनसंपदा पर सामुदायिक स्वामित्व को स्वीकार गया। इस दौरान सूचना का अधिकार, प्राथमिक शिक्षा का अधिकार तथा स्थानीय स्वशासन (पंचायती राज व्यवस्था एवं नगरपालिका व्यवस्था) संबंधी 73वां एवं 74वां संविधान संशोधन (1992) किया गया।

उद्योग के क्षेत्र में 1991 की नवीन उद्योग नीति ने निजी निवेश के क्षेत्रों को उदारीकृत कर दिया। प्रतिरक्षा, तथा इससे संबंधित पदार्थों एवं अयस्कों तथा कुछ जीवन बचाने वाली औषधियों (core life saving drugs) को छोड़कर बाकी सभी निवेश क्षेत्रों को निजी क्षेत्र के लिए खोल दिया गया। सार्वजनिक लोक उपक्रमों को प्रबंधकीय एवं वित्तीय स्वायत्तता दे दी गई। बीमार उद्योगों का विनिवेश किया गया यहां तक की केंद्र सरकार में विनिवेश मंत्रालय (Disinvestment Ministry) का गठन किया गया। बाद में यूपीए के शासनकाल में इसे समाप्त कर दिया गया। प्रत्यक्ष विदेशी निवेश (FDI) तथा संस्थागत विदेशी संस्थाओं (FIIs) द्वारा निवेश को एकल विंडो क्लीयरेंस एवं ग्रीन चैनल के द्वारा त्वरित कर दिया गया।

विदेशी व्यापार मुक्त हो गया। भारतीय अर्थव्यवस्था का अब व्यापार एवं निवेश के क्षेत्र में विश्व की अर्थव्यवस्थाओं के साथ एकीकरण हो गया। अतिआवश्यक खाद्य पदार्थों को छोड़कर लगभग अन्य सभी क्षेत्रों में लाइसेंसिंग को समाप्त कर दिया गया। इस प्रकार एक तटकर मुक्त व्यापार के युग का सूत्रपात हुआ। जो राजकोषीय सुधार 1991 में शुरू हुआ उसके तहत करों की दरों तथा ऋण पर ब्याज दरों को कम किया गया। कुल निवेश में सार्वजनिक निवेश की हिस्सेदारी को कम किया गया। वित्तीय व्यवस्था को आंशिक रूप से स्वतंत्र कर दिया गया। बैंकों के शेयरों को बेचा गया, सी.आर.आर, एस.एल.आर, बैंक रेट आदि में अनवरत कमी की गई। बैंक एवं बीमा क्षेत्रों में निजी कंपनियों को बढ़ावा दिया गया।

## 2.9 नवीन विकास रणनीति का मूल्यांकन

यदि भारत की इस नवीन सुधारवादी विकास रणनीति का सरसरी तौर पर मूल्यांकन किया जाए तो ऐसा लगता है कि यह भारत की वह गाथा (India Story) है जिसमें भारतीय अर्थव्यवस्था की उच्च संवृद्धि दर की कहानी (Story of high growth rate) छिपी है। यदि ओबामा जैसे राष्ट्राध्यक्षों द्वारा भारतीय अर्थव्यवस्था के लिए मनोहर गायन को आधार माने तो भारत 2007-2010 की वैश्विक आर्थिक मंदी में संवृद्धि की विजय पताका फहराने वाली नायक अर्थव्यवस्था है। इस विकास रणनीति में राजकोषीय घाटा कम हुआ है। विदेशी विनिमय भंडार बढ़ा है। प्रति व्यक्ति आय में इजाफा हुआ है। आज भारतीय उद्योग एवं व्यापार अंतर्राष्ट्रीय प्रतिस्पर्धा में सफल प्रतिस्पर्धी के रूप में शुमार हो रहा है।

**2.9.1 बढ़ती गरीबी:** यदि हम इस भारत की उच्च संवृद्धि गाथा के स्याह पक्ष को देखें तो वास्तविकताएं कुछ अलग हैं। यदि हम अर्जुन सेन गुप्ता समिति प्रतिवेदन के आंकड़ों पर विश्वास करें तो आज 20 प्रतिशत भारतीयों के पास देश की 80 प्रतिशत संपत्ति का केंद्रीकरण हो गया है जबकि 80 प्रतिशत भारतीय 20 रु. से कम दैनिक आय पर अपना जीवन व्यतीत कर रहे हैं।

**2.9.2 विकास व विस्थापन:** विकास के नाम पर आदिवासियों एवं किसानों को उनके पुश्तैनी हक से बेदखल एवं विस्थापित किया जा रहा है। नर्मदा नदी घाटी से लेकर नक्सलवादी क्षेत्रों में आदिवासियों का विस्थापन होता रहा है। आज देश में विकास परियोजनाओं (बांधों, खदानों, उद्योगों, जीव अभ्यारण्यों आदि) से सबसे ज्यादा विस्थापन आदिवासियों (कुल विस्थापन का 55 प्रतिशत) का हुआ है। आदिवासी समुदाय आज 'जल, जंगल, जमीन' के हक के लिए लड़ रहा है। स्पेशल इकॉनोमिक जोन्स (SEZs) के विकास के नाम पर किसानों की जमीन को सरकार हथिया रही है तथा पूंजीपतियों को औने-पौने दामों पर बेच रही है। किसानों को इस अधिग्रहण का यथोचित मुआवजा नहीं मिल पर रहा है। चाहे बंगाल हो या ओड़िसा, उत्तर प्रदेश हो या आंध्र प्रदेश किसान एसईजेड के नाम पर भूमि अधिग्रहण का विरोध कर रहे हैं।

**2.9.3 श्रम का अनौपचारिकरण:** भारत में पिछले दो दशक में किसानों का सर्वहाराकरण एवं मजदूरों का अनौपचारिकरण हुआ है। निजी क्षेत्र तथा सार्वजनिक क्षेत्र संविदा उन्मुखी रोजगार (Contractual Employment), दैनिक मजदूरी, आदि को बढ़ावा दे रहे हैं। बाल मजदूरी बढ़ती जा रही है। महिलाओं में दैनिक कैजुअल मजदूरों की संख्या बढ़ रही है। इस दिशा में बाल अधिकार राष्ट्रीय आयोग (NCPCR) एवं सार्वजनिक क्षेत्र असंगठित मजदूर राष्ट्रीय आयोग (NCEUS) की संस्तुतियां चौंका देने वाली हैं। अल्पसंख्यकों में मुस्लिम समुदाय में श्रम शक्ति का ज्यादा अनौपचारिकरण हुआ है तथा हिंदू समुदाय की तुलना में उनमें गरीबी बढ़ी है। इसलिए राजिंदर सच्चर समिति ने अपनी संस्तुति में केंद्र सरकार को आवश्यक कदम उठाने की सलाह दी है।

**2.9.4 कॉरपोरेट समाजवाद:** यदि 2005-06 बजट से 2010-2011 बजट का विश्लेषण किया जाए तो यह पता लगता है कि इन बजट दस्तावेजों में 'स्टेटमेन्ट ऑफ रेवन्यू फोरगोन' शीर्षक के तहत पिछले पांच वर्षों में 21,25,023 करोड़ रुपये का निगम आयकर, आयात कर, उत्पाद शुल्क में निजी कंपनियों को छूट दी गई। जबकि पूरे एक वर्ष में जन वितरण प्रणाली को चलाने में कुल व्यय इस कुल निगमित कर का एक-चौथाई भी नहीं आता। प्रश्न यह उठता

है कि आम आदमी के करों से आए राजस्व को सरकार किस हक से निगमों की कर मुक्ति पर लुटा रही है?[15] नेशनल इंस्टीट्यूट ऑफ पब्लिक फाइनेंस एंड पॉलिसी के आकलन के अनुसार सकल घरेलू उत्पाद का 9 प्रतिशत भारत सरकार नॉन-मेरिट सब्सिडी देती है। यदि इसे 6 प्रतिशत भी माना जाए तो यह रकम 2009-10 के सकल घरेलू उत्पाद की गणना के आधार पर 2,70,000 करोड़ रुपये होती है। यह रकम जो अमीरों को सब्सिडी के रूप में दी जा रही है यदि इसका आधा भी भारत में बांट दिया जाए तो पांच सदस्य के परिवार में कम से कम 5000 रुपये प्रतिवर्ष प्रति परिवार आधारभूत आय पूरक के रूप में दिया जा सकता है।[16]

**2.9.5 भ्रष्टाचार एवं कालाधन:** भारत में भ्रष्टाचार एवं घोटालों की फेहिरिस्त काफी लंबी है। नेहरू सरकार में जीप घोटाले से लेकर मनमोहन सरकार में राष्ट्रमंडल खेल घोटाला (CWG), स्पेक्ट्रम घोटाला का इतिहास पिछले छह दशकों में सार्वजनिक संसाधनों की लूट के इतिहास को बयान करता है। कालाबाजारी, करचोरी, सट्टेबाजी, घूसखोरी के पैसों से जो कालाधन बनाया जाता है उसके अरबों रुपये आज स्विस बैंक सरीखे विदेशी बैंकों में जमा हैं। भारतीय अर्थव्यवस्था में प्रतिवर्ष लाखों करोड़ रुपयों का कालाधन पैदा होता है तथा इसने देश में आज एक समानांतर अर्थव्यवस्था का रूप ले लिया है।

## 2.10 निष्कर्ष

स्वतंत्र भारत में विकास रणनीति की उपलब्धियों का आकलन भारतीय अर्थव्यवस्था में निम्नलिखित विरोधाभासी प्रवृत्तियों (Paradoxes) के संदर्भ में समझा जा सकता है।

भारत उच्च संवृद्धि का कीर्तिमान स्थापित कर रहा है जबकि इसकी 80 प्रतिशत जनसंख्या गरीबी, बेरोजगारी एवं भुखमरी का शिकार है।

भारत सूचना प्रौद्योगिकी, स्पेस तकनीक, आनुवंशिक विज्ञान तकनीक, प्रबंध तकनीक, नाभिकीय ऊर्जा आदि के क्षेत्र में विश्व के सर्व विकसित 10 शीर्ष देशों से प्रतिस्पर्धा कर रहा है जबकि शिक्षा एवं स्वास्थ्य के क्षेत्र में आमलोग आधारभूत जरूरतों से भी वंचित हैं।

भारतीय अर्थव्यवस्था विदेशी ऋणों के बोझ तले दबी हुई है, इसके विपरीत भारतीयों का खरबों रुपये का काला धन विदेशी बैंकों में पड़ा है।

भारत एक नॉलेज सुपर पावर के रूप में उभर रहा है फिर भी पूरी दुनिया में सबसे ज्यादा निरक्षर लोग भारत में हैं।

भारत में वयस्क श्रम शक्ति बेरोजगारी का शिकार है जबकि भारत में दुनिया के सर्वाधिक बाल श्रमिक हैं।

पंजाब व हरियाणा जैसे राज्य विकास के शीर्ष पर हैं लेकिन यही राज्य भ्रूण हत्या, शिशु हत्या, एवं अनअपेक्षित लिंगानुपात में अग्रणी हैं।

इन विरोधाभासों के संदर्भ में आज यह महत्त्वपूर्ण है कि भारत में विकास रणनीति ऐसी हो जो (a) कल्याणकारी राज्य और कॉरपोरेट समाजवाद में साम्य स्थापित करे, (b) जिसके तहत भौतिक पूंजी (physical capital) के साथ-साथ सामाजिक पूंजी (social capital) का भी विकास हो, (c) जो उच्च संवृद्धि दर को समावेशित विकास में परिणत कर पाए, तथा (d) विकास की प्रक्रिया पर्यावरण संतुलन को बनाए रखे। किसी विकास रणनीति की परख उस अर्थव्यवस्था में

आम आदमी तथा हाशिये पर खड़े आखिरी आदमी के विकास अंत्योदय के स्तर से की जाती है। ग्यारहवीं पंचवर्षीय योजना (2007–12) का घोषित लक्ष्य आंशिक रूप से इस दिशा में एक शुरुआती पहल है।

## संदर्भ एवं टिप्पणी

1. Marx was hopeful about the regenerative role of British imperialism in India. But the colonial history of India proved him wrong.
2. Dadabhai Naoroji and R.C. Dutta argued that until 1857 India was self sufficient in foodgrains production.
3. *See* George Blyn, *Agricultural Trends in India, 1891-1947: Output, Availability, and Productivity*, University of Pennsylvania Press, Philadelphia, (1966).
4. *See*, Rajni Palme Dutt, *India Today*, Calcutta, (1979).
5. *See*, Dadabhai Naoroji, *Poverty and Un-British Rule in India*, London, p. 34. (1901).
6. *See*, Rajni Palme Dutt, (1979), p. 32.
7. *See*, M. Mukerjee (1975), "National Income", In V.B. Singh (ed), *Economic History of India*, 1857-1966, New Delhi, p. 672.
8. *See*, Tirthankar Roy, *The Economic History of India 1857-1947*, Oxford University Press, New Delhi, (2000).
9. Quoted in G.V. Joshi, *Writings and Speeches*, Poona, p. 763, (1912).
10. *See*, P.C. Ray (1995), *The Poverty Problem in India*, Calcutta, p. 149.
11. *See*, Government of India (1961), Planning Commission, Third Five Year Plan, Delhi, p. 115.
12. *See*, Government of India (1980), Sixth Five Year Plan, p. 3.
13. *See*, V.V. Bhatt (1973), *Two Decades of Development—the India Experience*, Bombay, pp. 15-16
14. *See*, *India 2011* (2011), Publication Division, New Delhi.
15. *See*, P. Sainath, "Corporate Socialism's 2GOrgy," *The Hindu*, March 7, 2011.
16. *See*, Pranab Bandhan (2011), "Challenges for a Minimum Social Democracy in India," *EPW* VOL.XLVI No. 1D, March 5-11, 2011, pp. 40-41.

अध्याय तीन

# प्रमुख आर्थिक समस्याएं और नीतियां

## खाद्य सुरक्षा, क्षेत्रीय असंतुलन, गरीबी और बेरोजगारी से संबंधित लोकनीतियों का आलोचनात्मक परीक्षण

*मनोज सिन्हा, प्रवीण झा*

भारत दुनिया के समक्ष एक स्वतंत्र, संप्रभु और सबसे बड़े लोकतंत्र के रूप में 15 अगस्त 1947 को सामने आया। स्वतंत्रता के छह दशकों के बाद भी भारत के एक विकासशील देश से विकसित देश में परिवर्तित होने में खाद्य सुरक्षा, गरीबी, बेरोजगारी और क्षेत्रीय असंतुलन चार प्रमुख बाधाएं बनी हुई हैं। ये मुद्दे जनता के सामाजिक और वित्तीय अंतर्वेशन में केंद्रीय बने हुए हैं।

सामाजिक अंतर्वेशन
वित्तीय अंतर्वेशन

समग्र विकास (11वीं योजना का मुख्य फोकस)

समग्र विकास न केवल देश की एकता और अखंडता के लिए मूलभूत है बल्कि जनता को विकास के लाभ का भागीदार बनाने के लिए भी जरूरी है। इस पाठ में इन चार मुख्य मुद्दों का व्यापक विश्लेषण किया गया है और भारतीय अर्थव्यवस्था और समाज के संदर्भ में विशिष्ट सामाजिक-सांस्कृतिक उपाय सुझाए गए हैं।

### 3.1 खाद्य सुरक्षा

भारत वह देश है जहां दुनिया की लगभग आधी भूखी आबादी का निवास है। भारत की आबादी का करीब 35 प्रतिशत हिस्सा खाद्य की दृष्टि से असुरक्षित स्थिति में है। वे न्यूनतम वांछित खाद्य का 80 प्रतिशत से भी कम खपत करते हैं। इसी संदर्भ में, खाद्य सुरक्षा एक महत्त्वपूर्ण मुद्दा बनकर सामने आया है। खाद्य एवं कृषि संगठन (FAO) 1983, ने खाद्य सुरक्षा की परिभाषा इन शब्दों में दी है: "यह सुनिश्चित करना कि हर समय हर व्यक्ति की आवश्यक बुनियादी खाद्य तक

---

एसोसिएट प्रोफेसर, राजनीतिशास्त्र विभाग, रामलाल आनंद कॉलेज, दिल्ली विश्वविद्यालय
असिस्टेंट प्रोफेसर, राजनीतिशास्त्र विभाग, शहीद भगत सिंह कॉलेज, दिल्ली विश्वविद्यालय

भौतिक और आर्थिक पहुंच हो।'' खाद्यान्न सुरक्षा से अभिप्राय है—अनाज तक भौतिक एवं आर्थिक पहुंच कायम कर सकना। खाद्य सुरक्षा से भी यही अभिप्राय है लेकिन गैर-खाद्य वस्तुओं के संदर्भ में, जैसे: दूध, शक्कर, सब्जियां, फल, मांस, इत्यादि।

खाद्य सुरक्षा की परिभाषा दीर्घकालिक आधार पर यह सुनिश्चित करने की क्षमता के रूप में की जा सकती है कि खाद्य प्रणाली यह व्यवस्था करे कि समग्र जनसंख्या को समय पर, भरोसेमंद ढंग से और पौष्टिक रूप से पर्याप्त भोजन की आपूर्ति प्राप्त हो। इस प्रकार, खाद्य सुरक्षा के चार अत्यावश्यक तत्त्व हैं:

(i) खाद्य उपलब्धता: इसका संबंध पर्याप्त मात्रा में तथा समुचित गुणवत्ता वाले खाद्य की उपलब्धता से है जिसकी आपूर्ति घरेलू उत्पादन या आयात के माध्यम से की जा सके।

(ii) खाद्य सुलभता: खाद्य का सुलभ यानी पहुंच के दायरे में होना कई कारकों पर निर्भर है, जैसे: घरेलू आय एवं व्यक्तिगत मजदूरी, खाद्य का मूल्य, ग्राहकीय साख (कंज्यूमर क्रेडिट), इत्यादि।

(iii) खाद्य उपयोगिता: पर्याप्त आहार, जल, साफ-सफाई और हेल्थकेयर के माध्यम से खाद्य की उपलब्धता से खाद्य सुरक्षा में गैर-खाद्य तत्त्वों का महत्त्व परिभाषित होता है।

(iv) खाद्य सुरक्षा: इसका अर्थ यह है कि दीर्घकालिक रूप से समय पर, विश्वसनीय ढंग से तथा पौष्टिक रूप से पर्याप्त खाद्य की आपूर्ति बनाई रखी जाए। इसका अभिप्राय यह है कि किसी भी राष्ट्र को खाद्य-आपूर्ति में विकास-दर सुनिश्चित करनी चाहिए ताकि वह बढ़ती हुई जनसंख्या तथा आय में वृद्धि के साथ-साथ मांग में होने वाली वृद्धि के अनुपात का ध्यान रख सके।

किसी भी गतिशील एवं विकसित हो रही अर्थव्यवस्था में, सामाजिक विकास के चरणों के समानुपात खाद्य सुरक्षा की अवधारणा में भी परिवर्तन आता है। इस क्रम में, खाद्य सुरक्षा के निम्नांकित चरणों को दर्शाया जाना चाहिए :

चरण 1: हर किसी के लिए पर्याप्त मात्रा में अनाज का उपलब्ध होना

↓

चरण 2: अनाज और दलहन की पर्याप्त उपलब्धता

↓

चरण 3: अनाज, दलहन, दूध एवं दुग्ध उत्पाद

↓

चरण 4: अनाज, दलहन, दूध एवं दुग्ध उत्पाद तथा फल एवं सब्जियां, मछली, अंडे और मांस

## 3.2 भारत में खाद्य सुरक्षा

खाद्य सुरक्षा का अर्थ है अनाज तक भौतिक एवं आर्थिक रूप से पहुंच कायम कर सकने की क्षमता। परंतु काफी मात्रा में अनाज का भंडार होने के बावजूद हम इस आदर्श स्थिति से बहुत दूर हैं। इस स्थिति के संदर्भ में जो दो समस्याएं हैं वे हैं:

### 3.2.1 पोषक तत्त्वों की कमी

एक औसत भारतीय के भोजन में पोषक तत्त्वों का अभाव पाया जाता है। अपने भोजन में औसत भारतीय को 55 ग्राम प्रोटीन ही मिल पाता है जबकि विकसित देशों में इसकी मात्रा 100 ग्राम से भी अधिक होती है। भोजन में पोषक तत्त्वों का कम होना एक औसत भारतीय की कार्य-क्षमता के कम होने का प्रमुख कारण है। अंततः सकल घरेलू उत्पाद (GDP) पर इसका नकारात्मक असर पड़ता है जिससे व्यक्तियों के संज्ञानात्मक विकास एवं उनकी उत्पादकता में कमी आती है। परंतु जनसंख्या की क्रय-क्षमता में जो ज्ञात असमानता व्याप्त है उसके मद्देनजर इस निष्कर्ष से नहीं बचा जा सकता कि कम से कम हमारी आधी आबादी कैलोरी की दृष्टि से भी अपर्याप्त आहार पर जीवन-यापन कर रही है।

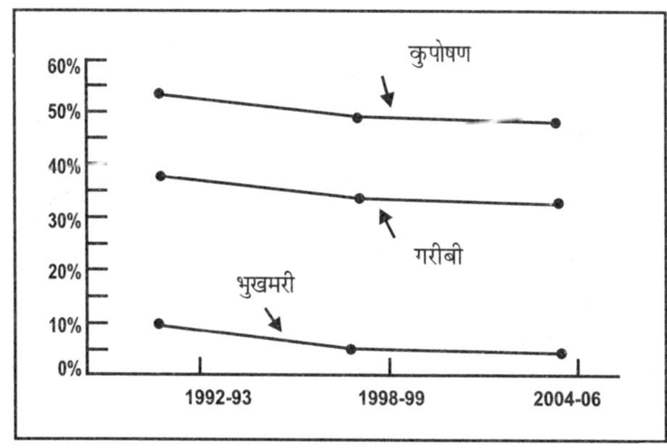


ग्राफ 1: भुखमरी, कुपोषण और गरीबी के मामले

नोट: भुखमरी संबंधी आकलन NSA डाटा से, गरीबी संबंधी आकलन (1988-99 के लिए आक्षिप्त) तथा कुपोषण संबंधी आकलन NFHS I-II-III- से लिए गए हैं। इन तीनों से संबंधित अलग-अलग डाटा संकेतित वर्ष के निकटतम साल के अनुरूप हैं।

भुखमरी से संबंधित वैश्विक सूचकांक (Global Hunger Index)[1], 2009 में 84 देशों के बीच भारत का स्थान 65वां था। भारत के राज्य भुखमरी सूचकांक में सबसे पहला स्थान मध्य प्रदेश का है, उसके बाद झारखंड और तब बिहार का। इस सूचकांक में कोई भी राज्य 'निम्न भुखमरी' या 'खतरनाक' श्रेणी में नहीं है। मध्य प्रदेश 'अत्यंत खतरनाक' श्रेणी में आता है। पंजाब, केरल, हरियाणा और असम 'गंभीर' श्रेणी में आते हैं।

### 3.2.2 अनाज की ऊंची कीमतें

भारत की मौजूदा खाद्य स्थिति की दूसरी प्रमुख विशेषता रही है अनाजों की ऊंची कीमतें। वर्ष 2004 के बाद से खाद्य और अनाज की कीमतों में बड़ा चिंताजनक रुझान दृष्टिगोचर हुआ है। मासिक थोक मूल्य सूचकांक (WPI) के वार्षिक औसत पर आधारित खाद्य स्फीति बढ़ती चली गई है। यही हालत अनाजों की कीमतों की रही है। स्फीति के ये दीर्घकालिक रुझान खाद्य के

बढ़ते हुए अभाव की ओर संकेत करते हैं। गरीबों की अनाज तक केवल पहुंच कायम करना ही पर्याप्त नहीं है बल्कि जरूरी है कि उनके पास अनाज खरीदने के लिए पैसे भी हों।

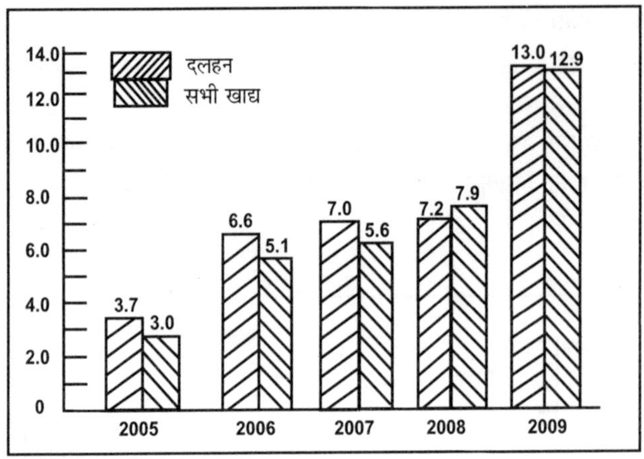


चित्र 2 खाद्य-स्फीति

## 3.3 भारतीय खाद्य नीति

भारतीय योजनाकारों को आरंभ में ही यह लग गया था कि योजना के एक महत्त्वपूर्ण लक्ष्य के रूप में अनाज के मामले में आत्मनिर्भर होना बहुत जरूरी है। खाद्य पर निर्भर एक सतत बढ़ती हुई जनसंख्या तथा 1960 के दशक में कृषि में विकास की गति ठहर जाने के मद्देनजर, खाद्य अर्थव्यवस्था को भारत में राज्य खाद्य नीति के एक अपरिहार्य लक्ष्य के रूप में स्वीकार कर लिया गया। तत्कालीन प्रधानमंत्री श्रीमती इंदिरा गांधी के नेतृत्व में भारत सरकार ने 'बीज-जल उर्वरक नीति' अपनाई जो हरित क्रांति के नाम से प्रसिद्ध हुई। इससे भारत को अनाज के आयात से मुक्ति मिल गई और दूसरी ओर देश में प्रति व्यक्ति अनाज की उपलब्धता भी पहले से ज्यादा हो गई। 1950-51 में 50.8 मिलियन टन के मुकाबले 1996-97 में भारत में अनाज का उत्पादन 199.4 मिलियन टन हो गया। वर्ष 1976 से भारत ने अनाज के मामले में आत्मनिर्भरता पा ली है और उसके बाद से भारत अनाज का नगण्य आयात ही करता आया है।

### 3.3.1 खाद्य नीति के उपकरण

भारत में खाद्य नीति के विभिन्न साधन हैं: (i) अनाजों का उत्पादन और उनकी आपूर्ति; (ii) अनाजों की खपत; और; (iii) अनाज का संवितरण।

खासतौर पर खाद्यान्न के उत्पादन और सामान्य रूप से कृषि उत्पादन में तकनीकी विकास, संस्थागत एवं संरचनात्मक सुधार तथा समर्थन मूल्यों के दम पर वृद्धि लाने की कोशिश की गई है। तकनीकी विकास एवं संस्थात्मक सुधारों का उद्देश्य ऐसी अधोसंरचना उपलब्ध कराना है जो कृषि उत्पादन में सतत तेजी लाने के लक्ष्य को प्राप्त करने की दिशा में सहायक हो। न्यूनतम

समर्थन मूल्य उत्पादकों को दीर्घकालिक गारंटी के रूप में दिए जाएंगे ताकि उत्पादन की अधिकता अथवा अन्य कारणों से बाजार में आधिक्य होने की स्थिति में मूल्य को न्यूनतम आर्थिक स्तर से नीचे नहीं गिरने दिया जाएगा। इन मूल्यों की घोषणा आमतौर पर बुआई का मौसम शुरू होने से पहले की जाती है।

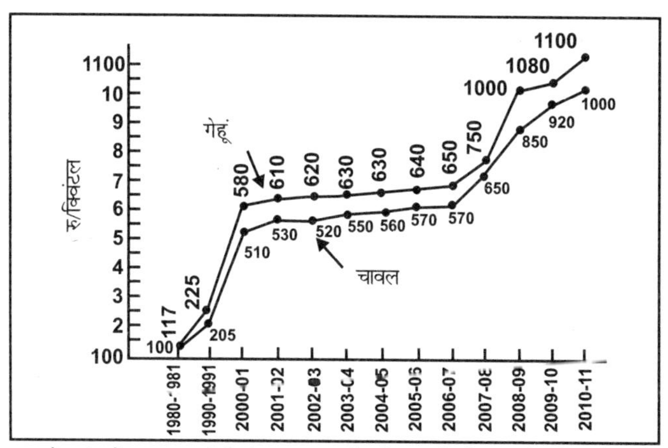


• के अंत में धान पर प्रतिक्विंटल 50 रु/. के बोनस की घोषणा की गई ... गेहूं और धान का प्रापण मूल्य

### 3.3.2 पोषण संबंधी नीति

1993 में राष्ट्रीय पोषण नीति (National Nutrition Policy) की रचना की गई। इसमें अल्पकालिक उपायों के महत्त्व को स्वीकारा गया। खास संवेदनशील समूहों के लिए पोषण संबंधी हस्तक्षेप, खाद्य वस्तुओं का सशक्तीकरण, समेकित बाल विकास योजना के माध्यम से प्री-स्कूल बच्चों तथा गर्भवती एवं स्तनपान कराने वाली माताओं के लिए पूरक आहार के व्यापकीकरण जैसे अंत:क्षेत्रीय कार्यक्रमों द्वारा सूक्ष्म-पोषण एवं प्रोटीन ऊर्जा की कमी पर नियंत्रण तथा पोषण एवं व्यापक टीकाकरण के प्रसार के लिए बुनियादी न्यूनतम सेवाएं। इनमें शामिल-स्कूली बच्चों के लिए मध्याह्न भोजन, बाल उत्तरजीवन एवं सुरक्षित मातृत्व कार्यक्रम। इन उद्देश्यों की पूर्ति के लिए 1995 में राष्ट्रीय योजना अभियान आरंभ किया गया।

## 3.4 सार्वजनिक वितरण प्रणाली

गेहूँ, चावल, किरोसिन तेल, खाद्य तेल, वस्त्र, कोयला, इत्यादि जैसी आवश्यक वस्तुओं की सार्वजनिक वितरण प्रणाली भारत में पिछले पाँच दशकों से मौजूद रही है। इस 'खाद्य ढाँचे' का जन्म दूसरे विश्वयुद्ध के दौरान खाद्य सुरक्षा प्रदान करने के लिए हुआ था और तब से उसे और अधिक सशक्त एवं विस्तृत रूप दिया जा चुका है। 1980 के दशक के मध्य के बाद से सार्वजनिक वितरण प्रणाली का दायरा बढ़ाकर कुछ राज्यों में ग्रामीण इलाकों तक कर दिया गया है। इस तरह इस प्रणाली ने एक कल्याण कार्यक्रम का दर्जा हासिल कर लिया। 1985 में करीब 57 मिलियन जनसंख्या वाले आदिवासी क्षेत्रों में कम मूल्य पर (सब्सिडी आधारित) खाद्यान्न के वितरण का

प्रयास किया गया। उचित मूल्य की 4.62 से भी अधिक दुकानों के व्यापक नेटवर्क के साथ, जो कि लगभग 160 मिलियन परिवारों को प्रतिवर्ष 30,000 करोड़ रु. मूल्य की वस्तुओं का विक्रय करती हैं। भारत की सार्वजनिक वितरण प्रणाली दुनिया में अपने किस्म की संभवतः सबसे बड़ी वितरण प्रणाली है। कई रोजगार–उन्मुखी कार्यक्रमों में मजदूरी के रूप में कम मूल्य पर अनाज का वितरण किया जाता है।

### 3.4.1 लक्षित सार्वजनिक वितरण प्रणाली

निम्नांकित कारणों से सार्वजनिक वितरण प्रणाली के प्रकार्यों की घोर आलोचना की गई है:

1. गरीबी रेखा से नीचे (BPL) की जनसंख्या वाले लोगों की आवश्यकता पूरी करने में इसकी असफलता,
2. शहरी क्षेत्रों के प्रति पक्षपातपूर्ण रुझान,
3. ग्रामीण क्षेत्रों में निवास करने वाले लोगों की बड़ी जनसंख्या वाले गरीब राज्यों तक ठीक से पहुंच न बना पाना,
4. भारतीय खाद्य निगम से सार्वजनिक वितरण प्रणाली के लिए संचित किए गए अनाजों को गुप्त रूप से खुले बाजार में बेचना और राशन की दुकानों में साधारण किस्म के खाद्यान्न की आपूर्ति करने की व्यापक घटनाएं।

इन बातों को देखते हुए जून 1997 से सरकार ने गरीबी रेखा से नीचे रहने वाले परिवारों को विशेष कार्ड जारी करके तथा उन्हें विशेष रूप से कम मूल्य पर अनाज का विक्रय करके इस प्रणाली को ठीक करने की कोशिश की। लक्षित सार्वजनिक वितरण प्रणाली के अंतर्गत, हर गरीब परिवार को अत्यंत कम कीमत पर 20 किलोग्राम अनाज पाने का अधिकार दिया गया। गरीबों को और अधिक फायदे पहुंचाने के प्रयोजन से, अप्रैल 2000 के बाद से, बीपीएल एवं अंत्योदय अन्न योजना (AAY) परिवारों का आबंटन 50 प्रतिशत आर्थिक लागत पर प्रतिमाह 10 किलोग्राम से 20 किलोग्राम कर दिया गया। गरीबी रेखा से ऊपर के परिवारों (APL) का आबंटन 1997 में तय किए गए 10 किलोग्राम के स्तर पर ही रहने दिया गया और कीमत आर्थिक लागत के 100 प्रतिशत के समतुल्य रखी गई। मुख्य उद्देश्य यह था कि सब्सिडी का लाभ गरीबी रेखा से नीचे के परिवारों को मिले और गरीबी रेखा से ऊपर वाले परिवारों को सार्वजनिक वितरण प्रणाली का लाभ उठाने से निरुत्साहित किया जाए। परिणामस्वरूप, यह उम्मीद की गई कि गरीबी रेखा से नीचे रहने वाले 65.2 मिलियन परिवारों को एक प्रकार से आय स्थानांतरण प्राप्त होगा।

अप्रैल 2002 से प्रभावी होते हुए, खाद्यान्न का बीपीएल और अंत्योदय अन्न योजना आबंटन प्रति परिवार प्रतिमाह बढ़ाकर 20 किग्रा. से 25 किग्रा. कर दिया गया है। गेहूँ के प्रति किलो 4.15 रु. एवं चावल के प्रति किलो 5.65 रु. मूल्य के साथ बीपीएल परिवारों के लिए केंद्रीय निर्गम मूल्य (Central Issue Price - CIP) आर्थिक लागत का 48 प्रतिशत है। इसके अलावा, सार्वजनिक वितरण प्रणाली के माध्यम से अंत्योदय अन्न योजना (AAY) के अंतर्गत, 2 रु. प्रति किलो गेहूँ और 2 रु. प्रति किलो चावल की न्यूनतम दर से 35 किग्रा. अनाज गरीब से गरीब परिवार को दिया जाना है।

वास्तविक रूप से कहा जाए तो सार्वजनिक वितरण प्रणाली (PDS) अभी भी अपने आदर्श लक्ष्य यानी गरीबों से काफी दूर है। भारतीय खाद्य निगम से उठाए गए खाद्यान्न का स्तर किसी भी राज्य में गरीबों की संख्या से तनिक भी ताल्लुक नहीं रखता बल्कि यूं कहा जाए कि स्थिति उल्टी है। बिहार और उत्तर प्रदेश जहां देश के 37 प्रतिशत गरीब लोग रहते हैं, सार्वजनिक वितरण प्रणाली से केवल 13 प्रतिशत खाद्यान्न ही उठा पाते हैं और इसमें से भी बहुत ही कम हिस्सा लोगों की झोली में जा पाता है, चाहे वे अमीर हों या गरीब। इन दो राज्यों के गांवों में रहने वाले तीन प्रतिशत से भी कम गरीब तबके के लोग राशन की दुकान से सामग्री खरीदते हैं। दूसरे शब्दों में, इनमें से ज्यादातर खाद्यान्न या तो ऐसे लोगों द्वारा खरीद लिए जाते हैं जो गरीब नहीं हैं (NSS के आंकड़ों से पता चलता है कि 76 प्रतिशत अमीर ग्रामीण परिवार सस्ते मूल्य पर उपलब्ध खाद्य का लाभ उठाते हैं) अथवा उन्हें खुले बाजार में बेच दिया जाता है।

## 3.5 सार्वजनिक वितरण प्रणाली की आलोचना

सार्वजनिक वितरण प्रणाली की आलोचना निम्नांकित बिंदुओं पर की जाती है:

1. सार्वजनिक वितरण प्रणाली का लाभ अर्थतंत्र के एक बहुत छोटे से हिस्से को अर्थात शहरी गरीब तबके को प्राप्त हुआ है। ग्रामीण क्षेत्रों को जहां अधिकांश गरीब लोग रहते हैं इससे कोई लाभ नहीं मिला है।

2. सार्वजनिक वितरण प्रणाली को बहुत बड़े आर्थिक अनुदान की जरूरत होती है जो कि वर्तमान समय में 27 हजार करोड़ रु. से भी ज्यादा है। इस विशाल बोझ के कारण बजट घाटा और अर्थतंत्र पर भारी आर्थिक बोझ पड़ रहा है।

3. भारतीय खाद्य निगम (FCI) का पर्याप्त ढंग से काम न कर पाना, ढुलाई एवं भंडारण की भारी लागतें इत्यादि कारणों से अनाज की कीमतें बढ़ जाती हैं जिसके कारण निर्गम मूल्य भी ज्यादा हो जाता है और गरीबों को मिलने वाले लाभ की मात्रा कम हो जाती है।

4. सार्वजनिक वितरण प्रणाली ने सभी राज्यों और क्षेत्रों को समान फायदा नहीं पहुंचाया है। महाराष्ट्र, पश्चिम बंगाल, तमिलनाडु, केरल और आंध्र प्रदेश जैसे कुछ राज्यों ने सार्वजनिक वितरण प्रणाली के माध्यम से अपने लोगों को फायदा पहुंचाने के लिए केंद्र के आबंटन का भरपूर लाभ उठाया है जबकि उत्तर प्रदेश, राजस्थान, बिहार एवं मध्य प्रदेश जैसे राज्यों में लोगों को ज्यादा फायदा नहीं मिला है।

5. खाद्य सुरक्षा प्रणाली का एक महत्त्वपूर्ण तत्त्व है बफर स्टॉक बनाने के लिए सरकार द्वारा अनाज की संप्राप्ति। मजबूत किसानों की लॉबी को खुश करने के लिए सरकार संप्राप्ति मूल्य लगातार बढ़ाती चली गई है और इस तरह उसने मुख्य रूप से वोट बैंक नीति पर ही ध्यान दिया है। परिणामस्वरूप, एफसीआई के गोदामों में जरूरत से ज्यादा अनाज भर गए हैं। अनाजों के भंडारण और संरक्षण तथा उनकी ढुलाई के मद में इस अतिरिक्त बफर स्टॉक के लिए बहुत कीमत चुकानी पड़ती है (कुल सब्सिडी बिल का लगभग 25 प्रतिशत)। इसके अलावा, एफसीआई द्वारा सार्वजनिक वितरण प्रणाली के लिए प्राप्त किए गए इन अनाजों को व्यापक पैमाने पर खुले बाजार में चोरी-छिपे बेचे जाने और उचित मूल्य की दुकानों पर घटिया अनाज की आपूर्ति से समस्या और भी गंभीर हो जाती है।

6. भारत की सार्वजनिक वितरण प्रणाली: राष्ट्रीय एवं अंतर्राष्ट्रीय दृष्टिकोण में आर. राधाकृष्णन के शब्दों में: ''यह एक अपरिहार्य निष्कर्ष है। सार्वजनिक वितरण प्रणाली एक अत्यंत महंगी और बिल्कुल लक्ष्यहीन कार्यक्रम बनकर रह गई है। अत: केंद्रीय मुद्दा यह है कि गरीब तबके के लोगों को कम लागत पर खाद्य मुहैया कराने के लिए सार्वजनिक वितरण प्रणाली की प्रभावशीलता कैसे बढ़ाई जाए। नीति संबंधी कार्यक्रमों में अत्यंत गरीब तथा सामान्य रूप से गरीब लोगों के बीच अंतर किया जाना चाहिए तथा अत्यंत गरीब लोगों तक अनाज का स्थानांतरण करने के कार्य में सार्वजनिक वितरण प्रणाली की क्षमता बढ़ाने पर ध्यान दिया जाना चाहिए क्योंकि अत्यंत गरीब श्रेणी के लोग न केवल खाद्य असुरक्षा के पुराने संकट से जूझ रहे हैं बल्कि खाद्य तथा श्रम बाजार दोनों में ही अनिश्चय के जोखिम का सामना कर रहे हैं।''[2]

### 3.5.1 बफर स्टॉक

सार्वजनिक वितरण प्रणाली के प्रभावी कार्य संचालन की दृष्टि से तथा खाद्यान्न के मूल्य में उतार-चढ़ाव कम करने के लिए सरकार बफर स्टॉक रखा करती है। इससे मूल्य में स्थिरता आती है और खाद्यान्न की पर्याप्त उपलब्धता बनी रहती है। ये दोनों लक्ष्य मिलकर सरकार द्वारा संधारित किए जाने योग्य बफर स्टॉक की अधिकतम मात्रा का निर्धारण करते हैं। लेकिन इस मात्रा पर

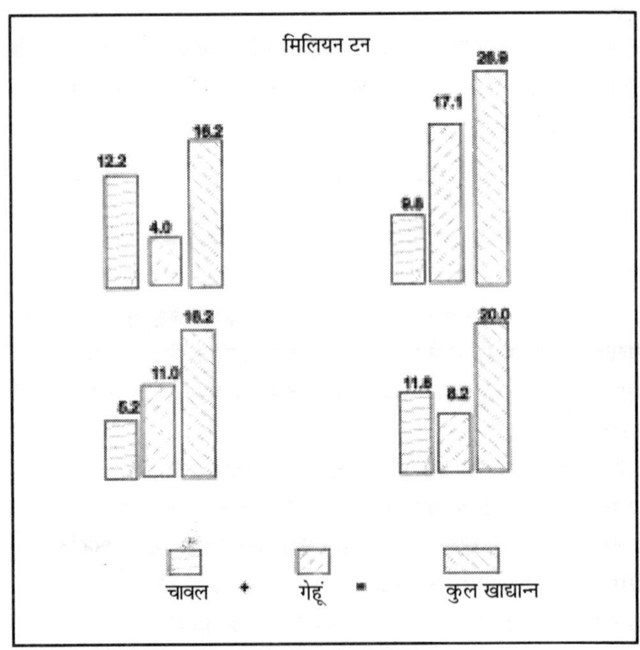


चित्र 3: बफर स्टॉक्स के नियम (1 अप्रैल 2005)

अन्य बातों का भी प्रभाव पड़ता है। खाद्यान्न के संधारण में अन्य लागतें भी शामिल हैं जैसे ब्याज का नुकसान, गोदाम का किराया तथा भंडार में अनाज की बर्बादी। ये लागतें वर्ष 1991-92 में

77.55 रु.प्रति क्विंटल के मुकाबले वर्ष 2005–06 में बढ़कर 390.0 रु. प्रति क्विंटल हो गया और अनुमान है कि उनमें प्रति वर्ष 15 प्रतिशत की दर से वृद्धि होती चली जा रही है। यह ऊंची कीमत जनता के धन की बर्बादी प्रतीत होती है और उनका परिणाम उच्च ग्राहकीय सब्सिडी के रूप में सामने आता है।

### 3.5.2 राष्ट्रीय खाद्य सुरक्षा मिशन

देश के 17 राज्यों के 312 जिलों की पहचान की गई है जिनमें राष्ट्रीय खाद्य सुरक्षा मिशन (एनएफएसएम) लागू किया गया है। एनएफएसएम की कुछ विशेषताएं इस प्रकार हैं: 14 राज्यों के 136 जिलों में एनएफएसएम चावल योजना लागू की जा रही है। ये राज्य हैं: आंध्र प्रदेश, असम, बिहार, छत्तीसगढ़, गुजरात, झारखंड, कर्नाटक, केरल, मध्य प्रदेश, महाराष्ट्र, ओड़िसा, तमिलनाडु, उत्तर प्रदेश एवं पश्चिम बंगाल।

9 राज्यों के 141 जिलों में एनएफएसएम गेहूं योजना लागू की जा रही है। ये राज्य हैं: बिहार, गुजरात, हरियाणा, मध्य प्रदेश, महाराष्ट्र, पंजाब, राजस्थान, उत्तर प्रदेश एवं पश्चिम बंगाल।

14 राज्यों के 171 जिलों में एनएफएसएम दाल योजना लागू की जा रही है। ये राज्य हैं: आंध्र प्रदेश, बिहार, छत्तीसगढ़, गुजरात, हरियाणा, कर्नाटक, केरल, मध्य प्रदेश, महाराष्ट्र, ओड़िसा, पंजाब, राजस्थान, तमिलनाडु, उत्तर प्रदेश एवं पश्चिम बंगाल।

एनएफएसएम के अंतर्गत जिन क्षेत्रों को कवर किया गया है उनमें शामिल हैं— बेहतर कार्य-प्रथाओं का प्रदर्शन, बीज की अदला-बदली, सीड मिनिकिट्स, माइक्रो-न्यूट्रिएंट्स (सूक्ष्म पोषक तत्त्व), डीजल पम्प सेट, मल्टिक्रॉप प्लांटर्स, सीड ड्रिल्स, स्प्रिंक्लर सेट, कम्युनिटी जेनरेटर के बारे में पायलट प्रोजेक्ट, बेहतर कार्य प्रदर्शन वाले जिलों के लिए पुरस्कार, स्थानीय कार्यकलाप, तकनीकी ज्ञान संवर्द्धन के लिए अंतर्राष्ट्रीय भागीदारी एवं परियोजना प्रबंधन टीम। वर्ष 2008–09 के दौरान, इस प्रोग्राम के तहत 883.26 करोड़ रु. जारी किए गए।

### 3.5.3 ग्यारहवीं पंचवर्षीय योजना

में कई नीतिगत कदम उठाए गए हैं। उनमें से कुछ निम्नलिखित हैं:

1. *उच्चतर मूल्य के आउटपुट में विविधता लाना जैसे बागवानी, पुष्पोत्पादन:* यदि खाद्यान्न की उपज में प्रति वर्ष 3 प्रतिशत की वृद्धि हो तो विविधता के कारण खाद्य सुरक्षा के समक्ष कोई संकट उपस्थित नहीं होगा। उपज वृद्धि की यह दर वस्तुत: 1980 के दशक में हासिल भी की जा चुकी है और इसे ग्यारहवीं योजना का एक विशेष लक्ष्य बनाया जाना चाहिए।

2. *खाद्य क्रेडिट कार्ड/सार्वजनिक वितरण प्रणाली के कार्य का कंप्यूटरीकरण* : वर्ष 2006–07 में 5 करोड़ रु. के सांकेतिक प्रावधान के साथ 'सार्वजनिक वितरण प्रणाली के कार्य का कंप्यूटरीकरण' नामक एक नई योजना शुरू की गई। इस नई प्रणाली में परिवार के सभी सदस्यों के व्यक्तिगत विवरण भरने का प्रावधान था जिसके अंतर्गत उनके हक भी शामिल किए गए

और तालुका से लेकर राज्य स्तर तक की सार्वजनिक वितरण प्रणालियों के पूरे नेटवर्क को परस्पर जोड़ा गया। इस तरह की प्रणाली के लागू होने से यह उम्मीद की जाती है कि अनाज के सही गंतव्य तक न पहुंच पाने पर अंकुश लगाने के बारे में खाद्य क्रेडिट कार्ड योजना का लक्ष्य पूरा किया जा सकेगा और जाली राशन कार्डों की समस्या से छुटकारा मिलेगा।

3. *टीपीडीएस प्रणाली हेतु निर्धारित खाद्यान्न की लीकेज/डायवर्सन रोकना:* इस योजना का उद्देश्य ग्लोबल पोजीशनिंग सिस्टम, रेडियो फ्रीक्वेंसी आइडेंटिफिकेशन डिवाइस इत्यादि प्रणालियों की सहायता से डायवर्सन (विचलन) और लीकेज (क्षरण) रोकने के लिए कारगर उपाय करना है।

4. *टीपीडीएस प्रणाली के हितग्राहियों के बीच जागरूकता उत्पन्न करना:* समाचार पत्रों में विज्ञापनों, बिल बोर्ड्स, पोस्टरों, टीपीडीएस के थीम पर वार्षिक कैलेंडर छापकर तथा शॉर्ट स्पॉट क्विकीज, ऑडियो जिंगल्स/रेडियो स्पॉट्स, टीवी धारावाहिक/वृत्तचित्र इत्यादि दृश्य-श्रव्य प्रचार सामग्रियों के माध्यम से टीपीडीएस के हितग्राहियों के बीच उनके अधिकारों और हकों के बारे में जन जागरूकता फैलाना प्रस्तावित है।

5. *निगोशिएबुल वेयरहाउस प्राप्ति प्रणाली के बारे में प्रशिक्षण व जागरूकता:* कृषि मदों सहित अन्य सभी वस्तुओं के लिए एक निगोशिएबुल वेयरहाउस प्राप्ति प्रणाली विकसित करना प्रस्तावित है। निगोशिएबुल वेयरहाउस प्राप्ति प्रणाली के फलस्वरूप, ग्रामीण क्षेत्रों में तरलता में वृद्धि होगी, वैज्ञानिक तरीके से वस्तुओं की वेयरहाउसिंग को प्रोत्साहन मिलेगा, वित्तीय लागत कम होगी।

6. *ग्राम्य अनाज बैंक योजना:* ग्राम्य अनाज बैंक योजना जो पहले आदिवासी मामलों के मंत्रालय के अधीन था, अब खाद्य एवं जन वितरण विभाग को हस्तांतरित कर दिया गया है। इस योजना का लक्ष्य अनाज के अत्यधिक अभाव वाले क्षेत्रों में अनाज बैंकों की स्थापना करना तथा अकाल के दौरान अन्न-सुरक्षा प्रदान करना है। वर्ष 2006-07 के दौरान, अनाज के अत्यधिक अभाव वाले क्षेत्रों में 8591 ग्राम्य अनाज बैंकों की स्थापना के लिए 50 करोड़ रु. के बजट का प्रावधान रखा गया।

## 3.6 मूल्यांकन एवं निष्कर्ष

सारांश के रूप में कहा जाए तो सरकार ने एक व्यापक अनाज नीति अपनाई है जिसकी रूप-रचना इस तरह की गई है कि वह खाद्यान्न से जुड़े विभिन्न पहलुओं पर प्रभाव डाल सके, जैसे खाद्यान्न का उत्पादन, उपभोग एवं संवितरण। सरकार ने न केवल खाद्य के परिमाणात्मक स्तर को ऊपर उठाने का प्रयास किया है बल्कि एक औसत भारतीय के खाद्य में पोषक सामग्रियों की मात्रा बढ़ाने की भी कोशिश की गई है। लेकिन जब खाद्यान्न की बात उठती है तो भारत में अभी भी मौसम दर मौसम कभी तो 'खाद्यान्न का अंबार' लग जाता है और कभी 'अनाज के घोर अभाव' की स्थिति बन जाती है। दोष खाद्य अर्थव्यवस्था के प्रबंधन पर मढ़ा जा सकता है। इस प्रबंधन के पास ऐसी दूरदर्शिता का अभाव है कि वह समेकित निर्णय लेने की दृष्टि से रणनीतिक योजना बना सके ताकि ऐसी स्थिति टाली जा सके।

## 3.7 क्षेत्रीय असंतुलन

अगस्त 1947 में स्वतंत्रता प्राप्त करने के बाद, संतुलित क्षेत्रीय विकास के लक्ष्य को ध्यान में रखते हुए भारत ने लोकतांत्रिक संरचना के दायरे में आर्थिक नियोजन का मार्ग अपनाया। संपूर्ण देश में व्याप्त मानव तथा भौतिक संसाधनों का विकास प्रक्रिया में सदुपयोग करने एवं सभी क्षेत्रों के लोगों को विकास का लाभ उठाने में सक्षम बनाने की दृष्टि से सभी क्षेत्रों और राज्यों का संतुलित विकास अनिवार्य है। योजना आयोग के अनुसार "देश की एकता और अखंडता सुनिश्चित करने की दृष्टि से, संतुलित क्षेत्रीय विकास भारतीय विकास कार्यनीति का सदा से एक अनिवार्य घटक रहा है। चूँकि देश के सभी भाग विकास के अवसरों का लाभ उठा सकने के लिए समान रूप से समर्थ नहीं हैं, और चूंकि ऐतिहासिक असमानताओं का अभी तक निवारण नहीं हो पाया है अत: यह सुनिश्चित करने के लिए नियोजित हस्तक्षेप की जरूरत है कि बड़े पैमाने पर क्षेत्रीय असमानताएं घटित न हों।"[3]

भारत जैसे संघीय राज्य की सर्वांगीण प्रगति के लिए संतुलित क्षेत्रीय विकास आवश्यक है। परंतु प्रति व्यक्ति आय, गरीबी रेखा से नीचे रहने वाले लोगों के अनुपात, कृषि कार्य में लगी जनसंख्या, कुल आबादी के अनुपात में शहरी आबादी का प्रतिशत, निर्माण उद्योगों में लगे कामगारों का प्रतिशत, इत्यादि जैसे आर्थिक विकास के संकेतकों के रूप में भारत घोर क्षेत्रीय विषमता का चित्र उपस्थित करता है। सापेक्षिक रूप से कहा जाए तो कुछ राज्य आर्थिक प्रगति के पैमाने पर काफी आगे हैं जबकि अन्य राज्य अपेक्षाकृत पिछड़े हुए हैं। यहां तक कि अलग-अलग राज्यों में भी कुछ क्षेत्र काफी विकसित हैं और दूसरे क्षेत्र विकास की लगभग आदिम अवस्था में। सापेक्षिक रूप से विकसित एवं आर्थिक रूप से पिछड़े हुए राज्यों और उन राज्यों के अंतर्गत क्षेत्रों का साथ-साथ मौजूद होना क्षेत्रीय असंतुलन के नाम से जाना जाता है। ये क्षेत्रीय असंतुलन अंत:राज्यीय (इंटरस्टेट) या एक ही राज्य के अंतर्गत (इंट्रास्टेट) हो सकते हैं। वे समग्र असंतुलन हो सकते हैं अथवा खास हिस्सों में।

### 3.7.1 क्षेत्रीय असंतुलन के संकेतक

क्षेत्रीय असंतुलन के अध्ययन के लिए, भारत के 15 प्रमुख राज्यों को दो मुख्य समूहों में वर्गीकृत किया गया है:

1. अगड़े राज्य - महाराष्ट्र, पंजाब, गुजरात, पश्चिम बंगाल, कर्नाटक, केरल, तमिलनाडु एवं आंध्र प्रदेश।
2. पिछड़े राज्य - मध्य प्रदेश, असम, उत्तर प्रदेश, राजस्थान, ओड़िसा और बिहार।

2001 में, संयुक्त रूप से इन राज्यों में देश की कुल 90 प्रतिशत जनसंख्या का निवास था, अर्थात अगड़े राज्यों में 48 प्रतिशत और पिछड़े राज्यों में 42 प्रतिशत।

कुल राज्य घरेलू उत्पाद (NSDP) क्षेत्रीय असंतुलन का एक प्रमुख संकेतक है—कुल राज्य घरेलू उत्पाद की विकास-दर। अगड़े और पिछड़े राज्यों के रूप में इन राज्यों का वर्गीकरण प्रति व्यक्ति कुल राज्य घरेलू उत्पाद के आधार पर किया गया है।

**तालिका 3.1: वर्तमान मूल्यों पर राज्यवार कुल घरेलू उत्पाद (1993-1994)**

| | **रु. करोड़** | | वार्षिक औसत विकास दर प्रतिशत 2007-08 |
|---|---|---|---|
| | 1999-00 | 2007-08 | |
| **अगड़े राज्य** | | | |
| 1. पंजाब | 61,094 | 1,41,511 | 14,34 |
| 2. महाराष्ट्र | 2,17,198 | 5,04,951 | Na |
| 3. हरियाणा | 47,345 | 16,58,241 | 18.06 |
| 4. गुजरात | 92,541 | Na | Na |
| 5. पश्चिम बंगाल | 1,25,299 | Na | Na |
| 6. कर्नाटक | 90,532 | 2,37,487 | 14.30 |
| 7. केरल | 61,356 | 1,67,469 | 15.31 |
| 8. तमिलनाडु | 1,19,704 | 2,99,119 | 11.33 |
| 9. आंध्र प्रदेश | 1,19,704 | 3,28,092 | 11.50 |
| **पिछड़े राज्य** | | | |
| 10. मध्य प्रदेश | 72,655 | Na | Na |
| 11. असम | 32,011 | 71,164 | 10.51 |
| 12. उत्तर प्रदेश | 1,56,809 | 3,50,297 | 15.52 |
| 13. राजस्थान | 74,174 | 1,71,715 | 15,89 |
| 14. ओड़िसा | 38,200 | 1,06,092 | 14.57 |
| 15. बिहार | 46,097 | 1,19,444 | 15.26 |
| संपूर्ण भारत NSDP (आधार 99.00) | 16,05,104 | 43,53,400 | 14.22 |

*स्रोत:* इकोनॉमिक सर्वे 2009-10

उपरोक्त तालिका के तथ्यों पर नजर डालने से पता चलता है कि:

1. इस सूची में महाराष्ट्र सबसे ऊपर रहा क्योंकि 1999-2001 में इसकी एनडीपी आय सबसे ज्यादा थी। दूसरी ओर सिक्किम सबसे निचले क्रम पर था।

2. 17 वर्ष (1999-2000 से लेकर 2007-08 तक) की अवधि में पश्चिम बंगाल, कर्नाटक एवं गुजरात जैसे अगड़े राज्यों ने एनडीपी की अत्यंत उच्च दर का संकेत दिया जबकि उत्तर प्रदेश, मध्य प्रदेश एवं बिहार जैसे पिछड़े राज्यों ने बहुत ही कम विकास दर दर्शाई।

3. भारतीय अर्थतंत्र की विकास-प्रक्रिया में तुलनात्मक रूप से भारी जनसंख्या वाले पिछड़े राज्यों, जैसे: उत्तर प्रदेश, मध्य प्रदेश एवं बिहार, के कारण प्रगति के मार्ग में रोड़े अटके।

वर्ष 1991-92 के लिए, प्रति व्यक्ति आय का राष्ट्रीय औसत था 2229 रु. और ऐसे केवल आठ राज्य थे जिनकी प्रति व्यक्ति आय राष्ट्रीय औसत से ज्यादा थी। ये राज्य थे: गोवा, पंजाब, हरियाणा, महाराष्ट्र, तमिलनाडु, कर्नाटक, गुजरात एवं अरुणाचल प्रदेश। इन राज्यों में कृषि एवं

उद्योग का अच्छा-खासा विकास देखा गया है। सबसे निचले तबके के वे राज्य जिनकी प्रति व्यक्ति आय 2229 रु. के राष्ट्रीय औसत से कम थी, वे हैं बिहार(1091रु.), मध्य प्रदेश(1621रु.), उत्तर प्रदेश(1589रु.), ओड़िसा(1512 रु.), जम्मू-कश्मीर(1687 रु.), और केरल(1826 रु.)। ये राज्य वर्ष 1971-72 में भी सबसे नीचे के पायदान पर थे।

क्षेत्रीय विकास में असंतुलन और असमानता के अध्ययन के उद्देश्य से, औद्योगिक विकास में अंतर, कृषि के विकास में असमानता, विभिन्न राज्यों में साक्षरता का स्तर, कुल कामगारों के मुकाबले निर्माण उद्योग में कार्यरत कामगारों का प्रतिशत, सड़कों की कुल लंबाई, शिशु मृत्यु-दर, इत्यादि तमाम बातों को संकेतक के रूप में देखा जा सकता है।

### 3.7.2 गरीबी के मामले

वर्ष 1993-94 एवं 1999-2000 में योजना आयोग द्वारा विभिन्न राज्यों में आकलित गरीबी के मामले प्रस्तुत किए गए हैं। तालिका 3.2 में योजना आयोग द्वारा प्रस्तुत गरीबी के मामलों के अनुसार, वर्ष 1999-2000 में भारत की करीब 26.1 प्रतिशत आबादी गरीबी रेखा से नीचे थी। परंतु कुछ राज्यों में गरीबी के मामले अपेक्षाकृत कम पाए गए। उदाहरण के लिए, पंजाब में गरीबी रेखा के नीचे 6.2 प्रतिशत आबादी थी, आंध्र प्रदेश में 15.8 प्रतिशत, हरियाणा में 8.7 प्रतिशत और केरल में 12.7 प्रतिशत।

**तालिका 3.2 : गरीबी के मामले**

| | राज्य | 1993-94 गरीबी का अनुपात (प्रतिशत) | 1999-2000 गरीबी का अनुपात (प्रतिशत) |
|---|---|---|---|
| 1. | आंध्र प्रदेश | 22.2 | 15.8 |
| 2. | असम | 40.9 | 36.1 |
| 3. | बिहार | 55.0 | 42.6 |
| 4. | गुजरात | 24.2 | 14.1 |
| 5. | हरियाणा | 25.1 | 8.7 |
| 6. | हिमाचल प्रदेश | 28.4 | 7.6 |
| 7. | कर्नाटक | 33.2 | 20.0 |
| 8. | केरल | 25.4 | 12.7 |
| 9. | मध्य प्रदेश | 42.5 | 37.4 |
| 10. | महाराष्ट्र | 36.9 | 25.0 |
| 11. | ओड़िसा | 48.6 | 47.2 |
| 12. | पंजाब | 11.8 | 6.2 |
| 13. | राजस्थान | 27.4 | 15.3 |
| 14. | तमिलनाडु | 35.0 | 21.1 |
| 15. | उत्तर प्रदेश | 40.9 | 31.2 |
| 16. | पश्चिम बंगाल | 35.7 | 27.0 |
| | सम्पूर्ण भारत | 36.0 | 26.1 |

*स्रोत:* टाटा सर्विसेज लिमिटेड स्टैटिस्टिकल आउटलाइन ऑफ इंडिया 2007-2008 (मुंबई 2008) तालिका 167, पृ. 152

1999–2000 में बिहार, उत्तर प्रदेश और मध्य प्रदेश इन तीनों राज्यों में देश की कुल गरीब आबादी के 42.0 प्रतिशत लोग निवास कर रहे थे। इसका मतलब यह हुआ कि आर्थिक रूप से पिछड़े हुए बड़े राज्यों में गरीबी का विरोधाभास व्याप्त था।

### 3.7.3 कृषि विकास में व्याप्त असमानताएं

जहां तक कृषि क्षेत्र की बात है, कालांतर में क्षेत्रीय असमानता काफी बढ़ी है और पंजाब, हरियाणा एवं उत्तर प्रदेश के कुछ हिस्सों ने बाकी राज्यों को विकास की रफ़्तार में पीछे धकेल दिया है। एचवाईवीपी (HYVP) के कारण, अनाज के कुल उत्पादन में पंजाब और हरियाणा की संयुक्त हिस्सेदारी 1964–65 के 7.5 प्रतिशत के मुकाबले 2006–07 में बढ़कर 18.4 प्रतिशत हो गई जबकि (2001 की जनगणना के अनुसार) इन राज्यों में देश की कुल आबादी के केवल 4.4 प्रतिशत का निवास है।

### 3.7.4 उद्योगों के संवितरण में व्याप्त असमानताएं

हालांकि स्वतंत्रता के बाद से पूरे भारत में अच्छी–खासी औद्योगिक प्रगति हुई है, लेकिन इसका स्थानिक वितरण बड़ा ही असमानतापूर्ण रहा है। 2004–05 में गुजरात, तमिलनाडु एवं महाराष्ट्र की संयुक्त जनसंख्या देश की कुल जनसंख्या का 20.4 प्रतिशत था (2001 की जनगणना के अनुसार) जबकि उनका सकल उत्पादन कुल उत्पाद का 46.6 प्रतिशत, संवर्द्धित मूल्य का 41.0 प्रतिशत, कुल निवेशित पूंजी का 45.2 प्रतिशत तथा फैक्ट्री सेक्टर में रोजगार का 38.3 प्रतिशत था। यह तथ्य कि कुल उत्पादन का 2/5 हिस्से से भी ज्यादा सकल उत्पादन, संवर्द्धित मूल्य एवं नियत पूंजी तथा फैक्ट्री सेक्टर में 2/5 हिस्से से कुछ ही कम कुल रोजगार अकेले इन तीन राज्यों में पाया जाता है जबकि बाकी राज्य एवं केंद्रशासित प्रदेश कुल संवर्द्धित मूल्य और सकल उत्पाद में महज आधे से ज्यादा का योगदान देते हैं, इस बात का प्रमाण है कि महाराष्ट्र, गुजरात और तमिलनाडु इन तीन राज्यों में उद्योगों का बहुत ज्यादा क्षेत्रीय संकेंद्रण है।

शहरीकरण एवं औद्योगिकीकरण किसी भी क्षेत्र के आर्थिक विकास के महत्त्वपूर्ण संकेतक हैं। शहरीकरण की दृष्टि से महाराष्ट्र, तमिलनाडु और गुजरात अग्रणी राज्य हैं और उसके बाद बारी आती है—कर्नाटक, पंजाब, आंध्र प्रदेश और पश्चिम बंगाल की। इन सभी राज्यों में शहरीकरण का प्रतिशत राष्ट्रीय औसत से ज्यादा है। साथ ही फैक्ट्री में रोजगार–प्राप्त कामगारों की दैनिक संख्या गुजरात में सबसे ज्यादा है, और उसके बाद महाराष्ट्र और पश्चिम बंगाल का स्थान आता है। यहां याद रखने की बात है कि भारत की आजादी से पहले भी पश्चिम बंगाल और महाराष्ट्र (जिसमें अत्यंत औद्योगिक मुंबई क्षेत्र भी शामिल है) सबसे ज्यादा औद्योगिक राज्य थे। लेकिन आजादी के बाद से, गुजरात, पंजाब, एवं तमिलनाडु ने विभिन्न आकार के उद्योगों की स्थापना की दृष्टि से प्रशंसनीय कार्य किए हैं। दूसरी ओर, असम, ओड़िसा, बिहार एवं उत्तर प्रदेश औद्योगिकीकरण की दृष्टि से काफी पिछड़े हुए राज्य रहे हैं।

### 3.7.5 संरचनात्मक असमानताएं

भारत में घोर अधोसंरचनात्मक असमानताएं भी व्याप्त हैं। तालिका 3.3 में प्रति व्यक्ति ऊर्जा की खपत, प्रति 1000 व्यक्ति पर पंजीकृत वाहनों की संख्या, प्रति 100 वर्ग किलोमीटर पर सड़क की लंबाई, प्रति 100 व्यक्ति टेलीफोन लाइनों तथा कुल फसल क्षेत्र में सिंचित भूमि का प्रतिशत दर्शाया गया है।

**तालिका 3.3: संरचनात्मक विकास के स्तर**

| अगड़े राज्य | प्रति व्यक्ति ऊर्जा खपत 1996-97 | राज्यों में प्रति 100कि.मी सड़क की लंबाई | मार्च में प्रति 100व्यक्ति टेलीफोन लाइनें | कुल फसल क्षेत्र में सिंचित भूमि का प्र. | सामाजिक व आर्थिक संरचनात्मक विकास अनुसूचक IDI 1999 |
|---|---|---|---|---|---|
| | (1) | (2) | (3) | (4) | (5) |
| 1. पंजाब | 790 | 113.1 | 5.31 | 94.8 | 187.6 |
| 2. महाराष्ट्र | 557 | 73.1 | 4.93 | 15.3 | 112.8 |
| 3. हरियाणा | 508 | 61.0 | 3.18 | 77.2 | 137.5 |
| 4. गुजरात | 686 | 55.6 | 3.75 | 28.9 | 124.3 |
| 5. प. बंगाल | 197 | 69.9 | 1.86 | 28.7 | 111.3 |
| 6. कर्नाटक | 338 | 73.0 | 3.25 | 23.9 | 104.9 |
| 7. केरल | 236 | 358.2 | 4.66 | 13.6 | 178.7 |
| 8. तमिलनाडु | 469 | 157.5 | 3.84 | 49.5 | 149.1 |
| 9. आंध्र प्रदेश | 332 | 20.7 | 2.36 | 39.6 | 103.3 |
| **पिछड़े राज्य** | | | | | |
| 10. मध्य प्रदेश | 368 | 47.6 | 1.38 | 22.3 | 76.8 |
| 11. असम | 108 | 86.7 | 0.95 | 15.0 | 77.7 |
| 12. उत्तर प्रदेश | 194 | 72.7 | 0.95 | 15.0 | 77.7 |
| 13. राजस्थान | 295 | 38. | 2.11 | 29.1 | 75.9 |
| 14. ओड़िसा | 447 | 134.8 | 1.05 | 25.8 | 81.0 |
| 15. बिहार | 145 | 50.6 | 0.58 | 43.2 | 81.0 |
| **संपूर्ण भारत** | 338 | 91.7 | 2.55 | 36.5 | 100 |

*स्रोत:* योजना आयोग, नवीं पंचवर्षीय योजना 1997-2002

प्रति व्यक्ति बिजली की खपत आंध्र प्रदेश, केरल और पश्चिम बंगाल के अलावा अन्य सभी राज्यों में ऊर्जा की खपत का संकेतक है। अन्य सभी अगड़े राज्य 338 किलोवाट के राष्ट्रीय औसत से ऊपर हैं। उनके मुकाबले, पिछड़े राज्य—खासतौर पर उत्तर प्रदेश एवं बिहार—क्रमशः 145

किलोवाट और 194 किलोवाट के साथ अभी काफी पीछे हैं। यह आवश्यक प्रतीत होता है कि जबतक इन राज्यों में औद्योगिकीकरण की प्रक्रिया जोर नहीं पकड़ती, ये असमानताएं बनी रहेंगी। अधोसंरचना एक अत्यंत महत्त्वपूर्ण वस्तु है। इसके उपयोग की गहनता नवीन राज्य घरेलू उत्पाद (New State Domestic Product) तथा प्रति व्यक्ति एनएसडीपी के रूप में राज्य के विकास पर निर्भर होगी। यही कारण है कि कतिपय विसंगतताओं की व्याख्या आवश्यक है। उदाहरण के लिए, ओड़िसा में प्रति 100 वर्ग किलोमीटर क्षेत्र में 134.8 किमी. सड़क है लेकिन एनएसडीपी के प्रसंग में इसका दर्जा बहुत नीचे है। इससे सड़कों के समुचित उपयोग न होने की बात जाहिर होती है। प्रगति के लिए अधोसंरचना का विकास अनिवार्य है किंतु अपने आप में यही एक पर्याप्त कारक नहीं है। इसका अनुमान सीएमआईई (CMIE) द्वारा विकसित किए गए अधोसंरचनात्मक विकास सूचकांक (Infrastructure Development Index - IDI) से लगाया जा सकता है। इस सूचकांक में निम्नांकित वस्तुएँ शामिल हैं जिनके मूल्यांक कोष्ठकों में दिए गए हैं: (i) परिवहन सुविधाएं (26 प्रतिशत); (ii) बिजली की खपत (24 प्रतिशत); (iii) सिंचाई की सुविधाएं (20 प्रतिशत); (iv) बैंकिंग सुविधाएं (12 प्रतिशत); (v) संचार (12 प्रतिशत); (vi) शैक्षणिक सुविधाएं (6 प्रतिशत); (vii) स्वास्थ्य सुविधाएं (6 प्रतिशत)।

संपूर्ण भारत का सूचकांक (इंडेक्स) 100 मानते हुए, प्रत्येक राज्य में आईडीआई का सापेक्षिक मान तालिका 3.3 के कॉलम (5) में दिया गया है। इसके परिणाम निम्नानुसार हैं:

1. पंजाब का आईडीआई सबसे ज्यादा था (187.6 के बराबर) और उसके बाद तमिलनाडु और हरियाणा का स्थान था।
2. मध्य प्रदेश का आईडीआई सबसे कम (76.8 के बराबर) था।

### 3.7.6 निवेश एवं आर्थिक सहायता संबंधी रुझान

योजना आयोग के एक सदस्य श्री एन.जे. कूरियन ने "भारत में क्षेत्रीय असमानताओं का व्यापक होना" (Widening Regional Disparities in India) शीर्षक से एक गहन अध्ययन किया है। उन्होंने इस क्रम में निम्नांकित संकेत दिए हैं:

1. आर्थिक सुधार के बाद वाली अवधि में निवेश के दो-तिहाई से भी अधिक (69.2 प्रतिशत) प्रस्ताव अगड़े राज्यों में संकेंद्रित थे। अखिल भारतीय आर्थिक संस्थाओं एवं राज्य वित्त निगमों द्वारा संवितरित आर्थिक सहायता के प्रसंग में भी यही स्थिति बनी हुई थी (देखें: तालिका 3.4)। यहां तक कि 9 अगड़े राज्यों में भी चार राज्य—महाराष्ट्र, गुजरात, तमिलनाडु, एवं आंध्र प्रदेश—कुल सहायता का 51 प्रतिशत हासिल करने में सफल हुए। राज्य वित्त निगमों के मामले में कुल सहायता का 70 प्रतिशत अगड़े राज्यों ने हासिल किया।[4]
2. सुधार प्रक्रिया द्वारा निवेश प्रस्तावों की स्वीकृति एवं आर्थिक सहायता इन दोनों ही दृष्टियों से अगड़े राज्यों को समर्थन हासिल हुआ।

तालिका 3.4: निवेश संबंधी प्रस्ताव एवं निवेश के लिए सहायता

| | निवेश प्रस्तावों का प्रतिशत हिस्सा (अगस्त '91 - दिसंबर '98) आर्थिक संस्थाएं | संपूर्ण भारत द्वारा संवितरित आर्थिक सहायता का वृद्धिमान हिस्सा (31 मार्च '97 तक) | राज्य वित्त निगमों द्वारा संवितरित आर्थिक सहायता का वृद्धिमान हिस्सा (31 मार्च '97 तक) |
|---|---|---|---|
| **अगड़े राज्य** | | | |
| 1. पंजाब | 3.4 | 2.4 | 6.6 |
| 2. महाराष्ट्र | 18.0 | 21.0 | 11.5 |
| 3. हरियाणा | 3.6 | 2.5 | 4.8 |
| 4. गुजरात | 18.7 | 13.5 | 9.3 |
| 5. पश्चिम बंगाल | 3.3 | 13.5 | 2.5 |
| 6. कर्नाटक | 5.6 | 6.1 | 15.5 |
| 7. केरल | 1.1 | 1.7 | 4.4 |
| 8. तमिलनाडु | 7.2 | 9.0 | 10.6 |
| 9. आंध्र प्रदेश | 8.3 | 7.2 | 7.8 |
| कुल | 69.2 | 67.6 | 70.0 |
| **पिछड़े राज्य** | | | |
| 10. मध्य प्रदेश | 7.4 | 5.1 | 3.2 |
| 11. असम | 0.7 | 0.5 | 0.5 |
| 12. उत्तर प्रदेश | 0.4 | 7.9 | 11.1 |
| 13. राजस्थान | 3.9 | 4.5 | 6.1 |
| 14. ओड़िसा | 2.2 | 1.8 | 3.7 |
| 15. बिहार | 1.2 | 1.4 | 2.0 |
| कुल | 24.8 | 21.2 | 26.6 |
| संपूर्ण भारत | 100.0 (7,37,516) | 100.0 (3,12,502) | 100.0 20,896 |

## 3.7.7 मानव विकास संबंधी असमानताएं

मार्च 2002 में भारत सरकार के योजना आयोग ने राष्ट्रीय मानव विकास रिपोर्ट (National Human Development Report) 2001 प्रस्तुत की जिसे आगे से एनडीएचआर के नाम से संबोधित किया जाएगा। राज्यों के बीच मानव विकास संबंधी असमानताओं को संयुक्त सूचकांकों (index) अनुसूचकों के एक मुख्य समूह के माध्यम से सामने लाया गया है, जैसेकि मानव विकास सूचकांक, मानव गरीबी सूचकांक, लैंगिक समानता सूचकांक, इत्यादि।

तालिका 3.5 से जो महत्त्वपूर्ण नतीजे हासिल किए जा सकते हैं वे ये हैं:

1. संपूर्ण भारत स्तर पर, एचडीआई (जिसमें 0 से 1 के बीच का मूल्य मान लिया जाता है) 1981 के 0.302 के मुकाबले 1991 में 0.381 और 2001 में इससे भी आगे 0.472 हो गया। इससे 1980 के दशकों में करीब 26 प्रतिशत की वृद्धि परिलक्षित होती है और 1990 के दशकों में 24 प्रतिशत और ज्यादा की।

2. इस पूरी अवधि में सबसे ऊँचा एचडीआई केरल का रहा। अतएव, मानव विकास की दृष्टि से 1981, 1991 और 2001 में केरल सबसे अग्रणी राज्य रहा। इन वर्षों में पंजाब दूसरे स्थान पर रहा। एचडीआई की दृष्टि से महाराष्ट्र 1981 में तीसरे स्थान पर और 1991 तथा 2001 दोनों में तीसरे स्थान पर रहा।

3. एचडीआई की दृष्टि से सबसे निचले स्थान पर रहने वाला राज्य था बिहार। उत्तर प्रदेश एवं मध्य प्रदेश जैसे अन्य बड़े राज्यों की हालत बस थोड़ी ही बेहतर थी।

4. एचडीआई के स्तरों में अंतर्राज्यीय असमानता का अंतर बहुत बड़ा है।

**तालिका 3.5 विभिन्न राज्यों के लिए मानव विकास सूचकांक**[5]

| राज्य | 1981 मूल्य | 1981 दर्जा | 1991 मूल्य | 1991 दर्जा | 2001 मूल्य | 2001 दर्जा |
|---|---|---|---|---|---|---|
| आंध्र प्रदेश | 0.298 | 9 | 0.377 | 9 | 0.416 | 10 |
| असम | 0.272 | 10 | 0.348 | 10 | 0.386 | 14 |
| बिहार | 0.237 | 15 | 0.308 | 15 | 0.367 | 15 |
| गुजरात | 0.360 | 4 | 0.431 | 6 | 0.479 | 6 |
| हरियाणा | 0.360 | 5 | 0.443 | 5 | 0.509 | 5 |
| कर्नाटक | 0.346 | 6 | 0.412 | 7 | 0.478 | 7 |
| केरल | 0.500 | 1 | 0.591 | 1 | 0.638 | 1 |
| मध्य प्रदेश | 0.245 | 14 | 0.328 | 13 | 0.394 | 12 |
| महाराष्ट्र | 0.363 | 3 | 0.452 | 4 | 0.523 | 4 |
| ओड़िसा | 0.267 | 11 | 0.345 | 12 | 0.404 | 11 |
| पंजाब | 0.411 | 2 | 0.475 | 2 | 0.537 | 2 |
| राजस्थान | 0.256 | 12 | 0.347 | 11 | 0.424 | 9 |
| तमिलनाडु | 0.343 | 7 | 0.466 | 3 | 0.531 | 3 |
| उत्तर प्रदेश | 0.255 | 13 | 0.314 | 14 | 0.358 | 13 |
| पश्चिम बंगाल | 0.305 | 8 | 0.404 | 8 | 0.472 | 8 |
| संपूर्ण भारत | 0.302 | | 0.381 | | 0.472 | |

*स्रोत:* भारत सरकार, योजना आयोग, राष्ट्रीय मानव विकास रिपोर्ट, 2001 (नई दिल्ली, मार्च 2002) पृ. 25

1980 के आरंभिक दशकों में बिहार, उत्तर प्रदेश, मध्य प्रदेश, राजस्थान और ओड़िसा जैसे राज्यों का एचडीआई केरल से करीब आधा था। तब से इस स्थिति में सुधार आया है। केरल के अलावा, बड़े राज्यों में पंजाब, तमिलनाडु, महाराष्ट्र एवं हरियाणा का भी एचडीआई की दृष्टि से अच्छा काम-काज रहा है। सामान्य रूप से, एचडीआई छोटे राज्यों और केंद्रशासित प्रदेशों में बेहतर है।

देश के उन हिस्सों में मानवीय उपलब्धियां बेहतर एवं ज्यादा चिरस्थायित्वपूर्ण प्रतीत होती हैं जहां मानव विकास के लिए सामाजिक उत्प्रेरणा काम कर रही हो तथा जहां महिला साक्षरता

एवं उनकी बेहतर स्थिति के कारण घरेलू स्तर पर महिलाओं को निर्णय-प्रक्रिया में अपनी बात रखने के लिए प्रोत्साहन प्राप्त है।

### 3.7.8 लैंगिक समानता की स्थिति

एनएचडीआर द्वारा लैंगिक समानता सूचकांक (Gender Equality Index - GEI) का आकलन प्रस्तुत किया गया है जिसमें महिलाओं और पुरुषों के बीच मानव विकास हासिल करने के संकेतकों संबंधी असमानताओं को मापने की कोशिश की गई है। 1980 के दशक में, राज्य स्तर पर सबसे ज्यादा लैंगिक समानता केरल राज्य में पाई गई और उसके बाद मणिपुर, मेघालय, हिमाचल प्रदेश और नागालैंड में। गोवा और दिल्ली के अलावा सभी केंद्रशासित प्रदेशों में लैंगिक समानता राष्ट्रीय स्तर से भी ऊपर थी। 1990 के दशक में, हिमाचल प्रदेश में सबसे ज्यादा लैंगिक समानता पाई गई जबकि बिहार सबसे निचले स्तर पर था तथा आरंभिक अवधि में भी कुल अर्थों में उसकी स्थिति में गिरावट आई। आमतौर पर, बिहार और उत्तर प्रदेश वाले गंगा के मैदानी हिस्सों के मुकाबले दक्षिण भारत में महिलाओं की स्थिति ज्यादा अच्छी प्रतीत हुई।

## 3.8 क्षेत्रीय असंतुलन के कारण

ऐतिहासिक रूप से कहा जाए तो भारत में पिछड़े राज्यों के अस्तित्व की शुरुआत ब्रिटिश शासनकाल से होती है। ब्रिटिश लोग सिर्फ उन्हीं क्षेत्रों के विकास में मदद देते थे जिनके पास समृद्धिपूर्ण निर्माण और व्यापारिक कार्यकलापों के लिए सुविधाएं उपलब्ध हुआ करती थीं। ब्रिटिश उद्योगवादी महाराष्ट्र और पश्चिम बंगाल को प्राथमिकता देते थे। कलकत्ता (अब कोलकाता), बंबई (अब मुंबई) और मद्रास (अब चेन्नई) - सभी उद्योगों को बस ये तीन महानगर ही आकर्षित किया करते थे, बाकी देश उपेक्षित और पिछड़ा हुआ था।

प्रभावी भूमि सुधार व्यवस्था के अभाव में अधिकांश ग्रामीण भारतीय क्षेत्र में जिस प्रकार की संरचना बनी हुई है वह आर्थिक विकास के सर्वथा प्रतिकूल है। ब्रिटिश काल के दौरान सिंचाई के क्षेत्र में जो अदृश्य निवेश किए गए उसके कारण कुछ क्षेत्रों को समृद्ध बनाने में मदद मिली। आर्थिक विकास बहुत हद तक भौतिक भूगोल से प्रभावित होता है। उत्तरी कश्मीर, हिमाचल प्रदेश, उत्तर प्रदेश के पहाड़ी जिले, बिहार तथा उत्तर-पूर्वी सीमान्त प्रदेश (NEFA) मुख्यत: अपनी दुर्गमता के कारण पिछड़ेपन के शिकार रहे हैं। भारत के कई क्षेत्रों में आर्थिक विकास ज्यादा न हो पाने का कारण जलवायु भी है जिसकी झलक कृषि की कम उत्पादकता और वृहत उद्योगों की कमी से मिलती है। श्रम, परिवहन, बिजली, टेक्नोलॉजी जैसे आर्थिक खर्चे विकास के लिए आवश्यक हैं। अत: सुगम आर्थिक खर्च की उपलब्धता वाले क्षेत्रों का विकास निश्चित रूप से होगा। अच्छी तरह से विकसित क्षेत्र निजी निवेशकों को कुछ बुनियादी सुविधाएं प्रदान करते हैं, जैसे: श्रम, अधोसंरचनात्मक सुविधाएं, परिवहन एवं बाजार।

## 3.9 योजना युग में विकास की प्रकृति

गंभीर किस्म के क्षेत्रीय असंतुलनों का जन्म 1950-51 के बाद से नियोजित आर्थिक विकास की

अवधि में हुआ। संतुलित विकास के प्रमुख लक्ष्य के बावजूद, मजबूत राज्यों के प्रति घोर पक्षपात और कम विकसित राज्यों की उपेक्षा के माध्यम से योजना की प्रविधि में राज्यों के बीच असमानता को बल मिला है। पहली योजना से लेकर सातवीं योजना तक लगातार पंजाब और हरियाणा को प्रति व्यक्ति आय का उच्चतम प्रारूप मिला जबकि उसी दौरान बिहार, ओड़िसा, उत्तर प्रदेश और राजस्थान जैसे सबसे गरीब राज्यों को हर योजना में प्रति व्यक्ति सबसे कम अनुदान प्राप्त हुआ। एक ओर जहां विकास के केंद्रों को तेज, स्थायी तथा वृद्धिमान आर्थिक विकास का अनुभव प्राप्त हुआ वहीं दूसरी ओर पड़ोसी क्षेत्रों को लोगों के पलायन तथा पूंजी और संसाधन के ह्रास से दो चार होना पड़ा।

1960 के दशक में कृषि के क्षेत्र में नई टेक्नोलॉजी के प्रयोग के कारण भी क्षेत्रीय आर्थिक असमानता को बल मिला। सरकार ने अपने संसाधनों को देश के विभिन्न क्षेत्रों में भारी पैमाने पर सिंचित भूमियों के किसानों पर केंद्रित कर रखा है। ये किसान पहले ही समृद्ध थे तथा अब उन्हें और बेहतर स्थिति में लाया जा रहा है। दूसरी ओर, देहाती क्षेत्रों के सूखी भूमि वाले किसानों और गैर-खेतिहर आबादी को दरकिनार कर दिया गया है। इससे हर राज्य में सिंचित एवं शुष्क भूमि-क्षेत्रों तथा बड़े एवं छोटे किसानों के बीच आय की असमानता का अनुपात बढ़ता चला गया है।

असमानताओं के बढ़ने का एक बुनियादी कारण यह है कि समृद्ध राज्य अपने कुछ संसाधनों को गरीब राज्यों के पास स्थानांतरित करने से इनकार करते हैं। साथ ही, गरीब राज्य केंद्र सरकार के जरिये अमीर राज्यों से संसाधनों के प्रवाह पर बहुत ज्यादा निर्भर हैं और अपने राज्य के विकास के लिए उन्हें स्वयं अपने प्रयास और स्व-सहायता पर भरोसा नहीं है।

सरकार ने राउरकेला, भिलाई, बरौनी इत्यादि क्षेत्रों में सार्वजनिक क्षेत्र में निवेश संबंधी कार्यक्रम के माध्यम से पिछड़े क्षेत्रों के विकास और विकेंद्रीकरण के लिए प्रयास जरूर किया मगर सहायक उद्योगों के तेजी से न उभर सकने के कारण केंद्र सरकार द्वारा भारी निवेश किए जाने के बावजूद इन क्षेत्रों का पिछड़ापन बरकरार है। राज्य सरकारों ने भी अपने क्षेत्रों के औद्योगिक विकास पर बहुत ज्यादा ध्यान केंद्रित किया। पंजाब, हरियाणा, गुजरात, महाराष्ट्र, और तमिलनाडु इसके कुछ उदाहरण हैं। अन्य राज्य अपने तेज तथा संतुलित आर्थिक विकास के बजाय राजनीतिक मायाजाल में ही ज्यादा उलझे रहे।

भारत के योजना आयोग ने तीन उपायों के जरिये क्षेत्रीय असंतुलन और पिछड़ेपन की समस्या को दूर करने का प्रयास किया है:

(i) केंद्र से राज्य की ओर आर्थिक संसाधनों को स्थानांतरित करने में पिछड़ेपन को एक कारक तत्त्व के रूप में मान्यता प्रदान करना,

(ii) पिछड़े क्षेत्रों के विकास के लिए विशेष क्षेत्रीय विकास कार्यक्रम, तथा

(iii) पिछड़े क्षेत्रों में निजी निवेश को बढ़ावा देने के उपाय।

संसाधनों के स्थानांतरण का संबंध राज्य की योजनाओं के लिए केंद्रीय सहायता से, स्थानांतरण योजना आयोग की अनुशंसाओं से प्रभावित, केंद्र से राज्य की ओर तदर्थ स्थानांतरण, केंद्रीय रूप से प्रायोजित योजनाओं के लिए सहायता का संवितरण, वित्तीय संस्थाओं से दीर्घकालिक एवं अल्पकालिक क्रेडिट का वितरण इत्यादि। किंतु केंद्रीय सहायता के आवंटन के विश्लेषण से पता

चलता है कि बिहार एवं उत्तर प्रदेश इन दो अत्यधिक पिछड़े हुए राज्यों को प्रदत्त केंद्रीय सहायता अन्य राज्यों को प्रदत्त औसत प्रति व्यक्ति अनुदान से कम है।

केंद्र से राज्य की ओर संसाधन के माध्यम से क्षेत्रीय असंतुलन एवं पिछड़ेपन को दूर करने में कतिपय बुनियादी बाधाएं हैं। इस बात की कोई गारंटी नहीं है कि केंद्र से राज्य की ओर स्थानांतरित किए गए संसाधनों का उपयोग स्वतः रूप से पिछड़े क्षेत्रों और जिलों के लिए किया ही जाएगा। आमतौर पर, "पिछड़े एवं दुर्गम क्षेत्रों के लिए निर्दिष्ट धन को अधिक अगड़े क्षेत्रों एवं ज्यादा आसान प्रोग्रामों के लिए उपयोग में लाए जाने की प्रवृत्ति पाई जाती है।"[6] इसके अलावा, गैर-पिछड़े राज्यों में पिछड़े हिस्सों की समस्या के सार-संभाल की कोई निश्चित विधि नहीं है। तदनुसार, योजना आयोग ने पहली विधि के पूरक के रूप में क्षेत्रीय विकास कार्यक्रम को माध्यम बनाने का प्रयास किया है।

क्षेत्रीय विकास संबंधी ज्यादातर उपायों का उद्देश्य खासतौर पर सूखा-पीड़ित अथवा पहाड़ी अथवा अनुसूचित जनजाति वाले हिस्सों को मदद पहुंचाना है। मगर इन उपायों से ऐसे कुछ पिछड़े क्षेत्रों को मदद नहीं मिल पाती जो उपरोक्त श्रेणियों में नहीं आते। निर्धारित पिछड़े राज्यों में औद्योगिक निवेश के लिए केंद्र सरकार की सहायता का लाभ कुछ ही जिला क्षेत्रों में संकेंद्रित है। इसके अलावा, अनुदान के रूप में दी गई सहायता रोजगार से संबंधित न होकर पूंजीगत निवेश से संबंधित होती है। साथ ही, सरकार ने ऐसे उद्योगों के पक्ष में अबतक किसी विशिष्ट व्यवहार का प्रदर्शन नहीं किया है जिनसे रोजगार या संसाधनों के विकास पर कोई सकारात्मक असर पड़ सकता था या जो प्रगति के अगले क्रम से जोड़ने में सहायक हो सकते थे। इस क्रम में छठी योजना में कहा गया है: "पिछड़े हिस्सों में वृहत औद्योगिक परियोजनाओं के संबंध में हमारे अनुभव से पता चलता है कि उनके विस्तार का असर बहुत ही मंद है तथा आस-पास के क्षेत्र अभी भी गरीब एवं अविकसित बने हुए हैं। वास्तव में, दोहरी आर्थिक संरचना के निर्माण द्वारा प्राप्त इस तरह के विकास से समस्या और बढ़ेगी न कि उनका समाधान होगा।"[7]

योजना की प्रक्रिया को विकेंद्रीकृत करना होगा तथा प्राथमिकताओं एवं क्षेत्रीय प्रस्तावों को जिला एवं क्षेत्रीय स्तरों पर सामने रखना होगा ताकि बाद में उन्हें राज्य की योजनाओं में शामिल किया जा सके। राज्यों को चाहिए कि वे पिछड़े एवं खास समस्या वाले राज्यों के विकास की योजना का प्रारूप तैयार करें। राज्यों के लिए यह अत्यावश्यक है कि वे इस तथ्य को मान्यता दें कि खास प्रयासों के बिना—जिनमें अलग वित्तीय कोषों का आवंटन शामिल है—विभिन्न क्षेत्रों के बीच व्याप्त असमानता खत्म नहीं होगी।

*11वीं पंचवर्षीय योजना का मुख्य उद्देश्य—विभाजनों की खाई* दूर *करना—वंचित समुदाय को शामिल करना* और समावेशित विकास हासिल करना है। योजना द्वारा जिन विषयों पर जोर दिया गया है वे हैं:

### 3.9.1 शिक्षा एवं स्वास्थ्य संकेतक

सभी राज्यों में शिक्षा एवं स्वास्थ्य के संकेतकों के समबिंदु पर मिलने के शुभ लक्षण दिख रहे हैं। अच्छे एवं खराब कार्य-प्रदर्शन वाले राज्यों के बीच की खाई बहुत हद तक कम हो गई है तथा ज्यादा गरीब राज्यों में स्वास्थ्य एवं शिक्षा के क्षेत्र में हासिल किए गए परिणामों से विकास

परिलक्षित होता है। सर्वशिक्षा अभियान तथा राष्ट्रीय ग्रामीण स्वास्थ्य मिशन द्वारा संस्थात्मक संरचना पहले ही तैयार कर ली गई है। इन सेवाओं को प्रभावी तरीके से प्रदान करने के लिए राज्यों को अपने अभिशासन को बेहतर बनाने में सहायता दी जाएगी।

### 3.9.2 भौतिक एवं आर्थिक अधोसंरचना

सामाजिक अधोसंरचना में सुधार के पूरक के रूप में भौतिक एवं आर्थिक अधोसंरचना में भी सुधार जरूरी है ताकि निवेश के लिए एक अग्र-सक्रिय वातावरण बनाया जा सके। गरीब राज्यों में विकासात्मक कार्य-प्रदर्शन को और बेहतर बनाने का यह सबसे सुनिश्चित तरीका है। ग्यारहवीं योजना में अधोसंरचना पर जोर दिए जाने से अधिक संतुलित क्षेत्रीय विकास प्राप्त करने में मदद मिलेगी। तथापि, अधोसंरचना में सुधार लाने के लिए केंद्र सरकार द्वारा किए गए प्रयासों के पूरक के रूप में राज्यों द्वारा भी समानांतर प्रयास किया जाना चाहिए। बिजली के क्षेत्र में राज्य सरकारों की भूमिका और भी ज्यादा महत्त्वपूर्ण है क्योंकि उनके संचालन की संपूर्ण जिम्मेवारी राज्य सरकारों के ही हाथ में है।

### 3.9.3 उत्तर-पूर्वी राज्यों की खास समस्याएं

इन राज्यों की अपनी कुछ खास आर्थिक समस्याएं हैं जिनका कारण है—उनका दूर एवं दुर्गम होना, संपर्क संबंधी समस्याएं, पहाड़ी एवं कठिन धरातल, संसाधन का कमजोर आधार, खराब अधोसंरचनाएं, विरल जनसंख्या घनत्व, छिछले बाजार, अपर्याप्त प्रशासनिक क्षमता, निम्न-स्तरीय श्रम-कुशलता एवं उग्रवादी तत्त्वों के कारण कानून एवं व्यवस्था की समस्या। इन कारकों से आर्थिक कार्यकलापों में भी कमी आई है और आर्थिक संवेदनशीलता बढ़ी है। उत्तर-पूर्वी राज्यों के लिए मुख्य समस्या है संपर्क के साधनों का अभाव। इसके कारण अलगाव की भावना तो बढ़ती ही है, बल्कि परिवहन की लागत भी बढ़ जाती है जिससे व्यापार एवं निवेश को बढ़ावा नहीं मिल पाता और सेवाओं की कीमतें काफी बढ़ जाती हैं। 11वीं पंचवर्षीय योजना से निम्नांकित लाभ होंगे:

(i) उत्तर-पूर्वी राज्यों में तेल, गैस, कोयला एवं चूना पत्थर जैसे प्राकृतिक संसाधनों के कोष खोजे जाएंगे और तत्संबंधी सुविधाएं बहाल की जाएंगी। पर्यटन को भी बढ़ावा दिया जाएगा।

(ii) आस-पास के राज्यों और देशों के साथ व्यापार को सुगम बनाने के लिए संपर्क साधनों का विकास किया जाएगा। ग्यारहवीं योजना में, परिवहन संबंधी अधोसंरचना को विकसित करके पूर्वोत्तर राज्यों के साथ संपर्क की सुविधा को बेहतर बनाना सबसे उच्च प्राथमिकता होगी।

(iii) कृषि एवं पर्यावरण की विशिष्ट स्थितियों के कारण उठने वाली खेती एवं वानिकी संबंधी खास समस्याओं, ब्रह्मपुत्र नदी के कारण अक्सर आने वाली बाढ़ या बाँस के पुष्पण जैसी समस्याओं का निराकरण किया जाएगा। पौधा-विकास संबंधी संभावनाओं की भी तलाश की जाएगी।

### 3.9.4 राज्यों के अंदर असंतुलित विकास

संतुलित क्षेत्रीय विकास के लिए अंतर्राज्यीय असमानता केवल एक पहलू है। इसी तरह, राज्यों

के बीच भारी अंतर भी एक महत्त्वपूर्ण कारण है। राज्यों के कई जिले अन्यथा रूप से सही कार्य प्रदर्शन करने के बावजूद गंभीर रूप से पिछड़े हुए हैं। ये कृषि के लिए वर्षा-जल पर निर्भर रहने वाले या भू-अपक्षरण से प्रभावित कुछ जिले हैं जहां की अधोसंरचना और संपर्क-व्यवस्था प्रायः खराब किस्म की है तथा जहां मानव संसाधन भी समुचित रूप से विकसित नहीं है। इनमें से कई जिलों में आदिवासियों की एक बड़ी आबादी निवास करती है जहां वन्य क्षेत्रों में आदिवासियों के अधिकार की समस्याएं अभी भी सुलझाई नहीं जा सकी हैं और यह बड़े पैमाने पर असंतोष का कारण बना हुआ है। इन जिलों में आर्थिक विकास की कमी के कारण कई सामाजिक समस्याओं का भी जन्म हुआ है और लोग स्वयं को उपेक्षित तथा अलग-थलग महसूस कर रहे हैं। ऐसी समझ के कारण शीघ्र ही असुरक्षा की भावना का भी जन्म होने लगता है जिसके कारण विकास पर तो प्रतिकूल असर पड़ता ही है एक अनवरत हानिकारक चक्र की भी शुरुआत हो जाती है। ऐसे अनेक राज्यों में नक्सलवाद की समस्या ने सिर उठाया है और यह एक गंभीर आंतरिक चुनौती बन गई है। यह याद रखना महत्त्वपूर्ण है कि इनमें से ज्यादातर जिले पिछड़े राज्यों में हैं लेकिन कुछ जिले विकसित राज्यों में भी हैं-जैसे महाराष्ट्र, आंध्र प्रदेश और कर्नाटक में।

ग्यारहवीं योजना का कार्य दसवीं योजना के कार्यकलापों के आधार पर जारी है – यानी राज्यों के लिए जीएसडीपी विकास लक्ष्य तय करना। ग्यारहवीं योजना का उद्देश्य मंद विकास वाले राज्यों तथा इन राज्यों में पिछड़े हुए हिस्सों में उच्चतर स्तर के सार्वजनिक निवेश पर ध्यान केंद्रित करना है। योजना के अंतर्गत यह विश्वास किया गया है कि इससे भौतिक एवं सामाजिक अधोसंरचना के पिछले ढेर (Back-log) को दूर किया जा सकेगा। इस उद्देश्य के लिए, योजना के अंतर्गत पिछड़े राज्यों के लिए अनुदान कोष को मजबूत बनाने का प्रस्ताव रखा गया है ताकि निम्नांकित तरीकों से पिछड़े क्षेत्रों में विकास कार्य को प्रेरित किया जा सके।

(i) अधोसंरचना उपलब्ध कराके;

(ii) सु-अभिशासन एवं कृषि सुधार लागू करके; और

(iii) पूरक अधोसंरचना एवं क्षमता-निर्माण के द्वारा एकजुटता और इस तरह ठोस विकास का प्रवाह पिछड़े जिलों की ओर होता है।

पिछड़े राज्यों के लिए अनुदान कोष (BRGF) को एक सुदृढ़ एवं सुसंकल्पित भागीदार जिला योजना में पिरोया जाएगा तथा चुने गए प्रोग्राम को जन भागीदारी के माध्यम से कार्यान्वित किया जाएगा जिसके लिए गांव से जिला स्तर तक की पंचायती राज संस्थाएं योजना एवं कार्यान्वयन के लिए प्राधिकृत की जाएंगी। इस योजना के दो घटक हैं: *(i)* जिला घटक जिसके अंतर्गत 250 जिलों को कवर किया गया है, तथा *(ii)* बिहार और ओड़िसा के कालाहांडी-बोलंगिर-कोरापुट (KBK) जिलों के लिए विशेष योजनाएं। इन दो घटकों के लिए ग्यारहवीं पंचवर्षीय योजना में 5,820 करोड़ रु. प्रति वर्ष का प्रावधान रखा गया है जबकि योजना अवधि में बीआरजीएफ के लिए कुल प्रावधान है 29,100 करोड़ रुपये।

उपरोक्त के अलावा, ग्यारहवीं योजना में पहाड़ी क्षेत्रों के लिए विकास कार्यक्रमों तथा पश्चिमी घाट विकास कार्यक्रमों को नई शक्ति के साथ जारी रखना प्रस्तावित है ताकि इन संवेदनशील क्षेत्रों के प्राकृतिक संसाधनों का उपयोग पर्यावरण-हितैषी तकनीक के आधार पर

चिरस्थायित्वपूर्ण तरीके से किया जा सके। इसके साथ सीमांत क्षेत्र विकास कार्यक्रम (BADP) को भी मजबूत एवं ज्यादा प्रभावी बनाया जाएगा। ग्यारहवीं पंचवर्षीय योजना (2007-12) के दौरान व्यापक आधार वाले एवं समावेशित विकास के लिए निवेश हेतु 500 बिलियन अमेरिकी डॉलर का अनुमान लगाया गया है। सरकारी प्रयासों के पूरक के रूप में, ग्यारहवीं पंचवर्षीय योजना में निजी संसाधनों को भी अच्छी तरह से सक्रिय बनाने की संकल्पना की गई है।

हालांकि पिछड़े क्षेत्रों के विकास एवं क्षेत्रीय असमानताओं को कम करने के लिए सरकार ने कई उपाय किए मगर सच्चाई यही है कि अभी भी वास्तविक किस्म की क्षेत्रीय योजना का सर्वथा अभाव है। क्षेत्रीय स्तर पर जो भी योजना बनाई गई है वह अस्थायी रही है क्योंकि परिवर्तनशील क्षेत्रीय तत्त्वों को समग्र योजना कार्यनीति में स्थान नहीं दिया गया। भारतीय योजना कार्यनीति में स्थानिक कारकों की उपेक्षा करने की सच्चाई इस बात से भी प्रमाणित होती है कि भारतीय योजनाओं में विकास प्रक्रिया के तहत 'विकास ध्रुवों' और 'विकास केंद्रों' की पूर्ण उपेक्षा की गई है।

स्थानिक कारकों तथा सच्चे क्षेत्रीय नियोजन की उपेक्षा का जन्म योजना बनाने की प्रक्रिया की प्रकृति से भी होता है जो कि अत्यंत केंद्रीकृत प्रक्रिया है। योजना बनाने में बुनियादी जिम्मेवारी योजना आयोग द्वारा निभाई जाती है और केंद्र तथा राज्य की सरकारें तदनुसार अपनी नीतियों और अपने कार्यक्रमों में केवल थोड़ा परिवर्तन कर लेती हैं। फलस्वरूप, शहरीकरण और आर्थिक विकास के लिए एक अत्यंत विकृत तथा एकपक्षीय पद्धति उभर कर सामने आई है। संतुलित क्षेत्रीय विकास परस्पर जुड़ी हुई संस्थापनाओं के माध्यम से ही हासिल किया जा सकता है, तथा हमने जिन अस्थायी उपायों का प्रयोग किया है उनसे कोई प्रभाव नहीं पड़ने वाला।[8]

क्षेत्रीय असंतुलन की समस्या के निराकरण हेतु अभी तक जो उपाय किए गए हैं उनका स्वरूप ज्यादातर आर्थिक रहा है। आर्थिक तरीके की जगह योजनागत तरीके से काम किए जाने की जरूरत है। इसके तहत, पिछड़े क्षेत्रों और इसके साथ ही उनकी संभावनाओं और क्षमताओं की स्पष्ट पहचान की जानी चाहिए ताकि हर किस्म के पिछड़े क्षेत्र के लिए अलग-अलग कार्यनीति तैयार की जा सके। विकास की प्रक्रिया में कृषि विकास का महत्त्वपूर्ण योगदान होता है। इसलिए जरूरी है कि संवितरण की प्रक्रिया तथा कृषि का विकास कृषि-आधारित उद्योग-शृंखला के माध्यम से किया जाना चाहिए।

सबसे बढ़कर, संतुलित विकास के लिए जरूरी है सु-अभिशासन (good goverance) तथा प्रभावी प्रशासन, जैसाकि बिहार (जिसे कभी 'बीमारू' राज्य कहा जाता था) के अभ्युदय और महाराष्ट्र के पतन से झलकता है जो कभी विकास और प्रगति के शिखर पर था। देश के चार बीमारू (BIMARU) राज्यों—बिहार, मध्य प्रदेश, राजस्थान और उत्तर प्रदेश—की तुलना में महाराष्ट्र की स्थिति काफी लचर हो चुकी है। इसके कुल व्यय की तुलना में स्वास्थ्य पर किया जाने वाला इसका खर्च सभी 'बीमारू' राज्यों से कम है। महाराष्ट्र के कुल व्यय की तुलना में शिक्षा पर किया जाने वाला इसका व्यय बिहार से भी कम है।

**तालिका 3.6: सकल राज्य घरेलू उत्पाद के अनुसार विकास दर**
**( 1999-2000 के मूल्यानुसार )**

| राज्य | 2005-06 से 2007-08 तक | स्थान |
|---|---|---|
| बिहार | 11.1% | 4 |
| राजस्थान | 9.9% | 10 |
| महाराष्ट्र | 9.6% | 11 |
| उत्तर प्रदेश | 6.5% | 15 |
| मध्य प्रदेश | 5.5% | 17 |

*स्रोत:* केंद्रीय सांख्यिकी संगठन

जैसाकि विशेषज्ञों का कहना है, कर संग्रह के अपने विशाल आधार के बावजूद, यह राज्य आर्थिक अपर्याप्तता, खराब अभिशासन तथा अपने ही लोगों के प्रति उदासीनतापूर्ण रवैये का गढ़ बन गया है।[9]

## 3.10 गरीबी

गरीबी एक बहु-आयामी और जटिल मुद्दा है जिसके अंतर्गत किसी व्यक्ति द्वारा अपनी बुनियादी आवश्यकताओं की पूर्ति, संसाधनों पर नियंत्रण का अभाव, शिक्षा और कार्य-कुशलता की कमी, खराब स्वास्थ्य एवं कुपोषण, घर का अभाव, पेय जल और स्वच्छता तक पहुंच न होना, हिंसा और अपराध का आसानी से शिकार हो जाना, तथा राजनीतिक एवं वैचारिक स्वतंत्रता की कमी जैसी बातें शामिल होती हैं। गरीबी की परिभाषा बहुत कम आय अथवा अपर्याप्त संपदा के कारण जीवन, स्वास्थ्य और सक्षमता जैसी न्यूनतम आवश्यकताओं तक पहुंच हासिल न कर पाने के रूप में की जाती है।

वैद्यनाथन के अनुसार, भारत में लोग व्यापक रूप से एकमत हैं कि निम्नांकित बातों का समावेश होना चाहिए: (i) पर्याप्त पोषण वाला आहार, वस्त्र तथा आवास एवं अन्य अत्यावश्यक वस्तुएं, तथा (ii) न्यूनतम स्तर की शिक्षा, हेल्थकेयर, स्वच्छ जल की आपूर्ति एवं साफ-सुथरा परिवेश। दोनों ही श्रेणियों के अंतर्गत विशिष्ट वांछित तत्त्वों के बारे में विधि-विधान निर्धारित हैं। पहली श्रेणी के तत्त्वों तक पहुंच हासिल कर सकने की लोगों की क्षमता 'गरीबी रेखा' को परिभाषित करती है।[10] किसी देश में कितनी गरीबी व्याप्त है इसे इस बात से मापा जाता है कि गरीबी रेखा से नीचे कितने लोग रह रहे हैं तथा कुल जनसंख्या में उनका अनुपात क्या है, जिसे 'गरीबी अनुपात' कहते हैं।

गरीबी रेखा का निर्धारण कार्य और क्षमता की दृष्टि से स्वीकार्य जीवन-स्तर सुनिश्चित करने के लिए वांछित व्यय के आधार पर किया जाता है। चूंकि भोजन हमारी सभी बुनियादी आवश्यकताओं में सबसे प्रमुख है और जीवन तथा कार्य के लिए इससे आवश्यक पोषण प्राप्त होता है, अत: गरीबी रेखा का निर्धारण कैलोरी ग्रहण करने की दृष्टि से न्यूनतम राष्ट्रीय मानक के आधार पर किया जाता है। योजना आयोग ने "न्यूनतम आवश्यकताओं तथा खपत की प्रभावी मांग के प्रक्षेप (Projection) के लिए नियुक्त कार्यबल" द्वारा दी गई गरीबी की परिभाषा स्वीकार

की है। आय एवं गरीबी पद्धति का इस्तेमाल करते हुए, इस कार्यबल ने गरीबी रेखा की परिभाषा प्रति व्यक्ति मासिक व्यय के उस मध्य बिंदु के रूप में की है जिसके द्वारा ग्रामीण क्षेत्रों में प्रति व्यक्ति दैनिक 2400 कैलोरी और शहरी क्षेत्रों में 2100 कैलोरी ऊर्जा ग्रहण की जाती हो। इस आधार पर, 1973-74 के मूल्यानुसार, ग्रामीण क्षेत्रों के लिए 49.09रु. तथा शहरी क्षेत्रों के लिए 56.64 रु. का कट-ऑफ बिंदु निर्धारित होता है। इस आधार पर, वर्ष 2004-05 के लिए, ग्रामीण क्षेत्रों के लिए 359.89 रु. तथा शहरी क्षेत्रों के लिए 523.18 रु. का कट-ऑफ बिंदु तय किया जाता है।[11] पाँच सदस्यों वाले किसी परिवार के लिए, गरीबी रेखा ग्रामीण क्षेत्रों में 21593 रु. तथा शहरी क्षेत्रों में 31390 रु. की वार्षिक आय पर निर्धारित होती है।[12]

उपरोक्त कट-ऑफ बिंदुओं के साथ, 1972-73, 1977-78, 1987-88, 1993-94 एवं 2004-05 में गरीबी रेखा से नीचे रहने वाली आबादी का प्रतिशत जिसे 'हेड काउंट अनुपात' कहते हैं, तालिका 3.7 में दर्शाया गया है।

**तालिका 3.7: गरीबी रेखा से नीचे रहने वाली आबादी का प्रतिशत**

| | 1972-73 | 1977-78 | 1987-88 | 1993-94 | 2004-05 | 2007* |
|---|---|---|---|---|---|---|
| ग्रामीण | 54.10 | 51.20 | 39.09 | 37.27 | 28.30 | 21.0 |
| शहरी | 41.20 | 38.20 | 38.20 | 32.36 | 25.70 | 14.6 |
| संपूर्ण भारत | 51.50 | 48.30 | 38.86 | 35.97 | 27.50 | 19.2 |

*दसवीं योजना के प्रोजेक्शन

उपरोक्त तालिका से यह पता चलता है कि योजना आयोग के अनुसार भारत की कुल आबादी का करीब एक-चौथाई भाग (27.50 प्रतिशत) अर्थात लगभग 315 मिलियन गरीबी रेखा से नीचे रहता है। यह गरीबी का अफ्रीका से भी बदतर चित्र उपस्थित करता है। किंतु पूरे देश में गरीबी का समान वितरण नहीं है। प्रतिशत की दृष्टि से कहें तो सभी राज्यों में संदिग्ध रूप से ओड़िसा में गरीबी रेखा से नीचे रहने वाली जनसंख्या का अनुपात सबसे ज्यादा (46.4 प्रतिशत) है। इसके बाद बिहार (42 प्रतिशत), छत्तीसगढ़ (41 प्रतिशत), उत्तराखंड (39.7 प्रतिशत), मध्य प्रदेश (38.2 प्रतिशत), उत्तर प्रदेश (32.7 प्रतिशत) तथा महाराष्ट्र (30.8 प्रतिशत) का स्थान आता है। लेकिन यदि केवल संख्यात्मक दृष्टि से बात करें तो उत्तर प्रदेश इस सूची में सबसे आगे है जहां करीब 6.4 करोड़ लोग गरीबी रेखा से नीचे रहते हैं। दूसरा स्थान बिहार का है जहां करीब 5.1 करोड़ लोग गरीबी रेखा से नीचे रहकर गुजर-बसर करते हैं। उसके बाद है मध्य प्रदेश (3.3 करोड़), महाराष्ट्र (3.2 करोड़), पश्चिम बंगाल (2.2 करोड़), ओड़िसा (1.8 करोड़) और आंध्र प्रदेश (1.2 करोड़)। देश के कुल गरीबों की 51 प्रतिशत जनसंख्या बिहार, झारखंड, छत्तीसगढ़, उत्तराखंड, मध्य प्रदेश, राजस्थान और उत्तर प्रदेश में रहती है। यदि इस सूची में असम, ओड़िसा, पश्चिम बंगाल तथा कुछ केंद्रशासित प्रदेशों को भी जोड़ दें तो ये सारे राज्य मिलकर देश के 70 प्रतिशत गरीबों का प्रतिनिधित्व करेंगे।

### 3.10.1 तेंदुलकर समिति की रिपोर्ट

सुरेश तेंदुलकर समिति ने वर्ष 2009 के आखिर में अपनी रिपोर्ट पेश की। इस समिति को गरीबी रेखा और इसके नीचे रहने वाली आबादी के अनुपात की संगणना करने का आदेश दिया गया था और कहा गया था कि जरूरी होने पर समिति गरीबी-रेखा का पुन:निर्धारण करे। प्रति व्यक्ति कैलोरी गणना के ऊपरी बिंदु को खत्म करके समिति ने नियमों को फिर से नियत किया। उसने मूल्य सूचियों को आदर्श रूप दिया और साथ ही व्यक्ति के उपभोग के दायरे में शिक्षा, स्वास्थ्य एवं किराया तथा परिवहन पर होने वाले वास्तविक व्यय को शामिल करने के लिए मानदंड का विस्तार किया। तथा इसने ग्रामीण एवं शहरी गरीबों के लिए एक ही मानदंड का प्रयोग किया जो कि पहली बार हुआ।

इस नए मानदंड के आधार पर, समूह ने पूर्व में आकलित गरीबी संबंधी आंकड़ों का पुनरीक्षण किया। तदनुसार, संपूर्ण भारत स्तर पर 1993-94 में ग्रामीण क्षेत्रों में 50.1 प्रतिशत गरीबी थी, शहरी क्षेत्रों में 31.8 प्रतिशत तथा पूरे देश में 45.3 प्रतिशत जबकि 1993-94 के आधिकारिक अनुमान के अनुसार ग्रामीण क्षेत्रों में 37.2 प्रतिशत गरीबी थी, शहरी क्षेत्रों में 32.6 प्रतिशत तथा पूरे देश में 36 प्रतिशत। इसी तरह, 2004-05 के आधिकारिक अनुमान अर्थात ग्रामीण क्षेत्र में 28.3 प्रतिशत, शहरी क्षेत्र में 25.7 प्रतिशत तथा समग्र देश में 27.5 प्रतिशत के मुकाबले गरीबी संबंधी नए अनुमान ग्रामीण, शहरी एवं पूरे देश के लिए क्रमश: 41.8 प्रतिशत, 25.7 प्रतिशत तथा 37.2 प्रतिशत हैं।

### 3.10.2 गरीबों का पता लगाना

गरीबी रेखा में जो परिवर्तन हुआ है उसका आशय यह भी है कि 28 में से प्रत्येक राज्य में गरीबों की प्रति व्यक्ति गणना भी बदल गई है। सबसे अधिक गरीब ग्रामीण जनसंख्या वाले छह राज्य संयोगवश वे ही राज्य हैं जहां माओवादियों की समस्या गंभीर है जिसे सरकार ने देश की सबसे बड़ी आंतरिक चुनौती करार दिया है।

एनएसएसओ के 61वें चक्र में वर्ष 2004-05 के लिए दो विधियों के आधार पर गरीबी संबंधी पूर्वानुमान लगाया गया है: (i) यूआरपी *(यूनिफार्म रीकॉल पीरियड यानी समरूप स्मरण अवधि)* तथा (ii) एमआरपी *(मिक्स्ड रीकॉल पीरियड यानी मिश्रित स्मरण अवधि)*। एक ओर जहां यूआरपी के लिए खपत की सभी वस्तुओं के लिए 30 दिनों की स्मरण/संदर्भ अवधि का प्रयोग किया जाता है, वहीं एमआरपी हेतु 5 गैर-खाद्य वस्तुओं के लिए - जिन्हें कभी-कभार खरीदा जाता है - 365 दिनों की स्मरण/संदर्भ अवधि का प्रयोग किया जाता है। इन वस्तुओं में शामिल हैं—वस्त्र, टिकाऊ वस्तुएं, शिक्षा एवं संस्थात्मक मेडिकल व्यय तथा बाकी वस्तुओं के लिए 30 दिनों की स्मरण/संदर्भ अवधि। इन दोनों ही विधियों पर आधारित आंकड़े तालिका 3.9 में प्रस्तुत है। एनएसएसओ के 61वें चक्र के अनुसार, 2004-05 में पूरे देश में गरीबी का अनुपात यूआरपी के आधार पर 27.5 प्रतिशत तथा एमआरपी के आधार पर 21.8 प्रतिशत था। यूआरपी के आधार पर, ग्रामीण भारत का गरीबी अनुपात शहरी भारत के गरीबी अनुपात से बहुत ज्यादा है जबकि एमआरपी के आधार पर दोनों प्राय: एक समान हैं।

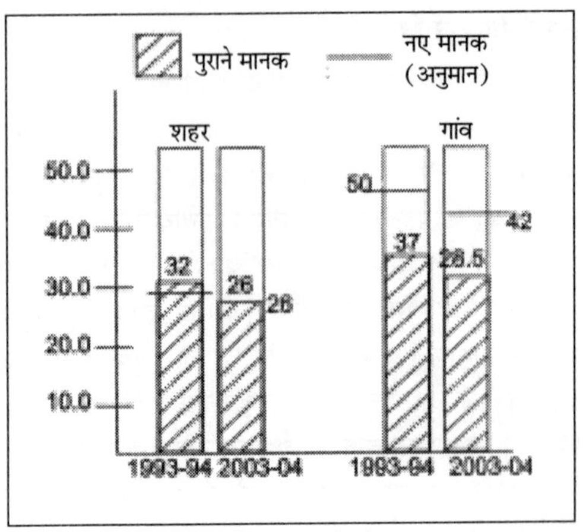


**तालिका 3.9: 61वें एनएसएस चक्र के आधार पर गरीबी का पूर्वानुमान (वर्ष 2004-05)**

| संदर्भ अवधि | संपूर्ण भारत | ग्रामीण | शहरी |
|---|---|---|---|
| युनिफार्म रीकॉल पीरियड (URP) विधि | 27.5 | 28.32 | 5.7 |
| मिक्स्ड रीकॉल पीरियड (MRP) विधि | 21.8 | 21.8 | 21.7 |

*स्रोत:* भारत सरकार, आर्थिक सर्वेक्षण, 2007-08 (दिल्ली, 2008, तालिका 10.4, पृ. 243)[13]

## 3.11 गरीबी के कारण

गरीबी के आधारभूत कारण निम्नांकित माने जा सकते हैं:

### 3.11.1 अल्प विकास एवं बढ़ती बेरोजगारी

भारतीय आर्थिक स्थिति के दो महत्त्वपूर्ण तथ्य हैं—अभी हाल के दिनों तक आर्थिक प्रगति की मंद गति तथा रोजगार में कम लोच का होना। सबसे निर्णायक कारक यह रहा है कि कृषि सेक्टर जिसमें पारंपरिक रूप से सबसे ज्यादा संख्या में श्रमिकों की जरूरत रही, उसने रोजगार के क्षेत्र में नगण्य विकास दर्शाया है। दो करोड़ (2003-04 में) बेरोजगार लोगों के साथ, भारत बेरोजगारी की चिर-प्राचीन समस्या की गिरफ्त में है। इसके कारण उत्पादन कम होता है और इसलिए आय भी कम होती है और कर्ज बढ़ता है। बेरोजगारी और कर्ज की समस्या गरीबी को और अधिक उग्र बनाती जा रही है।

### 3.11.2 कमजोर विकास नीति

हमारी योजनाओं, खासतौर पर पिछले छह दशकों में कृषि क्षेत्र के लिए बनाई गई योजनाओं, में गरीबी उन्मूलन के लिए गंभीर विकास कार्यनीति नहीं बनाई गई है। वास्तविक अर्थों में, विकास कार्यनीति की मुख्य कमजोरी यह है कि देश के पिछड़े क्षेत्रों में रहने वाले छोटे-छोटे खेतिहरों की विशाल संख्या के बजाय यह बड़े उत्पादकों से ज्यादा वास्ता रखती है। इसके निम्नांकित परिणाम हुए हैं:

(i) राष्ट्रीय दृष्टिकोण से, भूमि, श्रम और पूंजी का उपयोग क्षमता से बहुत कम किया गया है।

(ii) आधुनिक टेक्नोलॉजी और इनपुट के लिए जनता के धन पर बहुत ज्यादा निर्भर होने के कारण इस पर काफी फालतू खर्च आता है तथा पारंपरिक, स्थानीय एवं स्व-सृजित संसाधनों के उपयोग की बिल्कुल उपेक्षा कर दी जाती है।

(iii) यह परजीवी स्वभाव का है क्योंकि आधुनिक कृषि से सृजित अतिरिक्त उत्पादन पूंजी एवं गैर-फार्म सेक्टर के निर्माण में पर्याप्त योगदान नहीं दे पाते, बल्कि उन्हें विभिन्न प्रकार के प्रत्यक्ष उपभोग की दिशा में लगा दिया जाता है।

संक्षेप में, वृहत् अर्थशास्त्रीय विकास गांवों के गरीब लोगों के लिए उत्पादक परिसंपदाओं, लाभदायक रोजगार, ठोस आमदनी या गुणात्मक जीवन-शैली के सृजन की दृष्टि से बेहतर परिप्रेक्ष्य उपस्थित करने में नाकाम रहा है। इस परिदृश्य का सारांश प्रस्तुत करते हुए लॉर्ड मेघनाद देसाई उचित ही कहते हैं कि ''भारत का 'गरीबी लाओ' कार्यक्रम इसके 'गरीबी हटाओ' कार्यक्रम से ज्यादा बड़ा है।''

### 3.11.3 आय के वितरण में असमानता

भारत में गरीबी का एक अन्य प्रमुख कारण है ग्रामीण एवं शहरी क्षेत्रों के अर्थतंत्र में घोर असमानताओं का होना। इन असमानताओं का कारण है परिसंपत्तियों या 'ऍसेट्स' के स्वामित्व में अंतर। ग्रामीण क्षेत्रों में इस 'ऍसेट्स' से तात्पर्य है भूमि और शहरों में भौतिक संपदा। उत्पादक 'ऍसेट्स' के पुनर्वितरण के लिए किए जा रहे प्रयास निम्नांकित कारणों से सीमित हो जाते हैं:

(i) प्राकृतिक संसाधनों, जिनमें भूमि भी शामिल है, पर पड़ने वाला जनसांख्यिक दबाव ऍसेट्स के स्थानांतरण के कार्य को परिसीमित कर देता है।

(ii) लोकतांत्रिक राजनीतिक वातावरण के कारण उत्पादन एवं वितरण की प्रक्रिया में कोई आमूलचूल परिवर्तन किया जाना संभव नहीं हो सकता।

### 3.11.4 सामान्य संपदा संसाधनों का निजीकरण[14]

कुछ विद्वानों ने संवितरण के एक अन्य परिदृश्य की ओर हमारा ध्यान खींचा है, अर्थात सामान्य संपदा संसाधन (CPR) जो कि ग्रामीण गरीबों के जीवन में एक महत्त्वपूर्ण भूमिका निभाता है। सीपीआर का निजीकरण, कृषि का गहनीकरण, पर्यावरणीय क्षरण तथा आर्थिक कार्यकलापों का व्यवसायीकरण इत्यादि ने कमजोर वर्ग के लोगों को एकदम हाशिये पर ला दिया है। इससे महिलाओं तथा सीमांत वर्ग के लोगों की स्थिति पर सीधा असर पड़ता है तथा उन्हें और अधिक

संवेदनशील बना देता है। उनके सीमित संसाधन जोखिम से जूझने और उसे कम करने में उनकी कार्यनीति को प्रभावित करते हैं। साथ ही, निजी अथवा सार्वजनिक बीमा प्रणालियों तक उनकी पहुंच बहुत ही सीमित होती है।

### 3.11.5 स्वास्थ्य एवं सामाजिक कारक

हेल्थकेयर की अच्छी स्थिति का न होना, पारंपरिक रूप से सामाजिक कार्यों पर होने वाले फिजूलखर्च एवं उच्च ब्याज पर निजी उपभोग क्रेडिट इत्यादि लोगों को गरीबी की ओर धकेलने वाले कुछ अन्य कारक हैं।

### 3.11.6 पर्यावरणीय क्षरण एवं पेड़ों का विनष्ट होना

पर्यावरणीय क्षरण, पेड़ों का विनाश तथा प्राकृतिक संसाधनों के समुचित प्रबंधन में हमारी असफलता इत्यादि गरीबी के कुछ प्रमुख कारण हैं—खासतौर पर सूखी खेती वाले क्षेत्रों में। जनसंख्या विकास एवं गरीबी के अलावा, उच्च आय वाले वर्ग से (जिनमें शहरी क्षेत्र भी शामिल हैं) ईंधन, लकड़ी, मांस एवं ऊन इत्यादि की मांग पर्यावरणीय क्षरण का एक प्रमुख कारण रहा है।

### 3.11.7 हाल में हुए तकनीकी परिवर्तन

व्यापक कंप्यूटरीकरण एवं इसके फलस्वरूप संपूर्ण अर्थव्यवस्था में सूचना प्रौद्योगिकी के प्रसार के कारण, 1980 के बाद के दशक से महत्त्वपूर्ण तकनीकी क्रांति हुई है। इस परिवर्तन के कारण कॉलेज शिक्षित एवं कार्यकुशल लोगों का महत्त्व बढ़ा है जबकि अल्पकुशल एवं अकुशल कारीगरों की मांग घटी है जिन्हें गरीबी रेखा से नीचे धकेल दिया गया है।

### 3.11.8 गरीबों में जनसंख्या का तीव्र विकास

भारत में, खासतौर पर गरीब समुदायों के बीच, जनसंख्या की उच्च वृद्धि-दर देश में बढ़ती गरीबी की समस्या के लिए जिम्मेदार है। गरीबों के बीच जनसंख्या दर तेज होने के अनेक कारण हैं, जैसे—निरक्षरता, पारंपरिक दृष्टिकोण, परिवार नियोजन का अभाव, बेटा पाने की चाहत, इत्यादि। स्पष्ट है कि बड़े परिवारों और कम आय के कारण वे परिवार की न्यूनतम आवश्यकताओं की पूर्ति करने में भी सक्षम नहीं हैं।

### 3.11.9 मुद्रास्फीति के दबाव

मूल्यों में अनवरत वृद्धि, विशेषकर अत्यावश्यक वस्तुओं की कीमतों के बढ़ने, से गरीबों की मुसीबतें बढ़ी हैं। मूल्यों में हुई इस बेतहाशा बढ़ोत्तरी के कारण निश्चित एवं कम आमदनी वाले लोगों की वास्तविक आय पर असर पड़ा है। इससे उनकी क्रय-शक्ति घटी है और इसके फलस्वरूप उनके जीवन-स्तर में कमी आई है।

### 3.11.10 पूंजी की कमी

पूंजी का निर्माण एक अत्यंत महत्त्वपूर्ण कारक है जिससे आर्थिक विकास हो सकता है और

गरीबी में कमी आ सकती है। भारत में, पूंजी का अभाव है। इससे कम उत्पादन क्षमता प्रतिफलित होती है और गरीबी का जन्म होता है।

### 3.11.12 वैश्वीकरण

वैश्वीकरण ने कई घर-परिवारों को गरीबी-रेखा से नीचे धकेल दिया है, क्योंकि कुछ अति महत्त्वपूर्ण तयशुदा फसलों का उत्पादन कम हो गया है। वैश्वीकरण की प्रक्रिया के लोकप्रिय होने के बाद से, कृषि भूमि का उपयोग निर्यात-उन्मुखी फसलों के उत्पादन के लिए किया जाने लगा है। साथ ही उदारीकरण के कारण छोटे-छोटे किसान वैश्विक बाजार में प्रतिस्पर्द्धा करने पर मजबूर हुए हैं जहां कृषि संबंधी उत्पादों की कीमत बहुत कम है।

## 3.12 गरीबी उन्मूलन के लिए कार्य-योजना

ग्रामीण विकास एवं ग्रामीण रोजगार कार्यक्रमों के माध्यम से गरीबी पर प्रत्यक्ष प्रहार करने की कार्यनीति पहले-पहल 1970 के दशक में अपनाई गई थी। पांचवीं योजना के साथ ही गरीबी उन्मूलन देश के आर्थिक नियोजन के एक प्रमुख उद्देश्य के रूप में स्वीकार किया जाने लगा। इस दौरान ग्रामीण गरीबों के लिए कई विशेष कार्यक्रम चलाए गए जिनमें से प्रमुख थे: लघु किसान विकास एजेंसी (SFDA), सीमांत किसान एवं कृषि श्रमिक विकास एजेंसी (MFAL), सूखा-पीड़ित क्षेत्रों के लिए कार्यक्रम (DPAP), ग्रामीण रोजगार क्रैश योजना (CSRE), सघन पायलट ग्रामीण विकास परियोजना (PIREP) तथा काम के बदले अनाज कार्यक्रम (FWP)। परंतु इनमें से कोई भी कार्यक्रम पूरे देश को व्यापक रूप से कवर नहीं कर सका और उनमें से कुछ प्रादेशिक अतिव्याप्ति के शिकार हुए। इन कार्यक्रमों की मुख्य सीमा यह थी कि उन्हें केवल अनुदान देने वाले कार्यक्रमों में बदल दिया गया। ग्रामीण गरीबों को उच्च स्तरीय आय हासिल करने में सक्षम बनाने की दृष्टि से उनमें किसी नियोजित तरीके का सर्वथा अभाव था।

समग्र विकास की एक योजना के रूप में आईआरडीपी (Integrated Rural Development Programme) अर्थात समेकित ग्रामीण विकास कार्यक्रम की शुरुआत आरंभिक तौर पर 1978-79 में 2300 विकास प्रखंडों में की गई थी। छठी पंचवर्षीय योजना में, आईआरडीपी का विस्तार पूरे देश में कर दिया गया। लगभग उसी समय छठी योजना के हिस्से के रूप में ही एनआरईपी (National Rural Employment Programme) यानी राष्ट्रीय ग्रामीण रोजगार कार्यक्रम का भी सूत्रपात हुआ। इसका लक्ष्य जनसंख्या के उस हिस्से को मदद पहुंचाना था जो ज्यादातर मजदूरी-आश्रित रोजगार पर निर्भर थे तथा कृषि की मंदी की अवस्था में जिनके पास आय का कोई समुचित स्रोत नहीं था। 15 अगस्त 1983 में ग्रामीण भूमिहीन रोजगार गारंटी कार्यक्रम (NREP) शुरू किया गया जिसका लक्ष्य था ग्रामीण भूमिहीनों को रोजगार का अवसर प्रदान करना। मगर इन मजदूरी-आश्रित रोजगार कार्यक्रमों को ज्यादा प्रभावी बनाने के लिए, 1 अप्रैल 1989 से एनआरईपी और आरएलईजीपी को एक ही ग्रामीण रोजगार कार्यक्रम में मिला दिया गया और इसे 'जवाहर रोजगार योजना' का नाम दे दिया गया। इसकी बुनियादी कार्यनीति यह थी कि इन परिसंपत्तियों की मदद से इन गरीबों को स्व-रोजगार पाने में सहायता दी जाए ताकि वे गरीबी-रेखा से ऊपर उठने योग्य उपार्जन कर सकें। कार्यकुशलता विकसित करने के लिए,

स्व-रोजगार हेतु युवकों का प्रशिक्षण (TRYSEM) नामक कार्यक्रम चलाया गया। दूसरी ओर आईआरडीपी की भी पुन:संरचना की गई और इसे नया नाम दे दिया गया 'स्वर्णजयंती ग्राम स्वरोजगार योजना' (SGSY)। इसके अलावा, TRYSEM सहित कई संयुक्त प्रोग्राम भी इसमें शामिल किए गए हैं। सितंबर 2001 में संपूर्ण ग्रामीण रोजगार योजना (SGRY) में मिलाए जाने से पहले रोजगार आश्वासन योजना (EAS) के तहत रोजगार पाने के इच्छुक गरीब ग्रामीणों को 100 दिनों का अकुशल मैन्युअल कार्यदिवस दिया गया था।

गरीबी उन्मूलन के ये कार्यक्रम अनेक एवं विशिष्ट खामियों के शिकार हुए जिनके बारे में संदीप बागची की राय यह है कि वे खामियां मुख्यत: "वातावरण की जटिलता का ध्यान न रख पाने, एक कार्यशील लक्ष्य पर ध्यान केंद्रित करने और उसके आधार पर उपयुक्त तथा स्थायित्वपूर्ण कार्यनीति बनाने के बजाय अनेक एवं परस्पर-विरोधी लक्ष्यों के होने" के कारण रही हैं।[15]

वर्तमान में, ग्रामीण और शहरी दोनों ही क्षेत्रों में रोजगार सृजन के लिए विशेष कार्यक्रमों को लागू किया जा रहा है। गरीब ग्रामीणों के लिए नियोजित कार्यक्रमों में शामिल हैं स्वर्णजयंती ग्राम स्वरोजगार योजना (SGSY) तथा संपूर्ण ग्रामीण रोजगार योजना (SGRY)। शहरी गरीब लोगों की भलाई के लिए, नेहरू रोजगार योजना (NRY) की शुरुआत अक्टूबर 1989 में की गई थी। 1997-98 में इसे स्वर्णजयंती शहरी रोजगार योजना में मिला दिया गया। संपूर्ण ग्रामीण रोजगार योजना सितंबर 2001 में शुरू की गई। बाद में जवाहर ग्राम समृद्धि योजना (JGSY) और रोजगार आश्वासन योजना (EAS) को भी इसमें मिला दिया गया। संपूर्ण ग्रामीण रोजगार योजना का उद्देश्य ग्रामीण क्षेत्रों में मजदूरी-आधारित रोजगार देना है और साथ ही खाद्य सुरक्षा भी। राष्ट्रीय ग्रामीण रोजगार गारंटी योजना (NREGS) का सूत्रपात फरवरी 2006 में किया गया। इस योजना का उद्देश्य योजना के अंतर्गत आने वाले ग्रामीण क्षेत्रों में रहने वाले प्रत्येक घर को तथा जिसके वयस्क सदस्य जो अकुशल श्रम करने के लिए स्वेच्छा से आगे आते हैं (नियम में उल्लिखित शर्तों के अधीन) उन्हें एक वित्त वर्ष में गारंटी के साथ कम से कम 100 दिनों का रोजगार मुहैया कराना है।

गरीबी उन्मूलन संबंधी कार्यनीतियों में गरीबी की प्रकृति के बारे में सही समझ का अभाव प्रतीत होता है। इसके निम्नांकित कारण हैं:

(i) 'गरीब' की अवैज्ञानिक परिभाषा - इस कारण से गैर-गरीब लोग भी इन कार्यक्रमों का लाभ लेने की होड़ में शामिल हो गए;

(ii) वृहत स्तर पर तैयार किए गए कार्यक्रमों का सूक्ष्म स्तरों पर उपयुक्त साबित न होना;

(iii) इसमें इस बात का अनुमान नहीं किया गया है कि ग्रामीण गरीबी संपूर्ण रूप से ग्रामीण अर्थतंत्र के कार्य-संचालन का परिणाम है और इसे हटाने का एक ही तरीका है कि एक ऐसा समग्र उपाय प्रयोग में लाया जाए जिससे इस अर्थतंत्र की कार्यप्रणाली में बदलाव लाया जा सके;

(iv) बहुत हद तक शहरी गरीबी की उपेक्षा कर दी गई है। सरकारी हस्तक्षेप के माध्यम से विविध संवेदनशील क्षेत्रों के गरीब लोगों को संरक्षित करना समेकित विकास के लिए अत्यावश्यक है;

(v) गरीबी उन्मूलन कार्यक्रम के आय-सृजन संबंधी कदमों के अंतर्गत दीर्घकालिक रूप से गरीबी की दशाओं के उन्मूलन के लिए परिवार कल्याण, पोषण, सामाजिक सुरक्षा तथा न्यूनतम आवश्यकता कार्यक्रम, इत्यादि को सतत जारी रखने के महत्त्व की पहचान नहीं की गई है;

(vi) कार्यक्रम के जरिये विकलांगों, बीमार एवं सामाजिक रूप से अक्षम ऐसे लोगों के लिए नगण्य प्रयास किए गए हैं जो सामान्य आर्थिक कार्यकलापों में भाग नहीं ले सकते। अंत:पारिवारिक संवितरण के संदर्भ में महिलाओं के साथ न्याय की उपेक्षा किए जाने से भी गरीबी उन्मूलन संबंधी प्रयास असफल रहे हैं;

(vii) गरीबी उन्मूलन संबंधी कार्यक्रम आपूर्ति-पक्षीय अर्थशास्त्र के प्रति अत्यंत पूर्वाग्रह-ग्रस्त हैं। सरकार द्वारा गरीबों को वस्तुओं और सेवाओं की आपूर्ति किए जाने पर तो जोर दिया गया है किंतु मांग पक्ष की बिल्कुल उपेक्षा कर दी गई है जिसके फलस्वरूप वस्तुओं और सेवाओं की मांग और पूर्ति के बीच का तालमेल बिगड़ गया है। इसके कारण संसाधनों का अपव्यय हो रहा है और विकास प्रक्रिया को खारिज किया जा रहा है;

(viii) गरीबी उन्मूलन कार्यक्रम का प्रदर्शन संतोषप्रद नहीं रहा है, जिसका कारण है: कार्यक्रम लागू करने वाले कर्मचारियों की क्षमता में कमी, कार्य-प्रविधि की जटिलताएं, निगरानी तंत्र का अभाव, तथा समुचित फॉलो-अप पर ध्यान न दिया जाना;

(ix) एक मुख्य खामी यह है कि गरीबी उन्मूलन कार्यक्रम सरकारी कार्यक्रम बनते जा रहे हैं और लोगों में इन पर निर्भर होने की प्रवृत्ति बढ़ती जा रही है। जरूरत इस बात की है कि अफसरशाही वाली व्यवस्था के ताम-झाम के अंतर्गत विकास का एक नया नज़रिया विकसित किया जाए ताकि यह कार्यक्रम लोकोन्मुखी, परिवर्तन-सापेक्ष एवं कार्य-केंद्रित हो सके;

(x) मजदूरी-आधारित रोजगार कार्यक्रम विकास योजनाओं में सही ढंग से समेकित नहीं किए गए हैं। जिस तरह की परिसंपत्तियां सृजित की गई हैं, वे ज्यादातर इस किस्म की हैं कि उनमें दीर्घकालिक रूप से स्थायित्वपूर्ण विकास की क्षमता का अभाव प्रतीत होता है।

गरीबी उन्मूलन के लिए कई क्षेत्रों में नीतियों को नए सिरे से पुनरुन्मुख किए जाने की जरूरत है। केवल आर्थिक विकास की गति तेज करना ही पर्याप्त नहीं है। गरीबी में ठोस कमी लाने के लिए व्यापक आधार वाले और गहन श्रम विकास आवश्यक है। ऐसी विकास प्रक्रिया के केंद्र में कृषि के रूपांतरण का होना आवश्यक है। पार्थसारथी ने सामूहिक शक्ति के निर्माण हेतु निम्नांकित दृष्टियों से गरीबी उन्मूलन कार्यक्रम को नई दिशा देने की आवश्यकता पर जोर दिया है: (i) भूमि एवं जल संसाधनों के विकास के लिए; (ii) शोषण आधारित कार्य-प्रथाओं को समाप्त करने के लिए; (iii) निम्न आय वाले परिवारों के पक्ष में क्रय-शक्ति को प्रणालीबद्ध करने के लिए।[16] सहायता के उत्पादक उपयोग की दृष्टि से अल्प क्षमता वाले पिछड़े क्षेत्रों में सरकारी हस्तक्षेप की प्रकृति ज्यादा से ज्यादा संस्थागत होनी चाहिए और स्व-रोजगार संबंधी उपक्रमों को शुरू करने से पहले उसका उद्देश्य शोषण करने वाले गठबंधन को तहस-नहस करना, लोगों के बीच ज्यादा जागरूकता फैलाना, सामाजिक समानता लाना, मानवीय पूंजी में निवेश करना होना चाहिए।

पिछले छह दशकों में, गरीबी कम करने की कार्यनीति पर जोर दिए जाने के फलस्वरूप इस बात के पर्याप्त प्रमाण मिलते हैं कि बाजार-नीत आर्थिक विकास से गरीबी खत्म नहीं की जा सकती है। वर्तमान समय में, राजनीतिक प्रणाली पर समेकित विकास सुनिश्चित करने के लिए लगातार दवाब बढ़ रहा है। यह प्रस्तावना इस समझ पर आधारित है कि संरचनात्मक असमानताएं, और उनके कारण उत्पन्न होने वाले शक्ति-संघर्ष गरीबी उन्मूलन के प्रयासों पर निर्णायक प्रभाव

डालते हैं। सांस्कृतिक परंपराओं द्वारा तय किए गए और संरक्षित सामाजिक-राजनीतिक एवं आर्थिक अलगाव के कारण गरीबों के आर्थिक शोषण की प्रवृत्ति को बढ़ावा मिला है और इससे निर्भरता का रोग पनपता है। अत: ध्यान इस बात पर केंद्रित किया जाना चाहिए कि नीतियों की रूप-रचना और उनके कार्यान्वयन के रूप में संस्थागत परिवर्तन लाया जाए। जहां तक संसाधनों का सवाल है, स्थानीय समुदाय के अंतर्गत उन संसाधनों के संवितरण और उपयोग के आधार में परिवर्तन लाने की कोशिश अवश्य की जानी चाहिए। परंतु मौजूदा राजनीतिक प्रक्रियाओं के कारण ये परिवर्तन बाधित हो रहे हैं। इस प्रकार, गरीबी हटाने से संबंधित कार्यनीतियां संरचनात्मक-राजनीतिक रूपांतरण पर आधारित हैं।[17]

## 3.13 सापेक्ष एवं निरपेक्ष गरीबी

गरीबी की समस्या को सापेक्ष अथवा निरपेक्ष संदर्भ में देखा जा सकता है। सापेक्ष गरीबी का संबंध लोगों के एक वर्ग के मुकाबले दूसरे वर्ग या एक व्यक्ति के मुकाबले दूसरे व्यक्ति की आय या परिसंपत्ति से है। इस तरह, एक ही सामाजिक परिवेश में गरीब और अमीर, समृद्ध तथा अल्प-समृद्ध दोनों ही किस्म के लोग पाए जाते हैं। यहां आवश्यक बिंदु यह है कि एक की गरीबी दूसरे की अमीरी के सापेक्ष है। दूसरी ओर, निरपेक्ष गरीबी वह स्थिति है जबकि अपने स्वास्थ्य के संरक्षण और कार्यक्षमता के विकास के लिए किसी व्यक्ति को उपभोग की न्यूनतम वस्तुओं तक भी पहुंच हासिल नहीं है। निरपेक्ष गरीबी का प्रकटीकरण भोजन, वस्त्र, आवास, शिक्षा, स्वास्थ्य, पोषण एवं ऐसी ही अन्य बुनियादी आवश्यकताओं की पूर्ति को अस्वीकार किए जाने के रूप में होता है। निरपेक्ष गरीबी को इसके घोर स्वरूप में भारत के अनेक हिस्सों में व्याप्त भूखे-अधनंगे, कुपोषित, निराश्रित एवं दीन-हीन लोगों में देखा जा सकता है जो निरंतर खराब स्वास्थ्य, रोग एवं शिक्षा तथा चिकित्सा सुविधा के अभाव से पीड़ित हैं।

### 3.13.1 मानवीय गरीबी

गरीबी की पूर्ण संकल्पना के लिए, हमें अभाव या वस्तुओं से वंचित होने की शब्दावली में अपनी बात कहनी होगी। यही है मानवीय गरीबी की अवधारणा। इसका यह मतलब है कि मानवीय विकास के लिए आवश्यक अत्यंत बुनियादी अवसर एवं विकल्प उपलब्ध नहीं कराए जा रहे हैं जिसके फलस्वरूप व्यक्ति दीर्घ, स्वस्थ तथा रचनात्मक जीवन नहीं जी पाता तथा वह सुंदर जीवन-स्तर, स्वतंत्रता, आत्म-सम्मान एवं दूसरों से प्राप्त होने वाली प्रतिष्ठा जैसी बातों का सुख प्राप्त नहीं कर सकता। किसी समुदाय में गरीबी किस हद तक व्याप्त है, इस संबंध में समेकित निर्णय पर पहुंचने की दृष्टि से जीवन संबंधी गुणवत्ता से वंचित करने वाले विविध तत्त्वों को एक संपूर्ण सूचकांक के रूप में प्रस्तुत करने के लिए मानव विकास रिपोर्ट 1997 में एक मानव गरीबी सूचकांक पेश किया गया है। मानव विकास रिपोर्ट द्वारा सृजित मानव गरीबी सूचकांक में मानव जीवन के निम्नांकित तीन तत्त्वों में अभाव पर ध्यान केंद्रित किया गया है—दीर्घ जीवन, ज्ञान एवं सुंदर जीवन-स्तर।

1. पहले अभाव का संबंध जीवित रहने से है—बहुत ही कम उम्र में मृत्यु का शिकार हो जाने सेख़्तथा मानव गरीबी सूचकांक में इसे 40 वर्ष से कम उम्र में मर जाने की संभावना वाले लोगों के प्रतिशत से दर्शाया गया है।

2. दूसरे आयाम का संबंध है ज्ञान से—अर्थात पढ़ने-लिखने एवं संवाद-संचार इत्यादि की दुनिया से वंचित रहना—इसे निरक्षर वयस्कों के प्रतिशत द्वारा मापा जाता है।
3. तीसरे पहलू का संबंध खासतौर पर अच्छे जीवन-स्तर से है, समग्र आर्थिक व्यवस्थापन से। इसे दो परिवर्तनीय घटकों द्वारा दर्शाया जाता है—आबादी का वह प्रतिशत जो संवर्द्धित जल-संसाधनों का प्रयोग नहीं कर पा रहा है, तथा पांच साल से कम उम्र के उन बच्चों का प्रतिशत जिनका वजन सामान्य से कम है।

भारत में मानवीय गरीबी की दर बहुत उच्च है। मानवीय गरीबी का एक प्रमुख संकेतक है कम उम्र में मृत्यु। 40 से भी कम उम्र में मर जाना घोर अभाव प्रदर्शित करता है। भारत में, 2003 में वयस्क साक्षरता दर 39.0 प्रतिशत थी। आर्थिक प्रावधान संबंधी अभाव भी भारत में अत्युच्च है। हालांकि हाल के वर्षों में लोगों के लिए बेहतर पेय जल की उपलब्धता बढ़ी है, लेकिन पांच साल से कम उम्र के बच्चों में आधे से कुछ ही कम अभी भी कुपोषित हैं।

मानव विकास रिपोर्ट 2007-08 में 108 विकासशील देशों के लिए मानव गरीबी सूचकांक की संगणना की गई है। इस सूचकांक के परिप्रेक्ष्य में भारत 62वें स्थान पर है। इससे इस देश में मानवीय गरीबी को कम करने के लिए असंतोषप्रद कार्य-प्रदर्शन की ओर संकेत मिलता है। निरपेक्ष रूप से, चूंकि मानव गरीबी सूचकाक 31.3 प्रतिशत है, अतः कहा जा सकता है कि मानवीय गरीबी बहु-व्याप्त है।

## 3.14 बेरोजगारी

बेरोजगारी का अर्थ है वह स्थिति जिसमें शारीरिक रूप से सक्षम लोग काम तो करना चाहते हैं मगर उन्हें नियमित आय प्रदान करने वाले किसी कार्य के अभाव में ही अपनी गुजर-बसर करनी होती है। बेरोजगारी के बारे में विशेषज्ञों की समिति की अनुशंसाओं के आधार पर, राष्ट्रीय नमूना सर्वेक्षण संगठन (NSSO) ने भारतीय स्थितियों के अनुरूप श्रमशक्ति, रोजगार एवं बेरोजगारी की अवधारणाओं और परिभाषाओं का विकास और मानकीकरण किया है। बेरोजगारी के बारे में राष्ट्रीय नमूना सर्वेक्षण संगठन द्वारा विकसित की गई तीन अवधारणाएं हैं: (i) सामान्य स्तर बेरोजगारी, (ii) वर्तमान साप्ताहिक स्तर बेरोजगारी, एवं (iii) वर्तमान दैनिक स्तर बेरोजगारी।

### 3.14.1 सामान्य मुख्य स्तर

इस संदर्भ में श्रम कार्यबल को आदर्श रूप से सामान्य मुख्य कार्य स्तर (UPS) के माध्यम से मापा जाता है जो कि एक वर्ष की संदर्भ-अवधि के दौरान किसी व्यक्ति के स्तर को दर्शाती है। अत:, यदि कोई व्यक्ति सर्वेक्षण के पहले के 365 दिनों की दीर्घ अवधि में कार्य कर रहा हो या कार्य की तलाश कर रहा हो तो उस व्यक्ति का वर्गीकरण श्रम कार्यबल के अंतर्गत किया जाता है। इस पैमाने के अंतर्गत, ऐसे सभी लोगों को श्रम कार्यबल से बाहर माना जाता है जो 6 महीने से कम की कुल अवधि के लिए बेरोजगार या रोजगार-प्राप्त हैं। सामान्य स्तर बेरोजगारी दर एक व्यक्ति-सापेक्ष दर है तथा गंभीर बेरोजगारी दर्शाती है क्योंकि वे सभी लोग जिन्हें संदर्भ-अवधि के दौरान "सामान्यत:" बेरोजगार पाया जाता है उनकी गिनती बेरोजगार के रूप में की जाती है।

### 3.14.2 वर्तमान साप्ताहिक स्तर

यह पिछले सात दिनों की संदर्भ-अवधि के दौरान किसी व्यक्ति की कार्य-स्थिति सुनिश्चित करती है। यदि इस अवधि के दौरान रोजगार की तलाश करने वाला व्यक्ति किसी एक दिन में एक घंटे के लिए भी कार्य नहीं पा सका हो तो उसे बेरोजगार मान लिया जाता है। यदि कोई व्यक्ति संदर्भ-अवधि के दौरान एक या एक से अधिक दिन एक या एक से अधिक घंटे कार्य कर चुका हो तो उसे रोजगार-प्राप्त व्यक्ति का दर्जा दे दिया जाता है। सामान्य स्तर बेरोजगारी दर की तरह वर्तमान साप्ताहिक स्तर बेरोजगारी दर भी व्यक्ति-सापेक्ष दर है।

### 3.14.3 वर्तमान दैनिक स्तर

इसके अंतर्गत प्रत्येक दिन के लिए व्यक्ति के कार्य की स्थिति देखी जाती है। कोई व्यक्ति जो चार घंटे से कम मगर एक घंटे के लिए कार्य करता है, माना जाता है कि उसने आधे कार्यदिवस के लिए कार्य किया। यदि दिन भर के दौरान उसने चार घंटे या उससे ज्यादा काम किया हो तो माना जाता है कि उसे उस पूरे दिन का रोजगार मिला। वर्तमान दैनिक स्थिति एक समय-आधारित दर है।

बेरोजगारी संबंधी इन सभी अवधारणाओं में वर्तमान दैनिक स्तर अवधारणा बेरोजगारी का सबसे उपयुक्त पैमाना पेश करती है। राज कृष्ण ने कहा है: "दैनिक स्तर प्रवाह दर स्पष्ट रूप से सबसे ज्यादा समावेशी धारणा है जिसमें मुक्त एवं आंशिक दोनों ही प्रकार की बेरोजगारियों को शामिल किया गया है। अत: नीति-निर्माण के लिए यह सबसे प्रासंगिक दर है।"[18]

## 3.15 भारत में बेरोजगारी की प्रकृति और अनुमान

विकासशील देशों में बेरोजगारी खुले और छिपे दोनों ही रूपों में दिखती है। अन्य सभी विकासशील देशों की तरह वर्तमान समय में भारत मुख्य रूप से संरचनात्मक बेरोजगारी से ग्रस्त है जो कि खुले और छुपे दोनों ही रूपों में दिखाई पड़ती है। 1961-2001 की अवधि में, इस देश की जनसंख्या में 2.15 प्रतिशत प्रतिवर्ष की दर से खतरनाक ढंग से वृद्धि हुई और इसी के साथ नौकरी की तलाश में श्रम बाजार में आने वाले लोगों की संख्या में भी बेतहाशा वृद्धि हुई जबकि सुस्त आर्थिक विकास के कारण रोजगार के अवसरों में तदनुसार वृद्धि नहीं हो सकी। अत: "एक योजना अवधि से दूसरी अवधि के बीच बेरोजगारी की मात्रा में बढ़ोत्तरी" हुई।[19] इसकी खास प्रकृति के कारण, इस बेरोजगारी को तभी खत्म किया जा सकता है जबकि अर्थतंत्र की संरचना में कुछ आमूलचूल परिवर्तन किए जाएं।

### 3.15.1 ग्रामीण बेरोजगारी

भारत की करीब 70 प्रतिशत आबादी गांवों में रहती है। उनकी आजीविका का एकमात्र सबसे बड़ा स्रोत है कृषि। लेकिन कृषि अनेक समस्याओं की शिकार है जैसे वर्षा पर निर्भरता, आर्थिक बाधाएं, घिसी-पिटी तकनीकें, इत्यादि। ग्रामीण बेरोजगारी निम्नांकित तीन किस्मों की हो सकती है:

1. *खुली बेरोजगारी:* कृषि सेक्टर में भारी संख्या में भूमिहीन मजदूर हैं जिन्हें खुलेआम काम की तलाश है। खुली बेरोजगारी या गंभीर किस्म की बेरोजगारी एक ऐसी स्थिति है जिसमें बड़ी संख्या में श्रमिक रोजगार के ऐसे अवसर से वंचित हैं जिनसे उन्हें नियमित आय प्राप्त हो सके।

2. *सामयिक बेरोजगारी:* कुल मिलाकर यह खुली बेरोजगारी और अल्प-बेरोजगारी है। उदाहरण के लिए, कृषि, आइसक्रीम फैक्ट्री, वूलेन फैक्ट्री इत्यादि व्यवसाय अपनी खास प्रकृति के कारण मौसमी या सामयिक किस्म के व्यवसाय हैं। ऑफ-सीज़न में कोई काम नहीं होता। इसका परिणाम होता है सामयिक बेरोजगारी। भारत में, हमारे पास ज्यादातर असिंचित भूमि है जो साल में केवल एक फसल देती हैं। हमारे किसान साल में 3 से 8 महीने बेरोजगार बने रहते हैं।

3. *प्रच्छन्न (छिपी हुई) बेरोजगारी:* इसका मतलब है ऐसी बेरोजगारी जिसे हर कोई खुले तौर पर नहीं देख सकता। इसका जन्म जमीन पर जनसंख्या के दबाव के कारण होता है। भारत में, भूमि पर जनसंख्या का दबाव अत्यधिक है। परिणामस्वरूप, प्रति व्यक्ति उत्पादकता में गिरावट आती है। प्रच्छन्न बेरोजगारी एक ऐसी स्थिति है जिसमें श्रमिक ऊपर से तो रोजगार-प्राप्त दिखते हैं मगर उनकी सीमांत उत्पादकता शून्य या नकारात्मक होती है। नर्क्से (Nurkse) के अनुसार, ''अविकसित देश इस अर्थ में व्यापक पैमाने पर प्रच्छन्न बेरोजगारी के शिकार हैं कि कृषि की परिवर्तित तकनीक के बावजूद, कृषि-कार्य में लगे जनसंख्या के एक बड़े हिस्से को कृषि उत्पाद कम किए बिना ही काम से हटाया जा सकता है।''

### 3.15.2 शहरी बेरोजगारी

शहरी बेरोजगारी मुख्य रूप से ग्रामीण बेरोजगारी का ही रूप है। कृषि की पूंजीवादी प्रणाली के सूत्रपात के कारण कृषक समाज में बढ़ती हुई दरिद्रता के मद्देनजर तथा भूमि पर जनसंख्या के बढ़ते हुए दबाव के कारण, गाँवों से शहरों की ओर जनसंख्या का व्यापक रूप से पलायन हो रहा है। ग्रामीण से शहरी क्षेत्र की ओर हो रहा यह पलायन घोर गरीबी के 'दबाव' तथा अवसरों की कमी का द्योतक है। इस प्रकार की बेरोजगारी न केवल व्यक्तिगत स्तर पर दुखदायक है बल्कि यह सामाजिक तनाव का भी कारण है जिससे अक्सर पूरा सामाजिक ताना-बाना ही छिन्न-भिन्न होता दिखता है। बेरोजगारी की इस समस्या और इससे जुड़े हुए खतरों के बावजूद, सरकार ने इस ओर पर्याप्त ध्यान नहीं दिया है। राष्ट्रीय नमूना सर्वेक्षण संगठन की राय में, शहरी क्षेत्र की बेरोजगारी में हाल के दशक में श्रमिक कार्यबल के अनुपात में करीब 10 प्रतिशत का उतार-चढ़ाव देखने को मिला है।

शहरी बेरोजगारी का वर्गीकरण निम्नांकित रूप से किया गया है:

(i) औद्योगिक बेरोजगारी; (ii) शिक्षित बेरोजगारी; (iii) तकनीकी बेरोजगारी; (iv) घर्षणात्मक बेरोजगारी; (v) आकस्मिक बेरोजगारी; (vi) संरचनात्मक बेरोजगारी; (vii) चक्रीय बेरोजगारी; (viii) चिरकालिक बेरोजगारी।

भारत की शहरी बेरोजगारी की एक विशेषता यह है कि अशिक्षित लोगों की तुलना में शिक्षित लोगों में बेरोजगारी की दर कहीं ज्यादा है। व्यावहारिक शिक्षा की जगह सैद्धांतिक शिक्षा पर ज्यादा जोर देने वाली दोषपूर्ण शिक्षा-व्यवस्था, नौकरी की तलाश करने वालों में अनेक प्रकार के कार्यों के लिए सही अभिरुचि एवं तकनीकी योग्यताओं की कमी तथा शिक्षित कर्मियों की मांग और आपूर्ति के बीच मेल न होना शिक्षित बेरोजगारी के कुछ जाने-पहचाने कारण हैं। ब्लॉग, लायर्ड एवं वूडहॉल (Blaug, Layard and Woodhall) के अनुसार, शिक्षित बेरोजगारी अपने आप में शिक्षा के क्षेत्र में अति निवेश का प्रमाण नहीं है। चूंकि इसका जन्म बाजार संबंधी खामियों से

होता है। अत: "समुचित उपचार के अंतर्गत 'सक्रिय मानव कार्यबल नीति' को शामिल करना होगा जिसकी रचना श्रम बाजारों की कार्यक्षमता को बेहतर बनाने के लिए होनी चाहिए, न कि उच्चतर माध्यमिक या उच्चतर शिक्षा को"।[20]

### 3.15.3 बेरोजगारी के अनुमान (1972-73 से 1993-94)

वर्ष 1972-73, 1977-78, 1983, 1987-88 एवं 1993-94 के लिए राष्ट्रीय नमूना सर्वेक्षण संगठन द्वारा अनेक दौर में किए गए सर्वेक्षणों से सामान्य स्थिति, वर्तमान साप्ताहिक स्थिति और वर्तमान दैनिक स्थिति इन तीनों ही वैकल्पिक अवधारणाओं पर आधारित बेरोजगारी दरें प्राप्त हो चुकी हैं जिन्हें तालिका 3.10 में दर्शाया गया है।

**तालिका 3.10: लिंग, आवास एवं स्तर (प्रतिशत) द्वारा बेरोजगारी की दरें**

| | वर्ष | पुरुष | | | स्त्री | | |
|---|---|---|---|---|---|---|---|
| | | UPSS | CWS | CDS | UPSS | CWS | CDS |
| ग्रामीण | 1972-73 | 1.2 | 3.0 | 6.8 | 0.5 | 5.5 | 11.2 |
| | 1977-78 | 1.3 | 3.6 | 7.1 | 2.0 | 4.1 | 9.2 |
| | 1983 | 1.4 | 3.7 | 7.5 | 0.7 | 4.3 | 9.0 |
| | 1987-88 | 1.8 | 4.2 | 4.6 | 2.4 | 4.4 | 6.7 |
| | 1993-94 | 1.4 | 3.1 | 5.6 | 0.9 | 2.9 | 5.6 |
| शहरी | | | | | | | |
| | 1972-73 | 4.8 | 6.0 | 8.0 | 9.0 | 9.2 | 13.7 |
| | 1977-78 | 5.4 | 7.1 | 9.4 | 12.4 | 10.9 | 14.5 |
| | 1983 | 5.1 | 6.7 | 9.2 | 4.9 | 7.5 | 11.0 |
| | 1987-88 | 5.2 | 6.6 | 8.8 | 6.2 | 9.2 | 12.0 |
| | 1993-94 | 4.1 | 5.2 | 6.7 | 6.1 | 7.9 | 10.4 |

नोट

UPSS = सामान्य प्रमुख एवं गौण स्तर

CWS = वर्तमान साप्ताहिक स्तर

CDS = वर्तमान दैनिक स्तर

*स्रोत*: पुनरीक्षित रिपोर्ट सं. 406 (NSS के 50वें राउंड के प्रमुख परिणाम) और रोजगार एवं बेरोजगारी के बारे में NSSO सर्वेक्षणों के क्रमिक राउंडों के मुख्य परिणाम।

योजना आयोग के मुताबिक, पूर्णकालिक नव रोजगार के अवसरों की तलाश में जुटे लोगों की संख्या अप्रैल 1992 में करीब 23 मिलियन थी।[21]

### 3.15.4 सुधार लागू होने के बाद की अवधि में बेरोजगारी

जैसाकि तालिका 3.11 से स्पष्ट है, अखिल भारतीय स्तर पर वर्तमान दैनिक स्तर बेरोजगारी से यह पता चलता है कि आर्थिक सुधार के दौर में बेरोजगारी की स्थिति और बदतर हो गई। यह बदतर स्थिति चारों जनसंख्या क्षेत्रों में देखने को मिली, जैसे— ग्रामीण पुरुष, ग्रामीण महिलाएं,

शहरी पुरुष एवं शहरी महिलाएं। 1993-94 और 2004-05 में ग्रामीण महिलाओं के लिए वर्तमान दैनिक स्थिति बेरोजगारी दर की वृद्धि सबसे तेज थी। 1993-94 में 56 प्रति हजार के मुकाबले 2004-05 में 87 प्रति हजार। दूसरी सबसे बड़ी बढ़ोत्तरी ग्रामीण पुरुषों के संदर्भ में थी। उनके मामलों में, बेरोजगारी दर 1993-94 के 56 प्रति हजार के मुकाबले बढ़कर 2004-05 में 80 प्रति हजार हो गई।

ग्यारहवीं पंचवर्षीय योजना में आर्थिक सुधार अवधि में रोजगार के मोर्चे पर निम्नांकित कमजोरियां संकेतित की गई हैं[22]:

1. रोजगार की दर 1993-94 के 6.1 प्रतिशत से बढ़कर 1993-94 में 7.3 प्रतिशत और फिर 2004-05 में 8.3 प्रतिशत हो गई।
2. कृषि श्रमिक परिवारों में बेरोजगारी 1993-94 के 9.5 प्रतिशत से बढ़कर 2004-05 में 15.3 प्रतिशत हो गई।
3. लगता है कि अर्द्ध-बेरोजगारी बढ़ रही है, जैसाकि 1994 से 2000 और फिर 2000 से 2005 की अवधि में वृद्धिमान रोजगार अवसरों के सृजन के सामान्य स्तर एवं वर्तमान दैनिक स्तर पैमानों के बीच बढ़ती हुई खाई से पता चलता है। इस दौरान सामान्य स्तर बेरोजगारी दर 1993-94 में 2.18 थी जबकि वर्तमान दैनिक स्तर बेरोजगारी दर 6.38 थी। 1999-2000 में ये दरें क्रमशः 2.48 एवं 7.58 थीं। वर्ष 2004-05 में जहां सामान्य स्तर बेरोजगारी दर बढ़कर 2.60 हो गई वहीं वर्तमान दैनिक स्तर बेरोजगारी दर बढ़कर 8.54 हो गई।

**तालिका 3.11: वर्ष 1993-94 और 2004-05 के लिए बेरोजगारी दरें (प्रति 1000)**

| NSSO चक्र | ग्रामीण पुरुष | | | ग्रामीण महिलाएं | | |
|---|---|---|---|---|---|---|
| | US | CWS | CDS | US | CWS | CDS |
| 1993-94 (50वां चक्र) | 20 | 30 | 56 | 14 | 30 | 56 |
| 1999-2000 (55वां चक्र) | 21 | 39 | 72 | 15 | 37 | 70 |
| 2004-05 (61वां चक्र) | 21 | 38 | 80 | 31 | 42 | 87 |
| NSSO चक्र | US | ग्रामीण पुरुष | | ग्रामीण महिलाएं | | |
| | | CWS | CDS | US | CWS | CDS |
| 1993-94 (50वां चक्र) | 45 | 52 | 67 | 83 | 84 | 105 |
| 1999-2000 (55वां चक्र) | 48 | 56 | 73 | 71 | 73 | 94 |
| 2004-05 (61वां चक्र) | 44 | 52 | 75 | 91 | 90 | 116 |

US: सामान्य स्थिति, CWS: वर्तमान साप्ताहिक स्तर, CDS: वर्तमान दैनिक स्तर

*स्रोत*: वर्ष 2004-05 में NSSO द्वारा रोजगार तथा बेरोजगारी के बारे में किया गया 61वें चक्र का सर्वेक्षण।

### 3.15.4 अंतर्राज्यीय अंतर

विभिन्न राज्यों में बेरोजगारी दरों में व्यापक अंतर पाए जाते हैं। सामान्य स्थिति के संदर्भ में,

बेरोजगारी दर में मध्य प्रदेश में 1.51 प्रतिशत से लेकर केरल में 17.07 प्रतिशत तक की भिन्नता पाई जाती है। अन्य प्रमुख राज्य जहां संपूर्ण भारत के औसत 3.77 प्रतिशत से ज्यादा बेरोजगारी पाई जाती है वे हैं: पश्चिम बंगाल (5.26 प्रतिशत), तमिलनाडु (6.06 प्रतिशत), ओड़िसा (4.6 प्रतिशत), पंजाब (4.06 प्रतिशत), एवं आंध्र प्रदेश (3.90 प्रतिशत)। बिहार, उत्तर प्रदेश, मध्य प्रदेश, एवं राजस्थान जैसे गरीब एवं कम शिक्षित राज्यों में खुली बेरोजगारी की दरें अपेक्षाकृत कम है। मोटे तौर पर कहें तो बेरोजगारी की उच्च दरें ऐसे राज्यों में पाई गई हैं जहां:

(i) फसल उत्पादकों के मुकाबले कृषि मजदूरों का अनुपात ज्यादा है;
(ii) शहरीकरण की दर काफी ज्यादा है लेकिन उसके अनुरूप औद्योगिक विकास नहीं किया गया है;
(iii) कृषि भूमि पर दबाव बहुत ज्यादा है;
(iv) महिलाओं के बीच श्रमिक कार्यबल में शामिल होने की दर ज्यादा है;
(v) श्रम कार्यबल के अंतर्गत स्वरोजगार-प्राप्त घरों की प्रतिशत हिस्सेदारी बहुत कम;
(vi) हाई स्कूल एवं विश्वविद्यालय शिक्षा ज्यादा व्यापक है।

स्पष्ट है कि विकास का स्तर और उसकी गति बेरोजगारी की दर पर प्रभाव डालने वाले एकमात्र कारक नहीं हैं। अर्थव्यवस्था और समाज की संरचना तथा विकास का चरित्र—इन सबका कहीं ज्यादा शक्तिशाली प्रभाव महसूस किया जा सकता है।

## 3.16 बेरोजगारी के प्रतिकूल प्रभाव

बेरोजगारी एक अभिशाप है। इसके कई हानिकारक प्रभाव हैं, जैसे:

1. गरीबी बढ़ना: बेरोजगारी एवं गरीबी परस्पर संबंधित समस्याएं हैं। अपनी आवश्यकताओं की पूर्ति के लिए बेरोजगार व्यक्ति दूसरों पर आश्रित हुआ करता है। इस प्रकार बेरोजगारी हमें गरीबी की ओर ले जाती है।

2. बेरोजगारी से हताशा बढ़ती है: बेरोजगारी एक अभिशाप और एक संकट है। कोई व्यक्ति शारीरिक रूप से कार्य करने में सक्षम हो किंतु उसे काम न मिले तो इससे उस बेरोजगार व्यक्ति के मन में यह भावना बढ़ती है कि उसका कोई मोल और महत्त्व नहीं है और यह भावना हताशा की ओर ले जाती है। बेरोजगारी के कारण उस व्यक्ति के परिवार को भुखमरी से जूझना पड़ता है।

3. मानव संसाधन का नुकसान: बेरोजगारी की स्थिति में, सक्षम और कार्य करने को इच्छुक लोगों को काम ही नहीं मिलता। इससे मानव श्रमशक्ति की क्षति होती है तथा बहुमूल्य मानव संसाधन बेकार में नष्ट हो जाता है।

4. सामाजिक अस्थिरता: बेरोजगारी सामाजिक शांति पर भी प्रतिकूल प्रभाव डालती है। बेरोजगारी के कारण चोरी, डकैती, धोखेबाजी, निराशा इत्यादि की स्थिति आती है। बेरोजगारी के कारण अर्थव्यवस्था के अंतर्गत अपराध की घटनाएं बढ़ जाती हैं।

## 3.17 बेरोजगारी की समस्या के समाधान के उपाय

बेरोजगारी की समस्या के निराकरण के लिए कोई एक समाधान बताना संभव नहीं है। इस समस्या

के विभिन्न पहलुओं के निराकरण के लिए विभिन्न उपायों को आजमाने की जरूरत है। सबसे पहले तो जनसंख्या की वृद्धि-दर पर नियंत्रण पाना आवश्यक है ताकि श्रम बाजार में और अधिक लोगों के प्रवेश को कम किया जा सके। लोगों को व्यावसायिक प्रशिक्षण देने के लिए भी प्रयास किए जाने चाहिए जिससे कुशलताओं के विकास तथा श्रमिकों की गुणवत्ता में सुधार लाने में मदद मिलेगी। अपनी आजीविका के लिए शिक्षित लोगों को स्व-रोजगार चलाने में सक्षम होना चाहिए। रोजगार के विस्तार के लिए कुछ अन्य वैकल्पिक उपाय हैं मूल्य-आधारित कृषि व्यवसायों का विकास जैसे मत्स्य-पालन, जंतु-पालन, बागवानी, अक्वाकल्चर, इत्यादि।

ग्रामीण एवं लघु उद्योगों को भी प्रोत्साहित किए जाने की जरूरत है। उनमें ज्यादा पूंजी भी नहीं लगती। इस तरह, ग्रामीण एवं लघु उद्योग-धंधों के विकास से ग्रामीण एवं शहरी दोनों ही क्षेत्रों में बेरोजगारी की समस्या के निराकरण में मदद मिलेगी। भारत में वर्तमान उद्योगों का विकास तथा बड़ी संख्या में नए उद्योगों का विस्तार किया जाना चाहिए। श्रम-आधारित एवं पूंजी-संकेंद्रित टेक्नोलॉजी के मिश्रित प्रयोग से रोजगार के अवसर बढ़ाए जा सकते हैं।

## 3.18 बेरोजगारी हटाने के लिए सरकारी नीति

हालांकि बेरोजगारी हटाना भारत के आर्थिक नियोजन का एक घोषित लक्ष्य रहा है मगर छठी पंचवर्षीय योजना तक किसी दीर्घकालिक रोजगार नीति का उल्लेख तक नहीं मिलता जिससे कि स्पष्ट तरीके से बेरोजगारी की समस्या के निराकरण के लिए जोरदार उपाय किया जा सके। बहुत दिनों तक यह मान लिया गया कि आर्थिक विकास के फलस्वरूप बेरोजगारी की समस्या अपने आप दूर हो जाएगी। पहले से कतार में खड़े बेरोजगारों तथा नौकरी की तलाश में श्रम बाजार में शामिल होने वाले अतिरिक्त व्यक्तियों को समाहित करने की दृष्टि से दो दशकों से भी ज्यादा समय तक, कुटीर एवं कृषि-आधारित उद्योगों पर निर्भर रहा गया मगर बेरोजगारी के निराकरण के लिए यह नीति नाकाफी साबित हुई और परिणामस्वरूप 1969 में बेरोजगारों की संख्या बढ़कर करीब 22 मिलियन हो गई।

इन तथ्यों के मद्देनजर, छठी पंचवर्षीय योजना के अंतर्गत रोजगार नीति का लक्ष्य रखा गया: "दो प्रमुख उद्देश्यों को पूरा करना—बहुसंख्यक श्रमिकों के लिए अर्द्धबेरोजगारी की स्थिति में कमी लाना तथा दीर्घकालिक बेरोजगारी में कटौती करना।"[23] स्पष्ट है कि इन समस्याओं के स्थायी समाधान के लिए रोजगार-उन्मुखी तीव्र आर्थिक विकास की सख्त आवश्यकता थी। अत: इस दिशा में किए गए प्रयासों के साथ कुछ ऐसे अल्पकालिक उपाय भी किए जाने थे जिनसे तात्कालिक राहत मिल सके।

रोजगार संबंधी कुछ प्रमुख कार्यक्रम जो अपनाए गए वे थे समेकित ग्रामीण विकास कार्यक्रम (IRDP), राष्ट्रीय ग्रामीण रोजगार कार्यक्रम (NREP), स्व-रोजगार हेतु ग्रामीण युवाओं के लिए राष्ट्रीय प्रशिक्षण योजना (TRYSEM), ऑपरेशन फ्लड 2 डेयरी प्रोजेक्ट तथा अन्य डेयरी विकास योजनाएं व मत्स्य पालन विकास एजेंसियां। योजना आयोग ने बेरोजगारी की समस्या के प्रति स्थूल तरीकों को आजमाने की सीमाओं को स्वीकार किया। छठी योजना में कहा गया कि "यह आवश्यक है कि इस जटिल एवं चुनौतीपूर्ण समस्या के निराकरण के लिए कई छोटे-छोटे खंडों में उपाय किए जाएं।" इस उद्देश्य के लिए, छठी योजना के अंतर्गत देश के सभी जिलों में समुचित कर्मचारियों

सहित जिला मानव श्रमशक्ति नियोजन एवं रोजगार सृजन परिषद (District Manpower Planning and Employment Generation Council) संगठित करने का प्रस्ताव रखा गया।

1970 और 1980 के दशकों के उत्तरार्द्ध में इस तथ्य को मान लिया गया कि भारतीय स्थितियों के मद्देनजर, रोजगार के वांछित अवसरों के सृजन के लिए विकास के सर्वभेदक प्रभाव पर्याप्त नहीं हैं। खास लक्षित समूहों/क्षेत्रों के लिए रोजगार के पूरक अवसरों की आवश्यकता महसूस की गई तथा जैसाकि पांचवीं और छठी योजनाओं में कहा गया था, इनके लिए प्रयास भी किए गए। सातवीं योजना में उपरोक्त योजनाओं के बुनियादी उपायों को जारी रखते हुए कहा गया कि "हमारे सामने जो दायित्व है वह है निवेश और उत्पाद की एक उपयुक्त संरचना, उचित किस्म की टेक्नोलॉजी तथा मिश्रित प्रकार के तकनीकी एवं संस्थात्मक सहयोग की पद्धति को अपनाना जिनसे उत्पादक रोजगार को और आगे बढ़ाने में मदद मिल सके।"[24] मगर इसमें यह भी जोर देकर कहा गया कि तकनीकी नवीकरण एवं आधुनिकीकरण के कारण श्रम का विस्थापन नहीं होना चाहिए। सातवीं पंचवर्षीय योजना के अंतर्गत, अतिरिक्त स्व-रोजगार के लिए उपयुक्त स्थितियों के सृजन पर विशेष ध्यान दिया गया। अत:, अलग-अलग सेक्टरों के लिए बनाए गए प्रोग्रामों के अलावा, गरीबी उन्मूलन प्रोग्राम के पैकेज का लक्ष्य व्यापक स्तर पर समुदाय के गरीब लोगों के लिए स्व-रोजगार एवं मजदूरी के अवसर उत्पन्न करना था। इस दृष्टिकोण से, राष्ट्रीय ग्रामीण रोजगार योजना (NREP), ग्रामीण भूमिहीन रोजगार गारंटी योजना (RLEGP), तथा समेकित ग्रामीण विकास योजना (IRDP) खासतौर पर महत्त्वपूर्ण थे। 1989 में, पहले दो कार्यक्रमों को जवाहर रोजगार योजना में मिला दिया गया।

### 3.18.1 सुधार के बाद वाले काल में रोजगार संबंधी कार्यनीति

भारत में हालांकि उच्च आर्थिक विकास दर की जरूरत है लेकिन बेरोजगारी की समस्या के निराकरण के लिए पर्याप्त सकारात्मक स्थिति का अभाव है। भारत में, जहां रोजगार की लोचपूर्णता बहुत ही कम है, 8-9 प्रतिशत की वार्षिक विकास दर से बेरोजगारी की समस्या का आंशिक समाधान ही संभव हो सकेगा। अत: भारत में केवल आर्थिक विकास से बेरोजगारी की समस्या को सुलझाना संभव नहीं है और आर्थिक विकास को अत्यधिक प्राथमिकता देने वाली सरकारी नीति से बेरोजगारी और बढ़ेगी न कि घटेगी। अत: आठवीं पंचवर्षीय योजना में स्पष्ट कहा गया कि "विकास की रोजगारमुखी क्षमता ऐसे सेक्टरों और उप-सेक्टरों के पक्ष में सेक्टोरल संघटन के परिणामों का पुन:सामंजस्य करके बढ़ाई जा सकती है जिनमें रोजगार की उच्चतर लोचपूर्णता पाई जाती हो"।[25]

आठवीं पंचवर्षीय योजना के अंतर्गत, विशेष रोजगार कार्यक्रमों को पूरक रोजगार उपलब्ध कराने वाले केवल अंतरिम उपाय के रूप में देखा गया था। आठवीं योजना में कहा गया था: "मुख्य जोर होना चाहिए आने वाले वर्षों में रोजगार विकास की दर को तेज करने पर ताकि आगामी वर्षों में विशेष कार्यक्रमों की जरूरत में कमी आए और इस दशक के अंत तक वह अत्यंत ही कम होकर रह जाए। वस्तुत:, व्यापक पैमाने पर ऐसे कार्यक्रमों की सतत आवश्यकता उस रोजगार-उन्मुखी विकास योजना की विफलता दर्शाएगी जिसे आठवीं योजना के मुख्य आधार के रूप में संकल्पित किया गया है।[26]

परंतु दसवीं योजना में रोजगार के सृजन के लिए कोई कार्य-योजना नहीं थी। इस योजना में यह गलत आशा निहित थी कि योजना अवधि में सकल घरेलू उत्पाद (GDP) में लक्षित 8.0 प्रतिशत की वार्षिक वृद्धि से जादू हो जाएगा। ग्यारहवीं पंचवर्षीय योजना में ऐसी रोजगार कार्य-योजना की वकालत की गई जो रोजगार में तीव्र विकास सुनिश्चित कर सके तथा रोजगार में गुणात्मक सुधार भी ला सके। योजना में यह दलील पेश की गई कि "एक ओर जहां निकट भविष्य में स्व-रोजगार एक प्रमुख रोजगार योजना बनी रहेगी वहीं दूसरी ओर वर्ष 2004-05 में यह कुल रोजगार का केवल 58 प्रतिशत भाग था। अतः कुल रोजगार में नियमित कर्मियों की हिस्सेदारी बढ़ाने की जरूरत है। नीति का फोकस इस बात पर होना चाहिए कि आकस्मिक रोजगार (जो कि वर्तमान समय में ज्यादा से ज्यादा 23 प्रतिशत है) की हिस्सेदारी में समरूप कमी लाते हुए नियमित रोजगार में ठोस रूप से वृद्धि की जाए।"[27]

ज्यादातर पर्यवेक्षक इस बात पर सहमत हैं कि भारत में आर्थिक सुधार के बाद वाले काल में नौकरीविहीन विकास का दृश्य उपस्थित हुआ है। अर्थव्यवस्था के सबसे बड़े क्षेत्र—कृषि—का विकास अत्यल्प दर से हुआ है। इस संदर्भ में सरकार की प्रतिक्रिया केवल गरीबी उन्मूलन कार्यक्रमों के माध्यम से ग्रामीण आय में वृद्धि करने तक सीमित रही है, परंतु भ्रष्टाचार के कारण इन कार्यक्रमों को संचालित किए जाने का काम संतोषप्रद नहीं रहा है। ग्रामीण क्षेत्रों के नौकरी-विहीन लोग 'अनौपचारिक सेक्टर' में प्रवेश कर रहे हैं। इसमें 92 प्रतिशत श्रमशक्ति समाहित है और इसकी विशेषता है नियमित वेतन के बिना असुरक्षित नौकरियां। इस श्रेणी में भारी पैमाने पर स्व-रोजगार प्राप्त लोग और दैनिक कर्मी समाहित हैं। ये श्रमिक बड़े शहरों की ओर भी पलायन करते हैं और अंत में उन्हें निरीह स्थितियों में झुग्गी-झोपड़ियों में रहना पड़ता है। जहां तक संगठित सेक्टर की बात है, हाल के दिनों में इसमें भारी पैमाने पर कटौती देखने को मिली है। विश्वव्यापी आर्थिक मंदी का असर भारतीय अर्थतंत्र पर भी पड़ने लगा है जिसके परिणामस्वरूप संगठित क्षेत्रों में नौकरियों के अवसर कम होने लगे हैं। निजी क्षेत्र के कुछ उद्योगपतियों ने तो इस खस्ता हालत का लाभ भी उठाना शुरू कर दिया है और अपने कामगारों की छंटनी करने लगे हैं। यही हाल सार्वजनिक क्षेत्र का है। सच्चाई तो यह है कि आर्थिक मंदी भारत का स्पर्श कर सके इसके पहले ही वर्ष 2007-08 में केंद्र सरकार की कंपनियों ने 44000 रोजगारों को कम कर दिया।[28]

## 3.19 राष्ट्रीय ग्रामीण रोजगार गारंटी अधिनियम (NREGA)

राष्ट्रीय ग्रामीण रोजगार गारंटी अधिनियम सितंबर 2005 में बनाया गया और 2 फरवरी 2006 से इसे क्रमिक रूप से लागू किया गया। प्रथम चरण में, इसे देश के अत्यधिक पिछड़े 200 जिलों में लागू किया गया। दूसरे चरण के दौरान, 2007-08 में, इसे 130 अतिरिक्त जिलों में लागू किया गया। आरंभिक लक्ष्य के रूप में, नरेगा को पांच वर्षों के अंदर पूरे देश में विस्तारित किया जाना था। किंतु पूरे देश को इसके सुरक्षात्मक दायरे में लाने और भारी मांग को देखते हुए, चरण 3 के अंतर्गत, 1 अप्रैल 2008 से इस योजना को भारत के बाकी 274 जिलों में भी लागू कर दिया गया। इस तरह, अब यह राष्ट्रीय ग्रामीण रोजगार गारंटी अधिनियम (नरेगा) देश के समस्त ग्रामीण

क्षेत्र को आच्छादित करता है। 2 अक्टूबर 2009 को इसका नाम बदलकर महात्मा गांधी राष्ट्रीय ग्रामीण रोजगार गारंटी अधिनियम रख दिया गया।

### 3.19.1 राष्ट्रीय ग्रामीण रोजगार गारंटी अधिनियम की विशेषताएं

नरेगा के अंतर्गत एक वित्तीय वर्ष के दौरान ऐसे सभी ग्रामीण परिवारों को जिनके वयस्क सदस्य अकुशल श्रम करने को तैयार हों कम से कम 100 दिनों की गारंटी मजदूरी देने का प्रयास किया जाता है। इस रूप में नरेगा अन्य श्रमिक रोजगार कार्यक्रमों से अलग किस्म का है क्योंकि इसके द्वारा ग्रामीण लोगों को एक संसदीय अधिनियम के जरिये रोजगार पाने का वैधानिक अधिकार और गारंटी प्राप्त है। यह अन्य श्रम रोजगार योजनाओं जैसी नहीं है। अपने अधिकार-आधारित ढांचे तथा मांग-आधारित तरीके द्वारा नरेगा पिछली सभी रोजगार योजनाओं की तुलना में एक भिन्न परिवर्तन का अग्रदूत है। इस योजना की विशेषताओं में शामिल हैं: समयबद्ध रोजगार गारंटी और 15 दिनों के अंदर मजदूरी का भुगतान, तथा मजदूर-संकेंद्रित कार्य पर जोर जिसमें कॉन्ट्रैक्टरों और मशीनरी के प्रयोग का निषेध किया गया है। योजना की कम से कम 33 प्रतिशत हितग्राही महिलाएं होंगी। नरेगा के तहत मजदूरी का भुगतान बैंक एवं डाकघर खाते के माध्यम से किया जाना जरूरी है। योजना से गरीबों के आर्थिक समावेश में मदद मिलने की आशा है।

नरेगा का मुख्य ध्यान जल संरक्षण, सूखा निवारण (वन संवर्द्धन/वृक्षरोपण सहित), भूमि विकास, बाढ़ नियंत्रण/सुरक्षा (जल-जमाव वाले क्षेत्रों में नालियों के विकास सहित) तथा सभी मौसमों में गांवों को सड़क से जोड़ने इत्यादि से संबंधित कार्यों पर है। भविष्य की योजनाएं बनाने, प्रोजेक्ट शेल्फ के अनुमोदन तथा लागत के कम से कम 50 प्रतिशत तक के अनुपात में कार्यों को लागू किए जाने के माध्यम से नरेगा के नियोजन, कार्यान्वयन और उनकी निगरानी की दृष्टि से पंचायतों की एक अहम भूमिका है। इससे यह पता चलता है कि यह अधिनियम विकेंद्रीकरण को मजबूत बनाने तथा निम्नतम स्तर पर लोकतांत्रिक संरचना को दृढ़ करने के लिए भी एक महत्त्वपूर्ण साधन है।

## 3.20 खामियां

योजना के कार्यान्वयन में व्यापक अनियमितताएं व्याप्त हैं तथा घूस और रिश्वत का खूब बोलबाला है। उदाहरण के लिए, नरेगा के बारे में एक सीएजी (Comptroller and Auditor General) रिपोर्ट में कहा गया है कि बिहार में 7 कार्यों के सिलसिले में जाली मजदूरों को 8. 99 लाख रु. का भुगतान किया गया क्योंकि समान या अन्य मस्टर रॉलों में और एक ही अवधि के दौरान एक ही मजदूर का नाम दो या तीन बार दर्ज पाया गया। प्रक्रियागत खामियों का एक और प्रमुख कारण है नरेगा के लिए समर्पित प्रशासनिक एवं तकनीकी स्टाफ की कमी।

के.एस. गोपाल ने इस ओर संकेत किया है कि इस योजना के अंदर निर्मित तमाम परिसंपत्तियां 'बर्बादी तथा कुल मिलाकर अनुत्पादक' हैं। नरेगा के बारे में एक राष्ट्रीय परामर्श के दौरान बोलते हुए उन्होंने कहा कि ''सरकार को लगता है कि कार्य स्वयं में ही एक असेट्स बन जाता है और इसलिए तालाब और गड्ढे खोदे जा रहे हैं, झाड़ उगाए जा रहे हैं, मगर काम खत्म होते ही प्रोजेक्ट

बंद हो जाता है।" उन्होंने यह सही ही कहा है कि कार्य को तब असेट्स कहा जा सकता है जबकि वह उत्पादक उपयोग वाला हो, जबकि नरेगा के ज्यादातर कार्य अंत में अनुत्पादक साबित होते हैं। तालाब रिसने लगते हैं, झाड़ जानवर चर जाते हैं और प्रोजेक्ट बंद हो जाता है।[29]

नरेगा की ज्यादातर आलोचनाएं कार्यान्वियन की प्रभावहीनता से संबंधित हैं। नरेगा में कई स्तरों पर ग्रामीण आर्थिक तथा सामाजिक रिश्तों को रूपांतरित करने की क्षमता निहित है। सी.पी. चंद्रशेखर एवं जयति घोष के अनुसार, भारतीय राज्य द्वारा लोगों के साथ पारंपरिक रूप से जो रवैया अख्तियार किया गया उसे इस प्रोग्राम ने उलटकर रख दिया। इस कार्यक्रम के तहत, राज्य, स्थानीय कुलीन संप्रभु जनों तथा स्थानीय श्रमिकों के बीच की अभिक्रिया के तरीके में संपूर्ण परिवर्तन की संकल्पना की गई है। अतः पिछली सरकारी रोजगार योजनाओं की तुलना में नरेगा अपनी संकल्पना में सर्वथा नए किस्म की है क्योंकि इसमें रोजगार को एक अधिकार के रूप में देखा गया है और इस कार्यक्रम को मांग पर आधारित रखा गया है।[30] लोक व्यय का यह समावेशपूर्ण तरीका सामाजिक और कल्याणपरक नजरिये से न केवल वांछित है बल्कि आर्थिक आधार पर भी न्यायसंगत। अतः, नरेगा केवल समानता के सिद्धांत से कहीं आगे बढ़कर है तथा मंदी और गिरावट से उबारने में एक कारगर स्थूल-आर्थिक हथियार है।[31]

## संदर्भ एवं टिप्पणी

1. यह सूचकांक वाशिंगटन स्थित अंतर्राष्ट्रीय खाद्य नीति शोध संस्थान द्वारा तैयार किया गया है जिसमें तीन संकेतकों का प्रयोग किया गया है—(i) कम कैलोरी ग्रहण करने वाले लोगों का अनुपात, (ii) बच्चों का कुपोषण, एवं (iii) बाल मृत्यु-दर।
2. आर. राधाकृष्णन, *इंडियाज पब्लिक डिस्ट्रिब्यूशन सिस्टम: ए नेशनल एंड इंटरनेशनल पर्स्पेक्टिव।*
3. योजना आयोग, *नवीं पंचवर्षीय योजना* (1997-2002), खंड 1, पृ. 9
4. एन.जे. कुरियन, "वाइडनिंग रीजनल डिस्पैरिटीज इन इंडिया", *इकोनॉमिक एंड पॉलिटिकल वीकली*, फरवरी 12-18, 2000
5. भारत सरकार, योजना आयोग, *नेशनल ह्यूमन डेवलपमेंट रिपोर्ट* (राष्ट्रीय मानव विकास रिपोर्ट), 2001, नई दिल्ली, मार्च 2002, पृ. 4
6. *छठी पंचवर्षीय योजना*, 1980-85, पृ. 87
7. *ड्राफ्ट पंचवर्षीय योजना* (1978-83), पुनरीक्षित, पृ. 195
8. महेश चंद एवं वी.के. पुरी, *रीजनल प्लानिंग इन इंडिया*, दिल्ली, 1983, पृ. 89-90
9. *टाइम्स ऑफ इंडिया*, नई दिल्ली, दिसंबर 1, 2010
10. ए. वैद्यनाथन, *पोवर्टी एंड डेवलपमेंट पॉलिसी* (गरीबी एवं विकास नीति)।
11. OECD देश अपनी गरीबी रेखा को प्रतिदिन 30 डॉलर परिभाषित करते हैं। संयुक्त राष्ट्र संघ में 2008 के दौरान, एक व्यक्ति की गरीबी रेखा सीमा 29 डॉलर प्रतिदिन (40,000 रु. प्रतिमाह) मानी गई थी।

12. योजना आयोग 2008 के रिपोर्ट में 2004-05 तथा 2005-06 के बीच गरीबी उन्मूलन के आकलन से संकेतित होता है कि इस वित्तीय वर्ष के दौरान गरीबी के अनुपात में 1.6 प्रतिशत से लेकर 25.9 प्रतिशत तक की गिरावट आई। 1994 और 2005 के बीच औसत वार्षिक गिरावट थी 0.8 प्रतिशत।
13. भारत सरकार, *इकोनॉमिक सर्वे 2007-08* (नई दिल्ली, 2008), तालिका 10.4, पृ. 243
14. सामान्य संपदा संसाधन सामूहिक रूप से समुदाय के स्वामित्व में होता है जिस तक पहुंच का अधिकार समुदाय के सभी सदस्यों को होता है। इनमें शामिल हैं ग्राम पंचायत चरागाह, गांव के जंगल, काष्ठभूमि, तालाब और जलाशय, पेयजल के लिए सामुदायिक कुएं, वनभूमि, नहरें, सिंचाई प्रणालियां, नदियां, जलप्रपात एवं भूजल बेसिन।
15. संदीप बागची, ''पोवर्टी एलेविएशन प्रोग्राम्स इन सेवेन्थ प्लान: ऐन एप्रेजल'', *इकोनॉमिक एंड पॉलिटिकल वीकली*, जनवरी 24, 1987, पृ. 140
16. जी. पार्थसारथी, ''रीओरिएंटेशन ऑफ रूरल डेवलपमेंट प्रोग्राम्स: अ नोट ऑन सम बेसिक इश्यूज'', *इकोनॉमिक एंड पॉलिटिकल वीकली*, 30 नवंबर 1985, पृ. 25-28
17. अचिन विनायक एवं राजीव भार्गव (सं.) *अंडरस्टैंडिंग कंटेम्परारी इंडिया: क्रिटिकल पर्सपेक्टिव्स*, (ओरिएंट ब्लैकस्वान, दिल्ली, 2010), पृ. 171 में एन. सुकुमार, ''स्टेट इंस्टिच्यूशंस एंड पोवर्टी: ए केस स्टडी ऑफ चित्तौड़।''
18. राज कृष्ण, ''दि ग्रोथ ऑफ ऍग्रीगेट अनइंप्लॉयमेंट इन इंडिया: ट्रेंड्स, सोर्सेज एंड माइक्रोइकोनॉमिक पॉलिसी ऑप्शंस'', *वर्ल्ड बैंक स्टाफ वर्किंग पेपर्स*, सं. 638 (वाशिंगटन डी.सी. 1984), पृ. 4
19. भारत सरकार, योजना आयोग, *आठवीं पंचवर्षीय योजना* (1992-1997), खंड 1 (नई दिल्ली, 1992), पृ. 116
20. एम. ब्लॉग, पी. आर. जी. लेयार्ड तथा एम वुडहॉल, *दि कॉलेज ऑफ ग्रैज्युएट अनइम्प्लॉयमेंट इन इंडिया*, लंदन, 1969, पृ. 234-5
21. *आठवीं पंचवर्षीय योजना*, 1992-97, खंड 1, पृ. 120
22. भारत सरकार, योजना आयोग, *ग्यारहवीं पंचवर्षीय योजना*, 2007-12 (दिल्ली, 2008), खंड 1,पृ. 63
23. भारत सरकार, योजना आयोग, *छठी पंचवर्षीय योजना*, 1980-85 (दिल्ली - 1981), पृ. 207
24. भारत सरकार, योजना आयोग, *सातवीं पंचवर्षीय योजना*, 1985-90 (दिल्ली, 1985), खंड 2, पृ. 112
25. *आठवीं पंचवर्षीय योजना*, 1992-97, खंड 1, पृ. 120
26. उपरोक्त, पृ. 126
27. *ग्यारहवीं पंचवर्षीय योजना*, op.cit, पृ. 79
28. *बिज़नेस स्टैंडर्ड*, 4 मार्च 2009, पृ. 2
29. *हिन्दुस्तान टाइम्स*, नई दिल्ली, 8 मई 2008, पृ. 14
30. सी.पी. चंद्रशेखर एवं जयति घोष, ''सोशल इन्क्लूजन इन द एनआरईजीएस'', *बिज़नेस लाइन*, 27 जनवरी 2009
31. *उपरोक्त*

# वर्तमान आर्थिक नीति व आर्थिक सुधार

*सुप्रीति मिश्रा*

आर्थिक नीतियों में वे सभी उपाय और तरीकें शामिल हैं जिनके जरिए सरकार विभिन्न आर्थिक गतिविधियों को प्रभावित, निर्देशित या नियंत्रित करती है। इसलिए आर्थिक नीति अपने संपूर्ण अर्थ में, नीति निर्धारकों और योजनाकारों द्वारा निर्धारित किए गए दिशा-निर्देश हैं। सरकार के पास ऐसी नीतियां और उपाय होते हैं जिन्हें लागू करके उद्योग, व्यापार, कृषि और आधारभूत ढांचे आदि क्षेत्र को इच्छित दिशा दी जाती है। इन संबद्ध नीतियों को औद्योगिक नीति, व्यापार नीति, कृषि नीति आदि का नाम दिया जाता है। ये सभी नीतियां एक साथ मिलकर सरकार की आर्थिक नीति (Economic Policy) का निर्माण करती हैं।

## 4.1 आर्थिक सुधारों से पहले की नीतियां

1990 के दशक की शुरुआत से पहले भारत में विकास की प्रक्रिया में सार्वजनिक क्षेत्र का बोल बाला था। सरकार यह सुनिश्चित करती थी कि अर्थव्यवस्था के सभी क्षेत्र पंचवर्षीय योजनाओं के लक्ष्यों और कार्यक्रमों के अनुसार कड़ाई से चले। इसके लिए निजी उद्योगों और विदेशी व्यापार पर बहुत से नियंत्रण जैसे—परमिट, लाइसेंस और कोटा आदि लागू किए जाते थे। सार्वजनिक क्षेत्र का महत्त्व बनाए रखने के लिए सरकार अपना कार्य क्षेत्र लगातार बढ़ाती थी और सरकारी गतिविधियों में लगातार पूंजी का निवेश करती थी। लेकिन इन नीतियों के इच्छित परिणाम सामने नहीं आ सके। इनसे न तो तेज आर्थिक विकास दर प्राप्त की जा सकी और न ही पूरा रोजगार सुनिश्चित हो सका। इन नीतियों से गरीबी उन्मूलन और अन्य आर्थिक समस्याओं के संतोषजनक समाधान नहीं निकल सके। सार्वजनिक क्षेत्र अक्षम साबित होने लगा और सरकार को भारी घाटे का सामना करना पड़ा। विदेशी व्यापार पर प्रतिबंधों का असर यह हुआ कि भुगतान संतुलन घाटे की ओर बढ़ने लगा। विदेशी पूंजी का प्रवाह बेहद धीमा हो गया। इन घटनाक्रमों ने ऐसी स्थिति पैदा कर दी जिससे लागत बढ़ गई, सक्षमता कम हो गई और अर्थव्यवस्था की विकास दर मंदी पड़ गई।

---

असिस्टेंट प्रोफेसर, अर्थशास्त्र विभाग, श्यामलाल कॉलेज, दिल्ली विश्वविद्यालय।

## 4.2 आर्थिक सुधारों की जरूरत

आर्थिक सुधारों की आवश्यकता विभिन्न कारणों से महसूस की गई। इनमें से कुछ का उल्लेख नीचे किया गया है।

### 4.2.1 बढ़ता राजकोषीय घाटा

गैर-योजना व्यय में लगातार बढ़ोतरी होने से राजकोषीय घाटा लगातार बढ़ता जा रहा था। राजकोषीय घाटे से तात्पर्य है कि सरकार की कुल प्राप्तियां और कुल व्यय में अंतर। इसमें सरकार को प्राप्त ऋण शामिल नहीं होते। यह सरकार की कुछ उधारी के बराबर होता है। सन् 1981-82, में राजकोषीय घाटा सकल घरेलू उत्पाद (जीडीपी) का 5.4 प्रतिशत था। वर्ष 1990-91 में यह बढ़कर जीडीपी का 8.4 प्रतिशत हो गया। इस राजकोषीय घाटे को पूरा करने के लिए सरकार को उधार लेना पड़ता और फिर उस पर ब्याज चुकाया जाता। इस प्रकार लगातार बढ़ते राजकोषीय घाटे के अनुपात में सार्वजनिक ऋण और ब्याज का भुगतान बढ़ता जाता था। वर्ष 1980-81 में सार्वजनिक ऋण पर ब्याज का भुगतान कुल सरकारी व्यय का 10 प्रतिशत था। वर्ष 1991 तक ब्याज का भुगतान कुल सरकारी व्यय का 36.41 प्रतिशत तक बढ़ गया। सरकार के संबंध में यह गंभीर आशंकाएं व्यक्त की जाने लगी कि यह ऋण चक्र में फंसने जा रही है। अंतर्राष्ट्रीय वित्त संस्थानों जैसे विश्व बैंक और अंतर्राष्ट्रीय मुद्रा कोष ने राजकोषीय प्रबंधन के प्रति गंभीर चिताएं जाहिर कीं। सरकार के लिए यह जरूरी हो गया कि गैर योजना व्यय घटाया जाए और वित्तीय प्रबंधन कड़ा किया जाए।

### 4.2.2 भुगतान संतुलन का संकट

भारत को अपने आयात का भुगतान करने के लिए भारी मात्रा में विदेशी मुद्रा की आवश्यकता थी। विदेशी मुद्रा वस्तुओं और सेवाओं का निर्यात कर अर्जित की जाती है। जब विदेशी मुद्रा की प्राप्तियां भुगतान के लिए कम होती हैं, तो इस समस्या को "भुगतान संतुलन का संकट" कहते हैं। हालांकि सरकार निर्यात संवंधन कार्यक्रम के तहत निर्यातकों को अनेक रियायत और सुविध ाएं प्रदान करती थी लेकिन निर्यात इच्छित मात्रा तक नहीं पहुंचता था। हमारा निर्यात इसलिए नहीं बढ़ पा रहा था क्योंकि अंतर्राष्ट्रीय बाजार में हमारी वस्तुएं मूल्य और गुणवत्ता के संदर्भ में टिक नहीं पा रही थीं। इसके लिए संरक्षणवादी नीति जिम्मेदार थी। संरक्षणवाद के कारण हमारे उत्पाद अंतर्राष्ट्रीय प्रतिस्पर्धा में नहीं आ पा रहे थे। इसलिए उद्योग अपने उत्पाद को नए रूप रंग देने का प्रयास नहीं करते थे और न ही गुणवत्ता पर ध्यान देते थे। इसलिए निर्यात की रफ्तार धीमी रही जबकि आयात में तेज गति से वृद्धि हुई। इसका नतीजा यह हुआ कि व्यापार घाटा जबरदस्त ढंग से बढ़ गया। भुगतान संतुलन में घाटा वर्ष 1980-81 से लगातार बढ़ रहा था। उदाहरण के लिए वर्ष 1980-81 में चालू खाते में भुगतान संतुलन का घाटा 2214 करोड़ रुपए का था जोकि वर्ष 1990-91 तक बढ़कर 17367 करोड़ रुपए का हो गया। इस घाटे को पूरा करने के लिए भारी मात्रा में विदेशी ऋण लेना पड़ा। वर्ष 1980-81 में विदेशी ऋण सकल घरेलू उत्पाद का 12 प्रतिशत था। वर्ष 1990-91 में यह जीडीपी का 23 प्रतिशत हो गया। इस कारण से ऋण वापसी की किस्तें और इसके ब्याज में तीखी वृद्धि देखी गई। वर्ष 1980-81 में विदेशी

ऋण की किस्त और इसके ब्याज के रूप में चुकाई गई राशि, निर्यात से अर्जित की गई पूंजी का 15 प्रतिशत थी जोकि वर्ष 1990-91 में बढ़कर 30 प्रतिशत हो गई। इन सबसे भुगतान संतुलन की स्थिति और बिगड़ गई।

### 4.2.3 विदेशी मुद्रा भंडार में गिरावट

वर्ष 1990-91 में विदेशी मुद्रा भंडार इतना गिर गया कि यह 10 दिन के आयात का भुगतान करने के लिए भी पर्याप्त नहीं था। विदेशी मुद्रा भंडार 1986-87 में 8151 करोड़ रुपए का था जोकि 1989-1990 में 6252 करोड़ रुपए का रह गया। स्थिति इतनी नाजुक हो गई कि सरकार को विदेशी ऋण की किस्त और अन्य संबंधित भुगतान के लिए देश का स्वर्ण आरक्षित भंडार गिरवी रखना पड़ा। इसके बाद सरकार को मर्यादित अर्थव्यवस्था से ठीक उलटा रास्ता उदारीकरण अपनाना पड़ा। देश की अर्थव्यवस्था का सुझाव अंतर्राष्ट्रीय वित्त संस्थान भी दे रहे थे। वर्ष 1990-91 में इराक युद्ध के कारण कच्चे तेल के दाम चढ़ने शुरू हो गए। खाड़ी देशों को निर्यात करने से भारत भारी मात्रा में विदेशी मुद्रा अर्जित करता था। इराक युद्ध के कारण यह सब बंद हो गया। खाड़ी संकट से देश का विदेशी मुद्रा भंडार भी प्रभावित हुआ और यह नाजुक स्थिति तक घट गया।

### 4.2.4 कीमतों में इजाफा

वर्ष 1991 से पहले लगातार तीन वर्षों तक मानसून अच्छा रहने के बावजूद खाद्यान्न की कीमतों में वृद्धि हुई। इससे आर्थिक संकट को बढ़ावा मिला जो आर्थिक मंदी और औद्योगिक उत्पादन की स्थिरता के कारण चल रहा था। पूंजी की आपूर्ति अधिक होने के कारण मुद्रास्फीति बढ़ रही थी। वर्ष 1990-91 में मुद्रास्फीति की वार्षिक दर 10.3 प्रतिशत दर्ज की गई। उपभोक्ता मूल्य सूचकांक (CPI) के संदर्भ में मुद्रास्फीति की दर 11.2 प्रतिशत वार्षिक रही जोकि चिंता का विषय थी। सरकार को वित्तीय घाटे को पूरा करने के लिए भारतीय रिजर्व बैंक से उधारी लेनी पड़ी।

### 4.2.5 सार्वजनिक क्षेत्र का लचर प्रदर्शन

भारत में वर्ष 1951 में सार्वजनिक क्षेत्र के मात्र पांच औद्योगिक संस्थान थे। वर्ष 2001 तक इनकी संख्या बढ़कर 232 हो गई। सार्वजनिक क्षेत्र को आर्थिक विकास का केंद्र मानकर इनमें अरबों रुपयों का निवेश किया गया। शुरू में सार्वजनिक क्षेत्र के संस्थानों ने बेहतर परिणाम दिए लेकिन धीरे-धीरे ये एक संपदा के स्थान पर जिम्मेदारी बनते गए। इससे सरकार को आर्थिक सुधार लागू करने के लिए बाध्य होना पड़ा। इन सब तथ्यों के संदर्भ में यह अवश्यंभावी हो गया कि सरकार नई आर्थिक नीति स्वीकार करे या आर्थिक सुधार शुरू करे। दयनीय स्थिति पर काबू पाने के लिए भारत को सात अरब डालर का ऋण दिया गया। लेकिन यह आर्थिक सुधारों की शर्तों के साथ जुड़ा हुआ था। अंतर्राष्ट्रीय मुद्रा कोष और विश्व बैंक का यह दबाव या पूर्व शर्त थी कि भारत सरकार को उदारीकरण के पक्ष में नियंत्रण और कोटा संबंधी नीतियां वापस लेनी चाहिए। निजीकरण और वैश्वीकरण के पक्ष में निर्णय लेने चाहिए। ये ही बाद में नई आर्थिक नीति के मुख्य सिद्धांत के रूप में उभरकर सामने आए।

### 4.2.6 अंतर्राष्ट्रीय दबाव

घरेलू आर्थिक संकट के सामने आने से सरकार के सामने इसके अलावा कोई विकल्प नहीं बचा कि अंतर्राष्ट्रीय वित्तीय संस्थानों की शरण ले ली जाए।

## 4.3 नई आर्थिक नीति के तत्त्व

नई आर्थिक नीति के दो प्रमुख तत्त्व हैं:-

### 4.3.1 अर्थव्यवस्था के स्थिरीकरण के उपाय

उच्च मुद्रास्फीति और भुगतान संकट के घाटे जैसी समस्याओं से बचने के लिए अर्थव्यवस्था स्थिरीकरण उपायों में अल्पकालिक और मध्यावधि तक चलने वाले तरीके अपनाए गए। ये समस्याएं गलत या गैर-अनुपातिक मौद्रिक और राजकोषीय नीतियों के कारण पैदा होती हैं। इनसे निपटने के लिए नीतियों और उपायों में उचित बदलाव किए जाते हैं। इनमें मौद्रिक विस्तार पर संयम, सरकारी व्यय में कटौती और विनिमय दर में उचित सामंजस्य किया जाता है। मुद्रास्फीति और भुगतान संतुलन जैसी समस्याओं से निपटने के लिए भी यही उपाय अपनाए जाते हैं। इस प्रकार अर्थव्यवस्था स्थिरीकरण नीतियों में केवल अल्पकालिक उपाय शामिल होते हैं जिनसे अल्प और मध्यावधि की समस्याओं का समाधान किया जाता है।

### 4.3.2 संरचनात्मक सुधार नीतियां

अर्थव्यवस्था में संरचनात्मक सुधार नीतियां वे होती हैं जो दीर्घावधि के लिए होती हैं। इनका उद्देश्य आर्थिक विकास के रास्ते में आने वाली बाधाओं और अड़चनों को हटाना है। इन नीतियों से अर्थव्यवस्था को उच्च स्तर पर ले जाने का प्रयास किया जाता है और प्रशासनिक और अन्य स्तरों पर तमाम बाधाओं को दूर किया जाता है। इस प्रकार अर्थव्यवस्था को सुचारू और सतत विकास की ओर अग्रसर किया जाता है। इन नीतियों में ऐसे दीर्घकालिक उपाय शामिल होते हैं जिनसे उत्पादन क्षमता में वृद्धि होती है। मौजूदा उत्पादन क्षमता का पूरा इस्तेमाल किया जाता है। उत्पादकता बढ़ाई जाती है। व्यापार में आ रही बाधाओं को दूर किया जाता है और कुशलता बढ़ाने के लिए प्रतिस्पर्धा को बढ़ावा दिया जाता है। इन नीतियों में उत्पादन लागत घटने और अंतर्राष्ट्रीय स्तर पर देश की अर्थव्यवस्था को सुदृढ़ और प्रतिस्पर्धी बनाया जाता है। संरचनात्मक सुधारों के पीछे यह दृष्टिकोण काम करता है कि लाइसेंस, परमिट और अन्य नियंत्रणों के रूप में सभी बाधाओं को हटाया जाए। प्रशासनिक निर्णय प्रक्रिया में सुधार हो और नौकरशाही का हस्तक्षेप कम से कम हो। निर्णय लेने की प्रक्रिया को पारदर्शी बनाया जाए और शीघ्र फैसले किए जाएं।

## 4.4 आर्थिक सुधारों की मुख्य विशेषताएं

आर्थिक सुधार या नई आर्थिक नीति में निम्न तत्त्व शामिल हैं:

### 4.4.1 उदारीकरण

इसका तात्पर्य यह है कि सरकार अर्थव्यवस्था के सभी अंगों जैसे उद्योग, व्यापार आदि की ओर उदार नीति अपनाएगी। उदार नीतियों का अर्थ है कि आर्थिक इकाई स्थापित करने, उनकी कार्यप्रणाली और विस्तार से संबंधित नियमों और कानूनों को आसान बनाया जाए या इन पर लगाए गए नियंत्रण और नियमन कम किए जाएं या इन्हें हटाया जाए। ऐसा माहौल तैयार किया जाए जिसमें उद्यमी स्वतंत्र रूप से अपनी कारोबारी गतिविधियां चला सकें। वे किसी भी तरह के नियंत्रण, परमिट या अन्य नियामकों से मुक्त हों और अपने निर्णय स्वतंत्र रूप से ले सकें।

### 4.4.2 निजीकरण

निजीकरण से तात्पर्य है कि आर्थिक गतिविधियों में निजी क्षेत्र को व्यापक भूमिका दी जाए। निजीकरण के अनुसार निजी उद्यमियों पर से उन नियंत्रणों और शर्तों को हटाया जाए जो उनके विकास के रास्ते में बाधा बनते हैं। उनको उद्योग व्यापार और अन्य आर्थिक गतिविधियों में व्यापक भूमिका निभाने दी जाए। ऐसा तभी संभव हो सकता है जब निजी क्षेत्र को उन क्षेत्रों में भी अनुमति दी जाए जो सार्वजनिक क्षेत्र के लिए आरक्षित हैं। इसके साथ ही सार्वजनिक क्षेत्र के उपक्रमों का निजीकरण किया जाए। सार्वजनिक उपक्रमों को निजी क्षेत्र को दिया जाए या उनकी हिस्सेदारी लोगों को दी जाए।

### 4.4.3 भूमंडलीकरण

भूमंडलीकरण से तात्पर्य घरेलू अर्थव्यवस्था का शेष विश्व की अर्थव्यवस्था के साथ एकीकरण है। इससे शेष विश्व में हो रहे घटनाक्रम का घरेलू अर्थव्यवस्था पर असर पड़ता है। इसी तरह घरेलू अर्थव्यवस्था अपनी गतिविधियों से शेष विश्व की अर्थव्यवस्था को प्रभावित करती है। दूसरे शब्दों में, यह घरेलू अर्थव्यवस्था का पृथक्करण समाप्त होना है। यह विदेशी वस्तुओं और पूंजी के लिए घरेलू बाजार खोलने से होता है। विदेशी पूंजी और व्यापार से सभी प्रतिबंध हटा दिए जाते हैं। इससे घरेलू उत्पादों के लिए विदेशी बाजारों में पहुंच मिलती है। गुणवत्ता मुक्त उत्पादों का उत्पादन होता है जिससे अंतर्राष्ट्रीय प्रतिस्पर्धा में टिकने में मदद मिलती है। सरल अर्थों में, भूमंडलीकरण का अर्थ वस्तुओं, सेवाओं और पूंजी का विभिन्न देशों के बीच मुक्त और निर्बाध आवागमन है जिससे पूरा विश्व एक वैश्विक गांव के रूप में बदल जाता है।

उदारीकरण, निजीकरण और भूमंडलीकरण की अवधारणा को भाषित करने के बाद आगे के पृष्ठों में इनके जरिए हुए परिवर्तनों पर विचार-विमर्श किया गया है।

## 4.5 उदारीकरण

नई आर्थिक नीति का उद्देश्य उद्योग और व्यापार पर से लाइसेंस, परमिट, कोटा और लालफीताशाही के कारण देरी आदि को हटाकर इस प्रक्रिया को उदार बनाना है। इसके जरिए अनावश्यक प्रतिबंध समाप्त किए जाते हैं जिससे कि उद्योग और व्यापार में तेजी से विकास हो सके। इस संबंध में औद्योगिक नीति में उचित बदलाव किए गए हैं। ये इस प्रकार हैं:

### 4.5.1 औद्योगिक अनियमन

पिछले चार दशकों के दौरान योजनागत आर्थिक विकास में उद्योग एवं व्यापार पर लाइसेंस, परमिट, नियंत्रण आदि के जरिए प्रतिबंध लगाए गए थे। नई आर्थिक नीति में इस प्रकार के सभी प्रतिबंध समाप्त किए गए और लाइसेंस, परमिट और कोटा राज से अर्थव्यवस्था को मुक्त किया गया। जुलाई 1991 की नई औद्योगिक नीति में उदारीकरण के उपाय किए गए। इसमें उद्योगों के लिए लाइसेंस व्यवस्था समाप्त कर दी गई। मात्र 18 उद्योगों को छोड़कर अन्य सभी उद्योगों की स्थापना, विस्तार या पुनरोद्धार करने के लिए लाइसेंस की आवश्यकता समाप्त कर दी गई। इसके बाद यह सूची छह उद्योगों तक सीमित कर दी गई जिन पर लाइसेसिंग व्यवस्था के प्रावधान लागू हैं। इस प्रकार उद्योगों को लाइसेंस की जरूरत से मुक्त कर दिया गया।

### 4.5.2 विदेशी पूंजी और प्रौद्योगिकी के प्रति उदार नीति

पिछली औद्योगिक नीति में विदेशी पूंजी का प्रवाह और प्रौद्योगिकी का आयात कड़े नियंत्रण में था। इससे घरेलू अर्थव्यवस्था में विदेशी पूंजी का प्रवाह मामूली था और संसाधनों तथा प्रौद्योगिकी के अभाव में औद्योगिक विकास प्रभावित होता था। जुलाई 1991 की औद्योगिक नीति में भारत में विदेशी पूंजी के प्रवाह को बढ़ाने और प्रौद्योगिकी को लाने के लिए अनेक रियायतें दी गई।

### 4.5.3 विदेशी निवेश की ऊपरी सीमा पर ढील

उद्योगों के पूंजी आधार में विदेशी पूंजी की हिस्सेदारी 40 प्रतिशत तक सीमित थी। जुलाई 1991 की नई औद्योगिक नीति में यह सीमा बढ़ा दी गई। कुछ उद्योगों में प्रत्यक्ष विदेशी निवेश (FDI) 74 प्रतिशत तक किया जा सकता है बल्कि खनन, बिजली उत्पादन, पारेषण, वितरण की परियोजनाओं, बंदरगाहों और गोदी आवि में एफडीआई शत-प्रतिशत हो सकता है।

### 4.5.4 विदेशी प्रौद्योगिकी समझौतों की स्वत: अनुमति

नई औद्योगिक नीति में उच्च प्राथमिकता वाले उद्योगों को विदेशी प्रौद्योगिकी समझौता करने की स्वत: अनुमति है। इससे पहले किसी विदेशी प्रौद्योगिकी को स्वदेश में लाने के लिए सरकार की अनुमति लेनी होती थी। इसका नतीजा यह होता था कि प्रौद्योगिकी के आयात में देरी होती थी और उद्योगों के आधुनिकीकरण की प्रक्रिया प्रभावित होती थी। फिलहाल भारतीय कंपनियां विदेशी प्रौद्योगिकी के आयात के लिए समझौता कर सकती हैं और इसके लिए स्वत: अनुमति प्राप्त हो जाती है।

## 4.6 निजीकरण

आर्थिक सुधारों का उद्देश्य देश के आर्थिक विकास में निजी क्षेत्र को व्यापक भूमिका देना है। भारत के योजनागत विकास में सार्वजनिक क्षेत्र को बड़ी भूमिका दी गई जबकि निजी क्षेत्र को सीमित किया गया। नई औद्योगिक नीति में विभिन्न प्रावधानों के जरिए इस स्थिति को पलटने का प्रयास किया गया। सार्वजनिक उपक्रमों के क्षेत्र को सीमित किया गया और निजी क्षेत्र को बढ़ावा दिया गया। ये उपाय निम्न हैं:

### 4.6.1 सार्वजनिक क्षेत्र की भूमिका में कटौती

आर्थिक विकास में केंद्रीय भूमिका निभाने वाले सार्वजनिक उपक्रमों के क्षेत्र में जबरदस्त कटौती की गई। वर्ष 1956 की औद्योगिक नीति में 17 औद्योगिक क्षेत्र सार्वजनिक उपक्रमों के लिए आरक्षित किए गए। इसके अलावा सार्वजनिक उपक्रम 12 अन्य औद्योगिक क्षेत्र में अपनी इकाई खोल सकते थे। वर्ष 1956 की औद्योगिक नीति की अनुसूची में उनका उल्लेख किया गया है। हालांकि जुलाई 1991 की औद्योगिकी नीति में सार्वजनिक उपक्रमों को आठ क्षेत्रों तक समेट दिया गया। बाकी सभी क्षेत्र निजी उपक्रमों के लिए खोल दिए गए। कुछ समय के बाद सार्वजनिक उपक्रमों के लिए मात्र चार क्षेत्र रक्षा उत्पादन, परमाणु ऊर्जा, रेल यातायात और परमाणु ऊर्जा में इस्तेमाल होने वाला खनिज क्षेत्र आरक्षित श्रेणी में रह गए।

### 4.6.2 सार्वजनिक उपक्रमों में विनिवेश

सार्वजनिक उपक्रमों के वित्तीय संसाधन बढ़ाने और उनकी क्षमता में सुधार करने के लिए सरकार अपनी हिस्सेदारी आम जनता, निजी वित्त एवं निवेश संस्थानों को बेचती है। इससे सार्वजनिक उपक्रमों के प्रबंधन में निजी भागीदारी बढ़ती है। सार्वजनिक उपक्रमों में सरकारी वित्तीय जिम्मेदारी घटाने का एकमात्र विकल्प विनिवेश है। इससे यह भी उम्मीद की जाती है कि निजी क्षेत्र की विशेषज्ञता हासिल होने से सार्वजनिक उपक्रमों की क्षमता में इजाफा होगा।

## 4.7 भूमंडलीकरण

भूमंडलीकरण का अर्थ अंतर्राष्ट्रीय अर्थव्यवस्था का घरेलू अर्थव्यवस्था के साथ एकीकरण है। इसका तात्पर्य है कि घरेलू अर्थव्यवस्था अंतर्राष्ट्रीय समुदाय से अलग-अलग नहीं रहेगी। उत्पादन, व्यापार, पूंजी, विनिमय दर आदि के संबंध में यह शेष विश्व की अर्थव्यवस्था से जुड़ी रहेगी। भूमंडलीकरण की अवधारणा से तात्पर्य यह है कि दुनिया में जहां कहीं कुछ भी सस्ता है उसे खरीदा जाए और देश में सस्ते उत्पाद निर्मित कर बेचे जाएं। इस व्यापार पर किसी भी तरह की बाधा, प्रतिबंध और अड़चनें नहीं लगाई जाएं। इस व्यवस्था के जरिए विदेशी पूंजी का आगमन निर्बाध होता है और विदेशी विनिमय दर का निर्धारण स्वतंत्र रूप से होता है। नई आर्थिक नीति में भूमंडलीकरण के लिए व्यापार नीति में सुधार किए गए। आयात लाइसेंस समाप्त किए गए। विनिमय दर का निर्धारण बाजार पर छोड़ दिया गया और रुपए को आंशिक रूप से परिवर्तनीय बनाया गया। इनमें से कुछ पर नीचे विचार किया गया है:

### 4.7.1 आयात लाइसेंस में ढील

हमारे देश में आयात हमेशा से लाइसेंस और कोटा के जरिए होता रहा था। मात्रात्मक रूप से इस पर प्रतिबंध लगाए जाते थे। आयात पर इस तरह का प्रतिबंध लगाने का उद्देश्य विदेशी मुद्रा बचाना और घरेलू उद्योगों को संरक्षण देना था। इसलिए आयातित वस्तु के विकल्प के रूप में घरेलू वस्तुओं के इस्तेमाल को बढ़ावा दिया जाता था। हालांकि इस तरह के प्रतिबंधों ने घरेलू उद्योगों को गैर प्रतिस्पर्धी बना दिया। क्योंकि इससे न तो घरेलू उद्योगों ने अपने उत्पादों में सुधार का प्रयास किया न लागत घटाने पर ध्यान दिया। भारतीय अर्थव्यवस्था उच्च लागत पर कम

गुणवत्ता वाले उत्पाद निर्मित करने वाली अर्थव्यवस्था बन गई। अंतर्राष्ट्रीय स्तर पर उन उत्पादों को अस्वीकार किया जाना लगा और हमारा निर्यात बुरी तरह से घट गया।

व्यापार नीति में प्रमुख सुधार करते हुए आयात पर से मात्रात्मक प्रतिबंध हटा दिए गए। कोटा व्यवस्था समाप्त कर दी गई और आयात लाइसेंस को उदार बनाया गया। नई व्यापार नीति के तहत ज्यादातर लाइसेंस नियम समाप्त कर दिए गए और अधिकतर आयात खुला सामान्य आयात सूची के अंतर्गत कर दिया गया। इसके तहत ज्यादातर वस्तुओं के आयात की अनुमति स्वत्: प्राप्त होती थी। हालांकि अभी भी कुछ वस्तुएं आयात करने के लिए अनुमति की जरूरत होती है लेकिन यह सूची बेहद छोटी है। कुछ वस्तुओं को छोड़कर अन्य सभी वस्तुओं का आयात प्रतिबंधों से मुक्त है।

### 4.7.2 तर्कपूर्ण शुल्क ढांचा

शुल्क ढांचे से तात्पर्य सीमा शुल्क लगाने के तरीके और संरचना से है। ये आयातित वस्तुओं पर लगाए जाते हैं। वर्षों के दौरान भारतीय शुल्क ढांचा बहुत जटिल हो गया और औसतन शुल्क अन्य देशों के मुकाबले बहुत अधिक हो गए। कर सुधार समिति (चल्लैया समिति) की सिफारिशों के बाद भारत सरकार ने 1991 में शुल्क घटाने की प्रक्रिया की शुरुआत की। प्रतिवर्ष ये शुल्क घटाए गए। शुल्कों को तर्कसंगत बनाते हुए इन्हें अन्य विकासशील देशों के शुल्कों के समान बनाने की कोशिश की गई। व्यापार नीति में इन सुधारों का मकसद विश्व बाजार में भारतीय उत्पादों को प्रतिस्पर्धी बनाना है। इसके लिए विदेशी व्यापार पर से नियंत्रण और प्रतिबंध हटाए गए। यह संभावना व्यक्त की गई कि घरेलू उत्पादक अपने उत्पादों में गुणात्मक सुधार करेंगे और घरेलू स्तर पर उत्पादित वस्तुओं की लागत में कमी आएगी। सस्ते कच्चे माल के आयात से उत्पादन लागत में कटौती होगी। उच्च गुणवत्ता तथा कम लागत वाले उत्पाद विश्व बाजार में प्रतिस्पर्धा कर सकेंगे और हमारे निर्यात में सुधार होगा।

### 4.7.3 विदेशी मुद्रा विनिमय प्रबंधन में सुधार

पहले सभी निर्यातक निर्यात से अर्जित विदेशी मुद्रा भारजीय रिजर्व बैंक के पास जमा कराते थे और एक निर्धारित विनिमय दर पर रुपए प्राप्त कर लेते थे। आयातक भी निर्धारित दर पर भारतीय रिजर्व बैंक से विदेश मुद्रा खरीदते थे। इसको विदेशी मुद्रा विनिमय नियंत्रण प्रणाली के नाम से जाना जाता था। इसके जरिए विभिन्न वस्तुओं का आयात करने वाले आयातकों के बीच विदेशी मुद्रा की राशनिंग की जाती थी। नई व्यवस्था के तहत रुपए के भाव विदेशी मुद्रा की मांग और आपूर्ति से तय किए जाते हैं। निर्यातकों को खुले बाजार में विदेशी मुद्रा बेचने की छूट है और आयातक इसे बाजार से खरीद लेते हैं। इसे रुपए की परिवर्तनीयता कहा जाता है। हालांकि रुपए की परिवर्तनीयता कुछ शर्तों के साथ जुड़ी हुई है। इस प्रकार भारत ने अभी तक रुपए की आंशिक परिवर्तनीयता को ही अपनाया है।

## 4.8 वित्तीय सुधार

भारत में वित्तीय सुधार करने से बचत दर और निवेश बढ़ाने में मदद मिली है। इससे सार्वजनिक

व्यय की उत्पादकता बढ़ाने में भी सहायता मिली है। शुरुआत में वित्तीय सुधारों को राजनीतिक अनुकूलता के साथ राजस्व संबंधी मुद्दों पर केंद्रित किया गया। इसके जरिए कर ढांचे को तर्कसंगत और तात्कालिक जरूरतों को पूरा किया गया।

पी.वी. नरसिम्हा राव और मनमोहन सिंह ने घाटे पर काबू पाने के प्रयास किए। वर्ष 1996 में यह फिर से वर्ष 1991 के सकल घरेलू उत्पाद के 10.5 प्रतिशत तक पहुंच गया था। सार्वजनिक रूप से संवेदनशील होने के कारण सुधारक अत्यधिक व्यय और अनावश्यक खर्च के चक्र को नहीं तोड़ पा रहे थे। केंद्र सरकार ने वर्ष 2005 में मूल्य वर्धित कर प्रणाली (वैट) शुरू की। ज्यादातर राज्य इसे स्वीकार कर चुके हैं। दिल्ली के वित्त सचिव के अनुसार दिल्ली के कुल कर संग्रहण में वैट की हिस्सेदारी 70 प्रतिशत है। लेकिन राष्ट्रीय स्तर पर इसे लागू करने को लेकर अभी बहुत सारे सवाल बाकी हैं। केंद्र और राज्य के बीच कर संग्रहण के वितरण और सार्वजनिक हितों के उत्तरदायित्व ने कुछ दुविधाएं पैदा की हैं। कुछ राज्य और स्थानीय स्वशासन संस्थाएं संसाधनों का इस्तेमाल करने और उद्देश्यों को पूरा करने में असफल रही हैं।

स्थानीय सरकारें वित्तीय समस्याओं से जूझती रहती है। कर चोरी जबरदस्त तरीके से होती है। कुछ कारोबारियों और नेताओं का अनुमान है कि महज 20 प्रतिशत ही वास्तविक कर संग्रहण हो पाता है। सरकार के लचर कामकाज से कर चोरी की समस्याएं बढ़ती हैं। इसलिए निर्णय लेने की प्रक्रिया, लक्षित व्यय और कर संग्रहण में सरकार के विभिन्न स्तरों के बीच जबरदस्त समन्वय की जरूरत है।

भारत की राजकोषीय नीति आर्थिक इतिहास और विकास को नियंत्रित करने की प्रक्रिया का अभिन्न हिस्सा है। वर्ष 1991 के भुगतान संतुलन के संकट के लिए भी यही जिम्मेदार है और भविष्य के बजटीय घाटे के बावजूद देश के आर्थिक विकास की जिम्मेदार भी यही है। भारत में जनसेवा सुविधाओं और आधारभूत ढांचे की कमी सर्वविदित है। इसके लिए कमजोर राजकोषीय नीति जिम्मेदार है और इसी कारण इस क्षेत्र में बेहद कम निवेश हुआ है। अपर्याप्त सार्वजनिक राजस्व और जन बचत की निम्न दर भारत के राजकोष के कम रहने के कारण हैं। वास्तव में समस्या की जड़ भारत के सार्वजनिक व्यय और प्रबंधन प्रणाली में है।

भारत के वित्तीय सुधार कर ढांचे को तर्कसंगत बनाकर राजस्व बढ़ाने पर केंद्रित हैं। इसके तहत निम्न सुधार किए गए हैं:

(i) व्यक्तिगत, कंपनी, उत्पाद और सीमा कर घटाना;

(ii) कर ढांचे का आधार बढ़ाना;

(iii) विकृति रोकने के लिए छूट और रियायत हटाना;

(iv) कमियां दूर करने के लिए कानून और प्रक्रिया को आसान बनाना और जरूरतों के अनुरूप कर भुगतान के लिए तकनीक अपनाना।

दुर्भाग्य से, वर्ष 2000-01 में कुल कर राजस्व जीडीपी का 8.8 प्रतिशत रह गया जबकि वर्ष 1990-91 में यह 9.7 प्रतिशत था। इसके अतिरिक्त भारत का चालू राजकोषीय घाटा तीन करोड़ 70 लाख डॉलर है जोकि विकासशील देशों में सर्वाधिक है। इसके अलावा सार्वजनिक ऋण जीडीपी के 60 प्रतिशत के आस-पास है।

कर प्रणाली में सुधार लाने के लिए भारत को ये कदम उठाने चाहिए—

(i) सेवाओं पर कर बढ़ाना और ई-कामर्स पर कर लागू करना;

(ii) तकनीक का इस्तेमाल कर प्रशासन का आधुनिकीकरण;

(iii) राज्य और स्थानीय स्तर पर राजस्व बढ़ाने के लिए कर संग्रहण एवं आवंटन प्रणाली का पुनर्गठन;

(iv) विकृति पैदा करने वाली कर छूटों की समाप्ति; और

(v) खर्च की ओर होने वाले आयात शुल्क को घटाना और सरकार द्वारा सब्सिडी घटाना। इसके अलावा राज्य और स्थानीय स्तर के सार्वजनिक संस्थानों में कर्मचारियों की संख्या कम की जानी चाहिए।

### 4.8.1 वित्तीय क्षेत्र में सुधार

वित्त क्षेत्र में सुधार के क्रम में पी.वी. नरसिम्हा राव ने वित्त प्रणाली के आधुनिकीकरण और नियमन मुक्त करने तथा ऋण लेने के संबंध में अनुसंधान करने और सिफारिश करने के लिए एक समिति का गठन किया था। यह समिति नरसिम्हा राव की उस रणनीति के अनुरूप थी जिसमें भारतीयता के अनुरूप सहमति हो और पूरी तरह से योजनागत हो। वर्ष 1990 से पहले सख्त नियमन के कारण भारतीय वित्त क्षेत्र में संसाधनों की उपलब्धता कम हो गई। सरकारी ऋण में भारी निवेश की जरूरत थी जबकि कुछ विशेष क्षेत्र में ऋण पूरी तरह से प्रतिबंधित था। बैंकों के राष्ट्रीयकरण से ज्यादातर वित्त संस्थानों के प्रबंधन में राजनीतिक ताकतें प्रभावी हो गई। राजनीतिक संवदेनशीलता के कारण निजीकरण और इन्हें प्रतिस्पर्धी बनाने के लिए सतर्कतापूर्वक प्रयास किए गए। इसका परिणाम यह हुआ कि इन्हें नियमन मुक्त करने की बजाय इनमें सीमित बदलाव किए गए। इन बदलावों का बैंकों के कार्यबल और प्रबंधन ढांचे पर कोई प्रभाव नहीं पड़ा और बैंकों में अतिरिक्त कर्मचारी तथा लचर प्रबंधन बना रहा। परिचालन व्यय घटाने के उद्देश्य से किए जा रहे सुधारों में मजदूर संघ अजेय शुत्र की भांति अड़े रहे।

भुगतान संतुलन के संकट ने वित्तीय सुधार करने के लिए मजबूर किया। इस क्षेत्र में व्यापक सुधार किए गए। व्यापक संभावनाओं वाले उद्योगों में पूंजी की पर्याप्त पहुंच बनाने के लिए भारत को वित्तीय क्षेत्र में सुधार करने होंगे। यह कैपिटल फंड कंपनियों को शामिल करके, कार्पोरेट ऋण बाजार का विस्तार करके और सार्वजनिक क्षेत्र के प्रबंधन का आधुनिकीकरण करके संभव किया जा सकता है। भारत ने पूंजी को अति सक्रिय बनाने के लिए वित्त सुधार लागू किए हैं। ये सुधार निम्न हैं:

(i) उदार ब्याज दरें;

(ii) वित्तीय लेन-देन के लिए भारी भरकम अनुमोदन प्रक्रिया की समाप्ति;

(iii) पूंजी संबंधी नियंत्रक को समाप्त करके पूंजी बाजार को उदार बनाया गया;

(iv) कंपनियों को आसानी से शेयर बेचने की अनुमति दी गई।

भारत की अर्थव्यवस्था को सहयोग जारी रखने के लिए निम्न कदम उठाने चाहिए:

(i) वित्त कंपनियां बढ़ाने की रणनीति बनाई जाए;

(ii) प्रतिभूतियों में निवेश की अनुमति दी जाए, जिससे कि पूंजी बाजार में विदेशी पूंजी से निर्भरता घटे और घरेलू बचत को बढ़ावा मिले;

(iii) पेंशन फंड को शेयर बाजार में निवेश की अनुमति दी जाए;
(iv) व्यापक सहयोग के लिए ऋण बाजार में सुधार किए जाएं;
(v) वाणिज्यिक और विदेशी बैंकों के बीच प्रतिस्पर्धा को बढ़ावा दिया जाए।

### 4.8.2 व्यापार क्षेत्र में सुधार

वर्ष 1991 से पहले की भारत की व्यापार नीति की प्रमुख विशेषता उच्च शुल्क और प्रतिबंधित आयात थे। विदेशी विनिर्मित उपभोक्ता वस्तु पूरी तरह से प्रतिबंधित थी। इसके अलावा भारी वस्तु, कच्चा माल, और घरेलू उत्पादों का विकल्प गौण वस्तु का आयात कड़े सरकारी नियंत्रण में ही हो सकता था। हालांकि कुछ कंपनियों का स्वामित्व विदेशी हो सकता था। निवेशकों को भारी परेशानी का सामना करना पड़ता था। लंबी लाइसेंसिंग प्रक्रिया, अनुमोदन के लिए कड़ा नियमन, और शेयर रखने की सीमा, जैसी जटिलताएं थीं। भारत को अपना विदेशी व्यापार बढ़ाने के लिए लंबा रास्ता तय करना पड़ा है। भारत का आयात-निर्यात वर्ष 2004 में 19 प्रतिशत और वर्ष 2005 में 30 प्रतिशत बढ़ गया। दोनों प्रमुख राजनीतिक दल-कांग्रेस और भारतीय जनता पार्टी विदेशी व्यापार बढ़ाने के लिए सहमत थीं। भारत ने घरेलू शुल्क घटाने के लिए विश्व व्यापार संगठन (WTO) का लाभ लिया है और भविष्य में भी यह लाभ उठाया जाना चाहिए।

गैर प्रतिस्पर्धी उद्योगों को अल्पावधि नुकसान से बचाने के लिए अस्थायी सब्सिडी जैसी रियायतें दी जा सकती हैं। पिछले दशक में निवेश में भारी वृद्धि हुई है और नागरिक उडड्यन और निर्माण उद्योग में विदेशी पूंजी की सीमा या तो समाप्त कर दी गई है या बढ़ा दी गई है।

विदेशी तकनीकी विशेषज्ञता के लाभ के बावजूद यह आशंका व्यक्त की जाती है कि विदेशी निवेश से बेरोजगारी बढ़ेगी और घरेलू उद्योगों विशेष रूप से असंगठित खुदरा क्षेत्र को खतरा पैदा होगा। कम्युनिस्ट पार्टी और अनेक मजदूर संगठन छोटे पैमाने के उद्योगों के मुख्य समर्थक हैं और उदार विदेशी निवेश के खिलाफ हैं। देश में शुल्कों और करों का स्तर विकासशील देशों में सर्वाधिक है। वर्ष 2003 में देश का व्यापार घाटा तकरीबन 17 अरब डॉलर का रहा था। भारत का निर्यात विश्व बाजार प्रतिस्पर्धी नहीं है। भारत ने अपनी अर्थव्यवस्था को खुली बनाने के लिए महत्त्वपूर्ण प्रगति की है। उद्योगों से विदेशी स्वामित्व नहीं होने की शर्त समाप्त कर दी है, जिससे विदेशी निवेश को बढ़ावा दिया जा सके। वर्ष 1991 में विदेशी निवेश जीडीपी का 0.5 प्रतिशत था जोकि 2000 में 4.1 प्रतिशत हो गया। हालांकि एशिया के अन्य उभरते बाजारों विशेषकर चीन के समक्ष यह बेहद कम है।

व्यापार एवं निवेश नीति में हाल में किए गए सुधार निम्न हैं:

- आयात लाइसेंस समाप्त किया गया और आयात शुल्क घटाए गए जोकि विश्व में सर्वाधिक थे।
- सेवा और प्रौद्योगिकी उद्योगों के व्यापार को आसान बनाया गया।
- अंतर्राष्ट्रीय बौद्धिक संपदा अधिकार संरक्षण में सुधार किया गया।
- बैंक, बीमा, दूरसंचार और विमानन सेवा समेत ज्यादातर उद्योगों में शत-प्रतिशत निजीकरण स्वीकार किया गया।

व्यापार एवं निवेश के माहौल में सुधार करने के लिए भारत को आयात पर से शुल्क और

प्रतिबंध घटाने चाहिए। निर्यात करने की प्रक्रिया सस्ती करनी चाहिए। आधारभूत ढांचे की परियोजनाओं की मांग को पूरा करने के लिए विदेशी निवेश आकर्षित करना चाहिए। आधारभूत ढांचे और शिक्षा में निवेश बढ़ाना चाहिए। हाल में ही हुए एक सर्वेक्षण में इन दोनों क्षेत्रों में निवेश की जरूरत बताई गई है। भारतीय आर्थिक हितों को बढ़ाने और विश्व व्यापार संतुलन की भावना के अनुरूप मुक्त व्यापार समझौते किए जाने चाहिए।

### 4.8.3 आधारभूत ढांचे में सुधार

वर्ष 1996 के बाद से आधारभूत ढांचे को विकसित करने के कई उपाय किए गए हैं। इनमें से कई सुधार 1990 के दशक के मध्य में भारतीय आधारभूत ढांचा रिपोर्ट की सिफारिशों के अनुरूप हैं। इसमें माना गया कि आधारभूत ढांचा क्षेत्र में निवेश बढ़ाया जाना चाहिए था। इसमें आधारभूत ढांचा क्षेत्र में निजी क्षेत्र को भी भागीदारी देने का सुझाव दिया गया। पहले इस क्षेत्र में निजी क्षेत्र प्रतिबंधित था। यह 1990 के दशक में चलाए गए एक विश्वव्यापी अभियान का हिस्सा था। इसके जरिए नए कानून बनाने और नियामक प्राधिकरणों के गठन सहित व्यापक सुधार किए गए। दूरसंचार क्षेत्र इस मामले की सफलतम कहानी है। क्षेत्र को नियमन मुक्त किया गया, निजी क्षेत्र को इसमें प्रवेश दिया गया और भारतीय दूरसंचार नियामक प्राधिकरण (TRAI) का गठन किया गया।

सड़क निर्माण में किए गए प्रमुख सुधार हैं—राजमार्ग निर्माण के लिए वित्त जुटाने हेतु ईंधन उपकर लगाया गया। राष्ट्रीय राजमार्ग विकास परियोजना और प्रधानमंत्री ग्राम सड़क योजना या ग्रामीण सड़क कार्यक्रम शुरू किए गए। बंदरगाहों के मामले में निजी क्षेत्र को लाया गया और प्रमुख बंदरगाह शुल्क प्राधिकरण का गठन किया गया। नागरिक उड्डयन के क्षेत्र में नई निजी एयरलाइंस कंपनियों का प्रवेश हुआ। निजी हवाई अड्डे बनाए गए और खुला आकाश नीति शुरू की गई। इन सब मामलों के परिणाम सकारात्मक रहे।

आधारभूत ढांचे के अन्य क्षेत्रों में सुधार प्रक्रिया के नतीजे मिले-जुले रहे। बिजली क्षेत्र में सुधारों की प्रक्रिया 1990 के दशक की शुरुआत में आरंभ हुई थी। लेकिन विस्तार की समस्या अभी तक जारी है। एक व्यापक आधुनिक विद्युत अधिनियम बनाया गया, जिसमें निजी क्षेत्र को बढ़ावा देने, प्रतिस्पर्धा बढ़ाने और तर्कसंगत नियमन के प्रावधान किए गए। हालांकि केंद्रीय और राज्य स्तरों पर नियामक प्राधिकरणों के गठन के बावजूद शुल्क में सुधार का कार्यक्रम लागू करना आसान नहीं रहा है। राज्य बिजली बोर्ड लगातार घाटा उठा रहे हैं। अपर्याप्त शुल्क और पारेषण एवं वितरण स्तर पर भी उन्हें नुकसान सहना पड़ रहा है। इसलिए निजी क्षेत्र के निवेशकों को बिजली उत्पादन में पूंजी डूबती दिखाई देती है। इस कारण से इस क्षेत्र में निजी निवेश पर दबाव बना हुआ है हालांकि अधिनियम वितरण में निजी भागीदारी की अनुमति देता है लेकिन व्यावहारिकता में निजी वितरण प्रणाली को आसान नहीं पाया गया है। बिजली क्षेत्र में सुधार के लिए कानून बनाया जा चुका है लेकिन अभी बहुत कुछ किया जाना बाकी है। शहरी आधारभूत ढांचा ऐसा क्षेत्र है जहां अभी पर्याप्त सुधार लागू किया गया है और माना जा रहा है कि यह अभी शुरुआत भर है। यातायात क्षेत्र के सड़क और वायुमार्ग क्षेत्र में ठीक-ठाक सुधार हुआ है लेकिन रेलमार्ग अभी इससे दूर है। रेल की वित्तीय हालत में पिछले वर्षों के दौरान सुधार देखा गया है लेकिन यातायात के इस महत्त्वपूर्ण साधन को विकास के पथ पर चलाने के लिए

ढांचागत सुधार की जरूरत है। आधारभूत ढांचे में सुधार के बिना भारत का आर्थिक विकास नकारात्मक रूप से प्रभावित होगा। इसलिए भारत को निम्न कदम उठाने की जरूरत है:

(i) सरकारी निजी भागीदारी के तहत लोक निर्माण की बड़ी परियोजनाओं का क्रियान्वयन किया जाए।

(ii) ऊर्जा क्षेत्र का निजीकरण किया जाए और इस्तेमाल के आधार पर शुल्क लगाया जाए।

(iii) देश में टेलीफोन घनत्व बढ़ाना जारी रखा जाए। भारत इस मामले में अभी चीन और थाईलैंड जैसे देशों से पीछे है।

(iv) आधारभूत क्षेत्र की परियोजनाओं में पारदर्शिता बढ़ाई जाए।

(v) एथनोल और पवन ऊर्जा जैसे नवीकरणीय ऊर्जा के स्त्रोतों पर निवेश किया जाए।

## 4.9 आर्थिक सुधार: उपलब्धियां और विफलताएं

आर्थिक सुधार या उदारीकरण, निजीकरण, तथा भूमंडलीकरण की नीतियों के तहत अर्थव्यवस्था की विभिन्न गतिविधियों उद्योग, व्यापार या वित्त पर से सभी अनावश्यक प्रतिबंध और नियमन हटाए जाते हैं। इनके पीछे मुख्य विचार यह था कि सुधारों से आर्थिक अक्षमता को हटाया जाए। नियंत्रण, नियमन और प्रतिबंधों से पूरी अर्थव्यवस्था की रफ्तार धीमी पड़ती है। उद्योगों को लाइसेंसिंग के कड़े नियंत्रण से मुक्ति की जरूरत थी जिसके कारण भ्रष्टाचार, अयोग्यता और पक्षपात होता था। सार्वजनिक क्षेत्र में अत्यधिक कार्य दबाव से पीछा छुड़ाने की जरूरत थी। इससे अर्थव्यवस्था घाटे की ओर बढ़ती थी। व्यापार को बहुस्तरीय शुल्क और प्रतिबंधों से मुक्त करना था। सरकारी वित्त को गैर उत्पादक व्यय और सरकारी ऋण समाप्त करने के लिए सुधार अपनाने थे। इस प्रकार संपूर्ण अर्थव्यवस्था को तत्काल सुधारों की आवश्यकता थी। लेकिन सुधारों का विरोध भी किया गया। इसलिए इसका विश्लेषण करना आवश्यक हो जाता है कि आर्थिक सुधारों की उपलब्धियां और विफलताएं क्या रहीं। इसके अलावा विभिन्न राजनीतिक दल और लोग इनका विरोध क्यों करते हैं।

## 4.10 एलपीजी नीतियों के सकारात्मक प्रभाव

नए आर्थिक सुधारों के समर्थकों की नजर में भारतीय अर्थव्यवस्था पर (उदारीकरण, निजीकरण और भूमंडलीकरण (एल पी जी) नीतियां के सकारात्मक प्रभाव निम्न रहे:

### 4.10.1 जीवंत अर्थव्यवस्था

आर्थिक सुधारों से भारतीय अर्थव्यवस्था निश्चित रूप से ज्यादा जीवंत हुई है। उदारीकरण, निजीकरण और भूमंडलीकरण की नीतियों के बाद आर्थिक गतिविधियों का स्तर बढ़ा है। इसके नतीजे जीडीपी की आर्थिक विकास दर पर देखे जा सकते हैं। वर्तमान में, जीडीपी की विकास दर आठ प्रतिशत से अधिक बनी हुई है। योजनाकारों और राजनीतिज्ञों का अनुमान है कि निकट भविष्य में भी अर्थव्यवस्था की यही रफ्तार बनी रहेगी। इसके दस प्रतिशत तक पहुंचने की संभावना जताई गई है।

### 4.10.2 औद्योगिक उत्पादन में उत्साह

एलपीजी नीतियों ने भारतीय अर्थव्यवस्था में औद्योगिक उत्पादन के एक उत्प्रेरक के रूप में काम किया है। वर्तमान में औद्योगिक उत्पादन 10 प्रतिशत के आसपास है जोकि 1991 से पहले के मुकाबले लंबी छलांग है। यह केवल एलपीजी नीतियों के कारण ही संभव हुआ है कि भारतीय सूचना प्रौद्योगिकी उद्योग दुनिया भर की आउट-सोर्सिंग का केंद्र बिंदु है।

### 4.10.3 राजकोषीय घाटे पर नियंत्रण

बढ़ता राजकोषीय घाटा भारतीय अर्थव्यवस्था में निवेश को गंभीर खतरा था। वर्ष 1991 से पहले यह जीडीपी का 8.5 प्रतिशत था। एलपीजी नीतियों के कारण सरकारी राजस्व में वृद्धि हुई। इसके साथ ही वर्ष 2007-08 में राजकोषीय घाटा सिमटकर जीडीपी का 2.7 प्रतिशत रह गया। यह पर्याप्त स्तर तक नहीं घटा है लेकिन पहले की तुलना में यह महत्त्वपूर्ण रूप से कम है। इसका ध्यान रखा जाना चाहिए कि वर्ष 2008-09 में वैश्विक आर्थिक मंदी के कारण राजकोषीय घाटा जीडीपी का 6.8 प्रतिशत बढ़ने की संभावना जताई गई (2009-10), लेकिन यह अस्थायी है और मंदी का असर समाप्त होने के बाद अर्थव्यवस्था इससे उबर जाएगी।

### 4.10.4 मुद्रास्फीति पर नियंत्रण

सेवाओं और वस्तुओं के बेहतर प्रवाह से देश में मुद्रास्फीति पर नियंत्रण पाने में मदद मिली है। वर्ष 2007 के मध्य तक मुद्रास्फीति की दर 4.5 प्रतिशत के आस-पास थी जिससे कोई संकट नहीं था। यह सामान्य स्तर पर बनी हुई थी। वर्ष 2008 में अर्थव्यवस्था में उच्च मुद्रास्फीति महसूस की गई। यह उपभोक्ता मूल्य पर 11 प्रतिशत तक पहुंच गई। यह खाद्यान्न की कीमतें चढ़ने और अंतर्राष्ट्रीय स्तर पर ईंधन की कीमतों में उछाल के कारण हुआ।

### 4.10.5 उपभोक्ता की सर्वोच्चता

पिछले कुछ वर्षों से उपभोक्ता की सर्वोच्चता में इजाफा हुआ है। यह एक तथ्य है कि अंतर्राष्ट्रीय बाजार में उपलब्ध सेवाएं और वस्तुओं तक भारतीय उपभोक्ताओं की पहुंच है। उत्पादक हर हालत में उपभोक्ताओं की पंसद और वरीयता को तरजीह दे रहे हैं। परिवारों का घरेलू खर्च बढ़ रहा है जो सुधरते जीवन स्तर की ओर संकेत करता है।

### 4.10.6 विदेशी मुद्रा भंडार में वृद्धि

विदेशी मुद्रा भंडार की निम्नतम स्थिति ने सरकार को एलपीजी नीतियां लागू करने के लिए मजबूर किया है। एलपीजी नीतियों के कारण विदेशी मुद्रा भंडार सामान्य स्थिति में है। बेहतर विदेशी मुद्रा भंडार अर्थव्यवस्था की मजबूती दर्शाता है और अर्थव्यवस्था पर निवेशकों का भरोसा बढ़ता है।

### 4.10.7 निजी विदेशी निवेश का प्रवाह

एलपीजी नीतियां स्वीकार करने के बाद निजी विदेशी निवेश में जबरदस्त इजाफा हुआ है। इससे योजनाकारों और राजनेताओं को बड़ी राहत मिली क्योंकि भारतीय अर्थव्यवस्था पर्याप्त मात्रा में अतिरिक्त राजस्व का सृजन नहीं कर रही थी जिससे कि उस पूंजी का फिर से निवेश किया

जा सके। इसके अलावा स्वदेशी तकनीक पूर्णता को प्राप्त कर चुकी थी। यह ध्यान देने योग्य तथ्य है कि निजी विदेशी निवेश से न केवल अर्थव्यवस्था में पूंजी का आगमन हुआ बल्कि प्रौद्योगिकी का भी समावेश हुआ।

### 4.10.8 भारत की उभरती आर्थिक शक्ति के रूप में पहचान बनी

एलपीजी नीतियों और बढ़ती आर्थिक गतिविधियों की बदौलत भारत को अब विश्व भर में उभरती आर्थिक शक्ति के रूप में माना जा रहा है। इस पहचान से न केवल विश्व में भारत का आर्थिक स्तर बढ़ा है बल्कि वैश्विक निवेशकों पर मनोवैज्ञनिक प्रभाव भी पड़ा है और भारत को निवेश का प्रमुख स्थान माना जा रहा है।

### 4.10.9 बाजार में एकाधिकार से प्रतिस्पर्धा की ओर बदलाव

एलपीजी नीतियों के कारण भारतीय बाजार के ढांचे में महत्त्वपूर्ण बदलाव हुआ। भारतीय बाजार में एकाधिकार की विशेषताएं तेजी से समाप्त हो रही हैं। बाजार ज्यादा से ज्यादा प्रतिस्पर्धी बन रहा है। उदाहरण के लिए कुछ दशक पहले कार, रेफ्रिजरेटर, एयरकंडीशनर और कंप्यूटर जैसे उत्पादों के बाजार पर कुछ कंपनियों का कब्जा था। फिलहाल उत्पाद बाजार में विभिन्न कंपनियों के ब्रांडों के साथ प्रतिस्पर्धी कीमतों पर उपलब्ध हैं।

निष्कर्षत कहा जा सकता है कि एलपीजी नीतियों की बदौलत भारतीय अर्थव्यवस्था को एक नई गति मिली है। विकास की प्रक्रिया ने न केवल गति पकड़ी है बल्कि इसमें विविधता आई है। लोगों के जीवन स्तर में निश्चित रूप से सुधार हुआ है। विश्व में भारतीय अर्थव्यवस्था की उभरती हुई आर्थिक शक्ति के रूप में पहचान होना, निश्चित ही एक बड़ी उपलब्धि है।

## 4.11 एलपीजी नीतियों के नकारात्मक प्रभाव

नई आर्थिक नीतियों के विरोधियों के अनुसार हर चमकने वाली वस्तु सोना नहीं होती। हर चीज़ का एक नकारात्मक पक्ष भी होता है। भारत में एलपीजी नीतियों का नकारात्मक पक्ष इस प्रकार है:

### 4.11.1 कृषि को अनदेखा करना

जीडीपी के विकास में औद्योगिक क्षेत्र की वृद्धि दर का महत्त्वपूर्ण योगदान रहा है। एलपीजी नीतियों के तहत समस्त शक्ति कृषि से हटाकर औद्योगिक क्षेत्र में लगा दी गई। इससे कृषि की विकास दर को जबरदस्त झटका लगा। कृषि को झटका लगने का तात्पर्य भारत के करोड़ों लोगों की आजीविका के साधन को झटका लगना है। कृषि को अनदेखा करने से गरीबी बढ़ी है। यह ध्यान रखना चाहिए कि कृषि क्षेत्र की विकास दर धीमी पड़ने का असर औद्योगिक विकास दर पर पड़ना तय है। औद्योगिक क्षेत्र के श्रम की आपूर्ति करने वाला मुख्य स्त्रोत कृषि क्षेत्र है। कृषि क्षेत्र ही औद्योगिक क्षेत्र के उत्पादों के लिए मांग पैदा करता है। यह देखा गया है कि कृषि उत्पादों की कीमतें बढ़ने से सामान्य वस्तुओं के मूल्य में भी वृद्धि हो जाती है। फिलहाल (2008-09) मुद्रास्फीति की दर 11 प्रतिशत से ऊपर बनी हुई है। इससे ब्याज दरों में बढ़ोत्तरी होगी और निवेश को खतरा पैदा होगा। अगर यही प्रक्रिया जारी रही तो जीडीपी की विकास दर उम्मीद से कम होगी।

### 4.11.2 विकास प्रक्रिया का शहरों में केंद्रीकरण

एलपीजी नीतियों का परिणाम है कि विकास प्रक्रिया शहरों में केंद्रित हो गई है। किसी भी बहुराष्ट्रीय कंपनी का शायद ग्रामीण क्षेत्र में कोई निशान मिले। सभी बहुराष्ट्रीय कंपनियां शहरों में केंद्रित हैं। जहां उन्हें अनुकूल ढांचागत सुविधाएं प्राप्त होती हैं। इससे शहर और गांव के बीच की खाई बढ़ती जा रही है। ऐसी किसी दोहरी अर्थव्यवस्था से सामाजिक खाई और ज्यादा गहरी होती है। समाज में किसी भी तरह की दोहरी नीति से आर्थिक विकास को खतरा होता है।

### 4.11.3 आर्थिक उपनिवेशवाद

भारत ने तकरीबन 200 साल तक ब्रिटिश उपनिवेशवाद झेला है। अब भारतीय अर्थव्यवस्था पर बहुर्राष्ट्रीय कंपनियों का आधिपत्य है। हम एक तरह का आर्थिक उपनिवेशवाद झेल रहे हैं। एक ऐसी स्थिति पैदा हो गई है कि भारतीय बाजार में बहुर्राष्ट्रीय कंपनियां अपने उत्पाद बेच रही हैं और इस प्रक्रिया में भारतीय उत्पादक प्रतिस्पर्धा में टिक नहीं पा रहे हैं और वे हाशिए पर चले गए हैं।

### 4.11.4 उपभोक्तावाद का प्रसार

एलपीजी नीतियों के कारण देश में बहुर्राष्ट्रीय कंपनियां फैल रही हैं और बड़े पैमाने पर उपभोक्तावाद का प्रसार हो रहा है। बाजार में मौजूद विश्व भर के ब्रांड खर्च करने के लिए मजबूर कर रहे हैं और दिखावे को बढ़ावा मिल रहा है। इससे व्यापारियों और विनिर्माताओं के लिए बाजार का आकार बढ़ रहा है लेकिन एक उपभोक्ता के तौर पर परिवारों में संकट पैदा हो रहा है।

### 4.11.5 संभावित विकास नहीं

एलपीजी नीतियों से भारतीय अर्थव्यवस्था की विकास प्रक्रिया तेज हुई है लेकिन यह संभावित नहीं है। यह समग्र विकास प्रक्रिया नहीं है। यह विकास प्रक्रिया अर्थव्यवस्था के उन अंगों में हुई है जहां ज्यादा संभावनाएं मौजूद हैं। यह आई.टी. आधारित विकास है। औद्योगिक विकास सामान्य है जबकि यह क्षेत्र पिछड़ रहा है। यह खतरनाक स्थिति है कि उदारीकरण और भूमंडलीकरण के कारण भारतीय किसान विदेशी बाजारों के लिए नकली फसल उगा रहा है। इससे घरेलू स्तर पर खाद्यान्न की कमी हो गई है। हरित क्रांति के बावजूद खाद्यान्न का आयात किया जा रहा है। खाद्यान्न की बढ़ती जरूरतों को पूरा करने के लिए दूसरी हरित क्रांति की बात की जाने लगी है।

### 4.11.6 सांस्कृतिक क्षरण

भूमंडलीकरण भारतीय संस्कृति के क्षरण का कारण भी बना है। आर्थिक समृद्धि ने जीवन के सभी पैमानों को ढक दिया है। हर कोई आर्थिक रूप से स्वतंत्र होना चाहता है और अपनी पारिवारिक और सामाजिक जिम्मेदारियों से मुक्त होना चाहता है। परिवार और समाज के प्रति निष्ठा छोड़ दी गई है जबकि ये भारतीय समाज का आधार रही हैं।

## संदर्भ एवं टिप्पणी

References

1. Jain T.R., Shri V.K., & Majhi B.D., *Economic Development & Policy in India*, V.K. Publications, New Delhi, 2010.
2. Dhingra I.C. & Garg, V.K., *Economic Development & Policy in India*, Sultan Chand & Sons, New Delhi, 2010.
3. Misra, S.K., & Puri, V.K., *Economic Development & Policy in India*, Himalaya Publishing House, New Delhi, 2010.
4. Bhargava, B.K. & Sethi, Vandana, *Economic Development & Policy in India*, Sultan Chand, New Delhi, 2010.
5. Kapila Uma, *Indian Economy: Issues in Development Planning and Sectoral Aspects*, Academic Foundation, New Delhi, 2005.
6. Datt, Ruddar & Sundharam, K.P.M., *Indian Economy*, S. Chand, New Delhi, 2003.
7. Datt, Ruddar, *Economic Reforms in India: An Appraisal and Policy Directions or Second Generation Reforms*, Bookwell Publications, 2001.
8. Joshi, Vijay and Little I.M.D., *India's Economic Reforms, 1991-2001*, Oxford University, Oxford, 1996.
9. Ahluwalia, Montek S, "India's Economic Reforms: An Appraisal," in Jeffrey Sachs and Nirupam Bajpa's (eds.), *India in the Era of Economic Reform*, Oxford University Press, New Delhi, 2000.
10. Chaudhuri, Sudip, "Economic Reforms and Industrial Structure in India," *Economic & Political Weekly*, Jan 12, 2002.
11. "Economic Libralisation in India", en.wikipedia.org.
12. "Economic Reform in India: Where are we & where do we go," by Rakesh Mohan, rbidocs.rbi.org.in.
13. "Economic Reforms in India Since 1991: Has Gradualism worked," by M.S. Ahluwalia, Planning Commission.nic.in.
14. "India in the Era of Economic Reforms", 28 Jan 2004, *The Hindu Business line* www.thehindubusinessline.com.

अध्याय पांच

# सामाजिक क्षेत्र की प्रकृति

## शिक्षा एवं स्वास्थ्य संबंधी लोकनीति का आलोचनात्मक मूल्यांकन

*शुभा सिन्हा*

सामाजिक क्षेत्र का विकास एक जटिल और चुनौतीपूर्ण मुद्दा है जो एक ओर तो मौलिक व्याख्यात्मक प्रश्नों को लक्ष्य करते हुए कई स्तरों पर एक सक्रिय संवाद को अनिवार्य बनाता है जबकि दूसरी ओर स्वीकार्य उद्देश्यों की समझ के लिए संस्थानों, रणनीतियों और प्रक्रियाओं के विकल्प को अनिवार्य बनाता है। समाज व राजनीति में क्रिया और निष्क्रियता के उपयुक्त ढांचे को परिभाषित करने वाले हितों और सत्ता संरचना के बीच मौजूदा संघर्ष की तीव्रता को देखते हुए सामाजिक क्षेत्र का विकास कोई आसान काम नहीं है। हालांकि यह अत्यधिक महत्त्वपूर्ण है क्योंकि स्वतंत्र भारत में सामाजिक क्षेत्र के विकास का अहम आयाम इन्हीं प्रश्नों से जुड़ा होता है। स्वतंत्रता के बाद से ही भारतीय गणराज्य नीति निर्माण और संस्थानों के निर्माण कार्यों की योजना के जरिए सामाजिक क्षेत्र के विकास मुद्दों से जूझता आ रहा है। स्वतंत्र भारत के समक्ष तीव्र प्रगति और समग्र विकास के दो अहम लक्ष्य हैं। भारत को ये दोनों लक्ष्य प्राप्त करने के लिए सामाजिक क्षेत्र के विकास में अन्य विकासशील देशों के साथ अपनी गति बनाए रखने की जरूरत है।

सामाजिक क्षेत्र का तात्पर्य समाज को लाभान्वित करने के उद्देश्य से किए गए सामाजिक और आर्थिक कार्यों के संदर्भ में लिया जाता है जिसके लिए राशि की व्यवस्था आंशिक या पूर्णरूपेण कल्याणार्थ दान के जरिये की जाती है। यह गैर-लाभकारी क्षेत्र और गैर-सरकारी क्षेत्र के विकल्पों के तौर पर विकसित कई स्वरूपों में से एक है। इस क्षेत्र के उन संगठनों से जुड़े अन्य सामान्य स्वरूप गैर-लाभकारी, लाभरहित, लोकहितकारी क्षेत्र, उद्देश्यपरक क्षेत्र, गैर-सरकारी संगठन और करमुक्त संगठन हैं।

सामाजिक क्षेत्र विशेष रूप से सरकारी संस्थाओं से जुड़ा नहीं होता है। हालांकि सरकार हमेशा प्रोत्साहन राशि के अनुदान के जरिए सामाजिक क्षेत्र की गतिविधियों को प्रोत्साहित करती रहती है। इन संस्थाओं के बेहतरीन उदाहरणों में रेड क्रॉस, चैंबर ऑफ कॉमर्स तथा गैर लाभकारी

एसोसिएट प्रोफेसर, राजनीतिशास्त्र विभाग, श्यामा प्रसाद मुखर्जी कॉलेज, दिल्ली विश्वविद्यालय

अस्पतालों जैसे अंतर्राष्ट्रीय संगठनों को शामिल किया जा सकता है। सामाजिक क्षेत्र में विविधतापूर्ण गतिविधियां होती हैं और यह व्यक्तियों और सामाजिक समूहों को व्यापक स्तर की सेवाएं प्रदान करता है। गैर-लाभकारी क्षेत्र में छोटे स्तर की गतिविधियां भी लोगों को व्यक्तिगत सेवा देने के लिए ही होती है। उदाहरण के लिए, जीवन की बुनियादी जरूरतों के प्रावधान, शिक्षा, स्वास्थ्य, आवासीय कार्यक्रम, वन्यजीव संरक्षण, गैर-लाभकारी स्वास्थ्य कार्यक्रम आदि।

सामाजिक क्षेत्र का विकास विकासशील और उभरती अर्थव्यवस्था में अहम भूमिका निभाता है। एसोचैम इको पल्स (एईपी) द्वारा हाल में कराए गए अध्ययन से ज्ञात हुआ है कि अपनी निरंतर विकास गति के जरिये भारत एक पसंदीदा निवेश गंतव्य बन गया है और सामाजिक क्षेत्र की उपलब्धियों के मामले में अपने समकक्ष देशों को काफी पीछे छोड़ चुका है। इस अध्ययन में बताया गया है कि पिछले कुछ वर्षों से बजट में एक निश्चित वृद्धि होने के बावजूद स्वास्थ्य पर भारत का सरकारी खर्च ब्रिक (ब्राजील, रूस, भारत और चीन) देशों में तीसरे स्थान पर है और शिक्षा पर खर्च के मामले में यह सबसे पीछे है। शिक्षा पर भारत का सरकारी खर्च सकल घरेलू उत्पाद (जीडीपी) का क्रमशः 5 प्रतिशत और 9 प्रतिशत रहा है। अतः गुणवत्तापूर्ण शिक्षा और स्वास्थ्य सेवाओं में और अधिक निवेश किए जाने की जरूरत है।

देश में सामाजिक क्षेत्र में केंद्र सरकार का खर्च कुल सरकारी खर्च का महज 20 प्रतिशत है जबकि 80 प्रतिशत खर्च का भार राज्य सरकारों को ही उठाना पड़ता है। केंद्र और राज्यों के बीच इस दायित्व वहन का बंटवारा संविधान के आधार पर किया गया है। स्वास्थ्य और ग्रामीण विकास के मुद्दे राज्यों की जिम्मेदारी है जबकि शिक्षा, कल्याणकारी कार्यक्रम और रोजगार संबंधी मसले समवर्ती सूची में आते हैं जिसका मतलब है कि केंद्र और राज्य सरकार दोनों इन कार्यों के लिए जिम्मेदार हैं। इस परिप्रेक्ष्य में शिक्षा और स्वास्थ्य से संबंधित सरकारी नीतियों की व्याख्या करने की आवश्यकता है।

## 5.1 शिक्षा संबंधी लोकनीति

विज्ञान और प्रौद्योगिकी के इस युग में लगातार महसूस किया जा रहा है कि किसी व्यक्ति को न सिर्फ बेहतर नागरिक और बेहतर सामाजिक प्राणी बनाने के लिए शिक्षित किए जाने की जरूरत है बल्कि उसे एक उत्पादनशील और रचनाशील प्राणी भी होना चाहिए। शिक्षा को सामाजिक-आर्थिक बदलाव के मुख्य साधन के रूप में पहचान मिली है। अतः यह कहना बिल्कुल सही है कि राष्ट्र का भविष्य स्कूलों और कॉलेजों से शिक्षित छात्रों की मात्रा और गुणवत्ता के आधार पर निर्धारित होता है। शिक्षा को लोकतंत्र के मूल्यों के विकास और मजबूती के एक प्रमुख साधन के रूप में स्वीकार किया गया है। असल में यह उस गलाकाट प्रतिस्पर्धा से मुकाबले का एक शक्तिशाली हथियार है जिससे लोगों को अपने जीवन के प्रत्येक मोड़ पर जूझना पड़ता है। सचमुच भारत में शिक्षा का महत्त्व समय के साथ बढ़ता जा रहा है। हालांकि भारत कई वर्षों से शिक्षा का एक महत्त्वपूर्ण केंद्र रहा है लेकिन इसमें अभी न सिर्फ शिक्षा की गुणवत्ता के लिहाज से बल्कि अधिक से अधिक शिक्षित लोगों की संख्या के लिहाज से भी सुधार किए जाने की जरूरत है। यह राष्ट्र के विकास और मानव संसाधन में निवेश की कुंजी है, इसलिए यदि शिक्षा

के लाभ को आम आदमी तक पहुंचाना है तो इसे प्रभावी ढंग से प्रबंधित और उचित रूप से संचालित किया जाना चाहिए।

इसे तथ्य को ध्यान में रखते हुए 15 अगस्त 1947 को भारत की आजादी के बाद ही 29 अगस्त 1947 को एक पूर्ण विकसित शिक्षा विभाग (मानव संसाधन विकास मंत्रालय के अधीन) की स्थापना की गई। हालांकि स्वतंत्रता पूर्व के भारतीय शिक्षा विभाग का अस्तित्व उस समय भी था जिसकी स्थापना वर्ष 1910 में पहली बार सबको शिक्षा प्रदान करने की कवायद पर नजर रखने के लिए एक अलग विभाग के रूप में की गई थी।

पहली पंचवर्षीय योजना में कहा गया, ''देश के नियोजित विकास में शिक्षा का बुनियादी महत्त्व है। शिक्षा प्रणाली को योजना के सामान्य उद्देश्य पूर्ति के साथ भी जुड़ा होना चाहिए ताकि यह समाज की श्रमशक्ति और सामाजिक परिवेश की गुणवत्ता को अधिक से अधिक सुनिश्चित कर सके।''[1] किसी लोकतांत्रिक व्यवस्था में शिक्षा की भूमिका काफी महत्त्वपूर्ण हो गई है क्योंकि यह व्यवस्था प्रभावी तरीके से तभी काम कर सकती है जब देश के मसलों पर जनसमूह की सशक्त भागीदारी होगी।

दूसरी पंचवर्षीय योजना में कहा गया है, ''शिक्षा प्रणाली का प्रभाव हासिल की गई आर्थिक प्रगति इससे मिले लाभ में निश्चित रूप से दिखना चाहिए। आर्थिक विकास स्वाभाविक रूप से मानव संसाधन की बढ़ती मांग को पूरा करता है और किसी लोकतांत्रिक व्यवस्था में मूल्यों और अभिवृत्ति की मांग रहती है जिसमें शिक्षा की गुणवत्ता एक महत्त्वपूर्ण अवयव होती है।''[2]

तीसरी पंचवर्षीय योजना में राष्ट्र के विकास में शिक्षा के महत्त्व को रेखांकित किया गया है और उपयुक्त तरीके से शिक्षा को नियोजित विकास के मुख्य बिंदु के रूप में वर्णित किया गया। इसके दस्तावेज में कहा गया कि त्वरित आर्थिक विकास और तकनीकी प्रगति हासिल करने तथा स्वतंत्रता, सामाजिक न्याय एवं समान अवसर के मूल्यों पर स्थापित सामाजिक स्थिति में सुधार के लिए शिक्षा एकमात्र सबसे महत्त्वपूर्ण तत्त्व है। शिक्षा के कार्यक्रम लोगों की ऊर्जा के सदुपयोग तथा देश के प्रत्येक हिस्से में प्राकृतिक एवं मानव संसाधन के विकास के लिए आम नागरिकता के बंधन को मजबूत करने के प्रयास पर आधारित हैं। संक्षेप में कहा जाए तो शिक्षा को राष्ट्रीय विकास और सामाजिक तथा आर्थिक न्याय की मूलभूत पूर्वापेक्षा का प्रमुख स्रोत माना जाता है जिन्हें कल्याणकारी राज्य और समाज की सामाजिक पद्धति का स्तंभ माना जाता है।[3]

चौथी पंचवर्षीय योजना (मसौदा) में शिक्षा के महत्त्व को निम्नलिखित बिंदुओं में रेखांकित किया गया:

(i) मानव संसाधन में निवेश के तौर पर शिक्षा आर्थिक विकास में योगदान करने वाले कारकों के बीच एक महत्त्वपूर्ण भूमिका निभाती है।

(ii) यह विकास की जरूरतों को गति देने के लिए कुशल श्रमशक्ति के रूप में प्रतिफल सुनिश्चित करती है और साथ ही विकास के लिए उचित मनोवृत्ति तथा माहौल भी तैयार करती है।

(iii) यह किसानों और कामगारों को नई धारणाओं से अवगत कराती है और उनकी महत्त्वाकांक्षा को उड़ान देते हुए उन्हें बदलाव की ओर प्रेरित करती है।

(iv) हमारी हमेशा से कोशिश रही है कि आर्थिक विकास और सामाजिक गुणवत्ता में सुधार

को गति प्रदान की जाए लेकिन इसके लिए जरूरी है कि योजना शिक्षा और विकास के बीच एक मजबूत और उद्देश्यपरक रिश्ता कायम करे।

छठी पंचवर्षीय योजना (1980–85) में शिक्षा को मानव संसाधन विकास के एक माध्यम के रूप में उच्च प्राथमिकता दी गई। मानव संसाधन विकास कार्यक्रमों को चार–स्तरीय परिप्रेक्ष्य में पेश किया गया : (i) एक जिम्मेदार नागरिक के रूप में लोगों को उनकी भूमिका का अहसास कराने के लिए तैयार करना, (ii) उनमें विकास प्रक्रिया की चेतना जगाने के साथ–साथ वैज्ञानिक दृष्टिकोण का विकास करना तथा अधिकारों और दायित्वों के प्रति जागरूकता लाना, (iii) उन्हें नैतिक, सामाजिक और सांस्कृतिक मूल्यों के प्रति संवेदनशील बनाना ताकि देश का भविष्य उज्ज्वल हो सके एवं (iv) उन्हें अहसास कराना कि ज्ञान ही दक्षता है और उनका सकारात्मक रुख ही देश के विकास के लिए उत्पादनशील कार्यक्रमों में योगदान करने में उन्हें सक्षम बनाएगा।[4]

प्रधानमंत्री मनमोहन सिंह ने ग्यारहवीं पंचवर्षीय योजना को 'भारत की शिक्षा योजना' नाम दिया। शिक्षा को त्वरित और समग्र विकास हासिल करने का एक केंद्रित साधन बनाने के लिए सर्वोच्च प्राथमिकता दी गई। ग्यारहवीं पंचवर्षीय योजना में शिक्षा के ऊपर से नीचे तक के सभी क्षेत्रों को शामिल करते हुए इसकी मजबूती के लिए एक विस्तृत रणनीति पेश की गई। यह रणनीति शिक्षा तक सर्वव्यापी साक्षरता पहुंच और ज्ञान आधारित औद्योगिक विकास के जरिए बनाई गई जिससे भारत विश्व के शीर्ष देशों के साथ विश्वसनीय तरीके से अगली कतार में शामिल हो सके और यह सुनिश्चित करने की चुनौती में सफल हो सके कि हर किसी ने शिक्षा तक पहुंच बना ली है और उनकी कार्यप्रणाली में दक्षता का विकास हुआ है।

इसमें कहा गया कि ग्यारहवीं योजना में शिक्षा पर किया जाने वाला सरकारी खर्च सकल घरेलू उत्पाद (जीडीपी) का 6 प्रतिशत है। योजना में चौदह साल तक के सभी बच्चों को मुफ्त और अनिवार्य प्राथमिक शिक्षा प्रदान करने के संवैधानिक प्रावधान को पूरा किया जाना चाहिए। इसमें अभिभावकों की शुल्क चुकाने की क्षमता को नजरअंदाज करते हुए पाठ्यक्रम, अध्यापन और अधोसंरचना के संदर्भ में सुलभ एवं गुणवत्तापूर्ण तथा मानक शिक्षा सुनिश्चित करने की बात की गई है। केंद्र और राज्य स्तरों पर शिक्षा से जुड़े अधिकारी बड़ी संख्या में पुराने और नए कार्यक्रमों को अपरिहार्य बनाते हुए इन नीतियों को लागू कर रहे हैं।

शैक्षणिक विकास का मुख्य उद्देश्य अगले दो दशक के अंदर 14 साल तक के सभी बच्चों को अनिवार्य न्यूनतम शिक्षा सुनिश्चित करना है। ऐसा संविधान के सार्वभौमिक प्राथमिक शिक्षा प्रदान करने के लक्ष्यों को ध्यान में रखते हुए तय किया गया है जैसा कि अनुच्छेद 45 में वर्णित है। इसी आधार पर योजना में प्राथमिक शिक्षा पर कुल खर्च राशि 950 करोड़ रुपये (राज्य सेक्टर में इसका 850 करोड़ जबकि केंद्रीय सेक्टर में 54 करोड़ रुपये) करते हुए इसे सर्वोच्च प्राथमिकता दी गई है। कुल मिलाकर प्राथमिक शिक्षा को न्यूनतम आवश्यकता कार्यक्रम (एमएनपी) का एक अनिवार्य अवयव माना गया। वर्ष 1982 से प्राथमिक शिक्षा को सरकार के नए 20 सूत्री कार्यक्रम में शामिल कर लिया गया।[5]

संविधान के अनुच्छेद 45 के निर्देशों के मुताबिक, प्राथमिक (पहली से पांचवीं कक्षा तक) और माध्यमिक (चौथी से आठवीं कक्षा तक) शिक्षा सभी राज्यों तथा केंद्र शासित प्रदेशों के

सरकारी, स्थानीय निकाय और सहायता प्राप्त स्कूलों में निःशुल्क है जबकि उत्तर प्रदेश में सातवीं से आठवीं तक के लड़कों की शिक्षा निःशुल्क नहीं है।

संवैधानिक निर्देशों के अनुसार अनिवार्य शिक्षा का कानून आंध्र प्रदेश, हिमाचल प्रदेश, असम, गुजरात, हरियाणा, जम्मू-कश्मीर, दिल्ली, कर्नाटक, केरल, मध्य प्रदेश, पश्चिम बंगाल, अंडमान निकोबार द्वीपसमूह और चंडीगढ़ जैसे 16 राज्यों और तीन केंद्र शासित प्रदेशों में लागू है। हिमाचल प्रदेश में यह कानून समस्त माध्यमिक स्तर (कक्षा प्रथम से आठवीं) में लागू है जबकि शेष राज्यों/ केंद्र शासित प्रदेशों में इस कानून के तहत प्राथमिक शिक्षा (पहली से पांचवीं कक्षा तक) को रखा गया है।

शिक्षा की सार्वभौमिकता का कार्यक्रम शैक्षणिक रूप से पिछड़े राज्यों और राज्यों के पिछड़े इलाकों और पिछड़े वर्गों में केंद्रित प्रयासों के जरिए लक्षित समूह अभिमुख था। इसमें स्कूल से वंचित रहने वाले प्राथमिक चरण आयु वर्ग के बच्चों पर अनुसूचित जाति-जनजाति सहित कमजोर वर्ग के बुनियादी चरण के आयु वर्ग के बच्चों की तुलना में ज्यादा ध्यान दिया गया। ऐसे बच्चों का चयन शैक्षणिक रूप से पिछड़े राज्यों और प्रत्येक राज्य के पिछड़े इलाकों/ वर्गों से किया गया। इसके अलावा स्कूल से वंचित रहने वाले 70 प्रतिशत बच्चों में अनुसूचित जाति-जनजाति की लड़कियों सहित सभी लड़कियां ही हैं।

संपूर्ण स्तर पर देश के नौ राज्यों को शैक्षणिक रूप से पिछड़े राज्यों की श्रेणी में रखा गया। इनमें आंध्र प्रदेश, असम, बिहार, जम्मू-कश्मीर, मध्य प्रदेश, उड़ीसा, राजस्थान, उत्तर प्रदेश और पश्चिम बंगाल शामिल हैं। ज्यादातर राज्यों/ केंद्र शासित प्रदेशों को सर्वाधिक ध्यान केंद्रित करने के लिए पिछड़े इलाकों/वर्गों की श्रेणी में रखा गया और इसमें स्कूल से वंचित अनुसूचित जाति के बच्चों को भी शामिल करते हुए उन्हें स्कूलों से जोड़ने के लिए वार्षिक स्तर पर लक्ष्य निर्धारित किया गया। अनुसूचित जाति-जनजाति की लड़कियों सहित सभी लड़कियों को स्कूल से जोड़ने की प्रक्रिया में तेजी लाने के लिए राज्यों/ केंद्रशासित प्रदेशों की ओर से विशेष प्रयास किए गए। पाठ्य पुस्तकों और लेखन सामग्री, यूनिफॉर्म के निःशुल्क वितरण, उपस्थिति छात्रवृत्ति के प्रावधान और खासकर लड़कियों के लिए प्रोत्साहन कार्यक्रमों तथा कमजोर वर्गों के बच्चों के लिए दोपहर का भोजन कार्यक्रम के तहत राज्यों द्वारा भी इसका विस्तार बढ़ाने के प्रयास किए गए।

स्कूल छोड़ने वाले बच्चों की संख्या में कमी लाने के लिए राज्यों को विस्तृत उपाय सुझाए गए। इनमें आठवीं कक्षा तक 'अनुत्तीर्ण नहीं करने' सहित ग्रेडरहित स्कूल प्रणाली, एक शिक्षक वाले बुनियादी स्कूलों में दो शिक्षकों की नियुक्ति, एक सक्षम आबादी तक सभी निवासियों के बीच स्कूली सुविधाएं बढ़ाना, बुनियादी स्कूलों से सटे ग्रामीण इलाकों में प्रारंभिक बाल (स्कूल-पूर्व) शिक्षा केंद्रों की स्थापना, लड़कियों की शिक्षा को बढ़ावा देना, पाठ्यक्रमों में सुधार, शारीरिक सुविधाओं में सुधार, शिक्षकों के बीच उन्नत प्रतिस्पर्धा, सामुदायिक भागीदारी और इन सबसे भी ऊपर उन बच्चों के लिए बड़े पैमाने पर अनौपचारिक अंशकालिक शिक्षा कार्यक्रम चलाना शामिल है जो सामाजिक-आर्थिक कारणों से विधिवत स्कूलों के साथ नहीं जुड़ पाते हैं।

प्राथमिक शिक्षा की सर्वव्यापकता को अनौपचारिक शिक्षण प्रणाली, स्वयं सहायता एजेंसियों, प्रारंभिक बाल शिक्षा केंद्रों के लिए केंद्रीय अनुदान, यूनिसेफ की मदद से चलाई जाने वाली

पाठ्यक्रम सुधार परियोजनाओं आदि के जरिए सहयोग मिलता है। इसके अलावा एनसीईआरटी जैसे राष्ट्रीय संस्थान भी शैक्षणिक प्रौद्योगिकी कार्यक्रमों की रूपरेखा तय करने में मदद करते हैं।

## 5.2 उच्चतर माध्यमिक शिक्षा का व्यवसायीकरण

वर्तमान शिक्षा प्रणाली के पुनर्गठन के लिए उच्चतर शिक्षा का व्यवसायीकरण करना एक बड़ा कदम है। स्कूली शिक्षा की 10+2 पद्धति के तहत निम्नलिखित राज्यों/ केंद्रशासित प्रदेशों ने +2 कक्षा स्तर तक व्यवसायीकरण को अपनाया: आंध्र प्रदेश, असम, गुजरात, हरियाणा, दिल्ली, कर्नाटक, केरल, महाराष्ट्र, तमिलनाडु, पश्चिम बंगाल, अंडमान निकोबार द्वीपसमूह और पांडिचेरी। शिक्षा के व्यवसायीकरण कार्यक्रम के क्रियान्वयन की निगरानी के लिए शिक्षा मंत्रालय द्वारा शिक्षा सचिव की अध्यक्षता में एक अंतर-मंत्रिपरिषदीय संचालन समिति का गठन किया गया। राज्यों और केंद्र शासित प्रदेशों से शिक्षा के व्यवसायीकरण के लिए अपने वार्षिक कार्यक्रमों में पर्याप्त राशि अलग से रखने की अपील की गई जिससे स्कूली शिक्षा के एक बड़े हिस्से का खर्च वहन किया जा सके। शिक्षा मंत्रालय ने राष्ट्रीय शैक्षिक शोध एवं प्रशिक्षण परिषद के जरिए राज्यों/ केंद्र शासित प्रदेशों को तकनीकी सहयोग देना जारी रखा। यह परिषद व्यावसायिक सेवा से जुड़े कार्मिकों को दिशा-निर्देश और प्रशिक्षण, पाठ्यक्रमों और शिक्षण सामग्री का विकास, व्यावसायिक पाठ्यक्रमों के लिए शिक्षकों और अधिकारियों को प्रशिक्षण, प्रशिक्षण से पूर्व का जानकारी कार्यक्रम, राष्ट्रीय सेमिनार और कार्यशालाओं के आयोजन जैसी सेवाएं प्रदान करती है। प्रत्येक गतिविधि व्यवसायीकरण को अधिक से अधिक बढ़ावा देने के लिए चलाई जाती है।

### 5.2.1 वयस्क शिक्षा

भारत में सर्वांगीण राष्ट्रीय विकास की प्रक्रिया ने आश्चर्यजनक रूप से वयस्क शिक्षा की परिकल्पना को परिवर्तित कर दिया। यह अब सिर्फ परंपरागत साक्षरता तक ही सीमित नहीं रह गई। देश में बदलते सामाजिक-आर्थिक परिदृश्य की मांग मानव संसाधनों के समग्र विकास को लेकर है। जब 14 साल की उम्र तक के बच्चों को सर्वव्यापी स्तर पर प्राथमिक शिक्षा प्रदान करने के संकल्पित प्रयास शुरू किए गए तो वयस्क नागरिकों तक शिक्षा सुविधाओं की पहुंच बढ़ाई गई ताकि शिक्षा से उनके वंचित रहने की पीड़ा को दूर किया जा सके और उनकी क्षमता का विकास किया जा सके। इस प्रकार सरकार ने एक बड़े तबके को सामाजिक और सांस्कृतिक बदलाव में सक्रिय भूमिका अदा करने में सक्षम बनाने के लिए निरक्षरता मिटाने का हल निकाला।

वयस्कों खासकर 15 से 55 वर्ष की उम्र के उत्पादनशील आयु वर्ग के लिए अर्थव्यवस्था की उत्पादकता के बढ़ते स्तर में उनकी क्षमता के स्तर को देखते हुए अनौपचारिक शिक्षा को प्राथमिकता दी गई। महिलाओं, अनुसूचित जातियों-जनजातियों, खेतिहर मजदूरों, झुग्गी-झोपड़ी वासियों, सूखा प्रभावित इलाकों के निवासियों आदि जैसे आर्थिक रूप से कमजोर वर्गों पर विशेष ध्यान दिया जा रहा है। इस कार्यक्रम का लक्ष्य निरक्षर समूहों को साक्षरता में बुनियादी महारत प्रदान करते हुए क्रियात्मक दक्षता में सुधार और उनमें सामाजिक जागरूकता लाना है। वयस्क

शिक्षा कार्यक्रम विभिन्न एजेंसियों यथा राज्य सरकारों/ केंद्रशासित प्रदेशों के प्रशासकों, स्वयंसेवी एजेंसियों, विश्वविद्यालयों/ कॉलेजों, नेहरू युवक केंद्रों आदि के जरिए क्रियान्वित किए जा रहे हैं।

वयस्क शिक्षा कार्यक्रमों को वित्तीय सहायता, ग्रामीण क्रियात्मक साक्षरता परियोजनाओं, वयस्क शिक्षा के क्षेत्र में कार्यरत स्वयंसेवी एजेंसियों को सहायता देने की योजना, वयस्क शिक्षा कार्यक्रम में छात्रों की संलग्नता, साक्षरता के बाद के कार्यक्रमों और श्रमिक विद्यापीठ के जरिए मजबूत किया जा रहा है।

वयस्क शिक्षा कार्यक्रम को तकनीकी समर्थन देने के लिए देश के विभिन्न हिस्सों में 15 राज्य संसाधन केंद्र स्थापित किए गए हैं। ये केंद्र पाठ्यक्रम तैयार करने, शिक्षण और अध्यापन सामग्री तैयार करने, पद्धतियों और माध्यमों का विकास, पदाधिकारियों को प्रशिक्षण देने का कार्य करते हैं। कमजोर वर्गों और महिलाओं की सामग्री विकसित करने के लिए चार संसाधन केंद्रों—कोलकाता, मद्रास, पटना और जयपुर में निगरानी और मूल्यांकन, विशेष शोध एवं नवोन्मेष प्रकोष्ठ गठित किए गए। मूल्यांकन का अवयव वयस्क शिक्षा कार्यक्रम की प्रणाली में अंतर्निहित होता है। हालांकि कार्यक्रम की विश्वसनीयता बनाए रखने और यह सुनिश्चित करने के लिए कि इसकी गुणवत्ता प्रभावित न हो, कार्यक्रम का मूल्यांकन भी सामाजिक विज्ञान शोध संस्थान से किया जाता रहा।

राष्ट्रीय वयस्क शिक्षा बोर्ड (एनबीएई) शिक्षा मंत्रालय द्वारा गठित एक सर्वोच्च निकाय है जो सरकार को वयस्क शिक्षा के सभी पहलुओं में नीतियां लागू करने और इनके क्रियान्वयन में सहयोग करने की सलाह देती है।

### 5.2.2 अनुसूचित जातियों और अनुसूचित जनजातियों को उच्चतर शिक्षा

अनुसूचित जातियों और अनुसूचित जनजातियों के लिए विश्वविद्यालय अनुदान आयोग (UGC) द्वारा तैयार किए गए विभिन्न कार्यक्रमों के क्रियान्वयन पर निगरानी रखने के लिए 59 विश्वविद्यालयों ने विशेष प्रकोष्ठ गठित किए। इन प्रकोष्ठों को विश्वविद्यालय अनुदान आयोग द्वारा सहायता प्रदान की गई। आयोग ने अनुसूचित जातियों/ जनजातियों के छात्रों की कमियां दूर करने के उद्देश्य से प्रशिक्षण, सुधारात्मक शिक्षण, विशेष कोचिंग प्रदान करने और भाषा, गणित तथा विज्ञान विषयों में उनके प्रदर्शन सुधार के लिए इन प्रकोष्ठों की इकाइयां भी गठित की। पहली कक्षा स्तर पर अनुसूचित जाति और जनजाति के छात्रों के लिए एक नर्सरी योजना भी चलाई गई। अनुसूचित जाति और जनजाति के छात्रों को विभिन्न प्रतियोगिता परीक्षाओं के अनुरूप तैयार करने के लिए विश्वविद्यालयों ने कई प्रावधान शुरू किए और इनकी सिफारिशों पर आयोग ने निर्णय किया कि बड़े पैमाने पर अनुसूचित जाति और जनजाति के छात्रों की जरूरतों को पूरा करने वाले कॉलेजों और संस्थानों को विशेष विकास सहायता प्रदान करने के लिए चिह्नित किया जाना चाहिए। शिक्षक प्रशिक्षण एवं स्थिति निर्धारण कार्यक्रमों के तहत शिक्षकों और खासकर अनुसूचित जाति और जनजाति के छात्रों के लिए शिक्षण-अध्यापन सामग्री तैयार करने के उद्देश्य से एक अन्य समिति गठित की गई।

### 5.2.3 शैक्षणिक प्रौद्योगिकी

शिक्षा मंत्रालय ने वर्ष 1972 में चौथी योजना के केंद्रीय सेक्टर में एक शैक्षणिक प्रौद्योगिकी

कार्यक्रम शुरू किया। इस कार्यक्रम का लक्ष्य शिक्षा में मात्रात्मक सुधार लाने, शिक्षा की पहुंच का दायरा बढ़ाने और देश के विभिन्न प्रांतों तथा आबादी के विभिन्न वर्गों के बीच मौजूदा भेदभाव कम करने के लिए शैक्षणिक प्रौद्योगिकी के संसाधनों का विस्तार करना था। यह योजना टेलीविजन सुविधाओं के विस्तार और शैक्षिक उद्देश्य से उपलब्ध कराए जा रहे सेटेलाइट की संभावना के संदर्भ में चलाई गई थी। यह शिक्षा मंत्रालय की ओर से एक ऐसी अधोसंरचना विकसित करने के प्रयास का हिस्सा था जिससे केंद्र और राज्य शिक्षा को संभव बना सकें और टेलीविजन के नए माध्यम का लाभ उठा सकें। इस योजना का उद्देश्य टेलीविजन और रेडियो तथा फिल्म जैसे अन्य शिक्षाप्रद माध्यमों के इस्तेमाल को बढ़ावा देना था ताकि शिक्षा की गुणवत्ता में सुधार लाया जा सके।

यह योजना केंद्र द्वारा प्रायोजित थी और मंत्रालय में एक शैक्षणिक प्रौद्योगिकी इकाई– शैक्षणिक प्रौद्योगिकी केंद्र (सीईटी) की स्थापना को ध्यान में रखते हुए बनाई गई थी। सीईटी को शोध, प्रशिक्षण और आदर्श उत्पादन के लिए राष्ट्रीय शोध एवं प्रशिक्षण परिषद के तहत जबकि शैक्षणिक प्रौद्योगिकी प्रकोष्ठों (ईटी प्रकोष्ठों) को राज्य स्तरीय शिक्षा विभाग के अधीन रखा गया ताकि राज्यों में शिक्षा के सुधार और विस्तार के लिए शैक्षणिक प्रौद्योगिकी के इस्तेमाल को बढ़ावा मिल सके। सीईटी की स्थापना वर्ष 1973 में की गई और इसे मार्च 1980 तक उपकरण, विशेषज्ञों और शोधवृत्ति के रूप में यूएनडीपी से सहायता प्रदान की गई। ईटी प्रकोष्ठों की स्थापना, रखरखाव और इसके कार्यक्रमों के लिए राज्य सरकारों को पांच वर्षों तक केंद्र की ओर से सौ प्रतिशत सहायता प्रदान की गई। इसके बाद इन प्रकोष्ठों की जिम्मेदारी राज्य सरकारों को दे दी गई। इस अवधि तक 21 राज्यों में ईटी प्रकोष्ठ गठित किए गए और एकमात्र राज्य त्रिपुरा में इसे गठित नहीं किया जा सका। इस कार्यक्रम के तहत केंद्र शासित प्रदेशों को शामिल नहीं किया गया था। उपलब्धियों को आगे बढ़ाने और इस कार्यक्रम के प्रभाव को दृढ़ीकृत करने के लिए सभी राज्यों में ईटी की मजबूती और केंद्र शासित प्रदेशों में ईटी प्रकोष्ठों की स्थापना का फैसला किया गया। शैक्षणिक प्रौद्योगिकी योजना का संशोधित रूप पेश किया गया जिसके तहत ईटी प्रकोष्ठों को आवश्यक कर्मचारियों के साथ-साथ उत्पादन सुविधाएं देने का प्रस्ताव रखा गया।

फरवरी 1980 में सूचना एवं प्रसारण मंत्रालय ने सेटेलाइट टीवी के इस्तेमाल के लिए एक विस्तृत सॉफ्टवेयर योजना बनाने के उद्देश्य से एक कार्यकारी समूह का गठन किया। इस कार्यकारी समूह ने विचार-विमर्श के दौरान इस बात पर जोर दिया गया कि कार्यक्रम को प्रासंगिक, सार्थक और प्रभावी बनाने के लिए केंद्रीकृत स्तर पर उत्पादन क्षमताओं का विकास करना अनिवार्य है। इस प्रकार शिक्षा मंत्रालय ने निर्णय किया कि शिक्षाप्रद टेलीविजन कार्यक्रमों के निर्माण की जिम्मेदारी धीरे-धीरे दूरदर्शन के शिक्षाविद अधिकारियों द्वारा उठा ली जानी चाहिए। शिक्षा के लिए रेडियो प्रसारण के इस्तेमाल में तत्काल सुधार लाने के लिए अजमेर, भोपाल, भुवनेश्वर और मैसूर में एनसीईआरटी शिक्षा के चार क्षेत्रीय कॉलेजों में प्रसारण केंद्र खोलने का प्रस्ताव रखा गया ताकि ऑल इंडिया रेडियो (AIR) तथा राज्य शिक्षा विभागों के बीच तालमेल बनाया जा सके। रेडियो प्रसारण की योजना और इसके उचित इस्तेमाल में राज्य शिक्षा विभागों को शामिल करने के लिए इसी तरह का संबंधित प्रयास किया गया।

### 5.2.4 महिला शिक्षा

तेजी से हो रहे सामाजिक-आर्थिक विकास में लड़कियों और महिलाओं की शिक्षा के महत्त्व को पहचानते हुए सरकार ने इस दिशा में समय-समय पर विविधतापूर्ण कदम उठाए। इन उपायों के परिणामस्वरूप योजना अवधि के दौरान लड़कियों की स्कूल से जुड़ने के मामले में धीमी ही सही लेकिन प्रगतिशील वृद्धि देखी गई और पिछले दो दशकों में शिक्षा पाने के मामले में लड़कों तथा लड़कियों की संख्या के बीच अंतर काफी कम हो गया। इस योजना में मध्यवर्ग स्तर पर लड़कियों के शिक्षा से जुड़ने की संख्या में वृद्धि पर जोर रहेगा। शिक्षा के विभिन्न पक्षों को प्रोत्साहित करने के लिए केंद्र और राज्य सरकारों द्वारा चलाई जा रही शिक्षा योजना के संदर्भ में हमने कुछ महत्त्वपूर्ण सरकारी नीतियों पर चर्चा की। इन कार्यक्रमों की उपयोगिता सुनिश्चित करने के लिए इनका नियमित तौर पर मूल्यांकन किए जाने की आवश्यकता है। यदि हम इन कार्यक्रमों को गंभीरता से तैयार करने के लिए कुछ सावधानियां बरतते हैं तो इसका मूल्यांकन भी प्रभावी बनाया जा सकता है।

विभिन्न उपायों के बावजूद अब तक यह संभव नहीं हो पाया है कि 14 साल तक के सभी बच्चों को सर्वव्यापी शिक्षा का लक्ष्य हासिल किया जा सके। एक दर्जन राज्यों के 75 प्रतिशत से अधिक बच्चों को अब तक स्कूली शिक्षा से नहीं जोड़ा जा सका है। वर्तमान शिक्षा प्रणाली के मुताबिक सर्वव्यापीकरण के लक्ष्य हासिल करने के लिए अनिवार्य आर्थिक संसाधनों के निर्धारण की स्थिति में हम अब तक नहीं पहुंच पाए हैं। अनुसूचित जाति के लगभग 36 प्रतिशत और अनुसूचित जनजाति के 58 प्रतिशत छात्र अब तक प्राथमिक शिक्षा हासिल नहीं कर पाते हैं। इस मामले में स्कूलों की अनुपलब्धता कोई बड़ी बाधा नहीं है। लेकिन परिवारों और खासकर ग्रामीण इलाकों तथा कमजोर वर्गों में सामाजिक-आर्थिक मजबूरियां एवं स्कूलों में बुनियादी सुविधाओं की कमी इस धीमी प्रगति के कुछ गंभीर कारक हो सकते हैं। इससे (i) संसाधनों के इस्तेमाल में आर्थिक नुकसान; (ii) शैक्षणिक अयोग्यता; (iii) निम्न उत्पादनशीलता के दुष्परिणाम सामने आते हैं।

पिछले तीन दशकों के दौरान माध्यमिक और उच्च शिक्षा के क्षेत्र में सुविधाएं बढ़ाई गई हैं। इसके बावजूद गुणवत्तापूर्ण सुधार प्रणाली के पुनर्गठन में सुधार कार्य पर जोर दिया जाना जरूरी है जैसा कि देखा गया है कि राष्ट्रीय शिक्षा नीति अब तक प्रभावी नहीं बन पाई है। अंतर-वर्गीय संपक्रता अभी तक नहीं बन पाई है और न ही उपयुक्त श्रमशक्ति विकास कार्यक्रमों को बढ़ावा देने के लिए कार्यस्थलों, स्कूलों और विकासात्मक गतिविधियों में वर्गभेद मिट पाया है। इसके दुष्परिणाम उच्चतर शिक्षा खासकर कला, वाणिज्य और मानव शास्त्र में अंतर-स्नातक स्तर पर अपेक्षित सुविधाएं नहीं होने के अलावा अन्य चीजों में देखे गए हैं और शिक्षितों के बीच बेरोजगारी की बढ़ती घटनाओं के परिणाम सामने आए हैं। विभिन्न शहरों में उदारता और गतिशीलता को लक्ष्य करते हुए शैक्षणिक योजना और विकास तक व्यवस्था की पहुंच बनाना अब तक संभव नहीं हो पाया है और राष्ट्रीय अर्थव्यवस्था के विभिन्न वर्गों में तीव्र विकास के लिए शैक्षणिक निवेश से न तो शिक्षा का स्तर सुधर पाया है और न ही अधिकतम लाभ हासिल किया जा सका है। इससे आर्थिक कार्यक्रमों और नीति निर्माण में उत्कृष्टता तथा उच्च मानकों को बढ़ावा देने एवं बनाए रखने के लिए उच्चतर शिक्षा प्रणाली की भूमिका और क्षमता कमजोर हुई है।

## 5.3 स्वास्थ्य की सरकारी नीति

स्वास्थ्य मनुष्य का सबसे अमूल्य धन है। इससे उसकी सभी गतिविधियां प्रभावित होती हैं और स्वास्थ्य ही मनुष्य का भाग्य तय करता है। इसके बगैर व्यक्ति की खुशी का कोई ठोस आधार नहीं हो सकता। विश्व स्वास्थ्य संगठन (WHO) ने इसे संपूर्ण शारीरिक, मानसिक और सामाजिक संपन्नता की स्थिति के रूप में परिभाषित किया है और यह सिर्फ रोग और दुर्बलता की अनुपस्थिति से पूर्ण नहीं होता।

संविधान के मुताबिक, केंद्र सरकार की जिम्मेदारी सिर्फ अंतरराष्ट्रीय स्वास्थ्य मामलों और शोध तथा प्रोफेशनल शिक्षा को बढ़ावा देने तक सीमित है। लिहाजा मानसिक स्वास्थ्य, खाद्य अपमिश्रण जैसे ज्यादातर अन्य स्वास्थ्य संबंधी मामले राज्यों और उनके स्वास्थ्य विभागों की जिम्मेदारी हैं। दवाएं और महत्त्वपूर्ण आंकड़े समवर्ती सूची में रखे गए हैं। संविधान के 42वें संशोधन में 'जनसंख्या नियंत्रण और परिवार नियोजन' को समवर्ती सूची का विषय बनाया गया और यह प्रावधान जनवरी 1977 से प्रभावी हुआ।

वर्ष 1946 और 1961 में रिपोर्ट देने वाली भोरे और मुदलियार स्वास्थ्य सर्वे समिति ने संविधान में किसी संशोधन की सिफारिश नहीं की, बल्कि इसने इस बात पर जोर दिया कि केंद्र सरकार के पास स्वास्थ्य संबंधी मामलों में राज्य प्राधिकरणों की गतिविधियों के साथ तालमेल बिठाने के लिए अपेक्षाकृत अधिक शक्ति होनी चाहिए। कई लोगों का दबाव था कि स्वास्थ्य मामलों को निपटाने के लिए स्वास्थ्य मंत्रालय को अधिक शक्ति मिलनी चाहिए।

स्वास्थ्य नीति का लक्ष्य विकासशील विश्व की आबादी को समेटते हुए गरीबी के दुष्चक्र को तोड़ने में मदद के लिए लोगों की स्वास्थ्य की स्थिति में मूलभूत बदलाव सुनिश्चित करना है और निर्धारित चीजों में बदलाव सुनिश्चित करने के लिए जनसंख्या को उदार बनाना है। इसमें स्वास्थ्य शिक्षा पर फैसले, स्वास्थ्य सुविधाएं, स्वास्थ्य का दायरा, मेडिकल शोध, औषधि प्रणाली का चयन आदि शामिल हैं।

'राष्ट्रीय स्वास्थ्य नीति' पर एक मसौदा संसद के दोनों सदनों के पटल पर रखा गया। इस नीति में स्वास्थ्य सेवा और समग्र प्राथमिक स्वास्थ्य सेवाएं स्थापित करने की जरूरतों के सुरक्षात्मक, प्रोत्साहक, जन स्वास्थ्य और पुनर्वास के विभिन्न पहलुओं पर जोर दिया गया ताकि देश के दूरवर्ती क्षेत्रों की आबादी तक प्राथमिक स्वास्थ्य सेवाओं की पहुंच संभव बनाई जा सके, संपूर्ण एकीकृत राष्ट्रीय सामाजिक-आर्थिक विकास के एक महत्त्वपूर्ण अवयव के रूप में स्वास्थ्य और मानव विकास की जरूरत पूरी की जा सके, समाज के अधिकतम हिस्सों में स्वास्थ्य सेवा प्रणाली का विकेंद्रीकरण किया जा सके और लोगों की आत्मनिर्भरता और भागीदारी बढ़ाई जा सके। इस नीति में जनसंख्या के सभी हिस्सों के लिए पर्याप्त पोषण, सुरक्षित पेयजल आपूर्ति तथा उन्नत साफ-सफाई व्यवस्था सुनिश्चित करने पर जोर दिया गया।

स्वास्थ्य के मामले पर महत्त्वपूर्ण सरकारी नीति में शामिल हैं: (1) राष्ट्रीय मलेरिया उन्मूलन कार्यक्रम (2) ग्रामीण स्वास्थ्य सेवाएं (3) परिवार नियोजन कार्यक्रम।

### 5.3.1 राष्ट्रीय मलेरिया उन्मूलन कार्यक्रम

भारत में मलेरिया प्राचीन काल से ही एक बड़ी स्वास्थ्य समस्या रही है। ऐसा अनुमान है कि

किसी सामान्य वर्ष में इस बीमारी से तकरीबन 7.5 करोड़ लोग पीड़ित होते हैं जबकि महामारी के दौरान यह संख्या दोगुनी हो जाती है और मलेरिया सीधे तौर पर पीड़ित लोगों की सालाना मृत्यु दर 8 लाख होने का अनुमान है।

इस बड़ी जनस्वास्थ्य समस्या से निजात पाने के लिए अप्रैल 1953 में राष्ट्रीय मलेरिया नियंत्रण कार्यक्रम शुरू किया गया जिसे वर्ष 1958 में संशोधित राष्ट्रीय मलेरिया उन्मूलन कार्यक्रम बना दिया गया। इससे वर्ष 1958-65 के दौरान उल्लेखनीय सफलता मिली और वर्ष 1965 में मलेरिया पीड़ितों की संख्या सिर्फ एक लाख तक रह गई तथा इस वर्ष कोई मौत भी नहीं हुई। मलेरिया से होने वाली बीमारी तथा मृत्यु में कमी आने से उद्योग, कृषि भूमि परियोजनाओं जैसे विभिन्न क्षेत्रों में करोड़ों रुपयों की आय हुई और देश को अच्छा-खासा लाभ हुआ।

हालांकि वर्ष 1965 में कई कारणों से सामान्य प्रकार और पी. टॉकीपेरम (P. Talkiparum) प्रकार के मलेरिया की घटना में वृद्धि देखी गई। इन कारणों में कुछ क्षेत्रों में कुछ खास कीटनाशक प्रतिरोधन क्षमता बढ़ने, देश के कुछ हिस्सों में मलेरिया परजीवी मच्छरों द्वारा क्लोरोक्वीन दवा की प्रतिरोधन क्षमता विकसित करने, उचित प्रकार के कीटनाशकों की अपर्याप्त आपूर्ति आदि शामिल हैं। इन समस्याओं के सामने आने पर विशेषज्ञों तथा केबिनेट के बीच सलाह-मशविरा किया गया और सभी राज्यों तथा केंद्र शासित प्रदेशों में निम्नलिखित उद्देश्यों को ध्यान में रखते हुए उन्मूलन अभियान की संशोधित योजना लागू की गई:

(i) मलेरिया से होने वाली मौतों को रोकना;

(ii) रूग्णता अवस्था की अवधि में कमी लाना;

(iii) ऐसे क्षेत्रों में मलेरिया-रोधी कारगर उपायों को अपनाने के लिए कृषि और औद्योगिक उत्पादन केंद्रों को प्रोत्साहित करना;

(iv) अब तक हासिल की गई उपलब्धियों को समाहित करना;

इन उद्देश्यों की प्राप्ति के लिए अभियान की संशोधित योजना निम्नलिखित तीन स्तरों पर लागू की गई:

(i) सरकारी प्रयास;

(ii) जनता की भागीदारी; और

(iii) मलेरिया पर शोध एवं प्रशिक्षण

### 5.3.2 ग्रामीण स्वास्थ्य सेवाएं

अल्मा-एटा घोषणा-पत्र पर हस्ताक्षर करते हुए भारत समग्र सर्वव्यापी प्राथमिक स्वास्थ्य सुविधा प्रदान करते हुए वर्ष 1978 में 'सबके लिए स्वास्थ्य' का लक्ष्य हासिल करने के लिए प्रतिबद्ध हुआ। इस संदर्भ में मंत्रालय ने देश की व्यापक ग्रामीण आबादी को न सिर्फ उपचारात्मक बल्कि प्रेरक और सुरक्षात्मक स्वास्थ्य सेवा सुविधाएं प्रदान करते हुए कई कारगर कार्यक्रम शुरू किए। ग्रामीण स्वास्थ्य सेवा के न्यूनतम कार्यक्रम के तहत निम्नलिखित योजनाएं/ कार्यक्रम चलाए गए:

**5.3.2 (i) बहुउद्देश्यीय कामगार योजना:** बहुउद्देश्यीय कामगार योजना का मकसद बहुउद्देश्यीय कामगारों की टीम के माध्यम से ग्रामीण इलाकों में एक स्वास्थ्य आपूर्ति प्रणाली स्थापित करना

था। इसके तहत प्रत्येक 5,000 ग्रामीण आबादी के एक पुरुष और एक महिला को टीम में रखा गया। इसके क्रियान्वयन में शामिल है (i) सभी स्तरों पर बहुउद्देश्यीय कामगारों की दक्षता विकसित करने और तकनीकी अवधारणाओं में एकउद्देश्यीय कामगारों को प्रशिक्षित करने के लिए गहन प्रशिक्षण कार्यक्रम चलाना और (ii) अतिरिक्त कामगारों को रोजगार प्रदान करना।

**5.3.2 (ii) स्वास्थ्य निर्देशक योजनाएं:** स्वास्थ्य निर्देशक योजना समाज द्वारा चयनित स्वैच्छिक स्वास्थ्य कार्यकर्ताओं का एक संगठन बनाने के उद्देश्य से शुरू की गई जो समर्थक, सुरक्षात्मक और प्राथमिक स्वास्थ्य सेवाओं के संदर्भ में प्रशिक्षण हासिल करेंगे ताकि जमीनी स्तर पर एकीकृत प्राथमिक स्वास्थ्य सेवा प्रदान की जा सके। इस प्रशिक्षण की व्यवस्था नजदीकी प्राथमिक स्वास्थ्य केंद्र या उपकेंद्र पर तीन महीने की अवधि के लिए की गई और प्रत्येक प्रशिक्षण के बाद प्रत्येक स्वास्थ्य निर्देशक को लिखित निर्देशिका, एक किट और नुकसानरहित सरल मशीन दी गई। योजना जारी नहीं रखने वाले राज्य तथा केंद्र शासित प्रदेश–चंडीगढ़, दादर और नागर हवेली, पश्चिम बंगाल, गुजरात, महाराष्ट्र और हिमाचल प्रदेश, हरियाणा, मध्य प्रदेश, मणिपुर, उड़ीसा तथा राजस्थान इस योजना को फिर से शुरू करने पर सहमत हुए। यह योजना परिवार कल्याण कार्यक्रम के तहत केंद्र द्वारा प्रायोजित की गई।

**5.3.2 (iii) न्यूनतम आवश्यकता कार्यक्रम:** इसके तहत देश के ग्रामीण इलाकों में स्वास्थ्य योजनाओं के सर्वाधिक महत्त्वपूर्ण कार्यों के लिए स्वास्थ्य सस्थानों को स्थापित किया गया। जो हैं

(i) प्राथमिक स्वास्थ्य केंद्र

(ii) उन्नत प्राथमिक स्वास्थ्य केंद्र

(iii) सहायक स्वास्थ्य केंद्र

(iv) उपकेंद्र

स्वास्थ्य संस्थानों द्वारा किए जाने वाले विभिन्न कार्य समर्थक और रक्षात्मक पहलुओं पर जोर देते हुए सामान्य तौर पर समाज की जरूरतों पर आधारित हैं। पीएचसी में उन स्वास्थ्यकर्मियों के विभिन्न समूहों को प्रशिक्षण भी दिया जाता है जो घर-घर जाकर प्राथमिक स्वास्थ्य सेवाएं मुहैया कराने के कार्य से जुड़े हैं।

**5.3.2 (iv) दाई प्रशिक्षण कार्यक्रम:** ऐसा महसूस किया गया कि देश के 580 लाख गांवों में कम-से-कम एक दाई को प्रशिक्षित किया जाए ताकि देश में उपलब्ध जच्चा-बच्चा स्वास्थ्य (एमसीएच) सेवा में सुधार लाया जा सके और दाई समाज के सदस्यों के लिए छोटे परिवार के लाभों से भली-भांति परिचित होने वाली प्रमुख व्यक्ति बने। प्रशिक्षण के बाद प्रत्येक दाई को सुरक्षित और स्वस्थ तरीके से प्रसूति कराने के लिए प्रसूति किट दिए जाते हैं। लेकिन भारत में ग्रामीण स्वास्थ्य सेवाओं की स्थिति बेहद खराब है। इस पर बहस तो बहुत होती है लेकिन हासिल कुछ भी नहीं होता। ग्रामीण सेवाओं को प्रभावी बनाने के लिए शहरी और ग्रामीण आबादी के बीच चिकित्सा सुविधाओं और श्रमशक्ति की उपलब्धता के मौजूदा असंतुलन को खत्म किए जाने की जरूरत है। संपूर्ण स्वास्थ्य सेवा का दायरा ग्रामीण आबादी तक भी बढ़ाना होगा। एकीकृत स्वास्थ्य सेवाएं एकीकृत स्वास्थ्य संरचना के जरिए जबकि बुनियादी विशेष सेवाएं लोगों के घरों के नजदीकी समुदाय तक पहुंचानी होंगी।

## 5.4 परिवार नियोजन कार्यक्रम

भारत विश्व में (चीन के बाद) दूसरा सबसे बड़ी आबादी वाला देश है और क्षेत्रफल के लिहाज से सातवां सबसे बड़ा देश है। बढ़ती आबादी की समस्या इस विनाशकारी स्तर तक पहुंच चुकी है कि यह देश की सामाजिक-आर्थिक स्थिरता के लिए सचमुच एक खतरा बन गई है। गरीबी, बीमारी, भूख, कुपोषण और बेरोजगारी के खिलाफ हमारी लड़ाई में आबादी की तीव्र वृद्धि पर रोक लगाना उतना ही महत्त्वपूर्ण है जितना कि खेतों और फैक्टरियों से उत्पादन बढ़ाना तथा सामाजिक सेवा का प्रावधान लाना। जनसंख्या नियंत्रण उन प्रमुख मुद्दों में से एक है जिनका देश को हल निकालना है और सामाजिक और आर्थिक विकास की दिशा में आगे बढ़ने को शीर्ष प्राथमिकता देना है। इस प्रकार यह साक्ष्य पेश होगा कि भारतीय अर्थव्यवस्था के भविष्य की कुंजी राष्ट्रव्यापी जनसंख्या नियंत्रण कार्यक्रम के तत्काल और प्रभावी क्रियान्वयन में लागू सामाजिक न्याय पर आधारित है।

परिवार नियोजन कार्यक्रम पारिवारिक जीवन के मुद्दों और समस्याओं के लिए एक नियोजित और वैज्ञानिक दृष्टिकोण अपनाता है और इनका निपटारा पारिवारिक जीवन को खुशहाल, सौहार्दपूर्ण तथा सार्थक बनाने के लिए करता है। परिवार नियोजन में उन प्रक्रियाओं को अपनाया जाता है जो व्यक्तियों या दंपतियों को निम्नलिखित उद्देश्य हासिल करने में मदद करती हैं:[6]

(i) अनचाहे गर्भ से छुटकारा;

(ii) बच्चे की चाह पूरी करने के लिए मदद;

(iii) गर्भधारण में एक निश्चित अंतर बरकरार रखना;

(iv) माता-पिता की उम्र के अनुसार बच्चे की जन्म अवधि पर नियंत्रण रखना; तथा

(v) परिवार में बच्चों की संख्या का निर्धारण।

एक सरकारी कार्यक्रम के तौर पर परिवार नियोजन को भारत में वर्ष 1952 में अपनाया गया। पहली दो पंचवर्षीय योजना (1951-61) के दौरान यह कार्यक्रम क्लिनिकल पहल के साथ एक शालीन तरीके से अपनाया गया। इस कार्यक्रम को वर्ष 1961 की जनगणना के नतीजे प्रकाशित होने के बाद तीसरी पंचवर्षीय योजना में पुनर्संगठित किया गया जिसमें अनुमान से अधिक उच्चतर वृद्धि दर देखी गई। तीसरी पंचवर्षीय योजना के मध्यकाल में क्लिनिकल पहल के बजाय लोगों को सेवाओं का लाभ दिलाने के लिए छोटे परिवार अपनाने की स्वीकार्यता के तौर पर प्रेरित करने के मकसद से शैक्षणिक पहल के विस्तार पर ज्यादा जोर दिया गया।

स्वास्थ्य मंत्रालय में एक पूर्ण स्वायत्त परिवार नियोजन विभाग की स्थापना की गई। इसके तहत ज्यादा जोर प्रशिक्षण, शोध, प्रचार, संगठन, आपूर्ति और मूल्यांकन पर दिया गया। गर्भधारण मामले में चिकित्सा से बेदखल करने का कानून वर्ष 1971 में पारित किया गया और यह 1 अप्रैल 1972 से लागू हो गया। योजना के तहत पेश किए गए कार्यक्रम को उच्च प्राथमिकता दी गई। इन वर्षों के दौरान इन कार्यक्रमों का विस्तार कार्य, दृढ़ीकरण और मां तथा बच्चे के स्वास्थ्य की देखभाल के साथ-साथ परिवार नियोजन का एकीकरण जारी रहा।

परिवार नियोजन हमारी विकास रणनीति का अहम किरदार बना रहा। इसकी रफ्तार भी बढ़ती रही। प्रदर्शन के मामले में इसमें रिकॉर्ड सुधार देखा गया। इस प्रकार देश का स्वास्थ्य सेक्टर विविधतापूर्ण है और इसमें बहुस्तरीय परंपरागत प्रणालियों के साथ-साथ आधुनिक औषधि

प्रणाली भी शामिल है। लेकिन समय-समय पर अपनाई गई समस्त स्वास्थ्य नीतियों के समक्ष विविध प्रकार की चुनौतियां भी आती रहीं।

राष्ट्रीय नीति और पंचवर्षीय विकास योजनाओं में जन स्वास्थ्य पूरा करने और स्वास्थ्य विषमताएं दूर करने के लिए एक प्रतिबद्धता जताई गई लेकिन गुणवत्तापूर्ण स्वास्थ्य सेवा की पहुंच में पक्षपातपूर्ण रवैया बना रहा। स्वास्थ्य पर सरकारी खर्च बेहद सीमित (जीडीपी का 0.9 प्रतिशत) था। दूसरी तरफ सरकार का लक्ष्य जन स्वास्थ्य में हिस्सेदारी बढ़ाकर जीडीपी का 2 प्रतिशत करना था। नियामक संरचना के विकास के लिए प्रयास भी बढ़ाए गए और बीमा सहित वैकल्पिक वित्तीय व्यवस्था के विकल्प तलाशे गए।

राष्ट्रीय ग्रामीण स्वास्थ्य अभियान और जननी तथा शिशु स्वास्थ्य कार्यक्रम, नवजात शिशुओं और शिशु रोग का एकीकृत प्रबंधन (आईएमएनसीआई), जन्म से पूर्व सेवाएं तथा घर में ही नवजात की देखभाल प्रक्रियाएं लागू की गई। आपातकालीन प्रसूति चिकित्सा की देखभाल के लिए स्वास्थ्य प्रदाताओं की बहुस्तरीय दक्षता, मान्यता प्राप्त सामाजिक स्वास्थ्य कार्यकर्ता (आशा) और राष्ट्रीय योजनाओं में महिलाओं के स्वास्थ्य पर ध्यानाकर्षण में वृद्धि स्वास्थ्य प्रणाली की प्रतिबद्धताएं थीं ताकि राष्ट्रीय योजनाओं में महिलाओं का स्वास्थ्य सुधारा जा सके और उन पर विशेष ध्यान दिया जा सके। ऐसा आबादी पर काबू पाने, लिंग भेदभाव मिटाने, मातृत्व तथा नवजात की अत्यधिक मृत्यु दर में कमी लाने के लिए किया गया।[7]

जन स्वास्थ्य, शिक्षा और प्रयोगों की जरूरत महसूस की गई। इसके लिए जन स्वास्थ्य की बुनियाद खड़ी की गई। विशेष रूप से गरीबों में संक्रामक रोगों के कारण उच्च मृत्यु दर और अस्वस्थता दर में कमी लाने के लिए प्रतिबद्धताएं और निवेश बढ़ाया गया और मस्तिष्क रोग, कुष्ठ, तपेदिक और टीके से बचाव वाले संक्रामक रोगों पर नियंत्रण और/ या उनके उन्मूलन में आश्चर्यजनक प्रगति हुई। इन सभी संक्रामक रोगों पर तत्काल निर्णय लेने से पहले अपर्याप्त तथा देरी से सूचना मिलने के कारण काबू नहीं पाया जा सका था और इसमें शुरुआती जवाबदेह प्रबंधन एक गंभीर समस्या थी। विभिन्न नीतियों और कार्यक्रमों के जरिए सरकार स्वास्थ्य समस्याओं से मुकाबला करने का प्रयास कर रही है। भारत के शहरी तथा ग्रामीण दोनों हिस्सों में स्वास्थ्य सेवा के साथ जुड़े कई अंतरराष्ट्रीय भागीदार सक्रिय हैं जिनमें संयुक्त राष्ट्र एजेंसियां, अंतरराष्ट्रीय गैर-सरकारी संगठनों के बहुपक्षीय संगठन और सबसे प्रमुख यूएसएआईडी एवं डीएफआईडी शामिल हैं। बाहरी स्तर पर विश्व बैंक समूह सबसे बड़ी वित्तीय सहायता एजेंसी के रूप में उभरा है। हालांकि बाहरी वित्तीय सहायता अपेक्षाकृत कम है लेकिन खासतौर पर विशेषज्ञता, ज्ञान, अंतर्राष्ट्रीय अनुभव, अच्छे प्रयोग, तरकीबों और नवोन्मेषण, नीति विकल्पों, पायलट तथा प्रदर्शन परियोजनाओं, नियामक कार्यों, मानदंडों, अभियानों के लिए दिशा-निर्देशों तथा तकनीकी सहयोग की साझेदारी के मामले में सरकार ने इसके मूल्यवर्द्धन और लाभ को देखते हुए उच्च मान्यता प्रदान की है।

हाल के वर्षों में मदद के लिए वैश्विक निकायों के भी सामने आने के साक्ष्य देखे गए हैं जिनमें टीकाकरण कार्यक्रम के लिए वैश्विक गठबंधन, एड्स, टीबी और मलेरिया के लिए वैश्विक कोष, एचआईवी/ एड्स कार्यक्रमों के लिए क्लिंटन फाउंडेशन तथा बिल एंड मेलिंडा गेट्स फाउंडेशन शामिल हैं।

## संदर्भ एवं टिप्पणी

1. भारत सरकार, योजना आयोग, *प्रथम पंचवर्षीय योजना*, पृ. 361
2. भारत सरकार, योजना आयोग, *द्वितीय पंचवर्षीय योजना*, पृ. 501
3. भारत सरकार योजना आयोग, *तृतीय पंचवर्षीय योजना*, पृ. 573
4. भारत सरकार, योजना आयोग, *चौथी पंचवर्षीय योजना, ए ड्राफ्ट आउटलाइन*, पृ. 311
5. हेल्थ केयर एडमिनिस्ट्रेशन, इकोलॉजी, प्रिंसिपल्स एंड मॉडर्न ट्रेंड्स, स्टर्लिंग, नई दिल्ली, 1980
6. स्वास्थ्य एवं परिवार कल्याण मंत्रालय की तालिका
7. डॉ. गोयल, एस. एल., *हेल्थ केयर एडमिनिस्ट्रेशन, पॉलिसी मेकिंग एंड प्लानिंग*, स्टर्लिंग पब्लिशर्स, नई दिल्ली 1989

अध्याय छह

# भारत के विकास में विज्ञान एवं प्रौद्योगिकी नीति

## सूचना प्रौद्योगिकी और सामाजिक परिवर्तन

*निधि शुक्ला*

"जहां तर्क की स्पष्ट धारा बुराइयों के दलदल में दिग्भ्रमित न हो,
जहां सतत् प्रखर हो रहे विचार और कार्य की ओर हमारा मन उन्मुख हो,
परमपिता से मेरी प्रार्थना है कि वे ऐसी आजादी से परिपूर्ण स्वर्ग में
मेरे देश को उदित करें"।
—रवीन्द्र नाथ ठाकुर

गुरुदेव रवीन्द्र नाथ ठाकुर ने अपनी कृति *गीतांजलि* की ''मेरा स्वर्ग'' नामक कविता में उपरोक्त विचार की चर्चा की है। भारतीय साहित्य में वैज्ञानिक दृष्टिकोण का यह एक लघु मगर नायाब प्रसंग है। महाभारत और उपनिषद जैसे हमारे भारत वांङ्मय चर्चा-परिचर्चाओं, बहसों, विवादों, प्रश्नों तथा संवादों से भरे हुए हैं। दरअसल चर्चा, बहस और विश्लेषण वैज्ञानिक दृष्टिकोण के ही अभिन्न अंग होते हैं।

विज्ञान विधि और वैज्ञानिक दृष्टिकोण का यदि मनन करें तो हम पाएंगे कि विज्ञान का सरोकार विज्ञान विधि से तो हो सकता है मगर वैज्ञानिक दृष्टिकोण से नहीं। वैज्ञानिक दृष्टिकोण (Scientific Temper) शब्द का प्रयोग पंडित नेहरू ने विज्ञान एवं प्रौद्योगिकी के उपयोग द्वारा भारत के संपूर्ण विकास के संदर्भ में किया था। भारत में आज यह शब्द पर्याप्त रूप से प्रचलित हो गया है। नेहरू की विज्ञान में रुचि उनके ट्यूटर एफ.टी ब्रुक्स ने जगाई थी। ब्रुक्स ने बालक नेहरू के लिए एक छोटी-सी प्रयोगशाला की रचना की थी जहां नेहरू अपनी जिज्ञासाओं का शमन करते थे। वह स्वयं वैज्ञानिक तो नहीं बने मगर विज्ञान के अध्ययन ने उनके भीतर विज्ञान से अटूट लगाव और वैज्ञानिक सोच को विकसित किया और इस वैज्ञानिक सोच के जरिए उन्होंने भारत की समस्याओं का समाधान ढूंढने का प्रयत्न किया। ''स्वतंत्र भारत के लिए विज्ञान'' और ''वैज्ञानिक दृष्टिकोण'' जैसे विचार-सूत्र नेहरू के मन में कारावास के दौरान ही उपजे थे। आजादी के बाद जब वे देश के प्रधानमंत्री बने तो उनके सभी कार्यों में इसी विचार-दृष्टि का पुट परिलक्षित हुआ। वैज्ञानिक तथा औद्योगिक अनुसंधान परिषद(सीएसआईआर) के अंतर्गत

असिस्टेंट प्रोफेसर, राजनीतिशास्त्र विभाग, राजधानी कॉलेज, दिल्ली विश्वविद्यालय।

विज्ञान के विविध आयामों में मौलिक अनुसंधान हेतु भारत में उन्होंने प्रयोगशालाओं की श्रृंखला स्थापित करके महान काम किया। विज्ञान में उनकी सहज रुचि इस बात से जाहिर होती है कि उन्होंने भारतीय विज्ञान के कुंभ भारतीय विज्ञान कांग्रेस के प्रत्येक सम्मेलन में भागीदारी की।

उद्योग और कृषि में अनुसंधान के जरिए नेहरू वास्तव में देश की आर्थिक, परमाणविक, वैज्ञानिक और आध्यात्मिक उन्नति का सपना देख रहे थे। इसके अलावा वह भारतीय समाज की जड़ों में व्याप्त सदियों पुरानी धर्मांधता का उन्मूलन वैज्ञानिक दृष्टिकोण द्वारा करना चाहते थे। यह नेहरू की ही देन थी कि भारतीय संविधान के मूल कर्तव्य के भाग 4 क में वैज्ञानिक दृष्टिकोण को स्थान दिया गया। इस स्थान पर स्पष्ट उल्लेख है कि वैज्ञानिक दृष्टिकोण, मानववाद और ज्ञानार्जन तथा सुधार की भावना का विकास करें। नेहरू के ही प्रयास से डॉ होमी जहांगीर भाभा, डॉ एस.एस. भटनागर जैसे वैज्ञानिकों ने सक्रियता दिखाई और वैज्ञानिक शोध संस्थानों तथा प्रयोगशालाओं की स्थापना की गई। डॉ. होमी जहांगीर भाभा तथा डॉ. विक्रम साराभाई ने देश के अंदर वैज्ञानिक जिजीविषा को बढ़ाने के लिए क्रमश: भाभा परमाणु अनुसंधान केंद्र(BARC) तथा भौतिक अनुसंधान प्रयोगशाला(PRC) की स्थापना की।

वैज्ञानिक अनुसंधानों के संगठन एवं निर्देशन हेतु वैज्ञानिक अनुसंधान एवं प्राकृतिक संसाधनों से संबंधित मंत्रालय की स्थापना करने वाला भारत विश्व का प्रथम देश है। भारत में इस मंत्रालय की स्थापना 1951 में ही कर दी गई थी। इस मंत्रालय ने विज्ञान और प्रौद्योगिकी के विकास की सभी जिम्मेदारियां अपने ऊपर ले लीं तथा इस क्षेत्र में उल्लेखनीय कार्य किए। इसी संदर्भ में सरकार ने विज्ञान और प्रौद्योगिकी नीति की समय-समय पर घोषणा की तथा विभिन्न पंचवर्षीय योजनाओं में विज्ञान और प्रौद्योगिकी के नियोजन तथा विकास को महत्त्वपूर्ण स्थान दिया। वस्तुत: भारत में वैज्ञानिक और तकनीकी विकास की पृष्ठभूमि 1939 में अखिल भारतीय कांग्रेस द्वारा जवाहर लाल नेहरू की अध्यक्षता में 'राष्ट्रीय आयोजना समिति' में शुरू कर दी गई थी।[1]

## 6.1 वैज्ञानिक नीति संकल्प 1958

1951 में स्थापित वैज्ञानिक अनुसंधान एवं प्राकृतिक संसाधन मंत्रालय के प्रयास से 4 मार्च 1958 को देश की पहली विज्ञान नीति का प्रारूप संसद में प्रस्तुत किया गया। इस नीति के प्रमुख बिंदु इस प्रकार थे:

- राष्ट्र के विकास के लिए विज्ञान एवं प्रौद्योगिक का विकास अतिआवश्यक है और इसके लिए हरसंभव प्रयास किया जाना चाहिए।
- विज्ञान के प्रसार हेतु किए जाने वाले प्रयासों को प्रोत्साहन दिया जाएगा चाहे वह निजी क्षेत्र द्वारा ही क्यों न किया गया हो।
- शिक्षा, कृषि, उद्योग तथा रक्षा क्षेत्र की आवश्यकताओं की पूर्ति हेतु विज्ञान का विकास किया जाएगा।
- उच्च स्तर के वैज्ञानिक अनुसंधानों हेतु आधारभूत ढांचे का विकास किया जाएगा तथा इसे विश्व स्तर के वैज्ञानिक अनुसंधानों से जोड़ा जाएगा ताकि विश्व में हो रहे अनुसंधानों का त्वरित लाभ भारत को मिल सके।

- विज्ञान के क्षेत्र में आत्मनिर्भरता प्राप्त करने के लिए इसे प्राथमिकता वाले क्षेत्र में रखा जाएगा।
- सृजनात्मक प्रतिभा और वैज्ञानिक गतिविधियों को बढ़ाने के लिए वित्तीय सहायता उपलब्ध कराई जाएगी।
- विज्ञान तथा प्रौद्योगिकी विकास के लाभ को आमजन तक पहुंचाने हेतु उपाय किए जाएंगे।
- विज्ञान एवं प्रौद्योगिकी की आवश्यकताओं की पूर्ति के लिए पर्यावरण, महासागर विकास और परंपरागत ऊर्जा एवं जैव प्रौद्योगिकी विभागों की स्थापना की जाएगी।

1962 में लाल बहादुर शास्त्री की अध्यक्षता में एक भारतीय संसदीय एवं वैज्ञानिक समिति की स्थापना की गई। इस समिति की स्थापना का मुख्य उद्देश्य वैज्ञानिक उपलब्धियों एवं भविष्य हेतु दिशा-निर्देशन के साथ ही संसद को भी विज्ञान के उत्थान में प्रभावी ढंग से सम्मिलित करना था।

### 6.1.1 राष्ट्रीय प्रौद्योगिकी नीति 1983/ 1993

1983 में तत्कालीन प्रधानमंत्री श्रीमती इंदिरा गांधी द्वारा देश के संसाधनों के समुचित उपयोग तथा राष्ट्र की प्राथमिकताओं के अनुरूप प्रौद्योगिकी विकास हेतु राष्ट्रीय प्रौद्योगिकी नीति की घोषणा की गई। इस नीति के मुख्य बिंदु इस प्रकार थे—

- प्रौद्योगिकी के क्षेत्र में आत्मनिर्भरता प्राप्त करना तथा देशी प्रौद्योगिकी एवं आयातित प्रौद्योगिकी के मध्य समन्वय स्थापित करना।
- देश की प्राथमिकताओं एवं संसाधनों की उपलब्धता को ध्यान में रखते हुए देशी प्रौद्योगिकी का अधिकतम उपयोग करना।
- देशी प्रौद्योगिकी तथा पारंपरिक निपुणता के व्यावसायिक उपयोग पर विशेष बल देना।
- अंतर्राष्ट्रीय स्तर पर उपयोगी देशी प्रौद्योगिकी के निर्यात तथा विदेशी प्रौद्योगिकी के आयात को प्रोत्साहन देना।
- गैर-परंपरागत ऊर्जा स्त्रोतों के विकास तथा पर्यावरण संरक्षण में प्रौद्योगिकी का भरपूर इस्तेमाल करना।
- राष्ट्रीय प्रौद्योगिकी नीति को लागू करने के लिए प्रौद्योगिकी नीति क्रियान्वयन समितियों का गठन करना।

1991 में उदारीकरण तथा वैश्वीकरण की शुरुआत के साथ ही देश के आर्थिक तथा औद्योगिक परिदृश्य में बदलाव की आवश्यकता महसूस होने लगी थी। इसी आवश्यकता को देखते हुए 1991 में नई औद्योगिकी नीति की घोषणा की गई। इस नीति का सीधा संबंध देश के प्रौद्योगिकी विकास से होने के कारण 1993 में नई राष्ट्रीय प्रौद्योगिकी नीति की घोषणा की गई। देश की अर्थव्यवस्था को सुदृढ़ करने तथा औद्योगिक क्षेत्र में उदारीकरण के बढ़ते प्रभाव को देखते हुए नई प्रौद्योगिकी नीति में देश को विश्व स्तर की प्रौद्योगिकी के साथ प्रतिस्पर्धी बनाने पर बल दिया गया। इस नीति के मुख्य बिंदु इस प्रकार थे:

- देश के प्रौद्योगिकी विकास को विकसित राष्ट्रों के समकक्ष करना।
- प्रौद्योगिकी के विकास और उसके लाभ को ग्रामीण क्षेत्रों तक पहुंचाने हेतु विशेष रणनीति बनाना।

- प्रौद्योगिकी का विकास कठोर श्रम को कम करने हेतु करना तथा जनजीवन के स्तर में सुधार लाना।
- प्राकृतिक संसाधनों का उचित मात्रा में दोहन तथा पर्यावरण संरक्षण में प्रौद्योगिकी का इस्तेमाल करना।
- स्वदेशी प्रौद्योगिकी को अंतर्राष्ट्रीय मानक के अनुरूप करना तथा मानव संसाधन का अधिकतम उपयोग करना।
- स्वास्थ्य सेवाओं में आधुनिक तकनीक का उपयोग करना।
- वैकल्पिक ऊर्जा तथा गैर परंपरागत ऊर्जा स्त्रोतों की तलाश करना।

### 6.1.2 भारत की नई विज्ञान एवं प्रौद्योगिकी नीति, 2003

वैश्वीकरण के दौर में विज्ञान एवं प्रौद्योगिकी की चुनौतीपूर्ण भूमिका के महत्त्व को देखते हुए 3 जनवरी 2003 को कर्नाटक की राजधानी बंगलुरू में आयोजित 90वीं राष्ट्रीय विज्ञान कांग्रेस के उद्घाटन अवसर पर तत्कालीन प्रधानमंत्री अटल बिहारी वाजपेयी द्वारा राष्ट्रीय विज्ञान एवं प्रौद्योगिकी नीति की घोषणा की गई। इस नीति के अंतर्गत पहली बार विज्ञान एवं प्रौद्योगिकी को समाज के विकास एवं राष्ट्रीय सुरक्षा हेतु अपरिहार्य माना गया। इसके साथ ही पहली बार अनुसंधानों को बढ़ावा देने के लिए सरकारी एवं निजी क्षेत्रों के मध्य समन्वय की आवश्यकता को स्वीकार किया गया।

नई नीति में परंपरागत ज्ञान को संवर्धित करते हुए देशी प्रौद्योगिकी के विकास तथा इसके वाणिज्यिक प्रयोग तथा बौद्धिक संपदा के संरक्षण में विज्ञान एवं प्रौद्योगिकी के भरपूर प्रयोग की बात की गई है। नई नीति में विकास के प्रमुख विषयों स्वास्थ्य, खाद्यान्न, कृषि, ऊर्जा, पर्यावरण इत्यादि से संबंधित अनुसंधानों हेतु सभी मेडिकल कालेजों, इंजीनियरिंग कॉलेजों में अनुसंधान संबंधी गतिविधियों में तेजी लाने तथा माध्यमिक एवं उच्च स्तरीय कॉलेजों एवं शैक्षणिक संस्थानों को प्रयोगशाला के विकास हेतु आर्थिक सहायता उपलब्ध कराने की बात की गई है। महाविद्यालय, विश्वविद्यालय तथा इंजीनियरिंग कॉलेजों के शिक्षण एवं शोध के स्तर को उच्चीकृत करने के लिए पर्याप्त संसाधन उपलब्ध कराने का संकल्प भी नई नीति में व्यक्त किया गया है।

नई नीति में विज्ञान एवं प्रौद्योगिकी के क्षेत्र में महिलाओं के योगदान को बढ़ाने हेतु उन्हें प्रोत्साहन देना, प्रतिभा पलायन पर रोक, विदेश में रह रहे भारतीय वैज्ञानिकों को वापस बुलाने हेतु उचित माहौल का विकास, भुखमरी, गरीबी उन्मूलन, कुपोषण, प्राकृतिक आपदाओं से निपटने में विज्ञान और प्रौद्योगिकी के महत्त्व को स्वीकार करते हुए सभी सरकारी एवं निजी क्षेत्र की अनुसंधान शाखाओं से अपेक्षा की गई है कि वे देश की आवश्यकता को समझते हुए अपनी प्राथमिकताएं तय करेंगे। इस नीति में कहा गया है कि अंतर्राष्ट्रीय प्रतिस्पर्द्धा के इस युग में उच्च स्तर के वैज्ञानिक अनुसंधान देश में ही करने तथा उसके लाभ को तीव्र गति से प्राप्त करने के लिए उद्योग जगत को इस दिशा में ठोस कदम उठाने होंगे।

नई विज्ञान नीति का सबसे अहम् पहलू यह है कि इसमें विज्ञान एवं प्रौद्योगिकी से संबंधित सभी मंत्रालयों तथा अन्य विभागों के प्रमुख के पद हेतु वैज्ञानिकों और विशेषज्ञों को चुनने का

संकल्प व्यक्त किया गया है। 12 जुलाई 2006 को पृथ्वी विज्ञान मंत्रालय तथा 9 जनवरी 2007 को पृथ्वी आयोग का गठन किया गया। आज इन्हीं कारगर उपायों के चलते भारत विज्ञान के विश्व क्षितिज पर अपनी उपस्थिति दर्ज करा रहा है। यह हमारी प्रौद्योगिकी दक्षता का ही कमाल है कि हम शक्तिशाली एवं मारक युद्ध पोतों, मिसाइलों, चालक रहित हल्के विमान का विकास करने में सफल हुए हैं। अंतरिक्ष में भी अपनी छाप चन्द्रयान-1, जीएसलवी, पीएसलवी जैसे क्रायोजनिक प्रौद्योगिकी का सफल निर्माण करके आज हम विश्व की महाशक्तियों में शामिल हो रहे हैं।

## 6.2 विज्ञान और प्रौद्योगिकी: पंचवर्षीय योजनाएं

भारत के तीव्र आर्थिक विकास हेतु विज्ञान एवं प्रौद्योगिकी के विकास के महत्त्व को ध्यान में रखते हुए विभिन्न पंचवर्षीय योजनाओं में इसे महत्त्वपूर्ण स्थान देकर इस क्षेत्र में समुचित निवेश किया गया। विभिन्न चरणों के कठिन मापदंडों से गुजरने के कारण अन्य क्षेत्रों की तुलना में विज्ञान और प्रौद्योगिकी के क्षेत्र में स्वतंत्रता प्राप्ति के उपरांत तीव्र एवं ठोस विकास हुआ है।

1951 में प्रथम पंचवर्षीय योजना की शुरुआत की गई जिसमें आधारभूत ढांचे के विकास पर मुख्य ध्यान दिया गया ताकि भविष्य की वैज्ञानिक एवं तकनीकी प्रगति को एक सशक्त आधार दिया जा सके। नेहरू की वैज्ञानिक मानसिकता के अनुसार द्वितीय पंचवर्षीय योजना में भारी उद्योगों को उच्च प्राथमिकता दी गई[2] और दुर्गापुर, भिलाई, राउरकेला के इस्पात कारखाने स्थापित किए गए तथा सिंचाई एवं विद्युत आपूर्ति सुनिश्चित करने हेतु बड़े बांधों के निर्माण पर बल दिया गया। इन्हें नेहरू ने "भारत के आधुनिक मंदिरों की संज्ञा दी"। इसी दौरान राष्ट्रीय विज्ञान नीति 1958 की घोषणा की गई जिसके अंतर्गत राष्ट्र के विकास के लिए विज्ञान एवं प्रौद्योगिकी के विकास को आवश्यक मानते हुए विज्ञान के क्षेत्र में आत्मनिर्भरता प्राप्त करने, वैज्ञानिकों का समुचित सम्मान करते हुए, उनके सलाह एवं मशविरे को महत्त्व देने, विज्ञान एवं प्रौद्योगिकी विकास के लाभ को आम जन तक पहुंचाने तथा विज्ञान एवं प्रौद्योगिकी की आवश्यकताओं की पूर्ति के लिए पर्यावरण, महासागर विकास ओर परंपरागत ऊर्जा एवं जैव प्रौद्योगिकी विभागों की स्थापना की बात की गई।

वास्तव में स्वतंत्रता के पश्चात् की प्रथम तीन पंचवर्षीय योजनाओं के 15 वर्ष देश में विज्ञान एवं प्रौद्योगिकी के आधारभूत ढांचे के विकास में ही व्यतीत हो गए। चौथी पंचवर्षीय योजना में विज्ञान और प्रौद्योगिकी के विकास की गति में तीव्रता लाने का निर्णय किया गया। जो बाद के वर्षों में फलीभूत हुआ। प्राकृतिक संसाधनों की खोज एवं दोहन का कार्य पांचवीं पंचवर्षीय योजना के दौरान शुरू किया गया। इस समय तक इसरो(ISRO), डीआरडीओ (DRDO) जैसी संस्थाओं का गठन हो चुका था। सातवीं पंचवर्षीय योजना में पहली बार निजी क्षेत्र को सार्वजनिक क्षेत्र की तुलना में वरीयता देते हुए आधुनिकीकरण पर जोर दिया गया[3] तथा इसके अंतर्गत जैव प्रौद्योगिकी, सागर विकास, मृदा सर्वेक्षण, सूक्ष्म इलैक्ट्रोनिकी, पर्यावरण संरक्षण इत्यादि पर सार्थक पहल की गई। इस दौरान अंतरिक्ष कार्यक्रमों, प्रक्षेपास्त्रों के विकास में भी भारत ने ठोस उपलब्धि हासिल की।

1992 में शुरू की गई आठवीं पंचवर्षीय योजना में मानव संसाधन के विकास एवं सामाजिक न्याय को ध्यान में रखते हुए विज्ञान एवं प्रौद्योगिकी के सामाजिक एवं आर्थिक पहलू पर विशेष ध्यान दिया गया। उपग्रहों के प्रक्षेपण द्वारा शिक्षा एवं दूर-संचार के क्षेत्र में इनका उपयोग कर विज्ञान को जन सुलभ एवं जनोपयोगी बनाने का प्रयत्न किया गया। इसी दौरान तकनीकी शिक्षा विभाग की स्थापना की गई तथा इलैक्ट्रोनिक, कंप्यूटर, जैव प्रौद्योगिकी, पर्यावरण, वाणिज्य, प्रशासन जैसे नए विषयों को पाठ्यक्रम में स्थान दिया गया। देश की आजादी के 50वें वर्ष में शुरू हुई नवीं पंचवर्षीय योजना वैश्विक मंदी के बावजूद अपनी महत्त्वपूर्ण उपलब्धियों के लिए जानी जाती है। इस योजना के दौरान भारत दो परमाणु परीक्षण कर तथा अंतरिक्ष में इनसैट (INSAT) शृंखला के कई उपग्रहों की स्थापना कर अनेक कीर्तिमान स्थापित कर चुका था। दूरसंचार उपग्रहों, क्रायोजनिक इंजन का विकास, पृथ्वी, अग्नि, त्रिशूल, आकाश जैसे प्रक्षेपास्त्रों का विकास कर भारत दक्षिण एशिया में एक महाशक्ति के रूप में स्थापित हो चुका था।

दसवीं पंचवर्षीय योजना में विज्ञान एवं प्रौद्योगिकी पर होने वाले व्यय को कुल घरेलू उत्पाद के 2 प्रतिशत से अधिक किए जाने का लक्ष्य निर्धारित किया गया था। इसमें कुल 28,673 करोड़ रुपए आवंटित किए गए, जो नवीं योजना में मात्र 12,000 करोड़ रुपए था। इस योजनावधि में कृषि के लिए नवीनतम प्रौद्योगिकी के विकास पर बल दिए जाने तथा विज्ञान एवं प्रौद्योगिकी के क्षेत्र में आधारभूत संरचनाओं के विकास में वित्तीयन की समस्या को समाप्त करने के लिए निजी क्षेत्र की भागीदारी को बढ़ाने के लिए विशेष योजनाओं पर जोर दिया गया। विद्युत, परिवहन, ऊर्जा, पेयजल की उपलब्धता, वनों का विकास, नदियों के प्रदूषण स्तर को कम करने, साक्षरता में वृद्धि, शिशु एवं प्रसव मृत्युदर में गिरावट इत्यादि लक्ष्य को प्राप्त करने में विज्ञान एवं प्रौद्योगिकी का भरपूर उपयोग किया गया। सूचना, संचार, परिवहन के क्षेत्र में नई प्रौद्योगिकियों का इस्तेमाल कर नए कीर्तिमान रचे गए। अनेक विदेशी उपग्रहों का प्रक्षेपण इसरो द्वारा किया गया। जीएसएलवी द्वारा पहली बार इनसैट शृंखला के उपग्रह इनसैट-IV सी आर का सफल प्रक्षेपण किया गया। इटली के एजाइल, इंडोनेशिया के लापान टरबोसेट, बेल्जियम के प्रोबा जैसे अनेक विदेशी उपग्रहों का प्रक्षेपण कर भारत ने विश्व अंतरिक्ष बाजार में अपनी सशक्त उपस्थिति दर्ज कराई। इसी दौरान राष्ट्रीय प्रौद्योगिकी नीति 1993 में संशोधन करते हुए इसे और व्यापक एवं 21वीं सदी के अनुरूप बनाते हुए 2003 में नई विज्ञान एवं प्रौद्योगिकी नीति की घोषणा की गई।[4]

विज्ञान एवं प्रौद्योगिकी के विकास पर विशेष ध्यान देते हुए ग्यारहवीं पंचवर्षीय योजना में इसके लिए बजट का आवंटन 87,933 करोड़ रुपए किया गया है, जो दसवीं योजना में मात्र 28,673 करोड़ रुपए था। योजना आयोग के अनुसार देश में अभी भी जनसंख्या का एक बड़ा भाग विज्ञान और प्रौद्योगिकी के लाभ से वंचित है। यह डिजिटल डिवाइड ग्रामीण शहरी असमानता का एक मुख्य कारक है जिसे दूर करने का लक्ष्य ग्यारहवीं पंचवर्षीय योजना में तय किया गया है। इस योजनावधि में देश के सभी गांवों एवं निर्धनता रेखा से नीचे रहने वाले सभी परिवारों के घरों में विद्युत संयोजन सुनिश्चित करना तथा वर्ष 2012 तक 24 घंटे विद्युत आपूर्ति की व्यवस्था करने तथा प्रत्येक गाँव को टेलीफोन सुविधा तथा 2012 तक ब्राडबैंड सुविधा से युक्त करने का लक्ष्य

रखा गया है जिसके लिए इस योजना के दौरान इसरो द्वारा कुल 25 उपग्रहों का प्रक्षेपण किया जाना है।

1947 की पिछड़ी अवस्था को पीछे छोड़ते हुए आज भारत विश्व परिदृश्य में अपनी जोरदार उपस्थिति दर्ज करा रहा है। इसके पीछे मुख्य भूमिका भारत में विज्ञान एवं तकनीकी का समुचित विकास है। आज भारत ने अपनी परंपरागत पद्धतियों के स्थान पर समयानुकूल वैज्ञानिक एवं तकनीकी पद्धतियों को अपनाकर तीव्र आर्थिक विकास के लक्ष्य को प्राप्त करने में सफलता पाई है। इसका प्रमाण है वैश्विक मंदी के बावजूद वित्तीय वर्ष 2008-09 में 6.7 प्रतिशत की आर्थिक समृद्धि दर प्राप्त करने के बाद वित्तीय वर्ष 2009-2010 में 7.2 प्रतिशत आर्थिक समृद्धि दर प्राप्त करना। स्वतंत्रता के 63 वर्षों के सफर में भारत ने कृषि, अंतरिक्ष, ऊर्जा, स्वास्थ्य, सूचना एवं सुरक्षा, तकनीक एवं प्रौद्योगिकी के क्षेत्र में महत्त्वपूर्ण उपलब्धियां दर्ज कराई हैं। जिनके दम पर भारत आज विभिन्न क्षेत्रीय एवं वैश्विक मंचों पर अपनी सशक्त भूमिका का निर्वाह करने में सक्षम हुआ है।

## 6.3 कृषि

"सब कुछ इंतजार कर सकता है मगर खेती नहीं"[5] देश के प्रथम प्रधानमंत्री नेहरू के ये उद्गार कृषि के महत्त्व को रेखांकित करने के लिए पर्याप्त हैं। इसी प्रकार इंदिरा गांधी ने भी कृषि को सर्वोच्च प्राथमिकता देते हुए कहा कि—"जब तक हम अगले कुछ वर्षों में कृषि उत्पादन बढ़ा कर आत्मनिर्भर नहीं बन जाते तब तक हमें महान देश की पदवी तो दूर रही स्वतंत्र कहलाने का भी अधिकार नहीं है।" स्वतंत्रता के पश्चात् देश में कृषि का सर्वांगीण विकास करने व किसानों की आर्थिक दशा में सुधार करने हेतु अनेक कार्यक्रम, नीतियों व योजनाओं को मूर्त रूप प्रदान किया गया। वर्ष 1949 में तत्कालीन खाद्यान्न संकट के निवारण हेतु 'अधिक अन्न उपजाओं आंदोलन' का सूत्रपात किया गया। 1960-61 में जमींदारी व जागीरदारी प्रथा के उन्मूलन की दिशा में कदम बढ़ाते हुए भूमि सुधार कार्यक्रम को क्रियान्वित किया गया। इस कार्यक्रम के अंतर्गत लगान व भू-जोतों की अधिकतम सीमा, काश्तकारों की सुरक्षा, अधिक भूमि का भूमिहीनों के मध्य वितरण तथा चकबंदी जैसे प्रभावी कार्यक्रम अपनाए गए। पर भूमि सुधारों के क्रियान्वयन के बावजूद भी राजनीतिक इच्छा शक्ति की कमी व इस कार्यक्रम का प्रभावी व कठोरतापूर्वक क्रियान्वयन नहीं होने से यह कार्यक्रम अपेक्षित सफलता हासिल नहीं कर पाया। इसी बीच 1965 के भारत-पाकिस्तान युद्ध, भारत में अकालों की आवृत्ति के बढ़ने व भुखमरी को देखते हुए, अमेरिका द्वारा पीएल 480 निर्यात के मुद्दे पर भारत को ब्लैकमेल करने इत्यादि के मद्देनजर प्रधानमंत्री लाल बहादुर शास्त्री ने कृषि के क्षेत्र में आत्मनिर्भरता प्राप्त करने हेतु "जय-जवान, जय-किसान" का नारा दिया और इस प्रकार हरित क्रांति की पृष्ठभूमि तैयार की।

1960 के दशक में भारत में कृषि क्षेत्र में जो हरित क्रांति आई उसका श्रेय नोबेल पुरस्कार से सम्मानित कृषि वैज्ञानिक नोरमान बोरलॉग को जाता है। किंतु भारत में इस क्रांति को विस्तार देने में भारतीय कृषि वैज्ञानिक एम.एस. स्वामीनाथन का योगदान उल्लेखनीय है। भारत के संदर्भ में हरित क्रांति का आशय छठे दशक के मध्य में कृषि उत्पादन में हुई उस तीव्र वृद्धि से है जो

अधिक उपज वाले (High Yielding Variety Seeds–HYVS) बीजों, रासायनिक खादों तथा नवीनतम कृषि तकनीक के प्रयोग से संभव हुई है।[6]

स्वतंत्रता के बाद गहन कृषि जिला कार्यक्रम नाम से शुरू किए गए इस प्रयास में देश के 114 जिलों के 1084 विकास खंडों में चलाया गया और इसके लाभकारी परिणाम मिलने लगे। इस कार्यक्रम का सबसे बड़ा लाभ यह हुआ है कि देश का किसान कृषि के लिए परंपरागत तकनीकों को छोड़कर आधुनिक तकनीकों का इस्तेमाल करने लगा। पुराने बीजों की सीमा से मुक्त होकर वह नए बीजों का प्रयोग बुवाई के लिए करने लगा। 1964 तक जो किसान गोबर की खाद और कम्पोस्ट खाद का इस्तेमाल करता था वह अब रासायनिक उर्वरकों का इस्तेमाल करने लगा। कुल मिलाकर हरित क्रांति से देश में खाद्यान्न उत्पादन न केवल दोगुना हुआ बल्कि सिंचाई, कृषि, उत्पादन के रख-रखाव, उसके विपणन, नए बीजों के उत्पादन, कृषि संबंधी शोधों, अनुसंधानों इत्यादि के क्षेत्र में भारत ने तीव्र प्रगति की।

93वीं भारतीय विज्ञान कांग्रेस अधिवेशन में प्रधानमंत्री ने अपने उद्घाटन भाषण में वैज्ञानिकों का आह्वान करते हुए ड्राइलैंड कृषि तथा लद्यु स्तरीय कृषकों की आवश्यकता को देखते हुए द्वितीय हरित क्रांति पर बल दिया। यद्यपि पिछले कुछ वर्षों में विज्ञान और प्रौद्योगिकी के क्षेत्र में हुई प्रगति का लाभ कृषकों को भी प्राप्त हुआ है, तथापि इस दिशा में अभी भी बहुत कुछ होना शेष है। इसी अधिवेशन में तत्कालीन राष्ट्रपति, ए.पी.जे अब्दुल कलाम ने देश में एक और हरित क्रांति की आवश्यकता पर बल देते हुए कहा कि अर्थव्यवस्था में 10 प्रतिशत की वृद्धि हेतु देश में गैर-खाद्य फसलों, बागवानी के क्षेत्र में विशेष प्रयास की आवश्यकता है। डॉ. कलाम के अनुसार, द्वितीय हरित क्रांति में मिट्टी से लेकर विपणन तक कृषि के सभी पहलुओं का समावेश हो।[7] डॉ. कलाम ने वर्तमान समय को दूसरी हरित क्रांति के लिए सर्वथा उपयुक्त बताया था।

किसानों और कृषि क्षेत्र में सुधार के लिए कार्य योजना का सुझाव देने हेतु केंद्र सरकार द्वारा 2004 में डॉ. एम. एस. स्वामीनाथन की अध्यक्षता में "राष्ट्रीय कृषक आयोग" का गठन किया गया। आयोग द्वारा प्रस्तुत की गई रिपोर्ट के आधार पर तथा आयोग द्वारा प्रस्तुत राष्ट्रीय कृषि नीति के प्रारूप को स्वीकार करते हुए सरकार ने नई राष्ट्रीय कृषि नीति को स्वीकृति दे दी है। इस कृषि नीति में निम्न बातों पर बल दिया गया है:

(i) सभी कृषिगत उपजों के लिए न्यूनतम समर्थन मूल्य;
(ii) सिंचाई में समष्टि एवं व्यष्टि पोषकों द्वारा भूमि की भौतिक एवं जैविक स्थिति मे सुधार;
(iii) सिंचाई की प्रणालियों का विकास तथा टिकाऊ जल संग्रहण प्रणाली का विकास;
(iv) नए किस्म के बीजों एवं तकनीकों का विस्तार तथा उत्पादन एवं फसल उपरांत तकनीक में उचित समन्वय;
(v) ऋण एवं बीमा संबंधी कार्यक्रमों द्वारा किसान के जोखिम को कम करने हेतु; जोखिम निधि का गठन;
(vi) राज्य सरकारों द्वारा कृषि हेतु अधिक संसाधनों के आवंटन की संस्तुति;
(vii) केंद्र एवं राज्यों में कृषि मंत्रालयों का नाम बदलकर कृषि एवं कृषक कल्याण मंत्रालय करने का सुझाव।

राष्ट्रीय किसान आयोग ने भारतीय कृषि में बहुमुखी विकास हेतु व कृषि के मूलभूत क्षेत्रों में संरचनात्मक सुधार लाने के लिए वर्ष 2006-07 को 'कृषि नवीकरण वर्ष' घोषित किया था जो कि 1 जून 2006 से आरंभ हुआ था। कृषि नवीकरण कार्य योजना के अंतर्गत शुरू किए गए कार्यक्रमों, योजनाओं को सम्मिलित रूप से दूसरी हरित क्रांति कहा जाता है।

पहली हरित क्रांति की सफलताओं तथा असफलताओं से सबक लेते हुए केंद्र सरकार द्वारा नई कृषि नीति में कृषि तथा कृषि से संबंधित सभी क्षेत्रों में व्यापक सुधार पर बल दिया जा रहा है। इसमें कृषि की सर्वश्रेष्ठ तकनीक के इस्तेमाल रासायनिक उर्वरकों के स्थान पर कार्बनिक उर्वरकों के इस्तेमाल वाटर हारवेस्टिंग, आर्गेनिक फार्मिंग, मृदा उन्नयन, कृषि उत्पाद विपणन, कृषि जोखिम का न्यूनीकरण, उच्च गुणवता वाले बीजों के इस्तेमाल इत्यादि पर बल दिया जा रहा है। समग्र रूप में इसे ही ''एवरग्रीन रिवोल्यूशन'' की संज्ञा दी गई है।

भारत सरकार द्वारा वर्ष 2015 तक कृषि उत्पादन को दुगुना किए जाने का लक्ष्य निर्धारित किया गया है। तत्कालीन राष्ट्रपति डॉ. अब्दुल कलाम ने वर्ष 2020 तक देश में खाद्यान्न उत्पादन दोगुना करने हेतु "द्वितीय हरित क्रांति" की वकालत की। उनके अनुसार यह तभी संभव है जब हम कृषि में नई तकनीक का व्यापक रूप से इस्तेमाल करें तथा कृषि उपजों के भंडारण एवं संरक्षण के वैज्ञानिक और कम खर्चीली प्रणाली विकसित करें। राष्ट्रीय कृषक आयोग ने भारतीय अर्थव्यवस्था में कृषि और किसान के महत्त्व को इन शब्दों में रेखांकित किया है, "हमारे देश में कृषि जनता द्वारा उत्पादन की तकनीक पर आधारित है, फलस्वरूप यह राष्ट्रीय आजीविका की सुरक्षा प्रणाली की रीढ़ है।" ग्यारहवीं पंचवर्षीय योजना में भारतीय अंतरिक्ष अनुसंधान संगठन की सहायता से एक ग्राम संसाधन केंद्र की स्थापना का लक्ष्य रखा गया है जिससे किसानों को कृषि, पशुपालन व मत्स्य पालन, शिक्षा एवं स्वास्थ्य से संबंधित आवश्यक सूचनाएं शीघ्र एवं समय पर उपलब्ध हो सकें। जनवरी 2004 में किसान कॉल सेंटर व किसान चैनल योजनाएं शुरू की गईं।[8]

जल के महत्त्व को दृष्टिगत रखते हुए ही वर्ष 2007 को 'जल वर्ष' घोषित किया गया। इस नीति के अंतर्गत 'कृषि क्षेत्र' में जल की समय पर सही मात्रा में उपलब्धता सुनिश्चित करने के लिए सिंचाई परियोजनाओं को समय पर पूर्ण करने तथा क्षतिग्रस्त सिंचाई परियोजनाओं की मरम्मत व सुधार की व्यवस्था करने पर जोर दिया गया है। केंद्रीय भूजल बोर्ड ने जन-जागृति कार्यक्रमों, जल प्रबंधन प्रशिक्षण कार्यक्रमों व भूजल निर्देशिका भी तैयार की है। कृषि कार्यों में जल का अत्यधिक उपयोग होता है। यह भी प्रेक्षित किया गया है कि किसान आधुनिक सिंचाई विधियों से अनभिज्ञ होने के कारण कृषि कार्यों में बहुमूल्य जल को व्यर्थ बहा देते हैं जिससे न केवल जल वरन् विद्युत ऊर्जा का भी अपव्यय ही होता है।

वैज्ञानिकों ने निरंतर अनुसंधान द्वारा ऐसी सिंचाई विधियां विकसित की हैं जिनसे पानी व ऊर्जा की न केवल बचत ही होती है वरन् कृषि उपज भी अधिक प्राप्त होती है। ये पद्धतियां हैं—फव्वारा एवं बूंद-बूंद सिंचाई पद्धतियां। इन पद्धतियों का सबसे बड़ा लाभ यह है कि पानी बर्बाद नहीं होता क्योंकि पानी पाइप द्वारा प्रवाहित होता है तथा फव्वारा या बूंद-बूंद रूप में दिया जाता है। इन पद्धतियों से 75 से 95 प्रतिशत तक पानी खेत में फसल को मिलता है,

जबकि प्रचलित सतही विधियों में 40 से 60 प्रतिशत ही फसल को मिल पाता है। इतना ही नहीं, फव्वारा एवं बूंद-बूंद सिंचाई पद्धतियों को खरीद पर सरकार 50 से 75 प्रतिशत तक अनुदान भी देती है।[9]

खाद्यान्न आपूर्ति की समस्या को ध्यान में रखते हुए भारत सरकार द्वारा 17 मार्च 2010 में पहली बार "खाद्यान्न सुरक्षा बिल" के संबंध में वार्ता शुरू हुई। इस बिल के अंतर्गत गरीबी रेखा से नीचे की जनता को कवर किया जाएगा। जिसमें केंद्र सरकार 8.1 करोड़ तथा राज्य सरकार 2.9 करोड़ का अनुदान करेंगे। यह सुविधा एक स्मार्ट कार्ड के माध्यम से किसानों को प्राप्त होगी। इसे कानूनी शक्ति प्राप्त होगी जिससे सस्ते खाद्यान्न की प्राप्ति की जगह गरीबी रेखा से नीचे के परिवारों को नकद राशि अपने-अपने खातों में प्राप्त हो जाएगी। इससे मिलती-जुलती सुविधा जो अभी तक इन परिवारों को प्राप्त है, राशन कार्ड के माध्यम से दी जाती है। जिसके अंतर्गत यह परिवार 35 किलो गेहूं एवं चावल सस्ते दामों पर ले सकते हैं। अतः यह आशा की जा सकती है कि मानसून पर निर्भर भारतीय जनता को कुछ राहत की सांस सरकार द्वारा प्रदान करने का यह एक सफल प्रयत्न है।[10] (ET, April 2005)

## 6.4 अंतरिक्ष

किसी भी राष्ट्र के विकास व उसके नागरिकों के दैनिक जीवन को सरल व उन्नत बनाने में अंतरिक्ष प्रौद्योगिकी महत्त्वपूर्ण भूमिका निभाती है। प्रत्येक दिन मौसम भविष्यवाणी, सुदूर संवेदी, सैटलाइट, टेलीविजन, सुदूर संचार प्रणाली, जी.पी.एस प्रणाली, सीमा सुरक्षा इत्यादि के लिए अंतरिक्ष आधारित संरचना पर ही हमारी निर्भरता है। इसके अतिरिक्त अंतरिक्ष प्रौद्योगिकी के महत्त्व का विस्तार क्षेत्र, संसाधन प्रबंधन मौसम पर्यवेक्षण, उपग्रह, संचार, कृषि, जलवायु, नगरीकरण, तकनीक, हस्तांतरण इत्यादि तक भी विस्तृत है।

उपर्युक्त लक्ष्यों को ध्यान में रखते हुए भारत में अंतरिक्ष कार्यक्रम का आरंभ 1962 में भारतीय अंतरिक्ष अनुसंधान समिति के गठन तथा 1963 में केरल में तिरूवन्नंतपुरम् के निकट थुम्बा में रॉकेट प्रक्षेपण केंद्र से अमेरिका से प्राप्त 2 चरण वाले रॉकेट के अंतरिक्ष में प्रक्षेपण के साथ हुआ। आगे चलकर 1969 में इसरो की स्थापना हुई तथा 1972 में अंतरिक्ष आयोग[11] व अंतरिक्ष विभाग का गठन किया गया। 1975 में भारत ने प्रथम उपग्रह आर्यभट्ट को अंतरिक्ष में भेजकर अंतरिक्ष के क्षेत्र में एक मील का पत्थर स्थापित किया। भारतीय अंतरिक्ष कार्यक्रम को गतिशील बनाने तथा इसे एक नई दिशा प्रदान करने का श्रेय डॉ. विक्रम साराभाई को दिया जा सकता है। उपग्रह प्रक्षेपण के पीछे मूलरूप से दो ही उद्देश्य कार्य करते हैं पहला, दूर संवेदन का विकास करना तथा दूसरा, संचार व्यवस्था को जन सामान्य के लिए सुलभ बनाना। इन दोनों ही क्षेत्रों में भारत की उपलब्धि प्रशंसनीय है। भारत ने अपनी यह उपलब्धि आर्यभट्ट, भास्कर -1 भास्कर-2, रोहिणी शृंखला के उपग्रह, एपैल इत्यादि जैसे उपग्रहों के जरिए प्राप्त की है। इनसैट प्रणाली के उपग्रह भारतीय अंतरिक्ष कार्यक्रम की शुरुआत से लेकर वर्तमान परिप्रेक्ष्य तक भारत को एक विश्व अंतरिक्ष महाशक्ति बनाने में अपना योगदान जारी रखे हुए हैं। भारतीय अंतरिक्ष कार्यक्रम का सांगठनिक ढाँचा इस चार्ट द्वारा समझा जा सकता है-

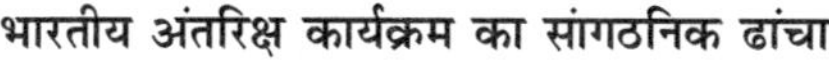

## भारतीय अंतरिक्ष कार्यक्रम का सांगठनिक ढांचा

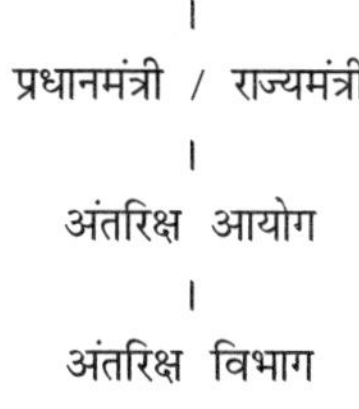


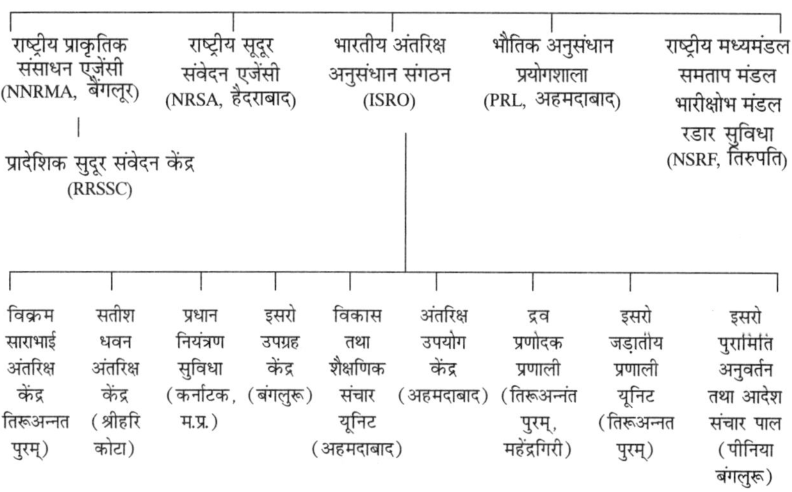


वर्तमान में भारतीय अंतरिक्ष कार्यक्रम के तहत तीन क्षेत्रों में मुख्य रूप से बल दिया जा रहा है-

(i) भू-स्थैतिक कक्षा एवं उसमें उपग्रहों की स्थापना तथा उनके व्यावहारिक उपयोग।

(ii) धुव्रीय कक्षा में सुदूर संवेदी उपग्रहों की स्थापना तथा उनका व्यावहारिक उपयोग।

(iii) दोनों कक्षाओं में उपग्रहों को स्थापित करने के लिए प्रक्षेपण यान तकनीक।

इसरो द्वारा अंतरिक्ष कार्यक्रम के तीनों क्षेत्रों में आवश्यक तकनीकी विकास तथा उनके उपयोग के लिए व्यावहारिक आधारभूत संरचना का विकास किया जा रहा है।

भूस्थैतिक कक्षा भूमध्य रेखा के परित 36000 कि. मी. ऊंचाई पर ऐसी कक्षा है: जिसमें उपग्रहों को स्थापित करने पर वे उपग्रह पृथ्वी के किसी स्थान के सापेक्ष स्थिर प्रतीत होते हैं। इस विशेषता का मुख्य कारण उस कक्षा एवं पृथ्वी के घूर्णन काल का समान अर्थात् 24 घंटे काम होना है। इस कक्षा की दिशा पृथ्वी की तरह पश्चिम से पूर्व की ओर है।

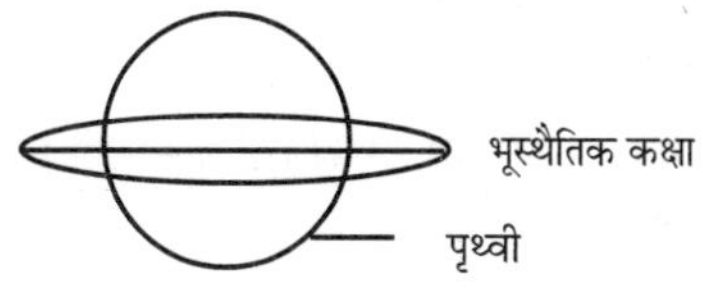

इसरो द्वारा इस कक्षा में उपग्रहों की स्थापना की शुरुआत 1982 में INSAT-1A के साथ हुई किंतु यह असफल हो गया। 1983 में INSAT-1B को कक्षा में स्थापित किया गया जो सफल रहा। तब से इस श्रृंखला में अनेक उपग्रहों को कक्षा में स्थापित किया गया। वर्तमान में इनसैट 1, 2, तथा 3 के पश्चात् INSAT 4 श्रेणी के उपग्रहों का प्रक्षेपण किया जा रहा है। इस श्रृंखला के उपग्रहों का अनुप्रयोग टेलीविजन, मोबाइल सेटलाइट सेवा, दूरसंचार, ग्राम संसाधन केंद्रों शैक्षणिक कार्यक्रमों, दूर संवेदन इत्यादि क्षेत्र में सफलतापूर्वक किया जा रहा है।[12]

उपग्रह संचार के विशेषीकरण की आवश्यकता को पूरा करने के लिए इसरो द्वारा बाद में विशेषीकृत उपग्रहों की स्थापना का कार्य शुरू किया गया। इस प्रक्रिया में मौसम पूर्वानुमान की आवश्यकताओं को पूरा करने के लिए इस कार्य के लिए विशेषीकृत METSAT, इसका बाद में नामकरण कल्पना–1 के रूप में किया गया को वर्ष 2002 में PSLV-C4 से भूस्थैतिक स्थानांतरण कक्षा में स्थापित किया गया। जहां से इसने अपने ईंधन का उपयोग कर भूस्थैतिक कक्षा में प्रवेश किया। इस श्रृंखला में आने वाले दिनों में कल्पना–2 के रूप में INSAT-3D का प्रक्षेपण किया जाना है।

ग्रामीण आवश्यकताओं जैसे–दूरदराज के क्षेत्रों में SWAN (State Wide Area Network) VRC (Village Resource Centre) जैसे कार्यों को पूरा करने के लिए GRAMSAT के नाम से विशेषीकृत उपग्रहों को प्रक्षेपित किया गया है। इस श्रृंखला में अब तक 2 उपग्रह G-SAT-1 असफल जबकि G-SAT-2 सफल रहे हैं।

टेली के द्वारा 2001 में टेलीमेडिसीन पायलट प्रोजेक्ट की शुरुआत की गई। इसके तहत अंतरिक्ष कार्यक्रम, सूचना प्रौद्योगिकी को बायो मेडिकल एवं चिकित्सा विज्ञान के साथ मिलाकर इस प्रकार उपयोग करना जिससे आधुनिक चिकित्सकीय विकास का लाभ दूर–दराज के क्षेत्रों तक पहुंचाया जा सके।

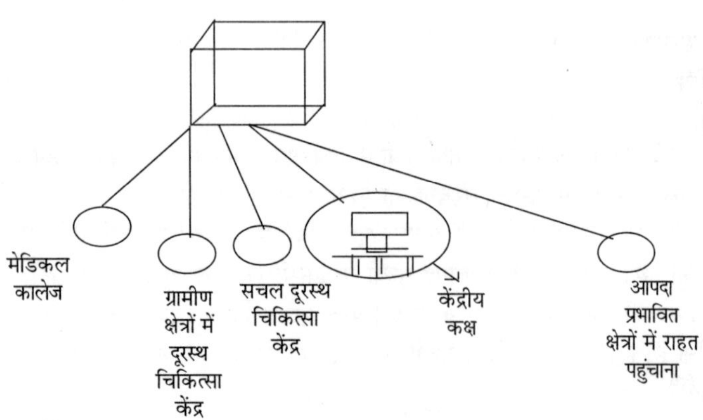


वर्तमान में उपग्रह संचार का उपयोग कर दूरस्थ चिकित्सा की प्रक्रिया में चार क्षेत्रों में मुख्य रूप से कार्य किया जा रहा है–

1. देश के विभिन्न मेडिकल कॉलेजों को आपस में जोड़ना तथा मुख्य या बड़े मेडिकल कॉलेजों से जोड़ना। जैसे AIIMS को देश के विभिन्न अस्पतालों से जोड़ा गया है।

2. आधुनिक चिकित्सकीय सुविधाओं के विस्तार के लिए अत्याधुनिक सुविधाओं वाले अस्पतालों को दूर–दराज के चिकित्सा केंद्रों से जोड़ा जा रहा है। वर्तमान में 382 अस्पताल इसरो के टेलीमेडिसीन नेटवर्क में शामिल हैं। केंद्रीय कक्षा में बैठा हुआ विशेषज्ञ डॉक्टर अत्याधुनिक मेडिकल उपकरण एवं संचार माध्यमों का उपयोग कर दूरस्थ चिकित्सा केंद्र के आए रोगियों की बीमारी का निदान करता है।

3. वर्तमान में दूरस्थ चिकित्सा केंद्र के रूप में सचल चिकित्सा केंद्रों का उपयोग बढ़ रहा है। जैसे–मदुरै में इस प्रकार का एक नेटवर्क ''दिशा'' के नाम से उपयोग में है।

4. आपदा प्रभावित क्षेत्रों में चिकित्सकीय सुविधाएं उपलब्ध कराने में भी दूरस्थ चिकित्सा सहायक है।

इसरो, स्वास्थ्य मंत्रालय तथा विभिन्न निजी चिकित्सा संस्थाओं द्वारा इस कार्य को आगे बढ़ाया जा रहा है। इन सभी सुविधाओं के साथ तकनीकी जटिलताएं भी हैं। भारत में आवश्यक आधारभूत संरचना की भी कमी है। इन सीमाओं को सार्वजनिक भागीदारी, निजी भागीदारी या पीपीपी (Public Private Participation) के माध्यम से किया जा सकता है। कुल मिलाकर इसरो की यह एक प्रमुख सामाजिक–आर्थिक लाभ से संबंधित योजना है। सबके लिए स्वास्थ्य योजना। (HFA – Health for all) सुविधा के तहत महंगे होने के बावजूद इसका विकास किया जाना चाहिए।

गुणात्मक शिक्षा के प्रसार के लिए इसरो के सहयोग से उपग्रह संचार आधारित दूरस्थ शिक्षा कार्यक्रम चलाया जा रहा है। प्रारंभ में INSAT–3B तथा अन्य ऐसे उपग्रहों के ट्रांसपोंडरों का उपयोग कर शैक्षणिक टी वी सेवा प्रारंभ की गई। जैसे INSAT–3B का उपयोग कर उड़ीसा में विद्यावाहिनी कार्यक्रम इनके अलावा यूजीसी, इग्नू और एआईसीटीई के शैक्षणिक कार्यक्रमों का दूरदर्शन के माध्यम से प्रसारण किया गया। इनकी सीमाएं थी अर्थात् इंटरेक्टिव सुविधा (द्विपक्षीय संवाद) संभव नहीं थी। इसे देखते हुए तथा दूरस्थ शिक्षा की बढ़ती मांग को देखते हुए विशेषीकृत उपग्रह एजुसेट सितंबर 2004 को GSLVFO 1से भूस्थैतिक कक्षा में प्रक्षेपित किया गया।

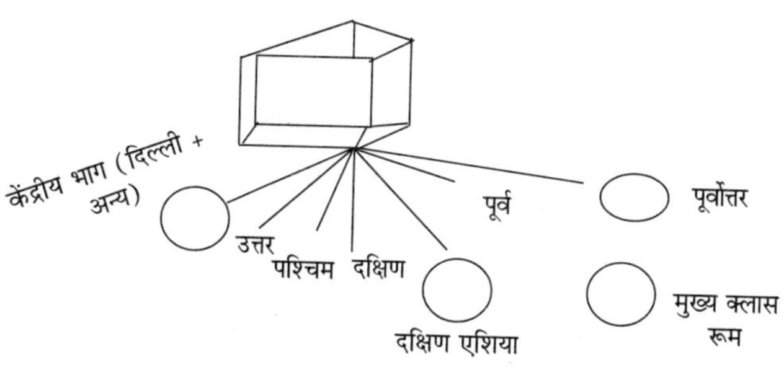

इनके अलावा सामान्य संचार के लिए 6 ext (band transponder) का उपयोग किया गया है। विशेषज्ञों का मानना है कि एजुसेट की क्षमता का पूर्ण उपयोग पूरी तरह सक्रिय करने के पश्चात् संपूर्ण दक्षिण एशिया में 1 लाख से अधिक ई-क्लास रूम विकसित हो जाएंगे। इस प्रकार की विशेषताओं का उपयोग करते हुए अनेक विशेषीकृत नेटवर्क विकसित एवं उपयोग किए जा रहे हैं। जैसे—अहमदाबाद में नेत्रहीन लोगों के संगठन के द्वारा ऐसे नेटवर्क का उपयोग कर ऐसे लोगों के शिक्षण, प्रशिक्षण, रोजगार एवं पुनर्वास का कार्य किया जा रहा है।

प्रारंभ में भारतीय अंतरिक्ष कार्यक्रम निवेश का क्षेत्र था किंतु अब धीरे-2 यह आय का क्षेत्र भी बनता जा रहा है। 1992 में इसरो की ओर से अंतरिक्ष कार्यक्रम का व्यवसायिक उपयोग सुनिश्चित करने के लिए अंतरिक्ष कारपोरेशन इंडिया लिमिटेड अंतरिक्ष (ANTRIX) की स्थापना की गई। अंतरिक्ष के द्वारा विभिन्न क्षेत्रों में व्यवसायिक उपयोग की संभावनाओं की खोज की जा रही है तथा व्यवसायिक उपयोग का कार्य किया जा रहा है जैसे—प्रक्षेपण यानों का व्यवसायिक उपयोग/ वर्तमान में PSLV एक विश्वसनीय प्रक्षेपण यान के रूप में उभरा है। अब तक इससे 20 से अधिक विदेशी उपग्रहों को धुव्रीय कक्षा में स्थापित किया जा चुका है। इनमें हाल ही में PSLV C 15 से अल्जीरिया के ALSAT-2A जबकि स्विटजरलैंड NLS 6.2 & 6.1 को प्रक्षेपित किया गया है।

सुदूर संवेदी उपग्रहों से प्राप्त चित्रों का व्यवसायिक उपयोग करने में भारत की भागेदारी 30 प्रतिशत है जिसे और बढ़ाने का प्रयास किया जा रहा है। संचार उपग्रहों के ट्रांसपोंडरों को भारत निजी एवं विदेशी कंपनियों को बेचता है। जैसे INSAT-2E में 11 ट्रांसपोंडरों को INTEL-SAT को बेचा गया।

उपरोक्त उपयोगों के अलावा उपग्रह आधारित जीपीएल सेवा का व्यवसायिक उपयोग भी किया जा सकता है। तृतीय विश्व के देशों को अंतरिक्ष कार्यक्रम के संदर्भ में परामर्श, सुविधा, आवश्यक उपकरणों एवं तकनीकों को बेचकर भी विदेशी मुद्रा प्राप्त की जा सकती है। कुल मिलाकर अंतरिक्ष कार्यक्रम के क्षेत्र में यद्यपि रूस, चीन, फिलीपींस के द्वारा भारत को चुनौती दी जा रही है। किंतु कम मूल्य, कम समय तथा विश्वसनीयता के आधार पर भारत की व्यवसायिक संभावनाएं अन्य देशों की तुलना में बेहतर हैं। अक्टूबर 2008 में चन्द्रयान -1 के प्रक्षेपण के साथ और इसके द्वारा चंद्रमा पर पानी की खोज के साथ ही भारत ने विश्व अंतरिक्ष जगत में अपनी श्रेष्ठता स्थापित की जो न केवल तकनीकी दृष्टि से उच्च है बल्कि जिसकी लागत अत्यंत निम्न है।

इस प्रकार स्पष्ट है कि भारतीय अंतरिक्ष कार्यक्रमों ने विभिन्न क्षेत्रों जैसे आंतरिक और बाह्य सुरक्षा, सूचना के तीव्र व स्पष्ट प्रवाह नए-नए खनिज संसाधनों की खोज अन्य देशों के उपग्रहों को प्रक्षेपित कर विदेशी मुद्रा की प्राप्ति व अपनी साख में वृद्धि चंद्रमा तक अपनी सफल पहुंच, मंगल व सूर्य तक पहुंचने की अपनी भविष्य की कोशिशों के द्वारा विश्व जगत में अपनी एक स्पष्ट पहचान कायम की है।

## 6.5 ऊर्जा

ऊर्जा किसी भी अर्थव्यवस्था के विकास के लिए आवश्यक कारक है क्योंकि कृषि, उद्योग, परिवहन आदि जैसे सभी प्रमुख आर्थिक आधारभूत ढांचे के क्षेत्र ऊर्जा आपूर्ति पर आधारित हैं। आर्थिक विकास के साथ-साथ ऊर्जा की मांग में अत्यधिक वृद्धि हुई है। अनुमान लगाया गया है कि विकासशील देशों में 2035 तक ऊर्जा की मांग में लगभग तीन गुनी वृद्धि होगी।[13] भारत के संदर्भ में अपर्याप्त आपूर्ति देश के आर्थिक विकास में एक अवरोध बनी हुई है।

बढ़ती हुई ऊर्जा आवश्यकताओं को ऊर्जा के परंपरागत स्त्रोतों (कोयला, पेट्रोलियम, प्राकृतिक गैस आदि) के विकास द्वारा उचित मूल्य पर उपलब्ध कराने की जिम्मेदारी भारत सरकार के विद्युत, कोयला तथा पेट्रोलियम एवं प्राकृतिक गैस मंत्रालयों की है। केंद्रीय मंत्रिमंडल ने देश के लिए समेकित ऊर्जा नीति को 26 दिसंबर, 2008 को मंजूरी प्रदान की। समेकित ऊर्जा नीति का उद्देश्य आगामी 25 वर्षों में 9 प्रतिशत विकास दर के लिए आवश्यक ऊर्जा उपलब्धता की योजना बनाना और नए स्त्रोतों की तलाश करना है।

विभिन्न प्रकार के ऊर्जा स्त्रोतों में सौर ऊर्जा अत्यंत उल्लेखनीग है। नवंबर 2009 में जवाहर लाल नेहरू सौर ऊर्जा मिशन की शुरुआत की गई। 2022 में तेरहवीं पंचवर्षीय योजना के पूरा होने के साथ सौर ऊर्जा आधारित विद्युत उत्पादन में ग्रिड जुड़ाव को 20,000 MW तक बढ़ाने का लक्ष्य है। सौर विद्युत आधारित सौर जल तापन के लिए संस्था एवं निजी स्तर पर प्रणालियां स्थापित की जा रही हैं। इसके लिए अब तक 34 लाख वर्ग किमी. सौर संग्राहक स्थापित किए जा चुके हैं। सोलर कुकर, हरित गृह, सोलर पांड आदि प्रसिद्ध तकनीक इसको सफल करने में एक अद्‌भुत प्रयास हैं।

नवीकरणीय ऊर्जा स्त्रोतों में पवन ऊर्जा का सबसे अधिक व्यावहारिक उपयोग हो रहा है। पवन ऊर्जा से भारत में कुल विद्युत उत्पादन क्षमता 45,195 MW अनुमानित है, जबकि वर्तमान में कुल ग्रिड जुड़ाव 10,925 MW है। पवन ऊर्जा से विद्युत उत्पादन के लिए उचित स्थान का चुनाव आवश्यक है, अर्थात् ऐसा स्थान जहां वायु की गति 2 मी./सेकंड(–)25 मी./सेकंड होनी चाहिए, साथ ही वायु की दिशा में निरंतरता भी आवश्यक है। ऐसे क्षेत्रों की पहचान के लिए C-WET (Centre for Wind Energy Technology) मद्रास द्वारा सुदूर संवेदी उपग्रहों का उपयोग किया जा रहा है, तथा संभावित पवन ऊर्जा मैप (Potential Wind Energy Map) तैयार किया गया है। इस मैप के अनुसार गुजरात, आंध्र प्रदेश, कर्नाटक इसमें शामिल हैं। वर्तमान में पवन ऊर्जा से विद्युत उत्पादन में केंद्र एवं राज्य की भागीदारी 80 : 20 की है (सरकारी मामले में) एनर्जी (पूना) की भागीदारी निजी क्षेत्रों में सर्वाधिक है। पवन एवं सौर ऊर्जा का मिश्रित उपयोग करके भी एयरो जेनेरेटर लगाया जा रहा है, जिनकी क्षमता 3KW से 15KW तक है।[14]

भारत के लिए अन्य उपयोगी ऊर्जा स्त्रोत बायोगैस है क्योंकि विश्व में सबसे अधिक मवेशी भारत में पाए जाते हैं, जिनका गोबर बायोगैस का ईंधन होता है।

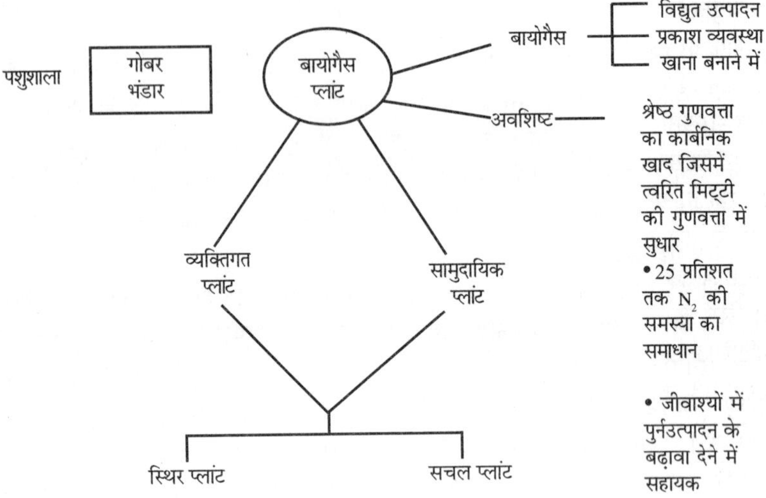


बायोगैस प्लांट में गोबर को सड़ाने के लिए किण्वन का तरीका तथा बैक्टेरियल किण्वन (जीवाणु किण्वन) का उपयोग कर पहले गोबर को सरल कार्बनिक पदार्थ में फिर कार्बनिक एल्कोहल में, फिर बायोगैस अर्थात मीथेन उत्पादन के लिए उपयोग किया जाता है।[15] इन उपायों के अलावा व्यक्तिगत स्तर पर इनके उपयोग को बढ़ावा देने के लिए सब्सिडी, कम ब्याज दर पर कर्ज तथा ऐसे प्लांटों के उत्पादकों को कर रियायत भी दी जा रही है। सबसे बढ़कर खुले में रखे गए गोबर से मीथेन गैस के उत्सर्जन एवं उससे ग्बोबल वार्मिंग की समस्या के समाधान जैसे लाभ हैं।

प्रमुख वैकल्पिक ऊर्जा स्त्रोत के रूप में हाइड्रोजन ईंधन के संदर्भ में प्रमुख विकासक्रमों को देखा गया है। बीएचयू, आईआईटी, एनईईआरटी (नागपुर) तथा अन्य संस्थानों द्वारा विभिन्न प्रकार के धातुई हाइड्राइटस तथा कार्बन नैनो ढांचा विकसित किया गया है जो मजबूत के साथ-साथ हल्का भी है। विभिन्न दो पहिया, तिपहिया वाहनों में सीएनजी के साथ मिलाकर तथा फ्यूल सेल के रूप में $H_2$ ईंधन का उपयोग किया जा रहा है। हाइड्रोजन ईंधन वाले जनरेटर का भी विकास किया गया है।[16]

अत: यह कहा जा सकता है कि भारत सरकार इन नवीकरण ऊर्जा स्त्रोतों से जुड़ी समस्याओं के त्वरित एवं व्यवहारिक समाधानों को खोजने में वैज्ञानिकों तथा खनिज शास्त्रियों की मदद करेगी।

## 6.6 पर्यावरण

20वीं शताब्दी भौतिकवादी सभ्यता के विकास की मानी जा सकती है। इस सदी में प्रकृति का भौतिक विलासिता के लिए दोहन करने का अभियान सा चल पड़ा है। इस कारण विश्व समुदाय के समक्ष एक गंभीर समस्या अपना व्यापक रूप लिए खड़ी है, वह है ''पर्यावरणीय असंतुलन''। 5 जून 1972 को स्टॉकहोम में हुए प्रथम मानव पर्यावरण सम्मेलन में 5 जून को 'विश्व पर्यावरण दिवस' घोषित किया गया।

जनसाधारण के प्रति जागरूकता लाने के लिए 1976 में 42वें संविधान संशोधन द्वारा नीति निदेशक तत्त्व के अंतर्गत अनुच्छेद 48 तथा मूल कर्तव्यों के अंतर्गत अनुच्छेद 51A में निम्नलिखित प्रावधान किए गए। पर्यावरण संरक्षण को कानूनी प्रावधानों के अंतर्गत लाने के लिए केंद्र और राज्य सरकारों ने 30 से अधिक कानूनों को लागू किया है।

इन विभिन्न कार्यवाहियों के बावजूद भी भारत को कई प्रकार के प्रदूषणों का सामना करना पड़ रहा है। संयुक्त राष्ट्र पर्यावरण कार्यक्रम (UNEP) के अनुसार भारत के ऊपर पड़ने वाली सूर्य की रोशनी में 10 प्रतिशत कमी आ गई है। इसके कारण न केवल कृषि को नुकसान हो रहा है बल्कि मानसून प्रक्रिया भी बदल रही है और लाखों लोगों का जीवन खतरे में पड़ गया है। जिसे यूएनईपी ने "एशियाई भूरी धुंध" (Asian Brown Haze) का नाम दिया है। इसके अतिरिक्त भारत को जल, ध्वनि, भूमि, विकरणीय तथा ई-अपशिष्ट जैसे प्रदूषणों का सामना करना पड़ रहा है। पर्यावरण संगठनों ने अमेरिका से यूरोप का अनुकरण करते हुए "बेसेल समझौते" पर हस्ताक्षर करने की मांग की है। इस समझौते के तहत विकासशील देशों को हानिकारक ई-अपशिष्ट पदार्थों के निर्यात पर विश्वस्तरीय प्रतिबंध लगाने का प्रावधान है।

इनसे निपटने के लिए भारत अंतर्राष्ट्रीय क्योटो प्रोटोकॉल का सदस्य है तथा राष्ट्रीय स्तर पर वाहन प्रदूषण नियंत्रण मिशन, इको मार्क लेबल, पर्यावरण वाहिनी योजना, इको क्लब, ट्रैफिक कियोस्क, फ्लाई एश मिशन, गंगा एवं यमुना कार्य योजना आदि परियोजनाओं को चला रहा है। अंतर्राष्ट्रीय पर्यावरण बाजार में भी यह कार्बन क्रेडिट, उत्सर्जन व्यापार, कार्बन फुटप्रिंट का सदस्य है।

## 6.7 स्वास्थ्य

स्वस्थ शरीर में ही स्वस्थ मस्तिष्क का निवास होता है। जो मनुष्य को विकास की सही दिशा में चलने हेतु प्रेरित करता है। समग्र स्वास्थ्य का अर्थ शारीरिक, मानसिक और सामाजिक स्वास्थ से है। स्वास्थ्य से लोगों की जीवनावधि भी नहीं बढ़ती बल्कि सामाजिक स्वास्थ्य के प्रमुख संकेतक शिशु तथा मातृ मृत्यु दर में कमी होती है तथा समाज में उत्पादकता बढ़ती है। यह आर्थिक विकास का भी प्रमुख कारक है। आज की आधुनिक जीवन शैली में रोग, उसके कारण एवं प्रभाव के बारे में जागरूकता, संक्रामक रोगों के विरुद्ध टीकाकरण, अपशिष्टों का समुचित निपटान, रोग वाहियों पर नियंत्रण अच्छे स्वास्थ्य के लिए आवश्यक है। इस हेतु उन्नत व सस्ती तकनीक की खोज किया जाना आवश्यक है। भारत के बढ़ते हुए चिकित्सा पर्यटन को देखते हुए कहा जा सकता है कि इस उद्देश्य की पूर्ति में काफी हद तक सफलता मिली है किंतु अभी भी भारत की बड़ी जनसंख्या तक स्वास्थ्य सुविधाओं को पहुंचाना एक चुनौती बनी हुई है। इसे और सस्ती बनाकर इसकी पहुंच सुदूर क्षेत्र की आम जनता तक करने की जरूरत है।

इसे दृष्टिगत रखते हुए देश में 1978 से सार्वजनिक टीकाकरण कार्यक्रम की शुरुआत की गई। जैव-प्रौद्योगिकी की सहायता से आज देश में इस कार्यक्रम को आगे बढ़ाने के लिए टिटनेस, डीफ्थीरिया तथा इसके मिश्रित स्वरूप DPT, DT, खसरा, तथा (BCG) बीसीजी के टीके देश में ही बनाए जा रहे हैं। रेबीज, हैजा, तथा टायफाइड के टीके भी देश में ही बन रहे हैं। पोलियो के टीकों का उत्पादन बुलंदशहर में किया जा रहा है। हेपीटाइटस-बी के टीके का उत्पादन

हैदराबाद में किया जा रहा है। भारत में पिछले कुछ दशकों से चिकित्सा के क्षेत्र में जैव प्रौद्योगिकी की भूमिका में तीव्र वृद्धि हुई है। इस हेतु भारत-सरकार द्वारा भारतीय चिकित्सा अनुसंधान परिषद, विज्ञान एवं प्रौद्योगिकी विभाग, वैज्ञानिक एवं औद्योगिक अनुसंधान विभाग के सहयोग से जैव प्रौद्योगिकी क्षेत्र में नए-नए अनुसंधानों को बढ़ावा दिया जा रहा है। जैव प्रोटीन, प्रति जैविक यौगिक, जीन-चिकित्सा, आणविक निदान इत्यादि का क्षेत्र व पहुंच नई तकनीकों के माध्यम से दिनों दिन व्यापक होती जा रही है। ई-हेल्थ की संकल्पना द्वारा सूचना तकनीक की मदद से नागरिकों को घर बैठे ही रोगों के बारे में विभिन्न जानकारियाँ मुहैया कराई जा रही हैं। वहीं टेली-मेडिसीन की सहायता से सुदूर गांवों में भी चिकित्सीय सुविधाएं उपलब्ध कराई जा रही हैं। नाभिकीय चिकित्सा के क्षेत्र में भाभा परमाणु अनुसंधान केंद्र, मुंबई दिनों-दिन नई उपलब्धियां हासिल कर रहा है। भारत में चिकित्सा के क्षेत्र में नैनो तकनीक का भी आगाज हो चुका है। स्टैम सैल चिकित्सा के द्वारा कल तक जिन रोगों को असाध्य माना जाता था आज उनका पूर्णतया निदान संभव हो चुका है। नवंबर 2004 में चेन्नई में देश का पहला स्टैम सैल बैंक भी खोला जा चुका है। कंप्यूटर व अन्य तकनीकों की सहायता से आज नैदानिक प्रतिचित्र जैसे—एक्सरे, रेडियोग्राफी, एनजीओग्राफी कम्प्यूटेड टोपोग्राफी, चुंबकीय अनुनाद प्रतिचित्रण, सोनोग्राफी इत्यादि सुविधाएं आज छोटे-छोटे शहरों में भी उपलब्ध हो चुकी हैं। इलैक्ट्रोकार्डियोग्राफी की मदद से एक ओर जहां शरीर के जैव क्रियाकलापों की मॉनिटरिंग की जा रही है वहीं दूसरी ओर एंडोस्कोपी की मदद से शरीर के अंदर छोटे-मोटे ऑपरेशन बिना चीर-फाड़ के ही किए जा रहे हैं।

उपर्युक्त प्रयासों का परिणाम है की कुछ दशक पहले तक विशेषज्ञ चिकित्सा के लिए पश्चिमी देशों की यात्रा करना संपन्न भारतीय परिवारों के लिए आम बात थी परंतु पिछले कुछ वर्षों से यह गंगा अब उल्टी दिशा में बहने लगी है।[18] भारत में एलोपैथिक उपचार के साथ-साथ आयुर्वेद, योग, यूनानी, सिद्ध और होम्योपैथी (आयुष) जैसी वैकल्पिक औषधि पद्धतियों की पुराने और कठिन दोनों प्रकार के रोगों के उपचार में महत्त्वपूर्ण भूमिका है। भारत का सस्ता श्रम उन्नत कौशल व तकनीक मिलकर भारत में चिकित्सीय सुविधाओं को अत्यंत सस्ती दर पर उपलब्ध करवाते हैं। जिससे न केवल भारत में चिकित्सा पर्यटन को निरंतर बढ़ावा मिल रहा है बल्कि भारत के लोगों को रोजगार की प्राप्ति के साथ ही भारत में विदेशी मुद्रा भंडार में भी वृद्धि हो रही है। जिससे आर्थिक विकास की दर को ऊँची बनाए रखने मे सहायता मिल रही है।

## 6.8 सूचना

सृष्टि के आरंभ से ही मनुष्य तथा जीव-जंतु ध्वनि के द्वारा सूचनाओं का आदान-प्रदान करते रहे हैं। विज्ञान एवं प्रौद्योगिकी के विकास ने संचार व्यवस्था में भी क्रांतिकारी परिवर्तन किया है। आज टेलीग्राफ, टेलीफोन, रेडियो, टेलीविजन, फैक्स, इंटरनेट, ई-मेल तथा उपग्रह संचार के माध्यम से हम अपना संदेश पलक झपकते ही विश्व के किसी भी कोने में पहुंचा सकते हैं। सूचना-प्रौद्योगिकी के माध्यम से सूचनाओं को त्रृटि रहित सही तरीके से व तेज गति से पहुंचाने में मदद मिलती है जिसका व्यापक प्रयोग शासन, प्रशासन व विदेशी मामलों संबंधी गतिविधियों में किया जाता है। इस प्रौद्योगिकी ने मानव जीवन के अनेक पहलुओं को प्रभावित करते हुए 'ग्लोबल विलेज' की कल्पना को साकार किया है।

वास्तव में सूचना प्रौद्योगिकी एक वृह्द अवधारणा है। यह उपग्रह आधारित ऐसी प्रौद्योगिकी है जिसमें कंप्यूटर, हार्डवेयर, सॉफ्टवेयर, इंटरनेट इत्यादि सभी प्रौद्योगिकी यंत्र शामिल हैं। आज यह प्रौद्योगिकी तहसीलों, प्रखंड के स्तरों से होती हुई गांव के सामुदायिक केंद्रों तक पहुंच गई है। ग्रामीण क्षेत्रों में इस प्रौद्योगिकी के प्रसार से रोजगार संवर्द्धन की संभावनाएं बढ़ी हैं साथ ही ज्ञान आधारित समाज के निर्माण को भी बल मिला है। सूचना प्रौद्योगिकी के व्यापक प्रसार के कारण आज भारत के सुदूर गांव में बैठा व्यक्ति इंटरनेट के माध्यम से सारी दुनिया से अपना संबंध स्थापित करके अपनी मानसिकता में क्रांतिकारी बदलाव ला रहा है। गांव में ई–चौपाल केंद्रों की भी स्थापना हो रही है। ये केंद्र इंटरनेट के माध्यम से गांव में ही किसानों को खेती–बाड़ी, पशुपालन आदि से संबंध सभी जानकारियां उपलब्ध करा रहे हैं।[19] ग्राम ज्ञान केंद्र भी ग्रामीणों को कृषि एवं अन्य सूचनाएं उपलब्ध कराने में उल्लेखनीय भूमिका निभा रहे हैं। आज भारत का हर गांव टेलीफोन से जुड़ा हुआ है। रूरल बिजनेस प्रॉसेस आउटसोर्सिंग की नजरें भी ग्रामीण क्षेत्रों पर हैं। कई घरेलू कंपनियां देश के ग्रामीण क्षेत्रों में बीपीओ (BPO) केंद्र खोल भी चुकी हैं। इसके चलते आने वाले समय में गांव में बड़े पैमाने पर रोजगार की संभावनाएं पैदा होंगी। मीडिया लैब एशिया द्वारा राष्ट्रीय और विदेशी परियोजनाओं एवं प्रयोगशालाओं का नेटवर्क स्थापित करके अत्याधुनिक सूचना प्रौद्योगिकी के लाभों को जरूरतमंद लोगों तक पहुंचाया जा रहा है। इस हेतु भारत–अमेरिका संयुक्त टॉक्स फोर्स भी बनाई जा चुकी है।[20] सूचना प्रदान करने की जिम्मेदारी मीडिया ने अपने कंधों पर उठा रखी है इसी कारणवश मीडिया को लोकतंत्र का "चौथा स्तंभ" कहा जाता है। मीडिया का कार्य विश्व में घटित हो रही समस्त घटनाएं, सामाजिक गतिविधियों और समुदाय, समाज व व्यक्ति के कृत्यों की सूचना को उचित मंच प्रदान कर जन–जन तक पहुंचाना तथा आम जन की समस्याओं को शासन तक और शासन की परिलब्धियों को जनता तक पहुंचाकर दोनों के मध्य सामंजस्य बनाए रखना है। सूचना प्रौद्योगिकी के माध्यम से आज ई–कामर्स, ई–प्रशासन, ई–रजिस्ट्रेशन, ई–मेल, ई–बैंकिग, ई–सर्विस, ई–चौपाल, ई–मैरिज, ई–होटल, स्मार्ट–हाउसेज, टेलीमेडिसीन, डिजिटल लाइब्रेरी, ऑन लाइन चुनाव परिणाम, बजट एवं परीक्षा परिणााम जैसी अनेक गतिविधियों को सफलतापूर्वक अंजाम दिया जाने लगा है।[21] निःसंदेह देश की अर्थव्यवस्था में सूचना प्रौद्योगिकी क्षेत्र का योगदान बढ़ता जा रहा है और हम देश की आर्थिक खुशहाली में आई.टी क्षेत्र को केंद्र बिंदु मान रहे हैं। साथ ही आगामी कुछ वर्षों में आई.टी. क्षेत्र के बढ़ते रहने की संभावनाएं भी बढ़ती जा रही हैं। इसलिए देश में आई.टी. क्षेत्र पर ध्यान दिया जाना अत्यंत आवश्यक है। सूचना प्रौद्योगिकी उद्योग में ऐनीमेशन भी बहुत तेजी से विकसित हो रहा है।[22] मनोरंजन के क्षेत्र में वाल्ट डिजनी, आमैक्स, वार्नर ब्रदर्स तथा सोनी जैसी विश्वस्तरीय कंपनियां भारतीय ऐनीमेशन कंपनियों के साथ अनुबंध कर रही हैं।

सूचना प्रौद्योगिकी के बढ़ते आधार तथा नियोजन में इसकी बढ़ती भूमिका के मद्देनजर भारत सरकार द्वारा 15 अक्टूबर 1999 को इसके लिए एक अलग मंत्रालय का गठन किया गया है। सूचना प्रौद्योगिकी मंत्रालय नामक इस नए मंत्रालय के माध्यम से देश में सॉफ्टवेयर, हार्डवेयर उद्योग तथा सूचना आधारित सेवाओं के विस्तार के नियोजित प्रयास शुरू किए गए हैं। इसके साथ ही सरकारी क्षेत्र में पारदर्शिता और कार्यकुशलता को बढ़ावा देने के लिए इस प्रौद्योगिकी को तेजी से अपनाने की नीति बनाई गई है।[23] इस हेतु सूचना प्रौद्योगिकी अधिनियम 2002 पारित

किया गया तथा अक्टूबर 2004 में ब्रॉडबैंड नीति की घोषणा की गई जिसके कारण पिछले कुछ वर्षों में भारत विश्व में सबसे तेज गति से विकास करने वाला सूचना प्रौद्योगिकी बाजार बन गया है। इसी कारण भारत के जीडीपी (GDP) में सेवा क्षेत्र का योगदान सर्वाधिक हो गया है। सूचना प्रौद्योगिकी के विस्तार का लाभ भूमि से संबंधित अभिलेखों के रख-रखाव में भी देखा जा रहा है। इस प्रौद्योगिकी के कारण यह कार्य न केवल सरल हुआ है बल्कि इसकी गुणवत्ता में भी सुधार हुआ है। इसके माध्यम से देश भर में कृषि विविधीकरण, जिसके अंतर्गत पशुपालन, मधुमक्खी पालन, मुर्गी पालन, रेशम के कीड़ों के उत्पादन, मत्स्य पालन इत्यादि शामिल हैं, योजनाओं से किसानों को लाभान्वित किया जाना संभव हुआ है। इस प्रौद्योगिकी के कारण अपनी फसल के उचित दाम की जानकारी गांव में ही हो जाने के कारण किसानों को बिचौलियों और आढ़तियों से छुटकारा मिला है। वीडियो कॉन्फ्रेंसिग जैसी सुविधाओं का उपयोग कर किसान अपनी उपज की अधिकतम कीमत वसूल रहे हैं।

अत: स्पष्ट है कि सूचना प्रौद्योगिकी का इस्तेमाल विभिन्न क्षेत्रों जैसे कृषि, स्वास्थ्य, सुरक्षा, संचार, आवागमन इत्यादि में करके इनके विस्तार क्षेत्र को और व्यापक और सुलभ बनाया जा रहा है।

## 6.9 सुरक्षा

किसी भी देश की आंतरिक और बाह्य सुरक्षा उन्नत तकनीक व प्रौद्योगिकी पर निर्भर करती है। इक्कीसवीं शताब्दी में यह स्पष्ट हो चुका है कि समस्याओं का स्वरूप अत्यंत जटिल व बहुआयामी स्वरूप लिए हुए है। आज समस्या न केवल देश के अंदर से है बल्कि बाहर से भी है। भूमंडलीकरण के कारण समस्याओं का स्वरूप वैश्विक हो गया है चाहे आतंकवाद हो, जलवायु परिवर्तन के कारण बाढ़ या सूखा, घुसपैठ, हथियारों व ड्रग्स की तस्करी हो, परमाणु हथियारों व अन्य व्यापक नरसंहार के हथियारों का हो व्यापक गंभीर महामारियों का प्रसार हो, यह सभी समस्याएं कहीं न कहीं सुरक्षात्मक तकनीक से जाकर जुड़ती हैं। आज विश्व के देश इन समस्याओं को अपने देश की सीमा में प्रवेश करने से रोकना चाहते हैं। इस हेतु न केवल उनको उन्नत सूचना तकनीक की आवश्यकता होती है बल्कि अत्यंत विकसित रक्षा प्रौद्योगिकी की भी आवश्यकता होती है ताकि देश में पनप रही समस्याओं का सफलतापूर्वक सामना किया जा सके तथा देश के बाहर से ऐसी समस्याओं को देश में प्रवेश करने से रोका जा सके। भारत के परिप्रेक्ष्य में देश के अंदर नक्सलवाद, विभिन्न अलगावादी संगठनों तथा आंतकवाद के राष्ट्रीय व अंतर्राष्ट्रीय स्वरूप को देखते हुए देश में एक सुरक्षित व शांतिपूर्ण वातावरण बनाए रखने में रक्षा प्रौद्योगिकी की अत्यंत महत्त्वपूर्ण भूमिका सामने आती है। इसी कारण भारत में अग्नि, पृथ्वी, त्रिशूल, नाग, आकाश, धनुष, ब्रह्मोस, शौर्य इत्यादि जैसे मिसाइलों का सफल परीक्षण किया गया है,[24] वहीं सूर्य व स्वप्न जैसी भविष्य के मिसाइलों के परीक्षण की योजना बनाई जा रही है। इसके अतिरिक्त भारतीय सेना को सुखोई, मिग, अवास्क, सारस, तेजस इत्यादि लड़ाकू विमानों से लैस किया गया है। समुद्र से घुसपैठ व आंतकवादी कृत्यों को रोकने हेतु आईएनएस ब्रह्मपुत्र, आईएनएस जलाश्व, आईएनएस शिवालिक, आईएनएस विक्रमादित्य, आईएनएस प्रहार, आईएनएस प्रबल, आईएनएस तलवार जैसे लड़ाकू जलपोतों से लैस किया गया है।

इसके अतिरिक्त भारत की आंतरिक सुरक्षा को और मजबूत करने हेतु पुलिस को आधुनिकतम हथियारों से लैस करने का प्रयास किया जा रहा है जिसकी सिफारिश धर्मवीर आयोग ने भी की थी। आतंकवाद व नक्सलवाद जैसी समस्याओं का सफलतापूर्वक सामना करने के लिए न केवल तीव्र सूचना तकनीकों की आवश्यकता है अपितु सुरक्षात्मक व मारक क्षमता में वृद्धि करने की भी आवश्यकता है जिससे देश में शासन व प्रशासन के सुचारू ढंग से कार्य करने हेतु तथा विदेशी निवेश को प्रोत्साहन देने हेतु उचित वातावरण का निर्माण किया जा सके। इस उद्देश्य की पूर्ति के लिए निःसंदेह हमारे पास ऐसी तकनीक व प्रौद्योगिकी होनी चाहिए जो देश की सुरक्षा को खतरा उत्पन्न करने वाले तत्त्वों के पास स्थित तकनीकों से न केवल उच्च हो बल्कि जिनकी मारक क्षमता भी अत्यंत तीव्र हो।

इस प्रकार उपर्युक्त विश्लेषण से स्पष्ट है कि भारत के विकास में विज्ञान एवं तकनीक की महत्त्वपूर्ण भूमिका को नकार पाना संभव नहीं है। बात चाहे शासन और प्रशासन के स्तर पर पारदर्शिता की हो, तीव्र आर्थिक विकास बरकरार रखने की हो, आंतरिक और बाह्य सुरक्षा बनाए रखने की हो या फिर सामाजिक जीवन का स्तर उच्च बनाने की हो, विज्ञान और तकनीक का महत्त्व निर्विवाद है। शायद इसी कारण विज्ञान के महत्त्व को स्वीकार करते हुए भूतपूर्व प्रधानमंत्री अटल बिहारी बाजपेयी ने शास्त्री जी के नारे "जय जवान, जय किसान में जय विज्ञान" जोड़ते हुए इसे "जय जवान, जय किसान, जय विज्ञान" का रूप दिया। वर्तमान समय की प्रमुख ज्वलंत वैश्विक समस्याओं जैसे भूमंडलीय तापन, जलवायु परिवर्तन, आतंकवाद इत्यादि वास्तव में विज्ञान एवं तकनीक की समस्याएं कही जा सकती हैं। भूमंडलीय तापन एवं जलवायु परिवर्तन की समस्या के समाधान हेतु ऐसी तकनीक की खोज करने का दबाव भारत समेत पूरे विश्व पर है जिससे कार्बन-उत्सर्जन कम से कम हो, क्लोरो-फ्लोरो कार्बन (सीएफसी) गैसों का उत्सर्जन रोका जा सके, जिससे ग्लेशियरों के पिघलने के कारण समुद्र तल में होने वाली वृद्धि को रोककर विश्व के अनेक समुद्र तटीय देशों को डूबने से बचाया जा सके। विश्व व्यापार संगठन (WTO) में भी विकसित व विकासशील देशों के मध्य विवाद का एक प्रमुख बिंदु तकनीकी हस्तांतरण है। भारत जैसे देशों का मानना है कि किसी भी देश के आर्थिक विकास की राह में तकनीकी पिछड़ापन बाधा नहीं बनना चाहिए। आतंकवाद व नक्सलवाद की समस्या को देखते हुए यह भी स्पष्ट है कि विज्ञान एवं तकनीक का दुष्प्रयोग भी आसानी के साथ किया जा सकता है। अतः ऐसे में आवश्यकता है कि सरकार के पास गैर-सरकारी तत्त्वों से बेहतर और सशक्त तकनीक मौजूद हो ताकि समस्याओं का सफलतापूर्वक सामना किया जा सके।

भारत जैसे देश में जहां गांव व शहर, अमीर व गरीब तथा डिजिटल डिवाइड जैसी असमानताएं मौजूद हैं वहाँ सामाजिक व आर्थिक स्तर पर समानता लाने में तकनीक व प्रौद्योगिकी अत्यंत महत्त्वपूर्ण भूमिका निभाकर इस अंतराल को भर सकती है। भारत गाँवों का देश हैं और गांधी जी ने भी माना है कि भारत की आत्मा गाँवों में बसी है लेकिन भारत के गांव शहर की तुलना में अभी भी पिछड़े हुए हैं क्योंकि यह वर्तमान समय में भी परंपरागत पद्धति पर होने वाली कृषि पर निर्भर हैं जिसका भारत के आर्थिक विकास दर में योगदान दिनोंदिन घटता जा रहा है। अतः ऐसे में आज आवश्यकता है सूचना तकनीक, नैनो तकनीक, जैव प्रौद्योगिकी इत्यादि जैसी विकसित तकनीकों का इस्तेमाल कर इन गांवों को विकास की मुख्यधारा में शामिल करने की।

तभी भारत में आर्थिक व सामाजिक विकास में उचित सामंजस्य कायम करते हुए ग्यारहवीं पंचवर्षीय योजना के मुख्य फोकस समावेशी विकास को चरितार्थ किया जा सकता है। यह कालांतर में भारत की लोकतांत्रिक पद्धति को और मजबूती प्रदान करेगी। यथार्थवादी दृष्टि से भी विचार करने पर विज्ञान की महत्ता डीआरडीओ की इस टैगलाइन से द्योतित होती है जिसमें कहा गया है *बलस्य मूलम् विज्ञानम्*[25] अर्थात् बल का स्त्रोत विज्ञान है।

## संदर्भ एवं टिप्पणी

1. Ministry of Information & Broadcasting, *India*, Delhi: Government of India, 2010, p. 915.
2. *Ibid.*, p. 857.
3. *Ibid.*, p. 859.
4. *Ibid.*, p. 914
5. Ministry of Information & Broadcasting, *Kurukshetra*, Delhi: Government of India, p. 21 February 2009.
6. *Ibid.*, October 2007, p. 10.
7. *Ibid.*, February 2009, p. 9.
8. Ministry of I & B, *India*, 2010, p. 85.
9. Ministry of I & B, *Kurukshetra*, February 2009, p. 13.
10. *Ibid.*, February 2010, p. 38.
11. Ministry of I & B, *India* 2010, p. 968.
12. *Ibid.*, p. 924.
13. *Ibid*,, p. 857.
14. Ministry of Information & Broadcasting, *Yozna*, Delhi: Government of India, April, 2009, p. 22.
15. *Ibid.*, p. 8.
16. *Ibid.*, p. 31
17. *Ibid.*, p. 14.
18. Ministry of I & B, *Kurukshetra*, December 2006, p. 18.
19. *Ibid.*, p. 26.
20. *Ibid.*, April 2009, p. 30.
21. Ministry of I & B, *Yozna*, November 2007, p. 11.
22. Ministry of I & B, *Kurukshetra*, April 2009, p. 13
23. *Ibid.*, *India* 2010, p. 221.
24. *Ibid.*, *India* 2010, p. 238.

**Suggested Readings**

1. Neera Chandhok, Praveen Priyadarshi (ed.), *Contemporary India: Economy, Society & Politics*, Delhi: Pearson, 2010.
2. Achin Vanaik, Rajeev Bhargava (ed.), *Understanding Contemporary India: Critical Perspectives*, Delhi: Orient Blackswan, 2010.
3. Subbarayappa, B.V., *Science in India-Past & Present*, Mumbai: Popular Prakashan, 2007.
4. Amitav, Malik, *Indian Science and Technology*, Delhi: Observer Research Foundation, 2006.
5. *विज्ञान प्रगति*, जनवरी 2011, मार्च 2011

अध्याय सात

# बदलती सामाजिक संरचना

## ग्रामीण भारत में बदलते जाति-वर्ग संबंध

*प्रदीप कुमार*

भारतीय सामाजिक संरचना में पश्चिमी देशों के समाजों की अपेक्षा, सामाजिक जीवन में स्तरीकरण का आधार केवल वर्ग संरचना ही नहीं है, बल्कि जाति व्यवस्था भी रही है। हालांकि यह भारतीय उपमहाद्वीप की अद्वितीय विशेषता है कि यहां राज्य और समाज के बीच संबंधों की पड़ताल का मुख्य आधार मार्क्सवादी वर्गीय संरचना की बजाय जाति व्यवस्था रही है। वैसे आधुनिक वामपंथी सिद्धांतशास्त्रियों और बुद्धिजीवियों के लिए जाति और वर्ग के बीच संबंध ज्यादा पेचीदा तरीके से उभरकर सामने आया है, चूंकि भारतीय परिप्रेक्ष्य में सामाजिक-आर्थिक-राजनीतिक क्षेत्रों के बीच अंतर्संबंध का केंद्रीय आधार जाति व्यवस्था ही रहा है। अत: यह लाजमी है कि जाति और वर्ग के बीच संबंध का मूल उद्देश्य राज्य की संपत्ति और संसाधनों के आबंटन से जुड़ा है। इस तरह जाति और वर्ग सामाजिक स्तरीकरण के अत्यधिक महत्त्वपूर्ण आयाम के रूप में देखे जाते हैं जिसका सूक्ष्म भेद यह है कि जाति को भारतीय समाजों का विश्लेषण करने के लिए एकमात्र प्रतिमान के रूप में देखा जाता रहा है और वर्ग को जाति और सत्ता के विश्लेषण के लिए प्रयोग किया जाता रहा है।[1] जबकि समकालीन परिप्रेक्ष्य में यह दोनों ही कसौटी के प्रमुख उपकरण बन कर उभरे हैं।

जहां तक भारतीय परिप्रेक्ष्य में जाति और वर्ग का अर्थ, विरोधता और आपसी संबंध का सवाल है तो जाति व्यवस्था को यह आधुनिक शब्दावली केवल पांच सौ वर्ष पूर्व पुर्तगालियों से मिली जब मालाबार तट पर उतरने वाले पुर्तगाली व्यापारियों ने अपने प्रत्यक्ष अनुभव से भारतीय जाति व्यवस्था की तुलना अपनी व्यवस्था के भीतर पनपे हुए वर्गों की संरचना से की और भारतीय वर्ण-जाति व्यवस्था को ''*कास्टा*'' शब्दावली दी। पुर्तगाली *दुआर्ते बरबोसा* ने तो जाति के पांच प्रमुख तत्त्वों की भी पहचान की: (i) उसने जाति को एक लंबवत् श्रेणीबद्ध-व्यवस्था बताया, जिसके शीर्ष पर ब्राह्मण, और सबसे नीचे अछूत थे; (ii) उसने जाति व्यवस्था के बीच अस्पृश्यता को अपवित्रीकरण के विचार से जोड़कर देखा; (iii) विभिन्न प्रकार की जातियों के बीच विभेदीकरण की पहचान का आधार सजातीय, और सगोत्रीय विवाह, व्यवसाय, और सहयोग को

---

असिस्टेंट प्रोफेसर, राजनीतिशास्त्र विभाग, सत्यवती कॉलेज, दिल्ली विश्वविद्यालय

देखा; (iv) यहां विभिन्न जातियों के बीच आपसी व्यवहार का प्रमुख आधार कोई एक सर्वव्यापी मान्यता प्राप्त नियम व रीति-रिवाज नहीं है बल्कि सभी जातियों के अपने अलग-अलग रीति-रिवाज और नियम-कानून थे जो किसी भी अन्य जाति के साथ सामाजिक व्यवहार का सूत्र होती थी; और (v) उसने इन सबमें जाति के राजनीतिक संगठनात्मक संबंध को भी पाया।[2]

श्रीनिवास ने भी जाति व्यवस्था का अध्ययन करते हुए इसे बड़ी सुगमता से अति सरल प्रतिमान के रूप में परिभाषित किया है। उन्होंने माना कि जाति व्यवस्था को वर्ण प्रतिमान में समाहित करके आसानी से समझा जा सकता है। वर्ण चार हैं और कमोबेश इन्हीं चार वर्णों से जाति व्यवस्था का संबंध रहा है। हालांकि उन्होंने यह भी माना कि वर्ण प्रतिमान के अनुसार हरिजन या अछूत जातियां जाति व्यवस्था से बाहर हैं, क्योंकि बरबोसा के नियम की भांति अछूत जातियों से संपर्क अन्य चार वर्णों के सदस्यों को अपवित्र करता है, लेकिन व्यवहारिक धरातल पर किसी भी प्रदेश की जातियों के बीच आर्थिक-सामाजिक ही नहीं धार्मिक-रीति रिवाजों के संबंध में जांचा जाए तो अस्पृश्य (अछूत) इस व्यवस्था के अभिन्न अंग रहें हैं।[3] श्रीनिवास के अनुसार निःसंदेह जाति इस अर्थ में एक भारत व्यापी घटना है कि हर स्थान पर ऐसे आनुवंशिक अंतर्गामी सूमह पाए जाते हैं, जिनका जातीय पद सोपान निश्चित है और इनमें से प्रत्येक समूह का एक या दो व्यवसायों से पारस्परिक संबंध होता है और हर स्थान पर ब्राह्मण, अछूत , किसान, दस्तकार, व्यापारी तथा सेवक आदि जातियां पाई जाती हैं जिनके बीच संरचनात्मक सबध पवित्रता और अपवित्रता के तौर पर निश्चित होता है, वहीं संसार, कर्म, धर्म जैसे कुछ-एक हिंदू धर्मशास्त्रीय प्रत्यय जाति प्रथा में बुने हुए हैं। लेकिन यह ज्ञात नहीं है कि इन अवधारणाओं का मान सर्वव्यापी है अथवा सोपान की केवल कुछ ही श्रेणियों तक सीमित है। यह उस क्षेत्र के संस्कृतिकरण की मात्रा पर निर्भर करता है।[4]

श्रीनिवास ने भी बरबोसा की भांति जाति व्यवस्था की कुछ आवश्यक विशेषताएं बताई हैं जैसे (i) जाति व्यवस्था का वर्ण प्रतिमान के रूप में एक भारत व्यापी सोपान-संगठन मौजूद है जिसमें विभिन्न प्रदेशों में एकरूपता है; (ii) वर्ण केवल चार ही हैं और यदि इसे व्यवहारिक दृष्टिकोण से देखा जाए तो इसमें अछूत जातियां भी शामिल की जा सकती हैं इस तरह वर्ण पांच हो जाते हैं; (iii) वर्ण प्रतिमान में प्रत्येक वर्ण का पद सोपान स्पष्ट है और यह लंबवत है जैसे ब्राहाण क्षत्रिय, वैश्य, शुद्र और अछूत और (iv) यह वर्ण प्रतिमान अटल है।[5]

वहीं इसके बदलते परिप्रेक्ष्य में सुदीप्त कविराज ने जाति व्यवस्था की राजनीतिक व्यवस्था में विभिन्न विशेषता के बारे में बताया है। उनके अनुसार "अन्य सामाजिक-राजनीतिक व्यवस्थाओं की तुलना में भारतीय परिप्रेक्ष्य में जाति ने राजनीतिक सत्ता और स्तर (Status) के विभेदीकरण की व्यवस्था की स्थापना कर दी है। यह ऐसे नियमों से नियत है कि जिनका औपचारिक रूप से निरीक्षण नहीं किया जाता जिसने सामाजिक पद सोपान व्यवस्था को असंतुलित फैशन की तरह तोड़-मरोड़कर हमारे सामने ला खड़ा किया है। जैसा कि हमें विदित होना चाहिए कि जाति व्यवस्था की औपचारिक संरचना की प्रमुख विशेषता पद सोपान के असंयुक्तिकरण का सिद्धांत है। यदि हम सामाजिक पदसोपान के सामान्य नियमों की बात करें तो यह असंयुक्तिकरण स्तर, (status) शक्ति (power), और आर्थिक नियंत्रण (economical control) पर आधारित होता है जिसके मूल में शुद्धता (pure)का नियम कार्य करता है। इस

तरह इस नियम के अनुसार सामाजिक व्यवस्था में सामाजिक समूहों की ऐसी अलग सामाजिक रैंकिंग (ranking) व्यवस्था का निर्माण होता है जो अन्य आधुनिक सामाजिक व्यवस्थाओं से बिल्कुल अलग होती है।[6]

इससे अलग, जहां तक अन्य सामाजिक व्यवस्थाओं का सवाल है तो पश्चिमी व अन्य समाजों में वर्गीय संरचना को सामाजिक ऊंच-नीच मापने का पैमाना बनाया गया है। कार्ल मार्क्स और फ्रेडरिक एंगेल्स ने माना कि प्रत्येक समाज में ऊंच-नीच का मूल कारण आर्थिक असमानता और आर्थिक संसाधनों पर आधिपत्य से लगाया जाता है इसलिए समाज में केवल दो प्रमुख आर्थिक वर्ग ही होते हैं। प्रथम आर्थिक संसाधनों पर आधिपत्य रखने वाला वर्ग होता है जो आदिम युग में मालिक, सामंत युग में सामंत और पूंजीपति युग में पूंजीपति वर्ग होता है, जबकि इसके विपरीत जिस वर्ग के पास आर्थिक संसाधनों का अभाव और आर्थिक संसाधनों पर बिल्कुल भी आधिपत्य नहीं होता है वह वर्ग आदिम युग वरन् सामंत युग में कृषक और पूंजीपति युग में मजदूर वर्ग होता है।

जहां तक ग्रामीण क्षेत्रों में वर्गीय संरचना का सवाल है तो लेनिन ने अपनी पुस्तक *रूस में पूंजीवाद का विकास* में रूस की खेतिहर जनसंख्या को जमींदारों के अलावा तीन समूहों में वर्गीकृत किया है। ये समूह हैं समृद्ध कृषक और मझौले किसान और गरीब किसान या सर्वहारा वर्ग। वहीं दूसरी ओर माओत्से तुंग ने भी चीन में खेतिहरों को पांच प्रकार से विभाजित किया हैं—भूस्वामी किसान, अर्द्ध भूस्वामी किसान, बंटाईदार किसान, गरीब किसान और खेत मजदूर एवं दस्तकार।[7] भारत के संबंध में, खासकर उत्तर प्रदेश के संबंध में, सुधा पाई ने भी पांच ग्रामीण कृषि वर्ग माने हैं, मगर उनके वर्गीकरण का पैमाना अलग है। वह मानती हैं कि बड़े जमींदार; अमीर किसान; मध्यम वर्गीय कृषक; छोटे स्तरीय किसान; और सीमांत किसान हैं।[8] बड़े जमींदार वह लोग हैं जिनके पास अपनी 10 हेक्टेयर या उससे ज्यादा कृषि भूमि है और उस पर परिवार के सदस्यों द्वारा कृषि नहीं की जाती, बल्कि किराये पर देकर बड़े जमींदार लाभ कमाते हैं; *दूसरे* अमीर किसानों के पास लगभग 4-10 हेक्टयर जमीन होती है जिस पर उनका परिवार फसल बोने व काटने के समय खेत मजदूर रखकर खेती करते हैं। यह कभी-कभी अपनी जमीन का कुछ भाग छोटे किसानों को पट्टे पर भी दे देते हैं,[9] *तीसरे* मध्य वर्गीय कृषकों के पास अपनी निजी 2-4 हेक्टेयर कृषि भूमि होती है। यह वास्तव में अर्द्ध मध्यम वर्गीय किसान होता है, चूंकि ये लोग अपनी भूमि के टुकड़ों और कुछ भूमि को अमीर किसानों से पट्टे व किराये पर ले लेते हैं और फिर उस पर संपूर्ण परिवार मिलकर खेती का काम करते हैं, लेकिन इनके पास इतना पर्याप्त धन नहीं होता कि यह आद्योपांत तकनीकी ज्ञान और उपकरणों से खेती कर सकें और *चौथे*, छोटे और सीमांत किसान वह वर्ग है जिनके पास 1-2 हेक्टेयर भूमि या एक हेक्टेयर से भी कम भूमि होती है। इनमें से ज्यादातर किसान काश्तकार होते हैं और अपने खेत पर स्वयं ही खेती करते हैं, जबकि सच्चाई यह है कि इन्हीं दोनों तलीय वर्गों के आपसी मेल से कृषि मजदूर वर्ग का निर्माण होता है जो ग्रामीण पद सोपान श्रेणी में सबसे ज्यादा गरीब वर्ग में भी शामिल होते हैं, इतना ही नहीं यह वर्ग इतना विशाल वर्ग है कि जो ऊपरी सभी ग्रामीण वर्गों की अपेक्षा भी सबसे बड़ा व विशाल और साधनहीन वर्ग है।[10] वास्तव में यही वर्ग वामपंथी विचारधारा के केंद्र में रहा है।

## 7.1 औपनिवेशिक ग्रामीण समाजों में जाति और वर्ग के आपसी संबंध

वास्तव में औपनिवेशिक शासन के कारण भारतीय समाज और संस्कृति में बुनियादी और स्थायी परिवर्तन हुए, क्योंकि अंग्रेज अपने साथ नई औद्योगिकी, संस्थाएं, आधुनिक तार्किकतावादी शिक्षा पद्धति, विश्वास और मूल्य लेकर आए थे। नई औद्योगिकी और उसके कारण संचार-साधनों में होने वाली क्रांति की सहायता से अंग्रेजों ने देश का ऐसा एकीकरण किया जैसा कि पहले कभी नहीं था। दरअसल यह एक ऐसी शुरुआत थी जिसने भारतीय परंपरागत समाजों का आधुनिक सामाजिक संरचना से मेल कराया। ऐसा इसलिए संभव हो सका, चूंकि उन्नीसवीं शताब्दी के उत्तरार्ध में अंग्रेजों ने धीरे-धीरे भूमि का सर्वेक्षण करके राजस्व निर्धारित किया, आधुनिक प्रशासनिक तंत्र, सेना और पुलिस की स्थापना की, अदालतें स्थापित करके कानून की संहिताएं लागू की, संचार-साधनों-रेलों, डाक और तार, सड़कों और नहरों का विकास किया, स्कूलों और कॉलेजों की भी स्थापना की जिससे आधुनिक राज्य की तो नींव पड़ी ही[11] मगर साथ ही इससे अग्रिम सामाजिक संरचना की भी नींव पड़ने लगी। इसका मतलब साफ था कि सामाजिक संरचना में परिवर्तन करने वाले मूल्यों—आधुनिकीकरण, पश्चिमीकरण, नगरीकरण तथा औद्योगिक समाजों के निर्माण के लिए कच्चा माल व मानव संसाधन ग्रामीण समाजों से ही हस्तांतरित होने लगा। इस दोतरफा आपसी लेन-देन से जहां शहरों में भारतीय लोगों का पलायन जाति की अपेक्षा ज्यादा वर्गीय स्वरूप में होने की शुरुआत हो गई।

जहां तक औपनिवेशिक भारतीय ग्रामीण सामाजिक संरचना का संबंध है तो इसमें अंग्रेजी शासन ने भूमि बंदोबस्त व्यवस्था के लिए संपूर्ण भारत में एकीकृत व्यवस्था नहीं अपनाई थी। गेल ऑम्वेट यह दावा करती हैं कि ब्रिटिश प्रशासन का मुख्य सरोकर भारतीय ग्रामीण संरचना के भीतर कोई सुधार करना नहीं था, बल्कि अपने लिए एक ऐसी स्थायी शांतिपूर्ण व्यवस्था का निर्माण करना था जिससे वह आसानी से कर वसूली कर सके। अतः सरकार ने अपनी सुविधानुसार 'कृषिकर उगाही नीति' के तहत कहीं स्थायी बंदोबस्त किया तो कही रैयतवारी व्यवस्था की स्थापना की। इस मौलिक व्यवस्था में भी वहीं परंपरागत जाति व्यवस्था पलायन कर गई, चूंकि सरकारी नीति के तहत केवल ऊंची और प्रभुत्वशाली जातियां ही कृषि संबंधी कर वसूलने की पात्रता पूरी करती थीं। दक्षिण भारत में खासकर आंध्र प्रदेश में ब्राह्मण, और क्षत्रियों से संबंधित राजू, कम्मा, वेलामा, कप्पू और तेलगा जातियां इस व्यवस्था में भी प्रभुत्वशाली संपत्तिधारक कृषक वर्ग के रूप में उभरीं, जबकि पूर्व की भांति, दलित मडिगा और माला सामाजिक व्यवस्था बिल्कुल हीन व निम्न ही बनी रही।[12] इतना ही नहीं दक्षिण भारत के अधिकतर स्थानों में गांव के मुखिया की नियुक्ति भूमिहर वर्ग से ही सरकार द्वारा की जाती थी जिन्हें गांवों के भीतर शांति व्यवस्था बरकरार रखने के लिए दंडाधिकारी की सत्ता से लैस किया जाता था। इस तरह इन ऊंची जातियों से निर्मित भूमिहर वर्ग न केवल आर्थिक शक्ति का स्वामी होता था, बल्कि प्रत्यक्ष रूप से ब्रिटिश सरकार के साथ तालमेल करते हुए राजनीतिक सामाजिक शक्ति का भी मालिक बन जाता था। यदि यह शक्ति कभी एक ही व्यक्ति के हाथ में केंद्रित हो जाती तो वह इसका असीमित प्रयोग केवल अपने वर्गों व जाति के हित संवर्धन में ही प्रयोग करता था।[13] जहां सबसे ज्यादा शोषण माला, माडिगा व अन्य दलित व पिछड़ी जातियों का होता था। और ये ऊंची जातियां निम्न जातियों से बंधुआ (जीथा) और जबरन (वेट्टी)मजदूरी

भी करवाया करती थी, जबकि ब्रिटिश सरकार ने 'ब्रिटिश इंडिया एक्ट V-1843 के तहत इसे प्रतिबंधित कर रखा था और किसी भी प्रकार की कृषि दासता पर भी रोक लगा रखी थी।[14]

भारतीय ग्रामीण परिप्रेक्ष्य में, सामाजिक संबंधों का आधार जाति के अतिरिक्त जमीन पर मालिकाना हक से भी सुनिश्चित होता है जिस जाति विशेष के पास जितनी भारी मात्रा में कृषि योग्य भूमि होती है, कालांतर में उसकी सामाजिक प्रतिष्ठा भी उसी पैमाने पर बदलती रहती है। यह भी सच है कि दक्षिण भारत में औपनिवेशिक शासन के दौरान सबसे ज्यादा भूमि मात्रात्मक रूप से ब्राह्मणों के पास होती थी। सत्यनारायण के अनुसार "आंध्र में ब्राह्मणों के पास इनाम वाली भूमि पाई जाती है जो अक्सर शासकों द्वारा ब्राह्मणों को बतौर इनाम स्वरूप दी जाती थी जिसे अग्रहराम और क्षेत्रियाम भी कहा जाता था और इस परंपरागत यथा-स्थिति व्यवस्था को ब्रिटिश सरकार ने भी इनाम बंदोबस्त (1859-61) के अंतर्गत स्वीकार कर लिया।" हालांकि इनाम भूमि भी अनेक प्रकार (अमारम, कट्टबडि, सर्व, शोर्त्रियाम आदि) की होती थी। इस तरह इस प्रकार की व्यवस्था से सबसे ज्यादा लाभ स्पष्टतया ब्राह्मणों को ही हुआ था, जबकि ब्राह्मण इस भूमि पर स्वयं खेतीबाड़ी नहीं करते थे, बल्कि वे इसे पट्टे पर गैर-ब्राह्मण काश्तकारों को दे दिया करते थे। इस तरह वह अन्य जातियों की अपेक्षा ज्यादा प्रतिष्ठित एवं संतुलित वर्गीय संरचना में सुरक्षित थे।[15] जबकि इसके विपरीत (Artisan) जातियों जैसे-साले, गोडला, मंगली, चकालीं आदि के पास इतनी थोड़ी मात्रा में भूमि थी, वह केवल इसी के सहारे अपनी जीविकोपार्जन नहीं कर सकते थे और इनमें से अनेक जातियों के तो पुश्तैनी पेशे भी नष्ट हो गए जिससे यह कृषि मजदूर बनकर रह गए।[16] आंध्र में औपनिवेशिक शासन के दौरान जमींदारी और रैयतवारी व्यवस्था और कुछ सूदखोर जातियों को ब्रिटिश सरकार की अनेक नीतियों से काफी लाभ मिला जिससे थोड़े ही समय में गैर-ब्राह्मण ऊंची जाति वाला जमींदार वर्ग उभरने लगा।[17] जैसा कि धर्मकुमार अपने शोध "लैंड एंड कास्ट इन साउथ इंडिया" में लिखते हैं कि दक्षिण भारत में खासकर रैयतवारी वाले क्षेत्रों में भी इसी प्रकार के जातीय आधार पर अमीर किसान वर्ग और भू-स्वामियों का उदय होने लगा, चूंकि काश्तकारों के साथ सीधे बंदोबस्त के सिद्धांत के बावजूद मद्रास रैयत भी वस्तुत: भूस्वामी बन जाता था और अपनी भूमि लगान पर दे देता था। 1850 के दशक के बाद यह प्रवृत्ति और बढ़ने लगी, क्योंकि अति आकलन का बोझ (जिसके कारण राजस्व अधिकारी कभी-कभी शारीरिक व आर्थिक यंत्रणा भी देने लगते थे) क्रमश: थोड़ा घटने लगा था।[18] जिसका परिणाम यह निकला कि दक्षिण भारत में रैयतवारी काश्तकारों का भी एक अलग वर्ग बन गया।

सुमित सरकार भी यह स्वीकार करते हैं कि "तंजौर में खेत मजदूरों को काम पर लगाने वाले शक्तिशाली रैयतवारी भू-स्वामी थे, ये तमिलनाडु एवं रायल सीमा के आंतरिक शुष्क क्षेत्र में धनी किसानों का एक अभिजात वर्ग था जो संख्या में कम और अधिक छितराया हुआ था और ये लोग साहूकारी एवं व्यापार के माध्यम से बहुसंख्यक काश्तकारों पर अपना बहु-आयामी प्रभुत्व रखते थे। लेकिन यहां यह ध्यान रखने वाली बात थी कि आंध्र के मुहाना क्षेत्रों में मझोले कृषक का विकास महत्त्वपूर्ण रूप से अलग था। ऐसा ही उदाहरण बंगाल का हो सकता है जहां प्राकृतिक संसाधनों ने भी ग्रामीण कृषक वर्गों के संबंधों को अलग प्रकार से परिभाषित किया जैसे—बंगाल के पश्चिमी जनपदों-मरणासन्न मुहाने-एवं पूर्वी बंगाल के जनपदों-जीवन मुहानों में भिन्नताएं थी। पश्चिमी क्षेत्रों के किसान धनी कृषकों (जोतदारों) एवं बंटाईदारों में विभाजित होते गए,

जबकि पूर्वी बंगाल में अनुकूल पर्यावरण और पटसन से मिलने वाले लाभांश ने बड़ी संख्या में छोटे और मध्यमवर्गीय कृषक काश्तकारों के अस्तित्व की रक्षा की।[19]

जहां तक पश्चिमी भारत के गुजरात(वर्तमान) का सवाल है जॉन ब्रेमन के अनुसार "सूरत में अन्याविल ब्राह्मणों के दुबला हालियों (ऋण प्राप्त करने वाले भू-दासों) की प्रथा में आपसी संबंध शोषण की जटिल प्रकृति पर आधारित था और संरक्षण संबंधों के कारण उसका प्रभाव कुछ कम भी हो जाता था, क्योंकि ये दुबला हाली अपने मालिकों को धनियानों अर्थात संपत्ति संरक्षण प्रदान करने वाला समझते थे। औपनिवेशिक आधुनिकीकरण ने सरंक्षण (patronage) के तत्त्व को कम करके और स्वामी-दास संबंध को ऋण की शर्त पर आधारित श्रम समझौते का रूप देकर शोषण को अधिक स्पष्ट बना दिया था।[20] डेनियल थॉर्नर के अनुसार भारतीय इतिहास के किसी अन्य युग में धनी जोतदारों का इतना विशाल, सुस्थापित एवं सुरक्षित समूह देखने को नहीं मिलता जितना कि 1790 और 1940 के दशकों में भारत में पनपा और फला-फूला।[21] अतः कहा जाना चाहिए कि निम्न वर्गीय सर्वहारा किसानों की ऊपरी किसान वर्गों, जो अक्सर ऊंची जातियों से मिलकर संगठित होता था, पर अत्यधिक आर्थिक और व्यवसायिक (कृषि) निर्भरता रहती थी। चूंकि तकनीकी व प्रत्यक्ष कृषि निवेश के अभाव में गरीब किसान व मजदूरों पर अत्यधिक बोझ आ पड़ता था, वह इससे बच भी नहीं सकते थे, क्योंकि उनके ऊपर अमीर किसान व जागीरदारों के अतिरिक्त ब्रिटिश शासन की कर नीति व कानून भी शोषणात्मक व्यवहार करता था जिससे आर्थिक उन्नति तो दूर, वे आत्म सम्मान का जीवन भी नहीं जी पाते थे।

औपनिवेशिक ग्रामीण समाजों के भीतर सामाजिक, राजनीतिक परिप्रेक्ष्य में जाति और वर्ग के बीच आपसी संबंधों की स्थिति कमोबेश आर्थिक संबधों जैसे ही थी। औपनिवेशिक शासन के दौरान आधुनिकीकरण की प्रक्रिया आरंभ हो गई थी जिससे कमोबेश हर जाति को आधुनिक शिक्षा संस्थानों और नगरों में स्थापित कारखानों में बिना किसी जातीय भेदभाव के प्रवेश करने की छूट थी। जब निचली जाति के लोगों को नए-नए अवसर प्राप्त हुए तो उन्होंने भी ऊंची जातियों की भांति इसका लाभ उठाया। इससे कुछ निचली (गैर-द्विज) जातियों ने काफी धन कमाकर अपनी आर्थिक स्थिति ठीक कर ली और फिर गांव के परंपरावादी समाजों के भीतर पूर्ववर्ती सामाजिक संरचना में ही अपनी हैसियत खोजने की कोशिशें कीं। मगर यह निम्न जातियां अपनी श्रेष्ठता का दावा करते समय अपने समतुल्य जातियों को हीन दिखाकर और पहले से ही श्रेष्ठ व ऊंची जातियों की बराबरी की कोशिश करती थी तो यह लाजमी होता था कि जातीय-संरचना के भीतर कोई भी ऊंची जाति निम्न जाति के इसे दावे को आसानी से स्वीकार नहीं करती थी और न ही निम्न जाति अपने समूह में से किसी जाति के इस दावे को पचा पाती थी, क्योंकि कालांतर में दावा करने वाली जाति अन्य सभी जातियों के साथ अपनी नई हैसियत, जिसमें पश्चिमीकरण और संस्कृतिकरण दोनों का समावेश होता था, के स्तर पर निम्न जातियों पर शेखी बघारती थीं। जिससे सामाजिक स्तर पर जातियों के बीच आपसी दंगा और अवमाननओं का दौर चलता था।[22] जैसा कि उत्तर भारत में नोनिया, अहीर, कलवार और कायस्थ आदि। उत्तर प्रदेश में अहीर जाति के लोगों ने संस्कृतिकरण की प्रक्रिया के अंतर्गत अपनी जाति का संबंध क्षत्रिय वर्ग के वंशज हिंदू मिथक ग्रंथ *महाभारत* के नायक कृष्ण के साथ जोड़ नई सामाजिक

परिकल्पना प्रस्तुत की और यह दावा किया कि कृष्ण ग्वाले थे और अहीर भी परंपरागत आधार पर ग्वाले पेशे से जुड़े हैं। वस्तुत: वह कृष्ण के यदुवंश के वंशज हैं इसलिए वह यादव और परंपरागत वर्ण व्यवस्था में क्षत्रिय वंशज हैं। हालांकि अहीरों के इस दावे के परिणामस्वरूप कई बार अहीरों की अन्य ठाकुर और क्षत्रिय वर्ण से संबंधित जातियों ने पिटाई भी कर दी थी। मगर केवल कुछ ही वर्षों बाद अहीरों ने भारत व्यापी यादव महासंघ, पत्र पत्रिकाएं, विद्यालय, अनाथालय और जाति संबंधित साहित्य प्रकाशित करके अपना दावा सिद्ध कर लिया जिसे कालांतर में अन्य जातियों ने भी स्वीकार कर लिया।[23] और वह अपने नाम के आगे 'यादव' उपनाम लगाने लगे। ऐसा इसलिए भी संभव हो पाया, चूंकि 20वीं शताब्दी के आरंभ से भारतीय जातियों की सामाजिक-आर्थिक हैसियत निर्धारित करने का अंतिम फैसला औपनिवेशिक सरकार ने अपने हाथ में लिया था।

अंग्रेज सरकार ने भारत में राजकीय सेवाओं के आबंटन का आधार जातिगत स्तरीकरण को बनाया था और दस वर्षीय जनगणना करके प्रत्येक व्यक्ति की जाति को अंकित किया जाने लगा। इसका परिणाम यह निकला कि धुर्ये के शब्दों में, संपूर्ण भारत में बहुत सी महत्त्वाकांक्षी जातियों ने अपना स्थान ऊंचा करने के मौके को फौरन भांप लिया। उन्होंने व्यापक स्तर पर अपने जाति भाइयों को एक मत मानने के लिए अनेक सम्मेलन किए और इसका प्रबंध करने के लिए जातीय पंचायतों का गठन कर लिया और स्थायी रूप से सरकारी पंजीकरण में अपना स्थान ऊंची और गौरव महसूस कराने वाली जातियों में अंकित कर लिया। दूसरी जातियां इस प्रकार की चोरी से नाराज हो गईं और उनके दावों का खंडन व विरोध करने लगीं। इस तरह परस्पर आरोप-प्रत्यारोप का आंदोलन शुरू हो गया जिससे नई-संभावनाओं के लिए जगह बन गई और इससे संपूर्ण सामाजिक संरचना में परिवर्तन के लक्षण उभरने लगे। वहीं दूसरी ओर इस व्यवहार ने भारतीय सामाजिक परिवर्तन को नए-सिरे से आंकने और ढालने की शक्ति स्वयं ही प्रदान कर दी जिससे सामाजिक-राजनीतिक परिप्रेक्ष्य में सरकार भी निर्णायक घटक के रूप में शमिल हो गई।[24]

निम्न जातियों द्वारा आदर्श जाति वाली मान्यता पाने का संबंध सारे भारत में एकसमान नहीं रहा। श्रीनिवास के अनुसार उत्तर व मध्य भारत में वर्ण व्यवस्था के चारों आदर्श उप प्रतिमान उपस्थित रहे हैं, जहां क्षत्रिय वर्ण ब्राह्मणों की अपेक्षा ज्यादा आर्कषण का केंद्र होता था। जैसे पश्चिमी उत्तर प्रदेश के कुछ हिस्सों में राजपूतों ने इतना महत्त्वपूर्ण स्थान प्राप्त कर लिया था कि सनद (ऊंचे) ब्राह्मण भी उनकी नकल करते थे। यहां तक अपने नाम के साथ राजपूतों का सम्मानसूचक शब्द 'सिंह' भी लगाने लगे और वहीं गुजरात के बरोटों ने अपने राजसी संरक्षकों से उनकी वेशभूषा और ढाल तलवार तक ग्रहण कर ली। इसके विपरीत दक्षिण भारत में सामाजिक संरचना में सामान्यता ब्राह्मण मध्यम व निम्न जातियां ही थी जहां क्षत्रिय और वैश्य नहीं थे। वस्तुत: वहां मध्यम जातियों की प्रेरक शक्ति स्वयं ब्राह्मण ही रहे।[25] लेकिन इस सामाजिक प्रक्रिया में एक बात ध्यान देने वाली यह थी कि निम्न अस्पृश्य जातियों ने भले ही कहीं आर्थिक गतिशीलता प्राप्त कर ली हो, मगर सामाजिक गतिशीलता प्राप्त करने में असफल रहे चूंकि संपूर्ण भारतीय समाजों में अस्पृश्य जातियां किसी प्रकार से अभी तक मुख्यधारा से नहीं जुड़ पाई थी। महाराष्ट्र में पेशवाओं के शासनकाल में ऊंची और निम्न अस्पृश्य जातियों के साथ सामाजिक

संबंध काफी गैर-मानवीय थे—जैसे वह ऊंची जातियों के संपर्क में नहीं आ सकते थे, एक नियत समय पर ही सड़क पर चल फिर सकते थे, वहीं केरल में भी कमोबेश ऐसी ही सामाजिक संरचना थी।[26] जैसा कि एम.एस.ए. राव भी कहते हैं कि "केरल में सर्वोच्च स्तर पर नम्बुद्री ब्राह्मण आते थे और यह नियम था कि इझावा नम्बुद्री से छह फीट दूर, चेरूमा और पुलामा उनसे चौसठ फीट दूर और नायडी उनसे बहतर फीट दूर रहते थे। इसके अतिरिक्त ऐसी कई जनजातियां भी थी जिन्हें इस प्रकार के सामाजिक नियमों को मानने के लिए बाध्य होना पड़ता था।''[27]

इस दौरान देखने वाली बात यह थी कि इस जातीय असमानता से निजात पाने के लिए कई दलित समाजसुधारकों ने आवाज उठाई जैसे 1860 के दशक में महाराष्ट्र में ज्योतिराव गोविंदराव फूले ने *सत्यशोधक समाज* और *गुलामगिरी* क्लासिक पुस्तिका की रचना की। इसमें पहली बार दलित परिप्रेक्ष्य से जातीय व्यवस्था में उत्पन्न असमानता और द्विज जातियों के संयोग से जाति पर आधारित अपरिपक्व वर्गीय संरचना पर बल दिया गया। इसमें बताया गया कि शेठ जी भट्ट जी (शेठ जी पूंजीपति व व्यापारी समूह और भट्ट जी शिक्षित बुद्धिजीवी ब्राह्मण समूह) ने कैसे बहुजन समाज (निम्न जातियों के समाज) पर शिकंजा कसा था। यह सामाजिक परिवर्तन और निम्न जातियों में चेतना, सभी के लिए शिक्षा व व्यापार के अवसर, महिला शिक्षा व विधवा पुनर्विवाह आदि विचारों पर आधरित आंदोलन था।[28] हालांकि फूले का यह आंदोलन लंबा तो नहीं चल सका, मगर इसने आगामी कई आंदोलनों के लिए प्रेरणा का कार्य किया। केरल में नारायण गुरु और डॉ. पल्पू ने दलित आंदोलन किया जिससे केरल की निम्न जातियों में से शनार, इझाषा, मापिला, मुस्लिम, और नायर आदि की सामाजिक-आर्थिक हैसियत बढ़ गई और यह जातीय अस्मिता से निकलकर मलयाली एथिनीक कम्यूनिटी बन गए। हालांकि इसमें ईसाई मिशनरियों ने भी काफी अहम् भूमिका निभाई थी।[29] दक्षिण भारत में मैसूर में इरोड रामास्वामी नायकर 'पेरियार' ने द्रविड़ मूल आंदोलन, कर्नाटक में आदि कन्नड़ आंदोलन, आंध्र में आदि आंध्र आंदोलन, पश्चिम बंगाल में नामशूद्र आंदोलन उत्तर भारत में आदि हिंदू आंदोलन, आर्य समाज आंदोलन, मध्य प्रदेश में सतनामी आंदोलन शुरू किए। जिसका मूल उद्देश्य दलित आत्म सम्मान, प्रशासनिक राजनीतिक मशीनरी में समानुपातिक भागीदारी था, जिसके लिए आरक्षण की भी मांग रखी गई।[30]

अत: ब्रिटिश सरकार ने दक्षिण भारत के मद्रास प्रांत में बीसवीं शताब्दी के पहले दो दशक में दलितों के लिए सरकारी प्रशासनिक सेवाओं और शिक्षा संस्थानों में आरंक्षण की व्यवस्था कर दी। यह भारत में संरक्षणात्मक भेदभाव का पहला संवैधानिक कानून था जिसने दलितों के बीच आत्म-सम्मान, आधुनिक शिक्षा और तकनीकी ज्ञान के वास्तविक अवसर उपलब्ध कराए जिसके परिणामस्वरूप दक्षिण भारतीय समाजों में ऊंची जातियों एवं वर्गों का एकाधिकार कम होने लगा। वहीं दूसरी ओर दलित नव- शिक्षित पीढ़ी भी तैयार होकर दलित अभिजन बन गई। जिसने अपनी राजनीतिक संभावनाओं की तलाश में अनेक राजनीतिक दलों से नाता जोड़ना आरंभ किया। हालांकि यह भी सच है कि यह नवगठित शिक्षित दलित अभिजन दलित समाजों के लिए काफी बड़ी उपलब्धि थी जिसके कंधे पर इस वर्ग की नैतिक जिम्मेदारी भी थी। इसका एक पहलू यह भी था कि यह वर्ग राजनीतिक व सामाजिक-आर्थिक मंच पर छितराया हुआ था और जिन राजनीतिक दलों के साथ इन्होंने नाता जोड़ा वहां इनकी भूमिका व हित सवर्णों

के मुकाबले गौण ही थे। अन्य शब्दों में, यहां परंपरागत मूल्यों और आधुनिक मूल्यों के बीच द्वंद्व था, क्योंकि ऊंची जातियां एवं शिक्षित बुद्धिजीवी वर्ग ब्रिटिश शासन से तो आधुनिक मूल्यों के आधार पर तमाम सुविधा एवं विशेषाधिकार पाने के लिए संघर्ष कर रहा था, मगर इसके विपरीत परंपरागत मूल्यों से ग्रस्त होकर दलितों को वह सब देने और अपने साथ बराबर रखने से काफी परहेज करता था। दरअसल यह उन्हीं भारतीय विशेषाधिकारों पर आधारित समाजीकरण का परिणाम था जिसके बल पर कोई वर्ग व समूह अपने लिए तो वह सब समानतामूलक समाज के नियमों पर सब प्राप्त करना चाहता था जो उससे ऊपर वाली श्रेणी पर होता था, किंतु उसे पाने के बाद वह नीचे वाली श्रेणी को हस्तांतरित नहीं करना चाहता था, क्योंकि ऐसा करने से उनके विशेषाधिकारों पर आघात होता था और दलित व निम्न श्रेणी उनके बराबर आ जाती जिसे वह किसी भी कीमत पर स्वीकार करने को तैयार नहीं होते थे।

अत: यह इसी द्वंद्व का नतीजा था कि बीसवीं शताब्दी के तीसरे दशक से लेकर वर्तमान तक निम्न जातियां अपने आंदोलन व संघर्ष अपने कंधों पर ही करना चाहती हैं, चूंकि ऐसे अनेक उदाहरण इस बात का साक्ष्य देते हैं कि द्विज और दलितों में आपसी विश्वास की कमी आरंभ से ही रही है। स्वतंत्रतापूर्व से ही दलित जातियों का अपना स्वतंत्र विमर्श शुरू हो गया था और कभी-कभी दलित हित को ध्यान में रखते हुए अनेक जातियों के संगठन का निर्माण किया गया जो प्रत्यक्ष रूप से सवर्ण विरोधी होते थे। भीमराव अंबेडकर की दलितोत्थान की संपूर्ण थीसिस सवर्ण विरोधी रही है जो यह दर्शाता है भारतीय हिंदू समाजों में मुख्य रूप से सवर्ण हित वाली थीसिस है और दूसरी दलित हित वाली थीसिस है। इसका सीधा मतलब भारतीय सामाजिक संरचना का दो विरोधी फाड़ों (भागों) में विभाजन है। इस संदर्भ में अंबेडकर ने लिनलिथगों, गोलमेज सम्मेलनों और पूना समझौता, भारतीय संवैधानिक सभा और अन्य मंत्रालयों में दलितोत्थान व निम्न जातियों के हितों के लिए उनकी ओर से प्रतिनिधित्व किया जिसके परिणामस्वरूप निम्न जातियां स्थानीय स्तर से लेकर राष्ट्रीय स्तर तक छोटी-बड़ी सभी दलित जातियों को संयुक्त करके अनेक संगठन, संघ और एसोसिएशन बनीं और इससे दलित जातियों के हित को जोड़कर उनके लिए संवैधानिक मांगों को स्वीकार कराया गया। इसका एक लाभ यह निकला कि नए संदर्भों में जातीय एकजुटता से इसका परंपरावादी कर्मकांडी स्वरूप हाशिए पर जाने लगा और दूसरा दलित भी सवर्णों की भांति एक सामाजिक वर्ग के रूप में उभरने लगे और तीसरा इनकी गोलमेज सम्मेलन में मांग स्वीकार हो जाने के बाद यह छितराया हुआ जातीय समूह 'सुसज्जित संवैधानिक वर्ग' में स्थापित हो गया।[31]

1920 के दशक के बाद से कांग्रेस राजनीतिक दल के रूप में उभरी, मगर गांधी के प्रयत्नों से इसकी नींव गांवों की ऊंची और प्रभुत्वशाली जातीय वर्ग में थी जैसे—संपूर्ण भारत के ब्राह्मण, आंध्र के रेड्डी, उत्तर भारत के ठाकुर, वैश्य, भूमिहार और कायस्थ, राजस्थान के राजपूत, गुजरात के कोली, महाराष्ट्र के मराठा, केरल के नम्बुद्री, दक्षिण भारत के वोक्कलिंगा और लिंगायत बंगाल के वैद्य और ब्राह्मण मुख्यत: कांग्रेस के साथ थे जबकि इन्हीं में से कुछ वर्ग और इनके विरोधी अभिजन जैसे आंध्र के कम्मा, बंगाल के ब्राह्मण और केरल के भी ब्राह्मण साम्यवादी दलों के साथ हो गए थे। वहीं इसके विपरीत अंबेडकर की इंडियन लेबर पार्टी और शिडयूलकास्ट फेडरेशन ऑफ इंडिया का गठन किया जिसमें दलितों को जातीय आधार पर और मजदूरों व

किसानों को आर्थिक वर्गीय आधार पर लामबंद करने की महत्त्वपूर्ण कोशिश, सामाजिक संरचना के भीतर मौलिक परिवर्तनों में से एक रही।

## 7.2 उत्तर औपनिवेशिक राज्य व ग्रामीण समाजों में आपसी संबंध और सामाजिक परिवर्तन

किसी भी नई राजनीतिक व्यवस्था की स्थापना करते समय उसकी सामाजिक जड़ों को भी काफी महत्त्व दिया जाता है। वास्तव में इन्हीं सामाजिक जड़ों के माध्यम से राजनीतिक व्यवस्था का वांछित उद्देश्य पूरा किया जाता है। दरअसल नव गठित भारतीय राज्य और समाजों के बीच आपसी संबंध का आधार जाति व्यवस्था की पृष्ठभूमि पर ही तैयार हुआ। चूंकि ऐसा नहीं है कि उत्तर औपनिवेशिक भारतीय राज्य का गठन करते समय नेताओं व संविधान निर्माताओं ने औपनिवेशिक विरासत और पूर्व परंपरागत भारतीय समाजों से तटस्थ होकर विभिन्न संस्थानों की रचना की थी। इसका मतलब यह था कि स्वतंत्र भारतीय राज्य का स्वरूप वास्तव में औपनिवेशिक समाजों का ही प्रतिबिंब था, लेकिन इस दौरान यह स्पष्ट हो गया कि अंग्रेजों के जाने के बाद राज्य की तमाम संस्थाओं पर उन्हीं वर्गों का प्रभुत्व स्थापित हो गया जो ऊंची जातियों से संबंधित थे और आधुनिकीकरण के तमाम तत्त्वों के जानकार थे।

1950 और 1960 के दशकों में यह आसानी से देखा जा सकता था कि सामाजिक वर्गों का चरित्र और वर्गीकरण पूर्व की अपेक्षा बिल्कुल स्पष्ट हो गया था। वास्तव में यह औपनिवेशिक समाजों में ऊंची जातियों और सामाजिक प्रतिष्ठा से लैस अस्पष्ट वर्गीय चरित्र का ही सुविकसित स्वरूप एवं अग्रिम कड़ी (advanced series) था। आजादी के बाद इन वर्गों ने न केवल जमीनी स्तर के समाजों में अपनी पैठ मजबूत की, बल्कि इन्होंने अपने चरित्र की आधुनिक राज्य के साथ अनुकूलता करने में भी सफलता प्राप्त कर ली जिससे यह वस्तुतः राज्य की तमाम संस्थाओं में भी प्रमुख निर्णय करने वाले नेताओं और निर्णयकर्ताओं की जमात में आ गए। वस्तुतः इन्होंने राज्य और समाज दोनों पर ही कब्जा जमा लिया और राज्य की मशीनरी को अपने निजी-हितों के संवर्धन के लिए प्रयोग करना शुरू कर दिया। हालांकि सामाजिक संरचना में यह वर्ग पूर्व की भांति प्रभुत्वशाली वर्ग के रूप में मान्यता प्राप्त थे और राज्य की मशीनरी इनके हाथों में आने से यह वर्ग काफी सशक्त हो गए। यह नव गठित वर्ग इतना चालाक था कि किसी भी तरह से यह अपना हित साध ही लेता था और नीचे वाले निम्न वर्गों से समान दूरी का नियम बराबर ध्यान में रखकर व्यवहार करता था।

वामपंथी राजनीतिक समाजशास्त्री हमजा अल्वी ने इन्हें तीन प्रमुख प्रभुत्वशाली वर्गों में विभाजित किया है—औद्योगिक वर्ग, अमीर किसान वर्ग और पेशेवर-सैनिक व प्रशासनिक अधिकारियों से निर्मित वर्ग।[32] प्रणव बर्धन का मानना है कि स्वतंत्रता के पश्चात् बड़ी संख्या में आम लोग गरीबी रेखा से नीचे रहने को मजबूर थे जो सामान्यतया सर्वहारा वर्ग-मजदूर, किसान और निम्न जातियों से मिलकर बना था और यह शोषित एवं शासित वर्ग में भी आते थे, लेकिन इनके अतिरिक्त राज्य और समाज से उभरे वर्ग भी थे जो दोनों (राज्य और समाज) पर अपना आधिपत्य स्थापित करने में लगे थे, क्योंकि इनके पास संपत्ति, संसाधन और आधुनिक

शिक्षा पर आधारित तकनीकी ज्ञान भी था जो इन्हें सामान्य लोगों से अलग-थलग करता था।[33] जहां तक इन संपत्तिधारक, शासक वर्गों के चरित्र का सवाल है औद्योगिक पूंजीपति वर्ग जो पश्चिमी भारत के प्रमुख व्यापारिक घरानों के नेतृत्व में संगठित हो रहा था, स्वतंत्रता के समय सबसे सशक्त था और इसने औपनिवेशिक व्यापारिक परंपरा को बढ़ाते हुए नेहरू-महलनोबिस के नेतृत्व वाली सरकारी औद्योगिक, नीति को पूरा समर्थन दिया। चूंकि इस नीति द्वारा मूलत: आयात प्रतिस्थापन्न, औद्योगिकीकरण, घरेलू बाजार को स्थापित करने के लिए अंतर्राष्ट्रीय व्यापारिक फर्मों पर मात्रात्मक व्यापारिक प्रतिबंध और घरेलू निवेशकों को सुरक्षा, निजी उद्योग स्थापित करने के लिए मूलभूत ढांचा, कच्चा माल, बड़े पैमाने पर सार्वजनिक क्षेत्रों द्वारा व्यापारिक जरूरतों को पूरा किया गया। इसके अतिरिक्त सरकार ने इन फर्मों के लिए ऋण योजनाएं, कम कीमत पर जमीन और अन्य मूलभूत ढांचे के लिए नाममात्र की कीमत पर सुविधाएं उपलब्ध कराई।[34] इसका यह मतलब था कि स्वतंत्र भारतीय सरकार की औद्योगिक निवेश नीति सर्वहारा वर्ग के विरोधी हितों वाली रणनीति पर भी आधारित थी। जहां सामान्य जनता की कीमत पर इस औद्योगिक वर्ग के हितों का संवर्धन किया गया जिसका परिणाम यह था कि सरकार की इस दोहरी नीति का असर ग्रामीण समाजों पर खासतौर से पड़ा चूंकि इस वर्ग में न तो निम्न जातियां शामिल थीं और न ही लघु उद्योगों व कुटीर उद्योगों पर आधारित सरकारी नीति स्पष्ट थी। इसका अनुमान इस बात से भी लगाया जा सकता है कि 1976 में देश के 20 प्रमुख घरानों ने निजी निगम क्षेत्र के दो-तिहाई उत्पादन व पूंजी पर कब्जा जमा लिया था, जिसमें 20 प्रमुख औद्योगिक घरानों की चालीस प्रतिशत बिक्री उत्पादन पर टाटा और बिड़ला का 115 कंपनियों के माध्यम से प्रभुत्व स्थापित था।[35] इतना ही नहीं, सरकार ने 1950 और 60 के दशकों में लघु और कुटीर उद्योगों को स्थापित करने वाली सरकारी नीति लागू की और उन्हें स्थापित करने में भी सस्ती नाममात्र की दर पर सरकारी ऋण, जमीन, सस्ता माल और मूलभूत ढांचा उपलब्ध कराया, जो फरवरी 1971 में 128 से बढ़कर अगस्त 1981 में 844 तक पहुंच गई। मगर सरकारी मशीनरी का गलत प्रयोग (जिसमें प्रशासनिक अधिकारियों से साठगांठ) करके और सरकारी लाइसेंस नीति का सरेआम उल्लंघन करते हुए इन कुटीर उद्योगों पर कब्जा जमा लिया।[36] जिससे विदेशी निवेश पर नकारात्मक फर्क पड़ा और देश के लघु व कुटीर उद्योगों से लाभ उठाने वाले ग्रामीण व शहरी मजदूरों को अपने रोजगार खोने पड़े या फिर अन्य स्थानों पर मजदूरी की तलाश में पलायन करना पड़ा। यहां स्पष्ट रूप से मजदूर हितों व यूनियनों की अनदेखी देखी गई जहां राज्य की विशाल मशीनरी और औद्योगिक पूंजीपति वर्ग का गठबंधन इसके लिए जिम्मेदार था।[37]

इसके अतिरिक्त भारत के ग्रामीण समाजों से एक अन्य संपत्तिधारक अमीर किसान वर्ग का उदय हुआ जो ग्रामीण बुर्जआ वर्ग के नाम से जाना जाता है। वास्तव में इस वर्ग का उदय भारत सरकार द्वारा लागू 'भारत सरकार जमींदारी उन्मूलन अधिनियम' और 'भारत सरकार काश्तकार उन्मूलन अधिनियम 1950' से लाभ प्राप्त करने वाले लोगों के सामूहिकरण से हुआ[38] जैसा कि रॉनाल्ड हैरिंग तर्क देते हैं कि दक्षिण एशिया (खासकर भारत) में स्थानीय और ऊपर के स्तर पर (supra local level) स्थानीय कृषि श्रमिकों और भूमिपतियों के बीच संबंध कानून द्वारा स्थापित विधि पर आधारित किए गए हैं। क्योंकि यहां स्थानीय वर्गीय संघर्ष के निपटारे में राज्य की

संस्थाओं की अहम् भूमिका होती है। इसका महत्त्वपूर्ण कारण यह है कि यहां शोषित वर्गों का भी राजनीतिकरण व्यापक स्तर पर दिन-प्रतिदिन बढ़ रहा है। इस प्रकार के संघर्ष के निपटारे करने में ग्रामीण अभिजन व अमीर कृषक वर्ग राज्य की तमाम शक्तियों का प्रयोग बिना किसी दबाव के करते रहते हैं, क्योंकि इन पर केवल इसी वर्ग का प्रभुत्व स्थापित रहा है और यह भारतीय व्यवस्था में इतना शक्तिशाली है कि इसके प्रभाव की वजह से अक्सर ग्राम स्तर की स्थानीय शक्ति संरचना और राज्य में भी टकराव पैदा हो जाता है, जहां इन दोनों के बीच पृथकता का अभाव होता है और यही कारण है कि कृषि के पूंजीवादी विकास में यह कृषि श्रमिकों का सबसे ज्यादा दमन करता है। जिसका स्पष्ट अर्थ यह है कि स्थानीय स्तर पर यह कृषि उत्पादन प्रक्रिया में सबसे ज्यादा शोषणकारी सामाजिक संगठन बन कर उभरा है"[40] वास्तव में रॉनाल्ड हैरिंग के इस कथन के पीछे सरकार की कृषि संबंध सुधार नीति और उसे लागू करने वाले प्रशासनिक अधिकारियों में ऊंची व प्रभुत्वशाली जातियों के शामिल होने से लगाया जा सकता है।

जैसा विदित है कि भारत सरकार ने स्वतंत्रता के पहले दशक में ही ग्रामीण संरचना में परिवर्तन की पहल शुरू कर दी थी और पूरे भारत में असली किसानों के पक्ष में खेती वाली भूमि वितरण प्रणाली लागू कर दी थी जिसके लिए बड़े-बड़े जमींदारों जैसे बिचौलियों के उन्मूलन पर निशाना साधा गया और साथ ही काश्तकारों को भूमि का स्वामित्व अथवा उन्हें धारणाधिकार की सुरक्षा, किरायों में कटौती और काश्तकारों पर स्वामित्व अधिकारों की भी मंजूरी प्रदान कर दी। उसके अतिरिक्त भूमि सुधारों में जोत क्षेत्रों का निर्धारण और पट्टों की हदबंदी की व्यवस्था भी लागू की गई। इसके लिए सरकार ने बड़े जमींदारों की अतिरिक्त भूमि पर कब्जा जमा लिया और उन्हें नाममात्र का हर्जाना देकर मामला शांतिपूर्ण तरीकों से हल कर लिया। मगर वास्तविक समस्या इस अतिरिक्त भूमि के वितरण की थी। यह जरूर है कि इस प्रक्रिया से लगभग दो करोड़ लोगों को लाभ मिला लेकिन प्रशासनिक अक्षमताओं की वजह से यह कार्यक्रम सफल नहीं हो सका। देश के विभिन्न भागों में इस कार्यक्रम को एकसमान नेक नीयत से लागू ही नहीं किया जा सका।

1949 में कांग्रेस पार्टी द्वारा नियुक्त कुमारप्पा समिति ने अपनी रिपोर्ट में बताया कि केवल उन्हें ही निजी कृषि करते कहा जा सकता है जो कुछ न कुछ शारीरिक श्रम करते हों और वास्तविक स्तर पर कृषि कार्यों में शामिल हों। लेकिन भूमि वितरण करते समय प्रशासन ने इस समिति को सिफारिशें और मापदंडों की बिल्कुल अनदेखी कर दी। वास्तव में सरकार का यह कार्यक्रम जमीनीस्तर पर गांवों में प्रभुत्वशाली जातियों और प्रशासनिक अधिकारियों के निजी स्वार्थों को साधने में ही भेंट चढ़ गया। जैसा कि बेला भाटिया का शोध पत्र *नक्सल बनते दलित* भी तर्क प्रस्तुत करता है। बेला कहती हैं कि बिहार में 1948 में ही किसी भी अन्य राज्य की अपेक्षा सबसे पहले भूमि सुधार के मकसद से जमींदारी उन्मूलन कानून पारित किया गया था, लेकिन इसका दलित खेतिहर कामगारों को कोई लाभ नहीं हुआ, क्योंकि इस कानून में भूमि के पुनर्वितरण का प्रावधान नहीं था। वह तो केवल बंटाईदारों को मालिकाना हक देने तक ही सीमित था। जमींदार भी इस भूमि सुधार को स्वीकार करने के लिए तैयार नहीं थे इसलिए उन्होंने अपने प्रति सरकारी हमदर्दी का फायदा उठाकर 1952 तक इस कानून को अदालती लड़ाई में उलझाए रखा और बड़े पैमाने पर बंटाईदारों को उनकी काश्त से बेदखल करने का अभूतपूर्व सिलसिला चलाया। इस तरह बिहार के गांवों में भूमिहीन श्रमिकों की संख्या निरंतर बढ़ती चली गई। इससे

जाहिर था कि सर्वोच्च न्यायालय द्वारा बिहार भूमि सुधार कानून की पुष्टि कर दिए जाने तक जमींदारों ने अपने हित सुरक्षित कर लिए थे।[40]

इस दौरान पूरे भारत में जमींदारों ने तकनीकी मसलों पर नौकरशाही से सांठ-गांठ करके अपनी अतिरिक्त भूमि का कानूनी मालिकाना हक अपने परिवार के सदस्यों, रिश्तेदारों, विश्वासपात्र नौकरों और जानकारों को हस्तांतरित कर दिया। इससे व्यवहार में इनकी अधिकतर भूमि का मालिकाना हक उन्हीं के पास सुरक्षित रहा और उसमें भी अतिरिक्त भूमि व कम उपजाऊ वितरण राजनीतिक समाजवादी दलों व अन्य दलों के संरक्षण के कारण निम्न मध्यम जातियों जैसे उत्तर भारत में यादव, लोध, कुर्मी, जाट, गुर्जर; पश्चिम में जाट, गुर्जर, गुजरात में पाटीदार व पटेल महाराष्ट्र में मराठा-देशमुख, कुलकर्णी; केरल में इझावा, नाडार; कर्नाटक में वकालिंग्गा और लिंगायत और आंध्र प्रदेश में कम्मा और रेड्डी जातियों ने इसका लाभ उठाया और अपनी राजनीतिक आर्थिक सामाजिक प्रतिष्ठा में भी काफी वृद्धि कर ली। वास्तव में 1960 और 1970 के दशक में इन सभी जातियों ने राजनीतिक दलों के साथ प्रतिबद्धता निश्चित कर ली जिससे ग्रामीण समाजों के साथ-साथ राजनीतिक आर्थिक व्यवस्थाओं में इन्होंने राज्य द्वारा आवंटित संसाधनों व सेवाओं का सबसे ज्यादा लाभ अर्जित किया। इनकी बढ़ती शक्ति व प्रभुत्व का अंदाजा इस बात से ही लगाया जा सकता है कि उत्तर भारत में लगभग सभी लाभ अर्जित करने वाली जातियों ने राम मनोहर लोहिया के समाजवाद और प्रमुख जाट-किसान नेता चौधरी चरण सिंह के दल भारतीय क्रांति दल की नींव रखी।[41]

1960-70 के दशक में सामाजिक संरचना के बीच पहली बार इतना गहरा जातीय मंथन महसूस किया गया कि पूरे भारत की मध्यम और पिछड़ी जातियों में राजनीतिक चेतना की अभिव्यक्ति देखी गई जैसे आंध्र प्रदेश में इसका जाति-वर्गीय निष्प्रण देखने को मिला, जब आंध्र प्रदेश में ब्राह्मण विरोधी आंदोलन में अल्पायु जस्टिस पार्टी के नेतृत्व तले कम्मा-रेड्डी दोनों जातियों ने इसका नेतृत्व किया था। लेकिन कुछ ही वर्षों पश्चात् दोनों जातियों की प्रतिद्वंद्वता शिखर पर थी इन दोनों जातियों ने पहले तो आंध्र के ग्रामीण समाजों में प्रभुत्व हासिल किया। जहां एक ओर रेड्डी ने कांग्रेस पर अपना प्रभुत्व स्थापित कर लिया वहीं कम्मा जाति ने भी प्रतिद्वंद्वता जारी रखते हुए कांग्रेस की प्रतिद्वंद्वी कम्यूनिस्ट पार्टी पर पूरा कब्जा बना लिया। पार्टी के तत्कालीन सचिव वी.टी.रणदीवे ने भी इस सामाजिक-राजनीतिक परिवर्तन को इंगित किया "कम्यूनिस्ट पार्टी पर ग्रामीण बुद्धिजीवियों, धनी किसान के बेटों और मध्यवर्ती किसानों का वर्चस्व कायम हो गया—पार्टी ने अपने आप को राजनीतिक रूप से मध्यवर्ती किसानों की ढुलमुल नीतियों पर आश्रित कर लिया और यहां तक कि धनी लोगों की विचारधारा के प्रभाव में भी आ गई।[42]

उत्तर भारत में भी पिछड़ी जातियों ने इस दौरान सोशलिस्ट पार्टी के साथ खुले तौर पर संबंध प्रदर्शित किए। यद्यपि लोहिया ने जाति को वर्ग में रूपांतरित करने की पूरी कोशिश की थी और सर्वहारा वर्ग में शूद्र, हरिजन और महिलाओं को महत्त्वपूर्ण भूमिका में रखा था। इसी आधार पर सोशलिस्ट पार्टी ने यह नारा दिया—''सोशलिस्टों ने बांधी गांठ, पिछड़ा पावे सौ में साठ।''[43] मगर सोशलिस्टों के सामाजिक आधार में दलित जातियों और महिलाओं की अपेक्षा पिछड़ी जातियों ने ज्यादा रुचि दिखाई जिसमें बिहार के लालू प्रसाद और नीतीश कुमार जैसे नेताओं का

उदय हुआ। उत्तर प्रदेश में भी पिछड़ी जातियों ने कृषक वर्ग के रूप में चौधरी चरण सिंह के भारतीय क्रांति दल को पूरा समर्थन दिया और सरकार पर 'भूमि संयुक्तिकरण', कर और संसाधनों का कृषकों के बीच वितरण और कृषि उत्पादों के समर्थन मूल्य नीति बनाने पर जोर दिया जिसमें वह सफल भी रही। हालांकि चरण सिंह भी प्रशासनिक मशीनरी में पिछड़ी जातियों के असमान प्रतिनिधित्व पर चिंतित थे। वस्तुतः चरण सिंह ने केंद्रीय राजनीति में ग्रामीण कृषक हितों को शहरी हितों पर वरीयता दी और राज्य की तीसरी संपत्तिधारक क्लास पेशेवर क्लास में 45-50 प्रतिशत आरक्षण के उद्देश्य से अपनी जनता पार्टी सरकार के नेतृत्व विंधेश्वरी प्रसाद मंडल के नेतृत्व में तीन सदस्यीय राष्ट्रीय पिछड़ा वर्ग आयोग नियुक्त कर दिया। हालांकि वह इस आयोग की शर्तों को लागू नहीं कर पाए।[44] मगर इसका मतलब बिल्कुल नहीं था कि पिछड़ा वर्ग ग्रामीण समाजों में किसी भी तरीके से कमजोर हो रहा था। वास्तव में तो यह पिछड़ी जातियां सांस्कृतिक प्रक्रिया करने में माहिर हो चुकी थी जिसके परिणामस्वरूप इन्होंने उत्तर भारत में ब्राह्मणों को धार्मिक-रीति रिवाजों को निभाने में पछाड़ना शुरू कर दिया और मौका मिलने पर उनका तिरस्कार करने से भी नहीं चूकते थे और नीचे के स्तर पर यह दलितों को अपने से इतना हीन मानने लगे कि मानों यही असली द्विज जातियों में शिखर पर हो इसलिए कॉंचा इलैया ने पिछड़ों के इस व्यवहार को नव ब्राह्मणवाद कहा है।[45] वहीं दूसरी ओर इन जातियों ने राजनीतिकरण के माध्यम से अनेक कृषि संबंधी नीतियों के कार्यान्वियन का पूरा लाभ उठाया जैसे कृषि के उत्पादन की बिक्री के लिए पहले ही 1965 में कृषि मूल्य आयोग स्थापित करा लिया था जिस पर यह कृषक आंदोलनों के माध्यम से बार-बार ऐसी मांगें रख देते थे जिससे सीधा व ज्यादा लाभ इन्हीं के हिस्से में जाए। इसके अतिरिक्त कृषि उत्पादन के उपकरणों जैसे ट्रेक्टर, नहर व नलकूप लगाने के लिए सस्ती दर पर सब्सिडी वाला ऋण, अकाल व सूखे की स्थिति में ऋण माफी, सस्ती दर पर बिजली, उर्वरक, उत्तम मात्रा के बीज और कृषि तकनीकी प्रयोग के लिए कृषि अनुसंधानों का लाभ इन्हें भरपूर मिला।[46]

राजनीतिक स्तर पर 1970 में तत्कालीन प्रधानमंत्री इंदिरा गांधी ने भूमि सुधारों पर मुख्यमंत्री सम्मेलन को संबोधित करते हुए कहा कि "देहात में असंतोष की वजह वहां के लोगों की आशाओं को पूरा करने में भूमि सुधारों की विफलता रही है। खासकर उड़ीसा, आंध्र प्रदेश और बिहार में यह बिल्कुल भी सफल नहीं रही।" इस बात की पुष्टि भारतीय राष्ट्रीय ग्रामीण श्रमिक संघ (Indian National Rural Labour Federation) के अध्यक्ष ने भी की। उनके अनुसार भूमि अधिग्रहण कानून के अतंर्गत 38,42,000 एकड़ भूमि अतिरिक्त भूमि घोषित की गई थी जिसमें सरकार ने केवल 20,55,000 एकड़ भूमि ही अधिग्रहण करने में सफलता पाई, लेकिन इसमें से भी केवल 12,55,000 एकड़ भूमि ही भूमिहीन किसानों को वितरित की जा सकी। जिसका मतलब साफ था कि इस कार्यक्रम को कार्यान्वित करने में सरकारी इच्छा शक्ति की कमी थी। ऐसा इसलिए भी किया गया, क्योंकि इसे व्यवहारिक धरातल पर कार्यान्वित करने में कांग्रेस दल की सरकार के ही हित निहित थे, चूंकि वास्तव में यह इसी के संगठनकर्ताओं के हित से टकरा रहे थे।[47] प्रणव बर्धन कहते हैं कि वास्तव में नेशनल सैंपल सर्वे के आंकड़ों से भी यह ज्ञात होता है जैसा कि निम्नलिखित तालिका 7.1 भी दर्शाती है।

**तालिका 7.1 1975 में भूमि के आकार के आधार बने वर्ग द्वारा फार्म आय का वितरण**

(फार्म हाउस होल्ड प्रतिशत में)

| भूमि के आकार के आधार पर फार्म हाउस होल्ड | ग्रामीण कृषि जनसंख्या | कार्यान्वित क्षेत्र | फसल का निर्यात | नेट फसल और फार्म से आय | लाइव स्टॉक इंकम |
|---|---|---|---|---|---|
| 1 भूमिहीन | 12.3 | 0 | 0 | 6.2 | 4.6 |
| 2 उप-सीमांत वर्ग (0.01 से 0.50 है.) | 18.6 | 3.0 | 4.2 | 11.6 | 9.8 |
| 3 सीमांत वर्ग (0.51 से 1.00 है.) | 15.7 | 4.0 | 5.7 | 11.2 | 17.4 |
| 4 लघु वर्ग (1.01 से 2.01 है.) | 18.5 | 12.0 | 14.9 | 17.7 | 19.4 |
| 5 मध्य वर्ग (2.02 से 4.04 है.) | 16.3 | 19.8 | 22.0 | 19.7 | 21.4 |
| 6 बड़ा कृषि वर्ग (4.05 से 8.09है.) | 10.7 | 20.4 | 20.0 | 15.4 | 16.1 |
| 7 बहुत बड़ा कृषि वर्ग (8.10 से ऊपर) | 7.9 | 40.0 | 33.2 | 18.2 | 12.1 |
| कुल योग | 100.0 | 100.0 | 100.0 | 100.0 | 100.0 |

*स्त्रोत:* प्रणव बर्धन, द *पॉलिटिकल इकोनॉमी ऑफ डेवेलमेंट इन इंडिया*, पृष्ठ 107

ग्रामीण समाजों में 4.5 से ऊपर कृषि भूमि मालिक कुल जनसंख्या के लगभग 19 प्रतिशत थे, जिनके पास 60 प्रतिशत कृषि भूमि थी और फसल से प्राप्त 53.2 प्रतिशत हिस्सा था, जबकि 2.01 से नीचे वाली जनसंख्या लगभग 65 प्रतिशत थी, जिसके पास केवल 17 प्रतिशत कृषि क्षेत्र और लगभग 10 प्रतिशत हिस्सा कृषि फसल का था जो साफ बड़े वर्गीय अतंर को स्पष्ट करता है।[48] ग्रामीण समाजों में जाति और वर्ग आपसी तालमेल के भारी शिकार हैं। जाति का स्थानीय मतलब आपसी खान-पान विवाह संबंध है, लेकिन राज्य से व्यवहार करते समय यह सभी जातियां एक समूह बनाकर कृषक वर्ग में रूपांतरित हो जाती हैं और सीधे राज्य से सौदेबाजी करती हैं।[49]

## 7.3 पेशेवर वर्ग और ग्रामीण समाज

संपत्तिधारक पेशेवर वर्ग में नागरिक और सैनिक सेवाओं के अधिकारियों को शामिल किया जाता है जो सामान्यतया सफेद पोश पेशेवर वर्ग के नाम से भी जाने जाते हैं। सैद्धांतिक

तौर पर इन्हें संपत्तिधारक वर्ग में नहीं रखा जाता, लेकिन यदि शारीरिक श्रम पूंजी (physical capital) को वर्गीय स्तरीकरण का आधार बनाया जा सकता है तो मानसिक श्रम पूंजी (human capital) को शिक्षा, कौशल और तकनीकी विशेषज्ञता के लिए आधार क्यों नहीं बनाया जा सकता।[50] यद्यपि देखा जाए तो इस वर्ग का ग्रामीण सामाजिक संरचना और शहरी सामाजिक संरचना को रूपांतरित करने में काफी अहम प्रभाव पड़ता है। चूंकि इस वर्ग के उदय से ग्रामीण समाजों के जाति और वर्गीय दोनों रूपों में काफी क्रांतिकारी मिश्रण (overlaping) हो गया है। यह बात सही है कि इस वर्ग में शामिल करने वाली सभी शर्तों की पूर्ति सामान्यता जातीय संरचना के क्रमबद्धता से ही पूरी हुई है। इन आधुनिक पेशों की तलाश में गांवों की शिक्षित व धन संपदा से संपूर्ण जातियों ने ही पहल की तथा इनमें शिक्षा और तकनीकी व प्रशासनिक सेवाओं का चलन सामान्य बात हो चलीं थी।

यह इसी का नतीजा था कि स्वतंत्र भारत की प्रशासनिक और सैनिक सेवाओं में भर्ती पर इन्हीं जातियों का कब्जा था जिसकी जड़ निश्चित ही ग्रामीण समाजों में थी। इसका अनुमान इस बात से भी लगाया जा सकता है स्वतंत्रोत्तर भारतीय सैनिक सेवाओं में गौरव पर आधारित अनेक रेजीमेंटों का नामकरण प्रभुत्व व ऊंची जातियों के नाम पर रखा जाना था जैसे—मराठा रेजीमेंट, जाट रेजीमेंट, गोरखा रेजीमेंट, आदि जबकि इसके विपरीत ब्रिटिश भारत में महार रेजीमेंट को केवल इसीलिए रद्द कर दिया गया था, क्योंकि इस जाति की तत्कालीन बंबई राज्य में सामाजिक प्रतिष्ठा बिल्कुल धूमिल थी, चूंकि समयांतर में इसे अस्पृश्य जातियों में शामिल कर दिया गया था। इसी वजह से अन्य जातियों के लोगों ने इस रेजीमेंट का बहिष्कार किया जिसकी पुष्टि ब्रिटिश सरकार ने इस रेजीमेंट को रद्द करके कर दी थी। हालांकि बाद में 1893 में बांग्लंग्कर जैसे बुद्धिजीवियों ने इसका विरोध तत्कालीन न्यायालयों में याचिका दाखिल करके भी किया था, लेकिन इनके पक्ष में कुछ भी नहीं किया जा सका।[51] इस बात का नकारात्मक परिणाम यह रहा कि तत्कालीन ग्रामीण सामाजिक संरचना में महार जाति को अवमानना और हीनता का शिकार बनना पड़ा। उसकी शेष ऐतिहासिक गौरवमय प्रतिष्ठा भी धूमिल हो गई। वस्तुतः अभी भी सैनिक सेवाओं में भर्ती सबसे ज्यादा ग्रामीण समाजों से ही होती है, चूंकि ग्रामीण समाजों में शौर्य-वीरता के तत्त्व (virtue) को आज भी महत्त्व दिया जाता है। इस वर्ग में शामिल होने का आकर्षण इतना जबरदस्त है कि ग्रामीण समाजों में से कायस्थ जाति अपने बच्चों को आधुनिक शिक्षा और सफेदपोश नौकरी दिलाने के लिए अभी भी जमीन व खेतीबाड़ी बेचकर उन्हें वह तमाम आवश्यक सुविधाएं प्रदान करती है। जबकि उत्तर भारत में तो यह चलन आज काफी ज्यादा बढ़ गया है जैसे बिहार के भूमिहार व अमीर किसान वर्ग अपने बच्चों को दिल्ली, मुंबई और बंगलुरू जैसे महानगरों में भेजते हैं। इसका एक परिणाम यह निकलता है कि यह आधुनिक शिक्षित पीढ़ी पेशेवर वर्ग में शामिल होने के बावजूद द्वंद्वात्मक व्यवहार की शिकार रहती है, चूंकि इस पीढ़ी का लाभ गांवों के सामाजिक जीवन पर भी पड़ता है, क्योंकि ऐसा देखा जाता है कि शहरों में स्थापित होने के बावजूद यह पीढ़ी अपने ग्रामीण जीवन से खासा लगाव रखती है और कभी-कभी अपने ग्रामीण प्रभुत्व को और बढ़ाने के लिए वही समाजवादी

सोचवाला व्यवहार करती है। अपने सामाजिक प्रशासनिक रसूख का प्रयोग अपने ग्रामीण सामाजिक जीवन में खुलकर करते हैं जिससे गांवों में जाति-वर्ग के बीच खाई और गहरी हो रही है। वैसे यह सैद्धांतिक आधार पर संपत्तिधारक वर्गों का गठबंधन और संघर्ष का ही रूप होता है।[52]

सरकार ने राजनीतिक और सरकारी प्रशासनिक सेवाओं में भर्ती के लिए सामाजिक न्याय की अवधारणा के अतंर्गत अनुसूचित जाति और जनजाति को 15 और साढ़े सात प्रतिशत प्रतिनिधित्व क्रमशः प्रदान करने का प्रावधान रखा था, किंतु यहां बिडंबना यह रही कि इस संवैधानिक वर्ग को इसके निर्धारित अनुपात में प्रतिनिधित्व दिया ही नहीं गया। यह जरूर है कि चतुर्थ और तृतीय श्रेणी की प्रशासनिक सेवाओं में तो इस वर्ग का प्रतिनिधित्व जरूर संतुष्टि देने वाला रहा, लेकिन द्वितीय और प्रथम श्रेणी की प्रशासनिक सेवाओं में तो इस वर्ग का प्रतिनिधित्व बिल्कुल हाशिए पर ही रहा। यहां देखा जा सकता है कि चतुर्थ श्रेणी की सेवा में वही कार्य आते हैं जो परंपरागत आधार पर ही इन्हीं के लिए नियत किए गए थे, लेकिन ऊपर निर्णयकर्ता व तकनीकी ज्ञान पर आधारित प्रशासनिक सेवाओं में भर्ती न करने के पीछे भी संपत्तिधारक वर्गों की जातिवादी वर्गीय सोच है। चूंकि प्रभुत्व संपन्न जातियां नहीं चाहती कि कोई नीची जाति का अधिकारी गांव के सभी प्रमुख निर्णय ले और गांव की प्रभुत्वशाली जातियों व वर्गों की सामाजिक प्रतिष्ठा इनके मुकाबले गौण हो जाए।[53] राजनीतिक सामाजिक भेदीकरण के प्रश्न पर पहले रिपब्लिकन पार्टी ऑफ इंडिया और फिर 1980 के दशक में बिल्कुल जमीनी स्तर से उभरे बामसेफ, डी एस-4 और बसपा जैसे राजनीतिक दलों ने इस पर खुलकर वर्ग-जातीय संघर्ष की शुरुआत कर दी जिसे गांवों के दलितों का पूरा समर्थन मिलने लगा है। बसपा के संस्थापक कांशीराम ने तो एकबार फिर से ग्रामीण सामाजिक संरचना की पुनर्रचना पर बल देना शुरू कर दिया था। उन्होंने 1980-90 के दशक में वामपंथी विचारधारा के विपरीत शुद्ध वर्गीय संघर्ष की अपेक्षा जाति पर आधारित वर्गीय संघर्ष पर जोर दिया और यह दलित लुभावनवादी नारा दिया कि "जो जमीन सरकारी, वह जमीन हमारी है", "तिलक तराजू और तलवार इनको मारो जूते चार", "बाबा तेरा मिशन अधूरा कांशी राम करेगा पूरा" और "रोजी-रोटी दे न सके जो वह सरकार निकम्मी, वह सरकार बदलनी है।" अतः इस तरह देखा जा सकता है ग्रामीण समाजों में सामाजिक परिवर्तन की लहर अति संरचना में परिवर्तन के परिणामस्वरूप दलित और प्रभुत्वशाली जातियों के बीच संघर्ष व विवाद में रूपांतरित होती जा रही है, चूंकि सरकार बदलने का परिणाम ग्रामीण जीवन पर भी अवश्य पड़ता रहा है।[54]

## 7.4 भूमंडलीकरण के दौर में: समकालीन भारतीय ग्रामीण समाजों में जातीय-वर्गीय संरचनात्मक संघर्ष:

भारत ने 1991 में अर्थव्यवस्था में मूलभूत परिवर्तन करते हुए, भूमंडलीकरण की प्रक्रिया में अपनी उपस्थिति दर्ज करा दी जिससे भारतीय अर्थव्यवस्था 'नई अंतर्राष्ट्रीय आर्थिक व्यवस्था से तालमेल' बैठाते हुए संचालित होने लगी। इस प्रक्रिया का सीधा प्रभाव भारतीय ग्रामीण सामाजिक संरचना पर भी पड़ने लगा है, चूंकि अब भारतीय गांवों को नई व्यवस्था से भी

तालमेल बैठाने की मजबूरी हो गई है जो मुख्यत: गहन प्रक्रिया और सूक्ष्म शर्तों की आपसी सहमति पर आधारित है। इसे सामान्यतया ग्रामीण अनपढ़ लोग समझने में नाकाम रहते हैं जैसे केंद्रीय सरकार ने 28 जुलाई 2000 को ''नई ग्रामीण नीति'' की घोषणा कर दी जिसका मुख्य उद्देश्य कृषि का वाणिज्यीकरण, निजीकरण, किसानों के लिए मूल्य निर्धारण की सुरक्षा और कृषि क्षेत्र में निजी-क्षेत्रों की सहभागिता को व्यापक स्तर पर बढ़ाने पर जोर देना था।[55] हालांकि इस व्यापक प्रस्ताव में किसानों के लिए बीमा नीति, बिजली, पानी, नई तकनीकी पर आधारित कृषि उपकरण और अनेक प्रकार की पुरानी कृषि नीति पर पुनर्विचार का भी फैसला किया गया। वास्तव में यह फैसला 15 अप्रैल 1994 को '(GATT गैट समझौते' के परिणामस्वरूप ही आया था जो स्पष्ट रूप से विश्व व्यापार संगठन के सदस्य बनने पर ही लागू किया जा सकता था।[56] सरकार की इस नई ग्रामीण नीति का तात्पर्य यह था कि भविष्य में भारतीय गांवों को भी कच्चे माल व व्यवसायिक फसलों के उत्पादन के लिए प्रयोग किया जा सकता है। हालांकि वामपंथी व दलित बुद्धिजीवियों में यह आपसी सहमति है कि सरकार की नई कृषि नीति का सीधा लाभ भारतीय किसानों, विशेषकर निम्न व मध्यम वर्गीय किसानों को न मिलकर भारतीय अमीर किसान वर्ग और कार्पोरेट पूंजीवाद को मिलेगा। अत: वामपंथी और दलित बुद्धिजीवियों एवं समाजसेवियों की यह चिंता निराधार भी नहीं थी, चूंकि वर्तमान में इसका काफी नकारात्मक प्रभाव ग्रामीण सामाजिक संरचना और जीवन शैली पर पड़ रहा है जिससे एक बार फिर भारतीय ग्रामीण समाजों में संक्रमण का सिलसिला चालू हो गया है। यदि सरकार की नई कृषि नीतियों का सूक्ष्मता से अध्ययन किया जाए तो ज्ञात होता है कि समाज के सबसे नीचे वाले कृषि मजदूरों और छोटी-छोटी जोत रखने वाले किसान जो निश्चित रूप से सरकारी सेवाओं व नीतियों का लाभ नहीं उठा पाते और सरकार व प्रशासन भी इन्हें उन तक पहुंचाने के लिए प्रतिबद्ध नहीं दिखता। इसके परिणामस्वरूप गांवों में सामाजिक- राजनीतिक-आर्थिक दरार भरने की अपेक्षा दिन-प्रतिदिन और गहरी होती जा रही है। इस प्रकार के नए सामाजिक संरचनात्मक परिवर्तन में पहले की अपेक्षा ज्यादा जटिलताएं भी पैदा होने लगी हैं, क्योंकि पहले तो स्थानीय, राज्य और राष्ट्रीय स्तर पर ही गांवों में पैदा होने वाली समस्याओं का हल खोज लिया जाता था, मगर वर्तमान में इस शृंखला में अंतर्राष्ट्रीय स्तर पर कार्य करने वाले संस्थान भी शामिल हो गए हैं। यहां समस्या यह भी है कि अभी भी ग्रामीण समाजों में कमोबेश सभी समस्याओं का हल परंपरागत जातीय संबंधों व वर्गीय संरचना के आधार पर ही किया जा रहा है। पहले की तरह ही महिलाएं, दलित, आदिवासी और अल्पसंख्यक इस नवनिर्मित संरचना में भी हाशिए पर धकेले जा रहे हैं। अत: इस जाति पर आधारित ग्रामीण समाजों में वर्गीय संघर्ष से कुछ नई प्रवृत्तियां भी उभर रही हैं जिनका उल्लेख नीचे किया जा रहा है-

### 7.4.1 अमीर कृषक वर्ग में पलायन

अर्थव्यवस्था के उदारीकरण ने अमीर कृषक वर्ग को भी प्रभावित किया है खासकर महानगरों के नजदीक कृषि भूमि मालिकों को। औद्योगिकरण के लिए पूंजीपतियों को फर्म व कारखाने स्थापित करने के लिए जगह की आवशकता होती है जिसे सस्ती दर पर सरकार उपलब्ध कराने

का आश्वासन देती है। अक्सर देखने में आया है कि सरकारों ने किसानों से सस्ती दर पर उनकी जमीन पर औद्योगिक विकास के नाम पर कब्जा करना शुरू कर दिया। किसानों के हित बिल्कुल गौण हो गए हैं और कृषि योग्य भूमि को भी पूंजीपतियों के लिए उपलब्ध कराया जा रहा है। पश्चिम बंगाल में विशेष आर्थिक क्षेत्र (SEZ) बनाने के लिए सिंगूर में किसानों की जमीन बाजार के मूल्य से कुछ अधिक और उनके परिवार में से एक व्यक्ति को स्थापित फर्म में नौकरी के आश्वासन के साथ जमीन खरीदने का दबाव डाला, लेकिन राजनीतिक दबाव और कृषक आंदोलन से यह विवाद का विषय बन गया लेकिन सरकार ऐसे क्षेत्र बनाने के प्रतिबध है। इसे सभी भारतीय राज्यों में पूरा किया जा रहा है। जैसे उत्तर प्रदेश के एनसीआर नोएडा, दादरी, दनकौर, हरियाणा में फरीदाबाद, गुड़गांव, पानीपत, सोनीपत, उत्तराखंड में हरिद्वार का मैदानी क्षेत्र, मुंबई के आसपास का क्षेत्र आदि। उल्लेखनीय है कि इन कृषि योग्य क्षेत्रों में एस्टेट (प्रॉपर्टी)अपार्टमेंट उद्योग बड़ी तेजी से फैल रहा है जहां किसानों को भारी रकम देकर यह उद्योगपति बड़ी-बड़ी बिल्डिंग बना रहे हैं। इस प्रक्रिया में गांव के संपत्तिधारक किसान अपनी ओर से भी पहल करके अपनी कृषि योग्य भूमि उद्योगपतियों को बेच रहे हैं। इसका मतलब साफ है कि इन कृषकों के लिए कृषि का आकर्षण खत्म हो रहा है। इसके स्थान पर कृषि भूमि से प्राप्त धन से वे अपना व्यवसाय मध्यम स्तरीय प्रॉपर्टी डीलर, ब्रॉकर आदि की ओर पलायन कर रहे हैं और नई शहरी जीवन शैली को अपना रहे हैं। वहीं संपत्तिधारक कृषक वर्ग और सरकार में टकराव की स्थिति भी आम बात हो चली है—जैसे हाल ही में, जब उत्तर प्रदेश सरकार ने दिल्ली, आगरा हाईवे के लिए किसानों से उनकी जमीन सरकारी मूल्य से अधिक (लेकिन निजी स्तर पर कम) हर्जाना देकर समझौता किया तो किसानों ने सरकार के विरुद्ध हर्जाना वृद्धि के लिए अन्य शर्तें और थोप दीं। इस तरह साफ देखा जा सकता है कि उदारीकरण और निजीकरण से अमीर कृषक वर्ग भी शहर की ओर पलायन करने लगा है और अपना सामाजिक वर्ग भी बदलने लगा है। इससे यह स्पष्ट है कि जिन किसानों की भूमि या उसका कोई टुकड़ा मास्टर प्लान में आ जाता है तो निश्चित ही वह किसान और अमीर हो जाता है, जबकि कमतर व भूमिहीन किसानों व श्रमिकों के लिए तो स्थिति और बदतर होती जा रही है, चूंकि जमीन बिकने की स्थिति में तो उनके रोजगार भी चले जाते हैं।

### 7.4.2 ग्रामीण समाजों में अर्द्ध सामंतवाद अभी भी बरकरार

उत्सा पटनायक तर्क देती हैं कि उत्तर भारत में हरियाणा, पंजाब और उत्तर प्रदेश के पश्चिमी क्षेत्र में तो सशक्त मध्यम/अमीर कृषकों द्वारा स्थापित प्रभुत्वशाली ग्रामीण पूंजीवाद के विशेष लक्षण साफ देखे जा सकते हैं, जबकि इसके विपरीत भारत के ज्यादातर गांवों में निम्न जाति-वर्गों का उत्पीड़न करने वाला अर्द्ध-सामंतवादी पूंजीवाद छाया हुआ है जो आमतौर पर सैद्धांतिक शब्दावली में भूमिहारों (जमींदारों) की फूहड़ शैली पर आधारित ग्रामीण पूंजीवाद (Junker style Agrarian capitalism of the landlords) से भी जाना जाता है (जेंस लर्च, पृ. 29)। इसके बीच अंतर करते हुए जोया हसन तर्क देती है कि स्वतंत्रता के बाद जमींदारी उन्मूलन विधेयक और भूमि सुधार कानून से ही ऐसी स्थिति उभरी है, क्योंकि उत्तर भारत के

पंजाब, हरियाणा और उत्तर प्रदेश के पश्चिमी क्षेत्र में अमीर जाट किसानों के पास पर्याप्त कृषि भूमि थी जिससे उन्होंने स्वयं कठिन परिश्रम करके स्वयं को अमीर संपत्तिधारक किसान वर्ग की श्रेणी में शामिल कर लिया और अपनी राजनीतिक लॉबी—चौधरी चरण सिंह, महेंद्र सिंह टिकैत और अजीत सिंह के माध्यम से पूंजीवादी कृषि क्षेत्र का विकास कर लिया, जबकि इसके विपरीत अधिकतर अन्य शेष भारत में खासकर पूर्वी उत्तर प्रदेश, बिहार, झारखंड, उड़ीसा, आंध्र प्रदेश आदि में ऊंची व प्रभुत्वशील जातियों ने स्वयं खेती न करके इसे बंटाई व निम्न जाति वर्गों से खेतीबाड़ी करवाती थी जिसकी तुलना अर्द्ध सामंतवाद से की जा सकती है।[57] उत्तर प्रदेश के संदर्भ में जेंस लर्च तर्क देते हैं कि यदि उत्तर प्रदेश की भौगोलिक संरचना की कृषि पर आधारित संरचना से तुलना करें तो हम पाते है कि भूमि सुधार विधेयक लागू होने से पश्चिमी उत्तर प्रदेश के ग्रामीण इलाकों में कृषक संरचना मजबूती से उभर रही है जबकि पूर्वी उत्तर प्रदेश में छोटे किसानों का काफी विशाल वर्ग उभर रहा है खासकर मध्यम जातियों—यादव और कुर्मियों का। जो व्यवसायिक कृषि उत्पादन करने पर ज्यादा जोर देते हैं। वस्तुतः इसे जाति के तौर पर देखा जाए तो ज्ञात होता है कि पश्चिमी उत्तर प्रदेश में जाट जाति का प्रभुत्व बढ़ा है जबकि पूर्वी उत्तर प्रदेश में ऊंची जाति के ठाकुर जमींदार वर्ग के रूप में अर्द्ध सामंतवाद को मजबूत करने में लगे हैं जहां निम्न जातीय कृषि मजदूरों के साथ अति-शोषणात्मक व्यवहार किया जाता है। चूंकि इन कृषि-मजदूरों के पास पर्याप्त भूमि का अभाव होता है।

### 7.4.3 कम मजदूरी मिलने के कारण कृषि मजदूरों की हीन स्थिति

जैसा कि जी.ए. गियर्सन के बिहार के संदर्भ में लिखित शोध पत्र ''बिहार पीजेंट लाइफ'' से ज्ञात होता है कि गरीब किसान-मजदूरों पर बेगारी और मनमाने कर की वसूली के जरिए बिहार के सामंती जमींदारों ने 1970 के दशक में किस तरह श्रम अनुबंधों के पूरे चरित्र को अपने मनमाफिक रूपांतरित करके बिल्कुल शोषणात्मक बना दिया था और 1970 के दशक में खेत मजदूरों को लगभग वही मेहताना मिलता रहा जो उन्हें स्वतंत्रपूर्व ब्रिटिश शासन में मिलता था और कहीं-कहीं तो यह मजदूरी उस स्तर से भी नीचे दी जाती थी। हालांकि 1980 के दशक में यह मजदूरी दर बढ़ने के बावजूद अन्य राज्यों के मुकाबले कहीं अधिक कमतर होती थी।[58] बेला भाटिया कहती है कि "इस समय कृषि मजदूरी लगभग 30-45 रुपये प्रतिदिन है, जिसे अक्सर नकदी में न देकर खाद्य पदार्थों के रूप में दिया जाता है। नब्बे के दशक की शुरुआत में इस हिसाब से खेत मजदूरों को चार किलो धान (चावल), आधा किलो सतू, अथवा चूड़ा (चिवड़ा) मिलना चाहिए था, लेकिन वास्तव में अधिकतर इलाकों में उन्हें सिर्फ दो-ढाई किलो मोटा अनाज ही दिया जाता था। यह स्थिति उन इलाकों में खासतौर से बुरी थी, जहां खेतीहर मजदूरों के बीच कोई राजनीतिक संगठन सक्रिय नहीं था। यहां तक अनुसूचित जातियों में से कुछ जातियों को तो पशुओं की तरह एक छोटी-सी कोठरी में रहना पड़ता था। वे ज्यादा से ज्यादा तीन से पांच रुपये रोज पाते थे और जानवरों को खिलाई जाने वाली खेसारी से पेट भरने को मजबूर थे जिसका परिणाम यह था कि इस आहार के कारण उन्हें चर्मरोग और गठिया जैसी बिमारियां घेर लेती थीं।[59] भाटिया आगे कहती हैं कि इतना ही नहीं बिहार में दलित

खेत-मजदूर बड़े पैमाने पर बंधुआ प्रथा की जंजीरों में जकड़े रहे हैं। लेकिन मध्य बिहार में यह बंधुआ प्रथा पुश्त-दर-पुश्त चलने वाली वह पारंपरिक बंधुआ प्रथा नहीं है जो बिहार के अन्य इलाकों में अथवा देश के दूसरे क्षेत्रों में देखी जा सकती है। मध्य बिहार में एक-निश्चित अवधि के लिए खेतीहर काम करने के अनुबंध पर आधारित मजदूरी को बंधुआ की श्रेणी में रखा जा सकता है। ऐसे मजदूरों को हलवाहा कहा जाता है और उनका मुख्य काम खेती-बाड़ी के समय खेत जोतना होता है। जबकि इसके विपरीत एक ओर श्रेणी के अंतर्गत अस्थायी आधार पर भी मजदूरी कराई जाती है जिन्हें 'छुट्टा मजदूर' कहा जाता है। हलवाहों की मजदूरी को 'हरवाही' और 'छुट्टा मजदूरी' को रोज अथवा रोजीना के नाम से जाना जाता है।[60] और इसे उत्तर भारत में देहाड़ी मजदूर कहा जाता है।

जहां तक दलित खेत मजदूरों में महिलाओं की स्थिति का सवाल है तो मजदूर महिलाओं के साथ राजपूत और भूमिहार जमींदारों, उनके नौकर व लठैतों द्वारा बलात्कार करना आम बात थी, जबकि थानों और न्यायालयों में पहुंच जाने के बावजूद इन महिलाओं को न्याय न मिलना सामान्य प्रवृत्ति हो गई थी, क्योंकि थानों में पहुंचने पर ऊंची जाति के थानेदार या पुलिस वाले इनके साथ बदसलूकी करते हैं और न्यायालय पहुंचने पर इनके परिवार व अन्य लोगों को सामाजिक स्तर पर दबाव डालकर मामले को हल्का करने की पूरी कोशिश की जाती है जिसमें इन लोगों का राजनीतिक रसूख न्याय तक इन पहुंच को और अधिक दूर कर देता है। ऐसा नहीं कि यह प्रवृत्ति केवल बिहार की रही हो, बल्कि सामान्यता ऐसी स्थिति भारत के प्रत्येक राज्य के ग्रामीण इलाकों में सामान्य बात है और यह स्थिति सबसे ज्यादा गंभीर तब लगती है जब पश्चिम बंगाल की वामपंथी सरकार के बावजूद दलित महिलाओं और पुरुषों को मौत के घाट उतार दिया जाना राज्य के लिए सामान्य बात होती है।[61]

### 7.4.4 मध्यम जातियों के प्रभुत्व में वृद्धि और जाति-वर्ग में संघर्ष

इस बात में संदेह नहीं है कि ग्रामीण समाजों में सरकारी नीतियों-जमींदारीं उन्मूलन, भूमि वितरण, हरित क्रांति, किसान राजनीति और मंडल आयोग की सिफारिशें लागू होने से सबसे ज्यादा लाभ निम्न मध्यम जातियों को हुआ था जिससे यह यादव, कोरी, कुर्मी, लोध, गुर्जर, जाट, बघेल आदि जातियों को ऊर्ध्वाकार गतिशील (verticle mobilisation) करने में भी सफल रही है जिससे इनके व्यवहार में सामाजिक व्यवहार करते समय अकड़ आ जाती है। बिहार, उत्तर प्रदेश, मध्य प्रदेश और उत्तर भारत के दूसरे हिस्सों में इन मध्यम जातियों का वर्चस्व और आतंक साफ देखा जा सकता है। जैसा कि अमरेश मिश्रा उत्तर प्रदेश के संदर्भ में अपने शोध पत्र "लैंड स्ट्रगल इन उत्तर प्रदेश" में कहते हैं कि 1980 के दशक के बाद से पूर्वी उत्तर प्रदेश में अन्य पिछड़ा वर्ग की कई जातियों की गुंडागर्दी बहुत बढ़ गई है। गांव के भूमि विवादों में इन जातियों की बढ़-चढ़कर हिस्सेदारी होती है। यहां तक कि स्थानीय स्तर पर किसी भी भूमि संबंधी विवाद को यह अपने दम पर ही हल करने की कोशिश में लगे रहते हैं। इसमें वृद्धि उस समय और हो जाती है जब इनकी जातियों की सरकार बन जाती है, तब तो पूरे राज्य की चौधराहट यही लोग करते है। चूंकि उस समय इन्हें राजनीतिक और

प्रशासनिक सहयोग भी मिलने लगता है।[62] यही कारण है हाल ही में उत्तर भारत में जातीय-वर्गीय संघर्ष ज्यादा देखने में आए हैं।

### 7.4.5 अस्पृश्यता अभी भी जारी

ग्रामीण समाजों में जाति पर आधारित सामाजिक व्यवहार के दौरान लोकतांत्रिक प्रक्रिया का चलन सामान्य बात नहीं है। यह आज भी ग्रामीण समाजों के लिए सामान्य बात है कि वह दलितों को बात-बात पर जाति सूचक शब्दों व हीनता की दृष्टि से देखते हैं। जैसे किसी दलित महिला सरपंच को नंगा करके गांव में घुमाना, दलित महिला सरपंच को 15 अगस्त पर राष्ट्रीय ध्वज न फहराने देना और उत्तर प्रदेश राज्य की दलित मुख्यमंत्री मायावती को जाट व किसान नेता महेंद्र सिंह टिकैत द्वारा जाति सूचक अपमानजनक शब्द सार्वजनिक सभा में कहना, ऊंची व मध्यम जातियों के लिए अफसोस व मानवहीनता का परिचय नहीं बन पाना, सामाजिक लोकतंत्र की स्पष्ट अनुपस्थिति को दर्शाता है।[63] यही कारण है कि भूमंडलीकरण के दौर में संपूर्ण भारत के ग्रामीण समाजों में परिवर्तन स्वरूप अस्पृश्यता की घटना बढ़ी है। जैसा कि घनश्याम शाह, हर्ष मंदेर, सुखदेव थोरट, सतीश देशपांडे और अमिता बाविस्कर के भारत भाषी शोध ''अनटचेबिलिटी इन रूरल इंडिया'' में बताया गया है कि आधिकारिक तौर पर 1990-2000 के दौरान पूरे भारत में दलितों पर अपराध संबंधी 2,85,871 मामले दर्ज किए गए जिसमें से 14,030 तो अस्पृश्यता विरोधी अधिनियम 1989 के अंतर्गत और 81,796 मामले अस्पृश्यता निवारण अधिनियम के अंतर्गत दर्ज किए गए। इसका मतलब यह है कि औसतन 28,587 मामले जाति विभेद पर 1990 के दशक में प्रत्येक वर्ष दर्ज किए गए। इसमें 553 मामले हत्या, 2990 मामले गंभीर रूप से घायल, 919 मामले बलात्कार, 184 अपहरण, 47 डकैती, 127 मामले भारी लूट-पाट, 456 मामले दलितों पर गैर-कानूनी तरीकों से हथियार प्रयोग, 1403 मामले जाति गाली-गलौज और 8179 मामले अस्पृश्यतापूर्ण व्यवहार वाले थे।[64] (पृ. 134)

हालांकि ऐसा नहीं है कि आधुनिक लोकतांत्रिक प्रक्रिया से दलितों को कोई लाभ नहीं मिला है, दलितों में आधुनिक शिक्षा पाने की होड़ बढ़ी है और वह नए-नए व्यवसायों को अपनाने लगे हैं, लेकिन फिर वही विडंबना है जैसा कि रजनी कोठरी अपने शोध लेख ''दलित उभार के मायने'' में इसका दूसरा पहलू दर्शाते हैं। वह कहते हैं "जैसे-जैसे दलित और अन्य निचले वर्ग अपने अधिकारों के प्रति सचेत होकर उनकी दावेदारी करने लगे हैं वैसे-वैसे उनके ऊपर होने वाली ज्यादतियों में क्रूरता और आंतक की मात्रा बढ़ती जा रही है।'' दमित वर्गों (oppressed class) के पूरे के पूरे समुदाय गहरे विक्षोभ से गुजर रहे हैं। उन्हें निरंतर अपमान का सामना करना पड़ता है। राष्ट्र, राज्य, नागरिक समाज (और ग्रामीण समाजों) के अंग के रूप में उनकी पहचान और उनके अस्तित्व का निरंतर क्षय (पतन) हो रहा है। देश के किसी न किसी हिस्से में उनके ऊपर ढाये जाने वाले जुल्मों की दिल दहला देने वाली घटनाएं हमेशा सुनने में आती रहती हैं।[65] जैसा कि निम्नलिखित तालिका भी दर्शाती है:

**तालिका 7.2 अनुसूचित जातियों पर ऊंची जातियों द्वारा किए गए अस्पृश्यता पूर्ण अपराध (एस सी एंड एसटी अस्पृश्यता निवारण कानून 1989)**

| राज्य/केंद्र प्रशासित क्षेत्र | 2002 के दौरान मामलों की संख्या | प्रति मिलियन पर मामलों की सं., 2001 एससी जनसं. |
|---|---|---|
| मध्य प्रदेश | 6,758 | 738 |
| उत्तर प्रदेश | 5,841 | 166 |
| राजस्थान | 5,464 | 564 |
| आंध्र प्रदेश | 1,806 | 146 |
| ओड़िसा | 1,274 | 309 |
| कर्नाटक | 1,232 | 144 |
| गुजरात | 1,167 | 325 |
| छत्तीसगढ़ | 920 | 380 |
| तमिलनाडू | 917 | 77 |
| बिहार | 876 | 67 |
| महाराष्ट्र | 812 | 82 |
| केरल | 469 | 150 |
| झारखंड | 93 | 29 |
| उत्तराखंड | 78 | 51 |
| हरियाणा | 63 | 15 |
| पंजाब | 60 | 8 |
| पश्चिम बंगाल | 27 | 1 |
| दिल्ली | 17 | 7 |
| हिमाचल प्रदेश | 14 | 9 |
| गोवा | 2 | 9 |
| दमन और द्वीव | 2 | – |
| अंडमान और निकोबार द्वीप | 1 | – |
| दादरा और नागर हवेली | 1 | – |
| कुल | ?27,894 | 167 |

*स्त्रोत*: घनश्याम सिंह, हर्ष मंडेर, सुखदेव थोरट, सतीश देशपांडे, अमिता बाविस्कर, *अनटचेबिलिटी इन रूरल इंडिया*, सेज पब्लिकेशन, नई दिल्ली/थाऊजेन्ड ऑवर्स/लंदन, 2006, पृ. 136

इस संदर्भ में रमेश वाल्मीकि का शोध पत्र ''उत्तर प्रदेश जहां आज भी मैला प्रथा जारी है'' काफी प्रांसागिक प्रश्न उठाता है। उनका मानना है कि आधुनिकीकरण और पश्चिमीकरण अपनाने के इतने वर्षों के बावजूद भारत में जिस सामाजिक परिवर्तन की परिकल्पना की जाती है वास्तव में वह केवल ऊंची जाति वर्गों की समृद्धि तक ही सीमित होकर रह जाती है और निम्न जाति/वर्गों को तो आज भी आधुनिक समाजों में साफ-सफाई परंपरागत-मलीन साधनों से ही करनी पड़ती है। रमेश वाल्मीकी के शब्दों में, शुष्क शौचालयों की सफाई या सिर पर मैला ढोने की कुप्रथा को सरकार संज्ञेय (गंभीर) अपराध घोषित कर चुकी है। इस व्यवस्था को जड़ से खत्म करने के लिए केंद्र व विभिन्न राज्य सरकारें कई वित्तपोषित योजनाएं चलाती रही हैं, लेकिन यह सामाजिक नासूर यथावत है। इसके निदान के लिए सन् 2001 तक दस अरब रुपये से अधिक खर्च हो चुके हैं। इसमें वह धन शामिल नहीं है, जो इन योजनाओं के क्रियान्वयन के लिए पले सफेद हाथी (नौकरशाहों) के मासिक वेतन व सुख-सुविधाओं पर खर्च होता रहा है। यह आज भी बरकरार है। लेकिन जिन लोगों का मल ढोया जा रहा है उनकी संवदेनशून्यता

अभी परतंत्र है। उनमें न तो इस कुकर्म का अपराध बोध है, न ही ग्लानि। और मैला ढोने वालों की आर्थिक व सामाजिक हैसियत में भी कोई बदलाव नहीं आया है, ताकि वे रोजी-रोटी का अन्य तरीका तलाश सकें।[66]

इतना ही नहीं दक्षिण भारत के गांवों में तो आज भी दलित लोगों के द्वारा उत्पादित वस्तुओं को सवर्ण लोग खरीदने से परहेज करते हैं। ओड़ीसा राज्य के मलमुंडा गांव में रहने वाली दलित महिलाएं कहती हैं कि हालांकि वे रोजी-रोटी कमाने के लिए छोटी-छोटी बेकरी चलाती हैं, जहां वह पारा (खाने का समान) पास के शहर के बाजार बॉलांगिर में बेचने जाती है, लेकिन वहां समस्या यह है कि दलित तो उनके उत्पादन को खरीदते हैं, जबकि गैर-दलित उनके उत्पादन को बिल्कुल नहीं खरीदते। ऐसा ही दूध बेचने वाले दलितों के साथ भी होता है। इतना ही नहीं इनके दूध और दूध से बने अन्य उत्पाद की खरीदारी तो दूध सहकारी सोसायटी भी नहीं करतीं। तमिलनाडू के पेरियान गांव की दलित-महिलाएं भी इसी क्रूरता की शिकार हैं जबकि वह तो चाय के साथ अत्याधुनिक तकनीक व साफ-सफाई से बने बहुराष्ट्रीय कंपनी के चिप्स भी बेचती हैं और गैर-दलित यह सामान भी नहीं खरीदते।[67]

भारतीय ग्रामीण समाजों में समस्या उस समय और गंभीर होने लगती है जब आधुनिकीकरण, पश्चिमीकरण और भूमंडलीकरण की प्रक्रिया के साथ अस्पृश्यता का भी लोकतांत्रिक प्रक्रिया में समाजीकरण (socialisation) बड़ी सख्ती से किया जाता हैं। अभी हाल ही में उत्तर प्रदेश सरकार ने सरकारी प्राथमिक स्कूलों में दोपहर का खाना पकाने के लिए दलित महिला को ही रोजगार देने की नीति क्रियान्वित की थी, मगर गैर-दलित माता-पिताओं ने सरकार की इस नीति का पुरजोर विरोध किया।

### 7.4.6 मजदूरी की तलाश में दलित कृषि मजदूरों का शहर की ओर पलायन

पूरे भारत में आज सामान्य प्रवृत्ति है कि पिछड़े ग्रामीण इलाकों से दलित कृषि मजदूर औद्योगिक नगरों की ओर बड़ी संख्या में पलायन करने पर विवश हो रहे हैं। बिहार, झारखंड, उड़ीसा, छतीसगढ़, उत्तर प्रदेश और पश्चिम बंगाल से यह विशाल मजदूर वर्ग अमीर राज्यों—पंजाब, हरियाणा, महाराष्ट्र, गुजरात और दिल्ली की ओर संगठित और असंगठित कार्य क्षेत्रों में स्थानांतरित हो रहे हैं। हालांकि ऐसा नहीं है कि इस वर्ग को शहरों में कोई ऊंची वर्गीय हैसियत प्राप्त हो जाती है, बल्कि लगभग ग्रामीण सामाजिक परिवेश जैसी सामाजिक संरचना यहां भी उन्हें जीने नहीं देती है। शहरों के किनारे बनी स्लम बस्तियां, निम्न दर्जे की सरकारी शिक्षा, स्वास्थ्य सेवाएं और यू.पी. व बिहार के लोगों के साथ रोजमर्रा की जिंदगी में उनके पिछड़े राज्यों से संबंधित गाली, फब्तियां व अवमानना इस पलायन किए हुए वर्ग के लिए आसमान से गिरा खजूर पर अटका जैसी स्थिति हो जाती है। हालांकि ये असंगठित क्षेत्रों में कार्य करने, दलित कृषि मजदूर शहरों में स्थापित होने के उद्देश्य से हर संभव अनुकूलनता करने में लगे रहते हैं, लेकिन इन अमीर राज्यों के राजनीतिक (प्रतिनिधि) जैसे महाराष्ट्र में 1960 के दशक में जन्मी शिवसेना इनके खिलाफ बार-बार स्थानीयता (Nativism) के आधार पर आंदोलन चलाती रहती है और इन्हें दोबारा इनके पिछड़े समाजों में पलायन के लिए मजबूर करती है ''बांधों लुंगी बजाओ पुंगी'' और ''यू.पी.-बिहार के भईया वापिस जाओ।'' जैसे नारों को इनकी अवमानना का सबसे बड़ा

हथियार बनाती है। ऐसा नहीं है कि सरकार ने इन श्रमिकों का पलायन रोकने के लिए कुछ नहीं किया। सरकार ने हाल ही के वर्षों में प्रसिद्ध समाजशास्त्री ज्यो-द्रेज की योजना राष्ट्रीय कृषि ग्रामीण रोजगार गारंटी अधिनियम' लागू करके इस दिशा में काफी अहम भूमिका निभाने की कोशिश की है। लेकिन इस योजना को पूर्ण ईमानदारी से जमीनीस्तर पर क्रियान्वित करने की पहल अभी होनी बाकी है। यदि इस कल्याणकारी योजना को नौकरशाही के चुंगल से बचाया जा सके तो इसके सुखद परिणाम भी सामने आने लगेंगे और हाल ही के वर्षों में कृषि मजदूरों के पलायन और कर्जे के बोझ से लदे छोटे किसानों द्वारा आत्महत्या की दुर्घटनाओं को भी रोका जा सकता है।

## 7.5 उपसंहार

ग्रामीण भारतीय सामाजिक संरचना के भीतर जाति आधारित वर्गीय उपसंरचना के अध्ययन का निष्कर्ष यह है कि ब्रिटिश शासन में क्रियान्वित की गई योजनाओं के परिणामस्वरूप ग्रामीण समाज अनेक परिवर्तन के चरणों से गुजरे हैं, लेकिन विडंबना यही है कि विकास के प्रत्येक चरण में राज्य द्वारा लागू की गई नीतियों और राजनीतिक संरचनाओं में प्रतिनिधित्व का लाभ ऊपर की जातियों एवं उनसे बने ऊंचे अमीर किसानों को ही मिला है जब यह किसान वर्ग सक्षम हो गया तो इन्होंने प्रशासनिक घूसखोरों के माध्यम से विकास की योजनाओं को समाज के सबसे निचले तल और जरूरतमंद लोगों तक नहीं पहुंचने दिया और समाजों में जाति की परंपरा की वजह से जो वर्गीय संरचना बनी वह भी यूरोपीय समाजों की तरह खुली वर्गीय संरचना नहीं बन सकी। इससे जहां एक ओर उत्तर वर्गीय समाजों में काफी गहरी दरार पड़ गई और वहीं दूसरी ओर एक वर्गीय समाजों के भीतर भी आपसी संघर्ष और द्वंद्व कम होने के बजाय और बढ़ गया। एक ही वर्ग में होने बावजूद दो जाति के लोग खुले आर्थिक समाज के नियमों को तो आत्मसात कर लेते हैं, चूंकि यह आधुनिकता के साथ रूपांतरित हो रहे हैं, लेकिन सामाजिक नियमों के साथ यह एक बार बंद समाज की ओर पलायन कर लेते हैं, चूंकि समाज में अभी वर्गीय स्वरूप के भीतर परंपरागत जातीय नियम समाए हुए हैं। हालांकि रजनी कोठरी जैसे सिद्धांतशास्त्री भी मानते हैं कि जाति के राजनीतिकरण से जाति परंपरागत बंद सामाजिक मूल्यों कर्मकांडीयता को तिलांजलि दे रही है, लेकिन वह अगले पल यह भी मानते हैं कि यह प्रक्रिया अभी केवल आरंभ ही हुई है जिसे अभी लंबा सफर तय करना है।[68]

जहां तक इस संरचना में किसी सुधार की आवश्यकता का सवाल है तो यह काफी जटिल प्रश्न है जिसका हल आसानी से नहीं दिया जा सकता, लेकिन फिर भी राज्य द्वारा लागू किए जाने वाले कार्यक्रम और प्रशासनिक समस्याओं को जनता के प्रति अति संवेदनशील बनाया जाए तो एक सीमा तक इसका निवारण किया जा सकता है। इसके अलावा तर्कवादी आधुनिक शिक्षा प्रणाली, जाति उन्मूलन खासकर अस्पृश्यता उन्मूलन जैसे कानूनों को बड़ी ही सावधानी से जनकल्याण के लिए प्रयोग करना, नई पीढ़ी को तकनीकी ज्ञान के साथ सामाजिक ज्ञान भी देना, भूमंडलीकरण प्रक्रिया को वास्तविक रूप में दलित कृषि मजदूरों के हित में लागू करना, कृषि योग्य भूमि इन्हें कागज पर नहीं, बल्कि हकीकत में प्रदान करना और सरकारी ऋण योजनाओं को बिना किसी लंबी जटिल प्रक्रिया के लागू करना। इससे दलित श्रमिकों के सामाजिक आर्थिक

स्तर में वृद्धि होगी जिससे कम से कम ऊपरी वर्ग और निम्न वर्ग के बीच खाई को भी कम किया जा सकता है।

## संदर्भ एवं टिप्पणी

1. K.L. Sharma, "Introduction: Some Reflections on Caste and Class in India", K.L. Sharma (etd), *Caste and Class in India*, Rawat Publication, Jaipur and New Delhi, 1994, p. 1.
2. डी.एल. सेठ, ''नए मध्य वर्ग का उदय'', अभय कुमार दुबे (सं.), *लोकतंत्र के सात अध्याय*, वाणी प्रकाशन, नई दिल्ली, 2005, पृ. 91-92
3. एम.एन. श्रीनिवास, *आधुनिक भारत में सामाजिक परिवर्तन*, राजकमल प्रकाशन, नई दिल्ली, 2005, पृ. 19
4. *वही*, पृ. 18-19
5. *वही*, पृ. 18
6. Sudipta KaviRaj,
7. घनश्याम शाह, ''भारत में सामाजिक आंदोलन संबंधित साहित्य की एक समीक्षा'' (अनु.) हरिकृष्ण रावत, सेज और रावत प्रकाशन, नई दिल्ली और जयपुर, 2009, पृ. 58
8. Sudha Pai, *Uttar Pradesh Agrarian Change and Electoral Politics*, Shipra Publication, Delhi, 1993, p. 16
9. *Ibid*, p. 16-17
10. *Ibid*, p. 17
11. एम.एन. श्रीनिवास, *आधुनिक भारत में सामाजिक परिवर्तन*, पृ. 52
12. A Nagraj Naidu, "Caste and Land in Colonial South India", in K.L. Sharma, (ed.), *Caste and Class in India*, p. 361.
13. *Ibid*, p. 359
14. *Ibid*, p 357-359
15. A Satya Narayan, "Caste and Class in Rural Andhra: A Historical Perspective", in K.L. Sharma, (ed.) *Caste and Class in India*, p. 370
16. *Ibid*, p. 371
17. *Ibid*, p. 372
18. Dharma Kumar, *Land, Caste in South India: Agricultural Labour in Madras Presidency during the Ninteenth Century*, Cambridge, 1965, p. 85 और देखें, सुमित सरकार, *आधुनिक भारत* (1885-1947), सुशीला गोयल (अनु.) राजकमल प्रकाशन, दिल्ली, 2007, पृ. 52
19. सुमित सरकार, *आधुनिक भारत*, पृ. 52-53
20. John Breman, *Patronage and Exploitation: Changing Agrarian Relations in South Gujarat, India*, California, 1974, p. 21, 189 और देखें सुमित सरकार, *आधुनिक भारत*, पृ. 53
21. *Danial and Alice Tharner, Deinstitutisation in India 1881-1931 in Land and Labour in India*, p. 109 के लिए देखें सुमित सरकार, *आधुनिक भारत*, पृ. 53

22. एम.एन श्रीनिवास, *आधुनिक भारत में जाति*, राजकमल, दिल्ली, 2004, पृ. 25
23. एम.एन श्रीनिवास, *आधुनिक भारत में सामाजिक परिवर्तन*, पृ. 28 और 93–94
24. *वही*
25. *वही*
26. *वही*
27. एम.एस.ए. राव
28. Nalini Gooptu, *Swami Acchutanand and the Adi Hindu Movement*: Critical Quest, New Delhi, 2006, p. 3-35
29. एम.एन. श्रीनिवास, *आधुनिक भारत में जाति*, पृ. 39
30. Gail Ombett, Democratic
31. स्वतंत्रता से पूर्व दलित राजनीति में अंबेडकर की भूमिका को विस्तार से जानने के लिए देखें, *बाबा साहेब डॉ. अंबेडकर संपूर्ण वाङ्मय*, खंड 2, और खंड 5, अंबेडकर प्रतिष्ठान, भारत सरकार द्वारा प्रकाशित।
32. Hamza Alavi
33. Pranab Bardhan, *The Political Economy of Development in India*, Expanded Edition with an Epilogue on the Political Economy of Reform in India, Oxford University Press, New Delhi, 2003, p. 54
34. *Ibid*, p. 40
35. *Ibid*, p. 42
36. *Ibid*, p. 36
37. Achin Vanaik, p. 90-94
38. *Ibid*, p. 94.
39. Ronald J. Hering, "Economic Consequences of Local Power Configurations in Rural South Asia": in Meghnad Desai, Susanne Redolph, Ashok Rudra (ed), *Agrarian Power and Agricultre Productivity in South Asia*, University of California Press Barkley, 1984 p. 198-249 and also see Jens Lerche, "Agricultural Labours, the State and Agrarian Transition in Uttar Pradesh", *Economic and Politial Weekly*, March 28, 1998 p. A-29-A-35
40. बेला भाटिया, ''नक्सलवादी बनते दलित'', अभय कुमार दुबे (सं.) *आधुनिकता के आइने में दलित*, वाणी प्रकाशन, नई दिल्ली, 2005, पृ. 319
41. Paul Brass, Chaudhury Charan Singh, "An Indian Political Life", *Economic and Political Weekly*, September, 1993 p. 2087
42. एन.एन. श्रीनिवास, *आधुनिक भारत में जाति*, पृ. 35
43. कमल नयन चौबे, *जाति का राजनीतिकरण*, वाणी प्रकाशन, नई दिल्ली, 2008 पृ. 81–83
44. Paul Brass, Chaudhury Charan Singh, "An Indian Political Life", p. 2089
45. Kancha Illaiya, *Why I am not a Hindu*, Somya Publication, Kolkata, 2005, Introduction Note p. VIII, हालांकि कांचा इल्लइया ने नव क्षत्रिय वर्ग की अवधारणा अन्य पिछड़ा वर्ग व मध्यम जातियों के संदर्भ में आंध्र प्रदेश की मध्यम किसान जातियों कम्मा रेड्डी के प्रयोग की है, लेकिन इसका उद्देश्य एवं अभिप्राय संपूर्ण भारत के संदर्भ में लागू होता है जिससे कांचा इल्लइया की नव क्षत्रिय वर्ग की शब्दावली का सामान्यीकरण आसानी से हो जाता है।
46. Achin Vanaik p. 94
47. Bhardwaj, p. 47

48. Pranab Bardhan, *The Political Economy of Development in India*, p. 46 and see Achin Vanaik, p. 94

49. Pranab Bardhan, *The Political Economy of Development in India*, p. 50

50. *Ibid*, p. 51

51. Eleoner Zellist, *From Untouchables to Dalit*, Manohar Publishers, New Delhi, 1998, p. 36

52. Pranab Vardhan, *The Political Economy of Development in India*, p. 54-59 and also *see*, Achin Vanaik.

53. इन तथ्यों की पुष्टि राष्ट्रीय अनुसूचित जाति एवं जनजातियों की वार्षिक रिपोर्ट में आसानी से की जा सकती है जिस पर आयोग बार-बार चिंता व्यक्त करता रहता है।

54. ब.स.पा. की विस्तृत राजनीति के लिए सामान्यतया आर.के. सिंह की पुस्तक *कांशीराम और बहुजन समाज पार्टी*, कुशवाहा प्रकाशन, इलाहाबाद, 1993 में देखी जा सकती है। इसके अतिरिक्त अभय कुमार दुबे, *आज के नेता एक आलोचनात्मक अध्ययन*, कांशीराम, वाणी प्रकाशन, नई दिल्ली, 1995 और Sudha Pai, *The Unfinished Democratic Revolution in India - Bahujan Samaj Party in Uttar Pradesh*, Sage Publication, New Delhi, 2007, and Christophe Jaffrelot, *The India's Silent Revolution, The Rise of the Low Castes in North Indian Politics*, Permanant Black, New Delhi, 2003, p. 387-425

55. Sudha Pandey, "Agrarian Policies and their Impact", in M.P. Singh and Himanshu Roy, *Indian Political System*, Manak Prakashan, New Delhi, 2005, p. 405

56. *Ibid*, p. 406

57. Utsa Patnaik, "Some Aspects of Development in the Agrarian Sector in Independent India", *Social Scientist*, No. 177, Vol. 16, no. 2, p. 22-24 anal 36

58. बेला भाटिया, ''नक्सलवादी बनते दलित'', अभय कुमार दुबे (सं.), *आधुनिकता के आइने में दलित* पृ. 322

59. *वही*, पृ. 322

60. *वही*, पृ. 322-323

61. Ranabir Samoddar, "Caste and Power in West Bengal", see K.L. Sharma, *Caste and Class in India*, Rawat Publication, Jaipur, New Delhi, 2001, p. 55

62. Amresh Mishra, "Land Struggle in Uttar Pradesh", *Economic and Political Weekly*, September 25, 1993, p. 2059

63. कुमारी मायावती, *मेरे संघर्षमय जीवन एवं बहुजन मूवमेंट का सफरनामा*, खंड-2, बहुजन समाज पार्टी द्वारा प्रकाशित, नई दिल्ली, 2006 पृ. 817-823। इसके अतिरिक्त महेन्द्र सिंह टिकैत की टिप्पणी जैसी अपमानजनक घटनाओं के विरोध में दिल्ली ब.स.पा. इकाई का प्रदर्शन भी शामिल किया जा सकता है। इस प्रकार के प्रदर्शनों में लेखक ने भी सहभागिता दर्शाई है।

64. Ghanshyam Shah, Harsh Mander, Sukhder Thorat, Satish Deshpande, Amita Bavisker, *Untouchability in Rural India*, Sage Publication, New Delhi, p. 134

65. रजनी कोठारी, ''दलित उभार के मायने'', जातियों के राजनीतिकरण का एक और पहलू, देखें अभय कुमार दुबे (सं.), *आधुनिकता के आइने में दलित*, वाणी प्रकाशन, नई दिल्ली, 2005, पृ. 247-248

66. ई. रमेश, वाल्मीकी, ''उत्तर प्रदेश जहां आज भी मैला प्रथा जारी है'', देखें, प्रेम कपाडिया और प्रकाश लुइस (संपादक), *भारतीय सामाजिक संस्थान*, प्रकाशक, नई दिल्ली, 2001, पृ. 81-82

67. Ghanshyam Shah, Harsh Mander, Sukhdev Thorat, Satish Deshpande, Amita Baviskar, *Untouchability in Rural India*, p. 102

68. रजनी कोठारी, *भारत में राजनीति*, ऑरियंट लांगमैन, हैदराबाद, 1990 पृ. 166

अध्याय आठ

# बदलती सामाजिक संरचना

## नव औद्योगिक वर्ग; मध्य वर्ग का उदय; शहरी जीवन में बदलाव

*प्रदीप कुमार*

### 8.1 भारत में मध्य वर्ग और सामाजिक परिवर्तन

अठारहवीं और उन्नीसवीं शताब्दी में विकसित होने वाले पूंजीवादी समाजों में मध्यमवर्ग की प्रकृति, कार्यक्षेत्र, जीवनशैली इतना भ्रम फैलाने वाली थी कि मार्क्स और एंगेल्स जैसे प्रमुख सामाजिक सिद्धांतशास्त्री भी इसके प्रभाव और स्वरूप को पूर्णतया समझने में असफल रहे और इसे बुर्जुआ वर्ग और सर्वहारा वर्ग की तुलना में गौण मानते हुए अनदेखी करते रहे[1] जबकि देखा गया कि बीसवीं शताब्दी के उत्तरार्ध में यूरोपीय देशों के औद्योगिक पूंजीवादी समाजों के भीतर मध्यम वर्ग ने पूर्णतया अपनी अद्वितीय पैठ बना ली जिसका भौगोलिक विस्तारीकरण वर्तमान में चीन और भारतीय समाजों में भी आसानी से महसूस किया जा सकता है। इतना ही नहीं मार्क्स और एंगेल्स की परिकल्पना के विपरीत मध्यम वर्ग भारतीय परिप्रेक्ष्य में इतना प्रभावी बन गया है कि राजनीतिक- सामाजिक-आर्थिक और सांस्कृतिक क्षेत्र में इसकी अनदेखी बिल्कुल नहीं की जा सकती। चूंकि सभी राजनीतिक-आर्थिक संस्थानों में नीति-निर्माण की प्रक्रिया में इनकी केंद्रीय भूमिका रहती है जिसका परिणाम यह होता है कि भारतीय राजनीतिक संस्थानों में मध्यम वर्ग केंद्रीय धुरी बनकर उभरता है। इन संस्थानों पर इस वर्ग के मूल्य साफ तौर पर देखे जा सकते हैं, क्योंकि वर्तमान में भारत के पूंजीवादी समाजों में मध्यम वर्ग ऊपरी पूंजीवादी वर्ग और निम्न वर्ग के बीच प्रमुख संतुलनकर्ता के रूप में लगातार मजबूती से उभर रहा है। इससे साफ है कि भारत के सामान्य क्षेत्रीय प्रादेशिक समाचारपत्रों व पत्रिकाओं से लेकर राष्ट्रीय समाचार पत्र-पत्रिकाओं तक में केवल इसी वर्ग के हितों व मूल्य और जरूरतों को केंद्रीय बिंदु बनाया जाता है। बाजारवादी समाजों में भी उत्पादन की बिक्री के लिए इसी वर्ग को ध्यान में रखा जाता है और इतना ही नहीं उद्योगपति करोड़ों-अरबों रुपये केवल विज्ञापन पर खर्च करते हैं जो भारत की केवल इसी मध्यम वर्ग की उपभोक्तावादी संस्कृति पर आधारित होता है। समकालीन भारतीय आर्थिक जगत में सबसे बड़ा व विशाल बाजार भी मध्यम वर्ग के रूप में विद्यमान है जिसका तात्पर्य यह है कि समकालीन अंतर्राष्ट्रीय और भारतीय आर्थिक जगत नए मध्यम वर्ग से बिल्कुल गुंथा हुआ

असिस्टेंट प्रोफेसर, राजनीतिशास्त्र विभाग, सत्यवती कॉलेज, दिल्ली विश्वविद्यालय

है इसलिए यह खासतौर पर ध्यान रखता है कि उपभोक्तावादी संस्कृति की इस तरह से रचना की जाए कि भारतीय मध्यम वर्ग इस आकर्षण से घिरा रहे।

आकार की दृष्टि से भारतीय मध्यम वर्ग संपूर्ण यूरोपीय देशों से भी विशाल माना जाता है। एक अनुमान के अनुसार भारतीय मध्यम वर्ग चीन के मध्यम वर्ग से भी विशाल है। जैसाकि 1990 के दशक के आरंभ में एक परंपरागत अनुमान के अनुसार भारत में लगभग बीस करोड़ लोग मध्यम वर्ग में शामिल है और अन्य अनुमान के अनुसार इनकी संख्या लगभग बीस करोड़ से लेकर पचास करोड़ लोगों तक है[2] जो चीन के 130 मिलियन से लेकर 170 मिलियन लोगों से बने मध्यम वर्ग की तुलना में काफी विशाल दिखता है।[3] हालांकि यह निश्चित संख्यात्मक अनुमान नहीं है चूंकि 2005 में राष्ट्रीय व्यवहारिक आर्थिक शोध परिषद (National Council of Applied Economic Research) ने इनकी सटीक जानकारी एकत्र करने की कोशिश की और यह अनुमान लगाया कि वर्तमान में भारतीय मध्यम वर्ग 30 करोड़ से लेकर 35 करोड़ तक है।[4] आखिर इस अनुमान से स्पष्ट समझा जा सकता है कि बाजार से लेकर राजनीतिक क्षेत्र तक मध्यम वर्ग आकर्षण का केंद्र बन गया है। हालांकि यह आकर्षण 1980 के दशक तक बिल्कुल पृष्ठभूमि में ही रहा, चूंकि उस समय दूरदर्शन भी अपने कार्यक्रमों में इस वर्ग की अपेक्षा भारतीय ग्रामीण व शहरी भारत के गरीब तबके तक ही सीमित रहता था, लेकिन समकालीन भारत में शहरीकरण बढ़ गया है और यहां मनोरंजन के इलेक्ट्रॉनिक सामान शहरी मध्यम वर्ग की पहुंच में हो गए हैं। वे अब महंगे से महंगा सामान भी आसान किश्तों में खरीदकर आनंद उठाने लगे हैं। जिसके परिणामस्वरूप मनोरंजन के साधनों— टेलीविजन, एफ.एम. रेडियो, सिनेमाघर और थिएटर भी भारत के निम्न गरीब वर्ग के स्थान पर मध्यम वर्ग की अति दिखावे वाली संस्कृति पर आधारित होने लगे हैं और उसका मतलब यह है कि लगातार बढ़ते हुए मध्यम वर्ग के प्रभाव के कारण भारतीय संस्कृति अपनी पुरानी गरीब-सी दिखने वाली संस्कृति से छुटकारा पाना चाहती है जिसे लगातार टेलीविजन और सिनेमा ऐसा करने में लगे हैं। इससे दो प्रकार के सामाजिक-आर्थिक परिवर्तन देखने में आ रहे हैं—प्रथम मनोरंजन जगत को अब सालाना हजारों-करोड़ रुपये का व्यापार मिलने लगा है और मनोरंजन जगत भारत के सबसे बड़े उद्योगों में शामिल हो गया है जिससे नव औद्योगिक वर्ग नई परिभाषा ले रहा है। द्वितीय मध्यम वर्ग और मनोरंजन के आपसी मिलन से नई जीवन शैली भी चलन में आने लगी है। मगर इतना होने के बाजवूद समस्या यह है कि मध्यम वर्ग अभी भी अपनी सर्वव्यापक परिभाषा व आकार की समस्या से जुड़ा है।

## 8.2 मध्य वर्ग का अर्थ व परिभाषाः एक ऐतिहासिक विमर्श

वास्तव में अर्थ व सटीक परिभाषा की दृष्टि से मध्य वर्ग ऐसी भ्रम फैलाने वाली लोकप्रिय सामाजिक श्रेणी है जिसे सीधे शब्दों में परिभाषित न करके, किसी व्यवस्था के भीतर पहले से ही उपस्थित समाज की ऊपरी परत-आर्थिक दृष्टि से समृद्ध और निचली परत - गरीब विशाल जन समूह के 'मध्य कौन है' (As what-is -in-middle) के रूप में खोजा जाता है। यद्यपि यह मध्यवर्ग पूर्णतया पूंजीवादी सामाजिक व्यवस्था की ही उपज है, चूंकि पूंजीवादी सामाजिक व्यवस्था में इसका वास्तविक रूप ऐसा स्पष्ट नहीं था। वस्तुतः मध्य वर्ग के लिए अकादमिक शब्दावली का प्रयोग सबसे पहले अठारहवीं शताब्दी के उत्तरार्ध में ग्रेट ब्रिटेन में उस वर्ग के लिए

किया गया जो शिक्षित, संपत्तिधारक और बचत का कुछ भाग सुरक्षित रखने में समर्थ हों।[5] हालांकि कार्ल मार्क्स और फ्रेडरिक एंगेल्स ने मध्य वर्ग के अस्तित्व को पूंजीवादी समाजों में स्वीकार तो किया था।, लेकिन उत्पादन प्रक्रिया के आधार पर वर्गीकृत प्रमुख वर्गों—पूंजीवादी वर्ग और सर्वहारा वर्ग से अलग सहायक वर्ग (Auxiliary class) के रूप में परिभाषित किया जो यूरोपीय समाजों में लगातार बढ़ रहा था। जिसका सीधा सा अर्थ यह था कि मध्य वर्ग का भी बोझ कामगार वर्ग पर पड़ रहा था। चूंकि मार्क्स और एंगेल्स ने इस वर्ग को उत्पादन प्रक्रिया के भीतर 'पारिश्रमिक पाने वाले मध्यम स्तर पर आधारित समूह (salaried intermediate groups) के रूप में देखा था। जैसा कि मार्क्स और एंगेल्स ने क्लासिक साहित्य ''अतिरिक्त मूल्य के सिद्धांत'' (Theories of Surplus Values) में भी तर्क देते हुए कहा है कि पूंजीवादी व्यवस्थाओं में मशीनीकरण के अत्यधिक प्रयोग से मजदूरों का जिस तरह से विस्थापितीकरण (Displacement) बढ़ा है उससे न केवल उद्योगों की विभिन्न शाखाओं में उत्पादन करने वाले श्रमिकों के लिए नए अवसर भी खुले हैं, बल्कि उसने पूंजीपतियों को गैर-उत्पादित कामगारों को उत्पादन प्रक्रिया से जोड़ने में भी काफी प्रेरित किया है जिसे मार्क्स ने मध्य वर्ग कहा है।[6] वास्तव में मार्क्स ने मध्य वर्ग में वर्दीधारी कामगारों के समूहों, सैनिकों, नाविकों, पुलिस बल, निम्न श्रेणी के अधिकारीगण, अध्यापिका एवं गृहणी, अश्वपालक और जादूगर, कम पारिश्रमिक पाने वाले कलाकार, संगीतकार, वकील, चिकित्सक, विद्वान, अध्यापक और शोधकर्ता आदि को ही शामिल किया।[7] यद्यपि मार्क्स ने मध्य वर्ग का जिस तरह सामान्यीकरण किया है वह अपनी वास्तविक प्रवृत्ति में इससे कहीं ज्यादा जटिल था और समकालीन विश्व और भारत में यह और भी ज्यादा जटिल होता जा रहा है। इसलिए मध्य वर्ग को और सूक्ष्मता से समझने के उद्देश्य से मैक्स वेबर ने इसकी जटिल प्रकृति पर सबसे ज्यादा जोर दिया है। जैसाकि वेबर का मानना था कि वास्तव में किसी भी वर्ग की स्थिति (situation) का निर्धारण उसके भौतिक संसाधनों और बाजार में उसकी कार्यकुशलता (skills) से निर्धारित होता है। इसका मतलब यह है कि वेबर संपत्तिधारक वर्ग को गैर-संपत्तिधारक वर्ग से विभेदीकृत करते हैं। जहां संपत्तिधारक वर्ग में भी विशाल संपत्तिधारक वर्ग ''छोटे बुर्जुआ वर्ग'' (petty Bourgeoisie) से अलग प्रकृति का होता है। वहीं गैर-संपत्तिधारक वर्ग में श्रमिक वर्ग बुद्धिजीवी (intelligentia) वर्ग से अलग होता है। चूंकि कामगार श्रमिक वर्ग के पास बाजार में बेचने के लिए श्रम (labour) होता है और बुद्धिजीवी वर्ग के पास अपनी बौद्धिक कुशलता होती है जिसे बाजार में बेचकर वह अपनी जीविका का अर्जन व सामाजिक हैसियत प्राप्त करता है। इस तरह यह कहना होगा कि मैक्स वेबर की मध्य वर्ग की अवधारणा कार्ल मार्क्स की अवधारणा की अपेक्षा ज्यादा अन्वेषणात्मक व सूक्ष्म जांच करने वाली है, चूंकि वेबर की मध्य वर्ग की अवधारणा में छोटे बुर्जुआ और बुद्धिजीवी वर्ग दोनों ही शामिल हैं।[8]

भारत और विश्व समाजों में जैसे-जैसे आधुनिकीकरण और विकास की प्रक्रिया जोर पकड़ती रही वैसे-वैसे विकसित समाजों में पिछड़े समाजों की तुलना में अत्यधिक वर्गीय संरचनात्मक जटिलताएं पैदा होने लगीं और इन परिवर्तनों ने पश्चिमी समाजों में मध्यवर्ग का दायरा और बढ़ा दिया। अब इसमें उद्यमपतियों (Enterpreneurs) और व्यावसायिकों (छोटे स्तर पर दुकानदार और मध्य व्यापारी) को भी शामिल कर लिया गया जो श्रमिकों पर अपना नियंत्रण बनाकर रखते

थे। इसके अतिरिक्त प्रबंधकों से लेकर पत्रकार तक वेतन पाने वाले लोगों को भी सम्मानपूर्ण हैसियत के साथ शामिल किया गया। ऐसा इसलिए भी हुआ, चूंकि औद्योगिकरण की प्रक्रिया और राष्ट्र राज्य के निर्माण व रख-रखाव के लिए विशाल नौकरशाही की आवश्यकता पड़ी जिसने मध्य वर्ग के नए ब्रांड की नींव रखी।[9] जिसे बाद में 'नव मध्य वर्ग' के नाम से भी पहचाना जाने लगा।

नव मध्य वर्ग के बारे में वेल ब्यूरिस अपने शोधपत्र "द डिस्कवरी ऑफ द न्यू मिडिल क्लास" में लिखते हैं कि औपचारिक तौर पर नव मध्य वर्ग की नींव उन्नीसवीं शताब्दी के आखिरी दशक में मार्क्सवादी सिद्धांत के विरुद्ध पड़ी जब वीमर जर्मनी में 1890 के दशक में लगातार बढ़ने वाले सिविल अधिकारी व नौकरशाह, तकनीकी कामगार पर्यवेक्षक व निरीक्षक अधिकारी और कार्यालय व बिक्री कार्य करने वाले नौकरशाहों की सामाजिक-आर्थिक प्रतिष्ठा यकायक बढ़ने लगी थी जर्मन एकेडेमिक सोशलिज्म (Kathedersogialismus) संस्थान के संस्थापक गुस्ताव श्मोलर (Gustav Schmoller) ने सबसे पहले इन वेतन भोगी कामगारों के लिए "नव मध्य वर्ग" (New Middle Class) का प्रयोग किया।[10] वास्तव में 'नव मध्य वर्ग' परंपरागत मध्य वर्ग से कई आधुनिक मायनों में अलग था। आर्थिक क्षेत्र में उत्पादन प्रक्रिया के भीतर उत्पादन करना और उत्पादित वस्तुओं के बाजार में वितरण की प्रक्रिया काफी सूक्ष्मता से अलग-अलग प्रक्रिया के रूप में स्थापित हो गई थी और पूंजीवादी समाजों और औपनिवेशिक समाजों (खासकर भारत) में उत्पादन करने वाले कामगार नीले कॉलर वाले श्रमिक (Blue Collar Workers) के रूप में चिन्हित हो गए और उत्पादित माल के वितरण, राजनीतिक अभिकरणों और आर्थिक संस्थानों में योजना बनाने वाले प्रशासन व कार्य करने की ढांचात्मक तैयारी करने वालों को सफेद कॉलर (White Collar) कामगार नाम से संबोधित किया जाने लगा।[11]

यद्यपि सफेद कॉलर श्रमिकों के प्रति इस दौरान आकर्षण होना स्वाभाविक था, क्योंकि नीले कॉलर श्रमिकों की तुलना में इन्हें शारीरिक श्रम से निजात थी, काम के घंटे, सरकार व उद्योगपतियों द्वारा आर्थिक संरक्षण प्राप्त होना था जिसके लिए इन्हें ज्यादा जोखिम भी नहीं उठाना पड़ता था। इसके अतिरिक्त ये सामाजिक, राजनीतिक, आर्थिक व्यवस्थाओं द्वारा प्रदान शक्ति का प्रयोग करते थे जिससे यह राजनीतिक समाजों में नीति-निर्माता की भूमिका में भी आ गए। इससे यह लाजमी था कि समाज में इस नव मध्य वर्ग ने पहले की अपेक्षा ज्यादा प्रतिष्ठा और आकर्षण प्राप्त कर लिया था हालांकि यह भी सच है कि जिस शक्ति का प्रयोग यह वर्ग करता था/है वह वास्तविक नहीं होती थी, चूंकि बाजारवादी समाज में इसका वास्तविक स्वामी उद्योगपति होता था और राजनीतिक समाज में वैधानिक स्वामी प्रभुसत्ता व सरकार होती थी। लेकिन सामाजिक स्तर पर इस राजनीतिक-आर्थिक सत्ता यही वर्ग प्रयोग करता था जिसमें व्यक्तिगत समझ को प्रयोग करने के लिए भी स्थान रहता है। यद्यपि विडंबना यह रही कि बीसवीं शताब्दी के उत्तरार्ध तक परंपरावादी मार्क्सवादी इस वेतनभोगी नव मध्य वर्ग को सर्वहारा से अलग मानने को तैयार ही नहीं थे और वह इस तत्कालीन वर्ग को सर्वहारा वर्ग के उपवर्ग 'कठोर-कॉलर वाले सर्वहारा' (Stiff-Collar Proletariat) के रूप में परिभाषित करते रहे और लगातार इसके पतन की वकालत करते रहे।[12] जबकि एडुअर्ड बर्नस्टीन (Eduard Burstein) तर्क देते रहे कि "आधुनिक पूंजीवादी समाजों में लघु बुर्जुआ का पतन नहीं होने वाला है, चूंकि यह वर्ग सापेक्ष और निरपेक्ष दोनों ही तरीकों से लगातार बढ़ने वाला आकर्षक वर्ग है।"[13]

समकालीन उदारवादी विश्व और भारतीय परिप्रेक्ष्य में, नव मध्य वर्ग की अवधारणा मुख्यत: दो उपागमों से परिभाषित और मापी जाती है। पहला उपागम—नव मध्य वर्ग को परिभाषित करने वाला उपभोक्तावादी दृष्टिकोण और दूसरा सफेद कॉलर, पेशेवर प्रबंध करने वाले कामकारों व प्रतिष्ठित व्यवसायों और आकर्षक वेतन भोगी वर्ग पर आधारित उपागम है[14] जैसाकि लीला फर्नानडीज मानती हैं कि यद्यपि मिल्स ने संयुक्त राष्ट्र अमेरिका में नव मध्य वर्ग को वेतन भोगी सफेद कॉलर वाले पेशेवर और उनकी विशेष जीवन शैली के रूप में परिभाषित किया। हालांकि इस वर्ग की विकासशील देशों में राजनीतिक रूप से अलग स्थिति हो सकती है जैसे राष्ट्रीय जनसंख्या के अनुपात में इनका अनुपात काफी कम होता है। उदाहरण के लिए अमेरिका में लगभग सभी लोग नव मध्य वर्ग की श्रेणी में आते हैं, ग्रेट ब्रिटेन में दो-तिहाई लोग इस श्रेणी में आते हैं, जबकि भारत में लगभग एक-तिहाई लोग ही इसमें समाहित होते हैं। *दूसरा* विकासशील देश (भारत)में इस वर्ग के पास इन्फ्रास्ट्रक्चर जैसे—सड़कें, बिजली, पानी जैसी सुविधाओं का अभाव हो सकता है। ऐसा भारतीय ग्रामीण नव मध्य वर्ग के संदर्भ में देखा जा सकता है। *तीसरा*, ये वर्ग अभी भी सामाजिक, आर्थिक स्थिरता की अपेक्षा उभरने की स्थिति में हो सकता है। अर्थात् यहां अभी भी यह वर्ग परंपरागत मध्य वर्ग से संबंध विच्छेद नहीं कर पाया क्योंकि यह वर्ग भी राज्य द्वारा प्रदान करने वाले रोजगार पर आश्रित होता है। इसके अतिरिक्त इस वर्ग की राष्ट्रीय भूमिका अभी भी निर्माण के दौर से गुजर रही है- जैसे भारतीय समाजों में जाति पर आधारित आंदोलन और राजनीति, धार्मिक और सेकुलरवादी आधुनिक अस्मिता से लबरेज अस्मिता वाले संघर्ष व आंदोलनात्मक राजनीति।[15]

अत: भारत में मध्य वर्ग कौन है और इसकी विशेषता क्या है? यह प्रश्न भी कम रुचि पैदा करने वाला नहीं है, चूंकि यह प्रश्न भी वैश्विक मध्य वर्ग की भांति उन्हीं चरणों व निर्धारक तत्त्वों से प्रभावित होता रहा है जिसकी निरपेक्ष व्याख्या करना बिल्कुल प्रासंगिक नहीं होगा।

## 8.3 समकालीन भारत में नव मध्य वर्ग के निर्धारक तत्त्व और विशेषताएं

भारतीय परिप्रेक्ष्य में (नव) मध्य वर्ग के निर्धारक तत्त्व और विशेषताएं खोजना इसलिए भी जरूरी हो जाता है क्योंकि यूरोपीय व पाश्चात्य समाजों की अपेक्षा भारतीय समाजों की अपनी मौलिकता है जिससे नव मध्य वर्ग की अवधारणा को भारतीय परिप्रेक्ष्य में यथावत स्वीकार कर लेने से कई समस्याओं का सामना करना पड़ता है। अमेरिकी व यूरोपीय मध्य वर्ग को आज के मापदंड पर भारतीय समाजों में रखकर देखें तो हम पाएंगे कि वहां का मध्य वर्ग तो भारतीय परिप्रेक्ष्य में अमीर व बुर्जुआ वर्ग की श्रेणी में आ जाएगा। दूसरा, यूरोपीय व पाश्चात्य समाजों की अपेक्षा भारत में वर्ग का निर्माण जाति पर आधारित सामाजिक व्यवस्था से बड़ी सूक्ष्मता के साथ जुड़ा हुआ है।

धीरूभाई शेठ अपने शोध ''नए मध्य वर्ग का उदय'' में कहते हैं कि यह व्यवस्था अभी बनने के दौर में है। इसका वर्णन अभी न तो जाति की शब्दावली में किया जा सकता है, और न ही शुद्ध वर्ग की शब्दावली में। यह जरूर है कि पिछले कुछ वर्षों में इस श्रेणी की महत्ता काफी कुछ स्पष्ट हो गई है। इसे हम 'नया मध्य वर्ग' कह सकते हैं। यह नया इसलिए है,क्योंकि इसके

उद्भव को सीधे-सीधे जाति व्यवस्था के विकास से जोड़ा जा सकता है और इस नएपन ने मध्य वर्ग को पहले से कहीं अधिक विविध बना दिया है। पहले के मध्य वर्ग यानी आजादी के समय इस वर्ग पर सवर्णों की चौधराहट थी। इसके अलावा पारंपरिक श्रेणी क्रम में ऊंचे दर्जे को मापदंड बनाकर इस पुराने मध्य वर्ग में प्रवेश पाया जा सकता था। इसकी संस्कृतिकरण वाली जीवन शैली एक सास्कृतिक संलक्षण की तरह उभरती थी। जबकि नए मध्य वर्ग की रचना में कर्मकांड और संस्कृतिकरण अप्रासंगिक हो गए हैं। नए मध्य वर्ग की सदस्यता नई जीवन शैली में (आधुनिक उपभोक्तावाद शैली) के साथ-साथ कुछ खास तरह की आर्थिक परिसंपत्तियों के स्वामित्व और मध्य वर्ग के होने की आत्मचेतना पर निर्भर होती है। इसकी अन्य विशेषता यह भी है कि यह सभी जातियों और धार्मिक लोगों के लिए समान रूप से खुला हुआ है। आधुनिक शिक्षा गैर पारंपरिक व्यवसायों, ऊंची आमदनी और राज्यसत्ता से लैस होकर कोई भी जाति या उसका सदस्य इसमें प्रवेश प्राप्त कर सकता है।[16]

भारत में मध्य वर्ग से संबंधित आंकड़े जुटाने के उद्देश्य से दिल्ली स्थित 'विकासशील समाज अध्ययन पीठ' ने भारत के लगभग सभी राज्यों (जम्मू कश्मीर को छोड़कर) में एक सैंपल सर्वे किया जिसके आधार पर मध्य वर्ग का मोटा-मोटा व्यवहारिक खांका खींचने में मदद मिली। सर्वेक्षण में मुख्यतः चार विशेषताओं का पता लगाया गया और इनमें से कम से कम दो लक्षण पूरे करने वाले लोगों को मध्य वर्ग में शामिल किया गया। जैसे

(i) कम से कम दस साल की स्कूली शिक्षा मिली हो,
(ii) चार में से कम से कम तीन परिसंपतियां उसके पास हो-मोटर वाहन, टी.वी. बिजली का पम्पिंग सेट, और गैर-खेतीहर जमीन,
(iii) ईंटों और सीमेंट से बने हुए पक्के मकान में रहने वाले, और
(iv) सरकारी व गैर-सरकारी प्रशासनिक सेवाओं खासकर लिखने-पढ़ने वाले काम करने वाले लोग। अतः इस आधार पर सीएसडीएस ने लगभग बीस प्रतिशत लोगों को मध्यवर्गीय संरचना में शामिल पाया।[17]

दरअसल इस सर्वेक्षण से और भी कुछ रोचक तथ्य उभर कर आए जो परंपरागत भारतीय मध्य वर्ग और समकालीन भारतीय नए मध्य वर्ग के बीच विभाजक रेखा को और स्पष्ट करने वाले सिद्ध हो सकते हैं जैसे—स्वतंत्रता के समय मध्य वर्ग केवल अंग्रेजी शिक्षित सवर्णों से ही मिलकर बना था। चूंकि इनके पास अन्य गैर-सवर्ण जातियों के मुकाबले ज्यादा आर्थिक-सामाजिक संसाधन थे जिसके बल पर वह लोग इसमें आसानी से शामिल होने लगे थे। लेकिन बाद के तीस वर्षों में देश में कृषि-आंदोलनों के परिणामस्वरूप धनी किसानों की मजबूत प्रगतिशील जातियां भी इसमें शामिल हो गईं जिससे इसके आकार में वृद्धि हो गई। इस तरह इस अवधि में एक छोटे ग्राम आधारित मध्य वर्ग का उदय हुआ। हालांकि सर्वेक्षण के विश्लेषण से पता चला कि आज भी भारतीय 'मध्य वर्ग' पर सवर्ण और धनी किसान जातियां हावी हैं। इन दो सवर्ण श्रेणियों में द्विज सवर्ण और गैर-द्विज ताकतवर जातियां सर्वेक्षण की 25 प्रतिशत थी, लेकिन वह मध्य वर्ग की 50 प्रतिशत निकलीं। इसका तात्पर्य यह भी है कि आज के मध्य वर्ग में सवर्णों का प्रतिनिधित्व घटा है, क्योंकि पुराने मध्य वर्ग में तकरीबन सभी सवर्ण ही होते थे।[18] जो निश्चित ही सामाजिक परिवर्तन का द्योतक है।

इस सर्वेक्षण में पहली बार निचली जातियों के लिए भी सुखद संभावना पैदा हुई। क्योंकि इसमें मध्यम वर्ग की आधी सदस्यता निचली जातियों की विभिन्न सामाजिक संस्थाओं की निकली। इसमें दलित, आदिवासी, किसानों और कारीगरों के पिछड़े समुदाय और धार्मिक अल्पसंख्यक शामिल हैं। यद्यपि ये समूह सर्वेक्षण की 25 प्रतिशत हिस्सेदार थी, लेकिन ये मध्य वर्ग की 50 प्रतिशत सदस्यता ही प्राप्त कर पाए। अर्थात इनकी मध्य वर्ग में उपस्थिति सवर्ण और मध्य जातियों की तुलना में कहीं कम निकली, चूंकि इसके लिए परंपरागत सामाजिक-आर्थिक संसाधन जिम्मेदार रहे थे, मगर फिर भी अगर इस उपस्थिति को इन जातियों के निचले सांस्कृतिक, सामाजिक दर्जे के संदर्भ में देखा जाए तो उनका मध्य वर्ग में इतना रूपांतरण भी काफी सकारात्मक महत्त्व रखता है। शेठ कहते हैं कि ''इससे भी ज्यादा महत्त्वपूर्ण तथ्य यह है कि अछूत रह चुकी जातियों के सदस्यों को शिक्षा, संपत्ति, राजसत्ता आदि के अवदान सामाजिक गतिशीलता के जरिए मिल जाते हैं तो निचली जातियों के सदस्यों को मध्य वर्ग में प्रवेश के रास्ते में उनका निम्न सांस्कृतिक कर्मकांडीय दर्जा बाधा नहीं बनता। इन लोगों को मध्य वर्ग के सदस्य की चेतना प्राप्त करने में कोई भी दिक्कत नहीं आती।[19]

हाल ही में यह भी ज्ञात हुआ है कि आज के भारतीय मध्य वर्ग में ग्रामीण सदस्यों की संख्या काफी बढ़ रही है। ऐसा इसलिए हो रहा है, चूंकि इसके दायरे में पहले तो ग्रामीण समाजों की ताकतवर जातियां और फिर हाल ही में प्रवेश करने वाली वें ग्रामीण निम्न जातियां हैं जो आधुनिक अर्थव्यवस्था और प्रशासनिक संस्थाओं में भागीदारी करके अपना सामाजिक-आर्थिक स्तर उठाने में सफल रही हैं। इससे स्पष्ट है कि आज का भारतीय मध्य वर्ग जनसंख्यामूलक दृष्टि से कोई एक निश्चित सांस्कृतिक कर्मकांड पर आधारित दर्जेवाली श्रेणी से नहीं निकला है। इसका वास्तविक स्वरूप तो सामाजिक-सांस्कृतिक किस्म का ही है। लेकिन इस वर्ग में प्रवेश करने वाले विभिन्न जातियों की जीवन शैली परंपरा से आगे जाकर आधुनिक पाश्चात्यवादी हो गई है। या कहना चाहिए कि यह वर्ग बाहरी तौर पर तो आधुनिक पाश्चात्यवादी व्यवहार करने वाला है और वैसा दिखता भी है, लेकिन इसके विपरीत आंतरिक तौर पर यह वही परंपरागत जातिवादी और सांस्कृतिक परंपरावादी होता है। इसमें केवल अंतर इतना है कि अधिकतर मौकों पर (सार्वजनिक स्तर पर) पर यह सेकुलरवादी व्यवहार करता है और अवसर मिलने पर परंपरा और आधुनिकता दोनों विरोधी प्रतिमानों में से अवसर की नजाकत देखकर चुन लेता है अर्थात जिससे इसे अधिक लाभ मिलता है। इस तरह यह वर्ग भी द्वंद्व के बीच रहता है। मगर फिर भी इसकी अपनी अलग अस्मिता है। ऐसा इसलिए भी है, चूंकि मध्य वर्ग के सदस्यों और इसके दायरे से बाहर सामान्यजन के राजनीतिक व्यवहार और प्राथमिकताओं के बीच भारी अंतर होता है। चाहे किसी राजनीतिक दल को समर्थन देने जैसा राजनीतिक मानक हो या फिर सांस्कृतिक वर्ग सिद्धांत में आस्था व विश्वास करने वाला सामाजिक, सांस्कृतिक मानक हो। अक्सर देखने को मिलता है कि मध्य वर्ग के निचली जाति के सदस्य और ऊंची जाति के सदस्यों के बीच आपसी अंतर कम होता है, जबकि ये मध्यवर्गीय अपनी ही जाति के गैर-मध्यवर्गीय सदस्यों से इन मानकों में मतभेद कहीं ज्यादा गहरे हो सकते हैं।[20] अत: उल्लेखनीय है कि आखिर मध्य वर्ग का उदय किस प्रकार हुआ और इसके उदय पर राजनीतिक-आर्थिक व्यवस्था पर क्या प्रभाव पड़ा है और उसके फलस्वरूप क्या सामाजिक परिवर्तन हुए हैं, चूंकि ऐसा भी नहीं है कि मध्य

वर्ग के भीतर विभिन्न सदस्यों के बीच आपसी मतभेद और विवाद नहीं है। अत: इस अध्याय के अगले चरणों में इनका अध्ययन किया जाएगा।

## 8.4 औपनिवेशिक भारत में मध्य वर्ग का उदय

जहां तक भारत में मध्य वर्ग के उदय का सवाल है तो स्पष्टतया हमें इसकी जड़ ब्रिटिश औपनिवेशिक शिक्षा नीति में देखने को मिलती है जब 1835 में इस भारतीय शिक्षा अधिनियम की बैठक में लॉर्ड मैकाले ने कहा, ''वास्तव में हमें भारत के करोड़ों लोगों पर शासन करने के लिए एक ऐसे वर्ग की आवश्यकता है जो हमारे (शासक वर्ग) और भारतीय लोगों (शासित वर्ग) के बीच मध्यस्थ और व्याख्याकर्ता की भूमिका निभा सके। वस्तुत: हमें ऐसे लोगों का वर्ग बनाने पर ध्यान देना चाहिए जो खून और रंग (शारीरिक संरचना) में भारतीय हो, लेकिन विचार, नैतिकता और बुद्धिजीविता में अंग्रेजी सभ्यता पसंद हो।[21] इस तरह अंग्रेजों ने अपनी प्रशासनिक व कानूनी संस्थाओं व कार्यालय संबंधित कार्य कराने के उद्देश्य से भारतीय लोगों के लिए अंग्रेजी माध्यम वाले विद्यालय व विश्वविद्यालय भी खोले ताकि इन शिक्षा संस्थानों से प्रशिक्षण प्राप्त करने वाले भारतीय आसानी से प्रशासनिक संस्थानों के लिए उपलब्ध हो सकें। इसीलिए बी.बी. मिश्रा ने अपने शोध ''द इंडियन मिडिल क्लास, देयर ग्रोथ इन मॉडर्न टाइम्स'' में कहा है कि ''भारत की सामाजिक व्यवस्था में मध्य वर्ग के विचार और संरचना पश्चिम से आयात की गई है। वे भारत से खुद ही नहीं पनपी है, बल्कि इसे भारत के सामाजिक-आर्थिक संस्थानों में बिना किसी प्रतिस्पर्धी विकास के स्थापित कर दिया गया और वैसे भी अंग्रेजों का उद्देश्य यहां उनकी नकल करने वाले वर्ग की स्थापना करना था, न कि नए मूल्यों और तरीकों को अपनाने वाले किसी वर्ग की रचना करना था।[22]

अत: इससे स्पष्ट होता है कि भारत में मध्य वर्ग का उदय किसी आर्थिक विकास का परिणाम नहीं था, बल्कि यह तो लोक प्रशासन और वैधानिक व्यवस्था के भीतर उभरे शून्य को भरने के परिणामस्वरूप पैदा हुआ था। इसीलिए आरंभिक चरण में यहां मध्य वर्ग की पहली खेप प्रशिक्षित पेशेवर नौकरशाहों के रूप में विकसित हुई।[23] ऐसा इसलिए संभव हो सका चूंकि उस समय अंग्रेज भारतीय समाजों में अपनी पैठ बनाने के लिए संरक्षणकर्ता के रूप में स्थापित हो गए थे जिसे जाने-अनजाने में मान्यता दिलाने का काम भारतीय परंपरागत बुद्धिजीवियों ने नई व्यवस्था में संरक्षण प्राप्त करने के लिए किया। दूसरा अंग्रेज भारतीयों के बीच अपनी सभ्यता और विचारधारा को सर्वोच्च स्थापित करने में सफल हो चुके थे।[24] जिसके आधार पर उन्हें भारतीय समाजों में नई तकनीक व विचारधारा की स्थापना-करने में कोई अड़चन नहीं हुई। चूंकि धीरे-धीरे भारतीय समाज में इनके प्रति आकर्षण और सम्मान बढ़ने लगा था। इसीलिए आधुनिक भारत के निर्माता राजाराम मोहन रॉय जैसे ख्याति प्राप्त व्यक्ति तो मैकॉले के समय से ही भारतीयों के लिए परंपरागत भारतीय शिक्षा पद्धति की जगह पाश्चात्य आधुनिक तर्कशील शिक्षा पद्धति की वकालत करने में सबसे आगे रहे, इतना ही नहीं उन्होंने न केवल भारतीयों के लिए संस्कृत की अपेक्षा अंग्रेजी भाषा को ज्ञान का माध्यम बनाने के लिए मैकाले का समर्थन किया, बल्कि मैकाले की मध्यवर्गीय समझ को भी आत्मसात कर लिया।[25] राममोहन रॉय न तो स्वभाव से पूर्णतया अंग्रेज बन पाए और न ही भारतीय रह पाए।[26] इस बारे में एम.एन. श्रीनिवास कहते हैं कि ''नए

अभिजन (मध्य वर्ग) के लिए दो चेहरे रखना आवश्यक था। एक चेहरा स्वयं अपने समाज की ओर और दूसरा पश्चिम की ओर। अपने देशवासियों के सामने वे पश्चिम के प्रवक्ता थे और शासकों के सामने अपने देशवासियों के। अत: वे शासकों और गैर-पश्चिमी जनता के बीच जरूरी बिचौलिए बन गए और बीच-बीच में दोनों ओर से होने वाले आघातों को नरम करने वाले तकिए का काम करते थे।''[27] अत: अन्य शब्दों में यह मध्य वर्ग अंग्रेजी शासन के उद्देश्य को साधने में सफल रहा। सुमित सरकार मानते हैं कि ''नौकरियों एवं व्यवसायों में आगे होने के कारण शिक्षित बंगाली अपने पड़ोसियों के बीच काफी कुछ अलोकप्रिय हो चले थे।''[28]

वास्तव में आरंभिक स्तर पर मध्य वर्ग के भारतीय समाज में अलोकप्रिय होने के लिए उनकी भारतीय जन साधारण के प्रति नकारात्मक समझ जिम्मेदार थी। चूंकि सरकारी उच्च पदों वाली नौकरियों से न केवल उन्हें भारतीय समाज में मनोवैज्ञानिक बढ़त व सामाजिक यश-प्रतिष्ठा मिलती थी, और साथ ही उनकी आर्थिक-हैसियत तो मजबूत हो जाती थी, बल्कि इससे भी ज्यादा भारतीय जनसाधारण के बीच यह मध्य वर्ग अपनी जीवन-शैली के बल पर श्रेष्ठता का भाव रखने लगता था। अंग्रेजी शिक्षा प्राप्त करने वाली इस मध्य वर्ग की नई पीढ़ी नहीं चाहती थी कि उनकी गिनती किसी भी तरह जनसाधारण के बीच की जाए। और वैसे भी इस वर्ग में भारतीय सिविल सेवा व अन्य प्रशासनिक सेवाओं के प्रति लगाव इसी विशेषाधिकार (privilege) की वजह से ही तो था।[29] और फिर राजनीतिक-निर्णय लेने व उन्हें लागू करने से जो संरक्षण भाव इन्हें ब्रिटिश सरकार से मिलता था उस आधार पर यह वर्ग भारतीय जनसाधारण के बीच उसी संरचनात्मक व्यवस्था में शामिल होकर संरक्षणकर्ता व आका बनने के लिए अति उत्सुक रहते थे। इससे इस पीढ़ी में भारतीय जन-साधारण से अलगाव रखने वाला भाव पूर्णतया विकसित हो गया था इसीलिए इस वर्ग की ब्रिटिश व्यवस्था में अनुकूलनता पर 'वंदेमातरम' के जनक बंकिम चंद्र चटर्जी ने टिप्पणी की कि 'ये बाबू (मध्य वर्ग व सरकारी नौकरशाही) बातचीत में कभी न थकने वाले होते हैं और अपनी मातृभाषा के प्रति घृणा, जबकि विदेशी भाषा अंग्रेजी बोलने में विशेषज्ञ बन गए हैं। इतना ही नहीं ये इतने बुद्धिजीवी बन गए हैं कि अनेक बाबूगण तो अपनी मातृभाषा भी भूल गए हैं। चूंकि इनका लालन-पालन व जीवन शैली का विकास पूर्णतया ब्रिटिश परिवेश में जो हुआ है। ये बाबूगण अपने घरों में पानी पीते हैं, जबकि दोस्तों के बीच केवल शराब ही पीते हैं, वैश्यालयों में जाना इनकी सामान्य प्रवृत्ति है और अपने अधीन श्रमिकों का अपमान व शोषण करना इनकी प्रकृति है।''[30] आज हमें मैकाले के द्वारा बोए गए मध्य वर्ग के बीज एक घने पेड़ के रूप में मिलते हैं। पीढ़ी दर पीढ़ी चलने वाली भी मध्यवर्गीय सोच के सामाजीकरण के परिणामस्वरूप यह संपूर्ण समाज और राजनीति पर भी छा गया है।

## 8.5 भारतीय राजनीति में मध्य वर्ग की भूमिका एवं प्रभुत्व

यह भारतीय राजनीतिक व्यवस्था के लिए विडंबना रही है कि जिस मध्य वर्ग ने अपने आरंभिक चरण में समाज से स्वयं को अलग-थलग कर लिया था कालांतर में वही वर्ग राजनीति में प्रवेश करके पहले समाज सुधारक और राष्ट्रवाद जैसे विषय पर काफी गंभीर होकर उभरा। इससे भी महत्त्वपूर्ण बात यह रही कि स्वतंत्रता के आरंभिक दशकों में राष्ट्र-निर्माण के लिए मुख्य पथ प्रदर्शक बनकर आया और धीरे-धीरे राजनीति की भांति स्वयं सभी समस्याओं को हल करने वाला

बन गया। हालांकि यह बात अलग है कि स्वतंत्रता के आरंभिक दो दशकों में राजनीतिक दृष्टिकोण से मध्य वर्ग को इसके वास्तविक स्वरूप में बिल्कुल नहीं देखा गया, चूंकि उस समय तक मध्य वर्ग की अवधारणा उत्तर औपनिवेशिक राज्यों (भारत) के संदर्भ में उचित नहीं मानी जाती थी।[31] यद्यपि 1980 व 90 के दशकों में यह अवधारणा चर्चा का विषय बनी। इसके परिणामस्वरूप सुहास पाल्शीकर जैसे राजनीतिक सिद्धांतशास्त्री ने भारतीय राजनीतिक समाज को तीन कालखण्डों में बांटकर, मध्य वर्ग की विभिन्न तीन भूमिकाएं देखीं। पाल्शीकर के अनुसार मध्य वर्ग ने सबसे पहली और अहम भूमिका स्वतंत्रता के पूर्व काल में निभाई जो आधुनिक राजनीतिक प्रतिमानों के भीतर आधुनिक आम चेतना का विकास और राष्ट्रीय आंदोलन के समर्थन करने वालों के रूप में थी।[32] मध्य वर्ग ने आधुनिककर्ता की भूमिका में आधुनिक शिक्षा और औद्योगिक विकास पर सबसे ज्यादा जोर दिया और उन्होंने आधुनिक राजनीतिक संस्थानों जैसे प्रशासन और प्रतिनिधित्व करने वाली विधानपालिकाओं में खूब आस्था रखी और उनके मूल्यों के प्रति अपनी आस्था और विश्वास प्रकट किया। इसलिए उनका राजनीतिक उद्देश्य इन प्रशासनिक संस्थाओं में प्रवेश करके अपने प्रतिनिधित्व अधिकारों में वृद्धि करना था।[33] अत: मध्य वर्ग की इसी भूमिका के परिणामस्वरूप इस वर्ग को राष्ट्रवादी और प्रगतिशील वर्ग के रूप में राष्ट्रीय आकार मिला जिसे जनता की वैधता भी प्राप्त हो गई थी। दूसरा, बदली राजनीतिक व्यवस्था में मध्य वर्ग की भूमिका बदल गई और उत्तर स्वतंत्रता काल में यह वर्ग स्वयं में संतुष्ट और अपनी भौतिकतावादी इच्छाओं की पूर्ति करने में उलझ गया। चाहे इनकी प्रगति करने वाली कोई-सी भी नीति रही हो, मगर ये जन-साधारण और लोकतंत्र के प्रति संशयवादी बना रहा। इसीलिए ये नई राजनीतिक व्यवस्था में किसी भी प्रत्यक्ष राजनीतिक गतिविधि से अलग ही रहा। लेकिन राष्ट्र-निर्माण प्रक्रिया के दौरान मिले अवसरों का लाभ उठाकर ये वर्ग अपनी शक्ति और आकार में वृद्धि में जरूर सफल रहा। चूंकि हमें विदित होना चाहिए कि मध्य वर्ग की शक्ति व आकार में वृद्धि करने का सीधा श्रेय हमारी भारी-भरकम सरकारी राजनीतिक-आर्थिक मशीनरी को जाता है, क्योंकि अर्थव्यवस्था पर राजनीतिक नियंत्रण का मतलब जनकल्याण और जनहित के साथ एक शक्तिशाली जन-नौकरशाही की व्यवस्था करना था जिससे अपने आप एक विशाल नौकरशाह वर्ग का उदय हो गया। दूसरी ओर स्वतंत्रता के उपरांत आर्थिक क्षेत्र में सरकार का आत्मनिर्भर और तीव्र औद्योगिककरण का मतलब यह निकला कि बड़े व्यापक स्तर पर तकनीकीशाह प्रबंधकों और पेशेवर संगठनों का उदय हुआ।[34] जिसने 1950-1980 तक के बीच अथाह अंधशक्ति का प्रयोग किया और राज्य के हर उपकरण और संसाधन का प्रयोग अपने व्यक्तिगत हितों को मजबूत करने में किया फिर चाहे इन्हें किसी भी नियम व कानून को हाशिए पर ही क्यों न रखना पड़ता हो। इस दौरान भ्रष्टाचार और राष्ट्र के प्रति नौकरशाहों की जवाबदेही बिल्कुल शून्य हो गई थी। वस्तुत: इसे भारतीय लोकतंत्र में काफी विकट चुनौती के रूप में भी देखा गया। इसीलिए 1970 के आखिर में तत्कालीन प्रधानमंत्री इंदिरा गांधी ने नौकरशाहों पर राजनीतिक लगाम लगाने के लिए ''नौकरशाही के राजनीतिकरण'' पर बल देना शुरू किया जिससे कांग्रेस के प्रति प्रतिबद्ध नौकरशाही का चलन बढ़ गया और इसके परिणामस्वरूप उच्च मध्य वर्ग राजनीति के दायरे में समाने लगा।[35] वास्तव में यह मध्य वर्ग से संबंध रखने वाली नौकरशाही की प्रतिबद्धता का भी परिणाम था।

पाल्शीकर के अनुसार, "तीसरा चरण इंदिरा गांधी की राजनीति से विदाई से आरंभ हुआ। मुख्यत: इस चरण में मध्य वर्ग ने अपना खूब विस्तार किया और अपनी ऊर्जा राजनीतिक समाजों में अपने प्रभाव में वृद्धि करने पर खर्च की। इस दौरान देखा जा सकता था कि मध्य वर्ग ने न केवल अपने आकार और महत्त्व में अद्वितीय वृद्धि कर ली थी, बल्कि दिलचस्प बात यह रही कि इसने अन्य बुर्जुआ वर्ग और निम्न(सर्वहारा) वर्ग को भी अपनी वर्चस्व क्षमता (Hegmoni Potentiality) के बल पर अपने प्रभाव के अधीन करना आरंभ कर दिया।[36] बल्कि कहना चाहिए कि 1991 में नई आर्थिक नीति लागू होने के पश्चात् नई समकालीन भारतीय राजनीतिक, आर्थिक व्यवस्था में नए मध्य वर्ग ने अन्य दोनों वर्गों को परिधि की ओर धकेल दिया और खुद इसके केंद्र में विराजमान हो गया है। अपनी नई जीवनशैली व उपभोक्तावादी संस्कृति और भौगोलिक-पूंजीवाद के उद्देश्य से मेल खाने वाले मध्य वर्ग ने उत्तर कांग्रेस व्यवस्था के परिणामस्वरूप भारतीय जनता पार्टी के सामाजिक आधार (Core Social Base) के रूप में स्वयं को स्थापित किया है। इतना ही नहीं आज जब हम उत्तर कांग्रेस व्यवस्था के राजनीतिक, आर्थिक युग में झांक कर देखते हैं तो सभी दलों के बीच राजनीतिक समझौते का मूल आधार भी यही मध्य वर्ग बन गया है[37], चूंकि नई आर्थिक ब्यवस्था में जिस प्रकार के परिवर्तन देखे जाते हैं वह मध्य वर्ग को खूब रास आते हैं इसीलिए इस परिवर्तित बाजारवादी-सामाजिक व्यवस्था को मजबूती से स्थापित करने की प्रतिबद्धता अल्पसंख्यक बुर्जुआ वर्ग की अपेक्षा मध्य वर्ग में ज्यादा है और यही चाहे-अनचाहे इस व्यवस्था को बनाए रखने पर अपनी ऊर्जा सबसे ज्यादा खर्च करता दिखाई पड़ता है। हालांकि मध्य वर्ग इन नए आधारों के बल पर जिस नागरिक समाज की अगुवाई (नेतृत्व) कर रहा है वास्तव में वह बाजारवादी समाज व्यवस्था पर ही आत्मकेंद्रित है जहां वर्गीय उत्थान और कल्याण के लिए विचारधारात्मक संवेदनशीलता का पूर्णतया अभाव है। लेकिन इस स्थिति को पूर्णतया हाशिए पर डालने और मध्य वर्ग को कृत्रिम उपभोक्तावादी जीवनशैली में फंसाने का पूरा श्रेय निजी-मीडिया को जाता है जिसने आत्मकेंद्रित बाजारवादी समाज व्यवस्था के मूल उद्देश्य उपभोक्तावादी जीवनशैली को लोकप्रिय बनाने के लिए मध्य वर्ग को उपकरण के रूप में खूब अच्छा प्रयोग करना सीख लिया है।

## 8.6 मध्य वर्ग के राजनीतिक आंदोलन और उनके बीच आपसी संघर्ष

औपनिवेशिक राज्यों की विशेषता रही है कि यहां वर्ग निर्माण की प्रक्रिया व चेतना के दायरे में सबसे पहले वही समुदाय शामिल हुए जो पहले से ही स्थापित व्यवस्था में अग्रिम एवं लाभ की स्थिति में थे और यह सामान्य लक्षण भी है कि अगली व्यवस्था में वही समुदाय शामिल होने के लिए उत्तेजित होता है जिसके पास अन्य समुदायों की तुलना में सबसे अधिक संसाधन होते हैं और वह अगली व्यवस्था में भी लाभ प्राप्त करने वाली स्थिति प्राप्त करना चाहता है। जैसाकि आदिल खान अपने लेख "एथनिसिटी, नेशनलिज्म एंड मॉडर्न स्टेट" में कहते हैं कि "औपनिवेशिक राज्यों में विभिन्न जातीय समुदायों के बीच या तो राष्ट्र के विरुद्ध संघर्ष होता है या फिर राष्ट्र के भीतर राष्ट्र के लिए। लेकिन राष्ट्र के विरुद्ध संघर्ष में तत्कालीन शक्ति गुटों को चुनौती दी जाती है और संघर्ष सामान्य रूप में देखने को मिलता है, जबकि राष्ट्र के भीतर अपने जातीय समुदाय के लिए सम्मानपूर्वक और राष्ट्र-निर्माण के लाभ लेने के लिए संघर्ष किया जाता है और

ऐसी स्थिति में चुनौती देने वाला समुदाय सबसे पहले नीचे से शुरुआत करते हुए सामाजिक-राष्ट्रीयता की नींव रखता है और फिर सामाजिक सुदृढ़ीकरण के पश्चात् राष्ट्रीय समुदायों को चुनौती देता है।[38] ठीक ऐसी ही स्थिति भारत के संदर्भ में भी थी क्योंकि स्वतंत्रता के पूर्व वर्गीय चेतना और निर्माण-प्रक्रिया में अन्य समुदाय व जातियों की तुलना में सबसे आगे सवर्ण-हिंदू थे और वह परंपरागत शोषणकर्ता भी थे। वस्तुत: अपनी स्थिति को बरकरार रखने की ललक इसी सामाजिक समूह को सबसे ज्यादा थी फिर नई व्यवस्था स्थापित होने पर अगर यह समूह अपनी स्थिति नहीं संभालता तो संभव था कि यह समूह परंपरागत और आधुनिक दोनों ही दृष्टि से पतनशील हो जाता। जब सवर्ण समुदाय ने औपनिवेशिक राज्य के भीतर प्रवेश किया तब पहले तो वह उसमें अपने लिए आदर्श-स्थिति देख रहा था जहां वह शोषणकर्ता ब्रिटिश सरकार की बराबरी करना चाहता था, लेकिन जब इल्बर्ट बिल द्वारा रेल, क्लबों, पार्क और अन्य आबंटन पर इनके लिए रोक लगा दी गई तो इन्होंने राज्य के विरुद्ध हिंदू राष्ट्रीयता की नींव रखी। इसे मजबूती से प्रस्तुत करने के लिए सवर्ण-अंग्रेजी शिक्षित मध्य वर्ग के लोग – बंकिम चंद्र चटर्जी, मोतीलाल नेहरू, टैगोर और महात्मा गांधी आदि ने समय-समय पर समाज सुधार के नाम पर पहले तो विभिन्न गैर-सरकारी संगठन व सभाओं व परिषदों की स्थापना की। जैसे ब्रह्म समाज, 1885 में भारतीय राष्ट्रीय कांग्रेस व अन्य सामाजिक संगठन आदि[39] और फिर इन संगठनों के आधार पर एकीकृत हिंदूत्ववादी राष्ट्रवाद की नींव रखते हुए ब्रिटिश सरकार के विरुद्ध संघर्ष छेड़ दिया।

भारतीय राष्ट्रीय कांग्रेस शुरू से अंग्रेजी शिक्षा प्राप्त करने वाले ऊपरी और मध्य वर्ग के हितों का ही प्रतिनिधित्व कर रही थी। मगर सूक्ष्मता से जांचने पर यह भी ज्ञात होता है कि वास्तव में कांग्रेस का यह प्रतिनिधित्व करने वाला अभिजन वर्ग पूर्णतया ऊंची जातियों से ही निकलकर आया था। जैसाकि पंडित जवाहर लाल नेहरू ने भी अपनी आत्मकथा में राष्ट्रीय संघर्ष में कांग्रेस की राजनीतिक संस्कृति के बारे में लिखा है। ''मेरी राजनीति वास्तव में उस बुर्जुआ वर्ग से संबंधित थी जिस वर्ग से मेरा संबंध था वास्तव में उस समय (और बृहत हद तक वर्तमान में भी) राजनीति का आधार हित मध्य वर्ग ही था जिसका प्रतिनिधित्व नरमपंथी और अतिवादी-उग्रवादी बिल्कुल नहीं करते थे... नरमपंथी उन कुछ मुट्ठी भर ऊपरी मध्य वर्ग का प्रतिनिधित्व करते थे जो पूर्णतया ब्रिटिश शासन के अंतर्गत फले-फूले थे और किसी भी तरह से क्रांतिकारी (अचानक होने वाले) परिवर्तन के समर्थक नहीं थे। चूंकि ऐसा होने से सबसे ज्यादा खतरा उन्हीं के हितों को होता। इतना ही नहीं इन वर्गों का सीधा संबंध ब्रिटिश सरकार और बड़े जमींदार वर्गों से था। हालांकि इसके विपरीत अतिवादी-उग्रवादियों का प्रतिनिधित्व निम्न मध्य वर्गों से भी होता था।''[40]

हालांकि 1920 के दशक में कांग्रेस की मध्यवर्गीय राजनीति को राष्ट्रीय पहचान और जमीनी स्तर पर समर्थन दिलाने में गांधी जैसे व्यक्तित्व का खासा योगदान रहा और निम्न वर्ग व दलित गरीबों को भी दलीय-राजनीति के दायरे में लामबद्ध कर दिया।[41] कांग्रेस के अलावा भी कुछ और राजनीतिक दल जैसे मार्क्सवादी दल, फारवर्ड ब्लॉक, राष्ट्रीय स्वयं सेवक संघ और छोटे-छोटे क्षेत्रीय आधार पर संगठन भी गठित हुए किंतु इन सभी संगठनों में नीति-निर्माण की प्रक्रिया में मध्यवर्गीय हितों का ही ध्यान रखा जाता था और उसमें भी सवर्ण जातियों को ही प्राथमिकता दी जाती थी, जबकि दलित हित व निम्न वर्गों के हितों को सामाजिक विषय मानकर इन संगठनों से अलग रखा जाता था। यहां तक एक बार तो कांग्रेस के वरिष्ठ गरम दल के नेता बालगंगाधर

तिलक ने कांग्रेस के सामाजिक विषयों पर अलग रहने की खुली वकालत की और कांग्रेस को स्पष्ट चेतावनी दी कि यदि कांग्रेस इन दलित-गरीबों के सामजिक विषय पर ही उलझी रहेगी तो इसका परिणाम उचित नहीं होगा। और तिलक के समर्थकों ने महाराष्ट्र में कांग्रेस अधिवेशन के पंडाल में आग लगा दी। इसके परिणामस्वरूप भविष्य में कांग्रेस ने इस विषय पर गौण मत ही रखा।[42] इससे दलित मध्य वर्ग और उनके अभिजनों के बीच काफी नकारात्मक संदेश पहुंचा। इतना ही नहीं तिलक जैसे नेताओं ने गणेश चतुर्थी और शिवाजी के जन्म दिवस को कांग्रेस की विचारधारा से जोड़ दिया, वहीं कांग्रेस ने मुस्लिम मध्यवर्गीय चेतना और संस्कृति के विरुद्ध गौ-रक्षा व वध निषेधीकरण व अन्य कार्यक्रम चलाकर मुस्लिमों के मध्य वर्ग के बीच संशय के बीज बो दिए जिससे कालांतर में अल्पसंख्यक मध्य वर्ग, दलित मध्य वर्ग का सवर्ण मध्य वर्ग से संघर्ष और आपसी प्रतिस्पर्धा बढ़ गई। इसका मूल कारण इनके बीच असुरक्षा की भावना ही थी। यद्यपि यह सभी मामले इन वर्गों के अभिजनों के बीच थे।[43] मगर यह भ्रम फैलाने वाला मत है कि वास्तव में इस प्रतिस्पर्धा को केवल अभिजन के बीच संघर्ष ही माना जाए या फिर इसके पीछे इन मध्य वर्गों की संस्कृति व हितों को महत्त्व दिया जाए। हमें यहां दो बातों पर ध्यान देना चाहिए। पहला इन सभी संगठनों और विचारधारा में जाति व्यवस्था की दृष्टि से सवर्ण जातियों का वर्चस्व था और दूसरा धर्म की दृष्टि से हिंदुत्ववादी राष्ट्रवाद पर आधारित संघर्ष था। हालांकि हमें यहां पार्थ चटर्जी के विचार का भी सम्मान करना पड़ेगा कि औपनिवेशिक काल में मध्य वर्ग में केवल चेतना का विकास हो रहा था और यह मूल वर्ग निर्माण से काफी दूर था।[44] मगर फिर भी बीसवीं शताब्दी के उत्तरार्ध के कारणों में मध्य वर्ग का निर्माण करने वाले घटकों पर गैर-सवर्णों के बीच सुगबुगाहट (हलचल) होने लगी थी जिससे आपसी वैमनस्य की स्थिति पैदा हो गई और मुस्लिम मध्य वर्ग के अलग संगठन व विचारधारा पनपने लगी। वहीं दूसरी ओर पेरियार नारायण गुरु, इयोपीथास, अछूता नन्द, हीरा लाल नामशूद्र और अंबेडकर जैसे नेताओं के प्रयासों से भी पृथक दलित संगठन और राजनीतिक दल के निर्माण में तेजी आने लगी और इसके परिणामस्वरूप सवर्ण अस्मिता से अलग दलित अस्मिता वाले मध्य वर्ग की नींव मजबूत होने लगी। हमें यहां ध्यान रखना चाहिए कि इस प्रकार की पृथकता और आपसी संघर्ष केवल स्वतंत्रता तक ही सीमित थे, बल्कि कहना चाहिए कि स्वतंत्रता के पश्चात तमाम राजनीतिक-आर्थिक संस्थाओं में सवर्ण मध्य वर्ग का ही वर्चस्व स्थापित हो गया था। शायद इसलिए सील को भी यह कहना पड़ा कि स्वतंत्रता प्राप्ति के पश्चात् के दो-तीन दशकों में मध्य वर्ग पर पूर्णतया सवर्ण हिंदुओं का वर्चस्व स्थापित था और इस वर्ग के सदस्य उच्च जाति के हिंदू थे।[45]

ऐसा इसलिए भी रहा, क्योंकि आरंभिक चरण में तो दलित मध्य वर्ग केवल उन्हीं लोगों के बहुमत से मिलकर बनता था जिन्हें कांग्रेस सरकार का संरक्षण प्राप्त होता था और यही वजह रही कि कांग्रेस-व्यवस्था के अधीन दलित मध्य वर्ग अपना विस्तार नहीं कर पाया। हालांकि दलित राजनीतिक विमर्श में इस व्यवस्था को कांशीराम ने चमचा युग कहकर संबोधित किया है।[46] इसका मतलब यह कदापि नहीं लगाया जाना चाहिए कि दलितों में अपने पृथक मध्य वर्ग में शामिल होने की लालसा और चेतना नहीं थी। फर्क केवल इतना था कि इनके लिए अवसर व्यवस्था से केवल छन-छनकर ही आते थे। इस बात का इन्हें अफसोस भी रहता था और उनके बीच आक्रोश था।

भारतीय लोकतंत्र को सबसे विचित्र स्थिति का सामना उस समय करना पड़ा जब मई 1961 को तत्कालीन प्रधानमंत्री जवाहर लाल नेहरू ने राज्यों के मुख्यमंत्रियों की बैठक में दलितोत्थान के लिए आरक्षण नीति को अपने-अपने राज्यों में सक्रिय-तरीकों से लागू न करने के लिए राष्ट्रीय आदेश पत्र देकर राजनीतिक दबाव बनाया और नेहरू ने इसके लिए दावा यह किया कि तत्कालीन स्थिति में नौकरशाही और तकनीकीशाही व्यवस्था में किसी द्वितीय स्तर की योग्यता वाले वर्ग को शामिल करके राष्ट्रीय विकास की प्रक्रिया को अवरुद्ध नहीं किया जा सकता और इस बात पर किसी भी स्थिति में समझौता नहीं किया जाना चाहिए।[47] वास्तव में इसकी पृष्ठभूमि में पिछड़े वर्गों को भी आरक्षण देने के लिए काका कालेलकर आयोग की सिफारिश और 1960 में दलित मध्य वर्ग के बीच आरक्षण प्राप्ति व उसे सही तरीकों से लागू करने के लिए आंदोलन चल रहा था। राजनीतिक समाजों के केंद्र में उभरने वाला यह राजनीतिक-सामाजिक दबाव ही था जो सवर्ण मध्य वर्ग और दलित मध्य वर्ग दोनों ही ओर से आ रहा था और इससे भी बढ़कर दिलचस्प बात यह थी कि दोनों ही पक्षों के पास अपनी बात सिद्ध करने के लिए लोकतांत्रिक सैद्धांतिक दावे थे। लेकिन इसकी परिणति 1981 में बिहार और गुजरात में मध्य वर्ग हिंदू उच्च जातियों के दलित जातियों के विरुद्ध आंदोलन में देखी गई। जब उच्च जातियों के सरकारी कर्मचारिगों ने रोस्टर प्रणाली के विरुद्ध भी आंदोलन छेड़ दिया जिसके कारण अनुसूचित जाति और जनजातियों के कर्मचारियों को कुछ लाभ मिले थे। ये आंदोलन स्पष्ट रूप से उच्च और वंचित जाति समूहों के बीच आर्थिक हितों के टकराव के परिणाम थे। इस आंदोलन का विश्लेषण करते हुए आर. पी. देसाई ने कहा कि ऊंची जातियां नीची जातियों की गतिशीलता को रोकना और उच्च जातियों के नीचे के तबके में छिपी हुई जाति भावना को जगाकर उनमें असंतोष पैदा करना चाहती है और वे जातिवाद, संप्रदायवाद, आरक्षण और समस्त उन बातों के जो पक्षपात, संकीर्ण और संकुचित हैं, के विरुद्ध खुले आम बोलती है। अतः योग्यता यद्यपि एक प्रगतिशील नारा दिखाई देता है, किंतु वास्तव में यह मृत्यु शैय्या पर पड़े हिंदूवादी जातीय सोपान की रक्षा करने और सामाजिक-आर्थिक यथास्थिति बनाए रखने का एक हथियार है। ऐसा ही जी. शाह भी कहते हैं कि ये दोनों आंदोलन मुख्यतः मध्य वर्ग के भीतर संघर्ष के द्योतक हैं। ये एक ओर उच्च और मध्य जाति के सदस्यों, तो दूसरी ओर निम्न जातियों से आए नए प्रवेशार्थियों के बीच संघर्ष है।[48]

इस श्रृंखला में एक रोचक कड़ी और जुड़ गई जब 1989 में तत्कालीन प्रधानमंत्री वी.पी. सिंह ने सामान्य वर्ग में से ही अन्य पिछड़ा वर्ग के लिए दलितों की भांति प्रशासनिक आरक्षण लागू कर दिया। यह वही सिफारिशें थी जो 1979 में मंडल कमीशन ने अपनी रिपोर्ट में दी थी, लेकिन कांग्रेस सरकार ने इन्हें दस वर्षों तक ठंडे बस्ते में डाले रखा और 2005 में तत्कालीन केंद्रीय शिक्षा मंत्री अर्जुन सिंह ने इन्हें शिक्षा संस्थानों में भी आरक्षण प्रदान कर दिया। इसका मतलब यह था कि दलित और पिछड़ा मध्य वर्ग के बीच राजनीतिक आक्रोश को ज्यादा लंबे समय तक दबाया नहीं जा सकता था। अब चूंकि यह वर्ग भूमंडलीकरण की प्रक्रिया में न केवल पहले के मुकाबले ज्यादा सशक्त हुआ है, बल्कि हरसंभव तरीके से यह राजनीतिक-समाज की केंद्रीय-धुरी बन गया है।[49]

अपनी सांस्कृतिक अस्मिता को बनाए रखने के लिए तमिलों, पंजाबियों, नागाओं, मिजो और

छोटा नागपुर की जनजातियों के मध्य वर्ग ने भारतीय संघ के भीतर और बाहर पृथक राज्यों के गठन के लिए आंदोलनों का नेतृत्व किया। देखा गया कि 1970 और 1980 के दशकों में पंजाब के सिक्ख समुदाय ने भी खालिस्तान नाम से एक अलग राज्य की मांग कर दी। श्री आनंदपुर साहिब प्रस्ताव में यह मांग की गई थी कि अकाली दल के उद्देश्यों में सिक्ख पंथ के एक पृथक स्वतंत्र अस्तित्व की भावना को बनाए रखने और एक ऐसे वातावरण की रचना करना जिसमें सिक्खों की संपूर्ण और संतोषजनक राष्ट्रीय अभिव्यक्ति हो सके।[50] ऐसे ही असम आंदोलन जो अखिल असम विद्यार्थी संघ के साथ सन् 1970 के दशक के आखिर में शुरू हुआ था, ने भी असम के लोगों की पहचान और असम के विकास के मुद्दे को उठाया। एक अर्थ में यह भी पृथक राष्ट्रीयता का आंदोलन था।[51] जिसका नेतृत्व मध्य वर्ग ही कर रहा था। इसकी विचारधारा से लेकर इसके कार्यान्वयन तक सभी कुछ शिक्षित मध्य वर्ग के नेतृत्व में चल रहा था।

शहरी-शिक्षित मध्य वर्ग इतना सचेत हो गया है कि वह किसी भी स्तर पर अपने हितों में त्याग के आधार पर समझौता करने को बिल्कुल तैयार नहीं है। ऐसा ही उदाहरण महाराष्ट्र में 1966 में देखने को मिला। जब शिवसेना ने महाराष्ट्र के शिक्षित-बेरोजगारों को संगठित करना शुरू किया। उसने मांग की कि बंबई महाराष्ट्र की राजधानी है। अतः महाराष्ट्रियों को उनकी राजधानी नगर को बनाने में सर्वाधिक अवसर दिए जाएं। उन्होंने यह मांग की कि बंबई में समस्त नौकरियों और आर्थिक अवसरों का 80 प्रतिशत हिस्सा मराठियों के लिए आरक्षित होना चाहिए।[52] इस देशजवाद को सफल बनाने के लिए शिव सेना ने नारा दिया "बांधो लुंगी बजाओ पुंगी" (अर्थात महाराष्ट्र से दक्षिण के कामगारों को बाहर करो) अब "यू.पी. बिहार के भईया को बाहर खदेड़ो" का नारा बड़े जोर से चलाया जा रहा है जिसकी सीधी पैठ स्थानीय मध्य वर्ग के बेरोजगार लोगों के बीच घर बना रही है और यह आंदोलन धरतीपुत्र[53] के नाम से भी जाना जाता है।

मध्य वर्ग के बीच भाषाई आधार पर विवाद सबसे पुराने विवादों में से एक है जो समय परिवर्तन के साथ अपना भयानक रूप दिखाता रहता है और बार-बार मध्य वर्गों के संघर्ष पैदा कर देता है। जैसे 1917 में ही हिंदी को भारत की राष्ट्र भाषा और इसके आधार पर अनेक राज्यों के गठन की प्रक्रिया पर बल दिया था।[54] मगर स्वतंत्रता के पश्चात भाषा का प्रश्न खासकर हिंदी को राष्ट्रभाषा का प्रश्न दक्षिण के मध्यवर्गीय नेतृत्व को बिलकुल उचित नहीं लगा और मध्य वर्ग के बीच भाषाई प्रश्न पर कोई भी सहमति नहीं बन पाई। अतः यहां कहा जा सकता है कि भारतीय मध्य वर्ग के बीच अनेक मुद्दे ऐसे रहे जो उन्हें अलग अस्मिता के तहत संघर्ष करने पर विवश करते है और इसके हल के लिए वह सामाजिक-सांस्कृतिक संगठनों से लेकर राजनीतिक-आर्थिक संस्थाओं तक पहुंच जाते हैं, चूंकि अब इनकी संख्या इतनी ज्यादा हो गई है तो ये तमाम संगठन और संस्थान भी इन्हें लेकर चलने के लिए प्रतिबद्ध रहते हैं।

## 8.7 दलित मध्य वर्ग का विस्तारीकरण और शैली

दरअसल औपचारिक रूप से दलित मध्य वर्ग की नींव भी औपनिवेशिक शासन के दौरान हुए 1932 के 'मैक्डोनाल्ड कम्यूनल अवॉर्ड' से पड़ी। अंग्रेजी शासन का यह संरक्षण न केवल दलितोत्थान के लिए मील का पत्थर साबित हुआ, बल्कि दीर्घकालीन दृष्टि से इसने दलित

अस्मिता और उनके राजनीतिक भविष्य की भी नींव मजबूत कर दी। अंबेडकर के प्रयासों से दलितों को राजनीतिक-प्रशासनिक आरक्षण मिला और यह भी स्वीकार कर लिया गया था कि इस विशाल वर्ग की सवर्ण समाज से अलग अस्मिता भी है। हालांकि इस पर 23 सितंबर 1932 को पूना समझौते से राजनीतिक लगाम लगाने की कोशिश की गई[55], मगर भविष्य में यह चेतना दलित मध्य वर्ग के रूप में विकसित हुई और स्वतंत्र भारत के संविधान के अंतर्गत 'संरक्षणात्मक भेदभाव' अस्पृश्यता उन्मूलन, समानता का अधिकार, स्वतंत्रता का अधिकार और संवैधानिक उपचारों के मौलिक अधिकारों के परिणामस्वरूप दलितों के बीच आत्मचेतना और आत्म-विश्वास की भावना पैदा होने लगी।[56] जिससे 1960 और 70 के दशक में सरकारी नौकरी प्राप्त करने वाला शिक्षित नौजवान और बुद्धिजीवियों का छोटा-सा वर्ग विकसित होने लगा और इसी दौरान अंबेडकर के प्रयासों से रिपब्लिकन पार्टी ऑफ इंडिया का गठन इसी वर्ग को साथ लेकर किया गया। इतना ही नहीं धार्मिक-सांस्कृतिक क्षेत्र में अपनी पृथक अस्मिता के लिए भी प्रयास किए गए जैसे दक्षिण भारत में दलित शिक्षित व अशिक्षित लोग बड़ी संख्या में ईसाई बन गए जिससे एक सीमा तक इनकी आर्थिक स्थिति में सुधार हुआ और आधुनिक व अंग्रेजी शिक्षा प्राप्त करने वाले भी होने लगे जो वर्गीय आधार पर सामाजिक परिवर्तन की भी शुरुआत रही। पश्चिम और उत्तर प्रदेश में दलित बौद्ध बन गए। यह कार्य भी दलित संस्कृति और उनमें आत्मसम्मान की भावना भरने वाला था और यह एक छोटा-सा वर्ग लगातार सामाजिक-राजनीतिक समाजों में अपने लिए आदर्श स्थिति की तलाश में था।[57]

1972 में दलित मध्य वर्ग से संबंधित दलित पैंथर्स का गठन किया गया और पहली बार रेडिकल राजनीति की शुरुआत हुई। सबसे पहली शुरुआत 'हरिजन' शब्द को लेकर हुई इसके स्थान पर 'दलित' शब्द को चुना गया। वास्तव में यह ऐसी अभिव्यक्ति थी जिसे खुद शहरी दलित शिक्षित मध्य वर्ग ने गढ़ा था। हालांकि दलित पैंथर्स आंदोलन ज्यादा नहीं चल सका।[58] मगर फिर भी यह इस आंदोलन की उपलब्धि रही कि यह दलित मध्य वर्ग खासकर सरकारी नौकरी व मध्यम स्तर पर व्यापार करने वालों में आत्मचेतना का भाव भर सका। इससे दलितों के हित व पसंद ना पसंद धीरे-धीरे राजनीतिक दलों के अहम विषय हो गए। हालांकि यह विडंबना ही कही जानी चाहिए कि सवर्ण नेतृत्व से चलने वाली कांग्रेस पार्टी इन्हें केवल भौतिक संसाधनों से ही संतुष्ट करने में लगी रही और ''गरीबी हटाओ'' जैसे लोक लुभावन से लुभाती रही। दूसरी ओर ब.स.पा. जैसे राजनीतिक दलों का भी उदय हुआ जो इन्हीं लोगों (मध्यवर्गीय दलितों) के बीच से निकलकर आई थी जो सीधे शब्दों में लोकतंत्र के भीतर बहुजन समाज की पार्टी, बहुजन समाज के द्वारा और बहुजन समाज के लिए बनी थी। वस्तुत: 1980 से यह पार्टी दलित मध्य वर्ग के सहारे शासन भी करती आ रही है। यह ऐसी पहली पार्टी है जिसकी वास्तविक शुरुआत नौकरीपेशा दलित मध्य वर्ग से ही आरंभ हुई है।

यद्यपि 1990 के दशक में मंडल आरक्षण के परिणामस्वरूप मध्य जातियों व पिछड़ी जातियों को भी संजीवनी मिल गई जिससे इन्हें दोहरा लाभ मिला और एक अच्छा-खासा विशाल दलित वर्ग बनकर उभरा।[59] इनमें से कुछ जातियों के मध्यवर्गीय अभिजनों—मुलायम सिंह, लालू प्रसाद, बाबू लाल, कर्पूरी ठाकुर, नीतीश कुमार, शरद यादव, आदि ने इसके राजनीतिक लाभ भी उठाए। वास्तव में यह ऐसे सामाजिक परिवर्तन की ओर भी इशारा करता है जहां राजनीतिक सत्ता का

केंद्र नीचे की ओर पलायन कर रहा है। इस पलायन से इन दलितों की सामजिक राजनीतिक हैसियत भी बढ़ रही है। साथ ही इन मध्य वर्गों से नए-नए दलित राजनीतिक अभिजनों का उदय हो रहा है जिससे एक नए प्रकार के 'दलित मध्य वर्ग के नेतृत्व' में दलित राजनीतिक संस्कृति विकसित हो रही है। हालांकि इस राजनीतिक-संस्कृति में सभी कुछ लोकतांत्रिक मूल्यों व मानकों पर आधारित हो, ऐसा भी नहीं है। लेकिन इतना जरूर है कि दलित मध्य वर्ग और सवर्ण मध्य वर्ग के बीच राजनीतिक प्रतिस्पर्धा का मापदंड काफी कड़ा हो गया है।

## 8.8 समकालीन भारत की शहरी जीवन शैली में परिवर्तन

1990 के दशक के आरंभ में जब भारत में उदारीकरण की प्रक्रिया पूर्णतया लागू हो गई तो इसने सबसे पहले अपने प्रभाव में शहरों और उसमें रहने वाले मध्य वर्ग को लिया। बल्कि कहना होगा कि उदारीकरण, निजीकरण और भूमंडलीकरण की सर्वव्यापक प्रक्रिया ने अपनी प्रकृति के अनुकूल ऐसा वातावरण तैयार किया जो उसे स्थापित होने में सफल बना सके। वास्तव में भूमंडलीकरण की प्रक्रिया ने अपने विस्तार के लिए अनेक प्रकार के "एम" (M) का प्रयोग किया। हम सामान्यतया इन एम के माध्यम से शहरी जीवन शैली में परिवर्तन, मध्य वर्ग में नए मूल्य जुड़ने से इसकी राजनीतिक-आर्थिक व्यवस्था में केंद्रीय भूमिका और बहुराष्ट्रीय कंपनियों के ज्यादा लाभ कमाने वाले मूल उद्देश्य और इनके बीच आपसी अंतर्संबंधों को आसानी से समझा जा सकता है और यह पूरी प्रक्रिया मकार (एम शब्द से उत्पन्न होने वाली शब्दावली) के ही इर्द-गिर्द घूमने वाली प्रक्रिया है। जैसे- मल्टीनेशनल कंपनी (multinational companies), भूमंडलीकरण की प्रक्रिया के अंतर्गत मार्क्सवादी-वामपंथी विचारधारा के विरुद्ध मध्य वर्ग को और प्रभावी एवं मार्किट के मानकों के अनुकूल स्थापित करती है और इस दृष्टि से भारत का मध्य वर्ग विश्व की सबसे विशाल मार्किट (market) बन गया है। भारत में इन कंपनियों ने अपने अनुकूल माहौल बनाने के लिए मैन्यूफेक्चर पर कम मैनेजमेंट (management) पर अधिक ध्यान दिया जिसके आधार पर मध्य वर्ग के ही बीच से मैनेजमेंट करने वाले अल्प समुदाय का उद्भव हुआ और मध्य वर्ग के बीच इस मैनेजमेंट जैसे पेशों की साख प्रतिष्ठा के तौर पर जड़ मजबूत करने लगी। वास्तव में इन भारतीय मैनेजर (managers) वर्ग जैसे बड़ी कंपनियों के प्रमुख नीति निर्माता और प्रबंधकों ने अपनी कंपनी की सेवाओं व माल के वितरण के लिए मुक्त मीडिया (media) का सहारा लिया और अपने उत्पादन को मध्यवर्ग के बीच जरूरी व गैर-जरूरी दोनों तरीकों से चस्का पैदा करने का काम बखूबी किया। मीडिया में मध्य वर्ग को ध्यान में रखकर विज्ञापन तैयार किए जाने लगे।[60] इन्हें आकर्षित तरीकों से परोसने के लिए महिलाओं का सहारा लिया गया। पुरुषोचित सामग्री की बिक्री के विज्ञापनों में महिलाओं को दर्शा कर इसे भड़कीला बनाया जाता है और इसको इस तरह से प्रस्तुत किया जाता है कि इन सामग्रियों के प्रयोग से महिलाओं को आकर्षित किया जा सकता है। इस तरह इन विज्ञापनों ने मध्य वर्ग के बीच नई जीवन शैली पैदा करने वाला काम बखूबी किया है और मध्य वर्ग को पूर्णतया उपभोक्तावादी संस्कृति का गुलाम बना दिया।

वर्तमान में उपभोक्तावादी संस्कृति और मध्य वर्ग आपस में घुल-मिल गए हैं जिससे शहरों

में जिस नौजवान मध्यम वर्ग का उदय हुआ है वह पीढ़ी तो खासतौर से 'म'कार के जंजाल में फंस गई है जैसे - मध्य वर्ग में पैदा होने वाली नई पीढ़ी का समाजीकरण तो आरंभ ही उपभोक्तावादी संस्कृति से होता है। बचपन में महंगे खिलौने, मनोरंजन के लिए मॉडर्न गेजेट (टेलीविजन, एफ.एम., मीडिया प्लेयर, कंप्यूटर, लेपटॉप, इंटरनेट) सामान्य बात हो गई है। यह पीढ़ी अपनी शिक्षा के लिए मॉडल कान्वेंट स्कूलों पर निर्भर रहती है जो शिक्षा की दृष्टि से अल्पाधुनिक तकनीकी ज्ञान, महंगे व निजी शिक्षा संस्थानों और शिक्षा जगत में प्रतिष्ठा प्राप्त करने वाले होते हैं। यहां देखा जाता है कि नए मध्य वर्ग के लोग अपने बच्चों को स्कूली प्राथमिक-सैकेंडरी शिक्षा सरकारी विद्यालयों में पढ़ने के लिए नहीं भेजते, चूंकि इन लोगों के बीच यह धारणा है कि सरकारी शिक्षा और सरकारी अस्पतालों से किसका भला होता है। इसका तात्पर्य यह है कि गुणवत्ता की दृष्टि से सरकारी विद्यालयों का स्तर काफी निम्न होता है। अगर ऐसा नहीं होता तो उच्च मध्य वर्ग और मध्य वर्ग के पेशेवर लोग अपने बच्चों को शिक्षा के लिए इन स्कूलों में क्यों नहीं भेजते। वस्तुत: भारतीय शहरों में एक भी उदाहरण ऐसा नहीं होगा जहां सरकारी डॉक्टर, इंजीनियर, वकील, प्रोफेसर, उद्योगपति, राजनेता और पत्रकार की संताने प्राथमिक शिक्षा लेने के लिए पास के सरकारी स्कूलों में जाता हो।

यह इन्हीं शिक्षा संस्थानों के समाजीकरण का परिणाम है कि इन प्रतिष्ठित विद्यालयों से निकलने वाले नई मध्य वर्ग की नौजवान पीढ़ी फर्राटा इंगलिश और समाज में मेल-जोल बढ़ाने और संपर्क करने के लिए शुद्ध हिंदी या इंगलिश की बजाय ''हिंगलिश'' का प्रयोग करती है। बाजारवादी समाज में किसी शारीरिक सेवा को हीन दृष्टि से देखा जाना इनके बीच सांकेतिक पहचान है सामान्यतया इनका मानना है कि शारीरिक श्रम करने का काम इस वर्ग का नहीं है चूंकि इस प्रकार की शारीरिक पेशेवर सेवा में लगने का साफ मतलब है अपनी प्रतिष्ठा खोना। वस्तुत: इन मॉडल स्कूलों से निकलने वाले विद्यार्थी ही आगे चलकर केवल बौद्धिक पेशेवर सेवा में अपने घर-परिवार और अपनी सामाजिक प्रतिष्ठा के लिए उचित मानते हैं। दरअसल इस मध्य वर्ग की नौजवान पीढ़ी में इस प्रकार की पेशेवर सेवाओं और सामाजिक प्रतिष्ठा के प्रति समाजीकरण करने का काम घरेलू वातावरण से आरंभ होकर उनके विद्यालयों से गुजरता हुआ उनके परिवारों तक होता रहता है। वैसे भी यह भारतीय समाजों में विडंबना ही है कि यहां यह स्वभाव कूट-कूटकर भर दिया जाता है कि शारीरिक पेशेवर सेवा की अपेक्षा बौद्धिक पेशेवर सेवा ज्यादा प्रतिष्ठित है। इसीलिए मध्यवर्गीय परिवार अपनी नौजवान पीढ़ी पर उसकी व्यक्तिगत पसंद नापसंद पर ध्यान न देकर अपनी सोच लादती चलती है। जिससे इस शृंखला में एक ''म''कार और जुड़ जाता है मानसिक तनाव (mental tension), दबाव व मानसिक रोग जो मध्यवर्गीय परिवार के बच्चे झेलने पर मजबूर हैं। सामाजिक पद-प्रतिष्ठा की अंधी प्रतिस्पर्धा में कभी-कभी मध्यवर्गीय नौजवान पीढ़ी इतना तनाव की शिकार हो जाती है कि या तो यह नशे की गिरफ्त में चली जाती है या फिर आत्महत्या तक कर लेती है। मनोचिकित्सक इसे मनोवैज्ञानिक रोग मानते हैं मगर यह मनोवैज्ञानिक रोग मध्यम वर्ग के लिए आम बात हो चली है, जो सीधे मार्क्स के शब्दों में व्यक्तिगत, पारिवारिक और सामाजिक अलगाव है जो व्यक्तिगत विकास का नहीं बल्कि एक और ''म''कार मॉडर्निटी (modernity) व उसके भीतर उपभोक्तावाद के प्रति गैर-मानवीय लगाव से उत्पन्न रोग की अवस्था है।

अगर हम आज समकालीन सामाजिक जीवन-शैली की तुलना भारत के 1960-70 के दशकों वाले समाज से करें तो हम पाएंगे कि वर्तमान में पश्चिमीकरण पर आधारित आधुनिकीकरण के परिणामस्वरूप समाज के सभी मूल्यों के निर्धारण की जिम्मेदारी उपभोक्तावाद ही पूरी कर रहा है। यही आज सामाजिक वर्गों के बीच अगड़ेपन (advancement) और पिछड़ेपन (backwardness) का निर्धारणकर्ता बन गया है और सामाजिक वर्गों के पद-प्रतिष्ठा के रूप में सबसे बड़ी विभाजक रेखा खींचता चलता है। वास्तव में दो दशकों के उदारीकरण के दौर में सबसे ज्यादा मध्य वर्ग इसका गुलाम बना है। अपनी सामाजिक हैसियत के अनुरूप नई मध्यवर्गीय पीढ़ी व परिवार पारिवारिक संस्था के निर्माण के लिए दोनों लड़का व लड़की को सरकारी व गैर-सरकारी बौद्धिक पेशेवर सेवा (नौकरी) करने वालों को ही वरीयता देते हैं, ताकि अपनी अलग पहचान बनाई जा सके। इतना ही नहीं आज के समाजों में लिंग आधारित पक्षपात घटने के बजाय और बढ़ रहा है। शादी-विवाह जैसी संस्था में जाने से पूर्व लड़के के माता-पिता को अपनी सामाजिक प्रतिष्ठा से बढ़कर ही दहेज का सामान खरीदना पड़ता है। जैसे 1980 के दशक में मध्यवर्गीय परिवार दहेज में सामान्य फर्नीचर, रंगीन टेलीवीजन, साइकिल व मोटर साइकिल सामान्य बात थी, लेकिन अब इसके विपरीत एलसीडी टेलीविजन से लेकर ऊंची कंपनी का ब्रांडेड फर्नीचर और मोटर बाईक की जगह मोटर कार ने ले ली है। (लीला, पृ. 77)।

समकालीन भारतीय समाजों के मध्यवर्गीय लोगों की जीवन शैली में कुछ और ''म''कारो का भी महत्त्वपूर्ण स्थान है। जिसके इर्द-गिर्द यह मध्य वर्ग की नौजवान पीढ़ी घूमती नजर आती है और खासकर इन ''म'' कारो के लिए इनमें काफी जुनून हैं क्योंकि इनके लिए जीवन का उद्देश्य भौतिकवादी उद्देश्यों की पूर्ति और मौजमस्ती तक ही सीमित होकर रह गया है। अपना सामाजिक स्तर बनाने और मौजमस्ती के लिए ''मनी पॉवर'' (Money Power) पर कब्जा जमाना। आज देखा जा सकता है यह वर्ग अपने सामाजिक व व्यक्तिगत मूल्य खुद गढ़ता है। वह किसी की अधीनता स्वीकार नहीं करता और नित नए-नए मुहावरों के रूप में अपने सामाजिक मूल्य गढ़ता है—जैसे—''लगे रहो मुन्ना भाई'' मतलब जो भी कर रहे हो करते रहो। इसका मतलब सही गलत से नहीं है बल्कि मौजमस्ती से है। ''आल इज वेल'' सब ठीक है, ऐसा ही होता है सब चलता है, ''मेरी मर्जी मैं चाहे ये करूं, मैं चाहें वो करूं मेरी मर्जी'' मतलब किसी का भी हस्तक्षेप बर्दाशत नहीं ''दिल मांगे मोर'', ''लव के लिए साला कुछ भी करेगा।''[61] इसका मतलब यह भी है कि आज की शहरी जीवनशैली में मनी पॉवर को किसी भी वैधानिक और गैर-वैधानिक साधनों से कमाना पड़े यह लोग कमाते हैं। यही कारण है कि आजकल सभी प्रमुख अखबारों में मध्यवर्गीय लोग के अपराध की दुनिया में कदम रखने की खबरें आती हैं, चूंकि इनके आदर्श फिल्मी हीरो और चोर नायक चरित्र में इन लोगों का मार्गदर्शन करने वाले होते हैं, इन्हें बखूबी रास आते हैं।

वास्तव में मध्य वर्ग की सामाजिक प्रतिष्ठा के प्रश्न ने भी ''म''कार को फैशन के तौर पर खूब प्रयोग करना सीख लिया है और यह इस ''म''कार शृंखला पर कब्जा जमाने के लिए निरंतर संघर्ष तो करते हैं, लेकिन इसे पाकर यह गर्वोक्ति भी बहुत अनुभव करते हैं और इनमें से किसी भी एक ''म''कार के अभाव में यह हीन भावना से ग्रस्त हो जाता है। वास्तव में यह ''म''कार न केवल इस वर्ग के लिए जीवन का लक्ष्य बन गया है, बल्कि ये इनके जीवन का अहम अंग

भी हो गया है। जैसे—मोबाइल फोन, यह भी स्मार्ट फोन और मल्टीमीडिया का होना चाहिए, न कि ब्लैक एंड व्हाइट क्योंकि एक विज्ञापन के अनुरूप ये ब्लैक एंड व्हाइट आधुनिक उपभोक्तावादी संस्कृति के दौर में चलने वाली प्रतिस्पर्धा में पिछड़ गए हैं। जिन्हें ये वर्ग अपडेट नहीं मानता, उन्हें वह साथ लेकर नहीं चलता जैसे 1990 के दशक में भारत के मध्य वर्ग के बीच पेजर मिडिल क्लास स्टेट्स का प्रतीक था, लेकिन अब यह चलन से बाहर हो गया है, चूंकि अब यह इनके बीच आधुनिक प्रतिष्ठा का प्रतीक नहीं, बल्कि पिछड़ेपन का प्रतीक होगा, जो इस वर्ग को कतई बर्दाश्त नहीं है। इससे अगला ''म''कार महिला-मित्र, मोटर साइकिल या मोटर गाड़ी, मसल्स (शारीरिक शोष्ठव) व स्वास्थ्य के प्रति ज्यादा जागरुकता अर्थात अपनी महिला मित्रों के बीच आकर्षक दिखने की होड़ महत्त्वपूर्ण है। इतना ही नहीं ये वर्ग अपनी पोशाकों और साज-सामान के लिए ''मॉल कल्चर'' पर विश्वास करता है। इन लोगों के बीच किसी भी ब्रांड का बातों-बातों में जिक्र होना सामान्य बात है बल्कि कहना चाहिए कि इस मध्य वर्ग के बीच ब्रांडेड मार्क व विदेश से आने वाली नामी-ग्रामी कंपनियों को स्टेट्स सिंबल बनाया जाता है और यहां अक्सर इन ब्रांडेड पदार्थों के खरीदने के स्थान जैसे ''शॉपिंग मॉल'' और कंपनी के नाम व मार्क को रोल मॉडल्स जैसे सचिन तेंदुलकर, शाहरुख खान, आमिर खान, ऐश्वर्या रॉय, महेंद्र सिंह धोनी और अमिताभ बच्चन जैसे मध्य वर्ग से उच्च वर्ग को पलायन करने वाले महानायकों के साथ यह मध्य वर्ग गौरव महसूस करता है। वह मानता है कि ये लोग भी इन्हीं के बीच से निकलकर गए हैं। वस्तुतः यह लोग उन लोगों का मजाक उड़ाते हैं और उन पर मनोवैज्ञानिक बढ़त बनाने की लगातार कोशिश करते हैं, लेकिन इस दौरान सामान्यतया यह भी देखा जा सकता है अक्सर ब्रांडेड कपड़े व सामान की अंधी चाह में यह लोग पुराने सामान व कपड़े भी पहनने से गुरेज नहीं करते। इसका साफ मतलब यह है किसी भी तरह से उस मनोवैज्ञानिक बढ़त को हासिल करना जो इन्हें सामाजिक स्तर पर मिलती है। यह इसी का परिणाम है कि यह गैर-ब्रांडेड व नकली और पुराने सामान का व्यापार भारत में हजारों-करोड़ रुपये का है और इस प्रकार के व्यापार में लाखों लोगों को रोजगार भी मिलता है।

अभी हाल ही में समाचार चैनल ने एक संस्था के द्वारा किए गए सर्वे के माध्यम से दावा किया कि नए मध्य वर्ग के नाबालिग बच्चे जो कक्षा 12वीं तक के छात्र रहे हैं, में से लगभग 45 प्रतिशत बच्चे मदिरा का सेवन करते हैं। महीने में कम से कम सात से दस दिन मदिरा सेवन इन बच्चों में सामान्य तौर पर मौजमस्ती और मानसिक तनाव को दूर करने का कारण होता है। ऐसा नहीं है कि ये आंकड़े केवल महानगरों के बच्चों तक ही सीमित है, बल्कि गांवों और कस्बों से शहर में शिक्षा लेने के लिए आने वाले बच्चे भी इस शौक के आदि हैं। हालांकि मध्यवर्गीय परिवारों में पुरुषों और महिलाओं के बीच मदिरा और तबाकू सेवन पहले ही सामान्य जीवनचर्या का हिस्सा बनता जा रहा है और अब यह पाश्चात्य आधुनिकतावादी जीवनशैली वाला व्यवहार इनके बीच सामान्य बात हो रही है जिसे ये वर्ग सीधे सामाजिक पद-प्रतिष्ठा से जोड़कर देखता है।[62]

मध्य वर्ग के बीच एक और ''म''कार मकान के रूप में पैठ बनाता है। आज सामान्यतया देखा जा सकता है कि मध्य वर्ग अब पहले की भांति स्लम व कच्ची कॉलोनी व जनता कॉलोनी में नहीं रहता। पॉश कॉलोनियों के बहुमंजिली अपार्टमेंट व आलीशान सजावट और जीवन स्तर

से सुसज्जित मकानों (फ्लेट्स व कोठियों) में रहता है। जहां हर प्रकार की सुविधाओं की पूर्ति होती है। यह इसी का परिणाम है कि 1991 से उदारीकरण के पश्चात महानगरों में ऊंची-ऊंची इमारतें और अपार्टमेंट बढ़ गए हैं। दिल्ली, मुंबई, कोलकाता, चेन्नई, साईबर व सिलीकॉन सिटी बंगलुरू और हैदराबाद, चंड़ीगढ़ जैसे महानगर मध्य वर्ग के लिए पसंदीदा स्थान हो गए है।[63] यह मध्य वर्ग को आकर्षित करने और उनकी जरूरतों के हिसाब से रहने के लिए आकर्षक मकान वाले अपार्टमेंट दिन-प्रतिदिन बढ़ते ही जा रहे हैं और इन महानगरों के विस्तार की प्रक्रिया नियमित रूप से जारी है। आजकल यह आकर्षक अपार्टमेंट सिविल समाज का आदर्श रूप बनाने में संलग्न हैं। इन अपार्टमेंट के पास शापिंग मॉल, मॉडल स्कूल, मार्किट, मनोरंजन स्थल व पार्क और सरकारी की जगह गैर-सरकारी नर्सिंग होम और अस्पताल कुकरमुत्ते की तरह खुले रहते हैं जिन्हें सड़क से गुजरते समय आसानी से देखा जा सकता है। हमें यहां पर यह भी ध्यान रखना होगा कि शहरी-मध्यवर्ग अपने इलाज के लिए सरकारी अस्पतालों पर कतई निर्भर नहीं रहता। सरकारी नौकरी प्राप्त मध्यवर्गीय लोग सरकार द्वारा प्रदान की जा रही मेडिकल योजना पर ही विश्वास नहीं करते हैं और दिल्ली जैसे महंगे अस्पतालों जैसे सरगंगाराम, अपोलो अस्पताल, फॉर्टिस व एस्कॉर्ट पर ही आस्था रखते हैं। इसके अतिरिक्त निजी-नर्सिंग होम इनका ठिकाना होता है। क्योंकि इन संस्थानों में महंगा एवं विशेष सुविधा से संपन्न इलाज जो इन्हें मिलता है और इसकी भरपाई भ्रष्ट मेडिकल क्लेम द्वारा आसानी से कराई जाती है। जबकि गैर सरकारी मध्यवर्गीय लोग तो इसे वहन कर ही लेते हैं।

इसके अतिरिक्त सुनील खिलनानी मध्य वर्ग की ''म''कार संबंधी बड़ी रोचक विशेषता के बारे में बताते हैं। वह अपनी किताब *आइडिया ऑफ इंडिया* में लिखते हैं कि ''एक आदत ऐसी जिसे भारतीय (मध्य वर्ग)कभी नहीं छोड़ सकते और वह है मंजिल तक पहुंचने के लिए शॉर्टकट अपनाने की आदत। भले ही उसके लिए उन्हें या दूसरों को कितना भी जोखिम क्यों न उठाना पड़े।[64] ऐसी ही एक अन्य आदत है सड़क मार्ग के नियमों का सरेआम उल्लघंन करना फिर चाहे इसके लिए उनकी जान ही क्यों न चली जाए।

ऐसा कदापि नहीं है कि भारतीय मध्य वर्ग और शहरी जीवन शैली पूरी तरह नकारात्मक प्रवृति से ग्रस्त है। बल्कि हमें कहना चाहिए वर्तमान में शहरी मध्य वर्ग मानव समाज और मानवाधिकार के लिए भी संवेदनशील हो रहा है और अपनी सामाजिक-राजनीतिक चेतना को सिविल समाज के भीतर मानवाधिकार के हितों के अनुकूल प्रयोग करने में भी लगा हुआ है। इतना ही नहीं मध्य वर्ग के सक्रिय नागरिक व संगठन नए सामाजिक आंदोलन के जरिए मानवाधिकार को लागू करने में इतना लिप्त हो चुका है कि राजनीतिक व प्रशासनिक संस्थानों में जड़ बना चुके भ्रष्टाचार का उन्मूलन करने के लिए प्रतिबद्ध दिखता है और जैसिका लाल का मामला, प्रियदर्शनी मट्टू, शिवानी भटनागर, रुचिका महरोत्रा, गिलानी, निठारी कांड और 26/11 के दौरान मुंबई के होटल ताज पर हुए आतंकवादी हमले के विरुद्ध जन चेतना फैलाकर न्यायप्रिय समाज बनाने लगा है। इसके अतिरिक्त मध्य वर्ग मौसम अर्थात् पर्यावरण, पितृसत्तावादी समाज के विरुद्ध 'महिलावादी' आंदोलन, अल्पसंख्यक उत्थान संबंधी आंदोलन में भी काफी सक्रिया भूमिका निभा रहा है और राज्य के नीति-निर्माताओं को बराबर व्यवस्था संचालन के लिए आगाह कर रहा है जो स्वयं में वाकई प्रशंसा का पात्र भी है।

समकालीन पूंजीवादी सामाजिक व्यवस्था में देखने वाली दिलचस्प बात यह भी है कि बाजारवादी व्यवस्था के परिणामस्वरूप मध्य वर्ग की नौजवान पीढ़ी में असुरक्षा की भावना भी काफी बढ़ी है। वस्तुत: वह इसका इलाज मंदिर-मस्जिद और धार्मिक महोत्सव में शामिल होकर भी करते हैं। इसका लाभ उठाने के लिए बाजारवादी व्यवस्था नित नए-नए प्रकार के धार्मिक महोत्सवों और देवी-देवताओं की मूर्ति स्थापना व पूजा-अर्चना को भुनाते नजर आते हैं। इसीलिए नई सर्वव्यापी धार्मिक अस्मिता के नाम पर लगातार नए-नए अवतारों और महोत्सवों को अपनाने के लिए मध्य वर्ग को प्रेरित किया जाता है।

## 8.9 समकालीन भारत में नव औद्योगिक वर्ग

सरकार की मिश्रित औद्योगिक नीति में निजी और सार्वजनिक क्षेत्र पर बराबर महत्त्व दिया गया था, लेकिन सरकार की सार्वजनिक क्षेत्र को संरक्षण देने की नीति 1990 का दशक आते-आते दम तोड़ चुकी थी। यह इसी बात का परिणाम था कि भारतीय उद्योगपति, व्यापारी, और कुछ राजनीतिक तत्त्व राज्य द्वारा नियंत्रित अर्थतंत्र से नाखुश हो चुके थे। उनका विचार था कि इन नियंत्रणों को कम किया जाना चाहिए। स्थिति यह थी कि नियंत्रणों के व्यापक ताने-बाने के बावजूद सार्वजनिक क्षेत्र उत्पादक नहीं बन पाया था, निजी उद्यमों की संभावनाएं इन्ही नियंत्रणों के कारण मंद पड़ गई थी और सरकार संसाधनों का प्रयोग जनकल्याण में न करके इस या उस (गिने-चुने) तबके को तुष्ट करने में कर रही थी।[65] वस्तुत: संक्रमण से जहां भारतीय राजनीतिक-आर्थिक व्यवस्था को नए अर्थ मिलने लगे, वहीं दूसरी ओर नई आर्थिक व्यवस्था में समाहित होने के लिए जिस औद्योगिक समुदाय ने इसे भरने का प्रयास किया वह वास्तव में नव औद्योगिक वर्ग कहलाया। यह नया इस मायने में है, चूंकि कृषि और औद्योगिक अर्थव्यवस्था के विपरीत नई 'सूचनातंत्र पर आधारित' अर्थव्यवस्था (Information Economy) की जरूरतों को उत्पादन की अपेक्षा मानव पूंजी (Human captial) के द्वारा ही पूरा किया जा सकता है।[66] और इस दृष्टिकोण से भारत का नौजवान शिक्षित मध्य वर्ग पश्चिमी यूरोपीय देशों खासकर अमेरिका के युप्पीज (Yuppie, Yuppies) को प्रतिस्पर्धात्मक दौर में पछाड़ने में अति सफल रहा है।

सूचनातंत्र पर आधारित अर्थव्यवस्था को संचालित करने वाला प्रमुख घटक ज्ञान है। अर्थात् इस अतिप्रतिस्पर्धात्मक पूंजीवादी अतंर्राष्ट्रीय समाजों में तकनीकी ज्ञान को प्रयोग करने की क्षमता, तकनीकी सामग्री तैयार करने का ज्ञान और तकनीकी ज्ञान को बाजारवादी समाजों के हिसाब से कार्यान्वित करते हुए उत्पादन और लाभ अर्जन करना शामिल है। इसीलिए कृषि और औद्योगिक अर्थव्यवस्था की अपेक्षा सूचनात्मक अर्थव्यवस्था में जो संरचनात्मक परिवर्तन हुआ है वह कामगार वर्ग के शारीरिक श्रम पर आधारित नहीं है, बल्कि वह मध्य वर्ग के मानसिक श्रम (human service capital) पर आधारित है। वस्तुत: भारत के विशाल जनसंख्या वाले बाजार में इस सर्विस सेक्टर को आसानी से भुनाया जा सकता है। अत: बहुराष्ट्रीय कंपनियों और सर्विस देने वाले नौजवान शिक्षित मध्यमवर्ग की जुगलबंदी समकालीन भारतीय परिप्रेक्ष्य में काफी कारगर साबित हो रही है। देखने वाली बात यह है कि यहां बहुराष्ट्रीय कंपनियों को संचालित

करने वाले मुख्य अधिकारी (Chief Executive Officers) और प्रबंधक (Management Officer) मध्यवर्ग के बीच आकर्षण का केंद्र बन गए हैं, चूंकि इन लोगों को करोड़ों रुपये का आर्थिक पैकेज, गाड़ी, बंगला, विदेशी यात्रा, भत्ता और पद प्रतिष्ठा मिलती है। वास्तव में आजकल चलन यह है कि भारत में प्रत्येक मध्यवर्गीय परिवार अपनी नौजवान पीढ़ी को शारीरिक श्रम की अपेक्षा सर्विस श्रम में ही भेजना चाहती है।[67]

नैसकॉम (National Association of Software and Global Economy) के अनुसार सॉफ्टवेयर तकनीकी सेवा क्षेत्र से भारत को 1999-2000 में 565 मिलियन डॉलर का कर मिला जो 2001-02 में बढ़कर 1,475 मिलियन डॉलर हो गया। इतना ही नहीं भारत में सूचना क्रांति में इतनी क्रांतिकारी वृद्धि हुई है कि 2005 में भारत विश्व का आईटी सेक्टर में 65 प्रतिशत हिस्सा प्राप्त करके बड़ी अर्थव्यवस्थाओं में शामिल हो चुका है और विश्व स्तर पर स्थापित ग्लोबल बी.पी.ओ. इंडस्ट्री का कुल 46 प्रतिशत योगदान करता है और आज यह दोनों उद्योग लगभग 7,00,000 लोगों को रोजगार एक मुश्त देता है जबकि अप्रत्यक्ष रूप से 2.5 मिलियन लोगों को रोजगार मिलता है और भारत की लगभग आधे से ज्यादा राष्ट्रीय आय इसी क्षेत्र से आती है।[68] जैसा कि इंफोसिस टेक्नोलॉजिज के सी.ई.ओ. एस. गोपालकृष्णन का दावा है कि अनुमान है कि वर्ष 2010-11 में आईटी निर्यात 13 से 15 प्रतिशत की दर से बढ़ेगा जो वर्ष 2009-10 से 5 प्रतिशत अधिक है। इतना ही नहीं इस साल आईटी बीपीओ उद्योग करीब 71.7 अरब डॉलर का हो सकता है। यह सकल घरेलू उत्पाद का लगभग 5.8 प्रतिशत है जो आगामी वर्ष में 1.5 से 1.7 लाख नौकरियां पैदा करेगा।[69]

भारत में आईटी सेक्टर की जरूरतों के हिसाब से नित नए प्रयोग व आविष्कार होते जा रहे हैं। हाल ही में भारत सरकार ने डी. उदय कुमार के के (भारत की मुद्रा के चिन्ह) को मान्यता प्रदान की तो भारतीय बाजारों में इस चिन्ह को शामिल करने वाले टाइपिंग की बोर्ड की मांग अचानक बढ़ गई है और केवल तीन माह के अल्पकाल में ही छोटी-छोटी इकाइयों से 50 लाख रुपये तक का खुदरा कारोबार बढ़ गया है जो आगामी समय में करोड़ो रुपये का हो जाएगा। 29 अक्तूबर(2010)यह भारतीय देशी नव औद्योगिक वर्ग के परिश्रम और बौद्धिक पूंजी को बाजारवादी समाजों में बड़ी चतुराई से प्रयोग करने का ही परिणाम है। जैसा कि क्रिसिल कंपनी के अनुमान के मुताबिक, बढ़ती खपत और निवेश के चलते भारतीय अर्थव्यवस्था सन् 2020 तक बढ़कर 4.6 लाख करोड़ (एक ट्रिलियन=1 लाख करोड़) डॉलर तक पहुंच जाएगी। इसका मतलब है कि अगले दशक में देश के सकल घरेलू उत्पाद में करीब 3.2 ट्रिलियन डॉलर की बढ़ोतरी होगी। इससे साफ हो जाता है कि घरेलू कंपनियां इस वृद्धि का लाभ उठाने की कोशिश करेंगी। कई कंपनियां नए क्षेत्रों—हाउसिंग, वित्तीय सेवाएं, ट्रेवल एंड टूरिज्म, शिक्षा, हैल्थकेयर (स्वास्थ्य) बीमाक्षेत्र, संचार तकनीकी जैसे मोबाइल, मॉडर्न-गेजेटस, थोकविक्रेता, मनोरंजन खेलों का सामान, रेस्टोरेंट -होटल और म्यूच्यूअल फंड जैसे क्षेत्रों में काफी वृद्धि होगी। हालांकि कई बड़ी घरेलू कंपनियों और समूहों ने पहले से ही इस रणनीति पर अमल शुरू कर दिया है।[70]

औद्योगिक क्षेत्र में सूचना क्रांति के परिणाम स्वरूप नित नए-नए आर्थिक क्षेत्रों का विकास हो रहा है और इस सामाजिक आर्थिक परिवर्तन को मजबूती प्रदान करने वाले भारतीय नव औद्योगिक वर्ग और सूचना क्रांति को सही दिशा में प्रयोग करने वाली मान्यता है जैसे म्युचुअल

फंड का क्षेत्र केवल 20 वर्ष पुराना रोजगार क्षेत्र है और सबसे बड़ी बात यह है कि भारत में अभी इस क्षेत्र के लिए अनुभवी पेशेवर भी उपलब्ध नहीं हैं, चूंकि यह वर्तमान में बहुराष्ट्रीय कंपनियों और देशी कंपनियों की विशेषता है कि कंपनियों और समूहों की वास्तविक कमान स्थानीय सी.इ.ओ ही संभालते हैं, चूंकि वह स्थानीय बाजार की आवश्यकताओं को भली-भंति पहचानते हैं। इसलिए भारत में लगातार सर्वोच्च स्तर पर पेशेवर लोग शामिल होकर नए औद्योगिक वर्ग में समाहित हो जाते हैं। यह इसी खुली प्रतियोगिता का परिणाम है कि समकालीन भारत में करोड़पतियों की संख्या सबसे ज्यादा यहीं बढ़ी है। इतना ही नहीं यह तो शुरुआत मात्र के ही संकेत देते हैं जबकि भविष्य में कुछ अनोखे प्रकार के व्यापार भी देखने को मिलेंगे। जैसे-अपने एक साल के बच्चे का मन बहलाने के लिए सस्ते खिलौने की तलाश करते करते मनोज कुमार और नीता वर्मा को नई कंपनी खोलने का विचार मिल गया। मंहगे ब्रांडेड खिलौने उनके बजट से बाहर थे। ऐसे में बंगलुरू के इस दंपत्ति ने एक दिन ऑन लाइन टॉप रेटंल सर्विस रेस्टॉयज़ खोल दिया। इसके जरिए ग्राहकों को ब्रांडेड खिलौनों को किराए पर लेने का विकल्प मिल गया। इसके अनेक लाभ हैं—पहला ग्राहक ब्रांडेड वस्तु का उपभोग करेगा जो महंगी और उसके जीवन स्तर को भी बनाए रखेगी। दूसरा यह उपयोग सस्ता होगा। तीसरा यह उद्योग धीरे-धीरे भारत में बिना ब्रांडेड खिलौने के लगभग चार हजार करोड़ के उद्योग जगत पर अपना वर्चस्व स्थापित कर लेगा जो अभी केवल 1,500 करोड़ रुपये का है।[71]

इसके अतिरिक्त भी भारतीय औद्योगिक क्षेत्र समकालीन समय में वैश्विक हो गए हैं। खासकर मनोरंजन करने वाले क्षेत्र की इस श्रृंखला में शामिल किया जा सकता है। जहां मध्य वर्ग को इस क्षेत्र से संरक्षण मिला और वह नव औद्योगिक समुदाय में शामिल होने लगा। जैसे भारतीय हिंदी सिनेमा जगत बॉलीवुड, भोजपुरी फीचर फिल्म और तमिल, तेलगू, कन्नड़ प्रादेशिक भाषा वाला सिनेमा क्षेत्र सालाना लाखों करोड़ रुपये का व्यापार करता है।

इस मनोरंजन उद्योग को संचालित करने वाले अभिनेता-अभिनेत्रियां सालाना करोड़ों रुपये तो भारत सरकार को आमदनी कर के रूप में देते हैं। वहीं दूसरी ओर क्रिकेट भी खेल जगत का सबसे महंगा और उद्योग जगत में लाखों-करोड़ डॉलर का व्यापार करता है। इस जगत की खास बात यह है कि इन दोनों की शुरूआत और संचालन मध्य वर्ग ने की लेकिन इसे सबसे ज्यादा शोषित उद्योगपतियों और अंडरवर्ल्ड अपराध की दुनिया ने किया।

## 8.10 निष्कर्ष

अंत में कहा जा सकता है कि भले ही समकालीन भारत में मध्य वर्ग सामाजिक-राजनीतिक व्यवस्था के केंद्र में समा गया हो, लेकिन इसका मतलब यह नहीं है कि सामाजिक-वर्गीय संरचना के भीतर वर्गीय शोषण का अंत हो गया है। सच्चाई यह है कि उदारीकरण के दौर में वास्तविक निर्णय और प्रमुखकर्ता के रूप में पूंजीवादी बहुराष्ट्रीय कंपनियों के ही हित इन सबकी पृष्ठभूमि में हैं जिसने सबसे पहले मध्य वर्ग को ही अपने प्रभाव क्षेत्र में लिया है, चूंकि औपनिवेशिक उपभोक्तावादी संस्कृति को केवल यही संबल प्रदान करता है जिसका मतलब यह भी है कि इस वर्ग के अधिकतर सदस्य इसके गुलाम व उसके संक्रमण से पीड़ित हैं। ऐसी भी व्यवस्था नहीं

है जिसका उद्देश्य केवल सुखवाद पर ही आधारित रहा हो। सामाजिक संस्थाओं के मूल्य और उनके प्रति आस्था होना भी सामाजिक व्यवस्था का गुण है जिसे उपभोक्तावादी संस्कृति के जरिए मध्य वर्ग नष्ट करने में लगा है। भ्रष्टाचार, मदिरापान, मॉडर्न गेजेट के प्रति सनकपन और उन्हें हर कीमत पर पाने की लालसा तो केवल व्यक्ति को मानसिक रोगी ही बना सकती है जिससे पतन तो हो सकता है, किंतु उत्थान कदापि नहीं हो सकता।

इसीलिए मध्य वर्ग को चाहिए कि बाजारवादी समाजों में उपभोक्तावाद की अंधी दौड़ में शामिल न हो और अपनी सामाजिक-राजनीतिक संस्थाओं के प्रति आस्था व मूल्यों के प्रति दयाभाव रखे। चूंकि मध्य वर्ग ही राज्य के लिए राजनीतिक अभिजन और बुद्धिजीवी वर्ग पैदा करता है तो यह लाजमी है कि यह दोनों समूह निम्न वर्ग के प्रति भी संवेदनशीलता का परिचय दें। और साथ ही उदारीकरण को अपने व निम्न वर्गों के प्रति ज्यादा जवाबदेह बनाने पर जोर दें, ताकि जिस सिविल समाज की परिकल्पना मध्य वर्ग करता है वह निम्न वर्गों के हितों व अधिकारों की अनदेखी करके प्राप्त नहीं की जा सकती। चूंकि लोकतांत्रिक राजनीतिक समुदाय के भीतर राजनीतिक स्वतंत्रता भी समानता के आधार पर वितरित की गई है तो यह लाजमी है कि समाज के भीतर अंतर्वर्गीय संघर्ष और वर्ग के भीतर गैर-लोकतांत्रिक संघर्ष को खत्म किया जाना अति आवश्यक इनके बीच सामंजस्य और एक सीमा तक तालमेल बैठाना भी जरूरी है, ताकि इनके बीच खाई गहरी न हो सके और एक आदर्श न्यायप्रिय सिविल समाज की रचना भी पूरी हो सके।

## संदर्भ एवं टिप्पणी


1. Val Buris, "The Discovery of the New Middle Classes", in Arthur J. Vidich (ed), *The New Middle Classes, Life-Styles, Status Claims, and Political Orientation*, p. 18-19
2. Pawan K. Verma, *The Great Indian Middle Class*, Viking, Delhi, 1998, p. 170
3. Sujit Mahapatra, "The Explosion of the Middle Class", in Neera Chandhoke and Praveen Priyadarshi, *Contemporary India: Economy, Society, Politics*, Pearson, Lengman, Delhi, p. 121
4. Shashi Tharoor, Citing National Council of Applied Economic Research Statistics in "Who is the Middle Class?" *The Hindu Daily*, 22 May 2005
5. Christophe Jaffrelot and Peter Vanader Veer, Introduction, in C. Jaffrelot and PVD veer (Ed). *Pattern of Middle Class Consumption in India and China*, Sage, Delhi, 2008, p. 11
6. Val Buris, "The Discovery of the New Middle Classes", in Arther J Vidich (ed). *The New Middle Class*..., p. 20.
7. Karl Marx, "Theories of Surplus Value", Volume part I, Moscow, Progress, 1963 p. 218 and also see, Val Buris, *The Discovery of the New Middle Classes*, in A.J. Vidich, p. 20

8. C. Jaffrelot and P.V.D. Veer, Introduction, in C. Jaffrelot and PVD Veer (Ed), *Pattern of Middle Classes Consumption in India and China*, p. 11-12
9. *Ibid*, p. 12.
10. Val Buris, "The Discovery of the New Middle Classes", in A.J. Vidich, *the Middle Class*, p. 25
11. Hans Speier, "Middle Class Notions and Lower Class Theory", in A.J. Vidich, *The New Middle Class*, p. 88
12. Val Buris, "The Discovery of the New Middle Class", in A.J. Vidich, *The New Middle Class*, p. 26
13. *Ibid*, p. 27
14. Leela Fernandes, *India's New Middle Class Democratic Politics in a Era of Economic Reform*, University of Minnesota Press, London, 2006, p. Introductory note page, XXIV
15. *Ibid*, p. XXVI
16. धीरूभाई सेठ, ''नए मध्य वर्ग का उदय'', देखें अभय कुमार दुबे, (सं.), *लोकतंत्र के सात अध्याय*, वाणी दिल्ली, प्र. 113-114
17. C Jaffrelot and P.V.D. Veer, Introduction, in C Jaffrelot and PV.D. Veer (Ed), *Pattern of Middle Class Consumption in India and China*, p. 22 and also *see* धीरूभाई सेठ, ''नए मध्य वर्ग का उदय'', देखें ए.के दुबे (सं.), *लोकंतत्र के सात अध्याय*, पृ. 115
18. धीरू भाई सेठ, ''नए मध्य वर्ग का उदय'', देखें ए.के.दुबे (संपा.), *लोकतंत्र के सात अध्याय*, पृ. 114-115
19. *वही*, पृ. 115
20. *वही*, पृ. 116
21. Pawan K. Verma, *The Great Indian Middle Class*, Viking, Penguin, New Delhi, 1998, p. 2
22. B.B. Mishra, *The India Middle Classes, Their Growth in Modern Times*, Oxford, London, 1961, p. 11
23. *Ibid*, Introduction, p. V
24. Pawan K. Verma, *The Great Indian Middle Class*, p. 2-73
25. C Jaffrelot and P.V.D. Veer, Introduction, in *Pattern of Middle Class Consumption*, p. 15-16
26. Sujit Mahapatra, "The Explosion of the Middle Class" in Neera Chandhoke and Praveen Priyadarshi, *Contemporary India, Economy, Society, Politics*, Pearson, Delhi, 2009, p. 125
27. एम.एन. श्रीनिवास, *आधुनिक भारत में सामाजिक परिवर्तन*, राजकमल, पटना, दिल्ली, 2005, पृ. 78
28. सुमित सरकार, *आधुनिक भारत*
29. Pawan K. Verma, *The Great Indian Middle Class*, page, 5-6, and also see, Leela Fernandes, India's New Middle Class, p. 8-9
30. Pawan K. Verma, *The Great Indian Middle Class*, p. 4-5, and also see Sujit Mahaptra, "The Explosion of the Middle Class", in N. Chandhok, and P. Priyadarshi, (Ed), *Contemporary India, Economy, Society Politics*, p. 125-126
31. C Jaffrelot and P.V.D Veer Introduction in C. Jaffrelot and P.V.D. Veer, *Pattern of Middle,* p. 12.13
32. A.R. Desai, *Social Background of Indian Nationalism*, Popular, Bombar, 1994, p. 196-187

33. B.B. Mishra, *Indian Middle Classes*, OUP, London, 1961, p. 359-367
34. Suhas Palshikar, "Whose Democracy are We Talking About" in Rajendra Vora and Suhas Palshikar, *Indian Democracy Meanings and Practices*, Sage, New Delhi, 2004, p. 153
35. सुनील खिलनानी, ''भारतनामा'' (आइडिया ऑफ इंडिया), राजकमल प्रकाशन, नई दिल्ली, 2006, पृ. 108
36. Suhas Palshikar, *Whose Democracy are We Talking About*
37. *Abid*, p.
38. Adil Khan, *Ethnicity, Nationalism and Modern State*
39. Pawan Kumar, Verma, *The Great Indian Middle Class*, p. 6-7
40. Jawahar Lal Nehru, *An Autobiography*, Reprinted, New Delhi, 1980, p. 48
41. रजनी कोठारी, *भारत में राजनीति कल और आज*, वाणी प्रकाशन, दिल्ली, 2005, पृ. 78–79
42. *वही*, पृ. 86–88
43. B.R. Ambedkar, "What Congress and Gandhiji have done to the Untouchables", Thaker and Camp Ltd, Bombay, 1945, p. 7-18 और रजनी कोठारी, *भारत में राजनीति, कल और आज*, पृ. 76–78
44. घनश्याम शाह, *भारत में सामाजिक आंदोलन*, पृ. 213
45. Era Maria Hardtmann, *The Dalit Movement in India: Local Practices, Global Connections*, Oxford University Press, New Delhi, 2010, p. 113-116
46. Arun Shouri, *State Against the Reservation*, Rupa Publication
47. घनश्याम शाह, *भारत में सामाजिक आंदोलन....* पृ. 217, और आर पी देसाई
48. *वही*, पृ. 217
49. Suhas Palshikar, Whose Democracy are We Talking about? p. 144-145
50. घनश्याम शाह, *भारत में सामाजिक आंदोलन*, पृ. 219
51. *वही*, पृ. 217
52. *वही*, पृ. 220
53. रजनी कोठारी, *भारत में राजनीति कल और आज*, पृ. 343–345
54. *वही*, पृ. 336–342
55. पंडित चंद्रिका प्रसाद जिज्ञासु, (संपादक), *बाबा साहेब के पंद्रह व्याख्यान*, बी.आर. अंबेडकर का 25 सितम्बर 1932 को बंबई की हिंदू कांफ्रेंस में दिया गया भाषण, बहुजन कल्याण प्रकाशन, लखनऊ, 1986, पृ. 31–34 और देखें महेश्वरदत्त, *गांधी, अंबेडकर और दलित*, राधा प्रकाशन, दिल्ली, 2005, पृ. 136–142
56. *वही*, पृ. 9–28
57. इसके लिए देखें गोपाल गुरु का लेख, ''अवमानना के आयाम'', ए.के. दुबे, *आधुनिकता के आइने में दलित*, वाणी प्रकाशन, नई दिल्ली, 2005, पृ. 88–114
58. घनश्याम शाह, ''अस्मिताओं का सहअस्तित्व'', ए.के. दुबे (सं.), *आधुनिकता के आइने में दलित*, पृ. 195–213
59. सुनील खिलनानी, *भारतनामा*, आइडिया ऑफ इंडिया, पृ. 74
60. Pawan Kumar Verma, *The Great Indian Middle Class*, p. 179
61. लेखक के इन विचारों की पुष्टि के लिए सामान्यतया पाठक समाचार पत्र, टेलीविजन, एफ.एम, सिनेमा,

और समाज में नौजवान पीढ़ी के बीच होने वाले अनौपचारिक वाद-विवाद व सभाओं में आसानी से अनुभव कर सकता है।

62. इसके लिए आइबीएन-7 की रिपोर्ट देखी जा सकती है जो अक्तूबर 2010 के आखिरी हफ्ते में लगातार प्रसारित होती रही है।
63. सामान्यतया ऐसी सूचना लेखक ने अपने शोध प्रबंध के लिए एकत्र की है।
64. सुनील खिलनानी, *भारतनामा* (आइडिया ऑफ इंडिया), ए.के. दुबे द्वारा अनुवादित, पृ. 138
65. *वही*, पृ. 111
66. Sujit Mahapatra, "The Explosion of Middle", Class in Neera Chandhoke and Praveen Priyadarshi, *Contemporary India, Economy, Society, Politics*, Pearson, Delhi, 2009, p. 134
67. Leela Fernandes, *India's New Middle Class*, p. 88
68. *Ibid*, p. 88-89
69. *इकॉनोमिक्स टाइम्स*, दिल्ली, 29 अक्तूबर 2010
70. *इकॉनोमिक्स टाइम्स*, दिल्ली, 27 अक्तूबर 2010
71. *इकॉनोमिक्स टाइम्स*, दिल्ली, 27 अक्तूबर 2010

अध्याय नौ

# सामाजिक परिवर्तन के उत्प्रेरक

## सार्वभौम शिक्षा, वयस्क मताधिकार, जनसंचार व सामाजिक आंदोलन

*अनुराधा शर्मा*

सामाजिक परिवर्तन का मुद्दा बहुत हद तक एक राजनैतिक मुद्दा है—न केवल राजनैतिक संरचनाओं व राजनैतिक मशीनरी की दृष्टि से, बल्कि अवधारणात्मक दृष्टिकोण से भी। जब भी अधिकारों, न्याय अथवा परिवर्तन (जो कि परस्पर संबंधित होते ही हैं) की चर्चा होती है तब वह संरचनात्मक व अवधारणात्मक राजनीति के क्षेत्र की ही बात होती है। परिवर्तन की राजनीति होती है क्योंकि यह अधिकांशत: अधिकारों की नीति होती है। सामाजिक परिवर्तन संबंधी प्रश्न व विचार कहीं न कहीं सत्ता व समुदायों के विमर्श से जुड़े होते हैं।

यहां चार प्रमुख संसाधनों की सामाजिक परिवर्तन संबंधी क्षमताओं का विश्लेषण करने का प्रयास किया गया है। इसे बहुत हद तक समकालीन भारत के संदर्भ में रख कर जानने का प्रयास किया गया है।

प्रस्तुतिकरण की जो पद्धति यहां प्रयोग की गई है उसमें चारों तत्त्वों/संसाधनों का अध्ययन उनकी व्यक्तिगत रूपरेखाओं के अंदर किया गया है। वास्तव में ये चारों परस्पर इस प्रकार संबंधित हैं कि वे दूसरे के संदर्भ में ही पूर्ण समग्रता पाते हैं। वे सामाजिक- राजनैतिक परिधियों को आपस में समाहित करते चलते हैं। किंतु फिर भी उन्हें उनके विशिष्ट क्षेत्रों में रख कर जानने का प्रयास महत्त्वपूर्ण है। प्रत्येक को उसकी समग्रता में पूर्ण रूप से जानना महत्त्व रखता है; *दूसरे*, प्रत्येक उत्प्रेरक का महत्त्व, उसकी क्षमता और उसकी समस्याएं कुछ हद तक उसी की हैं; *तीसरे*, अलग-अलग कर अध्ययन किए जाने के बाद भी परस्परता पूर्णतया: विलुप्त नहीं हो रही है भले ही प्रत्यक्ष रूप से उसका विवरण न दिया गया हो; *चौथे*, उद्देश्य यही था कि अध्ययन सामग्री सुलभ रहे न कि अति गहन होकर दुर्लभ हो जाए। अंतत:, विमर्श यही था कि यदि मूल अवधारणाएं स्पष्ट हो जाएं तो परस्पर संबंधों की अनेक कड़ियां पाठक स्वयं ही बुन सकेंगे। जहां पहले दो तत्त्व प्रत्यक्ष रूप से राज्य संप्रेषित नीति के अंतर्गत आते हैं अर्थात वे भारत के संविधान में नागरिकों के मौलिक अधिकारों की श्रेणी में आते हैं, वहीं अन्य दोनों राजनैतिक महत्त्व रखते

अससिस्टेंट प्रोफेसर, समाजशास्त्र विभाग, लक्ष्मीबाई कॉलेज, दिल्ली विश्वविद्यालय

हैं किंतु राज्य की प्रस्तावित नीतियों के रूप में अधिक जाने जाते हैं। यूं तो चारों ही अभिव्यक्ति की मुक्ति के आदर्श की संभावनाएं हैं किंतु प्रथम दो राज्य द्वारा प्रदत्त हैं व अन्य दो राज्य द्वारा प्रस्तावित क्षेत्र की हैं। प्रस्तावित से अर्थ है कि राज्य उनके अस्तित्व को हानि नहीं पहुंचाएगा व उन्हें स्वत: पनपने की छूट देगा। चारों ही राज्य-शक्ति व जन-इच्छा के मुहानों पर खड़ी हैं।

## 9.1 सार्वभौम प्रारंभिक शिक्षा

शिक्षा के मौलिक अधिकार की राज्य द्वारा आपूर्ति करने के प्रण की रूपरेखा को सर्वाधिक सरल रूप में पश्चिम की फोर एज़ (Four As) की अवधारणा प्रस्तुत करती है। जो इस प्रकार हैं: उपलब्धता (Availability); प्राप्यता (Accessibility); मान्यता (Acceptability) व अर्थात् अनुकूलनता (Adaptability)

उपलब्धता के अंतर्गत देश के सभी बालक-बालिकाओं को नि:शुल्क व अनिवार्य शिक्षा प्रदान करने का प्रावधान आता है। साथ ही इसके लिए आवश्यक ढांचा भी उपलब्ध होना चाहिए-जैसे उपयुक्त भवन, सामग्री, पाठ्यपुस्तकें, प्रशिक्षित शिक्षाकर्मी आदि। प्राप्यता से तात्पर्य है कि यह सब भौतिक रूप से दूर स्थित न हो व सामाजिक एवं सांस्कृतिक रूप से भी प्राप्य हो यथा उन्हें पाने के मार्ग में सामाजिक, आर्थिक व राजनैतिक पिछड़ापन बाधक न बन जाए। मान्यता का अर्थ है कि बालक व बालिका को जैसे वे हैं वैसे ही स्वीकार किया जाए, वे जिस भी संस्कृति से हों उन्हें सहज मान्यता दी जाए। शिक्षा ऐसी हो जो किसी भी धार्मिक-सांस्कृतिक परिवेश से आए बाल-वृंद को मान्य प्रतीत हो। उनकी विरासत व परिवेश पर कुठाराघात न करती हो। अंतत: अनुकूलनता यानी शिक्षा का क्षेत्रीय व तत्कालीन मुद्दों के साथ सामंजस्य होना। जाहिर है वह सीमित नहीं हो सकती, न होनी चाहिए किंतु वह संदर्भों की नितांत अनदेखी करने वाली भी न हो, उसी में उस शिक्षा का मूल्य, महत्त्व व अर्थ छिपा है।

जब संविधान मूर्त रूप ले रहा था उस समय बालकों-बालिकाओं के लिए एक ऐसी ही शिक्षा प्रणाली की अनुकल्पना की गई थी। किंतु ऐसा लक्ष्य प्राप्त करने में कम से कम दस वर्ष की अवधि लगना स्वाभाविक लगा था। संविधान का अनुच्छेद 45 कह रहा था कि अब से दस वर्ष पश्चात् भारत का बाल-समुदाय चौदह वर्ष की आयु तक नि:शुल्क व अनिवार्य शिक्षा प्राप्त कर रहा होगा। उसके कई वर्ष पश्चात् जब अंतत: भारत की संसद ने शिक्षा के अधिकार का अधिनियम 4 अगस्त 2009 को पारित कर दिया। अनुच्छेद 21A में भारत के संविधान में कहा गया है कि भारत में 6-14 वर्ष के बालक-बालिकाओं को सरकार नि:शुल्क व अनिवार्य शिक्षा प्रदान करेगी। यह अधिनियम 1 अप्रैल 2010 से लागू हो चुका है। भारत के प्रधानमंत्री डॉ. मनमोहन सिंह ने अधिनियम के पीछे की भावना को प्रकट करते हुए इसे शिक्षा को सामाजिक भेद की सभी बाधाओं को लांघ कर सभी तक पहुंचाने की कटिबद्धता का स्वरूप बताया। साथ ही कहा कि शिक्षा कौशल, ज्ञान, मूल्य व ऐसी प्रवृत्ति बनाने वाली होनी चाहिए जो भारत में जिम्मेदार व सक्रिय नागरिकों का निर्माण करे।

भारतीय संदर्भ में, विशेषत:, इसका उत्तरदायित्व केंद्रीय, राजकीय व क्षेत्रीय सरकारों पर आता है। जिसके अंतर्गत 14 वर्ष के होने तक शिक्षा प्रणाली में नामांकन, उपस्थिति व पूर्णता प्राप्त करना आता है। शिक्षा के विषय में राज्य द्वारा प्रत्यक्ष रूप से संप्रेषित अधियोजना का यह सारांश

है। शिक्षा को इसलिए महत्त्वपूर्ण माना गया है क्योंकि यही समग्र व सक्रिय नागरिकों का निर्माण करने में सक्षम है। शिक्षा को ही सामाजिक सकारात्मक पहल का महत्त्वपूर्ण साधन माना गया है जिससे सामाजिक असमानता से निपटने में मदद मिल सकती है। राजनैतिक शब्दावली में इसका अर्थ हुआ एक प्रबुद्ध सहभागितापूर्ण नागरिकता व एक विमुक्त जनता का निर्माण। सामाजिक-आर्थिक संदर्भ में शिक्षा असमानता कारक प्रक्रियाओं को मिटाने का बल रखती है व यह प्रेरणास्पद हो सकती है। यह व्यक्तियों के जीवन बदल देने की क्षमता रखती है क्योंकि इसमें व्यक्तिगत कौशल व संभावनाओं को प्रकट करने की प्रवृत्ति होती है जो आदर्श परिस्थितियों में, किसी भी प्रकार के पूर्वाग्रहों से परे हो कर कार्य करती है।

सामाजिक परिवर्तन के उत्प्रेरक के रूप में शिक्षा के महत्त्व को कई बार, कई संदर्भों में जांचा जा चुका है। शिक्षा की शक्ति को आजादी के दौरान के भारतीय नेतृत्व ने बहुधा पहचाना था। गोखले ऐसे नेताओं में से थे जिन्होंने प्रारंभिक शिक्षा बिल को 1909 में पारित करवाना चाहा (किंतु ब्रिटिश प्रशासन ने उसे अस्वीकार कर दिया)। डॉ. भीमराव अंबेडकर ने शिक्षा को अपनी जाति की बाध्यता से मुक्त हो पाने में एक सशक्त मार्ग पाया और बाद में जीवनपर्यंत निम्न जातियों व पिछड़ों के विमुक्तिकरण में शिक्षा को प्रमुख साधन के रूप में प्रस्तुत एवं प्रयुक्त किया। (जॉन डरेज़ व अमार्त्य सेन) शिक्षा की आम अवधारणाएं—चाहे वह वृहत् ग्रामीण अध्ययन हो, वहां शिक्षा व विकास; शिक्षा व उत्तमता में निरंतर एक गहरे संबंध का विश्वास दिखता है। भारत व विदेशों के नेतृत्व ने भी इस संबंध की अनदेखी नहीं की है। राष्ट्रीय योजनाएं व अंतर्राष्ट्रीय अनुदान इस बात की पुष्टि करते हैं।

किंतु यहां यह कहना उतना ही आवश्यक है कि शिक्षा व विकास परिवर्तन के बीच का संबंध बाधाविहीन नहीं है। शिक्षा जैसी मध्यस्थता के माध्यम से आती है उसका वैसा ही प्रभाव होता है। जितनी वह एक मुक्त कराने वाली शक्ति हो सकती है, उतनी ही वह अन्य प्रकार के प्रभाव डालने वाली भी हो सकती है यदि उसके पीछे का उद्देश्य उत्तम न हो तो। वह अपने उत्कृष्ट ध्येय को खो सकती है यदि उसे प्रस्तुत करने वाली रीति त्रुटिपूर्ण अथवा अनमनी हो। वह सामाजिक भेद को और सुदृढ़ कर सकती है यदि वह ऐसा करने की दिशा में बढ़ जाए। मिशेल फूको (Michel Foucault) तो शैक्षिक प्रणाली को ही संदेह की दृष्टि से देखते हैं जब वे कहते हैं कि शैक्षिक प्रणालियों में सामाजिक नियंत्रण का कड़ा स्वरूप दृष्टिगोचर होता है। वे बनी ही नियंत्रण करने के लिए हैं। इसी संदर्भ में पीयर बोर्द्यू (Pierre Bourdieu) ने "सामाजिक पूंजी" की अवधारणा का निरूपण किया है। उनके अनुसार शिक्षा सामाजिक-आर्थिक विषमताओं को दूर नहीं करती बल्कि उन्हें और पीढ़ी-दर-पीढ़ी आगे बढ़ाने का कार्य कर देती है। ऐसा इसलिए क्योंकि शिक्षा अपने अलग-अलग सांस्कृतिक स्वरूपों में अलग-अलग वर्गों तक पहुंचती है। यह सब शैक्षिक प्रक्रियाओं के माध्यम से होता है (पैट्रीशिया जैफरी)। यह बहुतों को निष्कासित कर रही होती है किंतु प्रक्रिया समावेशित करने की प्रतीत हो रही होती है। तब शिक्षा सामाजिक विषमताओं को पुन: स्थापित करते रहने का कार्य भी कर रही होती है, यह कभी-कभी उन्हें अनछुआ छोड़कर भी परिवर्तन को निष्क्रिय कर सकती है।

शिक्षा को सामाजिक परिवर्तन के उत्प्रेरक के रूप में जानना उतना ही आवश्यक है जितना यह जानना कि शिक्षा को भी परिवर्तन की आवश्यकता हो सकती है व उसका उद्धार भी

सामाजिक सोच व प्रणाली में परिवर्तन पर आधारित हो सकता है। यह मुद्दा तब और भी महत्त्वपूर्ण रूप ले लेता है जब ध्येय एक विशाल देश के बच्चों को सार्वभौम प्रारंभिक शिक्षा प्राप्त कराना हो। एक ऐसा देश जो कालांतर से सांस्कृतिक विभिन्नताएं लिए हुए है; सामाजिक विषमताओं से ग्रस्त है जाति, वर्ग व लैंगिकता के आधारों पर; जिसका एक इतिहास रहा है उपनिवेशी दमन का, सांस्कृतिक-सामाजिक व आर्थिक स्तर पर और जो आज स्वयं को दो परिस्थितियों के बीचों-बीच खड़ा पाता है जहां एक ओर स्वतंत्रता संग्राम की विचारधाराएं हैं जो एक प्रकार के आदर्शों की बात करती हैं वहीं दूसरी ओर एक नई मूल्य-व्यवस्था उभर रही है जो बाज़ार केंद्रित व भूमंडलीकरण की मांगों से भरी है।

इतने संघर्षमय व विस्फारित इतिहास वाले देश के बच्चों को सार्वभौम शिक्षा प्रदान करने के प्रण का मार्ग सरल तो बिल्कुल नहीं हो सकता। किंतु समस्याएं इतिहास के तत्त्व ही नहीं हैं, त्रुटितत्त्व इस संकल्प के क्रियान्वयन में भी कम नहीं हैं। उन्होंने भी शिक्षा के मुक्तिप्रद होने की संभावनाओं को क्षति पहुंचाई है। इस सबके बीच, बहुत से प्रयास समग्रता व सफलता को भी पा सके हैं, अर्थात् परिदृश्य संभावनाओं की असफलता मात्र का नहीं रहा है, यह बात अवश्य है कि देश की विशालता व संसाधनों की उपलब्धता व राजनैतिक निश्चय को देखते हुए कहा जा सकता है कि सफलता जितनी मिल पाई है उसके अनुपात में बहुत अधिक होनी चाहिए थी।

सार्वभौम प्रारंभिक शिक्षा प्रदान करने के भारत सरकार के उपक्रम में योजना व क्रियान्वन के इतिहास पर एक दृष्टि डालें तो यह इन मुद्दों की वास्तविकता उजागर करने में सहायक होगा।

इस ध्येय की प्राप्ति के लिए समय-समय पर निर्णय लिए जाते रहे हैं जो कि राजनैतिक इच्छा व कार्य की विकटता के बीच की अंत: क्रिया को दर्शाते हैं। आजादी से कुछ पहले सर्जेंट कमीशन ने इस मुद्दे पर टिप्पणी दी कि भारत को यह ध्येय प्राप्त करने में कम से कम चालीस वर्षों का समय लगेगा। आजादी के बाद संविधान के अनुच्छेद 45 ने वादा किया कि आने वाले दस वर्षों में इस ध्येय को प्राप्त कर लिया जाएगा। 1950 के दशक में सरकार ने स्थिति का जायज़ा लिया और पाया कि अब तक निर्धारित संख्या के विद्यालय भी स्थापित नहीं हो पाए थे और स्कूलों से छात्र-छात्राओं का पलायन बहुत अधिक संख्या में हो रहा था। अत: स्कूलों की संख्या तो बढ़ानी ही थी, स्कूली शिक्षा का स्तर भी सुधारने की आवश्यकता थी। 1964-66 में शिक्षा आयोग द्वारा सुझाव दिया गया कि अभी ध्येय की प्राप्ति में बीस वर्ष का समय लग सकता है। इसी बीच 1976 में केंद्र सरकार ने इस क्षेत्र में हस्तक्षेप करने का निर्णय लिया वे राज्य जो इस ओर अग्रसर थे और जो राज्य इस विषय में बहुत निष्क्रिय थे, उनका विभेदीकरण किया गया ताकि कारणों की व्याख्या हो सके। 1986 व 1992 की राष्ट्रीय शिक्षा नीति ने इसके परिणाम प्रकट किए। 1990 के दशक में बहुत सी साक्षरता प्रचार सभाएं आयोजित की गईं व अंतर्राष्ट्रीय अनुदान द्वारा शिक्षा के क्षेत्र में सक्रिय कार्य होते देखे गए। 2010 में शिक्षा के अधिकार को मौलिक नागरिक अधिकार के रूप में पारित कर दिया गया।

इन तिथियों की क्रमावली के साथ-साथ क्रियान्वन की प्रक्रियाओं का अध्ययन भी महत्त्वपूर्ण है।

ब्रिटिश-काल से कुछ पहले की भारतीय शिक्षा प्रणाली के विषय में संक्षेप में यह कहा जा सकता है कि वह जाति, लैंगिकता एवं वर्ग आधारित संस्तरण व्यवस्थाओं से बहुत प्रभावित थी।

निम्न जाति, महिलाएं व अन्य अल्पसंख्यक जन केवल कौशल संबंधी ज्ञान पर अधिकार रखते थे। शिक्षा व गहन ज्ञान का क्षेत्र उच्च जाति के पुरुषों को ही उपलब्ध था। ब्रिटिश शासन के आने पर शिक्षा को एक नया आयाम मिला- वह अंग्रेजी माध्यम में थी और उसकी रूपरेखा अंग्रेजी संदर्भ से प्रेरित थी। एक ओर अंग्रेजी शिक्षा सर्वसुलभ थी क्योंकि उसकी प्राप्ति में जाति, लैंगिकता आदि पुरातन भेद बाधक नहीं थे (सैद्धांतिक रूप में), वहीं दूसरी ओर वह बहुत बाधित और बंधन निर्माण करने वाली भी सिद्ध हुई। उपनिवेशी शासकों का स्थानीय लोगों के जीवन में नवजागरण लाने जैसा कोई उद्देश्य दूर-दूर तक नहीं था। इस तरह से अंग्रेजी शिक्षा बाधित थी सर्वसलुभ नहीं। जिन स्थानीय लोगों के पास अंग्रेजी शिक्षा पाने के आर्थिक-सांस्कृतिक साधन थे केवल अभिजात्य वर्ग के वही लोग उसे पा सके। इस तरह वह बाध्यता निर्माण करने वाली हुई क्योंकि उससे अब भारतीय समाज अंग्रेजी शिक्षा प्राप्त-अभिजात्य वर्ग व भारतीय भाषाओं में शिक्षा प्राप्त-साधारण वर्ग में बंटने लगा था।

आज़ादी के बाद के भारत में, शिक्षा के क्षेत्र में गांधीवादी विचारधारा का स्थान नेहरूवादी विचारधारा ने ले लिया। जहां गांधी आधुनिकीकरण के प्रति अविश्वास से भरे थे; उसे परख कर ही अपनाने के पक्ष में थे और साथ ही एक बहुत ही बुनियादी स्तर की शिक्षा के पक्षधर थे जो कि देश की सांस्कृतिक जड़ों के करीब हो, कौशल प्रदान करे व संदर्भों के अनुरूप हो। वहीं नेहरू शिक्षा को विकास व आधुनिकीकरण के मार्ग को प्रशस्त करने वाली इकाई के रूप में देखते थे। वे उसके आधुनिक पाश्चात्य स्वरूप से काफी प्रभावित थे। किंतु विडंबना यह हुई कि आज़ादी के तुरंत बाद के भारत के मुख्य लक्ष्य औद्योगिकरण एवं रक्षा-योजनाएं हो गए। शिक्षा के विस्तार को वह प्राथमिकता नहीं मिली जिसकी बात होती रही थी और सरकार के बहुत से प्रयास जो बाद में इस क्षेत्र में किए गए वे भी परिवर्तन लाने में कम और विभेद बढ़ाने में अधिक कारगर हुए। ऐसा दूरदर्शिता व उत्साह की कमी के कारण हुआ।

संक्षेप में कहें तो शहर-ग्राम; स्त्री-पुरुष; अंग्रेजी-गैर अंग्रेजी भाषा; सरकारी व निजी शिक्षा क्षेत्र आधारित विभेद आदि ऐसे कई कारण हैं जो सार्वभौम प्रारंभिक शिक्षा के लक्ष्य को कठिन बनाते हैं।

आज भी स्कूलों का अभाव बना हुआ है। सरकारी आय का 6 प्रतिशत भाग सरकार द्वारा शिक्षा के क्षेत्र में विकास हेतु रखा गया है किंतु यह प्रतिशत बढ़ने के बजाय घट अवश्य जाता है और जो है उसका भी सुचारू रूप से उपयोग नहीं होता है। स्कूलों में छात्र-छात्राओं का दाखिला ही एक चिंता का विषय है। दाखिले को लेकर बहुत समस्याएं हैं—घर से दूरी, लड़कियों की शिक्षा को लेकर पुरातन सोच, स्कूलों में महिला शिक्षकों का अभाव कठिनाई और बढ़ा देता है। जिनका दाखिला औपचारिक रूप से हो चुका है वे भी सभी स्कूली शिक्षा पूर्ण करेंगे ही, ऐसा नहीं है। अधिकतर विद्यार्थी दूसरी या तीसरी कक्षा तक आते-आते व्यवस्था से बाहर हो जाते हैं मुख्यत: निम्न स्तरीय पाठन विधियों, शिक्षकों की अनुपस्थिति और परीक्षा में उत्तीर्ण न हो पाने से ऐसा होता है।

यदि विद्यार्थी टिक भी पाएं तो भी अंतत: शिक्षा का स्तर ऐसा होता है जो अति निम्न कोटि का होने के कारण अर्थहीन होता है। 63 प्रतिशत विद्यार्थी कक्षा आठ तक नहीं पहुंच पाते हैं। ये सरकारी आंकड़े हैं वास्तविक तथ्य और बुरे हो सकते हैं। संरचनात्मक व सुगमताकारक तत्त्वों

की कमी के अलावा और भी कई पक्ष हैं जो शिक्षा के फोर ऐज़ की प्राप्ति में बाधा डालते हैं। 80 प्रतिशत स्कूल सरकारी हैं और सरकार का शिक्षा के प्रति जो रवैया रहा है उसकी प्रतिमूर्ति सरकारी स्कूल हैं। बहुत समय से वित्तीय अभावों एवं रुचि की कमी के चलते अधिकांश सरकारी स्कूल एक "अवशेष स्वरूप" को प्राप्त कर चुके हैं (पैट्रीशिया जैफरी)। और जो विद्यार्थी यहां आते हैं वे समाज के हाशिए पर रहने वाले समूहों से आते हैं। वर्ग, जाति, लैंगिकता, क्षेत्रीयता के आधार पर उत्पीड़ित समूहों के बालक-बालिकाएं इन स्कूलों के अधिकांश प्रतिशत को बनाते हैं।

कृष्ण कुमार, रामया सुब्रह्मण्यम, ज्यां डेरेज़ व अमर्त्य सेन सरीखे विद्वानों ने इस पक्ष का गहराई से अध्ययन व शोध कर कई तथ्यों को सामने रखा है। सार्वभौम शिक्षा की परिवर्तन लाने की क्षमता पर यह एक महत्त्वपूर्ण टिप्पणी है।

निजी स्कूलों एंव नवोदय स्कूलों के विस्तार में यह संदेश छिपा है कि बेहतर शिक्षा प्राप्ति के गढ़ ये ही हैं। यह सरकारी शिक्षण स्थानों के मनोबल को हानि पहुंचाता है। उत्पीड़ित वर्गों के बच्चों को उसी दृष्टि से देखा जाता है—शिक्षक उनकी क्षमताओं को लेकर पूर्वाग्रहों से ग्रस्त होते हैं; उनके पूर्वाग्रह जनित व्यवहार के कारण विद्यार्थियों को यही संदेश पहुंचता है कि वे बेहतर प्रशिक्षण की न तो योग्यता रखते हैं न कभी बेहतर हो सकते हैं क्योंकि वे निम्नस्तरीय, अभावग्रस्त पृष्ठभूमि से हैं। यह सूक्ष्म संदेश व्यवहारों की ऐसी अंत:क्रियाओं को जन्म देता है जिससे अंतत: विद्यार्थी शिक्षकों की भविष्यवाणी सत्य कर डालते हैं।

भाषा के आधार पर भी विद्यार्थियों में विभेद रूप ले रहा है। अंग्रेज़ी शिक्षा आधारित निजी स्कूल और क्षेत्रीय भाषा आधारित सरकारी स्कूल इतने अलग-अलग स्तर पर शिक्षा प्रदान करते हैं कि शिक्षा व्यवस्था के भीतर ही बहुत से विद्यार्थी 'कम' प्राप्त कर रहे हैं। निजी स्कूलों द्वारा प्रदान की जाने वाली 'सामाजिक पूंजी' सरकारी स्कूलों के मुकाबले कहीं प्रचुर है। यह आत्मविश्वास, मान्यता, रोजगार एवं सम्मान के पैमानों पर सीधा प्रभाव डालती है।

जाति का प्रभाव शिक्षण प्रक्रिया पर दिखता है। पिछड़े व दलित वर्गों के विद्यार्थियों को शिक्षकों का दुर्व्यवहार तो झेलना ही पड़ता है, घर का वातावरण भी शिक्षा के लिहाज़ से अनुकूल नहीं होता है। जाति का पिछड़ापन वर्ग के पिछड़ेपन के रूप में परिलक्षित होता है। इन सबके अलावा रटंत-विद्या, अर्थहीन पाठ्यक्रम व शिक्षक-विद्यार्थी में सामाजिक दूरी विद्या उपार्जन को और कठिन बना देती है।

शिक्षा-प्राप्ति के मार्ग में एक अन्य कारण माता-पिता की शिक्षा के प्रति उत्साह व रुझान की कमी भी बताया जाता है। किंतु शोध दर्शाता है कि यह वास्तविकता नहीं है, अधिकतर गरीब व उत्पीड़ित वर्गों के माता-पिता शिक्षा के परिवर्तनात्मक पक्ष को बहुत महत्त्व देते पाए गए हैं। जहां परिवार के शिक्षा के प्रति रुझान में कमी पाई भी गई वहां भौतिक परिस्थितियां प्रबल कारण थीं, उत्साह में कमी नहीं थी। यह भी कहा गया है कि बाल-मजदूरी के कारण भी बच्चे शिक्षा की ओर नहीं जा पाते हैं। शोध बताते हैं कि स्कूल इतने नीरस व अर्थहीन होते हैं और स्कूल विद्यार्थियों को नगण्य मानते हैं तो विद्यार्थी स्कूल को नकार देते हैं और उससे कहीं महत्त्व की क्रियाओं में अपनी शक्ति लगाते हैं। वे ऐसे स्कूल से काम करना बेहतर मानते हैं।

स्कूली शिक्षा के विकास के उत्प्रेरक होने को लेकर व्याप्त खिन्नता के वृत्तांतों के बीच कई

उदाहरण ऐसे भी हैं जो शिक्षा के परिवर्तनात्मक पक्ष को उजागर करते हैं। इनकी अनदेखी नहीं की जानी चाहिए।

सर्वप्रथम यह कहना आवश्यक है कि स्कूली शिक्षा में प्रारंभिक स्तर पर ही भाग लेना शिक्षा से पूर्णतया: वंचित रह जाने से काफी हद तक बेहतर है। वह सभी के लिए न सही पर कइयों के लिए नए मार्ग खोलने वाली सिद्ध हो सकती है। इससे संदेश जाता है कि शिक्षा सभी के लिए है और सर्वसुलभ भी है।

1990 के दशक ने विशेषतौर पर, भारत में शिक्षा के प्रयासों में वर्णनीय परिवर्तन आते देखे। इसका प्रत्यक्ष प्रमाण आंकड़े देते हैं जो दिखाते हैं कि इस दौरान स्कूलों में विद्यार्थियों की उपस्थिति बढ़ी व स्थिर रहीं; अधिक संख्या में लड़कियों ने दाखिले लिए; पिछड़े इलाकों में भी साक्षरता की दर में बहुत बढ़ोत्तरी हुई। इसके पीछे प्रमुख कारणों में राज्य सरकारों द्वारा चलाए गए कार्यक्रम, अंतर्राष्ट्रीय अनुदानों द्वारा जारी कार्य-योजनाएं एवं गैर-सरकारी संस्थाओं द्वारा चलाए कार्यक्रम व प्रयास आते हैं। विशेषत: जिला प्रारंभिक शिक्षा कार्यक्रमों व पूर्ण-साक्षरता प्रचारों में ये फलीभूत होते दिखे। इसके अंतर्गत स्कूलों को भौतिक रूप से विद्यार्थियों के पास पहुंचाया गया, ग्रामीण इलाकों में स्कूल चलाए गए; स्कूलों के ढांचों व उनकी व्यवस्थाओं को बेहतर किया गया; शिक्षक-विद्यार्थी अनुपात को बेहतर किया गया; नि:शुल्क पाठ्यपुस्तकें प्रदान की गईं; स्कूल में भोजन का प्रबंध किया गया; पाठ्यक्रम को संदर्भों के अनुकूल करने के प्रयास हुए; ऐसे शिक्षकों को चुना गया जो प्रशिक्षित तो थे किंतु समर्पित व प्रेरित भी थे; परिवारजनों का सहयोग व उनकी सहभागिता मांगी गई व मिली भी। इस प्रकार के प्रयासों के परिणामस्वरूप शिक्षा प्रणाली की सार्थकता प्रत्यक्ष देखी गई।

सार्वभौम शिक्षा का ध्येय प्राप्त करने में हिमाचल प्रदेश का उदाहरण विशेष महत्त्व रखता है। संक्षेप में कहा जाए तो यह राजनैतिक इच्छा व सहभागिता के मेल से उपजा था। हिमाचल प्रदेश की सामाजिक-सांस्कृतिक पृष्ठभूमि भी महत्त्व रखती है—यहां सहभागिता की परंपरा रही है; स्कूली शिक्षा का बच्चों के लिए जो महत्त्व है उसे यहां सभी सामाजिक मूल्यों की तरह मानते हैं; जनता ने सरकार पर बेहतर शिक्षा व्यवस्था के लिए अक्सर दबाव बनाया है; शिक्षकवर्ग व विद्यार्थिगणों में बहुत अधिक सामाजिक दूरी यहां नहीं रही है; पितृसत्तात्मकता की भावनाएं यहां बहुत प्रबल नहीं रही हैं; राज्य सरकार द्वारा किया जाने वाला व्यय (शिक्षा पर) यहां शेष देश के राज्यों के मुकाबले दुगना है। इन तत्त्वों की सफलता इन्हें अनुकरणीय बनाती है किंतु इन्हें सभी जगह रोपित करना व्यवहारिक भले न हो किंतु सीख लेकर, प्रेरित होकर ऐसे ही प्रयास किए जा सकते हैं। (जॉन डेरेज़ व अमर्त्य सेन)

मध्य प्रदेश एक अन्य उत्कृष्ट उदाहरण रहा है जहां शिक्षा को सुलभ बनाए जाने के विशेष प्रयास प्रभावशाली रहे हैं। यहां कम-मूल्य में शैक्षिक व्यवस्थाओं की उपलब्धता का नियम लागू किया गया। ऐसा प्रयास जब केंद्रीय सरकार ने प्रारंभ किया तो वह असफल रहा किंतु मध्य प्रदेश सरकार की "शिक्षा गारंटी परियोजना" उपेक्षित वर्गों को भी शिक्षण की परिधि में लाने में सक्षम व सफल रही। समस्या यह रही कि इन कम-मूल्य की शिक्षण व्यवस्थाओं का होना शिक्षण व्यवस्थाओं के नितांत अभाव से तो हर दृष्टि से बेहतर है किंतु इनकी गुणवत्ता को लेकर शंकाएं भी हैं। कम-मूल्य की शिक्षण व्यवस्थाओं में अर्धशिक्षित शिक्षक नियुक्त किए जाते हैं क्योंकि

वे सुलभता से मिल जाते हैं व दूर-दराज के इलाकों में जाने को तैयार रहते हैं। शिकायत यह है कि ऐसी शिक्षा कुछ समय तक के लिए तो ठीक है किंतु यही अगर स्थिर व्यवस्था मान ली जाए तो यह जिम्मेदारी से बच निकलना कहलाएगा। इसे सरकार द्वारा उपेक्षित वर्गों को शिक्षा के लक्ष्य क्षेत्र से निष्कासन के तुल्य भी माना गया।

इनके मुकाबले उत्तर प्रदेश का विवरण काफी खराब रहा है। राज्य द्वारा शिक्षा पर सबसे कम खर्च यहां किया जाता है; केंद्रीय सरकार व अंतर्राष्ट्रीय एजेंसियों द्वारा अनुदान प्रस्तावों की ओर भी राज्य सरकार ने अधिक रुचि नहीं दिखाई है। यहां का जन समुदाय भी शिक्षा को प्राथमिकताओं की सूची में काफी नीचे रखता है। अतः सरकार पर जनता के दबाव में भी कमी है। एक-दूसरे को दोनों इस प्रकार प्रभावित करते हैं कि शिक्षा के क्षेत्र में विकास नहीं होता है।

सावभौम प्रारंभिक शिक्षा का ध्येय कई मायनों में बहुत महत्त्वपूर्ण है। विशेषतः उस देश में जहां नागरिकों के पास अपने प्रतिनिधि चुनने का अधिकार है और जहां असमानता को शिक्षण के अभाव द्वारा जारी रखा गया है।

समानता, सहभागिता व विकास में सहायक होने वाली शक्ति के रूप में शिक्षा का महत्त्व ही शायद उसे सब तक आसानी से पहुंचने नहीं देता इसके समक्ष बाधाएं कई स्वरूपों में सामने आती हैं—निवेश का अभाव; शिक्षा के विषय में सांस्कृतिक रूप से उत्साह की कमी; पाठ्यक्रमों की उपयोगिता पर प्रश्नचिन्ह व इस शिक्षा के उपरांत रोज़गार के साधनों की उपलब्धता को लेकर अविश्वास (विशेषतः भूमंडलीकरण के चलते); शिक्षा प्राप्ति में आज़ भी पुरातन सामाजिक पहचानों के दायरे बाधा प्रकट करते हैं यथा जाति, लैंगिकता, धर्म आदि। इन सबके मध्य शिक्षा प्राप्ति का ध्येय बना हुआ है और अग्रसर होने के प्रयास छोड़ नहीं रहा है। इसके द्वारा बहुतों को विकास, मुक्ति व आत्मबल के उपहार मिले हैं किंतु यह बहुतों को प्राप्त होने चाहिए। इस संपूर्ण क्रियाकलाप की कार्यशक्ति को जन सहयोग व जनसहभागिता द्वारा बहुत वृहत् किया जा सकता है। साथ ही फोर ऐज़ में एक पांचवां ए भी जुड़ना आवश्यक है जो है उत्तरदायित्व (Accountability) अर्थात् संलग्न संस्थाओं की जबावदेही।

## 9.2 सार्वभौम वयस्क मताधिकार

'फ्रैंचाइज़' शब्द का मूल फ्रेंच शब्द *फ्रांक* है जिसका अर्थ है *फ्री*—अर्थात् अपने प्रतिनिधियों को चुनने की आज़ादी। इसका अर्थ है मताधिकार—मतदान का नागरिक अधिकार। वयस्क मताधिकार भारत व अन्य कई देशों द्वारा अपनाया गया। एक सूत्र है जो देश के सभी वयस्क नागरिकों को धर्म, जाति, लैंगिकता, प्रजाति से परे जा कर मतदान का समान अधिकार देता है। इसमें केवल निर्दिष्ट आयु से कम आयु के व्यक्ति, नागरिकता के अधिकार से वंचित व्यक्ति, मानसिक रूप से अस्वस्थ व्यक्ति व आपराधिक पृष्ठभूमि वाले व्यक्तियों को शामिल नहीं किया गया है। 1950 में संविधान निर्माण और सार्वभौम वयस्क अधिकार के सिद्धांत को अपनाने के साथ ही भारत ने लोकतंत्र की अपनी यात्रा की औपचारिक रूप से शुरूआत की। भारत में "वयस्क" का अर्थ है 18 वर्ष व उससे बड़े व्यक्ति( 1999 के 61वें संशोधन प्रस्ताव द्वारा यह आयु सीमा 21 वर्ष से

घटाकर 18 वर्ष कर दी गई।) यह सभी को लोकतांत्रिक प्रशासन में सहभागिता की समानता का मौलिक अधिकार देता है।

सार्वभौम वयस्क मताधिकार के निरूपण में एक अति महत्त्वपूर्ण सामाजिक पक्ष सम्मिलित है जो इसके लक्ष्य को गहनता प्रदान करता है। यह अधिकार राजनैतिक संस्था की एक शाखा है जो सामाजिक पृष्ठभूमि, अर्थात् जनता के क्षेत्र से होकर गुजरता है और लोकतंत्र नामक राजनैतिक संस्था को अर्थपूर्ण बनाता है।

मताधिकार की परंपरा निर्बाध नहीं रही है। औपचारिक रूप से भी यह सीमित हुआ करती थी। देश के सभी वासियों को यह अधिकार प्राप्त नहीं हुआ करता था। फ्रांस जैसे देश में, जहां की भाषा से इस अधिकार का मूल शब्द निकला है, भी महिलाओं को यह अधिकार 1950 तक प्राप्त नहीं था। यह केवल उच्चवर्गीय पुरुषों को दिया गया अधिकार हुआ करता था। विमुक्त सहभागिता के साधन के रूप में सार्वभौम वयस्क मताधिकार सार्वजनिक क्षेत्र में प्रतिबंध का प्रतीक भी बन सकता है यदि वह किसी कारणवश किसी सामाजिक समुदाय को प्राप्त न हो सके तो, उसकी प्रतिबद्धता संकट में पड़ सकती है। यदि उसके क्रियान्वन में राजनैतिक अथवा आर्थिक अथवा सामाजिक बाध्यताएं अवरोध उत्पन्न करें तो।

सार्वभौम वयस्क मताधिकार के मुद्दे को समग्रता से जानने के लिए राजनैतिक व सामाजिक पक्षों का अवलोकन आवश्यक है। लोकतंत्र इसका राजनैतिक पक्ष है और जनता की सहभागिता इसका सामाजिक पक्ष है। विकास के उत्प्रेरक के रूप में मताधिकार के अर्थ को जानने के लिए उसके संदर्भ अर्थात् लोकतंत्र को जानना बहुत आवश्यक है। डेरेज़ व सेन ने लोकतंत्र की संस्था को तीन स्तरों पर प्रदर्शित किया है

*प्रथम*, सैद्धांतिक आदर्शात्मक स्तर जो मानता है जनता की, जनता के द्वारा व जनता के लिए सरकार एवं अभिव्यक्ति की स्वतंत्रता, जनता को जवाबदेही एवं शक्ति की समानता लोकतंत्र की आदर्श अभिव्यक्ति होते हैं।

*द्वितीय*, संस्थात्मक (संरचनात्मक) स्तर पर यह संवैधानिक अधिकारों, कोर्ट/अदालतों, मतदान व्यवस्था, संसद, एवं जन संचार साधनों के रूप में परिलक्षित होती है।

*तृतीय*, क्रियान्वयन के स्तर पर लोकतंत्र का अर्थ राजनैतिक भागीदारी, जागरूक जनता, जिम्मेदार विपक्ष, विभिन्न मुद्दों के आधार पर गठित राजनैतिक दलों में प्रतियोगिता की भावना बाकी के दोनों स्तरों को पूर्णता प्रदान करने के लिए अति आवश्यक है। लोकतांत्रिक संस्थाओं, संरचनाओं एवं सामान की उपस्थिति लोकतांत्रिक व्यवस्था क्रियान्वयन की गांरटी नहीं होती। (डेरेज़ व सेन)

लोकतंत्र की उपस्थिति के लिए तीन तत्त्वों का होना आवश्यक है—राज्य, शक्ति के लिए शांतिपूर्ण संघर्ष; एवं वर्ग, धर्म क्षेत्रीयता के प्रभावों से परे स्थित राज्य। जनता के संदर्भ में ही तीनों परिभाषित होते हैं। प्रशासन जनता के इर्द-गिर्द ही अर्थ पाता है; सत्ता के लिए शांतिपूर्ण संघर्ष मताधिकार की इकाई से जुड़ा है; वर्ग, धर्म से परे होने के पीछे भी जनता को समान अधिकार देने की प्रेरणा कार्य करती है। उदारवादी लोकतांत्रिक व्यवस्थाओं में मताधिकार का प्रयोग एक ऐसी प्रक्रिया के रूप में देखा जाता है जिसमें अकुशल प्रशासकों को शांतिपूर्वक, सुव्यवस्थित तरीके से सत्ता से दूर करने का क्रांतिकारी निर्णय लिया जाता है। वहीं सहभागितावादी लोकतांत्रिक

व्यवस्थाओं में मताधिकार का प्रयोग न केवल व्यक्तिगत स्वतंत्रता बल्कि राजनैतिक स्वतंत्रता का भी प्रतीक है अर्थात् वह प्रयोजन के कारण ही नहीं अपने स्वरूप के कारण भी मूल्यवान है। यह व्यक्ति के अस्तित्व को अर्थपूर्णता प्रदान करता है। मताधिकार का प्रयोग व्यक्तिगत भलाई व साथ ही सार्वजनिक भलाई के एक चक्र को चालू करता है जहां एक-दूसरे को परस्पर प्रभावित करने की शृंखला में लग जाता है। ज्यां डेरेज़ व अमर्त्य सेन नागरिकों की सहभागिता को लोकतंत्र की अर्थपूर्ण व्याख्या के लिए सर्वथा महत्त्वपूर्ण पक्ष मानते हैं। उनका मानना है कि मताधिकार की प्रक्रिया मात्र महत्त्वपूर्ण नहीं होती। मताधिकार के पीछे की भावना का क्रियान्वन आवश्यक है।

"लोकतंत्र को मात्र बहुसंख्या के आधार पर सत्ता स्थापन की प्रक्रिया नहीं मान लेना चाहिए। लोकतंत्र की जटिल मांगें हैं जो केवल मुक्त व निष्पक्ष मतदान प्रक्रिया तक सीमित नहीं हैं बल्कि मानवाधिकारों और राजनैतिक अधिकारों की सुरक्षा; कानूनी अधिकारों के प्रति आदर, विमर्श व बंधनरहित खबरों के प्रचार की सुविधा एवं सर्वाधिक महत्त्वपूर्ण- जन सहभागिता, विशेष रूप से उत्पीड़ितों की सहभागिता।" (डेरेज़ व सेन)

सहभागिता के संरचनात्मक प्रबंध भले ही मताधिकार के रूप में दृष्टिगोचर होते हों, किंतु जहां तक गहन सहभागिता का प्रश्न है, बहुत कुछ कार्य होना बाकी है। असमानताएं, भाई भतीजावाद, राजनीति का अपराधीकरण, लचर कानून व्यवस्था के होते हुए क्या सहभागिता को वास्तविक बनाया जा सकता है। सामाजिक परिवर्तन के विषय में होने वाला प्रत्येक चिंतन सहभागिता के तत्त्व की समीक्षा के बिना संभव नहीं है। सामाजिक परिवर्तन में सहभागिता का एक पक्ष यदि राजनैतिक है तो दूसरा सामाजिक, यदि मतदान प्रक्रिया को राजनैतिक पहल मानें तो सामाजिक स्तर पर उसका साथ देने के लिए जन संचार, साहित्य, जन वार्ता का होना बहुत आवश्यक है। जयल के अनुसार सामाजिक स्तर पर नागरिकों के बीच परस्पर सहभागिता की भावना होना, विभिन्नता के प्रति सौम्य रहना, सचेत नागरिकों का समान होना सहभागिता व सामाजिक परिवर्तन को संभव बना सकते हैं।

मताधिकार का स्वयं में सामाजिक परिवर्तन का उत्प्रेरक होना कुछ कठिन है। उसके पूर्ण रूप से फलीभूत होने के लिए सामाजिक अधिकारों का होना आवश्यक है। भारत में ऐसा संभव होने में, पुरातन व नवीन असमानताओं की प्रबलता, मताधिकार के राजनैतिक अधिकार को आच्छादित कर, बाधक सिद्ध होती है।

भारत में राजनैतिक गतिविधियों के केंद्र से मतदाताओं की सामाजिक व स्थानिक दूरी उनमें निरुत्साह भरती है। वाद-विवाद एवं विमर्श के स्थान पर हिंसात्मक प्रतिद्वंद्विता स्थिति को और विकट बना देती है। भूमंडलीकरण के दबाव के कारण सरकारी तंत्र पर भी अंतर्राष्ट्रीय प्रभाव दीखता है जो कुछ वर्गों के अनुकूल हो सकता है और बहुतों के हितों का हनन कर सकता है। निजीकरण का एक ध्येय मुनाफा होने के कारण वह जनहित को लेकर अधिक प्रेरित नहीं होता। अशिक्षित मतदाता अपने चुने हुए प्रतिनिधियों से जवाबदेही की आशा नहीं रखते। उन्हें मतदान तक ही अपनी सीमा दिखाई देती है। उस पर प्रतिनिधियों पर यदि निजीकरण के चलते कुछ खास प्रकार के आर्थिक, विकास संबंधी निर्णय लेने का दबाव हो तो जवाबदेही का मार्ग दोनों ओर से अवरूद्ध हो जाता है।

खिलनानी(2000) द्वारा मतदाता संस्कृति का अध्ययन दर्शाता है कि जहाँ प्रारंभिक दशक निर्विवाद सहित अपना एक सा मत दोहराते रहे। वहीं बाद के दशक में मतदान को एक शक्ति के समान माना गया। कुछ पहले के समय तक आते-आते मुद्दों को लेकर मतदान करने की छोटी-छोटी पहल शुरू हुई, भले ही वह हिंदू राष्ट्रवाद को लेकर हो या पिछड़ी जातियों के अधिकारों को लेकर या निजीकरण की नीतियों के विरोध में।

मताधिकार की शक्ति केवल मतदान के समय ही सक्रिय होना काफी नहीं है। यह शक्ति जवाबदेही का वातावरण बना पाए और प्रतिनिधियों को मतदानों के बीच के काल में भी अपना वर्चस्व दिखा सके तो ही मताधिकार की सार्थकता है। बुरी सरकार को बाहर कर देने की शक्ति ही मात्र मताधिकार की शक्ति नहीं होती। जब वह शक्ति उत्तम सरकार की मांग करे तब वह परिवर्तन लाने की संभावना के रूप में उभरती है। इसके सहायक तत्त्व है--जिम्मेदार पत्रकारिता; शिक्षा के समान अधिकार, जन प्रसार के पटल एवं गैर-सरकारी संस्थाएं। ये ही वे तत्त्व हैं जो जन सशक्तिकरण संभव बनाते हैं। परिवर्तन लाने के लिए जो सत्ता में हैं वे क्या कर रहे हैं यह जानना आवश्यक है और साथ ही उन्हें यह बतलाना कि जनता क्या अपेक्षाएं रखती है।

जन संचार माध्यमों का इस जवाबदेही में खास योगदान रहा है। यह योगदान क्रांतिकारी भले ही न रहा हो, इसका असर बहुत हद तक प्रशासकों व प्रशासन पर पड़ा है। सर्वाधिक स्पष्ट मार्ग जन-क्रिया का है; इसी में जनता की मांगों को लेकर मुद्दे उठाए जाते हैं; वाद द्वारा अपना पक्ष रखते हैं। अब इस स्तर की गतिविधियों ने भले ही उच्चकोटि पर स्थित शक्ति पुँजों को अपने स्थान से न डिगा दिया हो किंतु सरकार की नीतियों में महत्त्वपूर्ण परिवर्तन इसी से है। ये जनता-फोरम छोटी-छोटी संस्थाओं के स्थानीय मुद्दों के कारण बने हो सकते हैं या और बड़े मुद्दों पर दीर्घकालीन सामाजिक आंदोलनों के लिए कार्य कर रहे हो सकते हैं। इनका स्वरूप कानूनी प्रक्रिया से लेकर राष्ट्रपति की विशेष शक्तियों व मतदान आयोग की शक्ति के रूप में प्रकट होता है; यह अर्ध-सरकारी संस्थाओं जैसे अल्पसंख्यक अधिकार आयोग, राष्ट्रीय मानवाधिकार आयोग, राष्ट्रीय महिला आयोग और गैर-सरकारी समाजसेवी व अन्य संस्थाओं में भी प्रकट होता है।

सार्वभौम वयस्क मताधिकार की मूल भावना को उसकी समग्रता में प्राप्त करने के लिए सामाजिक स्थितियों में समानता के प्रयास करने ही होंगे। सकारात्मक परिवर्तन, शिक्षा, उत्पीड़ितों के अधिकारों की सुरक्षा एवं एक संतुलित अर्थव्यवस्था जो रोजगार के साधनों को बहुतों के लिए उपलब्ध करवा सके इस ओर अग्रसर होने में सहायक सिद्ध होंगे।

हालांकि असमानता के परे जाने के प्रयासों में से सर्वसुलभ मताधिकार की प्रणाली चुनी गई है किंतु वास्तव में इसका प्रभाव अपने तक ही सीमित नहीं है। इस प्रण को पूर्ण करने के लिए मताधिकार के सहायक तत्त्वों व मताधिकार से जुड़े कर्तव्यों को जानना भी बहुत आवश्यक है। नागरिकों की भी कुछ जिम्मेदारियां हैं। मताधिकार का पालन करना ही उनका कार्य नहीं हैं। प्रतिनिधि चुनकर आने के बाद कैसा कार्य करते है यह भी मताधिकारियों को पता लगते रहना चाहिए। साथ ही सामाजिक स्तर पर एक और पक्ष का ख्याल रखा जाना चाहिए कि जनता सामाजिक जीवन में लोकतंत्र की भावना को उजागर रखे। जहां दूसरा (अन्य लोग संस्कृति, भाषा, धर्म, क्षेत्र, लैंगिकता के आधार पर) अपनी भिन्नता के कारण प्रताड़ित या अपमानित महसूस

न करे; जहां व्यक्ति को उसके मानव होने मात्र के लिए सम्मान का अधिकार हो; व्यक्तिवाद से पाए अधिकारों की शृंखला के ठीक साथ में उसकी जिम्मेदारियों की शृंखला भी चलती है। मताधिकार एक अधिकार होने के साथ-साथ एक जिम्मेदारी भी है। मताधिकार को यदि सामाजिक परिवर्तन का कारक बनना है तो संरचनात्मक, प्रणालीगत व्यवस्था के अलावा सहायक तत्त्वों के अवलंबन एवं अधिकार के दूसरे पहलू-जिम्मेदारी के प्रति सचेत होना अनिवार्य है।

## 9.3 जन-संचार साधन

दो विश्वयुद्धों के बीच के काल में ऐसा माना जाने लगा था कि जन-संचार साधन विचारों पर प्रभाव डालने में बहुत सक्षम होते हैं। फासीवाद के उदय में इसी ने योगदान दिया है क्योंकि यह जनता की बुद्धि फेर देने में माहिर है। 40 व 50 के दशकों में एक दूसरा मत प्रबल हुआ कि जन-संचार माध्यमों का असर जनता के विचारों पर एक सीमित प्रभाव ही डाल सकता है। इस सोच की मान्यता थी कि जन-संचार साधनों में स्वयं में ऐसा कुछ निहित नहीं है जो वे प्रभाव डाल सकें। वे अपना कार्य तब ही कर पाते हैं जब एक प्रकार की सामाजिक-सांस्कृतिक पृष्ठभूमि उपलब्ध हो और पृष्ठभूमि के बदलने के साथ हर परिवेश में उनकी प्रभावित करने की क्षमता बदलती रहती है। किसी अन्य संदर्भ में सूज़न सोनटाग ने कहा है कि संचार साधनों को प्रभाव दिखाने के लिए एक 'रिक्त स्थान' उपलब्ध होना आवश्यक है। अर्थात् यदि उसे प्रभाव दिखाने का अवसर दिया जाए तो ही वह ऐसा करने में सक्षम हो सकता है। यहां भी हमें वही सूत्र कार्य करता प्रतीत हो रहा है जो पहले दो संदर्भों में दिखा। यही कि स्वयं में कोई प्रण अथवा साधन लक्ष्य को प्राप्त नहीं कर सकता वह अन्य प्रक्रियाओं व व्यवस्थाओं या अन्य प्रकार के प्रणों से संपर्क में आकर ही क्रियाशील व प्रभावी हो सकता अथवा होने से रोका जा सकता है।

भारत के संदर्भ में भी जन-संचार माध्यमों का इतिहास बदलते समय में बदलते रुझानों का इतिहास रहा है। यह इतना सरल संबंध तो नहीं है कि परिवेश बदला और रुझान बदल गया पर इनमें संबंध अवश्य है। अरविंद राजगोपाल ने इसमें एक विषयात्मक शृंखला देखी है। अपने प्रारंभिक स्वरूप में संचार माध्यम राष्ट्रवादी भावना से प्रेरित थे; बाद में वे विकासवादी विचारधारा को परिलक्षित करते दिखे व धीरे-धीरे वे एक जन-पटल निर्मित करने वाली संस्था के रूप में उभर कर आए हैं।

उपनिवेशी काल में जन-संचार साधन विशेषतौर पर अखबार व बाद में रेडियो को स्वतंत्रता संघर्ष के एक हथियार के रूप में देखा गया। संघर्ष के दौरान अहिंसा, सत्याग्रह आदि गांधीवादी मूल्यों का प्रभाव प्रबल था और स्वतंत्रता प्राप्ति के बाद का समय नेहरूवादी विकास की परिभाषा पर केंद्रित हो गया। राजनैतिक न्याय व आध्यात्मिक लक्ष्यों का स्थान औद्योगिकरण, आधुनिकीकरण व धर्मनिरपेक्षता के मूल्यों ने ले लिया जिनके मूल में राष्ट्र-निर्माण की परिकल्पना कार्यरत थी।

स्वतंत्रता के बाद के, प्रारंभिक काल में जन-संचार साधनों को शिक्षक व सूचना प्रसारक की भूमिका दी गई। बच्चों के लिए शिक्षा का प्रसारण व अन्यों के लिए सूचनाओं का प्रसारण। उस समय के संचार माध्यम सरकार एवं राज्य के बिगुल समान थे। शनैः शनैः शिक्षा के प्रसार वाले लक्ष्य का स्थान विकास व बाजार व्यवस्था की मांगों पर आधारित मुद्दों ने ले लिया।

जन-संचार साधनों की भूमि पर उपभोक्तावाद व भौतिक विकास संबंधी रुचियां फलीभूत होने लगीं। यह संचार संस्कृति मध्यवर्गीय रुचियों व अभिलाषाओं को प्रकट करने व उसकी संतुष्टि करने वाली सिद्ध हुई। भारतीय भाषाओं में संचार साधनों के विस्तार ने और भी अधिक क्षेत्रों में पहुंचकर एक नई लहर का निर्माण किया। इससे भारत में राजनैतिक मुद्दों पर विमर्श व वाद-विवाद का एक जन-पटल निर्मित हुआ। यह जन-पटल किस हद तक भारत की अधिकांश जनता का प्रतिनिधित्व करता था वह विचारणीय मुद्दा है किंतु यह संक्षिप्त यात्रा विवरण इतना अवश्य बताता है कि जन-संचार का महत्त्व व स्वरूप बदलते सामाजिक-सांस्कृतिक एवं राजनैतिक-आर्थिक संदर्भों के साथ नए स्वरूप पाता रहा है। इसके अपने स्वयं के स्थिर प्रतिमान नहीं होते हैं कि परिस्थिति कोई भी हो जन-संचार एक सा ही कार्य करेंगे। यह अवश्य सत्य है कि संचार के अपने कुछ गुण व स्वभाव होते हैं किंतु उनका प्रकटीकरण कितना, कैसा व कहां नहीं होगा यह संचार माध्यम का निर्णय नहीं होता। वे प्रस्तुति करने की विशेष क्षमता रखते हैं, दूर-दूर तक एक साथ, एक समय में पहुंच सकते हैं किंतु जिस बात से वह अपनी कृपा-दृष्टि हटा लें, वह बात कहीं पहुंचेगी नहीं। अर्थात वह साधन बातों को आगे पहुंचाते ही हैं ऐसी कोई गुण-आधारित अवश्यंभाविता लागू नहीं रहती। वे चुन कर ही प्रस्तुति करते हैं यह चुनना सामाजिक-राजनैतिक क्षेत्र है—किसका प्रचार-प्रसार होगा; किस प्रकार होगा; कब किया जाएगा; कहां दिखाया जाएगा, इन सब के द्वारा जन-संचार माध्यम जनता से संपर्क का एक शक्तिशाली माध्यम बनते हैं। किंतु माध्यमों के द्वारा क्या प्रसारित होगा यदि इसमें सामाजिक-राजनैतिक पक्ष निर्णयकर्ता रहते हैं तो वहीं प्रसारण के प्रति जनता का क्या रुख रहेगा यह भी कुछ हद तक सामाजिक-राजनैतिक परिस्थितियों द्वारा प्रभावित होता है। एक छोटा-सा उदाहरण लें तो अपने प्रारंभिक काल में रेडियो व टेलीविजन को शिक्षा प्रसारण के कार्य के लिए चुना गया था, वह एक राजनैतिक चुनाव था और उसे जनता द्वारा ज्यादा पंसद नहीं किया गया, वह भी एक सामाजिक चुनाव था। जन-संचार के इस स्वरूप ने अपना कोई खास प्रभाव नहीं छोड़ा। संचार-माध्यमों में ''प्रस्तुतिकरण'' की विशिष्ट क्षमता है किंतु प्रस्तुतिकरण को पूर्ण प्रभावी करने की क्षमता नहीं है। वह पारस्परिक है। वह संबंध द्वारा परिभाषित होती है।

अखबार, रेडियो व टेलीविजन का भारतीय संदर्भ में प्रवेश काल अलग-अलग रहा है और तीनों एक विभिन्न सांस्कृतिक स्वरूप में यहां प्रविष्ट हुए। यह बात भी उतनी ही महत्त्वपूर्ण है कि उनका वैसा स्वरूप अब नहीं रहा है। कहीं इनके माध्यम से सामाजिक परिवर्तन की शुरुआत करने के अवसर रहे और कहीं इनके माध्यम से समाज के परिवर्तनों को उजागर किया गया और कहीं-कहीं यह संबंध परस्परता का रहा।

अखबार का चलन भारत में लगभग 200 वर्ष पुराना है, इसने भारत के इतिहास में स्वतंत्रता व विभिन्नता में पनपने का अनुभव किया है। न केवल यह स्वतंत्रता संग्राम में एक शक्तिशाली साधन के रूप में कार्यरत रहा बल्कि बाद में सामाजिक सुधारों का भी माध्यम बना। प्रारंभ में इसका स्वरूप राष्ट्रवादी था। आपातकाल के दौरान इसकी भूमिका उतनी सक्रिय नहीं रही जितनी अपेक्षित थी। किंतु बहुत से लोगों का यह भी मानना है कि प्रेस की आलोचनात्मक समीक्षा करने की प्रवृत्ति को उदारीकरण के बाद से काफी धक्का लगा है जितना आपातकाल में था उससे भी अधिक। समय के साथ, टेलीविजन के उभरने से, प्रेस का स्वरूप बदला है। अब इसकी प्रस्तुति

का स्वरूप टेलीविजन जैसा होता जा रहा है। भारतीय भाषाओं में अखबारों के छपने के बढ़ते प्रचलन के कारण भी प्रेस का स्वरूप काफी बदला है। अंग्रेजी अखबारों और भारतीय भाषाओं के अखबारों विशेषत: हिंदी अखबारों की भूमिकाएं अलग-अलग रही हैं। हालांकि यह कहना कि बड़ी स्पष्ट व स्थिर विभिन्नताएं हैं, ठीक नहीं होगा, किंतु वे बहुत से तरीकों से एक-दूसरे से अलग हैं। प्रारंभ में 10 अंग्रेजी अखबारों के मुकाबले एक हिंदी अखबार हुआ करता था। 1978 तक आते-आते यह अनुपात बदलना शुरू होकर इसका उलट होने लगा व 2001 में 10 में से 9 अखबार भारतीय भाषाओं के हैं। इसका अर्थ है कि साक्षरता की दर देश में पहले से बढ़ी है व गैर-अंग्रेजी अखबारों की पहुंच, छोटे शहरों, कस्बों व गांवों तक भी हो गई है। मोटे तौर पर दोनों प्रकार के अखबार दो तरह की पाठक संस्कृतियों से संबंधित हैं। अंग्रेजी अखबारों के पाठक आमतौर पर शहरी, मध्यम वर्गीय और कुछ अंतर्राष्ट्रीय परिप्रेक्ष्य का ज्ञान रखने वाले हैं। हिंदी अखबारों के पाठक, जरूरी नहीं, किंतु बड़ी संख्या में छोटे शहरों, कस्बों से होते हैं जहां क्षेत्रीय मुद्दे व क्षेत्रीय राजनीतिक गतिविधियां भी महत्त्वपूर्ण 'खबर' मानी जाती हैं। क्षेत्रीय इलाकों में जाने वाले व बड़े शहरों में बंटने वाले एक ही मीडिया हाउस के अखबारों के "संपादकीय" खंड में मुद्दे अलग-अलग होते हैं। (अरविन्द राजगोपाल)

उदाहरणस्वरूप, अयोध्या के मुद्दे को दो तरह के अखबारों ने अलग-अलग तरह से उठाया और प्रस्तुत किया। हालांकि ऐसे किसी नियम का कड़ाई से पालन नहीं होता पाया गया अर्थात बहुत बार यह बात नहीं भी थी, किंतु इस विभिन्नता का विश्लेषण महत्त्वपूर्ण है। अंग्रेजी प्रेस ने इस मुद्दे को कुछ एकमुखी-तर्कसंगत स्वरूप में रखा जबकि हिंदी प्रेस ने उन तत्त्वों को छूते हुए प्रस्तुति की जो इस मुद्दे को उपनिवेशकाल की ब्रिटिश सोच से जोड़ कर देखती थी; हिंदुओं और मुसलमानों के एक परस्पर संशयपूर्ण इतिहास में रख कर देखती थी और क्षेत्रीयता की विचारशैली को प्राथमिकता देती हुई लिखती थी। वह इसे कानूनी परिधि के लंघन के रूप में कम प्रस्तुत करती दिखी, एक ज्वलंत मुद्दे के रूप में ज्यादा। यहां यह बताना उचित होगा कि एक ही मीडिया हाउस द्वारा छपने वाले हिंदी व अंग्रेजी अखबारों में यह भेद नहीं दिखता था। वे मूल रूप से अंग्रेजी अखबार का हिंदी अनुवाद होते थे। अत: सांस्कृतिक दृष्टिकोण अंग्रेजी प्रेरित ही था। अपनी ऐतिहासिक सांस्कृतिक विरासत के कारण भारत में अंग्रेजी ने एक ऐसा स्थान बनाया है जो मूल्यांकन से परे रहता है, अभिजात्य प्रवृत्ति का परिचायक है और भूमंडलीय मानसिकता से ज्यादा व क्षेत्रीय सोच से कतिपय कम जुड़ा है। अंग्रेजी भारत में भाषाओं की विभिन्नता से उठने वाले द्वंद्व व द्वेष को शांत करने वाली भाषा के रूप में भी जानी गई है। अंग्रेजी अखबार भाषा के साथ-साथ उस विरासत को भी पाए हुए हैं। हिंदी अखबार चूंकि मातृभाषा पर आधारित हैं, जो कि सर्वसुलभ है और इसीलिए क्षेत्रीय व लोक संस्कृति के परिचायक है। इसकी विरासत क्षेत्र से जुड़ाव है, और यह अपनी ही भाषा होने के कारण मूल्यांकन के बिना नहीं होती। अत: अखबार भी इस विरासत के संपर्क में ही पनप सकते हैं।

किसी भी संचार माध्यम का उद्भव जिस सामाजिक-सांस्कृतिक व राजनैतिक संदर्भ में हुआ हो उसकी छाप उस संचार माध्यम पर अवश्य पड़ती है। उस प्रभाव को लेकर वह माध्यम अपने श्रोताओं व दर्शकों में संबंधित प्रत्युत्तर जाग्रत करता है। इस दृष्टि से संचार माध्यमों का प्रभाव अभेद नहीं होता, वह परिवेश से वार्ता में होता हुआ अपनी पहचान पाता है।

गैर-अंग्रेजी अखबारों की लोकप्रियता व विस्तार ज्यादा से ज्यादा क्षेत्रीय महत्त्व के मुद्दों को उठाने पर आधारित है।

रेडियो का भारतीय क्षेत्र में प्रवेश ब्रिटिशकाल में उन्हीं के द्वारा हुआ था। उसे ब्रिटिश अफसरों द्वारा अपना प्रचार-प्रसार करने व आदेश सुनाने के माध्यम के रूप में प्रयुक्त किया गया था। वह भारत को मुक्ति दिलाने के साधन के रूप में प्रकट नहीं हुआ था। 1947 में स्वतंत्र भारत की सरकार ने उसे विरासत में पाया किंतु यह मात्र दमन की विरासत नहीं थी। इसमें बी.बी.सी (ब्रिटिश ब्रॉडकास्टिंग कॉरपोरेशन) की समाचार-वितरण की संस्कृति भी जुड़ी थी। कहते हैं रेडियो कभी भी उस ''वितरण'' की विरासत से उबर नहीं पाया।

प्रारंभ के तीन सूचना एवं प्रसारण मंत्री गांधीवादी विचारधारा के थे और उन्हें इसके इतिहास के कारण इस पर विश्वास कम और संदेह ज्यादा था। नेहरू के काल में भी इसका अधिकतम महत्त्व 'खबरें सुनाने' वाले यंत्र के रूप में आंका गया। इसका प्रयोग विकास योजनाओं, राष्ट्रनिर्माण की गतिविधियों व उपलब्धियों को जनता तक पहुंचाने में सर्वाधिक किया गया। आने वाले कई वर्षों तक यह राज्य संरक्षण व सरकार की देखरेख में कार्य करने वाले एक सीमित दायरे के, दबे हुए, सेंसर किए गए जन संचार माध्यम की तरह कार्यरत रहा। जबकि रेडियो भी एक शक्तिशाली उत्प्रेरक के रूप में उभर सकता था, किंतु क्योंकि उसकी विरासत का प्रभाव उसपर बहुत समय तक रहा अत: वह उतनी सक्रिय भूमिका नहीं निभा सका।

वहीं टेलीविजन भारत में सामाजिक परिवर्तन के प्रयास के तहत लाया गया था। यह 1959 में शिक्षण प्रसारों व ग्राम व जन कल्याण के मुद्दों को प्रसारित करने के लिए लाया गया। उसका स्वरूप हिदायती था और वह शिक्षा, समाचारों व शास्त्रीय संस्कृति के प्रसारण पर केंद्रित कार्यक्रमों से अलग कुछ नहीं दिखाता था। धीरे-धीरे सैटेलाइट टेलीविजन ने भारत में कदम रखने शुरू किए और ध्यान मनोरंजन की ओर होने लगा। 1991 तक तो टेलीविजन चैनलों की भरमार हो गई, और गौरतलब है कि इन पर सरकार का अधिक नियंत्रण नहीं था। सरकारी टेलीविजन चैनलों के मुकाबले ये नए चैनल अधिक दर्शक-संवेदनशील थे और इसीलिए तेजी से पनपने भी लगे। अपने इस स्वरूप में इस संचार साधन ने मध्यवर्गीय शहरी उपभोक्तावादी सोच का प्रसार किया किंतु यह मात्र प्रचार नहीं था प्रतिबिंबन भी था। यह इसलिए प्रचलित हुआ क्योंकि उदारीकरण की परिपाटी व उससे जुड़े सांस्कृतिक-वैचारिक परिवर्तन देश में आने शुरू हो चुके थे। शहरी मध्यवर्ग एवं उच्च मध्यमवर्ग में यह टेलीविजन एक जानी-पहचानी सी दुनिया प्रस्तुत करने के कारण लोकप्रिय था। वहीं शहरों, कस्बों व गांवों मे उर्ध्वमुखी वर्गों में यह एक इच्छाओं के संचार को मूर्त रूप देता था और उन्हें भी ऐसा जीवन पाने को प्रेरित करता था।

अपने मनोरंजक व उपभोक्तावाद समर्थक अवतार के साथ-साथ टेलीविजन अब एक नई भूमिका भी निभाने लगा है। वह जनता के लिए महत्त्वपूर्ण मुद्दों पर विमर्श और विवाद दिखाने वाला माध्यम बन रहा है। सत्ताधारी नेताओं एवं अन्य पदाधिकारियों द्वारा की जा रही गैर-कानूनी व अवांछनीय गतिविधियों पर निगाह रख उसपर विमर्श की भूमिका तय करता है। यह जन-उत्थान व जनता की आवाज उठाने के पटल के रूप में भी क्रियाशील है। टेलीविजन प्रसारण का दबाव सामाजिक-राजनैतिक मुद्दों पर सक्रिय है। वहीं एक छोटी सी भूमिका परंपरा के पुन: जागरण की भी निभाई जा रही है। हिंदू धार्मिक ग्रंथों पर आधारित कार्यक्रमों के प्रसारण द्वारा; पुरातन

उपचार शैलियों, ज्योतिष संबंधी कार्यक्रमों, धर्मयात्राओं पर आधारित कार्यक्रमों का प्रसारण इसकी प्रमुख अभिव्यक्तियां हैं।

अंग्रेजी के बड़े मीडिया हाउस जिस प्रकार के कार्यक्रमों का प्रसारण करते हैं वे हिंदी चैनल से काफी भिन्न होते हैं। और वे अन्य क्षेत्रीय टेलीविजन के कार्यक्रमों से बहुत भिन्न होते हैं। जैसे अखबार अलग-अलग उपभोक्ताओं के लिए अलग हैं वैसे ही टेलीविजन के कार्यक्रमों में भी भेद देखा गया है।

आज के संदर्भ में जन-संचार माध्यमों, विशेषतौर पर अखबार और टेलीविजन, का प्रभाव इस हद तक है कि कौन से मुद्दे खबर हैं; किनका प्रचार महत्त्वपूर्ण है। प्रचार किए गए मुद्दे महत्त्वपूर्ण बन जाते हैं। किस बात को खबर की श्रेणी में रखा जाएगा इसके लिए आवश्यक नहीं कि राष्ट्रीय, और विकास के प्रश्नों को ही चुना जाएगा। वह एक गहन महत्त्व का विषय हो सकता है किंतु यदि उसमें चौंकाने वाला तत्त्व न हो तो वह पीछे को ढकेला जा सकता है। मुद्दों का सरकारी तौर पर विवेचन करना पत्रकारिता की पहचान सा बन गया है। एक मुद्दे से दूसरे पर तेजी से जाते जाना; एक खबर के क्षेत्र से दूसरी तरह की खबर के क्षेत्र पर जाते जाना इन संचार माध्यमों की शक्ति भी है और इनकी समस्या भी। बाज़ार आधारित कार्यक्रमों की भरमार के कारण टेलीविजन की क्षमता को ठीक से इस्तेमाल नहीं किया जा सका है। टेलीविजन की एक विशेष क्षमता यह है कि वह साक्षरता की बाधा को लांघ सकता है और एक सशक्त माध्यम के रूप में दूर-दराज तक सभी तक पहुंच सकता है। यह दूर-दराज से आंखों देखा हाल उन तक पहुंचा सकता है जो देश के विकास की योजनाएं बनाते हैं। उनका प्रबल प्रभाव देखा भी गया है।

विकास के उत्प्रेरक के रूप में जन-संचार माध्यमों की भूमिका की एक परिभाषा नहीं दी जा सकती। उसका प्रभाव बहुमुखी हो सकता है। उसमें दिशा-निर्देशों का भी बहुत बड़ा योगदान होता है और यदि जन-सामान्य यह निर्णय ले कि किन बातों को वे मुद्दे मानेंगे और किन को नहीं; या किन प्रसारणों का वे स्वागत करेंगे और किनका नहीं तो यह भी दूर संचार साधनों के प्रभाव व स्वरूप को प्रभावित करने वाला होगा। समकालीन भारत में यह किस ओर मुड़ेगा यह इन्हीं बातों पर निर्भर करता है।

## 9.4 सामाजिक आंदोलन

रजनी कोठारी ने सामाजिक आंदोलनों को "जन-राजनीति का तृण मूल स्वरूप" कहा है (घनश्याम शाह: 87)। इसे प्रभुत्त्व के विपरीत का क्षेत्र घोषित किया गया है। यह राजकीय तंत्र के बाहर जाकर इच्छा प्रकटीकरण की एक गैर-पारंपरिक क्रिया है किंतु फिर भी यह क्षेत्र राजनीति का ही माना जाएगा। यहां राजनीति को उसकी सबसे वृहत् परिभाषा द्वारा जाना जा रहा है। अधिकारों की इच्छा की अभिव्यक्ति राजनीति के क्षेत्र का प्रारंभ है।

तृण मूल राजनीति का दृष्टिकोण जन सामान्य को प्राथमिकता देता है वहीं राज्य आधारित राजनीति की प्राथमिकता जन सामान्य से संबंध तो रखती है किंतु प्राथमिकता उन्हें नहीं देती। औपचारिक राजनीति के क्षेत्र में मताधिकारियों के जो प्रभाव व अधिकार समझे गए हैं, जन

आंदोलन द्वारा वे इतने प्रबल रूप में दिखाई देते हैं कि मताधिकार उसके सामने बहुत लघु लगता है। सामाजिक आंदोलन आमतौर पर राज्य की नीतियों के प्रति असंतोष की अधिकता के कारण उपजते हैं। वे अपने चुने हुए मुद्दों के द्वारा एक न्यायप्रिय समाज बनाने की ओर प्रयासरत रहते हैं। केवल जनता की सहभागिता से सामाजिक आंदोलन नहीं चलते हैं, उन्हें चलाने के लिए सशक्त जनता चाहिए। जन सामान्य द्वारा अपनी मांगों को लेकर आवाज उठाना भारत जैसे देश में एक अलग ही महत्त्व रखता है क्योंकि यहां विभिन्नता प्रचुर है और राजनैतिक तंत्र केंद्रीकृत है, भले ही संरचनात्मक रूप से सत्ता बंटी हुई है।

सामाजिक आंदोलन न केवल जनता की प्रशासन में सहभागिता को बढ़ावा देते हैं बल्कि इसके द्वारा वे प्रशासनिक गड़बड़ियों पर भी रोक लगाने का प्रयत्न कर सकते हैं। सामाजिक आंदोलन प्रशासन द्वारा सामाजिक परिवर्तन लाए जाने की राह निहारने की बजाय नागरिक समाज के द्वारा प्रशासन में सकारात्मक परिवर्तन लाने का प्रयास करते हैं। आंदोलन किसी परिवर्तन के लिए हो सकते हैं या ये किसी परिवर्तन को आने से रोकने के लिए हो सकते हैं।

मैक्स वेबर की शब्दावली की एक अवधारणा ''करिश्माई सत्ता'' इन सामाजिक आंदोलनों की मूल भावना को प्रतिबिंबित करती है। करिश्माई सत्ता स्थापित सत्ता के अस्तित्व से असंतुष्टि के फलस्वरूप प्रकट होती है। सामाजिक आंदोलन पूर्ण सत्ता परिवर्तन की मांग सदा नहीं करते किंतु वे सत्ता के, राज्य के अथवा व्यवस्था के किसी पक्ष से अप्रसन्न अवश्य होते हैं और समाधान का अंतिम मार्ग आंदोलन के रूप में उभरता है। इनकी सफलता की संभावनाएं अलग-अलग रही हैं। वे पूर्णतया व्यर्थ जा सकती हैं; (जहां तक उद्देश्य पूर्ति का प्रश्न है); कुछ हद तक सफल हो सकती हैं बाकी; वे एक और बड़े परिवर्तन की नींव डाल सकती हैं (घनश्याम शाह)।

सामाजिक आंदोलनों को लगभग सदा ही परिवर्तन के मुद्दे से जोड़ कर जाना गया है; बाकी के तीनों उत्प्रेरकों के मुकाबले यह स्पष्ट संबंध का क्षेत्र है अर्थात् परिवर्तन की मांग पर ही आंदोलन खड़े होते हैं। अत: इनकी मौलिक परिभाषा में ही परिवर्तन का विषय क्षेत्र शमिल है। सामाजिक आंदोलनों को एक शब्द में व्यक्त करें तो मूल शब्द निकलेगा "प्रतिकार्य" (रजनी कोठारी, घनश्याम शाह में)। आवश्यक नहीं कि यह प्रतिकार्य राज्य के विरुद्ध हो; यह किसी सोच के विरुद्ध हो सकता है; किसी कार्य के विरुद्ध अथवा किसी कमी के चलते। घनश्याम शाह ने इसे परोक्ष कार्यवाही/ प्रत्यक्ष क्रिया भी कहा है।

स्वतंत्रता आंदोलन भारत के लिए सर्वाधिक महत्त्वपूर्ण आंदोलन कहा जा सकता है। उपनिवेशी सत्ता के विरोध में उठा यह एक आंदोलन था जो मुख्यत: जन संचेतना के बल पर चल सका व सफल हुआ। इसकी कई प्रकार की रणनीतियां थीं। उनमें क्रांतिकारी हिंसात्मक विरोध से लेकर अहिंसा व सत्याग्रह और असहयोग; स्वाभिमान जागरण में परंपरा के प्रयोग से लेकर पश्चिमी पुनर्जागरण से ली गई प्रेरणा; प्रत्यक्ष हिंसात्मक दमन, सांस्कृतिक दमन से लेकर आर्थिक, राजनैतिक अधिकारों का लोपन के विरुद्ध यह स्वतंत्रता की इच्छा का घोष था और विभिन्न कारणों के समावेश से अपने ध्येय को पा सका।

स्वतंत्रता बाद के आंदोलन इतने वृहत् स्तर के नहीं रहे हैं। नारीवादी आंदोलन व दलित आंदोलन वृहत् आंदोलनों की श्रेणी में लाए जा सकते है, क्योंकि इनकी परिधि क्षेत्रीय विभिन्नताओं के परे जाकर राष्ट्रीय-सामाजिक स्तर पर मंडित है। साथ ही ये दोनों सामाजिक आंदोलन बहुत लंबे समय

तक चले व चल रहे हैं और ये सामाजिक सोच के कुछ वैचारिक-व्यवहारिक परिमाणों को चुनौती देते हैं। ये बहुत हद तक परिवर्तन लाने में सफल भी रहे हैं, भले ही अब भी बहुत कार्य शेष है।

### 9.4.1 महिला आंदोलन

भारत में आंदोलनों से महिलाओं के संबंध को स्वतंत्रता आंदोलन से भी प्रारंभ करें तो इसे वास्तविक महिला आंदोलन के साथ गहराई से नहीं जोड़ा जा सकता क्योंकि महिला आंदोलन का प्रतिकार्य पितृसत्तात्मक व्यवस्था व सोच के विरुद्ध परिभाषा पाता है। स्वतंत्रता आंदोलन में महिलाओं का उत्थान मुख्य मुद्दा नहीं था (लता सिंह: 2001)। महिलाओं का योगदान उनकी पूर्वनिर्धारित पारिवारिक भूमिकाओं के विस्तार के रूप में था। उनके अस्तित्व में इससे कोई परिवर्तन लाने की न तो योजना थी और न वह आया। घरों से निकल कर आवाज उठाने को यदि कुछ महत्त्व दिया जा सकता है तो 'महिलाओं' को बस यही एक उपलब्धि मिली थी।

समकालीन भारत की बात करें तो महिला आंदोलन बहुत सक्रिय रूप में दिखेंगे। प्रत्यक्ष रूप से इनके मुद्दे बहुत अनेकता लिए हुए हैं किंतु सैद्धांतिक रूप से सभी पितृसत्तात्मक परंपरा के विभिन्न प्रकार से विरोध द्वारा एकसूत्रीय कहे जा सकते हैं। बहुत से आंदोलनों द्वारा महिलाओं संबंधी विभिन्न समस्याओं के निदान के प्रयास किए गए।

राधा कुमार ने अपने लेख में महिला आंदोलनों का सुव्यवस्थित चित्रण किया है। इस शृंखला का प्रारंभ वे 1970 के दशक के आंदोलनों से करती हैं। सन् 1970 के बाद के कुछ वर्षों ने महाराष्ट्र व गुजरात में महिला आंदोलनों के कई स्वरूप देखे। शहादा व महंगाई विरोधी आंदोलनों ने आदिवासी स्त्रियों द्वारा शराबखोरी व जमींदारों के अत्याचारों का जवाब दिया तो शहरी महिलाओं ने आवश्यक सामानों के मूल्य बढ़ाए जाने का रचनात्मक तरीके से विरोध किया। आदिवासी स्त्रियों ने संगठन बना कर शराबखोर पति द्वारा पत्नी की प्रताड़ना की शिकायतों पर ऐसे पुरुषों को सरेआम पीटने का चलन चलाया। वहां मूल्य-वृद्धि के विरोध में धरने, रैलियां व एक निर्धारित समय पर पूरे क्षेत्र में महिलाओं द्वारा थाली बजाने जैसी विरोध प्रकटीकरण की युक्तियां अपनाई गईं। गुजरात में महिला कामगारों के अधिकारों, भत्तों व सम्मान की रक्षा हेतु "सेवा" नामक (अब बहुप्रचलित) संस्था चलाई गई। इन सबमें भले ही मुद्दे क्षेत्रीयता की सीमा में बंधे हों किंतु एक होकर आवाज उठाने का चलन शक्ति का स्त्रोत बना।

1980 के दहेज विरोधी आंदोलन, सती प्रथा विरोधी आंदोलन एवं मुस्लिम महिलाओं के अधिकारों के आंदोलन केवल प्रशासनिक निष्क्रियता के विरुद्ध ही नहीं थे बल्कि परंपरा, धर्म व परिवार की ओट में स्त्री-दमन की विचारधारा के विरोध में भी थे।

अग्निहोत्री व रजनी पालीवाल का लेख इसकी विवेचना कर आंदोलनों के बहुआयामी लक्ष्यों पर प्रकाश डालता है। दहेज विरोधी आंदोलनों ने दहेज के मुद्दे को परिवार का निजी मामला न मानकर एक सामाजिक मुद्दा बताते हुए उस पर प्रभावशाली जन विमर्श की शुरुआत की। कानूनों में परिवर्तन करवाए गए, पुलिस को सक्रिय किया गया, परिवारों को चेताया गया, सामाजिक दबाव बनाया गया जिससे दहेज मृत्यु को दुर्घटना न मान कर हत्या माना जाए। विवाह से सात वर्ष के भीतर होने वाली प्रत्येक मृत्यु की घटना को हत्या की संभावना के आधार पर जांचा जाए भले ही रिपोर्ट लिखाई गई हो या नहीं। दहेज विरोधी आंदोलनकारी महिलाओं को

परिवार विरोधी, पश्चिमीकृत, भड़काने वाली प्रवृत्ति वाली घोषित कर आंदोलन को कमजोर करने के प्रयास हुए। कुल मिलाकर दहेज व संबंधित महिला विरोधी सोच के विरुद्ध एक जन विमर्श का प्रबल आरंभ स्रोत संभव हुआ।

1980 के ही दशक में सती प्रथा का पुनः जागरण प्रारंभ हुआ। इसके बढ़ाने में परंपरा को पुनः वापस लाने का तर्क दिया गया। इसे एक महिला–आंदोलन की तरह प्रस्तुत किया गया। यह न केवल स्त्रियों के प्रति घोर अन्याय था बल्कि वास्तविक महिला–आंदोलनकारियों के साथ छल था। उन्हीं के नारों, आंदोलन के तरीकों का उलट प्रयोग किया जा रहा था और करने वाली स्वयं नारियां थीं। इसके विरुद्ध जन–जागृति पैदा करने के लिए महिला–आंदोलनकारियों को न केवल 'परंपरा' के तथाकथित रक्षकों का सामना करना पड़ा बल्कि अधार्मिक व मर्यादा विरोधी होने का लांछन भी झेलना पड़ा, बीच में कानून की लड़ाई भी लड़नी पड़ी जिससे इस प्रथा को समाप्त किया जा सके। आंदोलन का मुख्य कार्य जनता को परंपरा व स्त्री दमन भेद को स्पष्ट करना था और वह आसान नहीं था।

इसी दौरान मुस्लिम महिलाओं के तलाक एवं गुजाराभत्ता कानून को लेकर एक और आंदोलन चला। इसमें शाहबानो नाम की मुस्लिम महिला को गुजारा भत्ता न दिए जाने की पैरवी करने वाले मुस्लिम कट्टरपंथियों से महिला आंदोलनकारियों को संघर्ष करना पड़ा। यहां भी धर्म के नाम पर महिला दमन का प्रचलन था। इसमें भी महिला आंदोलनकारियों ने धरना, जन प्रचार, हस्ताक्षर मुहिम, कानूनी लड़ाई, मुद्दों के स्पष्टीकरण का मार्ग अपनाया। यहां मुस्लिम कट्टरपंथियों से सामना था और बीच में हिंदू राष्ट्रवादियों ने भी हिंदू कोड अर्थात् हिंदू कानूनों को सभी पर लागू करने का अपना ही एक मुद्दा जोड़ कर महिलाओं के अधिकारों की लड़ाई को मार्ग से डिगाने की कोशिश की व संघर्ष को और दुष्कर बना दिया। यहां भी आंदोलनकारियों को महिलाओं द्वारा ही विरोध झेलना पड़ा।

पितृसत्तात्मक व्यवस्था से जो संघर्ष चल रहा था उसकी मूल भावना सभी महिलाओं तक पहुंचाना भी आंदोलन का कार्य था क्योंकि ऐसा न होने पर ही बहुत सी महिलाओं ने भी इस आंदोलन का सम्मान न करते हुए इसमें बाधा डाली।

अब यह आंदोलन धरनों, रैलियों, नारों की राजनीति छोड़कर अधिक दूरगामी प्रभावों की ओर अग्रसर हो रहा है। कानूनी ज्ञान व पीड़ित महिलाओं के लिए कानूनी लड़ाई लड़ना; महिलाओं को सहारा देने के लिए संस्थाएं खोलना; उनके आत्मसम्मान को बल देना और उत्पीड़न के विरोध में जन–संचार साधनों का प्रयोग करना अब इस आंदोलन की नई रणनीति हो रही है।

### 9.4.2 दलित आंदोलन

दलित आंदोलन जाति व्यवस्था के दमनकारी सिद्धांत के विरोध में चलाया गया। इसमें न केवल जातिगत भेद की भर्त्सना की गई है बल्कि जाति के सिद्धांत को ही नकार दिया गया है। भारतभर में जाति व्यवस्था, जो कि ब्राह्मणों द्वारा मान्यता प्राप्त थी, के चलते नीची माने जाने वाली जातियों का शोषण व अपमान होता रहा है। उन्नीसवीं शताब्दी में ज्योतिबा फूले के नेतृत्व में दलित आंदोलन का प्रारंभ हुआ। बाद में इसका नेतृत्व डॉ. भीमराव अंबेडकर के हाथों में आ गया। अंबेडकर के अनुसार ब्राह्मणवाद व पूंजीवाद दोनों ही दमनकारी शोषणकर्ता हैं और सामाजिक

व राजनैतिक परिवर्तन पर परस्पर आधारित हैं। वे सामाजिक मुक्ति की बात करते थे। उनका मानना था कि कानून व संविधान यदि दलितों के सम्मान की रक्षा के लिए कटिबद्ध हो भी जाए तब भी सामाजिक जीवन के स्तर पर जब तक जन साधारण की विचारशैली नहीं बदलेगी तब तक सामाजिक परिवर्तन अर्थहीन व अधूरा रहेगा।

दलितों में भी उनके द्वारा अपने हितों के प्रति जागृत होने का भाव जगाने के प्रयास हुए। 1930 के दौरान अंबेडकर ने हिंदू धर्म को त्याग कर बौद्ध धर्म को अपनाया यह केवल उनका निजी निर्णय नहीं था बल्कि ऐसा उन्होंने सभी दलितों व पिछड़ों के लिए सोचा। दलित पैंथर आंदोलन की शुरुआत 70 के दशक में हुई। किंतु इनका मार्ग हिंदू धर्म, व्यवस्था एवं जाति व्यवस्था के विरुद्ध बौद्धिक, लिखित प्रचार करना था।

दलित आंदोलन का मुख्य ध्येय सामाजिक परिवर्तन था जिसमें वे उच्च पदों व सरकारी नौकरियों में आरक्षण व उत्थान के लिए प्रयासरत थे। सामाजिक स्थिति में सुधार व अपमानजनक व्यवस्थाओं को नकार देना उनकी रणनीति रही। गेल ओमवेड्ट का मानना है कि शुरुआती नेतृत्व के अभाव में आज का दलित आंदोलन अपनी एकता खो चुका है किंतु उत्थान की प्रक्रिया तो शुरू हो चुकी है।

### 9.4.3 'चिपको' आंदोलन

'चिपको' आंदोलन कृषकों व वनों में संबंध से जुड़ा है। यह उन योजनाओं से जुड़ा है जो एकतरफा विकास की बात सोचती हैं। यह पर्यावरण का मुद्दा होने के साथ ही एक सांस्कृतिक मुद्दा भी है। यह आंदोलन वन विभाग की योजनाओं से असंतुष्ट होकर प्रारंभ हुआ। सरकार द्वारा निजी ठेकेदारों को मुनाफे के लिए जंगलों में पेड़ों की असीमित, अनियंत्रित कटाई की छूट दे दी गई। इसका प्रभाव क्षेत्र की पर्यावरण व्यवस्था पर पड़ा और 1970 व 78 में भयानक बाढ़ ने बहुत तबाही मचाई। सरकारी नीतियों के चलते निजी कंपनियों को पेड़ गिराने की पूरी छूट थी और स्थानीय लोगों के जंगलों में जाने पर रोक लगा दी गई थी।

सुंदरलाल बहुगुणा ने इसके खिलाफ आंदोलन की शुरुआत की। उन्होंने प्राकृतिक संपदा के हनन के विरुद्ध और स्थानीय जनता के अधिकारों व मानव एवं वन में जो पारंपरिक नाता था उसकी रक्षा के लिए आंदोलन किया। जब बैठक, धरना, रैली, आदि से बात नहीं बनी तब एक स्थानीय कार्यकर्ता चंडी प्रसाद भट्ट ने 'चिपको' का तरीका अपनाया। एक अनोखे आंदोलन की शुरुआत हुई जब भी कोई अधिकारी उन्हें काटने के लिए आता था, स्थानीय जन पेड़ों को काटने से रोके जाने के लिए उनसे चिपक जाते थे। इसका अभूतपूर्व असर पड़ा। ऐसा बहुत बार, बहुत जगह दोहराया गया और सभी जगह प्रभावशाली रहा।

चिपको की सफलता क्षेत्र की अन्य समस्याओं के निदान में प्रेरणादायक सिद्ध हुई। पर्यावरण के दृष्टिकोण से भी यह महत्त्वपूर्ण आंदोलन था। इसकी सफलता अनुकरणीय हुई।

## 9.5 निष्कर्ष

इस सीमित परिधि में सामाजिक परिवर्तन के चार संभावित उत्प्रेरकों का अध्ययन करना मूल भावों को स्पष्ट करने के लिए पर्याप्त हो सकता है किंतु विस्तार के साथ अधिक न्याय नहीं कर

सकता। इन चारों तत्त्वों के आसपास वृहत् घटनाक्रमों व गहन विश्लेषणों भरा साहित्य स्थित है। उनके समक्ष यह सीमित व संक्षिप्त है।

सामाजिक परिवर्तन की संभावनाओं पर बल देने वाले तत्त्वों के विश्लेषण से जो बात स्पष्ट होती है वह यह कि कोई भी तत्त्व संबंध द्वारा सक्रिय होता है स्वयं में उसकी शक्ति सीमित होती है। सामाजिक परिवर्तन एकमुखी प्रक्रिया नहीं होती। उसमें राजनैतिक, सांस्कृतिक, सैद्धांतिक और आर्थिक पक्षों का समावेश कार्य करता है।

जहां मताधिकार व प्रारंभिक शिक्षा का अधिकार राज्य द्वारा सामाजिक परिवर्तन के लिए की गई पहल है वहीं जन-संचार का क्षेत्र अपरिभाषित है। आंदोलनों का क्षेत्र स्पष्ट, प्रत्यक्ष क्रिया है जिसके द्वारा जन सामान्य परिवर्तन की मांग करते हैं। चारों ही तत्त्वों में जन-सहभागिता के बिना सक्रियता का अभाव देखा गया। जन सहभागिता व सहयोग सामाजिक जीवन के द्वंद्वों व मांगों से प्रेरित होती है और वही अधिकार व कर्तव्यों का भी क्षेत्र है। अत: सामाजिक परिवर्तन का एक महत्त्वपूर्ण राजनैतिक पक्ष है ठीक वैसे ही जैसे राजनैतिक गतिविधियों को सामाजिक सहयोग का अवलंबन आवश्यक है।

## संदर्भ एवं टिप्पणी

1. Kumar, Krishna (1996), *Learning from Conflict*, Orient Blackswan Ltd.
2. Dréze, Jean and Amartya Sen (1995), *India, Economic Development and Social Opportunity*, Oxford University Press, New Delhi.
3. Vaugier-Chatterjee, Anne (ed.) (2004), *Education and Democracy in India*, Manohar Publication, New Delhi.
4. Chopra, Radhika and Patricia, Jeffery (eds.), (2005) *Educational Regimes in Contemporary India*, Sage, New Delhi.
5. Viruru, Radhika, (2001), *Early Childhood Education: Post Colonial Perspectives from India*, Sage Publications, New Delhi.
6. Deshpande, Satish, (2003), *Contemporary India: A Sociological View*, Penguin Books, India.
7. Menon, Nivedita (ed.) (1999), *Gender and Politics in India*, OUP, Article by Radha Kumar "from Chipko to Sati".
8. Shah Ghanshyam ( ) *Social Movements in India*.
9. Sekhar, Rukmini (ed.) (1998), *Making A Difference*, SPIC MACAY Pub. Articles by Niraja Gopal Jayal and Rajeev Bhargava, New Delhi.
10. Kaviraj, Sudipta (ed.) (1997), *Politics in India*, OUP, New Delhi.
11. Rajagopal, Arvind (ed.) (2009), *The Indian Public Sphere*, OUP, New Delhi.
12. Thapar, Romila (ed.) (2000), *India: Another Millenium?*, Penguin, New Delhi.
13. Rao, MSA (ed.) (1979), *Social Movements in India*, Manohar, Vol. 1, New Delhi.

अध्याय दस

# सामाजिक गतिशीलता एवं व्यावसायिक संरचना

*सुमन कुमार*

भारतीय समाज एक परंपरागत समाज है। अत: समकालीन भारत का अध्ययन एवं विवेचन इसकी ऐतिहासिक विरासत एवं प्राचीन सभ्यता को जाने बगैर असंभव है। भारत का बहुसांस्कृतिक एवं बहुलवादी समाज निरंतर गतिशील एवं परिवर्तनशील रहा है। व्यावसायिक आधार पर निर्मित वर्ण-व्यवस्था एवं उससे उत्पन्न जाति-व्यवस्था ने सामाजिक गतिशीलता एवं व्यावसायिक संरचना में परिवर्तन पर बड़ा गहरा प्रभाव डाला है। 'आधुनिकता का पारंपरिककरण' (Traditionalisation of Modernity) भारत में सामाजिक परिवर्तन का मूलाधार रहा है।[1] भारत में सामाजिक परिवर्तन एवं गतिशीलता के अनेक पहलू हैं एवं समाज की व्यावसायिक गतिशीलता इसका एक पक्ष है। एक ओर सनातन धर्म पर आधारित समाज एक धर्मनिरपेक्ष समाज के रूप में दिखाई पड़ता है, वहीं दूसरी ओर शहरीकरण के युग में धर्म, जाति, लिंग, क्षेत्र जैसे भेद-भाव सिमटते हुए वर्ग रूप संरचना में समाहित होते जा रहे हैं। सामाजिक गतिशीलता के परिणाम के रूप में *'जाति का धर्मनिरपेक्षीकरण'* भी हो रहा है और एक नए मध्य वर्ग (New Middle Class) का भी उदय हो रहा है, जिसकी व्यावसायिक भूमिका जातिगत भूमिका से अधिक महत्त्वपूर्ण है।[2]

## 10.1 सामाजिक गतिशीलता क्या है?

सामाजिक गतिशीलता (Social Mobility) वह प्रक्रिया है जिसका संबंध सामाजिक स्तरीकरण में परिवर्तन से है। इसके अंतर्गत कोई व्यक्ति, परिवार, वर्ग, जाति आदि एक सामाजिक स्तर से दूसरे सामाजिक स्तर या स्थिति को प्राप्त करता है। यह गतिशीलता कई प्रकार की हो सकती है। इसमें व्यावसायिक, आर्थिक एवं सामाजिक दृष्टि से उन्नति एवं विकास की बात भी है। सामाजिक गतिशीलता एक प्रकार का आंदोलन भी है जिसमें कोई व्यक्ति या व्यक्ति समूह एक सामूहिक स्थिति को छोड़कर दूसरी सामूहिक स्थिति को प्राप्त करता है, एक व्यवसाय को छोड़कर दूसरे व्यवसाय को धारण करता है। इस प्रक्रिया में नीचे की ओर नहीं, आगे की ओर बढ़ने की प्रवृत्ति अधिक होती है। वस्तुत: सामाजिक स्तर में परिवर्तन की प्रक्रिया को सामाजिक गतिशीलता का मुख्य तत्त्व माना जाता है।[3]

---

असिस्टेंट प्रोफेसर, राजनीतिशास्त्र विभाग, राजधानी कॉलेज, दिल्ली विश्वविद्यालय

सामाजिक गतिशीलता एवं व्यावसायिक संरचना में बड़ा निकट का संबंध है। सामाजिक गतिशीलता से व्यावसायिक संरचना गंभीर रूप से प्रभावित होती है। व्यावसायिक संरचना में श्रम-शक्ति की भागीदारी के साथ-साथ सामाजिक संरचना के अंतर्गत विभिन्न प्रकार की आर्थिक एवं उत्पादन संबंधी गतिविधियां भी शामिल होती हैं। उल्लेखनीय है कि आज हम जिस विश्व में रह रहे हैं वह वैश्वीकरण (Globalisation) का युग है जिसके प्रभाव से भारत भी अछूता नहीं रहा है। वैश्वीकरण के दौर में सूचना क्रांति की वजह से भौगोलिक दूरियां मिटती-सी दिखाई पड़ती हैं। इससे न सिर्फ सामाजिक गतिशीलता को बल मिला है बल्कि इससे व्यावसायिक संरचना में भी महत्त्वपूर्ण बदलाव आए हैं, किंतु आधुनिक भारत की यह विशेषता रही है कि बदलती सामाजिक संरचनाओं के बावजूद समाज का परंपरागत सामाजिक ढांचा आज भी अपना अस्तित्व बनाए हुए है। यही कारण है कि आज भारत सामाजिक, राजनीतिक एवं आर्थिक दृष्टि से विश्व में एक उभरती हुई शक्ति के रूप में जाना जाता है। भारत में सामाजिक गतिशीलता एवं व्यावसायिक संरचना में आए बदलाव का अध्ययन एवं विवेचन निम्न शीर्षकों के अंतर्गत किया जा सकता है।

## 10.2 परंपरागत भारतीय समाज

परंपरागत भारतीय समाज का एक लंबा इतिहास रहा है। प्राचीन भारतीय समाज का मुख्य आधार वह वर्ण-व्यवस्था रही है जिसके अंतर्गत मनु ने इस समाज का विभाजन चार वर्गों में किया—ब्राह्मण, क्षत्रिय, वैश्य एवं शूद्र।[4] मनु ने भारतीय समाज का इस प्रकार का विभाजन मुख्यत: कार्यों या व्यवसाय के आधार पर किया। इसकी मुख्य विशेषता यह थी कि यह एक खुली व्यवस्था थी। कर्म के आधार पर व्यक्ति अपने वर्ण को समाज में परिवर्तित कर सकता था। व्यक्ति जिस कार्य को समाज में संपादित करता है वह उसी कार्य आधारित वर्ण का हिस्सा बन जाता है।

वर्ण-व्यवस्था भारतीय समाज के स्तरीकरण का एक हिस्सा मात्र है। भारतीय समाज में विश्व के किसी भी समाज से ज्यादा स्तरीकरण प्राचीन काल से ही विद्यमान है। भाषा आधारित विभाजन भी समाज में स्तरीकरण का एक प्रतीक है। स्तरीकरण के संदर्भ में महत्त्वपूर्ण बात यह है कि समाज में विभिन्न स्तरों पर अवस्थित समूहों की स्थिति एवं भूमिका कैसी है? इसका निहितार्थ यह है कि समाज का स्तरीकरण एवं विभाजन समाज में एक ओर जाति संरचना को दर्शाता है तो दूसरी ओर इससे कार्यों के विभाजन का स्वरूप भी स्पष्ट होता है।

## 10.3 सामाजिक संरचना एवं कार्य विभाजन

समाज की एक महत्त्वपूर्ण इकाई परिवार है। परिवार का अभिन्न अंग व्यक्ति है। इस तरह व्यक्ति समाज की एक इकाई के रूप में दिखता है। ''अर्थ'' को भारतीय समाज में प्राचीन काल से एक विशेष प्रमुखता प्राप्त है। अरस्तू जैसे यूनानी विचारक ने भी ''अर्थ उपार्जन'' को परिवार का एक आवश्यक कार्य माना है। अर्थ अथवा धन का अर्जन कार्यों के बिना संभव नहीं है। कार्य अर्थात् पेशा व्यक्ति के जीवनयापन एवं परिवार के पोषण के लिए अनिवार्य है। पेशा व्यक्ति को समाज में एक स्थान दिलाता है। यह व्यक्ति को सम्मान एवं प्रतिष्ठा भी दिलाता है, यह बात

महत्त्वपूर्ण है। वहां प्रश्न यह भी उठता है कि क्या पेशा सामाजिक स्थिति से निरपेक्ष होता है? यह अध्ययन एवं विश्लेषण का विषय है।

वर्ण व्यवस्था पर आधारित प्राचीन भारतीय समाज में पेशा एवं वर्ण एक-दूसरे के पर्याय दिखाई पड़ते हैं। व्यक्ति का पेशा उसे एक निश्चित वर्ण में स्थान दिलाता है। वर्ण में स्थान मिलना उसकी सामाजिक स्थिति का सूचक बन जाता है। समाज को नेतृत्व प्रदान करने वाला प्रभावशाली वर्ग अपने पेशे के कारण उच्च वर्ग बन जाता है। यहां वर्ग से तात्पर्य चार अलग-अलग वर्णों से है। ब्राह्मण एक प्रभावशाली वर्ग का सूचक रहा है। यह अपने ज्ञान एवं पांडित्य के बल पर न सिर्फ क्षत्रियों पर प्रभाव जमाए रखता है, बल्कि वैश्य एवं शूद्रों की सामाजिक स्थिति का मूल्यांकन करता है एवं दिशा-निर्देश देता है। स्तरीकरण की दृष्टि से सबसे ऊपर ब्राह्मण, फिर क्षत्रिय, वैश्य एवं शूद्र आते हैं, जिसमें शूद्रों की स्थिति निम्न मानी जाती है, क्योंकि वे निम्न स्तर के कार्य करते हैं, वही उनका पेशा है।[5] समाज में अनेक तरह के कार्य होते हैं। अलग-अलग कार्यों को संपादित करने वाला समूह अलग-अलग वर्ण में तब्दील हो जाता है। समाज का स्वरूप जैसे-जैसे परिवर्तित होता जाता है, वैसे-वैसे वर्ण का स्वरूप भी बदलता रहता है। इस बदलते स्वरूप के बीच ''जाति'' दिखाई पड़ती है। जाति (Caste) भी सामाजिक स्तरीकरण का प्रतीक है जो मुख्यत: वर्ण व्यवस्था से उद्भुत है। भारतीय समाज में ''जाति'' शब्द के तीन निहितार्थ हैं - वर्ण, जाति एवं जाति-समूह।[6]

## 10.4 भारत में जाति व्यवस्था

जाति-व्यवस्था भारतीय समाज का प्राचीन काल से ही एक अभिन्न अंग रही है। भारतीय समाज एवं राजनीति को शायद किसी तत्त्व ने इतना अधिक प्रभावित नहीं किया, जितना कि जाति के तत्त्व ने। भारत में अनेक धर्म बाहर से आए एवं यहां पल्लवित व पुष्पित हुए। फलत: यहां कई धर्मों का उदय हुआ, फिर भी भारत में जाति-व्यवस्था एक अविवादित तथ्य के रूप में बनी रही है। ''जाति'' सामाजिक विभाजन का एक रूप है। जातियों के स्थान अनुसार समाज में व्यक्ति का अनुक्रम स्थापित होता है। यदि हम शब्दों के आडंबर एवं जटिल संकल्पनाओं से बचें तो जाति एक समान लोगों का एक समूह है। इसके सदस्यों के बीच व्यवसाय, व्यापार, रहन-सहन व रीति-रिवाज इत्यादि की समानता होती है। आधुनिक युग में बहुल जातियां जो एक साथ एक प्रकार के व्यवसाय में संलग्न होती हैं, जाति समूह (Jati-cluster) कहलाती हैं। यह समूह सार्वजनिक क्षेत्र में लाभ प्राप्त करने के लिए अपनी संख्यात्मक शक्ति को बढ़ाता है।[7] भारत में जाति व्यवस्था एवं जातियों को समझने का पहला व्यवस्थित प्रयास अंग्रेजी सरकार ने 1872 में किया। इस वर्ष पहली बार भारतीय समाज की आबादी की प्रकृति को समझने के लिए ब्रिटिश शासन ने जनगणना की शुरुआत की। इस जनगणना के माध्यम से जातियों की संख्या, उनकी सामाजिक स्थिति, उनके व्यवसाय आदि के बारे में जानकारी पाने का एक असफल प्रयास हुआ।

## 10.5 1947 के बाद का भारत

भारत को 1947 में स्वतंत्रता प्राप्त हुई। यह एक लंबे राजनीतिक संघर्ष का परिणाम थी। स्वतंत्र

भारत ने अपना संविधान बनाया जिसे 26 जनवरी 1950 में लागू किया गया। यह एक राजनीतिक परिवर्तन मात्र था। इससे भारत की सामाजिक स्थिति में कोई बहुत बड़ा बदलाव नहीं आया। सामाजिक परिवर्तन वैसे भी धीरे-धीरे होता है। तात्पर्य यह कि स्वतंत्रता प्राप्ति के पश्चात् भी भारतीय समाज की जाति-व्यवस्था एवं वर्गों के स्वरूप में कोई खास परिवर्तन नहीं आया। फर्क सिर्फ इतना था कि अंग्रेजी सरकार की जगह भारतीयों की सरकार आ गई। यह एक नए राजनीतिक युग की शुरुआत थी। राजनीतिक परिवर्तन से सामाजिक गतिशीलता भी प्रभावित होती है, फलत: समाज में भी परिवर्तन होने लगता है।

भारत में संविधान लागू होने के साथ ही समाज के अनुरूप नीतियां बनाने की शुरुआत हुई। भारत एक धर्मनिरपेक्ष राज्य के रूप में उभरने लगा। संविधान में जनता के मूल अधिकारों को सुनिश्चित करने का प्रयास किया गया तथा नीति निदेशक सिद्धांतों के माध्यम से आर्थिक एवं सामाजिक क्रांति पर बल दिया गया।[8] सैद्धांतिक स्तर पर जाति, धर्म, लिंग, रंग-नस्ल व जन्म स्थान संबंधी भेदभाव को समाप्त कर दिया गया तथा इस तरह के भेदभाव को कानूनी अपराध माना गया। किंतु संवैधानिक व्यवस्था के विपरीत, व्यवहार के धरातल पर ये सारे भेदभाव विद्यमान रहे।

उल्लेखनीय है कि स्वतंत्रता प्राप्ति के पश्चात् ऐसी धारणा बन रही थी कि पाश्चात्य लोकतांत्रिक मूल्यों के आधार पर राजनीतिक व्यवस्था स्थापित होने से भारत में जातिवाद समाप्त हो जाएगा, किंतु ऐसा हुआ नहीं, बल्कि भारतीय राजनीति में जाति का महत्त्व निरंतर बढ़ता गया और भेदभाव की स्थिति भी बनी रही। रजनी कोठारी ने लिखा कि भारतीय जनता जाति के आधार पर संगठित होती है। जाति के आधार पर वोट डालती है। अत: न चाहते हुए भी राजनीति को जाति संस्था का उपयोग करना पड़ेगा। यह जाति का राजनीतिकरण है। उन्होंने यह तर्क दिया कि भारत में जाति-व्यवस्था आधुनिकीकरण एवं सामाजिक परिवर्तन में रुकावट नहीं डालती, बल्कि इसको प्रोत्साहित करने में महत्त्वपूर्ण भूमिका अदा करती है।[9] कहने का तात्पर्य यह है कि जाति-व्यवस्था भारतीय समाज व राजनीति का एक महत्त्वपूर्ण एवं अभिन्न भाग है।

यह जाति व्यवस्था का ही प्रभाव था कि स्वतंत्र भारत ने अपनी नई नीतियों के अंतर्गत संसदीय व्यवस्था एवं सरकारी नौकरियों में अनुसूचित जाति एवं अनुसूचित जनजातियों के लिए सीटों के आरक्षण की व्यवस्था की। इसे 'सकारात्मक भेदभाव' की नीति कहा गया। यह नीति वस्तुत: सदियों से चले आ रहे भेदभाव का परिणाम थी जिसके माध्यम से निम्न जातियों को राष्ट्र की मुख्य धारा में जोड़ने की कोशिश की गई। यह नीति स्वयं इस बात का सूचक थी कि भारतीय समाज "जाति-संस्था" के प्रति कितना संवेदनशील है यहीं से जाति के राजनीतिकरण की शुरुआत होती है।

स्वतंत्रता के पश्चात् भारत में शहरीकरण की प्रक्रिया में तेजी आई। नए शहरों का विकास हुआ। शहरीकरण की प्रक्रिया ने रोजगार के नए अवसरों का सृजन किया। इससे भारत में पंचवर्षीय योजनाओं के अंतर्गत औद्योगिक विकास की नीति को बल मिला। सरकारी नौकरी सामाजिक व्यवस्था में व्यक्ति की स्थिति को निर्धारित करने वाले नए तत्त्व के रूप में उभर कर सामने आई। जाति-व्यवस्था को इससे चोट तो पहुंची, परंतु जाति-व्यवस्था के प्रभावशाली अस्तित्व के सामने यह आज भी बौनी प्रतीत होती है।

सरकारी नौकरी प्राप्त व्यक्ति की आर्थिक स्थिति मजबूत होती गई। उनमें से ज्यादातर लोग शहरों में बसने लगे। यहां उल्लेखनीय है कि सरकारी नौकरी प्राप्त करने में भी उन्हीं वर्गों का प्रभुत्व रहा जो आर्थिक एवं सामाजिक दृष्टि से पहले से प्रभावशाली थे। इससे निम्न जातियों को कोई विशेष लाभ नहीं मिला। वे ही लोग आर्थिक दृष्टि से सबल होते गए जिनकी सामाजिक स्थिति मजबूत थी। आरक्षण की व्यवस्था सिर्फ अनुसूचित जाति एवं जनजातियों तक सीमित थी। इस वर्ग के लोग सरकारी सेवाओं में निचले पायदान तक ही सीमित रहे। सामाजिक गतिशीलता की प्रक्रिया में इनकी गति बहुत धीमी रही।

## 10.6 भारतीय नौकरशाही का चरित्र

भारतीय नौकरशाही अंग्रेजी शासन की देन है। नौकरशाही की मानसिकता सामंतवादी मानसिकता से भिन्न नहीं होती। सरकारी नौकरी एवं औद्योगिक घरानों के कार्य करने वाले लोगों की बदौलत भारत में भी मध्यम वर्ग का विकास शुरू हुआ। ग्रामीण परिवेश से आए लोगों ने भी नौकरी शुरू करने के बाद शहरी रीति-रिवाजों को अपनाना शुरू किया। जाति के धर्मनिरपेक्षीकरण (secularisation of caste)[10] ने भारत में एक नए मध्य वर्ग (new middle class) को जन्म दिया। *वि-कर्मकाण्डीकरण* (de-ritualisation) एवं राजनीतिकरण (politicisation) ने भारतीय समाज में जाति के धर्मनिरपेक्षीकरण को बढ़ावा दिया। इससे जिस नए मध्य वर्ग का उदय हुआ, वह न सिर्फ भारत के 1/5 भाग को समाहित करता है, बल्कि इसमें विभिन्न जातियों, विशेषकर निम्न जातियों (अनुसूचित जाति एवं जनजाति) की भी भागीदारी बढ़ी है।[11]

जिस प्रकार वर्ण व्यवस्था भारत में सामाजिक स्थिति को दर्शाती है, उसी तरह से नई सामाजिक क्रांति के दौर में सरकारी नौकरी ने समाज में व्यक्ति के दर्जे को दर्शाना शुरू किया। नए मध्य वर्ग की भी शिरकत इसमें धीरे-धीरे बढ़ती गई। आरक्षण की राजनीति ने इस प्रक्रिया को समय स्तर में और अधिक तेज कर दिया। शुरू में सरकारी नौकरियों में निम्नवर्ग या निम्न जाति के लोग निचले स्तर की सरकारी नौकरी तक ही सीमित रहे। निम्न जाति का व्यक्ति सरकारी पद पर आसीन होते हुए भी रातों-रात अपनी सामाजिक स्थिति को बदल नहीं सकता था। वस्तुत: सामाजिक परिवर्तन की प्रक्रिया अचानक नहीं, शनै:-शनै: ही तीव्र होती है। उच्च सरकारी नौकरी करने वाले व्यक्ति को अपने अस्तित्व की लड़ाई नौकरशाही के भीतर भी लड़नी पड़ती थी। उच्च जाति का व्यक्ति निम्न जाति के व्यक्ति के समान ओहदा रखते हुए उसकी सामाजिक स्थिति के कारण उसे हीन भावना से देखता रहा तथा संविधान की समानता की भावना व्यावहारिक धरातल पर विफल होती रही। इसके परिणाम दोनों ही स्तरों पर दिखाई देते हैं—नौकरशाही की संरचनात्मक स्थिति के स्तर पर एवं सामाजिक व्यवस्था की गतिशीलता के स्तर पर।

नौकरशाहों ने धीरे-धीरे भारत की सामाजिक व्यवस्था के किले में सेंध लगाकर इसे कमजोर करने का कार्य किया। अस्तित्व के संघर्ष के दौर में एक बहुत बड़ा वर्ग जिसे ''अन्य पिछड़ा वर्ग'' (Other Backward class – ओ.बी.सी.) कहा जाता है, अपनी एक अलग स्थिति को पाने के लिए संघर्षरत था। इस वर्ग की न तो सामाजिक-आर्थिक स्थिति अच्छी थी, न ही इसे आरक्षण

का लाभ मिल रहा था। आरक्षण की राजनीति ने नए सामाजिक-राजनीतिक समीकरण को जन्म दिया। इसके कारण जाति के राजनीतिकरण की प्रक्रिया शुरू हुई और यह वर्ग एक बहुत बड़े वोट बैंक के रूप में उभरने लगा। इस राजनीति को 1990 के दशक में एक नया आयाम मिला, जिससे भारतीय नौकरशाही के चरित्र में भी महत्त्वपूर्ण बदलाव आया।

1989 के लोकसभा चुनाव में किसी भी दल को स्पष्ट बहुमत नहीं मिला। ऐसी स्थिति में श्री. वी.पी. सिंह के नेतृत्व में संयुक्त मोर्चे की सरकार बनी। गठबंधन की राजनीति की शुरुआत यहीं से होती है। अन्य दलों की अपेक्षा अपनी स्थिति को सुदृढ़ बनाने के लिए श्री वी.पी. सिंह ने मंडल कमीशन की सिफारिशों को 1990 में लागू करने की घोषणा कर दी। इसके बाद पूरे देश में आरक्षण विरोधी आंदोलन छिड़ गया।

मंडल कमीशन की सिफारिश के अनुरूप सामाजिक, आर्थिक एवं शैक्षिक दृष्टि से पिछड़े-अन्य पिछड़ा वर्ग के लिए शैक्षणिक संरचनाओं एवं सरकारी नौकरियों में आरक्षण का लाभ मिलना था। इस वर्ग के लिए 27 प्रतिशत आरक्षण के प्रावधान को लागू कर दिया गया। इस निर्णय को बाद में सर्वोच्च न्यायालय में चुनौती दी गई। इस केस की सुनवाई के पश्चात् सर्वोच्च न्यायालय ने सरकारी नौकरी एवं शिक्षा के क्षेत्र में पचास प्रतिशत की अधिकतम सीमा तय कर दी तथा अन्य पिछड़ा वर्ग के लिए 27 प्रतिशत आरक्षण की व्यवस्था को उचित ठहराया।[12]

## 10.7 संरक्षणात्मक भेदभाव एवं सामाजिक गतिशीलता

आरक्षण की राजनीति ने 1990 के दशक से भारतीय समाज एवं राजनीति के अंतर्गत राजनीतिक समीकरणों के एक नए युग की शुरुआत की। सरकारी नौकरियों में आरक्षण की व्यवस्था ने कई दूरगामी परिणाम उत्पन्न किए। भारतीय नौकरशाही के वर्ग चरित्र में बदलाव आया और उसके वर्गीय अहंकार को चोट लगी। इसका प्रमुख कारण यह था कि सर्वोच्च न्यायालय ने अपने फैसले में *क्रीमी लेयर* के सिद्धांत का प्रतिपादन किया था जिसका निहितार्थ था कि अन्य पिछड़े वर्ग के जो लोग सुविधा का उपयोग कर *क्रीमी लेयर* में शामिल होंगे उन्हें आरक्षण का लाभ नहीं मिलेगा। ओ.बी.सी. वर्ग के लोग अब अधिकारी तंत्र में आने शुरू हो गए। इनके लिए सरकारी सेवाओं को प्राप्त करना अब सरल हो गया, जो अपनी निम्न स्थिति की वजह से सामाजिक गतिशीलता में पीछे रह गए थे। इससे सामाजिक गतिशीलता में भी तेजी आई और व्यावसायिक संरचना में भी महत्त्वपूर्ण बदलाव आने लगे। इस प्रकार जाति का पूर्णत: राजनीतिकरण हो गया। अब निम्न वर्ग, मध्य वर्ग और मध्य वर्ग, उच्च वर्ग में तब्दील होने लगा। इस दौर में जाति का धर्मनिरपेक्षीकरण भी हुआ, जिसने भारत में शांतिपूर्ण क्रांति (Silent Revolution)[13] को जन्म दिया और *डी.एल. सेठ* के शब्दों में भारत में इस प्रकार एक नए मध्यवर्ग का विकास हुआ।[14]

उल्लेखनीय है कि 1990 के दशक से ही भारत में आर्थिक उदारीकरण का दौर भी शुरू हुआ। इससे भूमंडलीकरण की प्रक्रिया शुरू हुई। भूमंडलीकरण अथवा वैश्वीकरण की संरचना एवं प्रक्रिया ने भारतीय राजनीति एवं समाज को भी प्रभावित किया। इसने सामाजिक परिवर्तन की प्रक्रिया भी शुरू की। परंपरागत भारतीय समाज के जातीय प्रभुत्व का व्यावसायिक कारण दिखाई पड़ने लगा। जिस तरह से *लॉर्ड मैकाले* ने जब अंग्रेजी भाषा की शुरुआत की तो इसे जानने वाले लोग 'मैकाले गोत्र' के नाम से संबोधित किया जाने लगा, उसी प्रकार से सरकारी नौकरी में आने

वाले लोगों की सामाजिक स्थिति बदलने लगी और जाति-व्यवस्था के अंतर्गत वि-कर्मकाण्डीकरण एवं धर्मनिरपेक्षता का तत्त्व जोर पकड़ने लगा।

भारत के ग्रामीण परिवेश में जातियां परंपरागत रूप से एक विशेष पेशे से जुड़ी हुई दिखाई पड़ती हैं। आरक्षण की व्यवस्था से नौकरियां ज्यादा समायोजक बनीं। सरकारी नौकरियां प्राप्त करने की होड़ लग गई। इसका असर कृषि पर भी पड़ा। कृषि जो सबसे पुराना व्यवसाय माना जाता था, उससे लोगों की आमदनी दिनों-दिन कम होने लगी। ज्यादा जमीनों के जोतदारों की अपेक्षा छोटी नौकरी करने वाला व्यक्ति उनकी अपेक्षा ज्यादा अच्छा और सुरक्षित जीवन जीने लगा। इससे भूमि पर आधारित पेशे का महत्त्व कम होने लगा। सरकारी सेवाओं को चाहे वो किसी भी स्तर की हो, का महत्त्व बढ़ने लगा। जाति की परंपरागत दीवारें ध्वस्त तो नहीं हुई किंतु जाति का पेशागत चरित्र अवश्य बदलने लगा। सरकारी सेवा में प्रत्येक जाति के व्यक्तियों की हिस्सेदारी होने लगी, यद्यपि परंपरागत पेशे से जुड़ी जातियों का अस्तित्व अपने परंपरागत रूप में भी कायम रहा है।

## 10.8 भूमंडलीकरण एवं व्यावसायिक संरचना

1990 के दशक से भारत में आर्थिक उदारीकरण की प्रक्रिया शुरू हुई। भूमंडलीकरण वस्तुत: आर्थिक उदारीकरण का ही तार्किक परिणाम है। भूमंडलीकरण की संरचना एवं प्रक्रिया ने भारत में व्यावसायिक संरचना को बहुआयामी रूप में प्रभावित किया है।

सरकारी सेवाओं में आरक्षण की व्यवस्था लागू हो जाने से उच्च वर्ग की प्रभावशाली भूमिका कुछ सीमित हुई है। यह वर्ग अब एक नए विकल्प की तलाश में है। उदारीकरण के युग में बहुराष्ट्रीय कंपनियों की देश में भरमार हो गई है। इसने बेहतर सेवा एवं बेहतर वस्तु के नाते के माध्यम से रोजगार के नए अवसर भी उत्पन्न किए हैं। किंतु जहां इस निजी क्षेत्र की सेवाएं अस्थायी एवं संविदावादी हैं, वहां सरकारी सेवाएं स्थायी चरित्र की होती हैं। सरकारी नौकरी में मासिक आय कम है, निजी सेवाओं की मासिक आय ज्यादा है। सरकारी सेवाओं में लालफीताशाही है, निजी सेवाओं में सापेक्षिक स्वतंत्रता है। इन सब बातों का यह प्रभाव है कि आम लोग सरकारी सेवाओं के आकर्षण से मुक्त होकर निजी सेवाओं में जाने की जद्दोजहद में लगे हैं। यह सच है कि शहरी क्षेत्र के लोगों के बीच सरकारी नौकरियों का आकर्षण कम हुआ है, किंतु ग्रामीण क्षेत्रों में यह आकर्षण आज भी बना हुआ है। यह भूमंडलीकरण का परिणाम है कि आज परंपरागत समाज का पेशागत चरित्र बदलाव की प्रक्रिया से गुजरता हुआ दिखाई पड़ता है। आज ओहदा, उच्च पद, सामाजिक प्रतिष्ठा इत्यादि उतने मायने नहीं रखते जितने कि किसी व्यक्ति की आय। आज समाज का स्तरीकरण इस बात से तय होता है कि उसकी आमदनी कितनी है और वह धन के मामले में किससे आगे और किससे पीछे है। किसी व्यक्ति की आर्थिक सुदृढ़ता आज सामाजिक संरचना के अंतर्गत उसे महत्त्वपूर्ण स्थिति दिलाती है।

भूमंडलीकरण[15] ने भारत में शहरीकरण की प्रक्रिया को भी गति प्रदान की है यद्यपि यह गति धीमी है। ज्यादा से ज्यादा लोग शहरों की तरफ रुख कर रहे हैं। गांव से शहर, शहर से बड़े शहर, फिर एक बड़े शहर से विदेश पलायन कर जाने की प्रक्रिया की शुरूआत हो चुकी है। आर्थिक सरोकार आज हर व्यक्ति का प्राथमिक सरोकार बन चुका है। इस प्रक्रिया ने जातिगत विभेद

की रेखा को क्षीण कर दिया है। सार्वजनिक प्रतिष्ठानों, सार्वजनिक यातायात, होटलों, शिक्षण संस्थानों आदि ने जाति-व्यवस्था के परंपरागत स्वरूप को बदलने में अपना महत्त्वपूर्ण योगदान दिया है। आधुनिक उदारीकरण एवं वैश्वीकरण के युग में किसी भी जाति एवं वर्ग का व्यक्ति किसी भी पेशे को अपनाने के लिए तैयार है। फिर भी ऐसा नहीं है कि *जाति-व्यवस्था* का प्रभाव कम हुआ है या यह समाप्त हो चुकी है। यह अलग बात है कि आज जाति का धर्मनिरपेक्षीकरण एवं राजनीतिकरण हो गया है। वस्तुत: भारतीय राजनीति एवं समाज में जाति आधारित समूह आज भी सक्रिय एवं प्रभावशाली भूमिका अदा करते हैं। *ग्रैनविल ऑस्टिन* ने कहा है कि स्थानीय और राज्य स्तर की राजनीति में जातीय संघ एवं समुदाय निर्णय प्रक्रिया को प्रभावित करने में उसी प्रकार की भूमिका अदा करते हैं जिस प्रकार पश्चिमी देशों में दबाव समूह।[16]

## 10.9 वर्ग संरचना एवं सामाजिक गतिशीलता

भारतीय समाज का परंपरागत स्वरूप जाति व्यवस्था को परिलक्षित करता है। जाति व्यवस्था एक बंद सामाजिक व्यवस्था है। व्यक्ति जिस जाति में जन्म लेता है, उसी में पलता-बढ़ता है तथा उसी जाति में उसकी मृत्यु होती है, इस तथ्य से इनकार नहीं किया जा सकता। इस प्रकार जाति के निर्धारण में व्यक्ति का अपना कोई मत नहीं होता। चूंकि यह बंद व्यवस्था है अत: इसमें यदि कोई बदलाव न हो तो इसमें किसी भी प्रकार की सामाजिक गतिशीलता संभव नहीं है। इस प्रकार सामाजिक व्यवस्था में बदलाव की पूर्व शर्त यह है कि इसके जाति-आधारित वर्ग व्यवस्था में बदलाव आए भारतीय समाज आज भी परिवर्तन की प्रक्रिया में जुड़ा हुआ है। सामाजिक परिवर्तन की प्रक्रिया धीरे-धीरे ही चलती है। सामाजिक गतिशीलता वस्तुत: वह प्रक्रिया है जिसके अंतर्गत व्यक्ति एवं व्यक्ति समूह के स्तरीकरण में परिवर्तन होता है और यह अपेक्षाकृत निम्न स्तर से उच्च स्तर तक जाने की प्रक्रिया को इंगित करता है। भारतीय समाज का कायाकल्प तो नहीं हुआ है, किंतु उसमें गतिशीलता अवश्य आई है। यह इसी सामाजिक गतिशीलता का परिणाम है कि जाति का धर्मनिरपेक्षीकरण हुआ है, पुरानी कर्मकांडी मान्यताएं टूटी हैं, निम्न व पिछड़ी जातियों को समाज में उचित सम्मान एवं प्रतिष्ठा मिलने लगी है, अंतर्जातीय विवाह होने लगे हैं, सरकारी एवं निजी सेवाओं में उनकी भागीदारी बढ़ी है तथा एक नए मध्यवर्ग का उदय एवं विकास हुआ है। तथापि, गांवों एवं स्थानीय स्तर पर अभी भी बहुत कुछ किया जाना बाकी है। इसका अर्थ यह बिल्कुल भी नहीं है कि भारतीय समाज में जातिवाद खत्म हो चुका है और जाति-प्रथा महत्त्वहीन हो गई है।

समग्रत: यह कहा जा सकता है कि भारतीय समाज का अध्ययन एवं विवेचन एक कठिन कार्य है, क्योंकि भारतीय समाज एक जटिल समाज है, एक परंपरागत समाज है और आधुनिक भी। संस्कृति की सुदृढ़ नींव ने भारतीय सामाजिक व्यवस्था को एक सशक्त आधार प्रदान कर रखा है। जाति-व्यवस्था का स्थान वर्ग-व्यवस्था ले रही है, किंतु जातियों का अस्तित्व एवं प्रभाव अभी भी बरकरार है। यह आज भी भारतीय समाज एवं राजनीति में अपनी पहली भूमिका को दर्ज कराती रहती है। यह सच है कि सामाजिक गतिशीलता से सामाजिक परिवर्तन की प्रक्रिया शुरू हुई है और परंपरागत व्यावसायिक संरचना में महत्त्वपूर्ण बदलाव आए हैं। पर यह सभी जातियों एवं वर्गों में एकसमान नहीं है। हर वर्ग एवं हर जाति अपनी स्थिति के अनुरूप ही

गतिशील है। एक समतावादी समाज की स्थापना अभी भी दूर की वस्तु बनी हुई है। भारतीय समाज में जाति व्यवस्था एक सत्य के रूप में आज भी विद्यमान है। भारतीय समाज, परंपरा और आधुनिकता का मिश्रण है। यही वजह है कि व्यवसायिकरण के इस दौर में भी परंपरागत समाज का अस्तित्व कायम है साथ ही सामाजिक गतिशीलता भी बनी हुई है।

## संदर्भ एवं टिप्पणी

1. रजनी कोठारी (2010), *कास्ट इन इंडियन पॉलिटिक्स*, ओरियंट ब्लैकस्वान, नई दिल्ली, पृ. 24
2. विस्तृत विवेचन के लिए देखें, डी.एल. सेठ, ''सेक्यूलराइजेशन ऑफ कास्ट एंड मेकिंग ऑफ न्यू मिडल क्लास'', *इकोनोमिक एंड पॉलिटिक्स वीकली*, (नई दिल्ली), 21-28 अगस्त 1999, पृ. 2502-10
3. इयान मैकमिलन (1996), *दि कॉन्साइज ऑक्सफोर्ड डिक्शनरी ऑफ पॉलिटिक्स*, ऑक्सफोर्ड यूनिवर्सिटी प्रेस, न्यूयार्क, पृ. 458
4. देखें पी.आर. मेहता (2010), *फाउंडेशन ऑफ इंडियन पॉलिटिकल थॉट- फ्राम मनु टु प्रजेंट डे*, मनोहर, नई दिल्ली, पृ. 23-39
5. वर्ण-व्यवस्था पर विस्तृत विवरण के लिए देखें *वही*।
6. जेम्स मेनर (2010), ''प्रोलोग: कास्ट एंड पॉलिटिक्स इन रिसेंट टाइम्स'' इन रजनी कोठारी, *कास्ट इन इंडियन पॉलिटिक्स* (रिवाइज्ड बाइ जेम्स मेनर), ओरियंट ब्लैकस्वान, नई दिल्ली, पृ. 19
7. *वही*, पृ. XIX
8. देखें, ग्रेनविल ऑस्टिन (1999), *वर्किंग ए डेमोक्रेटिक कांस्टीट्यूशन-ए हिस्ट्री ऑफ दि इंडियन एक्सपीरियंस*, ओ.यू.पी., दिल्ली, पृ. 649
9. रजनी कोठारी (1970), *पॉलिटिक्स इन इंडिया*, ओरियंट ब्लैकस्वॉन, नई दिल्ली, पृ. 341
10. इस फ्रेज का प्रयोग लंदन विश्वविद्यालय के *एने बूथ* ने एक परिचर्चा के दौरान किया था।
11. देखें, जेम्स मेनर, *उपरोक्त*, पृ. IXVI—XIVII
12. देखें, एम.पी. सिंह एवं रेखा सक्सेना (2008), *इंडियन पॉलिटिक्स*, प्रेंटिस हॉल ऑफ इंडिया, नई दिल्ली, पृ. 25-28
13. 'शांतिपूर्ण क्रांति' शब्द का प्रयोग *जेफरेलोट* ने किया, भारत के संदर्भ में डी.एल. सेठ ने इस पदावली का प्रयोग जाति के धर्मनिरपेक्षीकरण, एक नए मध्यवर्ग के उदय के संदर्भ में किया, जो मुख्यत: सामाजिक गतिशीलता का ही एक रूप है।
14. डी.एल. सेठ, *उपरोक्त*, पृ. 9506
15. भूमंडलीकरण का सरोकार विश्व समुदाय के एकीकरण तथा वैश्विक पूंजीवाद को बढ़ावा देने से है।
16. ग्रेनविल ऑस्टिन (1966), *दि इंडियन कांस्टीट्यूशन: कोर्नरस्टोन ऑफ ए नेशन*, ओ.यू.पी., ऑक्सफोर्ड, पृ. 47

अध्याय ग्यारह

# नई सामाजिक शक्तियों का उद्‌भव

## दलित, अन्य पिछड़ा वर्ग, आदिवासी एवं महिला आंदोलन—प्रतिनिधित्व एवं सामाजिक न्याय पर एक बहस

*शंभू नाथ दूबे, मनोज सिन्हा*

भारतीय समाज एक विविधतामूलक समाज है। भाषा, क्षेत्र, धर्म, जाति, लिंग आदि अनेक प्रकार की विविधताएं हमारे यहां पाई जाती हैं। इन विविधताओं को आत्मसात् करके एक सफल राष्ट्र-राज्य के रूप में भारत की यात्रा अनवरत जारी है। इसीलिए विविधता में एकता को भारत की मौलिक विशेषता के रूप में रेखांकित किया जाता है। आजादी की लड़ाई के दौरान महात्मा गांधी के नेतृत्व में चलाया गया राष्ट्रीय आंदोलन इस विविधता में एकता की अनूठी मिसाल है। स्वतंत्रता प्राप्ति के बड़े लक्ष्य के सामने स्त्री, दलित, पिछड़ा आदिवासी आदि तरह की अस्मिताओं का प्रश्न गौण था। इनके हितों से जुड़े सवालों को प्राय: राष्ट्र विरोधी और अंग्रेज समर्थक गतिविधि के रूप में परिभाषित किया जाता था। अंबेडकर के संदर्भ में ऐसा ही हुआ। लेकिन आजादी के बाद राष्ट्रवाद के व्यापक आयाम के भीतर जो प्रश्न दबे पड़े थे, वे धीरे-धीरे क्रमश: बाहर आने लगे। समाज के भीतरी संघर्ष जो आजादी का लक्ष्य प्राप्त होने तक स्थगित कर दिए गए थे वे भी धीरे-धीरे उभरने लगे।

संविधान, लोकतांत्रिक चुनाव प्रणाली और कानून का शासन आदि ने मिलकर वह 'स्पेस' निर्मित किया जिसमें हाशिये के समूह भी सत्ता तंत्र में सीधे अपनी भागीदारी को सुनिश्चित कर सके या अपने मुद्दों को लेकर उसपर अपेक्षित दबाव बना सके। एक व्यक्ति एक वोट के सिद्धांत ने अपने आरंभिक दौर में ही राजनीतिक समानता की स्थापना कर दी। चूंकि लोकतंत्र में सत्ता वोट से ही हासिल होती है, इसलिए लोकतांत्रिक प्रक्रिया के आगे बढ़ने के क्रम में वे तबके महत्त्वपूर्ण होते गए, जो संख्या में अधिक थे। इस तरह लोकतांत्रिक चुनाव प्रणाली ने उन तबकों की आंखें खोल दी जो संख्या की दृष्टि से काफी अधिक थे लेकिन सत्ता में उनकी भागीदारी एकदम न्यून थी।

इस प्रकार, लोकतांत्रिकरण की प्रक्रिया के आगे बढ़ने के साथ ही समाज में नई सामाजिक

---

असिस्टेंट प्रोफेसर, राजनीतिशास्त्र विभाग, आत्माराम सनातन धर्म कॉलेज, दिल्ली विश्वविद्यालय
एसोसिएट प्रोफेसर, राजनीतिशास्त्र विभाग, रामलाल आनंद कॉलेज, दिल्ली विश्वविद्यालय

शक्तियों का उदय हुआ। नई शक्तियों ने समाज की पुरानी सत्ता संरचना को जबरदस्त चुनौती दी। इन्होंने अपने शोषण, उत्पीड़न और दमन के विरुद्ध हर स्तर पर संघर्ष शुरू किया। इन नई सामाजिक शक्तियों के उभार को दलित, पिछड़ा, आदिवासी महिला आंदोलनों द्वारा विशेष तौर पर रेखांकित किया जा सकता है।

## 11.1 दलित आंदोलन

जाति-प्रथा भारतीय समाज की जघन्यतम बुराइयों में से एक है। जाति-व्यवस्था में जातियों की एक श्रेणीबद्ध संरचना होती है। इस संरचना में प्रत्येक जाति दूसरी जाति से ऊंची या नीची होती है। जाति भारतीय समाज की सबसे शक्तिशाली संरचना है। व्यक्ति की सामाजिक हैसियत के निर्धारण में उसकी जाति की निर्णायक भूमिका होती है। भारतीय संदर्भ में व्यक्ति की सामाजिक स्थिति उसकी आर्थिक और राजनीतिक स्थिति से सीधे जुड़ी होती है। हमारे यहां जाति प्रथा का एक क्रूर उत्पीड़क और शर्मनाक इतिहास रहा है। दलित इसके सबसे अधिक शिकार हुए हैं। जाति प्रथा की अमानवीयता ने उन्हें हजारों वर्षों से मानवीय गरिमा से वंचित रखा और पशुवत जीवन जीने के लिए बाध्य किया। दलित आंदोलन मूल रूप से इस अमानवीय जाति प्रथा के विरुद्ध मानवीय गरिमा और आत्मसम्मान हासिल करने का आंदोलन है।

दलित हिंदू धर्म की श्रेणीबद्ध जातिगत संरचना में सबसे निचले पायदान पर आते हैं। हिंदू धर्म की वर्णाश्रम व्यवस्था में उनकी कोई जगह नहीं है। ब्राह्मण, क्षत्रिय, वैश्य, शूद्र की चतुष्वर्णीय व्यवस्था से वे बाहर हैं। यहां स्पष्ट है कि शूद्र और दलित अलग-अलग हैं और दलितों की स्थिति जातिगत व्यवस्था में शूद्रों से नीचे है। हिंदू धर्म की अन्य जातियों के बीच इन्हें अछूत (untouchable) माना जाता रहा है। परंपरागत हिंदू समाज में दलितों को वैसे काम करने पड़ते थे जो अत्यंत घृणित और अपवित्र समझे जाते थे। इस तरह के कामों में मैला ढोना, चमड़े का काम, मरे हुए जानवरों की चीड़-फाड़, नाली-नालों की सफाई आदि को मुख्य रूप से चिह्नित किया जा सकता है। इसका परिणाम यह होता था कि दलितों को हिंदू सामाजिक जीवन से पूरी तरह बहिष्कृत कर दिया जाता था। उन्हें न तो मंदिरों में प्रवेश की अनुमति थी और न ही स्कूलों में। उन्हें शिक्षा से पूरी तरह वंचित रखा गया। इतना ही नहीं उन्हें गांव के बाहर ही बसने की इजाजत थी। वे गांव के भीतर नहीं रह सकते थे।

शाब्दिक दृष्टि से दलित शब्द का अर्थ है- दबा हुआ या कुचला हुआ। दलित शब्द का पहले-पहल प्रयोग उन्नीसवीं शताब्दी में ज्योतिबा फुले द्वारा किया गया था। आगे गांधीजी ने इनके लिए 'हरिजन' शब्द का प्रयोग किया। यह शब्द काफी लोकप्रिय भी हुआ। इसका अर्थ है - ईश्वर का पुत्र। हिंदू समाज के दलितों के प्रति नजरिये में परिवर्तन लाने के लिए गांधी जी ने उन्हें यह नाम दिया। इसके प्रति उनकी नीयत बिल्कुल अच्छी थी। हालांकि बाद में दलित विद्वानों द्वारा इस शब्द की आलोचना की गई। ऐतिहासिक रूप से अछूत मानी गई जातियों के लिए आज सर्वाधिक लोकप्रिय शब्द दलित ही है। लेकिन आधिकारिक रूप से इनके लिए अनुसूचित जाति (Scheduled Castes) का प्रयोग ही प्रचलन में है।

भारत में दलितों की संख्या कुल आबादी की लगभग 16 प्रतिशत है। उनमें से अधिकांश गरीब मजदूर और भूमिहीन हैं। आज भी दलितों की एक बड़ी संख्या अपने परंपरागत कार्यों में लगी

है, जो बहुत सोचनीय है। दलित आबादी पूरे देश में फैली हुई है। किसी एक राज्य या क्षेत्र में केंद्रित नहीं है।

आजादी के पहले और बाद में जो दलित आंदोलन हुए उनके केंद्र में मुख्य रूप से अस्पृश्यता की समस्या थी। प्रायः सभी आंदोलनों को अस्पृश्यता के विरुद्ध संघर्ष के रूप में परिभाषित किया जा सकता है।

दलितों की मुख्य समस्या सामाजिक है। उनकी आर्थिक समस्याओं के मूल में भी सामाजिक कारण ही है। इसलिए दलित आंदोलन मुख्य रूप से सामाजिक समस्याओं पर ही अपना ध्यान केंद्रित करता है लेकिन इसके साथ-साथ कृषक मजदूरों की समस्या भी उनकी कार्यसूची का प्राथमिक विषय होता है। आजादी के बाद के दलित आंदोलन ने सामाजिक समस्याओं के अलावा मुख्य रूप से अपना ध्यान संविधान द्वारा प्रदत्त आरक्षण की व्यवस्था को ठीक ढंग से लागू कराने और इसका विस्तार करने पर केंद्रित किया न केवल सरकारी क्षेत्र में बल्कि हाल के वर्षों में दलित आंदोलन ने निजी क्षेत्र में आरक्षण की मांग को काफी मुखर रूप से उठाया है।

### 11.1.1 दलित आंदोलन के वैचारिक स्त्रोत और मुख्य पड़ाव

दलित आंदोलन का इतिहास बहुत पुराना है। अपने लंबे इतिहास में इसने कई पड़ाव तय किए हैं। आज का दलित आंदोलन अपने को एक लंबी परंपरा से जोड़ता है। यह परंपरा महात्मा बुद्ध से शुरू होकर विराट भक्ति आंदोलन से होते हुए ज्योतिबा फुले, अंबेडकर, पेरियार से गुजरते हुए कांशीराम की बहुजन समाज पार्टी और उससे आगे तक जाती है। हिंदू वर्णाश्रम व्यवस्था और जाति प्रथा ही दलितों के उत्पीड़न के मूल में है, इसलिए हिंदू धर्म की इन संस्थाओं को कमजोर करने या उनमें सुधार के लिए इतिहास में चलाया गया प्रत्येक आंदोलन दलित आंदोलन की वैचारिक पीठिका के समान है। घनश्याम शाह ने दलित आंदोलन को मुख्यतः दो भागों में बांटा है—सुधारक आंदोलन और वैकल्पिक आंदोलन।[1]

**11.1.1 (i) सुधारक आंदोलनः** आधुनिक काल से पहले के अधिकांश आंदोलन सुधारक आंदोलन की श्रेणी में आते हैं। इन आंदोलनों ने हिंदू जाति-व्यवस्था में सुधार कर अस्पृश्यता की समस्याओं को हल करने का प्रयास किया। इन आंदोलनों ने धार्मिक कर्मकांड, ब्राह्मण वर्चस्व, जाति-पांति, ऊंच-नीच, वर्णाश्रम की अमानवीयता आदि कुरीतियों का जबर्दस्त विरोध किया और सामाजिक समता और समरसता की वकालत की।

*बौद्ध धर्मः* दलित आंदोलन अपने वैचारिक स्त्रोतों की तलाश में कई संदर्भों में बौद्ध धर्म के पास जाते हैं। स्वयं अंबेडकर ने अपने जीवन के अंतिम समय में लाखों अनुयायियों के साथ बौद्ध धर्म स्वीकार कर लिया था। दरअसल, हिंदू धर्म की वर्णाश्रम व्यवस्था और जातिगत ऊंच-नीच और कर्मकांडी रूप पर सबसे पहला प्रभावी आक्रमण बुद्ध और उनके द्वारा अस्तित्व में लाए गए बौद्ध धर्म ने ही किया। बौद्ध धर्म मनुष्य की समता में विश्वास करने वाला धर्म है। बुद्ध ने शिक्षा दी थी कि मनुष्य को उसके जन्म से नहीं, अर्थात उसके वर्ण से नहीं बल्कि जीवन में उसके क्रियाकलापों से परखा जाना चाहिए। के. दामोदरन ने सही लक्षित किया है कि, ''बौद्ध धर्म अपने दृष्टिकोण में पुरोहित विरोधी था। वह कर्मकांडों का भी विरोध करता था। अतः ब्राह्मणवाद की तुलना में जिसका जोर मुख्यतः वर्णाश्रम व्यवस्था की असमानताओं और पुरोहित

वर्ग की सुविधापूर्ण स्थिति को बनाए रखने पर था, बौद्ध धर्म नए युग के लिए अधिक उपयोगी था।''[2] शायद यही कारण है कि जब दलित आधुनिक युग में अपने हक के लिए संघर्षरत हुए तो बौद्ध धर्म उनके सर्वाधिक अनुकूल रहा।

**11.1.1 (ii) भक्ति आंदोलन:** भक्ति आंदोलन हिंदू धर्म की वर्णाश्रम व्यवस्था और ब्राह्मण वर्चस्व को चुनौती देने वाला एक अखिल भारतीय आंदोलन था। इस आंदोलन ने सामाजिक समता और ईश्वर के समक्ष प्रत्येक मनुष्य की बराबरी का आदर्श स्थापित किया। भक्ति मूल रूप से भक्ति के अधिकार का आंदोलन और सामाजिक स्वीकृति हासिल करने का आंदोलन है। समाज में अवर्णों को किसी तरह के धार्मिक अधिकार प्राप्त नहीं थे और उन्हें सामाजिक दृष्टि से भी अत्यंत नीच समझा जाता था। भक्ति आंदोलन इसी धार्मिक और सामाजिक स्थिति के प्रति विद्रोह था। भक्ति आंदोलन की शुरुआत करने वाले सभी संत अवर्ण थे। रामानुज और उनकी परंपरा में हुए रामानन्द के दर्शन भक्ति आंदोलन के मूल प्रेरणा स्रोत थे। रामानन्द, जिन्हें भक्ति को दक्षिण से उत्तर भारत में लाने का श्रेय दिया जाता है, ने देश में घूम-घूम कर ब्राह्मण वर्चस्व और जाति प्रथा का खंडन किया। उनका यह वाक्य बहुत प्रसिद्ध है कि '' *जात-पांत पूछै नहीं कोई, हरि का भजै सो हरि का होई।* '' उनके बारह शिष्य थे। इनमें रैदास चमार थे, धर्मदास 'अछूत' जाट किसान थे, सेना एक नाई थे और कबीर नीची जाति के जुलाहा थे। अन्य संतों की भी लगभग इसी तरह की सामाजिक स्थिति थी। इन संतों में कबीर का स्वर सर्वाधिक तीखा और आक्रामक है और विविध संदर्भों में आधुनिक भी। इस तरह भक्ति आंदोलन का रूप धार्मिक था लेकिन उसकी अंतर्वस्तु सामाजिक।

**11.1.1 (iii) धार्मिक एवं सामाजिक सुधार आंदोलन:** उन्नीसवीं शताब्दी के भारत में कई सामाजिक व धार्मिक सुधार आंदोलन हुए। ये आंदोलन हिंदू समाज की परंपरागत बुराइयों, रूढ़ियों के विरुद्ध शुरू किए गए थे। धार्मिक अंधविश्वास, जातिगत भेद-भाव आदि को दूर करना इन आंदोलनों का उद्देश्य था। इन सुधार आंदोलनों में ब्रह्म समाज (राजा राम मोहन राय), रामकृष्ण मिशन (स्वामी विवेकानंद) और आर्य समाज (स्वामी दयानंद) आदि आंदोलन प्रमुख थे। इन सामाजिक एवं धार्मिक सुधार आंदोलनों ने सीमित स्तर पर ही सही, लेकिन आगे होने वाले दलित आंदोलन के लिए एक माहौल जरूर बनाया।

**11.1.1 (iv) वैकल्पिक आंदोलन:** वैकल्पिक आंदोलन की श्रेणी में वे आंदोलन आते हैं। जो अस्पृश्यता के विरुद्ध और दलितों को मानवीय गरिमा और आत्मसम्मान दिलाने के लिए एक विकल्प की प्रस्तावना करते हैं। यह विकल्प कई तरह के हो सकते हैं—हिंदू धर्म से अलग किसी अन्य धर्म का भी हो सकता है, राजनीति में सत्ता हासिल करने का भी हो सकता है या आर्थिक रूप से सशक्त बनने का भी हो सकता है।

इस तरह के वैकल्पिक आंदोलनों की शुरुआत हम ज्योतिबा फूले के कार्यक्रमों से मान सकते हैं। दलितों को शूद्रों के साथ जोड़ने का सर्वप्रथम अभियान फूले ने ही चलाया। फूले ने इन दोनों को मिलाकर बहुजन समाज का नाम दिया। अछूतों और शूद्रों को शिक्षित करने की पहली उल्लेखनीय मुहिम फूले ने ही चलाई। फूले न होते तो शायद अंबेडकर भी न होते क्योंकि महारों के लिए पहली पाठशाला उन्होंने ही खोली थी। इसीलिए अंबेडकर ने अपने तीन गुरुओं में बुद्ध, कबीर के बाद फूले को स्थान दिया है।

फूले की विरासत को अंबेडकर ने विकसित किया। पहली बार दलितों के बीच उनका स्वयं का नेतृत्व उभरा। अंबेडकर की कोशिश दलित नेतृत्व विकसित करने की थी। उन्होंने स्पष्ट कहा कि, "उन संस्थाओं और व्यक्तियों को उत्पीड़ित वर्गों के हितों की रक्षा करने का कोई अधिकार नहीं है जिनकी बागडोर अछूतों के हाथ में नहीं है।"[3] अंबेडकर ने दलितों को हर मोर्चे पर सशक्त करने का अभियान चलाया। अंबेडकर ने जाति-प्रथा में सुधार की जगह 'जाति के उन्मूलन' की बात की। 1920 के दशक में उन्होंने अस्पृश्यता विरोधी बड़े-बड़े आंदोलन चलाए। इन आंदोलनों की शुरुआत महाराष्ट्र से हुई और फिर पूरे देश में इसका विस्तार हुआ। अंबेडकर ने दलितों के लिए पृथक निर्वाचक मंडल (separate electorate) की मांग की। यहीं से गांधी और अंबेडकर के बीच तीखे मतभेद की शुरुआत हुई। गांधी अस्पृश्यता को राजनीतिक समस्या के रूप में न देखकर हिंदू समाज की एक आंतरिक समस्या के रूप में देखते थे। वे दलित को हिंदू धर्म से अलग इकाई के रूप में मानने को कतई तैयार नहीं थे। जबकि अंबेडकर राजनीतिक सत्ता और अस्पृश्यता के निवारण के लिए इस अलगाव को अनिवार्य मानते थे। हालांकि गांधी के अनशन के कारण अंबेडकर को इस मांग से पीछे हटना पड़ा। उन दोनों के बीच समझौता हुआ जिसे 'पूना पैक्ट' के नाम से जाना जाता है।

अस्पृश्यता के विरुद्ध संघर्ष चलाते-चलाते अंबेडकर इस निष्कर्ष पर पहुंचे कि हिंदू धर्म में बदलाव संभव नहीं है। वह दलितों के प्रति मानवीय हो ही नहीं सकता। उन्होंने हिंदू धर्म से अलग हो जाने को ही अछूतों के लिए एकमात्र विकल्प बताया। उन्हें सर्वाधिक उपयुक्त बौद्ध धर्म लगा क्योंकि यह न सिर्फ जाति प्रथा और ब्राह्मणवाद विरोधी धर्म था बल्कि देशज यानी भारतीय भी था। 1956 में अपने अनुयायियों के साथ उन्होंने बौद्ध धर्म स्वीकार कर लिया। हालांकि इस धर्म परिवर्तन का प्रतीकात्मक महत्त्व ही अधिक रहा इससे दलितों की स्थिति में कोई महत्त्वपूर्ण परिवर्तन नहीं आया।

**11.1.1 (v) अन्य आंदोलन:** 1970 के दशक के शुरुआत में महाराष्ट्र के दलितों ने शहरी इलाकों से 'दलित पैंथर आंदोलन' की शुरुआत की। यह आंदोलन अब गुजरात, कर्नाटक, आंध्र प्रदेश, उत्तर प्रदेश आदि अनेक राज्यों में फैल चुका है। यह एक तरह से सांस्कृतिक आंदोलन है। पैंथरों ने वर्चस्वशाली संस्कृति को चुनौती दी और उसके समानांतर अपने विचार और साहित्य को सामने लाकर प्रसारित किया। यह एक तरह से उनके हिंदू बौद्धिक परंपरा को खारिज करके एक वैकल्पिक बौद्धिक परंपरा के निर्माण का माध्यम है।

इसके अतिरिक्त देश के अनेक भागों में भूमिहीन खेतीहर मजदूरों का आंदोलन चल रहा है। इस तरह के आंदोलन माओवाद से भी जुड़े हुए हैं। माओवादी आंदोलन के अलावा अन्य संगठन जैसे ग्रामीण हरिजन कृषक विकास संघ (RHADA) आंध्र प्रदेश में कार्य कर रहा है। इसी तरह तमिलनाडु में हरिजन श्रमिक संघ, पश्चिम बंगाल में ग्रामीण मजदूर संघ (ARP)। ये संघ सामाजिक और आर्थिक मुद्दों को एकीकृत करके अपनी लड़ाई को आगे बढ़ाते हैं।

### 11.2.2 वर्तमान परिदृश्य

दलित आंदोलन के लिए सबसे निर्णायक साबित हुई—कांशीराम द्वारा अस्सी के दशक में स्थापित की गई बहुजन समाज पार्टी। एक बड़ी सशक्त पार्टी बनाने का जो काम अंबेडकर नहीं कर पाए

थे, उसे कांशीराम ने संभव कर दिखाया। यह पार्टी राजनीतिक सत्ता में भागीदारी की दिशा में निरंतर आगे बढ़ती गई। आज इस पार्टी की देश के सबसे बड़े राज्य उत्तर प्रदेश में अपनी सरकार है, जिसकी मुख्यमंत्री मायावती है। यह दलित आंदोलन की एक बहुत बड़ी उपलब्धि है। आज दलित आंदोलन बहुत सशक्त रूप ले चुका है। देश के विभिन्न भागों में छोटे स्तर से लेकर बड़े स्तर के अनेक संगठन कार्यरत हैं। दलित एक राजनीतिक ताकत के रूप में उभरे हैं। विभिन्न पार्टियों में दलित नेताओं की प्रमुख स्थिति और भागीदारी है। दलित राष्ट्रपति और सर्वोच्च न्यायालय के मुख्य न्यायधीश भी बन चुके हैं। वर्तमान में दलित मुद्दा मुख्य धारा की राजनीति को प्रभावित कर रहा है। दलितों में एक मध्यवर्ग का भी उभार हो चुका है जो किसी भी स्थिति में द्विज जातियों से कमतर नहीं है। आरक्षण के कारण विभिन्न सरकारी नौकरियों और संस्थाओं में दलितों की भागीदारी बढ़ी है। वे ऊंचे ओहदों को पा रहे हैं।

दलितों में आज एक समानांतर बुद्धिजीवी वर्ग का भी उदय हो चुका है। ये बुद्धिजीवी भारत की परंपरा का दलित दृष्टि से आलोचनात्मक मूल्यांकन कर रहे हैं। हर प्रकार के सवर्ण वर्चस्व को चुनौती दे रहे हैं। विभिन्न जगहों पर दलित अध्ययन केंद्रों की स्थापना हो रही है। समाजशास्त्र और दूसरे अनुशासनों में दलित दृष्टि एक अध्ययन पद्धति के रूप में विकसित हो रही है। इस तरह, आज दलित आंदोलन प्रत्येक क्षेत्र में निरंतर सफलता की ओर अग्रसर है।

## 11.2 अन्य पिछड़े वर्गों/जातियों का आंदोलन

भारतीय समाज मूलत: जातियों का समाज है। व्यक्ति की विभिन्न पहचानों में से जाति सर्वाधिक निर्णायक पहचान है। यह निश्चयपूर्वक आज भी नहीं कहा जा सकता कि भारत में कितनी जातियां विद्यमान हैं। अनेकानेक जातियों में से पिछड़ी जातियों के रूप में जातियों को चिह्नित करना और भी मुश्किल काम है। इतना अवश्य कहा जा सकता है कि जाति की श्रेणीबद्ध संरचना में इन जातियों की स्थिति काफी निम्न थी। इन्हें दलितों से ठीक ऊपर की जाति के रूप में पहचान सकते हैं। फिर भी, दलितों और पिछड़ी जातियों के बीच एक बुनियादी अंतर यह रहा है कि जहां दलितों ने अस्पृश्यता को झेला है वहीं इन जातियों को अस्पृश्यता की अमानवीयता नहीं झेलनी पड़ी है।

संविधान में 'पिछड़ी जाति' की जगह 'पिछड़ा वर्ग' शब्द प्रयुक्त किया गया है। ओ.बी.सी. के अंतर्गत उन जातियों को रखा गया है जो सामाजिक और आर्थिक रूप से पिछड़ी हों। जिनके पास अपनी कोई जमीन न हो और वे अपनी आजीविका के लिए मूल रूप से ऊंची जातियों के अधीन हो। जिन्हें जन्म के कारण सामाजिक विषमता का दंश झेलना पड़ा हो। इनकी संख्या को लेकर सरकारी अनुमान है कि देश की लगभग आधी आबादी पिछड़ी जातियों की है और इनकी आबादी का एक बड़ा भाग गरीबी रेखा से नीचे जीवन बसर कर रहा है। यह नहीं कहा जा सकता कि सभी पिछड़ी जातियों की एक समान सामाजिक, आर्थिक हैसियत है। पिछड़ी जातियों में भी सामाजिक-आर्थिक हैसियत के आधार पर कई विभाजन संभव हैं।

पिछड़ी जातियों में कुछ जातियां ऐसी हैं जिनके पास खेती योग्य अपनी जमीन है। ऐसी जातियां देश के विभिन्न भागों में हैं। जाट, यादव, गुर्जर, मराठा, कुर्मी आदि जातियां इसी श्रेणी की हैं। इन जातियों के पास न सिर्फ जमीन का मालिकाना हक है बल्कि ये आर्थिक रूप से पर्याप्त सक्षम भी हैं। आंध्र की कम्मा और रेड्डी जातियां इसी श्रेणी की है।

कुछ पिछड़ी जातियां वे हैं जिनके पास पर्याप्त मात्रा में तो अपनी जमीन नहीं होती लेकिन वे कृषि और कृषि संस्कृति से जुड़े कामों को करके अपनी आजीविका चलाती हैं। लोहार, बढ़ई, कुम्हार, नाई आदि जातियां इसी श्रेणी में आती हैं।

भारत सरकार द्वारा काका कालेलकर की अध्यक्षता में 29 जनवरी 1953 को पहले पिछड़ा वर्ग आयोग का गठन किया गया। आयोग ने अपनी रिपोर्ट सरकार को 30 मार्च 1955 को सौंप दी। इस आयोग ने पूरे देश में पिछड़ी जातियों या समुदायों की संख्या 2399 बताई। इसमें से 837 जातियों को 'अति पिछड़ा वर्ग' के रूप में रेखांकित किया था। इस आयोग ने अपनी सिफारिशों में कहा कि भारत में पिछड़ापन का आधार जाति है। कोई वर्ग सामाजिक रूप से पिछड़ा इस कारण है क्योंकि परंपरागत जाति-संरचना में उसकी स्थिति निचले क्रम की है। इसने सभी महिलाओं को पिछड़ा माना। इसके साथ ही इस आयोग ने 1961 की जनगणना में जाति को भी अंकित करने की बात कही।

### 11.2.1 पिछड़ी जातियों के आंदोलन के विविध रूप और प्रकार

दक्षिण भारत में पिछड़ी जातियों का एक सशक्त आंदोलन हुआ जिसे ब्राह्मण विरोधी आंदोलन के रूप में जाना जाता है। इस आंदोलन ने दक्षिण भारत में ब्राह्मण वर्चस्व को लगभग समाप्त कर दिया। यह एक तरह से ब्राह्मण जाति के विरुद्ध सभी गैर-ब्राह्मण जातियों का आंदोलन था। महाराष्ट्र में ज्योतिबा फूले का आंदोलन और तमिलनाडु में मद्रास में पेरियार का द्रविड़ आंदोलन इसी श्रेणी में आते हैं।

दूसरी श्रेणी में वे आंदोलन आते हैं जिसमें पिछड़ी जातियों ने एक साथ मिलकर नहीं बल्कि अलग-अलग लड़ाइयां लड़ीं। अर्थात् इन आंदोलनों में पिछड़ी जातियों के बीच भी एक आंतरिक विभाजन देखने को मिला। इस तरह के आंदोलन उत्तर भारत में देखने को अधिक मिलते हैं। बिहार में यादव और कुर्मी जाति का राजनीतिक ताकत के रूप में उभरना ऐसे ही आंदोलन का परिणाम है।

### 11.2.2 पिछड़ा आंदोलन के प्रमुख नेता

पिछड़ा वर्ग आंदोलन के प्रमुख नेता निम्न हैं:

*ज्योतिबा फूले*: ज्योतिबा फूले ने महाराष्ट्र में एक गैर-ब्राह्मण आंदोलन चलाया। इसके लिए उन्होंने 1873 में 'सत्य शोधक' समाज की स्थापना की। वे ब्राह्मण वर्चस्व को तोड़कर एक जातिविहीन न्यायपूर्ण समाज की स्थापना करना चाहते थे। उन्होंने गैर-ब्राह्मण जातियों के बीच शिक्षा के प्रसार के लिए अथक प्रयास किया और उन्हें राजनीतिक रूप से संगठित करने का भी काम किया। फूले ने 'तटस्थता' की सैद्धांतिकी दी और कहा कि ब्रिटिश शासन और उसकी न्याय व्यवस्था सामाजिक रूप से तटस्थ है अर्थात् वह ऊंची जातियों के प्रति पक्षपाती नहीं है। इसलिए फूले का मानना था कि पिछड़ी जातियों की सामाजिक स्थिति में सुधार के लिए ब्रिटिश शासन का बेहतर उपयोग संभव है।

*ई.वी. रामास्वामी नायकर पेरियार*: आर्य वर्चस्व को समाप्त करने के लिए पेरियार ने एक व्यापक द्रविड़ आंदोलन का सूत्रपात किया। 1920 के दशक से लेकर 1973 में अपनी मृत्यु तक

वे द्रविड़ आंदोलन के प्रमुख स्तंभ बने रहे। द्रविड़ आंदोलन ने हर एक क्षेत्र में ब्राह्मण वर्चस्व को समाप्त किया। यह ब्राह्मण संस्कृति के बरकस एक गैर-ब्राह्मण संस्कृति के निर्माण का एक वैकल्पिक आंदोलन भी था।

*डॉ. राम मनोहर लोहिया:* उत्तर भारत में पिछड़ा आंदोलन की शुरुआत का श्रेय डॉ. राम मनोहर लोहिया को है। आजादी के बाद जाति के सवाल को उठाने वाले लोहिया सर्वाधिक प्रखर हैं। पिछड़ा राजनीति का सूत्रपात भी इन्होंने ही किया। लोहिया ने शासन और सत्ता पर अल्पसंख्यक द्विज जातियों के वर्चस्व को चुनौती दी और बहुसंख्यक पिछड़ी जातियों को सत्ता में भागीदारी के लिए आंदोलित किया। उत्तर भारत में पिछड़ी जातियों के उभार में लोहिया और उनके समाजवादी साथियों की जबर्दस्त भूमिका रही। उत्तर भारत का प्राय: हर पिछड़ा नेतृत्व किसी न किसी रूप में लोहिया को अपना प्रेरणा स्रोत मानता है।

### 11.2.3 पिछड़ा वर्ग आंदोलन के मुख्य मुद्दे

दक्षिण भारत में जिस तरह से एक सशक्त ब्राह्मण विरोधी आंदोलन हुआ, वैसा उत्तर भारत में नहीं हुआ। इसका एक बड़ा कारण यह था कि उत्तर भारत में ब्राह्मण वर्चस्व उस हद तक नहीं था जैसा दक्षिण में। वहां जीवन के हर एक क्षेत्र में ब्राह्मण वर्चस्व की मौजूदगी स्पष्टत: दिखती थी। शिक्षण संस्थानों से लेकर सत्ता संस्थानों तक और रोजगार के समस्त अवसरों पर ब्राह्मणों का कब्जा था। उत्तर भारत में ऐसी स्थिति नहीं थी। यहां विभिन्न संस्थाओं में ब्राह्मणों की अधिकता तो थी लेकिन कुछ न कुछ संख्या में दूसरी जातियों का भी प्रवेश हो ही जाता था। ऐसा लगता है कि दूसरी जातियों के लिए इस थोड़ी सी गुंजाइश के कारण ही उत्तर भारत में मुखर रूप से ब्राह्मण विरोधी आंदोलन नहीं हुआ।

हालांकि ओ.बी.सी. के अंतर्गत आने वाली जातियों के लोगों ने अस्पृश्यता को नहीं झेला था, फिर भी सामाजिक गैर-बराबरी के शिकार तो थे ही। उत्तर हो या दक्षिण-भारत के दोनों क्षेत्रों में जो ओ.बी.सी. आंदोलन हुए उनका एक प्रमुख लक्ष्य सामाजिक गैर-बराबरी को समाप्त कर द्विज जातियों से बराबरी और आत्मसम्मान का संबंध कायम करना है।

पिछड़ी जातियों की ओर से सत्ता में भागीदारी के लिए जबर्दस्त आंदोलन चलाया गया। लोकतांत्रिक प्रणाली ने इनके लिए पर्याप्त अवसर मुहैय्या कराया क्योंकि ये संख्या की दृष्टि से बहुसंख्यक है। उत्तर भारत के कई राज्यों में ओ.बी.सी. नेतृत्व उभरा और उसने सत्ता भी हासिल की। उत्तर प्रदेश में मुलायम सिंह यादव और बिहार में लालू यादव तथा उनके बाद नीतीश कुमार के उदाहरण से इसे सहज ही समझा जा सकता है। छोटे दलों के अलावा मुख्यधारा के राष्ट्रीय राजनीतिक दलों में भी एक शक्तिशाली ओ.बी.सी. नेतृत्व उभरा।

पिछड़ी जातियों का एक व्यापक आंदोलन आरक्षण को लेकर चला है। यह आंदोलन मुख्य रूप से वी.पी. सिंह द्वारा मंडल आयोग की सिफारिशें स्वीकार कर लेने के बाद मुखर रूप से प्रकट हुआ। 90 के दशक के बिल्कुल आरंभ से शुरू हुआ यह आंदोलन किसी न किसी रूप में आज भी जारी है। सरकारी नौकरियों में दलितों की तरह अब पिछड़ी जातियों के लिए भी आरक्षण का प्रावधान हो चुका है। ओ.बी.सी. आंदोलन की यह एक बड़ी सफलता है।

## 11.3 आदिवासी आंदोलन

भारत में आदिवासी मुख्यत: केरल, उड़ीसा, मध्य प्रदेश, छत्तीसगढ़, राजस्थान, गुजरात, महाराष्ट्र, आंध्र प्रदेश, बिहार, झारखंड, पश्चिम बंगाल, उत्तर-पूर्वी राज्यों और अंडमान निकोबार द्वीप समूह में पाए जाते हैं। आदिवासी किसी देश या समाज के अंग न होकर स्वयं में एक पूर्ण समाज है। अपने समाज से बाहर की दुनिया से उन्हें कोई विशेष मतलब नहीं होता। वे अपने आप को राजनीतिक रूप से भी स्वायत्त समाज मानते हैं। विकास की तथाकथित मुख्यधारा और आधुनिकता से दूर वे आज भी जंगलों में प्रकृति के सहचर्य में रहते हैं। उनके जीवन का आधार आज भी विज्ञान न होकर प्रकृति है। तथाकथित आधुनिक सभ्यता और 'सभ्य' मनुष्यों से अलग वे भिन्न तरह के मौलिक मानव हैं जिन्होंने सभ्यता का लिबास नहीं पहना है। यानी, आदिवासी विकास की मुख्यधारा के वे समुदाय हैं जिनके पास सभ्यता की रोशनी अभी नहीं पहुंची है या आंशिक रूप से पहुंचनी शुरू हुई है।

आदिवासियों के लिए प्रयुक्त होने वाला एक और नाम जनजाति है। सरकारी दस्तावेजों में इनके लिए अनुसूचित जनजाति शब्द का प्रयोग होता है। संविधान में भी इसी शब्द का प्रयोग हुआ है। आदिवासियों को मुख्यत: दो श्रेणियों में बांट सकते हैं-एक आदिम जनजाति और दूसरी-उत्तर आदिम जनजाति। हालांकि यह विभाजन काफी सरलीकृत है, फिर भी इससे समझने में आसानी हो सकती है। आदिम जनजाति से तात्पर्य उन जनजातियों से है जिनकी जीवन शैली आज भी ठीक उसी तरह है जैसे कि सभ्यता के शुरुआत में आदिम मनुष्य रहते थे। अर्थात् मानव सभ्यता की विकास यात्रा का इनके लिए कोई मतलब नहीं है। एक तरह से इनके संदर्भ में यह निरर्थक है। इनका रहन-सहन, खान-पान, वेश-भूषा सब कुछ आरंभिक चरण का होता है।

उत्तर आदिम जनजाति के अंतर्गत उन जनजातियों को रख सकते हैं जो अपनी आदिम स्थिति से बाहर निकल चुकी हैं और विकास की मुख्यधारा में आंशिक ही सही पर उनका जुड़ाव हो चुका है। ये जनजातियां धीरे-धीरे मुख्यधारा में शामिल होने के लिए अग्रसर हैं। सरकार की विकास परियोजनाओं का लाभ इनको मिल रहा है। आरक्षण के माध्यम से सरकारी नौकरियों, शैक्षणिक संस्थाओं और विधायिका में इनका प्रवेश हो रहा है।

### 11.3.1 आदिवासी आंदोलन के कारण और मुद्दे

आदिवासी आंदोलन का इतिहास पुराना है। औपनिवेशिक भारत में ब्रिटिश सत्ता के विरुद्ध आदिवासियों के कई विद्रोह हुए हैं। वस्तुत: औपनिवेशिक भारत और उत्तर औपनिवेशिक भारत में आदिवासियों के विद्रोह के कारणों में समानता को सहज ही लक्षित किया जा सकता है। दरअसल आदिवासी बहुत सीधे और सांसारिक दांव-पेंच से न रहने वाले होते हैं। अधिकांश आदिवासी जातियां दुर्गम पहाड़ी और वन्य क्षेत्रों में ही रहती हैं। उनकी एक स्वायत्त दुनिया होती है। आदिवासी बाहरी संसार का विरोध तभी करते हैं जब बाहरी लोग विविध कारणों से उनके क्षेत्रों में आकर बसने लगते हैं और उनकी जीवन-शैली को प्रभावित करने लगते हैं या जब सरकार विकास परियोजनाओं के नाम पर उन्हें विस्थापित करती है या उनके नैसर्गिक अधिकारों पर प्रतिबंध लगाती है। संक्षेप में, आदिवासी आंदोलनरत तभी होते हैं जब उनके स्वायत्त समाज

में बाहरी हस्तक्षेप होता है। सभी आदिवासी अपने और बाहरी लोगों के बीच का अंतर स्पष्ट करने के लिए उसे विशेष नाम से पुकारते थे। छोटानागपुर में बाहरी लोगों को 'दिकू' कहा जाता है जिसका तात्पर्य उन लोगों से है 'जो परेशान करते हैं यानी पूंजीपति और साहूकार'। भारत में आदिवासियों की संख्या बहुत अधिक नहीं है। बड़े समूह वाले आदिवासियों में गोंड, भील और संथाल जैसी जनजातियों को शामिल किया जा सकता है।

ब्रिटिश राजस्व व्यवस्था के तहत स्थानीय जमींदार/राजा द्वारा आदिवासी रैयतों पर दबाव डालने और आदिवासियों उसका द्वारा विरोध करने और इस विरोध को दबाने के लिए सरकार द्वारा सैनिक कार्यवाही करने का पहला उदाहरण छोटानागपुर पठार के उत्तरी प्रवेश द्वार पलामू में 1790 के बाद के वर्षों में देखने को मिलता है। इसी क्रम में आगे कई विद्रोह हुए जिसमें मुंडाओं का विद्रोह भी शामिल है जिसके नेतृत्वकर्ता बिरसा मुंडा थे। कठोर प्रशासन के विरुद्ध गोंड आदिवासियों ने 1817 में और 1817–1825 के दौरान बंबई प्रेसीडेंसी में भू–राजस्व बंदोबस्त के समय पश्चिमी भारत के भीलों ने विद्रोह किया। 1845–52 के दौरान पुणे और थाणे के भीलों ने ठगने वाले साहूकारों को समय–समय पर पकड़कर उनके अंग–भंग करके अपना आक्रोश जाहिर किया। आदिवासी विद्रोह के इतिहास में सबसे व्यापक जनविद्रोह 1853–57 के दौरान छोटानागपुर के संथालों का विद्रोह था।'[4] इस विद्रोह के भी मूल में मैदानी इलाके के जमींदारों द्वारा उनकी जमीन पर कब्जा करना और साहूकारों द्वारा उनका शोषण उत्पीड़न ही था।

आजादी के बाद भी आदिवासियों की स्थिति में कोई विशेष परिवर्तन नहीं आया। फर्क सिर्फ इतना हुआ कि पहले ब्रिटिश राज्य था अब भारतीय राज्य होगा। बुनियादी रूप से न तो सत्ता का उनके प्रति रवैया बदला और न ही उनका सत्ता के प्रति। ब्रिटिश सत्ता हो या भारतीय सत्ता दोनों ही उनके लिए बाहरी थे। उनके पक्ष में किए गए कुछ संवैधानिक प्रावधानों को छोड़ दिया जाए तो आजाद भारत में भी आदिवासियों का शोषण और उत्पीड़न जारी रहा। विकास की तमाम आधुनिक परियोजनाओं को असंवेदनशील तरीके से लागू किया गया। विकास के नाम पर जंगलों को काटा गया और उनके आवास को उजाड़ा गया। उनकी संस्कृति नष्ट की गई और उन्हें विस्थापन के लिए मजबूर किया गया।

आदिवासी देश के जिन इलाकों में रहते हैं उन इलाकों में देश की बहुलांश खनिज–संपदा पाई जाती है। खनिज–संपदा की दृष्टि से ये क्षेत्र अत्यंत समृद्ध हैं, लेकिन विडंबना यह है कि इन इलाकों में रहने वाली स्थानीय आबादी देश की सर्वाधिक गरीब आबादी है। जाहिर है, इन इलाकों की खनिज संपदा का कोई लाभ आदिवासियों को नहीं मिल रहा है उल्टे यह उनके लिए संकट का कारण बन चुका है। उपर्युक्त बातों के संदर्भ में ही आदिवासी आंदोलन के मुख्य मुद्दों को रेखांकित किया जा सकता है।

1. सरकारी और गैर–सरकारी परियोजनाओं के कारण हो रहे विस्थापन का मुद्दा।
2. उनके जमीन जंगल और उस जमीन के नीचे दबी खनिज–संपदा के स्वामित्व और अधिकार का मुद्दा।
3. अपनी सांस्कृतिक विरासत, जीवन–शैली और पहचान को बनाए रखने का मुद्दा।
4. मनुष्य और प्रकृति के बीच संबंध को पुनर्परिभाषित करने की मांग।
5. व्यापारियों और पूंजीपतियों द्वारा उनका आर्थिक एवं गैर–आर्थिक शोषण का मुद्दा।

उपर्युक्त मुद्दों को लेकर देश भर में आदिवासियों का संघर्ष चल रहा है। यह संघर्ष कहीं हिंसक तो कहीं अहिंसक रुख अख्तियार किए हुए है। जैसा कि ऊपर बताया गया है, आदिवासी जिन इलाकों में रहते हैं वे इलाके देश के निर्धनतम इलाके हैं। इन क्षेत्रों में जीवन स्थितियां काफी कठोर व जटिल हैं। बिजली, सड़क, पानी, स्कूल जैसी बुनियादी सुविधाओं का भी नितांत अभाव है। इस स्थिति का फायदा उठाकर माओवादियों ने इन इलाकों में अपनी पकड़ काफी मजबूत कर ली है। वे आदिवासियों के संघर्ष का नेतृत्व कर रहे हैं। माओवादी आदिवासियों के असंतोष को हिंसक दिशा देने का काम कर रहे हैं। इसके साथ ही साथ उन्होंने आदिवासी बहुल इन इलाकों से भारतीय राज्य को अपदस्थ कर स्वयं उसकी भूमिका संभाल ली है। इस कारण से भारतीय राज्य इन इलाकों में हमलावर भूमिका में है। 90 के दशक से यानी उदारीकरण की नीति की शुरुआत के बाद से भारतीय राज्य की आक्रामकता काफी तेज हो गई है। यह पूरी लड़ाई और आक्रामकता इन क्षेत्रों के संसाधनों पर कब्जे के लिए है। कई मामलों में तो ऐसा प्रतीत होता है कि पूंजीपतियों और कॉरपोरेट घरानों की ओर से भारतीय राज्य आदिवासियों के खिलाफ जंग लड़ रहा है। कुल मिलाकर, वर्तमान समय में आदिवासियों की स्थिति बहुत कारुणिक है। वे एक तरफ माओवादियों के हाथों पिस रहे हैं तो दूसरी तरफ भारतीय राज्य के हाथों। दोनों तरफ की लड़ाई में वे एक औजार से अधिक कुछ नहीं हैं। फिर भी, दिलचस्प तो यह है कि सरकार और माओवादी दोनों अपने को आदिवासी हित के नाम पर न्यायोचित ठहरा रहे हैं।

## 11.4 महिला आंदोलन

भारतीय समाज के लगभग सभी वर्गों में महिलाओं की स्थिति आरंभिक समय से ही दोयम दर्जे की रही है। समाज की आधी आबादी होने के बावजूद महिलाएं हमेशा से मनुष्य होने के नाते प्राप्त मूलभूत अधिकारों से वंचित रही हैं। पुरुष वर्चस्व हर एक समाज की स्थायी सच्चाई है। इस पुरुष वर्चस्व ने महिलाओं को लगभग गुलामी का जीवन जीने को बाध्य किया है। महिला आंदोलन मूल रूप से पुरुष वर्चस्व के खिलाफ समानता का आंदोलन है।

### 11.4.1 महिला आंदोलन की वैचारिकी[5]

महिला आंदोलन की वैचारिकी का 'नारीवाद' (feminism) के रूप में सैद्धांतिकीकरण किया जाता है। नारीवाद की मुख्य मान्यता यह है कि समाज में लिंग (gender) के आधार पर शक्ति का विस्तृत प्रयोग किया जाता है। यह सिद्धांत पितृतंत्र को समाज व्यवस्था का प्रधान लक्षण मानता है। यह पुरुष-प्रधान समाज के प्रति विद्रोह का शंखनाद है। इसमें निहित विचार को 'न्यूयार्क रेड स्टॉकिंग्स घोषणा पत्र' 1969 के अंतर्गत सशक्त अभिव्यक्ति प्रदान की गई है, "स्त्रियां एक उत्पीड़ित वर्ग है। हमारा उत्पीड़न सर्वव्यापक है जो हमारे जीवन के प्रत्येक पक्ष को प्रभावित करता है। हम लोग पुरुषों को हमारे उत्पीड़न के मुख्य स्रोत के रूप में पहचानते हैं। पुरुष का आधिपत्य तो प्रभुत्व का सबसे पुराना और सबसे बुनियादी रूप है। सब पुरुषों ने स्त्रियों का उत्पीड़न किया है।" इस मान्यता के अनुसार स्त्रियां ऐसा समूह हैं जिनके हित पुरुषों

के हितों के विरुद्ध हैं। ये हित समस्त स्त्रियों को एक भगिनी-समाज (Sisterhood) के रूप में संगठित होने की प्रेरणा देते हैं जो वर्ग और प्रजाति (Race) की सीमाओं से परे हो।

नारीवाद स्वयं राजनीति की नई परिभाषा की मांग करता है। पुरुषों की शक्ति केवल सार्वजनिक क्षेत्र तक सीमित नहीं है बल्कि वह जीवन के व्यक्तिगत क्षेत्र तक फैली हुई है। मतलब यह कि पितृतंत्रीय प्रभुत्व केवल स्त्रियों के सार्वजनिक जीवन को प्रभावित नहीं करता, बल्कि यह परिवार और यौन संबंधों जैसे नितांत व्यक्तिगत क्षेत्र में भी स्त्रियों पर पुरुषों के प्रभुत्व का सूचक है। नारीवाद यह मांग करता है कि जीवन के जिन क्षेत्रों को व्यक्तिगत क्षेत्र मानकर राजनीति के दायरे से बाहर रखा जाता है, उनकी राजनीतिक प्रकृति को मान्यता देते हुए इस क्षेत्र में भी पुरुष शक्ति को चुनौती दी जानी चाहिए।

### 11.4.2 महिला आंदोलन की पृष्ठभूमि

पुरुषों की तुलना में महिलाओं की हीनतर स्थिति तो शुरू से रही है लेकिन प्राचीन या मध्यकाल में इस हीनतर स्थिति के विरुद्ध महिलाओं द्वारा किसी आंदोलन का संकेत नहीं मिलता। महिला आंदोलन और उससे जुड़ा स्त्री मुक्ति का प्रश्न एक आधुनिक परिघटना है। महिला आंदोलन की पृष्ठभूमि के संदर्भ में यह बात जरूर ध्यान में रखनी चाहिए कि भारतीय सामाजिक संरचना; उपनिवेशवाद, और उपनिवेशवाद विरोधी संघर्ष आदि के कारण भारतीय महिला आंदोलन पश्चिम के 'नारीवाद' से कुछ मामलों में भिन्न है। ऐतिहासिक कारणों से भारत का महिला आंदोलन उस कदर पुरुष विरोधी नहीं है जैसा कि पश्चिम में देखने को मिलता है। राष्ट्रीय आंदोलन की लोकतांत्रिक विरासत के कारण भारतीय राज्य ने कम से कम सैद्धांतिक स्तर पर महिलाओं के साथ कोई भेदभाव नहीं किया है। नागरिक के रूप में उनके अधिकार पुरुषों के समान ही माने गए। यहां यह रेखांकित करना आवश्यक है कि पश्चिम में महिलाओं को लंबे संघर्ष के बाद मतदान का अधिकार मिला जबकि भारत में आजादी के साथ ही सबके साथ महिलाओं को भी यह अधिकार मिला। भारत के महिला आंदोलन में उन्नीसवीं शताब्दी के सामाजिक सुधार आंदोलनों और राष्ट्रीय आंदोलन की अनुगूंजे हैं।

### 11.4.3 सामाजिक सुधार आंदोलन

उन्नीसवीं शताब्दी में भारत में कई समाज सुधार आंदोलन हुए। इन आंदोलनों ने अपने एजेंडे में महिला संबंधी मुद्दों को प्रमुख स्थान दिया। राजा राममोहन राय ने सती प्रथा के उन्मूलन में उल्लेखनीय भूमिका निभाई। उनके द्वारा 1828 में स्थापित ब्रह्म समाज ने महिलाओं से संबंधित अनेक प्रगतिशील विचारों को आगे बढ़ाया। राजा राममोहन राय आधुनिक भारत के नारी स्वातंत्र्य के अग्रदूत माने जा सकते हैं। इसके अतिरिक्त, उस दौर में रामकृष्ण मिशन(स्वामी विवेकानंद), प्रार्थना समाज(ईश्वरचंद विद्यासागर), आर्य समाज(स्वामी दयानंद) आदि ने भी स्त्री शिक्षा, विधवा विवाह, स्त्री अधिकार की दिशा में पुरजोर प्रयास किया। इन आंदोलनों को महिला आंदोलन के श्रेणी में नहीं रख सकते। इन सुधार आंदोलनों के नेतृत्वकर्ता पुरुष थे जिन्होंने महिलाओं से जुड़े हुए प्रश्नों को प्रमुखता दी।

राष्ट्रीय आंदोलन में महिलाओं की सक्रिय भागीदारी रही। इस संदर्भ में महात्मा गांधी की

भूमिका काफी उल्लेखनीय है। उन्होंने पहली बार महिलाओं को घर की चौखटों से बाहर निकालकर आंदोलन का हिस्सा बनाया। दरअसल गांधीजी ने असहयोग, सविनय अवज्ञा, सत्याग्रह जैसे अहिंसक राजनीतिक कार्यक्रम बनाए, जिसमें शामिल होना महिलाओं के लिए कठिन नहीं था।

आजादी के दौरान और उसके दो दशक बाद तक अनेक आंदोलन और कार्यक्रम हुए जिसमें महिलाओं ने पुरुषों के साथ भागीदारी की। लेकिन स्वतंत्र रूप से महिला संगठन और आंदोलन जिसका नेतृत्व महिलाओं का हो, की शुरुआत मुख्यत: 70 के दशक से होती है। इस दशक के उत्तरार्द्ध से कई स्वायत महिला संगठनों का जन्म होना शुरू होता है। इन संगठनों ने अपना मुद्दा और अपना नेतृत्व विकसित किया। इन संगठनों ने उन मुद्दों पर अपना ध्यान केंद्रित किया जिससे हर वर्ग की महिलाएं संबंधित हो। ऐसे मुद्दों में दहेज, संपत्ति का अधिकार जैसे मुद्दे प्रमुख थे।

### 11.4.4 महिला आंदोलन के मुख्य मुद्दे

लगभग सभी प्रकार के महिला आंदोलनों में स्त्री अधिकारों से जुड़े मसले को उठाया गया है। उनकी मांग रही है कि स्त्री अधिकारों को मानव-अधिकारों की सामान्य श्रेणी के रूप में मान्यता दी जाए। अवसर की समानता, लिंग के आधार पर हर तरह के भेद-भाव की समाप्ति, समान कार्य के लिए समान वेतन आदि महिला आंदोलन के परंपरागत मुद्दे रहे हैं। इधर के वर्षों में महिला आंदोलन के लिए *महिलाओं के खिलाफ हिंसा* का मुद्दा सर्वाधिक महत्त्वपूर्ण मुद्दे के रूप में उभरा है। महिलाओं के प्रति बढ़ती हिंसा हमारे समाज का शर्मनाक पहलू है जो बताता है कि हमारा समाज आज भी सामंती सोच से बाहर नहीं निकल पाया है। महिलाओं के खिलाफ हिंसा के कई प्रकार हैं। इनमें दहेज हत्या, भ्रूण हत्या, बलात्कार, कार्य स्थल पर यौन उत्पीड़न, महिलाओं की खरीद-फरोख्त, छेड़-छाड़ आदि अनेक प्रकार की हिंसा शामिल है। इस तरह के कार्यों के प्रति आज विरोध काफी मुखर रूप ले चुका है। महिला संगठनों को कई मामलों में काफी सफलता भी मिली है। घरेलू हिंसा अधिनियम का लागू होना इस दिशा में एक बड़ी उपलब्धि है। इसी प्रकार, कार्य स्थल पर यौन उत्पीड़न रोकने के लिए कई तरह के उपाय किए गए हैं। बलात्कार संबंधी कानून में परिवर्तन भी इस दिशा में एक सफलता है। लेकिन व्यवहार के धरातल पर आज भी इस तरह की हिंसा से महिलाओं को सुरक्षित करने के लिए बहुत कुछ करना बाकी है।

वर्तमान में स्त्री अधिकारों से जुड़े संगठनों के लिए दूसरा महत्त्वपूर्ण मुद्दा विधायिका में महिलाओं के लिए एक-तिहाई यानी 33 प्रतिशत सीटों को आरक्षित करने का है। 73वें व 74वें संविधान संशोधन द्वारा पंचायतों और स्थानीय निकायों में महिलाओं के लिए 33 प्रतिशत सीटें आरक्षित कर दी गईं। लेकिन संसद और राज्य विधान मंडल में अब तक ऐसा प्रावधान नहीं हो पाया है। जबकि महिला आरक्षण विधेयक एक अरसे से लटका हुआ है। उस पर सर्वसम्मति अभी तक नहीं बन पाई है। महिला आरक्षण विधेयक को जब भी संसद के पटल पर रखा जाता है, पिछड़ी जातियों के नेताओं द्वारा उसका पुरजोर विरोध शुरू हो जाता है। इन नेताओं का मानना है कि वर्तमान स्वरूप में महिला आरक्षण विधेयक के पास होने से ऊंची जाति की महिलाओं को ही लाभ होगा। ये लोग इसमें पिछड़ी जाति के लिए अलग से कोटा अर्थात् आरक्षण के भीतर

आरक्षण की मांग कर रहे हैं। इस तरह गतिरोध बरकरार है। विभिन्न महिला संगठन इस विधेयक को वर्तमान स्वरूप में ही पारित करने के पक्ष में हैं। वे इसको लेकर लगातार दबाव बनाए हुए हैं। महिला संगठन आरक्षण के पक्ष में अनुकूल माहौल बनाने के कार्यक्रम को अपने एजेंडे में सबसे ऊपर रखे हुए हैं।

## 11.5 सामाजिक न्याय और प्रतिनिधित्व का सवाल

पिछले दो दशकों में (1990 के बाद) से सामाजिक न्याय और प्रतिनिधित्व का सवाल भारतीय राजनीति के केंद्रीय सवाल के रूप में उभरा है। नई सामाजिक शक्तियों के उदय की प्रक्रिया तो काफी पहले शुरू हो गई थी लेकिन इस दौर में वे एक मजबूत हस्तक्षेपकारी ताकत के रूप में उभरीं। इस दौर में पहचान या अस्मिता आधारित राजनीति भारतीय राजनीति की एक प्रमुख प्रवृत्ति बनी। दलित, ओ.बी.सी., आदिवासी, महिला आदि अस्मिताओं के उभार ने भारतीय राजनीति और लोकतंत्र को पुनर्परिभाषित किया। समाजविज्ञानी व प्रसिद्ध चुनाव विश्लेषक योगेन्द्र यादव इस दौर की राजनीति के बारे में कहते हैं कि, ''इस दौर की राजनीति में वयस्क मताधिकार की संपूर्ण संभावनाओं का इस्तेमाल होते हुए दिखता है। लोकतांत्रिकरण मुख्य तौर पर वोट की राजनीति के जरिये होने लगा है। समाज के निचले तबके के लोगों का व्यापक राजनीतिकरण और हिस्सेदारी इस दौर की उल्लेखनीय उपलब्धि है।''[6] पहचान आधारित राजनीति ने प्रतिनिधित्व को नए सिरे से परिभाषित किया। सामूहिक प्रतिनिधित्व का सिद्धांत लगभग अप्रासंगिक हो गया। पहले एक जाति का व्यक्ति दूसरी जातियों का प्रतिनिधित्व कर लेता था लेकिन अब यह संभव नहीं रह गया। अर्थात दलित, आदिवासी, महिला, पिछड़ा आदि का प्रतिनिधित्व स्वयं उस समुदाय से आने वाले व्यक्ति करने लगे। इसी दौर में बहुजन समाज पार्टी ने नारा दिया कि ''वोट हमारा राज तुम्हारा'' नहीं चलेगा। सामूहिक प्रतिनिधित्व के नाम पर अबतक सत्ता और राजनीति पर बड़ी जातियों के नेतृत्व का कब्जा था। अस्मिता की राजनीति के उभार ने पिछड़े, दलितों और आदिवासियों में भी एक सशक्त नेतृत्व पैदा किया। भारतीय राजनीति के इस बदलाव में वी.पी. सिंह द्वारा अगस्त 1990 में सरकारी नौकरियों में पिछड़ी जातियों के लिए आरक्षण की सिफारिश को लागू करना, एक बुनियादी प्रस्थान बिंदु है। यहीं से मंडल पिछड़ी जातियों के आंदोलन का पर्याय बन गया। इस बदलाव में लोकतांत्रिक चुनावी प्रक्रिया की महती भूमिका है।

भारतीय राजनीति की इस परिघटना से राजनीति और सत्ता में द्विज जातियों के वर्चस्व को जबरदस्त चुनौती मिली और क्रमशः उनका वर्चस्व ढीला पड़ता गया। कई राज्यों में तो राजनीतिक नेतृत्व के स्तर पर उनका वर्चस्व लगभग समाप्त हो चुका है।

न्याय का केवल कानूनी पक्ष ही नहीं होता बल्कि उसका एक आर्थिक और सामाजिक पक्ष भी होता है। आर्थिक-सामाजिक न्याय के बिना कानूनी न्याय का कोई बहुत अर्थ नहीं रह जाता। भारतीय सामाजिक संरचना के कारण एक बहुत बड़ी आबादी सदियों से अन्याय और शोषण का शिकार होती आई है। दलित, पिछड़े और महिलाएं इसी श्रेणी में आते हैं। समाज का बहुसंख्यक तबका होते हुए भी इन्हें बुनियादी अधिकारों से भी वंचित रहना पड़ा। कानून के समक्ष समानता का अधिकार देने मात्र से इनके प्रति परंपरागत रूप से चले आ रहे शोषण और उत्पीड़न

की समाप्ति नहीं हो जाती क्योंकि उनके शोषण और उत्पीड़न के मूल में सामाजिक कारण हैं, कानूनी नहीं। यह जरूर है कि कानूनी प्रावधान सामाजिक गैर-बराबरी को समाप्त करने का एक साधन बन सकता है, लेकिन वही सब कुछ नहीं हो सकता।

दलितों, आदिवासियों, स्त्रियों, पिछड़े आदि के पिछड़ेपन के मूल में सामाजिक कारण हैं। इन सामाजिक कारणों को दूर करने के लिए सामाजिक न्याय की संकल्पना प्रस्तुत की गई। भारत में राजनीति सामाजिक परिवर्तन का एक सशक्त माध्यम बनकर उभरी है। राजनीतिक सत्ता की प्राप्ति या उसमें भागीदारी के द्वारा ही सामाजिक परिवर्तन के स्वप्न को साकार किया जा सकता है। इसलिए सामाजिक न्याय का विचार और सत्ता और राजनीति में प्रतिनिधित्व का सवाल एक-दूसरे से नाभि-नाल बद्ध है।

भारत में राजनीतिकरण की प्रक्रिया और सामाजिक न्याय की प्रक्रिया दोनों साथ-साथ चल रहे हैं। जातियों के राजनीतिकरण के कारण सत्ता और राजनीति में उन जातियों की भागीदारी बढ़ रही है। जैसे-जैसे इन जातियों की सत्ता और राजनीति में भागीदारी बढ़ रही है, उन जातियों के प्रति सामाजिक दृष्टिकोण में भी बदलाव आ रहा है। बिहार और उत्तर प्रदेश जैसे राज्यों (जो अपेक्षाकृत अधिक सामंती सोच वाले माने जाते हैं) में तो यादव, कुर्मी, जाट जैसी पिछड़ी जातियां द्विज जातियों के सामानांतर खड़ी हो चुकी हैं। मायावती के रूप में दलित उत्तर प्रदेश की मुख्यमंत्री है।

इस प्रकार हम देखते हैं कि लोकतांत्रिक चुनावों की राजनीतिक प्रक्रिया से सामाजिक न्याय के लक्ष्यों को प्राप्त करने में काफी सहायता मिली है। आज सामाजिक न्याय का सवाल सीधे-सीधे सत्ता में भागीदारी के सवाल से जुड़ गया है। इसलिए आज सामाजिक न्याय का आंदोलन मुख्य रूप से सत्ता में भागीदारी के आंदोलन में तब्दील हो चुका है।

## संदर्भ एवं टिप्पणी


1. घनश्याम शाह, *सोशल मूवमेंट इन इंडिया*, नई दिल्ली, 2004
2. के. दामोदरन, *भारतीय चिंतन परंपरा*, पीपुल्स पब्लिशिंग हाउस (प्रा.) लि., नई दिल्ली-55, चौथा संस्करण, अप्रैल 2001, पृ. 118
3. ''आधुनिकता के आईने में दलित'' सं. - अभय कुमार दुबे, CSDS, वाणी प्रकाशन, नई दिल्ली-02, पृ. 29
4. नारायणी गुप्ता, 'ब्रिटिश भारत में विरोध-आंदोलन' 1757 - 1856, 'आधुनिक भारत', सं. - आर.एल. शुक्ल, हिंदी माध्यम कार्यान्वय निदेशालय, दिल्ली विश्वविद्यालय, 1998
5. ओम प्रकाश गाबा, *राजनीति सिद्धांत की रूपरेखा*, मयूर पेपरबैक्स, नोएडा, 2001
6. योगेन्द्र यादव, ''काया पलट की कहानी'', *लोकतंत्र के सात अध्याय*, सं. - अभय कुमार दुबे, CSDS, वाणी प्रकाशन, नई दिल्ली, पृ. 55

अध्याय बारह

# भारत में जनतंत्र: प्रकृति और कार्य

## संसदीय जनतंत्र; इसकी उपलब्धि एवं समस्याएं; जनतंत्र के सामाजिक, आर्थिक आयाम

*शुभ्रा पंत कोठारी*

पिछले करीब छह दशकों में भारत में जनतंत्र या लोकतंत्र कुछ असंगत-सा प्रतीत होता रहा है। भारत एक बहुराष्ट्रीय, कृषि समाज रहा है, जिसकी एक दृढ़ और श्रेणीबद्ध सामाजिक संरचना है। इस प्रकार की सामाजिक व्यवस्था में निश्चित अवधि पर चुनाव होना, संवैधानिक सरकारों का बनना, अभिव्यक्ति एवं सभाओं की स्वतंत्रता हमेशा एक बौद्धिक पहेली रही है। ऐसे विश्व में जहां अधिक स्थिर लोकतंत्र वहां रहा है जहां औद्योगिक एवं पूंजीवादी अर्थव्यवस्था रही है, अनेक विद्वानों का यह मानना है कि भारतीय लोकतंत्र या तो खरा नहीं है या यह जल्दी ही बिखरने वाला है। भारतीय जनतंत्र की वृहत्तर संरचना की बात करते हुए हमें पहले यह समझना होगा कि जनतंत्र या लोकतंत्र या प्रजातंत्र शब्द का अर्थ क्या होता है और क्यों इसे समझना इतना महत्त्वपूर्ण हो गया।

यह अध्याय इस चर्चा से अपने पंख पसारेगा कि स्वतंत्र भारत में प्रजातंत्र की शुरुआत कैसे हुई। भारत में जनतंत्र की संरचना और उसका कार्यकरण। निष्कर्ष से पहले यह आवश्यक हो जाता है कि भारतीय जनतंत्र की वर्तमान अवस्था की चर्चा वैश्वीकरण के प्रभावों के संदर्भों के साथ करें। भारतीय जनतंत्र एक ऐसी पहेली है जिसे कम शब्दों में व्याख्यायित नहीं किया जा सकता।

### 12.1 जनतंत्र का अर्थ व परिभाषा

जनतंत्र को संदर्भित करते हुए जनतंत्र के अंग्रेजी शब्द *डेमोक्रेसी* की व्युत्पत्ति को प्राचीन ग्रीस से जोड़ा जा सकता है। क्रेसी से समाप्त होने वाले अन्य अंग्रेजी शब्दों *ऑटोक्रेसी*, *ब्यूरोक्रेसी* आदि की ही तरह यह ग्रीक शब्द *क्रातोस* से निकला है, जिसका अर्थ होता है 'सत्ता' या 'शासन'। इस प्रकार, जनतंत्र का अर्थ होता है जनता का शासन। यद्यपि मूल रूप से यह 'गरीब' या 'अनेक'

असिस्टेंट प्रोफेसर, राजनीतिशास्त्र विभाग, जाकिर हुसैन कॉलेज, दिल्ली विश्वविद्यालय

का द्योतक था। हालांकि, 'जनता का शासन' सामान्य तौर पर हमें बहुत दूर नहीं ले जाता। जनतंत्र की समस्या रही है इसकी लोकप्रियता, ऐसी लोकप्रियता जिसने इस पद के सार्थक राजनीतिक प्रत्यय होने को लेकर खतरा उपस्थित किया है। इसे सार्वभौम रूप से 'अच्छे रूप' में देखा जाता है, जनतंत्र का उपयोग और प्रयोग कुछ अधिक ही अच्छे अर्थ में किया जाता है, जिसका तात्पर्य है कि इसे विशिष्ट प्रकार के प्रत्ययों या शासन व्यवस्था की मान्यता प्राप्त है।

संभवतया जनतंत्र की प्रकृति को समझने की शुरुआत के लिए लिंकन के गेत्तिस्बर्ग के भाषण को देखा जा सकता है जो उसने 1864 में दिया था, जब अमेरिका में गृहयुद्ध अपने चरम पर था। उस भाषण में उसने इसे "जनता का, जनता द्वारा, जनता के लिए शासन" कहा था। इससे यह बात स्पष्ट हो जाती है कि जनतंत्र शासन और जनता के बीच संपर्क-सूत्र का काम करता है, लेकिन इस संपर्क-सूत्र को कई प्रकार से छदम् बनाया जा सकता है तथापि जनतांत्रिक शासन का यह सुस्पष्ट रूप सैद्धांतिक एवं राजनीतिक बहस का विषय रहा है।[1]

हालांकि आधुनिक जनतांत्रिक संस्थाओं एवं व्यवहारों के पहलू प्राचीन ग्रीस, रोम तथा मध्यकालीन यूरोप तक में ढूंढ़े जा सकते हैं, वे द्वितीय विश्वयुद्ध के बाद तक शासन की व्यवस्था के रूप में अपवाद ही थे। पिछले दो दशकों में ही चुनावी जनतंत्र ने विश्व की बहुत बड़ी आबादी को अपने दायरे में ले लिया है। चुनावी जनतंत्र के हालिया प्रसार के दो आधार थे। प्रथम सैद्धांतिक था: लोगों की सभा द्वारा निर्णय लेने के प्राचीन जनतांत्रिक सिद्धांत ने इस विचार को राह दिखाई कि लोग अपनी तरफ से शासन करने के लिए राष्ट्रीय विधानमंडलों के लिए निश्चित अवधि पर अपने प्रतिनिधियों का चुनाव कर सकते थे। यद्यपि जनतंत्र का यह सिद्धांत कम प्रत्यक्ष और सहभागितापूर्ण था, लेकिन यूरोप और अमेरिका में बड़े पैमाने पर हुए इसके सुदृढ़ीकरण ने इस विश्वास का लोप होने से भी बचाया।

आधुनिक जनतंत्र का दूसरा आधार कुछ और पहले आया—आधुनिक राष्ट्र-राज्यों के सुदृढ़ीकरण के रूप में यह पहले यूरोप में, तथा बाद में विश्व के अन्य भागों में पहुंचा। जनतंत्र के सिद्धांतों में इस विकास का कम ही उल्लेख किया जाता है; इसमें कोई संदेह नहीं कि 1800 के मध्य से जब जनतंत्र का प्रसार शुरू हुआ तब तक राष्ट्र राज्य राजनीतिक व्यवस्था के रूप में पुराना पड़ चुका था। इसके अलावा, पश्चिमी जनतंत्रों का निर्माण उदारवादी संवैधानिक क्रांतियों के आधार पर हुआ, जिसने संपत्ति, व्यक्ति, चित्त और सभाओं की स्वतंत्रता के नाम पर राज्यसत्ता को सीमित और परिष्कृत करने का काम किया। संभवतया उदारवादी रणनीतियों को नजरअंदाज करना आसान था, क्योंकि सत्ता सीमित, विभेदकारी, तार्किक और परिष्कृत थी। इसका तीव्रीकरण भी हुआ। परिमाणत: यह दुनिया का सबसे शक्तिशाली राज्य रूप बना। इसलिए आज के सुदृढ़ जनतंत्रों का मुख्य अभिलक्षण यह है कि उनका निर्माण शक्तिशाली, उच्च क्षमता वाले राज्यों में हुआ है। उनकी सापेक्षिक सफलता का निकट संबंध राज्य की इस भूमिका पर निर्भर करता है कि वे किस प्रकार उस सत्ता का प्रबंधन, परिसीमन, तीव्रीकरण करते हैं जिसके माध्यम से प्रजातांत्रिक स्वशासन का प्रबंधन किया जाता है, उनको प्राप्त किया जाता है। साथ ही सीमांकन और कानून निर्माण वे किस प्रकार करते हैं, जिसके माध्यम से राजनीतिक जीवन का निर्माण होता है। इस तथ्य की ओर ध्यान अनेक ऐसे नए जनतंत्रों के कारण गया है जिनका निर्माण कमजोर राज्यों में हुआ है, जो भ्रष्टाचार, कमजोर सुरक्षा व्यवस्था, निम्न स्तर के संघर्ष,

कमजोर आर्थिक निष्पादन के दौर से तो गुजर ही रहे हैं तथा शिक्षा, स्वास्थ्य एवं बुनियादी कल्याण की व्यवस्था देने में अक्षम साबित हुए हैं। अनेक मामलों में नए प्रजातंत्र के इन पहलुओं ने प्रजातंत्र में नागरिकों की निष्ठा को कम करने का काम किया है।

भारत में जनतंत्र को बेहतर तरीके से आधुनिक राजनीतिक परंपराओं के परीक्षण द्वारा समझा जा सकता है। उपनिवेशवाद भारतीय जनतंत्र का वाहक था। उपनिवेशवाद के आरंभिक प्रभावों का प्रकटीकरण नेहरू जैसे पश्चिम में पढ़े-लिखे नेताओं के जनतांत्रिक रुझानों के रूप में, कांग्रेस-नीत स्वतंत्रता आंदोलन के आंतरिक जनतंत्र के रूप में तथा आजादी से पहले कांग्रेसियों के चुनावों एवं विधानमंडलों में भागीदारी के रूप में हुआ। उत्तर-औपनिवेशिक दौर में जनतंत्रों की सांघातिक (fatal) दर को देखते हुए यह कहा जा सकता है कि उसकी व्याख्या औपनिवेशिक-अतीत से प्राप्त राजनीतिक परंपराओं के आधार पर पर्याप्त ढंग से नहीं की जा सकती है। आजादी के बाद भारतीय नेताओं की प्रजातंत्र के प्रति प्रतिबद्धता ने भारत में जनतंत्र की उत्तरजीविता में महत्त्वपूर्ण भूमिका निभाई है। आजादी के तुरंत बाद, भारतीय प्रजातंत्र के बारे में यह कहा जा सकता है कि वह 'अभिजन' की ओर से आम जन को दिया गया एक उपहार था।

## 12.2 स्वतंत्र भारत में जनतंत्रः कार्य और प्रकृति

स्वतंत्रता आंदोलन के नेताओं पर अक्सर यह आरोप लगाया जाता है कि उन्होंने 1947 में जनतंत्र का चुनाव करके गलत किया। वास्तव में, उनके पास अधिक विकल्प नहीं थे। जनतंत्र एकमात्र ऐसी व्यवस्था थी जो उस भारतीय समाज में एकता ला सकती थी, जिसमें राजनीतिक केंद्रीयता की कोई विशेष परंपरा नहीं थी। चकरा देने वाली सामाजिक व्यवस्था थी, सहभागिता-आधारित स्वतंत्रता आंदोलन का निर्माण हुआ था, तथा ब्रिटिश राज के अंतिम तीन दशकों में सीमित चुनाव लागू किए गए थे। ब्रिटिश राज और इस दौरान उसके भारतीय प्रतिरोध से यह बात स्पष्ट होती है कि राजनीतिक दलों के आविर्भाव की स्थितियां धीरे-धीरे बढ़ रही थीं। कुछ तो उपयोगितावादी कारणों से, लेकिन अधिकतर स्वार्थपरता के कारण अंग्रेजों ने 1880 के दशक से कुछ कम महत्त्व के मामलों, जैसे—नगर-निगम प्रशासन में सीमित स्व-शासन को लागू किया। यह ब्रिटिश रणनीति का हिस्सा था कि भारत पर शासन भारत के अंतरवर्तियों के माध्यम से किया जाए। इस मामले में उन्होंने बहुत ही सीमित स्तर पर शहरी अमीरों और वफादारों का अत्यंत सीमित निर्वाचक मंडल बनाया। सर ए. ओ. ह्यूम ने 1885 में भारतीय राष्ट्रीय कांग्रेस की स्थापना की, जो अवकाश प्राप्त अंग्रेज अधिकारी थे। इसका उद्देश्य था भारतीय हितों को ब्रिटिश राज के सामने व्यवस्थित ढंग से रखना। जल्दी ही यह भारतीय मध्यवर्ग की मुख्य आवाज बन गई, जो औपनिवेशिक शासन के अंतर्गत नौकरियों के अधिक अवसरों तथा वृहत्तर राजनीतिक सहभागिता की निरंतर मांग करने लगा।

चुनावी प्रक्रिया के सबसे पुराने प्रमाण 1882 के स्थानीय स्वशासन के प्रस्ताव तथा 1892 के इंडियन काउंसिल एक्ट में देखे जा सकते हैं, दोनों में मतदान की योग्यता बहुत सीमित थी। सीधे चुनाव का सिद्धांत 1919 के गवर्नमेंट ऑफ इंडिया एक्ट से स्थापित हुआ तथा उसे राजनीति के प्रत्येक स्तर पर लागू कर दिया गया—स्थानीय से राष्ट्रीय स्तर पर। इसके प्रावधानों में 2 से 4

प्रतिशत जनसंख्या को मतदाता मंडल का हिस्सा बनाया गया। 1935 के भारतीय शासन अधिनियम के अनुसार साक्षरता की आवश्यकता को लागू किया गया और उससे भी बढ़कर पहली बार भारतीय राजनीतिज्ञों को प्रांतीय विधानमंडलों में राजनीतिक सत्ता मिली। स्वतंत्रता की पूर्व संध्या पर भारत में कुल स्थापित मतदाताओं की संख्या 4 करोड़ थी। 1946 में संविधान सभा का गठन सीमित मतदान के आधार पर हुआ। इसमें केवल 14 प्रतिशत जनसंख्या को मत देने का अधिकार था। इसके विपरीत, स्वतंत्र भारत का पहला आम चुनाव, जो 1951-52 में हुआ, वह सार्वभौम वयस्क मताधिकार के आधार पर हुआ। स्वतंत्रता के छह दशकों में चुनाव की संख्या और वैविध्य में वृद्धि हुई और लोक सभा चुनावों में औसत सहभागिता बढ़कर योग्य मतदाताओं का 60 प्रतिशत तक हो गया। अब तक लोक सभा के 14 आम चुनाव हो चुके हैं, तथा मतदान का प्रतिशत काफी ऊंचा रहा है (1960 से यह हमेशा 55 प्रतिशत से अधिक रहा है), जिसका तात्पर्य यह हुआ कि भारतीय समाज में राजनीतिक प्रक्रिया के प्रति जागरूकता भी बढ़ी है।

## 12.3 भारतीय जनतंत्र का ढांचा

भारतीय गणराज्य को शासन और सत्ता अपने लोगों से मिली। लक्ष्य प्रस्ताव(1946) में यह घोषणा की गई कि यह अपने समस्त नागरिकों के लिए न्याय, सामाजिक, आर्थिक एवं राजनीतिक अवसरों की समानता, कानून के समक्ष समानता, विचार की स्वतंत्रता, अभिव्यक्ति की स्वतंत्रता, मान्यताओं, विश्वासों, उपासना, रोजगार, सभा एवं कार्रवाई तथा सामान्य नैतिकता को सुनिश्चित करेगा।[2] भारतीय संविधान की प्रस्तावना में दार्शनिक एवं समाजशास्त्रीय मान्यताओं को बढ़ावा दिया जिसने प्रजातांत्रिक बहुल, संघीय, धर्मनिरपेक्ष भारतीय गणराज्य का निर्माण किया।[3]

यद्यपि, स्वतंत्र भारत के संविधान ने अतीत की निरंतरताओं को बरकरार रखते हुए कुछ बदलाव भी किए, लेकिन भारत की स्वतंत्रता तथा भारतीयों को सत्ता हस्तांतरण 'औपनिवेशिक अतीत से अलगाव' भी था। भारत का संविधान समस्त भारतीयों के लिए आईना है क्योंकि इसका निर्माण स्वयं भारतीयों ने ही किया है।

भारतीय जनतंत्रीय राजनीति के दो मुख्य संरचनात्मक पहलू रहे हैं 'संसदीय जनतंत्र' और 'संघवाद'। कुछ उल्लेखनीय मामलों, *गोलकनाथ बनाम पंजाब राज्य*(1967) तक *केशवानंद भारती बनाम केरल राज्य*(1973) मामले में से पहले में यह निर्णय आया कि संसद मौलिक अधिकारों में बदलाव नहीं कर सकती, जबकि दूसरे मामले में उच्चतम न्यायालय ने इस पर स्वीकृति दी कि संविधान के बुनियादी ढांचे को नहीं बदला जा सकता। इन फैसलों ने न्यायिक अवलोकन का निर्माण किया, जो भारतीय जनतांत्रिक व्यवस्था का मुख्य अभिलक्षण है। हाल ही में, उच्चतम न्यायालय ने इस बात पर सवाल उठाया है कि कुछ कानूनों और प्रावधानों को न्यायिक अवलोकन से बाहर क्यों रखा गया है। न्यायिक अवलोकन से एक नई परिघटना जनहित याचिका का जन्म हुआ, ताकि राज्य की दो अन्य संस्थाओं द्वारा कानून के दुरुपयोग को रोका जा सके।

भारतीय जनतंत्र का मूल आधार भारतीय संविधान में दिखाई देता है जिसके आधार पर भारतीय जनतंत्र के पिछले छह दशकों के उच्च एवं निम्न स्तरों को समझा जा सकता है। संसदीय जनतंत्र भारतीय राज्य के केंद्र एवं विधानसभाओं में एक निर्वाचित सदन है जिसको राजनीतिक

उत्तरदायी अभिकर्ता की सत्ता प्राप्त है, सरकार का यह रूप संविधान प्रदत्त है। भारतीय संविधान में कनाडा, ऑस्ट्रेलिया या इंग्लैंड में पाए जाने वाले संसदीय रूपों के सभी अभिलक्षणों का उल्लेख किया गया है।

## 12.4 संघीय व्यवस्था

संघ एक राजनीतिक संगठन है जिसका मकसद—राष्ट्रीय महत्त्व के मुद्दों के संबंध में सत्ता के केंद्रीकरण को सुनिश्चित करना तथा प्रांतीय महत्त्व के मुद्दों में सत्ता का अंतरण होता है। यह अनेक स्तरों पर राजनीतिक सत्ता के वियोजन की व्यवस्था भी है, उन लोगों के समीप आते हुए जो इसके द्वारा शासित होते हैं। भारत में केवल केंद्र और राज्य सरकारों के दो स्तर ही नहीं हैं, स्थानीय शासन का एक तीसरा स्तर भी है, यथा पंचायती राज संस्थाएं। सत्ता का अंतरण—संविधान के 73वें संशोधन तथा 1993 में जोड़ी 11वीं अनूसची तथा 29 कार्यों के राज्य से पंचायती राज संस्थाओं को स्थानांतरित किए जाने से हुआ।

भारत की संघीय व्यवस्था यह देखने की मांग करती है कि देश की एकता अक्षुण्ण रहे एवं लोगों की सांस्कृतिक विविधता की भी रक्षा हो। आरंभ में, भारत में संघवाद का गहरा संबंध अल्पसंख्यकों के अधिकारों से था, जैसा कि देखा जा सकता था कि संघीय ढांचे की मांग की जा रही थी ताकि धार्मिक अल्पसंख्यक जो कि कुछ राज्यों में बहुसंख्यक भी थे, जहां तक हो सके स्वशासन कर सकें। यद्यपि अपनी प्रकृति में सर्वसत्तावादी होते हुए भी कुछ रजवाड़ों ने संघीय ढांचे का समर्थन किया, लेकिन राजनीतिक कटुता तथा विभाजन के कारण स्थिति बदल गई।

भारतीय संविधान ने शासन की "द्वैध व्यवस्था" का निर्माण किया है। केंद्र एवं राज्य सरकारों की प्रशासनिक, वित्तीय तथा विधायी शक्तियों का तीन सूचियों के आधार पर विभाजन किया गया है—केंद्रीय सूची, राज्य सूची तथा समवर्ती सूची, इनके अधिकार क्षेत्रों को भी विभाजित एवं व्याख्यायित किया गया है।

इस तरह, भारतीय संघवाद एक स्थिर इकाई नहीं है, क्योंकि बरसों में इसका विकास संसदीय व्यवस्था से हुआ है, उस दौर से जब अर्ध-संघीय व्यवस्था में भारतीय राष्ट्रीय कांग्रेस का वर्चस्व था और फिर 1989 से जब बहुदलीय व्यवस्था और मिली-जुली सरकारों का दौर शुरू हुआ।[4]

### 12.4.1 स्वतंत्र न्यायपालिका

भारत में न्यायपालिका, कार्यपालिका एवं संसद दोनों के नियंत्रण से मुक्त है। न्यायपालिका संविधान के व्याख्याता के रूप में अपनी भूमिका निभाती है, तथा दो राज्यों या राज्य या केंद्र के बीच जब-जब विवाद पैदा होता है तो यह मध्यस्थ की भूमिका निभाती है। संसद या विधानसभा जब कोई एक्ट बनाती है तो वह न्यायिक पुनरावलोकन का विषय होता है, एवं न्यायपालिका उसे वैसी हालत में असंवैधानिक करार दे सकती है अगर उसे ऐसा लगे कि वह संविधान के किन्हीं प्रावधानों का उल्लंघन करता है।

कानून के शासन तथा नागरिकों को संविधान प्रदत्त मौलिक अधिकारों के संदर्भ में उच्चतम न्यायालय अभिभावक की भूमिका निभाता है। संविधान द्वारा भारतीय नागरिकों को न्याय प्रदान करने के लिए एक विस्तृत एवं जटिल न्यायिक ढांचा तैयार किया गया है। सरकार की ऐसी किसी

कार्रवाई के प्रति उच्च एवं उच्चतम न्यायालय में उपचार करने का प्रावधान है जो नागरिकों के संविधान प्रदत्त मौलिक अधिकारों का उल्लंघन करता हो। संविधान में संशोधन संसद द्वारा किया जाता है जिसकी प्रक्रिया अनुच्छेद 368 में वर्णित है। संशोधन संबंधी बिल को दोनों सदनों में उपस्थित एवं मतदान करने वाले सदस्यों के दो-तिहाई बहुमत से पारित होना चाहिए, जो दोनों सदनों के सदस्यों की संख्या का आधा होना चाहिए। इसके अलावा, कुछ संशोधन जो संविधान की संघीय प्रकृति से संबंधित होते हैं उन्हें अधिकतर राज्य विधानसभाओं का समर्थन भी मिलना चाहिए।

सितंबर 2010 तक 108 संशोधन बिल संसद में प्रस्तुत किए गए, जिनमें से 94 पारित होकर संशोधन अधिनियम बन गए। इनमें से अधिकतर संशोधन अन्य प्रजातंत्रों के आधार पर किए गए। यद्यपि, संविधान सरकार की शक्तियों को लेकर इतना स्पष्ट है कि उनको संवैधानिक संशोधनों द्वारा ही लागू किया जा सकता है। परिणामस्वरूप, इस दस्तावेज को सामान्य तौर पर साल में दो बार संशोधित किया जाता है। उच्चतम न्यायालय का फैसला है कि सभी संवैधानिक संशोधनों की इजाजत नहीं दी जा सकती। संशोधन को संविधान के बुनियादी ढांचे का सम्मान करना चाहिए जिसे नहीं बदला जा सकता। 2000 में संविधान के कार्य-कारणों की समीक्षा के लिए समिति का गठन किया गया, जिसका उद्देश्य संविधान को अद्यतन बनाना है।

भारतीय संविधान में न्यायिक पुनरावलोकन अमेरिका के संविधान से लिया गया है। भारतीय संविधान में न्यायिक पुनरावलोकन का संबंध अनुच्छेद 13 से है। न्यायिक पुनरावलोकन यह बताता है कि संविधान देश की सर्वोच्च सत्ता है तथा सभी कानून इसके अंतर्गत हैं। ऐसी अवस्था में उच्चतम न्यायालय या उच्च न्यायालय कानून की व्याख्या करता है कि वह संविधान के साथ सुसंगत है या नहीं। अगर असंगति के कारण यह व्याख्या संभव नहीं हो, तथा जहां अलगाव संभव हो, तो ऐसे में प्रावधान यह है संविधान के साथ सुसंगत नहीं होने की अवस्था में उसे रद्द कर दिया जाता है। संविधान के अनुच्छेद 13 के अतिरिक्त अनुच्छेद 32, 124, 131, 219, 228 तथा 246 न्यायिक पुनरावलोकन को संवैधानिक आधार प्रदान करते हैं। संसदीय प्रजातंत्र, केंद्र एवं राज्य के बीच तथा शहरी और ग्रामीण प्रशासन के बीच सत्ता का विभाजन और एक ऐसी न्यायपालिका शासन के हर स्तर पर राजनीतिक निर्णयों की समीक्षा कर सके, भारतीय जनतंत्र शासन के लिए यह संविधान प्रदत्त ढांचा है।

### 12.4.2 नागरिकों के मौलिक अधिकार

भारतीय संविधान के अध्याय 3 में वर्णित अलंघ्य मौलिक अधिकार जनतंत्र के स्तंभ हैं। संविधान द्वारा सुनिश्चित मौलिक अधिकारों में शामिल हैं (i) समानता का अधिकार; (ii) स्वतंत्रता का अधिकार; (iii) उत्पीड़न के विरुद्ध अधिकार; (iv) धार्मिक स्वतंत्रता का अधिकार; (v) सांस्कृतिक एवं शैक्षणिक अधिकार; तथा (vi) संवैधानिक उपचारों का अधिकार।

चूंकि भारत सांस्कृतिक विविधताओं तथा अल्पसंख्यकों का देश है इसको सुनिश्चित करने के लिए डॉ. बी. आर. अंबेडकर ने स्पष्ट तौर पर कहा कि इन अधिकारों का उद्देश्य यह देखना है कि अगर सांस्कृतिक तौर पर कोई अल्पसंख्यक अपनी भाषा और संस्कृति को बचाना चाहता हो तो राज्य द्वारा किसी कानून के माध्यम से उस पर स्थानीय या किसी अन्य प्रकार की संस्कृति को नहीं थोपा जा सकता।

भारतीय संविधान के अध्याय 4 में नीति निर्देशक तत्त्वों का प्रावधान किया गया है। ये कल्याणकारी राज्य की दिशा में एक प्रकार के प्रस्ताव हैं। पहले उनको न्याय के दायरे से बाहर रखा गया था, लेकिन न्यायिक पुनरावलोकन के बाद न्यायाधीशों ने उनको भी देखना शुरू कर दिया।

### 12.4.3 धर्मनिरपेक्ष राजनीति

स्वतंत्र भारत केवल सहिष्णुता एवं धर्मनिरपेक्षता के आधार पर चल सकता था, ताकि देश में एकता और अखंडता बनी रहे। पश्चिम में धर्मनिरपेक्षता एक ऐसी राजनीतिक व्यवस्था की बात करता है जिसका धर्म एवं चर्च से कोई वास्ता नहीं होता। भारत में धर्मनिरपेक्षता का लंबा इतिहास देखा जा सकता है। धर्मनिरपेक्ष शब्द संविधान की प्रस्तावना में 1976 के अंत में शामिल किया गया। भारत का संविधान राज्य को धर्म के आधार पर किसी तरह के भेदभाव करने से रोकता है। यह प्रत्येक नागरिक के लिए यह अधिकार सुनिश्चित करता है कि वह खुलकर अपने धर्म को अपनाए, उसका प्रचार-प्रसार करे, यहां राज्य धर्म-विरोधी नहीं है बल्कि वह सभी धर्मों को समान भाव से देखता है।

### 12.4.4 विकेंद्रीकरण

भारत में 73वें और 74वें संविधान संशोधन के बाद राजनीति के विकेंद्रीकरण में और तेजी आई। 1994 के बाद जनतांत्रिक आधार विस्तृत हुआ और उसने स्थानीय शासन को समस्तरीय नियोजन करने तथा उसको लागू करने के योग्य बनाया। सरकार में नियोजन अनेक स्तरों पर किया जाता है—केंद्र, राज्य, जिला ब्लॉक एवं ग्राम स्तर पर। बहुस्तरीय नियोजन ने स्थानीय शासन की सीमा का इस अर्थ में विस्तार किया है कि वे संविधान के इस द्विस्तरीय लक्ष्य को पूरा करने की दिशा में अग्रसर हो सकें। आर्थिक विकास तथा सामाजिक न्याय, उच्च इच्छा शक्ति तथा दृष्टि के साथ केरल की राज्य सरकार ने विकेंद्रीकरण के प्रयास बड़े पैमाने पर किए, जिसने भारतीय संघ की प्रजातांत्रिकरण की प्रक्रिया को नए आधार दिए।

1993 के संवैधानिक संशोधन द्वारा विकेंद्रीकरण के कार्यकारी सिद्धांतों को स्थापित किया गया तथा उसने स्थानीय सरकारों की शक्तियों, उनकी जिम्मेदारियों एवं संसाधनों को भी स्थापित किया गया। इन संवैधानिक संशोधनों के बाद भारतीय संघ का जनतांत्रिक आधार और विस्तृत हुआ तथा इसने समाज के सभी वर्गों के लिए जनतंत्रिकरण तथा राजनीतिक लामबंदी को दिशा दी।

भारतीय संघ गणराज्य के सभी आवश्यक अभिलक्षणों को पूरा करता है क्योंकि इसमें विकेंद्रीकरण तथा सरकार के तीसरे स्तर तक सत्ता एवं संसाधनों का अंतरण हो रहा है, इससे राजनीति का जनतांत्रिक आधार और विस्तृत हुआ है। विकेंद्रीकरण ने राजनीतिक सहभागिता के नए द्वार खोले तथा इसमें कोई संदेह नहीं कि इसने समाज के सभी वर्गों में राजनीतिक चेतना को जगाया।

विकेंद्रीकरण ने बड़े पैमाने पर जनतांत्रिक संस्थाओं एवं सामाजिक उपायों का निर्माण किया ताकि यह सुनिश्चित किया जा सके कि सामान्य जन को राजनीतिक व्यवस्था में अपना उचित हक मिले। बदले में इसने राजनीति एवं विकास की प्रक्रिया में एकीकरण तथा मालिकाना भाव

का विकास किया। धीरे-धीरे लोगों में यह क्षमता विकसित हुई कि वे वैकल्पिक विकास नीतियों के बारे में सुझाव दे सकें अपने जनतांत्रिक अधिकारों को स्थापित कर सकें और विकास की प्रक्रिया में अपना उचित हक मांग सकें।

### 12.4.5 न्यायपालिका तथा कार्यपालिका का संबंध

भारत के संविधान ने न्यायपालिका के कार्यपालिका के साथ संबंधों के विषय में अनुच्छेद 50 के उस खंड में चर्चा की है जिसमें राजनीति के नीति-निर्देशक सिद्धांत दिए गए हैं। न्यायपालिका को यह अधिकार है कि वह कार्यपालिका के कार्यों को असंवैधानिक करार दे अगर उनको चुनौती दी गई हो। कुछ अन्य पहलू जिसमें न्यायपालिका कार्यपालिका पर अंकुश लगा सकती है उनकी चर्चा नीचे की गई है।

**12.4.6 (i) न्यायिक पुनरावलोकन:** न्यायिक पुनरावलोकन एक प्रकार से अदालती कार्रवाई है जिसमें कोई जज किसी सार्वजनिक संस्था द्वारा लिए गए किसी निर्णय की कानून संगतता की समीक्षा करता है। न्यायिक पुनरावलोकन परिणामों के गलत या सही होने के बजाय आवश्यक रूप से इस बात को चुनौती देता है कि जिस प्रकार से निर्णय लिए गए।

**12.4.6 (ii) न्यायपालिका का कार्यपालिका से अलगाव:** राज्य द्वारा ऐसे कदम उठाए जा सकते हैं जो राज्य की सार्वजनिक सेवा में न्यायपालिका को कार्यपालिका से अलग करने से संबंधित हों। न्यायालय सार्वजनिक संस्था के निर्णय को इस रूप में नहीं देखता कि उसके अनुसार सही निर्णय क्या है। स्थानीय संस्थाओं द्वारा विभिन्न संदर्भों में निभाए गए उत्तरदायित्वों, विनियामक संस्थाओं के निर्णयों, बंदियों के अधिकारों के संबंध में लिए गए निर्णयों के संबंध में न्यायिक पुनरावलोकन किया जा सकता है।

भारत के मुख्य न्यायधीश न्यायमूर्ति के. जी. बालाकृष्णन के शब्दों में, न्यायिक पुनरावलोकन किसी विधान की संवैधानिकता के संबंध में न्यायिक पुनरावलोकन को लागू करने में तथा कार्यपालिका के निर्णयों की समीक्षा करने के संदर्भ में कई बार जज एवं विधानमंडलों तथा कार्यपालिका की शाखाओं के बीच तनाव उत्पन्न हो जाता है...इस प्रकार के तनाव स्वाभाविक होते हैं तथा कुछ हद तक वांछनीय भी।[5]

अनेक देशों में लिखित संविधान के साथ-साथ न्यायिक पुनरावलोकन का सिद्धांत भी काम करता है। इसका तात्पर्य हुआ कि संविधान देश का सर्वोच्च कानून है। उसमें असंगत होने वाला कोई भी कानून अमान्य समझा जाएगा।

न्यायिक पुनरावलोकन का अर्थ होता है निचली अदालत के निर्णय पर पुनर्विचार करना, लेकिन हाल के दिनों में सिद्धांतों में काफी बदलाव आ चुके हैं तथा न्यायिक पुनरावलोकन का शाब्दिक अर्थ अब वैध नहीं रह गया है। न्यायिक पुनरावलोकन की शक्ति उच्चतम न्यायालय को मिले ऐसे असाधारण अधिकार हैं जिनके माध्यम से वह सार्वजनिक संस्थाओं के निर्णयों की जांच कर सकता है चाहे वे संवैधानिक हों, अर्ध-न्यायिक हों या सरकारी हों। यह कार्रवाई तभी हो सकती है जब उस निर्णय से प्रभावित होने वाला व्यक्ति उसे न्यायालय के समक्ष लाए।

यह सर्वविदित है कि कार्यपालिका के कार्यों को संपादित करते हुए सार्वजनिक संस्थाएं विभिन्न प्रकार के निर्णय लेती हैं जिनको संपादित करने के लिए पर्याप्त अधिकार की आवश्यकता

होती है। इसको ध्यान में रखते हुए यह कहा जा सकता है कि यह निर्णय निर्माण की प्रक्रिया होती है जिसको न्यायिक पुनरावलोकन का विषय बनाया जा सकता है। संविधान के अनुसार विधायिका, कार्यपालिका और न्यायपालिका अपनी शक्तियों का इस्तेमाल अनेक प्रकार की सीमाओं और संतुलन के आधार पर करती है, लेकिन वह जड़ तरीके से नहीं होता। भारत में, अनुच्छेद 32 और 136 के अंतर्गत उच्चतम न्यायालय को न्यायिक पुनरावलोकन का अधिकार प्राप्त है। इसी प्रकार, अनुच्छेद 226 और 227 के अनुसार उच्च न्यायालय को न्यायिक पुनरावलोकन का अधिकार होता है।

भारत में न्यायिक पुनरावलोकन के तीन पहलू हैं:

(i) विधायिका के कार्यों का न्यायिक पुनरावलोकन

(ii) प्रशासनिक कार्यों का न्यायिक पुनरावलोकन

(iii) न्यायिक निर्णयों का न्यायिक पुनरावलोकन

इस प्रकार, न्यायिक पुनरावलोकन बहुत ही जटिल एवं विकासमान विषय है। इसकी जड़ें काफी गहरी रही हैं तथा इसकी सीमा एवं क्षेत्र अलग-अलग केसों पर निर्भर करते हैं। इसे संविधान का मूल लक्षण कहा जाता है। न्यायालय न्यायिक पुनरावलोकन के अपने अधिकार के द्वारा मानवाधिकार, मौलिक अधिकार तथा नागरिकों के जीवन और स्वतंत्रता के अधिकारों के साथ ही सरकारी संस्थाओं की अनेक असंवैधानिक शक्तियों जैसे विभिन्न प्रकार की परिसंपत्तियों पर नियंत्रण, जो भवन, अस्पताल, सड़क, विदेशी मदद आदि की अपनी सीमा आदि की भी रक्षा करता है।

न्यायिक पुनरावलोकन की सीमाएं संविधान के निर्माण के दौरान बार-बार आनेवाला विषय रहा है। अपने कुछ प्रसिद्ध निर्णयों में उच्चतम न्यायालय ने सरकार के तीन अंगों, विधायिका, कार्यपालिका तथा न्यायपालिका के बीच में सर्वोच्चता की रूपरेखा को परिभाषित किया है।

संविधान के अनेक प्रावधानों को लेकर हमारे सर्वोच्च न्यायालय को न्यायिक पुनरावलोकन का जो अधिकार मिला है वह जनता की प्रभुता का ही सूचक है। जो लोग इस मत के समर्थन में हैं उनका मानना है कि किसी विधान की वैधता की न्यायिक समीक्षा एक तरह से बहुसंख्यक के उत्पीड़न से सुरक्षा का उपाय है, क्योंकि जज लोगों की जांच नहीं करते, संविधान करता है, और चूंकि संविधान अपने आप में लोकमत की अभिव्यक्ति है, इसलिए न्यायिक पुनरावलोकन में कुछ भी अजनतांत्रिक नहीं है।

भारत के माननीय सर्वोच्च न्यायालय ने *केशवानंद भारती केस* में दिए गए अपने निर्णय में "बुनियादी ढांचा" शब्द की व्याख्या की थी कि कहीं संसद संविधान के अनुच्छेद 368 के अपने अधिकार का उपयोग करते हुए संविधान को नष्ट तो नहीं करना चाहती, क्योंकि तब तक उस धारा के अंतर्गत किए जाने वाले निर्णयों को न्यायिक संवीक्षा से बाहर रखा गया था। बुनियादी ढांचा संविधान के किसी प्रावधान में निहित नहीं है, बल्कि यह हमारे संविधान के मूलाधार के कुल योग को कहते हैं।

इसी मामले में सर्वोच्च न्यायालय ने न्यायिक पुनरावलोकन के अर्थ और कार्यक्षेत्र की व्याख्या की थी। ...न्यायिक पुनरावलोकन, हालांकि, केवल यह नहीं देखता कि केंद्र या राज्य सरकारों द्वारा बनाए गए विधान उनको दी गई विधान सूची की चौदहवीं सूची के अंतर्गत हैं या नहीं;

न्यायालय यह भी देखता है कि वह कानून संविधान के समानुरूप हैं या नहीं तथा वह संविधान के अन्य प्रावधानों का कहीं उल्लंघन तो नहीं करता...जब तक मौलिक अधिकार हैं और वे संविधान का हिस्सा हैं। न्यायिक पुनरावलोकन यह भी सुनिश्चित करता है कि उन अधिकारों का उल्लंघन न हो...इसलिए समीक्षा हमारी संवैधानिक व्यवस्था का अंतर्निहित हिस्सा बन जाती है तथा उच्च न्यायालय एवं सर्वोच्च न्यायालय को यह अधिकार दिए गए हैं कि विधानों की संवैधानिक वैधता के संबंध में निर्णय करें। अगर विधान का कोई भी प्रावधान संविधान की किसी धारा का उल्लंघन करता दिखाई देता है, जो किसी भी कानून की वैधता का सबसे बड़ा प्रमाण है, उच्चतम न्यायालय एवं उच्च न्यायालय को यह अधिकार है कि वह उस प्रावधान को रद्द कर दें।[6]

*मिनर्वा मिल बनाम भारत सरकार* मामले में उच्च न्यायालय ने यह पाया कि संविधान के 42वें संशोधन के द्वारा जिस धारा 31-सी को लागू किया गया है, जो न्यायिक पुनरावलोकन के अधिकार को लेने की कोशिश थी, वह असंवैधानिक था। हालांकि, बहुमत के आधार पर लिए गए फैसले में यह कहा गया कि न्यायिक पुनरावलोकन संविधान के बुनियादी ढांचे का हिस्सा नहीं है लेकिन भगवती जे. ने अपने अल्पमत निर्णय में संविधान के अनुच्छेद 32 और 226 में वर्णित न्यायिक पुनरावलोकन को संविधान के बुनियादी ढांचे का हिस्सा माना, और अगर इसे संवैधानिक संशोधन द्वारा लेने का प्रयास किया गया तो उसे संविधान का उच्छेदन माना जाए।

न्यायमूर्ति अहमदी ने *मद्रास राज्य बनाम वी.वी.जी. रो* के मामले का संदर्भ दिया, जिसमें मुख्य न्यायाधीश पातंजलि शास्त्री ने कहा था कि हमारे संविधान में किसी विधान के न्यायिक पुनरावलोकन का अर्थ यह देखना है कि वह संविधान से सुसंगत है या नहीं, इसलिए इस देश के न्यायालयों को यह महत्त्वपूर्ण लेकिन मुश्किल कार्य सौंपा गया है। यह कोई इच्छा नहीं है कि विधान बनाने वाली संस्था को सुधारात्मक भाव से झुकाया जाए, बल्कि यह कार्य उसे इसलिए करना होता है क्योंकि संविधान द्वारा उसे यह सौंपा गया है। यह मौलिक अधिकारों के संदर्भ में विशेष तौर पर सत्य है, जिसके संबंध में न्यायालय को विशेष भूमिका सौंपी गई है, जबकि न्यायालय वैधानिक निर्णयों पर अधिक बल देता है, लेकिन वह अपने इस कर्त्तव्य को नहीं भूलता कि किसी संदेहास्पद विधान की संवैधानिकता को निर्धारित करे।[7]

न्यायमूर्ति अहमदी ने आगे इस बात का भी परीक्षण किया कि संविधान के अनुच्छेद 226, 227 और 32 के द्वारा उच्च न्यायालय एवं उच्चतम न्यायालयों को न्यायिक पुनरावलोकन के जो अधिकार दिए गए हैं वे बुनियादी ढांचे का हिस्सा हैं या नहीं। यह मान लिया जाता है कि जो संविधान के आधार पर काम करते हैं, जो विधान बनाते हैं, जो कार्यपालिका और न्यायपालिका को बनाते हैं, अपने कार्यों, अपनी सीमाओं और अपने कर्त्तव्यों को जानते हैं। इसलिए यह आशा की जाती है कि अगर कार्यपालिका संविधान के प्रति ईमानदार है तो वह अपने आप उस विधान का सम्मान करने को बाध्य है बिना किसी संवैधानिक बंधन के। इसी प्रकार, अगर कार्यपालिका संविधान के प्रति ईमानदार है तो उसे उच्चतम न्यायालय के निर्णयों के समानुरूप काम करना चाहिए। संविधान द्वारा ऐसे मामलों में उसे सर्वोच्चता दी गई है।

*गोलकनाथ बनाम पंजाब राज्य* मामले में पहली बार अनुच्छेद 368 के अंतर्गत संविधान के

संशोधन के अधिकार की सीमाओं की पहचान की गई। बहुमत के आधार पर लिए गए निर्णय को न्यायमूर्ति सुब्बा राव द्वारा लिखा गया जो इस भूमिका के साथ आरंभ हुआ।

(i) अनुच्छेद 368 में केवल प्रक्रियाओं का वर्णन है, संवैधानिक संशोधन के अधिकार का उसमें वर्णन नहीं है;

(ii) संशोधन का अधिकार सूची 1 के 97 प्रविष्टि में है तथा

(iii) ऊपर के परिणामस्वरूप संवैधानिक संशोधन कानून होगा अनुच्छेद 13 के अर्थों के अंतर्गत।

### 12.4.6 रिट

संविधान के अनुच्छेद 32 के द्वारा उच्चतम न्यायालय को मौलिक अधिकारों को लागू करने के संबंध में विस्तृत मूल न्यायाधिकार दिए गए हैं। उसे यह अधिकार दिए गए हैं कि वह बंदी प्रत्यक्षीकरण (Habeas Corpus), परमादेश (Mandamus), प्रतिषेध Prohibition), अधिकार पृच्छा (Qua-warrants), उत्प्रेषण (Certiorari) रिटें जारी करें ताकि उनको अमली जामा पहनाया जा सके। इन रिटों की नीचे चर्चा की गई है।

1. बंदी प्रत्यक्षीकरण संबंधी आदेश जो किसी नागरिक को अवैध कैद से मुक्ति दिलाने के लिए जारी किया जाता है।
2. परमादेश किसी निचले न्यायाधिकरण द्वारा जारी अवैध आदेश को रद्द करने के लिए जारी किया जाता है।
3. उत्प्रेषण संबंधी आदेश जो किसी सार्वजनिक संस्था को जारी किया जाता है ताकि वे संवैधानिक कर्त्तव्यों को पूरा करें।
4. अधिकार पृष्छा संबंधी आदेश जो किसी के सार्वजनिक संस्था में होने की वैधता के दावे की जांच के लिए जारी किया जाता है, अगर उसका दावा गलत साबित हुआ तो उसे उसके पद से हटाने के संबंध में जारी किया जाता है।
5. प्रतिषेध संबंधी आदेश जो उच्चतम न्यायालय या उच्च न्यायालय द्वारा किसी निचली अदालत को जारी किया जाता है जिससे वह अपने न्यायाधिकार से बाहर रहकर काम करना बंद कर दे।

इस प्रकार, यह देखा जा सकता है कि रिट ऐसे उपकरण के रूप में उपयोग में लाया जाता है जिससे कार्यपालिका एवं न्यायपालिका को अंकुश में रखा जा सके।

यहां तक कि जनहित याचिकाएं भी जनता के हाथ में बहुत बड़ा हथियार हैं जिससे वह न्यायपालिका की मदद से कार्यपालिका पर प्रभावी ढंग से नियंत्रण रखता है। जनहित याचिकाओं की इसके लिए आलोचना भी की जाती है कि कुछ लोगों द्वारा सस्ती लोकप्रियता पाने के लिए उसका दुरुपयोग किया जाता है, क्योंकि उसके अंतर्गत किसी सार्वजनिक संस्था के विरुद्ध केस करने की प्रक्रिया अपेक्षाकृत आसान है।

इसके विपरीत, कुछ मामलों में कार्यपालिका भी न्यायपालिका पर कुछ नियंत्रण रख सकती है। न्यायालय में जो जज होते हैं उनकी नियुक्ति राष्ट्रपति या राज्यपाल द्वारा की जाती है जो देश तथा राज्यों के कार्यकारी प्रधान होते हैं। न्यायपालिका को भी अपने निर्णयों को लागू करवाने

के लिए कार्यपालिका पर निर्भर रहना पड़ता है, न्यायपालिका के जजों का नामांकन कार्यपालिका के प्रधान द्वारा किया जाता है। साथ ही, किसी ऐसे व्यक्ति को क्षमादान का अधिकार राष्ट्रपति को होता है जो राष्ट्र का कार्यकारी प्रधान होता है, चाहे वह निर्णय उच्चतम न्यायालय द्वारा दिया गया हो, जो देश में सबसे बड़ी अपीलीय इकाई होती है।

### 12.4.7 न्यायपालिका एवं कार्यपालिका पर सीमाएं

इसके कारण न्यायपालिका पर कुछ सीमाएं लगाई गईं हैं ताकि वे कार्यपालिका की सीमाओं का अतिक्रमण न करें। न्यायपालिका को कार्यपालिका के किसी व्यक्ति को किसी भी आधार पर हटाने का अधिकार नहीं है। विवाद की परिस्थिति में वह केवल निर्देश जारी कर सकता है। न्यायालय को इस संबंध में भी कोई अधिकार नहीं है कि वह कार्यपालिका के कार्यों में हस्तक्षेप करे जब तक कि वे किसी व्यक्ति के संवैधानिक अधिकारों का अतिक्रमण न करते हों। जब तक सार्वजनिक सेवा से जुड़ी संस्थाएं वैधानिक सीमाओं में रहकर काम करती हैं तब तक उसके कार्यों की समीक्षा का अधिकार न्यायालयों के पास नहीं है।

दूसरी तरफ, कार्यपालिका पर इसको लेकर अंकुश है कि वे न्यायालय के कार्य में हस्तक्षेप न करें। कार्यपालिका के अधिकारी न्यायिक शक्तियों को संचालित नहीं कर सकते जो संवैधानिक रूप से उसके लिए नहीं हो। उनको यह निर्णय करने का कोई अधिकार नहीं है कि वे अदालत के आदेशों में सुधार कर सकें।

इस तरह, ऊपर बताए गए संदर्भों, तर्कों के आधार पर यह कहा जा सकता है कि न्यायिक पुनरावलोकन संविधान के बुनियादी ढांचे का हिस्सा है, स्थायी तौर पर जिसे संवैधानिक संशोधन द्वारा माना गया और जिसे *केशवानंद भारती केस* में उच्चतम न्यायालय द्वारा भी पुष्ट किया गया। जनतांत्रिक नैतिकता के अभिभावक के रूप में भारत के उच्चतम न्यायालय को यह बात निस्संदेह याद रखनी चाहिए कि संवैधानिक अधिकारों का पालन अंततः न्यायाधीशों की स्वतंत्रता, निर्भीकता और निष्ठा के अनुरूप होना चाहिए।

### 12.4.8 संघीय मुद्दे

केंद्र एवं राज्यों की चुनौतियों के विश्लेषण की प्रस्तावना के रूप में इस खंड में सरकार के दो स्तरों पर उभरने वाले संघीय मुद्दों की चर्चा की गई है। भारत के संविधान में इस बात को स्पष्ट तौर पर लिखा गया है कि राजस्व उगाही का काम केंद्र का है, जबकि राज्यों को यह दायित्व सौंपा गया है कि वे और अधिक खर्चों के लिए अपने संसाधनों का उपयोग कर सकें। राज्यों की मुख्य जिम्मेदारी है जन सुविधाओं को प्रदान करना, जैसे आम व्यवस्था को बनाए रखना, जन स्वास्थ्य और साफ-सफाई, कृषि सेवाएं, जल-वितरण एवं सिंचाई, कई क्षेत्रों में राज्यों का समवर्ती अधिकार क्षेत्र होता है जैसे शिक्षा, विद्युत, आर्थिक एवं सामाजिक नियोजन, जनसंख्या नियंत्रण और परिवार नियोजन। देश से जुड़े मुद्दों में कुल मिलाकर आते हैं रक्षा, विदेश सेवा, मौद्रिक मुद्दे, संचार। बड़े आधार वाले करों जैसे आयकर, निगम कर, उत्पाद कर, तटकर आदि के अधिकार केंद्र के पास हैं, इसका एक बड़ा अपवाद बिक्री कर है। राज्य भी कुछ अन्य प्रकार के कर लगा सकता है जैसे शराब पर उत्पाद कर, परिवहन कर तथा कृषि भूमि एवं आय पर

कर। हालांकि, इन सबको मिलाकर इतनी संभावना नहीं होती कि इसके आधार पर राज्य के सार्वजनिक खर्चों को पूरा किया जा सके। राज्य के अपने राजस्व और उनके खर्चों की आवश्यकता के बीच की दूरी को केंद्र द्वारा अनेक माध्यमों से पाटा जाता है। यह हस्तांतरण केंद्रीय करों में अनेक प्रकार से साझा करके, ऋण एवं अनुदान के माध्यम से किया जाता है। जिसका निर्धारण वित्त आयोग, योजना आयोग एवं भारत सरकार के वित्त मंत्रालय द्वारा किया जाता है। वित्त आयोग केंद्र एवं राज्य के बीच राजस्व साझा करने के सूत्र तैयार करती है। यह वैसे सिद्धांतों को भी तैयार करती है जिसके आधार पर राज्यों को मदद के रूप में मिलने वाले अनुदान को संचालित किया जा सके। योजना आयोग इसका निर्धारण करती है कि योजना के दौरान आने वाले खर्चों में होने वाली कमी को ऋण एवं अनुदान से पूरा किया जा सके, इसके अलावा, राज्य की विभिन्न परियोजनाओं, कार्यक्रमों को बाहरी मदद की व्यवस्था भी केंद्र द्वारा की जाती है। इन हस्तांतरणों के अलावा, कुछ अन्य प्रकार के भी हस्तांतरण होते हैं जिनका निर्धारण वित्त मंत्रालय एवं अन्य मंत्रालयों द्वारा किया जाता है जो उस हस्तांतरण की प्रकृति पर निर्भर करता है।[13]

### 12.4.9 भारत में संघवाद की सफलता के कारण

भाषायी आधार पर राज्यों का गठन भारतीय जनतांत्रिक राजनीति की पहली बड़ी परीक्षा थी। स्वतंत्रता के बाद से अनेक पुराने राज्य समाप्त हो गए और नए राज्यों का निर्माण हुआ। अनेक राज्यों के क्षेत्रों, सीमाओं और नामों में परिवर्तन किए गए। 1947 में अनेक पुराने राज्यों की सीमाओं को बदलकर नए राज्यों का निर्माण किया गया। ऐसा इसलिए किया गया ताकि यह सुनिश्चित किया जा सके कि एक भाषा को बोलने वाले लोग एक ही राज्य में रह सकें, कुछ राज्यों का निर्माण भाषा के आधार पर नहीं किया गया बल्कि संस्कृति, जातीयता में भिन्नता के आधार पर किया गया। इन राज्यों में शामिल हैं—नागालैंड, उत्तराखंड और झारखंड, अनुभवों से पता चलता है कि भाषाई आधार पर राज्यों के गठन ने वास्तव में देश को अधिक एकीकृत बनाया। इसने प्रशासन को अधिक आसान बनाया।

भारतीय संघ की दूसरी परीक्षा थी भाषा नीति, हमारे संविधान ने किसी एक भाषा को राष्ट्रभाषा का दर्जा नहीं दिया है। हिंदी की पहचान राजभाषा के रूप में की गई। लेकिन हिंदी देश के केवल 40 प्रतिशत लोगों की मातृभाषा है इसलिए अन्य भाषाओं की संरक्षा के लिए अनेक उपाए किए गए हैं। संविधान द्वारा हिंदी के अलावा, अन्य 21 भाषाओं की पहचान अनुसूचित भाषाओं के रूप में की गई है। हिंदी का प्रसार भारत सरकार की अधिकारिक नीति का हिस्सा बना हुआ है। प्रसार का यह अर्थ नहीं है कि सरकार उन राज्यों पर हिंदी को थोपे जहां लोग दूसरी भाषाओं को बोलते हैं। भारतीय राजनीतिक नेताओं की नमनशीलता ने हमारे देश में वैसी स्थिति आने से बचाया जैसी स्थिति में श्रीलंका है।

### 12.4.10 केंद्र-राज्य संबंध

केंद्र-राज्य संबंधों का पुनर्निर्धारण एक और रास्ता है जिससे व्यावहारिक रूप से संघवाद मजबूत हुआ है। देश के बड़े हिस्से में केंद्र और राज्य में एक ही दल सत्ता में था। इसके परिणामस्वरूप

राज्य सरकारें ऐसी स्थिति में नहीं रहीं कि वे अपने अधिकारों का आनंद उठा सकें। जब भी किसी राज्य में किसी अन्य पार्टी की सरकार रही सरकार ने उसे प्रभावित करने का प्रयास किया। अमित्र सरकारों को गिराने के लिए सामान्य तौर पर संविधान का दुरुपयोग किया गया। 1989 के बाद मिली-जुली सरकारों के दौर में केंद्र में बहुदलीय गठबंधन सरकारों का दौर शुरू हुआ। परिणामस्वरूप सत्ता साझा करने तथा राज्य सरकारों की स्वायत्तता का सम्मान करने की एक नई संस्कृति विकसित हुई। यह कहा जा सकता है कि अब भारत में संघवाद अधिक विकसित हो चुका है। भारत जैसा विशाल देश ऊपर वर्णित केवल द्विस्तरीय सरकारों के बल पर नहीं चलाया जा सकता। भारत के राज्य यूरोप के स्वतंत्र देशों जितने विशाल हैं। जनसंख्या के आधार पर उत्तर प्रदेश रूस से भी विशाल है, महाराष्ट्र जर्मनी जितना बड़ा है। अनेक राज्य स्थानीय भाषाओं, खान-पान, और संस्कृति के आधार पर आंतरिक तौर पर वैविध्यपूर्ण हैं। इसलिए, संघीय सत्ता को साझा करने के लिए सरकार के एक अन्य स्तर की भी आवश्यकता है, राज्य सरकारों के नीचे, सत्ता के विकेंद्रीकरण का यही आधार है। विकेंद्रीकरण के पीछे सबसे बड़ा विचार यह है कि बड़ी संख्या में ऐसे मुद्दे हैं, ऐसी समस्याएं हैं जिनका समाधान स्थानीय स्तर पर किया जा सकता है। लोगों को अपने इलाके की समस्याओं के बारे में अधिक जानकारी होती है। इनको इसके बारे में भी अधिक जानकारी होती है कि किस प्रकार से अधिक प्रभावी ढंग से धन एवं चीजों का प्रबंधन किया जा सकता है। साथ ही, स्थानीय स्तर पर यह संभव है कि लोग निर्णय निर्माण की प्रक्रिया में सीधे तौर भागीदारी कर सकें। इससे जनतंत्र में भागीदारी बढ़ती है। स्थानीय सरकारें जनतंत्र के एक महत्त्वपूर्ण सिद्धांत को साकार करने का सबसे अच्छा तरीका है, जिसे स्थानीय स्वशासन कहा जाता है। विकेंद्रीकरण की दिशा में 1992 में एक बड़ा कदम उठाया गया। संविधान में संशोधन किया गया ताकि जनतंत्र के तीसरे स्तर को अधिक शक्तिशाली और प्रभावी बनाया जा सके। अब यह संवैधानिक तौर पर बाध्यकारी है कि स्थानीय स्तर पर नियमित चुनाव हों। इन संस्थाओं के निर्वाचित मंडलों एवं इनके कार्यकारी प्रधान के पदों में अनुसूचित जाति, अनुसूचित जनजाति तथा अन्य पिछड़े वर्ग के लिए आरक्षण को लागू किया गया। कम से कम एक-तिहाई पद महिलाओं के लिए आरक्षित किए गए। प्रत्येक राज्य में निगमों एवं पंचायत के चुनाव को संपन्न करवाने के लिए राज्य चुनाव आयोग का गठन किया गया।

राज्य सरकारों के लिए यह आवश्यक किया गया कि वह कुछ शक्तियों एवं राजस्व को स्थानीय सरकारों के साथ साझा करे। साझा करने की यह प्रकृति अलग-अलग राज्यों में अलग-अलग है। ग्रामीण स्थानीय शासन को पंचायती राज के नाम से जाना जाता है। प्रत्येक गांव या कुछ राज्यों में गांवों के समूह की अपनी ग्राम पंचायत होती है। इसके अनेक सदस्य होते हैं, जो पंच कहलाते हैं और इनका अध्यक्ष सरपंच कहलाता है। उनका चुनाव उस गांव या पंचायत के वयस्क निवासियों द्वारा सीधे चुनाव के आधार पर किया जाता है। वह समूचे गांव के लिए निर्णय लेने वाली संस्था होती है। पंचायत ग्रामसभा की देखरेख में काम करती है। उस गांव के सभी मतदाता उसके सदस्य होते हैं। उसे साल में दो या तीन बार मिलना होता है ताकि वह ग्राम पंचायत के वार्षिक बजट को स्वीकृति दे सके और ग्राम पंचायत के प्रदर्शन की समीक्षा कर सके।

स्थानीय सरकार की संरचना जिला स्तर तक जाती है। कुछ ग्राम पंचायत समूह बनाकर पंचायत समिति या मंडल का गठन करती हैं। इसके प्रतिनिधियों का चुनाव उस क्षेत्र के सभी

पंचायत सदस्यों द्वारा मिलकर किया जाता है। सभी पंचायत समिति या मंडल मिलकर जिला परिषद का निर्माण करते हैं। जिला परिषद के अधिकतर सदस्य निर्वाचित होते हैं। उस जिले के अंतर्गत आने वाले सांसद और विधायक तथा कुछ अन्य अधिकारीगण भी उस परिषद के सदस्य होते हैं। जिला परिषद का अध्यक्ष जिला परिषद का राजनीतिक प्रधान होता है।

इसी तरह, शहरी इलाकों के लिए भी स्थानीय सरकारें होती हैं। नगरों में नगरपालिकाओं का गठन किया जाता है। बड़े नगरों में नगर-निगम होते हैं। नगरपालिकाएं एवं नगर-निगम जनप्रतिनिधियों की संस्था द्वारा नियंत्रित होते हैं। नगरपालिका का अध्यक्ष उसका राजनीतिक प्रधान होता है। नगर-निगमों में ऐसे अधिकारी को मेयर कहा जाता है। स्थानीय सरकार की नई व्यवस्था दुनिया में जनतंत्र का सबसे बड़ा प्रयोग है। देश भर में पंचायतों एवं नगरपालिकाओं में करीब 36 लाख निर्वाचित प्रतिनिधि हैं। यह संख्या अनेक देशों की जनसंख्या से भी अधिक है। स्थानीय सरकारों के संवैधानिक दर्जे ने देश में जनतंत्र की जड़ों को गहरा करने में मदद की है। इसने हमारे जनतंत्र में महिलाओं के प्रतिनिधित्व और आवाज को बढ़ावा दिया है। लेकिन इसके साथ ही साथ अनेक तरह की मुश्किलें भी हैं। यद्यपि चुनाव नियमित तौर पर और उत्साहवर्धक तरीके से होने लगे हैं लेकिन ग्रामसभा की बैठक नियमित तौर पर नहीं होती। अनेक राज्य सरकारों ने महत्त्वपूर्ण अधिकारों को स्थानीय सरकारों को नहीं सौंपा है और न ही उन्होंने उनको पर्याप्त संसाधन दिए हैं। हम अभी भी स्थानीय-शासन के सपने को साकार करने से बहुत दूर हैं।

### 12.4.11 शासन की प्रक्रिया: समस्याएं और संभावनाएं

महाद्वीपीय आकार के देश जिसमें इतनी विविधताएं हैं, उसका शासन तभी संभव है जब केंद्रीय तौर पर राजनीतिक कार्यपालिका समावेशी और सुसंगत हो और यह संभव नहीं है कि बहुत सारे दल गठबंधन बनाकर केंद्र में गठबंधन सरकार को चलाएं, यह कहा जा सकता है कि राज्य में होने वाली समस्याओं ने भारतीय शासन को अपात्र बना दिया है। आखिरकार, लगभग पिछले छह दशकों में विश्लेषकों ने देश के लचीलेपन को कम करके आंका है। उदाहरण के लिए, भारतीय राष्ट्रीय नेतृत्व के विविधवर्णी रूप को इसके एक उत्साहपूर्वक उदाहरण के तौर पर देखा जा सकता है। तेजी से बढ़ती अर्थव्यवस्था नए हित समूहों का निर्माण कर रही है। करीब एक शताब्दी पहले संरक्षण की राजनीति की अधिकता तथा विशुद्ध पूंजीवाद ने अमेरिका में बदलाव की जमीन तैयार की। भारत में अनेक लोग हैं जो इस आधार को तैयार कर सकते हैं। जाग्रत नागरिक समाज और द्वंद्वात्मक निजी क्षेत्र सकारात्मक हैं। भारतीय राजनीति एक दशक पहले लागू किए गए संवैधानिक सुधारों से भी अनुप्राणित हुई है, स्थानीय शासन में एक-तिहाई सीटों के महिलाओं के लिए आरक्षण ने नई संभावनाशील और रूपांतरकारी राजनीतिक नेतृत्व का निर्माण किया है।

## 12.5 संसदीय व्यवस्था: एक परिचय

संसद के लिए अंग्रेजी में प्रयुक्त होने वाला *पार्लियामेंट* शब्द फ्रेंच भाषा के *पार्लमेंट* से निकला

है जिसका अर्थ होता है बोलना। सरकार की व्युत्पत्ति में जब जनता की इच्छाशक्ति की अभिव्यक्ति स्थानीय स्तर से आगे लोकप्रिय कार्य के रूप में संभव हुई तो प्रतिनिधित्व और वैधता के लिए शीर्ष राजनीतिक संस्था के रूप में संसद का आविर्भाव हुआ। इस प्रकार, संसद के बारे में यह दावा किया जा सकता है कि यह भारत के लोगों की सीधे तौर पर सांस्थानिक अभिव्यक्ति है। ब्रिटिश सांसद एडमंड बर्क के अनुसार, ''संसद विभिन्न और प्रतिद्वंद्वी हितों के राजदूतों का सम्मेलन-स्थल नहीं है, जहां वे अपने हितों की बात करें, दूसरों के हितों के समक्ष अपने हितों को प्रस्तुत करें, बल्कि संसद एक राष्ट्र की विमर्शी सभा है, जिसका एक हित है, जो सबके हित में हो, जो स्थानीय उद्देश्य और पूर्वाग्रह के द्वारा संचालित न हों बल्कि सामान्य शुभ के लिए हो।'[6] बर्क के प्रतिनिधित्व के विचार ने ब्रिटिश संसद की भूमिका को इस रूप में ऊंचा उठाया कि वह संपूर्ण ब्रिटिश राष्ट्र का एक व्यक्ति के रूप में प्रतिनिधित्व करता है। चौदहवीं शताब्दी के मध्य तक ब्रिटिश संसद का संगठन दो सदनों के रूप में हुआ 'कॉमंस' और 'लॉर्ड्स' के रूप में। भारत का संविधान जो कि 26 जनवरी 1950 को प्रभाव में आया, राष्ट्रपति के साथ दो सदनों को प्रस्तावित करता है—राज्य सभा और लोक सभा। भारत की संसद द्वारा त्रिस्तरीय प्रतिनिधित्व की अवधारणा को प्रतिपादित किया गया है।

यह देश के लोगों का प्रतिनिधित्व करती है;

यह विभिन्न संघों या क्षेत्रों या विभिन्न प्रांतों का प्रतिनिधित्व करती है;

और आखिर में, यह विभिन्न हितों/वर्गों का प्रतिनिधित्व करता है।

भारत के राष्ट्रपति का निर्वाचन संसद एवं राज्य विधानमंडलों द्वारा किया जाता है, सीधे तौर पर जनता द्वारा नहीं। राष्ट्रपति राज्य का प्रमुख होता है, तथा कार्यकारिणी के सभी कार्य एवं संसद द्वारा बनाए गए समस्त कानून उसके नाम पर होते हैं। यद्यपि, ये अधिकार केवल नाममात्र के होते हैं, तथा राष्ट्रपति को प्रधानमंत्री एवं मंत्रिमंडल की सलाह पर ही काम करना पड़ता है। प्रधानमंत्री तथा मंत्रिमंडल तब तक अपने पद पर बने रहते हैं जब तक कि उनको लोक सभा में बहुमत का समर्थन हासिल होता है। संसद के निचले सदन में, जिसके सदस्य जनता द्वारा सीधे तौर पर निर्वाचित होते हैं, मंत्रीगण संसद के दोनों सदनों के प्रति उत्तरदायी होते हैं। साथ ही, मंत्री को किसी एक सदन का निर्वाचित सदस्य भी होना चाहिए।

इसलिए संसद का कार्यकारिणी पर नियंत्रण होता है। प्रोफेसर हेरोल्ड जे. लास्की ने अपनी क्लासिक पुस्तक *पार्लियामेंटरी गवर्नमेंट* में कहा कि यह संसद का कार्य होता है कि निर्वाचित प्रतिनिधियों के बहुमत के आधार पर सरकार के निर्माण में मदद करे तथा एक चौकस विपक्ष तैयार करे जो राजनीतिक कार्यकारिणी पर नजर रखे। इसका हालिया उदाहरण है विपक्ष द्वारा 2जी स्पेक्ट्रम के मुद्दे पर संयुक्त संसदीय समिति की मांग है। इसी प्रकार का ढांचा राज्यों में भी मौजूद है, जहां जनता द्वारा निर्वाचित विधानमंडल मुख्यमंत्री एवं राज्य के मंत्रियों पर नियंत्रण रखता है।

### 12.5.1 संसद का गठन

भारतीय संविधान के पांचवें भाग के दूसरे अनुच्छेद के अंतर्गत संसद शीर्षक में संघीय व्यवस्थापिका की व्यवस्था की गई है। इसमें राज्य सभा, लोक सभा और राष्ट्रपति को संसद का अभिन्न अंग माना है।

### 12.5.2 राष्ट्रपति

राष्ट्रपति का चुनाव एक निर्वाचक मंडल द्वारा किया जाता है जिसमें संसद के दोनों सदनों के निर्वाचित प्रतिनिधि तथा राज्यों के विधानसभाओं के निर्वाचित सदस्य होते हैं। यद्यपि भारत के राष्ट्रपति संसद का संवैधानिक हिस्सा हैं, वह दोनों में से किसी सदन में न तो बैठते हैं न ही उसकी कार्यवाही में हिस्सा लेते हैं। संसद के संदर्भ में उनके कुछ संवैधानिक कार्य हैं वे जिनको संपादित करते हैं। राष्ट्रपति समय-समय पर संसद के सत्र को आहूत और निर्गत करता है। लोक सभा को भंग करने का अधिकार राष्ट्रपति के पास होता है। दोनों सदनों द्वारा पारित किए गए बिल पर उसकी स्वीकृति आवश्यक होती है। जब संसद का सत्र नहीं चल रहा हो और वह इस बात को लेकर आश्वस्त हो कि ऐसी स्थिति बन गई है कि उसे तत्काल कदम उठाने की आवश्यकता है तो वह अध्यादेश जारी कर सकता है, जो उतना ही प्रभावी होता है जितना संसद द्वारा पारित किया गया कानून होता है।

### 12.5.3 राज्य सभा

राज्य सभा में 250 से अधिक सदस्य नहीं हो सकते हैं। इनमें से 12 सदस्यों का नामांकन राष्ट्रपति द्वारा साहित्य, विज्ञान, कला एवं समाज सेवा के क्षेत्रों में विशेष योग्यता वाले व्यक्तियों में से किया जाता है। बाकी सीटों का आबंटन विभिन्न राज्यों तथा केंद्रशासित प्रदेशों में किया जाता है, जो सामान्य तौर पर उनकी जनसंख्या के आधार पर किया जाता है; हालांकि प्रत्येक राज्य से सामान्य तौर पर एक सदस्य तो होता ही है। वर्तमान में राज्य सभा में कुल सदस्यों की संख्या 245 है, जिनमें राष्ट्रपति द्वारा नामांकित 12 सदस्य भी शामिल हैं। राज्य सभा में प्रत्येक राज्य के प्रतिनिधि का चुनाव विधानसभा के निर्वाचित सदस्यों द्वारा किया जाता है, जो समानुपातिक प्रतिनिधित्व के आधार पर एकल हस्तांतरणीय मत के आधार पर होता है। केंद्रशासित प्रदेशों के प्रतिनिधियों का चुनाव संसद द्वारा बनाए गए कानून के आधार पर किया जाता है। इस सदन के सदस्य होने की न्यूनतम आयु सीमा 30 वर्ष है। राज्य सभा कभी भंग नहीं होती है, लेकिन हर दूसरे वर्ष इसके एक-तिहाई सदस्य सेवामुक्त होते हैं। राज्य सभा के सदस्य का कार्यकाल छह वर्ष होता है।

### 12.5.4 लोक सभा

लोक सभा, जैसा कि नाम से ही स्पष्ट है, उन प्रतिनिधियों से बना होता है जिनका चुनाव जनता वयस्क मताधिकार के आधार पर सीधे चुनाव द्वारा करती है। संविधान में इस सदन की अधिकतम सदस्य संख्या 552 रखी गई है, 530 सदस्य राज्यों के, केंद्रशासित प्रदेशों के प्रतिनिधि के तौर पर 20 सदस्य, तथा एंग्लो-इंडियन समुदाय के दो सदस्यों का नामांकन राष्ट्रपति द्वारा वैसी अवस्था में किया जाता है जब उसे ऐसा लगे कि उस समुदाय को सदन में उचित प्रतिनिधित्व नहीं मिला है। सदन के कुल निर्वाचित होने वाले सदस्यों का राज्यों में वितरण इस प्रकार किया जाता है चुने जाने वाले सदस्यों और राज्य की जनसंख्या का अनुपात हर राज्य के लिए जहां तक संभव हो समान ही रहे। लोक सभा के सदस्य बनने की आयु सीमा 25 वर्ष निर्धारित की गई है। इस समय लोक सभा में 545 सदस्य हैं।

लोक सभा, का कार्यकाल बशर्ते कि उसे पहले भंग न किया जाए अपनी प्रथम बैठक की

तिथि से 5 वर्षों का होता है तथा पांच साल की अवधि पूरी होने पर सदन को भंग कर दिया जाता है। यद्यपि, अगर आपातकाल की घोषणा की गई हो तो संसद का कार्यकाल कानूनन एक साल के लिए बढ़ाया जा सकता है और जब वह घोषणा समाप्त हो जाए तो उसे किसी भी हालत में छह महीने से आगे नहीं बढ़ाया जा सकता।

### 12.5.5 सदन का नेता

प्रत्येक सदन का एक नेता होता है। प्रधानमंत्री, जो कि लोक सभा में बहुमत वाले दल का नेता होता है, वह लोक सभा का भी नेता होता है, सिवाय इसके कि अगर वह लोक सभा का सदस्य नहीं हो। ऐसी परिस्थिति में जब प्रधानमंत्री लोक सभा का सदस्य नहीं होता वह मंत्रिमंडल के किसी सदस्य को लोक सभा के नेता के रूप में नामांकित करता है। कोई वरिष्ठ मंत्री जो कि राज्य सभा का सदस्य होता है। प्रधानमंत्री द्वारा राज्य सभा का नेता नियुक्त किया जाता है।

### 12.5.6 विपक्ष का नेता

प्रत्येक सदन में एक विपक्ष का नेता होता है। वेतन एवं भत्ते अधिनियम, 1977 के अनुसार विपक्ष का नेता राज्य सभा या लोक सभा जो कुछ समय के लिए सदन में विपक्ष के उस दल का नेता होता है जिसके सदस्यों कि संख्या विपक्ष में सबसे अधिक होती है और जिसे राज्य सभा या लोक सभा का अध्यक्ष मान्यता देता है।

## 12.6 संसद के कार्य एवं शक्तियां

दोनों सदनों का मुख्य काम कानून बनाना है। प्रत्येक बिल को दोनों सदनों द्वारा पारित किया जाना चाहिए, उसे राष्ट्रपति की स्वीकृति मिलनी चाहिए तब जाकर वह कानून का रूप लेता है। जिन विषयों पर संसद कानून बना सकती है उनका उल्लेख संविधान की सातवीं अनुसूची में किया गया है। मोटे तौर पर कहें तो केंद्रीय सूची में वे महत्त्वपूर्ण विषय होते हैं जो सुविधा, प्रभावोत्पादकता एवं सुरक्षा की दृष्टि से अखिल भारतीय स्तर पर प्रशासित किए जाते हैं। केंद्रीय सूची के मुख्य विषय हैं—प्रतिरक्षा, विदेश मामले, रेलवे, बीमा, संचार, मुद्रा, बैंकिंग, आयकर, तटकर, उत्पाद शुल्क, आणविक ऊर्जा, जनगणना आदि।

संविधान की 7वीं अनुसूची में वर्णित विषयों के अलावा भी विशेष परिस्थितियों में संसद उन विषयों को लेकर भी कानून बना सकती है जो विशिष्ट तौर पर राज्य के लिए आरक्षित हों। इसके अलावा, विशेष आपातकालीन परिस्थितियों में जब भारत की सुरक्षा या उसके किसी हिस्से पर बाहरी आक्रमण या सशस्त्र विद्रोह की स्थिति हो, या राष्ट्रपति द्वारा आपातकाल की घोषणा की गई हो, संसद को यह अधिकार है कि वह किसी भी राज्य के लिए विशेष कानून बना सकती है। इसी प्रकार, राज्य में संवैधानिक मशीनरी के विफल होने की अवस्था में उस राज्य के लिए कानून बनाने का अधिकार संसद को मिल जाता है। इसके अलावा, संविधान द्वारा संविधान में संशोधन का अधिकार संसद को दिया गया है।

कानून बनाने के अलावा, संसद प्रस्तावों, मोशन, ध्यानाकर्षण, परिचर्चा, पूछे गए प्रश्नों के

मंत्रियों द्वारा जबाव दिए जाने, समितियों आदि के माध्यम से देश के प्रशासन पर नियंत्रण रखती है एवं जनता की स्वतंत्रता की रक्षा करती है। वित्तीय मामलों में लोक सभा को सर्वोच्चता प्राप्त है। दोनों सदनों से बनाए गए मंत्री भी इसी सदन के प्रति सामूहिक रूप से उत्तरदायी होते हैं।

दूसरी तरफ, अगर राष्ट्रहित में आवश्यक हुआ तो राज्य से जुड़े विषयों पर संसद को कानून बनाने में सक्षम बनाने में राज्य सभा की विशेष भूमिका होती है। इसी प्रकार अखिल भारतीय सेवा के निर्माण में भी इसकी इसी प्रकार की भूमिका होती है जो केंद्र एवं राज्यों दोनों के लिए समान होती है। दूसरी तरफ, संविधान के सिद्धांत के अनुसार दोनों सदनों का दर्जा समान होता है। अगर किसी संशोधन को लेकर दोनों सदनों में मतभेद हो तो दोनों सदनों की संयुक्त बैठक में बहुमत के आधार पर उसका समाधान निकाला जाता है। हालांकि, वित्त विधेयक और संविधान संशोधन विधेयक के मामले में संयुक्त सत्र का प्रावधान नहीं है। प्रत्येक सदन के अपने पीठासीन अधिकारी होते हैं। लोक सभा के दोनों पीठासीन अधिकारी, अध्यक्ष एवं उपाध्यक्ष का चुनाव सदस्यों में से ही किया जाता है। देश के उपराष्ट्रपति राज्य सभा के पदेन अध्यक्ष होते हैं। उनका चुनाव दोनों सदनों के सदस्यों के निर्वाचक मंडल द्वारा समानुपातिक प्रतिनिधित्व के आधार पर होता है। राज्य सभा के उपाध्यक्ष का चुनाव राज्य सभा के सदस्यों द्वारा अपने बीच से ही किया जाता है।

### 12.6.1 संसदीय समितियां

संसदीय व्यवस्था में संसदीय समितियां महत्त्वपूर्ण भूमिका निभाती हैं। वे संसद, कार्यपालिका और सामान्य जन के बीच सक्रिय कड़ी का काम करती हैं। समितियों की आवश्यकता दो कारणों से होती है पहली सदन की ओर से कार्यपालिका पर निगरानी रखने की आवश्यकता के कारण, दूसरी—आधुनिक विधानमंडल पर इन दिनों काम का अत्यधिक दबाव होता है और उनको निबटाने का समय कम होता है। यह लगभग असंभव हो जाता है कि सभी मसलों को सदन के पटल पर रखा जा सके और उनके ऊपर चर्चा की जा सके। अगर काम को पर्याप्त ध्यान देते हुए करना हो तो स्वाभाविक तौर पर कुछ संसदीय जिम्मेदारियां ऐसी संस्था को सौंपी जा सकती हैं जिनके ऊपर संपूर्ण सदन का भरोसा हो। सदन द्वारा समितियों को कुछ कार्य सौंप देने की सामान्य परंपरा बन चुकी है। यह और अधिक आवश्यक इसलिए बन चुका है क्योंकि समिति के पास उस विषय की विशेषता होती है जो उसे विचार के लिए सौंपा जाता है।

किसी समिति में किसी मसले पर विस्तार से चर्चा होती है, विचार खुलकर रखे जाते हैं, मसले पर गहराई से विचार किया जाता है, पेशेवर ढंग से, शांत माहौल में, अधिकतर समितियों में जनता की परोक्ष या अपरोक्ष ढंग से सहभागिता होती है। स्थल पर अध्ययन किया जाता है, मौखिक प्रमाण लिए जाते हैं जिससे समिति को किसी निष्कर्ष पर पहुंचने में मदद मिलती है।

संसदीय समितियां दो प्रकार की होती हैं: तदर्थ समितियां तथा स्थायी समितियां सबसे शक्तिशाली होती है—लोक लेखा समिति, जिसकी अध्यक्षता विपक्ष के नेता द्वारा की जाती है।

प्रत्येक सदन की कुछ स्थायी समितियां होती हैं जैसे बिजनेस एडवायजरी कमेटी, याचिका समिति, विशेषाधिकार समिति एवं विनियम समिति, आदि।

स्थायी समितियां नियमित समितियां होती हैं जिनका निर्माण समय-समय पर संसद अधिनियम

या सदन को संचालित करने वाले नियमों के आधार पर किया जाता है। इन समितियों का कार्य सतत प्रकृति का होता है। वित्त समिति जैसी कुछ समितियां स्थायी समितियों के वर्ग के अंतर्गत आती हैं।

ये हैं उप विधान समिति, आश्वासन समिति, आकलन समिति, लोकलेखा समिति आदि।

### 12.6.2 तदर्थ समितियां

तदर्थ समितियों का गठन किसी विशिष्ट उद्देश्य के लिए किया जाता है, जब उनका कार्य पूरा हो जाता है और वे अपनी रिपोर्ट प्रस्तुत कर देती हैं तो उनको समाप्त मान लिया जाता है। प्रमुख तदर्थ समितियां होती हैं—विधेयक को लेकर बनाई जाने वाली संयुक्त तथा प्रवर समितियां। अन्यों में हैं रेलवे समिति, पंचवर्षीय योजनाओं का मसौदा तैयार करने वाली समितियां तथा हिंदी समतुल्यता समितियों का गठन विशेष उद्देश्यों के लिए किया जाता है। संसद के परिसर में खाद्य प्रबंधन करने वाली समिति भी तदर्थ समितियों के अंतर्गत आती है।

भारत में अनेक संवैधानिक उपायों द्वारा कार्यपालिका को सदन के प्रति उत्तरदायी बनाया गया है। संविधान की धारा 112 के अनुसार प्रत्येक वर्ष लोक सभा सरकार के खर्चे का लेखा-जोखा करती है। धारा 113 के अनुसार संचित कोश से किए गए खर्चे को छोड़कर सरकार को सभी खर्चों को मांग के रूप में लोक सभा के पटल पर रखना होता है, यह सदन के ऊपर होता है कि वह उन मांगों को माने या न माने। हालांकि, बजट पर नियंत्रण रखने के इन उपायों के बावजूद यह सामान्य मान्यता रही है कि 'संसद कार्यपालिका' की शक्तियों पर नियंत्रण रखने में उतनी सफल नहीं रही है।'

सदन की कार्यपालिका संबंधी जिम्मेदारियों को मजबूत बनाने के लिए 1993 में संसद की अन्य स्थायी समितियां जैसे लोकलेखा समिति, आकलन समिति और सार्वजनिक उपक्रम समिति कुछ नई स्थायी समितियों का गठन किया गया। इनको विभाग आधारित स्थायी समितियां कहा जाता है। ये कुल बीस समितियां संबंधित मंत्रालयों एवं विभागों के नियोजित लक्ष्यों के आधार पर उनके कामों की समीक्षा करती हैं, तथा बजट में उनकी मांगों के औचित्य का परीक्षण करती हैं।[8]

संसद वह स्थल है जहां अनेक विधेयकों को कानूनी जामा पहनाया जाता है, जहां प्रत्येक विधेयक को कम से कम तीन बार पढ़ा जाता है। हाल में अनेक विश्लेषकों ने इस ओर ध्यान दिलाया है कि जहां आजादी के बाद के आरंभिक वर्षों में संसद की साल में 120 बैठकें होती थीं, 1995 में संसद की केवल 78 बैठकें हुईं और 1997 में केवल 65 बैठकें। पहली लोक सभा ने जहां एक ओर अपना 49 प्रतिशत समय विधायिका संबंधी कार्यों को दिया एवं 82 अधिनियमों को बनाने में सफल रही, नवीं लोक सभा ने केवल 16 प्रतिशत समय विधायिका संबंधी कार्यों में लगाया तथा केवल 28 विधान पारित किए। इससे यह भी पता चलता है कि अधिकतर अधिनियम बहुत कम चर्चा के साथ ही पारित हो गए, उनमें से भी अधिकतर विधेयक सरकार की तरफ से आए, सरकार बिना अधिक विरोध के ही अपनी पसंद के विधेयक पारित करवाने में सफल रही। इस तरह की बातों से संसद की नीति निर्माण संबंधी प्रभाव क्षमता कमजोर हुई है।

## 12.7 भारतीय राजनीति: एक भूलभुलैया

1990 के दशक की शुरुआत में भारतीय राजनीति में एक नए युग की शुरुआत हुई। कांग्रेस(आई) पार्टी की 1989 में पराजय हुई और राजनीतिक प्रभुत्व के एक दौर का अंत हुआ और बहुदलीय राजनीतिक प्रतिद्वंद्विता का एक नया दौर शुरू हुआ। हालांकि 1991 में कांग्रेस(आई) ने अल्पमत की सरकार के रूप में सरकार में वापसी की लेकिन सत्ता पर उसकी पकड़ ढीली हुई। उस पार्टी द्वारा अपनाए गए नेहरूवियन समाजवादी ढांचे की प्रासंगिकता जाती रही। कांग्रेस (आई) पार्टी का वह नैतिक आधार समाप्त हो गया जो उसने स्वतंत्रता आंदोलन में अपनी भूमिका से प्राप्त किया था, उसे मोटे तौर पर भ्रष्ट रूप में देखा जाने लगा। कांग्रेस का सामाजिक आधार खिसकने लगा। मुख्य विकल्प भारतीय जनता पार्टी ने हिंदू राष्ट्रवादी गठबंधन के लिए अभियान शुरू किया। इसी प्रकार, जनता दल, समाजवादी पार्टी और बहुजन समाज पार्टी ने दलितों, पिछड़े वर्ग, अनुसूचित जनजाति एवं धार्मिक अल्पसंख्यकों के गठबंधन से सत्ता की ओर कदम बढ़ाने के प्रयास किए।

भारतीय संघीय या केंद्रीय ढांचे ने न केवल एक मजबूत केंद्र सरकार का निर्माण किया बल्कि सत्ता को सामान्य तौर पर केंद्र सरकार में और विशेषकर प्रधानमंत्री में केंद्रित किया। सत्ता की यह केंद्रीयता पर्याप्त विवाद और राजनीतिक तनाव का कारण रहा है। इससे आने वाले समय में राजनीतिक विवाद और बढ़ने की संभावना है क्योंकि पार्टी व्यवस्था में बहुलवाद बढ़ रहा है तथा हित-समूहों का प्रतिनिधित्व भी वैविध्यपूर्ण होता जा रहा है।

एक दौर में इसे भारतीय आर्थिक एवं सामाजिक समस्याओं के समाधान के तौर पर देखा जाता था। अब भारतीय राजनीति को राजनीतिक प्रेक्षकों द्वारा समस्या के तौर पर देखा जाने लगा है। जबसे लोकलुभावन नारे लोगों की भावनाओं को जगाने लगे हैं सरकारी संस्थाओं के लिए यह पहले से मुश्किल होता जा रहा है कि धार्मिक एवं अस्मितावादी आधार पर जाग्रत समाज के हितों को जगह दे सकें। साथ ही, कानून और व्यवस्था के हालात लगातार बिगड़ते जा रहे हैं क्योंकि पुलिस अपराधियों को पकड़ने एवं सांप्रदायिक गड़बड़ियों को दबाने में लगातार अक्षम रही है। सचमुच, अनेक प्रेक्षक भारतीय राजनीति के अपराधीकरण पर विलाप कर रहे हैं क्योंकि राजनेता चुनाव में अच्छे प्रदर्शन के लिए जनबल का प्रयोग कर रहे हैं, और अपराधी स्वयं चुनावों में सफल हो रहे हैं। इन परिस्थितियों के आधार पर अनेक प्रेक्षकों का यह मानना है कि भारत शासन के गहराते संकट के दौर में प्रवेश कर चुका है।

कुछ विश्लेषक भारत की समस्याओं को उतना गहरा नहीं मानते, उनको इस बात पर संतोष भी होता है कि नागरिक समाज अधिक परिपक्व हो रहा है तथा अधिक जनतांत्रिक राजनीतिक दलों का उदय हो रहा है। पिछड़ी जातियों, दलितों एवं आदिवासियों ने केवल संरक्षण और कांग्रेस व्यवस्था के लोक-लुभावन पहलू से संतोष करना छोड़ दिया है। इन समूहों की जागृति ने राजनीतिक विपक्ष के आधार को मजबूत किया है तथा कांग्रेस की पकड़ को ढीला करने का काम किया है। 70 के दशक के अंत से गैर-सरकारी संगठनों की संख्या बढ़ी है। इन समूहों ने राजनीतिक व्यवस्था से नई तरह की मांगें करनी शुरू की हैं तथा राजनीतिक सत्ता, आर्थिक संसाधन एवं सामाजिक दर्जे के पुनर्वितरण की आवश्यकता पर बल देना शुरू किया है।

चाहे भारतीय राजनीति के विकास ने बढ़ती समस्याओं को तेज किया या वृहत्त जनतंत्र को

जन्म दिया इन तीन मुख्य बिंदुओं के समाधान की दिशा को बढ़ावा देना शुरू किया। किस प्रकार भारतीय राजनीतिक व्यवस्था, जो पहले से अधिक समतावादी मूल्यों पर आधारित है, उन बदलावों को जगह देगी जो इसके समाज के सोपानक्रम में घटित हो रहे हैं? किस प्रकार राज्य देश के बहुलतावादी समाज के हितों की पहचान की आवश्यकता और राष्ट्रीय एकता के लक्ष्यों के बीच संतुलन बनाकर चलेगा? और जिस तरह से भारतीय राज्य की वैधता का क्षरण हो रहा है तथा नागरिक समाज का निरंतर विकास हो रहा है, क्या भारतीय राज्य अपनी वैधता को वापस पा सकेगा, और यदि हां, तो यह किस प्रकार राज्य और समाज के बीच की सीमाओं को पुनर्परिभाषित कर सकेगा? इन मुद्दों का भारत को पूरे इतिहास के दौरान सामना करना पड़ा है। ये मुद्दे, अपने अंतर्निहित तनावों के साथ भारतीय राजनीति के बदलाव के वाहक बने रहेंगे।

## 12.8 राज्य-समाज संबंधों की द्वंद्वात्मकता

1960 के दशक से भारत में राजनीतिक सहभागिता में अनेक प्रकार से रूपांतरण हुआ है। राजनीतिक परिक्षेत्र में नए सामाजिक समूहों का प्रवेश हुआ है और उन्होंने अपने राजनीतिक संसाधनों का उपयोग करते हुए राजनीतिक प्रक्रिया को आकार देना आरंभ कर दिया है। पहले अनुसूचित जाति एवं अनुसूचित जनजाति को राजनीति से बाहर ही रखा जाता था क्योंकि भारतीय समाज के सोपानक्रम में उनका स्थान बहुत नीचे था। उन्होंने अब भारतीय जनतंत्र द्वारा प्रस्तुत की जा रही नई संभावनाओं का पूरा लाभ उठाना शुरू कर दिया है। स्त्रियों एवं पर्यावरणवादियों ने नए राजनीतिक वर्ग का निर्माण किया है जिसने परंपरागत भेदों का विस्तार किया है। सामाजिक आंदोलनों एवं गैर-सरकारी संगठनों के विस्तार ने यह दिखाया है कि भारतीय राजनीतिक दलों तथा राज्य की संस्थाओं की मुश्किलों के बावजूद भारतीय जनतांत्रिक प्रवृत्ति फल-फूल रही है।

नागरिक समाज के उभार का एक महत्त्वपूर्ण पहलू है स्वयंसेवी गैर-सरकारी संगठनों का उभार। 1993 के आकलन के अनुसार उनकी संख्या 50 हजार से एक लाख के बीच थी। कुछ हद तक स्वयंसेवी संगठनों के उभार को भारतीय राज्य द्वारा ही प्रायोजित किया गया। उदाहरण के लिए, 1985-89 के दौरान सातवीं पंचवर्षीय योजना ने विकास की गति को तेज करने में स्वयंसेवी संगठनों के योगदान को स्वीकार किया तथा उनको दी जानेवाली वित्तीय मदद में वृद्धि की। 1987 में 1273 स्वयंसेवी संगठनों के एक सर्वेक्षण में यह कहा गया कि उनमें से 47 प्रतिशत ने किसी न किसी रूप में केंद्र सरकार से वित्तीय मदद ली। स्वयंसेवी संगठनों ने विदेशी मदद भी लेना शुरू कर दिया, 1991-92 के दौरान करीब 1500 संगठनों को 400 मिलियन अमेरिकी डॉलर की मदद मिली। कुछ गैर-सरकारी संगठन केंद्र सरकार के साथ इस प्रकार सहयोग करते हैं जिससे उनको जन नीतियों को लागू करने में मदद मिलती है। उदाहरण के लिए, गरीबी उन्मूलन। अन्य गैर-सरकारी संगठन भी निगरानी के संदर्भ में अपनी भूमिका निभाते हैं, सरकार पर दबाव बनाने का प्रयास करते हैं कि राज्य में कानून की भावना को ऊंचा रखा जाए तथा घोषित लक्ष्यों के अनुरूप नीतियों को लागू किया जाए। गैर-सरकारी संगठन यह प्रयास भी करते हैं कि विभिन्न सामाजिक समूहों की राजनीतिक चेतना को बढ़ाने में योगदान दिया जाए, उन्हें अपने अधिकारों की मांग के लिए प्रोत्साहित किया जाए तथा सामाजिक असमानता को चुनौती देने के लिए कहा

जाए, आखिरकार, कुछ सामाजिक समूह नवोन्मेष का काम करते हैं, नए दृष्टिकोण के साथ सामाजिक समस्याओं के समाधान के लिए प्रयोग करते हैं।

1970 के दशक के आरंभ में कार्यकर्ताओं ने वृहत आधार पर सामाजिक आंदोलन खड़ा करना आरंभ किया। यह उनके लिए शक्तिशाली साबित हुए जिनकी उनके दृष्टिकोण से राज्य तथा राजनीतिक दलों द्वारा उपेक्षा की जा रही थी। संभवत: सबसे ताकतवर था कृषि आंदोलन, जिसने दिल्ली में हजारों प्रदर्शन किए और सरकार को इसके लिए मनाने में सफल रहे कि कृषि उत्पादों को ऊंचा समर्थन मूल्य दिया जाए तथा ग्रामीण इलाकों में अधिक निवेश किया जाए। दलित पैंथर के नेतृत्व में अनुसूचित जातियों ने पहले अछूत समझे जाने वाली जातियों की पहचान को लेकर पुन: मुखर होना शुरू कर दिया। विभिन्न संगठनों की स्त्रियों ने परिचर्चाओं में अपने विचारों का आदान-प्रदान आरंभ कर दिया। स्त्रियों से जुड़े मुद्दों को परिभाषित एवं प्रोत्साहित करना शुरू कर दिया। इसी तरह, पर्यावरण के मुद्दों से जुड़े आंदोलन आरंभ हुए और जिसने सरकार पर पर्यावरण से जुड़े मुद्दों के प्रति और अधिक जवाबदेह होने के लिए और अधिक दबाव बनाना शुरू कर दिया। उसने यह प्रयास भी किया कि विकास का एक ऐसा सिद्धांत बने जिसमें जनजातीय संस्कृति तथा पर्यावरण की उत्तरजीविता को लेकर और अधिक सम्मान हो।

अत्यंत प्रतिस्पर्धात्मक चुनाव, अपेक्षाकृत स्वतंत्र न्यायपालिका, मीडिया एवं जाग्रत नागरिक समाज के साथ भारत में एक ऐसी जनतांत्रिक व्यवस्था बनी हुई है जो समस्त विकासशील देशों में सबसे अधिक जनतांत्रिक है। फिर भी, भारतीय जनतंत्र दबाव में है। भारत में राजनीतिक सत्ता धीरे-धीरे और अधिक केंद्रीकृत होती जा रही है, एक ऐसे समय में जबकि भारत का नागरिक समाज इस तरह से संगठित हो रहा है जो भारत की असाधारण सामाजिक विविधता को दर्शाता है। भारत के राजनीतिक दल संकट के दौर से गुजर रहे हैं। कांग्रेस(आई) पतन की ओर अग्रसर है, जिसे इसके परंपरागत समर्थन के क्षय और कांग्रेस आई सरकार के लगातार घोटालों में घिरते जाने के रूप में देखा जा सकता है। पार्टी एक ऐसे नेतृत्व को विकसित करने में असफल रही है जो इसे पुनर्जीवन देता तथा नेहरूवियन समाजवाद के स्थान पर एक नया कार्यक्रम और संदेश देता। मई1995 में कांग्रेस पार्टी में आई टूट ने उसे अनुप्राणित करने के प्रयासों के लिए नया संकट खड़ा कर दिया।[11]

भाजपा का पार्टी संगठन तो मजबूत रहा है लेकिन 1995 में यह उग्र हिंदू राष्ट्रवाद के दायरे को तोड़ने और एक ऐसे कार्यक्रम को देने में असफल रही जो समाज के विविध समूहों को प्रभावित करता तथा इसे बहुमत का गठबंधन बनाने में समर्थ बनाता। जनता दल नेतृत्व संकट, अपर्याप्त संसाधन तथा गुटबंदी में ही फंसा रहा। जब इसके सत्ता का आधार खिसकने लगा, तो संकट यह खड़ा हो गया कि यह कुछ क्षेत्रों की मजबूत पार्टी के रूप में सिमटकर न रह जाए। क्षेत्रीय गुटबंदी बढ़ रही है, निचली जातियों के लोग अधिक मुखर हो रहे हैं, ऐसे में लगता है कि क्षेत्रीय और जातिगत दल भारत की राजनीतिक व्यवस्था में अधिक महत्त्वपूर्ण भूमिका निभा सकते हैं। ऐसे में, इस बिंदु पर इसकी कल्पना मुश्किल लगती है कि वे किस प्रकार भारतीय राजनीतिक व्यवस्था को स्थिरता प्रदान करेंगे। भारत की राजनीतिक पार्टियों एवं सरकार के गैर-जिम्मेदाराना व्यवहार ने भारत के लोगों को प्रोत्साहित किया कि वे गैर-सरकारी संगठनों तथा सामाजिक आंदोलनों के माध्यम से खुद को संगठित करें। भारत में नागरिक समाज के उभार

ने राज्य की रूपांतरकारी भूमिका को लेकर लोगों का विश्वास और कम किया है और व्यक्तियों एवं स्थानीय समुदायों के प्रति उनको और विश्वास से भर दिया है। इस विकास के कारण भारत की सामाजिक समस्याओं को लेकर राज्य से अधिक प्रयास समाज द्वारा किए जाने लगे हैं। ऐसे दल और राज्य की संस्थाओं को तैयार करना जो भारतीय समाज के विविध हितों को स्थान दें इक्कीसवीं शताब्दी में भारतीय राजनीति के सामने सबसे बड़ी चुनौती है।

## 12.9 भारत में लोकतंत्र के आर्थिक-सामाजिक आयाम

अंग्रेजी उपनिवेशवाद से स्वतंत्र होने के समय भारत में लगभग वे सभी तत्त्व मौजूद थे जिनके आधार पर किसी राज्य को अविकसित राज्य का दर्जा दिया जाता है। इसे निम्नलिखित उदाहरणों द्वारा समझा जा सकता है—

(i) प्रति व्यक्ति आय अत्यधिक कम (250 रु. वार्षिक से भी कम) थी।
(ii) आर्थिक विकास की गति बहुत धीमी थी।
(iii) रोजगार कम बेरोजगारी ज्यादा थी।
(iv) गांव में रहने वाले 70 प्रतिशत लोग कृषि पर निर्भर थे।
(v) बढ़ती हुई जनसंख्या की समस्या।

सभी उद्योग क्षेत्र को मिलाकर केवल 10.7 प्रतिशत श्रमिकों को ही रोजगार प्राप्त था।

स्वतंत्रता के बाद जवाहरलाल नेहरू ने आर्थिक विकास के लिए सार्वजनिक क्षेत्रों के उद्यमों को वरीयता प्रदान की थी। उस समय भारत के मुख्य अर्थशास्त्रियों ने राज्य की असीम क्षमता और औद्योगिक क्षेत्र में सरकारी हस्तक्षेप का समर्थन किया। आर्थिक विकास के लिए कुछ जरूरी कदम उठाए गए जो इस प्रकार हैं—

(i) पंचवर्षीय योजनाओं द्वारा परिवर्तन लाना; (ii) सरकारी कार्यों एवं वैज्ञानिक साधनों द्वारा आर्थिक बदलाव; (iii) अनेक आधारभूत उद्योगों का राष्ट्रीयकरण; (iv) जमींदारी उन्मूलन कानून और भूमि सुधार कानूनों को संविधान की 9वीं सूची में रखा जाना; और (v) हरित क्रांति का प्रादुर्भाव।

उपर्युक्त नीतियों को अपनाए जाने से काफी क्रांतिकारी परिवर्तन आए जैसे—

(i) औद्योगिक उत्पादन में वृद्धि; (ii) कृषि उत्पादन में वृद्धि; (iii) प्रति व्यक्ति आय में वृद्धि; और (iv) रोजगार के अवसर में वृद्धि।

राष्ट्रीय नीतियों के परिणाम स्वरूप 1950 से अब तक भारत में मध्यम वर्ग का काफी विस्तार हुआ तथा एक नए वर्ग का जन्म हुआ। हालांकि 1950 से 1984 के दौरान लगभग 10 गुना वृद्धि हुई परंतु इसका लाभ केवल बड़े भूस्वामियों और बड़े किसानों को ही हुआ। कालांतर में 1955 तक आते-आते भारत सरकार ने एक समाजवादी समाज पर आधारित व्यवस्था की स्थापना के लिए स्वयं को तैयार कर लिया।[12]

## 12.10 सामाजिक एवं आर्थिक परिवर्तन हेतु सरकार द्वारा उठाए गए कदम

आर्थिक संरचना: इस व्यवस्था में पूंजीवादी व्यवस्था कमजोर और काफी अविकसित थी परंतु

पूंजीपति सबल थे तथा एकाधिकार की प्रधानता थी। इस एकाधिकार के कारण थे

(i) उद्योग केवल धनी व्यापारी या पूंजीपति ही लगा सकते थे क्योंकि सामंतवादी आर्थिक ढांचे का सामना वे ही कर सकते थे जिनके पास अपार आर्थिक स्रोत थे।

(ii) लगभग सभी बड़े बैंकों पर उद्योगपतियों का ही स्वामित्व था।

(iii) वास्तविकता तो यह है कि एकाधिकार की प्रवृत्ति बहुत पहले से ही उत्पन्न हो रही थी।

### 12.10.1 राजनीतिक प्रक्रिया का प्रभाव

स्वतंत्रता के आरंभिक वर्षों में अपनी आर्थिक नीतियों से कांग्रेस दल बुर्जुआ वर्ग के विभिन्न गुटों को इकट्ठा करने में सफल रहा परंतु कालांतर में सांप्रदायिकता, जातिवाद और क्षेत्रवाद बहुत तेजी से बढ़ने लगा। सात पंचवर्षीय योजनाओं के बाद भी गरीबी, बेरोजगारी मिट न सकी और बेरोजगारों की संख्या बढ़कर 1 करोड़ 30 लाख से अधिक हो गई।

### 12.10.2 सामाजिक आंदोलनों का उदय

बढ़ती हुई गरीबी, बेरोजगारी आदि ने आंदोलनों की ज्वाला को प्रज्ज्वलित करने का काम किया। 1960–70 के दशक में—भाषाई, सांप्रदायिक, जातीय और कई क्षेत्रीय आंदोलन दिखाई दिए। सरकार द्वारा कई महत्त्वपूर्ण कदम उठाए गए जैसे:

(i) 1966 में गृह मंत्रालय में समाज सुधार की प्रक्रिया तेज कर दी गई तथा ''गरीबी हटाओ'' का नारा अपनाया गया।

(ii) 1975 में आपातकालीन घोषणा के बाद 20 सूत्री कार्यक्रम की घोषणा।

(iii) संपत्ति अधिकार का समाप्त होना।

(iv) आत्मनिर्भरता बढ़ाना।

(v) ऊर्जा-संसाधनों का तेजी से विकास।

(vi) क्षेत्रीय असमानताओं और गरीबी में उत्तरोत्तर कमी लाना।

(vii) नई टेक्नालॉजी और आधुनिकीकरण की गतिविधियों में तेजी लाना।

(viii) रोजगार के अवसर बढ़ाना।

## 12.11 1991 के बाद से आर्थिक उदारीकरण का युग

1980 के दशक में राज्य की वास्तविक भूमिका को लेकर एक जीवंत बहस चली। कई देश जैसे—जापान, हांगकांग और दक्षिणी कोरिया आर्थिक प्रतियोगिता द्वारा अधिक उत्पादकता प्राप्त करने में सक्षम रहे, जबकि भारत की अतिशय नियंत्रण नीतियों ने आर्थिक सुधारों में बाधा पहुंचाई। समाजवाद के प्रति लगाव की वजह से राष्ट्रीय औद्योगीकरण का विस्तार हुआ, परंतु दूसरी तरफ भ्रष्टाचार, नौकरशाहों की अकुशलता और लापरवाही ने उपलब्धियों को नुकसान पहुंचाया। इसलिए यह महसूस किया गया कि पुरानी मान्यताओं को छोड़कर नई मान्यताओं को अपनाना होगा। करीब चार दशकों की नियंत्रित अर्थव्यवस्था के बाद 1990–91 में भारत में मुक्त बाजार अर्थव्यवस्था की शुरुआत की गई।

नई औद्योगिक नीति का उद्देश्य उत्पादकता और रोजगार के अवसर बढ़ाना तथा भारतीय उद्योगों को विश्वव्यापी प्रतिस्पर्धा के लिए तैयार करना था। इस नए नीति विस्तार का नाम उदारीकरण नीति और निजीकरण नीति दिया गया। उदारीकरण को विश्व में वैश्वीकरण अथवा भूमंडलीकरण नाम भी दिया जाने लगा है। विश्व व्यापार संगठन (WTO) की सदस्यता स्वीकार करने के बाद तो वैश्वीकरण का स्वरूप और व्यापक हो गया है।

### 12.11.1 उदारीकरण के परिणाम

प्रतिस्पर्धा के बढ़ने से उत्पादकता और कार्यकुशलता में वृद्धि हुई। फलस्वरूप, आर्थिक एवं सामाजिक विकास दर में तेजी आई और उपभोक्ताओं को कम कीमत में अधिक वस्तुएं एवं सेवाएं प्राप्त होने लगीं। 1991 के बाद मुद्रास्फीति दर 12 प्रतिशत से घटकर लगभग 5 प्रतिशत रह गई है। नई आर्थिक नीति के कारण प्रत्यक्ष विदेशी निवेश जो 1991 में 174 करोड़ रु. था, वह बढ़कर 2000 में 9,338 करोड़ रु. हो गया।

**12.11 (i) रोजगारविहीन विकास:** नई आर्थिक नीतियों के रोजगार अवसरों और वास्तविक मजदूरी पर नकारात्मक प्रभाव दिखे। नई नीति एवं टेक्नोलॉजी द्वारा उत्पादन तो बढ़ा परंतु रोजगार नहीं बढ़ पाया। आज भी देश रोजगार विहीन विकास की नई स्थिति से गुजर रहा है।

**12.11 (ii) आर्थिक असमानता:** नई आर्थिक नीति ने भारतीय समाज में आर्थिक असमानता को पुन: जन्म दिया। इस प्रक्रिया ने बड़े पूंजीपतियों, उद्योगपतियों एवं बड़ी कंपनियों को ही लाभ पहुंचाया है। आज गरीबी हटाओ की जगह अमीरी बढ़ाओ का नारा बुलंद किया जा रहा है। आज एक अरबपति की आय और देश की औसत प्रति-व्यक्ति आय में 90 लाख गुणा का अंतर है।

**12.11 (iii) अंतर्राष्ट्रीय संगठनों का दबाव:** विश्व व्यापार संगठन (WTO), विश्व बैंक (WB) और अंतर्राष्ट्रीय मुद्रा कोष (IMF) इन तीन संस्थाओं ने वैश्वीकरण की नीति को लागू करने का कार्य किया। विकसित देश और बहुराष्ट्रीय कंपनियां इन तीनों संस्थाओं का प्रयोग अपने आर्थिक हितों को पूरा करने में कर रहे हैं।

अमीर देश (अमेरिका और यूरोप) भारी मात्रा में कृषि सब्सिडी या कटौती की मांग करते हैं परंतु विकासशील देशों से यह अपेक्षा की जाती है कि वह अपने बाजारों को कृषि उत्पादों के लिए पूर्णतया खोल दें। इस भेदभाव की राजनीति ने समाज पर बहुत बुरा असर डाला है। भारतीय किसान आज भी बुरे वक्त से गुजर रहा है और सरकार द्वारा संरक्षण नीति की मांग कर रहा है। यह बात सुनिश्चित है कि विकसित देशों की कंपनियां विकासशील देशों के उद्योगों पर आंख लगाए बैठी हैं। आर्थिक सुधारों की राह में कई अड़चने हैं। जब तक मौलिक स्वरूप में व्यापक परिवर्तन न हो और योजनाबद्ध निर्णय न लिए जाएं तो असमानता को भारतीय समाज से समाप्त नहीं किया जा सकता। जब तक गइराई में जाकर संरचनात्मक परिवर्तन नहीं किए जाते और मिर्णयों को कठोरता से लागू नहीं किया जाता तब तक गंभीर असंतुलन बढ़ते रहेंगे। कुछ सामाजिक वर्ग तथा आर्थिक श्रेणियों की दुर्दशा होगी और इससे उत्पन्न प्रक्रिया संपूर्ण सामाजिक संरचना को हिला सकती है।

## 12.12 निष्कर्ष

भारतीय जनतंत्र को उदारवादी, सहभागितापूर्ण या विमर्शी किसी एक रूप में परिभाषित करना असंभव है क्योंकि यह एक साथ इन सबका मिला-जुला रूप है। केवल यह देखना काफी नहीं है कि औपचारिक तौर पर जनतंत्र मौजूद है बल्कि यह परीक्षण भी उन संस्थाओं से जोड़कर जो उसे चलाए हुए हैं कि वह संस्था के रूप में कितना प्रभावी है। इसलिए इसका परीक्षण करते हैं कि उस समय किस प्रकार की अवस्था थी जब जनतांत्रिक मूल्यों और प्रक्रियाओं को अपनाया गया था।

सैमुअल हंटिंगटन के अनुसार, भारतीय जनतंत्र स्वतंत्रता के समय कुछ संकट से गुजर रहा था। वे संकट थे: राष्ट्रीय एकता का संकट, पहचान का संकट, सहभागिता का संकट, सूक्ष्मता का संकट और वैधता का संकट। इस प्रकार, हम देखते हैं कि अनेक प्रकार की चुनौतियां थीं जो नव-स्वतंत्र और औपनिवेशिक शासन से मुक्त हुए भारत के सामने मौजूद थी जब वह जनतंत्र की व्यवस्था को अपना रहा था। भारत के सामने बड़ी समस्याएं थीं, भाषाई समस्या, जाति समस्या, गरीबी और अशिक्षा। इसमें कुपोषण तथा स्वास्थ्य की खराब अवस्था, आवास की बुरी अवस्था, कमजोर कार्यक्षमता, पेशेवराना ढंग तथा बचत का अपर्याप्त स्तर।

स्वतंत्रता के बाद से अनेक विद्वानों ने भारत में विकास के स्तर और प्रजातंत्र की तुलना की है। क्या जनतंत्र विकास की ओर ले जाता है या विकास जनतंत्र की ओर ले जाता है? यह दुविधा अब भी बनी हुई है। भारत का ठोस राष्ट्रवादी आधार था और पहले प्रधानमंत्री जवाहरलाल नेहरू के रूप में एक मजबूत नेतृत्व भी इसे मिला। लेकिन उस दौर में विधान मंडल के नेता अभिजात्य थे। जनतंत्र सहज ढंग से चल रहा था लेकिन इसका कारण यह था कि आम जन अशिक्षित था। कांग्रेस उस समय देशी बुर्जुआ वर्ग के लिए काम कर रही थी। इसलिए कांग्रेस यथास्थितिवाद की पार्टी बनकर रह गई।

1967 बदलाव का वर्ष था जब प्रांतीय दल अचानक से सत्ता में आ गए। यह भारतीय राजनीति के जनतंत्रीकरण का संकेत था। भुगतान के संकट के कारण अंतर्राष्ट्रीय वित्तीय संस्थानों ने भारतीय मुद्रा का अवमूल्यन किया और भारत आर्थिक संकट की ओर बढ़ गया। श्रीमती गांधी ने 1971 में 'गरीबी हटाओ' के नारे के साथ चुनाव में जीत हासिल की। 1975 में संविधान की धारा 356 का दुरुपयोग करते हुए श्रीमती गांधी ने देश में आपातकाल लगाने की घोषणा कर दी। आर्थिक संकट, बांग्लादेश के निर्माण, केंद्र में सर्वसत्तावादी शासन ने भारतीय जनतंत्र को कमजोर कर दिया। कैबिनेट के सदस्यों से निर्णयात्मक भूमिका और अन्य शक्तियां श्रीमती गांधी ने अपने हाथों में ले लीं। यद्यपि पंचायती राज व्यवस्था ने देश को ग्राम स्तर पर जनतांत्रिक बना दिया लेकिन सत्ता शिखर के आस-पास ही केंद्रित रही।

इंदिरा गांधी की हत्या के बाद राजीव गांधी के प्रति सहानुभूति की लहर फैली। जिन्होंने भारत के विकास की रणनीतियों को बदलने का प्रयास किया। उदारवाद का उनका उद्देश्य कुछ हद तक सफल रहा लेकिन उसे अनेक बाधाओं का भी सामना करना पड़ा। देश को मताधिकार प्राप्त है लेकिन कांग्रेस में परिवारवाद आज भी कायम है, जो प्रतिनिधित्व को अजनतांत्रिक बना देता है। न केवल गांधी परिवार बल्कि अनेक सांसद किसी न किसी

राजनेता के पुत्र या पुत्री हैं। सचिन पायलट, अगाथा संगमा, राहुल गांधी, वरुण गांधी कुछ नाम हैं।

लेकिन तमाम तरह की अशांति के बावजूद भारत में जनतंत्र अब भी अपने अनूठे रूप में बना हुआ है। निश्चित तौर पर यह शासन का सबसे अच्छा रूप है। देश के अलग-अलग वर्गों के लिए जनतंत्र का अलग-अलग मतलब है। अधिक उच्च तबके के लिए इसका मतलब है उद्यम की स्वतंत्रता, कमजोर तबकों के लिए इसका मतलब है समानता एवं प्रतिनिधित्व। लेकिन जो भी विरोधाभास इसमें दीखते हों भारतीय-जनतंत्र इसके बावजूद बना रहेगा।

यह ध्यान देने की बात है कि भारत में जनतंत्र स्थिर रूप में बना रहा है, ऐसे ही समस्याओं वाले देशों में जनतंत्र तानाशाही में परिणत हो गया। जनतंत्र की सफलता और असफलता को लेकर परस्पर विरुद्ध विचार रहे हैं और उन सबका संबंध किसी न किसी आदर्श से रहा है। कुछ के लिए आदर्श जनतंत्र एक ऐसी निर्मिति रही है जहां लोग सचमुच में समान नागरिक हों, राजनीति में उनकी समान आवाज हो, एक-दूसरे के प्रति वे सहिष्णु हों तथा जहां प्रतिनिधि उत्तरदायी हों, दूसरी तरफ कुछ विद्वान जनतंत्र को एक ऐसी संस्था के रूप में देखते हैं जिसका मतलब है स्वतंत्र और निष्पक्ष चुनाव, विधानमंडल और इस स्तर पर देखें तो भारत को दुनिया का सबसे बड़ा जनतंत्र कहा जा सकता है। लेकिन जनतंत्र का मूल्यांकन जाहिर है कि दोनों का मिला-जुला रूप है। भारत की असाधारण राजनीतिक स्थिरता, उच्च स्तर की सहभागिता ने इसे उत्तर-औपनिवेशिक देशों में सबसे अलग-थलग बना दिया है। कुल मिलाकर, भारत की आजादी के साठ साल से अधिक समय गुजर जाने के बाद इसे बहुसांस्कृतिक देश के ऐसे उदाहरण के रूप में देखा जा सकता है जो जनतांत्रिक संस्थाओं या संघीय ढांचे के उपयोग में समर्थ साबित हुआ, राजनीतिक हिंसा और कानून व्यवस्था के अस्थायी संकट के बावजूद उसने उन सबको सफलतापूर्वक राजनीतिक प्रक्रिया का हिस्सा बनाया है।

भारतीय राज्य की जनतांत्रिक व्यवस्था और मूल्य में गहरी निष्ठा है क्योंकि जनतंत्र बदलाव को दिशा देता है तथा समकालीन जन-संघर्ष और आंदोलनों को जनतांत्रिक प्रक्रिया के हिस्से के रूप में देखता है।

संसदीय लोकतंत्र का रास्ता, जो भारत में अपनाया गया है, एक जनकल्याणकारी, सुधारवादी और विकास के मिश्रित साधन के संदर्भ में विरोधाभासों को जन्म देता है। सामाजिक परिवर्तन के लिए अपनाई गई इस विधि के अंतर्गत समाप्त हो रहे जाति, धर्म तथा अन्य संकीर्ण संबंधों पर आधारित पुरानी संस्थाओं को नया जीवन मिला। वास्तव में पूंजीवाद के निर्माण के लिए सामंतवाद और धर्म का सक्रिय उपयोग किया जा रहा है। भारत में जहां अशिक्षा, पिछड़ापन इत्यादि व्यापक रूप से नजर आता है वहीं परिवर्तन की गति धीमी नजर आती है।

सरकार की नीतियां एवं भ्रष्टाचार ग्रस्त प्रशासन का स्वरूप इस प्रकार का है कि सामाजिक परिवर्तन की आशा सिर्फ देश के सतर्क नागरिकों से की जाती है। परंतु क्या हर एक नागरिक को सामाजिक मुहिम चलाकर सरकार की हर नीति की जबावदेही मांगनी होगी? कब तक हमें राजनीतिक परिवर्तन का और इंतजार करना होगा? क्या हर जबावदेही के लिए घर से निकल नारे एवं मोमबत्तियां जलानी होंगी?

## संदर्भ एवं टिप्पणी

1. देखें एंड्रयू हेवुड, *पोलिटिक्स*, पल्ग्रावे, लंदन, 2002, दूसरा संस्करण
2. ग्रेनविल ऑस्टिन, द *इंडियन कांस्टीट्यूशन: कोरनरस्टोन ऑफ अ नेशन*, क्लेरंडन प्रेस, ऑक्सफोर्ड, 1996
3. सोशलिस्ट और सेक्युलर शब्द 1976 में संविधान में 42वें संशोधन के बाद जोड़े गए।
4. एम.पी. सिंह एंड रेखा सक्सेना, *इंडियन पॉलिटिक्स, कंटेम्परर्री इस्युज एंड कन्सर्न्स*, प्रेन्टिस हॉल ऑफ इंडिया, 2008।
5. संपत्ति के अधिकार को पहले संविधान का हिस्सा बनाया गया था जिसे बाद में 44वें संशोधन के बाद हटा दिया गया, 1978।
6. कार्ल जे. फ्रिद्रिक के, *कांस्टीट्यूशनल गवर्मेंट एंड पॉलिटिक्स*, चौथे संस्करण में उद्धृत
7. ए. अग्रवाल, द *इंडियन पार्लियामेंट*, पृ. 78
8. ए.के. मेहता एंड जी. डब्ल्यू. क्वेक, द इंडियन पार्लियामेंट, ए कंपरेटिव पर्सपेक्टिव, 2003
9. http//www.leaderserivceindia.com/article 1405-limits-of-judicial-review-html
10. http//www.adb.org/documents/CSPS/ind/2003/appendix3.Govt finances fiscal reform.pdf
11. Erancine, Prantel, *India's Political Economy*: *1947-2004*, Oxford University Press, New Delhi, 2005
12. http//www.countrystudies.us/india/108.html

### पुस्तक सूची

ऑस्टिन एस., द *इंडियन कांस्टीट्यूशन: कॉर्नरस्टोन ऑफ ए नेशन*, बोम्बे, ऑक्सफोर्ड यूनिवर्सिटी प्रेस, 1972।

बर्धन, पी. द *पोलिटिकल इकोनोमी ऑफ डेवलपमेंट इन इंडिया*, ऑक्सफोर्ड, ब्लाच्वेल, 1984

बक्सी, यू. द *सुप्रीम कोर्ट एंड पॉलिटिक्स*, लखनऊ, इस्टर्न बुक्स, 1980

ब्रास, पी., द *पॉलिटिक्स ऑफ इंडिया सिंस इंडेपेंडेंस*, कैम्ब्रिज यूनिवर्सिटी प्रेस, 1990

छिब्बर, पी., *डेमोक्रेसी विदाउट एसोसिएशन, ट्रांसफोर्मेशन ऑफ द पार्टी सिस्टम एंड सोशल क्लिवेजेस इन इंडिया*, एन अरबर, द यूनिवर्सिटी ऑफ मिशिगन प्रेस, 1999

कोरब्रिज एस., *एट हैरिस, रिइन्वेंटिंग इंडिया*, कैम्ब्रिज: पोलिटी प्रेस, 2000

दुरेनस्प्लिट, रेंसके, एंड पिटर कोपेक्य, *अगेंस्ट द ऑड्स: देविएंट डेमोक्रेसिज एंड थ्योरीज ऑफ डेमोक्रेटाईजेशन*, डेमोक्रेटाईजेशन 15.4 (अगस्त 2008): 815-832

फ्रैंकल एफ. *इंडियाज़ पोलिटिकल इकोनोमी*, 1947-77, प्रिंसटन, प्रिंसटन यूनिवर्सिटी प्रेस, 1978

फ्रैंकल एफ., एट राव, *एम.एस.ए. डोमिनेंस एंड स्टेट पावर इन मॉडर्न इंडिया*, देल्ही, ऑक्सफोर्ड यूनिवर्सिटी प्रेस, 2 वोल्यूम, 1989-1990

गुप्ता ज्योतिरिंद्र दास, *इंडिया: डेमोक्रेटिक बिकमिंग एंड कंबाइन्ड डेवलपमेंट, पॉलिटिक्स इन डेवलपिंग कंट्रीज: कैम्प्यारिंग एक्सपेरिएंस विथ डेमोक्रेसी*, एडिटेड बाई लारी डायमंड, जुआन ने. लिंज़, एंड सेमुर मार्टिन लिपसेट, बुलडर: लिन रिनर पब्लिशर्स, 1990

हसन जोया, *इंट्रोडक्शन: द पोलिटिकल कैरियर ऑफ द स्टेट इन इन्देपेंदेंट इंडिया, पॉलिटिक्स एंड द स्टेट इन इंडिया*, एडिटेड बाई जोया हसन, न्यू देल्ही: सेज पब्लिकेशंस, 2000

जैफरलट, सी., द *हिंदू नेशनलिस्ट मूवमेंट एंड इंडियन पॉलिटिक्स, 1925-1990*, देल्ही, पेंगुइन इंडिया, 1999, 592 पी

जैफरलट, सी हैनसेन, *टी.बी. द बीजेपी एंड द कम्पल्शन ऑफ पॉलिटिक्स इन इंडिया, ऑक्सफोर्ड*, ऑक्सफोर्ड यूनिवर्सिटी प्रेस 2001

खिलनानी, सुनील, द *आइडिया ऑफ इंडिया, न्यूयार्क: फार्रर, स्ट्रॉस एंड गिरौक्स*, 1997

कोहली अतुल, द *स्टेट एंड पोवर्टी इन इंडिया: द पॉलिटिक्स ऑफ रिफोर्म*, कैम्ब्रिज यूनिवर्सिटी प्रेस, 1987

कोहली ए. द *सक्सेस ऑफ इंडियाज़ डेमोक्रेसी*, कैम्ब्रिज यूनिवर्सिटी प्रेस, 2001

कोठारी आर. *पॉलिटिक्स इन इंडिया*, हैदराबाद, ओरियंट लाँगमैन, 1970

महाजन, जी, *आइडेंटिटीज एंड राइट्स, आस्पेक्ट्स ऑफ लिबरल डेमोक्रेसी इन इंडिया*, देल्ही, ऑक्सफोर्ड यूनिवर्सिटी प्रेस, 1998

मोरिस जोंस, डब्ल्यू. एच., द *गवर्नमेंट एंड पॉलिटिक्स इन इंडिया*, लोंद्रेस, हर्चिसन, 1964

मैकमिलन, अलिस्टर, *देवियेंट डेमोक्रेटाईजेशन इन इंडिया*, डेमोक्रेटाईजेशन 15.4 (अगस्त 2008): 733-749)

अध्याय तेरह

# भारत में दलीय व्यवस्था: एकदलीय प्राधान्य व्यवस्था से बहुदलीय व्यवस्था की ओर

## दलीय व्यवस्था का संकल्पनात्मक बोध

*सुशांत झा*

राजनीतिक दलों का अस्तित्व, उनकी क्रियाशीलता तथा उनके बीच चुनावी प्रतिस्पर्धा, आधुनिक उदार लोकतांत्रिक राज्यों की एक महत्त्वपूर्ण विशेषता है। राजनीतिक दल का निहितार्थ एक ऐसा संगठन है जो संपूर्ण देश या समाज के व्यापक हित के संदर्भ में अपने सेवार्थियों के हितों को बढ़ावा देने के लिए निश्चित सिद्धांतों, नीतियों और कार्यक्रमों का समर्थन करता है और इन्हें कार्यान्वित करने के उद्देश्य से राजनीतिक शक्ति प्राप्त करना चाहता है। उल्लेखनीय है कि राजनीतिक दल एक सामाजिक समूह है जिसका उद्देश्य राजनीतिक प्रयोजन को सिद्ध करना होता है। इस संदर्भ में समाजशास्त्रियों एवं राजनीतिशास्त्रियों के बीच मतभेद व्याप्त है। राजनीतिशास्त्री राजनीतिक दलों को राजनीतिक प्रयोजनों के संदर्भ में देखते हैं जबकि समाजशास्त्रियों के अनुसार राजनीतिक दल एक सामाजिक समूह है। *मैक्स बेबर* के शब्दों में, ''राजनीतिक दल एक सहचर्यात्मक प्रकार के सामाजिक संबंधों की एक प्रणाली है जिसकी सदस्यता का आधार औपचारिकतायुक्त भर्ती है।'' (वेबर: 1964 : 407)

एक सामाजिक समूह होते हुए भी राजनीतिक दल परिवार, सांस्कृतिक संघ, चर्च, औद्योगिक संगठन तथा इस प्रकार के अन्य सामाजिक समूहों से भिन्न होता है। यह बहुत-से लोगों का एक ऐसा संगठित समूह होता है जिसका उद्देश्य चुनावी प्रतिस्पर्धा के माध्यम से राजनीतिक सत्ता को प्राप्त करना है।

राजनीतिक दल के बारे में विभिन्न विचारकों ने विभिन्न मत व्यक्त किए हैं। *एडमंड बर्क* के शब्दों में ''राजनीति दल वैसे लोगों का समूह है जिसके सदस्य कुछ सिद्धांतों पर सहमत हो और अपने सामूहिक प्रयत्नों द्वारा राष्ट्रीय हित के लिए प्रयत्नशील हों।'' बर्क की यह परिभाषा आदर्शमूलक है क्योंकि यह 'सत्ता-संघर्ष' के तत्त्व की उपेक्षा करती है। बर्क की परिभाषा को अस्वीकार करते हुए *शूम्पीटर* ने कहा है कि ''राजनीतिक दल वह समूह है जिसके सदस्य राजनीतिक सत्ता में संघर्ष करने के हेतु एक साथ मिलकर काम करने के लिए तत्पर रहते हैं।''

असिस्टेंट प्रोफेसर, राजनीतिशास्त्र विभाग, राजधानी कॉलेज, दिल्ली विश्वविद्यालय

(शूम्पीटर, 1950 : 283) *रेने* एवं *केंडल* ने राजनीतिक दल को प्रकार्यात्मक दृष्टि से परिभाषित किया है। उनके अनुसार राजनीतिक दल एक संगठित स्वायत्त समूह हैं जो सरकार की नीतियों एवं कर्मचारियों पर अंततः नियंत्रण प्राप्त करने की आशा में चुनावों में उम्मीदवारों का मनोनयन करता है और चुनाव लड़ता है। (ऑस्टिन रेने एवं विलमोर केंडल: 1956: 85)। लॉ पालोम्बरा के शब्दों में "राजनीतिक दल एक औपचारिक संगठन है जिसका प्रमुख उद्देश्य ऐसे व्यक्तियों को सार्वजनिक पदों पर पहुंचाना है जो स्वयं या औरों के साथ मिलकर शासनतंत्र पर नियंत्रण रखेंगे।" (पालोम्बारा : 1974: 509)

राजनीतिक दल के अर्थान्वयन के संदर्भ में चाहे जो भी मतभेद रहा हो परंतु उपर्युक्त विवेचन से राजनीतिक दल के कुछ महत्त्वपूर्ण लक्षण (Characteristics) अवश्य स्पष्ट हो जाते हैं। *सर्वप्रथम* तो राजनीतिक दल एक संगठित समूह है जिसमें बहुत सारे लोग शामिल होते हैं। *दूसरे*, यह संगठन अपने जनाधार के हितों को दृष्टिगत रखते हुए समाज के व्यापक हितों पर बल देता है। *तीसरे*, अपने राजनीतिक लक्ष्यों को प्राप्त करने के लिए यह संगठन अपनी कुछ निश्चित नीतियों एवं सिद्धांतों का समर्थन तथा अपने स्पष्ट कार्यक्रमों को स्वीकार करता है। *चौथे*, यह संगठन अपने राजनीतिक उद्देश्यों को प्राप्त करने के लिए राजनीतिक सत्ता को प्राप्त करने के लिए प्रयत्नशील रहता है। *पांचवें*, राजनीतिक दल बहुमत के निर्णय का सम्मान करते हैं तथा मतभेद एवं विवादों के शांतिपूर्ण समाधान पर बल देते हैं।

## 13.1 दलीय व्यवस्था

प्रजातांत्रिक शासन प्रणाली का मुख्य आधार दलीय व्यवस्था है। इसके बिना किसी भी प्रजातांत्रिक व्यवस्था की सफलता की कल्पना नहीं की जा सकती। दलीय व्यवस्था से आशय राजनीतिक दलों के अंतः संबंधों के ऐसे सापेक्षिक स्थायी नेटवर्क से है जो अपनी संख्या, आकार एवं राजनीतिक मान्यताओं से संगठित होते हैं। (हेवुड: 1997 : 410)। बर्क के अनुसार दलीय प्रणाली, चाहे वह पूर्ण रूप से भले के लिए हुए या बुरे के लिए स्वतंत्र शासन प्रणाली के लिए अनिवार्य है। *डब्ल्यू. बी. मुनरो* ने ठीक लिखा कि "स्वतंत्र राजनीतिक दलों का शासन लोकतंत्रात्मक शासन का दूसरा नाम है। कहीं भी राजनीतिक दलों के अभाव में स्वतंत्र शासन नहीं हो सका है।" (मुनरो : 1919 : 113)। राजनीतिक दल इसलिए महत्त्वपूर्ण नहीं है कि वे प्रतिनिधित्व, अभिजनों की नियुक्ति, हित समूहीकरण आदि जैसे व्यापक कार्यों का संपादन करते हैं बल्कि इसलिए भी महत्त्वपूर्ण हैं कि उनके बीच जटिल अंतःसंबंध होते हैं, व्यावहारिक दृष्टि से विशेषकर राजनीतिक कार्यप्रणाली के निर्धारण के संदर्भ में। राजनीतिक दलों के बीच अंतः संबंधों के इसी नेटवर्क को *दलीय व्यवस्था* कहा जाता है (हेवुड: 1997: 240)।

### 13.1.1 दलीय व्यवस्था के प्रकार

परंपरागत दृष्टि से राजनीतिक दलों का वर्गीकरण तीन प्रकार की दलीय प्रणाली के रूप में किया जाता है – (i) एकदलीय प्रणाली, (ii) द्विदलीय प्रणाली, और (iii) बहुदलीय प्रणाली। इस

परंपरागत वर्गीकरण के अतिरिक्त समय-समय पर भिन्न-भिन्न विद्वानों ने वर्गीकरण के लिए भिन्न-भिन्न आधार मानकर राजनीतिक दलों को नए-नए प्रारूपों में रखा है।

*ऐलेन बाल* (1981) के अनुसार दलीय प्रणालियों की बहुत बड़ी संख्या होने के कारण कोई भी वर्गीकरण पूर्णत: सही नहीं है। बॉल ने दलों की संख्या, उनकी संरचना तथा उनकी शक्ति के आधार पर निम्नलिखित वर्गीकरण प्रस्तुत किया है:

(i) *अस्पष्ट द्वि-दलीय पद्धति* (indistinct two party system): ऐसी दलीय प्रणाली में विचारधाराओं की अपेक्षा मतों को जीतने पर ज्यादा ध्यान केंद्रित किया जाता है। अमेरिका एवं आयरलैंड की दलीय पद्धति को उदाहरण के तौर पर देखा जा सकता है।

(ii) *स्पष्ट द्वि-दलीय पद्धति* (distinct two party system): ऑस्ट्रेलिया, पश्चिमी जर्मनी, ब्रिटेन जैसे देशों की दलीय प्रणाली इस श्रेणी में आती है। जहां दल अधिक केंद्रीकृत होते हैं और विचारधाराओं के आधार पर चुनावी प्रतिस्पर्धा की जाती है।

(iii) *कार्यकारी बहुदलीय पद्धति* (working multi party system): इसमें दो या दो से अधिक दल होते हैं। बहुदलीय व्यवस्था होते हुए इसमें स्पष्ट द्वि-दलीय पद्धति की प्रवृत्ति देखी जाती है। स्वीडन एवं नार्वे की दलीय प्रणाली को इस श्रेणी में रखा जा सकता है।

(iv) *अस्थिर बहुदलीय व्यवस्था* (unstable multi party system): इस प्रकार की दलीय प्रणाली में चूंकि केंद्रीय सरकारों का निर्माण ज्यादातर साझेदारियों के आधार पर होता है अत: इसमें सरकार की स्थिरता का अभाव होता है। सरकारें बनती-गिरती रहती हैं।

(v) *प्रभावी दल पद्धति* (dominant party system): प्रभावी दल पद्धति में दलीय एवं चुनावी प्रतिस्पर्धा तो चलती है किंतु सत्ता एवं राष्ट्रीय राजनीति पर एक ही दल का प्रभुत्व बना रहता है। भारत में 'कांग्रेस प्रणाली' को इस संदर्भ में देखा जा सकता है।

(vi) *एक दलीय पद्धति* (one party system): एकदलीय व्यवस्था में चुनावी प्रतिस्पर्धा तो होती है किंतु एक प्रमुख पार्टी अन्य पार्टियों को उभरने नहीं देती।

(vii) *सर्वाधिकारवादी दलीय पद्धति* (totalitarian party system): ऐसी दलीय प्रणाली में एक दल व्यवस्था से भिन्न सामाजिक, आर्थिक व राजनीतिक सक्रियता के सभी पहलुओं पर राजनीतिक दल का अत्यधिक नियंत्रण रहता है। साम्यवादी देशों में इस तरह की दलीय प्रणाली देखी जाती है।

*लॉ पालोम्बरा एवं वीनर* (1966) ने सत्ता प्राप्ति के लिए प्रतिस्पर्धा के आधार पर राजनीतिक दलों का वर्गीकरण *प्रतिस्पर्धात्मक दलीय पद्धति* एवं अप्रतिस्पर्धात्मक दलीय *पद्धति* के रूप में किया है। उन्होंने स्वेच्छा से चुनावी प्रतिस्पर्धा में भाग लेने वाले राजनीतिक दलों को प्रतिस्पर्धात्मक दलीय पद्धति के अंतर्गत रखा है। इस दलीय पद्धति के अंतर्गत सत्तारूढ़ दल या दलों का मिला-जुला गठबंधन अपने को सरकार के नियंत्रक के रूप में रखने के लिए प्रतियोगी वातावरण में संघर्षशील रहता है। इसके विपरीत, अप्रतिस्पर्धात्मक दलीय प्रणाली के अंतर्गत राजनीतिक दलों की गत्यात्मकता को शामिल किया जाता है जिनके बीच प्रतियोगिता का अभाव होता है। ऐसी दलीय पद्धति में एक ही दल का अस्तित्व होता है। प्रतिस्पर्धात्मक दलीय पद्धति के अंतर्गत द्वि-दलीय पद्धति एवं बहुदलीय पद्धति आ जाती है।

*दुवर्जर* (1954) ने अपनी पुस्तक *पॉलिटिकल पार्टीज* के अंतर्गत मुख्यत: तीन प्रकार की

दलीय व्यवस्था का उल्लेख किया। एकदलीय व्यवस्था, द्विदलीय व्यवस्था एवं बहुदलीय व्यवस्था। उन्होंने शासन में दलीय संख्याओं के संदर्भ में इस तरह का वर्गीकरण किया है। किंतु दलीय व्यवस्था को सिर्फ संख्यात्मक प्रतिस्पर्धा तक ही सीमित नहीं रखा जा सकता। समयान्तर में दलीय व्यवस्था के अंतर्गत कई बदलाव दिखाई दिए। *सारटोरी* (1976) ने दलीय व्यवस्था संबंधी अपने विचारों के प्रतिपादन में बहुदलीय व्यवस्था के विश्लेषण का एक वृहद् ढांचा प्रस्तुत किया तथा इसे *संयत बहुदलीय व्यवस्था* एवं *ध्रुवीकृत बहुदलीय व्यवस्था* के रूप में परिभाषित किया। *सारटोरी* के इस विश्लेषण के संदर्भ में भारतीय दलीय व्यवस्था को *ध्रुवीकृत बहुलवादी बहुदलीय व्यवस्था* (polarised pluralist multi party system) की श्रेणी में रखा जा सकता है।

संक्षेप में, वर्गीकरण के संदर्भ में चाहे जो भी भिन्नताएं विचारकों के बीच रही हों, किंतु दलीय व्यवस्था के अभाव में स्वतंत्र लोकतांत्रिक शासन नहीं हो सकता, दलीय व्यवस्था के संदर्भ में राजनीतिक दलों के ऐतिहासिक विकास, उनके अंत:संबंधों एवं अंत:क्रियाओं की जटिलताएं, उनकी अभिमान्यताएं व सामाजिक आधार आदि का अध्ययन एवं विश्लेषण किसी भी देश की दलीय व्यवस्था की प्रकृति एवं प्रवृत्ति को समझने के लिए जरूरी है। वैसे आधुनिक समय में दलीय व्यवस्था के प्रमुख चार प्रकार देखे जाते हैं- (1) एकदलीय व्यवस्था, (2) द्विदलीय व्यवस्था, (3) एकदलीय प्राधान्य व्यवस्था एवं (4) बहुदलीय व्यवस्था।

**13.1.1 (i) एकदलीय व्यवस्था:** एकदलीय व्यवस्था पदावली से यह प्रतीत होता है कि इस प्रकार की शासन व्यवस्था में सिर्फ एक दल होता है। पर वस्तुस्थिति यह नहीं है तथा इसका अर्थ यह नहीं कि ऐसी शासन व्यवस्था में कोई अन्य दल नहीं होते। एकदलीय शासन प्रणाली में अन्य दल भी होते हैं; किंतु इन दलों की शक्ति एवं प्रभाव इतने क्षीण होते हैं कि उनकी उपस्थिति से शासन की मौलिक नीतियों एवं चुनाव परिणामों पर कोई प्रभाव नहीं पड़ता (नारायण:1988:413)। दूसरे शब्दों में, ऐसी व्यवस्था में कई महत्त्वहीन दलों की उपस्थिति के बावजूद शासन की बागडोर एक ही राजनीतिक दल के हाथों में रहती है। इसके कई रूप देखने को मिलते हैं। जैसे— *सर्वाधिकारवादी एकदलीय पद्धति*, इसमें शासन के समस्त तंत्र पर सिर्फ एक दल का नियंत्रण होता है। पूर्व सोवियत संघ एवं जनवादी चीन में इस तरह की दलीय व्यवस्था का प्रारूप देखने को मिलता है। इसमें सिर्फ एक पार्टी (साम्यवादी दल) को काम करने की अनुमति होती है एवं सामाजिक, आर्थिक एवं राजनीतिक गतिविधियों पर भी एक ही दल का नियंत्रण होता है। दूसरे, कुछ देशों में ऐसे भी उदाहरण देखने को मिलते हैं जहां अन्य दलों की उपस्थिति में एक ही दल निरंतर सत्ता में बना रहता है। इसे *एकदलीय प्राधान्य* व्यवस्था कहते हैं। कुछ अफ्रीकी देशों में तथा भारत में 1977 से पूर्व इस प्रकार की स्थिति देखी गई, जिसके कारण रजनी कोठारी ने भारतीय दलीय व्यवस्था को *कांग्रेस प्रणाली* (Congress System) का नाम दिया (कोठारी:2002: 41)।

**13.1.1 (ii) द्विदलीय व्यवस्था:** द्विदलीय शासन व्यवस्था में दो दल प्रधान होते हैं और इन्हीं के बीच सत्ता का हस्तांतरण होता है। किंतु ऐसा नहीं है कि ऐसी शासन व्यवस्था में अन्य दल नहीं होते। ऐसी दलीय व्यवस्था वाली राजनीतिक प्रणाली में अन्य दल भी होते हैं, किंतु उनका प्रभाव मतों की प्रतिशतता एवं प्रतिनिधित्व के संदर्भ में अत्यंत क्षीण होता है तथा वे लोक नीतियों के निर्धारण में महत्त्वपूर्ण भूमिका का निर्वाह करने में असमर्थ होते हैं। दोदलीय व्यवस्था को

संसदीय प्रणाली के लिए अत्यधिक उपयुक्त माना जाता है। हालांकि दोनों दलों के बीच विचारधाराओं का अंतर होता है, किंतु वे ही आपस में सत्ता का हस्तांतरण करते हैं। जब एक दल सत्तासीन होता है तो दूसरा दल विपक्ष में बैठता है। द्विदलीय व्यवस्था में विपक्ष की भूमिका काफी सशक्त होती है क्योंकि वह संगठित होता है। ब्रिटेन की दलीय व्यवस्था को द्विदलीय व्यवस्था के सर्वोत्तम उदाहरण के रूप में देखा जा सकता है जहां *मजदूर दल* एवं *अनुदारवादी दल* (Conservative Party) परस्पर सत्ता का हस्तांतरण करते रहते हैं। अमेरिका के *लोकतांत्रिक दल* (Democratic Party) तथा *गणतंत्रात्मक दल* (Republican Party) को भी द्विदलीय व्यवस्था के उदाहरण के रूप में देखा जा सकता है। अन्य दलीय व्यवस्थाओं की अपेक्षा द्विदलीय व्यवस्था के अंतर्गत शासन की स्थिरता एवं निरंतरता बनी रहती है तथा उत्तरदायित्व के निर्धारण एवं मंत्रिमंडल के निर्माण में अधिक सहजता एवं सरलता महसूस की जाती है। (नारायण:1988:418-20)।

**13.1.1 (iii) एक दलीय-प्राधान्य व्यवस्था:** एकदलीय प्राधान्य व्यवस्था एकदलीय व्यवस्था से थोड़ी भिन्न है। इसमें वैसे तो कई प्रतिस्पर्धी राजनीतिक दल होते हैं और वे आपस में चुनावी प्रतियोगिता भी करते हैं किंतु सदैव एक दल का वर्चस्व बना रहता है। इस दल का जनाधार भी बड़ा होता है और यह सबसे बड़ी पार्टी भी होती है। अन्य दल सिर्फ दबाव समूह के रूप में दिखाई पड़ते हैं। जापान की संसद *डाइट* में लिबरल डेमोक्रेटिक पार्टी का तकरीबन 38 साल तक वर्चस्व बना रहा। उसकी यह स्थिति 1993 तक उसके विघटन तक बनी रही। कमोबेश यही स्थिति, यदि 1975-77 (यह काल आपातकाल के नाम से जाना जाता है) के कालखंड को अपवाद मान लें तो 1947 से लेकर 1989 तक भारत में कांग्रेस पार्टी की सरकार रही। राज्यों में 1967 तक और केंद्र में न्यूनाधिक 1989 तक भारतीय राष्ट्रीय कांग्रेस का प्रभुत्व बना रहा। (हेवुड: 1987:243-44)।

**13.1.1 (iv) बहुदलीय व्यवस्था:** बहुदलीय पद्धति में कई राजनीतिक दल होते हैं जिनकी स्थिति न्यूनाधिक समान होती है और जनाधार भी बहुत व्यापक नहीं होता। वे आपस में चुनावी प्रतिस्पर्धा तो करते हैं किंतु उनमें से किसी के लिए बहुमत प्राप्त करना कठिन होता है। ऐसी स्थिति में गठबंधन अथवा मिली-जुली सरकारें ही सामान्यतया बनती हैं। बहुदलीय व्यवस्था में सभी या अधिकांश दलों को सरकार के गठन में शामिल करना जरूरी हो जाता है। किंतु यही शासन व्यवस्था एक ऐसी शासन व्यवस्था है जिसमें जिसके अंतर्गत मतदाताओं को अधिक विकल्प उपलब्ध होते हैं (नारायण: 1988:423)। स्वीडन एवं नार्वे में सामाजिक-लोकतांत्रिक दल एवं दक्षिणपंथी दलों की भरमार है। फ्रांस एवं इटली में भी बहुदलीय व्यवस्था प्रचलित है। भारत भी 1989 के बाद से बहुदलीय व्यवस्था की ओर उन्मुख है। भारत में छह राष्ट्रीय दल के साथ 40 से अधिक राज्य स्तरीय दलों का अस्तित्व देखा जा सकता है जो देश की राजनीति में सक्रिय एवं निरंतरशील हैं।

## 13.2 भारत में दलीय व्यवस्था का विकास

प्रतिनिध्यात्मक लोकतंत्र के लिए राजनीतिक दल अपरिहार्य है। इन्हें आधुनिक एवं आधुनिकीकृत होते हुए समाज की एक प्रमुख विशेषता भी माना जाता है। (पालोम्बरा एवं वीनर: 1966:3)।

भारत में दलीय पद्धति की शुरुआत राष्ट्रीय आंदोलन के दौरान 1885 में भारतीय राष्ट्रीय कांग्रेस की स्थापना के साथ होती है। वैसे तो भारतीय राष्ट्रीय कांग्रेस का गठन विदेशी शासन के प्रतिरोध के लिए किया गया था किंतु कालांतर में यह भारतीय जनता की आवाज बन गई। एक मध्यमवर्गीय राजनीतिक संगठन के रूप में निर्मित इस संस्था ने बाद के वर्षों में विभिन्न हितों एवं विचारधाराओं के लोगों को शामिल करने का प्रयास किया। यही वजह थी कि कांग्रेस के अंदर एवं बाहर कई राजनीतिक गुट उभरे जिनका विकास समयांतर में राजनीतिक पार्टियों के रूप में हुआ। उनमें से कुछ तो विलुप्त हो गए और कुछ की उपस्थिति आज भी बनी हुई है। 1947 तक (आजादी तक) भारतीय राष्ट्रीय कांग्रेस की प्रमुखता बनी रही है। भारतीय मध्यवर्ग की आवाज के रूप में इसने औपनिवेशिक शासन के अंतर्गत न सिर्फ भारतीयों की भर्ती बल्कि उनकी अधिकाधिक राजनीतिक भागीदारी को सुनिश्चित करने का प्रयास किया (मित्रा:2004:8)। उल्लेखनीय है कि राष्ट्रीय आंदोलन के कालखंड में कई गैर-कांग्रेसी दलों का उदय भारतीय राष्ट्रीय कांग्रेस के अंतर्गत हुआ। इसमें कांग्रेस समाजवादी पार्टी, प्रजा समाजवादी पार्टी एवं कम्युनिस्ट पार्टी के नाम प्रमुख हैं। इसके अलावा स्वराज्य दल, फॉरवर्ड ब्लॉक आदि का गठन भी कांग्रेस की असमर्थता के परिणाम थे। 1906 में मुस्लिम लीग का गठन हो चुका था और 1916 में गठित हिंदू महासभा भी सांप्रदायिक रूझान में आकर राजनीतिक पार्टी के रूप में परिवर्तित हो गई। 1920 से 40 के दौरान प्रांतीय स्तर पर कई राजनीतिक दलों का गठन हुआ। इसमें यूनियनिस्ट पार्टी, जस्टिस पार्टी, कृषक लोक प्रजा पार्टी (बंगाल) इत्यादि प्रमुख थे, किंतु इनका अस्तित्व बहुत दिनों तक कायम नहीं रहा। वैसे जे. पी., लोहिया एवं नरेन्द्र देव के नेतृत्व में 1934 में गठित भारतीय समाजवादी पार्टी का अस्तित्व बना रहा और यह राष्ट्रीय राजनीति में सक्रिय रही। कांग्रेस के अंदर एवं बाहर जितने राजनीतिक दलों का विकास हुआ वे किसी-न-किसी रूप से भारतीय राष्ट्रीय कांग्रेस से जुड़े रहे थे। इस संदर्भ में भारतीय दलीय राजनीति की निरंतरता को लेकर काफी विवाद भी था, गांधीजी को दलीय राजनीति में बिल्कुल विश्वास नहीं था और वे स्वतंत्रता प्राप्ति के पश्चात् राजनीतिक संगठन के रूप में भारतीय राष्ट्रीय कांग्रेस को समाप्त कर देना चाहते थे। यही कारण था कि उन्होंने अपने जीवन के सांध्य काल में कांग्रेस को समाप्त कर *लोकसेवा संघ* के गठन का सुझाव दिया था। किंतु गांधीजी के इस प्रस्ताव को ठुकरा दिया गया। दूसरी तरफ जे. प्रकाश नारायण ने *दलविहीन लोकतंत्र* (partyless democracy) की बात स्वतंत्र भारत के लिए की थी, जिस पर कोई ध्यान नहीं दिया गया। (नारायण:1959:66)।

स्वतंत्रता प्राप्ति के पश्चात् भारतीय दलीय व्यवस्था के स्वरूप में समय के साथ-साथ काफी विस्तार हुआ, क्योंकि बाद के वर्षों में कई प्रकार के राष्ट्रीय, क्षेत्रीय, राज्य स्तरीय, सांप्रदायिक एवं तदर्थ दलों का भारतीय राजनीति में उद्भव एवं विकास हुआ और अस्मिताओं की राजनीति (politics of identities) के कारण तो मानो भारतीय राजनीति में राजनीतिक दलों की बाढ़-सी आ गई। 2009 के चुनावों तक देश में 6 राष्ट्रीय दलों के अलावा 600 से अधिक छोटी-बड़ी राजनीतिक पार्टियों की सक्रियता थी। इसमें 45 पार्टियां राज्य स्तर की थीं और शेष पंजीकृत गैर-मान्यता प्राप्त पार्टियां थीं।

जो भी हो, भारतीय चुनावी राजनीति में छह राष्ट्रीय दल सक्रिय हैं—भारतीय राष्ट्रीय कांग्रेस, भारतीय जनता पार्टी, भारतीय कम्युनिस्ट पार्टी, भारतीय कम्युनिस्ट पार्टी (मार्क्सवादी), राष्ट्रीय

कांग्रेस पार्टी, बहुजन समाजवादी पार्टी, क्षेत्रीय व राज्य स्तरीय दलों के रूप में अन्नाद्रमुक, तेलगुदेशम, द्रविड़ मुन्नेत्र कड़गम, अकाली दल, शिव सेना, नागालैंड यूनाइटेड फ्रंट, नेशनल कांफ्रेंस, समाजवादी पार्टी, जनता दल, बीजू जनता दल। इसमें अकाली दल एवं शिव सेना सहित देश की राजनीति में सक्रिय मुस्लिम लीग व झारखंड पार्टी को स्थानीय एवं सांप्रदायिक दलों की श्रेणी में रखा जाता है। इसके अतिरिक्त कांग्रेस तिवारी, जनता पार्टी, केरल कांग्रेस, लोकतांत्रिक दल, लोक जनतांत्रिक पार्टी जैसे कई तदर्थ दलों की भी राजनीति में सक्रिय भूमिका रही है। किंतु ऐसे दल बनते-बिगड़ते रहते हैं।

## 13.3 भारतीय दलीय व्यवस्था का बदलता स्वरूप: एकदलीय प्राधान्य व्यवस्था से बहुदलीय व्यवस्था की ओर

भारतीय दलीय व्यवस्था के स्वरूप में समय एवं परिस्थितियों के अनुरूप बदलाव होते रहे हैं। स्वतंत्रता प्राप्ति के पश्चात् भारतीय राजनीतिक व्यवस्था के अंतर्गत दलीय व्यवस्था के कई प्रकार के प्रारूप उभर कर सामने आए हैं। सिंह एवं सक्सेना ने देश में दलीय व्यवस्था के विकास को पांच चरणों में बांटा है- (i) 'आंदोलन' दलीय व्यवस्था (1890 47), (ii) कांग्रेस प्रणाली (1952-69), (iii) कांग्रेस(आई) एवं जे.पी. आंदोलन का टकराव (1971-77), (iv) 1980 के दशक में राष्ट्रीय दलीय व्यवस्था एवं राज्य दलीय व्यवस्था के बीच बढ़ता हुआ मतभेद तथा (v) संघीय गठबंधन/अल्पमत सरकार सहित क्षेत्रीयकृत बहुदलीय व्यवस्था की प्रबल प्रवृत्ति 1989 से अब तक। (*सिंह एवं सक्सेना*, 2008:233)।

अध्ययन एवं विश्लेषण की सुविधा के लिए भारत में दलीय पद्धति के विकास की चर्चा निम्न चरणों में की जा सकती है।

### 13.3.1 कांग्रेस प्रणाली (1947-67)

1947-67 का काल खंड "कांग्रेस-प्रणाली" के रूप में परिभाषित किया जाता है। रजनी कोठारी (1964) ने आधिकारिक तौर पर *कांग्रेस-सिस्टम* की अवधारणा का प्रतिपादन किया है। उन्होंने दलीय पद्धति को *कांग्रेस सिस्टम* इसलिए माना कि इस दौर में भारतीय राष्ट्रीय कांग्रेस *सहमति की पार्टी* (party of consenses) तथा अन्य पार्टियां *दबाव की पार्टियों* (parties of pressure) के रूप में उभरी। गैर-कांग्रेसी दलों की भूमिका इन वर्षों में नगण्य रही। केंद्र सहित अधिकतर राज्यों में भी कांग्रेस की सरकारें थीं। वह चाहे सत्ता हो या विपक्ष कांग्रेसी मानसिकता के लोग छाए हुए थे। पुनः कांग्रेसी नेताओं का करिश्माई नेतृत्व ऐसा था कि वे विभाजित विपक्ष को भी लोकनीतियों के संदर्भ में एकजुट कर लेते थे। (कोठारी:1964)। इतना ही नहीं, कांग्रेस ने राष्ट्रीय आंदोलन के दौरान जो महती भूमिका अदा की थी उसे भारतीय जनता भूली नहीं थी। राष्ट्रीय आंदोलन की यादें ताजा थीं। आम जनता का कांग्रेस से बड़ा लगाव था, साथ ही बड़ी उम्मीदें भी थीं। इस तथ्य ने कांग्रेस को सहमति का लोकप्रिय संगठन बना दिया था।

### 13.3.2 एकदलीय प्राधान्य व्यवस्था 1970-77

एकदलीय प्राधान्य व्यवस्था का निहितार्थ है कि अन्य राजनीतिक दलों की राष्ट्रीय राजनीति में

सक्रियता होती है। वे चुनावी प्रतिस्पर्धा भी करते हैं तथापि किसी एक पार्टी की ही प्रमुखता बनी रहती है। दूसरे, अन्य राजनीतिक दलों की उपस्थिति के बावजूद यदि एक ही दल दो या दो से अधिक बार लगातार चुनाव जीत कर सत्ता में बना रहे तो यह भी एकदलीय प्रधानता की स्थिति को दर्शाता है। 1964 से पूर्व भारतीय दलीय व्यवस्था का चित्रण *मोरिस जोंस* (1971) ने इसी रूप में किया है। यदि 1967–70 के दौर को अपवाद मानें तो 1977 तक भारत में एकदलीय प्रभुत्व ही रहा। भारतीय राष्ट्रीय कांग्रेस देश की राजनीति में पूरी तरह छाई रही। मोरिस जोंस ने एकदलीय प्रभुत्व के कारण भी बताए हैं। *सर्वप्रथम* तो कांग्रेस ने भारत को ब्रिटिश शासन से मुक्ति दिलाने में मदद की थी। *दूसरे*, लोगों की नजरों में कांग्रेस पार्टी गांधी व नेहरू की पार्टी थी। *तीसरे*, इस दौर में कांग्रेस अधिक संगठित एवं प्रतिष्ठित पार्टी थी। अंत में, कांग्रेस की भूमिका *अम्ब्रेला पार्टी* (umbrella party) जैसी थी जिसकी छाया में अन्य दल भी समाहित हो जाते थे (जोन्स:1971:148)

1967 से पूर्व राष्ट्रीय राजनीति में कांग्रेस का वर्चस्व बना रहा। किंतु 1967 के चतुर्थ आम चुनाव के पश्चात् राज्यों में ऐसी स्थितियां बनी कि कुछ राज्यों में मिली-जुली सरकारें बनीं। इससे देश में बहुदलीय व्यवस्था की प्रबल प्रवृत्ति देखी गई। मिली-जुली सरकारें विफल रहीं। वे जनेच्छाओं पर पूरी तरह खरी नहीं उतरीं और बदनाम भी रहीं। श्रीमती गांधी के नेतृत्व में 1971 के चुनाव में कांग्रेस को भारी सफलता मिली तथा एक बार फिर राष्ट्रीय राजनीति पर कांग्रेस की प्रधानता स्थापित हो गई। यह प्रधानता 1977 तक बनी रही। इस दौर में 1975–77 के वर्षों के आपातकाल में इंदिरा गांधी एक तानाशाह शासिका के रूप में भी उभरी। यह वह दौर था जिसमें श्रीमती गांधी को जे.पी. आंदोलन से भी निपटना पड़ा था (सिंह एवं सक्सेना:2008:234–35)।

### 13.3.3 दोदलीय पद्धति 1977–79

भारत में दोदलीय पद्धति का संक्षिप्त इतिहास रहा है। इस दौर में जनता पार्टी एक मजबूत पार्टी के रूप में उभरी। श्रीमती गांधी ने आपातकाल के दौरान अपने विरोधियों को नियंत्रित करने के लिए जिस प्रकार सरकारी तंत्रों का दुरुपयोग एवं स्वेच्छाचारी नीतियों का अनुसरण किया उसने उन्हें अन्य राजनीतिक दलों सहित आम जनता के कोप भाजन का शिकार बना दिया। 1977 के चुनाव में कांग्रेस की हार हुई और *मोरारजी देसाई* के नेतृत्व में जनता पार्टी की पहली गैर-कांग्रेसी सरकार केंद्र में सत्ता में आई। इस सरकार में मुख्यत: तीन दल शामिल थे—मोरारजी देसाई की कांग्रेस (O), चौधरी चरण सिंह की बी.एल.डी. एवं जगजीवन राम की *कांग्रेस फॉर डेमोक्रेसी*। इन तीनों के विलय से जनता पार्टी का निर्माण हुआ था (सिंह एवं सक्सेना:2008:235)। इस दौर में ऐसा प्रतीत हुआ कि भारतीय दलीय व्यवस्था एकदलीय प्रभुत्ववादी स्थिति से द्विदलीय व्यवस्था की ओर जा रही है। किंतु इसका जीवनकाल काफी संक्षिप्त रहा। 1980 के मध्यावधि चुनावोपरांत पुन: भारतीय राष्ट्रीय कांग्रेस की प्रधानता स्थापित हो गई। 1980 के विधानसभा चुनावों में भी कांग्रेस को भारी सफलता मिली। इस प्रकार पुन: कांग्रेस की राष्ट्रीय राजनीति पर पकड़ मजबूत हो गई।

### 13.3.4 प्रभुत्ववादी दलीय व्यवस्था (Hegemonic Dominant Party 1980-89):

1980 के दशक में मुख्यत: दो आम चुनाव हुए जिनमें कांग्रेस(आई) का सत्ता पर पुन: नियंत्रण

स्थापित हो गया। 1980 के चुनाव में जनता पार्टी की करारी हार हुई तथा कांग्रेस पार्टी 351 सीटों पर विजयी होकर इंदिरा गांधी के शक्तिशाली नेतृत्व में पुन: सत्ता में लौटी। 1984 में इंदिरा गांधी की हत्या कर दी गई। 1984 के आम चुनाव में उनके पुत्र राजीव गांधी के साथ राष्ट्रीय जनमानस की पूरी सहानुभूति थी। फलत: 1984 में आठवीं लोक सभा के चुनावों में राजीव गांधी को भारी बहुमत मिला तथा एक बार फिर कांग्रेस असाधारण बहुमत के साथ सत्तारूढ़ हुई। इस चुनाव में कांग्रेस की असाधारण जीत के कई कारण थे। *सर्वप्रथम* तो इंदिरा गांधी की हत्या से राजीव गांधी के प्रति पूरे देश में सहानुभूति की लहर थी। *दूसरे*, उनकी शांति एवं स्थायित्व की नीति से जनता प्रभावित थी। *तीसरे*, कांग्रेस को सही अर्थों में चुनौती देने वाली कोई पार्टी नहीं थी। *चौथे*, राजीव गांधी युवाओं में काफी लोकप्रिय थे। *पांचवें*, उनके पास एक प्रगतिशील दृष्टि थी।

यहां यह उल्लेखनीय है कि 1969 में कांग्रेस के विभाजन के बाद कांग्रेस पार्टी मुख्यत: इंदिरा कांग्रेस के रूप में जानी जाने लगी। कांग्रेस(आई) पर इंदिरा गांधी का व्यक्तिगत नेतृत्व एवं नियंत्रण था। पार्टी संगठन के अंतर्गत वह जैसा चाहती थीं, वैसा ही करती थीं। इस प्रकार नेहरू युग की सांस्थानीकृत (institutionalised) कांग्रेस पूरी तरह से विसांस्थानीकृत (deinstitutionalised) हो चुकी थी। इस व्यक्तिपरक संस्कृति के कारण कांग्रेस(आई) को समयांतर में काफी नुकसान उठाना पड़ा। उसके विपक्ष एवं विरोधी दल उसके विरुद्ध संगठित होने लगे। जैसे 1992 में श्री पी.वी. नरसिंह राव द्वारा (1991-96) सत्ता में आने के पश्चात् बहुत हद तक पार्टी को सांस्थानीकृत करने की तथा उसे नेहरू-गांधी प्रभाव से मुक्त करने की कोशिश की गई। कांग्रेस के राजवंशीय प्रभाव से मुक्त होकर नरसिंह राव (1991-96) ने अपेक्षाकृत ज्यादा स्वतंत्र व स्वायत्त रूप में पांच वर्षों तक शासन किया (सिंह एवं सक्सेना:2008:237)।

### 13.3.5 बहुदलीय व्यवस्था—ध्रुवीकृत बहुलवादी बहुदलीय व्यवस्था 1989 से अब तक

1989 के पश्चातवर्ती वर्षों में दलीय व्यवस्था के अंतर्गत बहुदलीय व्यवस्था की स्पष्ट प्रवृत्ति दिखाई पड़ी। इन वर्षों में देश में स्थानीय, राज स्तरीय एवं क्षेत्र-स्तरीय दलों की बाढ़ आ गई। कांग्रेस का नेतृत्व कमजोर व मजबूत होता रहा। उसका जनाधार भी खिसका। अस्मिताओं की राजनीति, दलित राजनीति, श्रमिकों व व्यापारियों की राजनीति आदि तत्त्वों ने राष्ट्रीय राजनीति के स्वरूप को जटिल बना दिया। ऐसी स्थिति में कोई भी पार्टी इस स्थिति में नहीं रही कि स्वयं के बलबूते बहुमत प्राप्त कर अपनी सरकार बना सके। *दूसरे*, ऐसे राजनीतिक परिदृश्य में संयुक्त सरकारों एवं अल्पमत सरकारों का दौर शुरू हुआ, साथ ही राजनीतिक अस्थिरताओं का भी। *तीसरे*, इस दौर में 1998 के बाद के वर्षों में राजनीतिक दलों के बीच ध्रुवीकरण की प्रबल प्रवृत्ति भी देखी गई। राष्ट्रीय जनतांत्रिक संगठन (NDA), संयुक्त प्रगतिशील मोर्चा (UPA) एवं वाम मोर्चा का गठन इसी ध्रुवीकरण का परिणाम था। 2004 एवं 2009 के चुनावों के पश्चात् एक बात बिल्कुल स्पष्ट हो गई कि अन्य राजनीतिक दलों के समर्थन के बिना किसी भी दल के लिए लोक सभा में बहुमत साबित करना अब सरल नहीं रह गया है।

इस कालखंड में राष्ट्रीय राजनीति में बहुदलीय व्यवस्था का स्वरूप स्पष्टत: उभरकर सामने आया। राष्ट्रीय दलों की संख्या एवं आकार का न्यूनीकरण एवं क्षेत्रीय दलों के उद्भव एवं विकास

का नतीजा यह हुआ कि गठबंधन की सरकार एक राजनीतिक वास्तविकता बनती गई। इसने क्षेत्रीय व राज्य स्तरीय दलों को संघीय सरकार में भागीदारी का अवसर प्रदान किया। दलीय पद्धति के अंतर्गत इस गत्यात्मक बदलाव ने संयुक्त मोर्चा (United Front), राष्ट्रीय जनतांत्रिक संगठन (National Democratic Alliance) तथा संयुक्त प्रगतिशील मोर्चा (United Progressive Alliance) को क्रमश: संघीय गठबंधन की सरकार बनाने का अवसर प्रदान किया।

1980 के दशक में भारतीय राजनीति के क्षितिज पर इतने अधिक छोटे-बड़े राजनीतिक दल उभरे कि स्पष्ट बहुमत प्राप्त करना किसी भी दल के लिए एक टेढ़ी खीर बना रहा। 1989 के चुनावोपरांत वी.पी. सिंह के नेतृत्व में केंद्र में संयुक्त मोर्चे की सरकार बनी। यह बहुदलीय व्यवस्था की प्रथम अभिव्यक्ति थी। यह एक अल्पमत सरकार थी जो नवम्बर 1990 में गिर गई। इसके पश्चात् चंद्रशेखर की अल्पमत सरकार बनी जो 1991 में भंग हो गई। 1991-96 के बीच कांग्रेस की सरकार तो रही, किंतु इसे भी स्पष्ट बहुमत प्राप्त नहीं था। यह सरकार किसी तरह अपना कार्यकाल पूरा कर पाई। 1996 में भाजपा एवं सहयोगी दलों की सरकार तो बनी किंतु इसका जीवनकाल केवल 13 दिनों का रहा।

इसके बाद क्रमश: देवगौड़ा एवं आई.के. गुजराल की अल्पमत सरकारें बनीं जिन्हें क्रमश: 13 एवं 15 दलों का सहयोग प्राप्त था। इस बीच अटल बिहारी वाजपेयी के नेतृत्व में पुन: भारतीय जनता पार्टी ने देश में अपनी ताकत बढ़ानी शुरू कर दी। हिंदुत्व के नारे एवं राम मंदिर आंदोलन के कारण भाजपा कांग्रेस के एक विकल्प के रूप में उभरी। फलत: 13वीं लोक सभा चुनाव में भाजपा नेतृत्व वाले *राष्ट्रीय जनतांत्रिक मोर्चे* (National Democratic Alliance) को भारी सफलता मिली। इसमें तकरीबन 24 दल शामिल थे। अक्टूबर 1999 में इस गठबंधन ने वाजपेयी के नेतृत्व में सरकार का निर्माण किया।

2004 एवं 2009 के आम चुनावों में ध्रुवीकरण की स्पष्ट प्रवृत्ति देखी गई। भारतीय राजनीति में दलों की बढ़ती हुई संख्या ने ध्रुवीकरण के तथ्य को अनिवार्य बना दिया। फलत: कांग्रेस के नेतृत्व में भी संयुक्त प्रगतिशील गठबंधन का गठन हुआ। मनमोहन सिंह के नेतृत्व में यह मोर्चा लगातार दूसरी बार सत्ता में आया है। पिछले लोक सभा चुनावों में छह राष्ट्रीय दलों के अलावा, 45 राज्य स्तरीय दल एवं 600 से अधिक तदर्थ दलों का अस्तित्व था। 2009 के आम चुनाव में यू.पी.ए., एन.डी.ए. वाम मोर्चा से अलग चौथे मोर्चे के रूप में *समाजवादी पार्टी, राष्ट्रीय जनता दल एवं लोक जनशक्ति पार्टी* के बीच ध्रुवीकरण भी देखा गया किंतु मात्र 27 सीटों के साथ ही इसे संतोष करना पड़ा। 2009 के चुनाव में यू.पी.ए. एवं सहयोगी पार्टियों के 322, एन.डी.ए. को 159, वाम मोर्चा को 79 सीटें मिली। (वीकीपीडिया:2009)

इस प्रकार स्पष्ट है कि भारतीय दलीय व्यवस्था की प्रकृति एवं प्रवृत्ति निरंतर परिवर्तनशील एवं गत्यात्मक रही है। ऐसा इसलिए भी रहा है कि भारत एक बहुलवादी समाज है जिसमें विभिन्न भाषाओं, धर्मों, वर्गों एवं जातियों के लोग रहते हैं। भाषावाद, जातिवाद, क्षेत्रवाद एवं संप्रदायवादी तत्त्वों के कारण दलीय व्यवस्था की प्रकृति और भी जटिल हुई है। दलीय व्यवस्था की मौजूदा प्रवृत्ति यह दिखती है कि बहुदलीय पद्धति होने के बावजूद यह ध्रुवीकृत बहुलवादी दलीय व्यवस्था की ओर उन्मुख है जिसमें यू.पी.ए. एवं एन.डी.ए. के रूप में द्विध्रुवीयता साफ दिखाई पड़ती है।

## 13.4 भारतीय दलीय व्यवस्था: समस्याएं एवं संभावनाएं

### 13.4.1 समस्याएं

भारतीय दलीय व्यवस्था के कई नकारात्मक पक्ष भी हैं, कई समस्याएं हैं। फलत: दलीय व्यवस्था की प्रकृति काफी जटिल एवं त्रुटिपूर्ण दिखाई पड़ती है। किसी भी लोकतांत्रिक व्यवस्था में राजनीतिक दलों से यह अपेक्षा की जाती है कि वे राज्य एवं नागरिक समाज के बीच उपयुक्त संवाद स्थापित करे किंतु कई कारणों की वजह से राजनीतिक पार्टियां अपनी इस भूमिका में विफल रही हैं। कुछ ही पार्टियां स्वयं अपने ही संविधान के अनुरूप चल पाती हैं। (सिंह एवं सक्सेना:2008:249)

*दूसरे*, राज्य एवं क्षेत्र स्तरीय दल एवं तदर्थ दलों की भरमार ने दलीय व्यवस्था को और भी अधिक पेचीदा एवं इसके स्वरूप को अधिक विकृत कर दिया है। राजनीतिक पार्टियों की बढ़ती हुई संख्या मुख्यत: दलगत राजनीति, जातिगत राजनीति, क्षेत्रगत राजनीति, भाषागत राजनीति, संप्रदायगत राजनीति एवं स्वार्थपरक राजनीति का परिणाम है। 1990 के दशक में अल्पमत सरकारों का निरंतर बनना एवं गिरना, बहुदलीय व्यवस्था के इसी जटिल स्वरूप का परिणाम रहा है। राजनीतिक दलों की बहुतायता ने कई बार राष्ट्र को राजनीतिक अस्थिरता की ओर धकेला है, यह हमें नहीं भूलना नहीं चाहिए।

*तीसरे*, अवसरवादिता की राजनीति भारतीय दलीय व्यवस्था का एक और महत्त्वपूर्ण दोष है। पिछले 15-20 वर्षों में देश में अवसरवाद की राजनीति खुलकर सामने आई है। व्यक्ति विशेष भारतीय राजनीति में अभी भी महत्त्व रखता है। भारत में एक ही संगठन के विभिन्न अंग अलग-अलग कार्य करते हैं। एक ही दल की राष्ट्रीय एबं प्रांतीय शाखाएं प्रतिकूल दिशाओं और ऐसे गुटों एवं तत्त्वों से हाथ मिलाती हैं जो विचारधारा एवं नीति में उनसे भिन्न हैं। (कोठारी:1972:165-66)

*चौथे*, विसांस्थानीकरण दलीय व्यवस्था की एक महत्त्वपूर्ण त्रुटि है। इससे "व्यक्ति पूजा" की प्रवृत्ति को बढ़ावा मिला है। इंदिरा गांधी, राजीव गांधी(कांग्रेस), वाजपेयी-आडवाणी(बी.जे.पी.), सोनिया गांधी(भारतीय राष्ट्रीय कांग्रेस), ए.बी. बर्धन एवं प्रकाश करात(वाम मोर्चा) इत्यादि के अलावा, चंद्र बाबू नायडू, जयललिता, करुणानिधि, लालू प्रसाद, मुलायम सिंह, ममता बनर्जी इत्यादि अपने-अपने दल के निर्विवादित नेता बने हुए हैं। वास्तविकता तो यह है कि इन नेताओं की व्यक्तिगत आवाज उनकी पार्टियों की आवाज मानी जाती है।

*पांचवें*, सत्ता लोलुपता एवं राजनीतिक स्वार्थ के तत्त्व ने दलीय व्यवस्था के अंतर्गत दल-बदल की प्रवृत्ति को बढ़ावा दिया। इससे सौदेबाजी की राजनीति भी शुरू हो चुकी है। गठबंधन सरकार में सहयोग करने वाली पार्टियां अपनी शर्तों के आधार पर सरकार में शामिल होती हैं। ऐसी सरकार में शासन को स्थिरता के साथ चलाने के लिए प्रधानमंत्री को सहयोगी दलों को खुश करने की कोशिश करनी पड़ती है, नहीं तो गठबंधन के टूटने का एवं समर्थन की वापसी का भय सदैव बना रहता है।

*छठे*, राजनीति का आपराधीकरण दलीय व्यवस्था के चरित्र में आई गिरावट का एक और प्रमुख तत्त्व है (सिंह एवं सक्सेना: 2008:250)। आज कोई भी दल ऐसा नहीं है जिसमें

आपराधिक प्रवृत्ति के सदस्य न हों। छोटे घोटाले से लेकर बड़े घोटालों तक में सांसद एवं मंत्रियों की संलग्नता पाई जाती है। वस्तुतः राजनीतिक भ्रष्टाचार का मुद्दा भी अपराध के राजनीतिकरण एवं राजनीति के आपराधीकरण से जुड़ा हुआ है। इसने चुनावी हिंसा को भी दलीय राजनीति का एक अभिन्न अंग बना दिया। वैसे चुनाव आयोग ने पिछले आम चुनावों में चुनावी हिंसा को नियंत्रित करने की बहुत हद तक कोशिश की है।

*अंत में*, भारतीय दलीय व्यवस्था के अंतर्गत स्पष्ट विचारधाराओं का भी अभाव रहा है। गठबंधन की राजनीति के दौर में यह अस्पष्टता और बढ़ गई है। सत्ता में आने के लिए राजनीतिक दल परस्पर बिल्कुल विपरीत विचारधाराओं वाली पार्टी से भी समर्थन लेने में नहीं चूकते। राष्ट्रीय आंदोलन की विरासत के कारण कांग्रेस के अंतर्गत बहुत-सी विचारधाराओं वाले समूह थे जो कालांतर में नए-नए दलों के रूप में उभरे राष्ट्रीय मोर्चे (1989) की सरकार को बी.जे.पी. एवं वाम मोर्चा का समर्थन प्राप्त था। 1990 के दशक में जितनी भी अल्पमत सरकार बनीं एवं गिरी, उनमें भी यही प्रवृत्ति देखी गई। पुनः 2004 में गठित यू.पी.ए. सरकार को वामपंथी दलों ने बाहर से समर्थन दिया था। वैसे अमेरिका के साथ 'नाभिकीय समझौते' के मुद्दे पर उन्होंने अपना समर्थन वापस ले लिया था, फिर भी यू.पी.ए. की सरकार बनी रही। कहने का तात्पर्य यह है कि भारतीय दलीय व्यवस्था के जटिल बहुलवादी स्वरूप के कारण विचारधाराओं की स्पष्टता का कोई महत्त्व नहीं रह गया है।

### 13.4.2 संभावनाएं

यदि पिछले दो दशकों की राजनीतिक गतिशीलता एवं परिघटनाओं को देखें तो भारतीय दलीय पद्धति में महत्त्वपूर्ण बदलाव दृष्टिगोचर हुए हैं। दलीय व्यवस्था एक दलीय प्राधान्य व्यवस्था से बहुलवादी दलीय व्यवस्था में बिल्कुल परिवर्तित हो गई है जिसमें राज्य एवं क्षेत्र-स्तरीय दलों की भूमिका में काफी वृद्धि हुई है। *दूसरे*, भारत जैसे बहुसांस्कृतिक एवं बहुलवादी समाज में इसे एक सकारात्मक प्रवृत्ति माना जा सकता है क्योंकि इसने विभिन्न हितों एवं समूहों को प्रतिनिधित्व का अवसर प्रदान किया है। *तीसरे*, चूंकि दलों की भरमार है, इसलिए आगे के दिनों में भी संघीय गठबंधन की सरकार का बनना भी एक राजनीतिक तथ्य के रूप में उभर कर सामने आया है। *चौथे*, इस बहुदलीय व्यवस्था में एक नई प्रवृत्ति स्पष्ट दृष्टिगोचर हुई है, वह है ध्रुवीकरण की प्रवृत्ति। दलीय प्रणाली के अंतर्गत यू.पी.ए., एन.डी.ए., वाम मोर्चा, चौथे मोर्चे की प्रवृत्ति भी देखी गई। वैसे समाजवादी पार्टी, राष्ट्रीय जनता दल एवं लोक जनशक्ति के सम्मिलन से बना यह चौथा मोर्चा कोई चमत्कार नहीं दिखा पाया। फिर भी, दलीय व्यवस्था की प्रबल प्रवृत्ति बहुल द्विध्रुवीयता की ओर दिखाई पड़ती है जिसमें संयुक्त प्रगतिशील मोर्चा एवं राष्ट्रीय जनतांत्रिक गठबंधन दो सशक्त मंच के रूप में उभरे हैं। आगे के दिनों में दलीय व्यवस्था की यह बहुल द्विध्रुवीय व्यवस्था क्या स्वरूप धारण करेगी, यह आने वाला वक्त ही बताएगा।

## 13.5 गठबंधन की राजनीतिः लक्ष्य एवं प्रदर्शन

मिली-जुली सरकार या गठबंधन सरकार का निहितार्थ वह सहयोगी व्यवस्था है जिसमें अस्पष्ट बहुमत की स्थिति में विभिन्न दल एकजुट होकर सरकार या मंत्रिमंडल का निर्माण करते हैं।

संसदीय प्रणाली की यह प्रमुख विशेषता है कि इसमें कार्यपालिका व्यवस्थापिका के प्रति उत्तरदायी होती है। संसदीय शासन प्रणाली में उसी दल का नेता प्रधानमंत्री बन सकता है जिसे प्रतिनिधि सभा (लोक सभा) में बहुमत प्राप्त हो। गठबंधन सरकार की स्थिति तब उत्पन्न होती है जब लोक सभा में किसी भी दल को स्पष्ट बहुमत प्राप्त नहीं होता है। ऐसी स्थिति में दलीय गठबंधन बनते हैं उसके नेता लोक सभा में अपना बहुमत साबित करने का दावा पेश करते हैं। ऐसे गठबंधन में दो या दो से अधिक राजनीतिक दल शामिल होते हैं जो मिल-जुलकर सरकार का निर्माण करते हैं।

पिछले दो दशकों में भारतीय राजनीति के अंतर्गत दो गत्यात्मक बदलाव हुए हैं उसने न सिर्फ दलीय व्यवस्था की प्रकृति को बिल्कुल बदल दिया है, बल्कि मिली-जुली सरकारों की निरंतरता को एक राजनीतिक तथ्य भी बना दिया है। 1989 के पश्चात् भारतीय राजनीति में भारी संख्या में छोटे-बड़े दलों का उद्‌भव एवं विकास हुआ है। इसके परिणामस्वरूप "कांग्रेस सिस्टम" का अंत हो गया तथा एकदलीय प्राधान्य वाली दलीय व्यवस्था बहुदलीय व्यवस्था की ओर उन्मुख हुई। आज कोई भी दल ऐसी स्थिति में नहीं रह गया है कि यह दावा कर सके कि वह अकेले अपने दम पर लोक सभा में अपना बहुमत साबित कर सकता है। फलत: 1989 में वी.पी. सिंह के नेतृत्व में गठित संयुक्त मोर्चे की सरकार के साथ भारत में गठबंधन की सरकार का दौर शुरू हुआ। यह प्रक्रिया अभी भी जारी है।

### 13.5.1 गठबंधन सरकार के निहितार्थ

*दि कॉन्साइज ऑक्सफोर्ड डिक्शनरी ऑफ पॉलिटिक्स* के अनुसार गठबंधन का अभिप्राय भिन्न-भिन्न खिलाड़ियों (जैसे राजनीतिक दल) के ऐसे सम्मिलन से है जो मतों के खेल में जीत के उद्देश्य से एक हो जाते हैं (इयान मैकलियन: 1996:78)। इसका अर्थ ऐसी कार्रवाही से भी है जिसमें दो या दो से अधिक राजनीतिक दल सत्ता प्राप्ति के उद्देश्य से अपनी शक्ति एवं संसाधनों को एकजुट कर लेते हैं। संसदीय लोकतांत्रिक व्यवस्था के अंतर्गत गठबंधन का निहितार्थ उस प्रक्रिया से है जिसमें दो या दो से अधिक दल मिलकर संसद में अपना बहुमत जुटा लेते हैं तथा उसके बल पर अपनी सरकार बनाने का दावा करते हैं (गाबा:2005:54)। वस्तुत: गठबंधन सरकार राजनीतिक समुदायों और शक्तियों का गठजोड़ है जो अस्थायी और कुछ विशेष ध्येय हेतु बनाया जाता है। राजनीतिक पार्टियों का यह गठबंधन सरकार के निर्माण या उसकी रक्षा के लिए बनाया जाता है। जिन दलों के बीच सहयोग के माध्यम से सरकार का निर्माण होता है, वे बुनियादी राजनीतिक कार्यक्रमों पर एक मत होते हैं (कश्यप एवं गुप्त:1998:57)।

### 13.5.2 गठबंधन सरकार के लक्षण

*प्रथम*, गठबंधन की राजनीति मुख्यत: चुनावी राजनीति एवं जनादेश प्राप्त करने के लिए तथा वोटों के खेल में विजयी होने के लिए की जाती है।

*द्वितीय*, गठबंधन की राजनीति मतभेदों के बीच एकता को प्रदर्शित करती है। गठबंधन चाहे जितना भी सुदृढ़ दिखे सहयोगी दलों के बीच मतभेद व्याप्त रहते हैं क्योंकि उनके जनाधार में साम्य नहीं होता।

*तृतीय*, गठबंधन की सरकार में अस्थायित्व का डर बना रहता है। समर्थन वापसी एवं सरकार के गिरने की भी संभावना प्रबल रहती है।

*चतुर्थ*, गठबंधन सरकार में चूंकि प्रधानमंत्री की स्थिति कमजोर होती है अत: सौदेबाजी की राजनीति चलती रहती है।

*पंचम*, गठबंधन सरकार का निर्माण समझौते से होता है जिसमें सिद्धांतवादी राजनीति का अभाव होता है। यह राष्ट्रीय हित में राजनीतिक स्थिरता की दुहाई देकर गठबंधन को औचित्य प्रदान करते हैं।

*अंत में*, मिली-जुली सरकार देश के व्यापक हितों का प्रतिनिधित्व करती है। इस अर्थ में यह राष्ट्रीय एकीकरण एवं लोकतंत्रिकरण को बढ़ावा देती है।

### 13.5.3 गठबंधन के प्रतिमान एवं सिद्धांत

सामान्यत: गठबंधन सरकार के कई प्रतिमान देखने को मिलते हैं-

**13.5.3. (i) एकदल प्राधान्य गठबंधन:** ऐसे राजनीतिक गठबंधन में कई छोटे-बड़े दल होते हैं, किंतु उनकी स्थिति यह होती है कि वे राष्ट्रीय राजनीति एवं सरकार के कार्यकरण को प्रभावित करें। ऐसे गठबंधन की सरकार में एक प्रमुख दल होता है जिसका राष्ट्र के राजनीतिक जीवन पर पूर्ण नियंत्रण रहता है। यह प्रतिमान दलीय शासन के प्रतिमान से मिलता-जुलता है।

**13.5.3. (ii) समरूप शक्तिशाली विरोधी गठबंधन:** ऐसी मिली-जुली सरकारों में दो समरूप शक्तिशाली गठबंधन आते-जाते रहते हैं। इस प्रकार के गठबंधन एक-दूसरे के विरोधी होते हैं और एक-दूसरे का विकल्प भी प्रस्तुत करते हैं। ऐसे गठबंधन चुनावों से पूर्व तैयार किए जाते हैं। केरल में *संयुक्त वाम मोर्चा* एवं *संयुक्त लोकतांत्रिक गठबंधन* को उदाहरण स्वरूप देखा जा सकता है। यह प्रतिमान द्विदलीय व्यवस्था के प्रतिमान की तरह कार्य करता है।

**13.5.3. (iii) बहुदलीय नकारात्मक गठबंधन:** ऐसे गठबंधनों का निर्माण नकारात्मक एवं विरोधी विचारधाराओं के आधार पर होता है। भारतीय राजनीति में कभी कांग्रेस विरोध तो कभी भाजपा विरोध के आधार पर राज्यों में गठबंधन बनते रहे हैं। ऐसे गठबंधन में अवसरवादिता अपने चरम पर होती है। यह प्रतिमान आदर्श प्रतिमान नहीं है। इस तरह के प्रतिमान राजनीतिक संकट भी उत्पन्न करते हैं।

**13.5.3. (iv) राष्ट्रीय सरकार के रूप में गठबंधन:** यह एक ऐसा गठबंधन है जिसमें दो या दो से अधिक दल राष्ट्रीय संकट के दौरान राष्ट्र को संकट से उबारने के लिए एकजुट होकर राष्ट्रीय सरकार का निर्माण करते हैं। ब्रिटेन में द्वितीय महायुद्ध से उत्पन्न संकट से निपटने के लिए राष्ट्रीय सरकार का निर्माण किया गया था। 1980 एवं 1990 के दशक में कई बार भारत में भी राष्ट्रीय सरकार के निर्माण की स्थितियां बनीं पर यह कार्यरूप में परिणत नहीं हो पाई।

**13.5.3. (v) आदर्श प्रारूप:** गठबंधन के आदर्श प्रारूप के अंतर्गत इस बात पर बल दिया जाता है कि गठबंधन ऐसा हो जिसमें पार्टियों के टूटने का डर कम हो, सहयोगी दल समझौते की शर्तों का सही अर्थों में पालन करें, उनके बीच आम सहमति हो, गठबंधन के सहयोगी दल राष्ट्रीय हित को सर्वोपरि मानें तथा देश को बार-बार चुनावों में धकेलने से परहेज करें। इतना ही नहीं, वे व्यापक राष्ट्रीय हित को ध्यान में रखते हुए अवसरवादिता एवं सौदेबाजी की राजनीति

का परित्याग भी करें। आदर्श गठबंधन के संदर्भ में मुख्यत: तीन स्तरों पर गठबंधन एवं समझौते की बात की जाती है। *प्रथम*, राजनीतिक स्तर पर यह अपेक्षा की जाती है कि सहयोगी पार्टियों का एकसमान चुनावी घोषणा पत्र हो। *दूसरे*, विधायी स्तर पर यह जरूरी है कि गठबंधन के सहयोगी दलों का एक न्यूनतम साझा कार्यक्रम हो और उन पर उनकी आम सहमति हो। *तीसरे*, कार्यकारी स्तर पर ऐसी उम्मीद की जाती है कि सहयोग करने वाले दल राजनीतिक दृष्टि से ब्लैकमेल एवं सौदेबाजी की राजनीति से परहेज करें (सिंह एवं मिश्रा: 2002)।

### 13.5.4 गठबंधन की राजनीति: प्रदर्शन

''कांग्रेस प्रणाली'' (कोठारी:1970) एवं 'एकदलीय प्राधान्य व्यवस्था' (जोंस: 1964) की समाप्ति के बाद 1980 के दशक में भारतीय राजनीति में राज्य एवं क्षेत्र स्तरीय दलों की संख्या काफी बढ़ गई और इस बीच विसांस्थानीकरण के कारण कांग्रेस संगठन भी कमजोर पड़ गया। इस दौर में कुछ ऐसे राज्य स्तरीय दलों का भी विकास हुआ जिसकी गूंज राष्ट्रीय स्तर पर भी सुनी गई। अन्नाद्रमुक, तेलगूदेशम, शिव सेना, असम गण परिषद, अकाली दल, नेशनल कांफ्रेंस जैसे दलों का नाम इस संदर्भ में उल्लेखनीय है। कांग्रेस विरोधी राजनीति ने इसे और भी अधिक तीव्रता प्रदान की। फलत: भारत में कांग्रेस दल का प्रभुत्व कम होता गया तथा गैर-कांग्रेस दलों का महत्त्व बढ़ता गया। 1977 में जनता पार्टी की सरकार का बनना कांग्रेस विरोधी राजनीति का ही एक अवश्यंभावी परिणाम था। इंदिरा गांधी द्वारा अपनाई गई केंद्रीकरण की नीति ने कांग्रेस को पूर्णत: विसांस्थानीकृत कर दिया था। इससे पार्टी के अंदर भी असंतोष व्याप्त था। इसके साथ-साथ जे.पी. आंदोलन ने भी श्रीमती गांधी की स्थिति कमजोर बना दी थी। फलत: 1977 में केंद्र में पहली बार गैर-कांग्रेसी सरकार बनी। 1980 एवं 1984 में पुन: कांग्रेस ने अपना शासकीय आधिपत्य स्थापित कर लिया। इस दौर में एकदलीय प्रधानता वाला प्रतिमान उभरकर सामने आया। किंतु, 1990 के दशक में भारतीय राजनीति में व्यापक परिवर्तन दृष्टिगोचर हुआ। 1989 के चुनावों के पश्चात् चुनावी चंचलता की वजह से दलों के बीच चुनावी प्रतिस्पर्धा काफी बढ़ गई जो त्रिशंकु संसद एवं गठबंधन की राजनीति के रूप में परिलक्षित हुई (डिसूजा एवं श्रीधरण:2006:73-74)

जैसे-जैसे भारतीय राजनीतिक व्यवस्था एकदलीय प्राधान्य व्यवस्था से बहुदलीय व्यवस्था की ओर बढ़ती गई, वैसे-वैसे कई छोटे-बड़े दल मजबूत और शक्तिशाली दलों के रूप में उभरे। उनकी पकड़ न सिर्फ राज्य-राजनीति बल्कि राष्ट्रीय राजनीति में भी मजबूत होती गई। ऐसी स्थिति ने किसी भी दल को इस स्थिति में नहीं रहने दिया कि वह लोक सभा में अपने दल के बल पर स्पष्ट बहुमत जुटा सके। फलत: 1990 के दशक से लेकर आज तक की दलीय राजनीति एवं चुनावी प्रतिस्पर्धा पर गहरी दृष्टि डाली जाए तो गठबंधन की सरकार की राजनीति देश में एक महत्त्वपूर्ण राजनीतिक वास्तविकता के रूप में उभरती हुई दिखाई पड़ती है।

स्वतंत्रता प्राप्ति से लेकर 1966 तक केंद्र एवं राज्य दोनों स्तर पर कांग्रेस दल का प्रभुत्व कायम रहा। 1967 से 1970 के दौर में पहली बार उत्तर प्रदेश, हरियाणा, ओड़िसा, पं. बंगाल, मध्य प्रदेश, बिहार, केरल एवं पंजाब जैसे राज्यों में संविद सरकारें बनीं। 1977-79 के कालखंड में भी कई राज्यों में संविद सरकारें थीं और केंद्र में जनता पार्टी की गैर-कांग्रेसी सरकार थी। 1980-89 के

कालखंड में कांग्रेस(आई) ने पुनः अपनी स्थिति सुदृढ़ कर ली। किंतु 1989 के चुनाव के पश्चात देश की राजनीति से कांग्रेस दल की प्रधानता खत्म-सी हो गई और बहुदलीय व्यवस्था के साथ गठबंधन सरकारों का गठन भारतीय राजनीति का एक यथार्थ बनता गया। केंद्र में पहली बार वी. पी. सिंह के नेतृत्व में संयुक्त मोर्चे की सरकार का गठन हुआ।

यहां यह स्मरणीय है कि भारत में पहली बार गठबंधन सरकार का गठन राज्य स्तर पर देखने को मिला। केरल एक ऐसा राज्य है जहां विधानमंडल में स्पष्ट बहुमत साबित करना किसी भी राजनीतिक दल के लिए आरंभ से ही एक टेढ़ी खीर बना रहा है। केरल एकमात्र ऐसा राज्य है जहां 1967 से पूर्व भी गठबंधन की सरकारें बनती रही हैं। कांग्रेस 1951-52 में केरल विधानसभा में अधिकतम सीटें जीतने के बाजवूद भी बहुमत साबित नहीं कर पाई। फलतः कांग्रेस ने तमिलनाडु-त्रावणकोर नेशनल कांग्रेस की सहायता से यहां सरकार बनाई थी लेकिन यह सरकार बहुत जल्दी गिर गई, क्योंकि कांग्रेस के विरुद्ध नेशनल कांग्रेस द्वारा लाया गया अविश्वास प्रस्ताव पारित हो गया। कांग्रेसी मंत्रिमंडल विधानसभा का विश्वास जीतने में सफल नहीं हो पाया। 1954 में केरल में हुए मध्यावधि चुनाव में पुनः किसी दल को बहुमत नहीं मिल पाया। 148 सदस्यीय विधानसभा में कांग्रेस को सिर्फ 44 सीटें मिलीं। इस समय कांग्रेस सहयोगी पार्टी रही और पट्टमथानु पिल्लई के नेतृत्व में प्रजा समाजवादी पार्टी ने कांग्रेस के सहयोग से सरकार का गठन किया। 1955 में यह सरकार भी गिर गई। 1960 में फिर से पट्टमथानु पिल्लई के नेतृत्व में गठबंधन की सरकार बनी जो 1962 तक चली।

इसके पश्चात् भी केरल में राजनीतिक अस्थिरता बनी रही। इसकी मुख्य वजह थी कांग्रेस एवं साम्यवादी दल के बीच की वैचारिक भिन्नताएं। 1967-70 के काल में कई राज्यों में गठबंधन की सरकारें बनीं। यह राज्य स्तर पर कांग्रेस के नेतृत्व में ढीलेपन को दर्शाता है। जैसे-जैसे राज्यों में कांग्रेस का प्रभाव क्षीण होता गया, वैसे-वैसे गांधी व नेहरू की पार्टी के रूप में भी इसकी छवि धूमिल होती गई। चतुर्थ आम चुनाव 1967 इस दृष्टि से महत्त्वपूर्ण थे कि इसके पश्चात् भारतीय राजनीति का स्वरूप बिल्कुल बदल गया था, विशेषकर राज्यों की राजनीति का। चतुर्थ आम चुनाव में भारतीय जनता द्वारा मतदान के आधार पर क्रांति लाने का प्रयास किया गया था (कोस्टा:1967)। चीन युद्ध में भारत की हार, साम्यवादी गतिविधियां, वस्तुओं की बढ़ती हुई कीमतें, प्रभावशाली नेतृत्व का अभाव, कांग्रेस विरोध की राजनीति की शुरुआत आदि ऐसे तत्त्व थे जिसने 1967 के चुनाव एवं उसके बाद की राजनीति को गंभीर रूप से प्रभावित किया। 1967-70 के दौर में केरल, पंजाब, हरियाणा, उत्तर प्रदेश, मध्य प्रदेश जैसे कई राज्यों में गठबंधन की सरकारें बननी शुरू हुईं और यही प्रवृत्ति कमोबेश आज भी जारी है।

## 13.6 1989 से अब तक

1991-96 (राव सरकार) के दौर को यदि अपवाद माने तो 1989 से लेकर अब तक केंद्र एवं अधिकांश राज्य स्तर पर गठबंधन की सरकारें ही बनती रही हैं। भारत में अंतःदलीय गठबंधन की शुरुआत मुख्यतः विभाजित भारतीय समाज के लिए सांस्कृतिक सहक्रिया (cultural synergy) की आवश्यकता तथा विभाजित राज्य-व्यवस्था के लिए एक "राजनीतिक अन्वेषण" के रूप

में हुई है। (चक्रवर्ती:2006:ch.1) श्रीधरन ने संविद सरकारों को भारतीय समाज की बहु-सांस्कृतिक, बहुलवादी तथा संघीय शासन प्रणाली का परिणाम माना है (श्रीधरन:2004:5418-19)। ध्यातव्य है कि 1977 में पहली बार केंद्र में जो जनता पार्टी की सरकार बनी थी, वह भी मुख्यत: मिली-जुली सरकार का ही एक प्रारूप था, क्योंकि इसमें जनसंघ, भारतीय लोकदल, संयुक्त समाजवादी दल, कांग्रेस फॉर डेमोक्रेसी(जगजीवन राम) ने मिलकर जनता पार्टी का गठन किया था। यह सरकार भी ज्यादा दिन नहीं चली और अगस्त-दिसम्बर 1979 के दौर में चौधरी चरण सिंह की विद्रोही सरकार बनी जिसे कांग्रेस(आई) ने बाहरी समर्थन दिया था, किंतु कांग्रेस द्वारा विश्वास मत प्राप्त करने के संदर्भ में समर्थन नहीं किए जाने के भय से चौधरी चरण सिंह ने 20 अगस्त 1979 को त्याग पत्र दे दिया। इसके साथ ही राष्ट्रपति ने लोक सभा भंग कर दी।

1989 के चुनावों के पश्चात् गठबंधन की सरकार का वास्तविक रूप उभर कर सामने आया। 9वीं लोक सभा के चुनाव में किसी दल को स्पष्ट बहुमत नहीं मिला। फलत: वी.पी. सिंह के नेतृत्व में संयुक्त मोर्चे की सरकार बनीं। चूंकि इस मोर्चे का गठन कांग्रेस विरोधी नीतियों के आधार पर हुआ था, अत: इसे वामपंथी दल एवं भाजपा (दो परस्पर विरोधी पक्ष) ने अपना बाहरी समर्थन दिया था। राष्ट्रीय मोर्चा अथवा संयुक्त मोर्चा का गठन राष्ट्रीय दलों एवं क्षेत्रीय दलों का गठबंधन था। जनता दल के नेतृत्व में इसमें तेलगूदेशम पार्टी, डी.एम.के., कांग्रेस(एस), असम गण परिषद एवं अन्य छोटी पार्टियां शामिल थीं। संयुक्त मोर्चा का अनुभव बड़ा तिक्त रहा। इसका पूरा जीवनकाल 11 महीने का रहा। भाजपा के समर्थन वापस लेने से यह सरकार गिर गई। इसके पश्चात् यह मोर्चा नेपथ्य में चला गया। राष्ट्रीय मोर्चे की सरकार की सबसे बड़ी उपलब्धि ओ.बी.सी. के लिए 27 प्रतिशत आरक्षण की व्यवस्था रही जिसे सर्वोच्च न्यायालय ने भी समर्थित किया। इसके पश्चात् नवम्बर 1990 में चंद्रशेखर की अल्पमत सरकार बनी जिसे कांग्रेस ने बाहर से समर्थन दिया था यह सरकार दसवीं लोक सभा चुनाव तक चली। 10वीं लोक सभा चुनाव में केंद्र में श्री नरसिंह राव के नेतृत्व में कांग्रेस की सरकार बनी जो पूरे पांच वर्ष चली।

## 13.7 भाजपा एवं गठबंधन

1996 से लेकर अब तक केंद्र में निरंतर संविद या गठबंधन सरकार का दौर चलता रहा है। इस बीच भाजपा के हिंदुत्ववादी राजनीति एवं रामजन्म भूमि की राजनीति काफी लोकप्रिय हुई और ऐसा लगने लगा कि भाजपा कांग्रेस का सही विकल्प हो सकती है। इस बीच 1996 में 11वीं लोक सभा चुनाव हुए जिसमें एक बार फिर किसी दल को बहुमत नहीं मिला किंतु भाजपा सबसे बड़ी पार्टी के रूप में उभरी। वाजपेयी के नेतृत्व में भाजपा ने अकाली दल, शिवसेना, हरियाणा विकास पार्टी आदि के सहयोग से अपनी सरकार बनाई। यह सरकार तेरह दिनों में गिर गई। इसके बाद क्रमश: देवगोड़ा एवं आई.के. गुजराल के नेतृत्व में सरकारें बनीं। इन सरकारों का जीवनकाल भी महीनों में सिमटा रहा। 1998 में बारहवीं लोक सभा चुनाव हुए जिसमें एक बार फिर 179 सीटों के साथ भाजपा गठबंधन (इसमें 19 छोटे-बड़े दल शामिल थे) सबसे बड़े गठबंधन के रूप में उभरा। इसने वाजपेयी के नेतृत्व में अपनी सरकार बनाई। किंतु यह सरकार, 17 अप्रैल 1999 को मात्र एक मत से गिर गई। 13वीं लोक सभा के चुनाव 1999 में एक बार फिर भाजपा

के नेतृत्ववाला राष्ट्रीय जनतांत्रिक मोर्चा 305 सीटों के साथ सबसे बड़े गठबंधन के रूप में उभरा। पुनः अटल बिहारी वाजपेयी के नेतृत्व में एन.डी.ए. सरकार का गठन हुआ। इसमें कुल 24 छोटे-बड़े दल शामिल थे। एन.डी.ए. सरकार ने अपने शासन के पांच वर्ष पूरे किए। इस सरकार की सबसे बड़ी उपलब्धि यह रही कि इसने देश को राजनीतिक उथल-पुथल से बचा लिया तथा अपनी सहनशीलता का प्रदर्शन किया।

## 13.8 भारतीय राष्ट्रीय कांग्रेस एवं संयुक्त प्रगतिशील मोर्चा

इस बीच सोनिया गांधी के नेतृत्व में कांग्रेस ने पुनः राष्ट्रीय राजनीति में अपनी पकड़ मजबूत करने का प्रयास किया तथा पार्टी को एक संगठनात्मक सुदृढ़ता प्रदान करने की कोशिश की। 2004 के पूर्वार्द्ध में 14वीं लोक सभा के चुनाव हुए जिसमें केंद्र में पुनः एक नई गठबंधन सरकार का गठन हुआ (सिंह एवं सक्सेना:2008:238)। कांग्रेस के नेतृत्व वाली यू.पी.ए. सरकार में कुल बारह पार्टियां शामिल हुईं और वाम मोर्चा ने अपने 61 सीटों के साथ इसे अपना बाहरी समर्थन दिया। कांग्रेस गठबंधन को कुल 222 सीटें प्राप्त हुईं जिसमें कांग्रेस को 145 सीटें प्राप्त थीं। राष्ट्रीय जनता दल, राष्ट्रवादी कांग्रेस पार्टी, पीडीपी, द्रमुक, झारखंड मुक्ति मोर्चा, लोकतांत्रिक जनशक्ति पार्टी, जैसे 12 छोटे-बड़े दल इसमें शामिल हुए। उल्लेखनीय है कि भारत-अमेरिका आणविक समझौते के मुद्दे पर यू.पी.ए. सरकार को अविश्वास प्रस्ताव का भी सामना करना पड़ा। वाम मोर्चे ने हालांकि इस सरकार से अपना बाहरी समर्थन वापस ले लिया फिर भी यू.पी.ए. सरकार ने अपना नेतृत्व कायम रखा। लोक सभा में अपना बहुमत साबित कर इस सरकार ने अपने 5 वर्षों का कार्यकाल पूरा किया।

## 13.9 पंद्रहवीं लोक सभा एवं यू.पी.ए

15वीं लोक सभा के चुनावों में एक बार फिर मनमोहन सिंह के नेतृत्व में यू.पी.ए. सरकार का गठन हुआ। प्रधानमंत्री मनमोहन सिंह एवं यू.पी.ए. की यह लगातार दूसरी जीत है। पिछली सरकार की उपलब्धियों ने यू.पी.ए. की जीत को लगभग तय कर दिया था। विज्ञान एवं तकनीक के क्षेत्र में भारत की तीव्र प्रगति, अमेरिका के साथ आणविक समझौता (Nuclear Deal), छठे वेतन आयोग की सिफारिशों को लागू करना, राष्ट्रीय ग्रामीण रोजगार गारंटी अधिनियम (NREGA) को लागू करना, सूचना के अधिकार को कानूनी जामा पहनाना आदि कुछ ऐसी बातें थीं जिसने यू.पी.ए. सरकार की चुनावी स्थिति सुदृढ़ कर दी थी।

ऐसे राजनीतिक परिदृश्य में 16 अप्रैल से 13 मई के बीच 15वीं लोक सभा के चुनाव 5 चरणों में हुए जिसमें निर्वाचकों की संख्या, 714 मिलियन थी। यह संख्या यूरोपीय संघ एवं अमेरिका के कुल योग से भी ज्यादा है। (वीकीपीडिया:2009:1) इस चुनाव में यू.पी.ए. को 262 (जिसमें कांग्रेस को अकेले 206 सीटें हैं), एन.डी.ए. को 159, वाम मोर्चा को 79 तथा चौथे मोर्चा को केवल 27 सीटें मिलीं। इसमें 6 राष्ट्रीय दल, 45 राज्य स्तरीय दल एवं 600 से अधिक अन्य दलों ने भाग लिया। भारतीय राष्ट्रीय कांग्रेस को डीएमके (18 सीट), अखिल भारतीय तृणमूल कांग्रेस (19 सीट), राष्ट्रीय कांग्रेस पार्टी (9 सीट), नेशनल कांफ्रेंस (3 सीटें), झारखंड मुक्ति मोर्चा

(2 सीट), इंडियन यूनियन मुस्लिम लीग (2 सीट), जैसी पार्टियों का सहयोग प्राप्त हुआ। नागालैंड पीपुल्स फ्रंट, बोडोलैंड पीपुल्स फ्रंट, स्वाभिमानी पक्ष, बहुजन विकास आगाढ़ी व सिक्किम डेमोक्रेटिक फ्रंट ने यू.पी.ए. सरकार को अपनी क्रमश: एक-एक सीटों के साथ बिना शर्त समर्थन दिया। इस प्रकार 262 सीटों के साथ (कुल 543 सीटों में) यू.पी.ए. सबसे बड़ी पार्टी के रूप में उभरी। बहुजन समाज पार्टी (23 सीटें), समाजवादी पार्टी (21 सीटें) जनता दल - सैक्यूलर (13 सीटें), राष्ट्रीय जनता दल (4 सीटें) एवं स्वतंत्र व अन्य (3 सीटें) पार्टियों ने यू. पी.ए. को अपना बाहरी समर्थन दिया। इस प्रकार 322/543 के बहुत से मंत्रिमंडल ने डॉ. मनमोहन सिंह के नेतृत्व में यू.पी.ए. ने 22 मई 2009 को अपना कार्यभार संभाला। (दि इंडियन एक्सप्रैस:2009:1)।

इस चुनाव की एक मुख्य विशेषता यह रही कि इसमें चौथे मोर्चे की भी तैयारी की गई थी। समाजवादी पार्टी, राष्ट्रीय जनता दल एवं लोक जनशक्ति पार्टी ने मिलकर क्रमश: मुलायम सिंह, लालू प्रसाद एवं रामविलास पासवान के नेतृत्व में चौथे मोर्चे के रूप में इस चुनाव में भाग लिया था, किंतु यह प्रयोग बिल्कुल विफल रहा, क्योंकि इस गठबंधन को सिर्फ 27 सीटें प्राप्त हो पाईं और इन दलों को 37 सीटों का नुकसान उठाना पड़ा (*दि इकानोमिक्स टाइम्स*:2009:1)

मई 2009 से लेकर अब तक यू.पी.ए सरकार डॉ. मनमोहन सिंह के नेतृत्व में ठीक-ठाक काम कर रही है। तथापि कभी महंगाई तो कभी 2जी स्पेक्ट्रम घोटाले; कभी केंद्रीय सतर्कता आयोग (Central Vigilence Commission) के अध्यक्ष की नियुक्ति तो कभी कॉमनवेल्थ घोटाले आदि को लेकर मनमोहन सरकार की खींचातानी होती रही है। 2जी स्पेक्ट्रम घोटाले के संदर्भ में सरकार ने संयुक्त संसदीय समिति (JPC – Joint Parliamentary Committee) के गठन को स्वीकृति दे दी है। सर्वोच्च न्यायालय ने केंद्रीय सतर्कता आयोग अध्यक्ष पी.जे. थॉमस की नियुक्ति को अवैध मानते हुए उन्हें पद छोड़ने को कहा है (*हिंदुस्तान टाइम्स*:2011:1)। प्रधानमंत्री ने थॉमस की नियुक्ति के संदर्भ में बरती गई अनियमितता के प्रति खुद को जवाबदेह माना है तथा कहा है कि थॉमस की नियुक्ति गठबंधन की मजबूरी नहीं थी (*हिंदुस्तान टाइम्स*:2011:1) इस बात को लेकर भाजपा एवं वामपंथियों ने सरकार की तीखी आलोचनाएं की हैं। महंगाई के मुद्दे पर तो पहले से ही भाजपा ने मोर्चाबंदी कर रखी है।

जो भी हो संयुक्त प्रगतिशील मोर्चे की यह सरकार पिछले तकरीबन सात सालों से देश को नेतृत्व प्रदान कर रही है। जहां तक गठबंधन की बात है तो अभी तक गठबंधन के अंतर्गत कोई विशेष मतभेद नजर नहीं आया है। यह सरकार सहयोगी पार्टियों के बीच संतुलन एवं सामंजस्य बनाकर कार्य कर रही है। ये तो आने वाला वक्त बताएगा कि इस गठबंधन का राजनीतिक भविष्य क्या होगा।

## 13.10 निष्कर्षात्मक अवलोकन

भारत में एकदलीय प्राधान्य व्यवस्था का अंत एवं बहुदलीय व्यवस्था के विकास के फलस्वरूप गठबंधन व संविद सरकारों के एक नए युग की शुरुआत हुई है। 1990 के दशक में गठबंधन की राजनीति ने कई बार देश को राजनीतिक अस्थिरता की ओर भी धकेला। इस दशक में कई सरकारें बनीं एवं गिरीं। ऐसा लगने लगा कि कहीं देश में कोई बहुत बड़ा राजनीतिक संकट न

पैदा हो जाए। संयुक्त मोर्चा, राष्ट्रीय मोर्चा का प्रयोग पूरी तरह विफल रहा एवं वी.पी. सिंह एक असफल प्रधानमंत्री सिद्ध हुए। 11 महीने में उनकी सरकार गिर गई। *भवानी सेन गुप्ता* ने लिखा कि संविद सरकारों के निर्माण एवं उन्हें बनाए रखने के लिए जिस योग्यता एवं संस्कृति की आवश्यकता होती है, उसकी भारत की प्रजातांत्रिक प्रणाली में कमी रही है। अस्थायी गठबंधन (संविद) एवं अल्पमत सरकारों की निरंतरता ने राज्य के संकट को बढ़ाया है क्योंकि सरकार से राज्य अभिन्न रूप से जुड़े हुए हैं (गुप्ता:1996:104)।

वस्तुत: गठबंधन सरकारों ने भारतीय शासन प्रणाली के संघीय स्वरूप को कई तरह से प्रभावित किया है। बहुदलीय व्यवस्था के विकास एवं गठबंधन सरकार के दौर में संसदीय स्वायत्तता बढ़ती जा रही है तथा संघ एवं राज्यों के संवैधानिक प्रधानों की भूमिका बढ़ गई क्योंकि प्रधानमंत्री एवं मुख्यमंत्रियों की भूमिका सहयोगी पार्टियों के दबाव के कारण कम हुई है। दूसरे, लोक नीतियों में निरंतर बदलाव एवं फेरबदल गठबंधन सरकार का एक प्रमुख लक्षण बन चुका है। *तीसरे*, क्षेत्रीय एवं राज्य स्तरीय पार्टियों (टीडीपी, डीएमके, अकाली दल, समाजवादी पार्टी, राष्ट्रीय जनता दल, समता पार्टी आदि) ने भारतीय राजनीति में अपनी स्थिति सुदृढ़ कर ली है और नीति निर्धारण की प्रक्रिया को भी इन पार्टियों ने प्रभावित करना शुरू किया है। इसका प्रमुख कारण यह है कि राष्ट्रीय दलों का आधार एवं आकार सिकुड़ गया है। *चौथे*, संविद सरकारों का बार-बार बनना एवं गिरना भी इसकी एक प्रमुख विशेषता रही है। 1990 के दशक में हमें इस तरह के कई अनुभव भी हुए हैं। *संक्षेप में*, संविद सरकारों के अंतर्गत चूंकि संघीय स्तर पर सत्ता में व्यापक दृष्टि से छोटे-बड़े दलों की सहभागिता होती है इसलिए इससे राष्ट्रीय एकता एवं राष्ट्रीय एकीकरण की भावना को भी बल मिला है।

इसमें संदेह नहीं कि राष्ट्रीय मोर्चे की सरकार (1989) से जो उम्मीदें थीं, वह पूरी नहीं हुई। भाजपा गठबंधन (अब एनडीए) ने 1996 एवं 1998-99 के तमाम उठा-पटक के बावजूद 1999-2004 के कालखंड में देश को एक स्थिर सरकार देने की कोशिश की। अटल बिहारी वाजपेयी के नेतृत्व में एन.डी.ए. सरकार ने देश को प्रगति के पथ पर भी अग्रसर करने का प्रयास किया। यह पिछले एक दशक के राजनीतिक संकट से निकलकर राष्ट्रहित के संदर्भ में चिंतन का एक प्रयास भी था।

2004 एवं 2009 के चुनावों में कांग्रेस के नेतृत्व वाली यू.पी.ए. ने लगातार दो बार मनमोहन सिंह के नेतृत्व में अपनी सरकार बनाई है। इसमें संदेह नहीं कि भारत में तमाम राजनीतिक झंझावतों के साथ जिस बहुदलीय व्यवस्था के प्रारूप का विकास हुआ है उसने एक बात तो तय कर दी है कि आने वाले समय में भी गठबंधन की सरकार ही बनेंगी, क्योंकि बड़े राष्ट्रीय दलों का आधार एवं आकार सिकुड़ गया है। फिर भी, भारतीय दलीय व्यवस्था के अंतर्गत एक स्पष्ट प्रवृति देखी गई है—वह है राजनीतिक दलों के बीच ध्रुवीकरण की प्रवृत्ति। इस अर्थ में भारत में ''ध्रुवीकृत बहुलवादी बहुदलीय पद्धति'' के प्रारूप को देखा जा सकता है। श्रीधरन ने इसे 'बहुल द्विध्रुवीयता' के रूप में परिभाषित किया है। यदि एक समग्र दृष्टि डालें तो आज केंद्र ही नहीं बल्कि राज्य भी दो ध्रुवीय राजनीति की ओर प्रवृत्त दिखते हैं।

## संदर्भ एवं टिप्पणी

1. वेबर, मैक्स (1964), *दि थ्योरी ऑफ सोशल एंड इकोनोमिक आर्गेनाइजेशन*, फ्री प्रेस, न्यूयार्क।
2. शूम्पीटर, जे.ए.(1950), *कैपिटलिज्म, सोशलिज्म एंड डेमोक्रेसी*, हार्पर, न्यूयार्क।
3. पालोम्बरा ला, जोसेफ (1974), *पॉलिटिक्स विदिन नेशन्स*, प्रेंटिस हॉल, न्यूयार्क।
4. हेवुड, एंड्रयू (1997), *पॉलिटिक्स*, मैकमिलन, लंदन।
5. मुनरो, डब्ल्यू.वी. (1919), *दि गवर्नमेंट ऑफ यूनाइटेड स्टेट्स*, मैकमिलन कंपनी, न्यूयार्क।
6. बॉल, एलेन (1981), *ब्रिटिश पॉलिटिकल पार्टीज : दि इमरजेंस ऑफ मॉडर्न पार्टी सिस्टम*, मैकमिलन, लंदन।
7. पालोम्बरा, जोसेफ ला एंड वीनर, माइनर (1966), *पॉलिटिकल पार्टीज एंड पॉलिटिकल डेवलपमेंट*, पी. यू.पी., प्रिंस्टन।
8. दुवर्जर, एम. (1954) *पॉलिटिकल पार्टीज*, मैथुएन, लंदन।
9. सारटोरी, जी. (1976), *पार्टीज एंड पार्टी सिस्टम : ए फ्रेमवर्क फॉर एनैलिसिस*, सी.यू.पी., कैंब्रिज।
10. नारायण, इकबाल (1988), *राजनीतिशास्त्र के मूल सिद्धांत*, रतन प्रकाशन, दिल्ली।
11. कोठारी, रजनी (2002) ''दि कांग्रेस सिस्टम'' इन जोया हसन (सं.), *पार्टी एंड पार्टी पॉलिटिक्स इन इंडिया*, ओ.यू.पी., नई दिल्ली।
12. मित्रा, सुब्राता के., ''माइक एसकैट एवं क्लीयंस स्पीस'' (2004), *पॉलिटिकल पार्टीज इन साउथ एशिया*, प्रेजर, वेस्टपोस्ट।
13. नारायण, जे.पी. (1959), *ए प्ली फॉर रिकंस्ट्रकशन ऑफ इंडियन पॉलिटी*, ए.वी.एस.एस.एस., काशी।
14. सिंह, एम.पी. एंड सक्सेना, रेखा (2008), *इंडियन पॉलिटिक्स कंटम्पोररी इश्यूज एंड कन्सर्न्स*, प्रेंटिस हॉल ऑफ इंडिया, नई दिल्ली।
15. कोठारी, रजनी (1964), ''दि कांग्रेस सिस्टम इन इंडिया'', *एशियन सर्वे* वोल्यूम 12(10): दिसंबर, नई दिल्ली।
16. जोंस, मोरिस (1971), *दि गवर्नमैंट एंड पॉलिटिक्स ऑफ इंडिया*, हचीसन, लंदन। और विकीपीडिया – दि फ्री एनसाइक्लोपीडिया : *इंडियन जनरल इलेक्शन 2009*।
17. कोठारी, रजनी (1972), *पॉलिटिक्स इन इंडिया*, ओरियंट लॉंगमैन, नई दिल्ली।
18. मैकलियन, इयान (1996), *दि कॉन्साइज ऑक्सफोर्ड डिक्शनरी ऑफ पॉलिटिक्स*, ओ.यू.पी., ऑक्सफोर्ड।
19. गाबा, ओ.पी. (2005), *कॉन्सेप्चुअल डिक्शनरी ऑफ पॉलिटिकल साइंस* (हिंदी), मयूर पब्लिकेशन, नई दिल्ली।
20. कश्यप, सुभाष एवं विश्वनाथ गुप्त (1998), *राजनीति कोश*, हिंदी माध्यम कार्यान्वयन निदेशालय, दिल्ली विश्वविद्यालय, दिल्ली।
21. देखें, सिंह एम.पी. एवं अनिल मिश्रा, सं. (2004), *कोएलिशन पॉलिटिक्स इन इंडिया : प्रोबलम्स एंड प्रोस्पेक्टस*, मनोहर, नई दिल्ली।
22. पीटर रोनाल्ड डी सूजा एंड ई. श्रीधरण, सं. (2006), *इंडियाज पॉलिटिकल पार्टीज*, सेज पब्लिकेशन, नई दिल्ली।
23. कोस्ता, ई.पी. डब्ल्यू. डी. (1967) ''रूट्स ऑफ चेंज इन पॉपुलर वोट'', *दि हिंदू*, नई दिल्ली, 17 मार्च।
24. चक्रवर्ती, बिद्युत (2006) '*फोर्जिंग पावर*' *: कोएलिशन पॉलिटिक्स* इन इंडिया, ऑक्सफोर्ड, नई दिल्ली, चेप्टर-1।

25. श्रीधरण, ई. (2004) ''इलेक्टोरल कोएलिशन इन 2004 जनरल इलेक्शन : थ्योरी एंड प्रैक्टिस'', *इकोनोमिक एंड पॉलिटिकल वीकली* (नई दिल्ली), 18 दिसंबर।

26. वीकीपीडिया, इंडियन जनरल इलेक्शन 2009, वीकीपीडिया. ऑर्ग.।

27. *दि इकोनोमिक टाइम्स* (2009), ''एसपी, आरजेडी, एलजेपी, यूनाइटेड टू एड वेट'' (नई दिल्ली), 15 मई।

28. *दि इंडियन एक्सप्रेस* (2009), ''मनमोहन सिंह रि-इलेक्ट कांग्रेस पार्लियामेंटरी लीडर'' (नई दिल्ली), 18 मई।

29. *हिंदुस्तान टाइम्स* (2011), ''*एस.सी. टेल्स सीवीसी थॉमस टू क्वीट*'' नई दिल्ली, 4 मार्च 2011।

30. *हिंदुस्तान टाइम्स* (2011), ''आई एक्सेप्ट रिस्पोंसिबिलिटी फॉर थॉमस फियासको पी एम'', नई दिल्ली, 5 मार्च।

31. गुप्ता, भवानीसेन, *इंडिया : प्रॉब्लेम्स ऑफ गवर्नेंस*, कोणार्क पब्लिकेशन, नई दिल्ली, (1996)।

अध्याय चौदह

# भारत में धर्मनिरपेक्षता, सांप्रदायिकता एवं अल्पसंख्यक अधिकार

## भारत में राष्ट्रवाद पर समकालीन बहस

*श्रीकांत पांडे*

यद्यपि समकालीन भारत में धर्मनिरपेक्षता, सांप्रदायिकता, राष्ट्रवाद एवं अल्पसंख्यक अधिकार भारतीय सामाजिक, राजनीतिक पटल के ऐसे चतुष्कोणीय पहलू हैं जिनमें परस्पर संरचनात्मक एवं वैचारिक संबंध तो स्पष्ट दृष्टिगोचर होते हैं। परंतु इनमें विरोधाभास का भी अभाव नहीं है। अतएव इनके सांगोपांग एवं वस्तुनिष्ठ विश्लेषण हेतु यह आवश्यक है कि इनका पृथक-पृथक आलोचनात्मक विश्लेषण किया जाए। इस कड़ी में सर्वप्रथम धर्मनिरपेक्षता, तदुपरांत सांप्रदायिकता एवं अल्पसंख्यक अधिकार, एवं अंततोगत्वा राष्ट्रवाद से जुड़े आयामों के बारे में प्रासंगिक, समसामयिक बहस पर आधारित दृष्टिकोण प्रस्तुत करने का प्रयास किया गया है।

### 14.1 धर्मनिरपेक्षता

वस्तुत: धर्मनिरपेक्षता को परिभाषित करके उसके गहन अध्ययन के पूर्व यह समझना ज्यादा प्रासंगिक होगा कि धर्म क्या है क्योंकि विचारकों में धर्म को लेकर मतैक्य का अभाव है। दुर्खीम धर्म को एक अनुभव संबंधी कार्य मानते हैं जो हमें समझने के तरीके से अवगत कराता है। मैक्स वेबर धर्म को आर्थिक आयाम से जोड़ते हुए कहता है कि यह आर्थिक व्यवस्था के निर्धारण में महत्त्वपूर्ण भूमिका निभाता है।[1] महात्मा गांधी ने यद्यपि धर्म एवं राजनीति के परस्पर संबंध पर बल दिया परंतु इसके साथ-साथ यह भी स्पष्ट कर दिया कि धर्म को निहित राजनीतिक स्वार्थ हेतु उपयोग कदापि नहीं किया जाना चाहिए।[2] कुछ विचारक धर्म को एक सार्थक बौद्धिक क्रियाकलाप से जोड़ते हुए कहते हैं कि यह मानवीय जीवन का अर्थ एवं उद्देश्य से परिचय कराता है तथा सामाजिक व्यवस्था के परिचालन हेतु आवश्यक नैतिक मूल्यों का निर्धारण करता है। उपरोक्त वर्णित धर्म की परिभाषा के आधार पर यदि हम व्यापक विश्व के संदर्भ में धर्मनिरपेक्षता को परिभाषित करने का प्रयास करें तो यह एक ऐसे सिद्धांत की तरफ इशारा करता है जिसका

असिस्टेंट प्रोफेसर, राजनीतिशास्त्र विभाग, दिल्ली कॉलेज ऑफ आर्ट्स एंड कॉमर्स, दिल्ली विश्वविद्यालय

तात्पर्य धर्म के राजनीति से पृथक्करण से है। परंतु पृथक्करण अपने आप में एक ऐसा जटिल शब्द है जिसके कारण भिन्न समाज में इसका भिन्न-भिन्न अर्थों में प्रयोग किया गया है। ऑक्सफोर्ड शब्दकोश के अनुसार, "धर्मनिरपेक्ष वह व्यक्ति है जो केवल लौकिक बातों से संबंधित हो, धार्मिक मामलों से नहीं।"[3] वहीं साम्यवादी विचारधारा पर संगठित समाज में इसका तात्पर्य अधार्मिक या धर्म विरोधी प्रवृत्ति से लिया जाता है। पाश्चात्य समाज में सामान्यत: यह एक ऐसे सिद्धांत के रूप में प्रतिपादित किया गया जिसका उद्देश्य राज्य एवं गिरजाघर के बीच पृथक्करण की स्पष्ट व्यवस्था देना है। दूसरे अर्थों में धर्म या विश्वास को व्यक्तिगत अंतरात्मा की सीमा में बांधते हुए इसे सार्वजनिक कार्यों एवं नीति निर्माण से अलग करने की कवायद की गई क्योंकि इन मामलों को राजनीति एवं राज्य के अनन्य क्षेत्राधिकार में डाल दिया गया। संयुक्त राज्य अमेरिका के संविधान के बनने के पश्चात् पाश्चात्य संदर्भ में जो स्पष्टता आई उसके अनुसार न तो राज्य धार्मिक संगठनों के क्रियाकलापों में हस्तक्षेप करेगा और न ही गिरजाघर राज्य के क्रियाकलापों में दखलअंदाजी करेगा परंतु, साथ ही साथ राज्य का यह कर्त्तव्य भी होगा कि व्यक्ति को धर्म पालन का अधिकार मिले।

## 14.2 भारत में धर्मनिरपेक्षता

परंतु उपरोक्त लक्षणों वाला पृथक्करण जो पाश्चात्य समाज में प्रचलित हुआ, सामान्यत: भारत में संभव प्रतीत नहीं होता क्योंकि आधुनिक भारतीय सभ्यता तत्कालीन पाश्चात्य सभ्यता से भिन्न है जब वहां धर्मनिरपेक्षता के सिद्धांत का प्रतिपादन हुआ था। अत: भारत में धर्मनिरपेक्ष राज्य के आधार के रूप में पृथक्करण के पश्चिमी सिद्धांत का पुनर्मूल्यांकन आवश्यक है क्योंकि यहां की विभिन्न स्थितियां, अपनी विशिष्ट कठिनाइयों के साथ रचनात्मक दृष्टिकोण की मांग करती हैं। भारत में धर्मनिरपेक्षता की मांग है कि राजनीति और धर्म के बीच घनिष्ठता न हो, क्योंकि ऐसा सामान्यत: सांप्रदायिक राजनीति में दिखता है। यही कारण है कि धर्मनिरपेक्षता के प्रति भारतीय दृष्टिकोण सर्वधर्म समभाव का रहा है। यही कारण है कि स्वाधीन भारत के राष्ट्र निर्माताओं ने औपनिवेशिक काल के विभाजन की रणनीति से प्रेरित होकर उपजी सांप्रदायिक ताकतों की चुनौती को एक धर्मनिरपेक्ष संवैधानिक सिद्धांत की अवधारणा से परास्त करने का एक कठिन प्रयास किया है। इस सिद्धांत को संवैधानिक बल प्रदान करने हेतु मुख्यत: संविधान के अध्याय तीन एवं चार में वर्णित मौलिक अधिकारों तथा नीति निर्देशक तत्त्वों का जिस प्रकार वर्णन किया गया है उनमें से निम्नलिखित अनुच्छेद पर विहंगम दृष्टि डालने से यह स्पष्ट होता है कि भारत ने अपने बहुधर्मी, बहुजातीय समाज में धर्मनिरपेक्षता को कितना महत्त्वपूर्ण स्थान दिया है—

(i) अनुच्छेद 14 कानून के समक्ष समानता तथा कानून द्वारा संरक्षण में समानता की बात करता है।

(ii) अनुच्छेद 15(1) व (2) धर्म, जाति, लिंग या जन्म स्थान व अन्य किसी भी आधार पर किसी प्रकार के भेद-भाव का निषेध करता है।

(iii) अनुच्छेद 16(2) सरकारी नौकरियों में समान अवसर की चर्चा करता है तथा यह भी

सुनिश्चित करने का प्रयास करता है कि किसी भी नागरिक को धर्म के आधार पर किसी भी सरकारी पद से वंचित नहीं किया जा सकता।

(iv) अनुच्छेद 19 के अंतर्गत सभी नागरिकों को बिना किसी भेदभाव के भाषण एवं अभिव्यक्ति की स्वतंत्रता, शांतिपूर्ण ढंग से बिना हथियार सभा-सम्मेलन करने की स्वतंत्रता, संस्था या संघ बनाने की स्वतंत्रता, देश के भीतर कहीं भी घूमने-फिरने की स्वतंत्रता, देश के किसी भी भाग में निवास करने या बसने की स्वतंत्रता, किसी भी प्रकार का व्यवसाय अपनाने इत्यादि का अधिकार सुनिश्चित करता है।

(v) अनुच्छेद 23(2) किसी सार्वजनिक उद्देश्य की पूर्ति हेतु किए जाने वाले अनिवार्य कार्य में राज्य किसी भी प्रकार का या किसी भी आधार पर कोई भेदभाव नहीं करेगा।

(vi) अनुच्छेद 25 के अंतर्गत किसी भी धर्म को मानने या उसका प्रचार करने की अनुमति है।

(vii) अनुच्छेद 26 धार्मिक मामलों के प्रबंधन करने की आजादी देता है।

(viii) अनुच्छेद 27 के अनुसार किसी धर्म विशेष को बढ़ाने के लिए किसी भी व्यक्ति को ऐसा कोई कर देने के लिए मजबूर नहीं किया जा सकता।

(ix) अनुच्छेद 28 के अंतर्गत सरकारी शिक्षण में धार्मिक शिक्षा को प्रतिबंधित किया गया है।

(x) अनुच्छेद 29 एवं 30 अल्पसंख्यकों को भाषा, लिपि एवं संस्कृति को संरक्षित करने हेतु एवं शिक्षण संस्थाएं स्थापित करने हेतु विशेष अधिकार देने का प्रावधान करता है।

(xi) अनुच्छेद 38 के अनुसार राज्य यह प्रयास करेगा कि समाज के सभी व्यक्तियों के लिए सामाजिक, राजनीतिक एवं आर्थिक न्याय स्थापित किया जा सके।

(xii) अनुच्छेद 39 राज्य को यह निर्देश देता है कि राज्य सभी नागरिकों के लिए रोजगार के साधन जुटाने का प्रयास करेगा। इतना ही नहीं राज्य की आर्थिक नीतियां ऐसी होनी चाहिए जिनसे देश के भौतिक साधनों का उचित बंटवारा सर्वाधिक लोगों के हित में हो (आर्थिक धर्मनिरपेक्षता)।

(xiii) अनुच्छेद 44 के अनुसार राज्य सामाजिक धर्मनिरपेक्षता की प्राप्ति हेतु समान नागरिक संहिता लागू करने का प्रयास करेगा।

(xiv) अनुच्छेद 325 के अंतर्गत पृथक निर्वाचन क्षेत्र के निषेध की चर्चा है, अर्थात किसी भी धर्म, जाति, भाषा, रंग आदि के लिए अलग-अलग निर्वाचन क्षेत्र का प्रावधान नहीं किया जा सकता है।

यद्यपि 42वें संवैधानिक संशोधन के अंतर्गत प्रस्तावना में धर्मनिरपेक्षता शब्द का प्रयोग कर राज्य व धर्म दोनों संस्थाओं के औपचारिक विभाजन की घोषणा तो कर दी गई पर साथ ही साथ राज्य को कुछ मामलों में धार्मिक स्वतंत्रता की कांट-छांट करने हेतु हस्तक्षेपीय अधिकार भी दिए गए हैं जैसे अनु. 25(1) अनुच्छेद 26 के अनुसार सार्वजनिक हित, नैतिकता तथा स्वास्थ्य के मद्देनजर राज्य स्वतंत्रता में कटौती कर सकता है। पुनः अनुच्छेद 25(2) (a) के अनुसार किसी धार्मिक, राजनैतिक, वित्तीय या अन्य धर्मनिरपेक्ष गतिविधि में भी राज्य का हस्तक्षेप हो सकता है। साथ ही साथ भारतीय दंड संहिता की कई धाराओं के अंतर्गत किसी धार्मिक स्थल को क्षति पहुंचाने, किसी धर्म का अनादर किए जाने या सांप्रदायिक दंगे को भड़काने जैसी परिस्थिति में

राज्य को हस्तक्षेप करने का अधिकार प्राप्त है। इसके अतिरिक्त भारतीय संसद ने प्रशासन एवं प्रबंधन हेतु सार्वजनिक हित, नैतिकता एवं स्वास्थ्य के मद्देनजर कई नियम एवं कानून का निर्माण किया है जिसका उद्देश्य धर्म के गलत प्रयोग को रोकने से है।

व्यवहार में अगर देखा जाए तो धर्मनिरपेक्षता के प्रश्न पर बहुसंख्यक एवं अल्पसंख्यक विचार परस्पर विरोधी हैं। जहां बहुसंख्यक इसे अल्पसंख्यकों के प्रति तुष्टीकरण की नीति मानते हैं, वहीं अल्पसंख्यक इसे छलावापूर्ण धर्मनिरपेक्षता की संज्ञा देते हुए कहते हैं कि यह उनके अधिकारों का संरक्षण नहीं करता। वस्तुत: धर्मनिरपेक्षता के सिद्धांत की सकारात्मक व्याख्या तथा क्रियान्वयन न होने के कारण इसकी निहित स्वार्थ के आधार पर आलोचना की जाती रही है। इसके परिणामस्वरूप एकतरफ तो संप्रदायवाद को बढ़ावा मिला है तो दूसरी तरफ भारतीय धर्मनिरपेक्षता पर भी निरंतर खतरे के काले बादल मंडराते नजर आते हैं। यही कारण है कि *राजीव भार्गव* कहते हैं कि धर्मनिरपेक्षता के भारतीय स्वरूप में पृथक्करण का सिद्धांत धर्म और राजनीति के बीच एक सैद्धांतिक दूरी के रूप में समझा जाना चाहिए। यहां सिद्धांत की दूरी को राजनीति की धर्म से स्वतंत्रता के रूप में देखने की आवश्यकता है न कि इसके प्रतिकूल स्वरूप में। अर्थात राज्य के क्रियाकलाप, राजनीतिक नीति निर्यात तथा नीति प्राथमिकताएं धर्म की दखलअंदाजी से स्वतंत्र हैं, परंतु राज्य को धार्मिक सुधार हेतु दखलअंदाजी की अनुमति भी है जिसका निर्धारण अंतर्ग्रस्त मुद्दों के आधार पर विवेक सम्मत आधार पर होना होगा। इतना ही नहीं सभी विश्वास (प्रथाएं) भले ही धर्म द्वारा स्वीकृति प्राप्त हों, जैसे कि अस्पृश्यता, जाति भेद, बहु विवाह, सार्वजनिक जीवन से महिलाओं का बहिष्कार तत्काल अवैध घोषित करनी होगी। ऐसा इसलिए आवश्यक होगा क्योंकि ये संविधान की उस नियामक व्यवस्था के लिए अहितकारी हैं, जो स्वतंत्रता संघर्ष के दौरान प्रबल जनता की भागीदारी के माध्यम से अंतर्ग्रस्त मूल्यों के सामंजस्य पर आधारित है।[4] पार्थ चटर्जी के विचार में जब राज्य धर्म-सुधार जैसे कानून बनाता है तो राजनैतिक नेतृत्व द्वारा राज्य व धर्म के विभाजन का अतिक्रमण या शोषण जैसा प्रतीत होता है।[5] वहीं आशीष नंदी एवं एम.एन. श्रीनिवास जैसे विश्लेषक भारत में धर्मनिरपेक्षता को और सशक्त करने हेतु किसी नई विचारधारा के प्रयोग की बात करते हैं जिससे समकालीन सामाजिक एवं राजनैतिक संकटों का निराकरण किया जा सके। इन विचारकों ने इस कार्य हेतु निम्न सुझाव प्रस्तुत किए हैं:

(i) राजनीतिक एकता तथा आपसी भाईचारे को बढ़ाने के लिए आर्थिक विकास के समान अवसरों को उपलब्ध करवाना चाहिए।

(ii) भारतीयों की मनोस्थिति, उनकी धार्मिक व सांस्कृतिक परंपराओं को समझना अत्यंत आवश्यक है।

(iii) राजनेताओं से अपेक्षित है कि वे जन-मुद्दों को महत्त्व व प्राथमिकता दें न कि धार्मिक भावनाओं को भड़का कर अपने स्वार्थों की पूर्ति करें।

(iv) धर्मनिरपेक्ष परिस्थितियों को अनुकूल बनाने में राजनैतिक दल सामाजिक संगठन तथा गैर-सरकारी संगठन महत्त्वपूर्ण भूमिका निभाएं।

(v) अल्पसंख्यक एवं बहुसंख्यक समुदायों के बीच सामंजस्य स्थापित करने एवं उनके बीच के द्वेष को समाप्त करने की ऐसी तकनीक विकसित की जाए जिससे कि वे परस्पर एक-दूसरे

के धर्म को आदर सम्मान देना सीखें। अर्थात् रूढ़िवादी संकीर्ण सोच की जगह उदारवादी सोच को अपनाया जाए।

(vi) अनेकता में एकता जैसे सिद्धांत को महत्त्व दिया जाए।

## 14.3 भारत में सांप्रदायिकता

सांप्रदायिकता की कोई सर्वमान्य परिभाषा नहीं दी जा सकती क्योंकि विभिन्न विश्लेषकों ने इसकी परिभाषा विभिन्न आयामों के आधार पर की है। *ऑक्सफोर्ड शब्दकोश* के अनुसार इसका अर्थ है समुदाय का समुदाय के लिए। वस्तुत: सकारात्मक सोच के अंतर्गत उपरोक्त परिभाषा का तात्पर्य होगा किसी व्यक्ति की अपने समुदाय के सामाजिक-आर्थिक विकास के प्रति-प्रतिबद्धता। परंतु नकारात्मक दृष्टिकोण में इसका तात्पर्य धर्म के शोषणकारी प्रयोग द्वारा समूह विशेष के सामाजिक-आर्थिक स्वार्थ की सिद्धि करना है। दूसरे शब्दों में, यह एक ऐसा समाज विरोधी दृष्टिकोण है जिसके अंतर्गत उन समस्त भावनाओं एवं क्रियाकलापों का समन्वय होता है जिनमें किसी विशिष्ट धर्म या भाषा के आधार पर किसी समूह विशेष के निहित स्वार्थ पर बल दिया जाए एवं उन हितों को राष्ट्रीय हितों के ऊपर रखते हुए उस समूह में पृथकता की भावना उत्पन्न की जाए या उसको प्रोत्साहित किया जाए।

ऐतिहासिकता के दृष्टिकोण से सांप्रदायिकता के भारत में उद्भव एवं पल्लवित, पुष्पित तथा प्रस्फुटित करने का श्रेय ब्रिटिश साम्राज्यवाद को दिया जा सकता है। उन्होंने भारत में अपना प्रभुत्व कायम रखने के लिए धार्मिक भेद-भावों का विशिष्ट लाभ उठाया। यही कारण है कि उन्होंने भारत के अलग-अलग धार्मिक समूहों को पृथक-पृथक प्रतिनिधित्व देने का निर्णय लिया। परिणामस्वरूप 1857 के विद्रोह से लेकर 1885 में कांग्रेस की स्थापना तक हिंदू-मुस्लिम की एकता की दृढ़ दीवारों को अंग्रेज सरकार ने 1905 के बंगाल विभाजन से करारा झटका दिया। तदुपरांत 1906 में 'ऑल इंडिया मुस्लिम लीग' की स्थापना से लेकर विभिन्न संवैधानिक अधिनियमों के अंतर्गत निर्वाचन पद्धति को सांप्रदायिक स्वरूप प्रदान कर इसने दोनों संप्रदायों में ऐसी फूट डाली जिसकी परिणति स्वाधीनता के पूर्व द्वि-राष्ट्र सिद्धांत के आधार पर भारत के विभाजन के रूप में देखने को मिली।

### 14.3.1 सांप्रदायिकता के कारण

जहां तक सांप्रदायिकता की समस्या के कारण का प्रश्न है इतिहासविदों, राजनीतिशास्त्रियों एवं अन्य विषयों के विद्वानों में स्पष्ट मतांतर दिखता है। इसके बावजूद कुछ समस्याएं ऐसी हैं जिन पर सामान्यत: मतैक्य प्रतीत होता है। रोमिला थापर के अनुसार भारतीय संदर्भ में सांप्रदायिकता एक ऐसा बोध है जोकि अपनी धार्मिक पहचान का प्रयोग एक विचारधारा के रूप में करते हैं। जो कि आगे चलकर धार्मिक समुदाय के प्रति राजनैतिक भक्ति की मांग करती है एवं उन राजनैतिक क्रियाओं का समर्थन करती है जोकि धार्मिक समुदाय के हित में होती हैं। वस्तुत: संप्रदायवाद को एक मनोवैज्ञानिक घटना के रूप में देखा जा सकता है। संभवत: यह एक ऐसा भय है जो कि अल्पसंख्यक तथा बहुसंख्यक दोनों संप्रदायों को होता

है। स्वतंत्रता के छह दशक बीत जाने के पश्चात् भी भारत में सांप्रदायिक ताकतों के विद्यमान रहने के निम्न कारण हैं—

(i) अल्पसंख्यकों की पहचान इसका एक कारण हो सकती है, क्योंकि जब अल्पसंख्यक (जो कि धार्मिक अल्पसंख्यक भी हो सकते हैं) बहुसंख्यकों से डरते हैं तो वे उन पर संप्रदायवादी होने का आरोप लगाते हैं।

(ii) सामाजिक, आर्थिक एवं शैक्षणिक विसंगतियां भी ऐसे परिवेश का निर्माण करती हैं जोकि संप्रदायवाद के लिए उत्तरदायी होता है। आर्थिक कारणों से सांप्रदायिक दंगों के संबंध में भारत सरकार के कृषि मंत्रालय की एक शोध रिपोर्ट के अनुसार उत्तरी हिंदी भाषी क्षेत्र में 50 प्रतिशत अतिरिक्त भूमि का सही वितरण न हो पाना सांप्रदायिकता में बढ़ोतरी एक महत्त्वपूर्ण कारण है।

(iii) किसी धर्म विशेष के प्रति तुष्टिकरण की नीति का अपनाया जाना भी इसके लिए जिम्मेदार है।

(iv) किसी एक धर्म विशेष के कट्टरवादियों के बढ़ने की वजह से दूसरे धर्म के कट्टरवादियों को उभरने का मौका मिलता है। वस्तुत: ऐसा संकीर्ण राजनैतिक साध्यों की प्राप्ति के उद्देश्य से किया जाता रहा है।

(v) आंतरिक धार्मिक असहिष्णुता से उत्पन्न परिस्थितियों को बाहरी स्थितियों द्वारा समर्थन देना (जैसे सीमा पार से सहायता देना) भी सांप्रदायिकता में वृद्धि का एक महत्त्वपूर्ण कारण माना जाता है।

(vi) वोट बैंक की राजनीति के अंतर्गत दो प्रमुख समुदायों के बीच घृणा का वातावरण तैयार करना तथा परस्पर विरोधी प्रचार-प्रसार करके सांप्रदायिक सौहार्द को बिगाड़ने के कारण ऐसी प्रवृत्ति को बल मिलता है।

(vii) धर्मांतरण एवं पुन: धर्मांतरण के मुद्दे के राजनीतिकरण ने भी संप्रदायवाद की उत्पत्ति एवं विकास में अहम भूमिका अदा की है। वस्तुत: राजनीति को सांप्रदायिकता का जामा पहनाने की बढ़ती प्रवृत्ति के कारण संप्रदायों के आपसी संबंध सामान्य बनाने की प्रक्रिया में बड़ी बाधा पैदा हो गई है। उदाहरणार्थ किसी एक मुद्दे ने हिंदू-मुस्लिम समुदाय के आपसी सौहार्द को इतना नहीं बिगाड़ा जितना कि राम जन्मभूमि-बाबरी मस्जिद के विवाद ने। पिछले दो दशकों में भारत के कई राज्यों में जो दंगे हुए उनमें जो चौंकाने वाले तथ्य उभर कर सामने आए वह यह हैं कि सांप्रदायिकता ग्रामीण इलाकों में भी तेजी से फैल रही है।

(viii) सरकार एवं प्रशासनिक उदासीनता के कारण भी कई बार सामान्य घटना सांप्रदायिक दंगे के रूप में परिवर्तित हो जाती है। उदाहरणार्थ, शाहबानो मामले में राजीव गांधी के नेतृत्व वाली कांग्रेस सरकार ने सर्वोच्च न्यायालय के फैसले को नहीं माना तथा सांप्रदायिक दबाव के कारण मुस्लिम महिला विधेयक पारित करवाया। परिणामस्वरूप, हिंदू कट्टरपंथी संस्थाओं ने भी राम जन्म-भूमि विवाद पर न्यायालय के नकारात्मक फैसला आने की स्थिति में मानने से मना कर दिया।

(ix) सांप्रदायिक घटनाओं के पीछे निहित स्वार्थ से प्रेरित विदेशी हाथ होने की आशंका भी जताई जाती रही है, उदाहरणार्थ, जब तमिलनाडु में कुछ वर्ष पूर्व हरिजनों को इस्लाम धर्म अपनाने के लिए प्रेरित करने की बात सामने आई थी तो तत्कालीन प्रशासन ने भी यह आशंका

जाहिर की थी जमायते इस्लामी हिंद एवं अन्य कट्टरपंथी गुटों को इस तरह के कार्य को क्रियान्वित करने के लिए मुस्लिम देशों एवं अंतर्राष्ट्रीय इस्लामी संगठनों से धन मुहैय्या कराया जा रहा है।

उपरोक्त वर्णित कारणों के विवेचन से यह स्पष्ट होता है कि सांप्रदायिकता के उद्भव एवं विकास में किसी एक कारण को पूरी तरह उत्तरदायी नहीं माना जा सकता है। किसी समुदाय विशेष को भी इसके लिए पूरी तरह जिम्मेदार ठहराना अनुचित होगा। परंतु एक तथ्य तो पूरी तरह शंकाओं से परे है, और वह यह है कि इसके परिणाम समस्त भारतीय समाज के लिए अत्यंत घातक हैं।

### 14.3.2 सांप्रदायिकता के दुष्परिणाम

1947 में द्वि–राष्ट्र सिद्धांत पर हुए देश के विभाजन का घाव अभी भरा भी नहीं कि सांप्रदायिक दंगों का प्रहार शुरू हो गया जो आज तक न सिर्फ चलता आ रहा है बल्कि दिनानुदिन उसकी विकरालता एवं भयावहता बढ़ती ही जा रही है। भारतीय राजनीति में सांप्रदायिकता के दुष्परिणामों में निम्न मुख्य हैं–

*(i)* सांप्रदायिकता विभिन्न वर्गों के बीच परस्पर द्वेष को बढ़ावा देती है। परिणामस्वरूप, आपस में द्वेष या वैमनस्य उत्पन्न होना स्वाभाविक है। परंतु यही द्वेष कभी–कभी भयावह रूप धारण कर समाज में आतंक एवं दहशत का माहौल उत्पन्न करता है जिससे सामाजिक समरसता भंग होती है।

*(ii)* सांप्रदायिक दंगों की आग में झुलस कर समाज की अर्थव्यवस्था बुरी तरह आहत हो जाती है जिसका खामियाजा लंबी समयावधि तक पूरे समाज को भुगतना पड़ता है।

*(iii)* सांप्रदायिकता राजनीतिक व्यवस्था में अस्थिरता की परिस्थिति पैदा कर देती है जिसके नकारात्मक परिणाम काफी दूरगामी होते हैं।

*(iv)* भारत की बहुलवादी व्यवस्था एवं राष्ट्रीय एकता तथा अखंडता को अक्षुण्ण बनाए रखने में सांप्रदायिकता सदैव व्यवधान उत्पन्न करती रही है।

*(v)* आजादी के पश्चात् सांप्रदायिक ताकतें इतनी उग्र होती जा रही हैं कि राजनीतिक दलों तक का गठन इसी आधार पर होने लगा है। मुस्लिम लीग, शिरोमणि अकाली दल, राम राज्य परिषद, हिंदू महासभा, शिव सेना आदि इसके ज्वलंत उदाहरण हैं। प्रो. मोरिस जोंस का मानना है कि यदि सांप्रदायिकता को संकुचित अर्थ में समझा जाए अर्थात कोई राजनीतिक दल किसी विशेष पंथिक समुदाय के राजनीतिक दावों की सुरक्षा के लिए बना हो तो कुछ दल ऐसे हैं जो स्पष्टतया अपने को सांप्रदायिक कहते हैं जैसे कि मुस्लिम लीग, अकाली दल, हिंदू महासभा, जनसंघ आदि। पुनःश्च, यदि सांप्रदायिकता को व्यापक अर्थ में लिया जाए अर्थात संपूर्ण हिंदू समाज के ही भीतर किसी सामाजिक–धार्मिक समुदाय के साथ संबंध के रूप में तो सभी दलों में किसी न किसी स्तर पर और कुछ न कुछ मात्रा में ऐसी सांप्रदायिकता अवश्य मिलेगी, यहां तक कि कांग्रेस भी इससे मुक्त नहीं है। केरल में ईसाई समुदाय के साथ कांग्रेस का ऐसा गठबंधन रहा है कि इसे संकुचित दृष्टि से भी सांप्रदायिक कहा गया है। यहां तक कि साम्यवादियों ने भी कुछ जगहों पर और कतिपय प्रयोजनों के लिए सांप्रदायिक क्षेत्र तैयार कर लिए हैं।

*(vi)* चुनावों के समय धार्मिक भावनाओं को उभार कर राजनीतिक दल एवं नेतागण वोट

इकट्ठा करने का प्रयास करते हैं। इस निहित स्वार्थ के लिए मठाधीशों, इमामों, पादरियों तथा साधुओं तक को चुनावी प्रचार में एक-दूसरे के विरुद्ध झोंक दिया जाता है। 1977 एवं 1980 के आम चुनावों में जामा मस्जिद के इमाम की भूमिका इसका ज्वलंत उदाहरण है।

*(vii)* देश के विभाजन की आग अभी बुझी भी न थी कि परोक्ष रूप से पंथ के आधार पर पृथक राज्यों के निर्माण की मांग उठने लगी। अकाली दल द्वारा पंजाबी सूबे की मांग औपचारिक स्तर पर भाषायी आधार पर की गई लगती है, परंतु वास्तविकता में यह धर्म आधारित मांग ही थी। 2 नवंबर 1949 को मास्टर तारा सिंह ने पूर्वी पंजाब में एक 'सिक्ख प्रांत' की मांग रखते हुए यह कहा कि ऐसा इसलिए आवश्यक हो गया है क्योंकि वहां के हिंदू संकीर्ण हृदय वाले और संप्रदायवादी हो गए हैं जिनसे सिक्ख समुदाय को उचित व्यवहार की आशा नहीं रह गई है। इसी तरह नागालैंड में भी ईसाइयों द्वारा पृथक राज्य की स्थापना की मांग मुख्यतः धार्मिक निष्ठा पर ही आधारित थी।

*(viii)* इतना ही नहीं केंद्र एवं राज्यों के मंत्रिमंडल के गठन भी सांप्रदायिक ताकतों के प्रभाव से अछूते नहीं हैं। यही कारण है कि मंत्रिमंडल के गठन में इस बात का खास ध्यान रखा जाता है कि अल्पसंख्यक वर्गों जैसे मुसलमानों, ईसाइयों, सिक्खों आदि को यथासंभव प्रतिनिधित्व दिया जाए।

*(ix)* वस्तुतः सांप्रदायिकता का भारतीय राजनीति पर कितना गंभीर प्रभाव पड़ता है उसकी स्पष्ट झलक केरल एवं पंजाब की राजनीति पर दृष्टिपात करने से मिलती है। जहां तक केरल की राजनीति का प्रश्न है बाहर से वह जितनी भी वामपंथी या धर्मनिरपेक्षता के रंग में रंगी दिखे पर अंदर से धार्मिक एवं सांप्रदायिक प्रभाव से प्रभावित दिखती है। सांप्रदायिक दबाव समूहों में नय्यर सर्विस सोसायटी, श्रीनारायण धर्म परिपालन युग्म और अनेक ईसाई संगठन हैं जो शासन एवं राजनीति की प्रक्रिया को प्रभावित करते हैं। यहां तक कहा जाता है कि प्रगतिशील समझे जाने वाले वामपंथी दल भी चुनावी रणनीति तैयार करने में इनसे तालमेल बिठाने में परहेज नहीं रखते। इसी तरह पंजाब में सशक्त शिरोमणि गुरुद्वारा प्रबंधक कमेटी एवं स्वर्णमंदिर परिसर के सामने स्थित अकाल तख्त के स्वरूप एवं भूमिका की जांच की जाए तो पता चलता है कि वे एक समानांतर सरकार की तरह हैं जिस पर समकालीन सरकार के आदेश भी प्रभावी नहीं होते।[6] वस्तुतः अनेक बार धर्म से परे राजनीतिक विवादों का निष्पादन भी अकाल तख्त ही करता है।

### 14.3.3 सुझाव

अब प्रश्न यह उठता है कि दिनानुदिन बढ़ती जा रही ज्वालामुखी-रूपी इस विभीषिका का दमन कैसे किया जाए? अर्थात भारत में सहिष्णुता एवं राष्ट्रीय समरसता को किस प्रकार सुदृढ़ किया जाए कि सांप्रदायिक ताकतों का समापन संभव हो। इस उद्देश्य की प्राप्ति हेतु उनेक सुझाव दिए गए हैं जिनमें निम्न प्रमुख हैं-

*(i)* राजनीतिक दलों को मजहब, भाषा, जाति एवं क्षेत्र के आधार पर लोगों को परस्पर विरोधी खेमे में बांटने की नीति से अपने आपको दूर रखना होगा। जो भी राजनीतिक दल ऐसा करने में चूक करें उन पर सख्त प्रतिबंध लगाए जाएं एवं कठोर प्रशासनिक कदम उठाए जाएं।

*(ii)* अल्पसंख्यकों की समस्याओं का निपटारा प्रभावी ढंग से किया जाए तथा बहुसंख्यकों

के प्रति उनके मन में व्याप्त भय एवं शंकाओं को दूर करने के प्रभावी कदम उठाए जाएं जिससे कि वे पूर्णतः सुरक्षित महसूस करें।

*(iii)* हिंसक व अलगाववादी तत्त्वों से सख्ती से निबटा जाए, जिसके लिए प्रशासनिक तंत्र को चुस्त-दुरुस्त बनाए जाने की आवश्यकता है।

*(iv)* सरकार को यह सुनिश्चित करना होगा कि जाने-अनजाने उसके द्वारा कोई ऐसा कार्य न हो जाए जिससे सांप्रदायिक ताकतों को बल मिले।

*(v)* इस दृष्टि से शिक्षा की बड़ी महत्त्वपूर्ण भूमिका है। शिक्षण पद्धति एवं पुस्तकों का निर्माण इस प्रकार किया जाना चाहिए कि छात्र-छात्राओं को वैज्ञानिक सोच की दिशा में प्रेरित किया जा सके।

*(vi)* किसी भी सार्वजनिक क्षेत्र में बहुमत के आधार पर कोई प्रवृत्ति पैदा न की जाए। सारा कार्य ऐसे ढंग से हो कि अल्पसंख्यकों को अपने अल्पसंख्यक होने का अहसास न हो।

*(vii)* जनसाधारण तक पहुंच वाले जनसंपर्क के माध्यम जैसे कि सिनेमा, टी.वी., रेडियो आदि के माध्यम से दकियानूसी संकीर्ण विचारों व सोच के विरुद्ध वैचारिक संघर्ष छेड़ा जाए।

*(viii)* राष्ट्रभक्ति एवं राष्ट्रनिर्माण को अहम मानते हुए धर्मनिरपेक्षता के सिद्धांत का पालन सच्चे अर्थों में किया जाए।

सांप्रदायिकता के विविध पहलुओं पर नजर डालते हुए संक्षेप में यह कहा जा सकता है कि जिस धर्म का इस्तेमाल उन्नीसवीं शताब्दी के भारतीय समाज सुधारकों ने सामाजिक-धार्मिक कुप्रथाओं को दूर करने के लिए किया उसी धर्म का नकारात्मक प्रयोग निहित स्वार्थ के लिए औपनिवेशिक काल में अंग्रेज सरकार ने किया तथा स्वतंत्रता के पश्चात आज तक इसका प्रयोग विभिन्न राजनीतिक दलों द्वारा सत्ता प्राप्ति के लिए किया जाता रहा है। इस प्रवृत्ति ने, जिसे सांप्रदायिकता कहा जाता है भारत की बहुल-संस्कृति समाज के तार को छिन्न-भिन्न कर राष्ट्रीय एकता की भावना को गहरा सदमा पहुंचाया है। इस प्रवृत्ति को प्रभा दीक्षित ने अपनी पुस्तक *सांप्रदायिकता का ऐतिहासिक संदर्भ* में नए आयाम देने का प्रयास किया है। उनका यह कहना है कि संप्रदायवाद जान-बूझ कर रचा गया एक राजनीतिक सिद्धांत है जिसका प्रचार पुराने स्थापित विशिष्ट समुदाय का एक वर्ग राष्ट्रवादी एवं लोकतांत्रिक शक्तियों को शिथिल करने के लिए करता है। सांस्कृतिक विशिष्टता का बोध सांप्रदायिक आंदोलन की आधारशिला है। अतः बहु धर्मी, बहु जातीय एवं बहु संस्कृति वाले समाज में लोकतांत्रिक संस्थाओं की स्थापना समुदायवादी राजनीति के लिए एक आदर्श स्थिति उत्पन्न कर देती है। ऐसे समाज में राजनीतिक क्षेत्रों में विशिष्ट प्रभाव स्थापित करने के लिए तथा राजनीतिक सौदेबाजी के लिए धर्म या संस्कृति का राजनीतिकरण हर समुदाय के लिए, विशेषकर अल्पसंख्यकों के लिए सबसे आसान रास्ता बन जाता है। मूलतः बहुसंख्यक एवं अल्पसंख्यक संप्रदायवाद की प्रेरक शक्ति एवं कार्य प्रणाली समान होते हुए भी दोनों में एक गुणात्मक भेद है—अल्पसंख्यक संप्रदायवाद का उद्देश्य जहां बहुसंख्यकों के साथ समता प्राप्त करना होता है वहीं बहुसंख्यक संप्रदायवाद का उद्देश्य अल्पसंख्यकों पर अपनी श्रेष्ठता स्थापित करना होता है।[7] भारत में सांप्रदायिकता को दोनों संप्रदायों हिंदू तथा मुसलमान के राजनीतिक महत्त्वाकांक्षा रोकने वाले परंपरावादी अभिजन लोगों ने अपने निहित स्वार्थ के लिए सैद्धांतिक जामा पहना कर बढ़ावा दिया है। वस्तुतः भारतीय इतिहास की गहराई

में जाने से यह स्पष्ट हो जाता है कि संप्रदायवाद का मूल सत्ता के द्वंद्व में था, न कि धर्म में। यह लोकतंत्रवादी राष्ट्रवाद के विरुद्ध स्थापित अभिजात वर्ग की राजनीतिक प्रतिक्रिया था, न कि एक समुदाय की धार्मिक भावना की राजनीतिक अभिव्यक्ति। यही कारण है कि दोनों समुदायों में संप्रदायवादी आंदोलन का नेतृत्व प्रारंभ से आज तक अभिजात वर्गों के हाथ में रहा है जिसके माध्यम से इन वर्गों ने अपने समुदायों में अपनी श्रेष्ठता को सुरक्षित रखने के साथ-साथ इस नवोदित प्रगतिशील अभिजात वर्ग के बढ़ते प्रभावों को बाधित करने का प्रयास किया जिसने धर्मनिरपेक्ष लोकतंत्रीय आदर्शों को राष्ट्र निर्माण का आधार चुना था।

## 14.4 अल्पसंख्यक अधिकार

अल्पसंख्यक अधिकार की अवधारणा एक वैधानिक (कानूनी) संरचना पर आधारित मान्यता या दृष्टिकोण है जो मूलत: समाज के हाशिए पर स्थित समूहों के सामाजिक, आर्थिक, सांस्कृतिक एवं राजनीतिक अधिकारों को इस प्रकार सुनिश्चित करने का प्रयास करता है जिससे कि उनकी अस्मिता या पहचान को अक्षुण्ण बनाए रखा जा सके एवं उनको बिना किसी भेद-भाव के सारे अधिकारों के उपयोग के लिए सकारात्मक परिस्थितियां प्रभावी रूप से प्रदान की जा सकें। वस्तुत:, 1947 में देश विभाजन के पश्चात दोनों समुदायों के बीच रक्तरंजित हो चुके संबंधों को सुधार कर राष्ट्रीय एकीकरण की समस्या को नई दिशा प्रदान करने हेतु तत्कालीन संविधान निर्माताओं ने सोचा कि संभवत: अल्पसंख्यकों के अधिकारों को संवैधानिक प्रावधानों से सुसज्जित कर एक धर्मनिरपेक्ष लोकतांत्रिक भारत की स्थापना करना ज्यादा सुगम होगा। यहां यह बताना कतई अप्रासंगिक नहीं होगा कि भारतीय संविधान में कहीं भी अल्पसंख्यक शब्द को परिभाषित करने का प्रयास नहीं किया गया है। यही कारण है कि इस समूह में धर्म के साथ-साथ भाषायी, क्षेत्रीय एवं जातिगत अल्पसंख्यक को भी सम्मिलित किया जाता रहा है, वैसे औपचारिक तौर पर इसका संबंध गैर-हिंदू अल्पसंख्यक समुदाय से है जैसे कि मुसलमान एवं ईसाई आदि।

जहां तक अल्पसंख्यकों के संवैधानिक अधिकारों का तात्पर्य है भारत विश्व के संवैधानिक समाजों की अग्रणी पंक्ति में है। इसने अपने मौलिक अधिकारों में अल्पसंख्यकों के लिए विशेष प्रावधान कर उनकी समानता एवं अस्मिता की रक्षा को सुनिश्चित करने का प्रयास किया है। संविधान के अनुच्छेद 14 से 22 तक प्रस्तावित समस्त मौलिक अधिकार बिना किसी भेदभाव के समस्त नागरिकों को प्रदान किए गए हैं। साथ ही साथ कुछ अधिकार सिर्फ अल्पसंख्यकों के लिए सुरक्षित रखे गए हैं। अनुच्छेद 25 के अनुसार हर व्यक्ति को किसी भी धर्म को मानने एवं उसके प्रचार एवं प्रसार की स्वतंत्रता होगी। अनुच्छेद 26 अल्पसंख्यकों को धार्मिक, सांस्कृतिक एवं शैक्षणिक संस्थानों की स्थापना एवं उनके प्रबंधन की अनुमति देता है। अनुच्छेद 27 राज्य को धर्म के आधार पर कर लगाने से प्रतिबंधित करता है। ऐसा इसलिए किया गया कि राज्य किसी धर्म विशेष को बढ़ावा देने के लिए कोई कर आरोपित न करे। अनुच्छेद 28 में सरकारी सहायता प्राप्त किसी भी शैक्षणिक संस्थान में धार्मिक शिक्षा पर प्रतिबंध लगाने का प्रावधान है। अनुच्छेद 29 एवं 30 के अंतर्गत यह प्रावधान किया गया कि धार्मिक एवं भाषायी अल्पसंख्यक समुदाय अपनी भाषा, लिपि एवं सांस्कृतिक धरोहर को बनाए रखने के लिए संबंधित संस्थाएं

स्थापित कर सकता है। साथ ही इन संस्थाओं को राजकीय सहायता से बिना उचित कार्यवाही के वंचित नहीं किया जा सकता।

अतएव उपरोक्त वर्णित संवैधानिक प्रावधानों से यह स्पष्ट होता है कि भारतीय संविधान के अंतर्गत बहुल संस्कृति एवं बहुधार्मिक राज्य की परिकल्पना करते हुए समुदायों को बिना किसी भेदभाव के अभिव्यक्ति एवं पहचान के अधिकार सौंपे गए हैं। इस परिप्रेक्ष्य में इस तथ्य पर भी ध्यान दिए जाने की आवश्यकता है कि मौजूदा समुदाय बनाम व्यक्ति के विवाद में भारत की स्थिति क्या है? अगर हम प्रो. नीरा चंढोक के तर्क पर ध्यान दें तो उनका मानना है कि ऐतिहासिकता के दृष्टिकोण से सदियों से प्रताड़ित, पीड़ित एवं त्रस्त अल्पसंख्यकों को समान स्तर पर लाने हेतु विभेदक अधिकार एवं सुरक्षात्मक उपायों का होना अनिवार्य है। इतना ही नहीं अल्पसंख्यक समूह के अधिकारों को तरजीह दी जानी चाहिए क्योंकि सामुदायिक या सामूहिक अधिकार के क्रियान्वित होने पर स्वाभाविक रूप से उसका फायदा उस समूह से संबंधित हर व्यक्ति को होगा।[8] अर्थात्, सामूहिक अधिकार आवश्यक राजनीतिक एवं सामाजिक पृष्ठभूमि का निर्माण कर व्यक्तिगत अधिकारों की वास्तविक उपयोगिता को बढ़ाने में मदद करते हैं। परंतु आगे वे कहते हैं—कि सामूहिक अधिकार व्यक्ति के अधिकार की जगह नहीं ले सकते। यदि कभी व्यक्ति एवं समूह के स्वतंत्रता एवं समानता संबंधी अधिकारों में किसी कारणवश द्वंद्व की स्थिति उत्पन्न हो तो व्यक्तिगत अधिकारों को प्राथमिकता दी जानी चाहिए।[9]

भारतीय लोकतंत्र को अल्पसंख्यकों के अधिकारों के क्रियान्वयन में कई कठिनाइयों का सामना करना पड़ रहा है जिनमें निम्न प्रमुख हैं-

(i) एकसमान दीवानी कानून के निर्माण एवं उनके क्रियान्वयन से संबंधित अनुच्छेद 44 की संवैधानिक व्यवस्था भारतीय राजनीति की सबसे विवादास्पद समस्याओं में से एक रही है। पंडित नेहरू के काल में इस विवाद से बचने के लिए निर्णय किया गया कि किसी भी सामुदायिक व्यक्तिगत कानूनों (Personal Laws) में तब तक राज्य का हस्तक्षेप कर सभी समुदायों के लिए समान व्यवस्था आरोपित नहीं की जाएगी, जब तक इस पर उनमें आम सहमति नहीं बन जाती। परंतु नेहरू एवं उनके कांग्रेसी उत्तराधिकारियों द्वारा इस निर्णय पर कायम रहने की व्यवस्था को हिंदू समुदाय के कई संगठनों ने तुष्टीकरण की नीति एवं छद्म-धर्मनिरपेक्षता की संज्ञा देते हुए इसे भारतीय बहुसंख्यक संप्रदाय के विरुद्ध रची गई एक सुनियोजित साजिश माना है जिसका मूल उद्देश्य वोट की राजनीति रही है। 1985 के शाहबानो मामले में सर्वोच्च न्यायालय द्वारा शरीया कानून के विरुद्ध पति द्वारा मासिक भत्ता दिए जाने के निर्णय के साथ-साथ परोक्ष रूप से एकसमान दीवानी कानून की स्वीकृति प्रदान कर न्यायालय ने राजीव गांधी सरकार के लिए नई चुनौती खड़ी कर दी। परंतु कट्टरपंथी मुस्लिम नेताओं एवं धर्म गुरुओं के विरोध के आगे नतमस्तक होकर सरकार 1986 में एक विधेयक पारित करने को मजबूर हो गई—मुस्लिम महिला, तलाक अधिकार की सुरक्षा (Muslims Women, Protection of Rights on Divorce) जिसके आधार पर सर्वोच्च न्यायालय का निर्णय निष्प्रभावी हो गया। सरकार के इस रवैये से बहुसंख्यक समुदाय के अंदर पक्षपातपूर्ण निर्णय लेने की बात घर कर गई जिसका फायदा बहुसंख्यक समुदाय की कट्टरपंथी संस्थाओं ने उठाया।

*(ii)* धर्मांतरण या धर्म परिवर्तन की समस्या भी एक जटिल विषय है। हिंदू कट्टरपंथियों ने इस

संदर्भ में हमेशा मुसलमान एवं ईसाइ समुदायों पर आरोप लगाया है कि धोखाधड़ी, धन एवं आर्थिक प्रलोभनों के सहारे इन लोगों ने दलितों एवं आदिवासियों को धर्म परिवर्तन के लिए उत्प्रेरित किया है। यही कारण है कि ओड़िसा, मध्य प्रदेश, तमिलनाडु एवं अरुणाचल प्रदेश जैसे कई राज्यों ने धर्मांतरण विरोधी कानून भी पारित किए। परंतु इन कानूनों का इस आधार पर विरोध किया जाता रहा है कि वे संविधान के अनुच्छेद 25 में दी गई अंत:करण की स्वतंत्रता तथा कोई भी धर्म अंगीकार करने, उसका अनुसरण करने एवं प्रचार के अधिकार का हनन करता है।

*(iii)* आरक्षण एवं प्रतिनिधित्व से संबंधित मसले भी विवाद के केंद्र में रहे हैं। अल्पसंख्यक समुदाय की यह शिकायत लंबे समय से चली आ रही है कि सामाजिक एवं आर्थिक रूप से पिछड़े होने के बावजूद इनको आरक्षण के दायरे में नहीं लाया जा रहा है। इतना ही नहीं राजनीतिक प्रतिनिधित्व के मामले में भी जहां पिछड़े वर्ग को आरक्षण से फायदा पहुंचा है वहीं इनकी संख्या विधायिका में निरंतर घटती जा रही है। इन घटनाओं ने अल्पसंख्यकों की राजनीति को एक नया आयाम दिया है।

*(iv)* सांस्कृतिक राष्ट्रवाद के नाम से उभर रही प्रवृत्ति (जिसके सूत्रधार कट्टरपंथी हिंदू संगठन हैं) अल्पसंख्यक राजनीति के नए आयाम के रूप में पिछले तीन दशकों में भारतीय राजनीति के क्षितिज पटल पर तेजी से उभर कर सामने आए हैं।

संघ परिवार एवं इनके घटक संस्थानों द्वारा 'हिंदुत्व' की अवधारणा को एक नवीन जामा पहनाने की कोशिश की गई। इसके अनुसार सभी भारतीय जिसमें मुसलमान भी शामिल हैं, उस हिंदू राष्ट्र के अभिन्न अंग हैं जिसका तात्पर्य हिंदू संस्कृति से है। उनके अनुसार मुसलमान एवं ईसाइ तब तक पराए या दुश्मन समझे जाते रहेंगे जब तक वे अपने आप को हिंदू राष्ट्र या हिंदुत्व से अलग रखने का प्रयास करेंगे।

उपरोक्त तथ्यों से यह स्पष्ट होता है कि भारत ने अपने बहु सांस्कृतिक समाज में समानता एवं समरसता स्थापित करने के लिए जिन संवैधानिक प्रावधानों की व्यवस्था की तथा समयांतर में जो कानून बनाए गए उनके क्रियान्वयन में सांप्रदायिक राजनीति ने जो व्यवधान उत्पन्न किए उनका उन्मूलन आवश्यक है।

## 14.5 भारत में राष्ट्रवाद पर समकालीन बहस

राष्ट्रवाद की अवधारणा अपने आप में आधुनिक है तथा यूरोप में जहां इसके उदय का काल अठारहवीं-उन्नीसवीं शताब्दी माना जाता है, वहीं भारत में इसका अभ्युदय उन्नीसवीं शताब्दी माना जाता है।[10] भारतीय राष्ट्रवाद के अभ्युदय के सर्वाधिक महत्त्वपूर्ण कारक के रूप में उन परिस्थितियों का उल्लेख दिया जाता है जो औपनिवेशिक शासन व्यवस्था ने पैदा की थी। दूसरे शब्दों में, औपनिवेशिक व्यवस्था के विरुद्ध चलाए जाने वाले संघर्ष ने भारतीय राष्ट्रवाद को जन्म दिया। परंतु प्रारंभ से ही भारतीय राष्ट्रवाद की अवधारणा एवं इसकी प्रकृति पर सवाल या निशान उठते रहे हैं। यदि राष्ट्र की परिभाषा एक ऐसे समुदाय पर आधारित हो जिसमें सांस्कृतिक, भाषायी, ऐतिहासिक एवं राजनीतिक समरसता या समानता विद्यमान होना अनिवार्य हो तो प्रारंभ से ही भारत एक राष्ट्र नहीं है क्योंकि यह बहुधर्मी, बहुभाषी एवं बहुसंस्कृति समाज का द्योतक है। यहां

प्रश्न यह उठता है कि उपरोक्त मानकों के अभाव में भारत को एक राष्ट्र कहना उचित होगा या नहीं? ऐतिहासिक दृष्टिकोण से देखें तो उन्नीसवीं शताब्दी के पूर्व भारतीय उपमहाद्वीप के निवासियों की पहचान उनके धर्म, जाति, भाषा, क्षेत्र आदि पर आधारित थी। परंतु औपनिवेशिक शासन के दौरान विकसित की गई एकात्मक प्रशासनिक व्यवस्था परिवहन के नए साधनों के विकास द्वारा भू-भाग में आने जाने की सुविधा प्रदान करना, संचार के माध्यम एवं समाचार पत्र आदि के विकास, एकीकृत न्यायिक व्यवस्था की स्थापना तथा अंग्रेजी शिक्षा के प्रसार के द्वारा स्थानीय निवासियों को आधुनिक राजनीतिक सिद्धांतों से अवगत करने का मौका देना आदि। अंततोगत्वा भारतीय स्वाधीनता संग्राम लोगों को परस्पर जोड़ने में जहां सफल रहा वहीं पहली बार राष्ट्र की भावना को जन्म देने में भी सफल रहा।

परंतु दुर्भाग्यवश पिछली करीब एक शताब्दी के भारतीय राष्ट्रवाद के काल में भारतीय राष्ट्रवाद का कभी भी एकल स्वरूप उभर कर सामने नहीं आया।[11] सदैव इसकी दो व्याख्याएं सामने आईं—सांप्रदायिक राष्ट्रवाद एवं धर्मनिरपेक्ष राष्ट्रवाद। स्वतंत्रता संग्राम के दिनों से ही राष्ट्रवाद की दो निश्चित धाराएं भारतीय समाज में बह रही थीं: हिंदू राष्ट्रवाद एवं मुस्लिम राष्ट्रवाद। इसका साक्षात प्रमाण बंगाल विभाजन के पश्चात् 1905 में चलाए गए स्वदेशी आंदोलन के स्वरूप में देखने को मिलता है, जिसके अंतर्गत तत्कालीन कांग्रेसी नेता बाल गंगाधर तिलक, विपिन चंद्र पाल, लाला लाजपतराय आदि ने भारत के तथाकथित स्वर्णिम प्राचीन काल का हवाला देते हुए मध्यकालीन मुस्लिम शासन का नकारात्मक स्वरूप चित्रित करने का प्रयास किया। इतना ही नहीं औपनिवेशिक शासन के विरोध में जनचेतना जागृत करने के लिए इन्होंने जाने-अनजाने सिर्फ हिंदू पर्व त्योहारों तथा हिंदू प्रतीक के स्तंभ के रूप में राणा प्रताप तथा शिवाजी आदि का राजनीतिक दुरुपयोग किया जिसने मुस्लिम समुदाय को चोट पहुंचाई, जिसका आगे चलकर औपनिवेशिक शासकों ने पूरा फायदा उठाया।[12] वस्तुत: उन्नीसवीं शताब्दी के प्रारंभ से ही शिक्षित मुसलमान वर्ग (जिसका नेतृत्व सर सैय्यद अहमद खां जैसे लोगों के हाथ में था) अपनी अलग पहचान बनाने एवं अपने समुदाय के हितों की रक्षा करने की कवायद में लगे थे[13] जिसकी परिणति 1906 में मुस्लिम लीग की स्थापना में हुई। तत्पश्चात् लीग ने मुसलमानों के लिए अल्पसंख्यक अधिकार तथा विधायिका में आरक्षण की मांग उठानी प्रारंभ की जिसको तत्कालीन सरकार ने मान लिया, परंतु उनकी आकांक्षाएं बढ़ती गई। एक राष्ट्र की जगह द्वि-राष्ट्रीय सिद्धांत का जन्म हुआ तथा देश को आजादी के साथ-साथ विभाजन की मार भी झेलनी पड़ी। परंतु इसके साथ ही त्रिकोणीय राष्ट्रवादी अवधारणा—मुस्लिम राष्ट्रवाद, हिंदू राष्ट्रवाद, धर्मनिरपेक्ष राष्ट्रवाद-से मुस्लिम राष्ट्रवाद का भी भारतीय राजनीति से विलोप हो गया।

समकालीन भारतीय राजनीति में हिंदू राष्ट्रवाद की अवधारणा को आर.एस.एस., विश्व हिंदू परिषद, शिव सेना, बजरंग दल एवं भाजपा के साथ जोड़ा जाता है। यह अवधारणा हिंदुत्व[14] को केंद्र में रखते हुए सांप्रदायिक विचारधारा को प्रतिस्थापित करने का प्रयास करते हुए यह स्पष्टत: कहती है कि भारतीय राष्ट्र से तात्पर्य हिंदू बहुसंख्यक हितों की रक्षा से है, कट्टर, रूढ़िवादी, हिंदू तत्त्व मुसलमानों एवं ईसाइयों को नागरिकता से वंचित किए जाने तक की बात करते हैं। परंतु उदारवादी तत्त्व मुसलमानों को हिंदू राष्ट्र में विलय करने एवं समान अधिकार प्रदान किए जाने

के पक्षधर हैं। उपरोक्त विचारधारा के प्रणेता वी.डी. सावरकर एवं एम.एस. गोलवालकर जैसे लोग हैं। इस विचारधारा ने भी इतिहास लेखन को तीन भागों में विभक्त किया है—प्राचीन, मध्यकालीन तथा आधुनिक। इनके लेखन में मुस्लिम समुदाय को भारतीय समाज के भक्षक के रूप में दर्शाया गया है। इतना ही नहीं न तो किसी मुस्लिम शासक के योगदान को सराहा गया है और न ही भारतीय कला, संस्कृति, संगीत, साहित्य आदि को विकसित करने में इनके किसी योगदान को स्वीकार किया गया है, समकालीन हिंदुत्व आंदोलन जिन राजनीतिक एजेंडों पर टिका हुआ है उनमें प्रमुख हैं—राम जन्मभूमि का निर्माण, अनुच्छेद 370 का समापन तथा भारतीय संस्कृति, शिक्षा एवं राजनीति का हिंदुकरण।

धर्मनिरपेक्ष राष्ट्रवाद की अवधारणा का मुख्य लक्ष्य एक बहुसांस्कृतिक समाज में एकात्मकता की प्रतिस्थापना से है अर्थात इसका ध्येय विविधता में एकता की स्थापना से है। इसी वैचारिक आधार के मद्देनजर कांग्रेस ने प्रारंभ से ही साम्राज्यवादी ताकतों के विरुद्ध लड़ाई का प्रयोग पूरे भारतीय समाज को एकता के सूत्र में पिरोने का प्रयास किया। परंतु 1920 के दशक के पूर्व भारतीय राष्ट्रीय कांग्रेस ने भारतीय राष्ट्रवाद की अपनी कोई ठोस सैद्धांतिक अवधारणा विकसित नहीं की थी अर्थात् स्वाधीनता आंदोलन में गांधी, नेहरू, पटेल, मौलाना आजाद सरीखे नेताओं के आगे आने के पश्चात् कांग्रेस ने भारतीय राष्ट्रवाद के विषय में अपनी स्पष्ट राय बनानी शुरू कर दी। हालांकि धर्मनिरपेक्ष राष्ट्रवाद की कवायद मूलतः गैर-सांप्रदायिक राष्ट्रवाद की प्रतिस्थापना से ज्यादा और कुछ नहीं थी क्योंकि सामान्य सांस्कृतिक एकता को विविधता की जगह पर स्थापित कर पाना एक कठिन कार्य था। इस क्रम में नेहरू रचित *भारत की खोज* ने एक महत्त्वपूर्ण भूमिका अदा करते हुए धर्मनिरपेक्ष राष्ट्रवाद की आधारशिला का काम किया। इस पुस्तक में नेहरू ने बहुलवाद, धैर्यशक्ति, शांतिपूर्ण सहअस्तित्व एवं मिश्रित संस्कृति आदि को मुख्य बिंदु मानते हुए विभिन्न धर्मों से प्रतीकात्मक व्यक्तित्व को नायक की भूमिका में दर्शाते हुए विभिन्नता में एकता की छवि प्रस्तुत करने का प्रयास किया है। इस कड़ी में उन्होंने अशोक, कबीर, नानक, अकबर एवं गांधी के व्यक्तित्व को सामने रखा है। उन्होंने सांप्रदायिक राष्ट्रवाद के उस सिद्धांत को नकार दिया है जो यह मानता है कि बाहरी प्रभावों ने भारतीय सभ्यता एवं संस्कृति को नकारात्मक रूप से प्रभावित किया है। नेहरू के अनुसार बाहरी दुनिया से जब-जब भारत का संसर्ग हुआ तो उनकी संस्कृति में विलीन होने की जगह हमने उन्हें अपनी संस्कृति में आत्मसात कर लिया। ऐसा हमारी सभ्यता में व्याप्त सहनशीलता की भूमिका के कारण संभव हो पाया। नेहरू के इस तथाकथित मॉडल को बाद में कमोबेश समाजवादी एवं साम्यवादी दलों के साथ-साथ अन्य गैर-सांप्रदायिक दलों ने भी अपना लिया।[15]

उपरोक्त विश्लेषण से यह स्पष्ट होता है कि समकालीन भारत में राष्ट्रवाद को लेकर मुख्यतः दो विचारधाराएं विद्यमान हैं। *पहली*, धर्मनिरपेक्ष बहुलवादी राष्ट्रवाद की अवधारणा। *दूसरी*, सांप्रदायिक राष्ट्रवाद की विचारधारा। परंतु कुछ विचारकों के अनुसार दोनों ही अवधारणाएं सही मायने में भारतीय राष्ट्रवाद को सही तरीके से परिभाषित एवं विश्लेषित करने में किसी-न-किसी सीमा में परिसीमित होकर रह गई हैं। आवश्यकता इस बात की है कि इस धर्मनिरपेक्ष-सांप्रदायिक द्वंद्व की व्याख्या से बुद्धिजीवी बाहर निकल कर राष्ट्रवाद की ओर गहन एवं वस्तुनिष्ठ विश्लेषण प्रस्तुत करने का प्रयास करें।

## संदर्भ एवं टिप्पणी


1. Max Weber, *The Sociology of Religion*, Beacon Press, Boston, 1963
2. मोहनदास कर्मचंद गांधी, *सत्य के प्रयोग* अथवा आत्मकथा, नवजीवन, 2007
3. *Oxford Advanced Learning Dictionary of Current English*, OUP, 1974.
4. Rajeev Bhargava(ed), *Secularism and its Critics*, New Delhi, OUP, 1997
7. Partha Chatterjee, *The Nations and its Fragments: Colonial and Post Colonial Histories*, New Delhi, OUP, 1999.
6. J.C. Anand, "Punjab Politics—A Survey", (1947-65) In Iqbal Narain (ed.), *State Politics in India*, Meerut, Meenakshi Prakashan, 1967.
7. प्रभा दीक्षित, *सांप्रदायिकता का ऐतिहासिक संदर्भ,*
8. Neera Chandhoke, *Beyond Secularism, the Rights of Religious Minorities,* Delhi, OUP, 2004.
9. Neera Chandhoke, *Beyond Secularism the Rights of Religious Minorities.*
10. Sudipt Kaviraj, "Crisis of Nation State in India", in *John Dum* (ed), *Contemporary Crisis of the Nations State?* (Oxford and Cambridge; UK: Blackwell, 1995)
11. Sudipt Kaviraj, "Crisis of the Nation State in India."
12. Shekhar Bandopadhya: *From Plassey to Partition: A History of Modern India*, New Delhi, Orient Blackswan, 2004.
13. Khalid Bin Sayeed, Pakistan *The Formative Phase 1857-1948* (Karachi: OUP, 1998)
14. Aditya Nigam, *The Insurrection of Little Selves : The Crisis of Secular Nationalism in India*, New Delhi, OUP, 2006.
15. Jawahar Lal Nehru, *The Discovery of India*, New Delhi, Jawahar Lal Nehru Memorial Fund, 1981.

अध्याय पंद्रह

# भारतीय संघवाद एवं स्थानीय शासन

## संवैधानिक ढांचा, राजनीतिक एवं वित्तीय आयाम, लोकतांत्रिक विकेंद्रीकरण; पंचायती राज

*स्वेता मिश्रा*

दुनिया भर के देशों में केंद्रीय, क्षेत्रीय और स्थानीय सरकारों का आधारभूत ढांचा बदल रहा है। इसके साथ इनमें सत्ता के स्वरूप में भी बदलाव देखा जा रहा है। सरकारों के पुराने स्वरूप के स्थान पर नए स्वरूप आने से केंद्रीय सरकार के स्वरूप पर प्रभाव पड़ रहा है और कई परंपरागत अधिकारों में कटौती हो रही है। सत्ता का बंटवारा स्थानीय स्तर पर होने से गठबंधन और भागीदारी पर आधारित सरकारों का नया स्वरूप सामने आ रहा है। कम से कम संसाधनों के इस्तेमाल से अधिक से अधिक उपलब्धि प्राप्त करने के लिए केंद्र, राज्य और स्थानीय सरकारों को शासन प्रक्रिया में एक-दूसरे से संवाद करना होता है। इसलिए विभिन्न स्तरों के सरकारी संगठनों में आपसी संवाद आवश्यक हो गया है। व्यापक लिखित संविधान के साथ संघवाद की नीति अपनाने के कारण बेहतर शासन संविधानों के प्रावधानों पर निर्भर हो गया है। इसमें केंद्र-राज्य संबंधों का विशेष स्थान है।

इस परिचयात्मक पृष्ठभूमि में, संघवाद का अर्थ, ऐतिहासिक पृष्ठभूमि, भारतीय संघवाद की कार्यप्रणाली और उसके राजनीतिक और वित्तीय आयामों पर चर्चा की जाएगी। इसके अलावा लोकतांत्रिक विकेंद्रीकरण, 73वें संविधान संशोधन के प्रावधानों और भविष्य की चुनौतियों की भी विवेचना होगी।

संघ के लिए प्रयुक्त अंग्रेजी शब्द Federation लैटिन भाषा के शब्द Foedus से लिया गया है जिसका अर्थ 'संधि' या 'समझौता' होता है। एक राज्य, जो किसी संधि या समझौते का परिणाम होता है, एक संघ है। एक संघ राज्य एक ऐसा राजनीतिक गठन है जो राष्ट्रीय एकता और राज्य के अधिकारों की रक्षा के लिए शक्ति प्राप्त करता है। यह सरकार की ऐसी व्यवस्था है जिसमें सरकार का कोई भी स्तर न तो पूर्ण रूप से दूसरे पर आश्रित है और न ही पूर्ण रूप से दूसरे से स्वतंत्र है।

संघवाद ऐसा साधन है जो ऐसी प्रक्रिया के रूप में कार्य करता है जो विविधता भरे समाज

सीनियर असिस्टेंट प्रोफेसर, राजनीतिशास्त्र विभाग, गार्गी कॉलेज, दिल्ली विश्वविद्यालय।

को एकसूत्र में बांधने की क्षमता रखता है। संघवाद से सामाजिक-सांस्कृतिक विविधता और विभिन्न जातीय और क्षेत्रीय समूहों में सामंजस्य स्थापित किया जा सकता है। यह राष्ट्रीय एकता, विविधताओं में सामंजस्य, साझा आर्थिक हितों को बढ़ावा देने और समस्याओं के शांतिपूर्ण समाधानों को प्रस्तुत करता है। दूसरे शब्दों में, संघवाद एक प्रणाली है जो स्वशासन और सत्ता के बंटवारे तथा संघ के विभिन्न हिस्सों के हितों में संतुलन को बढ़ावा देती है।[1]

भारत में संघवाद एक राष्ट्र द्वारा निर्मित नहीं है। यह केंद्रीकरण और विकेंद्रीकरण की एक लंबी प्रक्रिया के परिणामस्वरूप अस्तित्व में आया है।

## 15.1 भारतीय संघवाद का संक्षिप्त इतिहास

आधुनिक भारतीय संघवाद की जड़ें ब्रिटिश शासन में तलाशी जा सकती हैं। सन् 1935 में पहली बार ब्रिटिश शासन ने भारत में संघीय सरकार की स्थापना के प्रयास किए। इसके लिए भारतीय शासन अधिनियम 1935 बनाया गया। इससे पहले ब्रिटिश शासन मुख्य रूप से प्रशासन के केंद्रीकरण पर आधारित था।

भारतीय शासन अधिनियम 1935 में ब्रिटिश भारतीय प्रांत और रजवाड़ों को मिलाकर संवैधानिक लोकतंत्र की अवधारणा के साथ केंद्र और उसकी ईकाइयों के आधार पर भारतीय संघ का गठन किया गया। अधिनियम के अनुसार अति केंद्रीकरण के साथ संघ की स्थापना की गई जिसमें ईकाइयों के लिए अस्थायी स्वायत्तता के प्रावधान अपनाए गए। यह स्वायत्तता हमेशा केंद्र के विवेक और नियंत्रण पर आधारित थी हालांकि इस अधिनियम के संघीय प्रावधान कभी लागू नहीं किए गए लेकिन इसका प्रभाव स्वतंत्र भारत पर साफ दिखाई देता है। भारतीय संविधान का ढांचा संघीय है। लेकिन इसके तत्त्व सुदृढ़ एकात्मक शासन के प्रतीक हैं। राज्य स्वायत्ततापूर्ण व्यवहार करते हैं। लेकिन अंतिम सत्ता केंद्र के नियंत्रण में निहित है।

स्वतंत्रता के शुरुआती वर्षों में भारत जैसे विशाल और विविधतापूर्ण देश में संघीय नीति के प्रावधानों को लागू करना आसान नहीं था। संविधान के निर्माताओं ने सामान्य स्थितियों की तुलना में आपात स्थितियों के संबंध में ज्यादा सोचा जिसका परिणाम यह हुआ कि सत्ता के बंटवारे में असुंतलन हो गया। इससे राज्यों की न्यूनतम आवश्यकताएं भी पूरी नहीं हो सकीं। भारतीय शासन व्यवस्था के लिए संसदीय संघीय संविधान का चयन भी देश के ऐतिहासिक अनुभवों का परिणाम है।

## 15.2 भारतीय संघवाद की प्रकृति

भारतीय संविधान के लागू होने के प्रारंभ से ही भारतीय संघवाद की प्रकृति पर सवाल उठाए जाते रहे हैं। हालांकि भारतीय संविधान संघ के सभी आवश्यक तत्त्वों की पूर्ति करता है। लेकिन पूरे संविधान में कहीं भी फेडरल या संघ शब्द का उल्लेख नहीं है। संविधान में इसके लिए *यूनियन आफ स्टेटस*- "राज्यों का संघ" शब्द का प्रयोग किया गया है। इसके बावजूद भारतीय संविधान में वे सभी विशेषताएं विद्यमान हैं जो किसी संघ के लिए जरूरी होती हैं। भारतीय संविधान की संघीय विशेषताएं इस प्रकार है:

### 15.2.1 दोहरा शासन

भारतीय संविधान दो स्तर पर शासन व्यवस्था का प्रावधान करता है। संविधान केंद्र स्तर पर अलग और राज्य स्तर पर अलग शासन व्यवस्था का प्रावधान करता है।

### 15.2.2 शक्तियों का बंटवारा

भारतीय संविधान में केंद्र और राज्य सरकारों की शक्तियों का स्पष्ट बंटवारा किया गया है। संविधान की सातवीं अनुसूची में शक्तियों के बंटवारे की व्यवस्था की गई है। संपूर्ण शक्तियों को केंद्रीय सूची, राज्य सूची और समवर्ती सूची में बांटा गया है। केंद्रीय सूची में राष्ट्रीय महत्त्व के 97 विषयों को शामिल किया गया है। क्षेत्रीय स्तर के विषयों को राज्य सूची में स्थान दिया गया है जिसकी संख्या 66 है। तीसरी समवर्ती सूची में 47 विषय हैं जिन पर केंद्र और राज्य सरकारें दोनों कानून बना सकती हैं लेकिन दोनों के टकराव की स्थिति में केंद्र का कानून मान्य होगा। जो विषय इन सूचियों में नहीं आ पाए और भविष्य में आने वाले विषय भी केंद्रीय सूची में रहेंगे। केंद्र के बनाए कानूनों का दायरा संपूर्ण राज्य का होगा जबकि राज्यों के कानूनों का दायरा उनका अपना क्षेत्र विशेष होगा।

### 15.2.3 लिखित संविधान

भारतीय संविधान लिखित संविधान है। इसी से केंद्र और राज्य सरकारें सत्ता और अधिकार प्राप्त करती हैं। भारतीय संविधान न केवल लिखित है बल्कि यह बेहद सख्त और सर्वोच्च है। केंद्र और राज्य सरकारें दोनों संविधान के दायरे में काम करने के लिए बाध्य हैं।

### 15.2.4 स्वतंत्र न्यायपालिका

भारतीय संविधान में स्वंतत्र न्यायपालिका की व्यवस्था की गई है। यह केंद्र और राज्यों के बीच किसी भी विवाद के निपटारे के लिए भी उत्तरदायी है। यह अभिभावक की भूमिका का निर्वहन करती हैं और अंतिम व्याख्याता भी यही है।

भारतीय संविधान की ये विशेषताएं उसे साफतौर पर संघीय घोषित करती हैं। लेकिन इनके अलावा संविधान में ऐसी एकात्मक शासन की विशेषताएं भी मौजूद हैं जो उसकी प्रकृति को विवादास्पद बनाती हैं। केंद्र की आपातकालीन शक्तियां, राज्यपाल की केंद्र के एजेंट के रूप में भूमिका, राज्यों की केंद्र पर वित्तीय निर्भरता, समवर्ती सूची के प्रावधान, राज्य सभा में राज्यों का असमान प्रतिनिधित्व, एकल न्यायपालिका, शीर्ष पदों की शक्तियों के संबंध में संशोधन प्रक्रिया और योजना आयोग की भूमिका आदि ऐसी विशेषताएं हैं जो संविधान के एकात्मक शासन के पक्ष को सामने लाती हैं।

इन विशेषताओं से साफ पता चलता है कि भारत सही अर्थों में संघीय शासन नहीं है। विभिन्न विचारकों ने भारतीय संघ को अलग-अलग नाम दिए हैं। *के. एम. मुंशी* ने इसे अर्ध संघ" कहा है। *के.सी. वीअर* ने कहा है- यह संघीय विशेषताओं के साथ एकात्मक राज्य है न कि एकात्मक विशेषताओं के साथ संघीय राज्य। भारतीय संघ को 'छद्म संघ' या 'संघीय ढांचा लेकिन एकात्मक आत्मा' भी कहा गया है। *डब्ल्यू.एच. मोरिस जोंस* का मत है कि भारतीय संघवाद एक तरह का सहकारी संघवाद है जहां केंद्र और राज्यों के बीच

मोल-भाव की प्रक्रिया चलती है। लेकिन अंतिम समाधान में दोनों पक्ष सहयोग के लिए सहमत होते हैं।[2]

इस प्रकार हम देखते हैं कि भारतीय संघ के संबंध में विभिन्न दृष्टिकोण मौजूद हैं। कई भारत को संघ मानते हैं। जबकि दूसरे इससे इनकार करते हैं। इससे हम यह निष्कर्ष निकाल सकते हैं कि भारत एक संघ है जिसमें एकात्मक शासन की मजबूत विशेषताएं मौजूद हैं। हालांकि पिछले वर्षों में विशेष तौर पर 1990 के बाद से भारतीय शासन व्यवस्था में महत्त्वपूर्ण बदलाव आए हैं और यह गहरे रूप से संघीयकरण की ओर मुड़ी है।[3]

## 15.3 भारतीय संघ की कार्य प्रणाली

जैसा कि हमने देखा है कि भारतीय संघ का झुकाव केंद्र की ओर है और इसलिए शक्तिशाली केंद्र सरकार की स्थापना की गई है। यही तथ्य भारतीय संघ की वास्तविक कार्य प्रणाली में भी देखा जा सकता है। भारतीय संघ के कार्य निष्पादन को तीन चरणों में बांटा जा सकता है।

*प्रथम चरण 1950–1967* इस चरण में केंद्र और राज्यों में कांग्रेस की सरकारों का आधिपत्य रहा है। जवाहर लाल नेहरू के करिश्माई नेतृत्व में पहले से ही मजबूत केंद्र और ज्यादा ताकतवर होकर सामने आया। मुख्यमंत्रियों, मंत्रियों और विधायी संस्थाओं के उम्मीदवारों का चयन नेहरू द्वारा किया जाता था। इस चरण में केंद्र और राज्य सरकारों के बीच कोई टकराव नहीं देखा गया क्योंकि केंद्र और लगभग सभी राज्यों में कांग्रेस की सरकारें थी। इस दौरान शासकीय तंत्र ने एकात्मक प्रणाली के तौर पर काम किया और राज्यों ने साधारण तौर पर अपनी शक्तियों का इस्तेमाल नहीं किया।

*भारतीय संघ का दूसरा चरण वर्ष 1967* के चौथे आम चुनाव से शुरू होता है। इस दौरान केंद्र और राज्यों के संबंधों की प्रकृति में महत्त्वपूर्ण बदलाव देखा गया। कई राज्यों में गैर-कांग्रेसी और गठबंधन सरकारों का गठन किया गया। केंद्र में भी कांग्रेस की पकड़ कमजोर पड़ गई। केंद्र में कांग्रेस की सरकार का भारी बहुमत नहीं रह गया। पार्टी में नेहरू जैसा करिश्माई व्यक्तित्व नहीं रहा और कांग्रेस में फूट पड़ गई। इसका नतीजा यह हुआ केंद्र में कांग्रेस की सरकार अल्पमत में आ गई। इन स्थितियों में राज्यों ने अपने अधिकारों के इस्तेमाल के प्रयास शुरू किए जिन्हें केंद्र ने अस्वीकार्य बताया।

इसी चरण में क्षेत्रीय शक्तियों का उदय हुआ। केंद्र की कांग्रेसी सरकार ने अनुच्छेद 356 के तहत राष्ट्रपति शासन लागू करके और दल-बदल कराकर पुन: राजनीतिक सत्ता प्राप्त करने का प्रयास किया। हालांकि इस परिवर्तन के बावजूद भी मध्यावधि चुनाव के बाद कांग्रेस पार्टी एक बार फिर केंद्र और राज्यों में सत्ता पर काबिज हो गई। तत्कालीन प्रधानमंत्री इंदिरा गांधी ने संविधान में 42वां संविधान संशोधन किया। इससे राज्यों की शक्तियों में कटौती कर केंद्र को मजबूत बनाया गया। इस दौर में सत्ता का जबरदस्त केंद्रीकरण हुआ और देश में 1975-77 तक आपात स्थिति लागू रही। इंदिरा गांधी के काल में राज्य शक्तिहीन रहे और अतीत की तुलना में सत्ता का ज्यादा केंद्रीकरण हुआ। वर्ष 1977 से 1979 के दौरान केंद्र में गैर-कांग्रेसी सरकार रही। हालांकि यह सरकार विकेंद्रीकरण में विश्वास करती थी लेकिन इसने भी वही सब कुछ किया जो कांग्रेस

सरकार ने किया था। इस सरकार ने अनुच्छेद 356 का दुरुपयोग करते हुए नौ राज्यों में कांग्रेसी सरकारों को बर्खास्त कर दिया और उनकी विधानसभाएं भंग कर दी। वर्ष 1980 में इंदिरा गांधी ने केंद्र में सत्ता में वापसी की और जनता पार्टी व गठबंधन के नेतृत्व में बनी नौ राज्यों की सरकारों को सत्ता से हटा दिया। राजीव गांधी देश के प्रधानमंत्री बने। केंद्रोन्मुखी नीति अपनाने वाली अपनी मां के उलट राजीव गांधी ने क्षेत्रीय मांगों और आंदोलनों के विषयों के अनुसार सामंजस्य की नीति अपनाई।[4] उन्होंने क्षेत्रीय दलों के साथ गठबंधन करने का प्रयास किया जबकि उनके पास केंद्र में सत्ता थी।

*भारतीय संघवाद का तीसरा चरण 1980* के दशक के अंत से शुरू होता है। यह गठबंधन सरकारों का युग था। गठबंधन युग में कांग्रेस का आधिपत्य बीते समय की बात बन गई। क्षेत्रीय दल जैसे तमिलनाडु में द्रविड़ मुनेत्र कड़गम (डीएमके), और अखिल भारतीय अन्ना द्रविड़ मुनेत्र कड़गम (एआईएडीएमके), आधंप्रदेश में तेलुगू देशम पार्टी, बिहार में राष्ट्रीय जनता दल (आरजेडी) और लोक जन शक्ति पार्टी (एलजेपी), उत्तर प्रदेश में बहुजन समाज पार्टी (बीएसपी) और समाजवादी पार्टी (एसपी) तथा अन्य क्षेत्रीय दल ज्यादा मुखर रूप से सामने आ गए। इन दलों की मुखरता ने केंद्र सरकार को कमजोर कर दिया। अनेक क्षेत्रीय दलों ने केंद्र में सरकार का गठन करने के लिए हाथ मिला लिए क्योंकि कोई भी दल अपने बूते पर सरकार का गठन करने की स्थिति में नहीं था।

इस परिदृश्य में क्षेत्रीय दलों के नेता (वी.पी.सिंह और एच.डी. देवेगौड़ा) प्रधानमंत्री बने। देवेगौड़ा की सरकार में क्षेत्रीय दलों के अनेक नेता मंत्री बनाएं गए। यही स्थिति एनडीए और यूपीए सरकारों के साथ भी रही है।

गठबंधन के इस युग में सत्ता राज्यों की ओर हस्तांतरित हो गई। केंद्र में सरकार गठित करने की प्रक्रिया में क्षेत्रीय दल प्रमुख अवयव बन गए। क्षेत्रीय दल के राज्य स्तरीय प्रमुख यह तय कर रहे हैं कि उनकी पार्टी से कौन केंद्रीय मंत्रिमंडल में शामिल होगा। इन नेताओं की राय मंत्रियों के विभागों के बंटवारे में भी महत्त्वपूर्ण स्थान रखती है। यूपीए प्रथम(2004) की सरकार में आरजेडी के लालू प्रसाद ने गृह मंत्रालय और एलजेपी के रामविलास पासवान ने रेल मंत्रालय की मांग की। काफी विचार-विमर्श के बाद लालू प्रसाद को रेल मंत्रालय और रामविलास पासवान को रसायन, उर्वरक एवं इस्पात मंत्रालय पर मनाया गया। ऐसे अनेक उदाहरण मौजूद हैं। ऐसी स्थिति में जब किसी दल को स्पष्ट बहुमत नहीं मिलता तब क्षेत्रीय दल प्रशासकीय प्रक्रिया में निर्णायक भूमिका निभाते हैं।

इसका परिणाम यह हुआ कि प्रधानमंत्री की शक्ति और स्थिति कमजोर होती गई। फिलहाल प्रधानमंत्री क्षेत्रीय दलों से निर्देशित और नियंत्रित होता है जिनके नेता ताकतवर मुख्यमंत्री के. करुणानिधि, लालू प्रसाद, मायावती, जे. जयललिता, एन. चंद्र बाबू नायडू और अन्य हैं। हालांकि अंतिम शक्ति और सत्ता प्रधानमंत्री में निहित है फिर भी प्रधानमंत्री को गठबंधन सहयोगियों की शर्तों पर काम करना होता है। दूसरी ओर राष्ट्रपति की भूमिका में इजाफा हो रहा है। गठबंधन की स्थिति में वह सरकार के गठन के लिए अपनी विवेकाधीन शक्तियों का इस्तेमाल कर सकता है। किसी दल द्वारा स्पष्ट बहुमत प्राप्त नहीं होने और लोकसभा को भंग करने में राष्ट्रपति की भूमिका बढ़ गई है।

इस बदलते हुए परिदृश्य में क्षेत्रीय दल न केवल केंद्र में अपना आधिपत्य जमा रहे हैं बल्कि कई राज्यों में सत्ता पर भी काबिज हैं। इस प्रक्रिया को न केवल स्वस्थ सहकारी संघवाद के रूप में देखा जा सकता है बल्कि यह राष्ट्रीय एकता से भी जुड़ा है। राष्ट्रीय गठबंधन के सदस्य के तौर पर क्षेत्रीय दलों ने राष्ट्रीय नेताओं की ताकत कमतर करनी आरंभ कर दी है। ये क्षेत्रीय दल क्षेत्रीय हितों के आपसी टकराव पर भी बातचीत के लिए तैयार हैं।[5]

निष्कर्ष के तौर पर कहा जा सकता है कि भारतीय संघवाद धीरे-धीरे केंद्रीय संघवाद से बहुदलीय प्रणाली के तहत वास्तविक संघवाद की ओर बढ़ रहा है। समाज के बढ़ते राजनीतिकरण, दलीय प्रणाली के क्षेत्रीयकरण, राज्यों की स्वायत्तता के पक्ष में न्यायपालिका की सक्रियता और 1990 के दशक में शुरू हुए अर्थव्यवस्थाओं के उदारीकरण के प्रभाव में शासन प्रणाली का कार्य निष्पादन और ज्यादा संघवादी हो रहा है।[6]

## 15.4 संघ-राज्य संबंध राजनीतिक और वित्तीय आयाम

संघ-राज्य संबंध आवश्यक रूप से इस भावना पर आधारित हैं कि दोनों के बीच संबंधों में परिवर्तन होगा और ये संबंध सुचारू रूप से चलते रहें। राष्ट्रीय और क्षेत्रीय हितों का टकराव नहीं हो तथा लोकतंत्र को मजबूत करने की प्रक्रिया उत्तरदायित्व पूर्ण ढंग से चलती रहे।[7] भारतीय संघ की विषयवस्तु और प्रकृति को संविधान में जैसा समझा गया है उसे केंद्र और राज्य के संबंधों के संदर्भ में देखा जा सकता है। इन संबंधों में विभिन्न आयाम जैसे राजनीतिक और वित्तीय शामिल हैं जिनका उल्लेख नीचे किया गया है:

### 15.4.1 राजनीतिक आयाम

भारतीय संघवाद के राजनीतिक पक्ष के संबंध में यह स्पष्ट है कि केंद्र का कार्यक्षेत्र न केवल राज्यों से बड़ा है बल्कि ऐसे भी तत्त्व मौजूद हैं जो इसके केंद्र की ओर झुकाव को दर्शाते हैं। केंद्र के पास संसद में कानून बनाने की प्रक्रिया शुरू करने का अधिकार है। इसके अलावा अगर केंद्र को लगता है किसी कानून में एकरूपता लाना जरूरी है तो वह समवर्ती सूची के विषय पर कानून बना सकता है। हालांकि राज्यों को राज्य सूची के विषयों पर कानून बनाने के विशेष अधिकार हासिल हैं। ये सामान्य नियमों के अपवाद हैं। केंद्र व्यापक जन हित में जरूरी होने पर राज्य सूची के किसी भी विषय पर कानून बना सकता है। इसके लिए उसे राज्य सभा के उपस्थित सदस्यों से दो-तिहाई मतों के साथ अनुमति लेनी होगी (अनुच्छेद 249)। इसी तरह केंद्र राज्य सूची के किसी भी विषय पर कानून बना सकता है जो संपूर्ण या भारत के किसी भी हिस्से में लागू किया जा सकता है। विशेषतौर पर आपात काल के दौरान इसका इस्तेमाल किया जाता है (अनुच्छेद 250)। यह दो या दो से अधिक राज्यों के अनुरोध पर कानून बना सकता है (अनुच्छेद 252)। केंद्र अन्य देश या देशों के साथ की गई संधियों, समझौतों और निर्णयों का पालन करने के लिए भी कानून बना सकता है (अनुच्छेद 253)। अनुच्छेद 356 केंद्र को राज्यों पर राष्ट्रपति शासन लगाने की शक्ति प्रदान करता है। इसका असर यह होगा कि संबद्ध राज्य की विधानसभा या भंग हो जाएगी या निलंबित रहेगी। जब तक आपातकाल लागू रहेगा, उस समय तक उस राज्य के लिए कानून बनाने की शक्ति संसद में समाहित रहेगी। इनके लिए एक प्रावधान और है जिसके

तहत विशेष परिस्थितियों में राज्यों द्वारा कानूनों को राष्ट्रपति "निषेध" कर सकता है हालांकि धन विधेयक (अनुच्छेद 200 एवं 201) इसका अपवाद है।

ये सभी प्रावधान केंद्र-राज्य संबंध से संबद्ध हैं। इनसे संघीय सरकार राज्य सरकारों पर शासन के संबंध में वरीयता प्राप्त करती है। इन प्रावधानों का इस्तेमाल केंद्र सरकार राज्यों में गठित विपक्षी दलों की सरकारों के खिलाफ 'राजनीतिक हथियार' के रूप में करती है। केंद्र-राज्य संबंधों पर गठित सरकारिया आयोग (1988) ने 1951 से लेकर 1987 तक अनुच्छेद 356 के लगातार दुरुपयोग की ओर ध्यान आकृष्ट किया है। आयोग का कहना है कि इस अवधि मे 75 बार राष्ट्रपति शासन लगाया गया है। इनमें 26 मामले हैं जब राष्ट्रपति शासन आवश्यक था। इसके अलावा 18 बार राष्ट्रपति शासन अनुच्छेद 356 का दुरुपयोग करके राजनीतिक लाभ के लिए लागू किया गया। यह संविधान द्वारा प्रदत्त शक्तियों का अतिक्रमण था।

राजनीतिक आयाम के अन्य पहुलओं में कानून एवं व्यवस्था की स्थिति प्रमुख है। केंद्र और राज्यों के बीच टकराव का यह प्रमुख क्षेत्र है। कानून और व्यवस्था बनाए रखना राज्य सरकार की जिम्मेदारी है लेकिन केंद्र इसमें हस्तक्षेप कर सकता है। ऐसे अनेक मामले हैं जब केंद्र ने राज्यों की सहमति के बिना सशक्त बलों की तैनाती वहां कर दी। उदाहरण के लिए वर्ष 1968 में केरल सरकार की सहमति के बगैर वहां केंद्रीय रिजर्व पुलिस बल की तैनाती कर दी गई। इसी तरह पश्चिम बंगाल में भी केंद्रीय सुरक्षा बलों को तैनात किया गया। आंध्र प्रदेश में केवल राजनीतिक मकसद के लिए सीआरपीएफ को तैनात किया गया। इन घटनाओं ने केंद्र और राज्य सरकारों के बीच टकराव को जन्म दिया।

केंद्र ने अनेक राज्यों में सीमा सुरक्षा बल की ईकाइयों को तैनात किया है। उत्तर प्रदेश और बिहार में शांतिपूर्ण ढंग से आंदोलन कर रहे लोगों से निपटने के लिए भी बीएसएफ की तैनाती की गई। जम्मू-कश्मीर में आंतकवाद से निपटने के लिए भी बीएसएफ को लगाया गया। पूर्वोत्तर में उग्रवाद के खिलाफ भी बीएसएफ का इस्तेमाल किया गया।[8]

### 15.4.2 वित्तीय आयाम

संघ की सभी समस्याओं में, केंद्र और राज्यों के बीच वित्तीय संबंध सबसे जटिल हैं। संघ की सभी वित्त योजनाओं का उद्देश्य यह सुनिश्चित करना होता है कि कार्य निष्पादन का बंटवारा, वित्तीय संसाधनों के अनुरूप होना चाहिए। बंटवारे की मौजूदा योजना में केंद्र और राज्य कर लगाने और लेने की शक्तियां पूरी तरह से अलग-अलग हैं। साधारण तौर पर अंतर्राज्यीय कर केंद्र लगाता है जबकि स्थानीय कर राज्य लेते हैं।

केंद्रीय सूची में कराधान के 12 विषय हैं और राज्य 19 विषयों से राजस्व संग्रहित कर सकता है। हालांकि किसी भी विषय पर दोनों एक साथ कर नहीं लगा सकते। केंद्रीय सूची में स्टाम्प शुल्क, दवाई और सौंदर्य प्रसाधनों पर शुल्क, भूमि शुल्क, यात्री कर, रेल, समुद्र और वायुमार्ग से सामान के आवागमन पर कर, रेलवे के यात्री और माल भाड़े पर कर, कृषि के अलावा अन्य आय पर कर, केंद्रीय उत्पाद शुल्क, सीमा शुल्क, निगम कर, और आयकर पर उपकर आदि शामिल हैं।[9] राज्य सूची में लगान, शराब और अफीम पर शुल्क, बिजली के उपभोग और ब्रिकी पर कर, वाहन, पशु, पुस्तक, मनोरंजन, सट्टा और जुआ आदि पर कर शामिल हैं। वित्तीय

शक्तियों के बंटवारे के अलावा संविधान में कुछ ऐसे उपाय किए गए हैं जिनसे राज्यों के संसाधनों और उत्तरदायित्वों के बीच असंतुलन को कम से कम किया जा सके। इनमें (क) केंद्रीय करों से प्राप्त आय का बंटवारा, (ख) केंद्रीय उत्पाद शुल्क का सहमति के आधार पर वितरण, (ग) केंद्रीय करों का संग्रहण और राज्यों के अपने कर और (घ) राज्यों को अनुदान या ऋण के रूप में केंद्रीय सहायता, को माना जा सकता है।[10] सांवैधानिक तौर पर राजस्व जुटाने की शक्तियां पूरी तरह से केंद्र के हाथों में केंद्रित हैं। फिलहाल पूरे देश में केंद्र तकरीबन दो-तिहाई कर और गैर-कर राजस्व उगाहता है जबकि राज्यों की हिस्सेदारी इस मामले में केवल एक-तिहाई है।[11]

राज्यों की वित्तीय निर्भरता केंद्र पर बनी हुई है और यही दोनों के बीच गंभीर तनाव का कारण बन जाती है। राज्य यह शिकायत करते रहते हैं कि केंद्र संविधान की भावना के अनुरूप करों का बंटवारा नहीं कर रहा है। पूंजी की मौजूदा आंबटन पद्धति के तहत समृद्ध राज्यों को ज्यादा और गरीब राज्यों को कम अनुदान मिलता है। इससे अमीर और गरीब राज्यों के बीच खाई बढ़ती जा रही है। संविधान से इतर संस्था योजना आयोग-सुपर सरकार के रूप में सामने आई है। इसने केंद्र के समक्ष राज्यों को कमतर बनाया है। योजना आयोग पर यह आरोप लगता रहा है कि यह राजनीतिक पहलुओं को देखकर राज्यों को विकासात्मक परियोजनाएं आबंटित करता रहा है। बिहार जैसे निर्धनतम राज्यों की यह शिकायत रही है कि उन्हें पर्याप्त पूंजी उपलब्ध नहीं कराई जा रही है। राज्यों में चल रही केंद्रीय योजना में कटौती करके भी केंद्र सरकार राज्य सरकारों के लिए वित्तीय संसाधनों की कमी कर देती है। राज्य केंद्र की नीतियों को ऐच्छिक तौर पर लेते हैं। इनके लिए गए ऋण को बोझ समझते हैं। वर्ष 1991-92 में राज्यों के राजस्व का यह लगभग 12 प्रतिशत था जोकि 1995-96 तक 16 प्रतिशत तक हो गया।[12] संविधान में प्रत्येक पांच वर्ष के बाद वित्त आयोग के गठन की व्यवस्था की गई है। यह उन मानकों की सिफारिश करता है जिनके आधार पर राज्यों को केंद्र की ओर से पूंजी का आबंटन किया जाता है। हालांकि राज्यों ने इस वितरण को भी गलत बताया है।

भारतीय संघ के राजनीतिक और वित्तीय आयामों के इस विचार-विमर्श से यह स्पष्ट होता है कि शक्तियों के बंटवारे से केंद्रीकरण के पक्ष को मजबूत किया गया है। इस पर फिर से विचार करना आवश्यक है जिससे केंद्र मजबूत हो और राज्यों की स्वायत्तता बनी रहे। मौजूदा प्रणाली से संरचात्मक ढांचा केंद्र के पक्ष में है। इससे केंद्र और राज्यों के बीच तनाव बना रहता है। इस कारण प्रशासकीय प्रक्रिया कमजोर पड़ती है।

## 15.5 लोकतांत्रिक विकेंद्रीकरण: सैद्धांतिक परिप्रेक्ष्य

विकेंद्रीकरण की व्याख्या विभिन्न संदर्भों में अलग-अलग तरीकों से की गई है। इसके अर्थ को लेकर विद्वान एकमत नहीं हैं। एलन इसे ऐसी सुविधाग्रस्त प्रशासनिक अवधारणा मानते हैं जो पेशेवर प्रबंधन के विज्ञान व कला को दर्शाती है।[14] पिफनर तथा शेरवुड के शब्दों में कुछ अर्थों में विकेंद्रीकरण प्रबंधन का एक महत्त्वपूर्ण सिद्धांत साबित हुआ है। *पहला*, यह एक ऐसी जीवन शैली है जिसे कम से कम आंशिक रूप से आस्था के रूप में अपनाने की जरूरत है। *दूसरा* यह एक ऐसी आदर्श अवधारणा है जिसकी जड़ें लोकतंत्र में धंसी हैं। *तीसरा* शुरुआती तौर पर

यह कमोबेश एक कठिन जीवनशैली को रूपांतरित करता है क्योंकि यह मानवता के अंत: स्थान में ऐतिहासिक रूप से गहरे जमी पारंपरिक सोच के प्रति नवजागरण का विद्रोह है, जिसके लिए व्यवहारमूलक बदलाव की जरूरतों को प्रमुखता से रेखांकित करता है। आम लोगों की जरूरतों व आवश्यकताओं पर सहानुभूतिपूर्ण विचार, अन्य व्यक्तियों के दृष्टिकोण और राय पर सम्मानपूर्ण विचार तथा यथोचित तरीके से सही जगह व सही समय पर उसका प्रयोग, लोगों के मौलिक अधिकारों का सम्मान आदि कुछ ऐसी चीजें हैं जिसे स्वकेंद्रित मानसिकता वाला व्यक्ति व संगठन आसानी से स्वीकार नहीं कर पाता है। उसके लिए आदेश व निर्देश जारी करना आसान है और दूसरों को सुनना व उन्हें उचित भागीदारी का अवसर प्रदान करना खिझाने वाला काम है। विकेंद्रीकरण के लिए इस तरह की मानसिकता को छोड़ना आवश्यक है।[15] यह स्पष्ट है कि विकेंद्रीकरण प्रशासनिक प्राधिकार का फैलाव मात्र नहीं है वरन् यह राजनीतिक प्राधिकार का लोकतांत्रिक हस्तांतरण भी है।

इसके अलावा विकेंद्रित संगठन में जनतांत्रिक नियामकों की मौजूदगी एक अपेक्षित आवश्यकता है। इस तरह के नियामकों की उपस्थिति से प्रशासनिक संगठनों में भागीदारी सुनिश्चित होती है तथा निर्णयों व कार्य निष्पादन की गुणवत्ता व व्यापकता में उल्लेखनीय इजाफा होता है। इसके अतिरिक्त यह संगठनों के विभिन्न स्तरों को जोड़ने के साथ ही जनता व संगठन के बीच बेहतर तालमेल व भागीदारी को सुनिश्चित करता है।

संगठन के अंतर्गत विकेंद्रीकरण भौतिक सुख-सुविधाओं के वितरण, स्थापन तथा अधिकारों-प्राधिकारों के समुचित व व्यापक वितरण को इंगित करता है। अर्थात् विकेंद्रीकरण एक ऐसी व्यवस्था है जहां आदेश-निर्देश जारी करने से लेकर उसके नियमन-नियंत्रण तथा नतीजों तक की सारी जिम्मेदारी देश भर में फैली स्थानीय ईकाइयों में निहित रहती है। यह कहा जाता है कि विकेंद्रीकृत व्यवस्था में कार्य निष्पादन की पूरी जिम्मेदारी निचले स्तरों के निकायों को सौंप दी जाती है जिसका उद्देश्य प्रभावी व उत्पादनशील प्रदर्शन होता है। वहीं बड़े मुद्दों व नीतियों पर विचार-विश्लेषण व निर्णय लेने की क्षमता संगठन के ऊपरी स्तरों में निहित रही है। यद्यपि विकेंद्रीकरण को हस्तांतरण और प्रतिनिधित्व के पर्याय के रूप में सामान्यत: इस्तेमाल किया जाता है परंतु इन सब के अर्थ भिन्न व विशिष्ट हैं। विकेंद्रीकरण अधिकार व प्राधिकार के निचले स्तर पर व्यापक फैलाव व समुचित वितरण को व्यक्त करता है। यह राजनीतिक शक्तियों के लोकतंत्रिकरण की प्रक्रिया है जिसका उद्देश्य प्रजातांत्रिक मूल्यों को व्यवहार में लाना है। विकेंद्रीकरण निर्णय-निर्माण प्रक्रिया में व्यापक जनभागीदारी को सुनिश्चित कर संसाधनों, अधिकारों तथा शक्तियों के निचले स्तर पर व्यापक फैलाव की ओर अपना ध्यान केंद्रित करता है जो स्वायत्तता के दायरे को अधिक विस्तृत तथा जनोपयोगी बनाता है। पंचायती राज विकेंद्रीकरण का एक प्रभावी उदाहरण है।

बहुत से देशों में विकेंद्रीकरण को सर्वांगीण राष्ट्रीय विकास की तकनीकी असफलता की प्रतिक्रिया के रूप में देखा जाता है। विकेंद्रीकरण केंद्रीकृत राष्ट्रीय विकास की अंतर्निहित विसंगतियों को प्रभावी तरीके से हल करने वाले विकल्प के रूप में तेजी से उभरा है। कुछ देशों में विकेंद्रीकरण को एक ऐसी व्यवस्था के रूप में देखा जाता है जो राष्ट्रीय विकास हेतु स्थानीय संसाधनों का बेहतर दोहन व प्रबंधन सुनिश्चित करता है। विकेंद्रीकरण के माध्यम से स्थानीय

लोगों की व्यापक राजनीतिक, आर्थिक व सामाजिक भागीदारी सुनिश्चित होती है। स्थानीय लोग अपनी जरूरतों, आवश्यकताओं व परिस्थितियों से बेहतर वाकिफ होते हैं। फलत: नीति निर्माण व कार्यान्वयन में उनकी भागीदारी जनोपयोगी कार्यक्रमों व परियोजनाओं की सफलता की गारंटी को सुनिश्चित करती है। यह विभिन्न क्षेत्रों व वर्गों को व्यापक व यथोचित प्रतिनिधित्व देकर राष्ट्रीय एकता को भी अक्षुण्ण बनाए रखने में मदद करता है।

संक्षेप में कहें तो विकेंद्रीकरण एक ऐसा वैचारिक सिद्धांत है जो आत्मनिर्भरता, लोकतांत्रिक निर्णय-निर्माण प्रक्रिया, सरकार में व्यापक लोक भागीदारी तथा लोक सेवकों की जनोन्मुखता, पारदर्शिता तथा उत्तरदायित्व को प्रोत्साहित करता है। इस प्रकार विकेंद्रीकरण एक राजनीतिक निर्णय है तथा इसका कार्यान्वयन राष्ट्र की राजनीतिक प्रक्रिया की छवि। लोकतंत्र, विकेंद्रीकरण व विकास के सम्मिलित लक्ष्य के रूप में इसका उद्देश्य सरकारी शक्तियों तथा उत्तरदायित्वों का हस्तांतरण, राजनीतिक संस्थाओं का विकेंद्रीकरण; स्थानीय नेतृत्व का विकास तथा आर्थिक आधुनिकीकरण सुनिश्चित करता है। यद्यपि सभी विद्वान इस पर एकमत नहीं हैं।

संकुचित व तकनीकी अर्थ में प्रोफेसर हाउसन ने "लोकतांत्रिक विकेंद्रीकरण" पद का इस्तेमाल किया है जहां केंद्रीय सरकार के उत्तरदायित्वों का हस्तांतरण स्थानीय निकायों को किया जाता है जिनका चुनाव भौगोलिक या कार्यात्मक (functional) चुनाव क्षेत्रों के द्वारा होता है। इन स्थानीय निकायों को जहां कुछ अधिकारों व शक्तियों का हस्तांतरण उच्चतर प्रशासनिक तंत्र द्वारा किया जाता है वहीं कुछ शक्तियां इन्हें सीधे विधायी या सांविधानिक व्यवस्थाओं से हस्तांतरित होती हैं।

परंतु असली कसौटी राजनीतिक एजेंसियों या संस्थाओं का विकेंद्रीकरण मात्र नहीं है वरन् उत्तरदायित्वों, शक्तियों तथा प्राधिकारों का प्रभावी विकेंद्रीकरण है। भारत में लोकतांत्रिक विकेंद्रीकरण को विभिन्न नाम दिए गए हैं जैसे—कार्यात्मक लोकतंत्र, जमीन से जुड़े लोकतंत्र, समाज के निचले हिस्से का निर्माण और पंचायती राज आदि प्रमुख हैं। हालांकि ये नामकरण लोकतांत्रिक विकेंद्रीकरण की वास्तविक भावना को सही अर्थों में नहीं दर्शाते हैं। इन सभी में लोकतांत्रिक पक्ष के अलावा इसके विकासात्मक पहलू को महत्ता दी गई है।

निष्कर्षत: लोकतांत्रिक विकेंद्रीकरण की अवधारणा केंद्र द्वारा अपनी शक्तियों और उत्तरदायित्वों का बंटवारा है। उचित विधायन के जरिए लोकतांत्रिक तरीके से क्षेत्रीय ईकाइयों का गठन किया जाता है। इस व्यवस्था के तहत स्थानीय शासन की ईकाई अपने क्षेत्राधिकार और कार्यक्षेत्र में कमोबेश पूरी तरह से स्वायत्त होती है।

## 15.6 भारत में विकेंद्रीकरण का उद्‌भव एवं विकास

राष्ट्र के एक प्रमुख लक्ष्य के रूप में विकास के प्रति प्रतिबद्धता स्वतंत्रता के बाद की अवधारणा नहीं है बल्कि विकेंद्रीकृत विकास के बीज स्वतंत्रता संघर्ष के दौरान ही बो दिए गए थे। विकेंद्रीकरण की जड़ें 1882 के रिपन प्रस्ताव में तलाशी जा सकती हैं। भारतीयों को प्रशासन में प्रशिक्षित करने, शिक्षित वर्ग के लिए राजनीतिक भागीदारी के रास्ते खोलने और अनुभव से सीखने के लिए रिपन प्रस्ताव में स्थानीय स्वशासन संस्थाओं की स्थापना करके प्रशासन के

विकेंद्रीकरण की वकालत की थी। ब्रिटिश प्रशासन रिपन प्रस्ताव को स्वीकार करने के लिए तैयार नहीं था। उसने स्थानीय प्रशासन को संभालने के लिए भारतीयों की क्षमता पर सवाल खड़े किए। उसने आशंका व्यक्त की कि स्थानीय स्वशासन की व्यवस्था भारतीयों के नेतृत्व में कमजोर हो जाएगी। यह बहस मूल्यों के चयन और लोकतंत्र की प्रभावशीलता की थी।

स्वतंत्रता संघर्ष के जोर पकड़ने के साथ ही साम्राज्यवादी नीति में भारतीयों को स्थानीय स्वशासन में शामिल करने की मांग को स्वीकार किया गया और प्रशासन में भागीदारी दी गई। इस चर्चा का दूसरा चरण स्वतंत्रता के बाद संविधान सभा में संपन्न हुआ। भविष्य के भारत के संबंध में महात्मा गांधी की सोच में पंचायती राज प्रमुख तत्त्व था। इसमें आर्थिक और राजनीतिक शक्तियों का विकेंद्रीकरण किया जाना था और प्रत्येक गांव को आर्थिक रूप से स्वावलंबी होना था।

डॉ. बी.आर. अम्बेडकर का ग्रामीण भारत के संबंध में अलग दृष्टिकोण था। उन्होंने संविधान सभा में तर्क दिया कि गांवों में भारतीय सामाजिक ढांचा वंशानुगत है और प्रताड़ित तथा किसी भी परिवर्तन के प्रति असंवदेनशील है। डॉ. अम्बेडकर का मत था कि पंचायतों को शक्तियां देना खतरनाक होगा क्योंकि पंचायतों को शक्तिशाली बनाने का अर्थ होगा, ग्रामीण समाज के मौजूदा ढांचे को मजबूत करना। इससे हरिजनों और गांवों के गरीब तबकों को नुकसान पहुंचेगा। इस तरह से विकेंद्रीकरण के मुद्दे पर संविधान सभा में दो विपरीत मत सामने आ गए। एक में विकेंद्रीकरण पर भविष्य का दृष्टिकोण दर्शाया गया जबकि दूसरे में व्यावहारिक पक्ष को प्रमुखता दी गई।[16]

## 15.7 पंचायती राज

पंचायती राज को लंबी बहस के बाद अनुच्छेद 40 के तहत ग्रामीण स्थानीय स्वशासन की इकाई के रूप में स्वीकार किया गया। इसमें कहा गया है—राज्य गांव पंचायत गठित करने के कदम उठाएगा। इसके अलावा इनकी जिम्मेदारियों के अनुसार अधिकार भी प्रदान करेगा। हालांकि यह प्रावधान लंबी बहस के बाद संविधान में शामिल किया गया।

विकेंद्रीकरण का सही पल्लवन, पुष्पन व विकास स्वतंत्रता के बाद हुआ जब ग्रामीण क्षेत्रों के चहुंमुखी विकास के लिए विशेष पहल की शुरुआत हुई। प्रथम पंचवर्षीय योजना के केंद्रीय लक्ष्य को ऐसी परिस्थितियों के निर्माण के रूप में परिभाषित किया जहाँ लोगों की जीवन शैली की गुणवत्ता को एक उचित स्तर पर बनाए रखा जा सके, उसमें सतत इजाफा हो तथा आम लोगों की विकास व न्याय में पूरी भागीदारी सुनिश्चित हो। सामुदायिक विकास कार्यक्रम (सी. डी.पी) को 1952 में तथा राष्ट्रीय विस्तार सेवा को 1953 में शुरू किया गया। यद्यपि यह प्रयोग अपने लक्ष्य को प्राप्त करने में असफल रहा तथा सामुदायिक प्रयास सरकारी प्रयासों के साथ सही तालमेल स्थापित नहीं कर पाया।[17]

ग्रामीण क्षेत्रों में रहने वाले करोड़ों अशिक्षित, परंपरा-ग्रसित तथा दीन-हीन लोगों के जीवन में आर्थिक व सामाजिक बदलाव को लाना निश्चय ही एक कठिन काम था। सी.डी.पी. में समतामूलक व त्वरित न्याय को लेकर कोई स्पष्ट लक्ष्य निर्धारित नहीं किया गया। परिणामत:

ग्रामीण अभिजनों ने ग्रामीण व कृषि के विकास हेतु संचालित विविध कार्यक्रमों से बहुत अधिक लाभ अर्जित नहीं किया।

शुरुआत में लोकप्रिय स्थानीय संस्थाओं की अनुपस्थिति में इन कार्यक्रमों को लागू करने की जिम्मेदारी संकीर्णता के दायरे में बंद ऐसी नौकरशाही को दी गई जो आग्रहों, पूर्वाग्रहों व झूठे मान से ग्रासित थी तथा विकासपरक अभिरुचियों से अनजान थी। फलत: यह लोक सहयोग व भागीदारी को प्रोत्साहित नहीं कर सका। अफसोस की बात यह भी है कि हमारे केंद्रीय नेताओं ने भी सामुदायिक विकास कार्यक्रम को अधिक महत्त्व नहीं दिया। पंचायती राज तथा ग्रामीण विकास मंत्रालयों को हमेशा कम महत्त्व दिया गया और अपेक्षाकृत असमर्थ व्यक्तियों के हाथ में इसकी बागडोर सौंपी गई।[18]

फलस्वरूप, बलवंतराय मेहता समिति की संस्तुतियों के आधार पर भारत सरकार ने लोकप्रिय स्थानीय संस्थाओं अर्थात् पंचायती राज संस्थाओं के पक्ष में शक्ति व प्राधिकार के विकेंद्रीकरण को स्वीकार किया। पंचायती राज संस्थाओं की शुरुआत 1950 व 60 के दशक में बड़ी आशा व अपेक्षा के साथ की गई। यद्यपि शुरुआती प्रोत्साहित नतीजों के बाद इनमें तेजी से गिरावट शुरू हो गई। जनता सरकार द्वारा अशोक मेहता समिति का गठन इन संस्थाओं के प्रदर्शन में गिरावट के पीछे के कारणों के अध्ययन तथा उसके प्रभावी हल सुझाने के लिए किया गया।

अशोक मेहता समिति ने ग्रामीण क्षेत्रों में व्याप्त परिस्थितियों का गहन अध्ययन किया तथा विकेंद्रीकरण पर केंद्रित एक भविष्य की योजना की रूपरेखा भी तैयार की। रिपोर्ट के मुताबिक पंचायती राज संस्थाओं की गिरावट के पीछे प्रमुख कारणों में नीतिगत दोष, अनियमित व विसंगतिपूर्ण अप्रोच, दोषपूर्ण दृष्टिकोण, समन्वयात्मक मानसिकता का अभाव, क्षुद्र व निहित स्वार्थों की उपस्थिति, राजनीतिक इच्छा शक्ति व प्रशिक्षण का अभाव, अपर्याप्त आर्थिक संसाधन आदि शमिल थे। इस प्रकार पंचायती राज संस्थाओं की अवधारणा द्वंद्वात्मक विश्लेषणों की भेंट चढ़ गई।[19]

यद्यपि अशोक मेहता समिति की रिपोर्ट को केवल दो राज्यों आंध्र प्रदेश व कर्नाटक में लागू किया गया जिसे आंशिक सफलता प्राप्त हुई। बाकी राज्यों ने इसे लागू करने की कोई जरूरत महसूस नहीं की। परिणामस्वरूप अशोक मेहता समिति की रिपोर्ट का परिणाम भी बलवंत राय मेहता समिति की तरह हुआ। अशोक मेहता समिति की रिपोर्ट के प्रकाशन तथा कर्नाटक व आंध्र प्रदेश दो राज्यों में इसके लागू होने के बाद केंद्रीय स्तर पर जमीनी लोकतांत्रिक संस्थाओं को सुदृढ़ कर लोकतांत्रिक विकेंद्रीकरण की सच्चे अर्थों में उपलब्धि हेतु विविध गतिविधियों में सरगर्मी आई।

केंद्र सरकार के प्रयास के अलावा मध्य प्रदेश, बिहार तथा राजस्थान सहित कुछ राज्यों ने इस दिशा में कई कदम उठाए। केंद्र सरकार ने कई समितियों तथा आयोगों का गठन कर उन्हें स्थानीय लोकतांत्रिक संस्थाओं को मजबूत व उत्पादनशील बनाने हेतु बेहतर तौर-तरीके सुझाने का काम सौंपा। इनमें से कुछ थे—ग्रामीण विकास हेतु प्रशासनिक व्यवस्थाओं पर समिति 1985, एल.एम. सिंघवी समिति 1986, सरकारिया आयोग 1988, थनगन समिति 1988, नीति व कार्यक्रमों हेतु कांग्रेस समिति, 1988 आदि।[20]

इन समितियों की संस्तुतियों का केंद्रीय तत्त्व इस बात को रेखांकित करता था कि लोकतांत्रिक

विकेंद्रीकरण की अवधारणा को पुष्ट बनाने के लिए एक समुचित माहौल तैयार किया जाए। सभी राजनीतिक दल इस बात को लेकर एकमत थे कि पंचायती राज संस्थाओं को संवैधानिक दर्जा प्रदान किया जाए। परिणामस्वरूप जुलाई 1989 में 64वां संविधान संशोधन विधेयक पेश किया गया। विधेयक को उसी साल लोक सभा ने अपेक्षित बहुमत से पारित कर दिया। परन्तु राज्य सभा में यह पारित नहीं हो पाया। परिणामत: यह संविधान का हिस्सा नहीं बन सका। इसके बाद केंद्र में वी.पी.सिंह के नेतृत्व में नेशनल फ्रंट की सरकार बनी। इस सरकार ने 1990 में एक अन्य विधेयक पेश किया जो संविधान का 74वां संशोधन विधेयक कहलाया। यद्यपि जनता सरकार के गिरने के कारण इसकी परिणति भी पहले की तरह हुई।

जून 1991 में पी.वी. नरसिम्हा राव की अल्पमत कांग्रेस सरकार ने सत्ता संभाली। इसने पंचायती राज संस्थानों को पहली प्राथमिकता देते हुए 73वां संविधान संशोधन विधेयक, 1991 पेश किया जिसे 22 दिसंबर 1992 को गहन विचार-विमर्श व विवाद के बाद संसद ने पारित कर दिया। जिसे अब 73वें संविधान संशोधन अधिनियम के रूप में जाना जाता है। 23 अप्रैल 1994 तक सभी राज्यों ने पंचायती राज संस्थानों के सुदृढ़ीकरण के लिए नवीन विधेयक पारित करने की प्रक्रिया पूरी कर ली। पंचायतों के संविधानीकरण ने पंचायतों को नई पहचान प्रदान की है तथा उसके तौर-तरीकों में आमूल-चूल परिवर्तन किए हैं।

### 15.7.1 73वें संविधान संशोधन की विशेषताएं

1. संविधान में भाग IX तथा ग्यारहवीं अनुसूची को जोड़ा गया है (अनुच्छेद 243) जो पंचायती राज संस्थाओं द्वारा किए जाने वाले कार्यकलापों की पूर्ण जानकारी देता है। प्रत्येक राज्य में गांव, माध्यमिक व जिले स्तर पर पंचायतों का गठन जिससे पंचायती राज संरचना में एकरूपता आ सके। यद्यपि 20 लाख से कम जनसंख्या वाले राज्यों को माध्यमिक स्तर पर पंचायतों के गठन से छूट का विकल्प दिया गया है।
2. जहां (तीनों) स्तर पर पंचायतों के सभी सदस्यों का चुनाव प्रत्यक्ष तरीके से किया जाएगा, वही माध्यमिक तथा जिला स्तर पर अध्यक्ष के चुनाव के तौर तरीकों को तय करने की जिम्मेदारी राज्य पर छोड़ी गई है। अध्यक्ष सहित सभी सदस्यों को वोट का अधिकार दिया गया है।
3. अनुसूचित जाति, जनजाति के लिए उनके जनसंख्या के अनुपात में आरक्षण की व्यवस्था की गई है। कम से कम एक-तिहाई सीट महिला उम्मीदवारों के लिए आरक्षित की गई है। (आरक्षित तथा अनारक्षित दोनों वर्गों में)तथा इन सीटों को क्रम से पंचायत के विभिन्न चुनाव क्षेत्रों को आबंटित किया जा सकता है। अध्यक्ष पद हेतु भी इसी तरह के आरक्षण की व्यवस्था की गई है।
4. पंचायती राज संस्थाओं का कार्यकाल समान रूप से पांच साल निर्धारित किया गया है। विघटन या सुपर सेशन की स्थिति में चुनाव छह माह के अंदर कराना आवश्यक होगा। यदि पंचायतों का कार्यकाल छह माह से कम का बचा हुआ है तो पुन: चुनाव आवश्यक नहीं होगा। विघटन के बाद गठित पंचायत बचे हुए कार्यकाल को पूरा करेगी।

5. एकरूपता को सुनिश्चित करने के लिए कानून में इस बात की व्यवस्था की गई है कि इस संविधान संशोधन के पहले निवर्तमान सभी पंचायतें अपने कार्यकाल की अवधि तक तब तक सुचारू रूप से काम करती रहेंगी जब तक राज्य विधान सभा इस संबंध में कोई प्रस्ताव पारित कर दे या पंचायतों से संबंधित कोई कानून, जो इस संविधान संशोधन के पहले लागू हुआ हो तथा इसके प्रावधानों के विरोध में न हो, इसे विघटित या अप्रभावी कर देता है।
6. पंचायतों के सभी चुनावों को करने के लिए एक निर्वाचन आयोग होगा जिसमें एक राज्य निर्वाचन आयुक्त होगा जिसकी नियुक्ति राज्य सरकार करेगी। इसके अतिरिक्त मतदाता समूह के विषय से संबंधित अभिक्षण, निर्देशन व नियंत्रण की संपूर्ण जिम्मेदारी इसी पर होगी जिसमें मतदाता समूह की पहचान व नामांकन भी शामिल है।
7. राज्य सरकार को यह अधिकार दिया गया है कि वह पंचायतों को उचित स्थानीय करों को (आरोपित करके) लगाने व एकत्रित करने के लिए अधिकृत कर सकता है तथा साथ ही संबंधित राज्य की संचित निधि से पंचायतों को सहायक अनुदान के लिए धन का आबंटन भी कर सकता है।
8. प्रत्येक पांच साल में पंचायतों की आर्थिक स्थिति का परीक्षण तथा राज्य व स्थानीय निकायों के बीच धन के आबंटन हेतु राज्य को सुझाव देने के लिए एक वित्त आयोग के गठन का प्रावधान किया गया है।
9. राज्य सरकार पर यह जिम्मेदारी सौंपी गई है कि वह इस संशोधन कानून के लागू होने के एक साल के भीतर अपने संबंधित पंचायत कानूनों में यथोचित फेरबदल के लिए कानून बनाए।

कुल मिलाकर 73वें संविधान संशोधन अधिनियम, 1992 ने भारत में पंचायती राज संस्थाओं के कुशल व प्रभावी कामकाज के लिए सामान्यतः जरूरी मार्गदर्शक सिद्धांतों का प्रावधान ही किया है।

## 15.8 विकेंद्रीकरण का क्रियान्वयन: संशोधन के बाद की स्थिति

सभी राज्यों ने 23 अप्रैल 1994 तक पंचायती राज निकायों को मजबूती प्रदान करने वाले नए विधेयक को लागू करने की तैयारी कर ली। कम से कम ग्यारह राज्यों ने 72 घंटों के भीतर इस विधेयक को पारित कर दिया। कुछ राज्यों ने इसे 23 अप्रैल की सुबह पारित किया। इसी दिन पंचायत भारतीय संविधान का हिस्सा बन गई।[21] पंचायतों के सांविधानीकरण से इनकी स्थिति में क्रांतिकारी बदलाव देखे गए। अब पूरे देश में पंचायतों का एक समान त्रिस्तरीय ढांचा है। विभिन्न प्रदेशों और केंद्र शासित प्रदेशों में तकरीबन 2,25,000 ग्राम पंचायत, 6000 पंचायत समिति और 550 जिला परिषद हैं जिनका विधिवत चुनाव होता है। ये संबद्ध राज्यों के कानूनों से संचालित होती हैं।[22]

मात्र कानून बना देने से राज्यों में पंचायती राज निकायों की कुशलता और संभाविता सुनिश्चित नहीं होती। इस कानून का क्रियान्वयन ज्यादा महत्त्वपूर्ण है। नई पंचायती राज संस्थाओं के

कामकाज से इस तथ्य का खुलासा हुआ कि लगभग सभी राज्यों में चुनाव की सभी औपचारिकताएं पूरी की गई लेकिन संचालन के स्तर पर इनमें भारी अंतर रहा।

पंचायतों में बहुमत का प्रतिनिधित्व और प्रभावी भागीदारी है लेकिन 73वें संविधान संशोधन के जरिए समाज के कमजोर तबकों को इनमें स्थान दिया गया। सामाजिक प्रणाली में कमजोर तबके जैसे महिला, अनुसूचित जाति और अनुसूचित जनजाति के लिए कानूनी प्रावधान किया गया। इससे उनको अपनी शिकायतें रखने और निर्णय लेने की प्रक्रिया में सशक्त बनाया गया। ग्रामीण समुदाय को ज्यादा प्रतिनिधित्व देने के लिए आरक्षण की व्यवस्था दी गई।[23] समाज के दबे कुचले वर्ग, महिलाओं और कमजोर वर्गों की पहचान और प्रतिनिधित्व देने के लिए संस्थागत उपाय किए गए।[24]

विकेंद्रीकरण के क्रियान्वयन से सकारात्मक और नकारात्मक दोनों पक्ष सामने आए। नकारात्मक पक्ष शुरुआत में उस समय सामने आया जब पंचायतों का प्रमुख अनुसूचित जाति/अनुसूचित जनजाति के व्यक्ति और महिलाओं को बनाया गया। इन वर्गों के लोग निरक्षर थे, उनमें चातुर्य की कमी थी और अनुभवहीन थे। शुरुआत में अनुसूचित जाति/अनुसूचित जनजाति के लिए आरक्षित स्थानों पर चुने गए लोग समाज के प्रभावी वर्ग के संरक्षण में थे और पंचायत राज निकायों में उनके चेहरों के तौर पर काम कर रहे थे।

इसी तरह से निर्वाचित महिलाएं पुरुषों के निर्देशन और आदेश के अनुसार रबड़ स्टांप की तरह काम कर रही थीं। कुछ मामलों में यह भी देखा गया कि महिला प्रतिनिधित्व पंचायतों के पुरुषों के परिवार से संबद्ध है। कुछ मामलों में पुरुषों ने अपनी राजनीतिक महत्त्वाकांक्षा पूरी करने के लिए अपनी पत्नी, बहू, बेटी या भतीजी आदि को पंचायतों का चुनाव लड़वा दिया। शुरुआती हालात में राजनीतिक रूप से ताकतवर लोगों ने महिलाओं, अनुसूचित जाति/अनुसूचित जनजाति और अन्य पिछड़ा वर्ग के लोगों को अपने राजनीतिक हितों के लिए चुनाव लड़ाया लेकिन यह भी विकेंद्रीकरण के विकास का एक सामाजिक आर्थिक तत्त्व था।

दूसरी ओर कुछ सकारात्मक पहलू भी थे। चुनावों का परिणाम विशेषकर महिलाओं के संदर्भ में उत्साहजनक रहा। महिलाएं पूरे उत्साह के साथ न केवल अपने लिए आरक्षित सीटों से लड़ीं बल्कि सामान्य सीटों से भी मैदान में उतरीं और अपने पुरुष प्रतिद्वंद्वियों को पराजित किया। हालांकि ऐसे मामले ज्यादा नहीं हैं लेकिन इनका महत्त्व किसी भी तरीके से कम नहीं है। बहुत सारे स्थानों पर सामान्य सीटों से जीती महिलाओं की संख्या आरक्षित सीटों से जीती महिलाओं से अधिक रही। यह तथ्य उत्साहजनक है कि कर्नाटक, मध्य प्रदेश और पश्चिम बंगाल में पंचायती राज संस्थाओं में महिलाओं की संख्या संवैधानिक रूप से आरक्षित एक-तिहाई से अधिक है फिलहाल इन निकायों के प्रत्येक पांच वर्ष बाद होने वाले चुनावों में 10 लाख से ज्यादा महिलाएं चुनी जाती हैं और इससे तीन गुनी ज्यादा महिलाएं चुनाव लड़ती हैं। हमारे जैसे वंशानुगत और पुरुष आधिपत्य वाले समाज में यह कम महत्त्वपूर्ण नहीं हैं।[27]

अभी किए गए सभी सर्वेक्षणों में अनुसूचित जाति, अनुसूचित जनजाति और पिछड़ा वर्गों की लगभग एक जैसी तस्वीर सामने आई है। कर्नाटक, उड़ीसा आंध्र प्रदेश आदि राज्यों में पंचायती निकायों में उनका प्रतिनिधित्व प्रभावी रहा और वे अपने अधिकारों और क्षमता का इस्तेमाल करने में सक्षम हैं हालांकि ऐसा केवल उन मामलों में हो रहा है जहां निर्वाचित प्रतिनिधि शिक्षित

और अनुभवी हैं। वर्ष 2001 में बिहार में पिछड़े वर्ग के लोग बड़ी संख्या में मुखिया (3.9 प्रतिशत) और जिला परिषद के सदस्य (3.5 प्रतिशत) चुने गए हालांकि इनको आरक्षण नहीं दिया गया था। वर्ष 2009-10 में बिहार में पंचायती राज संस्थाओं में 50 प्रतिशत स्थान महिलाओं के लिए आरक्षित कर दिए गए।

तमिलनाडु में अनुसूचित जाति के समुदाय के लोग बड़ी संख्या में पंचायती राज निकायों में चुने गए हैं। इससे इस समुदाय के लोगों को पेयजल और सड़क संपर्क जैसी आधारभूत सुविधाएं उपलब्ध कराई गई हैं। इसका परिणाम यह हुआ कि इनमें से 90 प्रतिशत लोग बेहतर जीवनयापन कर रहे हैं। अनुसूचित जाति समुदाय के नेताओं ने ग्राम सभा की बैठकों में हिस्सा लेने के लिए स्व सहायता समूह का गठन किया है। अध्यक्ष पद पर चुनी गई एक अनुसूचित जाति महिला ने अपने समुदाय की सेवा-सहायता के लिए एक ट्रस्ट का गठन किया है।[28]

पंचायतों में अनुसूचित जाति और जनजाति समुदाय के निर्वाचित सदस्य को मामूली जिम्मेदारी सौंपी जाती है। उन्हें सामाजिक न्याय समिति की जिम्मेदारी दी जाती है। कानूनी तौर पर इस समिति का प्रमुख अनुसूचित जाति समुदाय का निर्वाचित सदस्य होता है। ऐसे बहुत सारे मामले है जब अनुसूचित जाति समुदाय के नेताओं ने सामाजिक न्याय समिति का प्रभावी इस्तेमाल किया और सामाजिक रूप से दबंग लोगों के निर्णयों को चुनौती दी या उन्हें रोक दिया। गुजरात के कुछ हिस्सों मे सामाजिक न्याय समितियों का सफलतापूर्वक सशक्तीकरण किया गया हालांकि ऐसे मामलों की संख्या बेहद कम है, ये आर्थिक और सामाजिक मुद्दों से संबंधित थे।[29]

महिला सरपंचों और सदस्यों की कर्तव्यनिष्ठा और भागीदारी उल्लेखनीय रही है। उदाहरण के लिए गुजरात में कच्छ के दूर-दराज के गांवों में ज्यादातर पंचायतों का नेतृत्व युवा और अधेड़ महिलाओं के हाथ में है। ये महिलाएं जाति और कामकाज के भेदभाव से उबरने का प्रयास कर रही हैं, ये समाज में एकता और प्रशासन में स्वच्छता की तरफदारी करती हैं।[30] पंचायतों और संबद्ध गतिविधियों में महिलाओं की भागीदारी उत्साहजनक है। उदाहरण के लिए पंचायतों की बैठक में उपस्थिति 65.5 प्रतिशत, बैठकों में अपना दृष्टिकोण रखने का प्रयास 42.6 प्रतिशत, पंचायतों के कामकाज में दिया गया साप्ताहिक समय 68.6 प्रतिशत, प्राप्त याचिका और समस्याएं 46.1 प्रतिशत, इन समस्याओं को सुलझाने के प्रयास 34.5 प्रतिशत और कामकाज की कठिनाइयों से उबरने के प्रयास 42.1 प्रतिशत है।[31]

हालांकि पंचायती राज्य संस्थाओं में अनुसूचित जाति और जनजाति और अन्य पिछड़ा वर्ग को आरक्षण मिलने से उन्हें अपनी स्थानीय जरूरतों को पूरा करने वाले प्रशासन से जुड़ने का मौका मिला है। इससे अनुसूचित जाति और जनजाति समुदाय के पुरुषों और महिलाओं को निश्चित प्रतिनिधित्व और नेतृत्व का अधिकार मिला है।

जहां तक कार्यात्मक विकेंद्रीकरण का सवाल है तो यह पाया गया है कि पंचायतों के तीनों स्तरों में कामकाज के बंटवारे के लिए व्यापक वर्णन का अभाव है। इसमें कोई शक नहीं है कि संविधान की ग्यारहवीं अनुसूची में 29 विषय पंचायतों के लिए रखे गए हैं लेकिन यह स्पष्ट नहीं है कि कौन-सा विषय किस स्तर के क्षेत्राधिकार में होगा। विभिन्न राज्यों में पंचायतों के अधिकार और उत्तरदायित्व अलग-अलग हैं। प्रत्येक स्तर के लिए विषयों का बंटवारा नहीं किया गया और इसे राज्यों के विवेक पर छोड़ दिया गया। जिला, खंड और ग्राम स्तर की किसी भी पंचायत को

विभिन्न विषयों पर काम करने का विशेष अधिकार नहीं दिया गया हालांकि केरल में पंचायतों के तीनों स्तरों में कामकाज का बटंवारा कुछ हद तक किया गया है।[32] केरल और कर्नाटक मात्र दो राज्य हैं जिन्होंने पंचायतों के लिए बजट में प्रावधान किया है। यह उनकी जिम्मेदारियों के अनुरूप है। राजस्थान, मध्य प्रदेश, छत्तीसगढ़ महाराष्ट्र और गुजरात में भी पंचायतों के लिए बजट में प्रावधान किया जाता है लेकिन यह उत्तरदायित्व के अनुपात में नहीं होता है।

मध्य प्रदेश के मुख्यमंत्री ने इस संबंध में ठीक ही विचार व्यक्त किए हैं—जब तक संविधान में फिर से ग्राम पंचायत, खंड पंचायत और जिला पंचायत के अधिकारों का वर्गीकरण करते हुए संशोधन नहीं कर दिया जाता तब तक अंतिम शक्ति मुख्यमंत्री की कुर्सी पर बैठे व्यक्ति में समाहित रहेंगी। यह उस पर निर्भर करेगा कि वह कितना देना चाहता है और कितना अपने पास रखना चाहता है। आज की पंचायत का यही स्वरूप है।[33]

जहां तक ग्राम सभा के प्रभावी होने का प्रश्न है अभी कहीं भी इसे क्रियान्वित नहीं किया गया है। स्थानीय प्रशासन में पारदर्शिता और उत्तरदायित्व सुनिश्चित करने के लिए ग्राम सभा एक राजनीतिक मंच है। सभी राज्यों की पंचायतें ग्राम सभा के लिए संविधान उपलब्ध कराती हैं और कम से कम छ: महीने में इसकी एक बैठक अनिवार्य है। लेकिन दुर्भाग्य से नई पंचायती राज प्रणाली से यह खुलासा हुआ कि ग्राम सभाएं अपेक्षा के अनुरूप सक्रिय नहीं हुईं। अधिनियम में ग्राम सभा के लिए विशेष कार्य निर्धारित नहीं किए गए। यह बहुत ही चिंताजनक बात है। विकेंद्रीकरण की प्रक्रिया उस समय तक सफल नहीं हो सकती जब तक ग्राम सभाएं अपनी समस्याओं के प्रति सतर्क और संवेदनशील नहीं होंगी।

विभिन्न अध्ययनों से यह अनुभव सामने आया है कि कुछेक मामलों को छोड़कर ग्राम सभाएं निष्क्रिय रही हैं। राज्यों ने ग्राम सभाओं की स्थापना तो कर दी लेकिन उनकी शक्तियों को नियंत्रित रखा और शक्तियों का इस्तेमाल करने के तरीकों का ब्यौरा नहीं दिया। ज्यादातर कानूनों में ग्राम सभा के निर्णय पंचायतों के लिए अनिवार्य नहीं हैं। हालांकि ग्राम सभा से यह उम्मीद की जाती है कि वे सामाजिक कल्याण की योजनाओं में श्रमदान और धनदान के लिए लोगों को प्रेरित करे। इसके अलावा पंचायतों के खातों, प्रशासनिक रिपोर्ट, लेखा रिपोर्ट और विकास कार्यों के क्रियान्वयन पर विचार करने की जिम्मेदारी भी ग्राम सभा की है। हालांकि इनमें से किसी भी कार्य का निष्पादन ग्राम सभा शायद ही करती है।[34] लेकिन ग्राम सभाएं ग्रामीण विकास और गरीबी उन्मूलन कार्यों से लाभान्वित होने वाले लोगों की पहचान करने में सक्रिय हैं।

कई अध्ययनों से यह तथ्य सामने आया है कि पंचायतों के पदाधिकारी ग्राम सभाओं को गंभीरता से नहीं लेते हैं और ग्रामीण समुदाय भी इसमें ज्यादा रुचि नहीं लेता है। इसका प्रमुख कारण यह है कि ग्राम सभाओं को सिफारिश करने वाली, सलाह और सुझाव देने वाली संस्थाएं माना जाता है। इसके अलावा जब तक ग्रामीण विकास के लाभ आम आदमी तक नहीं पहुंचेंगे तब तक वह इन औपचारिक संस्थाओं के प्रति उदासीन रहेगा। जब तक ग्रामीण विकास के लाभ स्थानीय समुदाय के लिए सुनिश्चित नहीं किए जाते उस समय तक ग्राम सभाओं की प्रभावशीलता पर सवालिया निशान लगा रहेगा।[35] वर्ष 1999-2000 और 2009-2010 ग्राम सभा वर्ष के रूप में मनाए गए लेकिन केरल और पश्चिम बंगाल को छोड़कर अन्य किसी भी राज्य में कुछ नहीं हुआ।

विकेंद्रीकरण की नई प्रणाली पर अगर नजर डाली जाए तो ध्यान अपने आप ही जिला नियोजन समिति (डीपीसी) के निष्क्रिय चरित्र की ओर चला जाता है। डीपीसी को पहली बार अनुच्छेद 243 (डी) के तहत 74वें संविधान संशोधन के जरिए संवैधानिक स्तर प्राप्त हुआ। लेकिन दुर्भाग्य से डीपीसी निष्प्रभावी बनी रही। अभी तक केवल 17 राज्यों ने डीपीसी की स्थापना की है जबकि संवैधानिक रूप से यह आवश्यक है। असम, आंध्र प्रदेश, अरूणाचल प्रदेश, बिहार, छत्तीसगढ़, गोवा, हरियाणा, हिमाचल प्रदेश, कर्नाटक, केरल, ओडिसा, मध्य प्रदेश, मणिपुर, राजस्थान, सिक्किम, तमिलनाडु और पश्चिम बंगाल में डीपीसी की स्थापना की गई है। डीपीसी अध्यक्ष पद पर विवाद है। डीपीसी के प्रमुख के पद के लिए जिला परिषद के अध्यक्ष, जिले का प्रभारी मंत्री या जिलाधीश का सुझाव दिया गया है। कुछ राज्यों में जिला मंत्री प्रभारी को डीपीसी का अध्यक्ष बनाया गया है। कुछ राज्यों ने जिला परिषद के अध्यक्ष को इस पद पर नियुक्त किया है। कई राज्य डीपीसी के अध्यक्ष पद के लिए नामांकित सूची से डीपीसी के प्रमुख का चयन करते हैं। तमिलनाडु में डीपीसी का अध्यक्ष जिलाधीश होता है।[36] इस प्रकार यह पता चलता है कि पंचायत और नगर-निगमों की योजनाओं को गंभीरता से लिया जाना अभी बाकी है। विभिन्न अध्ययनों से भी यही निष्कर्ष निकलता है। नौकरशाही पंचायतों की योजना में प्रमुख भूमिका निभाती है। राज्य सरकार द्वारा डीपीसी के प्रभावी कामकाज के लिए तरीके तय करना अभी बाकी है। योजना बनाने संबंधी शक्तियों का अभी केंद्रीकरण बना हुआ है। पंचायतों को अपनी वार्षिक योजना बनाने के लिए योजना विभाग आवश्यक दिशा-निर्देश देता है।

यह बहुत ही आश्चर्यजनक है कि एक ओर हम जमीनी स्तर के लोकतांत्रिक संस्थानों को आवश्यक और प्रभावी बनाने की कोशिश कर रहे हैं, वहीं दूसरी ओर विधायक एवं सांसद क्षेत्र विकास फंड के नाम पर स्थानीय स्तर पर शक्ति के अन्य केंद्र बना रहे हैं। हम व्यक्तिगत रूप से यह महसूस करते हैं कि अगर पंचायती राज निकायों और नगर-निगमों को स्वतंत्र करना है तो इनमें राज्य नेतृत्व का आधिपत्य समाप्त करना होगा। अभी तक इसमें राज्य नेतृत्व की इच्छा आवश्यक है। इसलिए सांसदों और विधायकों ने अपना विश्वास और आधिपत्य कायम करने के लिए सांसद और विधायक कोष का गठन किया है। सांसद स्थानीय क्षेत्र विकास योजनाएं और विधायक कोष के माध्यम से स्थानीय संस्थाओं में करोड़ों-अरबों की धोखाधड़ी होती है। नियामक और महालेखा परीक्षक ने कहा है कि इसमें धोखाधड़ी के मामले सामने आए हैं। बिहार, हिमाचल प्रदेश, कर्नाटक, मणिपुर, नागालैंड और पश्चिम बंगाल में धांधली के मामले पाए गए हैं। ये मामले रिकॉर्ड पुस्तक में गलत तथ्य दर्ज करने से लेकर कोष का इस्तेमाल गलत ढंग से और गैर-विकासात्मक कार्यों में करने तक के हैं। इस फंड का दुरुपयोग सांसदों ने किया है।[37] वित्तीय विकेंद्रीकरण के विश्लेषण से यह पता चला है कि केरल को छोड़कर और किसी राज्य ने इसे विकेंद्रीकरण के लिए आवश्यक नहीं समझा। केरल में फंड सीधा पंचायतों के तीनों स्तर पर आंवटित किया जाता है। सभी राज्यों के अध्ययन से पता चला है कि सभी राज्य विकास प्रणाली के विकेंद्रीकरण में लक्ष्य से पीछे चल रहे हैं। हालांकि केरल में विकेंद्रीकरण की प्रक्रिया कुछ हद तक आगे बढ़ी है और कार्यात्मक संदर्भ में सफल हुई है।

विकेंद्रीकरण की प्रक्रिया के दौरान पंचायतों के तीनों स्तरों और शहरी स्थानीय निकायों,

नौकरशाही और गैर-सरकारी संगठन के बीच समन्वय का अभाव एक समस्या रहा है। सामान्य तौर पर समन्वय की समस्याएं निम्न बिंदुओं पर होती हैं:

1. ग्यारहवीं और बारहवीं अनुसूची में उल्लेखित पंचायती राज संस्थाओं के और शहरी स्थानीय संस्थाओं के तीन स्तरों के अधिकारों और उत्तरदायित्वों में स्पष्टता का अभाव है।

2. विभिन्न राज्यों के पंचायती राज और नगर निगम अधिनियम इस संदर्भ में अस्पष्ट हैं कि ये संस्थाएं विकास कार्यक्रमों की क्रियान्वयन एजेंसी हैं या ये दोनों योजना तथा क्रियान्वयन एजेंसी हैं।

3. अधिनियमों में पंचायती राज संस्था और नगर-निकायों तथा स्थानीय नौकरशाही के बीच संबंधों में स्पष्टता का अभाव है।

4. पंचायती राज संस्थाओं और नगर-निकायों तथा गैर-सरकारी संगठनों में खुली प्रतिस्पर्धा की समस्या।

इन तथ्यों से समन्वय की समस्या पैदा होती है और विकेंद्रीकरण की सार्थकता पर सवालिया निशान लगता है। इससे सभी भली-भांति परिचित हैं कि पंचायतों की पुरानी पद्धति में नौकरशाही की प्रमुख भूमिका थी और नई प्रणाली में यह अपना व्यवहार बदलने के लिए तैयार नहीं है। ज्यादातर राज्यों में नौकरशाही निर्वाचित नेतृत्व के ऊपर प्रमुख स्थिति पर पाई गई है। कागजों में असमंजस की स्थिति होने के बावजूद कर्नाटक, केरल और पश्चिम बंगाल को छोड़कर ज्यादातर राज्यों में विकेंद्रीकृत प्रशासन में नौकरशाही का आधिपत्य पाया गया।

इसके साथ ही अध्ययन से पता चला है कि पंचायतों और उनके पदाधिकारियों में संगठनात्मक और कार्यात्मक रूप से क्षैतिज संपर्क होता है। यहाँ दोनों के बीच अंतर पैदा होता है जो समझ के स्तर पर, विश्लेषण के स्तर पर और प्रदर्शन के स्तर पर होता है।

इसलिए समवन्य की समस्या से निजात पाने के लिए स्थानीय स्तर पर जिम्मेदार भागीदारी शुरू करने और विकसित करने की जरूरत है। इसके अलावा विभिन्न राज्यों के पंचायती राज संस्थानों और नगर निकायों से संबंधित अधिनियमों में संशोधन की आवश्यकता है। यह केवल वास्तविक राजनीतिक और प्रशासनिक इच्छा शक्ति से ही संभव है। स्थानीय समुदाय के विकास कार्यक्रमों की योजना और क्रियान्वयन के लिए पंचायती राज संस्थाओं और नगर निकायों को जिम्मेदार बनाया जाना चाहिए।

जहां तक पंचायती राज संस्थाओं के वित्तीय पहलू का संबंध है, यह महसूस किया गया है कि मोटे तौर पर इसमें कोई अधिक प्रभावी सुधार नहीं हुआ है। ये स्थानीय निकाय अभी भी कमोबेश पूर्णत: राज्य सरकार के अनुदानों पर आश्रित हैं। इसके अलावा, अधिकतर राज्यों ने पंचायती राज संस्थाओं को आबंटित या हस्तांतरित किए जाने वाले सारे विषयों के तहत धन के हस्तांतरण का काम पूरा नहीं किया है। यद्यपि इन स्थानीय निकायों को कुछ हद तक तथा कुछ विषयों के तहत करों को लेकर अभी अस्पष्टता व्याप्त है। यही कारण है कि भूतपूर्व प्रधानमंत्री, अटल बिहारी वाजपेयी ने 4 अक्टूबर 2002 को संविधान में संशोधन की आवश्यकता पर जोर दिया ताकि स्थानीय निकायों की वित्तीय व प्रशासनिक स्थिति को सुदृढ़ किया जा सके जो अभी भी आर्थिक स्त्रोतों के अभाव में तंगी का शिकार बने हुए हैं।

यद्यपि यह संतोष की बात है कि कई राज्य सरकारों ने राज्य वित्तीय आयोग का गठन कर

उसकी संस्तुतियों को लागू करने का काम शुरू कर दिया है। विशेष रूप से केरल, पश्चिम बंगाल तथा कर्नाटक में यह काम अधिक उल्लेखनीय रूप से हुआ है। केरल में पंचायतों को पूरे योजना-खर्च का 35 से 40 प्रतिशत अनुदान के रूप में दिया जाता है। 1996-97 से सरकार ने साहसिक कदम उठाते हुए जिला परिषद को और अधिक तथा एकमुश्त धन हस्तांतरित करने का काम शुरू किया है। सामान्य वर्ग के अधीन धनों को ग्राम, ताल्लुक तथा जिला पंचायतों के बीच 70: 15: 15 के अनुपात में वितरित किया जाता है। पश्चिम बंगाल में यह अनुपात 50:20:30 है। जबकि कर्नाटक में यह 25: 35: 40 है।

अत: यह स्पष्ट है कि स्थानीय निकायों की वित्तीय स्वायत्तता पर अभी भी प्रश्नचिह्न बना हुआ है तथा वह अत्यंत सीमित अवस्था में है। सिर्फ 40 प्रतिशत तक की वित्तीय स्वायत्तता हस्तांतरित की गई है। गुजरात, कर्नाटक, मध्य प्रदेश तथा महाराष्ट्र जिला परिषद को अच्छे-खासे धन का आबंटन करते हैं, लेकिन पंचायतों को लेकर अभी भी उनमें दुविधा बनी हुई है क्योंकि धन का आबंटन किसी विशेष कार्यक्रम या परियोजना के तहत ही होता है और राज्यों ने भी यद्यपि बहुत सारे अधिकारों का हस्तांतरण किया है लेकिन धन के आबंटन की कोई उत्साहजनक स्थिति दिखाई नहीं पड़ती है।

कार्यों के हस्तांतरण के समान ही धन के हस्तांतरण का काम भी कई राज्यों में नहीं हुआ है। वित्तीय विकेंद्रीकरण का काम बहुत ही सीमित व धीमा दिखाई पड़ता है। अधिकतर संसाधनों व धन का हस्तांतरण गरीबी उन्मूलन कार्यक्रमों तक सीमित रहता है। साथ ही कार्यान्वयन-निर्देशन का काम भी केंद्र व राज्य सरकार ही तय करती हैं। परिणामत: वित्तीय विकेंद्रीकरण का काम बहुत थोड़े राज्यों में ही हो पाया है। इन सब के बावजूद विकेंद्रीकरण के फलस्वरूप स्थानीय निकायों के वित्तीय हालात में महत्त्वपूर्ण सुधार देखने को मिलते हैं। राज्य वित्तीय आयोग के गठन तथा स्थानीय कर प्रशासन के प्रावधान ने इन स्थानीय निकायों को काफी हद तक सशक्त बनाने का काम किया है। इसी प्रकार मतस्य केंद्रों, तालाबों, चारागहों आदि जैसी लाभकारी परिसंपत्तियों के स्वामित्व के हस्तांतरण से इन स्थानीय निकायों को काफी हद तक सशक्त बनाने का काम किया है। पूर्व में, वित्तीय संसाधनों के अभाव में ये स्थानीय निकाय अप्रभावी व अकुशल रूप से काम कर रहे थे।[40]

वित्तीय क्षेत्रों में विकेंद्रीकरण के प्रभाव को इस तथ्य से समझा जा सकता है कि ग्यारहवें वित्त आयोग की संदर्भ-शर्तों के तहत पहली बार अध्यक्षीय (राष्ट्रपति) आदेश के तहत एक वित्त आयोग के गठन व उसके द्वारा राज्यों व फिर राज्यों द्वारा स्थानीय निकायों को धन के हस्तांतरण हेतु संस्तुतियां सुझाने का कार्य अनिवार्य किया गया। तदनुसार ग्यारहवें वित्त आयोग ने पांच वर्षों की अवधि में (2000-01 से 2004-05 में) पंचायतों को 1600 करोड़ के अनुदान देने की मांग की। इसी प्रकार बारहवें वित्त आयोग ने 2005-2010 की अवधि के दौरान राज्यों की समेकित जमा-पूंजी को समृद्ध बनाने तथा स्थानीय निकायों के संसाधनों में से वृद्धि को सुनिश्चित करने के लिए पंचायतों को 20,000 करोड़ देने की मांग की। यह स्थानीय निकायों की वित्तीय स्वायत्तता की दिशा में एक स्वागत-योग्य कदम है।

स्थानीय निकायों के बारे में लोगों में विश्वास पैदा करने के लिए उत्तरदायित्व प्रमुख तत्त्व है। लोगों के दिलों में भरोसा बनाने की यह पूर्व शर्त है कि अधिकारों और जन संसाधनों का दुरुपयोग

नहीं किया जाए। अगर निर्वाचित प्रतिनिधि नागरिकों की आवश्यकताओं, इच्छाओं और पसंदों के प्रति उत्तरदायी होंगे तो पंचायती राज संस्थाओं को सफलतापूर्वक जिम्मेदार बनाया जा सकता है। इसलिए पंचायती राज संस्थाओं को नागरिकों की आवश्यकताओं के प्रति जिम्मेदार होना चाहिए। उत्तरदायित्व की भावना दिन प्रतिदिन दिखनी चाहिए न कि पाँच वर्ष में एक बार जब वे वोट मांगने जाएं।[41]

केरल के पंचायत अधिनियम में इस सिद्धांत को पूरी तरह से अपनाया गया है। यह अधिनियम नागरिकों को अपनी पंचायतों से उनके कामकाज के बारे में सवाल पूछने का अधिकार देता है। हालांकि नागरिक इस अधिकार का इस्तेमाल प्रभावी और व्यापक रूप से नहीं करते हैं।[42]

उत्तरदायित्व के सिद्धांत को ध्यान में रखते हुए सभी राज्यों ने वित्तीय लेखा परीक्षण का प्रावधान रखा है। हरियाणा, पंजाब, त्रिपुरा और उत्तर प्रदेश को छोड़कर सभी राज्यों ने इस मामले के लिए सामाजिक लेखा परीक्षण का प्रावधान किया है। इसे ग्राम सभा के जरिए सुनिश्चित किया जाता है। इसमें ग्राम सभा की बैठकों के दौरान पंचायतों के पदाधिकारियों से सवाल पूछे जाते हैं और उम्मीद की जाती है कि लोगों के सवालों के जवाब दिए जाएंगे। केरल में विभिन्न विकास कार्यक्रमों की निगरानी के लिए निगरानी समितियों का गठन किया गया है। ये अपनी रिपोर्ट ग्राम सभा के सामने रखती हैं।[43] मध्य प्रदेश में पंचायतें अपने द्वारा किए गए कार्यों का ब्यौरा प्रस्तुत करती हैं। ग्राम सभा के सदस्य नाममात्र के शुल्क पर किसी भी कागजात की प्रति प्राप्त कर सकते हैं और सामाजिक लेखा परीक्षण के दौरान सदस्यों से कोई भी सवाल पूछ सकते हैं।[44] राजस्थान में मजदूर किसान शक्ति संगठन (एमकेएसएस) ने लोकप्रिय आंदोलन चलाया और पंचायतों से जन कोष और खर्च करने की जानकारी मांगी। 'जन सुनवाई' के जरिए संगठन ने पंचायत के नेताओं और सरकारी अधिकारियों को विकास कार्यों के लिए किए गए खर्च का जिम्मेदार ठहराया।[45]

स्थानीय संस्थाओं के कामकाज में पारदर्शिता की निगरानी करने की दिशा में सूचना का अधिकार स्वागत योग्य कदम है। इसे भागीदारी लोकतंत्र में 'मील का पत्थर' माना जा सकता है क्योंकि लोगों की सूचना तक पहुंच से प्रशासन में उत्तरदायित्व की भावना और पारदर्शिता पुष्ट होगी। यह ऐसी प्रणाली है जिससे कदम-दर-कदम पारदर्शिता और उत्तरदायित्व की भावना मजबूत होगी। नागरिकों के लिए ऐसा मंच बन सकेगा जिससे वे अपनी आवाज बुलंद कर सकेंगे और राज्य से सीधे मिल सकेंगे।[46] जमीनी स्तर पर सूचना के अधिकार की सार्थकता और महत्ता महात्मा गांधी राष्ट्रीय ग्रामीण रोजगार गारंटी अधिनियम (मनरेगा) 2005 में दिखाई देती है। पारदर्शिता और उत्तरदायित्व की भावना के प्रति प्रतिबद्धता मनरेगा में दिख रही है।

ऊपर के उदाहरण से यह साफ होता है कि नागरिकों के निर्वाचित प्रतिनिधियों के उत्तरदायित्व सुनिश्चित करने के लिए संशोधन अधिनियम में व्यापक प्रावधान किए गए हैं। जरूरत इस बात की है कि राजस्थान की तरह सतर्कता से निगरानी की जाए, नागरिक समुदाय की भागीदारी बढ़ाई जाए और व्यक्ति तथा समाज सक्रिय हो (एमकेएसएस)।

अगर विकेंद्रित प्रशासन की नई प्रणाली उचित ढंग से काम नहीं कर रही है तो इसलिए कि ज्यादातर राज्यों में जिला ग्रामीण विकास एजेंसी (डीआरडीए) एक स्वतंत्र संस्था है। डीआरडीए

एक प्रमुख संस्था है जो ग्रामीण इलाकों में विभिन्न विकास कार्यक्रमों, विशेषकर गरीबी उन्मूलन कार्यक्रम पर नजर रखती है। इसका परिणाम है कि जिला स्तर पर दोहरी व्यवस्था चल रही है। इस स्थिति को टालने के लिए केंद्र सरकार ने डीआरडीए को पंचायती राज संस्थाओं में मिलाने या डीआरडीए को इनके नियंत्रण में रखने की सिफारिश की है। सर्वेक्षणों और शोधों से यह खुलासा हुआ है कि कुछ राज्यों में डीआरडीए का स्वतंत्र अस्तित्व बना हुआ है।

इस प्रकार ज्यादातर राज्यों में ग्रामीण विकास कार्यक्रमों के लिए जिला स्तर पर दो अलग-अलग निकाय हैं। कुछ अन्य राज्यों में जिला परिषद का अध्यक्ष डीआरडीए की संचालन परिषद का प्रमुख भी होता है। तमिलनाडु, गुजरात और महाराष्ट्र जैसे राज्यों में कलक्टर अध्यक्ष होता है। लेकिन सभी राज्यों में कार्यकारी शक्तियां जिला मजिस्ट्रेट या जिला विकास अधिकारी में समाहित है जो कि एक नौकरशाह है।[47]

विकासशील देशों में प्रशासनिक नीति में सुधार के लिए विकेंद्रीकरण की वकालत एक महत्त्वपूर्ण उपकरण के तौर पर की जाती है। इसे अक्सर सामाजिक-आर्थिक और राजनीतिक विकास की पूर्व शर्त के रूप में माना जाता है। विकेंद्रीकरण के दौरान कुछ दिक्कतों और समस्याओं का सामना करना पड़ा लेकिन ये चिंताजनक नहीं है क्योंकि अभी यह संक्रमण काल से गुजर रहा है और सकारात्मक परिणाम आने में कुछ समय लगेगा। ग्रामीण समाज के विभिन्न वर्गों में पंचायती राज संस्थाओं के प्रति जागरूकता बढ़ रही है और कुछ मामलों में शोषण और अत्याचार के खिलाफ कड़ा विरोध दर्ज किया गया है। बहुत सारे गैर-सरकारी संगठन और स्व सहायता समूह लोगों को उनकी क्षमताओं और विशेषाधिकारों के बारे में जागरूक करने के लिए पहुंच रहे हैं और उन्हें बेहतर जीवन के रास्ते बता रहे हैं। आने वाले वर्षों में ग्रामीण समुदाय को अपने अधिकारों और कर्तव्यों के संबंध में ज्यादा जागरूक होने की संभावना है।

महिलाओं, अनुसूचित जाति और जनजाति और पिछड़े वर्ग की स्थानीय संस्थाओं में अनिवार्य भागीदारी और प्रत्येक पांच वर्ष में चुनाव का प्रावधान करके नई पंचायती राज प्रणाली में जमीनी स्तर पर भागीदारी प्रक्रिया को तारतम्यता और विशालता प्रदान की गई है। कमजोर वर्गों को ग्रामीण अधिकार ढांचे में कानूनी पहुंच देकर पंचायती राज के सामाजिक आधार को व्यापक बनाने की कोशिश की गई है। ये अपने गांवों में विकास और बदलाव कर सकें और अपनी प्राथमिकताएं तय कर सकें, इसके लिए उन्हें वास्तविक रूप से सशक्त किया गया है।

संपूर्ण तौर पर स्थिति काफी उत्साहजनक है लेकिन अभी बहुत कुछ किया जाना बाकी है। डीआरडीए का जिला परिषद में विलय, डीपीसी का सक्षम और कुशल कामकाज, स्थानीय संस्थाओं के कामकाज में सांसदों, विधायकों और नौकरशाही का कम से कम हस्तक्षेप और आम जनता की ओर निर्वाचित सदस्यों के दृष्टिकोण और व्यवहार में बदलाव की जरूरत है। जब तक इन्हें पूरी ईमानदारी से पूरा नहीं किया जाएगा तब तक विकेंद्रीकृत प्रशासन सफल नहीं हो सकता। इसमें राज्यों की भूमिका महत्त्वपूर्ण होगी जिससे जमीनी स्तर पर प्रशासन की सही प्रणाली स्थापित की जा सके। हालांकि विकेंद्रीकरण के तहत स्थानीय प्रबंधन पंचायतों के अधीन होता है लेकिन राज्यों को नीति और कार्यक्रमों के जरिए कानूनी प्रारूप और संस्था निर्माण के लिए सहयोग देना होगा।

## संदर्भ एवं टिप्पणी

1. Mitra, Subrata K. and Pehl Malte, "Federalism", in Niraja Gopal Jayal and Pratap Bhanu Mehta, *The Oxford Companion to Politics in India*, Oxford University Press, New Delhi, 2010, p. 43.
2. Jones, W.H. Morris, *The Government & Politics in India*, Washington D.C, 1960, p. 14.
3. Singh M.P. and Saxena, Rekha, *Indian Politics: Contemporary Issues and Concerns*, Prentice Hall of India, New Delhi, 2008, p. 138.
4. *Ibid.*, p. 152.
5. Mitra, Subrata K and Pehl Malte, op.cit, p. 55.
6. Saxena, Rekha, *Situating Federalism Mechanisms of Inter-governmental Relations in Canada and India*, Manohar, New Delhi, 2006, p. 151.
7. Simeon, Richard, *Inter-governmental Relations*, University of Toronto Press, Canada, 1985.
8. Government of India, *Annual Report 1997-1998*, Ministry of Home Affairs, Department of Internal Security, States and Home, New Delhi.
9. Santhanam, K., *Union-State Relations in India*, Asia Publishing House, New Delhi, 1963.
10. Khan, Rasheeduddin, "Recasting the Federal Polity" in Subhash C. Kashyap (ed.), *Perspectives on the Constitution*, Shipra Publications, New Delhi, 1993.
11. Ray, Jayant Kumar, *India in Search of Good Governance*, K.P. Bagchi & Company, Calcutta, 2001.
12. *Ibid.*
13. Awasthi, A. and Maheshwari, S.R., *Public Administration*, Lakshmi Narain Agarwal, Agra, 1980, p. 64.
14. Quoted from Handbook on Indian Administration, Indira Gandhi National Open University, New Delhi, p. 15.
15. Pfiffner, John M., and Sherwood, P., *Administrative Organisation*, Prentice Hall, Englewood Ciffs, 1960, pp. 190-191.
16. Quoted from Handbook on Indian Administration, *op.cit.*, p. 19.
17. Mishra, S.N., and Sharma, Kushal, *Problems and Prospects of Rural Development in India*, Uppal Publishing House, New Delhi, 1983, pp. 38-46.
18. Bhatia, Krishna, "An Exercise without Novelty", *The Hindustan Times*, July 30, 1985.
19. Mishra, S.N., *Decentralisation in Development*, Mittal Publications, New Delhi, 1991, pp. 6-7.
20. Mishra, Sweta, *Democratic Decentralisation in India*, Mittal Publications, New Delhi, 1994, p. 7.
21. Mishra, S.N. and Mishra, Sweta, *Decentralised Governance*, Shipra Publications, New Delhi, 2002, p. 18.
22. Gupta, D.N., *Decentralisation Need for Reforms*, Concept Publishing Company, New Delhi, 2004, p. 32.
23. *Panchayati Raj in India – Status Report 1999*, Task Force on Panchayati Raj, Rajiv Gandhi Foundation, New Delhi, March 2000, p. 10.

24. Buch, Nirmala, "Women & Panchayats: Opportunities, Challenges & Supports," in L.C. Jain(ed.), *Decentralisation & Local Governance*, Orient Longman, New Delhi, 2005, p. 346.

25. Mishra, S.N. and Mishra, Sweta, *op.cit.*, p. 30.

26. Mishra, Sweta, "Empowerment of Women in Urban Local Bodies: An Assessment", *Nagarlok*, Vol. XXXIV, No. 4, October-December, 2002, p. 40.

27. Mathew, George, "Ten-Year Journey of New Panchayats", in S.S. Chahar (ed.), *Governance at Grassroots Level in India*, Kanishka, New Delhi, 2005.

28. Palanithurai, G., *Emerging Dimensions in Decentralisation*, Concept Publishing Company, New Delhi, 2005, pp 336-369.

29. Robinson, Mark, "A Decade of Panchayati Raj Reforms: The Challenge of Democratic Decentralisation in India", in L.C. Jain(ed.), *op.cit.*, p. 23.

30. Quoted in Sivaramakrishnan, K.C.(ed.), *People's Participation in Urban Governance*, Concept Publishing Company, New Delhi, 2006, p. 116.

31. Buch, Nirmala, "From Oppression to Assertion – A study of Panchayats & Women in M.P., Rajasthan & U.P.", Centre for Women's Development Studies, New Delhi, 1999, (Mimeo).

32. Gupta, D.N., *op.cit.*, p. 53.

33. Singh, Mohinder, "Democratic Decentralisation in India After 73rd Amendment", in Shiv Raj Singh, et.al (eds.), *Public Administration in the New Millennium*, Anamika Publishers, New Delhi, 2003, p. 72.

34. Panchayati Raj in India — status Report, *op.cit.*, pp. 10-11.

35. Mishra, S.N. and Mishra, Sweta, *op.cit.*, p. 29.

36. Gupta, D.N., *op.cit.*, p. 68.

37. Panchayati Raj Update, July 1998, pp. 5-7.

38. Panchayati Raj in India – status Report, *op.cit.*, p. 12.

39. *Ibid.*, pp. 14-15.

40. Mishra, S.N., "The 73rd Constitution Amendment and the Local Resource Base: A Critical Appraisal", in S.S. Chahar (ed.) *op.cit.*, p. 73.

41. Ghosh, Buddhadeb, "Accountability of Panchayats: Ends & Means", in L.C. Jain(ed.), *Decentralisation & Local Governance*, Orient Longman, New Delhi, 2005, p. 261.

42. *Ibid.*

43. Gupta, D.N., *op.cit.*, pp. 48-53.

44. *Ibid.*, p. 124.

45. Ghosh, Buddhadeb, *op.cit.*, p. 261.

46. Mishra, Sweta, "Right to Information & Decentralised Governance", in *The Indian Journal of Public Administration*, Vol. LV, No. 3, July-September, 2009, p. 695.

47. Sharma, P.R. and Joshi, R.P., "Dimensions of Decentralisation: A View From States", in G. Palanithurai (ed.), *Dynamics of New Panchayati Raj System in India*, Vol. III, Concept Publishing Company, New Delhi, 2004, p. 188.

अध्याय सोलह

# भारत में लोक प्रशासन की बदली प्रकृति

*संगीता मिश्रा*

लोक प्रशासन लोकहित तथा लोक निर्माण में किया जाने वाला कोई भी ऐसा प्रशासनिक कार्य है जो आमतौर पर सरकारी प्रशासनिक व्यवस्था द्वारा किए जाने वाले कार्य तक सीमित हो गया है। आज लोक प्रशासन का अर्थ प्रशासनिक संस्थाओं द्वारा किए जाने वाले क्रियाकलापों के प्रतिपादन से संबद्ध संगठन तथा प्रकार्य की प्रणाली का द्योतक है। इसी कारण यह आधुनिक समाज का एक आवश्यक अंग तथा जीवन का एक प्रमुख रूप बन गया है। आमतौर पर आज हर राष्ट्र (चाहे वह पूंजीवादी राज्य हो या साम्यवादी) में यह एक प्रमुख संस्था बन गई है तथा इसके द्वारा प्रतिपादित कार्य राष्ट्र की हर संस्था तथा व्यक्ति को प्रभावित करते हैं। परंतु तीसरी दुनिया में राज्य के समय-सीमित पूर्ण विकास की आवश्यकता ने इसे आर्थिक, राजनीतिक क्षेत्रों के साथ सामाजिक क्षेत्र में भी विशेष अधिकार प्रदान किए हैं। मोहित भट्टाचार्य के शब्दों में—''सरकारी गतिविधियों के एक पहलू के रूप में लोक प्रशासन हर राजनीतिक व्यवस्था में सरकार के कार्यात्मक अंग का एक सहजीवी हिस्सा होता है तथा राजनीतिक नीति-निर्माताओं द्वारा निश्चित किए गए उद्देश्यों की पूर्ति का काम करता है।''[1] एफ.ए. निग्रो ने अपनी पुस्तक *मॉडर्न पब्लिक एडमिनिस्ट्रेशन* में लोक प्रशासन की व्याख्या निम्नलिखित संदर्भ में की है[2]:

1. लोक प्रशासन लोक समाज में सहयोगी एवं सामूहिक प्रयास है।
2. लोक प्रशासन में कार्यपालिका, विधायिका तथा न्यायपालिका और इन तीनों के परस्पर संबंध शामिल हैं।
3. लोक प्रशासन की लोक नीति की रचना में प्रमुख भूमिका है और इस प्रकार यह राजनीतिक प्रक्रिया का अंग है।
4. लोक प्रशासन निजी प्रशासन से अधिक महत्त्वपूर्ण तथा उससे अलग है।
5. लोक प्रशासन इधर कुछ वर्षों से अध्ययन तथा व्यवहार के क्षेत्र में मानवीय संबंधमूलक दृष्टि से अधिक प्रभावित हुआ है।
6. लोक प्रशासन समाज की सेवा करने के क्रम में अनेक निजी समूहों और व्यक्तियों से घनिष्ट रूप में जुड़ा है।

---

असिस्टेंट प्रोफेसर, राजनीतिशास्त्र विभाग, शहीद भगत सिंह कॉलेज, दिल्ली विश्वविद्यालय

परंतु ई. एन. ग्लैडन सहित अनेक विद्वान लोक प्रशासन को केवल सरकार के कार्यकारी दायित्वों के साथ जोड़ते हैं। उनके अनुसार "लोक प्रशासन का वास्तविक क्षेत्र सरकार के प्रशासनिक सेक्टर में पाया जाता है जो सार्वजनिक मामलों के प्रबंध के प्रति उत्तरदायी होता है।"[3] लूथर गुलिक के शब्दों में, "लोक-प्रशासन, प्रशासन के विज्ञान का वह भाग है जो सरकार से संबंधित है और इसलिए उसका संबंध कार्यपालिका से है, जहां कि सरकार का काम मुख्य रूप से होता यद्यपि उसको स्पष्ट रूप से उन प्रशासनिक समस्याओं पर भी ध्यान देना होता है, जो व्यवस्थापिका और न्यायपालिका के क्षेत्र में आती हैं। कई विद्वान लोक प्रशासन को लोक नीतियों के क्रियान्वयन का विज्ञान मानते हैं। एल. डी. व्हाइट के अनुसार "लोक प्रशासन में वे सभी कार्य आ जाते हैं जिनका उद्देश्य लोक नीति (सार्वजनिक नीति)को पूरा करना अथवा क्रियान्वित करना होता है।"[4] कई अन्य विद्वान लोक प्रशासन को ऐसा विषय मानते हैं जिसका संबंध कानून के क्रियान्वयन से है। वुडरो विल्सन ने अपनी पुस्तक द *स्टडी ऑफ एडमिनिस्ट्रेशन* में लिखा है, "लोक प्रशासन विधि अथवा कानून को विस्तृत एवं क्रमबद्ध रूप में कार्यान्वित करने का नाम है। कानून को क्रियान्वित करने की प्रत्येक क्रिया एक प्रशासनिक क्रिया है।" अंत में इवान एस. बैंकी द्वारा संपादित *डिक्शनरी ऑफ एडमिनिस्ट्रेशन एंड मैनेजमेंट* में प्रशासन की परिभाषा इस प्रकार दी गई है: "प्रशासन उन सभी विचारों, तकनीक और प्रक्रियाओं का मिला-जुला रूप है जो किसी संगठन को अपने निर्धारित लक्ष्यों की प्राप्ति के लिए औपचारिक और अनौपचारिक रूप में भौतिक और मानवीय संसाधनों को संगठित करने, उनमें समन्वय और नियंत्रण स्थापित करने के लिए अपनाई जाती है।"[5]

भारत जैसे विकासशील राष्ट्र में जिसे अंग्रेजों की कई वर्षों तक गुलामी के बाद 1947 में आजादी मिली तथा आजादी के बाद जिसका लक्ष्य निर्धनता से मुक्ति तथा जल्द-से जल्द पूर्ण विकास था, के लिए लोक प्रशासन बेहद महत्त्वपूर्ण संस्था थी क्योंकि इस व्यवस्था के द्वारा विकासशील राष्ट्रों में सामाजिक परिवर्तन का कार्य भी पूर्ण किया गया है। अत: इसे सामाजिक परिवर्तन का यंत्र (agent of social change) भी माना गया है। आज किसी भी राष्ट्र का विकास तथा सफलता उस राष्ट्र की प्रशासनिक व्यवस्था की सक्षमता पर निर्भर करती है। बदलते समय के साथ तथा समय की आवश्यकतानुसार राज्य का कार्य, उनकी विभिन्नता, संख्या तथा जटिलताओं में असाधारण वृद्धि हुई है जिसके कारण इन व्यवस्थाओं के दायित्वों में भी विशेष वृद्धि देखी जा सकती है। आज इसे राज्य तथा समाज के हर कार्यों से संबंधित देखा जा सकता है। जॉन जे. कोर्सन तथा जोसेफ पी. हेरिस के अनुसार "लोक प्रशासन निर्णय करता है, योजना बनाता है, उद्देश्यों और लक्ष्यों के कार्यान्वयन की रचना करता है, विधायी तथा नागरिक संगठनों के सहयोग से सरकारी कार्यक्रमों के लिए धन और लोक समर्थन जुटाता है। यह संगठनों की स्थापना तथा उनका पुनर्गठन करता है, कर्मचारियों का निर्देशन और पर्यवेक्षण करता है, नेतृत्व प्रदान करता है, संसूचनाएं एकत्र और प्रेषित करता है, कार्य की पद्धति और प्रक्रिया निर्धारित करता है, संपन्न कार्यों का मूल्यांकन करता है, नियंत्रण करता है, तथा यह सरकारी निष्पादकों और पर्यवेक्षकों द्वारा किए गए कार्यों का भी मूल्यांकन करता है। लोक प्रशासन सरकार का क्रियाशील पक्ष है। इसके द्वारा सरकार के उद्देश्यों और लक्ष्यों की प्राप्ति होती है।"[6]

## 16.1 लोक प्रशासन का एक विषय के रूप में विकास

यद्यपि प्रशासन का अनुभव प्राचीनकाल से ही देखा जा सकता है परंतु अध्ययन के रूप में इसका उद्‌भव अधिक पुराना नहीं है। इसका तात्पर्य यह नहीं है कि प्राचीन काल के विद्वानों ने लोक प्रशासन के बारे में कोई महत्त्वपूर्ण योगदान नहीं दिया। वास्तव में प्राचीन काल से ही सरकारीतंत्र के परिचालन ने विद्वानों और प्रशासकों का ध्यान खींचा है। कौटिल्य के *अर्थशास्त्र*, *महाभारत*, *रामायण*, अरस्तु की *पोलिटिक्स* तथा मैकियावैली की द *प्रिंस*, जॉन लॉक का टू *ट्रीटीज ऑन गवर्नमेंट*, थॉमस हॉब्स का *लेवियाथन* जैसे ग्रंथ प्रशासकीय चिंतनधारा और प्रयोग की दिशा में महत्त्वपूर्ण भूमिका निभाते हैं। परंतु जैसा की पीटर सेल्फ कहते हैं लोक प्रशासन के अध्ययन का "विकास राजनीतिशास्त्र अथवा लोकविधि के रूप में हुआ और हाल के दिनों तक लोक प्रशासन को अकादमिक विषय के रूप में इन पुराने विषयों का सीधा-सादा सौतेला भाई समझा जाता था।"[7]

गेराल्ड ई. कैडन के अनुसार आधुनिक लोक प्रशासन का जन्म तो तभी संभव हुआ जब सरकारों को अन्य सामाजिक संस्थाओं से अलग माना गया और सरकारों के कार्यकलाप इतने बढ़ गए कि उनके प्रभावी कार्य प्रदर्शन के लिए प्रशासकों के लिए व्यावसायिक दृष्टिकोण अपनाना अनिवार्य हो गया। यूरोपीय भाषाओं में 'लोक प्रशासन' शब्द का प्रचलन सत्रहवीं शताब्दी में हुआ जब सम्राटों द्वारा लोक-कार्यों के प्रशासन तथा उनकी निजी घरेलू व्यवस्था के बीच अंतर किया जाना जरूरी हुआ। राज्य के अधिकारीतंत्र से लोक प्रशासन शास्त्र का वर्तमान स्वरूप उस स्थिति में विकसित हुआ जब धर्म को राज्य से अलग कर दिया गया और सरकार राज्य की प्रादेशिक सीमा में अन्य सामाजिक संस्थाओं पर हावी हो गई।[8] आधुनिक लोक प्रशासन का अध्ययन पहली बार प्रशा (जर्मनी) में प्रारंभ हुआ जहां उसे परिवीक्षाधीन लोक कर्मचारियों के प्रशिक्षण पाठ्यक्रम में स्थान दिया गया जहां इसका व्यापक रूप में संकलन और अध्यापन कैमेरल विज्ञान के प्रोफेसरों द्वारा आरंभ किया गया। जर्मनी और ऑस्ट्रिया में 1500 से 1700 के बीच पनपे कैमरेवादियों ने सरकारी कर्मचारियों के काडर, स्वरूप, कार्यों और अपेक्षित व्यवहार के क्षेत्र में अनुसंधान पर जोर दिया। अठारहवीं शताब्दी के अंतिम दशक में संयुक्त राज्य अमेरिका में प्रकाशित विश्वकोश *फेडरेलिस्ट* के क्रमांक-72 में अमेरिका के पहले वित्तमंत्री अलेक्जेंडर हैमिल्टन ने लोक प्रशासन के स्थूल अर्थ तथा क्षेत्र को स्पष्ट करने का प्रयास किया था। सन् 1812 में फ्रांस में प्रथम बार चार्ल्स जीन बौनिन ने *प्रिंसिपल्स डी' एडमिनिस्ट्रेशन पब्लिक* (*लोक प्रशासन के सिद्धांत*) नामक इस विषय की पहली पुस्तक लिखी परंतु इस अनुसंधान ग्रंथ को लोक प्रशासन की मान्य पुस्तक के रूप में स्वीकृति नहीं मिली। इसके बाद फ्रांस में कई और रचनाएं भी प्रकाशित हुईं जिनमें 1859 में प्रकाशित विवेचन की पुस्तक '*एतुदेज एटमिनिस्त्रेतित्वस*' (*Administrative Studies*) का नाम उल्लेखनीय है। फिर भी लोक प्रशासन के अध्ययन की शुरुआत सन् 1887 में वुडरो विल्सन का *पोलिटिकल साइंस क्वार्टरली* में प्रकाशित लेख "दी स्टडी ऑफ एडमिनिस्ट्रेशन" को माना जाता है। तब से विकास प्रशासन का इतिहास अध्ययन की एक विशेष शाखा के रूप में कई युग-संधियों से गुजरा है जिन्हें निम्नलिखित चरणों में बांटा जा सकता है:

प्रथम चरण: 1887-1926 (राजनीति-प्रशासन द्विविभाजन)

द्वितीय चरण: 1927-1937 (प्रशासन के सिद्धांतों पर बल)

तृतीय चरण: 1938–1946 (प्रशासनिक सिद्धांतों को चुनौती)
चतुर्थ चरण: 1947–1970 (स्वरूप की संकटावस्था)
पंचम चरण: 1971– वर्तमान (नवीन लोक प्रशासन एवं नवीन लोक प्रबंध परिप्रेक्ष्य)

### 16.1.1 प्रथम चरण (1887–1926)

लोक प्रशासन का एक विषय के रूप में उदय 1887 में वुडरो विल्सन के लेख—''द स्टडी ऑफ एडमिनिस्ट्रेशन'' से हुआ जिसमें उन्होंने प्रशासन को राजनीति से अलग इस तर्क के आधार पर किया कि प्रशासन राजनीतिक रूप से लिए गए निर्णयों को कार्यान्वित करने से सरोकार रखता है। प्रो. वाल्डो ने वुडरो विल्सन को ''शास्त्र के रूप में लोक-प्रशासन का जन्मदाता'' कहा है।[9] इस युग की दूसरी महत्त्वपूर्ण घटना सन् 1900 में कोलंबिया विश्वविद्यालय के प्रशासनिक कानून के प्राध्यापक फ्रैंक जे. गुडनॉव द्वारा लिखित *पॉलिटिक्स एंड एडमिनिस्ट्रेशन* (राजनीति तथा प्रशासन) के प्रकाशन को माना जाता है जिसमें उन्होंने दोनों ही क्षेत्रों (राजनीति तथा प्रशासन) में धारणात्मक अंतर बताते हुए विल्सन के सिद्धांत को आगे बढ़ाया। उनके अनुसार, ''राजनीति का काम नीति निर्माण अथवा राज्य की इच्छा का प्रकटीकरण है और प्रशासन का काम इन नीतियों का निष्पादन करना है।''[10] इसके अलावा, इन दोनों कार्यों के संस्थागत स्थानीकरण का भी अंतर बताया गया है। राजनीति का स्थान विधानसभा और सरकार के कार्यालय से जोड़ा गया है जहां निर्माण का कार्य पूर्ण किया जाता है तथा प्रशासन का स्थान उन्हीं नीतियों की निष्पादन शाखा तथा अधिकारीतंत्र को माना गया है।

1926 में लियोनाई व्हाइट द्वारा लिखित पुस्तक *लोक प्रशासन के अध्ययन की प्रवेशिका* (*Introduction to the Study of Public Administration*) को लोक प्रशासन विषय की प्रथम पाठ्यपुस्तक माना जाता है। इसी दौरान 1911 में फ्रेडरिक टेलर की पुस्तक *दि प्रिंसिपल्स ऑफ साइंटिफिक मैनेजमेंट* चर्चा में आई जिसके कारण उन्नीसवीं शताब्दी के अंतिम पच्चीस वर्षों में जिस वैज्ञानिक प्रबंध-आंदोलन का सूत्रपात हुआ, उसने इस बात पर जोर दिया की कार्य करने की सर्वश्रेष्ठ रीति सदा एक ही होती है। प्रशासन प्रबंध के अतिरिक्त और कुछ नहीं है तथा प्रत्येक विषय का प्रबंध करने के लिए श्रेष्ठतम रीतियों और सिद्धांतों की खोज करना संभव होना चाहिए।

### 16.1.2 द्वितीय चरण (1927–1937)

1927 से लेकर 1937 तक के समय को लोक प्रशासन के विकास की दूसरी अवस्था का चरण माना जाता है। इस दौरान राजनीति और प्रशासन की द्वंद्वात्मकता को और अधिक बल मिला तथा इस चरण में प्रबंधकीय विज्ञान के विकास पर जोर दिया गया। इस चरण की प्रमुख मान्यता यह रही है कि प्रशासन के कुछ सिद्धांत होते हैं तथा लोक प्रशासन के विद्वानों का काम इन सिद्धांतों का पता लगाना और इनके क्रियान्वयन को प्रोत्साहन देना है। इस दौरान 1927 में डब्ल्यू. एफ. विलोबी (W.F. Willoughby) की पुस्तक *प्रिंसिपल्स ऑफ एडमिनिस्ट्रेशन* प्रकाशित हुई। विलोबी के बाद अनेक विद्वानों ने इस दृष्टिकोण के समर्थन में अपना विचार दिया जिसमें प्रमुख हैं– मेरी पार्कर फौलेट (M.P. Follet) द्वारा लिखित *क्रिएटिव एक्सपीरियंस*, *हैनरी फेयोल* द्वारा लिखित *इंडस्ट्रियल एंड जनरल मैनेजमेंट*, मुने तथा रैले द्वारा लिखित *प्रिंसिपल्स ऑफ ऑर्गेनाइजेश्न*।

1937 में लूथर गुलिक तथा उर्विक की *पेपर्स ऑन दि साइंस ऑफ एडमिनिस्ट्रेशन* प्रकाशित हुई जिसमें उन्होंने 'POSDCORB' के सिद्धांत की रचना की। यह शब्द—योजना(P), संगठन (O), कर्मचारी (S), निर्देशन(D), समन्वय(CO) रिपोर्टिंग(R) और बजट(B) के अंग्रेजी शब्दों के प्रथम अक्षर को मिलाकर बना है। ऐसा विश्वास प्रकट किया गया कि सभी संगठनों में यह समान रूप से लागू होता है। यह युग लोक-प्रशासन के सिद्वांतों का स्वर्ण-युग रहा है।

### 16.1.3 तृतीय चरण ( 1938-1947 )

इस चरण का आरंभ हॉथोर्न प्रयोग के द्वारा एक नए दृष्टिकोण की शुरुआत से हुआ जिसने पूर्व मान्यताओं को चुनौती देते हुए मानव संबंधों पर अत्यधिक बल दिया। 1939 में एफ.जे. रोथलिज वर्जर एवं विलियम जे. डिक्सन द्वारा लिखित पुस्तक *मैनेजमेंट एंड वर्कर* प्रकाशित हुई जिसमें अमेरिका में चल रहे हॉथोर्न प्रयोगों से साबित विचार को दर्शाया गया। इन प्रयोगों ने कामगारों के उत्पादन पर सामाजिक तथा मनोवैज्ञानिक उपकरणों के शक्तिशाली प्रभाव का स्पष्ट प्रदर्शन करके वैज्ञानिक प्रबंध संप्रदाय की जड़ें हिला दी। इस प्रयोग ने संगठनात्मक चिंतन की मशीनी धारणा की सीमाएं इंगित करके संगठनों में मानवीय संबंधों के अत्यंत महत्त्वपूर्ण रूप को दर्शाया। सन् 1938 में चेस्टर बर्नार्ड की पुस्तक *कार्यपालिका के कार्य* प्रकाशित हुई। 1946 में हर्बर्ट साइमन का एक लेख प्रकाशित हुआ जिसमें उन्होंने प्रशासन के तथाकथित सिद्धांतों की हंसी उड़ाते हुए उन्हें किंवदंतियों की संज्ञा दी।

### 16.1.4 चतुर्थ चरण ( 1947-1970 )

लोक प्रशासन के विकास के चतुर्थ चरण की शुरुआत दो महत्त्वपूर्ण कृतियों के प्रकाशन- हर्बर्ट साइमन की पुस्तक *एडमिनिस्ट्रेटिव बिहेवियर* तथा राबर्ट डाल का लेख "द साइंस ऑफ पब्लिक एडमिनिस्ट्रेशन: थ्री प्रॉबलम्स" से होती है। साइमन की पुस्तक 1947 में प्रकाशित हुई जिसमें उन्होंने कहा की प्रशासन में सिद्धांत नाम की कोई चीज नहीं है। राजनीति शास्त्र तथा प्रशासन के अलगाव को भी उन्होंने महत्त्व नहीं दिया। साइमन ने इस पुस्तक में यह बताया कि निर्णय-निर्माण ही प्रशासन का हृदय है। साइमन के दृष्टिकोण ने लोक प्रशासन को मनोविज्ञान, समाजशास्त्र, अर्थशास्त्र तथा राजनीति विज्ञान से जोड़कर इसके अध्ययन-क्षेत्र का विस्तार कर दिया।

इसके पश्चात् 1947 में ही रॉबर्ट ए. डाल का निबंध प्रकाशित हुआ जिसमें उन्होंने यह सिद्ध किया कि लोक प्रशासन विज्ञान नहीं है।

लोक प्रशासन के इतिहास में इस चरण को "संकट का काल" कहा गया है। इस शास्त्र का विज्ञान होने का दावा कठिन चुनौतियों तथा आलोचनाओं का सामना कर रहा था। यहां तक की इसका स्वरूप भी वाद-विवाद का विषय बन गया था। इस स्थिति को "स्वरूप की संकटावस्था" (Crisis of Identity) कहा गया है। फलस्वरूप प्रशासन के विद्वान राजनीतिशास्त्र के अंतर्गत आ गए। परंतु इस दौरान राजनीति शास्त्र में स्वयं कुछ परिवर्तन आ रहे थे तथा अब प्रशासन का राजनीति शास्त्र में पहले जितना महत्त्व नहीं रह गया था।

अतंत: लोक प्रशासन को एक विकल्प-जोकि 'प्रशासनिक विज्ञान' था- की खोज करनी पड़ी तथा 1956 में *एडमिनिस्ट्रेटिव साइंस क्वार्टरली* नामक पत्रिका का प्रकाशन हुआ।

### 16.1.5 पंचम चरण ( 1971- वर्तमान तक )

तीसरे तथा चौथे चरण के 33 वर्ष के लंबे चुनौतियों तथा आलोचनाओं वाले अंतराल ने लोक प्रशासन को हिला कर रख दिया। परंतु इस संकटकाल ने लोक प्रशासन को परिपक्व बना दिया तथा सुदृढ़ तथा विश्वसनीय सिद्धांत की खोज हेतु प्रेरित किया। अनेक शास्त्रों के विद्वान— अर्थशास्त्र, मनोविज्ञान, समाजशास्त्र, मानवशास्त्र आदि- इस विषय में रुचि लेने लगे। इन शास्त्रों के नियमों के साथ समन्वय स्थापित कर लोक प्रशासन ने अंतरविषयी दृष्टिकोण विकसित किया। इस चरण में तुलनात्मक प्रशासनिक अध्ययनों, विकास प्रशासन, नीति विज्ञान तथा विकासशील राष्ट्रों की परिस्थितिकी के अनुरूप लोक प्रशासन की खोज की दिशा में सार्थक प्रयास हुए तथा यह प्रयास अभी भी जारी हैं। इस चरण में योगदान देने वाले विद्वानों में वाल्डो तथा फ्रेड डब्ल्यू. रिग्स के नाम उल्लेखनीय हैं। रिग्स ने लोक प्रशासन के तुलनात्मक अध्ययन पर जोर दिया है तथा विकासशील देशों के समाजों के अध्ययन के लिए उसने आदर्शों व नमूनों का निर्माण किया।

1968 के बाद लोक प्रशासन के अध्ययन को 'नवीन लोक प्रशासन' के अभ्युदय ने समृद्ध किया। ड्वाइट वाल्डो को नवीन लोक प्रशासन का जनक माना जाता है। यह नवीन दृष्टिकोण लोक प्रशासन की मूल्य व्याख्या को अस्वीकृत करता है तथा राजनीति-प्रशासन के द्विविभाजन को भी अस्वीकार करता है। यह मानवीय संबंधों तथा प्रशासन एवं सामाजिक परिवर्तनों के बारे में नए सृजनात्मक दृष्टिकोण पर विशेष बल देता है।

आज लोक प्रशासन का क्षेत्र काफी व्यापक हो गया है। आज यह सभ्य समाज की प्रथम आवश्यकता बन चुका है। ब्रिटिश प्रशासन विशेषज्ञ ग्लैडन के शब्दों में, "हम चाहें या न चाहें, आधुनिक युग में लोक प्रशासन हमारे लिए अत्यंत आवश्यक बन गया है। यदि हम यह अनुभव कर सकते हैं कि इसका विस्तार अधिक हो रहा है तो हमें इसका क्षेत्र सीमित करने के लिए इसका अध्ययन करना पड़ेगा। यदि हम इसे सामाजिक कल्याण के लिए आवश्यक समझते हैं तो हमारे लिए इसका अध्ययन इस दृष्टि से आवश्यक है कि यह अपने उद्देश्य को क्षमतापूर्वक पूरा कर सके और उससे अधिक इसका विस्तार न हो। लोकतंत्र में लोक प्रशासन प्रत्येक नागरिक के अध्ययन, चिंतन और मनन का विषय है, भले ही वह छात्र हो या मजदूर, विचारक हो या सरकारी कर्मचारी। सभी व्यक्ति उत्तम जीवन बिताना चाहते हैं, इसमें लोक प्रशासन बड़ी महत्त्वपूर्ण भूमिका निभाता है, अत: वर्तमान युग में यह अति आवश्यक हो गया है।"[11]

अंत में, लोक प्रशासन की वर्तमान स्थिति पर रमेश के. अरोड़ा के विचारों को व्यक्त करना उचित होगा। उनके अनुसार "यह देखकर आश्चर्य नहीं होना चाहिए कि प्रशासनिक सिद्धांत के क्षेत्र ने, विशेषतया द्वितीय विश्व युद्ध के उपरांत, विलयन (absorb), स्वांगीकरण (assimilate), संयोजन (synthesise) तथा विस्तार की अद्‌भुत क्षमता दिखाई है। प्राचीन को रद्द किए बिना इसने नवीन का स्वागत किया है और स्वागत भी इस ढंग से किया है कि विजातीय (heterogeneous) विचारों, धारणाओं विषय-केंद्रों, नमूनों तथा पद्धतियों का सह-अस्तित्व (co-existence) अति ध्येयपूर्ण तथा संतोषजनक बना दिया है। कोई आश्चर्य की बात नहीं कि इसके अस्तित्व के संबंध आलोचकों के गंभीर संदेह के बावजूद, नवें दशक के प्रारंभ में लोक-प्रशासन शास्त्र जागरूक आशावाद की स्थिति में पहुंच गया है।"[12]

## 16.2 भारत में लोक प्रशासन की बदलती प्रकृति

भारत जैसे विकासशील राष्ट्र में लोक प्रशासन का कार्य बहुत महत्त्व रखता है। भारत में प्रशासक की भूमिका पर संकेत करते हुए एक वरिष्ठ सिविल अधिकारी टी.एन. चतुर्वेदी लिखते है:[13] आज का प्रशासक संविधान में उल्लिखित जनता की इच्छाओं और आकांक्षाओं के कार्यान्वयन का एक साधन है। वह राजनीति के सदैव बदलते परिवेश में स्थिरता और व्यवस्था का केंद्र बिंदु है। साथ ही, संभ्रात वर्ग का होने के नाते वह आधुनिकीकरण और सामाजिक परिवर्तन का साधन है। वह योजना और आर्थिक विकास का साधन है। उससे समाज में अल्पाधिकार प्राप्त वर्गों के अधिकारों की रक्षा करने की अपेक्षा की जाती है, उसे हर समय राजनीतिक वातावरण की जानकारी होनी चाहिए और साथ ही लोकतांत्रिक परिस्थिति का ज्ञान भी होना चाहिए जिसमें उसे कार्य करना है।

इसलिए, यदि सिविल सेवा को विकासशील समाज में परिवर्तन और प्रगति का प्रभावी साधन बनना है तो उसमें मूलभूत संरचनात्मक, कार्यविधिक और अभिवृत्रिक परिवर्तन करने होंगे। सत्यनिष्ठा, कार्यात्मक कुशलता और ईमानदारी एवं निष्पक्षता जैसे परंपरागत गुणों के अलावा सिविल सेवा अधिकारियों को सामाजिक आधार के साथ-साथ अत्यधिक विस्तृत सामाजिक जागरूकता और अनुक्रियाशीलता का पोषण करना चाहिए। बदलते हुए समय के साथ बदलती हुई सामाजिक आवश्यकताओं की पूर्ति के लिए लोक प्रशासन में काफी परिवर्तन आया है। भारत में लोक प्रशासन के विकास के रास्ते में उत्पन्न होने वाली विभिन्न घटनाएं अक्सर सामाजिक जीवन को तथा राज्य के कार्यों को प्रभावित करती हैं तथा उससे प्रभावित भी होती हैं। भारत में लोक प्रशासन के विकास को अध्ययन की दृष्टि से तथा इसकी बदलती हुई प्रकृति को समझने के लिए दो भागों में बांटा जा सकता है:

1. आज़ादी से पूर्व लोक प्रशासन का विकास
2. आज़ादी के बाद लोक प्रशासन का विकास

### 16.2.1 आज़ादी से पूर्व लोक प्रशासन का विकास

व्यवस्था की स्थापना भारत में नई नहीं है बल्कि इस प्रकार की व्यवस्था प्राचीन काल से ही देखी जा सकती है। विभिन्न प्राचीन ग्रंथों, महाकाव्य एवं स्मृतियों में सरकार तथा शासन के साथ-साथ अच्छी सेवावर्गीय व्यवस्था के लिए भी उपयोगी सुझाव तथा निर्देश देखे जा सकते हैं। *अर्थशास्त्र* में सरकारी कर्मचारियों की परीक्षा के तरीकों, उनके वेतन, स्तर तथा अन्य सेविवर्ग संबंधी विषयों का स्पष्ट उल्लेख है। मुगलकाल में विभिन्न प्रशासनिक विषयों में लोक सेवाओं का संगठन किया गया। मुगलकालीन भारतीय प्रशासन अरब परंपराओं तथा प्राचीन भारतीय परंपराओं से प्रभावित था। अंग्रेजों के भारत आने के बाद प्रशासन के कार्य व उद्देश्य में परिवर्तन आ गया। ब्रिटिश शासन में उनका उद्देश्य ब्रिटिश शासन की रक्षा करना तथा कार्यक्षेत्र न्याय-व्यवस्था बनाए रखना तथा राजस्व एकत्र करना था। ब्रिटिश शासनकाल में प्रशासनिक व्यवस्था में सुधार के लिए कई अधिनियम (Act) पारित किए गए जिनमें रेग्युलेटिंग एक्ट 1773 तथा पिट्स इंडिया एक्ट 1784 द्वारा प्रशासनिक व्यवस्थाओं के पूर्व स्वरूप को बदलने की कोशिश की गई। फिलिप मेसन के अनुसार इंडियन सिविल सर्विस की उत्पत्ति 1769 में हुई परंतु योग्यता आधारित

चयन प्रक्रिया की स्थापना के आधार पर सन् 1855 को इसका जन्मकाल माना जा सकता है। 1854 में मैकाले की अध्यक्षता में स्थापित समिति के प्रतिवेदन ने इस सेवा का दर्शन और आधार प्रस्तुत किया।

सन् 1883 में ब्रिटिश संसद के द्वारा महत्त्वपूर्ण चार्टर एक्ट पारित किया गया जिसमें यह व्यवस्था की गई कि इसके सभी कर्मचारियों की भर्ती सब व्यक्तियों के लिए समान रूप से खुली प्रतियोगिता पद्धति के आधार पर की जाएगी। इस व्यवस्था के बाद भी इसमें भारतीयों का भाग लेना सीमित ही रहा जिसका कारण परीक्षा इंग्लैंड में किया जाना, इसमें भाग लेने की कम आयु तथा परीक्षा के स्तर की उच्चता और विदेशी भाषा थी। यद्यपि 1833 के चार्टर एक्ट में ब्रिटिश सरकार ने यह घोषणा की थी कि कंपनी की सेवा में धर्म, जाति, वर्ग या रंग के आधार पर कोई भेदभाव नहीं रखा जाएगा फिर भी 1870 तक इन्हीं कारणों की वजह से सिविल सर्विस में केवल चार भारतीय चुने गए।

1883 के इस एक्ट द्वारा एक महत्त्वपूर्ण बदलाव भी किया गया। इसने भारत में प्रशासनिक व्यवस्था का एकीकरण कर उसे ब्रिटिश क्राउन के अंतर्गत ला दिया।[14] लोक प्रशासन की प्रकृति में एक महत्त्वपूर्ण बदलाव 1858 के भारत सरकार अधिनियम द्वारा आया जब भारतीय सत्ता ईस्ट इंडिया कंपनी के हाथ से निकलकर क्राउन के हाथ में चली गई। इसके बाद 1861 के इंडियन काउंसिल एक्ट के द्वारा प्रशासन में गैर-सरकारी सदस्यों को लाया गया। 1886 में गठित एचिसन आयोग की सिफारिशों के आधार पर सिविल सर्विस में भाग लेने की अधिकतम आयु बढ़ा कर 23 वर्ष कर दी गई। इसके बाद 1909 अधिनियम, 1919 भारत सरकार अधिनियम तथा 1935 भारत सरकार अधिनियम द्वारा भी प्रशासन तथा प्रशासनिक व्यवस्था में महत्त्वपूर्ण परिवर्तन लाया गया परंतु ब्रिटिश शासन काल के अंतर्गत प्रशासनिक व्यवस्था का ढांचा वेबर के मॉडल के अनुसार केंद्रीयकृत संस्था ही रही जो स्वयं को नियम और कानून के अनुसार ही बांधे रखते हैं।

### 16.2.2 आजादी के बाद लोक प्रशासन का विकास

आज़ादी के बाद ऐसा महसूस किया गया कि प्रशासनिक व्यवस्था का जो स्वरूप है (केंद्रीयकृत संस्था जिसका मुख्य कार्य राजस्व इकट्ठा करना तथा नियम और कानून लागू करना है) वह विकासशील राष्ट्र के लिए उपयुक्त नहीं होगी। परंतु विकास के लिए एक ऐसी सबल प्रशासनिक व्यवस्था की आवश्यकता भी थी जो जनता के साथ मिलकर यह कार्य पूर्ण कर सके। अत: इसके सकारात्मक पहलू को महत्त्व दिया गया। ए. डी. गोरवाला ने कहा था, ''राष्ट्रीय एकता की स्थापना में यह (सेवा) एक मूल्यवान योगदान सिद्ध होगी।'' प्रत्येक प्रांत अपने प्रशासन में बहुत-से ऐसे तत्त्वों की एक प्रतिकृति उत्पन्न कर लेगा जो इस प्राचीन देश की संपन्नता में योग देते हैं। एक बड़ा नाटककार ऐसी विश्व सरकार की बात सोचता है जिसके अंतर्गत प्रत्येक देश का स्थानीय प्रशासन उस देश के निवासियों द्वारा ही चलाया जाता है जिससे प्रशासन निष्पक्ष हो और साथ ही सभी देशों के निवासियों को विश्व एकता की अनिवार्यता का ज्ञान हो सके। हम भारतीय इतने भाग्यशाली हैं कि यदि हम चाहें तो इस प्रयोग को एक बड़े पैमाने पर कार्यान्वित कर सकते हैं। विघटनकारी प्रवृत्तियों को सफलतापूर्वक रोक कर एकरूपता स्थापित कर सकते हैं।''[15]

भारत में इन सेवाओं की आवश्यकता पर टिप्पणी करते हुए संविधान प्रारूप निर्मात्री समिति के सभापति डॉ. बी. आर. अंबेडकर ने संविधान सभा के समक्ष एक भाषण में कहा था कि "....यह मानी हुई बात है कि प्रत्येक देश में उनकी प्रशासकीय रचना में कुछ ऐसे पद होते हैं जो प्रशासनिक स्तर को बनाए रखने के विचार से महत्त्वपूर्ण हो सकते हैं....इसमें कोई संदेह नहीं है कि प्रशासनिक स्तर इन पदों पर नियुक्त लोक-सेवकों की योग्यता पर निर्भर होता है....संविधान में यह प्रावधान किया गया है कि एक....अखिल भारतीय सेवा होगी और केवल उस सेवा के ही सदस्य संघ भर में ऐसे महत्त्वपूर्ण पदों पर नियुक्त किए जा सकेंगे।"[16]

अत: स्वतंत्रता प्राप्ति के बाद जहां कुछ नेताओं को अधिकारीतंत्र की विकास-कार्य के प्रति वचनबद्धता पर शंका थी तथा वे चाहते थे कि विकासात्मक प्रशासन के लिए नई संरचना का निर्माण हो वहीं संवैधानिक सभा के समक्ष प्रभावशाली नेताओं के एक गुट ने इस बात का विरोध किया। अंतत: इस व्यवस्था को कुछ संशोधन के साथ जारी रखा गया। परंतु प्रजातांत्रिक, सामाजिक, कल्याणकारी राज्य की स्थापना से कल्याणकारी प्रशासन तथा लोक उत्तरदायित्व की संकल्पना का उदय हुआ जिसके लिए यह केंद्रीयकृत नियमबद्ध प्रशासनिक व्यवस्था उपयुक्त विकल्प नहीं था जिसके कारण प्रशासन की औपनिवेशिक कार्यपद्धति और संरचना में पर्याप्त परिवर्तन करने पड़े। परिवर्तित वातावरण में अधिकारीतंत्र से यह अपेक्षा की जाने लगी कि वह राजनीतिक नेताओं की आज्ञा का पालन करें, सामाजिक परिवर्तन के लिए प्रमुख साधन बनें, जनता के प्रति अपना उत्तरदायित्त्व निभाएं और उनकी आवश्यकताओं और आकांक्षाओं को पूरा करने में तत्पर रहें। इसके लिए यह आवश्यक था कि राष्ट्र में फैली निर्धनता, निरक्षरता, बेरोजगारी और बीमारी की समस्या का तुरंत समाधान हो। भारत ने स्वतंत्रता के बाद इन समस्याओं से निबटने के लिए सुनियोजित विकास का रास्ता अपनाया जिसके द्वारा राष्ट्र में उपलब्ध संसाधनों के अत्यधिक तर्क सम्मत उपयोग से औद्योगिक और कृषि क्षेत्रों, शहरी एवं ग्रामीण क्षेत्रों में विकासात्मक आधारिक संरचना का सृजन हो और विकास के लाभ विस्तृत रूप से, जहां तक संभव हो, वितरित हो। परंतु इस कार्य में प्रशासन से यह अपेक्षा की गई कि वह हर स्तर पर जन-सहयोग से कार्य करेगा।

अत: भारत में संविधान द्वारा लोकतांत्रिक प्रशासन की स्थापना की गई। परंतु व्यवहार में लोकतांत्रिक प्रशासन की धारणा को वांछनीय स्तर तक संतोषजनक ढंग से प्राप्त नहीं किया जा सकता। भारत को एक ऐसी प्रशासनिक व्यवस्था की आवश्यकता थी जिसकी प्रकृति-कार्यदक्षता, ईमानदारी, बदलाव के प्रति अग्रसर, लचीलापन तथा विकासोन्मुख हो परंतु भारतीय प्रशासन इस ढांचे में नहीं ढल सका बल्कि इसके विपरीत उसका स्वरूप—अप्रतिक्रियाशील, एकांतिक तथा सख्त (rigid) ही पाया गया। कार्यकुशलता, योग्यता, अनुशासन, प्रतिबद्धता, निष्ठा, तटस्थता, नेतृत्व ये सब गुण उन्होंने परंपराओं से विरासत में पाए हैं, किंतु जनसाधारण से अलगाव, अभिजनवादिता, विविधज्ञ प्रकृति, अंकुशों के अभाव में स्वविवेक से कार्य करने की आदत, आदि विशेषताएं उन्हें आज एक विडंबनापूर्ण स्थिति में डालती हैं। भारतीय लोक प्रशासन के इस स्वभाव का कारण अंग्रेज़ी शासनकाल के दौरान इसकी स्थापना, इससे की जाने वाली अपेक्षाएं तथा इसकी प्रकृति है जो नीचे स्पष्ट की गई है:

1. भारतीय लोक सेवाएं संगठनात्मक दृष्टि से अभी भी ऐतिहासिक सीमाओं से बाहर नहीं

निकल सकी हैं। उनका संगठन, भर्ती प्रक्रिया, सेवा नियम, प्रशिक्षण बहुत वैसे ही हैं जैसे औपनिवेशिक युग में थे। इसकी संस्कृति अभी भी औपनिवेशिक लोकाचार से प्रभावित है जो विकासात्मक प्रशासन के लिए आवश्यक मूल्यमानों के संदर्भ में अत्यधिक दुष्क्रियात्मक है।

2. इसमें वेबर मॉडल के समस्त अवगुण विद्यमान हैं, जो निष्पादन के स्थान पर विलंब, कठोरता और नियम-विनियमों के प्रति अत्यधिक उत्साह सहित अपनी पुनरावृत्त प्रवृत्तियां प्रदर्शित करते हैं। इसमें गतिशीलता और पहल का अभाव है जो विकास प्रशासन के लिए आवश्यक है। विकास प्रशासन का लक्ष्य-परिणामोन्मुख, परिवर्तनोन्मुख तथा नम्रतायुक्त होना चाहिए जोकि भारतीय लोक प्रशासन की प्रकृति में नहीं पाया जाता। जैसा की फ्रेड. डब्ल्यू. रिग्स अपने मॉडल में प्रिज्मैटिक (Prismatic) समाज तथा सैला (Sala) प्रशासन का विशेष नमूना, प्रस्तुत करते हैं। भारतीय लोक सेवाओं का संरचनात्मक तथा औपचारिक संगठन तो विवेकशील संगठन और योग्यता अथवा गुणपूर्ण नौकरशाही के उदाहरण प्रस्तुत करते हैं, किंतु इन सेवाओं का वास्तविक व्यवहार उनके सामाजिक, आर्थिक तथा राजनैतिक पर्यावरण से काफी परिवर्तित हुआ है। इन सेवाओं की सबसे बड़ी असफलता इस बात से नज़र आती है कि ये एक उचित लोकाचार का विकास नहीं कर पाई।[17]

3. स्वतंत्रता के बाद स्थापित प्रशासनिक व्यवस्था से यह अपेक्षा की गई थी कि वह विकास-कार्य में जन-इच्छा, जन-अपेक्षा तथा जन-आवश्यकताओं को विशेष महत्त्व दे। इसके लिए 'प्रक्रिया' विशेष महत्त्व रखती थी जिसमें जन सहयोग आवश्यक था। परंतु भारतीय प्रशासन ने इस कार्य में 'प्रक्रिया' के स्थान पर 'परिणाम' को महत्त्व दिया। प्रथम पंचवर्षीय योजना में भी यह स्पष्ट किया गया था कि आर्थिक नियोजन का उद्देश्य केवल संसाधनों का विकास ही नहीं बल्कि ऐसी संरचनाओं का निर्माण है जिससे मानव-संसाधनों का विकास हो।[18] इसके लिए लोकतांत्रिक विकेंद्रीकरण आवश्यक था। परंतु वास्तव में विकास की यह प्राथमिक आवश्यकता कभी पूर्ण नहीं हुई। अधिकांश अधिकारीतंत्र की सामाजिक-आर्थिक पृष्ठभूमि उन्हें रूढ़िवादी तथा कठोर बना देती है जिसके कारण वे जनता की आवश्यकताओं को समझने में अक्षम हो जाते हैं। वे अनुरूपता एवं औचित्य पर अधिक बल देने और नियमों के अनुपालन के अभ्यस्त हो जाते हैं जोकि विकास प्रशासन के लिए उपयुक्त नहीं है। अपने इस स्वभाव के कारण वे नागरिकों तथा समुदाय की समस्याओं, मांगों और इच्छाओं को जानने के लिए किसी से भी संपर्क साधने की कोशिश नहीं करते और न ही प्रशासनिक मामलों में जनसहयोग के लिए प्रयत्न करते हैं। जनसहयोग का अभाव ही अक्सर विकास कार्यों की विफलता का कारण बन जाता है।

4. शल्फ ब्रेबंती तथा उनके सहयोगियों द्वारा किए गए अध्ययन से यह स्पष्ट हो गया है कि भारत में अधिकारीतंत्र का रवैया अभी भी ब्रिटिश मूल्यों से प्रभावित है और स्वतंत्रता-पूर्व मानकों में भी कई परिवर्तन हुए हैं जिनमें वरिष्ठों की चापलूसी करना तथा परिवर्तनशील परिस्थितियों की उपेक्षा करना सम्मिलित है।[19] यह सत्य इस बात का स्पष्टीकरण भी करता है कि हमारे बहुत से सामाजिक और प्रगतिवादी कानून लागू करने में विलंबित क्यों होते रहते हैं। प्रो. आर. बी. जैन के शब्दों में, "किंतु भारतीय प्रशासनतंत्र राष्ट्रीय निर्माण प्रशासन के लिए उपयुक्त नई मूल्यपरक प्रवृत्तियां और संशोधित संस्थात्मक ढांचा विकसित करने की ओर उन्मुख नहीं हो पाया। प्रशासन तंत्र ने संस्थात्मक प्रबंध में नवीनताओं का विरोध किया; उसने राष्ट्र निर्माण के

लिए प्रशासन के पुनर्गठन के प्रयासों में अड़ंगा डाला और वह ऐसे प्रशासनिक नित्य नियमों के साथ जकड़ा रहा जिन्होंने वस्तुत: विकास प्रशासन को गतिहीन कर दिया''[20] होशियार सिंह तथा प्रदीप सक्सेना के अनुसार, ''वास्तव में लोकाधिकारी समाज में सामाजिक सुधार लाने की इच्छा नहीं रखते। उन्हें इस बात का भली-भांति ज्ञान है कि यदि समाज का सुधार होता है तो उनका सामाजिक सम्मान, स्तर, स्थिति तथा भूमिका कम हो जाएगी।[21] इनके अलावा हंबरी, राय तथा अन्य विद्वानों द्वारा किए गए अध्ययन से यह स्पष्ट हो जाता है कि अधिकारीतंत्र ही सामाजिक परिवर्तन के विरोध का मुख्य कारण है तथा इस विरोध के कई कारण हो सकते हैं जैसे—वर्ग चेतना, बहिष्कार-वृत्ति तथा सामाजिक-आर्थिक पृष्ठभूमि।[22]

5. भारतीय लोक प्रशासन में अन्य समस्याओं के साथ भ्रष्टाचार भी देखा जाता है जो कि काफी व्यापक स्तर पर फैला हुआ है। भारत में प्रशासनिक भ्रष्टाचार के बहुत-से रूप हैं। यह लोक सेवाओं के चयन, भर्ती या पदोन्नति में भाई-भतीजावाद या पक्षपात से लेकर अन्य बहुत-से मामलों में रिश्वतखोरी और गैर-कानूनी पक्षपात के रूप में हैं। भ्रष्टाचार में व्यापक बढ़ोतरी के कारण प्रशासनिक कार्यों में लालफीताशाही भी पाई जाती है।[23]

स्वतंत्रता के बाद भारत में लोक प्रशासन का क्षेत्र तथा कार्य काफी बढ़ गया है। अत: इन व्यवस्थाओं में स्थिरता लाने के लिए यह आवश्यक है कि प्रशासन विभाग में जल्द-से-जल्द सुनियोजित परिवर्तन लाया जाए जिससे वह अपनी क्षमताओं को बढ़ा सके तथा सामाजिक लक्ष्यों की प्राप्ति की दिशा में अग्रसर हो सके। केंद्रीय तथा राज्य सरकारें भी नवीन राजनीतिक, सामाजिक व आर्थिक व्यवस्था को स्थापित करने के लिए तथा जन-आकांक्षाओं और इच्छाओं को पूरा करने के लिए प्रशासन में सुधार लाना चाहती हैं। इस उद्देश्य की पूर्ति के लिए समय-समय पर विभिन्न समितियां गठित की जाती रही हैं। 1949 में एन गोपालास्वामी आयंगार को भारत सरकार ने केंद्रीय सरकार के पुनर्गठन के अध्ययन करने के लिए एक-सदस्यीय आयोग के रूप में नियुक्त किया। सन् 1949 में ही श्री आयंगार ने सरकारी तंत्र के पुनर्गठन पर दिए गए अपने प्रतिवेदन में (आयंगार समिति प्रतिवेदन, 1949 (Ayanger Committee Report, 1949) केंद्रीय सचिवालय के संगठनात्मक एवं प्रक्रियात्मक परिवर्तन के संबंध में विवेचन के साथ सिफारिशें प्रस्तुत कीं। सन् 1951 में योजना आयोग की स्थापना के बाद इस बात पर विचार करने की आवश्यकता महसूस की गई कि नियोजित विकास के संदर्भ में तत्कालीन प्रशासन तथा इसकी प्रणालियों की उपयुक्तता की जांच की जाए। अत: 1951 में ही एक अवकाश प्राप्त सिविल अधिकारी श्री. ए. डी. गोरवाला की अध्यक्षता में यह कार्य शुरू हुआ तथा 30 अप्रैल को उन्होंने भारतीय प्रशासन का अध्ययन कर 9 अध्याय तथा 70 पृष्ठों वाला एक प्रतिवेदन गोरवाला रिपोर्ट, 1951 (Gorwala Report, 1951) ''लोक प्रशासन पर प्रतिवेदन'' सरकार के सम्मुख प्रस्तुत की। इस रिपोर्ट में गोरवाला ने भारत में विद्यमान लोक प्रशासन की व्यवस्था और नौकरशाही ढांचे की मौलिक धारणाओं को बिना किसी प्रकार की क्षति पहुंचाए विद्यमान ढांचे में व्याप्त बुराइयों को दूर करने एवं उसे अधिक दृढ़ तथा सक्षम बनाने का सुझाव दिया। सन् 1951 में ही गोरवाला ने सरकारी उद्यमों के सफल संचालन के संबंध में दूसरा प्रतिवेदन (Gorwala Report on the Efficient Conduct of State Enterprises (1951) प्रस्तुत किया था। सितंबर 1952 में भारत सरकार ने प्रशासनिक सुधारों पर विचार करने के लिए पॉल एपिलबी को नियुक्त किया। 15

जनवरी 1953 को एपिलबी ने "भारत में लोक प्रशासन सर्वेक्षण का प्रतिवेदन" सरकार को प्रस्तुत किया इसमें उन्होंने बारह प्रमुख सिफारिशें प्रस्तुत कीं। सन् 1956 में एपिलबी ने अपना 59 पृष्ठों वाला दूसरा प्रतिवेदन "भारतीय प्रशासन व्यवस्था की पुन: परीक्षा—सरकार के औद्योगिक और वाणिज्य उपक्रमों के संदर्भ में" प्रस्तुत किया। अपने प्रथम प्रतिवेदन में जहां एपिलबी ने नियमों को अधिक स्वतंत्रता नहीं दिए जाने की सिफारिश की थी वहीं अपनी दूसरी रिपोर्ट में उन्होंने अपने विचारों में संशोधन कर लोक निगमों की स्वायत्तता में वृद्धि की वकालत की। परंतु इन सिफारिशों का क्रियान्वयन लगभग नहीं के बराबर रहा है। प्रशासन संबंधी समस्याओं में भ्रष्टाचार की समस्या सबसे बड़ी समस्या है तथा इसे रोकने के लिए और भ्रष्टाचार विरोधी कदमों को और अधिक दृढ़ बनाने के लिए आवश्यक उपाय सुझाने के लिए 1962 में भारत सरकार ने के. सन्थानम् की अध्यक्षता में एक समिति की नियुक्ति की। 1964 में इस समिति ने अपना प्रतिवेदन प्रस्तुत किया जिसमें समिति ने भ्रष्टाचार को मिटाने के लिए अनेक सुझाव दिए जिनमें दो सुझाव अत्यंत महत्त्वपूर्ण हैं। ये हैं— केंद्रीय सतर्कता आयोग की स्थापना तथा मंत्रियों के विरुद्ध भ्रष्टाचार के आरोप की जांच करने के लिए राष्ट्रीय नामिका की स्थापना करना।

अत: स्वतंत्रता के पश्चात् प्रशासनिक सुधार के लिए कई समितियां गठित हुई। परंतु इन समितियों के सुझाव न के बराबर लागू हुए। 5 जनवरी 1966 को देश की प्रशासनिक व्यवस्था का परीक्षण करके इसके सुधार के लिए सुझाव प्रस्तुत करने के लिए मोरारजी देसाई की अध्यक्षता में भारत सरकार द्वारा प्रशासनिक सुधार आयोग (The Administrative Reforms Commission, 1966) का गठन किया गया। बाद में मोरारजी देसाई के संघीय मंत्रिपरिषद् में सम्मिलित होने पर के. हनुमन्तैया को आयोग का अध्यक्ष नियुक्त किया गया। आयोग को कुछ बातों पर विशेष रूप से विचार करने के लिए निर्देश दिए गए और वे हैं: भारत सरकार का प्रशासनिक संगठन तथा उसके कार्य करने की पद्धति, प्रत्येक स्तर पर योजना का संगठन, केंद्र-राज्य संबध, वित्तीय प्रशासन, कार्मिक प्रशासन, आर्थिक प्रशासन, राज्य स्तर पर प्रशासन, कृषि प्रशासन, जिला प्रशासन और नागरिकों की परिवेदना के निवारण की समस्या, इत्यादि। आयोग ने अपना प्रथम प्रतिवेदन "नागरिकों की परिवेदना को दूर करने की समस्या"—20 अक्टूबर, 1966 को तथा अंतिम प्रतिवेदन 'वैज्ञानिक विभाग"- 30 जून, 1970 को प्रस्तुत किया। आयोग ने कुल 578 सुझाव प्रस्तुत किए परंतु इन सभी को सरकार ने स्वीकार नहीं किया केवल चंद सिफारिशें ही क्रियान्वित की गईं।

इसके पश्चात् मार्च 1983 में केंद्र-राज्य संबंधों के संपूर्ण ढांचे पर विचार करने के लिए सरकार ने तीन-सदस्यीय सरकारिया आयोग (Sarkaria Commission) की नियुक्ति की। आयोग ने नवंबर 1987 में अपनी रिपोर्ट सरकार के समक्ष प्रस्तुत की, वैसे तो इस आयोग का प्रशासनिक सुधारों से वास्तविक सरोकार नहीं है तथापि केंद्र-राज्य संबंधों पर विचार करते समय आयोग ने कतिपय ऐसे मसलों पर अपने विचार दिए हैं जिनका प्रशासनिक सुधार से अवश्य संबंध है। 31 अगस्त 2005 को कर्नाटक के पूर्व मुख्यमंत्री वीरप्पा मोइली की अध्यक्षता में पांच सदस्यीय दूसरे प्रशासनिक आयोग का गठन केंद्र सरकार द्वारा किया गया।

अत: स्वतंत्रता के पश्चात से ही प्रशासन में सुधार की आवश्यकता महसूस की गई है तथा समय-समय पर इस कार्य हेतु अनेक आयोगों/समितियों का गठन किया गया है परंतु इतने सारे

प्रयासों के बावजूद भी प्रशासन के बुनियादी ढांचे और कार्य करने की प्रक्रिया में मूलभूत अंतर नहीं आ पाया है। एक बार फिर अवकाश प्राप्त न्यायाधीश एस. आर. पांडियन की अध्यक्षता में पांचवां वेतन आयोग नियुक्त किया गया तथा इसने भी 1997 में प्रस्तुत अपने प्रतिवेदन में सभी सरकारी संस्थाओं का सूक्ष्म अध्ययन करके भारत में प्रशासनिक सुधार की आवश्यकता पर अपना विचार प्रस्तुत किया। आयोग ने अपनी सिफारिशों में कई केंद्रीय विभागों के आपस में विलय, कुछ को सार्वजनिक इकाइयों में तब्दील करने और कुछ विभागों के निजीकरण के सुझाव दिए। लोकसेवकों को पहले की अपेक्षा ज्यादा सक्षम और जवाबदेह बनाने पर जोर दिया। आयोग ने निजीकरण, निगमीकरण और सरकारी सेवाएं ठेके पर देने के लिए भी व्यापक कार्यक्रम सुझाए। इसने नागरिक-मैत्री (citizen-friendly), पारदर्शी (transparent), लचीला (flexible) प्रशासंन तंत्र तथा सूचना के अधिकार (Right to Information) के विषय में विचार व्यक्त किए। साथ ही आयोग ने सीमित हो रही राज्य की भूमिका को तीन क्षेत्रों में बांटा है—आधारभूत सुविधा का विकास (developer of infrastructure), सामाजिक सेवाओं में निवेशक के रूप में कार्य (as an investor in social services) और गरीबी उन्मूलन कार्यक्रमों के संचालक (as a promoter and implementer of poverty alleviation)।[24]

प्रभावकारी तथा उत्तरदायी प्रशासन के लिए एक कार्य-योजना तैयार करने के लिए 1997 में मुख्यमंत्रियों का एक सम्मेलन आयोजित किया गया जिसके परिणामस्वरूप 1998 में एक कार्य योजना तैयार की गई जिसका उद्देश्य जवाबदेह और जनमित्र, पारदर्शी प्रशासनिक सेवा की स्थापना करना तथा जनता को सूचना का अधिकार प्रदान करना था। एक प्रभावकारी तथा उत्तरदायी प्रशासन के लिए इस सम्मेलन में अपनाई गई एक कार्य योजना के अनुसार यह निर्णय लिया गया कि केंद्र सरकार तथा राज्य सरकारें नागरिक चार्टर तैयार करेंगी। इन चार्टरों में जनता को प्रदान की जाने वाली सेवाओं के साथ-साथ संगठन की वचनबद्धता, सेवा डिलीवरी के प्रत्याशित मानकों, समय सीमाओं, शिकायत-निवारण तंत्र, आदि की व्याख्या की जाती है और ये जनता की जांच-पड़ताल के लिए उपलब्ध होते हैं तथा इनके द्वारा जवाबदेही सुनिश्चित होती है। लोक प्रशासन के इस बदलते परिवेश में प्रशासनिक बदलाव एक आवश्यक शर्त बन गई है। परंतु यह बदलाव तथा प्रशासनिक सुधार समाज से दूर रहकर नहीं बल्कि सामाजिक, राजनैतिक परिवेश में रहकर ही होंगे। यह एक सतत प्रक्रिया है जिसका कोई अंत नहीं है।

स्वतंत्रता के बाद से अब तक लोक प्रशासन में मौजूद सभी कमियों को सरकार तथा जनता यहां तक की लोक प्रशासन में शामिल अधिकारी भी जानते हैं तथा उसमें सुधार की आवश्यकता महसूस करते हैं फिर भी इसमें ज्यादा बदलाव नहीं आया है। परंतु पिछले कुछ वर्षों में आर्थिक संस्थाओं में आए बदलाव का असर लोक प्रशासन में देखा जा सकता है। उदारीकरण, भूमंडलीकरण, वैश्वीकरण आधुनिक युग की प्रमुख विशेषताएं हैं जिसका उद्भव 25 वर्ष पूर्व ही हुआ है। भारत में इन बदलावों को 1991 में लाया गया तथा नई व्यवस्था के अंतर्गत सार्वजनिक क्षेत्र को सीमित करके निजी क्षेत्र को बढ़ावा देने, उत्पादन प्रक्रिया में सुधार लाने, आधुनिक टेक्नोलॉजी को आत्मसात करने तथा उपलब्ध क्षमताओं का भरपूर प्रयोग करने हेतु लाइसेंस प्रणाली को सरल बनाने के लिए कई महत्त्वपूर्ण कदम उठाए गए जिसके परिणास्वरूप विकास की संपूर्ण रणनीति

में भारी बदलाव आया। अर्थव्यवस्था में राज्य की भूमिका को पुनः परिभाषित किया गया और आर्थिक विकास की प्रक्रिया में निजी क्षेत्र को अधिक प्राथमिकता दी जाने लगी। भारतीय अर्थव्यवस्था बाजार मैत्रीपूर्ण अर्थव्यवस्था की ओर उन्मुख होने लगी। अनावश्यक नियंत्रण हटाए गए और केंद्रीकृत नियोजन से विकेंद्रित नियोजन की ओर कदम बढ़ाए गए। ऐसी स्थिति में लोक प्रशासन और नौकरशाही की भूमिका में भी बदलाव आने लगा।

इस संदर्भ में लोक अर्थशास्त्र एवं लोक प्रशासन प्रखंड (डी.ई.एस.ए.) के निदेशक गुड्डो बर्टुलुक्कि की विस्तृत टिप्पणी यहां उल्लेख करने योग्य है: "आज के निरंतर परिवर्तनशील वातावरण और विशेषकर भूमंडलीकरण की दृष्टि से सार्वजनिक क्षेत्र का प्रबंधन राष्ट्रीय निर्णय निर्माताओं, नीति परामर्शदाताओं, सेवा प्रदाता प्रबंधकों और प्रशासकीय अधिकारियों के लिए लगातार बड़ी चुनौती बनती जा रही है। राज्य के कार्यों एवं भूमिका में व्यापक बदलाव आया है। उत्तरदायित्वों की आम सूरत बदल गई और इसके फलस्वरूप गुणात्मक एवं परिमाणात्मक दोनों ही दृष्टियों से नीति निर्धारण और राज्य की उच्च स्तरीय निपुणता में महत्त्वपूर्ण परिवर्तन हुए हैं। कुल मिलाकर परिवर्तन का स्वरूप दस्ती प्रबंधन और सेवाओं और माल के प्रत्यक्ष उत्पादन से रणनीतिक नियोजन की ओर जाने पर फोकस करता है, जिसमें निजी उद्यम और वैयक्तिक पहल के सुदृढ़ ढांचे के प्रतिष्ठान एवं अनुरक्षण, परिमार्जन एवं सुधार को ध्यान में रखा जाता है। एक समानांतर परिवर्तन के अंतर्गत ही राज्य के गुरुत्व केंद्र और शक्ति के बिंदुपथ भी बदले जाते हैं। विकेंद्रीकरण, अनौकरशाहीकारण और अनियंत्रण न सिर्फ स्थानीय सरकार या प्रशासन का बल्कि उन गैर-सरकारी कर्ताओं का भी महत्त्व बढ़ा रहे हैं, जिनको महत्त्वपूर्ण कार्य सुपुर्द किए जा रहे हैं। साथ-साथ पारंपरिक रूप से राष्ट्रीय नौकरशाहों द्वारा अपनी राजधानियों में लिए जाने वाले फैसले और किए जाने वाले विभिन्न कार्य अंतर-सरकारी या सुपर राष्ट्रीय स्तर पर स्थानांतरित हो रहे हैं, जिसके परिणामस्वरूप देशों के बीच माल, पूंजी, श्रम और सूचना का प्रवाह बढ़ा है। राज्य से नियोजन, परामर्श, वार्ता और निर्णय-निर्माण की प्रक्रियाओं में जहां अभिशासन के विभिन्न स्तरों पर सरकारी एवं गैर-सरकारी अनेक कर्ता होते हैं, एक संपर्क सूत्र के रूप में कार्य करने का आग्रह किया जा रहा है। राज्य तो इन गतिविधियों का केंद्र है, जहां विभिन्न क्षेत्रों, अंचलों, संस्कृतियों, पेशों और हितों से संबद्ध अनेक साझेदार और पणधारी मिलते हैं। यह भी साफ हो चुका है कि अभी तक भूमंडलीकरण के लाभों का बंटवारा असमान ही रहा है। अनुभव बताते हैं कि विभिन्न विकासशील देशों में व्याप्त संकट और उनमें से कुछ की विश्व अर्थव्यवस्था के साथ एकीकृत न होने की अयोग्यता का कारण सरकारी क्षमता का अभाव है। भूमंडलीकरण निःसंदेह बहुतेरे अवसर प्रदान कर रहा है जिनमें विदेशी प्रत्यक्ष निवेश, व्यापार और सूचना प्रौद्योगिकी में पहुंच भी शामिल है। वैसे, केवल वे ही देश, जिनके पास प्रभावी लोक प्रशासन, सुदृढ़ राजनीतिक एवं आर्थिक संस्थाएं, पर्याप्त सामाजिक नीतियां और एक प्रतिबद्ध नेतृत्व है, विश्व अर्थव्यवस्था के साथ ज्यादा एकीकरण के जरिए समाज के सभी वर्गों के लिए लाभ सुनिश्चित कर सकते हैं।[25]

बर्टुलुक्कि आगे कहते हैं कि भूमंडलीकरण द्वारा प्रदत्त अवसरों का भरपूर लाभ उठाने के लिए विकासशील देशों को अन्य बातों के अलावा सार्वजनिक क्षेत्र की नीति विश्लेषण, निरूपण और

क्रियान्वयन की क्षमता बढ़ाने के लिए इसमें पुन: निवेश करना चाहिए। इसलिए, लोगों को भूमंडलीकरण के लाभों का अधिकतम आनंद उठाने के योग्य बनाने हेतु सरकारों को अपनी संस्थाओं को सुदृढ़ करना चाहिए, मानव संसाधन क्षमताओं को विकसित करना चाहिए और टेक्नोलॉजी का उचित स्तर प्राप्त करना चाहिए। केवल इसी के जरिए वे भूमंडलीकरण में भागीदारी से प्राप्त होने वाले लाभों को हथिया सकते हैं और इसी के साथ भूमंडलीकरण के लिए चुकाई जाने वाली सामाजिक लागत को घटाने में मदद दे सकते हैं।[26] इस संदर्भ में निम्नलिखित यू.एन.डी.पी. की टिप्पणियां भी ध्यान देने योग्य हैं।

वैश्वीकरण के दबावों के ध्यान का ज्यादा फोकस लोक प्रशासन पर ही रहा है। जहां वैश्वीकरण लोगों के एकीकरण में सहायक हो सकता है, वहीं इसने बहुतों को एक किनारे करने की अपनी क्षमता का प्रदर्शन भी किया है। इस स्थिति से निपटने के लिए शासन के स्तर पर ऐसे दृष्टिकोण की आवश्यकता है, जिसमें नीति निर्धारण पर चर्चा में पारदर्शिता, जवाबदेही और पणधारियों की भागीदारी हो। साथ ही, एक ऐसी सरकार की भी आवश्यकता है जो संसाधनों का, अपने नागारिकों को विश्व बाजार में प्रतियोगी बनाने और विश्व के निर्धनतम एवं संपन्नतम लोगों के बीच व्याप्त खाई को पाटने के लिए दक्षतापूर्वक उपयोग करती है। वैश्वीकरण न सिर्फ संवाद के लिए सुदृढ़ अंतर्राष्ट्रीय और क्षेत्रीय मंचों, वैश्विक नीति-निर्धारण और अंतर्राष्ट्रीय समझौतों एवं अधिनियमों पर अमल की आवश्यकता बढ़ाता है, बल्कि ऐसी मजबूत राष्ट्रीय सरकारों के गठन हेतु भी दबाव बनाता है, जो वैश्विक वातावरण में एकीकृत होने और वार्ता करने की योग्यता रखती हो और जो उन वैश्विक शक्तियों के समझ खड़े होने में सक्षम हो, जो विकासशील देशों और विशेषकर न्यून विकसित देशों के विशिष्ट दावों और चुनौतियों की अपेक्षा करती है।[27]

अत: आर्थिक उदारीकरण के दौर में बाजार विश्वस्तरीय हो रहा है तथा इस दौर में परंपरावादी लोक प्रशासन जिसका आधार स्तंभ-राज्य, सरकार, सार्वजनिक हित, कल्याणकारी राज्य आदि था, के स्थान पर उदारीकरण और भूमंडलीकरण के दौर में 'लोक विकल्प सिद्धांत' तथा 'नवीन लोक प्रबंध' अवधारणा का प्रभाव बढ़ने लगा तथा राज्य एवं प्रशासनिक विभाग के स्थान पर 'बाजार' और 'प्रतिस्पर्द्धा' पर जोर दिया जाने लगा। आर्थिक सुधार धीरे-धीरे एक नए दृष्टिकोण तथा विचारधारा का अंग बन गए जिसमें नियंत्रणों तथा नियमनों के स्थान पर बाजारीकरण, निजीकरण व भूमंडलीकरण पर बल दिया गया और लाइसेंस, परमिट, नौकरशाही, सब्सिडी आदि को जारी रखने के बजाय इनको यथासंभव कम करने पर जोर दिया जाने लगा। कुल मिलाकर नई आर्थिक नीति को बाजार-मैत्रीपूर्ण कहा जा सकता है। इस नए आर्थिक जीवन में सरकार की भूमिका पुन: परिभाषित करना आवश्यक हो जाता है। इस प्रकार की व्यवस्था में सरकार की भूमिका शासन व्यवस्था संबंधी नीतियों के निर्माण में अधिक तथा उनके वास्तविक कार्यान्वयन में कम हो जाती है। अधिकांश सरकारी विभागों को विकास के मार्ग में रोड़े अटकाने की भूमिका का त्याग कर उन्हें सुविधाएं प्रदान करने का कार्य करना होता है। निर्देशित कीमत पद्धति के बजाय बाजार द्वारा निर्धारित कीमतों पर आधारित पद्धति को अपनाना होता है। ऐसी स्थिति में लोक प्रशासन में तथा प्रशासन के कार्यों में बदलाव आने लगा है जिन्हें निम्नांकित शीर्षकों में अंकित किया जा रहा है:

## 16.3 प्रशासन की सिमटती हुई भूमिका

स्वतंत्रता के बाद भारतीय अर्थव्यवस्था पर राज्य का नियंत्रण स्थापित किया गया जिसके परिणामस्वरूप लाइसेंस-राज की स्थापना हुई। इससे प्रशासन के कार्य तथा अधिकार में काफी वृद्धि हुई। समय के साथ बदलती परिस्थिति में जन आवश्यकताओं को पूर्ण करने के लिए उनकी भूमिका में काफी बदलाव आया और साथ ही क्षेत्र भी काफी व्यापक हो गए। योजनाबद्ध आर्थिक विकास के नाम पर आर्थिक गतिविधियों के नियमन, निर्देशन और संचालन का कार्य सरकार के हाथों में केंद्रित हो गया। परंतु उदारीकरण के परिणामस्वरूप राज्य द्वारा किए जाने वाले अनेक कार्य निजी क्षेत्र के लिए खोल दिए गए। इसके परिणामस्वरूप अब राज्य तथा सरकार का कार्यक्षेत्र धीरे-धीरे सिकुड़ता जा रहा है।

### 16.3.1 बदलती परिस्थिति में लोक प्रशासन की नई भूमिका

लाइसेंस राज में राज्य तथा प्रशासन की भूमिका नकारात्मक एवं अड़ंगा लगाने वाली थी। परंतु उदारीकरण के कारण जहां एक तरफ राज्य की भूमिका काफी सीमित हो गई है वहीं दूसरी तरफ, नई परिस्थिति में इसे एक सकारात्मक, रचनात्मक, सहयोगात्मक तथा मार्गदर्शक (facilitator) की भूमिका निभानी है। बदलते अर्थिक परिदृश्य में राज्य की नई भूमिका को निम्नांकित चार भागों में बांटा जा सकता है:

(i) *आर्थिक कार्यकलापों में सुविधा प्रदान करने का कार्य* (role of a facilitator in economic activity: उदारीकरण के पूर्व सरकार तथा प्रशासन निजी कंपनियों विशेषकर विदेशी कंपनियों के विकास में एक अड़ंगा लगाने वाली संस्था की भूमिका अदा कर रहे थे। परंतु उदारीकरण तथा भूमंडलीकरण के दौर में जहां निजी कंपनियों (स्वदेशी तथा विदेशी) का विकास आवश्यक है वहीं इनके विकास में सरकार तथा प्रशासन के एक मित्र तथा सुविधा प्रदान करने वाली संस्था के रूप में कार्य करना है।

(ii) *आधारभूत सुविधा के विकास के लिए कदम* (to take steps for development of infrastructure): निजी कंपनियों का विकास जहां बाजार में प्रतियोगिता की भावना लाएगी वहीं यह भावना हमारी देशी कंपनियों के विकास में मदद करेगी। परंतु यह तभी संभव है जब हमारी आधारभूत सुविधाएं उन कंपनियों के स्वागत के लिए तैयार हों। अत: उदारीकरण के इस दौर में सरकार तथा प्रशासन की जिम्मेदारी इस क्षेत्र में बढ़ जाती है तथा उनसे यह अपेक्षा की जाती है की वह हमारी आधारभूत सुविधाएं जैसे सड़क, रेल-सेवा, परिवहन, संप्रेषण जाल इत्यदि) के विकास तथा संरक्षण की जिम्मेदारी उठाएं।

(iii) *सामाजिक सेवाओं में निवेशक के रूप में कार्य* (as an investor in social services): विदेशी निवेशकों के आगमन के लिए यह आवश्यक है कि उन्हें हमारे देश में निवेश करने के लिए एक स्वस्थ वातावरण मिले जैसे विकसित मानवीय क्षमताएं तथा अन्य सुविधाएं। इनका विकास जहां एक तरफ विदेशी पूंजीपतियों को यहां आकर निवेश करने के लिए आकर्षित करेगा, वहीं दूसरी तरफ यह हमारे राष्ट्र को विकसित होने में मदद करेगा। यहां भी सरकार तथा प्रशासन से यह अपेक्षा की जाती है कि वह स्कूल, कॉलेज, तकनीकी, शैक्षणिक संस्थाओं स्वास्थ्य संस्थाओं इत्यादि की स्थापना

तथा संरक्षण में विशेष भूमिका अदा करे। इसके अलावा उनसे यह भी अपेक्षा की जाती है कि समय-समय पर उत्पन्न होने वाली विभिन्न सामाजिक आवश्यकताओं को पूर्ण करे।

(iv) *गरीबी उन्मूलन कार्यक्रमों का कार्यान्वयन:* बदलती आर्थिक संरचना में जहां सरकार की भूमिका काफी सीमित हो गई है वहीं इसे कई नए कल्याणकारी कार्य करने की जिम्मेदारी मिल गई है जैसे गरीबी उन्मूलन के लिए विशेष नीतियां तथा कार्यक्रम तैयार करना तथा उन्हें लागू करना।

### 16.3.2 प्रशासनिक सुधार

उदारीकरण के बाद प्रशासनिक सुधारों पर पर्याप्त ध्यान दिया जाने लगा है ताकि लोक प्रशासन को राष्ट्र निर्माण तथा सामाजिक-आर्थिक प्रगति के लिए लक्ष्योन्मुखी, परिणामोन्मुखी तथा विकासोन्मुखी बनाया जा सके। आज लोक प्रशासन में हमें ई-गवर्नेन्स, नागरिक चार्टर, पारदर्शिता, गुणवत्ता, जवाबदेयता जैसी बातें देखने को मिलती हैं।

### 16.3.3 सार्वजनिक क्षेत्र के उपक्रमों में विनिवेशन

उदारीकरण तथा खुली प्रतियोगिता के इस दौर में सार्वजनिक उपक्रमों में कई प्रकार की कमियां देखी गई जोकि इसकी असफलता का कारण बन रही थी। इन कमियों को दूर करने तथा इनमें सुधार लाने के लिए सरकार ने अपने आर्थिक सुधार कार्यक्रमों की शृंखला के दौर में सार्वजनिक उपक्रमों में विनिवेशन की नीति अपनाई और सार्वजनिक उपक्रमों के निजीकरण का मार्ग प्रशस्त किया। इस प्रक्रिया में सार्वजनिक उपक्रमों के अंशों को सरकार द्वारा बेचना प्रारंभ किया गया। इससे सार्वजनिक उपक्रम, लालफीताशाही, नौकरशाही तथा सरकारी हस्तक्षेप से मुक्त हो सकेंगे और निजी क्षेत्र की प्रबंधकीय क्षमता से लाभ उठा सकेंगे।

### 16.3.4 गैर-सरकारी संगठन तथा नागरिक समाज की बढ़ती भूमिका

भूमंडलीकरण तथा आर्थिक उदारीकरण के दौर में जहां अर्थव्यवस्था का ध्यान निजी कंपनियां रख रही हैं वहीं इस युग में आर्थिक क्षेत्र में लोक प्रशासन की सिमटती हुई भूमिका के साथ जन-साधारण की सहभागिता भी कम होती जा रही है। परंतु विकास का अर्थ जहां संपूर्ण विकास है वहीं भूमंडलीकरण का असर केवल ऊपरी स्तर पर ही नहीं बल्कि नीचे से धरातल पर भी दिखाई देना चाहिए। अत: राष्ट्रीय अर्थव्यवस्थाओं का विश्व अर्थव्यवस्था के साथ समायोजन, राष्ट्रीय अर्थव्यवस्था का विश्व बैंक एवं अंतर्राष्ट्रीय मुद्रा कोष के निर्देशन में वैश्विक अर्थव्यवस्था के साथ एकीकरण की प्रक्रिया के साथ स्थानीय एवं धरातलीय स्तर पर महिला सशक्तीकरण, सर्वशिक्षा, मानव अधिकार, उपभोक्ता अधिकार, पर्यावरण संरक्षण, लोकतंत्र, विकेंद्रीकरण जैसे क्षेत्रों में जनसहभागिता को प्रोत्साहित करना भी आवश्यक है। इसलिए राज्य के लिए यह आवश्यक है कि वह गैर-सरकारी संगठनों (NGOs) तथा नागरिक समाज (Civil Society) को प्रोत्साहित करे (जो जन-विकास तथा जन-सहभागिता में विशेष सहयोग दे सकते हैं)। योजना आयोग ने अपनी 1994 की कार्य योजना में सरकार तथा गैर-सरकारी संगठनों के बीच सहयोगात्मक

संबंध स्थापित करने का विचार व्यक्त करते हुए गैर-सरकारी संगठनों द्वारा किए जा रहे दो महत्त्वपूर्ण कार्यों पर विशेष जोर दिया। वे हैं: (i) सरकार द्वारा स्वीकृत कार्यों को जनसाधारण तक पहुंचाने में तथा उन्हें लागू करने में, तथा (ii) समाज के हाशिए के वर्गों (marginalized section) को एकत्रित तथा संगठित करने में।[28] लगातार गैर-सरकारी संगठनों की बढ़ती हुई संख्या जन साधारण में उनका महत्त्व दर्शाती है तथा सरकारी नीतियों के बनने तथा लागू करने की प्रक्रिया में जन अपेक्षाओं को व्यक्त करने में वे विशेष योगदान दे रहे हैं।

### 16.3.5 नवीन लोक प्रबंध प्रतिमान

उदारीकरण के इस दौर में आज 'नवीन लोक प्रबंध' (New Public Management) नामक एक नए प्रतिमान का उद्‌भव देखा जा सकता है जिसका जोर बाजार तथा निजीकरण पर अधिक है। इसका मुख्य उद्देश्य लोक प्रबंधकों द्वारा नागरिकों के लिए उच्च स्तर की सेवाएं प्रदान करना है। यह सेवा उन्मुखी तथा 'बाजार-उन्मुखी' सरकार के मंतव्यों पर जोर देता है। जेन एरिक लेन के अनुसार निजी क्षेत्र में प्रयुक्त होने वाली प्रबंधकीय तकनीकों को सार्वजनिक क्षेत्र में लागू करना नवीन लोक प्रबंध है। इसका जोर प्रबंध, कार्य निष्पादन और दक्षता पर है न कि नीति पर। नवीन लोक प्रबंध तीन 'ई' Es को हासिल करना चाहता है-कुशलता, मितव्ययिता तथा प्रभावशीलता (Efficiency, Economy and Effectiveness)। मोहित भट्टाचार्य ने नवीन लोक प्रबंध की निम्नांकित विशेषताओं का उल्लेख किया है:

(i) नीति के बजाय प्रबंध, निष्पादक, मूल्यांकन और कार्यकुशलता पर ध्यान केंद्रित करना।
(ii) सार्वजनिक नौकरशाही का ऐसे अभिकरणों में विघटन जो ठेके/संविदा के आधार पर कार्य करती है।
(iii) अर्द्ध बाजारों का प्रयोग और ठेके द्वारा प्रतिस्पर्धा को प्रोत्साहन।
(iv) लागत व्यय को कम करके लोक प्रशासन को मितव्ययी बनाना।
(v) प्रबंध की ऐसी व्यवस्था जिसमें निर्यात लक्ष्यों, अल्पकालिक ठेके, आर्थिक प्रोत्साहन और प्रबंध संबंधी स्वायत्तता पाई जाती है।

वस्तुत: 'नवीन लोक प्रबंध' अवधारणा लोक प्रशासन में उन तकनीकों को अपनाने पर जोर देती है जिन्हें निजी क्षेत्र में अपनाया जा रहा है। यह सार्वजनिक क्षेत्र के अभिकरणों के लिए प्रतिस्पर्धा और विकेंद्रीकरण की वृद्धि पर बल देती है। मानव संसाधनों के प्रबंध में सुधार, कार्य नियंत्रण एवं जवाबदेही सुनिश्चित करना, प्रक्रियाओं के स्थान पर परिणामों पर बल देना, नीति से हटकर प्रबंध को अपनाना तथा सार्वजनिक व्यय में मितव्ययिता, आदि इसके प्रमुख स्तंभ हैं। कुल मिलाकर जोर इस बात पर है कि नौकरशाही को परिणामोन्मुखी संगठन में बदला जाए जिसमें लक्ष्य और परिणाम हासिल करने के लिए प्रबंधक जवाबदेय होगा।

## 16.4 सुशासन की अवधारणा (Concept of Good Governance)

विश्व बैंक रिपोर्ट, 1992 ने 'सुशासन' की नई अवधारणा का प्रतिपादन किया, जिसके बारे में सभी देशों में विचार-मंथन किया जाने लगा है। आजकल सभी राज्यों—विकसित तथा विकासशील राज्यों के मध्य सुशासन की अवधारणा काफी प्रचलित हो रही है। अत: 'सुशासन' का मुद्दा

राजनीति शास्त्र एवं लोक प्रशासन संबंधी विचार-विमर्श और विद्वानों की चर्चाओं का प्रमुख विषय बन गया है। ऐसा महसूस किया गया है कि आर्थिक उदारीकरण के सुधार तब तक सफल नहीं हो सकते जब तक कि उससे पूर्व उत्तम स्तर का और साफ-सुथरा अभिशासन सुनिश्चित नहीं किया जाता। सच तो यह है कि ऋण मंजूर करने के लिए अंतर्राष्ट्रीय मुद्रा कोष ने सुशासन को एक मापदंड माना है।

परंतु यह सुशासन है क्या तथा इसका क्या मापदंड होना चाहिए? डेविड ओसबोर्न और टेड गैबलर ने सुशासन को उद्यमी सरकार (Entrepreneurial Governance) का पर्यायवाची मानते हुए ऐसे शासन की कल्पना की जिसमें निम्नांकित 10 लक्षण पाए जाते हैं:[29]

(i) उत्प्रेरक सरकार, (ii) समुदाय आधारित सरकार, (iii) प्रतिस्पर्धी सरकार, (iv) सेवा प्रायोजित सरकार, (v) परिणामोन्मुखी सरकार, (vi) ग्राहकोन्मुखी सरकार, (vii) उद्यमी सरकार, (viii) पूर्वानुमान लगाने वाली सरकार, (ix) विकेंद्रित सरकार, एवं (x) बाजारोन्मुखी सरकार।

विश्व बैंक ने 1989 में अपने सब-सहारा अफ्रीकी राज्यों से संबंधित दस्तावेजों में 'सुशासन' का उल्लेख 'ठोस विकास प्रबंध' के परिप्रेक्ष्य में किया। इस संबंध में उन्होंने निम्नलिखित चार प्रमुख बिंदुओं को रेखांकित किया:

(i) सार्वजनिक क्षेत्र का प्रबंध; (ii) जवाबदेयता; (iii) विकास के लिए वैधानिक ढांचा, और पारदर्शिता (iv) एवं सूचना।

बैंक संकेतकों के अनुसार सुशासन में शामिल लोकतंत्र, पारदर्शिता और जवाबदेही के अलावा यह कहा जा सकता है कि उत्तम अभिशासन का समग्र आशय एक ऐसी सहभागितापूर्ण प्रणाली से है जिसमें जिन लोगों को जनता की ओर से शासन करने के लिए आमंत्रित किया जाता है वे ऐसे हों जो कि अपना सर्वोतम देने, लोगों की सेवा और भलाई करने, उनकी समस्याओं को हल करने और उनका जीवन जीने योग्य, संतोषपूर्ण तथा उल्लासपूर्ण बनाने की इच्छा से अभिप्रेरित हों।

भारत में सुशासन पर कार्य योजना की रूपरेखा जो केंद्रीय मंत्रियों, राज्य सरकारों और श्रेष्ठ संस्थानों के साथ परस्पर बातचीत करने के पश्चात, अंतर-राज्य परिषद सचिवालय (ISCS) द्वारा तैयार की गई थी, पर परिषद द्वारा अपनी 28 जून, 2005 को हुई बैठक में विचार किया गया। इस कार्य योजना में दीर्घकालिक और अल्पावधि योजनाए हैं। दीर्घकालिक कार्य योजना (90 कार्य बिंदु) में सभ्य समाज की भूमिका, न्यायिक सुधार, सिविल सेवा संबंधी सुधार, ई-शासन, सीमा प्रबंधन एवं अनुसूचित जाति और अनुसूचित जनजाति संबंधी विशेष मुद्दे शामिल किए गए हैं। अल्पावधि कार्य योजना (49 कार्य बिंदु) में संस्थागत क्षमता निर्माण और विशेष मुद्दों (सीमा प्रबंधन, अनुसचित जाति और अनुसूचित जनजाति) हेतु राष्ट्रीय सुशासन केंद्र (एनसीजीजी) का गठन करने के साथ ही सरकार के स्वरूप में परिवर्तन के अंतर्गत सुधार, विकास-अनुकूल सरकार के अंतर्गत सुधार, नागरिक-केंद्रित सरकार के अंतर्गत सुधार, क्षमता निर्माण शामिल हैं।[29]

## 16.5 ई-प्रशासन (e-governance)

आजकल सूचना प्रौद्योगिकी से संचालित प्रशासन ''ई-प्रशासन'' काफी प्रचलित हो गया है। नैस्कॉम के अध्यक्ष स्व. देवांग मेहता के अनुसार ई-प्रशासन से तात्पर्य स्मार्ट गवर्नमेंट से है।

स्मार्ट (Smart) अर्थात् *एस* से *सिम्पल*, *एम* से *मॉडल*, *ए* से *एकाउंटेबल*, *आर* से *रिस्पोंसिबल* तथा *टी* से *ट्रांसपेरेंट*। इसका तात्पर्य यह है कि सूचना तकनीक के प्रयोग से सरकार स्मार्ट हो जाएगी। ई-प्रशासन के वस्तुतः दो रूप हैं:

(i) पहला रूप सरकार और विभागों के आंतरिक कार्यों से संबंधित है जो सरकार को अपने फैसले लेने तथा उन्हें लागू करने के कार्यों को सरल, तेज तथा भ्रष्टाचार विहीन बनाने में मदद करती है।

(ii) दूसरा रूप सरकार या विभाग को जनता से सीधे संपर्क स्थापित करने में मदद करता है। यह जनता को उसके कामकाज संबंधी सूचनाएं एवं प्रक्रियाएं आनॅलाइन उपलब्ध कराती है।

इक्कीसवीं शताब्दी को सूचना प्रौद्योगिकी का युग माना जा रहा है। इसमें इंटरनेट के माध्यम से पूरा विश्व एक गांव में बदल गया है। भारत सरकार ने सूचना-प्रौद्योगिकी के इस फायदे से देश की सबसे उपेक्षित 'ग्रामीण जनता' को लाभान्वित कराने के उद्देश्य से कंप्यूटर आधारित ई-प्रशासन परियोजना की शुरुआत की है। ई-प्रशासन योजना का लक्ष्य है-"सभी सरकारी सुविधाएं एंव सेवाओं को आम जनता के द्वार पर उपलब्ध कराना।" आज ई-प्रशासन को भारत में नवीन लोक प्रबंधन के सर्वाधिक प्रभावशाली उपकरण के रूप में संचालित किया जा रहा है।

भारत का दूरसंचार नेटवर्क एशिया के विशालतम नेटवर्कों में से एक है तथा 1994 से यहां नागरिकों को इंटरनेट सुविधा भी प्राप्त हो गई परंतु यहां इलेक्ट्रॉनिक संवाद को वैधता सूचना प्रौद्योगिकी (IT) अधिनियम, 2000 के द्वारा ही प्राप्त हुई। इसके साथ ही सूचना का अधिकार (RTI) अधिनियम, 2005 के द्वारा एक महत्त्वपूर्ण परिवर्तन लाया गया जिसके जरिए जन संस्थानों को सूचना की मांग करने वाले नागरिकों को जानकारी देने के लिए उत्तरदायी ठहराया गया। इनके अलावा अन्य प्रमुख संस्थात्मक परिवर्तन हैं— केंद्रीय सूचना एंव संचार टेक्नोलॉजी मंत्रालय तथा हैदराबाद में इलेक्ट्रॉनिक गवर्नेंस केंद्र की स्थापना।

अतः वर्ष 2003 के मध्य में सूचना प्रौद्योगिकी विभाग तथा प्रशासनिक सुधार एवं जन शिकायत विभाग द्वारा संकल्पित राष्ट्रीय ई-गवर्नेंस योजना का उद्देश्य है नागरिकों और व्यवसायों को दी जाने वाली विभिन्न लोक सेवाओं की डिलिवरी में गति, विश्वसनीयता, सुगमता एवं पारदर्शिता बढ़ाना। राष्ट्रीय ई- गवर्नेंस "केंद्रीकृत नियोजन" एवं विकेंद्रीकृत कार्यान्वयन के तरीके पर आधारित है। आजकल ज्यादातर मंत्रालयों तथा विभागों ने इंटरनेट पर अपनी-अपनी वेबसाइट भी शुरू की हैं जिसके द्वारा वे जनता को अपने-अपने विभागों से संबंधित जानकारियां जैसे संस्था की स्थापना तथा इसके लक्ष्य, संपर्क किए जा सकने वाले व्यक्तियों की सूची, सूचना का अधिकार अधिनियम, सूचना हासिल करने के लिए आवेदन करने का तरीका, वार्षिक रिपोर्ट, प्रकाशन एवं अन्य दस्तावेज़ संबंधी विवरण देते हैं। कुछ वेबसाइटों में अभिक्रियात्मक इंटरफेस भी हुआ करते हैं, जैसे ऑनलाइन फार्म सबमिशन इत्यादि।

## 16.6 भारत में कंपनी प्रशासन (Corporate Governance)

कंपनी प्रशासन प्रक्रियाओं, नियमों, नीतियों तथा कानूनों की स्थापना है जो कि कंपनी द्वारा

निर्देशन, प्रशासन तथा नियंत्रण के तरीकों को प्रभावित करता है। यह कंपनी से जुड़े हितधारकों (stakeholders) के मध्य तथा कंपनी के स्थापना के लक्ष्य के मध्य संबंध भी स्थापित करता है। वर्ष 2001 से आधुनिक कंपनियों की कंपनी प्रशासन गतिविधियों में विशेष दिलचस्पी देखी गई है। इसका कारण आजकल कई बड़ी कंपनियों में हुए घोटाले हो सकते हैं जैसे अमेरिका के एनरॉन कॉरपोरेशन तथा एमसीआई इंक इटली के Parmalat, इत्यादि। इन घोटालों के कारण ही यह जन तथा राजनीतिक दिलचस्पी का प्रमुख केंद्र बन गया है। भारत की कंपनी प्रशासन की (SEBI) समिति अपनी एक रिपोर्ट में कंपनी प्रशासन को परिभाषित करते हुए लिखती है कि कंपनी प्रशासन का अर्थ "प्रबंधन द्वारा स्वीकृत निगम के सही मालिक के रूप में शेयरधारकों के अविच्छेदय अधिकार हैं तथा उनकी स्वयं की भूमिका शेयरधारकों के ट्रस्टी के रूप में है। यह कंपनी प्रबंधन में मूल्यों की प्रतिबद्धता के बारे में, नैतिक व्यापार के संचालन के बारे में तथा कंपनी के व्यक्तिगत और कंपनियों के कोष के बीच अंतर बनाने के बारे में है।"[30]

परंतु शेयरधारकों को जन–व्यापार (Public-traded) निगमों के मालिक मानने की अवधारणा काफी जटिल है। इसका कारण यह है कि स्वामित्व संपदा अधिकार पर लागू होता है जिसके कारण निगम के साथ इसका संबंध अस्पष्ट हो जाता है क्योंकि जहां शेयरधारक असंदिग्ध रूप से शेयर खरीदते/रखते तो हैं परंतु निगम की संपत्ति पर स्वयं के अधिकार की मांग नहीं करते हैं।

कंपनी प्रशासन के कुछ सिद्धांत हैं जिनका वर्णन नीचे किया गया है:

### 16.6.1 शेयरधारकों तथा उनके अधिकारों के समान उपचार (rights and equitable treatment of shareholders)

संगठनों को शेयरधारकों के अधिकारों का सम्मान करना चाहिए तथा उन्हें उन अधिकारों के प्रयोग करने के लिए प्रोत्साहित करना चाहिए।

### 16.6.2 अन्य हितधारकों के हित

संगठनों को यह स्वीकृत करना चाहिए कि वे सभी वैध हितधारकों (legitimate stakeholders) के प्रति कानूनी तथा अन्य रूप से उत्तरदायी हैं।

### 16.6.3 बोर्ड की भूमिका और उत्तरदायित्व (role and responsibilities of the board)

इस कार्य में बोर्ड की भूमिका विशेष महत्त्व रखती है। बोर्ड के लिए यह आवश्यक है कि वह विभिन्न व्यापारिक मुद्दों को समझने की क्षमता रखे तथा प्रबंधन के कार्यों तथा क्षमता की समीक्षा कर सके। इसके लिए यह आवश्यक है कि इसका आकार तथा स्तर इस जिम्मेदारी को पूर्ण करने के लिए सक्षम हो।

### 16.6.4 अखंडता और नैतिक व्यवहार (integrity and ethical behaviour)

नैतिक तथा जिम्मेदार निर्णय लेना केवल सार्वजनिक संबंधों के लिए ही आवश्यक नहीं है बल्कि

जोखिम प्रबंधन (risk management) के लिए भी उतना ही आवश्यक है। अतः सभी संगठनों के लिए यह आवश्यक है कि वह अपने निर्देशकों तथा अधिकारियों को नैतिक तथा जिम्मेदार निर्णय लेने के लिए सक्षम बनाने के लिए एक आचार संहिता तैयार करें।

### 16.6.5 प्रकटीकरण तथा पारदर्शिता (disclosure and transparency)

संगठन को बोर्ड तथा प्रबंधन के कार्य तथा जिम्मेदारियों को सार्वजनिक रूप से स्पष्ट कर देना चाहिए ताकि वे शेयर धारकों के प्रति जवाबदेय हों। उन्हें स्वतंत्र रूप से कुछ प्रक्रिया लागू करनी चाहिए जिसके द्वारा कंपनी की वित्तीय रिपोर्टिंग को सत्यापित (verify) किया जा सके। यह आवश्यक है कि संगठन में सभी मामलों का खुलासा समय पर तथा संतुलित प्रकार से हो ताकि सभी निवेशकों को साफ, तथ्यात्मक जानकारी उपलब्ध हो।

कंपनी प्रशासन एक आवश्यक प्रक्रिया है जो कंपनियों को जांच (checks) द्वारा बेहतर बनाने में मदद करती है। अतः इसे केवल नियमन की वजह से नहीं बल्कि इसके उपयोग को ध्यान में रखते हुए सभी कंपनियों में लागू किया जाना चाहिए। भारत में कंपनी प्रशासन के दिशा-निर्देश को सेवी (SEBI) (सिक्युरिटीज एंड एक्सचेंज बोर्ड ऑफ इंडिया) द्वारा नियंत्रित किया गया है जोकि कंपनी एक्ट 1956 के अनुसार है जिसमें सेक्शन 55 जो आजकल कंपनी बिल की धारा 22 में सभी लिस्टेड कंपनियों की शर्तें व्यक्त की गई हैं तथा धारा 49 में अनलिस्टेड कंपनियों की शर्तें हैं।

सार्वजनिक एवं निजी क्षेत्रों के बदलते स्वरूप के कारण उठती चुनौतियों के विषय में फाराजमंड लिखते हैं कि कॉरपोरेट सेक्टर के बढ़ते प्रभुत्व के चलते, संसाधनों के निर्धारण, संपदा के समान वितरण, अर्थव्यवस्था की स्थिरता और आर्थिक विकास के मामले में सरकार की भूमिका पर विश्व स्तर पर कॉरपोरेट के लोग भारी पड़ रहे हैं। परिणामस्वरूप, सार्वजनिक क्षेत्र का दायरा और नागरिकों की भागीदारी संकुचित हो रही है। इसलिए, लोक प्रशासकों को सार्वजनिक मामलों में नागरिकों को जोड़कर और विश्वस्तरीय कॉरपोरेट लोगों के प्रभावी नियंत्रण से दूर रखते हुए समाज के संसाधनों का प्रबंधन करने में लोक सेवा के क्षेत्र को संकुचित होने से बचाने का प्रयास करना चाहिए। *दूसरी चुनौती*, उनके अनुसार, नागरीय प्रशासन से गैर-नागरीय प्रशासन की ओर स्थानांतरण का बढ़ना है। फाराजमंड के अनुसार पारंपरिक प्रशासनिक राज्य कॉरपोरेट वर्ग के हितों को व्यापक सार्वजनिक हितों से संतुलित रखता था, मगर अब संतुलित प्रशासकीय राज्य का स्थान कॉरपोरेट सेक्टर द्वारा बाध्य राज्य ने ले लिया है। उनका तर्क है कि लोक प्रशासन को सामाजिक विवेक के साथ इस बदलाव का प्रतिरोध करना चाहिए। *तीसरी चुनौती* निजीकरण की है, जो फाराजमंड की राय में भ्रष्टाचार के लिए ज्यादा अवसर मुहैया कराती है। उनका कहना है कि लोक प्रशासकों को नागरिकों से उपभोक्ताओं की भांति व्यवहार करने और उन्हें बाजार की वस्तु बनाने की बाजार-आधारित धारणा का प्रतिरोध करना चाहिए। *चौथी चुनौती* है सम्भ्रांत वर्गवाद और सम्भ्रांत लोगों को बढ़ावा देने की वैश्वीकरण की प्रवृत्ति, जो सरहद पारीय निगमों (कॉरपोरेशंस) के सहायकों या एजेंटों के रूप में कार्य करते हैं। ऐसे लोग कम विकसित देशों में तो अपना दमनात्मक शासन चलाते हैं, वे उनके अपने लोगों के मानवाधिकारों का हनन करते हैं।

विरोधाभास तो यह है कि जहां वैश्वीकरण ने जबरदस्त कॉरपोरेट शक्ति पैदा की है और अपने सांगठनिक ढांचे को केंद्रीकृत किया है, वहीं विश्वभर में साथ-साथ सरकारी विकेंद्रीकरण को बढ़ावा दिया गया है।

अंत में, फाराजमंड दृढ़तापूर्वक कहते हैं, ''वैश्वीकरण लोक प्रशासन समुदाय की मानवीय चेतना को चुनौती है। लोक प्रशासक, जो कि वैश्विक समुदाय के पेशेवर नागरिक हैं, अनेक नैतिक मुद्दों को सुलझाने के लिए उत्तरदायी हैं, जिनमें गरीबों की दशा और अभाव का कष्ट और वैश्विक कारखानों में मजदूरी-दासता, पर्यावरणीय विनाश, भूमंडलीय तापमान वृद्धि और साम्यहीनता एवं अन्याय शामिल हैं।'' लोक प्रशासक वैश्विक मुद्दों पर विश्व चेतना जगा सकते हैं, ''सम्भ्रांत वर्ग की निष्ठा पर सवाल खड़ा कर सकते हैं, शोषण का विरोध कर सकते हैं, और दुनिया भर में अलोकतांत्रिक, अनुचित और अन्यायपूर्ण उद्देश्यों के लिए इस्तेमाल होने का प्रतिरोध कर सकते हैं।'' फाराजमंड सुझाव देते हैं कि इंटरनेट और दूसरे संचार माध्यम इस मामले में सहायक हो सकते हैं। फाराजमंड के तर्कों का निष्कर्ष यह है कि अधिक विकसित देश हों या कम विकसित देश, दोनों के ही लोक प्रशासक वैश्विक समुदाय हितों के संरक्षक हैं, जिनका वैश्विक उत्तरदायित्त्व है कि वे एक समन्वित ढंग से नीतिशास्त्र और नैतिकता के अनुरूप कार्य करें।[31]

अत: जहां स्वतंत्रता से पहले तथा उसके पश्चात् लोक प्रशासन को एक महत्त्वपूर्ण स्थान प्राप्त था तथा प्रशासनिक अधिकारियों को समस्त महत्त्वपूर्ण अधिकार मिले हुए थे वहीं उदारीकरण के बाद इसमें काफी बदलाव आया है। जहां विकास कार्य (आर्थिक विकास) पहले लोक प्रशासन के क्षेत्र के अंतर्गत आता था, वहीं इस नई व्यवस्था में राज्य की भूमिका आर्थिक क्षेत्र में काफी सीमित कर दी गई है। आज, समय की आवश्यकतानुसार लोकतांत्रिक विकेंद्रीकरण (democratic decentralisation), अधिकारों का प्रत्याधिकरण (delegation of powers), जन-सहभागिता (peoples participation), पारदर्शिता (transparency), सहयोग (cooperation), समन्वय (coordination) तथा लेखांकन (accountability) के द्वारा प्रशासन में लोकतांत्रिक तत्त्व लाने की आवश्यकता है। भूमंडलीकरण तथा उदारीकरण के कारण जहां राज्य तथा प्रशासन के कार्यों तथा अधिकारों में कमी आई है वहीं इनके पास यह अवसर है कि सामाजिक तथा राष्ट्रीय आवश्यकताओं को ध्यान में रखते हुए यह अपने कार्यों को पुन: परिभाषित करे तथा जो क्षेत्र बाजारीकरण के द्वारा विकसित नहीं हो पा रहा है उनका विकास यह करे। इस कार्य में उन्हें योजना बनाने, निर्णय लेने तथा उन्हें लागू करने जैसे पुराने कार्यों के साथ-साथ राज्य में मौजूद क्षेत्रीय, सांस्कृतिक तथा धार्मिक विभिन्नताओं को भी ध्यान में रखना होगा। अत: जहां एक तरफ इससे यह अपेक्षा की जा रही है कि वह निजी कंपनियों तथा पूंजीपतियों के साथ सहयोग करेगा तथा उनके सहायक की भूमिका अदा करेगा वहीं, दूसरी तरफ इससे यह भी अपेक्षा की जा रही है कि यह जन-सहयोग के द्वारा सामाजिक विकास का कार्य करेगा। इन दोनों पहलुओं में समन्वय बैठाना मुश्किल तो है परंतु यह कार्य पूर्ण करना लोक प्रशासन की आवश्यकता बन चुकी है। अत: इस संदर्भ में लोक प्रशासन के बदलते स्वरूप तथा विशेषताओं को समझना आवश्यक हो जाता है।

## संदर्भ एवं टिप्पणी


1. मोहित भट्टाचार्य, *लोक प्रशासन के नए आयाम*, जवाहर पब्लिशर्स एंड डिस्ट्रीब्यूटर्स, नई दिल्ली, 2006, पृ. 1
2. Felix A. Nigro, *Modern Public Administration*, Harper and Row, New York, 1965, p. 25
3. E.N. Gladden, *Approaches to Public Administration*, London, 1966, p. 14
4. L.D. White, *Introduction to the Study of Public Administration*, p. 3
5. सिस्टम द्वारा प्रकाशित, लॉस एंजिल्स, 1981, पृ. 105
6. John J. Corson and Joseph P. Harris, *Public Administration in Modern Society*, Mc Graw-Hill, 1963, p. 12
7. Peter Self, *Administrative Theories and Politics*, George Allen and Unwin Ltd, London, 1972, p. 12
8. Gerald E. Caiden, *The Dynamics of Public Administration: Guidelines to Current Transformations in Theory and Practice*, Holt, Rinchart and Winston, New York, 1911, p. 31.
9. Waldo, *The Study of Public Administation*, p. 20
10. Frank J. Goodnow, *Politics and Administration*, New York, Macmillan, 1914, p. 22
11. E.N. Gladden, *An Introduction to Public Administration*, p. 10
12. Ramesh K. Arora (ed.) *Administrative Theory*, IIPA, Delhi, 1984, p. XIII
13. T. N. Chaturvedi, "Forward" in A.R. Tyagi (ed.), *The Civil Service in a Developing Society*, Delhi, 1969.
14. Chakravarty, Bidyut, *Reinventing Public Administration: The Indian Experience*, New Delhi: Orient Longman, 2007, p. 157
15. अवस्थी तथा माहेश्वरी, *लोक प्रशासन*, लक्ष्मीनारायण अग्रवाल, आगरा, 1986, पृ. 443
16. *Ibid*, pp. 442-443
17. Ashok Mukhopadhyay, "The Environment of the Indian Civil Services in Public Administration", in K.K. Puri (ed.) *Indian Spectrum*, Kitab Mahal, Allahabad, 1985, p. 97.
18. Planning Commission, First Five Year Plan, New Delhi: Government of India, 1956, p. 126
19. Ralph Braibanti and Joseph J. Spengler (eds.), *Administration and Economic Development in India*, Cambridge University Press, London, 1963
20. आर.बी. जैन, *भारतीय समाज, अधिकारी तंत्र और प्रशासन*, 1989, पृ. 29
21. Hoshiar Singh and Pradeep K. Saxena, "Parliamentary Democracy and Bureaucracy in Constitutional System in India – Continuity and Change"; edited by H.G. Pant, Vasudev Publication, New Delhi, 1983, p. 352
22. *Ibid*, p. 358
23. V.A. Pai Panandikar and S.S. Kashisagar, *Bureaucracy and Development Administration*, New Delhi, 1978.
24. R.B. Jain, "Striving for Governance: Fifty Years of India's Administrative Development", in his *Public Administration in India*, Public Administration, p. 34
25. मोहित भट्टाचार्य, *op.cit.*, p 417
26. *Ibid*, p. 418

27. *Ibid*, p. 419
28. Planning Commission, Government of India, 1999, pp. 4-5
29. David Osborne and Ted Gaebler, *Reinventing Government*, London, 1992
30. The Report of India's SEBI Committee on Corporate Governance defines Corporate Governance as the "Acceptance by management of the inalienable rights of shareholders as the true owners of the Corporation and of their own role as trustees on behalf of the shareholders. It is about commitment to values, about ethical business conduct and about making a distinction between personal and corporate funds in the management of a company."
31. Mohit Bhattacharya, *op.cit.*, pp. 421-422

अध्याय सत्रह

# बदलते वैश्विक सामरिक परिप्रेक्ष्य में भारत

## शीतयुद्ध की समाप्ति और भारत की विदेश नीति

*मधुमिता*

द्वितीय विश्वयुद्ध की समाप्ति के शीघ्र पश्चात् भारत ने आजादी प्राप्त की। ऐसे वैश्विक परिदृश्य में भारत के लिए स्वतंत्र विदेश नीति का निर्माण करना एक चुनौती थी। भारत के समक्ष दो समस्याएं थीं—*पहली*, राष्ट्र निर्माण की जो उपनिवेशवाद तथा साम्राज्यवाद के कारण बिल्कुल जर्जर अवस्था में थी। *दूसरी*, विश्व के अन्य देशों के साथ हमारे संपर्क तथा संबंध कैसे बनते हैं। मधुर संबंध एवं सहयोग की अपेक्षा हम विश्व से कर रहे थे जो हमारे सर्वोपरि उद्देश्य में था परंतु विश्व युद्ध की समाप्ति के बाद विश्व दो खेमों में बंट गया। ऐसी स्थिति में विदेश नीति निर्धारित करना सरल नहीं था। रूस तथा अमेरिका दोनों भारत के लिए महत्त्वपूर्ण थे। इन दोनों गुटों से संबंध स्थापित करना हमारी विदेश नीति के लिए सबसे बड़ी चुनौती थी। विकासशील देशों का भारत को व्यापक समर्थन मिला क्योंकि उनके समक्ष भी हमारी जैसी समस्या उत्पन्न हो गई थी।

### 17.1 भारत की विदेश नीति

विदेश नीति अनेक तत्त्वों तथा प्रभावों का यौगिक होता है। इसका निर्धारण एक गतिशील प्रक्रिया है। विदेश नीति देश के राजनीतिक उद्देश्यों का समूह होता है। यह विश्व के अन्य देशों तथा राजकीय एवं गैर-राजकीय संस्थाओं के साथ हमारे संबंध स्थापित करती है। मूलत: सरकार परिवर्तन से विदेश नीति पर प्रभाव नहीं पड़ता। राज्यों की विदेश नीति का निर्माण कुछ निश्चित तत्त्वों के आधार पर होता है। ''विदेश नीति की जड़ें ऐतिहासिक पृष्ठभूमि, राजनीतिक संस्थाओं, परंपराओं, आर्थिक आवश्यकताओं, शक्ति के तत्त्वों, अभिलाषाओं, भौगोलिक परिस्थितियों तथा राष्ट्र के मूल्यों में पाई जाती है।''[1] भारत की विदेश नीति देश की सभ्यता, संस्कृति तथा राजनीतिक परंपरा को प्रतिबिंबित करती है। भारत की विदेश नीति में कौटिल्य जैसे विद्वान के यथार्थवादी सिद्धांत, सम्राट अशोक की शांति, स्वतंत्रता तथा समानता के मूल्य, गांधीजी के दर्शन, स्वतंत्रता संग्राम के आदर्शों तथा भारतीय परंपरा के मौलिक सिद्धांत ''*वसुधैव कुटुम्बकम*'' शामिल हैं।

---

असिस्टेंट प्रोफेसर, राजनीतिशास्त्र विभाग, मिरांडा हाउस, दिल्ली विश्वविद्यालय।

विदेश नीति अंतर्राष्ट्रीय संबंधों के संचालन में महत्त्वपूर्ण भूमिका निभाती है। कोई भी देश पूर्ण रूप से आत्मनिर्भर नहीं है। आज के संदर्भ में राज्यों की एक-दूसरे पर निर्भरता और भी बढ़ती जा रही है। राज्यों के बीच हमेशा से व्यापारिक, सांस्कृतिक या राजनीतिक संबंध रहे हैं। सभी राज्य अपनी विदेश नीति के अंतर्गत अपने हित का निर्धारण करते हैं जिसे राष्ट्रीय हित कहते हैं। विदेश नीति का उद्देश्य अन्य राज्यों के व्यवहार को नियंत्रित करना होता है। अत: राज्य अपने राष्ट्रीय हितों की सुरक्षा के लिए अन्य राज्यों के व्यवहार में अपेक्षित सुधार करते हैं। विदेश नीति का संबंध परिवर्तन तथा यथास्थिति दोनों से है। फैलिक्स ग्रौस के अनुसार "किसी देश का यह निर्णय कि वह किसी अन्य देश के साथ कोई भी संबंध नहीं रखेगा भी विदेश नीति है।"[2]

प्रत्येक देश यह सुनिश्चित करता है कि वह अन्य देशों के साथ अपने कैसे संबंध बनाता है। इसके लिए देश कुछ सिद्धांतों को अपनाता है जो राष्ट्रीय हित पर आधारित होते हैं। विदेश नीति निर्धारण के कुछ उद्देश्य होते हैं। भारत की विदेश नीति के उद्देश्य सदा ही अंतर्राष्ट्रीय शांति और सुरक्षा में विश्वास करते हैं। हमारा उद्देश्य सदा ही अंतर्राष्ट्रीय शांति और सुरक्षा तथा राष्ट्रीय हितों में समन्वय स्थापित करना रहा है। जवाहरलाल नेहरू ने 1947 में ही संविधान सभा में कहा था कि "चाहे हम कोई भी नीति अपनाएं, विदेश नीति के संचालन की कला इस बात में है कि हम यह मालूम कर सकें कि देश के लिए सबसे अधिक लाभदायक क्या होगा ....।"[3] अत: राष्ट्रीय हित ही विदेश नीति का निर्णायक तत्त्व होता है। भारत की विदेश नीति का उद्देश्य सभी देशों के साथ मैत्रीपूर्ण संबंध रखना है साथ ही सैनिक गठबंधनों से दूर रहना, गुटनिरपेक्षता के नैतिक सिद्धांत का पालन करना, अंतर्राष्ट्रीय विवादों के शांतिपूर्ण समाधान का प्रयास करना तथा पंचशील के पांच सिद्धांतों के आधार पर भाईचारे को बढ़ावा देना है। भारत ने कभी अन्य देशों के आंतरिक मामले में हस्तक्षेप नहीं किया है।

भारत विश्व का सबसे बड़ा स्वतंत्र प्रजातंत्रिक देश है, यहां 6 मुख्य धर्म, 22 मुख्य भाषाएं, अनेक जातियां और धार्मिक समुदाय हैं। इतनी व्यापक विभिन्नता वाले देश की एकता एवं अखंडता प्रजातांत्रिक तरीके से बनाए रखना भारत की सबसे बड़ी उपलब्धि है। भारत की विदेश नीति का विश्व की राजनीति पर बहुत प्रभाव पड़ता है। भारत का सांस्कृतिक अतीत अत्यंत गौरवमय है। विश्व के मामलों में भारत की एक सुदृढ़ परंपरा रही है। विश्व के अनेक देशों के साथ भारत के सांस्कृतिक एवं व्यापारिक संबंध रहे हैं। भारत की विदेश नीति को स्पष्ट करते हुए जवाहरलाल नेहरू ने कहा था, "वैदेशिक संबंधों के क्षेत्र में भारत एक स्वतंत्र नीति का अनुसरण करेगा और गुटों की खींच तान से दूर रहते हुए संसार के समस्त पराधीन देशों को आत्म निर्णय का अधिकार प्रदान कराने तथा जातीय भेदभाव की नीति का दृढ़तापूर्वक उन्मूलन कराने का प्रयत्न करेगा। साथ ही वह दुनिया के शांतिप्रिय राष्ट्रों के साथ मिलकर अंतर्राष्ट्रीय सहयोग और सद्भावना के प्रसार के लिए भी निरंतर प्रयत्नशील रहेगा।"[4] उपरोक्त विचारधारा हमारी विदेश नीति का आधार स्तंभ है जो आज भी विद्यमान है। हमारे संविधान का अनुच्छेद 51 इसी वचनबद्धता को दर्शाता है जो राज्य को अंतर्राष्ट्रीय शांति और सुरक्षा को बढ़ावा देने की बात करते हैं तथा राष्ट्रों के मध्य न्याय और सम्मानपूर्वक संबंधों को बनाए रखने के प्रयास पर बल देते है।

### 17.1.1 गुटनिरपेक्षता तथा पंचशील

गुटनिरपेक्षता भारत की विदेश नीति का एक महत्त्वपूर्ण स्तंभ है। शीतयुद्ध में जब संसार परस्पर विरोधी गुटों में विभाजित हो गया तब भारत ने निश्चय किया कि वह किसी गुट में शामिल नहीं होगा। भारत अंतर्राष्ट्रीय प्रश्नों पर अपने विचार व्यक्त करने के लिए स्वतंत्र है। पंचशील भारत और चीन के बीच व्यापार समझौता है जो 29 अप्रैल 1954 में हुआ था। इसके पांच मुख्य सिद्धांत हैं-

(i) क्षेत्रीय अखंडता और संप्रभुता का आदर करना;
(ii) एक-दूसरे के विरुद्ध आक्रमण न करना;
(iii) आंतरिक मामलों में हस्तक्षेप न करना;
(iv) समानता और परस्पर मित्रता की भावना;
(v) तथा शांतिपूर्ण सह-अस्तित्व।

भारत ने गुटनिरपेक्षता की नीति इसलिए अपनाई क्योंकि वह निर्णय लेने की स्वतंत्रता की रक्षा करना चाहता था। गुटनिरपेक्षता की नीति भारत की वर्तमान आवश्यकताओं और उसकी राष्ट्रीय पहचान बनाए रखने के लिए आवश्यक थी। 1961 में भारत की पहल पर यह आंदोलन शुरू किया गया। नेहरू, यूगोस्लाविया के राष्ट्रपति टीटो और मिस्र के राष्ट्रपति नासिर हुसैन ने इस आंदोलन का शुभारंभ किया। यह नीति लगभग पचास वर्ष तक सफलतापूर्वक लागू की गई।

भारत की विदेश नीति में विचारधारा का अत्यधिक महत्त्व शीतयुद्ध की समाप्ति तक बना रहा। 1991 में अंतर्राष्ट्रीय और कूटनीतिक समीकरणों में आमूल परिवर्तन हुए। शीतयुद्ध का अंत, सोवियत संघ का विघटन, साम्यवादी पार्टी पर रूस में प्रतिबंध, खाड़ी युद्ध में विजय और अमेरिका की विश्व राजनीति में सर्वोपरिता। ऐसे में गुटनिरपेक्ष आंदोलन की प्रासंगिकता पर सवाल उठने लगे तथा यह आंदोलन नेतृत्वविहीन दिखाई देने लगा। परंतु 1990 का दशक राजनीतिक अस्थिरता का था, तथा नए विदेश नीति के तदर्थवाद का। इस बदलते परिवेश में विदेश नीति में भी परिवर्तन हुए। हिंसा, आतंकवाद आर्थिक असमानताएं, मानव अधिकार आज हमारे समक्ष ज्यादा जटिल समस्याएं हैं।

### 17.1.2 शीतयुद्ध की समाप्तिः भारत की विदेश नीति में परिवर्तन

1990 के दशक में भारत ने उदारीकरण, निजीकरण तथा वैश्वीकरण को अपनाया। पिछले दो दशकों की अभूतपूर्व घटनाओं ने बहुल-केंद्रित विश्व को जन्म दिया है जिसमें प्रमुख देश हैं— अमेरिका, जर्मनी (यूरोपीय संघ), चीन, जापान तथा रूस। यह देश नए शक्ति संतुलन के मुख्य खिलाड़ी हैं। कुछ महत्त्वपूर्ण तत्त्वों ने भारत को दक्षिण एशिया में उभरती शक्ति का स्थान दिया है। इनमें प्रमुख हैं—1998 के परमाणु तथा मिसाइल परीक्षण, लगातार बढ़ता विदेशी मुद्रा भंडार, निरंतर बढ़ता विदेशी व्यापार एवं आर्थिक विकास तथा विश्व के सबसे बड़े प्रजातंत्र के राजनीतिक स्थायित्व पर वैश्विक सहमति।

इस प्रकार भारत ने दो दशकों में अपने आपको अपूर्व सक्रियता और व्यवहारिकता से बदलते हुए विश्व परिदृश्य के अनुरूप ढाल लिया है। शीतयुद्ध के अंत के बाद विश्व एकध्रुवीय हो गया था। अमेरिका राजनीतिक तथा सैन्य दृष्टि से एकमात्र सर्वाधिक प्रभावशाली शक्ति रह गई। परंतु

अंतर्राष्ट्रीय स्थिति को एक आयाम से परिभाषित नहीं किया जा सकता। अन्य प्रभाव केंद्रों का भी अंतर्राष्ट्रीय संबंधों पर दीर्घकालीन प्रभाव पड़ता है। इनमें प्रमुख हैं आर्थिक रूप से पुनरूत्थानशील चीन, प्रौद्योगिक और आर्थिक दृष्टि से प्रभुतावान जापान और जर्मनी, सामाजिक, आर्थिक क्षेत्र में तथा राजनीतिक क्षेत्र में अपने महत्त्व का दावेदार एकीकृत यूरोप। वैदेशिक संबंधों के क्षेत्र में यह ऐसी शक्तियां हैं जिनके प्रभाव सामर्थ्य को स्वीकार कर लिया गया है। आसियान और एशिया-प्रशांत क्षेत्र दक्षिणी और उत्तरी अमेरिका के क्षेत्रीय सहयोग के प्रबंधों का अंकुरण, अन्य ऐसे तत्त्व हैं जिनकी अनदेखी नहीं की जा सकती।[5] अत: उदीयमान विश्व बहुध्रुवीय है और ऐसी परिस्थितियों में भारत की विदेश नीति का लक्ष्य है अंतर्राष्ट्रीय संबंधों में उभरते हुए इन प्रभाव केंद्रों के साथ समीकरण स्थापित करना।

कुछ विचारकों का मानना है कि शीत युद्ध की समाप्ति के बाद ही भारत की विदेश नीति गुटनिरपेक्ष हुई है। भारत अपनी नीति का निर्माण शीत युद्ध की मानसिकता तथा वैचारिक एवं सैद्धांतिक मूल्यों से ऊपर उठकर अपने राष्ट्रीय हितों के संदर्भ में करता है। शीत युद्ध की समाप्ति के बाद नई अंतर्राष्ट्रीय वास्तविकताओं नें यह स्पष्ट कर दिया है कि बिना आर्थिक, सामरिक, सैन्य और राजनैतिक शक्ति के गुटनिरपेक्षता का कोई अर्थ नहीं है। भारत को अपनी सुप्त क्षमताओं को वास्तविक रूप देने के लिए ऐसी वैचारिक धारणाओं के साथ भावनात्मक लगाव को त्यागना होगा जो तटस्थता में विश्वास करते हैं। भारत ने इसी उद्देश्य को ध्यान में रखते हुए अंतर्राष्ट्रीय राजनीति को आदर्शवादी(1990 तक) से यथार्थवादी दृष्टिकोण से परिभाषित करना शुरू कर दिया है। आदर्शवाद - भारत के विश्व दृष्टिकोण में बुद्ध एवं गांधी द्वारा समर्थित आदर्शवाद नेहरू युग में प्रभावशाली रहा। हमारे विदेश नीति के मूल्य इन आदर्शों से प्रभावित हैं। इसमें भावनाओं और राज्य के आदर्शों और मूल्यों को सर्वोपरि माना गया है। अंतर्राष्ट्रीय शक्ति संघर्ष में भारत ने नई भागीदारी शुरू की है। यथार्थवादी संदर्भ में 1991 के आर्थिक संकट से उबरने के लिए भारत ने विश्व बैंक तथा अंतर्राष्ट्रीय मुद्रा कोष के साथ सलाह करके उदारीकरण तथा निजीकरण के माध्यम से संस्थागत सुधार का दीर्घकालीन कार्यक्रम आरंभ किया।[6] इसके अंतर्गत सरकारी संस्थानों तथा राज्य उद्योगों को बेचने का कार्यक्रम बनाया गया। विदेशी पूंजी निवेश को भारत में आमंत्रित किया गया। भारतीय निजी उद्योगों पर नियंत्रण भी कम कर दिया गया।

1990 के दशक में भारत ने "पूर्व की ओर देखो" (Look-east) नीति के अंतर्गत दक्षिण-पूर्व एशिया की उभरती हुई अर्थव्यवस्थाओं, उनके बाजारों तथा पूंजी तक पहुंचने के कई कार्यक्रम शुरू किए ताकि व्यापारिक संबंधों के साथ इस क्षेत्र में चीन के राजनीतिक एवं सैनिक प्रभाव पर अंकुश लगाया जा सके। आज भारत आसियान (दक्षिण-पूर्वी एशियाई राष्ट्रों की संस्था) का औपचारिक रूप से सदस्य तो नहीं है परंतु यह पूर्ण-वार्तालाप भागीदारी है तथा एशियन क्षेत्रीय फोर्म (ARF) का महत्त्वपूर्ण सदस्य है। इसके अलावा भारत, मलेशिया, वियतनाम तथा कई अन्य दक्षिणी-पूर्वी एशिया क्षेत्र के द्विपक्षीय सैनिक अभ्यासों में हिस्सा लेता है।

लगभग दो दशक की उदारीकरण तथा निजीकरण की नीति ने भारत को आज विश्व स्तर पर महत्त्वपूर्ण अंतर्राष्ट्रीय आर्थिक शक्ति के रूप में स्थापित किया है। अमेरिका, रूस, चीन तथा यूरोपीय संघ की सामरिक नीतियों का भारत अभिन्न अंग है। सैनिक दृष्टि से विश्व एकल ध्रुवीय है क्योंकि अमेरिका के रूप में केवल एक महाशक्ति बची है परंतु शासन, जनसंख्या,

प्राकृतिक संसाधनों तथा तकनीकी दृष्टिकोण से विश्व बहुध्रुवीय है। सोवियत संघ के विघटन के बाद( 1991) साम्यवाद तथा पश्चिमी देशों के बीच वैचारिक संघर्ष समाप्त हो गया।

विदेश नीति को इस प्रकार सही दिशा तथा परिस्थिति में समझने की आवश्यकता है अब क्योंकि अमेरिका, रूस, यूरोपीय संघ जैसी परंपरागत शक्तियां भारत तथा चीन जैसी उभरती शक्तियों के साथ अपने संबंधों को पुनः परिभाषित करने में लगी हैं।

शक्ति संतुलन की धारणा परिवर्तनशील होती है तथा इसमें संतुलन बनाए रखने के लिए निरंतर समायोजन की आवश्यकता होती है। इक्कीसवीं शताब्दी में मुख्य शक्तियों के बीच युद्ध की संभावना न के बराबर हो गई है क्योंकि सभी बड़े देशों के पास उपयुक्त विश्वसनीय परमाणु निवारक शक्ति है। आज विश्व का सबसे बड़ा मुद्दा बौद्धिक स्वामित्व है। भविष्य में युद्ध बौद्धिक संसाधनों के नियंत्रण के लिए होंगे। भारत की विदेश नीति अंतर्राष्ट्रीय व्यवस्था के प्रति पूर्णतः सचेत है। भारत विकासशील राष्ट्रों (अफ्रीकी- एशियाई) के साथ एकजुटता का पक्षधर है। भारत का नई अंतर्राष्ट्रीय अर्थव्यवस्था के लिए समर्थन है, परमाणु निःशस्त्रीकरण, परमाणुशस्त्रों का पूर्णविरोध, अंतर्राष्ट्रीय आतंकवाद (पार सीमा) का निरोध करने में भारत अग्रसर है। भारत गुटनिरपेक्ष रहते हुए अंतर्राष्ट्रीय संबंधों में संपूर्ण रूप तथा सक्रियता से भाग ले रहा है। भारत पंचशील का समर्थक है। परमाणु अप्रसार संधि (NPT) तथा व्यापक परमाणु परीक्षण निषेध संधि (CTBT) जैसी भेदभावपूर्ण संधियों का भारत विरोध करता है। भारत पूर्ण परमाणु निःशस्त्रीकरण का समर्थक है। अपने पड़ोसी देश विशेषकर चीन तथा पाकिस्तान के साथ मैत्रीपूर्ण तथा सहयोगात्मक संबंधों का भारत पक्षधर है। उत्तर शीत युद्ध काल में भारत नई उभर रही विश्व व्यवस्था में रचनात्मक, सकारात्मक तथा सक्रिय भूमिका निभाने के लिए प्रयत्नशील है। संयुक्त राष्ट्र के तत्त्वाधान में चलाए गए शांति सुरक्षा अभियानों में उचित भूमिका निभाना भारतीय विदेश नीति का सिद्धांत रहा है। भारत किस प्रकार इक्कीसवीं शताब्दी में अपने राष्ट्रीय हितों के अनुरूप अपनी विदेश नीति का संचालन कर रहा है, समझने के लिए भारत की बड़े देशों तथा पड़ोसी देशों के साथ संबंध की चर्चा करना अनिवार्य है।

## 17.2 भारत-अमेरिका संबंध

पिछले दो दशक से भारत एवं अमेरिका के संबंधों में महत्त्वपूर्ण बदलाव आया है। शीतयुद्ध की समाप्ति के पश्चात् अमेरिका एकल महाशक्ति के रूप में उभरा। भारत हमेशा एकल ध्रुवीय विश्व का विरोधी रहा है। उदारीकरण के बाद से भारत व्यापक बाजार के रूप में अमेरिका के आकर्षण का केंद्र बनने लगा। ऐसी परिस्थिति में विश्व के दो शक्तिशाली लोकतंत्र एक-दूसरे के स्वाभाविक मित्र तथा सामरिक भागीदार बन गए। इसी घटनाक्रम में भारत भी वैश्विक शक्ति का दर्जा प्राप्त करने का प्रयत्न करने लगा। 1998 में जब भारत ने अपना दूसरा परमाणु परीक्षण (भारत ने पहला परमाणु-परीक्षण 1974 में किया था।) किया तो अन्य देशों की भांति अमेरिका ने भी इसकी आलोचना की। भारत पर आरोप लगाया गया कि एशिया उपमहाद्वीप का परमाणुकरण कर दिया गया है। इस संदर्भ में पाकिस्तान के परमाणु परीक्षण को भारत के विरुद्ध प्रक्रिया माना गया। भारत पर क्लिंटन के कार्यकाल में आर्थिक प्रतिबंध लगाए गए। संयुक्त राष्ट्र सुरक्षा परिषद (UNSC) ने भी प्रस्ताव 1172 में कुछ शर्तें लगाई कि भारत परमाणु अप्रसार संधि पर हस्ताक्षर

करे तथा परमाणु परीक्षण न करे। परंतु शीघ्र ही 9/11 की घटना के बाद भारत एवं अमेरिका के संबंध में सुधार हुए। अमेरिकी वर्ल्ड ट्रेड सेंटर पर 11 सितंबर, 2001 को आतंकवादी हमले हुए जिसने अमेरिका की शक्ति को चुनौती दी। इसी क्रम में 2000 में क्लिंटन की भारत यात्रा ने भारत–अमेरिका संबंध को आगे बढ़ाने में महत्त्वपूर्ण योगदान दिया। दोनों प्रजातांत्रिक देशों ने अपने संबंधों के कुछ साझे आधार (आर्थिक हित, आतंकवाद रोकथाम) का प्रसार किया। भारत–अमेरिका परमाणु समझौता इसका ज्वलंत उदाहरण है।

### 17.2.1 भारत की परमाणु-नीति

भारत ने मई 1998 में पांच सफल परमाणु परीक्षण किए और महाशक्तियों द्वारा लगाए गए प्रतिबंधों का सामना किया। भारत शांतिपूर्ण उद्देश्यों तथा विकास के लिए परमाणु शक्ति के विकास के प्रयास कर रहा था। भारत ने 1994 की व्यापक परमाणु परीक्षण निषेध संधि (CTBT) पर हस्ताक्षर नहीं किए क्योंकि यह भेदभावपूर्ण है। सीटीबीटी में पांच राष्ट्रों को परमाणु शक्ति पर एकाधिकार प्राप्त है, जबकि भारत का मानना है कि परमाणु परीक्षणों पर प्रतिबंध सभी राष्ट्रों पर समान रूप से लागू होना चाहिए। हालांकि भारत का परमाणु हथियार कार्यक्रम संयुक्त राष्ट्र की परमाणु प्रसार विरोध की नीतियों के प्रतिकूल है पर भारत ने इस कार्यक्रम को राष्ट्रीय हित के आधार पर उचित ठहराया है। सैद्धांतिक रूप से भारत आरंभ से ही विश्व स्तर पर पूर्ण निःशस्त्रीकरण का प्रबल समर्थक रहा है। भारत पहला देश था जिसने परमाणु परीक्षणों पर अंकुश लगाने तथा परमाणु प्रसार निषेध पर एक व्यापक भेदभाव रहित संधि की अपील की थी। गौरतलब है कि, भारत की इस पहल को परमाणु राज्यों ने इस आधार पर रद्द कर दिया था कि यह आदर्शवादी है तथा शीत युद्ध के खतरे से निपटने के लिए अवरोधक के रूप में परमाणु शस्त्रों की आवश्यकता है।

परमाणु नीति इस प्रकार भारत की अपनी प्रभुसत्ता की अभिव्यक्ति है। इस मामले में भारत का तर्क है कि जब तक के अन्य देश अपने परमाणु शस्त्रों का विनाश नहीं करते तब तक भारत को भी 'न्यूनतम परमाणु अवरोध' के रूप में ऐसे शस्त्रों को रखना पड़ेगा। भारत के परमाणु सिद्धांत में यह स्पष्ट है कि भारत अन्य परमाणु शक्तियों के विरुद्ध पहले परमाणु हथियारों का प्रयोग नहीं करेगा तथा परमाणु रहित देशों पर इनका प्रयोग बिल्कुल नहीं करेगा।

### 17.2.2 भारत-अमेरिका शांतिपूर्ण परमाणु ऊर्जा सहयोग समझौता (2006)

भारत तथा अमेरिका के बीच परमाणु सहयोग के क्षेत्र में सबसे महत्त्वपूर्ण कदम बुश प्रशासन के अंतर्गत उठाया गया। 9/11 आंतकवादी हमले के बाद अमेरिका ने विश्व आतंकवाद के विरुद्ध निरंतर लड़ाई छेड़ दी। भारत भी अंतर्राष्ट्रीय आतंकवाद के विरुद्ध था निरंतर संघर्ष कर रहा था। जुलाई 2005 में भारत तथा अमेरिका ने 'सामरिक भागीदारी के लिए अगला कदम' स्वीकार किया जिसके परिणामस्वरूप मार्च 2006 में भारत तथा अमेरिका के बीच नागरिक ऊर्जा तथा आंतरिक सहयोग पर समझौता हुआ। फलस्वरूप अमेरिका के साथ भारत के लिए परमाणु व्यापार के वह दरवाजे खुल गए जो 1974 के परमाणु परीक्षण के बाद बंद हो गए थे। भारत और अमेरिका ने द्विपक्षीय समझौते (123 समझौता) पर हस्ताक्षर किए। अतंर्राष्ट्रीय परमाणु ऊर्जा एजेंसी(IAEA)

ने भारत को विशिष्ट अपवाद का अनुमोदन प्राप्त करने की मांग की तथा 45 सदस्यीय परमाणु संपन्न देशों के समूह (परमाणु आपूर्ति समूह (NSG)) की अनुमति प्राप्त करने की मांग की। अमेरिका ने अपने कानून में परिवर्तन किए और विशिष्ट कानून के अनुसार 'परमाणु व्यापार' की आज्ञा दे दी।[7] इस तरह भारत दुनिया का प्रथम ऐसा देश बन गया जिसने परमाणु अप्रसार संधि (NPT) पर हस्ताक्षर किए बिना परमाणु सहयोग का अधिकार प्राप्त किया।

भारत के साथ परमाणु सहयोग पुनः आरंभ करते समय अमेरिका ने स्पष्ट किया कि भारत अपनी परमाणु परिसंपत्ति का संरक्षक रहा है तथा इसने अपनी परमाणु तकनीक किसी अन्य देश को हस्तांतरित नहीं की है। भारत ने वैश्विक परमाणु प्रसार निषेध को सशक्त करने में सकारात्मक भूमिका निभाई है। इस प्रकार भारत को विश्व की एकल महाशक्ति ने परमाणु शक्ति के रूप में स्वीकार कर लिया। भारत ने एक समझौता फ्रांस के साथ भी किया है। भारत ने ईरान को भी यह स्पष्ट किया कि अमेरिका के साथ परमाणु समझौते का उसके ईरान के साथ संबंधों पर कोई असर नहीं होगा।

इस प्रकार भारत एवं अमेरिका सामरिक ऊर्जा, जलवायु परिवर्तन, शिक्षा और विकास, व्यापार तथा कृषि, विज्ञान और तकनीक सभी क्षेत्र में संबंध को सकारात्मक बनाने की कोशिश में हैं। इसी दिशा में अमेरिकी राष्ट्रपति बराक ओबामा की पहल पर परमाणु आतंकवाद पर विशेष चर्चा हेतु—दो दिवसीय परमाणु सुरक्षा शिखर सम्मेलन अप्रैल 2010 में वाशिंगटन में संपन्न हुआ जिसमें 47 देशों के प्रतिनिधियों सहित संयुक्त राष्ट्र के महासचिव बानकी-मून, अंतर्राष्ट्रीय परमाणु ऊर्जा एजेंसी तथा यूरोपीय संघ के अध्यक्ष भी शामिल हुए। इस बैठक में ओबामा ने दोहराया कि विश्व में भारत के अलावा कोई ऐसा देश नहीं है जहां ठोस सामरिक भागीदारी स्वंय उनके लिए तथा देश के लिए मायने रखती हो।[8] यह कथन भारत के लिए अत्यंत महत्त्वपूर्ण है। नवंबर 2010 में ओबामा ने आधिकारिक भारत यात्रा की। ओबामा के तीन-दिवसीय दौरे में दोनों देशों के बीच 10 अरब डॉलर के व्यापारिक समझौते हुए। पाकिस्तान के दस आतंकवादियों ने 26/11 को जिस ताज होटल, मुंबई को मुख्य निशाना बनाया था, उसी जगह ओबामा ने मारे गए लोगों को श्रद्धांजलि दी। सारांशतः इस बात की पुष्टि होती है कि अमेरिका भी भारत में संभावित अवसर तलाश रहा है तथा सामरिक, आर्थिक, राजनैतिक संबंधों को मजबूत बनाने का इच्छुक है।

## 17.3 एशियाई सुरक्षा व्यवस्था में भारत व पड़ोसी देश (सार्क)

भारत और उसके पड़ोसी देशों में संबंध बेहतर करने के लिए 1985 में दक्षिण एशियाई क्षेत्रीय सहयोग संगठन (SAARC) की स्थापना की गई। जनसंख्या के दृष्टिकोण से सार्क विश्व की सबसे बड़ी क्षेत्रीय संस्था है। इसमें सहयोग के पांच क्षेत्र स्पष्ट किए गए है-

(i) कृषि तथा ग्रामीण विकास; (ii) दूर संचार; (iii) विज्ञान, तकनीकी; (iv) मौसम विज्ञान तथा (v) स्वास्थ्य और मानवीय संसाधन विकास।

1990 के दशक में इसमें कई सामाजिक मुद्दे उठाए गए जैसे—गरीबी उन्मूलन, साक्षरता, नारी एवं शिशु विकास इत्यादि। 1998 में सार्क खाद्यान्न भंडार स्थापित किया गया। सार्क पर्यावरण

के मुद्दों के बारे में भी काफी सचेत है। उग्रवाद तथा आतंकवाद विरोधक अधिनियम पर भी चर्चा होती है। 1993 में सार्क देशों ने दक्षिण एशियाई व्यापार समझौते पर भी हस्ताक्षर किए जिसका उद्देश्य इस क्षेत्र में सीमा शुल्क को कम करना था। 9 वर्ष बाद, इस्लामाबाद में सार्क के 12वें शिखर सम्मेलन में दक्षिण एशियाई मुक्त व्यापार समझौते (SAFTA) पर हस्ताक्षर हुए जिसने मुक्त व्यापार क्षेत्र स्थापित किया। सार्क ने संयुक्त राष्ट्र की कई एजेंसियों जैसे संयुक्त राष्ट्र विकास कार्यक्रम (UNDP), संयुक्त राष्ट्र अंतर्राष्ट्रीय शिशु आपात कोष तथा यूरोपीय संघ के साथ सहयोग तथा समझौते के प्रपत्र पर हस्ताक्षर किए हैं। दक्षिण कोरिया, यूरोपीय संघ व सार्क से "पर्यवेक्षक दर्जा" का अनुरोध किया है। चीन ने भी इसका सदस्य बनने की इच्छा जाहिर की है। 'सार्क के सदस्य देश हैं'—नेपाल, भूटान, बांग्लादेश, श्रीलंका, मालद्वीव, पाकिस्तान और भारत। अफगानिस्तान इसका सबसे नया सदस्य है।

### 17.3.1 अन्य क्षेत्रीय संगठन: भारत और आसियान

दक्षिण पूर्वी एशियाई देशों के संघ, आसियान का जन्म 1967 में हुआ था। इसका उद्देश्य क्षेत्रीय व्यापार, निवेश और संयुक्त उद्यमों को बढ़ावा देना था। यह क्षेत्रीय सहयोग का केंद्र बिंदु सिद्ध हुआ और इसमें काफी तेजी आई। भारत एवं आसियान नें आतंकवाद-विरोधी करार पर हस्ताक्षर किए हैं। *आसियान के सदस्य राष्ट्र में* दस देश शामिल हैं—म्यांमार, ब्रुनेई, कंबोडिया, इंडोनेशिया, लाओस, मलेशिया, फिलीपींस, सिंगापुर, थाईलैंड और वियतनाम। "पूर्व की ओर देखो" नीति के अंतर्गत 2000 के दशक में भारत ने आसियान मुक्त व्यापार समझौता किया है। भारत द्वारा दक्षिण-पूर्व एशिया के देशों के साथ अच्छे पड़ोसियों जैसे संबंध विकसित किए जिससे उसे आर्थिक और सामरिक दृष्टि से लाभ मिल रहा है। "पूर्व की ओर देखो नीति" इंद्र कुमार गुजराल एवं नरसिम्हा राव द्वारा संचालित नीति जिसमें भारत और दक्षिण-पूर्वी एशिया के बेहतर और सुदृढ़ संबंध पर बल दिया गया।

भारत ने पड़ोसी देश के साथ संबंध सुधारने के दृष्टिकोण से 1990 के दशक में अपनी तरफ से एक तरफा पहल की जिसे "गुजराल सिद्धांत" के नाम से जाना जाता है। यह नेपाल, श्रीलंका, मालद्वीव, भूटान, बांग्लादेश, पर लागू होता है। इस संदर्भ में 1997 में भारत ने बांग्लादेश के साथ गंगा-समझौता किया। आतंकवाद पर भी समझौते हुए। भारत ने "बांग्लादेश, म्यांमार, श्रीलंका, थाईलैंड आर्थिक सहयोग" (BIMSTEC) बिमस्टेक के साथ भी संबंध स्थापित किए। यह अपने ढंग का पहला समूह है जिसमें आसियान के दो सहभागी देश, तीन दक्षिण एशियाई देशों के साथ आर्थिक सहयोग के हिस्सेदार हैं। अत: बिमस्टेक आर्थिक सहयोग के विचार-विनिमय का एक मंच है। भारत इस प्रकार विश्व व्यवस्था में केन्द्रीय भूमिका निभा रहा है।

## 17.4 भारत-चीन संबंध

भारत एवं चीन के आर्थिक एवं सामरिक संबंध बेहतर हो रहे हैं। 2006 में चीन के राष्ट्रपति हू जिन्ताओ ने भारत यात्रा की। इस यात्रा के दौरान पारस्परिक द्विपक्षीय संबंधों तथा परस्पर हित के क्षेत्रीय तथा अंतर्राष्ट्रीय मुद्दों पर विचार हुए। चीन ने इसे एक नई ऐतिहासिक शुरुआत बताया। दोनों देशों के बीच एक द्विपक्षीय निवेश प्रोत्साहन एवं संरक्षण समझौता (bilateral investment promotion and protection agreement) हुआ। जिसके अंतर्गत भारत-चीन व्यापार को 2010 तक 40 बिलियन डॉलर तक ले जाने का लक्ष्य रखा गया। इसमें यह भी निर्णय लिया गया कि पर्यटन को आधार बनाकर 2006 को "भारत-चीन मैत्री वर्ष" घोषित किया जाए तथा युवा शिष्टमंडलों के आदान-प्रदान का एक पंचवर्षीय कार्यक्रम आरंभ किया जाए। दोनों देशों ने सीमा विवाद प्रश्न पर भी चर्चा की तथा 2005 में हस्ताक्षरित संधि के अनुसार सीमा विवाद समाप्त करने के ढांचे पर बात की।

विरोधाभास यह है कि आज भी चीन के साथ मित्रता के बावजूद संबंधों का आधार प्रतिस्पर्धा है। इसका मुख्य आधार है सीमा विवाद, चीन-पाकिस्तान का सामरिक गठबंधन, भारत की "पूर्व की ओर देखो नीति" दक्षिण एशिया में चीन की बढ़ती क्षेत्रीय महत्वाकांक्षा, चीन तथा भारत का भावी वैश्विक शक्तियों के रूप में उभरना इत्यादि। ये कारण भारत-चीन संबंधों को एक सीमा से आगे नहीं जाने देते हैं। भारत के परमाणु परीक्षण पर चीन की प्रतिक्रिया या अरूणाचल को चीन का भाग घोषित करना यह सिद्ध करता है कि कटुता पूरी तरीके से संबंधों में समाप्त नहीं हुई है। बढ़ते हुए वैश्विक व्यापार तथा राजनीतिक वातावरण ने संबंधों में सुधार किया है परंतु परस्पर शंकाएं तथा भू-राजनीतिक उद्देश्यों में मूल सहमति का अभाव किसी तात्विक भागीदारी की स्थापना नहीं होने दे रहा है। अतः विरोभाभासी हितों के बावजूद स्थायित्व का न्यूनतम स्वर निश्चित करना दोनों देशों के राष्ट्रीय हित में है। हालांकि दोनों देश के बीच कुछ सकारात्मक कार्य भी हुए हैं जैसे—हाल में 'नाथूला' को व्यापार के लिए खोल दिया गया है। चीन ने भी 'शंग्घाई सहयोग संगठन' (SCO) में भारत के पर्यवेक्षक दर्जे को स्वीकृति दे दी है।

## 17.5 भारत-म्यांमार संबंध

प्रगाढ़ ऐतिहासिक, सांस्कृतिक और प्रशासनिक संबंधों के बावजूद भारत और म्यांमार के बीच मैत्री अब राजनीतिक मनमानेपन का शिकार हो गई है।[9] बौद्ध धर्म भारत से बर्मा पहुंचकर दोनों देशों के बीच सांस्कृतिक मैत्री बंधनों को बढ़ाता है। आंग सान सू की रिहाई सैन्य शासन द्वारा 15 नवंबर 2010 को एक बदलाव का आगाज है जो लोकतांत्रिक प्रक्रियाओं की बहाली करके मानवता की लड़ाई में आवश्यक योगदान कर सकता है। इससे नए दृष्टिकोण सामने आए हैं। यह सूचक है कि वर्तमान समय में भारत-म्यांमार आर्थिक-व्यापारिक संबंध तथा कुछ सीमा तक सामरिक संबंध उचित प्रकार से विकसित हो रहे हैं। भारत-म्यांमार की आंतरिक राजनीति में लोकतंत्रीकरण के पक्ष में है पर वह आपसी संबंधों के विकास के मार्ग में रुकावट नहीं चाहता। म्यांमार द्वारा भारत को गैस की आपूर्ति न करने के निर्णय से भारतीय सरकार को निराशा तो हुई परंतु इसके बावजूद भारतीय विदेश नीति म्यांमार के साथ सर्वपक्षीय संबंध का विकास चाहती है। भारत-म्यांमार के सामरिक महत्त्व को अब अधिक अच्छी तरह से स्वीकार कर रहा है क्योंकि भारत नहीं चाहता कि म्यांमार चीन पर पूरी तरह निर्भर हो।

## 17.6 भारत-भूटान? संबंध

भारत एवं भूटान के संबंध मित्रतापूर्ण हैं। सामरिक दृष्टि से भारत तथा ऑस्ट्रेलिया, दक्षिणी

अफ्रीका ने 1997 में हिंद महासागर के प्रमुख तटीय देशों (मलेशिया, इंडोनेशिया, श्रीलंका, सिंगापुर, ओमान, तंजानिया, कीनिया, मोजाम्बीक, मैडागास्कर तथा मॉरिशस) के साथ मिलकर एक साझी क्षेत्रीय सहयोग संस्था (IORARC) की स्थापना की ताकि इस क्षेत्र के देशों को सूचना, प्रौद्योगिकी, सामाजिक, आर्थिक, व्यापारिक सहयोग तीव्रता से प्राप्त हो। इसी क्रम में भारत-हिंद महासागर में अपनी उपस्थिति को धीरे-धीरे बढ़ा भी रहा है। अंदमान तथा निकोबार द्वीप समूहों पर भारत ने अपनी संयुक्त सैनिक कमान की स्थापना की है। 2000 के बाद अमेरिकी, ब्रिटिश, फ्रैंच यहां तक चीन की नौ-सेना के साथ संपर्कों में वृद्धि भी हुई है।

भारतीय विदेश नीति पड़ोसियों के साथ सर्वपक्षीय संबंधों के विकास तथा सार्क मंच में दक्षिण एशिया के टिकाऊ विकास को एक प्रमुख उद्देश्य के रूप में स्वीकार करती है। तनाव, गरीबी, अशिक्षा तथा पिछड़ेपन से घिरे दक्षिण एशियाई क्षेत्र में सार्क की भूमिका सीमित दिखती है परंतु सार्क को एकीकरण के आदर्श को अपनाते हुए आपसी विश्वास, समूहीकृत प्रभुसत्ता तथा सामाजिक-आर्थिक एकीकरण के आधार पर राजनैतिक नेतृत्व के रूप में उभरना होगा तभी इसकी प्रासंगिकता होगी।[10]

## 17.7 भारत-अफगानिस्तान संबंध

अफगानिस्तान समस्या के संदर्भ में वर्तमान समय में भारत की भूमिका अत्यंत सीमित है। यह भूमिका अफगानिस्तान के आर्थिक व सामाजिक पुनर्निर्माण की है। अफगानिस्तान की सरकार इस भूमिका की समर्थक है परंतु पाकिस्तान व तालिबान भारत की अफगानिस्तान में किसी भी प्रकार की भूमिका के विराधी हैं। अफगानिस्तान में तालिबानी आतंकवाद की समस्या के समाधान में भारत का प्रमुख राष्ट्रीय हित रणनीतिक सुरक्षा है। भारत अपने हितों की रक्षा की दृष्टि से अफगानिस्तान की समस्या से बिल्कुल अलग नहीं हो सकता। यद्यपि भारतीय प्रतिष्ठानों को तालिबान की आतंकवादी गतिविधियों का सामना करना पड़ता है।

## 17.8 भारत-अरब संबंध

27 फरवरी से 1 मार्च 2010 को प्रधानमंत्री की सऊदी अरब की यात्रा काफी सफल तथा उपयोगी साबित हुई। किसी भारतीय प्रधानमंत्री की 28 वर्षों के बाद यह यात्रा थी। यह यात्रा क्रेता-विक्रेता की पारंपरिक साझेदारी से बाहर निकलकर सामरिक भागीदारी में परिवर्तित हुई जिसमें आर्थिक, व्यापारिक तथा निवेश मुद्दे निहित थे। शाह अब्दुल्ला बिन अजीज अल सऊद तथा मनमोहन सिंह ने गल्फ सहयोग परिषद(GCC) के साथ मुक्त व्यापार समझौते के शीघ्र निष्पादन पर भी सहमति जताई। भारत तेल की 70 प्रतिशत की मांग आयातित कच्चे तेल के जरिए करता है। इस बैठक में आतंकवाद भी एक मुद्दा रहा। चूंकि दोनों देश अफगानिस्तान-पाकिस्तान सीमा से बराबर आतंकवाद से ग्रस्त रहे हैं 26/11 के मुंबई हमले की भांति रियाद ने भी 2003 में आतंकवाद का दंश झेला था। इस दिशा में सऊदी अरब के साथ प्रत्यर्पण संधि की भविष्य में महत्त्वपूर्ण भूमिका होगी। अरामको कंपनी (Armco company) ने भारत में प्रोक्यरमेंट कार्यालय स्थापित किया है जिसमें भारत से वस्तु तथा सेवा के रूप में सऊदी अरब को 400 मिलियन अमेरिकी

डॉलर की प्राप्ति होती है। टाटा तथा राइट्स (RITES) के बीच भी समझौते हुए। कहा जा रहा है कि रियाद घोषणा पत्र सामरिक साझेदारी के नए युग की शुरुआत है। इस प्रकार सऊदी अरब भारत के लिए अत्यधिक महत्त्व रखता है। वहां काम करने वाले भारतीयों की संख्या अधिक है जिसमें सांस्कृतिक आदान-प्रदान के साथ-साथ भारतीयों की आर्थिक प्रगति भी पिछले दशक से अत्यधिक बढ़ी है। सऊदी अरब के पास खनिज तेल तथा प्राकृतिक गैस प्रचुर मात्रा में है। भारत की ऊर्जा आवश्यकता भी निरंतर बढ़ती जा रही है। भविष्य में परस्पर लाभ एवं सहयोग के लिए आवश्यक है कि विभिन्न क्षेत्रों में साझी परियोजना को बनाया जाए तथा लागू किया जाए।

## 17.9 भारत-पाकिस्तान संबंध

पाकिस्तान के संदर्भ में भारत की विदेश नीति का लक्ष्य हमेशा मैत्रीपूर्ण संबंधों का विकास रहा है। आज भारत की सबसे बड़ी चुनौती पड़ोसी राष्ट्र पाकिस्तान से बिगड़े संबंधों को सुधारने की है। 1999 में तत्कालीन प्रधानमंत्री वाजपेयी ने ऐतिहासिक लाहौर बस यात्रा की तो तीन माह बाद ही पाकिस्तानी सेना नें भारतीय क्षेत्र में घुसपैठ कर कारगिल युद्ध को अंजाम दिया। भारत ने एक बार फिर 2001 में आगरा सम्मेलन किया और इसी वर्ष 13 दिसंबर को भारतीय संसद पर हुए आतंकवादी हमले ने दोनों देशों को एक बार पुनः युद्ध की कगार पर खड़ा कर दिया। 26/11, 2008 के मुंबई हमले के बाद दोनों देशों के मध्य पहली वार्ता 25 फरवरी 2010 को नई दिल्ली में संपन्न हुई। इसका परिणाम कुछ नहीं निकला केवल बातचीत की औपचारिकता निभाई गई। आज दोनों राष्ट्रों के मध्य आतंकवाद सबसे अहम मुद्दा है। पाकिस्तान आतंकवाद के विरुद्ध युद्ध के साथ-साथ तालिबानी आतंकवादियों को सहायता भी दे रहा है। इस दोहरी नीति से उबर कर ही पाकिस्तान पूरे दक्षिण एशिया क्षेत्र को तथा विश्व को शांति एवं विकास के लिए योगदान दे सकता है।

## 17.10 भारत-बांग्लादेश-श्रीलंका संबंध

गत वर्षों में भारत के पड़ोसी देश जैसे बांग्लादेश, नेपाल, श्रीलंका, भूटान, म्यांमार में राजनीतिक तथा सामाजिक उथल पुथल हुई हैं जिसका असर आपसी संबंधों पर भी पड़ा है। 2008 तक बांग्लादेश के राजनीतिक दल नेतृत्वहीन और दिशा हीन रहे और लोकतंत्रीय प्रक्रिया रुकी रही। जनवरी 2009 में बांग्लादेश में एक नई निर्वाचित लोकतंत्रीय सरकार सत्ता में आई तथा इसमें शेख हसीना ने प्रधानमंत्री का पद संभाला। उन्होंने इस बात की आवश्यकता पर बल दिया है कि बांग्लादेश की आंतरिक सुरक्षा को मजबूत बनाया जाए तथा आतंकवादी एवं कट्टरवादी समूहों की गतिविधियों के विरुद्ध प्रभावी कार्यवाही की जाए। द्विपक्षीय संबंधों के विकास के साथ-साथ भारत और बांग्लादेश सार्क स्तर पर भी आपसी सहयोग को अधिक विकसित करने के प्रति वचनबद्ध हैं।

श्रीलंका में लिट्टे (LTTE) की पराजय के बाद युद्ध की स्थिति समाप्त हो गई। इस क्षेत्र में चीन का प्रभाव कम करने के लिए तथा विस्थापित तमिल शरणार्थियों के पुनर्निवास के ध्येय

से भारत ने श्रीलंका के साथ द्विपक्षीय आर्थिक, व्यापारिक तथा सामरिक संपर्कों एवं संबंधों में तेजी लाई है। जुलाई 2009 में गुट-निरपेक्ष सम्मेलन में यह बातें दोहराई गईं।

## 17.11 भारत-नेपाल संबंध

गत वर्षों में नेपाल में भी राजनैतिक परिवर्तन हुए। नेपाल से भारत के संबंध में चीन भी एक महत्त्वपूर्ण भूमिका निभाता है। मार्च 2007 में नेपाल में अंतरिम सरकार का गठन हुआ जिसमें माओवादी भी सरकार में शामिल हुए। परंतु नेपाली राजनीतिक व्यवस्था में विरोध तथा अस्थिरता बनी हुई है। दक्षिण एशिया के वातावरण की विशेषताओं को देखते हुए भारत, नेपाल आपसी समझ, समानता, विश्वास तथा साझे हितों के आधार पर संबंधों को विकसित करें। नेपाल को यह चाहिए कि वह चीन के साथ अपने संबंधों को विकसित करते समय भारत के हितों को सीमित न करे। भारत एवं नेपाल के ऐतिहासिक, सांस्कृतिक संबंध हैं तथा पंचशील के सिद्धांतों के आधार पर दोनों को कार्य करना चाहिए।

## 17.12 भारत-रूस संबंध

इन पड़ोसी देशों के अलावा भारत के लिए रूस, जापान, दक्षिण अमेरिकी देश भी सामरिक दृष्टिकोण से महत्त्व रखते हैं। भारत-रूस के संबंध साधारणत: सकारात्मक, मैत्रीपूर्ण एवं विश्वसनीय रहे हैं। 2000 में रूस के राष्ट्रपति व्लादिमीर पुतिन ने भारत की यात्रा की थी। इसमें दस समझौतों पर हस्ताक्षर किए गए। भारत ने रूस से टी-90 टैंकों, हवाई जहाजों तथा युद्धपोत की खरीद के समझौते किए। कश्मीर मुद्दे पर रूस हमारा समर्थन करता आ रहा है। SU-30MKI लड़ाकू हवाई जहाजों के उत्पादन के लिए इसी बैठक में भारत को लाइसेंस मिला। फरवरी 2001 में भारतीय कंपनी ओएनजीसी ने रूसी संस्था (ROSNEFT) के साथ एक समझौता किया जिसके अधीन भारत ने सखालिन तेल तथा गैस क्षेत्रों में भारी पूंजी निवेश किया। 2001 में प्रधानमंत्री वाजपेयी की रूस यात्रा के दौरान स्मरण-पत्र पर हस्ताक्षर हुए जिसमें कुंडाकुलम परमाणु ऊर्जा संयंत्र के संबंध में सहमति हुई। दोनों देशों ने उच्च तकनीकी के क्षेत्रों और परमाणु ऊर्जा, अंतरिक्ष अनुसंधान, सुरक्षा आपूर्ति आदि के परस्पर सहयोग को आगे बढ़ाया। रूस ने संयुक्त राष्ट्र सुरक्षा परिषद की स्थाई सदस्यता के लिए भारत के दावे का समर्थन किया है। भारत ने भी रूस को विश्व व्यापार संगठन की सदस्यता दिए जाने की आवश्यकता पर बल दिया है। दोनों देशों ने भारत-इजरायल-रूस के मध्य 'अवाक्स' (AWACS) के संबंध में त्रिपक्षीय सहयोग को बढ़ावा देने पर बल दिया है। दोनों देशों ने संयुक्त कार्यवाहक समिति की स्थापना की तथा व्यापक आर्थिक सहयोग समझौते पर हस्ताक्षर किए। रूस ने शंघाई सहयोग संगठन (SCO) में भारत के पर्यवेक्षक दर्जे का स्वागत किया है। 2006 में भारत-रूस अंतर्सरकारी आयोग की 12वीं बैठक हुई। अब भारत-ग्लोनास (Russian Globalnavigation Satellite System (Glonass)) में भागीदार बन गया है और सूचनाएं प्राप्त करने का अधिकारी भी। दोनों देश साझे सैनिक उत्पादन कार्यक्रम भी चला रहे हैं। जैसे - ब्रह्मोजक्रूज कार्यक्रम, पांचवीं पीढ़ी के लड़ाकू जैट, सुखोई (SU-30), MK-I, T-9 भीष्म टैंक, अकूला परमाणु पनडुब्बियां, मिग-29, M1-17 सैनिक हैलीकॉप्टर तथा

इजरायल से प्राप्त फैलकन राडार। 2007 में भारत और रूस ने 7 नए समझौते किए जिसमें इसरो और रूस के अंतरिक्ष संस्था (ROSCOSMOS) ने आपसी सहयोग का निर्णय लिया। समकालीन समय में भारत-रूस संबंध व्यापक रूप से विकसित हो रहे हैं।

## 17.12 भारत-जापान संबंध

जापान के साथ भारत के संबंध पिछले पांच वर्षों में बेहतर हुए हैं। भारत-जापान व्यापक आर्थिक भागीदारी समझौते (CEPA) के अंतर्गत दोनों के व्यापार 15 अरब डॉलर तक पहुंच सकते हैं। जापान एक आर्थिक शक्ति है और भारत के साथ यह अपनी तकनीकी का आदान-प्रदान कर रहा है जो हमारे द्विपक्षीय संबंध को और मजबूती प्रदान कर रहे हैं।

## 17.13 निष्कर्ष

सारांशतः भारत, ब्राजील, रूस और चीन (BRIC) देशों के साथ अपने सामरिक संबंध को बेहतर बनाने का इच्छुक है। भारत का उद्देश्य है ब्राजील, दक्षिणी अफ्रीका, आसियान, यूरोपीय संघ, सार्क तथा केंद्रीय-एशियाई गणतंत्रों के साथ संबंध में विकास करना। भारत अपनी परमाणु नीति की स्वतंत्रता भी बनाए रखना चाहता है तथा जापान, आस्ट्रेलिया, आदि से सहयोग भी। अमेरिका, रूस, ब्रिटेन तथा फ्रांस के साथ किए गए नागरिक परमाणु सहयोग समझौते के आधार पर भारत चाहता है संबंधों का विकास हो। भारत परमाणु निःशस्त्रीकरण और अप्रसार में सहयोगात्मक मार्ग प्रशस्त करना चाहता है। भारत एक बहुकेंद्रित विश्व का पक्षधर है तथा इस व्यवस्था में वह एक शक्ति केंद्र के रूप में खुद को देखता है। दक्षिणी-एशियाई पड़ोसी देशों के साथ भारत अधिक सहयोगी संबंध स्थापित करना चाहता है। भूटान तथा अफगानिस्तान में आर्थिक और राजनीतिक स्थायित्व को विश्वसनीय बनाने के लिए भारत उन्हें व्यापक आर्थिक सहायता दे रहा है। भारत की विदेश नीति भारतीय अर्थव्यवस्था को शक्तिशाली और अधिक दृढ़ता प्रदान करना चाहती है। जी-8, जी-20 तथा अन्य सभी क्षेत्रीय और अंतर्राष्ट्रीय बैठकों और सम्मेलनों में भारत सक्रियता से भाग लेता है।

अंतर्राष्ट्रीय संस्थाएं विभिन्न क्षेत्रों में अंतर्राष्ट्रीय सहयोग को बढ़ाने व अंतर्राष्ट्रीय समस्याओं के समाधान के लिए गठित की जाती हैं। ये संस्थाएं एक निश्चित परिवेश में कार्य करती हैं तथा परिवेश में निर्माणकारी तत्त्वों में बदलाव के परिणामस्वरूप इन संस्थाओं में बदलाव करके ही इन्हें प्रभावी बनाया जा सकता है। इसके लिए विश्व व्यवस्था के शक्ति संतुलन में आए बदलाव को समझना आवश्यक है। विश्व परिदृश्य में जो बदलाव हुए वह अंतर्राष्ट्रीय संबंधों में आर्थिक तत्त्व का बढ़ता महत्त्व है तथा वैश्वीकरण की आवश्यकता है। मानव अधिकारों के उल्लंघन के साथ आतंकवाद भी एक गंभीर अंतर्राष्ट्रीय समस्या है। वर्तमान संयुक्त राष्ट्र व्यवस्था आतंकवाद से निबटने के लिए कदापि सक्षम नहीं है। यहां तक कि अभी तक आतंकवाद विषयक व्यापक अभिसमय संयुक्त राष्ट्र महासभा द्वारा पारित नहीं किया गया है। आतंकवाद की समस्या से प्रभावी ढंग से निबटने के लिए संयुक्त राष्ट्र व्यवस्था में आवश्यक सुधारों की आवश्यकता है। वर्तमान समय में जलवायु परिवर्तन एक बड़ी वैश्विक समस्या है।

अत: अंतर्राष्ट्रीय संस्थाओं में वांछित कई सुधारों की आवश्यकता है-संयुक्त राष्ट्र सुरक्षा परिषद में स्थायी व अस्थायी दोनों श्रेणियों में सदस्यों की संख्या बढ़ाई जाए। सुरक्षा परिषद की स्थायी सदस्यता हेतु जापान, भारत, ब्राजील, जर्मनी, दक्षिण अफ्रीका आदि उभरती हुई शक्तियों के दावों पर विचार किया जाना चाहिए। अंतर्राष्ट्रीय शांति व सुरक्षा में संयुक्त राष्ट्र सुरक्षा परिषद की प्रभावी भूमिका हेतु एकपक्षीय कार्यवाहियों को हतोत्साहित कर बहुपक्षीय संयुक्त राष्ट्र संघ कार्यवाही को सुदृढ़ किया जाना चाहिए। संयुक्त राष्ट्र संघ की शांति सेना के पुनर्गठन पर भी विचार किया जाना चाहिए। अंतर्राष्ट्रीय वित्तीय संस्थाओं जैसे विश्व बैंक व मुद्रा कोष में मतदान प्रणाली को अधिक प्रजातांत्रिक बनाया जाना चाहिए। इस प्रकार निर्णय-निर्माण प्रक्रिया में विकासशील देशों को भी समुचित भागीदारी मिल पाएगी।

भारतीय विदेश नीति अब राष्ट्रीय हितों की प्राप्ति के लिए अधिक सक्रियता से कार्य कर रही है।

पिछले दो दशक की अभूतपूर्व घटनाओं ने एक बहुलकेंद्रित विश्व को जन्म दिया है जिसमें अमेरिका, जर्मनी के नेतृत्ववाली यूरोपीय संघ, चीन, जापान तथा रूस इस नए शक्ति संतुलन के मुख्य खिलाड़ी हैं। आज इसमें शक नहीं है कि भारत भी इस वैश्विक शक्ति संतुलन का सदस्य बन गया है जिसका अनुमान भारत के आर्थिक विकास, राजनीतिक स्थायित्व तथा सांस्कृतिक गरिमा को देखकर किया जा सकता है।

## संदर्भ एवं टिप्पणी

1. वी. एन. खन्ना, लिपाक्षी अरोड़ा, *भारत की विदेश नीति* विकास पब्लिशिंग हाऊस प्रा.लि., दिल्ली, पृ. 11
2. *Ibid* p. 4 (वी.एन. खन्ना, अरोड़ा)
3. *Ibid* p. 7 (वी.एन. खन्ना, अरोड़ा)
4. फाड़िया बी.एल, *अंतर्राष्ट्रीय संबंध*, साहित्य भवन पब्लिकेशन, आगरा पृ. 281
5. *Ibid* p. 329 (फाड़िया.बी.एल)
6. वरमानी, *समकालीन अंतर्राष्ट्रीय संबंध*, गीतांजली पब्लिशिंग, पृ. 159, दिल्ली
7. घई, यू.आर., *भारतीय विदेश नीति*, न्यू एकेडेमिक पब्लिशिंग, जालंधर, पृ. 84
8. *प्रतियोगिता दर्पण*, अक्टूबर 2010
9. *op-cit* p. 424 (घई. यू.आर)
10. *Ibid* p. 425

## ग्रंथ आलेख

वी.पी दत्त, बदलती दुनिया में भारत की विदेश नीति, दिल्ली विश्वविद्यालय

- C. Raja Mohan, *Crossing the Rubicon: The shaping of Indias' New Foreign Policy*, Penguin, New Delhi, 2003

- P. Cohen, *India: Emerging Power*; New Delhi, Oxford University Press, 2001
- Sumit Ganguly, "India's Defence Policy", in *Oxford Companion to Politics in India*,Oxford University Press, 2010
- Kanti Bajpai, "India and the World" in *Oxford Companion to Politics in India*, Oxford University Press, 2010
- Chandhoke, Priyadarshi, *Contemporary India: Economy Society, Politics*, Pearson, p. 372
- Achin Vanaik and Rajeev Bhargava, *Understanding Contemporary India, Critical Perspectives*, Orient Blackswan, 2010, New Delhi
- प्राण चोपड़ा, *दि क्राइसिस ऑफ फॉरेन पॉलिसी*, व्हीलर, नई दिल्ली, 1993
- P.L. Bhola, *Foreign Policy of India, Pakistan and China*, (Jaipur, RBSA Publishing, 2001)
- M.S. Agwani, *Contemporary West Asia*, Har Anand Publications, New Delhi, 1995.
- S.D. Muni, Regional Cooperation and South Asia, New Delhi, 1984.
- Srikant Paranjpee, *India and South Asia since 1971* New Delhi, Radiant, 1985
- वर्नन हैविट *दि न्यू इंटरनेशनल पॉलिटिक्स ऑफ साउथ एशिया* Manchester University 1997
- Mohammad Ayub, *India and South East Asia* Singapore 1987.

# संदर्भिका


वेबर, मैक्स (1964), *दि थ्योरी ऑफ सोशल एंड इकोनोमिक आर्गेनाइजेशन, फ्री प्रेस*, न्यूयार्क

रजनी कोठारी (2010), *कास्ट इन इंडियन पॉलिटिक्स*, ओरियंट ब्लैकस्वान, नई दिल्ली

ए. वैद्यनाथन, *पोवर्टी एंड डेवलपमेंट पॉलिसी* (गरीबी एवं विकास नीति)

कोठारी, रजनी (2002) ''दि कांग्रेस सिस्टम'' इन जोया हसन (सं.), *पार्टी एंड पार्टी पॉलिटिक्स इन इंडिया*, ओ.यू.पी., नई दिल्ली

मित्रा, सुब्रता के. माइक एसकैट एवं क्लीयंस स्पीस (2004), *पॉलिटिकल पार्टीज इन साउथ एशिया*, प्रेजर, वेस्टपोस्ट।

धर्मा कुमार, (सं) द *कैंब्रिज इकॉनोमिक हिस्ट्री*, खंड 2 कैंब्रिज, 1982

सिंह, एम.पी. एंड सक्सेना, रेखा (2008), *इंडियन पॉलिटिक्स कंटम्पोररी इश्यूज एंड कन्सर्न्स*, प्रेंटिस हॉल ऑफ इंडिया, नई दिल्ली

भारत सरकार, *इकोनॉमिक सर्वे 2007-08*, (नई दिल्ली, 2008)

अमिच कुमार बागची, *प्राइवेट इंवस्टमेंट इन इंडिया 1900-39*, बंबई, 1975

कोठारी रजनी (1964), ''दि कांग्रेस सिस्टम इन इंडिया'', एशियन सर्वे वोल्यूम 12(10): दिसंबर, नई दिल्ली।

वी.बी.सिंह, (सं) *इकॉनोमिक हिस्ट्री ऑफ इंडिया 1857-1956*, बंबई 1975

संदीप बागची, ''पोवर्टी एलेविएशन प्रोग्राम्स इन सेवेन्थ प्लानः ऐन एप्रेजल'', *इकोनॉमिक एंड पॉलिटिकल वीकली*, जनवरी 24, 1987

जोन्स, मोरिस (1971), *दि गवर्नमेंट एंड पॉलिटिक्स ऑफ इंडिया*, हचीसन, लंदन

जी. पार्थसारथी, ''रीओरिएंटेशन ऑफ रूरल डेवलपमेंट प्रोग्राम्सः अ नोट ऑन सम बेसिक इश्यूज'' (ग्रामीण विकास कार्यक्रमों का पुनरुन्मुखीकरणः कुछ बुनियादी सवालों पर टिप्पणियां), *इकोनॉमिक एंड पॉलिटिकल वीकली*, 30 नवंबर 1985

*विकीपीडिया* – दि फ्री एनसाइक्लोपीडिया : इंडियन जनरल इलेक्शन 2009

अचिन विनायक एवं राजीव भार्गव (सं.), की पुस्तक *अंडरस्टैंडिंग कंटेम्परारी इंडिया: क्रिटिकल पर्सपेक्टिव्स*, (ओरियंट ब्लैकस्वान, दिल्ली, 2010), में एन. सुकुमार, ''स्टेट इंस्टिच्यूशंस एंड पोवर्टीः अ केस स्टडी ऑफ चित्तौड़''

कोठारी, रजनी, (1972), *पॉलिटिक्स इन इंडिया*, ओरियंट लाँगमैन, नई दिल्ली

राज कृष्ण, ''दि ग्रोथ ऑफ ऐग्रीगेट अनइंप्लॉयमेंट इन इंडियाः ट्रेंड्स, सोर्सेज एंड माइक्रोइकोनॉमिक पॉलिसी ऑप्शंस'', *वर्ल्ड बैंक स्टाफ वर्किंग पेपर्स*, सं. 638 (वाशिंगटन डी.सी. 1984)

मैकलियन, इयान (1996) *दि कॉन्साइज ऑक्सफोर्ड डिक्शनरी ऑफ पॉलिटिक्स*, ओ.यू.पी. ऑक्सफोर्ड

धीरूभाई सेठ, ''नए मध्य वर्ग का उदय'', देखें अभय कुमार दुबे, (सं.), *लोकतंत्र के सात अध्याय*, वाणी दिल्ली, प्र. 113-114

भारत सरकार, योजना आयोग, *आठवीं पंचवर्षीय योजना (1992-1997)*, खंड 1 (नई दिल्ली, 1992)

गाबा, ओ.पी. (2005), *कॉन्सेचुअल डिक्शनरी ऑफ पॉलिटिकल साइंस* (हिंदी), मयूर पब्लिकेशन, नई दिल्ली

शूम्पीटर, जे.ए.(1950), कैपिटलिज्म, सोशलिज्म एंड डेमोक्रेसी, हार्पर, न्यूयार्क

डी.एल. सेठ, "नए मध्य वर्ग का उदय", अभय कुमार दुबे (सं.), *लोकतंत्र के सात अध्याय*, वाणी प्रकाशन, नई दिल्ली, 2005

एम. ब्लॉग, पी आर जी लेयार्ड तथा एम वुडहॉल, *दि कॉजेज ऑफ ग्रैज्युएट अनइम्प्लॉयमेंट इन इंडिया* (भारत में शिक्षित बेरोजगारी के कारण), लंदन, 1969

कश्यप, सुभाष एवं विश्वनाथ गुप्त (1998), *राजनीति कोश*, हिंदी माध्यम कार्यान्वयन निदेशालय, दिल्ली विश्वविद्यालय, दिल्ली

आर.बी. जैन, *भारतीय समाज, अधिकारी तंत्र और प्रशासन*, 1989

*आठवीं पंचवर्षीय योजना*, 1992-97, खंड 1

सिंह एम.बी. एवं अनिल मिश्रा, सं. (2004 ), *कोएलिशन पॉलिटिक्स इन इंडिया : प्रोबलम्स एवं प्रोस्पेक्टस*, मनोहर, नई दिल्ली

भारत सरकार, योजना आयोग, *11वीं पंचवर्षीय योजना, 2007-12* (दिल्ली, 2008), खंड 1

पीटर रोनाल्ड डी सूजा एंड ई. श्रीधरन, सं. (2006), *इंडियाज पॉलिटिकल पार्टीज*, सेज पब्लिकेशन, नई दिल्ली

भारत सरकार, योजना आयोग, *छठी पंचवर्षीय योजना*, 1980-85 (दिल्ली - 1981)

कोस्ता, ई.पी. डब्ल्यू. डी. (1967) "रूट्स ऑफ चेंज इन पॉपुलर वोट", *दि हिंदू*, नई दिल्ली, 17 मार्च

भारत सरकार, योजना आयोग, *सातवीं पंचवर्षीय योजना, 1985-90* (दिल्ली, 1985), खंड 2

चक्रवर्ती बिद्युत (2006) *फोर्जिंग पावर : कोएलिशन पॉलिटिक्स इन इंडिया*, ऑक्सफोर्ड, नई दिल्ली, चेप्टर-1

*आठवीं पंचवर्षीय योजना, 1992-97*, खंट 1

श्रीधरन, ई. (2004) "इलेक्टोरेल कोएलिशन इन 2004 जनरल इलेक्शन : थ्यांरी एंड प्रैक्टिस", *इकोनोमिक एंड पॉलिटिकल वीकली* (नई दिल्ली), 18 दिसम्बर

*वीकीपीडिया*, "इंडियन जनरल इलेक्शन 2009", वीकीपीडिया, ऑर्गे.

*दि इकोनोमिक्स टाइम्स* (2009), "एसपी, आरजेडी, एलजेपी, यूनाइटेड टू एंड वेट" (नई दिल्ली), 15 मई

*बिज़नेस स्टैंडर्ड*, 4 मार्च 2009

*दि इंडियन एक्सप्रेस* (2009), "मनमोहन सिंह रिइलेक्ट कांग्रेस पार्लियामेंटरी लीडर" (नई दिल्ली), 18 मई

*हिन्दुस्तान टाइम्स*, नई दिल्ली, 8 मई 2008

*हिंदुस्तान टाइम्स* (2011), "एस.सी. टेल्स सीवीसी थॉमस टू क्वीट", नई दिल्ली, 4 मार्च 2011

एम.एन. श्रीनिवास, *आधुनिक भारत में सामाजिक परिवर्तन*, राजकमल, पटना, दिल्ली

योजना आयोग, *नवीं पंचवर्षीय योजना (1997-2002)*, खंड 1

*आधुनिकता के आईने में दलित* सं. - अभय कुमार दुबे, वाणी प्रकाशन, नई दिल्ली 02

इयान मैकमियल 1996, *दि कॉन्साइज ऑक्सफोर्ड डिक्शनरी ऑफ पॉलिटिक्स*, ऑक्सफोर्ड यूनिवर्सिटी, न्यूयार्क

पालोम्बारा ला, जोटोप (1974) *पॉलिटिक्स विदीन नेशन्स*, प्रेंटिस हॉल, न्यूयार्क

एम.एन. श्रीनिवास, *आधुनिक भारत में सामाजिक परिवर्तन*, राजकमल प्रकाशन, नई दिल्ली, 2005

सी.पी. चंद्रशेखर एवं जयति घोष, "सोशल इन्क्लूजन इन द एनआरईजीएस", बिज़नेस लाइन, 27 जनवरी 2009

*हिंदुस्तान टाइम्स* (2011), "आई एक्सेप्ट रिस्पोंसिबिलिटी फॉर थॉमस फियासको पी एम", नई दिल्ली, 5 मार्च

सुमित सरकार, *आधुनिक भारत*, सुशिला डोमाल (अनु.), राजकमल, नई दिल्ली, 2007

गुप्ता, भवानीसेन (1996), *इंडिया : प्रॉब्लेम्स ऑफ गवर्नेंस*, कोनार्क पब्लिकेशन, नई दिल्ली

सुनील खिलमानी, *भारतनामा* (आइडिया ऑफ इंडिया), अभय कुमार दुबे (अनुवाद), राजकमल प्रकाशन, नई दिल्ली, 2006

एन.जे. कुरियन, "वाइडनिंग रीजनल डिस्पैरिटीज इन इंडिया", *इकोनॉमिक एंड पॉलिटिकल वीकली*, फरवरी 12-18, 2000

हेमवुड, एंड्रयू (1997), *पॉलिटिक्स*, मैकमिलन, लंदन

पी.आर. मेहता 2010, *फाउंडेशन ऑफ इंडियन पॉलिटिकल थॉट- फ्राम मनु टू प्रजेंट डे*, मनोहर, नई दिल्ली,

फाड़िया बी.एल, अंतर्राष्ट्रीय संबंध, साहित्य भवन पब्लिकेशन, आगरा

नारायणी गुप्ता, ''ब्रिटिश भारत में विरोध-आंदोलन 1757 - 1856'', *आधुनिक भारत*, सं. - आर.एल. शुक्ल, हिंदी माध्यम कार्यान्वय निदेशालय, दिल्ली विश्वविद्यालय, संस्करण 1998

बेला भाटिया, ''नक्सलवादी बनते दलित'', अभय कुमार दुबे (सं.), *आधुनिकता के आइने में दलित*, वाणी प्रकाशन, नई दिल्ली, 2005

कमल नयन चौबे, *जाति का राजनीतिकरण*, वाणी प्रकाशन, नई दिल्ली, 2008

रजनी कोठारी, *भारत में राजनीति कल और आज,* (अनु) अभय कुमार दुबे (सं.), वाणी प्रकाशन, दिल्ली, 2005,

भारत सरकार, योजना आयोग, *नेशनल ह्यूमन डेवलपमेंट रिपोर्ट* (राष्ट्रीय मानव विकास रिपोर्ट), 2001 (नई दिल्ली, मार्च 2002)

ग्रेनविल ऑस्टिन, द *इंडियन कांस्टीट्यूशन: कोरनरस्टोन ऑफ अ नेशन*, क्लेरंडन प्रेस, ऑक्सफोर्ड, 1996

बॉल, एलेन (1981), *ब्रिटिश पॉलिटिकल पार्टीज : दि इमरजेंस ऑफ मॉडर्न पार्टी सिस्टम*, मैकमिलन, लंदन

ओम प्रकाश गाबा, *राजनीति सिद्धांत की रूपरेखा*, मयूर पेपरबैक्स, सेक्टर 5, नोएडा, 2001

पंडित चंद्रिका प्रसाद जिज्ञासु, (संपादक), *बाबा साहेब के पंद्रह व्याख्यान*, बी.आर. अंबेडकर का 25 सितम्बर 1932 को बंबई को हिंदू कांफ्रेंस में दिया गया भाषण, बहुजन कल्याण प्रकाशन, लखनऊ, 1986

*छठी पंचवर्षीय योजना*, 1980-85

योगेन्द्र यादव, ''काया पलट की कहानी'', *लोकतंत्र के सात अध्याय*, सं. - अभय कुमार दुबे, वाणी प्रकाशन, नई दिल्ली 2

पालम्बारा, जोसेफ ला एंड वीनर, माइनार (1966), *पॉलिटिकल पार्टीज एंड पॉलिटिकल डेवलपमेंट*, पी.यू.पी, प्रिंस्टन

वरमानी, *समकालीन अंतर्राष्ट्रीय संबंध*, गीतांजली पब्लिशिंग, दिल्ली

जेम्स मेनर 2010, ''प्रोलोग: कास्ट एंड पॉलिटिक्स इन रिसेंट टाइम्स'' इन रजनी कोठारी, *कास्ट इन इंडियन पॉलिटिक्स* (रिवाइज्ड बाइ जेम्स मेनर), ओरियंट ब्लैकस्वॉन, नई दिल्ली

कुमारी मायावती, *मेरे संघर्षमय जीवन एवं बहुजन मूवमेंट का सफरनामा*, खंड-2, बहुजन समाज पार्टी द्वारा प्रकाशित नई दिल्ली, 2006

रजनी कोठारी, *दलित उभार के सामने, जातियों के राजनीतिकरण का एक और पहलू*, देखें अभय कुमार दुबे (सं.), *आधुनिकता के आइने में दलित*, वाणी प्रकाशन, नई दिल्ली, 2005, पृ. 247-248)

ई. रमेश, वाल्मीकि, ''उत्तर प्रदेश जहां आज भी मैला प्रथा जारी है'', देखें, प्रेम कपाडिया और प्रकाश लुइस (संपादक), भारतीय समाज संस्थान, प्रकाशक, नई दिल्ली, 2001

रजनी कोठारी, *भारत में राजनीति*, अशोक जी (अनुवादक), ओरियंट लाँगमैन, हैदराबाद, 1990 पृ. 166

*ड्राफ्ट पंचवर्षीय योजना (1978-83)*, पुनरीक्षित

एम.पी. सिंह एंड रेखा सक्सेना: *इंडियन पॉलिटिक्स, कंटेम्परारी इस्युज एंड कन्सर्न्स,* प्रेन्टिस हॉल ऑफ इंडिया, 2008

शेखर बंद्योपाध्याय, *प्लासी से विभाजन तक*, ओरियंट लांग्मैन, नई दिल्ली, 2007

घई, यू.आर. *भारतीय विदेश नीति*, न्यू एकेडेमिक पब्लिशिंग, जालंधर

दुवर्जर, एम. (1954) *पॉलिटिकल पार्टीज*, मैथुएन, लंदन

घनश्याम शाह, *भारत में सामाजिक आंदोलन संबंधित साहित्य की एक समीक्षा* (अनु.) हरिकृष्ण रावत, सेज और रावत प्रकाशन, नई दिल्ली और जयपुर, 2009

*इकॉनोमिक्स टाइम्स*, दिल्ली, 29 अक्तूबर 2010

*इकॉनोमिक्स टाइम्स*, दिल्ली, 27 अक्तूबर 2010

*इकॉनोमिक्स टाइम्स*, दिल्ली, 27 अक्तूबर 2010

*इकॉनोमिक्स टाइम्स*, दिल्ली, 26 अक्तूबर 2010

ग्रेनविल ऑस्टिन 1999, *वर्किंग ए डेमोक्रेटिक कांस्टीट्यूशन-ए हिस्ट्री ऑफ दि इंडियन एक्सपीरियंस*, ओ.यू.पी., दिल्ली

महेश चंद एवं वी.के. पुरी, *रीजनल प्लानिंग इन इंडिया* (भारत में क्षेत्रीय नियोजन), दिल्ली, 1983

सारतोरी, जी. (1976), *पार्टीज एंड पार्टी सिस्टम : ए फ्रेमवर्क फॉर एनैलिसिस*, सी.यू.पी., कैंब्रिज

*टाइम्स ऑफ इंडिया*, नई दिल्ली, दिसंबर 1, 2010

नारायण, इकबाल (1988), *राजनीतिशास्त्र के मूल सिद्धांत*, रतन प्रकाशन, दिल्ली।

बर्धन, पी., द *पोलिटिकल इकोनोमी ऑफ डेवलपमेंट इन इंडिया*, ऑक्सफोर्ड, ब्लाच्वेल, 1984

बक्सी, यू., द *सुप्रीम कोर्ट एंड पॉलिटिक्स*, लखनऊ, इस्टर्न बुक्स, 1980

ब्रास, पी., द *पॉलिटिक्स ऑफ इंडिया सिंस इंडेपेंडेंस*, कैम्ब्रिज यूनिवर्सिटी प्रेस, 1990

मोहित भट्टाचार्य, *लोक प्रशासन के नये आयाम*, जवाहर पब्लिशर्स एंड डिस्ट्रीब्यूटर्स, नई दिल्ली, 2006

छिब्बर, पी., *डेमोक्रेसी विदाउट एसोसिएशन, ट्रांसफोर्मेशन ऑफ द पार्टी सिस्टम एंड सोशल क्लिवेजेस इन इंडिया*, एन अरबर, द युनिवर्सिटी ऑफ मिशिगन प्रेस, 1999

रोमेश दत्त, 1963, *दि इकॉनामिक हिस्ट्री ऑफ इंडिया*, खण्ड 2 नई दिल्ली

वी. एन. खन्ना, लिपाक्षी अरोड़ा, *भारत की विदेश नीति* विकास पब्लिशिंग हाऊस प्रा.लि., दिल्ली

1. Abu-Lughod, Lila, 1998, *Remaking Women: Feminism and Modernity in the Middle East*, Princeton: Princeton University Press.
2. Aditya Nigam: The Insurrection of Little Solves: The Crisis of Secular Nationalism in India, New Delhi: OUP.
3. Ahluwalia, Montek S, 2000, "India's Economic Reforms: An Appraisal," in Jeffrey Sachs and Nirupam Bajpas (eds.), *India in the Era of Economic Reforms*, New Delhi: Oxford University Press.
4. Ahmad, Aijaz, 1994, *In Theory: Classes, Nations, Literature*,. Delhi: Oxford University Press.
5. Ambedkar, B R, 1945, *What Congress and Gandhi have done to Untouchables*, Bombay: Thacker & Co.
6. Amin, Shahid, 1995, *Event, Metaphor, Memory: Chauri Chaura 1922–92*, Delhi: Oxford University Press.
7. Anderson, Benedict, 1983, *Imagined Communities: Reflections on the Origin and Spread of Nationalism*, London: verso.
8. Anderson, J W, 1970, "Kyoto Protocol on Climate Change: Background, Unresolved Issues and Next Steps", Resources for the Future Discussion Paper, Washington D C: Resources for the Future.
9. Anderson, Walter K, and Shridhar D. Damle, 1987, *The Brotherhood in Saffron: the Rastriya Swayamsewak Sangh and Hindu Revivalism*, Boulder, Co: Westview Press.
10. Ansari, Iqbal A, 1999, "Minorities and the Politics of constitution Making in India", in D L Seth and Gurpreet Mahajan (ed.), *Minority Identities and the Nation-State*, New Delhi: Oxford University Press.
11. Arnold, David, 1987, "Touching the Body: Perspectives on the Indian Plague, 1860- 1900, in Ranjit Guha (ed.), *Subaltern Studies*, Vol. V, Delhi: Oxford University Press.
12. Asad, Talal, 1993, *Genealogies of Religion: discipline and Reasons of Power in Christianity and Islam*, Baltimore: John Hopkins University Press.
13. Aurobindo, Sri, 1965, *On Nationalism*, Pondecherry: Sri Aurobindo Ashram.
14. Awasthi, A. and Maheshwari, S.R., 1980, *Public Administration*, Agra: Lakshmi Narain Agarwal.
15. Bajpai, Rochana, 2000, "Constituent Assembly Debates and Minority Rights", *Economic and Political Weekly*, 27 May.

16. Baker, C J, 1976, The Politics of South India 1920 – 1937, New Delhi: Vikas Publications.
17. Ballhatchet, Kenneth, 1980, *Race, Sex and Class under the Raj: Imperial Attitudes and Policies and their Critics, 1793 – 1905*, New York: St. Martin Press.
18. Bardhan, Pranab, (2011), "Challenges for a Minimum Social Democracy in India," *EPW* VOL.XLVI No. 1D, March 5-11, 2011.
19. Banerjee, S N 1925, *A Nation in the making*, Bombay: Oxford University Press.
20. Banerjee, Samanta, 1989. "Marginalisation of Women's popular Culture in Nineteenth Century Bengal", in Kumkum Sangari and Sudesh Vaid (eds.), *Recasting Women: Essays in Colonial History*, Delhi: Kali for Women.
21. Barns, Margarita, 1940, *The Indian Press: The History of the Growth of Public Opinion in India*, London: George Allen & Unwin.
22. Baumol, William and Wallace E Oates, 1988, *Theory of Environmental Policy*, 2nd Ed., Cambridge: Cambridge University Press.
23. Baxi, Upendra, 1986, *Towards a Sociology of Indian Law*, New Delhi: Stavahan Publishers.
24. Bayly, Christopher A., 1998, *Origins of Nationality in South Asia: Patriotism and Ethical Government in the making of modern India*, Delhi: Oxford University Press.
25. Bayly, Susan, 1989, *Saints, Goddesses, and Kings: Muslims and Christians in South Indian Society*, 1700 – 1900, Cambridge: Cambridge University Press.
26. Berman, Marshall, 1988, *All that is Solid Melts into Air: the Experience of Modernity*, New York: Penguin Books.
27. Bhargava, B.K. & Vandana Sethi, 2010, *Economic Development & Policy in India*, New Delhi: Sultan Chand..
28. Bhatia, Krishna, 1985, "An Exercise without Novelty", *The Hindustan Times*, July 30.
29. Bourdieu, Pierre, 1987, "What makes a social class? On the Theoretical and Practical Existence of Groups", *Berkeley Journal of Sociology* 32.
30. Brecher, Michael, 1966, *Political Succession in India*, Delhi: Oxford University Press.
31. Buch, Nirmala, 1999, *From Oppression to Assertion – A study of Panchayats & Women in MP. Rajasthan & U.P.* , New Delhi: Centre for Women's Development Studies.
32. Buch, Nirmala, 2005, "Women & Panchayats: Opportunities, Challenges & Supports" in L.C. Jain(ed.), *Decentralisation & Local Governance*, New Delhi: Orient Longman.
33. Calhoun, Graig, 1993a. ' Civil society and the Public Sphere', *Public Culture* 5.
34. Carlton, Dannis W and Jeffery M Perloff, 1994, *Modern Industrial Organisation*, 2nd Ed., New York: Harper & Colins.
35. Casanova, Jose, 1994, *Public Religion in the Modern World*, Chicago: University of Chicago Press.
36. Cashman, I R, 1975, *The Myth of Lokmanya: Tilak and Mass Politics in Maharstra*, Berkeley: University of California Press.
37. Chakravarty, Dipesh, 1998. "Minority Histories and Subaltern Pasts", *Economic and Political Weekly*, 28 February.
38. Chandhoke, Neera, and Praveen Priyadarshi (ed.), *Contemporary India: Economy, Society & Politics*, New Delhi: Pearson.

39. Chandra, Bipan, 2003, *In the Name of Democracy: JP Movement and the Emergency*, New Delhi: Penguin Books.
40. Chandra, Bipin *et. Al*, 1987, *India's Struggle for Independence*, New Delhi: Viking.
41. Chandra, Sudhir, 1975, *Dependence and Disillusionment: Emergence of National Consensus in later 19th Century India*, New Delhi: Manas Publication.
42. Chandra, Sudhir, 1992, *The Oppressive Present: Literature and Social Consciousness in Colonial India*, Delhi: Oxford University Press.
43. Chaturvedi, Jayati, 1990, *Indian National Movement: A critical study of Five Schools*, Agra: M G Publications.
44. Chopra, Radhika and Patricia, Jeffery (eds.), 2005, *Educational Regimes in Contemporary India*, New Delhi: Sage.
45. Cooter, Robert and Thomas Ulen, 1997, *Law and Economics*, 2nd Ed., Delhi: Addison-Longman .
46. Dang, Kokila, 1993. "Prostitutes, Patrons and the States: Nineteenth Century Awadh", *Social Scientists* 21 ( 9-11 )( Sept. – November).
47. Dar, Bishan Narain, 1921, *Collected Speeches and Writings of Pt. Bishan Narain Dar*, Vol I. edited by H L Chatterjee, Lucknow: Anglo – Oriental Press.
48. Dasgupta, B., 1974, *The Naxalite Movement*, New Delhi: Allied Publishers.
49. Datt, Ruddar & K P M Sundharam, 2003, *Indian Economy*, New Delhi: S. Chand.
50. Datt, Ruddar, 2001, *Economic Reforms in India: An Appraisal and Policy Directions of Second Generation Reforms*, New Delhi: Bookwell Publications.
51. Davidoff, Leonore and Catherine Hall, 1991, *Family Fortunes: Men and Women of the English Middle Class, 1780 – 1850*, Chicago: Chicago Press.
52. Deshpande, Satish, 2003, *Contemporary India: A Sociological View*, New Delhi: Penguin Books.
53. Dev, Bimal J & Dilip K Lahiri, 1994, *Cosmogony of Caste and Social Mobility in Assam*, Delhi: Mittal Publications.
54. Dhingra, I.C. & V.K., Garg, 2010, *Economic Development & Policy in India*, New Delhi: Sultan Chand & Sons.
55. Doniger, Wendy and Brian L Smith, *trans.*, 1991, *Laws of Manu*, London: Penguin Books.
56. Dréze, Jean and Amartya Sen, 1995, *India, Economic Development and Social Opportunity*, New Delhi: Oxford University Press.
57. Dutt, Rajni Palme, 1979, *India Today*, Calcutta.
58. Engineer, Asghar Ali, 1991, *Mandal Commission Controversy*, Delhi: Ajanta Publications.
59. Fisher, Michael H., 1993, "The Office of Akhbar Navis: the Transition from Mughals to British Forms", *Modern Asian Studies* 27(1).
60. Frykenberg, R E (ed.), 1969, *Land Control and Social Structure in Indian History*, Madison: The University of Winconsin Press.
61. Gallagher, John, Gordon Johnson and Anil Seal, ed. ,1973, *Locality, Province and Nation: Essays on Indian Politics 1870 – 1940*, Cambridge: Cambridge University Press.
62. Gandhi, M K, 1995. Hindu Dharma, Delhi: Orient.
63. Ganju, Sarojani, 1980,"The Muslims of Lucknow – 1919 – 1939" in K Ballatchet and J Harrison (eds.),*The City in South Asia*, London: Curzon Press.
64. Geertz, Clifford, 1973, *The Interpretation of Cultures*, New York: Basic Books Inc.
65. Ghosh, Buddhadeb, 2005, "Accountability of Panchayats: Ends & Means", in

L.C. Jain(ed.), *Decentralisation & Local Governance*, New Delhi: Orient Longman, New Delhi.

66. Gore, M S 1993, *Social Context of an Ideology: Ambedkar's Political and social thought*, New Delhi: Sage Publications.
67. Gupta, D.N., 2004, *Decentralisation Need for Reforms*, New Delhi: Concept Publishing Company.
68. Habib, Irfan, 1995, *Essays in Indian History*, New Delhi: Tulika.
69. Hall, Catherine, 1992. White *Male and Middle Class: exploration in Feminism and History*, New York: Routledge.
70. Hardiman, David, 1981, *Peasant Nationalists of Gujarat*, Delhi: Oxford University Press.
71. Hardy, Peter, 1972, *The Muslims of British India*, Cambridge: Cambridge University Press.
72. Held, D, 1984, *Political Theory and Modern State*, Oxford, Polity Press.
73. Hill, John L, Ed., 1991, *Muslims and the Congress and Indian Nationalism: Historical Perspectives*, London: Curzon Press.
74. Huntington, S P, 1991, *The Third Wave: Democratisation in the Late Twentieth Century*, London: University of Oklahoma Press.
75. Khalid Bin Sayeed, 1998, *Pakistan The Formative Phase 1857-1948*, Karachi: OUP.
76. India (1961), Planning Commission, Third Five Year Plan, Delhi
77. India, 1992, Eighth Five Year Plan: 1985 – 1990, New Delhi: Planning Commission.
78. India, 1999, "The Constitutional Assembly Debates", *Official Report*, Book 5, New Delhi: Lok Sabha Secretariat.
79. India, 2002, "Review of the Constitution": Report of the National Commission to Review the Working of the Constitution, New Delhi: Lok Sabha Secretariat.
80. *India*, 2010, India, 2010, New Delhi: Publication Division.
81. *India*, Annual Report 1997-1998, Ministry of Home Affairs, Department of Internal Security, States and Home, New Delhi: The Author.
82. Indian National Congress, 1900, "Report of the Fifteenth Indian National Congress", Lucknow: Methodist Publishing House.
83. Irschick, Eugene E., 1994, *Dialogue and History: Constructing South India, 1795 – 1895*, Berkley: University of California.
84. Jain, T.R., & B.D., Majhi, 2010, *Economic Development & Policy in India*, New Delhi: V.K. Publications.
85. Jayawardena, Kumari, 1986, *Feminism and Nationalism in the Third World*, London: Zed Books.
86. Jha, Gulab, 1990, *Caste and the Communist Movement*, New Delhi: Commonwealth Publishers.
87. Jones, Keneth W, 1989, *Arya Dharma*, Delhi: Manohar.
88. Joshi, Chitra, 1985. "Bonds of Community, Ties of Religion: Kanpur Textile Workers in the Early Twentieth Century", *Indian Economic and social History Review* 22 (3).
89. Joshi, Vijay and I.M.D Little., 1996, *India's Economic Reforms, 1991-2001*, Oxford: Oxford University.
90. Juergensmeyer, Mark, 1982, *Religion as Social Vision: the Movement against untouchability in 20th century*, Berkeley: University of California Press.
91. Kapila Uma, 2005, *Indian Economy: Issues in Development Planning and Sectoral Aspects*, New Delhi: Academic Foundation.

92. Kaviraj, Sudipta (ed.), 1997, *Politics in India*. New Delhi: Oxford University Press.
93. Keer, Dhananjay, 1962, *Dr. Ambedkar: Life and Mission*, Bombay: Popular Prakashan.
94. Khaliquzzaman, Chaudhri, 1961, *Pathway to Pakistan*, Lahore: Longman.
95. Khan, Rasheeduddin, 1993, "Recasting the Federal Polity" in Subhash C. Kashyap (ed.), *Perspectives on the Constitution*, New Delhi : Shipra Publications.
96. Khan, Syed Ahmad, 1972, *Writings and Speeches*, edited by S. Mohammad, Bombay:
97. Kothari, Rajni, 1974, "Congress System in India Revisited", *Asian Survey*, Vol. 4 (12).
98. Kumar, Krishan, 1991, *Political Agenda of Education*, New Delhi: Sage Publications.
99. Kumar, Krishna, 1966, *Learning from Conflict*, London: Orient Blackswan Ltd.
100. Kymlicka, Will, 1995, *Multicultural Citizenship: A Liberal Theory of Minority Rights*, Oxford: Oxford University Press.
101. Lal, Deepak, 1988, *The Hindu Equilibrium: Cultural Stability and Economic Stagnation*, Vol. I, Oxford: Clarendon Press.
102. Ludden, David (ed.) 1996, *Contesting the Nation: Modernity, Nationalism and Majoritarian Communalism*, Philadelphia: University of Pennsylvania Press.
103. Magat, Wesley A., Alan J Krupnick, and Winston Harrington, 1986, Rules in the Making: a statistical analysis of Regulatory agency Behaviour, Wahington D C: Resources for the Future.
104. Malik, Amitav, 2006, *Indian Science and Technology*, Delhi: Observer Research Foundation
105. Massey, James, 1999, *Minorities in a Democracy: the Indian Experience*, New Delhi: Manohar.
106. Mathew, George, 2005, "Ten-Year Journey of New Panchayats", in S.S. Chahar (ed.), *Governance at Grassroots Level in India*, New Delhi: Kanishka.
107. Matty and Appley, (eds.), *Fundamentalism Observed*, Chicago: Chicago University Press.
108. Max Weber, 1963, *The Sociology of Religion*, Boston: Beacon Press.
109. McLane, John, 1977, *Indian Nationalism and the Early Congress*, Princeton: Princeton University Press.
110. Menon, Nivedita (ed.), 1999, *Gender and Politics in India*, New Delhi: Oxford University Press.
111. Metcalf, Thomas R., 1979, *Land, Landlords, and the British Raj: Northern India in the Nineteenth Century*, Delhi: Oxford University Press.
112. Minault, Gail, 1982, *The Khilafat Movement*, Delhi: Oxford University Press.
113. Mishra, S.N. and Mishra, Sweta, 2002, *Decentralised Governance*, New Delhi: Shipra Publications.
114. Mishra, S.N., 1991, *Decentralisation in Development*, New Delhi: Mittal Publications.
115. Mishra, S.N., and Sharma, Kushal, 1983, *Problems and Prospects of Rural Development in India*, New Delhi: Uppal Publishing House.
116. Mishra, Sweta, 2009, "Right to Information & Decentralised Governance", *The Indian Journal of Public Administration*, Vol. LV, No. 3, July-September.
117. Mishra, Sweta, 1994, *Democratic Decentralisation in India*, New Delhi: Mittal Publications.
118. Mishra, Sweta, 2002, "Empowerment of Women in Urban Local Bodies: An Assessment", *Nagarlok*, Vol. XXXIV, No. 4, October-December.

119. Misra, S.K., & Puri, V.K., Puri, 2010, *Economic Development & Policy in India*, New Delhi: Himalaya Publishing House.
120. Mitra, Subrata K. and Pehl Malte, 2010, "Federalism", In Niraja Gopal Jayal and Pratap Bhanu Mehta, *The Oxford Companion to Politics in India*, New Delhi: Oxford University Press.
121. Mukherjee, Meenakshi, 1994, *Realism and Reality: the Novel and Society in India*, Delhi: Oxford University Press.
122. Mukherjee, Rudrangshu, 1984, *Awadh in Revolt, 1857 – 1858: A study of Popular Resistance*, Delhi: Oxford University Press
Nachiketa Publications.
123. Nandy, Ashis, 1990, "The Politics of Secularism and the Recovery of Religious Tolerance", in Veena Das (ed.), *Mirrors of Violence: Communities, Riots and Survivors in South Asia*, Delhi: Oxford University Press.
124. Naoroji, Dadabhai, 1901, *Poverty and Un-British Rule in India*, London
125. Neera Chandhoke, 2004, Beyond Secularism, the Rights of Religious Minorities, Delhi: OUP.
126. Nehru, Jawahar Lal, 1981, *The Discovery of India*, New Delhi: Jawahar Lal Nehru Memorial Fund.
127. Nodia, Ghia, 1992, "Nationalism and Democracy", *Journal of Democracy*, 3(4).
128. Nordhaus, William D, 1994, *Managing the Global Commons: the Economics of Climate Change*, Cambridge: MIT Press.
129. Nossiter, T J, 1982, *Communism in Kerala*, Delhi: Oxford University Press.
130. Oberoi, Harjot, 1994, *Construction of Religious Boundaries: Culture, Identity and Diversity in the Sikh Tradition*, Delhi: Oxford University Press.
131. Omvedt, Gail, 1976, *Cultural Revolt in a Colonial Society*, Bombay: Scientific Socialist Education Trust.
132. Page, Talbot, 1991, "Sustainability and the Problem of Valuation", Chapter 5 *In* Robert Costanza, (Ed). *Ecological Economics: The Science and Management of Sustainability*, New York: Columbia University Press.
133. Palanithurai, G., 2005, *Emerging Dimensions in Decentralisation*, New Delhi: Concept Publishing Company.
134. *Panchayati Raj in India – status Report 1999, 2000*, Task Force on Panchayati Raj, New Delhi: Rajiv Gandhi Foundation.
135. Pandey, Gyanendra, 1992. "In Defence of the Fragment: Writing About Hindu-Muslim Riots in India Today", *Representations* 37, Winter.
136. Partha Chatterjee, 1999, *The Nation and its Fragments: Colonial and Post Colonial Histories*, New Delhi: OUP.
137. Parmanand, 1985, *Mahatma Madan Mohan Malviya*, Vol I, Banaras: Banaras Hindu University.
138. Pfiffner, John M., and Sherwood, P., 1960, *Administrative Organisation*, Englewood: Prentice Hall..
139. Rajagopal, Arvind (ed.), 2009, *The Indian Public Sphere*, New Delhi; OUP.
140. Rajeev Bhargava, (ed.), 1997, *Secularism and its Critics*, New Delhi: OUP.
141. Ramaswamy, Sumathi, 1997, *Passions of the Tongue: Language Devotion in Tamil India, 1891 – 1970*, Berkeley: University of California Press.
142. Rao, MSA (ed.), 1979, *Social Movements in India*, Vol. 1, New Delhi: Manohar.
143. Ray, Jayant Kumar, 2001, *India in Search of Good Governance*, Calcutta: K.P. Bagchi & Company.

144. Reeves, Peter, 1991. *Landlords and Governments in Uttar Pradesh: A study of their Relations with Zamindari Abolition*, Delhi: Oxford University Press.
145. Riker, W H, 1982, "The Two-Partry System and Ruverger's Law: An Essay on the History of Political Science", *The American Political Science Review*, Vol. 76.
146. Roy, Asim, 1990, "The High Politics of India's Partition: the Revisionist Perspective", *Modern Asian Studies* 24(2).
147. Roy, Tirthankar, 2000, *The Economic History of India 1857-1947*, New Delhi, Oxford University Press.
148. Sahai, Indu, 1973, *Family Structure and Partition: a study of the Rastogi Community of Lucknow*, Lucknow: Ethnographic & Folk Culture Society.
149. Sainath, P., 'Corporate Socialism's 2Gorgy', *The Hindu*, March 7, 2011
150. Santhanam, K., 1963, *Union-State Relations in India*, New Delhi: Asia Publishing House.
151. Sarkar, Sumit, 1997, *Writing Social History*, Delhi: Oxford University Press.
152. Saxena, Rekha, 2006, *Situating Federalism Mechanisms of Intergovernmental Relations in Canada and India*, New Delhi: Manohar.
153. Schoenbaum, T J and R. H. Rosenberg, *Environmental Policy Law*, Westbury: The Foundation Press.
154. Sekhar, Rukmini (ed.), 1998, *Making A Difference*, New Delhi: SPK MaCAY Pub.
155. Sender, Henny, 1988, *The Kashmiri Pandits: A Study of Cultural Choice in North India*, Delhi: Oxford University Press.
156. Sharma,V C (ed.), 1959. Lucknow, Vol. 37, Uttar Pradesh District Gazetteers, Allahabad: Government of Uttar Pradesh, Revenue Department.
157. Siddiqui, Majid H, 1978, *Agrarian Unrest in North India: the United Provinces, 1918 – 1922*, Delhi: Vikas.
158. Simeon, Richard, 1985, *Inter-governmental Relations*, Canada: University of Toronto Press.
159. Singh M.P. and Saxena, Rekha, 2008, *Indian Politics Contemporary Issues and Concerns*, New Delhi: Prentice Hall of India.
160. Singh, M P and Rekha Saxena, 2003, *India at the Polls: Parliamentary Elections in the Federal Phase*, New Delhi: Orient Longman.
161. Singh, M P, 2002, "Constitutionalism and Democracy in India: Electoral and Party Reforms Key to Survival", *In* R N Pal (ed.), *Indian Constitution: A Review*, Chandigarh: Centre for Rural and Industrial Development.
162. Sivaramakrishnan, K.C.(ed.), 2006, *People's Participation in Urban Governance*, New Delhi: Concept Publishing Company.
163. Srinivasan, Nirmala, 1989, *Prisoners of faith: A View Within*, Delhi: Sage Publication.
164. Subbarayappa, B.V., 2007, *Science in India-Past & Present*, Mumbai: Popular Prakashan.
165. Sudip, Chaudhuri, 2002, "Economic Reforms and Industrial Structure in India", *Economic & Political Weekly*, Jan 12.
166. Sudipta Kaviraj, 1995, "Crisis of Nation State in India", in John Dum (ed). *Contemporary Crisis of the Nations State?* ,Oxford and Cambridge: UK: Blackwell.
167. Thapar, Romila (ed.), 2000, *India: Another Millenium?*, New Delhi: Penguin.
168. Thapar, Romila, 1989, "Imagined Religious Communities? Ancient History and the Search for a Hindu Identity", *Modern Asian Studies* 23(2).

169. Tully, James, 1995, *Strange Multiplicity Constitutionalism in an age of Diversity*, Cambridge: Cambridge University Press.
170. Vanaik, Achin and Rajeev Bhargava (ed.), 2010, *Understanding Contemporary India: Critical Perspectives*, New Delhi: Orient Blackswan.
171. Vangier-Chatterjee, Anne (ed.) 2004, *Education and Democracy in India*, New Delhi, Manohar.
172. Vinuru, Radhika, 2001, *Early Childhood Education: Post Colonial Perspectives from India*, New Delhi: Sage Publications.
173. Viswanathan, Gauri, 1989, *Masks of Conquest: Literary Study and British Rule in India*, New York: Columbia University Press.
174. Wink, Andre, 1986, *Land and Sovereignty in India*, Cambridge: Cambridge University Press.
175. Wolpert, Stanley, 1984, *Jinnah of Pakistan*, Oxford, Oxford University Press.
176. Zich, Arthur, 1997, "China's Three Gorges", *National Geography*, 192 (3) ( September )

# अनुक्रमणिका